Iris von Roten
Frauen im Laufgitter

IRIS VON ROTEN

FRAUEN IM LAUFGITTER

OFFENE WORTE ZUR STELLUNG DER FRAU

MIT EINEM NACHWORT VON
ELISABETH JORIS

eFeF

Die Originalausgabe erschien 1958
im Hallwag Verlag, Bern

Wir danken den Spenderinnen, die diese 5. Auflage finanziell
unterstützt haben.

Die Deutsche Bibliothek – CIP-Einheitsaufnahme

Roten, Iris von:
Frauen im Laufgitter : Offene Worte zur Stellung der Frau / Iris von Roten. –
5. Aufl., Sonderausg. – Bern : eFeF-Verl., 1996
ISBN 3-905561-09-3

5. Auflage (Sonderausgabe) 1996

Umschlaggestaltung: Edith Helfer, Bern
Satz: Ulrike Helmer, Königstein/Taunus
Gesamtherstellung: Clausen & Bosse, Leck

Vorwort

Hier ist das Buch, das ich mit zwanzig Jahren gerne gelesen hätte, aber nicht fand. Es ist für die Jugend geschrieben. Denn es spricht vor allem jene an, die ihr Leben noch nicht investiert haben. Ich meine damit Menschen, die ihre Zeit und Kraft nicht wesentlich gebunden haben. Sie sind noch frei von jenem Gebot der Seelenhygiene, ihr Schicksal und die es gestaltenden Verhältnisse so zu betrachten, daß sie sich alles in allem zu ihrem Leben gratulieren können. Sie vermögen ungewohnten Gedanken vorurteilslos zu begegnen, weil keiner den Wert eines Lebensteils in Frage stellt, für den sie sich verantwortlich fühlen.

Zu dieser Jugend gehören allerdings nicht nur junge Leute und nicht alle jungen. Obwohl ich nicht an den Spruch glaube, man sei so jung, wie man sich fühle, muß ich zugestehen, daß es auch alte Menschen gibt, die in ihrem Urteil von den eigenen Lebensinvestitionen absehen können, und junge, die schon durch Traditionen festgelegt sind. In diesem Sinn hoffe ich, mich ebenfalls an eine reifere Jugend wenden zu können und ältliche Jugendliche übergehen zu dürfen.

Die Probleme des weiblichen Lebens, wie sie sich aus der Doppelrolle: individueller Mensch, weiblicher Mensch, gespielt im Rahmen einer Männerwelt, ergeben, werden zwar häufig behandelt. Aber in der Regel nur da ein Stück und dort ein Zipfel, ohne Blick aufs Ganze.

Ich habe versucht, diesen Problemen bis an die Wurzeln und damit auch den Zusammenhängen nachzugehen. Die sogenannte hohe Warte, wo der Kopf leicht in den Wolken bleibt, hoffe ich vermieden zu haben. Vielmehr war es mir darum zu tun, die Fragen ständig in ihrer faßbarsten Form vor Augen zu führen, in jedem Wort mit dem Pulsschlag des täglichen Lebens in Fühlung zu stehen.

Die Antworten auf die Fragen des weiblichen Lebens geben zum überwiegenden Teil Männer, wobei sie gerne einen Ton anschlagen, als hätten sie Geißhirten Wunderkuren anzupreisen oder aber Esel auf den rechten Pfad zu zerren. Diese Antworten werden hier beanstandet. Wenn man versucht, sie in ihrer ganzen Bedeutung zu erfassen, so kann man sich kaum der Indignation erwehren. Ich habe sie nicht verborgen. Denn mir scheint, die Frauen hätten zu häufig gute Miene zum bösen Spiel gemacht, zu häufig Kränkendes überhört, das einfach zu deutlich gesagt worden war, um überhört werden zu können. Ich halte es für nötig, dem Mißfallen Ausdruck zu geben, um den Glauben an eine Selbstverständlichkeit von Lösungen und Vorgehen zu erschüttern, die gar nicht vorhanden ist.

Viele Frauen und Männer werden finden, »die Männer« seien in dieser

Darstellung der Lebensverhältnisse der Frauen zu schlecht weggekommen. Ich beeile mich daher, hinzuzufügen, daß mir dabei natürlich nicht von den Guten die Besten vor Augen gestanden haben, ja im Grunde überhaupt keine individuellen Männer, sondern der Apparat der Männerherrschaft. Und dieser funktioniert nun wie die meisten Herrschaftsapparate, so einsichtig und wohlmeinend ein Teil ihrer Träger auch sein mag, mit der Brutalität eines Mechanismus und verfolgt die Interessen seiner Herrschaft borniert und unverschämt. Eine Erscheinung, die um so widriger ist, als die Chancen der einzelnen Frau, dem Getriebe der Maschinerie und dem sie umwebenden Geist auszuweichen, gering sind.

Wer diesen Herrschaftsapparat und sein Funktionieren kritisiert, will also das »Unmögliche« und wendet sich an andere, die mit dem »Unmöglichen« sympathisieren. Aber da man bekanntlich täglich erlebt, wie allerlei »Unmögliches« möglich wird, ist diese Kritik nicht aussichtslos. Obgleich Art und Funktion der Maschinerie durch Gegebenheiten bestimmt werden, so sind doch diese und damit auch der Herrschaftsapparat veränderlicher, als es scheinen mag.

Verfaßt ist das Buch für weibliche Jugend, die das »Unmögliche« will, und für jene wenigen Männer, die soviel curiosité d'esprit besitzen, um sich dafür zu interessieren, wie die Männerherrschaft von der anderen Seite her aussieht. Sicher aber ist die Arbeit nicht für jene geschrieben, denen es ein süßes Gift ist, Vorwände für heilige und unheilige Entrüstung zu finden.

Als Schlußwort zum Vorwort zur Diskussion der wesentlichen Fragen im weiblichen Leben eine unwesentliche der Etikette:

Ich habe durchwegs den Frauen den grammatikalischen Vortritt gegeben, zum Beispiel »Frauen und Männer« anstatt »Männer und Frauen« gesagt. Eine Arabeske, auf die Feministinnen sonst vornehm verzichten. Nicht zu Unrecht. Denn es reimt sich schlecht, in Werken, wo man im Namen der Gleichberechtigung der Geschlechter die Führerschaft des einen kritisiert, nun einfach das andere an die Spitze zu stellen, wodurch man symbolisch den gleichen Schritt wie den beanstandeten tut, wenn auch in entgegengesetzter Richtung. Aber ebensowenig geschieht der Verzicht zu Recht. Denn nicht weniger ungereimt ist es, in Werken, die sich vom ersten bis zum letzten Buchstaben gegen die Männerherrschaft richten, schließlich doch noch den konventionellen Hofknicks des grammatikalischen Zurücktretens zu machen. Wenn nun keine der beiden Formen besser als die andere ist, so auch keine schlechter. Warum also zur Abwechslung im Druck nicht einmal den Frauen den grammatikalischen Vortritt einräumen? Die Leserinnen mögen ihn als offenes Fensterchen in der etwas muffigen Stube der Männerherrschaft genießen.

Basel, Mai 1958.

Iris v. Roten

Inhaltsübersicht

IV. HAUSHALTFRON – DER LIEBE LOHN

V. EIN VOLK VON BRÜDERN OHNE SCHWESTERN

I.

WEIBLICHE BERUFSTÄTIGKEIT IN EINER MÄNNERWELT

Die Illusion von der »modernen berufstätigen Frau« und die reaktionäre Weiblichkeitspropaganda

Jede Zeit hat Lieblingsillusionen, eine der gehätscheltsten unseres Jahrhunderts ist »die moderne Frau«, die beruflich gleichberechtigte, unabhängige und erfolgreiche Frau.

Vermeintlich sollen der »Frau von heute« weite Gebiete offenstehen, sie soll im Gegensatz zu ihrer Großmutter in jedem Beruf und jeder Stellung tätig sein. Auch die angesehensten und einkömmlichsten Posten seien der tüchtigen Frau nicht verschlossen. Seien solche von Frauen noch nicht bekleidet worden, so nur deshalb, weil noch keine Frau geruht habe, hinaufzusteigen und den Platz einzunehmen, den ihr anzubieten der fortschrittliche Mann sich beeile. Und wie der junge Mann, ergreife heute auch das junge Mädchen den seinen Gaben gemäßen Beruf stehe auf eigenen Füßen. Auf den Mann zu warten, zu heiraten, um versorgt zu sein, sei der Frau von heute unbekannt. Sie heirate aus lauter Liebe, wann und wen sie wolle, worauf sie das Kunststück fertigbringe, Beruf, Haushalt und Mutterschaft zu vereinigen. So schmeiße sie den Laden, »meistere das Leben lächelnd«. Der modernen Frau zur Seite stehe der fortschrittliche Mann, erfüllt von bewunderndem Staunen ob dem stolzen Schwan, der aus dem häßlichen Entlein geworden. Seit langem habe er seinen Kopf von Vorurteilen befreit und die Gleichberechtigung der Geschlechter im Leben der Familie, der Wirtschaft und des Staates langsam, aber sicher Platz greifen lassen.

Die Wirklichkeit aber sieht manchenorts, und in der Schweiz ganz besonders, anders aus.

Nicht die »moderne Frau«, sondern ihre Großmutter war nämlich die berufstätige Frau. Verringerte sich doch in der Schweiz der Anteil der Frauen an der Gesamtzahl der Berufstätigen während der letzten 65 Jahre ständig. Bildeten die Frauen, von den Gebieten der Landwirtschaft und des Gartenbaues abgesehen, Ende letzten Jahrhunderts noch 42% der Berufstätigen, so 1950 nur noch 34%. Und war 1900 jede fünfte nicht ledige Frau berufstätig, so 1950 nur noch jede achte.

Das läßt sich zweifach erklären.

Die schweizerische Textilindustrie, die in erster Linie Frauen beschäftigt, ist inzwischen zurückgegangen und gibt heute nicht einmal mehr halb soviel Frauen wie zu Großmutters Zeiten Arbeit.

Auf der anderen Seite haben sich den Schweizerinnen offensichtlich keine »weiten Gebiete« geöffnet, die diesen Ausfall ausgleichen. Lediglich ein Wunschtraum der Frauenbewegung ist Bestandteil der populären Vorstellung von der Wirklichkeit geworden, weil »die Frau« in Gestalt des Bureau-Fräuleins überall dorthin kam, wo Schreibmaschinen aufgestellt wurden. Die »weiten Gebiete« sind ihr in der Regel nur unter diesem Gesichtswinkel erschlossen worden. Doch davon später. Auch beschwingte, moderne Verbindung von Beruf und Ehe ist eine Fata Morgana. »Modern« ist das Gegenteil: der mit der Heirat verbundene Rückzug der Frau aus dem Erwerbsleben. Mit dem Rückgang der schweizerischen Textilindustrie sind die verheirateten Arbeiterinnen seltener geworden, eine Einbuße, die nicht durch vermehrte Berufstätigkeit bürgerlicher Ehefrauen aufgewogen wird. Auch in Ländern, wo die Berufstätigkeit der verheirateten Frauen tatsächlich zugenommen hat – zum Beispiel in USA und in einzelnen nordischen Staaten –, ist meist nicht einmal die Hälfte der Ehefrauen erwerbstätig. Übrigens hört man gerade in den Vereinigten Staaten die Redensart: »Ich habe einen Mann, der mich erhalten kann, weshalb ich nicht zu erwerben brauche«, besonders häufig. Ein Spruch, der kaum auf einen Impuls der verheirateten Frau zur Berufstätigkeit schließen läßt.

Sowenig die Erwerbstätigkeit der Schweizerinnen im allgemeinen und jene der verheirateten im besonderen in diesem Jahrhundert relativ zugenommen hat, sowenig die von den Männern traditionsgemäß für sich selbst reservierten Arbeitsgebiete ihnen in bedeutendem Ausmaße erschlossen wurden, sowenig auch räumte man den Schweizerinnen gehobene, interessante, einkömmliche Stellungen in großer Zahl ein. Die Tatsache, daß auf die Frauen mit ihrem über 30%igen Anteil an den Berufstätigen nicht einmal 20% des gesamtschweizerischen Erwerbseinkommens entfallen, steht der Vorstellung von der Frau als einer selbstverständlichen Erscheinung auf einkömmlichem Posten entgegen.

Diese Verhältniszahlen variieren natürlich von Land zu Land. Doch sind die Unterschiede gegenüber den schweizerischen in der Regel nicht wesentlich. Das kümmerliche Einkommen der Frauen ist nicht nur Ausdruck einer Zurücksetzung der Frauen auf die schlechtbezahlte Arbeit, sondern auch der – gerade in der Schweiz offiziell gebilligten – geringeren Bezahlung gleicher und gleichwertiger Frauenleistung.

Relativ weniger berufstätige Frauen als zu Großmutters Zeiten und diese nach wie vor in weniger einkömmlichen Stellungen bei grundsätzlich geringerem Lohn für gleiche und gleichwertige, ja bessere Leistung – das ist der heutige Stand der »modernen berufstätigen Frau« in der Schweiz und mehr oder weniger auch andernorts.

Die Aussichten auf eine grundlegende Änderung sind schlechter als zu Großmutters Zeiten, obwohl großartige, internationale Programme scheinbare Vorstöße zur beruflich-wirtschaftlichen Gleichberechtigung der Frau machen. Denn damals glaubte man noch, sich im unaufhaltsamen Strom einer günstigen Wirtschaftsentwicklung zu bewegen, huldigte dem individualistischen liberalistischen Gedanken, daß jede produktive Kraft ein Wirkungsfeld besitzen müsse. Heute hingegen ist man in bezug auf wirtschaftliche Expansion trotz anhaltender Prosperität kleinlaut geworden, betrachtet die Entwicklung unserer Exportwirtschaft wie die Fieberkurve eines Kranken. Man ist ängstlich und fürchtet, kaum Platz, gute Plätze für alle zu haben. Die relativ geschätzten Arbeitsstellen sind gewissermaßen rationiert. Die Männer allein verteilen die Rationierungskarten, und zwar in erster, zweiter und dritter Linie unter sich selber. Schon jede nicht uninteressante, gemütliche und nicht gerade schlecht bezahlte Arbeitsmöglichkeit ist eine gesuchte Pfrund, an der das Männerkollektiv ein Vorrecht und wenn möglich das Monopol beansprucht. Solche monopolisierte Männerarbeitsplätze und -plätzchen sind über den ganzen Arbeitsmarkt verstreut. Sie rücken dichter zusammen, je mächtiger, interessanter und besser bezahlt die Posten sind. Ihre Streuung wird weiter und weiter, je langweiliger, unbedeutender und schlechter entlöhnt die Arbeit ist; denn hier kommt man allmählich ins »Reich der Frau«, allerdings nicht in jenes, das meist unter dem Ausdruck verstanden wird, sondern ins Reich der Frau, »die arbeiten muß«. Die von den Männern beanspruchten Pfründe – von den größten bis zu den kleinsten – werden hartnäckig gegen »das Eindringen der Frauen« verteidigt. Und dies, im Gegensatz zur Praxis in der Blütezeit des Liberalismus, bewußter und damit auch systematischer.

Im wesentlichen steht die »Frau von heute« daher noch vor derselben unerfreulichen Alternative wie ihre Urgroßmutter. Es gibt, abgesehen von Ausnahmefällen, die in allen Jahrhunderten vorkamen, was gerne vergessen wird, grundsätzlich nach wie vor nur drei Arten »Frauenleben«: dasjenige der ausgenutzten Arbeitsbiene, jenes der Magd eines Ernährers und seiner Nachkommen und das Dasein einer amüsierten oder gelangweilten Luxusgattin. Und da haben nun die Frauen Generation um Generation geglaubt und glauben noch heute, nach jahrhundertelanger Unterdrückung und Abhängigkeit sei für sie, sei für die Frau überhaupt, ein neues Zeitalter angebrochen, sei es möglich geworden, durch redliche und gute Arbeit jenes Maß materieller Unabhängigkeit, individueller Entfaltung und Selbstbestimmung zu erreichen, das im Westen für einzelne Männerkategorien immer selbstverständlich war und im Laufe der letzten 150 Jahre für alle Männer selbstverständlich geworden ist.

Es ist nicht erstaunlich, daß mit aller Kraft an dem Bilde der »modernen Frau« mit ihrem bedeutenden Wirkungskreis auf allen Gebieten, ihrer Unabhängigkeit und Selbstbestimmung festgehalten wird. Denn es ist nicht zu fassen, daß die Arbeit dreier Generationen – die Pionierarbeit der beiden ersten und die verbreitete, berufliche Ertüchtigung der letzten – umsonst gewesen, daß die Hoffnung zu leerem Wahn entstellt worden ist. Es kann nicht sein, daß die Frauen noch vor dem Kampf um berufliche Gleichberechtigung und damit um Entfaltung, Unabhängigkeit und Selbstbestimmung stehen. Das ist des Schlimmen zuviel, um es sich einzugestehen. Die jungen Frauen haben zu lange gehört, welche ungeheuren Fortschritte »die moderne Frau« gemacht habe, um nun die vertraute Fata Morgana fahrenzulassen und gar begeistert zu begreifen, daß der Löwenanteil der Arbeit, »weite Gebiete zu erobern« und die sogenannten Vorurteile in bezug auf die Fähigkeiten der Frauen aus den Köpfen der Männer zu putzen, ihnen zufällt. Vorurteile, die nur schlechte Verhüllungen einer unverfrorenen Verteidigung der Vormacht der Männer auf wirtschaftlichem Gebiet sind und damit ihrer Vormacht auf jedem andern auch.

Nichtsdestoweniger dringt die Ahnung des wahren Sachverhaltes natürlich durch. Aber die Kluft zwischen Ideal und Wirklichkeit wird kaum in ihrer Tiefe erkannt. Sie spornt daher auch nicht mehr zur Überbrükkung, zum Kampf um die volle Gleichberechtigung des weiblichen Geschlechtes an. Zu dieser Lauheit des feministischen Fühlens kommt die neue Weiblichkeitspropaganda. Sie vernebelt einer beträchtlichen Anzahl Frauen den Blick für den Gegensatz zwischen den Zielen der Frauenbewegung und dem tatsächlich Erreichten und läßt ihnen den Feminismus überhaupt in ungünstigem Licht erstehen. Diese neue Propaganda – sie zählt in ihrer Reinkultur immerhin schon über zwanzig Jährchen – gibt sich als superfeministisches Gedankengut aus, das dem »wahren Wesen der Frau«, dem der gewöhnliche Feminismus nicht gerecht geworden sei, zur Geltung verhelfen will. Mit der Illusion von der »modernen berufstätigen Frau« läßt sich die reaktionäre Weiblichkeitspropaganda unter einen Hut bringen, indem sie sich bei der Gestaltung des weiblichen Erwerbslebens für den subtileren Wegweiser als die Forderung der Gleichberechtigung der Geschlechter ausgibt. Doch ist diese Propaganda nichts anderes als eine Verbrämung der bestehenden Zurücksetzung der Frau und zugleich eine ideologische Handhabe zu ihrer Unterdrückung im Erwerbsleben und damit auch zur allgemeinen; denn wer wirtschaftlich keine Macht hat, ist Spielball. So obenhin jedoch erscheint die neue Melodei von der wahren Weiblichkeit als verständnisinnige Würdigung des tatsächlichen Lebens der Frau. Und man lauscht begierig. Die Schmeichelei besticht und schläfert das Wahrnehmungsvermögen für die brutale Wirklichkeit ein, so daß für Impulse zum Kampf um die volle Selbstbehauptung des weiblichen Geschlechtes kaum Raum bleibt.

Natürlich ist die reaktionäre Weiblichkeitspropaganda, die als das Neueste im »Sektor Frau« auftritt, so alt wie die Gegnerschaft der Frauenemanzipation. Aber in ihrer jetzigen Aufmachung – gepflegte Blubo*-Aureole und Auspolsterung mit Pseudo-Psychoanalyse in der Westentasche – erschien sie im Gefolge des Nationalsozialismus und Faschismus. Sie überlebte den Zerfall dieser Systeme und grassiert nun bei deren Freunden und Gegnern gleichermaßen. Nur eine Nuance parodistisch formuliert, klingt solche Weiblichkeitspropaganda etwa folgendermaßen:

»Die moderne Frau hat bei allen ihren Fortschritten die Hauptsache vergessen: ihre wahre Weiblichkeit. Diese gedeiht im Heim allein. Darum darf, muß, will die ›echte Frouh‹ (das Wort Frau wird von den Weiblichkeitsaposteln gehaucht) ins Heim zurückgeführt werden, zurück ins Haus zu ihrer ureigenen Natur. Priesterin des häuslichen Herdes ist ihr Beruf, nicht Konkurrenz (gefährliche) des Mannes.

*Blubo = Blut und Boden

(Ebensowenig gehört die Frau in den Schmutz der Politik, wo das Ewigweibliche nicht hinan-, sondern hinabzieht und selbst in den Kot gezogen wird.)

Weg aus Berufen, die einen Mann mitsamt Ehefrau, Kinderschar, Hausangestellten und Hilfspersonal reichlich ernähren! Dazu ist uns die Frau zu gut. Ist sie doch so anders, bis in jede Zelle fundamental anders als der Mann. (Hormone!) Daher sind auch gleiche Löhne für gleiche Leistungen unnatürlich, ungesund. Der Mann ist Initiative, Pionier, Kämpfer, geht aufs Wesentliche, denkt in großen Zügen, ist Organisator. Die Frau aber will geführt werden, ist diffus, den Einzelheiten, dem Kleinen verhaftet, auf welches die weise Künstlerin Natur sie ja auch mit dem Auftrag der Mutterschaft hinweist. Während es dem Mann ansteht, als Ikarus höchste Sphären zu durchmessen, ist es an der Frau, sich still und fleißig jenen monotonen Arbeiten zu widmen, zu denen sich der vorwärtsdrängende Geist des Mannes ungern herbeiläßt. Das entspricht ihrer großen biologischen Aufgabe, die erdgebunden macht. Der Mann aber ist Feuer, lodert als heilige Flamme hoch auf, sprüht schöpferische Funken. Er ist bedeutender als die Frau, was diese jedoch nicht herabsetzt; denn weibliche Erdgebundenheit ist ebenfalls vonnöten: die Frau ist nicht minderwertig, sondern anderswertig. Auch die Frau hat ihre Größe, die Größe der Frau ist Tiefe. Indem sie sich der männlichen Schöpferkraft unterordnet, die nicht Recht, sondern Aufgabe des Mannes ist, erfüllt die Frau ihre Bestimmung; mit Aufopferung, Selbstaufgabe, je mehr, je besser und je länger, je lieber, erreicht sie ihre wahre Größe.

Trotz ihrer irdischen Funktionen kann sich auch die Frau aus ihrer instinkthaften Gebundenheit aufrichten, indem sie dem Manne in gewissenhafter Kleinarbeit alle Schwierigkeiten aus dem Wege räumt, denen er bei seinen mühseligen geistigen Konzeptionen und der Betätigung seines immer wieder unzulänglichen Abstraktionsvermögens begegnet. Solchermaßen unter der Führung des Mannes kann sich auch die Frau den höheren Regionen nähern. Doch im tiefsten Grunde müssen sie ihrer aufs Konkrete gerichteten weiblichen Natur ewig fremd bleiben. Sie, die Allmütterliche, wird sich daher darauf beschränken, mit geistigem Mutterlächeln ihn den steilen Pfad voranstapfen zu sehen. Ist er nicht ihr Kind? Geistig jedoch tobt ein Gott in ihm, mit dem sich das im Erdhaften verwurzelte Weib nicht messen kann. In diesen Sphären ist es auf der Kinderstufe zurückgeblieben, wie schon der weibliche Körper zeigt (kein Bart).

Der Mann ist Schaffender, Er-Schaffender; die Frouh aber ist Sein, So-Sein, Da-Sein, Da-sein, Da-dasein für das Kind im Manne. Das ist Bestimmung und Erfüllung der ächten Frouh. Mutter – Mater – Materie, schon die Weisheit der Sprache sagt es. Der Mann hingegen ist abstrakt, Wille zur Form. Und doch oder gerade deshalb braucht er die weibliche Materie, um in Form zu sein, braucht er die Frau als Zubereiterin der Nahrung. Darum ruft die Stimme der Natur den weiblichen Instinkt einmal mehr ins Haus zurück.

Die Frau lasse, bitte, bitte, den Mann allein in den gutbezahlten Positionen, im Schweiße seines Angesichtes mit dem Logos ringen. Denn sonst wäre der Mann nicht mehr Beschützer des Weibes, der ihm eine beschirmende Hütte baut, in die es der Fingerzeig der Natur weist, die auch ein Wörtlein dazu zu sagen hat. Der Mann könnte der Frau nicht mehr die Früchte seines Schweißes zu Füßen legen, wenn sie, auf eigenen Füßen, ihm in männlichen Tätigkeiten auf die Füße stünde. Damit würde sie auch das Beste im Manne, seine Ritterlichkeit gegenüber dem geistesschwachen Weib, zertreten. – Frau, lerne wieder einfach Frouh sein, Nurfrau sein, Nurhausfrau sein – das ist der ewigweibliche Frauenberuf, der dich mehr als männliche Betätigungen anziehen sollte, nein, muß. ›Und folgst du nicht willig, so brauch' ich Gewalt‹, wie es das Dichterwort will. In diesem Sinne ist es gesunde Familienpolitik, daß die Frauen billigerweise von den guten Arbeitsplätzen ausgeschaltet werden, wenn sich Familienväter, junge Burschen und Witwer bewerben, was die Regel sein dürfte. Die Frau gehört ins Kindbett an ihre ureigene Aufgabe. Wenn sie zu kochen versteht, ihn als den Überlegenen anerkennt und ihm mit Hilfe des weiblichen Instinktes täglich wie am ersten Tage erscheint, bietet der echte Mann Hand dazu. Wo der Frouh aber ureigene Erfüllung versagt blieb – tragischerweise machen die Männer gerade die mütterlichsten Frauen weder zu Frauen noch Müttern –, da darf sie, muß sie helfen. Die Mutter in der Frau will helfen, gleich wem, wie und wo. Es gibt gar so mancherlei zu tun, was den Männern zu langweilig und zu schlecht bezahlt ist. Hier darf die unausgelebte Mütterlichkeit durch Sublimierung ein Surrogat finden. So ergänzen sich die Geschlechter.«

Dergleichen Tiraden über das, was die Frau ist, sein und tun soll, verbunden mit einer Stupferei auf die »ureigene biologische Bestimmung der Frau«, sind verlogene und daher leere Phrasen.

Bezeichnenderweise wird die Platte von der großartigen Bedeutung der »ureigenen Aufgabe der Frouh« und all dem Schmutz, der ihrer Heiligkeit außerhalb des Hauses zu nahe kommen soll, nur abgespielt, wenn die Frauen im beruflichen und öffentlichen Leben gehobene Stellungen anstreben, nach denen es auch die Männer besonders gelüstet. Dann und nur dann macht man so viel Aufhebens von der »wahren Weiblichkeit«, dem »aechten Frauentum«. Im übrigen erspart man sich die Verbeugungen. Geht es gar um einen Mangel an Arbeitskräften für unbeliebte und schlecht bezahlte Arbeit, so zieht man andere Saiten auf: da ist von ächtem Frauentum wenig die Rede und viel von spezieller Eignung der Frau zu monotoner und untergeordneter Arbeit. Frauen, die nicht oder noch nicht imstande sind, sich durch ihren Ehemann einen fetten Happen am Tisch des Lebens zu sichern, sollen sich bei kargem Lohn so nützlich wie möglich machen und keusch und kinderlos ihre »Weiblichkeit« zu Bienenfleiß an bescheidenen Posten wacker sublimieren.

Klipp und klar gesagt, meint das Gedudel der Weiblichkeitsapostel mit seiner nicht minderwertigen, aber anderswertigen Fraulichkeit das eine: Der Beruf als Frau und Mutter als hehrer Lebensinhalt soll jene Frauen »unschädlich« machen, die beruflich tun könnten, was die Männer gerne selbst tun; die Frauen jedoch, für die oder deren Kinder kein Mann vorläufig oder überhaupt aufkommen kann oder will, sollen als geschlechtslose Arbeitsbienen emsig, aber unrentabel sich betätigen. Wie und wo, zeichnet ihnen die männerherrschaftliche Regelung des Gemeinschaftslebens genau vor.

Im Einzelfall mögen die Pflege der Fata Morgana, die Gleichberechtigung der Frauen im Berufsleben vorspiegelt, und das Erhören der falschen Weiblichkeitspropheten – sie erlauben das Kokettieren mit einem illusionären Besitz von Macht – zum »Glück« der Frau beitragen. Als allgemeine Illusion, als Selbstbetrug des weiblichen Geschlechts aber könnten sie verheerend wirken. Denn sie lassen die Zeit zur Gestaltung der tatsächlichen Verhältnisse im Sinne einer Gleichberechtigung der Frauen vielleicht so lange ungenutzt verstreichen, bis sich die Fata Morgana von der Gleichberechtigung zwangsläufig verflüchtigen wird, weil eine Rückentwicklung Verhältnisse mit sich gebracht hat, welche man mit der Frauenbewegung gebannt zu haben glaubte. Dann verstummte übrigens auch der Weiblichkeitsschmus; denn einen unterworfenen Gegner braucht man weder zu verlocken, noch hat man ihm zu schmeicheln. Anstatt »anderswertig« wären die Frauen wieder unmißverständlich minderwertig.

Natürlich brächen nicht alle Nachteile einer »Rückkehr ins Haus« gleich über Nacht herein. Denn für die Frauen der ersten rückwärtsschreitenden Generation, die, wie es heiratsfähige Töchter in modischer Weise gerne gegenüber ihren Interviewern formulieren, »offen gestanden nur eine berufliche Zukunft wünschen: heiraten, Heim, Mann und Kinder haben«, hätte dieser Hausarrest noch keine großen Auswirkungen. Aber bereits nach wenigen Generationen wäre wahrscheinlich nicht nur die berufliche Stellung schlechter geworden, sondern auch diejenige in der Ehe. Wäre das Haus (des Ehemannes) grundsätzlich das einzige »Reich der Frau«, so bekämen die »doppelte Moral« und der auf den Frauen liegende wirtschaftliche Druck zur Heirat ein neues Gewicht. Der verbreiteten Kameradschaftlichkeit der Ehegatten wäre der Boden entzogen.

In ihrer Herrschaft neu gefestigt, könnten sich die Ehemänner mehr Abwechslung im sexuellen Leben leisten, was die familienmütterliche Rolle der voll erblühten Rose inmitten der süßen Knospen etwas betrüblich machte. Es sei denn, die Rose könne solche Streiche quittieren, indem sie dem Familienstock fremde Reiser aufpfropfte. Allerdings ein nicht ganz leichtes Unterfangen, weil die Männer sich dies ungern bieten ließen.

Was den verstärkten, wirtschaftlichen Heiratszwang betrifft, so darf nicht vergessen werden, daß er durch die verschärfte Rivalität der Frauen, die er mit sich bringt, und durch deren prinzipielle wirtschaftliche Unselbständigkeit frühes Heiraten bedeutete. Wer aber innerhalb einer kurzen Zeitspanne »kaufen« muß, kann nicht anspruchsvoll und wählerisch sein. Mit anderen Worten, die Frauen verlören mit einer grundsätzlichen Einkerkerung im »Heim« neben der Freiheit zur geistigen Selbstverwirklichung auch noch diejenige zur erotischen, soweit eine solche im Rahmen der Ehe möglich ist.

Die heutigen jungen Ehemänner wissen, daß die Frauen nicht restlos auf sie angewiesen sind, sondern sich auch ohne sie durchschlagen könnten, wenn im allgemeinen auch nicht so gut. Dementsprechend übt man gegenwärtig bei der Gestaltung des Zusammenlebens eine gewisse Rücksicht auf die Wünsche der Frauen. Die Männer einer Generation jedoch, deren Frauen kaum aus eigener Kraft das Leben fristen könnten, machten aus ihrer Stellung als Herr und Meister sicher kein Hehl. Die heute so oft in Geltung stehende, scheinbar rein persönliche Abmachung mit dem Ehemann, daß die Frau auf der Grundlage einer internen Gleichberechtigung gewissermaßen freiwillig die Haus- und Aufzuchtarbeit übernimmt, verschwände. Die konventionelle Arbeitsteilung in der Ehe bekäme wieder das Gesicht einer für Brot und Butter zu Dankbarkeit und Gehorsam verpflichteten Ehefrau, der ein Ehemann gegenübersteht, welcher auf geduldige Bitten gönnerhaft oder auch murrend das Geld hervorkramt, damit die Frau ihren Hut bezahlen kann. Auch allerlei von den Feministinnen erreichte Verbesserungen im Status der Frau könnten abgeschafft oder durch die Verhältnisse überholt werden, ohne daß eine feministische Neuanpassung an sie erfolgte.

Frauen der Gegenwart, die »nichts anderes als Frau sein wollen«, verkennen, daß die bescheidene Verbesserung in der Stellung der Frau, die sie als Selbstverständlichkeit genießen, nicht die Auffassung der Frau als eines Anhängsels des Mannes zur ideologischen Voraussetzung hat, sondern jene einer vielseitig und beziehungsreich im Leben stehenden Persönlichkeit. Sie verkennen, daß die »moderne Frau« eine Erscheinung ist, die sich verflüchtigen kann, wenn feministisch nicht weitergekämpft wird. »Weiblichkeit« oder »Fraulichkeit« an sich ist kein Machtmittel, wie sich viele »moderne und doch charmante Frauen« gerne einreden. Eine Erfahrung, deren die Frauen wieder teilhaftig werden, wenn sie sich die wirklichen Machtmittel, die ihnen die Frauenemanzipation – in beschränktem Maße – in die Hand gelegt hat, durch Blindheit verwirken sollten.

Welche Schalmeien die Weiblichkeitsapostel auch ertönen lassen, um die Frau zur »Erfüllung ihrer ureigenen Bestimmung« einschließlich Haushaltsfron »zurück ins Haus« zu locken, die Frauen sollten nicht übersehen, daß das weibliche Kollektiv in Europa und anderswo Jahrhunderte »im Haus« gefangen gewesen ist und unter der ganzen Tragweite solcher Häuslichkeit und Abhängigkeit gelitten hat. Während Generationen waren die Frauen in ihrem Denken und Handeln eng gebunden gewesen. Und je mehr ihre Stellung von derjenigen der Männer abwich, desto weniger Bedeutung wurde ihrer »Weiblichkeit« beigemessen. Obwohl die Frauen nur so drauflos Kinder geboren und ihr ganzes Leben lang der Familie gedient hatten, war von tiefer Achtung vor soviel »ureigener Weiblichkeit« nicht die Rede. Rechte hatten sie wenig und waren vor allem auf karges Mitleid mit dem «arme Wybervolch« angewiesen.

So darf es nicht mehr werden! Also Augen auf! Der folgende Rundblick auf die »weiblichen« Berufstätigkeiten in der Schweiz wird Punkt für Punkt zeigen, wie unheimlich weit man noch von der Gleichberechtigung der Frau im Berufsleben entfernt ist und wieviel noch zu tun übrigbleibt, wenn man nicht in eine längst und gründlich überholt geglaubte Beschränkung und Unterdrückung des weiblichen Lebens zurückgleiten will. Zugleich wird offenbar werden, wie wenig man in Wirklichkeit – allem antifeministischen Gerede zum Trotz – um das Gedeihen des »ureigenen Wesens der Frau« bekümmert ist und wie auffällig die propagierte Andersartigkeit von Frau und Mann in allem und jedem dem männlichen Kollektiv zum materiellen Vorteil gereicht.

Unergötzliches Panorama der weiblichen Berufstätigkeit in der Schweiz

Folien

Vorerst einige wenige Zahlen, die man zwar als allgemein bekannt voraussetzen darf, weil sie dem »Statistischen Jahrbuch der Schweiz« und anderen Werken zuhanden der Öffentlichkeit zu entnehmen sind, aber nicht als allgemein bekannt voraussetzen kann, weil man sich offenbar ihrer Bedeutung nicht bewußt wird. Zur Grundierung des Gemäldes der verschiedenen weiblichen Berufstätigkeiten komme ich daher nicht um ihre Erwähnung herum, wenn diese sich in ihrer vollen Bedeutung abzeichnen sollen.

1950 zählte man 640 424 erwerbstätige Frauen, denen 1 515 382 erwerbstätige Männer gegenüberstanden. Die erste Zahl ist nicht eindeutig. Ihre Fragwürdigkeit ergibt sich aus der schwer faßbaren nebenberuflichen Erwerbstätigkeit der Frauen, wobei jene der Bäuerin von besonderem Gewicht ist.

Wann immer man über Land fährt, sieht man allenthalben Frauen auf den Feldern arbeiten; sie verzetteln Mist, heuen und lesen Früchte. Allein, in der Berufsstatistik von 1956 figurieren neben 297 338 in der Landwirtschaft tätigen Männern nur 28 545 Frauen, wovon 15 912 als »mitarbeitende Familienglieder«. In Wirklichkeit arbeiten wesentlich mehr Frauen in der Landwirtschaft, selbst wenn sie oder die Haushaltvorstände, welche die Volkszählungsformulare ausfüllen, es sich ungerne eingestehen. Nicht nur der flüchtige, aber immerhin der jahraus, jahrein sich wiederholende Eindruck, den der Blick aus dem Bahnfenster gewährt, legt diesen Schluß nahe, nein, auch der einfache Gedankengang: da rund die Hälfte, 152 000, der in der Landwirtschaft arbeitenden Männer selbständig wirtschaften und man selbst in der Stadt weiß, daß die Landwirte heiraten müssen, damit in ihrer Landwirtschaft auch gewirtschaftet wird, mit andern Worten, daß mit diesen 152 000 Bauern eine entsprechende Anzahl Ehefrauen, Töchter, Schwestern oder alte Mütter zusammenarbeiten, muß die Zahl der in der Landwirtschaft erwerbstätigen Frauen höher sein. Mit der Annahme, daß nicht 30 000, sondern 165 000, wenn nicht noch mehr Frauen Bäuerinnen sind, kommt man der Wirklichkeit näher. Ihre Richtigkeit wird durch Zählungen bestätigt, die sich auch auf die nebenberufliche landwirtschaftliche Tätigkeit von Frauen erstrecken oder aber einen andern Ausgangspunkt haben: die Betriebszählung.

Außer den mindestens 135 000 nebenberuflich arbeitenden Bäuerinnen sind noch weitere 100 000 Frauen nebenberuflich erwerbstätig. Damit aber stehen in der Schweiz eigentlich bedeutend mehr Frauen, nämlich 900 000, im Erwerbsleben.

Was die Personen der erwerbstätigen Frauen in der Schweiz wie auch in anderen Ländern betrifft, so sind zwei Züge typisch für sie: Alter bzw. Jugend und Zivilstand. Fast die Hälfte ist noch nicht dreißig Jahre alt, während zwei Drittel der erwerbstätigen Männer älter sind. Und der Großteil der berufstätigen Frauen, fast 75%, ist ledig; von den restlichen 25% ist etwas über die Hälfte verheiratet, die übrigen sind verwitwet und geschieden (zirka ein Drittel der geschiedenen und verwitweten Frauen steht im Erwerbsleben).

Dieser Zahlenfolie muß ich eine kleine etymologische Folie beifügen, welche die weibliche Berufstätigkeit in seltsamer Weise charakterisiert.

Im Zusammenhang mit der Erwerbstätigkeit der Frauen fällt die Eigenart unseres Sprachgebrauches auf, die Angehörigen ganzer Berufszweige mit einem an Mädchen, Tochter, Fräulein, Frau, Dame, ja sogar an Schwester und im Dialekt an Gotte gehängten Tätigkeitswort zu bezeichnen. Da ist das Mädchen zum Dienen: das Dienstmädchen; die Tochter zum Servieren: die Serviertochter; die Frau zum Putzen: die Putzfrau; die Frau zum Waschen: die Waschfrau; und im Kanton Bern die Gotte zum Lehren: die Lehrgotte. Der Sprachgebrauch geht noch weiter und verbindet weibliche Wesen einfach mit der Lokalität, in der sie bei ihrer Arbeit stehen, sitzen und gehen, um ihre Berufstätigkeit zu umschreiben. So kommt der Saal zu Töchtern: die Saaltöchter; der Laden zu Ladentöchtern. Und ähnlich der Bezeichnung der Katze als Hauskatze, wenn sie auf längere Zeit mit einem Haus verbunden ist, nennt man das Fräulein, das im Büro arbeitet, Bürofräulein und die Dame, die hinter dem Buffet steht, Buffetdame. Im mondänen Barbetrieb gesellt sich zu den Mädchen, Töchtern, Frauen und Fräulein gar noch eine Maid, die Barmaid. Und weil während Jahrhunderten in erster Linie Nonnen – Schwestern in Christo – sich um die Kranken kümmerten, so macht der Sprachgebrauch die Pflegerin allgemein zur »Schwester«. Dabei ließ die sprachliche Trägheit sie überdies noch zur Schwester des Kranken beziehungsweise des Säuglings werden, wie es Berufsbezeichnung und Titel »Krankenschwester« beziehungsweise »Säuglingsschwester« zeigen. Im Dialekt gibt es noch eine weitere familiär klingende weibliche Berufsbezeichnung: »Häfelitante«, obwohl die Hortnerin und Kleinkindergärtnerin weder Tante des Häfelis noch diejenige der Kinder ist, die sie – vor allem früher, als man in jüngeren Jahren als heute den Kindergarten besuchte – gelegentlich darauf zu setzen hatte.

Besonders frappiert die Tatsache, daß zur Bezeichnung einer Berufstätigkeit, derjenigen des Dienstmädchens, sogar das bloße Wort »Mädchen« genügt. Auch die älteren Bezeichnungen »Jungfrau« und »Magd« hießen nichts anderes als Mädchen.

Der Sprachgebrauch ist in diesem Zusammenhang so interessant, weil er die entsprechenden Berufe dreifach kennzeichnet. Abgesehen von den

Berufen, deren Bezeichnung mit »Büro« zusammengesetzt ist, dürfte es sich um Tätigkeiten handeln, die seit alters von Frauen ausgeübt wurden. Sie scheinen aus Zeiten zu stammen, da man weniger einen Beruf ausübte, als auf Grund des Herkommens eine Stellung mit einem bestimmten Pflichtenkreis in der Volksgemeinschaft einnahm, einen Stand hatte. Ferner sind es Berufe, die ausschließlich oder überwiegend von weiblichen Wesen ausgeübt wurden, also sogenannte weibliche Berufe. Und schließlich handelt es sich um Tätigkeiten, die im großen und ganzen bis vor kurzem gänzlich unqualifiziert waren.

Wie bei den »männlichen« Berufen, die mit Geschlechtsbezeichnungen verbunden werden – Zügelmann, Officebursche, Liftboy, Dienstmann –, deutet bereits die Geschlechtsbezeichnung als solche die grundsätzliche Unqualifiziertheit der Arbeit an. Sie bringt zum Ausdruck, daß die Leistung prinzipiell ohne weiteres von jedem weiblichen beziehungsweise männlichen Wesen erbracht werden kann. Die weiblichen Geschlechtsbezeichnungen in diesem Zusammenhang, die, mit Ausnahme der Dame, Tante und Gotte, meist einen bestimmten Zivilstand andeuten, sagen zudem deutlich genug, daß selbst etwas so Unpersönliches wie der Zivilstand für die »Berufseignung« ausschlaggebender ist als irgendwelche Kenntnisse, oder pointiert formuliert, daß bei diesen »weiblichen Berufen« die individuellen Fähigkeiten neben der Tatsache des jeweiligen Zivilstandes ziemlich bedeutungslos sind.

Interessanterweise ist in der Schweiz nun mehr als die Hälfte aller erwerbstätigen Frauen in diesen Mädchen-, Töchter-, Frauen-, Fräulein-, Damenberufen tätig. Diese sind also doppelt »weiblich«, insofern die meisten von ihnen nicht nur fast ausschließlich von Frauen ausgeübt werden, sondern in ihnen, zusammen mit den frauengewerblichen Berufen und ähnlichen Tätigkeiten in der Industrie, die Berufstätigkeit der Frauen in der Schweiz zum größten Teil aufgeht. Übrigens wird auch in andern Staaten meist eine beachtliche Zahl der erwerbstätigen Frauen von diesen Berufen erfaßt.

Damit hätte man die »weibliche Berufstätigkeit« grosso modo schon beisammen. Sie wirft folgende Fragen auf: Geht es nun an, sie und die spärlichen Spuren weiblicher Arbeit in anderen Berufsgebieten als Ausdruck einer modernen Selbstverständlichkeit weiblicher Erwerbstätigkeit zu werten? Wie sagen die den Frauen bereitwillig eingeräumten Berufe der wirklichen und der frei erfundenen »weiblichen Natur« zu und wie der relative Ausschluß der Frauen von anderen Gebieten? Und schließlich ist es interessant zu verfolgen, was die männerherrschaftlichen Hüter »ureigener Weiblichkeit« zur tatsächlichen weiblichen Berufstätigkeit zu bemerken und zu verschweigen haben.

»Frauen-«, »Mädchen-«, und »Töchterberufe«

Putz- und Waschfrauen

Ich lasse den »fraulichsten« aller Berufe den Vortritt, denjenigen der Putzfrau und Waschfrau. Wo immer in Europa während der letzten zehn, hundert, ja tausend Jahre schmutzige Böden von Hand geschrubbt und schmutzige Wäsche von Hand gewaschen wurden, war es eine weibliche Hand. Nicht die Hand allein ist bei dieser Arbeit beschäftigt. Die Waschfrau taucht bis zum Ellbogen in die schmutzige Lauge, und die Putzfrau ist jahrhundertelang auf den Knien am Boden herumgerutscht, um dem Schmutz besser auf den Leib zu rücken. Gegenwärtig schrubben die Frauen zum mindesten nördlich der Alpen nicht mehr auf den Knien, da die wirtschaftliche Konjunktur die bescheidenen Verdienstmöglichkeiten etwas erweitert hat und die verbleibenden Putzfrauen es sich deshalb leisten können, in buchstäblichem Sinne eine gehobenere Stellung einzunehmen – sie stehen beim Schrubben.

Die »weiten Gebiete« der Putzerei und Handwäscherei standen den Frauen jedenfalls immer offen. Den Männern auch, aber sie betraten sie nicht. Es sei denn, sie seien Angehörige einer in fremder Kultur lebenden unterdrückten Rasse. In dieser Lage geht ihnen das Wasser ebenfalls so weit an den Hals, daß sie den Schmutz aus Geweben und Böden reiben müssen. Warum kennt die westliche Kultur den Putz- und Waschmann im allgemeinen nicht?

Wer ein eigenes Haus besitzt, bekommt hin und wieder – in schlechten Zeiten eher als in guten – den Besuch eines männlichen Wesens, das Arbeit sucht, irgendeine Arbeit, gleich was, nur Arbeit, Arbeit, die bezahlt wird, wenn auch bescheiden. Diese Männer machen angeblich alles und sind dankbar für alles. Aber wie viele »Dankbare« griffen nun wohl zu, wenn die Frau des Hauses zur Abwechslung sagen würde: »Sie kommen mir wie vom Himmel gefallen; spülen Sie das schmutzige Geschirr der letzten drei Tage, waschen Sie rasch die Leibwäsche der Familie und hernach die Windeln des Jüngsten. Auch das Klosett sollten Sie gründlich reinigen.« Der für »jede Arbeit Dankbare« würde erwidern: »So kommen Sie mir, einem gelernten oder diplomierten Dies oder Das (angelernten oder auch ganz ungelernten) nicht.« Oder was weiß ich. »Frauenarbeit« wird nämlich als Zumutung betrachtet. Kaum je fühlt sich einer heruntergekommen genug, um darauf einzugehen. Hingegen findet er es trotz seiner demütigen Bitte um Arbeit ganz in Ordnung, daß die mitleidige Hausfrau, auch wenn sie ihrerseits noch so gelernt und diplomiert ist, die ungefreute, aber notwendige Schmutzarbeit selbst macht, während er in Form von inkompetentem Basteln mit Axt, Säge und Hacke (er ist für anderes bestimmt) im sonnigen Garten Wohltätigkeit genießt.

Die Leistung von häuslicher Wasch- und Putzarbeit durch Männer kommt in unseren Regionen selbst im Falle von Arbeitslosigkeit überhaupt nicht in Frage. Bevor ein weißhäutiger männlicher Zeitgenosse Hände und Würde mit solcher »Frauenarbeit« besudelt, wird er sich auf politischem Wege mit Erfolg an die Solidarität seiner Geschlechtsgenossen wenden und so oder so zu Unterstützungsleistungen gelangen.

Anders ergeht es den Frauen. Ihre menschliche Würde braucht in ständisch-beruflicher Hinsicht keinen Schutz. Arbeit, welche die Männer, was immer das Sprichwort Gegenteiliges behaupten mag, offenbar doch schändet, scheint für sie recht und gut zu sein. Man steht nicht an, Scharen von Frauen in Putz- und Wascharbeit zu drängen. Ist doch niemand zu gut, um zu arbeiten. Arbeiten ist gesund und für die Frauen ganz besonders. Frauen, die keinen Mann haben, der sie erhält, sollen froh sein, überhaupt Arbeit zu finden.

Seltsamerweise finden die Weiblichkeitspropheten – die, sobald Frauen etwas Bedeutendes unternehmen wollen, süßlich davon faseln, wie die Frauen vor dem Schmutz des beruflichen und politischen Lebens zu bewahren seien – es durchaus in Ordnung, ja echt weiblich, daß die Frauen Hand anlegen, wenn der Schmutz sichtbar und greifbar wird.

Es gibt drei Ausnahmen, welche die Regel der »Weiblichkeit« einer Arbeit, die den von der menschlichen Existenz verursachten Schmutz betrifft, bestätigen. Sie illustrieren überdies die Tatsache, daß die Gleichberechtigung der Geschlechter nicht einmal in diesen unbegehrten Berufen verwirklicht ist, daß die »moderne Frau« es nicht einmal hier zu den »gehobeneren« Stellungen gebracht hat.

Früher bildete ein Abwart, etwa ein Schulabwart, den man mit einem Besen in der Hand erblicken konnte, eine solche Ausnahme. Der größere Teil der Putzerei wurde allerdings häufig von seiner Ehefrau bewältigt, wogegen er immer persönlich das Gehalt in Empfang nahm. In der Gegenwart ist das Bild seltener geworden. In den größeren Häusern sieht man den Abwart nunmehr gewissermaßen in der Funktion eines wachsamen Schäferhundes Trupps von Putzfrauen überwachen.

Weitere Ausnahmen bilden die Straßenwischer und Wagenreiniger. Der ihnen vom Steuerzahler finanzierte militärische Anhauch ihrer Dienstkleidung soll bedeuten: Dieser Uniformträger ist beileibe kein Putzmann. Nein, er waltet seines Amtes, er ist Beamter.

Übrigens gibt gerade diese Uniformierung einen Wink, wie es dazu kommt, daß Putzarbeiten ausnahmsweise von Männern gemacht werden. Die »Wesen«, »Körper«, »Anstalten«, die ihnen Arbeit geben, sind ja teils in sachter Anlehnung an Polizei und Militär aufgebaut worden; diesen Vorbildern entsprach es, eine Durchbrechung der Männerklausur gar nicht aufkommen zu lassen. Man machte um so weniger eine Ausnahme im Sinne der sonst so »weiblichen« Putztradition, als der Einbau dieser Putzerei in staatliche »Wesen«, »Körper«, »Anstalten« bewirkte, daß die Putzarbeit mit relativ gut bezahlten Lebensstellungen gelohnt wurde. Offenbar ist die Frau, die Putzfrau, zu gut für gut bezahlte Putzarbeit.

Dienstmädchen

Ein anderer Beruf der »Frau von heute«, der sich so weite Gebiete erschlossen haben sollen, ist »Mädchen«. Zwar sind die beruflichen Mädchen auch sonst noch Mädchen. Also ist man im durchdachten und schriftlichen Ausdruck genauer: »Dienstmädchen«. Unter dem Druck des in den letzten fünfzehn Jahren verschobenen Angebots- und Nachfrageverhältnisses wurde die Hausangestellte kreiert, um wieder mehr Mädchen zu verlocken, »Mädchen« zu werden. In den europäischen Staaten bilden die »Mädchen« trotz Dienstmädchenmangels auch heute noch einen bedeutenden Teil der »modernen berufstätigen Frauen«. In der Schweiz ist etwa ein Siebentel aller voll erwerbstätigen Frauen und Mädchen eben »Mädchen«.

Die Bezeichnung »Beruf« – gibt es Mädchen, die sich berufen fühlen, »Mädchen« zu werden? – ist hier, wie bei den »Wasch-«, »Putz-«, und »Spettfrauen«, ein Euphemismus. Von Beruf kann nicht die Rede sein, weil diese Tätigkeit nur jene ausüben, die keine Wahl haben. Es handelt sich um Arbeiten, die man jeweilen den Sklaven überließ, sofern man welche hatte.

Die Beschäftigung des Dienstmädchens ist diejenige der Hausfrau, doch mit entscheidenden Einschränkungen. Die angenehmeren Verrichtungen sind herausgepickt. Was übrigbleibt, ist mit einer Einbuße an persönlicher Freiheit außerhalb der Arbeitszeit verbunden wie sonst in keinem Beruf. Es fehlt auch das Körnchen Machtbefugnis der Hausfrau, die periodischen Hausarbeiten zwischen den Mahlzeiten in selbstbestimmter Folge abzuwickeln oder gelegentlich ganz zu unterbrechen. Und schließlich wird die Arbeit nicht wie bei der Hausfrau durch die affektive Beziehung zu den Mitgliedern des Haushaltes verklärt, sondern besteht in Handreichungen persönlichster Natur auf Grund unzähliger Befehle gleichgültiger, vielleicht gar widerwärtiger Personen. Sie ist regelrechtes »Dienen«. Dienen der Bequemlichkeit anderer.

Die Anweisungen sind durch ihren individuell nuancierten Inhalt häufig seltsam und von Haus zu Haus immer wieder anders. Auch wird in den verschiedenen Haushaltungen auf die gleichen Dinge unterschiedlich Wert gelegt. Die einen wollen die Petersilie als Dekoration auf- und abgetragen haben; andere essen jedes Büschel mit Stumpf und Stiel; die eine Familie wird rasend, wenn die Zimmertüren offen bleiben, die andere, wenn sie geschlossen werden; dort muß ein Türchen zu einer bestimmten Zeit zugeriegelt, da ein Fenster zu einer anderen geöffnet werden; hier darf das Teewasser nur ziehen, und dort soll es fünf Minuten wallen.

Mit Ausnahme des Kochens besteht die Arbeit hauptsächlich im Kampf gegen den Schmutz, im Nahkampf gegen sehr persönlich gefärbten Schmutz. Ist die Hausfrau als Hüterin des häuslichen Herdes nebenbei auch Wärterin der Kloake des Haushaltes, so das Mädchen der Kloakenknecht.

Der Lebensinhalt des Mädchens besteht darin, dem Lebensstandard der anderen auf der ganzen Linie wie einem Götzen zu dienen, was den eigenen betrifft jedoch äußerster Anspruchslosigkeit zu huldigen. Beides gilt in materieller wie in psychischer Hinsicht. Wenn es um Arbeit und Freiheitsbeschränkung geht, so steht das Mädchen mitten im engsten Familienleben, wenn aber um Freude und Genuß, ist es hermetisch ausgeschlossen. Von einer Familiensolidarität genießt das Mädchen nichts; wohl aber dehnt man eine sonst nur für Minderjährige geltende Hausordnung auf es aus. Auch sind seine Freizeit, seine Erholung, sein Vergnügen und sein Essen durch den zwar nicht bezichungsmäßig, aber organisatorisch erfolgten Familienanschluß beschränkt und begrenzt. Außerhalb der Arbeit und hinsichtlich seiner persönlichen Anliegen hat sich das Mädchen unsichtbar zu machen. Am liebsten hätte man Haushalthilfen, die sich verkriechen könnten. Da dies auch die Möglichkeit des »Mädchens für alles« übersteigt, stört es immer ein wenig und muß dies natürlich entgelten.

Und in einer Zeit, in der immerhin noch viele an die freie Bahn, die dem Tüchtigen offenstehen soll, glauben und es sie auch da und dort gibt, hat das Mädchen nicht einmal die Illusion einer Aufstiegsmöglichkeit. Tüchtigkeit spielt bei der Rangverteilung im Hausdienst keine Rolle. Oft ist die Vorgesetzte zur Arbeit, die sie anordnet und kontrolliert, unqualifiziert. Denn nicht, weil sie gut kochen, flicken und putzen kann, ist sie Hausfrau geworden, sondern sozusagen mit dem »blutten F...« – um ein Gotthelfwort zu brauchen –; an dem fehlt es schließlich dem Mädchen auch nicht.

Das »Mädchen« hat sich als Persönlichkeit so weit als möglich auszulöschen, einzig in der Arbeit darf es sich einsetzen, aber nur im Sinne der befehlenden Hausfrau. Mit anderen Worten: es hat sich in ein Werkzeug der Dame des Hauses zu verwandeln. Entsprechend gibt es auch keinen sachlichen Maßstab für die Bewertung seiner Arbeit, sondern nur die subjektive Bewertung durch die Arbeitgeberin.

Für solche denkbar untergeordnete Tätigkeit hat man daher nicht einmal eine eigentliche Berufsbezeichnung gefunden. Was soll man schon sagen? Dienendes Mädchen, »Dienstmädchen«, kommt dem Sachverhalt am nächsten. »Mädchen« ist so charakteristisch, weil kein Knabe oder Jüngling die Arbeit tun muß, jedes Mädchen aber, wenn es nicht gerade schwachsinnig oder verkrüppelt ist, dazu verwendet werden kann. Weil es bei der Arbeitsleistung so wenig auf besondere Begabungen und um so mehr auf Willigkeit ankommt, spricht man ja auch kurzerhand vom »dienstbaren Geist«.

Natürlich gibt es je nach Anpassungsfähigkeit, Intelligenz und Fertigkeiten alle Arten »Mädchen«; von miserablen, die statt einer Entlastung eine schwere Belastung ihrer Arbeitgeberinnen bedeuten, bis zu Genies, die unbezahlbar sind und mehr zum Komfort ihrer Arbeitgeberinnen beitragen als ein doppeltes Einkommen des Ehemannes. Aber weder materiell noch ideell haben die berühmten »Perlen« etwas vom Wert, den sie für die Arbeitgeber darstellen. Denn Vorgesetzte schätzen zwar Anpassungsfähigkeit bei ihren Untergebenen, achten sie um derentwillen aber nicht um so mehr. Und die Intelligenz Untergebener wird, sobald sie wie beim Dienstmädchen nicht ausgebildet ist und ihre Leistung dadurch in unmittelbarem Zusammenhang mit den Anordnungen der Vorgesetzten bleibt, von diesen als eigene Fähigkeit genossen.

So wird alles in allem »Dienstmädchen« neben »Wasch-, Putz- und Spettfrau« als die unterste Stufe auf der sozialen Leiter weiblicher Erwerbstätigkeit ehrbarer Art betrachtet. Die Verachtung des Dienstmädchens geht so tief, daß interessanterweise oft gerade jene, welche die angebliche »Weiblichkeit« der Dienstmädchenarbeit am meisten bejahen sollten, nämlich die Burschen, die als ihre Ehemänner in Betracht kommen, es zu wenig vornehm finden, Dienstmädchen zu heiraten. Das ist fatal. Denn in kaum einem anderen Beruf, den man den Frauen zuschiebt, ist das Bedürfnis zu heiraten aus materiellen Gründen so dringend. Allein die Ehe gewährt dem »Mädchen« Aufstiegsmöglichkeiten, indem sie die Chance bietet, vielleicht an der Seite eines Meisterkaters besser zu leben als bei den Bröcklein, die vom Tische der Frau Meisterkatze in ihrem Käfig abfallen.

Das Los als »Dienstmädchen« ist trotz des neuen Windes, des neuzeitlichen Gesäusels von der Schönheit, ja der »Ehre des Dienens«, des »Dienendürfens«, unbeliebt. Das Wort »dienen« hat zwar Schule gemacht. Besonders gerne beziehen es jene auf sich, die noch mehr als bisher herrschen möchten, von Verwaltungszweigen bis zu Unternehmen der Industrie und des Handels, Banken und Versicherungen. Mögen sie alle »dienen« wollen, das Dienstmädchen hat genug davon. Man hat es mit der neuen Bezeichnung »Hausangestellte« zu beschwichtigen, zu heben, zu verlocken versucht. Natürlich hat es dazu nicht nein gesagt. Lieber Hausangestellte als Dienstmädchen; am liebsten jedoch keines von beiden. Jedes Mädchen, das praktisch eine berufliche Wahlmöglichkeit hat, vermeidet es, Dienstmädchen zu werden. Dies Los ziehen einzig jene, die zwar wie alle Menschen leben müssen, aber im Gegensatz zu ihren männlichen Mitbürgern den »Beruf« überhaupt nicht wählen können.

Welche Frauen haben keine Wahl? Es sind zu einem großen Teil die Mädchen aus ländlichen Gegenden mit wenig Industrie. Auch die Burschen haben dort keine großen Ausbildungsmöglichkeiten. Trotzdem steht den Brüdern der »Mädchen für alles« das Leben vielseitiger offen. Denn auch in kleinen Zentren, wo die einzigen voll berufstätigen Frauen Schneiderinnen, Ladentöchter oder auswärts tätige Serviertöchter sind, gibt es Bäcker, Metzger, Spengler, Schreiner, Sattler, Schmiede, Mechaniker, Pfarrer und etwa einen Advokaten, Arzt und Apotheker, ferner einige Pöstler und Eisenbähnler und so weiter. Alles Gelegenheiten für Burschen und nur für Burschen, um meist an Ort und Stelle beruflich nachgezogen zu werden. Wenige von ihnen werden hinsichtlich ihrer Fähigkeiten bis zu dem

Grad als »nicht besonders« betrachtet, daß sie wie die Mädchen gleich »für alles« verwendet werden. Auf dem Lande wird bisweilen aus Söhnen, deren Schwestern als Mädchen »Mädchen« zu werden haben, sogar etwas ganz Besonderes: ein »Gschtudierter«. Die Töchter aber haben entweder gar keine oder bedeutend geringere berufliche Ausbildungsmöglichkeiten. Auch mag da und dort eine Familie für den Sohn das Unmögliche möglich machen und ihn unter großen Kosten in der Fremde etwas lernen lassen. Für Mädchen wird ein solcher Aufwand wunderselten gemacht. Warum auch, wenn Töchter als »Mädchen« bereits ihren Lebensunterhalt verdienen können und zudem »dann doch heiraten«. Übrigens steht es in ländlichen Gegenden relativ nicht schlechter um die Berufsmöglichkeiten der Mädchen als in den Städten. Jene Verhältnisse zeigen lediglich die Lage, in der sich der relative Ausschluß der Frauen von gesuchten Berufen dem absoluten nähert.

Automatisch wird ein Teil der Frauen »Mädchen«. Das heißt, sie werden an den untersten Rand der Erwerbstätigen gespült, solange einerseits eine gewisse Anzahl Frauen erwerben will oder muß und anderseits eine beachtliche Anzahl der begehrten Posten, ja ganze Fachgebiete, den Frauen verschlossen sind – eine Tatsache, die noch eingehend zur Sprache kommen wird. Die scheinheilige Weiblichkeitsideologie, die diesen Ausschluß mit der Parole »die Frau gehört ins Haus« fördert, trägt also dazu bei, daß die Frauen fürs erste einmal in ein fremdes Heim abgeschoben werden – als Dienstmädchen. Die vom nationalsozialistischen Regime geschaffenen »Arbeitsmaiden« waren ein besonderes, aber drastisches Beispiel dieses Mechanismus. Auch der offensichtlichen Vernachlässigung der Frauen in staatlichen Arbeitsbeschaffungsprogrammen liegt das Vertrauen auf das traditionelle Schleusen in den Hausdienst zugrunde. Während die Männer von »Recht auf Arbeit« reden, was stillschweigend Recht auf eine Arbeit heißt, die einigermaßen der Ausbildung entspricht und den bisherigen Lebensstandard ermöglicht, sollen offenbar die Frauen im Fall der Fälle in vermehrtem Masse als Mädchen unterkriechen, wenn sie von keinem Mann erhalten werden, dessen Recht auf Arbeit respektiert worden ist. Denn für weibliche »Haussklaven« hat es noch bis tief in die Krisen hinein Platz, solange Häuser stehen, die Männer die Hausarbeit nicht selber machen und jährlich zehnmal mehr ausgeben, als einem Mädchen bar bezahlt werden muß.

Bauernfrau

Die Bezeichnung »Bauernfrau« hat mit derjenigen der Hausangestellten als »Mädchen« die Eigentümlichkeit, daß sie stillschweigend den Zusatz »für alles« enthält und damit eigentlich »Frau für alles« heißt, nämlich für Haus, Feld, Wald und Wiese. Ferner teilt der Beruf der Bauernfrau mit demjenigen des Mädchens unter anderen die Eigenschaft, daß er nicht mit jenen »der Frau erschlossenen weiten Gebieten« in Zusammenhang steht und seine Echt- und Urweiblichkeit nie angezweifelt wurde. Im Gegensatz zum Mädchen arbeitet sie aber nicht für Lohn, sondern – je nach güterrechtlichen Verhältnissen – mehr oder weniger für Rechnung des Ehemannes.

Sie wird durch Sitte, Brauch und Ehemann zu zahlreichen außerhäuslichen Arbeiten angehalten, die dem Erwerb dienen. »I weiss nit, wasch machunt, ds Wibuvolch, schi chomund nit firche!« heißt es nicht nur im Wallis, sondern auf jedem nicht steinreichen Bauerngut; das heißt, die Frauen sollen endlich an die Feldarbeit gehen, anstatt sich mit der Ausrede, den Haushalt besorgen zu müssen, zu drücken. Sie sind auf dem Felde nötig, weil: »Wiär läbe va dem, was vorna geschafft wird, nid vom Putzen und Wäsche im Hüs.«[1] Die Bäuerinnen sind oft Frauen, die sich während der Hälfte des Jahres zu jeder der Hausarbeit abgesparten Stunde in eine Hilfskraft auf dem Felde verwandeln müssen – auch wenn sie sich nicht als ständig mitarbeitendes Familienglied betrachten. Ist die Hausfrauenarbeit getan, so wartet die »Frau-, Magd-, Knecht-für-alles«-Arbeit draußen beim Ehemann. Die Frau ist ständig Lückenbüßerin. Umgekehrt hingegen gilt nicht. Muß etwa der Bergbauer eines langen Aufstieges wegen gelegentlich besonders früh aufstehen, so weckt er morgens um halb drei ungeniert seine Gattin, damit sie sich beeile, ihm den Kaffee zu kochen. Und wie viele Bauern gibt es, die – während der geruhsameren Wintermonate – ihre Sachen selber ausbessern, wenn die Frau mit der Flickarbeit nicht nachkommt? Man hat noch von keinem gehört.

Eine andere Form der »Frau-für-alles«-Arbeit findet sich dort, wo der Bauer zugleich Arbeiter ist, der sich tagsüber oder auch saisonweise an seine Arbeitsstelle begibt und die kleine Landwirtschaft Frau und Kindern und diese wiederum ihrem Schicksal überläßt. In solchen Fällen ist die Bauernfrau nicht nur weitgehend ihre eigene Ernährerin und diejenige ihrer Kinder, sondern ernährt mehr oder weniger noch ihren Mann. Kommt er heim, so ißt er zum Teil das, was sie gesät, gepflanzt, geerntet, gezogen, gemästet und geschlachtet hat, während sein Verdienst oft auf die Seite – seine Seite – gelegt wird. In solchen Verhältnissen umfaßt das »alles« der »Frau für alles« auch noch weitgehend »Männerarbeit«. Unnötig zu sagen, daß solche »Frauen für alles« kaum immer alles bewältigen können.

Neben all der Arbeit gebiert die Bauernfrau noch viele Kinder. Das Geld aber, das den Schweizer Gebirgsbauern für diese monatlich bezahlt wird – es ist mit Fr. 9.- pro Kind monatlich und einer Haushaltzulage oft ein nettes Sümmchen –, bezieht der Mann allein.

Landwirtschaftliche Arbeit – sie erfaßt in Agrarstaaten noch einen weit größeren Teil der »Frau von heute«, der sich so viele »neue Gebiete geöffnet haben« – war für die Frauen seit je selbstverständlich. Berufstätigkeit nennt man die Arbeit, wenigstens im Falle der Bauernfrau auf dem Hofe des Ehemannes, allerdings kaum. Vor der Revolution war sie Bäuerin und ihr Mann Bauer. Diese Ausdrücke waren weniger Berufs- als Klassenbezeichnungen. Doch die fortschreitende Demokratie machte den Bauern zum Berufsmann, zum »Landwirt«. An Frauen verschwendete man keine solchen Mirakel der Demokratie. Aus der Bäuerin wurde keine »Landwirtin«, sondern sie verblaßte allmählich zur »Hausfrau«. Nicht in gleichem Maße verblaßte ihre Arbeit. Wäre sie in Kriegszeiten nur Hausfrau gewesen, so wäre nicht nur ihre Nahrung, sondern auch diejenige ihres vermeintlichen Ernährers und des ganzen Volkes zu einem bedenklichen Teil ausgeblieben.

An der Vereinbarkeit von Weiblichkeit und landwirtschaftlicher Arbeit bestanden und bestehen seitens der Weiblichkeitsapostel nicht die geringsten Zweifel. Während man, wie noch gezeigt werden wird, einerseits im Geiste der Weiblichkeitsideologie von Menstruation, Schwangerschaft, Geburt, Wochenbett und Klimakterium viel Aufhebens macht, um nachzuweisen, wie »die Erfüllung der ureigenen Aufgabe der Frouh« gut bezahlter Arbeit, gehobenen Verdienstmöglichkeiten und wenn möglich noch der politischen Gleichberechtigung der Geschlechter entgegenstünde – ist die Frouh doch nicht für die Härte des Existenzkampfes, sondern für »tragen, gedulden, nähren, hegen und pflegen« geschaffen –, so sieht man dagegen in all dem kein Hindernis, die »Frau für alles« sich abrakkern zu lassen.

»Sie arbeiten in der Schwangerschaft bis kurz vor der Geburt, um gleich nachher wieder zu beginnen. Die Männer zeigen da sehr wenig Verständnis. Daher rührt auch die große Verbreitung der Unterleibsleiden der Bauernfrauen. Namentlich Scheidenvorfall und Gebärmuttersenkung erfordern in der Großzahl meine operative Tätigkeit. Die ewigen Rückenschmerzen und vor allem Herzleiden bilden das A und O meiner Sprechstunden ...«, berichtet ein Landarzt aus dem Kanton Zürich und erklärt weiter, daß die abendliche Freizeitgestaltung für den Bauernsohn ein Problem von solchem Gewicht sei, daß sich die Behörden damit befassen sollten[2]. – Die Bauernburschen wissen nicht, wie die Zeit totschlagen, und die Bauernfrauen bekommen durch Überarbeitung Scheidenvorfall und Gebärmuttersenkung.

Trotz Scheidenvorfall und Herzleiden – dem A und O der Praxis eines Landarztes – scheinen die Propagandisten der »ureigenen Natur der Frau« in harter Landarbeit eine geringere Gefahr für sie zu sehen als in gut bezahlter intellektueller Tätigkeit, von der jedenfalls noch nie ein weibliches Wesen Scheidenvorfall und Gebärmuttersenkung bekommen hat. Die Frau gehört nach ihrer Meinung zwar ins Haus, aber in der Landwirtschaft »natürlich« nicht; dort gehört sie offenbar aufs Feld. Je mehr sie arbeitet, um so besser. Körperliche Arbeit ist das erste, was alle Welt und mit ihr die Weiblichkeitsapostel von den Landfrauen verlangen.

Trotzdem man den Bauernfrauen Plackerei als Selbstverständlichkeit aufbürdet, betrachtet man sie nicht als Arbeiterinnen, die ihres Lohnes wert sind. Ich denke dabei nicht einmal an jenen Bauernsohn, der fand, es komme billiger, die Magd zu heiraten, als ihr Lohn auszuzahlen, sondern an die relativ besonders ungünstige Auswirkung des gesetzlichen ehelichen Güterstandes auf die Bauernfrau in der Schweiz und manch anderen Staaten. Denn ihr gehört von dem während der Ehe erarbeiteten Vermögen grundsätzlich nicht mehr als irgendeiner Nurhausfrau, die kaum je auch nur die Petersilie für die Suppe gezogen, geschweige denn sonst erworben hat. Der Bauernfrau, wie prinzipiell auch jeder anderen Ehefrau, gehört nach der Vorschrift der Güterverbindung nicht etwa die Hälfte der Errungenschaft, sondern bloß ein Drittel und auch dieses Drittel erst nach Auflösung des Güterstandes, praktisch mit dem Tode des Mannes. Vorher stehen alle Rechte an ihr dem Ehemann zu, und die Bauernfrau verfügt ohne die Zustimmung des Mannes genau genommen über keinen Franken des sauer erworbenen Vermögens. Häufiger als man glauben möchte, bekommt sie tatsächlich kein bares Geld in die Hand. Wozu auch? Hat sie nicht alles, was sie braucht?

Ökonomisch gesehen ist die Bäuerin eine Sklavin des Ehemannes, eine Sklavin mit allfälliger Anwartschaft allerdings. Dafür aber auch eine Sklavin, die wohlweislich mit der Intensität des für die eigene Rechnung Tätigen arbeitet. Die Ausnutzung durch den Ehemann gehört offenbar zur nie in Frage gestellten »Weiblichkeit« der Arbeit der Bauernfrau. Helfen kann da allein die Flucht. Solche Fluchtversuche bedeuten in wenigen Einzelfällen Scheidungsklage und in zahllosen die bekannte Erscheinung der Landflucht, insbesondere der Bauerntöchter.

Beim Versuch der ersten Art wird übrigens hin und wieder peinlich offenbar, daß die Frauen, sofern sie nicht über eigenes Gut verfügen, und auch dann nicht immer, kaum das für die Scheidung nötige Geld besitzen. Wohlverstanden, nachdem sie Jahr für Jahr, so lange das Tageslicht schien, an der Arbeit gewesen waren. Zwar hätte der Ehemann nach bundesgerichtlicher Praxis der Frau für den Scheidungsprozeß Vorschuß zu leisten. Aber bis dieser in ländlichen Verhältnissen auf dem Tisch liegt, gibt es oft ein langes Theater. Das kann der Anwalt sehen, der den mitunter lahmen Arm des Gesetzes bis zur Waldgrenze hinauf nach versteckten Kühen strecken muß, um das Substrat des Vorschusses zu erwischen.

Als Vorbeugung ist der andere Fluchtversuch immer aussichtsreich. Viele Bauerntöchter werden in der Stadt vorläufig Serviertöchter oder »Mädchen für alles«, um nicht automatisch »Frau für alles und jedes« auf dem Lande werden zu müssen. Mit der Heirat eines Fixbesoldeten stellen sie sich güterrechtlich zwar auch nicht besser als auf dem Lande. Aber anstatt nach Erledigung der Hausarbeit aufs Feld gehen zu müssen, können sie sich aufs Sofa setzen oder als geschätzte Kundinnen Läden durchwandern.

Trotz des Kopfschüttelns bei den heiratsfähigen Landwirten findet sich nicht einer, der seine im eigenen Interesse so weidlich benutzten politischen Rechte einmal dazu verwendete, um den Bauernfrauen den Anspruch auf einen gerechten Anteil an dem in gemeinsamer Arbeit Erworbenen zu verleihen. Wo ist jener Bauer, den der legendäre Biedersinn der

Landbevölkerung einmal bewöge, ein aus dem gemeinsam Verdienten und Ersparten erworbenes Grundstück auf den Namen seiner Frau oder auch nur auf beider Namen zugleich ins Grundbuch eintragen zu lassen?

Serviertochter

»Dienen« in der Stadt ist die eine Möglichkeit, ein besseres Los als dasjenige der »Frau für alles« zu erwischen, Servieren die andere. Sie wird zum Teil unter den gleichen soziologischen Voraussetzungen ergriffen. Im Grunde geht es bei diesen Tätigkeiten um etwas sehr Ähnliches: Servieren bedeutet ja nichts anderes als bedienen. Die gemeinsamen Wesenszüge sind: Dienen, Aufwarten, und dies seitens junger, weiblicher Wesen in einer Weise, wie es jedes Mädchen, jede Tochter, die nicht gerade anormal ist, bald ohne weiteres tun kann.

Die Serviertochter hat nur aufzuwarten und abzuräumen, aber beides im Eiltempo. Auf das Stichwort »Fröllein« eilt sie herbei, auf den Ruf »Zalle« kassiert sie ein und räumt ab. So geht es tagtäglich, hin und her und her und hin, zwischen Buffet und Gast, Gast und Buffet. Populäre Statistiken über die Unzahl ihrer Schritte, die endlosen Märsche, welche die Serviertochter sozusagen an Ort zurücklegt, sind das Thema für Füller im unterhaltenden Teil der Zeitungen.

Die Bezahlung der Serviertöchter geschieht – bildlich gesprochen – durch Brosamen von des Reichen, des reichen Gastes Tisch. Je nach dem Wert der Brocken, die dieser pickt, sind auch die auf die Serviertochter entfallenden Brosämchen mehr oder weniger wert. Die Trinkgelder von 12-15% des Wertes der Zeche sind solche Brosamen. Während die Serviertochter die Krumen vom Tische des Gastes abwischt, fällt ihr mitunter nebst dem Trinkgeld noch ein körperhafteres Brosämchen zu: der Herr schenkt ihr großmütig sein Dessert. Offenbar lädt die Bezeichnung »Tochter« den Gast zu einer Geste ein, die analog zu jener der Hausväter ist, die als Häupter der Familie und damit oft einzige Karnivore am Familientisch hin und wieder das Zipfelchen ihrer Wurst einem Kind überlassen.

Das Arbeitsfeld der Serviertochter – in der Schweiz sind 60 000 Frauen im Gastgewerbe tätig, wovon vielleicht die Hälfte Serviertöchter sind – zählt ebenfalls nicht zu den »weiten Gebieten«, die der »Frau von heute« erschlossen worden sein sollen. Denn dieser »Frauenberuf« geht so weit in graue Vorzeit zurück, als es Schenken gegeben hat und sich die Hungrigen und Durstigen ihre Konsumation in der Gaststube, in der Gartenlaube oder gar auf dem Schlachtfeld – die Söldner wurden häufig von Marketenderinnen verpflegt – auftischen ließen.

Wie entspricht dieser Beruf der »ureigenen Natur der Frau«, ihrer »hohen biologischen Aufgabe«?

Um es gleich vorwegzunehmen, letztere kommt gar nicht in Frage.

Denn dieser »Frauenberuf« ist beileibe nicht für Frauen, sondern wie derjenige des Dienstmädchens und noch viele andere nur für Fräulein.

Diese vermeintlich so weibliche Arbeit scheint nach den üblichen Maßstäben auch zur »weiblichen Natur« im allgemeinen schlecht zu passen. So gehört etwa die in der Industrie als Gefährdung der so ganz anders gearteten »weiblichen Natur« bewertete Nacht- und Sonntagsarbeit ausgesprochen zur Tätigkeit der Serviertöchter. Hier nimmt man keinen Anstoß an ihr, obwohl Serviertöchter aus dem gleichen Holz sind wie andere Frauen. Selbst die Tatsache, daß die durch Gewaltmärsche mit ständiger Geschirrpackung erworbenen Fuß- und Beinleiden sich auf den sogenannten Mutterberuf nicht günstig auswirken, macht jenen Bekämpfern weiblicher Berufstätigkeit, die bei zahlreichen gesuchten Erwerbstätigkeiten gerne unvermeidliche Schäden für die weiblichen Fortpflanzungsorgane wittern, nicht den mindesten Eindruck. Weder die regelmäßige Sonntags- und Nachtarbeit noch das stundenlange Stehen und Gehen in diesem Beruf scheinen der Echtheit seiner Weiblichkeit Abbruch zu tun. An ihr wird nicht gezweifelt, obwohl überdies offen bleibt, was Gabeln und Suppenteller mit der angeblichen weiblichen Allmütterlichkeit zu tun haben sollen und welcher »Andersartigkeit der Frauenseele« das Herumtragen von Biergläsern und Wurstsalaten wohl entsprechen soll. Über die Gesundheitsschäden, die sich die Töchter beim Servieren zuziehen können, würden die Weiblichkeitspropheten wohl erst jammern, wenn die gute Verdienstmöglichkeit der Serviertöchter anstatt ein paar Jährchen ein ganzes Leben dauern würde.

Noch aus einem andern Grunde als dem der befristeten Erwerbsmöglichkeit wird bei uns dieses Arbeitsfeld weitgehend den Frauen überlassen. Die Weiblichkeit beim auftragenden Personal wird nämlich von der Männlichkeit sehr geschätzt. Allerdings handelt es sich nicht um die Weiblichkeit auf der Ebene der »ureigenen Aufgabe der Frouh«, sondern um diejenige eines mehr oder weniger jugendlichen Fräuleins, das einen als Mann so fühlen läßt, was für ein Bursche man ist. Was ich damit meine – nicht mehr und nicht weniger –, kann man erfassen, wenn man etwa beobachtet, wie ein siebzehnjähriger Jüngling mit der künstlich barschen Stimme eines Schülers, der den Samichlaus spielt, über die Tische ruft: »Marie zalle«, und hierauf eine zehn Jahre ältere Tochter herbeieilt. Oh, es ist sein gutes Recht, eine fremde, ältere Person ohne deren Einwilligung mit dem Vornamen anzureden, im Befehlston zu konversieren, sich etwas gehenzulassen, je nach Lust und Laune den gönnerhaften Donnerer zu spielen, zu prahlen oder Anzüglichkeiten zu meckern, kurz, über einige der Spielregeln hinauszugehen, die zwischen Gleichgestellten sonst gelten. Er darf sich für ein Bier plus Trinkgeld gegenüber einem weiblichen Wesen, für das es kein Entrinnen gibt, die bewußte Ungeniertheit eines etwas vertraulichen Vorgesetzten gestatten. Gegenüber einem weiblichen Wesen, das in jedem Fall freundlich und in seinen Schranken zu bleiben hat, wenn es weiter Geld nach Hause schicken will. Mehr noch als ein Trunk gibt solches Verfügen über eine Person ein molliges Selbstgefühl. In der warmen Wirtshausstube das Bäuchlein füllen und andeutungsweise – auch psychisch – alle viere von sich zu strekken, von einem weiblichen Wesen freundlich bedient zu werden, über es zu herrschen, ja sogar ein Übermütlein zu spüren – das alles ist sicher ein Trinkgeld wert. Es handelt sich um die preiswerte Wohligkeit, die einst der Schulbub empfand, als er im Autodrom fünf Minuten lang den rücksichtslosen Autofahrer spielen durfte.

Da offenbar das Ewigweibliche die männlichen Besucher von Gaststätten nur in Gestalt eines Fräuleins zu guter Laune hinanzieht und in Gestalt einer Frau überhaupt nicht mehr zieht, fällt, wie erwähnt, für die Frauen dieser »Frauenberuf« weg, wenn aus dem Fräulein eine Frau geworden ist oder nach der landläufigen Meinung hätte geworden sein müssen. Häufig hat sich die verheiratete oder ältere Serviertochter nach einem anderen Beruf umzusehen, selbst wenn sie zweimal gewandter ist als eine achtzehnjährige. Höchstens Aushilfsarbeit steht ihr noch zur Verfügung.

Man hört und liest hin und wieder weinerliche Äußerungen, wie es schon für einen Mann zwischen Vierzig und Fünfzig nicht mehr leicht sei, eine neue Stellung zu finden. Man hat aber kaum je gelesen noch je gehört, daß Tausende von Männern nur deshalb ausrangiert worden wären – und zwar als Norm –, weil sie, verheiratet oder älter geworden, den Frauen, mit denen sie bei der Arbeit in Beziehung kommen, nicht mehr gefallen. Hingegen gilt das Unerhörte im umgekehrten Sinne für die Serviertöchter. Offenbar ein »Frauenberuf«, der von der so andersartigen weiblichen Natur noch einen frühen Tod verlangt.

Ladentochter

Ist das Dienstmädchen ein Mädchen, das dient, die Serviertochter eine Tochter, die serviert, so ist die Ladentochter eine Tochter, die im Laden steht und Kunden bedient. Es handelt sich bei diesen zusammen hundertfünfzig- bis zweihunderttausend Frauen erfassenden »Frauenberufen« immer um dasselbe: Jugend, Jugend zum Dienen, Dienen, Dienen. Offenbar gilt: »Dienen lerne beizeiten das Weib!« Der Spruch aus »Hermann und Dorothea« – er wird dem vom wohlhabenden Jüngling zur Gattin erkorenen, aber vorläufig als Dienstmagd engagierten Mädchen in den Mund gelegt – tönt allerdings nicht gerade modern und schon gar nicht als Wahlspruch der »berufstätigen Frau von heute«, die weite Gebiete erobert und volle Gleichberechtigung mit dem Manne errungen haben soll.

In der Tat ist auch der Beruf der Ladentochter, der Verkäuferin, keineswegs eine Errungenschaft der Gegenwart, sondern wohl so alt wie Handel und Gewerbe selbst. Denn wo ein Ladeninhaber über eine heranwachsende Tochter verfügte, da stand die Tochter zumeist auch in seinem Laden. Mit dem Hauswesen mehr als der Bruder verbunden und doch wieder weniger als die Mutter, war sie die gegebene Vertreterin im Laden, wenn Geschäfte den Inhaber von zu Hause wegführten.

Die Tätigkeit der Ladentochter hat gegenüber den anderen Töchter-, Mädchen- und Frauenberufen insofern den Vorrang, als sie weniger Dienen im engsten Sinne, sondern Verkaufen, Abschließen von Geschäften bedeutet. Mag nun auch der Kunde ein junges Gesicht hinter dem Ladentisch gerne sehen, so sieht er doch lieber die gesuchte Sache zu tragbarem Preis. Und da er oft selbst nicht genau weiß, was er sucht, besteht das Kunststück der Verkäuferin darin, ihm zu suggerieren, daß das, was ihr Patron führt, das Gesuchte zum günstigen Preis ist. Dieses Kunststück fertigzubringen, braucht Begabung und Erfahrung. Da von seinem Gelingen das Einkommen des Arbeitgebers abhängt, so zieht dieser bei gleicher Leistung zwar Jugend dem Alter vor, aber nicht untüchtige Jugend tüchtigem Alter. Die Ladentochter hat also grundsätzlich einige Aufstiegsmöglichkeiten. Sie kann sich zur Ersten Verkäuferin, zur Geschäftsleiterin, zur Filialleiterin, zur Einkäuferin entwickeln.

Während nun die eigentlichen Ladentöchter ihrer relativ geringen Entlöhnung wegen bei uns kaum von »Ladensöhnen« konkurrenziert werden – es sei denn in Eisen- und Buchhandlungen –, machen sich in den gehobeneren Stellungen dieses Berufsgebietes nebst dem Wettbewerb der Männer auch deren Monopolansprüche bemerkbar. Typisch für letztere Erscheinung ist der männliche Rayonchef in großen Unternehmen. Hier die Verkäuferinnen, das Heer der exerzierenden Soldaten, von denen keiner den Marschallstab im Tornister trägt, Arbeitsbienen, – dort der Rayonchef, der Verkaufschef, Vertreter der herrschenden Kaste, der Herr Offizier mit dem höheren Sold, als Kopf, Organisator, Aufseher.

Die vermeintlich große Umwälzung des weiblichen Erwerbslebens in feministischer Richtung hat der Ladentochter wenige Stellungen, die sie nicht schon vor einem halben Jahrtausend gehabt hätte, gebracht, wohl aber hat ihr die Entwicklung der letzten Jahrzehnte den Rayonchef vor die Sonne gestellt. Was die »Weiblichkeit« des Berufes betrifft, so hat sie sich nach der männerherrschaftlich inspirierten öffentlichen Meinung oft genau an jenem Punkt in »Männlichkeit« zu verwandeln, wo ein Einkommen geboten wird, das ein vom elterlichen Haushalt unabhängiges, komfortables Leben ermöglicht.

Der »Fräuleinberuf«

Überall und nirgends

Sich weiter unter den »Frauenberufen« umsehend, gelangt man von den »Mädchen-« und »Töchterberufen« zum »Fräuleinberuf«, nämlich zum

Beruf des Bürofräuleins. Damit nähert man sich, wie bereits erwähnt, einer der Quellen jener Legende, die da berichtet, der Berufstätigkeit der Frauen hätten sich weite Gebiete geöffnet.

Die Bürofräulein scheinen nun wirklich überall dabeizusein. Wohin man blickt, kreuz und quer durch unsere Wirtschaft – kein Amt, kein Bestattungsunternehmen, kein Import-Export-Geschäft, keine Blättleinredaktion, keine Maschinenfabrik, kein Handel mit Patisseriefarbstoffen und Wursthäuten ohne sie. Sie geben das Bild der »Eroberung aller Wirtschaftszweige durch die Frau«.

Man übersieht jedoch leicht, daß die Frauen nicht als Vertreterinnen einer entsprechenden Zahl Berufe überall dabei sind, sondern im großen und ganzen als Angehörige eines einzigen, desjenigen des Bürofräuleins. Hinter diesem steht weniger eine »Eroberung weiter Gebiete« als vielmehr die Erfindung der Schreibmaschine und des Telephons. Beides wird von den Männern hochgeschätzt, nicht aber das Hantieren mit diesen Übermittlungsapparaten. Die Männer glaubten und glauben, für Wichtigeres als das Tippen von Briefen und die Abnahme des Telephons geboren zu sein, und überließen infolgedessen diese Arbeiten hauptsächlich den Frauen, während sie sich selbst wenn möglich solidere Kost verschafften. Aber nicht einmal dieses »Zugeständnis« ist ihnen leichtgefallen. Und mit scheelem Aug' sahen viele Männer anfangs dieses Jahrhunderts, als Büroarbeit noch für intellektuell galt, die Frauen darin aufkommen. Wenn man ihnen schon die gleiche kaufmännische Ausbildung gewährte, so sollten sie doch nicht der gleichen Berufsorganisation angehören dürfen. Zum Beispiel verweigerte ihnen der Schweizerische Kaufmännische Verein bis 1919 den Zutritt, obgleich sich die Schweizerinnen schon 1901 in genau gleicher Weise wie ihre Kollegen qualifizieren konnten.

Da in jedem Betrieb telephoniert und mit Maschine geschrieben wird, kommen die Frauen zwar mit jeder Branche in Berührung. Die Tore in die »weiten Gebiete« sind ihnen eine Spalte breit geöffnet worden, aber wie gesagt, hauptsächlich um darin – zu stenographieren, zu tippen, abzulegen und zwischendurch das Telephon zu bedienen und Türen zu öffnen. Als »Bürofräulein« tippen sie das eine Jahr Bestellungen von Hartholz, das nächste Patentanmeldungen, das übernächste Eingaben an Gerichte, legen entsprechende Korrespondenzen ab, rechnen – oft in Hilfsbuchhalterfunktionen, selten als Chefbuchhalter –, was es in den »Gebieten« zu rechnen gibt, und nehmen Telephonhörer ab. Das wäre der schmale Pfad, auf dem sich der Großteil der wohl über hunderttausend weiblichen Bürokräfte durch die »weiten Gebiete« bewegt.

Obwohl man die Frauen »überall« sieht, sind sie als Köpfe nicht häufig in den Kern der Gebiete und schon gar nicht in die kleineren und größeren Schlüsselstellungen vorgedrungen. Die maßgebende Arbeit auf den meisten »Gebieten«, die insgesamt das »Wirtschaftsleben«, die »Geschäftswelt« ausmachen, ist ihnen, wo nicht formell, obwohl vereinzelt auch das zutrifft, so doch praktisch verboten. Sie bleiben in den Vorhöfen, um mit

Stenoblock, Schreibmaschine und Telephonapparat männlichem Geist Handlangerdienste zu erweisen.

Die Behauptung scheint auf den ersten Blick Übertreibung zu sein. Denn wer vermöchte nicht einige Frauen zu nennen, welche »die Seele des Geschäftes«, »die rechte Hand des Chefs« sind. Sie kennten sich besser aus als alle Direktoren miteinander, sagt man von ihnen, sie leiteten die maßgebenden Herren an seidenen Zügeln, komme ein Junger ins Geschäft, bei ihnen gehe er in die Lehre; ihr Einfluß im Geschäft sei unbegrenzt.

Unbegrenzt? Sehr begrenzt pflegt in solchen Fällen meist das Gehalt dieser Seelen des Geschäftes und rechten Hände zu sein. Es wird – die ganz wenigen Ausnahmen bestätigen die Regel – selten auch nur halb so groß sein wie dasjenige der Herren, die »alle miteinander nicht soviel wissen« und »an seidenen Zügeln geleitet werden«. Ihr »unbegrenzter Einfluß« scheint sich total zu verflüchtigen, wo es um die Bezahlung ihrer unersetzlichen Arbeit und um Beförderung geht. Die erwähnten »Jungen«, die bei ihr in die Lehre gehen, »kommen vorwärts«, wenn sie nicht gerade auf den Kopf gefallen sind, während ihre tüchtigen Lehrmeisterinnen meist lebenslänglich »rechte Hand« zu bleiben haben anstatt selber Köpfe zu werden, anstelle der Kompetenzen höchstens »Einfluß« besitzen.

Das Bürofräulein ist »auf jedem Gebiet tätig«, aber auf jedem nur am Rand, nur auf der Kante – in sachlicher und zeitlicher Hinsicht. Ein Zaungast! Dieser »moderne Frauenberuf«, der – wenn nicht gerade Krise ist – echt weiblich sein soll, verliert seine Weiblichkeit, sobald aus dem Fräulein oder doch einem großen Teil seiner Altersgenossinnen Frauen geworden sind. In Abwandlung des alten Spruches läßt sich hier sagen: »Mit 25 Jahren stillestahn, mit 30 fängt's Alter an«. Die Frau wird aus diesem »Frauenberuf« zu einem beachtlichen Teil ausrangiert, wenn sie kein Fräulein mehr ist oder doch keines mehr sein sollte.

Natürlich gibt es eine ganze Reihe Ausnahmen. Häufig hat sich das Fräulein vor seinem dreißigsten Lebensjahr an einer Stelle fest verwurzelt und ist womöglich noch in besonderem Maße für seine Funktionen überqualifiziert, so daß das Hinauswerfen einer so preiswerten Perle unsinnig wäre. Muß jedoch die Stelle aus irgendeinem Grunde gewechselt werden, so bläst auch dem bisher hochgeschätzten Bürofräulein bei der Stellenbewerbung mit dreißig, vierzig eine kühlere Luft entgegen als dem gleich alten männlichen Kollegen.

Ferner vergrößern natürlich Kriegszeit und Hochkonjunktur die Zahl der Ausnahmen. Fallen solche Zeiten, wie gegenwärtig in der Schweiz, noch mit einem Geburtenausfall der für den Bürofräuleinbedarf in Betracht kommenden Jahrgänge zusammen, so liegt ein Ausnahmezustand vor, der bewirken mag, daß man auch mit älteren Fräulein vorliebnimmt. Wenn jedoch in einigen Jahren das Angebot an taufrischer weiblicher Jugend – ab 1942 geboren – wieder größer wird und die Wirtschaftslage vielleicht weniger günstig geworden sein könnte, werden die männlichen

»Diktatoren« die älteren Kräfte aufatmend zugunsten junger weiblicher Wesen fahrenlassen, da Diktat über einen jugendlichen weiblichen Scheitel hinaus für Diktatoren so unbeschreiblich inspirierender ist. Und falls noch Krisengeruch hinzukäme, so könnte wohl gar die Meinung wieder Gewicht erhalten – man hat sie auch schon gehört –, im Fräuleinberuf schnappe die Weiblichkeit den Männern Brot weg, er sei eigentlich ein Herrleinberuf, nein »Männerberuf«, denn mit dieser Wendung hätte man natürlich auch die Ebene des Diminutivs verlassen. Selbst »jung und schön« nützte dann wenig mehr.

Fräuleinarbeit – geistige Handlangerarbeit

Auf Tausenden und aber Tausenden von Korrespondenzen findet sich neben dem Datum unter den Vermerken »unsere Zeichen / Ihre Zeichen« ein großer Buchstabe und neben ihm, durch einen Strich getrennt, ein kleiner. Der große Buchstabe bedeutet, daß ein männliches Wesen das Schreiben diktiert, der kleine, daß ein weibliches Wesen das Diktat zu Papier gebracht hat. Von den weit über eine Milliarde zählenden Briefen, die unsere Post jährlich befördert, ist der größte Teil von Männern diktiert, aber von Frauen getippt. Die in diesen Schreiben ausgedrückten Gedanken stammen von Männern, Männer haben die Worte gewählt, die Sätze aufgebaut, die »Fräulein« wirken dabei sozusagen als Transmissionsriemen. Man kann es auch anders sagen: den Frauen obliegt in den Büros jene langweilige, aber zugleich Konzentration erfordernde kleinlich-mühselige Arbeit, die weder Homo sapiens noch Maschine machen mögen.

Vom Bürofräulein oder kurz vom »Fräulein« – diesmal nicht »Frau« à la Putzfrau, nicht »Mädchen« à la Dienstmädchen, aber nach wie vor eine weibliche Gattungsbestimmung – verlangt man ein menschliches Gehirn und mechanisierte Finger. Ein Gehirn, das jedoch nicht zum selbständigen Denken dasein soll, sondern um die menschlichen Zeichen von Gedanken, die der »Diktator« von sich gibt, in Maschinenzeichen umzuwandeln. Hat das Hirn des Bürofräuleins in bestimmten Richtungen halbautomatisch zu funktionieren, so seine Hände vollautomatisch, als Präzisionsmaschinen.

Nichtsdestoweniger mutet man dem Kopf des »Fräuleins« eine Aufgabe subtilster Intuition zu: Hellseherei. Das »Fräulein« soll die Wünsche des Chefs, die geschäftlichen natürlich in erster Linie, nicht nur erraten, nein, es soll sie zu erfüllen trachten, bevor er selber weiß, was er eigentlich will. Studium des »Fräuleins« ist es, die leisesten Zeichen des heiligen Orakels, das der Chef vorzustellen trachtet, zu deuten und sie über alles zu stellen. Es hat die Schwaden im Kopfe des Vorgesetzten einzufangen und ihnen sichtbaren Ausdruck zu geben. Zu diesem Götzendienst gehört – bildlich gesprochen – auch das Wegfächeln der Fliegen vom Antlitz des Herrn. Das Fräulein hat sich sozusagen als Schalldämpfer zwischen den Chef und die Außenwelt einzuschalten. Der Krimskrams der vielerlei kleinen Ansprüche, die an ihn gestellt werden, tritt erst vom Fräulein gesiebt und geordnet an den Herrn. Müssen doch seine Kräfte Wesentlichem vorbehalten bleiben.

Kurz, das Bürofräulein hat so oder so mit unpersönlicher Arbeit den Weg vor den Füßen des Herrn säuberlich zu wischen, damit dieser es um so bequemer hat, persönlich getönte Weisheiten von sich zu geben. Auf seiner Seite: Fachkenntnis, Entscheidungskompetenzen, Initiative, Planen; auf der ihren: Übermittlung und Aufräumen, mit Stenoblock und Schreibmaschine, Telephon und Briefordner und bitte, bitte, so wenig eigenen Gedanken wie möglich, aber Fertigkeiten, Takt, Anpassung – das unerreichbare Ideal ist das geistige Neutrum mit der Anpassungsfähigkeit eines Chamäleons.

Die Übermittlungsarbeit der »Tippmamsell« hat in ihrer Ausschließlichkeit etwas Entwürdigendes. (Das unschöne Wort sagt es ja deutlich genug, weshalb es eben nicht schön ist.) »Tippmamsell« läßt durchblikken, wie unbedeutend ihre Tätigkeit in den Augen jener ist, der sie dient. Wie bei der männlichen Verachtung der Frauen allerdings die weiblichen Angehörigen ausgeschlossen sind, so bei der Verachtung der Tippfräulein die eigene Sekretärin. Sie ist Verbündete, Engel, Fels im Meer. Das hindert aber nicht, daß man die eigenen Fähigkeiten unvergleichlich höher einschätzt.

Nun, auch die geistige Handlangerarbeit muß ja getan werden, solange einerseits keine Maschine formulierte Gedanken zu Papier bringt und anderseits die Wirtschaft so organisiert ist, daß für produzierende, organisierende und parlamentierende Köpfe die Zeit zu kostbar ist, um auch nur eine Minute lang an der Schreibmaschine verbracht zu werden. Aber wem fällt diese Übermittlungsarbeit zu? Etwa farb- und ideenlosen, aber rasch, sauber, präzis und zuverlässig arbeitenden Leuten? Werden die Menschen nach solchen Maßstäben geprüft und ausgeschieden? Oh nein! Entscheidend sind wahrhaftig die Fortpflanzungsorgane. Männliche sind Titel zum Diktieren, weibliche bedeutenden Marschbefehl zum Tippen, obgleich es an sachlichem Zusammenhang zwischen weiblichen Geschlechtsorganen und langweiligem Stenographieren und Tippen vollständig fehlt. So springt eben die kurante verleumderische Weiblichkeitsideologie ein. Soll doch das »Wesen der Frau« vermeintliche Phantasielosigkeit, vermeintlichen Mangel an Unternehmungsgeist mit einer besonderen Eignung zu kleinlicher, aber anstrengender Tätigkeit aufwiegen; selbst offizielle Berichte schätzen die Frau als für Stenodactylo-Arbeit besonders geeignet ein. Auf diese Weise stopft man rasch die Lücke im Zusammenhang zwischen weiblichen Geschlechtsanlagen und der »Berufung zum Tippen«.

Nicht nur die »Tippmamsell«, auch die andern »Fräulein«, das »Telephonfräulein«, das »Empfangsfräulein«, haben lauter Übermittlung zu besorgen und dem Chef ablenkenden Krimskrams zu ersparen.

Man braucht etwa eine kompetente Auskunft, einen maßgebenden Entscheid. Man will gar eine Erlaubnis. Wohin auch immer man sich wendet, ob an Geschäfte, Amtsstellen und so weiter, und wie auch immer man diesen Schritt unternimmt, in persona oder durchs Telephon: zuerst kommt eine weibliche Gestalt oder Stimme, und je nach der Bedeutung der Adressaten und derjenigen des Anfragenden zerschellt man an der »Fräulein-Barrikade« oder dringt über sie ins Allerheiligste vor.

Das Allerheiligste ist »ein Herr«. Die Tatsache, nichts weiter als 24 Chromosomen zur Menschwerdung beizutragen, scheint mit der Anmaßung verbunden zu sein, das letzte Wort zu sprechen, das heißt, jene Stellungen für sich in Anspruch zu nehmen, von wo aus entschieden wird. Solche »letzten Worte« werden zwar nicht immer auf die Goldwaage gelegt, dafür sind sie für den, der sie ausspricht, fast immer Goldes wert. Der Herr lebt damit herrlich, wo nicht immer in Freuden, so doch in Komfort. Nur vom »Herrn« erhält man die kompetente Auskunft, den maßgebenden Entscheid, die Erlaubnis. Von der tiefen Stimme und nur von ihr. Das Gezwitscher der Frauenstimmen, das ihr mit »einen Augenblick bitte, ich verbinde Sie gerade« vorausgeht, hat weniger zu sagen als dasjenige der Spatzen auf dem Fensterbrett. Erst wenn sich die tiefe Stimme meldet, wenn der »Herr« kommt, ist man sicher, Boden unter den Füßen zu haben.

Und das Fräulein, das einem entgegentritt? Je rascher man es beiseite geschoben hat, je schneller ist man im Innern des Tempels. Mit Recht hält man seine Sache vor der Türhüterin verborgen. Hat sich einmal die Türe zum Herrn geöffnet, so kommt ihr nicht mehr die mindeste Bedeutung zu. Nur ein Kind verwechselt die farbenprächtige Wache am Tore mit dem König.

Wie die Bundesverwaltung die Frauen, insbesondere die weiblichen Bürokräfte, rangiert

Die öffentlichen Verwaltungen, und als deren größte vor allem die Bundesverwaltung, bringen die Stellung oder genauer die Hintansetzung, ja Unterdrückung der berufstätigen Frauen im allgemeinen und jene der weiblichen Bürokräfte im besonderen sozusagen als Aushängeschild der öffentlichen Meinung zur Sache und als Muster für andere Unternehmen zum Ausdruck. Denn der Riesenbetrieb der Bundesverwaltung stellt bei weitem das schönste schlechte Beispiel der Zurücksetzung der Frauen im Erwerbsleben dar, weil er als nationales das typischste und größte der öffentlichen »Unternehmen« ist. Infolge seiner Größe weist er die vielfältigste Hierarchie seiner »Arbeitnehmer« auf. Er ist seiner Bedeutung wegen von der öffentlichen Meinung abhängiger als ein privates Unternehmen und zugleich zu größerer Durchsichtigkeit seiner Gestalt verpflichtet. Einerseits prägt sich hier am plastischsten aus, was man unter schönem Lohn und bescheidenem, unter gehobener Stellung und untergeordneter versteht, und zudem, welches der vermeintliche »Platz der Frau« im Erwerbsleben ist, sofern man ihr überhaupt einen einräumt. Und anderseits muß da manches, was in der Privatwirtschaft durch feststehende, aber für Außenstehende schwer faß- und beweisbare Praxis die Regel ist, mit Gesetzen, Verordnungen, Reglementen usw., also im Blickfeld der Öffentlichkeit, geordnet werden. Natürlich bleibt auch so noch Platz für merkwürdige Gewohnheiten im Dämmerlicht.

Während die Frauen in der Schweiz rund ein Drittel der Erwerbstätigen ausmachen, sind sie nicht entsprechend in der Bundesverwaltung tätig. Sie bilden kaum ein Zehntel vom Bestand des eingereihten Personals. Denn die Brotkörbe beim Bund sind sehr begehrt und folglich für die »weibliche Natur« »weniger geeignet«. Wenn schon, dann scheinen »der Natur der Frouh« nur die unteren – bis vor kurzem die alleruntersten – Besoldungsklassen zu entsprechen.

Oberhalb der 21. Gehaltsklasse waren 1940 nur 143, nämlich 0,7% Frauen beschäftigt. Obwohl ihr Prozentsatz bis 1956 auf 4,3% angestiegen ist, so bleibt die weibliche Vertretung noch immer bescheiden. Oberhalb der 16. Gehaltsstufe gar fanden sich 1940 nicht einmal zwei Dutzend Frauen, und auch 1956 machte ihre inzwischen auf 115 angewachsene Zahl erst 0,7% der Beamten und Angestellten dieses Ranges aus. Läßt man von den obersten Klassen deren unterste, die 15., außer Betracht, so stehen 14 347 Männern nur 48 Frauen gegenüber. In der 4., 5., 6. und 7. Besoldungsklasse figurieren neben 2555 männlichen Kräften bloß noch 9 weibliche als verschwindende Ausnahmen. Und alle Stellungen, denen höhere Gehaltsstufen entsprechen, sind den Frauen hermetisch verschlossen, aber gegenwärtig 701 Männern offen.

Im Bericht des Bundesrates zum Postulat der eidgenössischen Räte betreffend Gleichheit des Entgelts männlicher und weiblicher Arbeitskräfte vom 21.12.56 (Bericht der Expertenkommission zur Prüfung der wirtschaftlichen Auswirkungen gleichen Entgelts für gleichwertige Arbeit männlicher und weiblicher Arbeitskräfte) wird die Zurücksetzung der weiblichen Beamten und Angestellten teils damit begründet, »daß zu wenig Frauen zur Verfügung stehen, die sich zum Beispiel für Stellen mit Vorgesetztencharakter eignen«. Was in aller Welt soll das heißen? Werden doch Vorgesetzte dies nicht auf Grund einer Prüfung ihrer Eignung zum Vorgesetzten. Und in jedem einzelnen Fall werden die Meinungen über die Eignung einer Person zum Vorgesetzten weit auseinandergehen. Oder will man damit vielleicht sagen, es mangle an Akademikerinnen und andern hochqualifizierten Frauen? Dazu ist zu bemerken, daß es nicht an Zehntausenden qualifizierter Frauen, die für die höheren Posten in Frage kämen, fehlt und daß die Zahl solcher Anwärterinnen sich innert 5 Jahren verdoppeln, verdreifachen würde, wenn man sie allgemein so vorurteilslos anstellte wie ihre Kollegen. Aber das tut man »natürlich« nicht. Und überdies ist der Bundesbeamtin das Heiraten »verboten«. Dafür sorgt der Artikel 55 des Beamtengesetzes; hier liegt der Hase im Pfeffer.

Selbst die Zurücksetzung der Frau auf die unteren Stufen erachtete man in vielen Fällen als des Guten zuviel. Man schämte sich nicht, für Frauen, die in der Bundeszentralverwaltung Obliegenheiten der 23., 24. und 25. Besoldungsklasse hatten, besondere Gehaltsklassen zu schaffen, deren Lohnansätze niedriger waren als die niedrigsten, die für Männer in Geltung standen.

Wer waren diese tiefgestellten Wesen – sie werden schlicht »Bürogehilfinnen« genannt –, die zum mindesten am Anfang ihrer Laufbahn nicht einmal das Gehalt der untersten Besoldungsklasse wert sein sollten? Nun, die »Bürogehilfin I. Stufe« – früher erachtete man sogar ihr kleines Gehalt als zu hoch für Anfängerinnen und stellte sie der »Bürogehilfin II. Stufe« gleich – war beileibe nicht unqualifiziert, wie es die unverschämte Degradierung suggeriert. Nein, sie war eine kaufmännisch diplomierte Kraft, für deren gleich fähige männliche Kollegen nicht nur keine besonders tiefe Besoldungsklasse geschaffen wurde, nicht nur die unterste, zweitunterste und drittunterste Gehaltsklasse zu schlecht war, sondern oft nur die 18. gut genug.

Mit dem Bundesratsbeschluß über die Einreihung der Beamten vom 29.1.54 ist man von diesen unglaublichen Bräuchen in bescheidenem Maße abgekommen, wohl nicht zuletzt infolge der Schwierigkeit, geeignetes Personal zu finden. Aber es ist übertrieben zu behaupten, daß neuerdings »im Rahmen des Möglichen immer mehr auch den Frauen Aufstiegsmöglichkeiten eröffnet werden«, wie es der erwähnte Bericht tut. Übrigens zeigt sich der Pferdefuß in Gestalt des »Rahmens des Möglichen«. Wozu seine Erwähnung? Ist es doch eine Binsenwahrheit, daß sich alles »im Rahmen des Möglichen« abspielt. Der »Rahmen des Möglichen« hat hier eine besondere Bedeutung: er bedeutet etwas Unmögliches, nämlich die künstlichen Grenzen, die man den Aufstiegsmöglichkeiten der Frauen ziehen will.

Die Marksteine dieser Grenzen sind die angeführten Verschiebungen des Prozentsatzes der Frauen in den verschiedenen Gehaltsklassen. Hinter ihnen mag gegenüber früher ein geringeres Maß an Ungerechtigkeit beim Einreihen der Frauen stehen. Das heißt aber bei weitem noch nicht, daß man ihnen Gerechtigkeit widerfahren ließe.

Symptomatisch für die verkleinerte Dosis Ungerechtigkeit, die aber Ungerechtigkeit bleibt, ist die Neuerung, die Frau mit kaufmännischer Lehre nicht mehr wie ehedem als »Gehilfin«, sondern in der 23. Gehaltsklasse – aber immer noch drei Klassen tiefer als den gleich qualifizierten Mann! – beginnen zu lassen. Dieser Unterschied der Klassierung wird mit einer unterschiedlichen Größe der Verantwortung begründet. Aber das ist es ja gerade! Warum soll eine Beamtin mit kaufmännischer Ausbildung weniger Verantwortung und damit auch weniger Einkommen besitzen als ein gleich qualifizierter Kollege? Warum? – darum! Weil sie eine Frau und kein Mann ist. Das soll »nicht minderwertig, aber anderswertig« bedeuten, heißt im Grunde jedoch minderwertig und nichts anderes.

Ganz in diesem Geiste ist auch das seltsame »Privileg« der Frau, »Gehilfin« in der Bundesverwaltung sein zu dürfen. Man behält ihr nämlich die einfachste und am schlechtesten bezahlte Büroarbeit vor. Es handelt sich dabei um einfache Beschäftigungen, »für die sich Frauen besser eignen«, wie im erwähnten Bericht ausdrücklich gesagt wird. Offenbar hält man sie für einfacheren Gemütes als die Männer.

Ein Vergleich der Entlöhnung der »Bürofräulein« mit jener der »Büroherrlein«

Das in der Verwaltung oft Sprosse um Sprosse sich bewahrheitende Hintansetzen der Frauen ist in der Privatwirtschaft ebenfalls selbstverständlich, wenn auch, vor allem in kleineren und mittleren Betrieben, etwas weniger vernagelt.

Die künstliche Zurücksetzung der Frauen gegenüber ihren männlichen Kollegen bei häufig gleicher beruflicher Befähigung bewirkt vor allem auf den unteren Gehaltsstufen eine gewisse Überqualifizierung der weiblichen Bürokräfte im Vergleich mit den männlichen. Damit ist eine doppelt ungerechte Unterzahlung des Bürofräuleins dort verbunden, wo es für die Erfüllung gleicher Aufgaben schlechter als das »Büroherrlein« bezahlt wird, und eine immer noch ungerechte genug, wenn es dabei gleich bezahlt wird, was selten ist. Dieses doppelte Unrecht erschwert es, den Unterschied der Entlöhnung weiblicher und männlicher Bürokräfte in vollem Umfang zu erfassen.

Hingegen springt dabei ins Auge, daß es im allgemeinen schwerhält, weibliche Büroangestellte vom Wert zusätzlicher Befähigung zu überzeugen. Vergegenwärtigen sich diese zudem die im Bank- und Versicherungswesen sowie bei den großen industriellen Unternehmen verbreitete Praxis, die verheirateten Frauen als Arbeitnehmer grundsätzlich auszuschließen, so erscheint ein zusätzlicher Aufwand für die berufliche Qualifikation geradezu unvernünftig. So viel besser ausgebildet als ihre Kollegen die weiblichen Bürokräfte in bescheidenerer Stellung häufig auch sein mögen, für die höchsten Posten kaufmännischer Art sind sie daher eher selten vorbereitet.

Diese Tatsache gibt bei der Diskussion des Unterschiedes zwischen den Durchschnittslöhnen weiblicher und männlicher Bürokräfte – 85% der männlichen kaufmännischen Angestellten beziehen ein Jahreseinkommen (1951) von über Fr. 7001.–, das von 69% der weiblichen Büro- (und Laden-)angestellten nicht erreicht wird – den Vorwand, so gemeinhin von einer größeren Befähigung der Männer zu reden und dem praktischen Sachverhalt den Anschein einer gerechten Lösung zu geben. Dabei wischt man unter den Tisch, daß die Frauen von den Funktionen, die höchste Qualifizierung erfordern mögen, zum vornherein ausgesperrt sind, bei gleicher Qualifikation und Leistung schlechter als Männer entlöhnt werden und in den unteren Stellungen oft besser als ihre Kollegen ausgebildet, aber dennoch schlechter bezahlt sind. Verdiente doch (1953) die kaufmännische Angestellte I. Kategorie, die eine abgeschlossene Lehre oder entsprechende Schulung hinter sich hatte, mit einem Monatsdurchschnitt von Fr. 660.– nur zwei Drittel des Durchschnittslohnes ihrer männlichen Kollegen gleicher Befähigung. Ja, ihr Lohn war sogar geringer als jener ihres weniger ausgebildeten Kollegen, des kaufmännischen Angestellten II. Kategorie.

Infolge der angeführten dreifachen Ungerechtigkeit gegenüber den weiblichen Bürokräften geben Aufstellungen und Vergleiche der Löhne nicht immer ein tiefsinniges Bild der Wirklichkeit, sondern zeigen sie zum Teil nur mechanisch. Dennoch ist solches Material aufschlußreich genug und kommt der Wirklichkeit bedeutend näher als Illusionen über die wirtschaftliche Freiheit und Gleichberechtigung der »Frau von heute«.

Bei der Betrachtung der ungerechten Entlöhnung weiblicher Büroangestellter ist nicht außer acht zu lassen, daß sich die Saläre weiblicher kaufmännischer Angestellter hinsichtlich der Entlöhnung der Jungen im Laufe der letzten zehn bis fünfzehn Jahre gebessert haben. Grund war das konjunkturbedingte große Angebot an Büroarbeit, dem infolge Geburtenausfall in den entsprechenden Jahren ein relativ geringes Angebot an jungen Bürokräften gegenüberstand. Es besteht jedoch kein Anlaß, nun deshalb von einer »Vergoldung« der Bürofräulein zu reden. Wie die aus der Enquête Brüschweiler gewonnenen Vergleichszahlen zeigen, sind auf der »Goldwaage« auch diese jungen Bürofräulein leichter als ihre männlichen Kollegen, und die älteren Jahrgänge schnellen in die Höhe. Der Unterschied (1950) zwischen der durchschnittlichen Entlöhnung der 20- bis 24jährigen weiblichen Angestellten und der Entlöhnung gleich alter männlicher Kollegen betrug nämlich rund 10% des Frauenlohnes, wenn diese ledig waren, und sogar 40%, wenn verheiratet. Bei den Büroangestellten im Alter von 40 bis 49 Jahren erhielten die ledigen Männer durchschnittlich 33%, die verheirateten sogar 60% des mittleren Frauenlohns mehr als ihre Kolleginnen. Die legendäre Vergoldung scheint woanders vorgenommen worden zu sein.

Der Schwesternberuf

Die Kranken werden von der Krankenschwester, auch kurzerhand »Schwester« genannt, gepflegt. Dies sagt genug. Die Bezeichnung des Berufes müßte nicht mit einer weiblichen Verwandtschaftsbezeichnung identisch sein, wenn es sich nicht um einen alten und auf Grund einer Reihe von Mängeln, die besonders weiblichen Berufstätigkeiten anhaften, »typisch weiblichen« Beruf handeln würde.

In der beruflichen Krankenpflege hat sich der »Frau von heute« bestimmt kein neues Gebiet erschlossen. Doch kristallisiert sich auf ihm aus medizinischen und soziologischen Ursachen ein neues Berufsbild heraus. Ursprünglich in zwei verschiedenen Welten verwurzelt – dem barmherzigen Werken gewidmeten Leben katholischer Ordensschwestern und der unqualifizierten, aber bezahlten Handlangerarbeit am Krankenbett, die niemand leistete, der noch anderswo unterkam –, entwickelte sich die Krankenpflege zu einem bürgerlichen, in einigen Ländern passabel bezahlten Fräuleinberuf. Anders als in den Vereinigten Staaten haftet ihm aber in Europa oft noch der Beigeschmack der Entsagung und Weltfeindlichkeit an. Insofern ist er bei uns auch noch nicht ein Beruf wie ein anderer, ein »normaler«.

Die Krankenpflege im Rahmen enger religiöser Gemeinschaften, wie sie für einzelne katholische Frauenorden typisch ist, besitzt allerdings einen wesentlich anderen Charakter als dieser sich immer stärker abzeichnende »neue Frauenberuf«. Sie fällt hier, das heißt unter dem Gesichtspunkt weiblicher Erwerbstätigkeit, außer Betracht. Immerhin muß ihre historische Form als eine der Wurzeln des europäischen Berufsbildes der Pflegerin ins Auge gefaßt werden.

Als man im Laufe der Jahrhunderte das Leben immer mehr im Geiste der christlichen Kirche ummodelte, ergab sich auch unter jenen, die professionell Christen waren, eine gewisse »Arbeitsteilung«. Dabei kamen die Kompetenzen zum Organisieren, Reden, Predigen, Lehren, kurz, zum entscheidenden Denken und Handeln im Sinne der Kirche, größtenteils auf die Männerseite, während man die handgreiflichste und demütigendste Tätigkeit in christlichem Sinne, diejenige unmittelbarster Nächstenliebe, den Frauen überließ. Auf diese Weise wurde die außerhäusliche Pflege der Kranken zum größten Teil »Frauenarbeit«. Die frommen Väter und Brüder zelebrierten, redeten und predigten zumeist, während die barmherzigen Schwestern die kranken Sünder pflegten. Für ihren Unterhalt sorgten die religiösen Lebensgemeinschaften, denen sie angehörten. Diese wurden mit materiellen Gütern beschenkt, besaßen so Vermögen und verwalteten es nach wirtschaftlichen-weltlichen Grundsätzen. Sie waren auf diese Weise in der Lage, Scharen von Frauen ein dem Gebet und der Krankenpflege gewidmetes Leben zu ermöglichen.

Die Beginen des Mittelalters, die den barmherzigen Schwestern vorausgegangen waren, und die protestantischen Diakonissen – eine Idee, der ein deutscher Pastor unter dem Eindruck der katholischen Schwestern 1836 Gestalt gab – sind gewissermaßen Zwischenglieder, welche die Auffassung der Krankenpflege als Dienst an Christus mit einem bürgerlichen Beruf verbinden. Sie stellen den Anfang des Überganges der Krankenpflege in einen »normalen« Beruf dar. Ein Übergang, der bei uns noch nicht ganz vollzogen ist.

Die Pflegetätigkeit der »freien Schwestern« – symptomatischerweise ist der kirchliche Ausdruck als Berufsbezeichnung der Pflegerinnen geradewegs von den Klosterfrauen übernommen worden und damit auch das entsprechende Prestige, wie es schon seine Titelfunktion zeigt – ist nun etwas fundamental anderes als die Wirksamkeit der barmherzigen Schwestern und der protestantischen Diakonissen. Dennoch ist sie bei uns vorläufig noch von einer gewissen Klösterlichkeit in verdünnter und verfälschter Form durchdrungen. Einerseits fehlt der Berufsatmosphäre der weltlichen Schwester die wahre Klösterlichkeit der geistlichen, dogmatisch solid verwurzelten, jede Lebensäußerung gestaltenden Form. Anderseits aber normieren teils Publikum, teils die Pflegerinnen selber durch den Geist, den sie unter sich fördern, das Privatleben der einzelnen Schwestern so weitgehend, daß man meinen möchte, sie seien Menschen anderer Art. Bestenfalls führen solche Forderungen zu ganz auf Hilfsbereitschaft konzentrierten Persönlichkeiten, schlimmstenfalls zu einem mit Beschränktheit verbundenen Pharisäertum. Immer aber bewirken sie zusammen mit dem in den Spitalbetrieb eingeordneten häuslichen Leben der Schwestern eine beachtliche Einengung des Privatlebens. Eine gewisse Klösterlichkeit wurde auch insofern übernommen, als den Schwestern bis vor kurzem sehr lange Arbeitszeit bei geringer Entlöhnung, also Aufopferung, zugemutet wurde.

Bei einem bürgerlichen Beruf – und als solcher wird die Krankenpflege von den Frauen, die sie als Beruf ergreifen, immer mehr betrachtet – ist aber ein zwangsläufig großes Maß von Pflichten bei wenig Rechten in Verbindung mit einem vage bindenden idealistisch-ideologischen Hintergrund sehr fragwürdig und von schlechtem Einfluß, und zwar sowohl vom berufspolitischen Gesichtspunkt wie vom Gesichtspunkt der persönlichen Freiheit aus. Schäbige materielle Bedingungen in einem so anerkannten »Frauenberuf« fälschen den Maßstab für die Entlöhnung der Arbeit in andern »Frauenberufen«. In ähnlicher Weise färben die an die Führung der Schwestern gestellten moralistischen Ansprüche überhaupt auf weibliche Vertreter angesehener Berufe ab. Praktisch gesprochen: um so weniger dürfen nun die Lehrerin, die Beamtin, überhaupt die Frau in gehobener Stellung sich lebenslustig zeigen.

Von einer anderen Seite als Klösterlichkeit und moralisches Prestige kommt nun das Element der Erwerbstätigkeit in den Pflegerinnenberuf. Vor Zeiten war es außerhalb des Wirkungskreises der barmherzigen Schwestern um die Pflege in den Spitälern miserabel bestellt. Unglaublich unfähige Kräfte, die entsprechend mißlich bezahlt wurden, versorgten noch vor 100 Jahren die Kranken. Aber sie taten es zu Erwerbszwecken, nicht für Gotteslohn. Es sei denn, man halste ihnen die Krankenpflege als Zwangsarbeit auf, was auch schon vorgekommen ist. Im Nordamerika des 18. Jahrhunderts wurden mitunter Zuchthäuslerinnen an Spitäler zur Wartung der Kranken ausgeliehen, und die beteiligten Verwaltungen waren noch stolz auf ihre patente Lösung. Zur Zeit Florence Nightingales sollen Krankenwärterinnen als Berufsgruppe in England ein so tiefes Niveau gehabt haben, daß ein Küchenmädchen sie als sozial tief unter sich stehend betrachtete. Dank Florence Nightingale, die wiederum Pastor Fiedlers Diakonissen vor Augen hatte, entwickelten sich in England und anderswo allmählich Ausbildungsmöglichkeiten zu dieser Tätigkeit und damit auch ihre soziale Hebung und schließliche Anerkennung als bürgerlicher Beruf. Das Resultat der Entwicklung, die durch die zunehmende Bedeutung und das steigende Prestige der Medizin beschleunigt wurde, ist die heutige »Nurse«. Da die Form ihres Berufes sich relativ unabhängig von einem religiösen Gemeinschaftsleben entwickelte und aus einer wenn auch ursprünglich verpönten Erwerbstätigkeit hervorging, hat sie eher bürgerlichen Charakter als unsere Krankenschwester, die sie mit der Zeit verdrängen wird. Schon jetzt geht die Entwicklung in der Richtung besserer Entlöhnung und verkürzter Arbeitszeit. Dagegen hat die »Nurse« noch nicht vermocht, die weltfeindliche Beschränkung des Krankenschwesternlebens gänzlich aufzulösen. Dieser »echte Frauenberuf« bedeutet bei uns nach wie vor bis zu einem gewissen Grade »Welt ade«. Und die Bemühungen, ihn als »modernen Frauenberuf« den besseren Töchtern anzupreisen, haben daher nur mäßigen Erfolg.

Der Beruf der Krankenpflegerin in seiner hergebrachten Ausgestaltung paßt wie nach Maß auf die Weiblichkeitsideologie – mit Ausnahme zweier entscheidender Punkte. Gewisse Seiten seiner »Echt- und Urweiblichkeit« geraten nämlich in Widerspruch miteinander.

Wie die Arbeit der Serviertochter scheint sich das Hegen und Pflegen bis zur Aufopferung recht gut mit Nacht- und Sonntagsarbeit, die der weiblichen Natur so zusetzen soll, zu vertragen. Und während man in Industrie und Gewerbe die Frau von gefährlicher Arbeit, die oft zusätzlich bezahlt wird, im Namen der Weiblichkeit mit Verboten fernhält, mutet man ihnen im Pflegeberuf, wo die gefährliche Arbeit nicht besonders bezahlt wird, etwa bei der Pflege ansteckender kranker Patienten, ohne weiteres zu, ihre Gesundheit aufs Spiel zu setzen.

Zudem halten die Weiblichkeitsapostel dafür, die »ächt weibliche Aufopferung« habe selbstverständlich so weit zu gehen, daß die weiblichen Kräfte in diesem Berufe nicht Weib, beziehungsweise Frau, sein dürfen. Die Schwester hat nach der Meinung dieser Brüder »selbstverständlich« unverheiratet zu sein.

In materieller Hinsicht verlangt man ebenfalls Aufopferung. »Hegen und Pflegen« scheint auch insofern echt weiblich zu sein, als es während langer Zeit halb für Gottes-, halb zu Mägdelohn geleistet wurde. Vielleicht ist man versucht einzuwenden, dieser Arbeitslohn könne eben nicht mit anderen verglichen werden, weil sich die Arbeit auf arme Kranke beziehe, die oft auch in wirtschaftlicher Hinsicht arm seien oder es durch die Krankheit noch würden.

Nun, einmal sind die heutigen Spitalpatienten nicht wie einst größtenteils arme Verwahrloste, sondern geschätzte Steuerzahler. Zudem steht dieser Argumentation entgegen, daß die – zumeist männlichen – Ärzte für ihre Arbeit an den nämlichen »armen Kranken« unverhältnismäßig besser bezahlt werden als die Schwestern. Die Behandlung derselben »armen Kranken« ist für die Schwestern eine Gelegenheit zur Aufopferung, für die

Ärzte eine Goldgrube. Zugegeben: die ärztliche Arbeit ist qualifizierter, oft entscheidender, ist ausnahmsweise mit seltenem Können verbunden und verteilt sich innert der gleichen Zeitspanne auf eine größere Anzahl Patienten. Dennoch bleibt es unverständlich, warum der Unterschied gerade so groß ist, daß Familiengründung, Kind, Weib und Gesang – nicht nur im Film ruft man in Notfällen berühmte Chirurgen mit Vorliebe aus der Oper –, schöne Häuser, gute Köchinnen, perfekte Zimmermädchen und alle paar Jahre ein neuer Wagen bei Ärzten über Vierzig Selbstverständlichkeiten sind, während die Arbeit für die gleichen »armen Kranken« der Schwester knapp ein Auskommen für die eigene Person, oft nicht einmal ein eigenes Zimmer, in der Regel Anstaltskost und vielleicht als Anschaffung fürs Leben ein Fahrrad mit Motörchen abwirft.

»Die Frau von heute« in der Industrie

Feministisch gesehen ist die Stellung der Frau in der Industrie von besonderem Interesse. Hier zeigen sich nämlich die meisten mit der weiblichen Erwerbstätigkeit verbundenen Probleme auf breitester Basis und mit verhältnismäßiger Deutlichkeit. Die Industrie bietet das weiteste und beste Material, um die Regeln herauszukristallisieren, die für die Entwicklung der weiblichen Erwerbstätigkeit und die vielschichtige Einstellung der Männer zu ihr gelten.

Allerdings ist die Stellung der Frau in der Industrie für die Stellung der Frau in den verschiedenen Erwerbszweigen nicht gleichermaßen typisch. Sie ist es vor allem in bezug auf Erwerbstätigkeiten, bei denen von »Berufung« weniger die Rede sein kann. Denn je mehr es um Berufung geht, um so deutlicher tritt eine doppelte Divergenz vom Grundmuster in Erscheinung: die Frauen setzen sich für ihre beruflichen Möglichkeiten stärker ein, und die Männer bekämpfen sie um so mehr. Diese Abweichung vom Prinzip gilt auch für jene Fabrikarbeit, bei der von Berufung noch am ehesten die Rede sein kann.

Ferner darf man nicht außer acht lassen, daß dieses verhältnismäßig typische Anschauungsmaterial nicht absolut typisch ist. Denn Frauen und Männer standen der durch die Industrialisierung für einen großen Teil der Bevölkerung entscheidenden Umwälzung des Erwerbslebens nicht unter gleichen rechtlichen und sozialen Voraussetzungen gegenüber. Ihre Fahrt ins industrielle Erwerbsleben leiteten teils recht unterschiedliche Weichen, die mit der Natur der Geschlechter oft nichts zu tun hatten.

Natürlich zeigt sich auch die Doppelzüngigkeit der Weiblichkeitsapostel im Zusammenhang mit der weiblichen Industriearbeit besonders deutlich. Je nachdem, ob die Arbeit von den Männern begehrt ist oder nicht, »gehören« die Frauen »ins Haus« oder an die Maschine. Und je nachdem widerspricht die Fabrikarbeit einer »aufs Lebendige, Persönliche« gerichteten weiblichen Natur oder eignet sich in ihrer Monotonie ganz besonders für das vermeintlich weniger geistige Ansprüche stellende, aber gewissenhafte und fleißige weibliche Naturell. Und ist man einmal in diesem Fahrwasser, so wird die physiologische weibliche Natur zum Hindernis einer gleichen Entlöhnung gleichwertiger Frauenarbeit, ja zur Rechtfertigung grundsätzlich schlechterer Bezahlung der Frau aufgebauscht. Dabei wird vollständig übersehen, daß es Arbeitsgänge gibt, bei denen die Frauen auf Grund der »physiologischen Natur der Frau« durchschnittlich eine größere Leistungsfähigkeit als die Männer an den Tag legen.

»Schweizerische Qualitätsarbeit« war großenteils Frauenarbeit

Die erwähnte Tatsache, daß in der Schweiz nicht die Frau von heute, sondern ihre Großmutter die berufstätige Frau war, beruht darauf, daß in der zweiten Hälfte des 19. Jahrhunderts relativ viel mehr Frauen Industriearbeiterinnen waren. 1882 war fast die Hälfte aller vom Schweizerischen Fabrikgesetz erfaßten Arbeiter weiblich, heute rund ein Viertel. Es war aber nicht etwa die Frauenbewegung, welche die weibliche Fabrikarbeit brachte – wie mitunter behauptet wird –, sondern das Aufkommen der Industrie schlechterdings und dann der Zufall, daß die Industrialisierung gerade im Textilfach, einem »Frauenfach« also, besonders rasch vor sich gehen konnte. Je wichtiger jedoch die Industrie als Hauptverdienstquelle der Bevölkerung wurde, um so mehr suchten auch die Männer darin unterzukommen. Dazu bot die allerdings langsamer um sich greifende Industrialisierung der traditionellen »Männerarbeit« Gelegenheit und überdies alle jene industriellen Arbeitsgänge, für die sich Frauen und Männer gleichermaßen eigneten, also auch die besseren, Kopf und Hand erfordernden Posten. Mit der fortschreitenden Entwicklung der Industrie gab es nun immer mehr derartige Arbeitsplätze. Doch überließ man sie nicht zu gleichen Teilen den Frauen. Die Zahl der Arbeiterinnen nahm daher nicht in gleichem Maße zu wie jene der Arbeiter. Und mit der teilweisen Schrumpfung der Textilindustrie, der Frauenindustrie par excellence, blieb sie noch mehr zurück.

Übrigens war die Frau nicht »auch« in der Industrie tätig, sondern lange Zeit ihr Grundstock. Wie M. Schwarz-Gagg in »Die Frau in der Industrie« eindrücklich zeigt, zählte die Mehrzahl der für den Export arbeitenden Industrien während längerer Zeit über 50% Arbeiterinnen. Zudem bildeten die Frauen gerade in jenen Industrien, die nach Maßgabe des Wertes, den ihre Ausfuhr darstellt, an der Spitze standen, den überwiegenden Teil der Belegschaft. Dies war nicht nur im 19. Jahrhundert der Fall, sondern zum Beispiel auch noch 1923, als die Frauen in der damals an erster Stelle stehenden Seidenindustrie 76% der Arbeiterschaft stellten. Innerhalb der vier »rangnächsten« Industrien überwogen sie auch in der Baumwollspinnerei und -weberei sowie in der Stickerei und Spitzenindustrie. In der Uhrenindustrie bildeten sie ca. 44%; einzig in der Maschinenindustrie standen sie zahlenmäßig weit hinter den Männern zurück. Auch heute sind die Industriearbeiterinnen für den Export noch immer von großer Bedeutung. In der Bekleidungs- und Textilindustrie bilden sie rund 70% bzw. 55% der Beschäftigten, in der Uhrenindustrie 50% und in der Nahrungsmittelindustrie ein gutes Viertel, in der chemischen ein knappes Viertel.

Echte und unechte »Frauen-« bzw. »Männerarbeit« in der Industrie

Wie schon das Beispiel der Textilindustrie zeigt, gibt es in der Industrie nicht nur Verrichtungen, für die die Verwendung von Männern ihrer relativ größeren Körperkraft wegen rationeller ist, sondern zahlreiche Arbeiten, bei denen die Frauen dank ihren durchschnittlich kleineren und feineren Händen und Fingern auffallend überlegen sind und daher bessere oder schnellere oder sogar bessere und schnellere Leistungen zugleich erzielen können.

Da man meist nur hört, wozu die Männer mit ihren Muskeln im Gegensatz zu den Frauen fähig seien, erwähne ich einige industrielle Tätigkeiten, in denen die Frauen auf Grund ihrer besonderen Geschicklichkeit tüchtiger sind. Es sind dies beispielsweise Verrichtungen bei der Herstellung von elektrischen Lampen, Radios, wissenschaftlichen Meßinstrumenten, Instrumentenbrettern für Flugzeuge und Schiffe, gewisser Munition sowie Arbeiten in der Fertiggießerei. Das Women's Bureau des Department of Labor der USA vermochte eine ganze Liste von Arbeitsgängen in der Rüstungsindustrie aufzustellen, bei denen die Frauen nicht nur ein wenig, sondern um 40% leistungsfähiger sind als die Männer. Ferner sind die Frauen in der Nahrungsmittelindustrie bessere Packerinnen. Ihre Überlegenheit in der Textilindustrie ist bekannt. Spulen, Zetteln, Einziehen und Haspeln wird von den Frauen besser besorgt, ja, in der Seidenindustrie mit wenigen Ausnahmen sogar alle Arbeit. »Während der Weber einen einzigen Faden knüpfe, habe die Weberin schon deren drei geknüpft«, zitiert M. Schwarz-Gagg einen Vertreter der Arbeiterverbände[3].

Im besonderen Sinne solcher Tätigkeiten einerseits und der Verrichtungen, die eine regelmäßige starke Inanspruchnahme der Muskelkraft bedeuten wie das Heben und Tragen schwerer Lasten anderseits, könnte man – vielleicht – von »weiblicher Arbeit« bzw. »männlicher« reden. Hier und nur hier könnte man das durch Mißbrauch abgedroschene Wort »natürliche Arbeitsteilung der Geschlechter« verwenden. Beides kommt nur vielleicht in Betracht, weil Tätigkeiten, die auf einer speziellen körperlichen Befähigung beruhen, meist mit einer Einseitigkeit verbunden sind, die sich wiederum physiologisch auswirken kann. So eignen sich die Frauen zwar für schwierige Fingerarbeit, aber das Sitzleder, das dazu erforderlich ist, bildet für die Erfüllung der »biologischen Aufgabe der Frau« eher eine nachteilige Voraussetzung. Wieder anders, aber in der Auswirkung ähnlich, geht es den Männern bei »männlicher« Tätigkeit. Jedenfalls bedeutet das Schleppen schwerer Lasten nicht gerade eine Förderung ihrer »biologischen Aufgabe«.

Ein Fragezeichen zu solch »natürlicher« Arbeitsteilung der Geschlechter ist noch aus einem anderen Grunde angebracht. Denn interessanterweise scheint ihr die psychische Natur des Menschen mitunter entgegenzustehen. Wie die Geschichte des Handwerks und der Industrie zeigt, sorgt sie zum Beispiel nicht dafür, daß ausschließlich Männer die körperlich schwere Arbeit machen, im Gegenteil. Es ist auffallend, wie die psychische Natur die Männer verleitete, die Schwerarbeit, die ihnen zu lästig war, den Frauen aufzubürden oder aber eigentliche Frauenarbeit zu monopolisieren, wenn sie lohnend erschien.

Mitte des 19. Jahrhunderts gab es in den englischen Bergwerken berühmte Beispiele, wie Frauen in den schlechten Stollen oft bis zu den Knien im Wasser arbeiteten, wozu man keinen Mann hätte bringen können. Das Heben der Lasten wurde ebenfalls von den Frauen besorgt. Liest man solche alten Berichte über körperliche Schwerarbeit der Frauen, so stellt man sich rein gefühlsmäßig vor, sie seien von einem grausamen Arbeitgeber, einem unerbittlichen Ausbeuter ihrer Notlage, förmlich dazu gezerrt worden. Daher verblüfft es ein wenig zu vernehmen, daß Frauen häufig als Männer verkleidet ihrer bisherigen, als unmenschlich verschrieenen Arbeit oblagen, nachdem Philanthropen Verbote durchgesetzt hatten, die sie den Frauen untersagten. In Wirklichkeit war der Arbeitgeber eben auch nicht unmenschlicher als andere Männer. Aber die Lage war die, daß er einer gewissen Anzahl Leuten, die für ihren Unterhalt zu sorgen hatten – darunter auch vielen Frauen –, eine gewisse Anzahl Arbeitsgelegenheiten gegenüberstellte. Bei der Verteilung zeichnete sich nun die Entwicklung ab, daß die in irgendwelcher Hinsicht besseren Plätze von den Männern für sich selber belegt werden konnten und die Frauen zu nehmen hatten, was übrigblieb. Übrig blieb zum Teil die anstrengendste Arbeit und immer die langweiligere und schlechter bezahlte. Und so erweist sich, was auf den ersten Blick grausamer Mißbrauch der Frauen durch den Arbeitgeber schien, nicht minder als kaltblütige Zurücksetzung erwerbstätiger Frauen durch die Kollegen, die Standesgenossen.

In der Schweiz fehlen solch krasse Beispiele nur, weil die kostbaren Stoffe, die so harte Arbeit unter Tag im Gefolge haben, kaum vorhanden waren. Daß aber auch hier die Tendenz bestand, was es an schwerer körperlicher Arbeit in der Industrie geben mochte, den Frauen aufzuhalsen, ist aus dem Verbot ersichtlich, für das Heben, Tragen und Fortbewegen schwerer Last Frauen zu verwenden. Denn ein solches Verbot wäre ja gar nicht nötig, wenn nach dem Lauf der Dinge die Frauen nicht in die Schwerarbeit geschoben würden.

Derartigem Einsatz weiblicher Arbeitskräfte steht auch nicht der Einwand der Unrentabilität entgegen, sobald die geringere körperliche Leistungsfähigkeit durch entsprechend niedere Entlöhnung ausgeglichen wird. Auf diese Weise kann langsam ausgeführte Schwerarbeit sogar wirtschaftlicher werden als rasch ausgeführte, aber besser bezahlte.

Das Gegenstück zu dieser Durchkreuzung der »natürlichen« Arbeitsteilung nun, die Übernahme von Arbeiten, die außerordentliche Fingerfertigkeit erfordern, durch Männer, kommt nicht auf, soweit Handels- und Gewerbefreiheit gilt und solche von Männern relativ ungeschickt besorgte Arbeit nicht durch einen niedrigeren Lohn, als er den Frauen bezahlt werden muß, wirtschaftlicher gemacht werden kann. Letzteres ist nun praktisch ausgeschlossen. Denn im Gegensatz zu den Frauen gelangen die Männer gar nicht in die Lage, auf dem Arbeitsmarkt vorliebnehmen zu müssen; sie lassen sich nicht schubsen.

Hingegen ist es natürlich möglich, in die nach dem Prinzip der Ökonomie sich abwickelnden wirtschaftlichen Vorgänge einzugreifen und künstlich – das heißt praktisch mit Staatsgewalt – solche Gegenstücke zu schaffen. Bemerkenswerte Beispiele sind die Monopole der Damenschneider im Frankreich des 17. und 18. Jahrhunderts, auf die ich im Zusammenhang mit dem »Frauengewerbe« noch zu sprechen komme. Und besonders interessant ist ein nationalsozialistisches Experiment im Rahmen des blindwütigen Kampfes gegen die Erwerbstätigkeit der Frau überhaupt und diejenige der verheirateten in Sonderheit während der Periode katastrophaler Arbeitslosigkeit. Bei der Durchführung des Göring-Planes zur Behebung der Arbeitslosigkeit vom 15.5.1934 wurden Frauen in »Frauenindustrien« wie der Textilindustrie zum Teil durch Männer ersetzt. Doch, oh weh, die Männer erreichten nur ausnahmsweise die weibliche Normalleistung, was man hätte voraussehen können, aber offenbar nicht wollte. Um ihre Arbeit wirtschaftlich zu gestalten, hätte man die Männer niedriger bezahlen müssen als die Frauen. Die einstigen Arbeitslosen waren jedoch bereits mit dem gleichen, aber infolge ihrer Unfähigkeit untragbaren Lohn nicht zufrieden, geschweige denn mit einem niedrigeren. Schließlich mußte die Maßnahme kleinlaut abgeblasen werden.

Eine Arbeitsteilung der Geschlechter auf Grund größerer Fingerfertigkeit weiblicherseits und größerer Körperkraft männlicherseits liegt nur bei einem Teil der industriellen und handwerklichen Arbeitsgänge nahe. Bei den anderen, den »geschlechtlich neutralen«, wenn man so sagen darf, arbeiten die Angehörigen der verschiedenen Geschlechter im Durchschnitt qualitativ und quantitativ gleich. Man könnte billigerweise erwarten, daß die Frauen in diesen Stellungen gleichermaßen vertreten sind. Das ist jedoch nicht der Fall. Solange die Männer die Frauen im Wirtschaftsleben schubsen können, solange reißen sie die interessantere, verhältnismäßig gut bezahlte oder beide guten Eigenschaften zugleich aufweisende »neutrale« Arbeit nach Kräften an sich, so daß für die Frauen die langweilige, schlecht bezahlte oder beide unangenehmen Eigenschaften vereinigende übrigbleibt. Dies ist »natürliche« Arbeitsteilung der Geschlechter nach der herrschenden Meinung.

Im Grunde handelt es sich bei dieser Aufteilung der Arbeitsgänge »geschlechtlich neutraler« Art in »Männerarbeit«, sofern sie sachlich anziehend und gut bezahlt ist, und »Frauenarbeit«, soweit langweilig und schlecht entlöhnt, um das gleiche Prinzip, das in den Gruben bei jenem brutalen Verdrängen der Frauen in die schlechtesten Stollen zur schlechtesten Arbeit galt. Gerade die Tatsache, daß die Monopolisierungstendenz der Männer so weit geht, indirekt den Frauen eigentliche Männerarbeit aufzubürden, also jede Rücksicht auf die »weibliche Natur« beiseite zu lassen, sollte einen gegenüber Versuchen, die männliche Monopolisierung interessanter, »neutraler« Arbeitsgänge ideologisch als »natürlich« zu rechtfertigen, mißtrauisch machen – um so mißtrauischer, je mehr solch »natürlicher« Arbeitsteilung reichlich künstlich mit allerlei Abkommen zwischen Männergruppen nachgeholfen wird. Es geschieht dies durch Ausschluß der Frauen von Ausbildungsmöglichkeit und vor allem von Arbeitsgelegenheiten mittels männlicher Monopole. Wo immer ein Unternehmer oder Betriebsleiter mit der Tradition brechen will und eine sogenannte Männerarbeit in der bisherigen Ausgestaltung Frauen übergeben möchte, weil sie diese ebenso gut und möglicherweise noch billiger machen, tritt die Auffassung der Männer, begehrte Tätigkeiten als ihr Monopol beanspruchen zu dürfen, in Aktion. Die mit solchen Umbesetzungen verbundene Lage ist dann häufig derart, daß die Unternehmer lieber bei ungünstiger Männerarbeit bleiben als riskieren, die Wirtschaftlichkeit der Verschiebung mit unwirtschaftlichen Konflikten aufzuheben.

Zwar geben sich manche gewerkschaftlichen Organisationen, die ausschließlich oder vorherrschend aus Männern bestehen, feministisch, indem sie pro forma nichts gegen die Forderung gleichen Entgelts für gleichwertige Leistung haben. Aber man lacht sich dabei ins Fäustchen. Denn dafür, daß die Frauen nicht oder nur in verschwindender Zahl an die Posten kommen, die man für sich selbst möchte, und dort Gelegenheit haben, »gleichwertige Leistung« zu vollbringen, will man schon besorgt sein. Soweit die Frauen vereinzelt schon »eingedrungen« sind und für gleiche Arbeit gleichen Lohn beziehen sollten, fehlt es nicht an Versuchen, sie hinauszubugsieren. Das braucht gar nicht besonders gesagt zu werden, das geht so nebenbei mit, ist doch ganz »natürlich«.

Die Unangebrachtheit kleinerer »Frauenlöhne« in der Industrie

Was immer von Gleichberechtigung der Frauen gesagt werden mag, offensichtlich scheint nur der Arbeiter seines Lohnes wert zu sein, nicht aber die Arbeiterin.

Einmal bezahlt man die Frau in der Industrie dort, wo ihr dieselbe Arbeit wie dem Manne obliegt, bei gleicher Befähigung und gleicher Leistung oft grundsätzlich schlechter als diesen. Ein offensichtliches Unrecht! Da es nun in der Industrie eigentliche Frauen- und eigentliche Männerarbeit gibt und zudem die Männer, wie erläutert, selbst die »neutrale« Arbeit unter Geschlechter aufgeteilt haben, indem sie die Rosinen herauspickten, sind allerdings jene Fälle häufiger, da die Leistungen von Frauen und Männern nicht im wörtlichen Sinne gleich sind. Es gibt aber sowohl unter der eigentlichen Frauen- bzw. Männerarbeit als auch unter der »künstlichen« mancherlei Arbeiten, die sich hinsichtlich ihrer ausbildungsmäßigen Voraussetzung und ihres Wertes vergleichen lassen. Derartige gleichwertige Leistung der Frau wird schlechter bezahlt. Und schließlich steht die schlechte Bezahlung der Frauen in den »Abfalltätigkeiten« meist in keinem Verhältnis zum geringeren Maß ihrer Leistung.

Die schlechtere Entlöhnung ist eines der allgemeinen Odien der weiblichen Erwerbstätigkeit; ich werde daher erst bei ihrer Erörterung auf die Ursachen und deren Hintergründe näher eintreten.

Lediglich ihre unmittelbare Ursache nehme ich kurz vorweg.

Unter dem Vorwand, den Männern einen Leistungslohn zu zahlen, wird ihnen oft ein Soziallohn zugunsten einer häufig imaginären Familie entrichtet, den man je nachdem durch Unterzahlung der erwerbstätigen Frauen herauswirtschaftet. Die Frauen nun sind in vielen Fällen infolge einer teilweisen Befriedigung ihrer familienrechtlichen Unterhaltsansprüche, ihrer Fähigkeit, durch Überstunden in Haushalt und Garten allerlei selbst zu machen, wofür man sonst besondere Kräfte bezahlt, sowie infolge der Möglichkeit, gegenüber im gleichen Haushalt lebenden, besser bezahlten männlichen Verwandten sich am Feierabend als »Hausangestellte« zu verdingen, bereit, mit einem unter dem Existenzminimum eines Mannes liegenden Betrag vorliebzunehmen. Die Wirkung: ein Druck auf alle »Frauenlöhne«, auch auf die jener Frauen, welche außer sich selbst noch Familienangehörige erhalten müssen. Das irreführende Schlagwort läßt sich hier im umgekehrten Sinne verwenden – »doppelte Arbeit zu halbem Lohn«.

Ferner kann ich nicht umhin, im Zusammenhang mit der industriellen Frauenarbeit von den später zur Sprache kommenden modischen und altmodischen Versuchen, die geringere Entlöhnung der Frauen zu rechtfertigen, deren zwei leicht anzutippen. Es sind dies die »Argumente« der geringeren Befähigung der Frauen und der Schutzbestimmungen, die zu ihren Gunsten bestehen.

Unter der Voraussetzung von 2400 Arbeitsstunden jährlich bleibt das Einkommen beinahe der Hälfte der Arbeiterinnen hinter dem Betrage von Fr. 4080.– zurück, das – als Minimum – für den männlichen Arbeiter selbstverständlich ist, nämlich für 98% von ihnen. Ein Sachverhalt, der leichthin mit dem Hinweis auf eine durchschnittlich geringere Qualifizierung der Arbeiterinnen erklärt wird.

Warum aber verdienen in diesem Fall allein schon die un- und angelernten erwachsenen Arbeiter (1950: 16% ungelernte und 42% angelernte) mit Fr. 2.83 (1956) im Durchschnitt fast die Hälfte mehr als die erwachsenen Arbeiterinnen (1950: nur 8% ungelernte und zudem 17% gelernte), die durchschnittlich Fr. 1.97 (1956) in der Stunde beziehen? Im Rahmen dieses Vergleichs übersteigt also der Männerlohn denjenigen der Frauen wesentlich, obgleich die Frauen sogar weniger Ungelernte zählen als die Männer und überdies 17% von ihnen eine Lehre absolviert haben, während die gelernten männlichen Arbeiter bei diesem Vergleich vollständig ausscheiden.

Gewiß, es sind dies summarische Zahlen. Aber die Devise: der Rahm für die Männer, die blaue Milch für die Frauen, scheint doch durchzuschimmern. Gerade die bis vor kurzem ausgesprochen schlechte Entlöhnung der Frauen in der Textil- und Bekleidungsindustrie sollte einen am Glaubenssatz, daß qualifizierte Arbeit sich auch bezahlt machen müsse, Zweifel lassen, bzw. daran, daß die niederen Frauenlöhne in der Industrie vor allem eine Frage der geringeren Zahl von »Gelernten« bei den Frauen sei. Denn, ob »gelernt« oder nicht, die Arbeit der Frau in der Textil- und vor allem in der Bekleidungsindustrie ist positiv qualifiziert. Werden doch die hier von den Frauen erzielten Leistungen infolge ihrer angeborenen und durch jahrelange Schulung erworbenen Fingerfertigkeit zur Qualitätsarbeit. In allen Kantonen, in deren Gebiet sich Textilindustrien befinden, besuchen die Mädchen während mehrerer Jahre mehrere Stunden wöchentlich den obligatorischen Handarbeitsunterricht. Ihre Finger werden in Hunderten von Stunden für ihre Erwerbsarbeit trainiert. Auch die »Ungelernte« kann an eine gewisse fachliche Vorbildung anknüpfen. Diese jahrelange, ziemlich einschlägige und für manche Arbeitsgänge der Textil- und Bekleidungsindustrie bedeutende Ausbildung von Kindsbeinen auf hat erst in den allerletzten Jahren weiter als zu einem durchschnittlichen Stundenlohn von 112 Rappen (in früheren Jahrzehnten noch weniger), nämlich zu jenem von 174/177 Rappen gereicht.

Als weiterer Grund für die geringere Entlöhnung der weiblichen Industriearbeit gelten die besonderen Schutzvorschriften zugunsten der weiblichen Arbeitnehmer, hauptsächlich auch das Verbot der Sonntags- und Nachtarbeit, der Urlaub von einigen Wochen im Zusammenhang mit Entbindung und Wochenbett usw. Eine etwas kurzsichtige Begründung. Denn ein Blick auf die Entlöhnung der Frauen in der Vergangenheit zeigt, daß ihre Fabrikarbeit, schon als es noch keine Spur von Spezialschutz gab, bedeutend schlechter bezahlt wurde als die männliche. Auch geht solchem »Schutz« der Frauen teils jeder Zusammenhang mit ihren physiologischen Eigenheiten ab, er ist daher kein »natürlicher« Grund, der Frau für ihre Arbeit weniger zu geben.

Was etwa die Sonntags- und Nachtarbeit betrifft, so scheint sie der weiblichen Natur rein nichts zu schaden. Das Gesetz steht daher auch nicht an, von diesem »Schutz« ausdrücklich jene als urweiblich taxierten Tätigkeiten der Fürsorge, Krankenpflege, Beherbergung, Bewirtung und Unterhaltung auszunehmen. Auch kommt niemand auf die Idee, im Hausdienst schade Sonntagsarbeit der Weiblichkeit. Nein, es ist nicht die »biologische Aufgabe der Frouh«, die man bei diesem »Schutz« scheinbar besorgt im Auge hatte, sondern all das, was in einer Familie gekocht, gewaschen und geflickt werden muß. Denn im Gegensatz zu den Frauen in den Mädchen-, Töchter- und Frauenberufen war und ist die schweizerische Industriearbeiterin zu einem beachtlichen Teil verheiratet und stellt noch heute rund zwei Drittel der berufstätigen Ehefrauen. Von jenem Geiste ist auch die gesetzliche »Berücksichtigung« der Frauen, die ein Hauswesen besorgen. Diese ist vielmehr eine Berücksichtigung des Ehemannes und der Kinder dieser Frauen. Wären die Männer bereit, im Haushalt mehr Hand anzulegen, so brauchte die Fabrikarbeiterin diese fragwürdige Berücksichtigung gar nicht.

Bleibt noch der gesetzliche »Schutz der Schwangeren und Mutterschutz«. Nach dem Aufhebens, das man aus ihm im Sinne einer Rechtfertigung der schlechteren Bezahlung der industriellen Frauenarbeit macht, zu schließen, möchte man fast glauben, die Fabriken hätten auf Grund solcher Schutzbestimmungen Ferienheime für werdende, Kliniken für unmittelbar gewordene und Erholungsheime für stillende Mütter zu bauen, hätten ihre Arbeiterinnen wochenlang darin zu verpflegen und seien daher gezwungen, sich mit niederen Frauenlöhnen im allgemeinen an den Arbeiterinnen schadlos zu halten. Aber nein! Es handelt sich bei diesem Schutz einzig und allein um einen zwar obligatorischen, aber nicht auch obligatorischerweise zu bezahlenden Urlaub von 6-8 Wochen im Zusammenhang mit der Entbindung und um das Recht der Arbeiterin, während der Schwangerschaft »auf bloße Anzeige hin die Arbeit vorübergehend zu verlassen oder von ihr wegzubleiben«. Eine Erweiterung derartiger Rechte ist vorgesehen. Sie besteht darin, daß die stillende Mutter zweimal täglich für eine halbe Stunde zum »Stillgeschäft« an die Wiege des Säuglings und wieder zurück an die Arbeit galoppieren darf. Nun, alle derartigen Urlaube von Wochen, Tagen und Stunden der weiblichen Belegschaften, im Laufe der letzten 25 Jahre zusammengezählt, stehen im Verhältnis zur Gesamtzahl der Arbeitsstunden der Frau in der Industrie während dieses Zeitabschnittes wohl etliches hinter der Absenz zurück, die im Durchschnitt auf die Arbeitsstunden des männlichen Industriearbeiters entfällt, den seine Dienstpflicht monate-, ja jahrelang vom Arbeitsplatz fernhalten kann. Und die direkten und indirekten Kosten, die dem Arbeitgeber aus den militärisch bedingten Absenzen des Arbeiters erwachsen, sind wohl bedeutend größer als jene, welche mit den Wochenbetten der bloß 16% der erwerbstätigen Frauen bildenden Verheirateten zusammenhängen. Wenn aber die Arbeiterin nach Maßgabe dieses »Schutzes« den Arbeitgeber weder an Barauslagen noch an unwirtschaftlichen Arbeitsunterbrechungen mehr kostet als der Arbeiter infolge seiner Dienstpflicht, so fällt der »Schutz« als Rechtfertigung, die Frau in der Industrie geringer zu bezahlen als den Mann, dahin.

Für die Frauen hat Handwerk keinen goldenen Boden

»Erstens kommt es anders, zweitens als man denkt«

Wie in der Industrie so wirken sich auch im Handwerk geschicktere Finger der Frauen und größere Muskelkraft der Männer mitunter im Sinne einer echten »Arbeitsteilung« der Geschlechter aus. Handwerke, für die weibliches Geschlecht eine Qualifizierung bedeutet, werden von der Bezeichnung »Frauengewerbe« erfaßt.

Die Geschlechtszugehörigkeit kann aber auch aus Schicklichkeitsgründen eine Qualifizierung für das eine oder andere Handwerk bedeuten, je nachdem ob seine Ausübung einen engen körperlichen Kontakt mit dem einen oder anderen Geschlecht voraussetzt. Die Arbeitsfelder, die aus diesem Grunde den Frauen näherliegen, werden daher im folgenden zusammen mit den »Frauengewerben« betrachtet werden.

Die frauengewerblichen Handwerke sind, wenn man von jenen der Glätterin und der Waschfrau absieht, die einzigen, die von Frauen in nennenswerter Zahl ausgeübt werden. Denn noch weitgehender als in der Industrie hat das Männerkollektiv im Handwerk diejenigen Tätigkeiten, zu denen weder Frauen noch Männer als solche besondere Eignung besitzen, die »geschlechtlich neutralen«, für sich beansprucht. Besonders im 17. und 18. Jahrhundert geschah dies oft sogar in aller Form. Heute, nach mehr als hundert Jahren Handels- und Gewerbefreiheit, ist das Bild nicht wesentlich anders geworden. »Den Frauen haben sich weite Gebiete geöffnet« – doch welcher Bäcker, Mechaniker, Schlosser, Buchbinder, Flachmaler, Gipser, Kaminfeger, Elektriker, Buchdrucker, Spengler usw., sei er nun in einem Unternehmen tätig oder selbständiger Meister, weihte wohl anstatt eines Lehrlings eine Lehrtochter in sein Handwerk ein, sofern nicht halb soviel Knaben wie Mädchen geboren werden? Gesetzt den Fall, ein Idealist kommt auf den Gedanken, Lehrtöchter zu beschäftigen, etwa ein Elektriker zieht eines Tages Lehrtöchter anstatt Lehrlinge nach; ich bin nicht so sicher, ob ihm Kunden und Kollegen nicht solche Schwierigkeiten machten, daß er schließlich nicht nur die Lust zur Neuerung, sondern auch noch seine Existenz verlöre. Und selbst wo ein sehr fortschrittlicher Vater eine sehr fortschrittliche Tochter nachzöge, würden sich ihr außerhalb des väterlichen Geschäftes kaum Arbeitsgelegenheiten bieten. *So* sieht die Gewerbefreiheit für die moderne berufstätige Frau aus. Soweit Handwerk goldenen Boden hat, beanspruchen die Männer es und damit auch die goldenen Böden für sich.

Und zwar beanspruchen sie im Grunde *jedes* Handwerk für sich. Was auch alles von »Frauenarbeit«, wo es um »Abfallarbeit« geht, geredet werden mag, im Bereich des Handwerks anerkannte man wenn möglich keine solche. Schoben die Männer in der Industrie, ohne der echten Arbeitsteilung der Geschlechter Rechnung zu tragen, ursprünglich die Frauen gerade in die körperlich schwere Arbeit, so drängten sie sich umgekehrt in den handwerklichen Berufen zu noch so weiblicher Arbeit, sofern jene »goldenen Boden« hatte.

Sofort stellt sich die Frage: Aber wie haben sie sich halten können, wenn die Frauen schon als solche dazu besser befähigt sind? Die Antwort ist einfach genug: In Staaten, welche die Handels- und Gewerbefreiheit ablehnten, sorgten Privilegien dafür. Der Weg ging also über die Politik – ein Gebiet, auf dem die Frauen der Handwerkerklasse vollständig mundtot waren. Wenn das erstrebte Privileg nicht ergattert werden konnte oder gar Handels- und Gewerbefreiheit galt, vermochten die Männer durch Ausnützung ihres Kredites als Angehörige des politisch alleinherrschenden Geschlechtes in einzelnen Bereichen noch einen Vorsprung zu gewinnen. Sobald die Leistung nicht meßbar ist und man bei ihrer Beurteilung werten muß, entscheidet dieser Kredit. Eine Behauptung, die im Zeitalter der Reklame wohl nicht noch besonders bewiesen werden muß.

»Vermännlichung« weiblicher Berufe

Damenschneiderin, Modistin, Damencoiffeuse, Weißnäherin, Wäscheschneiderin, Corsetière scheinen Berufe von unumstößlicher »Weiblichkeit« zu sein. Wo man von den der »modernen Frau erschlossenen weiten Gebieten« redet, denkt man daher kaum an sie. Es sieht aus, als hätten die Frauen zum mindesten diese Berufsmöglichkeiten eh und je unbestritten unter ihr Dach gebracht. In Wirklichkeit ist dies nicht immer der Fall. Je nach Opportunität wechselt nämlich die »Weiblichkeit« solcher vermeintlich urweiblicher Betätigungsfelder.

Bevor es die neuzeitliche Vielfalt von Berufen gab, bevor eine das Schneiderhandwerk konkurrierende Konfektionsindustrie existierte, bevor die Herstellung von Bekleidungsstücken für die Familienangehörigen die hauptsächlichste Möglichkeit der bürgerlichen Ehefrau in städtischen Verhältnissen war, im Rahmen des Haushaltes, aber außerhalb der laufenden Hausarbeit wirtschaftlich produktiv und damit Konkurrenz zu sein, war Damenschneider zuzeiten ein begehrter Männerberuf. Und die Frauen wurden in seiner Ausübung drakonisch unterdrückt. Im Frankreich des 17. Jahrhunderts war das Herstellen von Damenkleidern Monopol der männlichen Schneider und damit für die Frauen ein gefährlicher Beruf. »Noch mußten alle Kleidungsstücke für Frauen ausschließlich von Männern hergestellt werden, und nur heimlich und unter steter Gefahr, ihre Waren beschlagnahmt zu sehen, waren Schneiderinnen tätig. Mit Berufung auf ihre Statuten drangen die Schneider immer wieder in die Werkstätten der zunftlosen Schneiderinnen, entrissen ihnen Stoffe und Kleider und vernichteten sie. Sie erkämpften sich schließlich die königliche Bewilligung, nur die Unterkleidung, Morgenröcke und dergleichen herzustellen sowie Anzüge für Knaben bis zu 8 Jahren.«[4] Wehe, wenn sie eine Robe machten. Für das Recht, auch Damenoberkleider und Fischbeintaillen anzufertigen, hatten sie über 100 Jahre zu kämpfen.

Inzwischen ist das Handwerk der Damenschneiderin mit den anderen »Frauengewerben« zur Pièce de résistance der weiblichen Berufstätigkeit geworden. Sie werden es nicht mehr lange sein. Heute arbeiten in der Schweiz zwar noch rund 12 000 Frauen als selbständige Schneiderinnen; ob auch in fünfzig Jahren, ist eine andere Frage. Denn ihre Arbeit wird mehr und mehr von der Industrie vorweggenommen, was in bezug auf die Tätigkeit der Wäscheschneiderin, Weißnäherin und Modistin – bei der Modistin kommt noch das Verschwinden des Hutes als Standesabzeichen der bürgerlichen Frau hinzu – ebenfalls gilt. Der Übergang von der Maßanfertigung durch die »kleine Schneiderin« zur Kleiderfabrikation der Konfektionsindustrie ist nun seit dem Zweiten Weltkrieg auch bei uns in vollem Gange. Natürlich bleiben die entsprechenden Arbeiten selbst bei fortschreitender Industrialisierung Frauenarbeit. Aber an Stelle selbständiger Meisterinnen – ihr Beruf war wirklich ein Frauenberuf, weil er einer Verbindung von Berufstätigkeit und Ehe, die hier Hausarbeit und Kinderbetreuung heißt, nicht entgegenstand –, an Stelle unabhängiger Störschneiderinnen und -näherinnen tritt der männliche Unternehmer mit seinem Stab von Herren im Innen- und Außendienst. Einmal mehr steht man vor der sich vollziehenden Scheidung in männliche Rahmschöpfer einerseits und weibliche Blaumilchlinge anderseits. Gewiß, diesen Herren werden Directricen gegenüberstehen. Aber praktisch haben Directricen Fräulein zu sein. Insofern also wird aus einem eigentlichen und während langer Zeit blühenden Frauengewerbe ein seltener »Fräulein-Beruf«.

Allerdings wird eine Anzahl wohlhabender Frauen die höchste Qualität Maßarbeit vor dem Aussterben bewahren, können sie doch jene Vorzüge, welche die beste Maßarbeit gegenüber der besten Konfektion immer behält, zu relativ hohem Preise bezahlen. Mit anderen Worten: die »kleine Schneiderin« verschwindet, während die »große« sich halten kann. Wie alle »Großen« wird sie jedoch selten sein. Zudem ersteht den Frauen auf dieser Ebene wieder männliche Konkurrenz. Die hochbezahlte Arbeit der »großen Schneiderin« sticht ihnen in die Augen. Sie greifen sie um so mehr auf, als in den höchsten Stellungen der Schneiderei die Fingerfertigkeit, die den Beruf zu einem weiblichen macht, nicht mehr ins Gewicht fällt; steht doch die »große Schneiderin« hoch über dem feinen Sticheln. Also taucht in großen Zentren unfehlbar der männliche Modeschöpfer auf. Dies bedeutet nun allerdings nicht, daß selbst auf »urweiblichem Gebiet« die Männer allein die schöpferischen Kräfte seien, wie man oft hört. Unter dem Einfluß des Staunens ob den großen Hirschen im weiblichen Berufsrevier wird nämlich gerne übersehen, daß immerhin etliche führende Modeschöpfer Frauen sind, und zwar eher mehr, als dem Anteil der Frauen an der Zahl der Erwerbstätigen entspricht. Das scheinbar unvermittelte Auftauchen der Männer in Schlüsselstellungen der Schneiderei hat wenig mit »männlicher Genialität« und viel mit dem Abrahmen jedes Erwerbsgebietes durch die Männer zu tun.

Vorschub leistet dabei, wie überall, wo sich Snobismus weiblicher Kundschaft Männern bezahlt macht, das Minderwertigkeitsgefühl der Frauen beziehungsweise der größere Kredit, den sie dem Urteil der Männer als demjenigen der Angehörigen der Herrschaft entgegenbringen. Scharen von Frauen schließen aus der ungleichen Machtverteilung unter den Geschlechtern auf höhere Fähigkeiten der Männer und beeilen sich, die Gestaltung ihrer Garderobe einem Vertreter der Herrschaft anzuvertrauen.

Im Berufsfeld der Coiffeuse und der Hebamme, beziehungsweise der Geburtshelferin, spielt der gleiche Mechanismus wie in jenem des eigentlichen Frauengewerbes.

Am Punkt, wo der Beruf der Coiffeuse – er ist weibliches Arbeitsfeld infolge der Feinheit der Hantierungen, der Identifikationsmöglichkeit mit der Kundin und des engen körperlichen Kontaktes mit ihr – durch eine gewisse Konzentration luxusfähiger Frauen finanziell ausbaufähig wird, tritt der Mann, der Damencoiffeur, in Szene. Übrigens kommt sich dieser wiederum als um so feinerer Fachmann vor, je mehr Männer – Herr Kurt, Herr Louis, Herr Ralph – die Frisuren der Damen montieren und je mehr Coiffeusen sich auf das untergeordnete Haarwaschen beschränken müssen. Höhere berufliche Fähigkeiten als ihren Kolleginnen eignen den Coiffeuren gewiß nicht, wohl aber der Anspruch auf höhere Preise. Und die Überschätzung der Fähigkeiten der Männer treibt die Frauen wahrhaftig dazu, sie bereitwillig zu zahlen. Für teures Geld halten die Kundinnen nicht mehr ihren eigenen Kopf hoch, sondern denjenigen des Imagos ihrer Coiffeure. Im Gegensatz zu diesen merkt jede gute Coiffeuse, welchen Typ ihre Kundin anstrebt. Sie sucht ihm Ausdruck zu schaffen, während der männliche Kollege auf dem Haupt der Kundin gerne Pygmalion spielt.

Man pflegt den Beruf des Geburtshelfers nicht mit demjenigen des Modekünstlers und Friseurs zu vergleichen. Und doch bildet seine Entwicklung als weiterer Anwendungsfall der »Vermännlichung« weiblicher Berufe, sobald sie lukrativer werden, eine interessante Parallele. Hier ergibt sich die »Weiblichkeit« des Berufes aus der Identifikationsmöglichkeit mit der Patientin und je nach dem jeweilen gültigen Maßstab auch aus Schicklichkeitsgründen.

Jahrhundertelang lag die Geburtshilfe daher in den Händen der Frauen. Je nach Zeit und Ort variieren ihr gewerblicher Charakter und die Ausbildung für sie. Auf dem Lande wurde die Geburtshilfe häufig von Frauen der angesehenen Familien ehrenhalber geleistet. Daneben und vorab in den Städten betätigten sich Frauen mit besonderer Erfahrung gegen Entgelt als Hebammen. Ab und zu gab es auch – zum Beispiel im Frankreich des 17. Jahrhunderts – hervorragend ausgebildete und Hervorragendes leistende Hebammen. Hervorragend war auch ihre Honorierung. Damit aber war es um die »Weiblichkeit« dieses Berufes geschehen. Die guten

Honorare guter Hebammen stachen den Männern so sehr in die Augen, daß sie sich, ungeachtet der Natürlichkeit und Schicklichkeit weiblicher Geburtshilfe, auch an diesen Brotkorb heranmachten. Es war dies, wie gesagt, im 17. Jahrhundert, zu einer Zeit also, da die Kunst der Ärzte noch äußerst bescheiden war und das Können der Hebammen sich erfolgreich damit messen konnte. Die Ärzte hatten anfänglich alle Mühe, den Hebammen die Patientinnen abzufangen. Es kam ihnen jedoch eine Veränderung der Stellung der Frau im Erwerbsleben zu Hilfe. Das Prestige der weiblichen Berufstätigkeit im allgemeinen war damals im Sinken. Schuld daran trug die überhandnehmende Ausschaltung der Frauen von ziemlich selbständigen Tätigkeiten in Zusammenarbeit mit dem Ehemann. Denn der um sich greifende Kapitalismus verwandelte immer mehr Selbständigerwerbende in Arbeitnehmer und ihre »Frau Meisterinnen« in ernährte Nurhausfrauen. Mit der Autorität des herrschenden Kollektivs im Rücken konnten die Ärzte bei ihren Behauptungen, die Geburtshilfe besser als die Hebammen zu verstehen, diesen aktuellen Prestigeverlust der erwerbstätigen Frauen ausnützen. Ohne vorläufig mehr als die Hebammen bieten zu können, begannen sie langsam, Patientinnen zu gewinnen. Mit der Zeit wurde leider, was zuerst nur hohle Anpreisung war, ihr größeres Können, Tatsache. Da nämlich die Frauen nur ausnahmsweise zum Universitätsstudium zugelassen wurden, konnten sie bei den inzwischen erfolgenden Fortschritten der Medizin allmählich nicht mehr mit dem medizinisch gebildeten männlichen Geburtshelfer konkurrieren. Die Hebamme, als Leiterin der Geburt, wurde zur untergeordneten Gehilfin eines männlichen Geburtshelfers, der fortan ihr altes Arbeitsfeld beherrschte. Damit hatten die Männer sogar im wesenseigenen Bereich der Frau die Macht an sich gerissen und die Mutterschaft zu einem lukrativen Erwerbszweig gemacht.

Die Rücksicht auf die Schicklichkeit, die man so gerne gegen die Gleichberechtigung der Frauen im Erwerbsleben mobilisiert – es gibt so vielerlei Orte, an denen sich Frauen während der Schwangerschaft nicht blicken lassen dürfen: nicht auf der Kanzel, nicht in der Offizin, nicht vor der Schulklasse, ja nach der Ansicht einiger Bürger nicht einmal in der Eisenbahn –, hat man hinsichtlich des männlichen Geburtshelfers gänzlich unter den Tisch gewischt. Nur bei den Mohammedanern – mit verschleierten Frauen – soll der männliche Geburtshelfer, der Frauenarzt, mitunter gerade noch so weit schockieren, daß die Betätigung als Frauenärztin aussichtsreich sein kann. Bei uns jedoch finden unter dem Einfluß der von männlichen Berufsinteressen inspirierten öffentlichen Meinung nicht einmal mehr Hinterwäldlerinnen etwas dabei, mit Straßenkleidung am Oberkörper, unten »frei« – behält man den Hut auf oder nicht? –, um die Knöchel lottrige Strümpfe, die Beine mittels eines kuriosen Gestells in die Luft gestreckt, sich einem Herrn in Weiß zu präsentieren, um von ihm zu hören, wie es um die leidige Weiblichkeit bestellt sei und was zu geschehen habe.

Die bis vor kurzem bestehende Monopolstellung der Männer auf den Gebieten der Gynäkologie und Geburtshilfe und das noch heute vorhandene Übergewicht der Männer auf diesen Arbeitsfeldern bewirkte, daß es nachgerade auch noch zur »Echtweiblichkeit« gehörte, über das Funktionieren dieser Weiblichkeit schlankweg ratlos zu sein und sich dabei männlicher Leitung zu überlassen. Gläubig die Patientin, gelehrig die Hebamme, horchten nun beide auf den gut honorierten Fachmann urweiblicher Natur. Man fand und findet das ganz in Ordnung. Und die Weiblichkeitsapostel, die sonst so unermüdlich eine vermeintlich weibliche Instinktverbundenheit auspacken, um zu »beweisen«, zu was allem, das ihnen selbst gefällt, die Frau infolge ihrer biologischen Bestimmung sich »nicht eigne«, fragen hier, wo der weibliche Instinkt, wenn er überhaupt existiert, in Verbindung mit beruflicher Qualifizierung von maßgebender Bedeutung wäre, überhaupt nicht danach. So regelmäßig man ihn sonst als Deus ex machina produziert, in diesem einen wesentlichen Fall ist er vollständig vergessen.

Als die Frauen Mitte des 19. Jahrhunderts Zutritt zum Medizinstudium verlangten, um unter anderem der leidenden Menschheit im allgemeinen und der leidenden weiblichen Natur in Sonderheit auch gut honoriert zu dienen, hieß es, sie äfften die Männer nach, sie drängen in männlichen Arbeitsbereich ein. Und in England verbot man kurzerhand den Ärztinnen, denen es gelungen war, dennoch ihre Examen abzulegen, zu praktizieren. Unglaublicherweise hatte zum Beispiel die Ärztin, die den Philosophen Bertrand Russel ans Licht der Welt zog, zusätzlich das Hebammendiplom zu erwerben, um bei solcher Arbeit nicht mit dem Gesetz in Konflikt zu geraten.

Trotzdem der Beruf der Ärztin sich heute einigermaßen durchgesetzt hat – ich komme noch darauf zu sprechen –, haben die Frauen als Geburtshelferinnen das den Hebammen von einst abhanden gekommene Erwerbs- und Einflußterrain noch nicht zurückgewonnen, von einer Eroberung der Schlüsselstellungen ganz zu schweigen. Die Lehrstühle auf dem Gebiete der Geburtshilfe und Frauenheilkunde, die Chefposten an Frauenspitälern – die fettesten Weiden in diesen meliorierten Gründen, die den Frauen gehörten, solange es darauf noch weniger zu dozieren und einzusacken gab –, werden von Männern an Männer vergeben.

Die männlichen Fachleute machen sich auch viel lauter bemerkbar als ihre Kolleginnen, wobei der lauschenden Frauenwelt mitunter ein Sammelsurium von Geschmacklosigkeiten geboten wird. Gerne werden mündliche und schriftliche Anweisungen im Feldwebelton gegeben, als gälte es, denkende Gebärmaschinen zu drillen. Aber auch Entgleisungen in eine bizarre Gefühlsduselei sind beliebt. Ein Müsterchen solcher Beratung: »Geduld! – Atme, du qualvoll Gesegnete! ... – und langsam, besänftigend, hingebend laß durch die Nase den Atem wieder verströmen ..., dich streicheln ... Geduld! – Es sind harte, harte Stunden: aber sie müssen sein.«[5] Leicht geht auf dem Papier ein vertrauliches Du so nebenbei mit. Es berührt peinlich, wenn Männer in diesem Gedankenkreis allzu sicher oder familiär tun. Schließlich geht ihnen ja jede gynäkologische Erfahrung am eigenen Leibe ab; und auf wissenschaftlicher Ebene gibt es noch viel zuviel Rätsel, um Orakel zu spielen.

Die vorwiegend männliche Besetzung des Gebietes der Geburtshilfe ist ein bedauerlicher Zustand, weil sie den Frauen besonders liegt, den Männern hingegen ganz besonders nicht. Für die Frau ist Geburtshilfe und Frauenheilkunde schlimmstenfalls ein medizinisches Arbeitsgebiet wie ein anderes, bestenfalls jedoch kennen sie den Standpunkt der Patientinnen aus eigener Erfahrung und besitzen daher eine Weite des Gesichtsfeldes, die dem männlichen Geburtshelfer und Frauenarzt vorenthalten bleibt. Ihm ist dieser Teil der Medizin bestenfalls ein Arbeitsfeld wie ein anderes, schlimmstenfalls besteht die Versuchung, als Repräsentant des herrschenden Kollektivs fachliche Ansichten und die Frauen betreffende, zufällige persönliche Meinungen politischer, soziologischer und psychologischer Natur durcheinanderzubringen, als Schuster nicht bei seinem Leisten zu bleiben. Ich denke hier an manche jener Schriften, in denen Männer vom Fach die weiblichen Geschlechtsorgane und die entsprechenden Vorgänge im Zusammenhang mit einer vermeintlichen weiblichen Psyche erläutern wollen. Als Sektenprediger eigener Art trichtern sie da den Frauen ein, wie diese sich zu Pubertät, Empfängnis, Schwangerschaft, Niederkunft, »Laktation« und Menopause zu verhalten hätten und wie in erotischer, beruflicher und staatsbürgerlicher Hinsicht auch gerade noch. Bei solchem Fabulieren kommen sie ab und zu zum Schluß, die Frauen eigneten sich weniger als Männer zu intellektueller Arbeit, zum Universitätsstudium – am wenigsten wohl zum Studium der Frauenheilkunde und Geburtshilfe. Derartigen Überschreitungen leistet eine von allen guten Geistern verlassene, verbreitete Meinung Vorschub, der Frauenarzt sei kurzerhand der den »Sektor Frau« vertretende Fachmann. Sie ist irreführend. Ein männlicher Frauenarzt mag in seinem Fache schlecht und recht sein, räumt man ihm jedoch über sein Spezialgebiet hinaus in psychologischen und soziologischen Fragen hinsichtlich der Frauen Autorität ein, so macht man sich Blinde zu Führern. Mit Karin Michaelis kann man von solchen »Fachmännern der Frau« sagen: »Sie können aufschneiden und zunähen wie Kinder, die die Puppen aufschneiden, um die Sägespäne zu sehen und die Wunde mit Nadel und Faden wieder zuzunähen. Anderes und mehr erfahren sie nicht.«[6]

In Anbetracht der Frauenärztin als einer der Errungenschaften der Frauenbewegung ließe sich vielleicht einwenden, daß der Geburtshelferberuf für die »Frau von heute«, die Hebamme *und* Frauenärztin sein kann, sich immerhin verdoppelt habe und damit auch die berufliche Wirkungsmöglichkeit der Frau auf diesem ihr besonders naheliegenden Gebiet. Ein Trugschluß! Denn die Wirkungsmöglichkeiten der Hebamme schrumpfen mehr und mehr. Einerseits stehen ihr jene des Frauenarztes und anderseits die Überhandnahme der Spitalgeburten entgegen. Letzteres heißt zwar nicht, daß der Hebammenberuf überflüssig geworden wäre, wohl aber, daß er mit der Eingliederung der Hebamme in den Spitalbetrieb aus einem selbständigen Frauenberuf zu einem unselbständigen Fräuleinberuf geworden ist.

Je höher Erziehungsarbeit bezahlt wird, desto weniger ist sie »natürliche Aufgabe der Frau«

Vor wenigen Generationen gab es noch unzählige private Erzieherinnen und etliche arme, aber gut ausgewiesene Jünglinge, die Lehrer im Hause reicher Söhne waren. In Gemeindeschulen lehrten »Lehrgotten« und Schulmeister, und in Pensionaten sorgten Institutsinhaberinnen mit ihrem weiblichen Stab für schickliche Weiterbildung besserer Töchter: die Frauen lehrten alles, was es außerhalb der klassischen und beruflichen Studien zu erlernen gab. Meist handelte es sich um Tätigkeiten, die nur eine bescheidene Ausbildung voraussetzten und mager entlöhnt wurden. Folglich waren die Frauen auf dem Arbeitsfeld der Erziehung allgemein in der Überzahl.

Die »Frau von heute« jedoch hat es zum mindesten in der Schweiz zu einem beachtlichen Teil räumen müssen. Mit der weitgehenden Verstaatlichung des Unterrichtes einerseits und der noch ungetrübten Hoffnung auf eine bessere Welt durch Schulwissen anderseits gewann die Lehrtätigkeit gewaltig an Prestige. In der Schweiz, wo Besserwissen, Besserkönnen – praktisch gesprochen die berühmte Qualität der Exportprodukte – Existenzgarantie und in rationalistischem Geiste oft auch Existenzberechtigung bilden, grenzte der Respekt vor der Schule an religiösen Eifer. Unnötig zu sagen, daß man sich bei solcher Gesinnung gegenüber den Verwaltern des Heils durch Besserwissen nicht karg zeigte. Die Lehrtätigkeit, vorab jene auf den untern Schulstufen, ist in der Schweiz gut bezahlt, insbesondere, wenn man die phantastisch langen, bezahlten Ferien in Rechnung zieht; denn die meisten anderen Leute müssen sich mit ein bis drei Wochen Ferien jährlich zufriedengeben.

Für die Lehrtätigkeit der Frauen jedoch bedeutete diese Hebung keinen Aufschwung. Im Gegenteil. Die Stellungen, die sie traditionsgemäß einnahmen, veralteten und verschwanden zum Teil von der Bildfläche. Die privaten Erzieherinnen gingen mehr und mehr zurück und sind heute bis auf das Kinderfräulein, das keine Lektionen erteilt, ausgestorben. Und die Pensionatsbetriebe und damit die Inhaberinnen-Vorsteherinnen mit ihren Hilfen wurden von den höheren Töchterschulen weitgehend ausrangiert. Diese Terrainverluste wurden nicht nur durch reiche neue Möglichkeiten ausgeglichen; denn die ausgebauten und neubegründeten Stellungen wurden, so weit es nur ging, von den Männern an sich gerissen.

An den bedeutend erweiterten öffentlichen Sekundar- und Mittelschulen (untere und obere Stufe) werden in den letzten Jahren durchschnittlich nur 13% der Stellungen an weibliche Lehrkräfte vergeben, zu welchen noch die Handarbeits- und Hauswirtschaftslehrerinnen hinzukommen.

Von den höheren Knabenschulen schließt man nämlich die Lehrerin grundsätzlich aus, denn da geht es um gut bezahlte Männerarbeit. An den koedukativen Mittelschulen ist es nicht viel besser. Und da die Lehrtätigkeit an den höheren Töchterschulen auch nicht schlechter bezahlt wird, ist sie »natürlich« ebenfalls Männerarbeit. Ganz konnte man aber den Frauen – nein, es müssen da und dort von Gesetzes wegen oder einer durch die Vorstellung von »Doppelverdienertum« zum Köcheln gebrachten Interessengruppe halber Fräulein sein – die Teilnahme am Lehrkörper der Töchterschulen nicht verwehren. Die Tradition, die Mädchenerziehung armen Töchtern aus gutem Hause anzuvertrauen, wirkte hier einem Aussperren der »modernen berufstätigen Frau« zu massiv entgegen; aber trotz Tausender und Abertausender höherer Töchter behalten die Männer mit Rektorenstellen das Heft in den Händen. An der Spitze der töchterlichen Schäfchenherden will man männliche Leithammel sehen. Nur zögernd hat man da und dort begonnen, eine weibliche Konrektorin zu ernennen.

Übrigens sind diese rund 14,5% weiblicher Lehrkräfte an den öffentlichen Mittelschulen der oberen Stufe die Schwerverdiener unter den erwerbstätigen Frauen. Wissen sie wohl selbst, daß ihr soweit rechter und guter Lohn das Nonplusultra weiblicher Erwerbstätigkeit darstellt, was den materiellen Erfolg als Arbeitnehmerin betrifft? Die Zahl der Glücklichen – sie haben ihr Glück nicht nur mit Arbeit, sondern größtenteils auch mit Zölibat zu bezahlen – beträgt im ganzen Land nicht einmal 200.

In den Sekundarschulen, besonders den öffentlichen, ist die Lehrerin ebenfalls selten. Ich habe als Kind nur eine einzige gesehen, die zweite erst mit 25 Jahren und seither keine mehr, obwohl ich Kandidatinnen zu Dutzenden begegnet bin. Von hundert Sekundar- und Mittelschullehrern der unteren Stufe sollen ungefähr 12% Frauen – nein, grundsätzlich zu Zölibat gezwungene Fräulein sein.

Die Frauen, die bei uns für die Politik zu gut sind, sind offenbar auch für ein besseres staatliches Gehalt zu gut, viel zu gut. Geld ist nicht Glück, besonders nicht für das Frauenherz, das schon an ein paar Blümlein viel Freude erlebt. Vielleicht fürchtet man bei den langen Ferien, die für den Lehrerberuf so typisch sind, auch für die Gesundheit der Frau. Vielleicht sind Ferien der weiblichen Physiologie weniger zuträglich als der männlichen.

Und die Lehrerinnen der Elementarstufe? Wenn man ihre Zahl betrachtet, atmet man auf. Zu früh! Zwar sind die Frauen an den öffentlichen Primarschulen 40% stark, was einer gerechten Verteilung der Posten nahe zu kommen scheint. Doch der Schein trügt auch hier. Die etwa 6000 weiblichen Lehrkräfte an den öffentlichen schweizerischen Primarschulen sind nämlich nur zum Teil Frauen, die ihre Lehrtätigkeit wie die meisten ihrer Kollegen als bürgerlichen Beruf ausüben. Sind doch die Primarlehrerinnen in katholischen Gegenden oft Klosterfrauen.

Solange der Pädagogenbrotkorb noch ein Körbchen mit Brosamen war, die häufig im Hause der Zöglinge verzehrt wurden oder wozu die Rohmaterialien, das Korn und die Kartoffeln, von der Lehrgotte oder dem Schulmeister in der eigenen kleinen Landwirtschaft angebaut werden mußten, war die pädagogische Tätigkeit vorab ein Beruf für Frauen. Die Hebung des ganzen Berufes jedoch, die gute und sichere Bezahlung machten ihn in der Schweiz alsbald zum Männerberuf. Die Vergleiche mit dem Ausland bestätigen diese Erscheinung auffallend: je schlechter die Lehrtätigkeit bezahlt wird, um so »weiblicher« ist sie allenthalben. In Italien sind die Lehrkräfte der untersten Stufe zeitweise miserabel bezahlt worden – also wurden sie von Männern gemieden und fast durchwegs mit Frauen besetzt. In den Vereinigten Staaten ist die Lehrtätigkeit im allgemeinen nicht gerade schlecht, aber verhältnismäßig schlecht bezahlt. Resultat und Ursache zugleich – es geht hier wie bei unzähligen soziologischen Erscheinungen ja nicht einfach um Ursache und Wirkung, sondern um Wechselwirkungen: mehr als zwei Drittel der amerikanischen Lehrkräfte sind Frauen.

Wenn man bedenkt, daß vor hundert Jahren Erzieherin der Beruf war, der jeder auf Erwerb angewiesenen gebildeten oder, sofern Französisch ihre Muttersprache war, auch ungebildeten Tochter offenstand, so scheidet angesichts des heutigen bescheidenen Kontingentes weltlicher weiblicher Lehrkräfte die Erziehung als ein der »Frau von heute« weit erschlossenes Berufsfeld aus. Auch die Gründung staatlicher höherer Töchterschulen und damit die Erscheinung der Lehrerinnentätigkeit auf Grund eines vollen akademischen Studiums kann über diese Tatsache nicht hinwegtäuschen. Denn in Anbetracht des ausschließlich männlichen Lehrkörpers an Mittelschulen für Knaben und koedukativen Mittelschulen fällt weniger das weibliche Element im Lehrkörper der höheren Töchterschulen ins Gewicht als vielmehr die Tatsache, daß die Männer sich dort unverzüglich so breitmachen konnten.

Die Stellung der Lehrerin – sofern man ihr eine Stellung überläßt – ist in der Schweiz im allgemeinen recht erfreulich: gute Bezahlung, Sicherheit, unglaublich lange bezahlte Ferien, interessante Arbeit bei kurzer Arbeitszeit, soziales Ansehen. Nun, dies in Verbindung mit der mehr oder weniger öffentlich sich vollziehenden Begründung des Dienstverhältnisses bewirkt, daß in diesem Beruf die männliche Balgerei um gute Brocken besonders ausgeprägt ist. Auf wenigen Gebieten hat sich das Motiv zur Bekämpfung der weiblichen Berufstätigkeit so unverhohlen als ganz gewöhnlicher Brotneid gezeigt, der sich zynisch über sachliche Erwägungen hinwegsetzt. Denn gerade wo man logischerweise am lautesten von ihr reden sollte, nämlich hinsichtlich einer weiblichen Berufung zur Lehrtätigkeit, hat man die sonst den Frauen in Festreden, Ansprachen und Blättern in allen Tonarten eingetrichterte Ideologie der weiblichen Eigenart als »tiefe Mütterlichkeit allem Lebendigen gegenüber«, »urmütterliche Erziehergabe« und »weibliche Personenbezogenheit« in den Wind geschlagen.

Offenbar weil dieser Blubo-Glaubenssatz zur Abwechslung einmal der besonderen Eignung der Frauen zu einer begehrten Berufstätigkeit das Wort spricht. Die kurante Weiblichkeitsideologie legt nämlich im Grunde ausschließlich weibliche Lehrtätigkeiten nahe, wobei die Muttereigenschaft der verheirateten Lehrerin besondere Qualifikation bedeutete.

Besessen von Brotneid wird inkonsequenterweise die ledige Lehrerin zurückgesetzt und die verheiratete unterdrückt. Beides variiert je nach Beschäftigungsgrad der Lehrkräfte. Ist er gering, läßt man die jungen Lehrer als Vertreter unterschlüpfen, während ihre frisch patentierten Kolleginnen vorläufig einmal Kinderfräulein in einem Fremdsprachgebiet werden. Wenn sie auf diese Weise die kostbaren Jugendjahre endlich hinter sich haben, so kommen sie in die ärmeren, abgelegeneren Gemeinden, die einer männlichen Kraft zu wenig bieten. Erlauben sich die Lehrerinnen zu heiraten, so beginnt der Brotneid der Männer, und zwar nicht nur derjenige der Kollegen, sondern ganzer Männerkollektive, »sozial« bemäntelt zu motten. Die verheiratete Lehrerin wird als »Doppelverdienerin« verleumdet (ihr Gehalt hat sich ja nicht verdoppelt, sondern steht demjenigen der Kollegen nach). Sie wird vom Tisch weggestoßen, ungeachtet der Eloge auf den »natürlichen Erzieherberuf der mütterlichen Frau«, die so regelmäßig erschallt, sobald die Frau nach einem andern Beruf strebt. Besteht kein Mangel an Lehrkräften, wird die sich verheiratende Lehrerin entlassen und die verheiratete als Kandidatin abgelehnt. Ja, in einzelnen Kantonen, zum Beispiel Basel-Stadt und Solothurn, schließen die Männer die verheiratete Lehrerin auf gesetzlicher, aber genau genommen bundesverfassungswidriger Grundlage von der Amtstätigkeit aus. Der männliche Lehrer hat ein Recht auf seinen Beruf. Der Lehrerin aber billigt man nur ein zweitrangiges zu, und als Verheiratete hat sie nichts mehr zu wollen. Offenbar soll sie dann vergessen, wer sie ist, Herrenhemden bügeln, Bohnen stecken und einen Haufen Kinder bekommen, die ihr die Mucken vertreiben (und mehr Köpfe ausmachen, um über Übervölkerung nachzudenken).

Seit dem letzten Weltkrieg ist die Polemik gegen die Lehrerin, auch gegen die verheiratete, in den Hintergrund getreten. Denn das Blättchen dreht sich oft unversehens, wenn die Männer einrücken müssen, Kinder schulpflichtig werden, die zur Zeit eines plötzlich einsetzenden bedeutenden Geburtenüberschusses geboren wurden, oder gar beides zeitlich zusammenfällt. In der Schweiz sind Lehrerinnen gegenwärtig hochbegehrt. Ja, man ist sogar froh und dankbar, wenn verheiratete, ehemalige Lehrerinnen einspringen. Selbst in Kantonen, wo sie gesetzlich gezwungen werden, bei der Verheiratung vom Lehramt zurückzutreten, schiebt man ihnen in Form von Vikariaten – der Lohn ist allerdings bei weitem nicht mehr der alte – ein Stück des Kuchens zu. Das Auge des Gesetzes wird ein wenig zugedrückt. Die Kriegsaxt, mit der die Männer als Gesetzgeber, Wähler, beziehungsweise Nichtwähler, und Kollegen die berufliche Existenz der Lehrerinnen umzulegen pflegten, ist für einige Zeit begraben; aber gewiß nicht tief.

Abgesehen von einigen Stellen an öffentlichen Mittelschulen für Mädchen, hat sich im Berufsfeld der Pädagogik kaum eine erfreuliche Umwälzung zugunsten »der modernen Frau« vollzogen. Ja, die heutige Lehrerin hat sogar weniger Sympathien als ihre Kollegin zu Urgroßmutters Zeiten. Anders als ihre Enkel behandelten die Urgroßväter im Gehrock zum Beispiel die Forderung gleichen Lohnes für gleiche Arbeit im Falle der Lehrerinnen mit sehnsuchterweckender Fortschrittlichkeit. Da meinte 1873 im Rahmen der Gemeinnützigen Gesellschaft Landammann Keller aus Aarau: »Wenn man sagen wollte, eine Lehrerin habe nicht so viele Bedürfnisse wie der Lehrer, so möchte ich fragen, worin besteht dann bei letzteren die Notwendigkeit zum Schoppen? Die Lehrerin muß ja auch ihre Hüte, Bänder und schmuckvollen Kleider haben. Man sollte eigentlich die Lehrerinnen noch höher bezahlen.« Schulinspektor Heß aus Basel, wo man heute die sich verheiratende Lehrerin aus Amt und Würden stößt, um ihr hernach bestenfalls eine Vikariatsstelle anzubieten, war der Ansicht, man sollte der Lehrerin weniger Schulstunden als dem Lehrer, dafür aber besser bezahlte zuweisen, »damit sich jene des Lebens auch freuen kann ...«.

Die »Selbständigen« – ein Sammelsurium der Not

»Selbständig« bedeutet allerdings weder Fach- noch Arbeitskreis. Die Einteilung, die dem Titel dieses Abschnittes zugrunde liegt, gehört also nicht der für die übrigen Bilder des unergötzlichen Panoramas der weiblichen Berufstätigkeit maßgebenden Ordnung an. Infolgedessen überschneidet sich dieses Sammelsurium zum Teil auch mit mehreren anderen Abschnitten, vorab denjenigen über die Wasch- und Putzfrau, das »Frauengewerbe« und die Akademikerinnen. Um Wiederholungen zu vermeiden, lasse ich daher die Selbständigen jener Erwerbsgebiete hier außer Betracht. Es bleiben noch genug auf anderen übrig.

So verschieden nun die Arbeitsfelder der verbleibenden Selbständigen sind, so ist ihnen doch eines gemeinsam: ihre Wahl bedeutet häufig Notlösung. Eine Lösung, zu der Frauen greifen, die aus den »typisch weiblichen« Jugendberufen nicht rechtzeitig auf einen ehelichen Ernährer überspringen konnten, oder solche, die ihren Ernährer verloren haben. Die Rettungsanker dieser wohl oder übel selbständigen Frauen sind, nachdem alle Stricke rissen, besonders häufig »es Lädeli« und die zur Zimmervermieterei oder Kostgeberei – kleinsten und größten Stils – erweiterte Hauswirtschaft. Gewiß erstaunlich, wo sich doch »der modernen Frau weite Gebiete eröffnet haben« sollen. Das Wort: »Tempora mutantur et nos mutamur in illis« mag seine Geltung haben; nichtsdestoweniger sind die Frau mit dem Lädelchen, die Hausiererin, die Zimmervermieterin und Kostgeberin seit alten Zeiten regelmäßige Gestalten.

Damals wie heute ist in zahllosen Fällen ein kleiner Handel mehr oder weniger die einzige Erwerbsmöglichkeit der Frauen, die ihre Jugend in einem den Frauen überlassenen Jugendberufe vertan haben. Nur allzu häufig bedeutet er zwar kein florierendes Geschäft, doch ermöglicht er älteren Frauen (das heißt solchen über vierzig), für deren Unterhalt kein Mann aufkommt, sich über Wasser zu halten. Auch Ex-Hausfrauen, nämlich Witwen und Geschiedene, wenden sich oft notgedrungen einem kleinen Handel zu. Ihrer bisherigen Arbeit näher liegt jedoch die Kostgeberei, die Familienpension, das Zimmervermieten. Sie haben jahrelang für einen Mann gekocht, gewaschen, geputzt, wofür sie Kost und Logis, Schuhe und Kleider und alle Jahre ein Weihnachtsgeschenk erhalten haben. Nachdem sie durch Auflösung der Ehe gewissermaßen ihre Stelle verloren, sagen sich viele Ex-Ehefrauen mit Recht, daß schließlich auch andere Leute bereit sind, ihnen für die Besorgung des Haushaltes eine Existenz zu bieten. Wenn sie ein kleines Betriebskapital besitzen – oft ein Haus und fast immer Möbel –, gelingt es ihnen häufig, auf diese Weise das Leben zu fristen. Zusammen mit einem schmalen Pensiönchen baut das Familienpensiönchen dem »vis-à-vis de rien« vor. Wo mehr Kapital zur Verfügung steht, können sie als Wirtinnen und Hotelbesitzerinnen mitunter auf einen grünen Zweig kommen, auf dem mancher Mann gerne selbst säße.

Der »modernen Frau« stehen nun diese beiden altbekannten Zufluchtsorte weniger offen als ihrer Großmutter. Ja, sie sind bedroht. Je mehr nämlich das Bewilligungswesen um sich greift und die Tendenz, nur jene in einem Arbeitsfeld wirken zu lassen, die vor der Eröffnung eines eigenen Geschäftes möglichst viel unbezahlte Arbeit mit »fachlicher Ertüchtigung« geleistet haben, um so mehr nimmt man Frauen, die ja infolge der Zurücksetzung des weiblichen Geschlechtes auf dem Arbeitsmarkt wenig Wahl haben, wenn sie in späteren Jahren plötzlich auf eigenen Füßen stehen müssen, den Rest von Bewegungsfreiheit.

Zum Sammelsurium der »Selbständigen« gehört allerdings auch die kleine Zahl der materiell außerordentlich erfolgreichen erwerbstätigen Frauen. Die Hintergründe ihres Erfolges zeigen jedoch in zahlreichen Fällen, daß dieser mit der vermeintlichen Gleichberechtigung der Frau im beruflich-wirtschaftlichen Leben nicht das mindeste zu tun hat und daher nicht als Trophäe der Frauenbewegung gewertet werden kann. Mit Ausnahme der Ärztinnen, Apothekerinnen, Zahnärztinnen und Gastwirtinnen sind diese erfolgreichen Frauen nur selten auf Gebieten zu finden, in denen die Frauen grundsätzlich mehr oder weniger anerkannt sind. Sie sind etwa Fabrikbesitzerinnen in Industrien, die nie eine Frau bis zur Direktorstelle nachgezogen haben, Besitzerinnen von Druckereien, die Vertreter eines Faches unter sich haben, das sie in der Schweiz kaum erlernen können, und so weiter.

Ihre Existenz sagt das Gegenteil von dem, was sie zu sagen scheint. Diese Frauen beweisen nicht den Erfolg der »modernen Frau« im Erwerbsleben, sondern bestätigen indirekt ihren Mißerfolg. Denn sie sind in den allermeisten Fällen auf eine der drei folgenden Weisen zu ihrer hervorragenden Stellung gekommen: sie erbten das väterliche Geschäft, weil kein männlicher Nachfolger da war; sie arbeiten im Geschäft des Ehemannes in führender Stellung oder als dessen Teilhaberin, was allerdings bei größeren Unternehmen seltener ist als bei mittleren und kleineren; oder aber es handelt sich um Witwen, deren Glück im Unglück, den Gatten zu verlieren, es ist, geschäftlich seine Nachfolgerin zu werden, indem sie etwa die Aktienmehrheit eines prosperierenden Unternehmens geerbt haben. Allein diese Wege, um ausnahmsweise als Frau zu größerem wirtschaftlich-beruflichem Erfolg zu gelangen, standen schon in grauer Vorzeit offen.

»Neue Frauenberufe«

Sie gehören zusammen mit jenen akademischen Berufen, die den Frauen allgemein zugänglich geworden sind, zu den Quellen der Legende von den weiten Gebieten, die sich den Frauen erschlossen haben sollen.

Tätigkeiten, die der Ausdruck »neue Frauenberufe« umfaßt, sind zum Beispiel diejenigen der Säuglingspflegerin, Kindergärtnerin, Modezeichnerin, Kunstgewerblerin, Rhythmiklehrerin, Fürsorgerin, Laborantin, Arztgehilfin, Dolmetscherin, Bibliothekarin. Aber diese »neuen Frauenberufe« sind oft uralt oder Berufe, für die sich die Frauen gar nicht besonders eignen. Denn teils handelt es sich um Tätigkeiten, die den Frauen schon vor Zeiten offenstanden, weil sie den Männern zuwenig boten, und nun frisch etikettiert worden sind, teils um wirtschaftlich und prestigemäßig karge Arbeitsfelder auf neuem naturwissenschaftlichem, technischem oder medizinischem Gebiet. Die Männer steckten sie den Frauen gewissermaßen zum fleißigen Beackern ab, nachdem sie das bessere Neuland für sich belegt hatten.

Säuglingspflegerin und Kindergärtnerin

Die Pflege von Säuglingen, die Wartung kleiner Kinder und deren Beschäftigung ist eines dieser uralten, aber neuzeitlich aufgemachten Tätigkeitsgebiete.

Zur Modernisierung trugen besonders der im 19. Jahrhundert erwachte große Respekt vor der Hygiene und die im Gefolge der Demokratisierung um sich greifende höhere Wertung des Individuums bei. Man nahm es im Laufe der letzten hundert Jahre mit dem Aufziehen und Bilden des Menschen im allgemeinen genauer als bisher und damit auch genauer mit der Bildung der »Bildner«. Wie aus dem Schulmeister alter Ordnung – oft einem ausgedienten Soldaten – durch Berufsbildung der »Schulmann« wurde, so aus der Amme oder Kinderwärterin die Säuglingspflegerin, aus der

»Tante«, welche kleine Kinder in Gemeinschaft beschäftigte und beaufsichtigte, die Kindergärtnerin. Hier, wie auf manch anderen Tätigkeitsgebieten auch, wird das berufliche Können nun nicht mehr als angeboren vorausgesetzt. Dementsprechend ist Pflege und Beschäftigung kleiner Kinder nicht mehr etwas, das jedermann, oder besser jeder Frau, so recht und schlecht vonstatten geht, sondern eine Wissenschaft, die je nach Vorschriften in monate- oder gar jahrelanger Arbeit erlernt werden muß. Demgemäß ist die eine und andere Tätigkeit, der einst ärmere Mütter nebenbei oder alte Jungfern und Witwen »berufslos«, bei Verwandten das Gnadenbrot essend, oblagen, neuerdings mit der Bezeichnung »Beruf« etikettiert worden und führt nach einer bestimmten Ausbildung zu verschiedenerlei Anstellungsverhältnissen, darunter auch Staatsstellen.

Bedeutend größere Sprünge als die abhängige Tante alter Zeiten können die viel unabhängiger scheinenden modernen Kinderpflegerinnen und -gärtnerinnen allerdings nicht machen. Arbeiten sie in einer Familie, so nehmen sie wie vor Zeiten eine seltsame Mittelstellung zwischen Hausangestellter und sich bescheidendem Familienglied ein. Es sei denn, sie seien an staatlichen oder privaten Institutionen tätig, wo sie im Rahmen eines genau festgelegten Arbeitsplanes Säuglinge besorgen oder kleine Kinder beschäftigen.

Obwohl bei zahlreichen Arbeitsverhältnissen die Hausgemeinschaft mit dem Arbeitgeber unangenehm durchdrückt und sie hinsichtlich langer Arbeitszeit und eingeschränkten Privatlebens jenem der Hausangestellten angleicht, so handelt es sich um Posten von bedeutender Verantwortung. Man hat einen jungen Menschen fast vollständig in der Hand. Diese Verantwortung der Säuglingspflegerin und Kindergärtnerin wird durch eine privat oder öffentlich organisierte Kinderwartung stark erweitert, und zwar nicht nur mengenmäßig, sondern infolge der Reduktion elterlicher Oberaufsicht auch inhaltlich. Eine Bezahlung, die jener der Lehrer entspräche, wäre also angezeigt. Vorläufig ist davon allerdings keine Rede. Nähme aber die Zahl der berufstätigen Mütter zu, so könnten mit dem entsprechenden Ausbau von privaten und öffentlichen Krippen, Horten, Kindergärten und Heimen Löhne und Aufstiegsmöglichkeiten der Säuglingspflegerinnen und Kindergärtnerinnen wesentlich verbessert werden.

Auch diese »echten Frauenberufe« sind »Fräuleinberufe«. Denn in den meisten Fällen machen sie ihre Angehörigen zum Mitglied des Gesindes einer Familie, für dessen weiblichen Teil der ledige Stand bekanntlich selbstverständlich ist. Aber auch in Staatsstellungen, wo der Zivilstand sachlich bedeutungslos ist, sieht man die verheiratete Kindergärtnerin so ungern wie die verheiratete Lehrerin.

Und wer weiß, ob den Kindergärtnerinnen ihre Tätigkeit nicht überhaupt streitig gemacht würde, wenn ihr Gehalt höher wäre. Von Männern nämlich! Erhielte eine Kindergärtnerin oder auch eine leitende Säuglingsschwester den gleichen Lohn wie ein Sekundarlehrer, so möchte ich wetten, daß über kurz sich Männer in diese »urweiblichen Berufe« eindrängten. Wie schon in anderen Beziehungen, so würden auch hier bizarre Argumente, deren ausschließlicher Hintergrund der Brotneid ist, aufgetischt werden. Vielleicht würde man etwas von der fundamentalen Bedeutung frühester Kindheitserlebnisse hören. Vielleicht in der Nutzanwendung gar, daß dort, wo es um die Erziehung der nächsten Generation zu Kriegslust oder Friedfertigkeit gehe, Männer hingehörten, besonders ausgebildete Männer, ganze Männer. Gut bezahlte »Säuglingsbrüder« und »Kindergärtner« würden die Ansicht verbreiten, daß sich die Frauen »weiblicheren« Tätigkeiten zuwenden sollten, anstatt Männer auf Gebieten, wo die männliche Leistung der weiblichen natürlicherweise überlegen sei, zu konkurrenzieren.

Nicht brotlose, aber frühstückslose Halbkunst

Auch hinter der Modezeichnerin, Innenarchitektin, Kunstgewerblerin, Rhythmiklehrerin, Musiklehrerin und so weiter stehen keine neuen Berufsgebiete. Haben doch die Frauen jahrhundertelang für sich und die Kinder Kleider entworfen und angefertigt, haben kunstvoll gestickt und gestrickt, gehäkelt, gebastelt, Porzellan, Fächer und Tapeten bemalt, Interieurs eingerichtet usw. Im Tanzen gar als einer bewährten Kunst, einen Versorger einzufangen, haben sie sich seit je gründlich unterrichtet und geübt.

Neu, wenn auch in geringerem Maße, als es den Anschein erweckt, sind die entsprechenden schulmäßigen Ausbildungsmöglichkeiten – von gründlicher Schulung bis zu kurzfristigen Kursen –, ferner die Tatsache, daß heute von der Erwerbstätigkeit einer besseren Tochter, sofern sie mit solchen Künsten und Fertigkeiten mitunter oder regelmäßig ein wenig Geld verdient, das Odium weggefallen ist. Die in Armut geratenen besseren Frauen, die einst mit »feiner Näharbeit«, Porzellanmalerei und Klavierstunden sich über Wasser hielten, taten dies meist verschämt. Heute ist es auch für die Tochter der reichsten Eltern nicht genierlich, gegen Bezahlung Kusinen, Schulfreundinnen und Nachbarinnen Kleider zu schneidern, bei der Wahl von Lampenschirmen und Vorhängen zu raten, Halsbänder und Ohrringe anzufertigen, im Abonnement Freundinnen von Freundinnen bei den Klängen eines Grammophons mit »Bewegungsübungen« zu lockern. Aber die Nachfrage nach solcher Arbeit steht wohl in keinem Verhältnis zum Angebot. Entsprechend ernähren sich die jungen modernen Mädchen mit künstlerischen Neigungen nur kümmerlich; es reicht nur zu zwei anstatt zu drei Mahlzeiten täglich. Und wenn auch der Stolz manche dieser Mädchen davon abhält, von den Eltern einen regelmäßigen Zuschuß entgegenzunehmen, so doch nicht, sich daheim satt zu essen und die Rechnungen für Arzt und Zahnarzt dem Vater schicken zu lassen.

Die »modernen Frauenberufe« dieser Art bedeuten für zahlreiche Töchter im Grunde keine Berufe; sie können in der Regel den beanspruchten Lebensstandard nicht bieten. In zahllosen Fällen sind sie bloße Berufsillusionen.

Dennoch werden »moderne Frauenberufe« mit künstlerischem Einschlag gerne ergriffen, weil man dabei scheinbar Fünfer und Weggli zugleich haben kann und Rabatt noch obendrein. Der Fünfer: man glaubt den Launen des Schicksals mit einem »Beruf für den Notfall« vorgebaut zu haben, obwohl etwas Kunstgewerbe und Stundengeben eine einzelne Frau knapp und eine mit drei Kindern kaum über Wasser hält. Das Weggli: der Beruf, der, wie man sich gerne vormacht, aus grimmigem Realismus ergriffen worden ist, beschäftigt die junge Tochter recht unterhaltlich. Solchen Berufsillusionen verfällt man allerdings nur oberflächlich. Wohlweislich ist man altmodisch genug, dafür zu sorgen, dem »Notfall« mit einem ehelichen Versorger vorzubauen. In diesem Fall nun enthüllt sich der »moderne Frauenberuf« mitunter als ein Spezialtraining für bestimmte Aufgaben im Rahmen des Familienlebens. Basteln mit den Kindern, Darbietungen im geselligen Kreis oder auch als eine Liebhaberei, die laut unzähligen stereotypen Artikelchen der Frau beweisen soll, daß sie »auch in der Ehe ihre Individualität bewahren, entwickeln und – unvermeidlich – reifen lassen kann«.

An der »Weiblichkeit« solcher modernen Frauenberufe mit einem Stich ins Künstlerische wird von den Männern nichts beanstandet. Im Gegenteil: soweit sie dilettantisch ausgeübt werden, sind sie ihnen sogar sehr genehm. Schließen sie doch eine ernstliche Konkurrenz durch die Frauen aus und halten sie in der Ehe geistig beschäftigt. Sobald aber weibliche Berufsprätentionen aufs Undilettantische und rein Künstlerische gehen, erheben sich beim heute noch nicht ganz verblaßten Prestige der bildenden Künste als Religionsersatz des Gebildeten Stimmen gegen eine weibliche Priesterschaft. Doch davon eingehender in einschlägigerem Zusammenhang.

Fürsorgerin

Die Tätigkeit der Sozialarbeiterin ist als solche nicht neu, wohl aber als Beruf. Sie ist ein neuer Beruf, weil auch die durchgreifende Organisation der Wohltätigkeit größtenteils neu ist; ein »Frauenberuf«, weil im Laufe des 19. Jahrhunderts Fürsorge auf der Basis der Wohltätigkeit zur Nebenbeschäftigung der Frauen weiter Kreise wurde. Die Wohltätigkeit ist im Zuge der Sozialisierung zur Arbeit besonders geschulter Kräfte geworden, die für ihre Berufsarbeit bezahlt werden.

Die »Weiblichkeit« der Fürsorgetätigkeit wird von allen Seiten überschwenglich gepriesen. Diese sei »ein Feld, auf dem die Frauen bewiesen hätten, daß sie Großes zu leisten vermöchten«. Das Lied von der braven Frau klingt hier so hoch, weil diese Arbeit, als sie noch Wohltätigkeit war, jahrzehntelang unentgeltlich geleistet wurde, wobei das nötige Betriebskapital aus dem Sack der Wohltäterin kam und zugleich die willkommene Wirkung hatte, die bestehenden wirtschaftlichen Machtverhältnisse zu stützen. Überdies ist es eine Hymne an ein trügerisches Bild der Weiblichkeit, das die Männerwelt sich gerne vorgaukelt.

Wohlmeinende Frauen und vereinzelte Männer, die professionelle Sozialarbeit für nötig halten, hören solchen Lobgesang und sehen, daß die Frauen in beachtlicher Anzahl zwar erwerben wollen oder müssen, ihnen jedoch die rentablen Tätigkeiten in traditionellen Berufen von den Männern verschlossen oder doch streitig gemacht werden. Illusionär-realistisch kommen sie zum Schluß: die Begabung der Frauen liege vornehmlich auf sozialem Gebiet, bestehe in einer Art Allmütterlichkeit, die durch die große Nachfrage die moderne Männerwelt bewege, den Frauen in »sozialen Berufen« den Vortritt einzuräumen.

Dieser verbreitete Gedankengang ist doppelt falsch.

Einmal weist die Tatsache, daß im 19. Jahrhundert viele Frauen der Bourgeoisie sich mit einer gewissen Leidenschaft der Wohltätigkeit widmeten, keineswegs auf eine entsprechende weibliche Eigenheit hin, sondern wohl eher darauf, daß die Frauen vor allem dort sich betätigen, wo ihnen ausnahmsweise kein Riegel vorgeschoben wird, worauf ich noch zu sprechen komme.

Aber selbst die populäre Vorstellung von einer weiblichen Allmütterlichkeit garantiert nicht, daß man die soziale Arbeit den Frauen überläßt. Denn auf vermeintliche oder wirkliche Begabungen der Frauen nimmt die männliche Ordnung, sobald begehrenswerte Brotkörbe im Spiele sind, erfahrungsgemäß keine Rücksicht.

Nein, die Männer haben sich vorläufig noch nicht in großer Zahl an diese zwar keine Reichtümer, aber immerhin Sicherheit verschaffende Tätigkeit herangemacht, weil sie von der Erfindung dieses Berufes und der Schaffung entsprechender Ausbildungsmöglichkeiten, die in der Schweiz immer noch in den Händen von Frauen liegen, überrumpelt worden sind. Es hat ihnen hier an Geistesgegenwart und Schlagfertigkeit gefehlt. Dabei sind sie vielleicht, wenn auch nur für einen Augenblick, Opfer ihres eigenen Zauberspruches von der weiblichen Allmütterlichkeit gewesen.

Inzwischen haben sie allerdings Zeit gehabt aufzuwachen. Sollten die Einmischung des Staates in alles und jedes sowie die Zunahme der Großbetriebe noch weiter um sich greifen, so wird mit der Zeit vielleicht die Fürsorgerin wie die Lehrerin um das Recht auf Arbeit im sozialen Berufsfeld zu kämpfen haben. Ebenso wird die verheiratete Fürsorgerin trotz ihrer Allmütterlichkeit denselben Schwierigkeiten begegnen wie die verheiratete Lehrerin.

Laborantin, Arztgehilfin und ähnliche Berufe

Im Gegensatz zu den soeben behandelten »neuen Frauenberufen« – altes Kraut in neuzeitlicher Verpackung – sind die Tätigkeiten der Laborantin, Arztgehilfin, Röntgenassistentin, Zahntechnikerin usw. wirklich neu. Zu

»Frauenberufen« oder vornehmlich »weiblichen« macht sie lediglich die Tatsache, daß sie sozusagen die Schwarten darstellen, welche die Männer den Frauen übriglassen, nachdem ihnen der gewaltige Aufschwung und der Ausbau der naturwissenschaftlichen und medizinischen Arbeitsfelder Gelegenheit gegeben hat, sich in frischen Speck zu setzen. Laborantin ist ein »neuer Frauenberuf«, weil Chemiker ein »neuer Männerberuf« ist. Die Zahntechnikerin erscheint im Fahrwasser des kulturgeschichtlich neugebackenen Zahnarztes, die Röntgenassistentin in jenem des Arztes mit dem gewaltig erweiterten Arbeitsgebiet und so weiter.

Mit anderen Worten: diese »neuen Frauenberufe« entstanden nicht etwa durch eine Umwälzung des Wirtschaftslebens im Sinne der Gleichberechtigung, sondern durch die Entdeckung neuer Wissensgebiete, auf denen die Männer wie einst im Handwerk, im Handel und in der Industrie sich die fetteren Happen sicherten. Einmal mehr hatten die Frauen das Nachsehen, bekamen, was den Männern nicht gut genug war: die monotonere, untergeordnetere, relativ unqualifiziertere Arbeit. Wie die Fabrikarbeiterinnen, wie die Töchter des Mittelstandes versehen die Töchter der zerbröckelnden Bourgeoisie, wo sie ihren männlichen Standesgenossen gegenüberstehen, die Posten mit den geringeren Entwicklungsmöglichkeiten, die zukunftslose Handlangerarbeit. Und einmal mehr stehen die Frauen »Frauenberufen« gegenüber, die nur Fräuleinberufe sind.

»Moderne Frauenberufe« – in zahllosen Fällen Quasi-Berufe

Den »modernen Frauenberufen« strömen vorab »bessere Töchter« zu. Sie müssen heute, das heißt seit dem Ersten Weltkrieg, samt und sonders einen Beruf haben. »Daheim sitzen und auf den Mann warten« ist bis zu dem Grade verpönt geworden, daß sogar viele der auf das »Echtweibliche« erpichten Freiersmänner die Haustochter alten Stils verachten.

Hinter diesem Gebot der Konvention, einen Beruf zu erlernen, stehen drei verschiedene Voraussetzungen. Da ist einmal das durch Kriege und ständig zunehmende Soziallasten erschütterte Vertrauen der Bourgeoisie in ihren Wohlstand, ferner der große Bedarf der Wirtschaft an jungen, billigen, aber gut ausgebildeten Kräften, die sich auf untergeordnete Stellungen beschränken, also an weiblichen, und schließlich ein populärer, aber sehr verwässerter Feminismus.

Die Berufe nun, in denen ihre Brüder, Väter und Ehemänner arbeiten, werden den Töchtern vorenthalten. In die Fabrik will und muß man nicht gehen. Da die traditionell weiblichen Berufe der Schneiderin, Modistin, Weißnäherin, Korsettiere und Glätterin trotz der vermeintlichen Echtheit ihrer Weiblichkeit besseren Töchtern offenbar nicht anstehen, die mit der Büroarbeit verbundene Eingliederung in eine große Arbeitsgemeinschaft an unterster Stelle nicht als standesgemäß empfunden wird und ein Universitätsstudium mit vorangehender Gymnasialbildung oft zuviel Anstrengung verlangt, so beschränkt man die Umschau bei der obligaten Berufswahl auf die »modernen Frauenberufe«.

Weshalb bleiben diese Berufe in beträchtlichem Maße den »besseren Töchtern« vorbehalten? Der Grund liegt darin, daß die Ausbildung in bezug auf die Voraussetzungen oft unverhältnismäßig anspruchsvoll ist. Während, von den akademischen Berufen abgesehen, sonst das 15. oder 16. Altersjahr genügt, um mit der Lehre, der Fachausbildung zu beginnen, ist in diesen Berufen die Altersgrenze häufig höher, bisweilen sogar über Zwanzig angesetzt. Je nach Beruf ist der Zutritt an allerlei Bedingungen wie etwa Beherrschung von Fremdsprachen, des Maschinenschreibens, der Absolvierung der Mittelschule und an lange, kaum bezahlte Praktika und dergleichen geknüpft. Infolgedessen müssen die Töchter auch im erwerbsfähigen Alter jahrelang von ihren Eltern erhalten werden. Solchermaßen kommen die besseren Töchter ihre Eltern auch nicht viel billiger zu stehen als Söhne mit abgeschlossenem Hochschulstudium.

Wo die Ausbildung, wie in den halb künstlerischen Berufen, schon unter zwanzig abgeschlossen werden kann, ist der Weg allerdings kürzer, um so mehr jedoch sind während der »Berufstätigkeit« Zustupfe von den Eltern nötig.

Oft, sehr oft überlegt niemand – weder die Töchter noch die Eltern wollen es –, daß die sogenannten modernen Frauenberufe der Tochter keineswegs den Lebensstandard in Aussicht stellen, an den sie von Haus aus gewöhnt ist und damit auch nicht das gesellschaftliche Prestige, das Beruf und Stellung des Vaters ihr verleihen, solange er lebt und die Tochter sich in seinem Kreise bewegt. Ganz im Gegensatz zu ihren Brüdern, die, wenn immer Begabung und Mittel dazu reichen, auf Grund ihres Berufes zum gewohnten und beanspruchten materiellen und damit auch kulturellen und gesellschaftlichen Lebensstandard gelangen, ermöglicht ein »neuer Frauenberuf« der besseren Tochter nur selten, aus eigener Kraft den Standard zu halten, wenn es darauf ankommt. Das ist allerdings selten der Fall. Denn in der Jugend verhindern dies in der Regel das unentgeltliche Zuhausewohnen und das Ansehen der Eltern, später eine Ehe, in der man den »neuen Frauenberuf« schleunigst aufgibt, aufgeben muß, soweit er ein »Fräuleinberuf« ist. Meist hat mit der Heirat die Berufstätigkeit ohnehin ausgespielt, so daß man sich Gedanken über ihre Tragweite ersparen kann.

Wo der Notfall wirklich eingetreten ist, wo die Frau mitsamt Angehörigen restlos auf ein mit dem »neuen Frauenberuf« erwerbbares Einkommen angewiesen ist, treten denn auch beim Vergleich ihrer Lage mit jener eines ähnlich begabten Bruders frappante Gegensätze zutage. Sie sind um so frappanter, je mehr Zeit seit Abschluß der Ausbildung verflossen ist. Stichproben nach zwanzig Jahren zeigen etwa folgende Bilder:

Mit fünfundvierzig Jahren ist der Bruder vielleicht ein gut bezahlter Chemiker, kompetent in seinem Spezialgebiet, ein Mann, den man anerkennt. Er wohnt mit seiner Familie in einem schönen Einfamilienhaus, genießt neben der Arbeit etwas kostspielige Liebhabereien und verbringt die

Ferien romantisch. Die 44jährige Schwester ist als Laborantin weniger gut bezahlt, weniger Leuchte der Wissenschaft oder respektiertes Kirchenlicht. Man sucht bei ihr auch nicht Geist und Initiative, sondern Zuverlässigkeit, Ordentlichkeit, taktvolles Unterordnen. Sie ist geschätzte Gehilfin mit allen jenen Eigenschaften geworden, die man in gewissem Maße von jedem verlangt und jedermann mit mehr oder weniger gutem Willen zu bieten vermag. Sie wohnt, sofern sie ihre Kinder durchzubringen hat, wohlweislich nicht in einem komfortablen Einfamilienhaus. Steht sie allein, haust sie in einer kleinen Wohnung oder gar in einem Einzelzimmer. Ihre Liebhabereien sind kaum teuer und ihre Ferien selten romantisch. Das Beispiel läßt sich mannigfaltig abwandeln: der Bruder ist Professor der Pädagogik, die Schwester Kindergärtnerin; er Architekt, sie Modezeichnerin-Schneiderin; er Chirurg, sie Arztgehilfin; er Industrieller, sie Kunstgewerblerin; er hoher Verwaltungsbeamter, sie Fürsorgerin.

Kurz, mit allen diesen neuen Frauenberufen stellen sich die besseren Töchter wirtschaftlich, kulturell und gesellschaftlich oft unvergleichlich schlechter als ihre Brüder in den ihren Neigungen und Verhältnissen entsprechenden Berufen. Müßten die Töchter zeitlebens ihre Existenz auf den »Frauenberuf« aufbauen, so würden sie sich im Vergleich zu ihren Vätern und Brüdern deklassieren. Man kommt nicht um das ominöse Wort herum: die neuen Frauenberufe sind häufig »nicht standesgemäß«.

Ich habe oft gesehen, wie Eltern diesen Gedanken entrüstet ablehnten. Aber ebenfalls konnte ich sehen, daß solche Eltern gar nicht begeistert waren, als die Tochter Laborantin einen Laboranten als Verlobten heimbrachte, die Tochter Kunstgewerblerin einen Kunstgewerbler. Der Papa-Arzt und der Papa-Industrieller fanden die Verbindungen nicht »standesgemäß« und haben damit deutlich verraten, was sie im Grunde von der Berufswahl ihrer Töchter halten.

Meistens jedoch kommt es gar nicht so weit. Denn in der Regel hat die Tochter, obwohl sie es nicht wahrhaben will, einen genauen Begriff von der sozialen Bedeutung ihres Berufes beziehungsweise seiner Bedeutungslosigkeit für die von ihr gewohnte und gewollte Stellung im sozialen Alltagsleben. Und damit steht denn auch von allem Anfang an fest, daß »natürlich« nur eine Heirat mit jemandem in Betracht kommt, der auf der gleichen sozialen Stufe steht wie die nächsten männlichen Verwandten. Daher fällt ein Kollege als Ehemann wie ein Buschneger zum vornherein außer Betracht.

Es handelt sich bei den »neuen Frauenberufen«, sofern sie von »besseren Töchtern« ergriffen werden, weniger um Berufe als um Quasiberufe, in denen die Töchter weder sich selbst ernst nehmen, noch von anderen ernst genommen werden. Das heißt nun nicht, daß sie die täglichen Berufspflichten nicht gewissenhaft erfüllten, wohl aber, daß ihr Ehrgeiz sich nicht auf die eigene Berufstätigkeit, sondern auf jene ihres zukünftigen Ehemannes konzentriert. Der Quasiberuf hat lediglich die Zeit totzuschlagen und Taschengeld einzubringen. In diesem Sinne betrachten ihn auch Familie und Umgebung der Tochter. Infolgedessen sind Tätigkeiten, die für die Söhne überhaupt nicht in Frage kommen, für die Töchter bei weitem gut genug – vorläufig. Denn alles rechnet mit der Heirat als mit einem programmäßigen Szenenwechsel. Die konventionelle Aufgabe der Berufsarbeit bei der Heirat entspricht darum auch nicht einer Wandlung der jungen Ehefrau, sondern ist Wesensbestandteil des Quasiberufes.

Die geläufige Weiblichkeitsideologie bietet eine willkommene Handhabe, die Fragwürdigkeit dieses zweideutigen Maßstabes bei der Berufswahl zu vernebeln: die Quasiberufe sollen auf die »weibliche Natur« zugeschnitten sein. Denn monotone Tätigkeit entspricht der »großen Geduld der Frau«; kleinlich exakte Routinearbeit echt weiblicher Neigung fürs Kleine, eine Wahnidee, die offenbar auf einem gedanklichen Kurzschluß zwischen der Vorstellung von Kinderbekommen und der weiblichen Fähigkeit zu Nadelarbeit beruht; aufreibende Plackerei mit Leuten soll »urweiblicher Personenbezogenheit«, halbkünstlerisches Treiben »weiblicher Gefühlsbetontheit« gemäß sein.

Indem man mit solchen antifeministischen Weiblichkeitsschemen das Ergreifen »neuer Frauenberufe« rationalisiert, kann man sich nicht nur über die Existenz des doppelten Maßstabes bei der Berufswahl der Töchter und Söhne hinwegtäuschen, sondern auch über die Tatsache, daß Berufe und Stellungen, auf die ihre Brüder Aussicht haben, den Frauen meist verschlossen sind und die beruflich-wirtschaftliche und damit auch gesellschaftliche Selbstbestimmung der »Frau von heute« beschränkter ist, als es den Anschein erweckt.

Wo nun der »neue Frauenberuf« je nach Umständen des einzelnen Falles gegenüber der sozialen und ökonomischen Stellung des Vaters und Bruders eine Hebung darstellt, was natürlich vorkommen kann, wenn auch weniger bei den »besseren Töchtern«, so bedeutet eine solche Berufstätigkeit für die betreffende Frau allerdings einen großen Erfolg. Er widerlegt jedoch die Behauptung, daß die Frauen viel weniger und sehr erschwerte Aufstiegsmöglichkeiten haben, nicht. Ist doch anzunehmen, daß eine Frau, die sich mit ihrer Berufswahl und Tüchtigkeit über ihr Milieu hinaus entwickelt hat, es mit dem gleichen Maß an Begabung und Fleiß als Mann in einer »männlichen« Laufbahn noch viel weiter gebracht hätte.

Die Töchter der Alma mater

Die Akademikerinnen sind das Prunkbeweisstück für die Behauptung, die moderne Zeit habe den Frauen auf allen Berufsgebieten volle Gleichberechtigung gebracht. Denn noch vor hundert Jahren hatte die Alma mater bekanntlich nur Söhne. Die Herren Studenten allein durften an den Brüsten der Weisheit nippen.

Einigen jungen Mädchen war die rosarot und himmelblau gezuckerte geistige Ersatzkost, die jene Zeit den Jungfrauen gebildeter Stände gerne bot, zu fade. Sie wollten an die Quellen der Grundströme unserer Kultur, wollten Philosophie, Naturwissenschaft, Medizin, Theologie und Jurisprudenz studieren. Vereinzelte kühne junge Frauen versuchten die Universitäten zu betreten. Sie wurden von den Almamater-Säuglingen mit Allotria und Dreck empfangen. Die Universitätsbürokratien setzten ihrer Immatrikulation und Diplomierung Hindernis auf Hindernis entgegen.

Heute haben sich die Stürme scheinbar gelegt; anstandslos nimmt man Kollegiengelder aus weiblicher Hand entgegen und drückt Diplomrollen in sie. Die »ersten Ärztinnen«, »ersten Juristinnen«, »ersten Professorinnen«, »ersten Pfarrerinnen«, »ersten Mathematikerinnen«, »ersten Architektinnen« haben gelebt, gewirkt und sind wieder gestorben. Aber wo sind heute die Tausende von Ärztinnen, Juristinnen, Architektinnen, Ingenieurinnen, Theologinnen, Chemikerinnen, die Hunderte von Professorinnen, denen die »ersten« eine Bresche in »männliche Berufsgebiete« geschlagen haben sollen? Sie sind nicht zu finden, zum großen Teil nicht einmal als hoffnungsvolle Keimlinge, als Studentinnen. In den Jahren 1905-1910 waren in der Schweiz etwa 27% der Studierenden Frauen, heute nicht mehr ganz 15%.

Gegen diesen Vergleich mag man einwenden, daß die studierenden Frauen vor dem Ersten Weltkrieg hauptsächlich Russinnen waren und ihre Zahl daher kein mit der Gegenwart vergleichbares Bild gäbe. Aber auch ohne Russinnen stand schon vor dreißig Jahren, 1924/25, der Anteil der weiblichen Studierenden mit etwa 11% dem heutigen nur ganz wenig nach. 1934/35 übertraf er sogar – ganz ohne Russinnen – mit 16% den heutigen Anteil. Übrigens ist die Zahl der weiblichen Studierenden im Verhältnis zu derjenigen der männlichen noch bedeutend geringer als rund 15%, wenn man nicht auf die Zahl der Universitätsstudenten allein abstellt, sondern auch jene der Studierenden an der Eidgenössischen Technischen Hochschule und der Handelshochschule einbezieht.

Mit dem Gedanken, daß vor bald hundert Jahren die Universität Zürich als eine der ersten den Frauen »die Tore geöffnet« hatte, schmeicheln sich die Schweizer noch immer, in der Frauenfrage besonders fortschrittlich zu sein. Man übersieht, daß das Frauenstudium in der Schweiz stagniert. Seit dreißig Jahren nimmt es nicht mehr zu. Verglichen mit den Hochschulen der anderen Staaten westlicher Kultur und einzelner des Ostens, weisen die schweizerischen einen der untersten Prozentsätze weiblicher Studierender auf. Dem Anteil der Frauen an der Zahl der Erwerbstätigen entspräche in der Schweiz die doppelte Anzahl studierender Frauen. Und unter dem Gesichtspunkt der Gleichberechtigung der Geschlechter sogar drei- bis viermal mehr. Wie erklärt sich das? Gehen wir der Reihe nach!

Philosophinnen I

Jahr für Jahr studieren Hunderte von Schweizerinnen Philosophie I, das heißt praktisch: Geschichte, Sprachwissenschaft, Literatur, Kunstgeschichte, Philosophie und Psychologie. Jünglinge, die sich diesen Disziplinen widmeten, trifft man einige Zeit später unfehlbar im höheren Lehramt oder auch als Redaktoren an Zeitungen, am Rundfunk, als Kustoden, als Leiter öffentlich subventionierter kultureller Organisationen. Es gibt viele nette Plätzchen für sie.

Aber wo sind die an der Philosophischen Fakultät I so zahlreichen Mädchen hingekommen? Sie sind von der Bildfläche verschwunden. Leider ist dies kein Wunder!

Die Lehrstühle an den Hochschulen sind ihnen praktisch verschlossen. Eher geht ein Kamel durch ein Nadelöhr, als daß eine reichbegabte Akademikerin ordentlicher Professor einer schweizerischen Hochschule wird. Es gibt ihrer kaum ein halbes Dutzend, während der männlichen mehr als ein halbes Tausend sind. Darunter befinden sich auch Ausländer, deren Anzahl rund ein Zehnfaches jener der ordentlichen Professorinnen schweizerischer Nationalität ausmacht.

Wie ausgeführt sind weibliche Lehrkräfte an Mittelschulen für Knaben ausgeschlossen und an den koedukativen wunderselten. Die Mittelschulen für Töchter schaffen keinen Ausgleich, weil sie, sofern es sich nicht um das Institut eines Frauenordens handelt, weiblichen Lehrkräften kaum mehr Möglichkeiten bieten als männlichen.

Jenen Studentinnen unter den zahlreichen Hörerinnen in den Literaturkollegien, die in ihrem Kopf eine kleine Goldwaage für den Wert eines literarischen Erzeugnisses haben, welche die epochemachenden Werke der Weltliteratur in dieser Eigenschaft erkennen, die wissen, warum die Literatur überhaupt existiert, und die den Weg zu ihr den jungen Menschen zeigen möchten, bietet ein Literatur- oder Geschichtsstudium daher nur in seltenen Fällen eine Existenz.

Als Frauen tun sie gut daran, ihre Luxusfähigkeit zu begraben, wenn sie zufrieden durchs Leben gehen wollen. Denn um den Jugendlichen die Augen fürs Schöne zu öffnen, tiefe Gedanken in ihre Köpfe zu pflanzen und ihre Ausdrucksweise zu formen, hat man andere Kräfte. Mitunter Leute wie jenen Literaturlehrer an einem kleinstädtischen Gymnasium, dem in der Schule Mathematik und Latein unverständlich waren, die Literatur aber noch unverständlicher. Unverstand in der Mathematik hinderte ihn an einem technischen Studium, denn dieser zeigt sich zu deutlich, eben in Zahlen. Von der Theologie hielt ihn seine Mühe mit den alten Sprachen fern, von der Medizin das erste Propädeutikum und von der Jurisprudenz die Denkfaulheit. Eigentliche Philosophie kam gar nicht in Frage; denn zu ihr sind ja noch weniger berufen, als schließlich zur Besetzung der wenigen Lehrstühle auserwählt werden. Und Romanistik? Warum sie studieren, wenn es eine Germanistik gibt, deren Hauptgegenstand die Muttersprache ist, die man nicht erst zu lernen braucht, und bei deren Studium man einem Unfähigkeit nicht so leicht auf den Kopf zusagen kann wie bei anderen Sprachstudien? Warum also dümmer sein als nötig? Hauptsache war ja, ein »Gschtudierter« zu werden, gleichgültig durch welchen Kanal. Alle Wege führen nach Rom, und mit jedem Studium wird man schließlich

Akademiker. Als nach vielem Gähnen und Ächzen das Germanistik-Studium endlich hinter ihm lag, hatte man im heimatlichen Städtchen Verwendung für das Landesprodukt. Es wurde aus ihm ein »Herr Profässer«, der den Rest seines Lebens über Berge zu korrigierender Aufsatzhefte klagen wird. Doch häufiger sind frohe Stunden, etwa in einer Gartenwirtschaft, vor einer Portion Balleron am Stück! Da ist man vor allen guten Geistern der Geisteswissenschaften sicher. Solche Balleron-Konsumenten werden bei uns selbst den Musen persönlich – die Musen sind Damen – vorgezogen, wenn es gilt, die Stelle eines Literaturlehrers an einer koedukativen öffentlichen Mittelschule zu besetzen. Denn entscheidend für die Zuweisung eines solchen Brotkorbes als Gegenleistung für die Vermittlung des Lichtes der Dichtung ist die Art der Fortpflanzungsorgane.

Noch mehr als die Schulen sperren die Redaktionen die Türe vor den Frauen zu. Es gibt in der Schweiz vollamtliche Redaktorinnen nur in geringer Zahl.

Solche Frauen waren oft schon bei der Gründung des Unternehmens, als es noch ein schwankender Kahn war, maßgebend dabei. Sie sitzen daher auch noch am Steuer, nachdem es flott geworden. Da aber Neugründungen nicht häufig sind, maßgeblich mitwirkende Frauen erst recht nicht und im übrigen nicht vorgezeichnete Wege, sondern glückliche Zufälle den Frauen Eintritt in die Redaktionen verschaffen, so ist der Platz am Steuer natürlich selten von Frauen besetzt. Ja, mitunter stellen selbst Zeitschriften, die in ihrem Titel das Wort Frau führen, Männer an die Spitze ihrer Redaktionen. Bleiben noch die Frauenseiten, Frauenbeilagen, die Blätter weiblicher Organisationen. Nun, der eine und andere männliche Redaktor redigiert so unverdrossen die Frauen- wie die Kinderseite. Hier »Onkel Redaktor«, dort »eine Mitschwester« oder »Frau Margot«. Wo wirklich Frauen mit der Redigierung von Frauenseiten beauftragt werden, in Form von Halbtagsstellen oder »Nebenämtern«, handelt es sich meist um schlecht bezahlte Nebenbeschäftigung, so daß man kaum von einer Stellung sprechen kann, es sei denn, die Redaktorinnen hätten noch bei der redaktionellen Büroarbeit wacker zuzugreifen. Doch Sekretärin-Redaktorin ist keine Funktion, die ein akademisches Studium rechtfertigt. Was schließlich die Blätter und Blättchen weiblicher Organisationen betrifft, so werden sie entweder für eine bescheidene Entschädigung mehr oder weniger »nebenamtlich« oder auch rein »ehrenamtlich« besorgt.

Weitere Möglichkeiten für »Philosophen« sind schöngeistige Posten in städtischen, kantonalen und eidgenössischen Verwaltungen. Bei ihrer Besetzung wird jedoch – Erfüllung der Erfordernisse vorausgesetzt – meist weniger auf die Schönheit des Geistes als sein Wohnen in einem männlichen Gehäuse gesehen. Die entsprechende Formel lautet: »Bei gleicher Qualifikation« (das sind die Diplome, mit denen der schöne Geist bewiesen wird) »wird dem männlichen Bewerber der Vorzug gegeben« – also immer. Denn da es auf der in Frage kommenden Altersstufe fast soviel

Männer wie Frauen gibt und beträchtlich mehr mit den entsprechenden Diplomen, Frauen und Männer in schöngeistiger Richtung gleichermaßen begabt sind und Ausbildung und Bewertung der Leistung nach demselben Schema gehen, so ist »gleiche Qualifikation« das Regelmäßige und damit auch die Bevorzugung der männlichen Bewerber. Wenn aber einmal bei einer relativ kleinen Kandidatenzahl eine Frau sich als am besten qualifiziert erweisen sollte, so gilt die allerdings nie eingestandene Formel: »Bei ungleicher Qualifikation wird natürlich ebenfalls dem männlichen Bewerber der Vorzug gegeben.«

Summa summarum: Niemand verbietet einer Phil.-I-Studentin, ihren Geist zu bilden; aber sie darf sich nicht dazu versteigen zu hoffen, ihren Geist außerhalb des engsten privaten Kreises wirken lassen zu können und schon gar nicht derart, daß er ihr – geschweige denn ihrer Familie – auf Grund des Studiums eine bessere materielle Existenz gewährt, als sich mit Steno und Maschinenschreiben herausschlagen ließe.

Philosophinnen II und akademisch gebildete Technikerinnen

Naturwissenschaften und Technik haben sich in der Schweiz den Frauen höchstens um Haaresbreite als Arbeitsgebiete erschlossen. Anderswo steht es oft nur wenig besser.

Während sich jungen schweizerischen Ingenieuren interessante Möglichkeiten bieten, und zwar trotz nationaler Grenzen rund um die Erde, so sind die technischen Berufe für Schweizerinnen derart aussichtslos, daß sich über Jahre hinaus überhaupt keine zu Ingenieurinnen ausbilden. Wozu auch? Wenn hernach ihre Bewerbungen bei privatwirtschaftlichen Unternehmen und beim Staat wenig mehr Aussichten haben als bei Felsblöcken?

Chemikerinnen, Mathematikerinnen und Physikerinnen stehen nur sehr vereinzelt da. Sie haben in der Privatwirtschaft und bei staatlichen Unternehmen ähnliche Schwierigkeiten grundsätzlicher Art wie die »Philosophinnen«, Nationalökonominnen und die Juristinnen, es sei denn, ihre Kollegen seien mehr oder weniger im Krieg. Im übrigen aber will man sie nicht, weil sie für interessante und gut bezahlte Tätigkeiten in Betracht kommen, die als solche von den Männern sich selbst vorbehalten werden. Höchstens bietet sich ab und zu ein Unterschlupf: eine Stelle als Vertreterin, als Assistentin eines Professors; Lehrerin an einem Töchtergymnasium ist eine der seltenen Karrieren.

Wo sonst etwa naturwissenschaftliche Studien eine Schweizerin zu lohnender Arbeit führen, handelt es sich um ausgesprochene Ausnahmen. Diese werden meistens durch eine außergewöhnliche Verkettung der Umstände ermöglicht. Obwohl berufliche Tüchtigkeit zu einem solchen Einzelerfolg – es gibt sie auch auf anderen Gebieten – unerläßlich ist, bedeuten solche Ausnahmen keinen Ansporn. Tüchtigkeit an sich, ohne besonders begünstigende Verhältnisse im Einzelfall, ist nämlich, solange genügend männliche Bewerber vorhanden sind, für das Fortkommen in diesen Berufen ohne jede Bedeutung.

Die Weiblichkeitsapostel sehen die Frauen in Naturwissenschaft und Technik so ungern wie in Theologie und Jurisprudenz. Der Grund liegt auf der Hand. Er ist rein machtpolitischer Natur: die Naturwissenschaft ist die große Waffe des Abendlandes, mit der es seine Vormachtstellung auf der Welt begründen und konsolidieren konnte. Die Naturwissenschaftler haben, wo nicht formell, so doch materiell das Heft in den Händen; sie sind die Gewalt. Also haben die traditionellerweise untergeordneten Frauen auf diesem Gebiete gar nichts zu suchen. Man erklärt daher naturwissenschaftliche und technische Begabungen für »unweiblich«, obwohl die Frauen sich mit ihnen zeigen lassen können, wo ihnen dies gestattet ist.

Wie steht es mit den Architektinnen? Man sollte meinen, jene Schweizerinnen und Schweizer, die nach faschistischem und nazistischem Muster den Ruf: »Die Frau gehört ins Haus« nachbrüllen, die das Haus als das »ureigene Gebiet der Frau« proklamieren, sähen mit Begeisterung die Frauen Häuser, Heime und Herde bauen. Böten doch nur Architektinnen Gewähr, daß »die ureigene Sphäre der Frau« garantiert echt weiblich sei. Denn streng konsequent kann man dieser Ideologie zufolge die bauliche Gestaltung des »Tempels der Priesterin des häuslichen Herdes« durch männliche Geister nur als Entgleisung betrachten. Doch nein, so war es nicht gemeint. »Haus« heißt für die Weiblichkeitsapostel nicht Haus, nicht Gebäulichkeit, sondern vor allem Rahmen für die Bedienung der Männer und Pferch für die Frauen zwecks Aufzucht der Nachkommen. Haus als Gebäulichkeit jedoch ist nach ihrer Meinung etwas ganz, ganz anderes, ist urmännliche Sphäre, diejenige des Maurers, Zimmermanns, Dachdeckers, Spenglers, Elektrikers, Schlossers, Gipsers, Malers, Plättchenlegers, des Baumeisters und des Architekten.

In den letzten Jahrzehnten haben Architekturbüros immer wieder Architektinnen beschäftigt. Man schätzt sie als qualifizierte Kräfte, zögert aber, ihnen auch die Bauführung und damit die gut bezahlte Arbeit anzuvertrauen. Ferner sind Staatsstellen, die den männlichen Architekten offenstehen, den weiblichen verschlossen. Damit sind es auch wertvolle Qualifizierungs- und wirtschaftliche Konsolidierungsmöglichkeiten. Als selbständige Architektinnen haben die Frauen, ähnlich wie die Anwältinnen, bedeutende Handicaps im Vergleich zu den männlichen Kollegen, weil die weitgehende Ausschaltung der Frau vom Handel und Wandel, von Schlüsselstellungen und Politik dem Zustrom von Aufträgen entgegensteht. Selbstredend sind die Frauen auch bei Aufträgen der Behörden »quantité négligeable«. Die Männerwelt im kleinen, die hinter den Aufträge erteilenden Behörden steht, würde »es nicht verstehen«, wenn lohnende Aufträge im gleichen Maße an die Frauen gingen. Dagegen versteht es sich von selbst, daß die Happen hauptsächlich unter die Männer verteilt werden.

Mit dem juristischen Studium besitzt man so viele Möglichkeiten. Das geflügelte Wort scheint bei zwei Dritteln der Jus-Studenten Beweggrund ihrer Studienwahl zu sein.

Für die Juristin dagegen hat es keine Geltung. Aus verschiedenen Gründen. Die Schweizerinnen sind beim Bund und in den meisten Kantonen von allen Stellungen der Rechtsprechung – vom Amt des Richters, des Gerichtsschreibers, Staatsanwaltes, Weibels – sowie auch von jenen des Betreibungswesens insofern ausgeschlossen, als Aktivbürgerschaft Voraussetzung zu ihrer Bekleidung ist. Diese behalten die Männer mit der Verweigerung der politischen Gleichberechtigung der Geschlechter bekanntlich sich selber vor. Rein juristisch gesehen ist die mangelnde Aktivbürgerschaft der Frauen im Sinne fehlender politischer Rechte heute allerdings kein Hindernis mehr; ist doch die Berufung darauf zur analogen Ablehnung der Anwaltstätigkeit der Frauen vom Bundesgericht längst für überholt erklärt worden. Aktivbürgerschaft als Voraussetzung hat lediglich die Bedeutung eines Nichteingestelltseins in den bürgerlichen Ehrenrechten. Aber das ist offenbar zu fein gesponnen. Wo man vereinzelt die Frauen zu entsprechenden Ämtern wirklich zuläßt, hat man dies durch Rechtsvorschrift festgelegt, um sicherzugehen. So sind die Frauen in dem einen und anderen Kanton als Zivil- und Strafrichterinnen (Antifeministen finden, darin sei »natürlich« Gerichtspräsident nicht inbegriffen), Gewerberichterinnen und Geschworene ausdrücklich als wählbar erklärt worden. Einige Kantone haben den Frauen im Sinne eines besonderen Fortschrittes gestattet, auch Jugendrichterinnen und Jugendanwältinnen zu sein. Auf dem Papier sieht das hübsch aus. Solange es jedoch, wie es bei uns die Regel ist, keine besonderen Jugendgerichte gibt, besitzt die Jugendrichterin rein legendären Charakter. Die Jugendanwältin? In der Schweiz ohnehin ein zu seltener Posten.

Wenn einem Juristen die Advokatur ein zu dornenvoller Weg ist und er sich nicht doppelte Arbeit, juristisches Kopfzerbrechen einerseits und Kopfzerbrechen, um herauszufinden, wie man von den Klienten für dieses erste Kopfzerbrechen bezahlt wird, anderseits, aufladen mag, so steht ihm mit der fortschreitenden Verstaatlichung die breiter und breiter werdende Straße in die Verwaltung offen. Eine Straße, die auch für Nationalökonomen ein Lebensweg ist. Bisweilen ist sie zwar mit kleinen Dörnchen bestreut, immer aber auf Fels gebaut, wie die Posten in der Justiz. In dieser Laufbahn wird ein Mann, solange die Alpen bestehen, für seine juristischen Dienste bezahlt und pensioniert werden. Dies ist zuviel des Guten an Sicherheit und Geborgenheit für Juristen, die zum schwachen Geschlecht gehören. In den kantonalen Verwaltungen und derjenigen des Bundes ist daher die Zahl der Juristinnen und Nationalökonominnen geradezu verschwindend klein und die winzige Anzahl fast durchwegs ledig.

Die Anstellungspraxis der Bundesverwaltung, die bereits hinsichtlich der Zurücksetzung weiblicher Bürokräfte als schlechtes Beispiel betrachtet worden ist, gibt ein nicht minder schlechtes Beispiel für das kaltblütige Abmurksen der Chancen der Schweizerin, als Akademikerin – praktisch als Juristin und Nationalökonomin – Beamtin zu werden. Die gesamte Bundesverwaltung zählt wahrhaftig nur vier (1950) weibliche Juristen in gehobener Stellung, während zahlreiche männliche Kollegen in der Verwaltung ein Arbeitsfeld finden. Auch dieses Beispiel zeigt eindrücklich, wie die Frauen trotz formeller Gleichberechtigung der Geschlechter im beruflichen und wirtschaftlichen Leben auf Grund ungeschriebener, aber eiserner Gesetze als Untertanen behandelt werden, die man zurückstellen kann, wie man will.

Es diene all jenen zur Belehrung, die den stillschweigenden, selten ausdrücklich zugegebenen, aber wie geschmiert funktionierenden Ausschluß der Frauen von begehrten Stellungen nicht wahrhaben oder aber dessen Ursache in mangelnder Tüchtigkeit der Frauen sehen wollen.

Eine kleine Episode illustriert diese Abmurkserei. Sie veranschaulicht zudem, wie rasch man sich gegenüber den politisch wehrlosen Frauen, in diesem Fall gegenüber Akademikerinnen, in sarkastischen Allüren gefällt, sobald man meint, es sähe einem dabei niemand auf die Finger. Und schließlich zeigt sie auch, wie hurtig man, nachdem man unversehens einen Hieb versetzt erhalten hat, den antifeministischen Zynismus mit der obligaten Weiblichkeitsduselei vermummt.

Die Abteilung für Auswärtiges pflegte Akademikerinnen, die sich um entsprechende Stellen bewarben, zu antworten, daß das »Politische Departement grundsätzlich weibliches Personal nur in der Eigenschaft als Stenodaktylographinnen in seine Dienste zu nehmen pflegt« und, falls die Bewerbung aufrechterhalten werde, »gerne bereit sei, Gelegenheit zu geben, die übliche Prüfung in Stenographie und Maschinenschreiben abzulegen«.

Über diese Gepflogenheit forderte Nationalrat Siegrist vom Bundesrat wie folgt Rechenschaft: »... anerkennt der Bundesrat, daß eine solche Stellungnahme für die Würde der Schweizerfrau und die Berufsehre der Bewerberinnen beleidigend ist und gedenkt er, für die Ausmerzung dieser Geisteshaltung aus dem Politischen Departement besorgt zu sein?«[7]

Was hatte der Bundesrat darauf zu antworten? Dies: »Das Politische Departement ist bereit, die Stellenbewerbung akademisch gebildeter Kandidatinnen wohlwollend zu prüfen. Es behält sich vor, deren Mitarbeit in Anspruch zu nehmen, wie es bei anderen Zweigen der Bundesverwaltung der Fall ist, sofern die zu besetzenden Stellen den besonderen Eignungen der Frau entsprechen.«[8] Nun, solches Wohlwollen hat ein wenig den höflichen, aber hohlen Klang der vorzüglichen Hochachtung am Fuße der Geschäftskorrespondenz, um so mehr als die wirklichen »besonderen Eignungen der Frau« in diesem Zusammenhang ja rein gar nichts bedeuten können.

Inzwischen scheint das Eis, wenn auch nicht gebrochen, so doch an einzelnen Stellen ein wenig geschmolzen zu sein. Neuerdings haben nämlich Interessenten für die Ämter des Politischen Departementes, welche akademische Bildung verlangen, eine besondere Prüfung zu bestehen, wobei tatsächlich auch schon Frauen zugelassen worden sind. Doch ist noch keine in den diplomatischen Dienst aufgenommen worden, und man wartet noch immer auf die ersten Schwalben, Vorboten eines fernen Sommers.

Bleibt der Juristin noch die Advokatur als ein »der Frau von heute neu erschlossenes Gebiet«. (Der Nationalökonomin bleibt gar nichts übrig.) Eine gute Klientschaft zu erwerben, ist jedoch häufig direkt oder indirekt so eng mit politischer Tätigkeit verbunden, daß ohne politische Gleichberechtigung der Frau mit einer unheimlichen Heimlichkeit gestartet werden muß, mit Warten und Warten im stillen Kämmerlein. Auch der männliche Anwalt muß oft warten, aber nicht so lange, und mitunter hat auch dies und das – vielleicht ein nettes Sekretariat – auf ihn gewartet. Die Warterei macht den Anwaltsberuf für die Juristin während einer sehr langen Anlaufzeit nicht einträglich genug und damit auch nicht anziehend. Ferner hat die Anwältin weniger Möglichkeiten, als solche Spezialistin zu sein, weil der Juristin weniger als ihren männlichen Kollegen Gelegenheit geboten wird, Einblick in besondere Gebiete zu gewinnen. Denn dort, wo man sich bezahltermaßen Spezialkenntnisse in Finanz- und Steuerproblemen, in sachenrechtlichen, erbrechtlichen, schuldbetreibungs- und konkursrechtlichen Fragen erwirbt, pflegt man wie das Politische Departement »weibliches Personal nur in der Eigenschaft als Stenodactylographinnen in seine Dienste zu nehmen«.

»Die vielen Möglichkeiten« der Juristin beschränken sich auf die Jugendrichterin als Lichtblick und qualifizierte Quasisekretärin, wobei das »quasi« hebend gemeint ist, als grauer Alltag. Wenn sie außerdem das Anwaltsexamen bestanden hat, so ist ihr auch die Möglichkeit nicht verschlossen, an einer glatten Wand Fuß zu fassen, indem sie, allem zum Trotz, ohne männliche Politisiererei und Vereinsmeierei schließlich doch noch eine Praxis aufbaut. Ganz vereinzelten Frauen ist dies gelungen. Der vielleicht meistbegangene Weg zum Erfolg, wenn man bei den einstelligen Zahlen noch so sagen kann, ist die Praxisgemeinschaft mit einem Ehemann, Bruder oder Vater, der ebenfalls Anwalt ist. Dadurch wird die Anwältin indirekt der Vorteile teilhaftig, die ihr männlicher Kollege genießt.

Das »große Gebiet«, das sich den Juristinnen erschlossen haben soll, sieht winzig aus.

Die echte Frau Pfarrer

Wie steht es mit der Theologin? Für sie ist in der katholischen Kirche trotz der Muttergottes und einer Heerschar weiblicher Heiliger so gut wie kein Platz.

Einzig in frühchristlicher Zeit scheint es in Gestalt der eigentlichen Diakonissen in beschränktem Maß Frauen mit geistlichen Chargen gegeben zu haben. Ihre Bedeutung ist jedoch umstritten. Wie dem auch sei, als im

Laufe der Jahrhunderte der geistliche Stand allmählich mit weniger großen Mühen und Opfern und um so mehr Mitteln und Würden verbunden war, wurde die Frau aus dieser, ihrer einzigen geistlichen Stellung langsam zurückgedrängt.

Auch die Figur der Äbtissin des Mittelalters, die vor allem bei Nichtkatholiken die Vorstellung erweckt, die Frau sei in der katholischen Kirche von großer Bedeutung gewesen, ändert nichts an der Tatsache, daß dem nicht so ist. Wohl gab es reiche Frauenklöster mit bedeutenden lehensrechtlichen Herrschaftsrechten. Aber diese waren weltlicher Art. Und sie erscheinen nicht mehr so gigantisch, wenn man sich vor Augen hält, daß sie zumeist Frauen verliehen wurden, deren männliche Verwandte mit Herzogtümern und Königsthronen bedacht wurden.

Liturgisch und in der kirchlichen Hierarchie waren die Frauen grundsätzlich ohne jede Kompetenz, nachdem die Funktion der Diakonisse aufgelöst worden war und die eine und andere Äbtissin, wie etwa jene spanische im 13. Jahrhundert, vergeblich versucht hatte, Nonnen selbst einzusegnen, ihre Beichte abzunehmen und öffentlich das Evangelium zu lesen und zu predigen. Versuche, gegen die von der männlichen Priesterschaft sofort und erfolgreich beim Oberhaupt der Kirche rekurriert worden war.

Kurz, selbst die Zufahrt zum Himmel ist »männliches Arbeitsgebiet«, eines, auf dem der Ausschluß der Frauen sogar strikter ist, als ihn die rabiatesten gewerkschaftlichen Bestrebungen und geschriebene und ungeschriebene Gesetze sonst zustande gebracht haben. Die Männer haben die gesamte kirchliche Macht und Organisation und damit den seelsorgerischen Beruf, der seinen Angehörigen alles in allem einen ansehnlichen materiellen und sozialen Standard bietet, an sich gerissen.

Das Verbot der Priesterehe hat zum mindesten ein Gutes: Es läßt nicht zu, daß man sich mit »Ernährerlasten« herausreden kann, um das »Monopol« der Männer an diesem Beruf zu rechtfertigen. Hier hat man eine viel ältere Ausrede zur Hand. Sie wird allerdings nicht mehr laut geäußert, sondern nur noch angedeutet. Die Frau, heute als »Priesterin des häuslichen Herdes« besungen, wurde nämlich von diesem und jenem Eckpfeiler der Kirche als ein im Kern minderwertiges Wesen betrachtet, das zwar allen Anlaß hatte, sich nun auf dem langen, für es besonders langen Weg zur Seligkeit zu sputen, aber nicht den mindesten, etwas zu meinen und zu sagen. Der Apostel Paulus zieht aus dem Wahn, die Frau stamme vom Mann ab – im Altertum betrachtete man sie gewissermaßen als Brutkasten für den männlichen Samen –, den Schluß, sie sei ein bloßer Abglanz des Mannes; den Mann dagegen erklärt er für den Abglanz Gottes. Und Tertullian[9] sah in der Trägerin des berühmten Ewigweiblichen, das hinanziehen soll, gar »des Teufels Tür«, der es schon gar nicht einfallen durfte, sich »zu schmücken über ihr Fell hin« und sich – so sagte man tatsächlich schon damals – »zu männlichen Aemtern zu drängen«, sondern die ihr verderbenbringendes, schuldbeladenes Antlitz zu verhüllen habe. »Teufels Tür« sollte das Weib sein, weil durch seine Vermittlung der Teufel in Adam eingezogen sei. Die Frauen erhielten es auf dem Präsentierteller: Ihr seid zweitrangige Menschen und daher ungeeignet, professionelle Beauftragte Gottes zu sein. Die Gestalt Marias als Haupt der Apostel und Jünger nach Christi Himmelfahrt übersahen die Kirchenlichter geflissentlich.

Anders als die Katholikin kann die Protestantin in aller Form Theologie studieren und »VDM«, das heißt Verbi Divini Minister, werden. Gelegenheit, das Verbum Divinum auszustreuen, hingegen wird ihr weniger gern geboten als der Krimskrams allerlei Fürsorgearbeiten zur Entlastung eines männlichen Pfarrers. Pfarrhelferin bedeutet praktisch hochqualifizierte Fürsorgerin, die zu anderem berufen war. Um das »Fräulein Pfarrer« oder auch die (echte) »Frau Pfarrer« – übrigens wurde vor Jahren im Kanton Bern der Theologin sogar der Titel »Pfarrer« von den lieben Kollegen streitig gemacht – in selbstverständlicher Weise mit Taufe, Hochzeit, Konfirmation und Abdankung oder gar mit einer fetten Pfarrei zu betrauen, traut man dem göttlichen Funken in der Frau zu wenig. O gewiß, man betrachtet sie nicht mehr als eine verschlechterte Auflage Mann oder »Tür des Teufels«, aber gewiß auch nicht als vollen Menschen. Sie ist nicht so voller Mensch, nicht so göttlichen Geistes voll wie manch hohlwangiger Knabe, der zwar niemanden fand, der ihm Gymnasium und Universität für ein Jus-Studium bezahlt hätte, wohl aber Gönner für die Finanzierung des Theologie-Studiums, das schon manchen bleichen Knaben nach einigen Jahren Seelsorge rotbäckig und knusperig werden ließ.

Ärztinnen, Zahnärztinnen und Apothekerinnen

Während in den meisten akademischen Berufen die staatsrechtliche Nullität der Schweizerin ihrem Erfolg direkt oder indirekt entgegensteht, sind Ärztinnen, Zahnärztinnen und Apothekerinnen verhältnismäßig unabhängig von ihr. Denn es gehört zur Eigenart der medizinischen Berufe, bis zu einem gewissen Grade von Machthabern und Machthäberchen aller Art, individuellen und kollektiven, und damit von den Auswirkungen einer politisch bedeutungslosen Stellung relativ frei zu sein.

Die Sekundar- und Mittelschullehrerin, Professorin, Theologin, Justiz- und Verwaltungsbeamtin, Advokatin, Ingenieurin, Chemikerin – sie alle werden von Männern, Männern vereinzelt, Männern in Scharen, Männern in ganzen Rudeln, männlichen Komitees, männlichen Ausschüssen, männlichen Direktoren, ja durch ganze Männervölker gewählt, ernannt, angestellt, beauftragt; oder eben nicht gewählt, nicht ernannt, nicht angestellt und nicht beauftragt. Anders die Ärztin und Zahnärztin. Für ihre Existenz braucht es weniger Untermauerung von Männerseite. Unabhängig von Männerlaunen steht sie in ihrem Ordinationszimmer wie in einer Festung. Keinem Männerausschuß hat sie ihre Praxis zu verdanken. Willkürliche Meinungen ungezählter Herren X und Y über das, was die Frau könne und nicht könne, solle und nicht solle, dürfe und nicht dürfe, sind für sie von geringerer Bedeutung als für die Frauen anderer Fakultäten. Ihr Beruf stellt sie im allgemeinen weder über, neben noch unter Männer. In ihre Arbeit mischen sich weder zwangsläufig, noch weil es der Brauch wäre, ein halbes Dutzend Männer ein und entscheiden über deren Gelingen.

Aber selbstverständlich mehren sich auch bei den Medizinerinnen die Schwierigkeiten in dem Maße, als die politische Nullität der Frau Gelegenheit hat, sich auszuwirken, also dort, wo ihre Tätigkeit von der öffentlichen Meinung oder gar der Meinung männlicher Körperschaften abhängig ist.

Die ganz auf sich selbst gestellte Ärztin mit allgemeiner Praxis zählt zu ihren Patienten oft nicht mehr Frauen, aber merklich weniger Männer als ihre Kollegen. Die Aussichten der Spezialistinnen – es sei denn, es handle sich um Kinderärztinnen oder Gynäkologinnen – auf eine große Praxis sind grundsätzlich geringer als diejenigen der männlichen Kollegen, was natürlich nicht heißt, daß es keine Ausnahmen gäbe. Aber die Medizinerin als Fachkundige genießt ihrer weiblichen Geschlechtszugehörigkeit wegen beim Publikum durchschnittlich doch weniger Vertrauen. Denn ein von Sitte und Gesetz als minderwertiges Gemeinschaftsglied behandeltes Wesen wirkt schon grundsätzlich weniger vertrauenswürdig. Auch dies will natürlich nicht besagen, daß es in Einzelfällen Frauen nicht möglich wäre, sich durch sorgfältig erworbenes Vertrauen einen Wirkungskreis zu schaffen und damit die Vorurteile Lügen zu strafen. Aber das Vertrauen, das sich einzelne Ärztinnen erworben haben, dürfte meist härter verdient worden sein als jenes, das ihre Kollegen genießen, denen es zuweilen nur so zugeflogen kommt.

Noch akuter wird die schwache politische Stellung der Frau für die Ärztinnen, sobald ein Lehrstuhl der Medizinischen Fakultät zu besetzen ist. Man wählt nämlich grundsätzlich keine von ihnen. Ist an einem Spital eine Chefstelle zu vergeben, so erhält sie ein Mann, die Chefärztin ist wunderselten.

Von allen Akademikerinnen begegnet vielleicht die Zahnärztin dem geringsten Widerstand. Zu ihren Gunsten sprechen zugleich eine Illusion hinsichtlich der Frau und eine bei ihr tatsächlich vorhandene größere Fähigkeit. Die Frau ist vermeintlich voll Mitleid mit der leidenden Menschheit, was die von Zahnweh schmerzbewegte besonders nötig hat. Und die größere weibliche Fingerfertigkeit bedeutet bei der heiklen Arbeit einen anlagemäßigen Vorsprung.

Auch die Pharmazeutin ist unabhängig. Die gewohnte und nie bekämpfte Erscheinung der Ladentochter hinter dem Ladentisch läßt ihre Tätigkeit gewissermaßen weniger akademisch und damit auch weniger als »Eindringen in männliche Berufe« erscheinen. Also tut das Publikum ihr gegenüber weniger befremdet. Selbst die Industrie bietet ihr ein wenig mehr Anstellungsverhältnisse als anderen Akademikerinnen. Abgesehen von dem auch für sie geltenden weitgehenden Ausschluß von den Ordinariaten, von Lebensstellungen beim Staat und großen privatwirtschaftlichen Unternehmen, scheint zum mindesten die Apothekerin im Vergleich zu ihren männlichen Kollegen keine zusätzlichen Existenzsorgen zu haben.

Schließlich wäre also die Existenz der selbständig erwerbenden Ärztin, Zahnärztin und Apothekerin mit eigenem Geschäft das Fünklein Wahrheit an der Sage von den »weiten Gebieten«, die sich der Frau erschlossen haben und in denen sie gleichberechtigt sein soll.

Bei der Zensur unter dem Gesichtspunkt der »Weiblichkeit« gehen diese drei Berufe durch die Maschen. Was mehr als deren gewerbsmäßige Ausübung möchte man sich im Sinne von »echt weiblichem Hegen und Pflegen« wünschen? Spitzt sich aber die Brotkorbfrage zu, so verdrängt man nichtsdestoweniger die Frauen bedenkenlos aus so »ureigenen« Gebieten. Zum Beispiel entzog das nationalsozialistische Regime den verheirateten Ärztinnen die Krankenkassenpraxis. Und in der Schweiz ist es schon vorgekommen, daß man Kandidaten für leitende ärztliche Stellungen, deren Frauen Ärztinnen waren, zu verstehen gab, sie bekämen die begehrten Posten nur, wenn die Gattinnen beruflich verschwänden. Anstatt zu praktizieren, mögen sie nun Klavier spielen und den Garten pflegen.

Alles in allem

Alles in allem gilt: offene Hochschulen – verschlossene akademische Berufe. Zugang zu den akademischen Berufen, das Beweisstück des Erfolges, mit dem die »Frau von heute« im Geiste ihrer Urgroßmütter zu verblüffen glaubt, ist leider, leider großenteils eine Attrappe. Die Hochschulen stehen den Frauen bis auf die Theologisch-Katholische Fakultät offen. Jedermann sieht und weiß es. Aber, daß deshalb die Frauen die akademischen Berufe als Gleichberechtigte ausüben sollen, hat man damit nicht gemeint und verhindert es nach Möglichkeit. Wie gesagt, man verbarrikadiert angemessene Arbeitsgelegenheiten gegen die Akademikerin und hat es in der Schweiz zustande gebracht, daß die Zahl der berufstätigen Akademikerinnen gegenüber jener der Akademiker geradezu verschwindet.

Die Hochschulen stehen den Frauen offen. Aber weder selbstverständlich noch weit. So ist die Anfeindung der Studentinnen durch ihre Kollegen nicht etwa verschwunden, sondern nahm lediglich andere Formen an. Immer wieder wird ihnen so oder so gesagt: H-i-n-a-u-s! Die Organe der Studentenschaft sind beliebte Sprachrohre. Bald werden launige Pro und Kontra aufgezogen, die das Frauenstudium in Frage stellen, als ob es da etwas zu fragen gäbe. Bald geben Milchbärte Salbadereien zum besten, wie etwa die folgende: »Da in der gegenwärtigen Zeit nicht genügend Arbeitsplätze vorhanden sind für alle die arbeiten wollen, kann mit Recht gefragt werden, ob sich die Frau von den Berufen zurückziehen sollte, in welchen sie nur einen den Mann verdrängenden Ersatz bildet. – Im gleichen Sinne ist das Frauenstudium zu beurteilen. Überall da, wo eine Frau studiert um später eine männliche Arbeitskraft zu ersetzen, liegt ein Fall vor, der jedem Gemeinschaftssinn und Verantwortungsbewußtsein für das Wohl des Volkes widerspricht.«[10] (Nebenbei bemerkt, die hier zitierte männliche Arbeitskraft reicht nicht einmal für genügend Kommas aus.) Im Deutschland des Nationalsozialismus und in anderen Staaten auch ist es nicht beim Gefackel geblieben: Man hat für die weiblichen Hochschulstudenten einen Numerus clausus eingeführt, der sie zu einem unbedeutenden Teil der Studentenschaft machte.

Die Gründe gegen die Frau in den akademischen Berufen sind alt, doch gar nicht altbekannt.

Die Zeiten fließen zwar, die Machtverhältnisse zwischen den Schichten der Volksgemeinschaft verschieben sich, und was heute ist, wird vielleicht schon morgen nicht mehr sein. Aber im 19. Jahrhundert in breitem Ausmaß und heute noch zu einem beachtlichen Teil sind die akademischen Berufe trotz allen wohlbegründeten Gejammers, ein Plättlileger verdiene x-mal mehr in der Stunde als ein Assistenzarzt, das Sprungbrett zur Macht. Von ihm aus werden die Sprünge in die entscheidenden Stellungen der Rechtspflege, Verwaltung, Medizin, Presse, Erziehung und Kirche und teils auch in diejenigen der Industrie, des Handels, des Bank- und Versicherungswesens gemacht.

Die Männerherrschaft, wie sie sich bei uns in gesetzlichen Vorschriften, festgefahrenen Gewohnheiten und harzigen Sitten manifestiert, verweigert den Frauen die Ausübung der akademischen Berufe, weil sie ihnen nebst einem erfreulichen Arbeitseinkommen auch Macht verleihen könnten. Die akademischen Berufe bleiben den Frauen mehr oder weniger verschlossen, weil die Männer als Kollektiv – dieses mag sich im einzelnen aus noch so idealen Jünglingen, ergebenen Gatten und treubesorgten Papas zusammensetzen – die Macht in jedem einzelnen Gebiet nicht mit den Frauen teilen wollen. Die Männer möchten jene sein, die auf der Bühne des Welttheaters schwatzen, wirken und wichtig tun, und dies vor einem aufmerksam lauschenden und zuschauenden weiblichen Publikum. Sie wollen auch jene sein, welche die Hand am Geldbeutel haben, mit dessen Inhalt man so vieles, was sich das Herz und die andern Körperteile wünschen, kaufen kann.

Die Frauen, die für solche Stellungen in Betracht kommen, sie, nicht jene, die man in die »Frauen-«, »Mädchen-« und »Fräuleinberufe«, in die Schmutz-, Dien- oder geistige Handlangerarbeit, in die langweilige Routinearbeit stößt, hat man bei dem Fuchteln gegen die weibliche Berufstätigkeit vor Augen. Nicht etwa die untergeordnete Arbeit, die gehobene, vorab diejenige der Akademikerin, soll der wahren, ureigenen Weiblichkeit zusetzen, sie »vergiften«. Jene kann »natürlich« nicht unweiblich sein. Denn sonst würde sich ja die Frage erheben, wer anstatt der Frauen all die Schmutz-, Dien- und Handlangerarbeit machen soll – und erst noch so billig. Das »Zurück-ins-Haus«-Gesäusel geht hauptsächlich gegen die qualifizierten, ehrgeizigen Frauen, die es auf die Macht und die Herrlichkeit (zwar im kleinen, aber immerhin genügend großen) abgesehen haben. Vor ihren Aspirationen fürchtet man sich, sie will man aus dem Wege räumen und zu Hause in »Schutzhaft« wissen.

ODIEN DER FRAUENARBEIT

Drei Odien kennzeichnen die »Frauenarbeit«. Sie ist meist unbegehrt, schlecht bezahlt und oft zwangsläufig mit »Zölibat« verbunden, das heißt: die Frau muß ein Fräulein sein.

Die Verantwortung für diese Eigentümlichkeiten tragen in erster Linie die Männer, in zweiter die Frauen selbst. Hinter der Schuld der Männer steht letztlich die Anmaßung, die Rechte an Grund und Boden während Jahrhunderten zum großen Teil sich selber vorbehalten zu haben und bis vor kurzem (in der Schweiz noch immer) auch die politischen. Wie in verschiedenen Zusammenhängen noch gezeigt werden wird, führten diese Verhältnisse automatisch zu einer schlechteren Stellung der Frau im Erwerbsleben. Außerdem erleichterten sie den Männern die Möglichkeit, den freien Wettbewerb zuungunsten der Frauen einzuschränken, indem sie sich durch Vorrechte die begehrtere Arbeit und höhere Löhne sicherten. Auf diese Weise wurden die Frauen an die Wand gedrückt und hatten im Wirtschaftsleben prinzipiell Unterhund und Ährenleserin zu spielen, es sei denn, männliche beati possidentes gestatteten ihnen, als eheliche Dienerin nach außen hin Herrin vorzustellen.

Dieser Sachverhalt zeigt, wie es den Männern ein leichtes war, die Frauen im Erwerbsleben zu unterdrücken. Dagegen zeigt er nicht, weshalb die Frauen sich so ohne Widerrede auf der Nase herumtanzen ließen. Alles in allem haben sie sich nämlich mit merkwürdig wenig Protest verschupfen und benachteiligen lassen. Warum hallt er nicht durch die Jahrhunderte, warum heute nicht seitens aller Frauen?

Es ist trotz Frauenemanzipation so merkwürdig still, weil die Frauen in diesen Fragen mit sich selbst uneinig sind. Weil sie einerseits auf eigenen Füßen stehen wollen und anderseits nach männlicher Solidarität Ausschau halten, um bei der Aufzucht der Nachkommen wirtschaftlich unterstützt zu werden. Wie noch eingehend gezeigt werden wird, geht dieser Zwiespalt auf die bei den Frauen ausgeprägtere Doppelrolle als Individual- und Gattungswesen zurück. Sie bewirkt, daß die Frauen, so wie sich ihnen seit Jahrhunderten die Probleme ihres Auskommens gestellt haben, im Grunde eine individuelle Karriere wünschen, praktisch aber schon froh sind, einen Mann einzubringen, der hilft, die Kinder und sie selbst zu ernähren. Da offenbar mit dem vollen Arbeitseinsatz eines Mannes durchschnittlich nicht mehrere Personen ernährt werden können und das starke Geschlecht anlagemäßig wirtschaftlich auch nicht stärker ist als das schwache, sind ehemännliche Ernährer, die für den vollen Unterhalt der Familie aufkommen, nur auf Kosten zurückgesetzter und ausgebeuteter weiblicher Arbeitsbienen möglich. Infolgedessen stellt sich die Frau, die einen wirklichen Versorger haben will, gegen wirtschaftlich erfolgreiche Karrieren ihrer Geschlechtsgenossinnen und damit indirekt, aber wirkungsvoll gegen die eigene. Daher fehlt es dem Frauenkollektiv der westlichen Zivilisation an einheitlichem Willen, für die beruflich-wirtschaftliche Entfaltung der weiblichen Individuen zu kämpfen. Es fehlt an Berufsernst auf breiter Basis. Man läßt sich schubsen – je schwieriger ein Kampf wäre, um so widerspruchsloser – und hofft, sich an einem Ehemann, beziehungsweise als Familienmutter, schadlos halten zu können. Dies mag im Einzelfall noch so gut zu gelingen scheinen, im Grunde verwinden die Frauen den Verzicht auf die Karriere, auf ein ihrer Individualität gemäßeres Schicksal selten. Mögen sie auf dem Arbeitsmarkt kleinlaut vorliebnehmen oder eifrig ins Exil des Familienlebens wandern, der Gedanke, daß ihnen eigentlich etwas anderes bestimmt war, hält sich.

Die Geschichte des Abendlandes zeigt drei große Krisen, die als fundamentale wirtschaftliche oder politische Umgestaltungen den Frauen nahelegten, sich zu wehren, den Männern dagegen, ihre alten Vorrechte zu festigen, auszubauen oder in neue umzuwandeln. Es sind dies das Überhandnehmen der Geldwirtschaft bzw. das Aufblühen der mittelalterlichen Städte und damit die Ausgestaltung der Berufe, dann die Industrialisierung und schließlich die »Bürolisierung« in Verbindung mit der nachfolgenden Etablierung der politischen Gleichberechtigung der Geschlechter.

Die beiden ersten Male haben sich die Frauen nicht durchsetzen können. Unabhängig von Einheit oder Zwiespalt ihres Willens wäre dies nicht möglich gewesen, weil die beruflich sehr nützlichen Vorrechte der Männer im privaten und öffentlichen Recht zu fest saßen. Das dritte Mal – nämlich heute, im Sinne der letzten vierzig Jahre – sind die Chancen infolge der weitgehenden privatrechtlichen Gleichstellung dort größer geworden, wo auch die politische hinzugekommen ist. Sie sind sogar so groß, daß die Frauen in kurzer Zeit die beruflich-wirtschaftliche Gleichberechtigung erringen würden, wenn sie sich mehrheitlich entschließen könnten, mit vollem Einsatz dafür zu kämpfen. Was allerdings nicht nur bedeutete, die praktischen Monopole und Privilegien der Männer im Berufsleben zu brechen, sondern auch den Unterhalt der verheirateten Frau und der Kinder auf eine andere Grundlage als die grundsätzlich ehemännliche Ernährung zu stellen, selbst wenn damit eine vorübergehend große Belastung der Mütter verbunden wäre. Da dies, wie noch eingehend betrachtet werden wird, noch nicht einmal im Rahmen der feministischen Ideologie nachdrücklich geschehen ist, so sind die Odien der Frauenarbeit noch fest verwurzelt und haben von ihrer Aktualität nichts eingebüßt.

Abfallarbeit

Wo und was die Frauen arbeiten, bestimmen die Männer

Die »Frau von heute« ist mit der Schreibmaschine in jedes Geschäftshaus eingezogen, sie darf sich also Virgo doctissima mit einem Hochschulstudium zu ihrer »Frau für alles«-Existenz im ehelichen Haushalt qualifizieren, und in Zeiten der Not sieht man sie auf Posten, wo sie »ihren Mann zu stellen hat«, weil Not am Mann ist.

Beim Betrachten solcher Erscheinungen mag man mit gutem Willen einen Hauch von Gleichberechtigung im beruflich-wirtschaftlichen Leben wittern, aber man kann sich nicht darüber hinwegtäuschen, daß die Frauen, wohin man blickt, grundsätzlich in die »Abfalltätigkeiten« kanalisiert werden. Es sind jene Arbeiten, die, wenn nicht gerade eine allgemeine wirtschaftliche Notlage besteht, übrigbleiben, nachdem die interessanteren oder lohnenderen Dauerbeschäftigungen herausgepickt worden sind. Je unbegehrter eine Tätigkeit, um so »echt-weiblicher« wird sie. Es fehlt daher auch in offiziellen Berichten nicht an Zitaten wie dem folgenden: »Anderseits scheint ... die gleichartige, serienmäßige oder gar monotone Arbeit für die Frauen erträglicher zu sein als für die meisten Männer.«[11] Was auch immer, inspiriert vom Existenzkampf, ideologisch aufgetischt wird – meist ist es eine Verdrehung der manuellen Geschicklichkeit der Frauen in Kleinlichkeit und Kurzsichtigkeit oder eine Umdeutung ihrer sexuellen Rolle in geistige Phantasie- und Schwunglosigkeit –, will nur das eine sagen: Die guten Stücke für uns; für euch, was übrigbleibt.

Natürlich haben die Männer nicht nur Tätigkeiten, die interessant, lohnend oder beides zugleich und überdies noch Lebensstellungen sind – so viele Rosinen gibt's im Kuchen nicht. Sicher aber sind die auf dieser oder jener Seite fetten Happen regelmäßig in »männlichen Gebieten« zu finden, wogegen die »Frauenarbeit« nur ausnahmsweise nicht langweilig, nicht ausgesprochen untergeordnet, das Privatleben einschränkend, kurzfristig oder schlecht bezahlt ist. Die eine oder andere oder mehrere dieser unerfreulichen Eigenschaften haben die meisten Berufsbilder des unergötzlichen Panoramas aufzuweisen.

Soviel man im Namen »wahrer Weiblichkeit« gegen Berufstätigkeit der Frauen in gehobener Stellung einzuwenden weiß, gegen die Frauenarbeit als »Abfallarbeit« hat man nie das mindeste gehabt. Ganz im Gegenteil, je und je wird im Wirtschaftsleben damit gerechnet; der ganze Handel und Wandel baut auf eine große weibliche Mitarbeit. Das gab sich, weil einerseits die Privilegien der Männer auf beruflich-wirtschaftlichem Gebiet und anderseits der Hunger, sofern keine Ehemänner den Frauen Erwerbsgelegenheit oder volle Ernährung boten, dafür sorgten, daß die Frauen vom Sog der »Abfallarbeit« erfaßt wurden.

Die Umrisse der Erscheinung, daß die Frauen sich wirtschaftlich grundsätzlich voll einsetzen müssen, wenn oft auch nicht so, wie sie wollen, wird lediglich durch das Aufkommen der »ernährten« bürgerlichen Ehefrauen im Lauf der Entwicklung des Kapitalismus bzw. der Lohnarbeit etwas verwischt. Das heißt durch das Auftreten der Ehefrau, die, wie man oft summarisch sagt, »nichts tut«, keine »produktive« Arbeit leistet, »nur verbraucht«.

Eine Formulierung übrigens, die teils falsch, teils richtig ist. Falsch, weil die Haus- und Erziehungsarbeit – selbst wenn sie unrationell betrieben wird, was bei unseren Grundlagen des häuslichen Lebens immer der Fall ist – ebenfalls Arbeit und zwar »produktive« Arbeit ist, die auch einen gewissen Marktwert hat. Falsch auch, weil das »Ins-Leben-Stellen« von Kindern, die herangewachsen, wirtschaftlich und kulturell leistungsfähig sind, »produktiv« ist. Denn ein beachtlicher Teil dieser Leistungsfähigkeit geht in mancherlei Hinsicht auf Sein und Tätigkeit der Mutter zurück. Welcher Anteil von Fall zu Fall auf sie entfällt, ist allerdings schwer zu beantworten. Richtig ist dagegen die Formulierung, insoweit diese Tätigkeiten nicht schon in der Gegenwart den Wert des von der Frau und der Hälfte der Kinder genossenen Aufwandes erreichen oder insofern sie ihn überhaupt nie erreichen, nämlich dann, wenn eine Leistungsfähigkeit der Nachkommen unterbleibt. Es stimmt, daß die »ernährte Frau« bei dieser vereinfachten Rechnung – wie will man die Kinderkreation und die Qualität der Erziehung wirtschaftlich bewerten? – häufig in überwiegendem Maße Verbraucherin ist, gewissermaßen ihr Konto überzieht.

Die im wirtschaftlichen Sinn vom Ehemann »ernährte Frau« ist jedoch als Massenerscheinung relativ neu. Zu Unrecht wird sie als natürliche oder auch nur tatsächliche Norm von allgemeiner Bedeutung betrachtet. Geht man aber von ihr aus, so hat man genügend Vorwände, um sich einzureden, der wirtschaftliche Einsatz der Frau sei die Ausnahme, das »Ernährtwerden« durch einen Mann dagegen alte Regel, und übersieht dabei, wie selbstverständlich die Arbeit der Frau seit je ist, sei es im Betriebe des Ehemannes oder eben in den »Abfalltätigkeiten«.

Die Weiblichkeitsideologie benutzt diese Verwirrung, um den Frauen, sobald und soweit die Konjunktur nachläßt und die Männer die weibliche Konkurrenz fürchten, mit der »ureigenen Aufgabe der Frau« in imaginären komfortablen Heimen zu winken: »Findet doch die Frouh im Heim, nicht im Existenzkampf ihre Erfüllung; sie lasse das Wetteifern mit dem Manne, dessen Leistung sie ja doch nie zu erreichen vermag.« Da jedoch diese Parole nicht mit einem an schön verdienende Junggesellen gerichteten Aufruf zu heiraten verbunden ist, heißt sie einfach, die erwerbstätigen Frauen hätten sich restlos auf die unbegehrten Plätzchen zu verziehen.

Umgekehrt ist der in Kriegszeiten an die Frauen ergehende unverhüllte »Arbeitsbefehl« eine Bestätigung der Auffassung, daß die Frauen »selbstverständlich« zu arbeiten, auch außerhäuslich zu arbeiten hätten. Er zeigt wieder, daß man sich nicht scheut, die Frauen nach Belieben aus dem und in den Arbeitsprozeß zu schubsen. Und schließlich ist er auch eine der zahlreichen Entlarvungen der Weiblichkeitsideologie als Handhabe, das Leben der Frauen nach männlicher Opportunität zu dirigieren.

Urplötzlich ist nun unter dem Gesichtspunkt der Weiblichkeit ganz und gar nichts mehr gegen »männliche« Tätigkeiten der Frau einzuwenden. Im Gegenteil, die Frauen sind wie gemacht für sie. Wurde Eva nicht als des Mannes Gehilfin geschaffen? Man lockt, ruft, stößt und schleppt die Frau an die Arbeit. Selbst konservative Zeitungen werfen dann den Frauen melodramatisch vor, zu Hause zu sitzen, anstatt Frauenhilfsdienst zu leisten: »Warum melden sich die Tausende, die zu Hause sitzen, nicht? ... Erröten sie nicht, ... dem Vaterland den Dienst zu verweigern?«[12] Und urplötzlich verschicken Pressedienste, die sonst die Platte »Die Frau gehört ins Haus« verkaufen, Artikelchen mit dem launigen Titel: »Warum nicht Fabriklerin?« Betriebsleitungen und Verwaltungszentralen, die sonst verheiratete Frauen als »Doppelverdienerinnen« entlassen, haben es jetzt gerade auf sie abgesehen. Es gab in der Schweiz sogar Fabriken, die auf öffentlichen Anschlägen ausdrücklich verheiratete Frauen suchten. Und die Stadt Zürich forderte in Zirkularform ihre verheirateten Arbeitnehmer in der Verwaltung auf, zu prüfen, ob nicht ihre Ehefrauen für Aushilfestellen in der Kriegswirtschaft in Betracht kämen. (Daß im gleichen Jahr bei der Regelung der Teuerungszulage die verheirateten Frauen gegenüber den Männern benachteiligt wurden, mochte dabei nicht gerade als Lockvogel gewirkt haben.)

Die Monster-Illustration für das Abdrosseln und Anzapfen des außerhäuslichen weiblichen Arbeitseinsatzes bot jedoch das nationalsozialistische Vorgehen. Nachdem die Frauen am Anfang des Regimes im Namen ihrer »ureigenen Aufgabe« aus den interessanten Stellungen geworfen worden waren, suchte die Gestapo, als der Krieg im Anzug war, die »echtweiblichen« Frauen in Schönheitssalons und Konditoreien, wo sie sich dem weiblichen »So-Sein« gewidmet haben mochten, zusammen, verlud sie in Lastwagen und schleppte sie aufs Arbeitsamt, das sie an die Maschine stellte. Auch an der Maschine könnten die Frauen weiblich bleiben, ließ der Führer die deutschen Frauen wissen. Die Frauen sind in Deutschland und anderswo natürlich nicht an der Maschine stehengeblieben, sondern haben sich, so gut sie konnten, aufgeschwungen – hoch allerdings nur ausnahmsweise. Aber schon in mancher verhältnismäßig bescheidenen Stellung hat man sie wissen lassen, so gehe es nur bis zu einer Normalisierung der Verhältnisse, nämlich bis die Männer die Stellen wieder beanspruchten. Dann gehörten sie wieder ins Haus, was auch heißen will, an die Plätzchen, die übrigbleiben.

Die Moral der Geschichte, die das unergötzliche Panorama der weiblichen Berufstätigkeit in der Schweiz – und mehr oder weniger auch anderswo – erzählt, ist eine beruflich-wirtschaftliche Abwandlung – es gibt deren noch mehr – der berüchtigten »doppelten Moral der Geschlechter«, die im 19. Jahrhundert so grassierte und in manchen Ehe- und Strafrechten eine genaue rechtliche Ausgestaltung gefunden hat. Sie lautet: Die Angehörigen beider Geschlechter haben zu arbeiten; wobei, berufliche Macht und Bedeutung erstreben zu wollen, den Männern zur Ehre, den Frauen dagegen zum Vorwurf gereicht; sie haben sich zu bescheiden. Vergleicht man die Stellung der Geschlechter im Berufs- und Wirtschaftsleben mit jenem der Hausgenossen in einer üppigen Villa, so sieht man, wie die Männer die Rolle der Herrschaften an sich reißen und dadurch die Frauen zwingen, die fleißigen und anspruchslosen Dienstboten zu spielen. Die Dienstboten für untergeordnete, langweilige und dienende Arbeit, die mit einem Lebensstandard vergolten wird, von dem man hinsichtlich der Dienstboten sagt, daß sie »es nicht anders gewöhnt sind«.

Nur eine möglicherweise aussichtsreiche Laufbahn bleibt den Frauen im allgemeinen offen: die erotische Anbiederung an einen Mann, der eine materiell gehobene Existenz gegen sexuelle Hingabe und bloße Oberaufsicht seines Haushaltes bieten kann, und dessen Dingfestmachen mittels Eheringes. Ist es so weit, so kann es eine Frau mit Glück und Verstand dazu bringen, daß der gütige König die Lebensgefährtin neben sich auf den Thron setzt, wo sie, im komfortablen Abglanz seines Erfolges, ihm zuschauen darf.

Seit die Gleichberechtigung der Frau zum Teil formell Verbreitung gefunden hat und die Konventionen zur Frauenemanzipation Ja, aber nicht Amen gesagt haben, steht man natürlich nicht mehr offen zu dieser doppelten Moral auf beruflich-wirtschaftlichem Gebiet. Nichtsdestoweniger gilt sie noch. Auch ein Teil der Frauen leistet ihr Vorschub. Teils bewußt ideologisch; zumeist aber unbewußt durch ihr praktisches Vorgehen, das durch den Druck der gegebenen Verhältnisse und die Problematik des doppelspurigen weiblichen Lebens bestimmt wird. Dieses Vorgehen ist zugleich eine Ursache der schlechten Bezahlung der weiblichen Arbeit, für die die Frauen mitverantwortlich sind.

Wenn feministische Frauen protestieren oder man ein Aufmucken der erwerbstätigen Frauen befürchtet, sucht man ihnen mit schönen Redensarten zu begegnen. Besonders schön werden die Redensarten, wenn die so unbeliebten wie unerläßlichen Tätigkeiten, die man den Frauen zuschiebt, Mangelberufe werden. Auf diesem Wege ist der Wirkungskreis des Dienstmädchens innert der letzten 15 Jahre unerhört segensreich geworden. Die Pflegerinnen sind Heilige, die Landfrauen – besonders während des Krieges – Heldinnen. Die Industriearbeiterin ist die entscheidende Kraft, das Fräulein im Büro der Fels, auf den der Chef baut, man verneigt sich tief: Hut ab vor der bescheidenen Frau in bescheidener Stellung bei bescheidenem Lohn. Die von den Männern gemiedenen, zwangsläufig weiblichen Erwerbstätigkeiten scheinen wahre Schulen schönsten Menschentums und Seelenadels zu sein.

Es bleibt nur ein klein wenig auffällig, daß die angeblich so sicheren Pfade zu Tugend und Seelenadel von den Männern, die beides doch auch nötig hätten, weder freiwillig noch unfreiwillig beschritten werden. Offenbar stehen Macht und Einnahmen doch höher im Kurs. Aber wenn man so recht voll in die Harfe greift, um das Lob der in ihren Kompetenzen und ihrem Arbeitslohn kurz gehaltenen Frauen zu besingen, so bleiben sie dort, wo man sie haben will, »wollen nicht mehr und nicht anders sein«. Um so eher kann man selbst »mehr« und »noch ganz anders« sein.

Das dieser Lage und Moral zugrunde liegende ungeschriebene Gesetz lautet ganz im Gegensatz zu den gerne angerufenen Grundsätzen des Liberalismus: Die interessante, gut bezahlte Arbeit, die einkömmlichen Stellungen erhält grundsätzlich nicht, wer sich dafür eignet, sondern wer dazu privilegiert ist. Privilegiert sind diejenigen, deren Fortpflanzungsbeitrag sich auf 24 Chromosomen beschränkt, oder – rein äußerlich qualifiziert – jene, die in Kulturländern Hosen bis zu den Knöcheln tragen. Es ist daher nicht einmal Zynismus, sondern die pure Wahrheit, wenn man, wie ich es einmal wörtlich gehört habe, die Bewerbung qualifizierter Frauen um qualifiziertere Posten mit den Worten ablehnt: »Sie eignen sich vorzüglich für die Stellung; aber bevor nicht alle Männer wahnsinnig geworden sind, bekommt sie keine Frau.«

Jeder macht mit, und keiner hat es getan

Bei dem usurpierten Vorrecht der Männer auf die saftigsten Früchte im Berufsleben ist mit ihnen natürlich nicht gut Kirschen essen. Das schließt nicht aus, daß es mit einzelnen ein Vergnügen ist; denn neben jenen, die ideologisch die Gleichberechtigung der Frau im Berufs- und Wirtschaftsleben bei jeder Gelegenheit bekämpfen, sind viele gewissermaßen neutral, ja sie mögen ihren weiblichen Verwandten und Bekannten in beruflicher Hinsicht alles Gute wünschen.

Aber so wohlwollend sie sich geben mögen, so führt ein Teil dieser »Neutralen« dennoch einen eisernen Besen, um die Frauen, wenn diese schon berufstätig sein wollen oder müssen, in die »Abfalltätigkeiten« zu treiben, beziehungsweise um ihrem Kollektiv und damit auch sich selbst die beliebteren Tätigkeiten zu sichern. Teils geschieht dies in schlichter Unbewußtheit, teils weil man nicht gegen den Strom schwimmen will.

Der eine freundliche Kirschenesser hat heiter beigestimmt, als man am Konferenztisch übereinkam, weibliche Arbeitnehmer fürderhin bei ihrer Verheiratung grundsätzlich zu entlassen. Doch ist er beileibe nicht gegen die berufstätige Frau; sucht er doch schon seit langem einer jungen Malerin, die zwar kaum einen Würfel zeichnen kann, von deren Begabung er aber anläßlich eines gemeinsamen Badeausfluges ein- für allemal überzeugt wurde, ein Stipendium zu verschaffen. Ein anderer jovialer Kirschenesser hat nicht das mindeste gegen gut bezahlte Berufstätigkeit der Frau – nichts langweilt ihn mehr als brave Haustöchter –, doch gehört er einer Gewerkschaft an, welche die Frauen von seinem Metier fernhält und zugleich mit Gesamtarbeitsverträgen das Feld beherrscht. Und noch ein

Freund vom Kirschenschmaus. Er hat heute vormittag einen Chef-Setzling pikiert und in ein geräumigeres Töpfchen setzen lassen. In seinem Geschäft wimmelt es überall von Frauen, nur unter den Chef-Setzlingen nicht. Ein Aufstieg kommt für diese Frauen gar nicht in Frage, obwohl es mitunter schwer ist, dies einem verdrehten Huhn klarzumachen. Denn im Grunde hat es ja recht. Aber schließlich muß man Präzedenzfälle vermeiden und wie die anderen handeln. Würde er ein weibliches Wesen nachziehen, es gäbe Schwierigkeiten nach allen Seiten. Doch ist er der erste, der die Tüchtigkeit der Frauen anerkennt. Hat nicht seine frühverwitwete Mutter ihren vier Buben das väterliche Geschäft durch rastlose Arbeit … taratata!

Nun, alle solch lieben Freunde zusammengezählt, zum Interessen-Kollektiv gruppiert, mit den erklärten Feinden weiblicher Erwerbstätigkeit gespickt, sind insgesamt zynische Unterdrücker freier weiblicher Erwerbstätigkeit. Sie geben vor, der Frau im Berufsleben ganz besondere Achtung entgegenzubringen. Zugleich jedoch reden sie mit Pestalozzifalten auf der Stirn von sozialer Pflicht, bei Anstellung und Beförderung männliche Bewerber zu bevorzugen. Diese Geisteshaltung hat sich so eingefressen, daß Sätze wie: »Pour certaines entreprises, la nature de leur travail est telle que les hommes arriveraient à produire un aussi bon travail que les femmes et, dans ces conditions, ce serait un devoir social d'engager avant tout des hommes«[13] gar nicht mehr auffallen.

Auch Organisationen gewerkschaftlicher Natur, denen nebst Männern Frauen angehören, wahren oft in erster Linie die Interessen der männlichen Mitglieder und erst in zweiter jene der weiblichen. Häufig geben die Männer allein den Ton an. Die einflußreichen Posten innerhalb der Organisation sind von Männern an Männer vergeben. Die Frauen sind vor allem zum Zustimmen da, wofür sie dann in männlichem Kielwasser schwimmen dürfen. Sie kommen auf diese Weise zu manchem Vorteil, ohne Wellen brechen zu müssen. Auf der anderen Seite werden sie oft nicht als wirkliche Kolleginnen betrachtet; gewisse berufliche Ausbildungsmöglichkeiten werden ihnen vorenthalten, man will nicht alle einschlägigen beruflichen Funktionen mit ihnen teilen und ist gegen die Erwerbsarbeit der verheirateten Kollegin. Unnötig zu sagen, daß derartige Auffassungen das Interesse der Frauen an solchen Organisationen nicht gerade fördern. Doch die Ursachen der »schweren Organisierbarkeit der Frauen« werden von den männlichen Experten überall gesucht, nur nicht bei der Einstellung des eigenen Geschlechtes gegenüber der weiblichen Erwerbsarbeit.

Die Verantwortlichkeitsfrage bei der Abspeisung der erwerbstätigen Frauen mit den faulen Kirschen – um beim Bild des Kirschenessens zu bleiben – ist mutatis mutandis auch nicht leichter zu lösen als etwa die Frage der »Schuld des deutschen Volkes« an den Greueln des Nationalsozialismus. Auf den ersten Blick scheint die Lösung einfach: Mitgegangen, mitgehangen! Es trifft fast jeden. Erwägt man jedoch, inwieweit das Mitmachen unvermeidlich war, es gutgläubig oder unwissend geschah, so bleiben schließlich überraschend wenig Sünder im Sieb zurück. Man meint nun, diese zum mindesten könnten sich nicht herauswinden. Doch es zeigt sich, daß sie einen großen Teil von dem, dessen man sie bezichtigt, ohne die Mitwirkung Gezwungener, Gutgläubiger oder Unwissender nie hätten tun können. Damit ist die Verantwortung wieder bei allen und die Schuldfrage so unabgeklärt wie zuvor. Eine zusätzliche Schwierigkeit bei ihrer Lösung bildet die Tatsache, daß die Frauen, wenn sie auf die Karte »Ernährer« setzen, direkt oder auch über ihre Männer dazu beitragen, ihr eigenes Geschlecht im beruflich-wirtschaftlichen Leben zurückzusetzen.

Kollektivschuld oder nicht, ganze oder teilweise – darüber mögen sich die Gelehrten streiten. Jedoch eines bleibt im Zusammenhang mit der Zurücksetzung der Frauen im Erwerbsleben – und infolgedessen auch auf jedem anderen Gebiet, wie noch dargelegt werden wird – klar: die Rechtsvorschriften, die sich zuungunsten der Frauen auswirken, sind von Männern gemacht. Die Berufsordnungen, die Frauen ausschließen oder zurücksetzen, sind von Männern aufgestellt. Verwaltungs- und Justizakte zuungunsten beruflicher Gleichberechtigung der Frauen gehen fast ausnahmslos von Männern aus. Die Leitungen der industriellen Unternehmen und der gewerkschaftlichen Organisationen, welche die beruflichen Interessen der Frauen zurückstellen, bestehen fast ausschließlich aus Männern. Die Presse und die Lehrstühle, die Parlamentssitze und die Kanzeln aller Art, wo gepredigt wird, was den Frauen zukomme und was nicht, sind so gut wie immer mit Männern besetzt. Hinter sämtlichen Tribünen, die gegen die Interessen der erwerbstätigen Frauen benützt werden, stehen lockere oder dichtere Männerkollektive. Und all die Männer, mit denen einzeln so gut Kirschen essen ist, gehören zum einen oder anderen und bewirken so, daß mit den Männern als Gesamtheit doch nicht gut Kirschen essen ist.

Frauenarbeit heißt schlecht bezahlte Arbeit

Eine kleine Photo vom Lebensstandard der »modernen Frau«

Wie sehen Unabhängigkeit und Lebensrahmen aus, die sich die »moderne, berufstätige Frau« in der Schweiz zu verschaffen vermag?

Meist reicht es nicht einmal zu einer kleinen Wohnung. Ein möbliertes oder, wenn die Eltern schon gestorben sind, ein mit ihrem alten Hausrat angefülltes unmöbliertes Zimmer ist ihre Welt; oft ist es eine Mansarde. Solche Zimmer wiederum finden sich häufig bei Frauen, die sich nach dem Ableben ihrer Versorger mit einem Pensiönchen und Zimmervermieten am Leben erhalten.

Auf irgendeine Weise wird gegessen, auf irgendeine Weise wird gewaschen.

Man sitzt auf dem Bett, das mit einem Überwurf gewissermaßen für den Tag angezogen ist, und verspeist ein paar Brötchen, einen Apfel, Tee und Schokolade. Auf einem Rechaud oder in einer fremden Küche, wenn es sich um ein Zimmer »mit Küchenanteil« handelt, wird rasch irgend etwas geköchelt. Als Vorratskammer wird der Kleiderschrank, das Fensterbrett oder eine Kommodenschublade benützt. Zuweilen geht man in ein Restaurant gemeinnützigen Charakters, eine Kantine oder in einen jener Restaurationsbetriebe, die auf eine Unzahl regelmäßiger Esser eingestellt sind. Das bedeutet bereits eine merkliche, wenn auch noch tragbare Ausgabe für eine Frau, die von einem »Frauenlohn« lebt. Möglicherweise gibt es aber keine Gaststätte dieser Art in der Nähe, oder man ist der genau abgezählten mageren Blümchen an jedem Tischchen, der zusätzlich zu bezahlenden Serviette überdrüssig geworden. So wird früher oder später als ökonomisch kühner Schritt eine Wirtschaft währschafter Art aufgesucht. Dort sind jedoch Frauen meist nicht sonderlich beliebt. Teils liegt es an den dürftigen Frauen- und Fräuleinlöhnen, die hinter ihnen stehen und sich darin zeigen, daß die billigsten Posten des kulinarischen Repertoires von den Frauen in der Regel, die gewinnbringenden Getränke dagegen selten bestellt werden. Aber nicht die ganze Abneigung gegen alleinstehende weibliche Gäste gilt ihrem dünneren Portemonnaie. Ein Teil gilt ihrem Alleinsein, dem augenfälligen Mangel an einem »Herrn«, ein Mangel, der Frauen in den Augen vieler verächtlich macht – weshalb, wird im Kapitel über die erotische Stellung der Frau noch dargelegt werden.

Ein anderer Weg, die Butterbrote auf der Bettkante zu vermeiden, sind die alkoholfreien Restaurants modisch-origineller Art, wie sie in den letzten dreißig Jahren immer mehr aufgekommen sind. Die gepflegte Atmosphäre wird mit hübschen, aber etwas schmalen Portiönchen erkauft. Als jahraus, jahrein täglich besuchte Speisestätten kommen sie nicht in Frage. Auf lange Sicht kann man bei verhältnismäßig großen Ausgaben nicht nur wie ein Vögelchen picken, obschon die Frauen laut dem gängigen Weiblichkeitsideal auch weniger Hunger haben sollen als Männer und für die Frau eine Zwetschge auf einem Salatblatt viel gesünder sein soll als ein Beefsteak. Über kurz oder lang kommt also wieder das Butterbrot auf dem Bettrand an die Reihe. Die moderne Frau kann von dort aus ihre Welt betrachten und nach ihrem Tagewerk etwa feststellen, daß noch genau dieselbe Schmeißfliege wie gestern abend am Fenster auf und ab surrt.

Wie wird die Wäsche erledigt? Beim nächsten Wasserhahnen wird jeden Abend irgend etwas gewaschen, nein, gewäschelt, und irgend etwas hängt meistens im Zimmer zum Trocknen. Es gibt auch viele werktätige Frauen und Mädchen, die monatlich einen Waschsamstag, begleitet von einem Glättsonntag, einhalten. Wenn es hoch kommt, reicht der »Frauenlohn« für eine Familienpension, sie ist den verhältnismäßig erfolgreichen berufstätigen Frauen, nein Fräulein, vorbehalten. Eine eigene Wohnung dagegen oder gar ein eigenes Haus – von einem dienstbaren Geist, der den Haushalt besorgt, nicht zu reden – vermögen auf Grund ihrer eigenen Erwerbstätigkeit mit Ausnahme einiger Ärztinnen, Zahnärztinnen, Lehrerinnen der Oberstufe und Geschäftsfrauen nur jene Frauen zu halten, die mit ihrem Mann zusammen oder in einem ererbten Betrieb arbeiten.

Allerdings hat sich in den größeren Städten im Laufe der allerletzten Jahre eine gewisse Verbesserung abgezeichnet: das Bürofräulein und das Fräulein in den »modernen Frauenberufen« hat nun Aussicht, früher oder später das möblierte Zimmer loszuwerden und zu einer Einzimmerwohnung zu kommen. Mehr und mehr Häuser mit Ein- und Zweizimmerwohnungen werden gebaut. Das Bürofräulein kann sie sich infolge der erwähnten, innert der letzten Jahre erhöhten Gehälter junger und jüngster Arbeitskräfte oft auch leisten. Wo jedoch eine derartige Bautätigkeit fehlt, heißt es, Zimmerfräulein werden und auch bleiben, jedenfalls solange man berufstätig ist.

Infolge dieses nach allen Seiten hin eher kümmerlichen Lebensstandards der Frau, die »auf eigenen Füßen steht«, lebt die Mehrzahl der erwerbstätigen Frauen wenn irgend möglich in Hausgemeinschaft mit den Eltern oder einem Elternteil. Es sei denn, sie gehörten einem der Mädchen-, Töchter- oder Schwesternberufe an, wo die Einordnung in einen individuellen oder kollektiven Haushalt dem Beruf eigen ist. Ja, auf Grund ihres geringen Frauenlohnes können viele Frauen überhaupt nur in Hausgemeinschaft mit den Eltern oder gemeinsam in »Heimen« leben, eine Lösung, die im Ausland verbreitet ist. Häufig fällt daher Arbeit außerhalb des Wohnortes der Eltern außer Betracht. Das Gehalt reicht nicht, um auf eigenen Füßen zu stehen, wenn man nicht die Gesundheit gefährdende Einschränkungen oder eine Verproletarisierung in Kauf nimmt.

Bei einer Hausgemeinschaft mit den Eltern spielt sich die Regelung des Unterhaltes häufig so ab: die Tochter bezahlt ihre Kost und alle persönlichen Anschaffungen; die alte Mutter leistet für die erwachsene Tochter, wie sie es einst für das Kind tat, mit Einkaufen, Kochen, Putzen, Waschen, Flicken und Bügeln Gratisarbeit; der Vater stellt ihr wie bisher die mit seinem Männerlohn verdienten vier Wände zur Verfügung. So wird die paradoxe Erscheinung möglich, daß die Tochter auf Grund ihres bescheidenen »Frauenlohnes« zur gegebenen Zeit den Bräutigam mit schönen Ersparnissen in Form einer Aussteuer oder eines Bankbüchleins beglückt. Das bedeutet nicht etwa, daß sich beim »Frauenlohn« doch gut leben läßt, sondern daß die Eltern die Tochter weitgehend mit »Naturalgaben« unterstützen, damit sie sich eine Mitgift, die sie ihr nicht zu geben vermögen, selbst erarbeiten und ersparen kann.

Das Gegenstück zum berufstätigen Fräulein, das scheinbar im Geld schwimmt – so kommt es manchen kinderreichen Ehefrauen und Ehemännern vor – ist ebenfalls eine paradoxe Erscheinung: eine Frau oder Tochter »unterstützt« mit ihrem »Frauenlohn«, der möglicherweise kaum ein anständiges Existenzminimum bedeutet, Familienangehörige, mit denen sie in Hausgemeinschaft lebt.

Wie ist dies möglich? Es ist möglich, wenn die Frauen neben der Erwerbsarbeit noch allerlei »Selbstversorgungsarbeit« leisten und damit auch die für ihre Existenz nötigen Barauslagen bis zu dem Grade einschränken, daß sie einen wesentlichen Teil ihres Lohnes anderen geben können.

Praktisch stellen sie fast den ganzen Lohn unterstützungsbedürftigen Eltern zur Verfügung, die ihnen dafür Obdach und Nahrung geben. Die Obdachgewährung bedeutet, daß die bedürftigen Eltern das einzige, an dem sie Überfluß haben, gegen »Unterstützungsleistung« der Tochter eintauschen können; die Nahrungsgewährung, daß sie der Tochter »verkaufen«, was sie ihnen zum Teil geschenkt hat, denn die Nahrungsmittel sind im Rahmen nebenberuflicher Selbstversorgungsarbeit oft von der Tochter selbst produziert worden. Oder aber der Lohn wird von der Arbeiterin auf Kinder verwandt, die dafür recht und schlecht einzelne jener Arbeiten für die Mutter besorgen, die einer Haushälterin zufallen würden; so hat die Mutter freiere Hand, sich »selbstversorgerisch« umzutun.

Besonders halblandwirtschaftliche Verhältnisse, wie man sie in der Schweiz so häufig antrifft, sind der nebenberuflichen Selbstversorgungsarbeit der erwerbstätigen Frau günstig. Praktisch gesprochen besteht sie darin, daß die Frau oder Tochter ihre Kleider selbst schneidert, Gemüse zieht, Hühner und Schweine hält oder in der Landwirtschaft der »unterstützten« Verwandten mithilft. Kraß ausgedrückt läßt sich ihre ökonomische Lage so umschreiben: Da sie mehr als das Doppelte arbeitet, kann sie auch, wenn sie nur »halb« verdient, noch andern geben. Die Angehörigen solcher Familien werden durch unverhältnismäßige Überbeanspruchung ihrer erwerbstätigen weiblichen Glieder durchgeschleppt.

Zwischen der Frau, die mit dem kaum das Existenzminimum erreichenden Lohn noch Angehörige unterstützt, und jener, die bei mäßigem Gehalt scheinbar im Geld schwimmt, lassen sich über die Tochter, die mit einem Existenzminimum die alte Mutter teilweise »unterstützt« – die Mutter zahlt ihre Unterstützung mit häuslichen Dienstleistungen zurück –, alle wirtschaftlichen Variationen der in Hausgemeinschaft mit den Eltern lebenden erwerbstätigen Frauen einreihen.

Warum die berufstätigen Frauen nur halb soviel verdienen wie die Männer

Die Erscheinung, daß die Erwerbsarbeit der Frauen soviel weniger einträglich ist, geht auf verschiedene unmittelbare Gründe zurück. Einmal wird die schlecht bezahlte Arbeit, da unbegehrt, automatisch Frauenarbeit, weil die einträglichen Stellungen den Frauen verriegelt werden, wo immer man kann. Ferner ist die Arbeit, in der sie durchschnittlich leistungsfähiger sind, besonders schlecht entlöhnt. Und schließlich werden die Frauen für gleiche Arbeitsleistung in der Regel grundsätzlich schlechter bezahlt als Männer.

Hinter dieser Sachlage stehen drei teils schon angedeutete Gruppen von Ursachen. Die eine wird durch die jahrhundertealte schlechte Stellung der

Frau im Recht, besonders im Erbrecht, Eherecht und öffentlichen Recht, charakterisiert. Für sie tragen in erster Linie zahlreiche Männergenerationen die Verantwortung. Die beiden anderen dagegen gehen nicht auf übernommene Gegebenheiten des Zusammenlebens zurück, sondern auf eine ständig sich erneuernde willensmäßige Einstellung der Geschlechter. Diejenige der Männer ist eindeutig, diejenige der Frauen dualistisch.

Die Einstellung der Männer heißt im allgemeinen eh und je: Als »ein einig Volk von Brüdern« teilen wir die Güter der Erde grundsätzlich nicht mit »Schwestern«, sondern nur mit jenen Frauen, die wir bevorzugen und die sich uns vollständig anpassen. Die Auswirkungen dieses Leitmotivs: die erwerbstätigen Frauen werden zurückgesetzt und ausgebeutet, damit die Herren der Schöpfung sich's eher leisten können, ihre Schuhe und Rockkragen von einem weiblichen Wesen, das nach ihren Wünschen beschaffen ist, putzen zu lassen. Da doppelt genäht besser hält, zumal wenn die Nähte liederlich gemacht sind, fehlt es auch nicht an unsachlichen »sachlichen« Rechtfertigungsversuchen jener Tatsachen. Sie sind zur populären Munition gegen die Gleichberechtigung der Frauen im Erwerbsleben geworden, weshalb noch besonders auf sie eingegangen werden soll.

Die Einstellung der Frauen ist durch den bereits angedeuteten Zwiespalt der Ziele des weiblichen Lebens gekennzeichnet, der noch in verschiedenen Zusammenhängen eingehend zur Sprache kommen wird. Sie spielte als Hindernis für die Gleichberechtigung der Frau im wirtschaftlich-beruflichen Leben immer eine Rolle, doch in jüngerer Zeit eine relativ erheblichere, da ja die rechtliche Schlechterstellung der Frau als Bremsklotz ihrer Gleichberechtigung im Berufsleben in Auflösung begriffen ist.

Wie gesagt wirken sich diese Ursachengruppen auf alle drei Formen der schlechten Bezahlung der Frauenarbeit aus. Die besonders verwunderliche schlechte Bezahlung eigentlicher Frauenarbeit, d.h. von Arbeit, die von Männern durchschnittlich schlechter geleistet wird, ist zudem noch ein Reflex des männlichen Dirigierens der erwerbstätigen Frau in die »Abfallarbeit« bzw. des Privilegs der Männer auf dem Arbeitsmarkt. Denn durch die Beschränkung der beruflich-wirtschaftlichen Bewegungsfreiheit der Frauen wird es möglich, sie sogar dort mit relativ schlechtem Lohn abzuspeisen, wo sie, wie in der Textilindustrie, zu einem beachtlichen Teil nicht ersetzt werden können, wenn man rationell wirtschaften will. Durch die männliche Drosselung ihrer Arbeitsmöglichkeiten konkurrenzierten sich die Frauen in der eigentlichen Frauenarbeit so stark, daß diese gewissermaßen zu Schleuderpreisen verrichtet wurde.

Die drei Gruppen von Hindernissen für die beruflich-wirtschaftliche Gleichberechtigung der Frauen haben bei den entscheidenden Wendungen im Arbeitsleben des letzten Jahrtausends immer wieder ein anderes Gesicht gezeigt.

Die erste Krise trat mit der Umstellung von Naturalwirtschaft auf Geldwirtschaft, mit der raschen Zunahme der Arbeitsteilung und damit des Ausbaus der Berufe und Städte ein. Weshalb ergriffen in diesem kritischen

Augenblick unzählige Männer, deren Väter noch Bauern gewesen waren, die verschiedensten Berufe, indessen die Frauen nicht recht zuzupacken schienen? Ein wesentlicher Grund lag in der verbreiteten schlechteren Stellung der Töchter im Erbrecht, praktisch in der Tatsache, daß die Rechte an Liegenschaften und damit auch die Betriebe – vom Bauernhof bis zur Werkstatt – im großen und ganzen den Söhnen zustanden. An den Töchtern war es, mehr oder weniger dotiert einzuheiraten. Dementsprechend besaßen sie weniger Bewegungsfreiheit, um sich auf ein Berufsleben einzustellen. Überdies harrte ihrer in städtischen Verhältnissen neben der hausfraulichen Arbeit je nach Beruf des zukünftigen Ehemannes ein im Einzelfall noch unbekannter, in seinen Obliegenheiten jedoch bald traditionell genau umrissener Gehilfenposten. Diese Tatsache hatte die schwerwiegende Folge, daß die Ausbildung und Vorbereitung zu einem eigenen Beruf für Töchter, die mit der Heirat rechneten, nicht angezeigt war. Denn dessen Ausübung hätte den Ehemann um den in seinem kleinen Betrieb beinahe unerläßlichen ehefraulichen Gehilfen und Lückenbüßer in einer Person gebracht. Die unqualifizierte, wenn auch »angelernte«, dem Ehemann untergeordnete Gehilfenarbeit ging einem eigenen Berufe vor.

Selbstverständlich gab es Ausnahmen. Bestimmte Erwerbstätigkeiten – vorab solche, bei denen die größere weibliche Fingerfertigkeit eine Rolle spielte und die sich leicht zu Hause ausüben ließen – lagen oft in den Händen von Frauen. Teils gelang es ihnen auch, den Handel mit den entsprechenden Arbeitsmaterialien und Produkten an sich zu ziehen. Ab und zu schlossen sie sich sogar zur Wahrung ihrer Berufsinteressen zusammen. Aber solche eigenständige weibliche Berufstätigkeit trat hinter jener letztlich erbrechtlich bedingten ehefraulichen Gehilfenarbeit zu weit zurück, als daß sich eine vom Ehemann unabhängige Erwerbsarbeit der Frau zur Norm hätte entwickeln können. Als Minderheit im selbständigen Berufsleben fehlte den Frauen bei der Wahrung beruflicher Interessen Durchschlagskraft und Breitenwirkung. Mängel, die das politische Mundtotsein der Frauen erweiterte.

Diese eng mit der Benachteiligung der Frau im Recht zusammenhängende Konstellation war Platzmacher des Abdrängens der Frau in die schlecht bezahlten Abfalltätigkeiten. Denn da die jungen Mädchen im allgemeinen mit einer »Lebensstellung« als Hilfe des Ehemannes rechnen mußten, waren sie in den Jahren vor der Heirat einer unqualifizierten, sich schlecht, aber sofort bezahlt machenden Arbeit nicht abgeneigt. Wo sie – und womöglich noch ihre Kinder – als unverheiratete Frauen oder Witwen später auf einen vom Ehemann unabhängigen Erwerb angewiesen sein mochten, kam eine Wahl der Arbeit erst recht nicht mehr in Frage. Für Frauen in dieser Lage war keine Arbeit zu schlecht. Der Druck in der Richtung der schlecht bezahlten Tätigkeiten mochte auch schon vor Zeiten auf die Bezahlung der eigentlichen Frauenarbeit reflektieren. Und der eherechtliche Umweg zu fachlicher Qualifizierung, der so häufig zu einem »Angelernt« seitens der Frauen führte, dem ein »Gelernt« auf der Männerseite gegenüberstand, bedeutete ein schlechtes Omen für die Forderung gleichen Entgelts für gleiche und gleichwertige Leistung.

Die Benachteiligung der Frauen im Erbrecht als wesentliche Ursache ihrer Benachteiligung im beruflich-wirtschaftlichen Leben wandelte sich in eine beiläufige, als die Zunahme des Kapitalismus und der technischen Erfindungen die zahlreichen kleinen Familienbetriebe in den Städten durch wenige größere, mit Arbeitnehmern funktionierende Betriebe ersetzte. In ganzen Schichten verringerten sich jetzt die Aussichten der Männer, selbständige Meister und damit »Arbeitgeber« einer Ehefrau zu werden. Die größere Möglichkeit der Männer, erbrechtlich eher zu Haus und Werkstatt zu gelangen, nahm an direkter Bedeutung für ihre Berufstätigkeit ab. Anderseits wurde die berufliche Ausbildung unerläßlicher und zugleich länger und teurer. Eine Lage, die angesichts noch immer größerer Erbansprüche der Männer und der vorwiegend männlichen, inzwischen fachlich und sozial scharf ausgeprägten Berufe nahelegte, für die Ausbildung der Söhne einen größeren Aufwand zu machen als für jene der Töchter. Immerhin möchte man meinen, nun sei für die Frauen der Augenblick gewesen, im beruflich-wirtschaftlichen Leben einen beträchtlichen Schritt vorwärts zu tun. Das Gegenteil war jedoch der Fall. Aus verschiedenen Gründen:

Die verheirateten männlichen Arbeitnehmer zogen es vor, »Familienlohn« zu fordern, erwerbstätige Frauen zu bekämpfen und eine ehefrauliche Haushälterin zu besitzen, anstatt ohne Privilegien im Wettbewerb mit den Frauen einen geringeren Lohn zu verdienen, die Familienlasten mit einer beruflich-wirtschaftlich gleichberechtigten, erwerbstätigen Gattin zu teilen und ihrerseits einen Teil der Hausarbeit zu übernehmen.

Die Frauen standen ebenfalls vor einer Alternative. Auf der einen Seite sahen sie ein von den Männern gebilligtes Dasein als ernährte »Nurhausfrau«, auf der anderen ein von den Männern vorgezeichnetes Erwerbsleben, das ihre Wahl der Tätigkeiten sehr beschränkte und im allgemeinen wenig finanziellen Anreiz bot. Auf die Karte »Beruf« zu setzen, hätte vorerst Zurückgesetztsein, kümmerliches Auskommen, Kampf um bessere Bedingungen und gleichzeitige Belastung durch volle Haushalttätigkeit bedeutet. Also setzte die Mehrzahl der Frauen nicht auf diese Karte, sondern auf jene des ehemännlichen Ernährers. Damit jedoch hatten sie den tatsächlich erwerbstätigen Frauen und potentiell auch sich selbst erst recht die schlecht bezahlten Tätigkeiten und eine grundsätzlich geringere Entlöhnung für gleiche, gleichwertige, ja selbst mehrwertige Arbeit aufgeladen. Denn nun konnten sich die Männer zugunsten ihrer Privilegierung auf dem Arbeitsmarkt auch noch auf eine ehemännliche Ernährerfunktion berufen, wovon in anderem Zusammenhang eingehender die Rede sein wird.

War die Zurücksetzung und Ausbeutung der Frau im Erwerbsleben bisher eher beiläufiger Art gewesen, so wurde sie mit der Entwicklung dienstvertraglicher Arbeitsverhältnisse immer bewußter, immer mehr Teil männlicher Berufspolitik. Dabei gereichte den Männern ihre staatsrechtliche

Vorzugsstellung, welche sie auch in undemokratischen Verhältnissen in der einen oder andern Form genossen, gewaltig zum Vorteil, den Frauen im selben Maß zum Nachteil. Der Auffassung des Frauenverdienstes als Provisorium, Notbrücke oder Zustupfverdienst war jetzt Tür und Tor geöffnet.

Eine Auffassung, der die Industrialisierung zusätzliche Nahrung gab.

Mit der Zeit wurde in der Schweiz und auch in andern Ländern die Landwirtschaft in doppelter Weise immer stärker bedroht. Infolge der einsetzenden Bevölkerungszunahme bot sie relativ weniger Leuten auf der Basis der Selbstversorgung ein Auskommen, und die Verbesserung der Verkehrsmittel bewirkte, daß die Landwirtschaft ganzer Landstriche auf dem Markt vor jener anderer Landstriche zurückzutreten hatte.

Da gleichzeitig die Industrie rasch große Fortschritte machte, hieß die Lösung ihrer wirtschaftlichen Probleme für zahlreiche Familien: vollständige oder teilweise Umstellung von Landwirtschaft auf Industriearbeit. In der Schweiz drängte sie sich ganz besonders auf. Im Vordergrund stand damals die Textilindustrie. Eine Industrie also, die vor allem auf die besondere Fingerfertigkeit der Frauen baute und an die seit Urzeiten bestehende häusliche Selbstversorgung der Frauen mit Textilien und an den aus ihr hervorgegangenen Nebenberuf des Spinnens und Webens nur anzuknüpfen brauchte. Da trotz der anbrechenden Herrschaft der Maschine damals noch zahlreichere Arbeitsgänge als heute von Hand erfolgen mußten, einzelne Maschinen sich leicht in der Häuslichkeit unterbringen ließen und die Unternehmer noch nicht jene gewaltigen Kapitalanhäufungen hinter sich hatten, die den Aufbau von Riesenbetrieben erlaubt hätten, trug ursprünglich die Industriearbeit zu einem wesentlichen Teil den Charakter von weiblicher Heimarbeit.

Je mehr der landwirtschaftliche Boden unter eine wachsende Anzahl überlebender Nachkommen zerstückelt wurde und je mehr die Landwirte relativ unfruchtbarer Gegenden bei der internationalen Konkurrenz den kürzeren zogen, bzw. anstatt für den Markt zu arbeiten auf urtümliche Selbstversorgung zurückgeworfen wurden, um so häufiger und intensiver lief die industrielle Fingerarbeit der Frauen ihrer Lückenbüßerinnenfunktion auf dem Felde des Ehemannes den Rang ab. Damit war anstelle der ehefraulichen Gehilfenarbeit Heimarbeit für fremde Arbeitgeber, aber für ehemännliche Rechnung getreten. Da Haus- und Erziehungsarbeit als die Arbeit der Frau galt, wurde ihre Gehilfenarbeit, selbst wenn sie den ganzen Tag auf dem Felde arbeitete und den Haushalt morgens früh und abends spät nebenbei besorgte, als »Nebenarbeit« betrachtet und bewertet. Was Wunder, daß deren neuzeitlicher Ersatz, die Heimarbeit, ebenfalls nicht als volle Arbeit galt und mit einem bloßen »Zustupf« bezahlt wurde, auch wenn sie ein Tagewerk darstellte. Allmählich ging die weibliche Heimarbeit mehr und mehr in eigentliche Fabrikarbeit der Frauen über. Aus der Nebenarbeit der Frauen war außerhäusliche Hauptarbeit geworden, aus dem Nebenverdienst dagegen kein Hauptverdienst. Die Hausarbeit aber blieb nach wie vor an den Frauen hängen, desgleichen die Überreste von allerlei halblandwirtschaftlicher Selbstversorgungsarbeit. Tatsachen, die dem Fehlurteil, Frauenarbeit, auch ganztägige, sei an sich schon Nebenarbeit, Vorschub leistete. Die Wandlung der miterhaltenden Bauerntochter und -frau zu einer überlasteten, geplünderten, ausgebeuteten und zurückgesetzten Arbeitsbiene hatte sich in breitem Ausmaß vollzogen.

Überlastet waren diese Frauen, weil sie nach heutigem Maßstab zwei ganztägige Arbeitspensen in eines pressen mußten. Geplündert wurden die Arbeitsbienen je nach Alter und Zivilstand von ihren Vätern und Ehemännern. Was die Tochter verdiente, gehörte oft dem Vater, was die Frau, meist dem Ehemann. Ausgebeutet wurden sie von ihren Arbeitgebern, denn sie zahlten ihnen nicht den Lohn, den sie wert waren.

Wie war es möglich, die Frauen für volle Arbeit mit einem Zustupflohn verhältnismäßig widerspruchslos abzuspeisen? Wie, sie grundsätzlich nicht über die untersten Stufen der Arbeitnehmerschaft hinaus kommen zu lassen? Es war möglich, weil die Frauen damals berufspolitisch ohnmächtig waren. Nicht nur waren sie politische Nullen, sondern sie besaßen aus verschiedenen Gründen nur eine geringe Bewegungsfreiheit, um ihre außerhäusliche Arbeit in sachlicher und örtlicher Hinsicht zu wählen. Überdies hatten Recht, Religion und Sitte sie gedrillt, sich der männlichen Autorität zu fügen.

Daß politische Rechtlosigkeit die Wahrung beruflich-wirtschaftlicher Interessen hindert, liegt auf der Hand. Schwerer faßbar sind die Hintergründe jenes Eingeschränktseins der Frauen bei der Ausübung einer Erwerbstätigkeit.

Eine gewisse Rolle spielte nach wie vor die alte Zurücksetzung der Töchter im Erbrecht zugunsten der Söhne. Mit ihren geringeren Erbansprüchen hatten sie – wo nicht rechtlich, so doch psychologisch – auch weniger Recht auf elterlichen Aufwand im Interesse ihrer Ausbildung. Hatten sie schon geerbt, so standen ihnen geringere Mittel zur Verfügung. Die männlichen Vorrechte an Liegenschaften brachten zwar weniger häufig als vor Zeiten eine »Stelle« im Gewerbe des Ehemannes mit sich, wohl aber eine praktisch gebotene Festlegung des Wohnortes durch den Ehemann. Dem Sohn, nicht der Tochter, vererbte man das Dach über dem Kopf. Die Aussicht, mit der Heirat vielleicht das Feld räumen zu müssen, kam einer freien Planung der Berufstätigkeit in die Quere.

Die einschneidendsten Einschränkungen der beruflich-wirtschaftlichen Bewegungsfreiheit hatte jedoch die Heirat im Gefolge. Einmal Gattin und Mutter, saß die Frau, was ihre Erwerbstätigkeit betraf, fest. Da gab es nichts mehr zu wollen, sondern nur noch vorliebzunehmen. Einesteils hinderte die Mutterliebe im Sinne der Lust an der Gegenwart der Kinder die Frauen, sich mit einer Lösung ihrer Erwerbsprobleme zu befreunden, die das tägliche Zusammensein mit den Kindern verunmöglicht hätte. Und anderseits dachten die Väter nicht im Traume daran, zugunsten größerer beruflicher Bewegungsfreiheit ihrer Frauen Hausarbeit und Arbeit, welche die Aufsicht der Kinder mit sich brachte, selbst zu übernehmen.

Die Folge für die weibliche Erwerbsarbeit lag auf der Hand. Für die verheiratete Frau – verheiratet und Mutter war damals der größere Teil der erwerbstätigen Frauen – kam eine Arbeit, die man ihr nicht mehr oder weniger vor der Haustüre anbot, kaum in Frage. Wohlverstanden, vor der Türe eines Hauses, das sie oft ohne jede Rücksicht auf ihre bisherige Erwerbstätigkeit hatte beziehen müssen. Und als Mütter waren die Frauen an sich schon geneigt, diese Arbeit zu einem tieferen Preis als die Väter anzunehmen. Denn die Angst, die Kinder könnten Mangel leiden, ist den Müttern eine stärkere Fuchtel als den Vätern. Auch hier gilt: Was der Mutter ans Herz geht, geht dem Vater nur an die Knie. Wo der Vater vielleicht noch bereit ist, seine Kinder um einer zukünftigen besseren Lage willen in der Gegenwart leiden zu lassen, ist das gegenwärtige Elend der Mutter so unerträglich, daß sie für Zukunftsmusik kein Gehör hat. In dieser Verfassung neigten die Arbeiterinnen dazu, sich des Streikes, des einzigen Mittels zu einer Verbesserung ihres Lohnes, zu begeben. Es gab wohl keine schlechteren Lohnkämpfer als die Mütter, die für ihre Kinder erwerben mußten. So galt es auch bei den Fabrikherren aus der Frühzeit des englischen Industrialismus für ausgemacht, daß die Mütter die gefügigsten Arbeiter waren. Schluckten sie doch alles, um ihre Kinder durchzubringen.

Solche Gebundenheit der Frauen in Verbindung mit ihrer politischen Inexistenz und dem geringeren Selbstbewußtsein gegenüber dem anderen Geschlecht – die Brotherren waren ja auch Herren an sich, während die Frauen oft nicht einmal Handlungsfähigkeit besaßen und damit »numme eifältigs Wybervolch« waren – mögen bewirkt haben, daß sie sich so häufig ohne zu mucken für ganze Arbeit mit einem halben Lohn abfertigen ließen. Dessen unterste Grenze bildete der Betrag, der in Verbindung mit dem Wert der außerhalb der Arbeitszeit geleisteten Haus- und Landwirtschaftsarbeiten gerade noch für ihre kärgliche Existenz hinreichte.

Obwohl auch die Situation der auf die Industrie angewiesenen Männer prekär war, so war ihre Ausgangslage besser als jene der Arbeiterinnen.

Als sie jene landwirtschaftliche Arbeit, die traditionsgemäß den Männern zukam, als Existenzgrundlage abschreiben mußten, gaben sie der Vorstellung, es handle sich bei ihrer außerhäuslichen Arbeit um einen Zusatzverdienst, keinen Raum. Denn es ging bei ihrer Industriearbeit sachlich weniger um eine ursprüngliche Selbstversorgungstätigkeit, aus der über den Umweg eines häuslichen Nebenverdienstes schließlich hauptberufliche, außerhäusliche Arbeit geworden war, sondern um einen vollen Ersatz ihrer bisherigen Existenz. Damit war es für sie auch selbstverständlich, daß die neue, von der Landwirtschaft unabhängige Arbeit ihnen mehr als einen bloßen Zustupf einbringen mußte, nämlich mindestens so viel, als ihnen zuvor ihr Boden durch ihre und ihrer Familie Arbeit eingebracht hatte.

Ferner waren die Männer in materieller, rechtlicher und teils auch psychologischer Hinsicht unvergleichlich weniger gehindert als die Frauen, beim Aufbau einer von der Landwirtschaft unabhängigen Existenz gleich aufs Ganze zu gehen. Mit größeren Erbteilen, der Verfügungsgewalt über das Vermögen der Ehefrau, deren Verdienst und jenem der Kinder, mit der traditionell-konventionellen Befreiung von der materiellen Pflege der Nachkommenschaft, ja teils sogar der eigenen Person, und mit einer vielleicht wesensmäßig geringeren Sorge um das Wohlergehen der Kinder besaßen sie beruflich-wirtschaftlich eine größere Bewegungsfreiheit als die Frauen. Sie konnten sich eher drehen und wenden, sich eher nach Neigungen und Opportunität qualifizieren und bei der Arbeitssuche etwas weiter gehen als einen Schritt vor die Haustüre.

Während nun die rechtliche Unfreiheit der Frau, ihr traditioneller Mangel an beruflicher Eigenständigkeit und zum Teil auch ihre größere Anhänglichkeit an die Kinder bewirkten, daß sie Hand bot, im Interesse der beruflichen Ungebundenheit des Gatten ihm traditionelle »Männerarbeit« abzunehmen, kam das Umgekehrte gar nicht in Frage. Wohl kaum einer mochte daran denken, seiner außerhäuslich erwerbenden Frau etwas von ihrer großen Hausarbeit abzunehmen; hingegen wurde es in weiten Landstrichen verbreitete Sitte, zusammengeschmolzene Bauerngewerbe Frau und Kindern anzuhängen, um sich in der Fremde ganz auf die Berufstätigkeit zu konzentrieren.

Den Männern standen nicht nur weniger Hindernisse entgegen, beruflich-wirtschaftlich aufs Ganze zu gehen, sie hatten zudem mehr Möglichkeiten, ihre berufliche Stellung zu fördern – sei dies nun auf Kosten ihrer Arbeitgeber oder auf Kosten des anderen Geschlechtes. Sie besaßen im Gegensatz zu den Frauen am Beispiel der Gesellen eine gewisse Tradition der Organisation als Arbeitnehmer. Damit standen sie der Tendenz näher, sich durch Zusammenschluß eine Verhandlungsplattform gegenüber den Arbeitgebern zu schaffen. Ein Weg, der ihnen in Verbindung mit den riesigen Fortschritten der Männerdemokratie im 19. und 20. Jahrhundert schließlich die Möglichkeit gab, den Arbeitgebern eine gleich große Kraft entgegenzustellen, wo nicht das Feld zu beherrschen.

Die Lage der Arbeitnehmerinnen hingegen war infolge ungünstigen Startes verfahren, und bis ins 20. Jahrhundert hinein (in der Schweiz noch immer) halfen ihnen keine politischen Rechte hinaus. Bei dieser Stellung der voll ins außerhäusliche Erwerbsleben getretenen Frau konnten die alten, aber sich noch weniger scharf als heute abzeichnenden Übel – das Abschieben der Frau in die schlecht bezahlte Arbeit, die mißliche Bezahlung eigentlicher Frauenarbeit und ihre grundsätzliche Unterzahlung bei gleicher Arbeitsleistung – ausgeprägtere und festere Formen annehmen.

Dieser Regelung zum Nachteil der Frauen hat auch die fundamentale Veränderung der allgemeinen Arbeitsteilung und die mit ihr verbundene soziale Amplifizierung der Frauenarbeit keinen Abbruch getan, obwohl es nahelag.

Die fortschreitende Bevölkerungsvermehrung in den Ländern westlicher Kultur in Verbindung mit den lawinenartig zunehmenden technischen Errungenschaften stellte die Arbeitsteilung auf eine neue Grundlage. In allen Belangen gingen die Familienbetriebe zugunsten großer Arbeitsgemeinschaften rapid zurück, womit die Erwerbstätigkeit von Frauen und Männern grundsätzlich zur außerhäuslichen gemacht wurde – eine Entwicklung, die noch heute im Gange ist. Dies bedeutete nicht nur, daß der Mann seiner Arbeit außer Hause nachgehen mußte, sondern zugleich auch, daß er Töchtern und Frau keine Erwerbstätigkeit im eigenen Betrieb mehr bieten konnte, wie dies während Jahrhunderten die Norm gewesen war. Immer mehr war es mit seiner familienrechtlichen Arbeitgeberschaft vorbei. Die Töchter waren im Hause des Vaters »arbeitslos« geworden, die Frauen in jenem des Ehemannes ebenfalls, wenn man von der Erziehungs- und Hausarbeit absieht. Die praktische Folge dieses Sachverhaltes bestand darin, daß natürlich auch sie vom Sog der außerhäuslichen Arbeit erfaßt wurden. Weibliche Erwerbstätigkeit außer Hause wurde in den meisten Ländern des Westens selbstverständlich. Ein Grundsatz, von dem sich eine riesige Ausnahme abhob: die verheiratete »Nurhausfrau«. Von ihr bald mehr.

Während ein großer Teil der Frauen, die sich keine Ausbildung leisten konnten, seit hundert Jahren in die Fabrik geht, gehen diejenigen des Mittelstandes nun seit fünfzig Jahren ins Büro. Auch dort traten die mit der Entwicklung der Handwerke sich abzeichnenden und mit jener der Industrie sich ausprägenden Odien der weiblichen Erwerbsarbeit auf. Den Frauen wurde grundsätzlich nur jene Büroarbeit übergeben, welche die Männer nicht selbst verrichten wollten, weil sie sie als geisttötend betrachteten und weil sie als mehr oder weniger »mechanische« Arbeit schlecht bezahlt wurde: das Stenographieren, Tippen und Ablegen. Wie in der Fabrik zeigten sich die Frauen auch im Büro für einzelne Arbeiten durchschnittlich begabter als Männer, doch dieser Tatsache ist bei der Bezahlung der Arbeit nie Rechnung getragen worden. Und wie in der Fabrik, setzte man den Frauen häufig gleich ausgewiesene und Gleiches leistende Männer gegenüber, denen grundsätzlich ein höherer Lohn zugestanden wurde.

Die Männer machten sich ideologisch und aktiv berufspolitisch daran, die Odien der Frauenarbeit fester denn je zu verankern. Anstoß gab, daß sie beim Gedanken an eine allgemein außerhäusliche Erwerbstätigkeit der Frau nicht zu Unrecht den Komfort schwinden sahen, den die nurhausfrauliche, eheliche Dienerin ihnen gewährte. Die Vorstellung, bei den Hausarbeiten und der Kinderaufzucht selbst Hand anlegen oder aber von der traditionellen Form des Familienlebens abweichen zu müssen, lehnten sie ab. Umsorgter Hauspapa konnten sie bei der neuen Arbeitsteilung nur bleiben, wenn sie in der Lage waren, die Ehefrau, die nun im Gegensatz zu ihrer in der einstigen Familienerwerbsgemeinschaft tätigen Urgroßmutter hauptsächlich Verbraucherin war, und deren Kinder zu ernähren.

Dieser Möglichkeit, die ursprünglich nur wenigen vorbehalten, mit der Entwicklung einer qualifizierten Arbeitnehmerschaft zugenommen hatte, war man in den Ländern des Westens durch wissenschaftliche Errungenschaften und entsprechende Ausbildung der Arbeitskräfte näher gekommen – ist doch der durchschnittliche Arbeitseinsatz des Menschen pro Zeiteinheit rentabler geworden. Dies heißt aber nicht, daß man ihr so nahe gekommen ist, daß bei freiem Wettbewerb der Geschlechter im beruflich-wirtschaftlichen Leben nun der Mann (bzw. die Frau) durchschnittlich in der Lage wäre, einen ausschließlich Hausgeschäfte besorgenden Ehegatten und die durchschnittliche Zahl von Kindern pro Ehepaar sorgenfrei zu erhalten. Solche Versorgung der Familie ist einem mehr oder weniger großen Teil der Erwerbstätigen nur möglich, wenn ein anderer Teil auf die mageren Weiden gesetzt, ausgenutzt oder beides zugleich wird. Infolgedessen haben die Männer summarisch im Namen einer allgemein männlichen Ernährerfunktion – in Wirklichkeit im Namen ihrer traditionellen häuslichen Bequemlichkeiten – durch rechtliche Regelung, vor allem aber mittels stillschweigenden Übereinkommens getan, was sie tun konnten, damit die berufstätigen Frauen so oder so möglichst wenig erwerben. So kommt es, daß in der Schweiz die Gesamtheit der erwerbstätigen Frauen, wie gesagt, nur etwa die Hälfte von dem verdient, was die erwerbstätigen Männer sich zuschanzen können; die Frau im Durchschnitt nur halb soviel wie der Mann.

Obschon die Odien der Frauenarbeit festgefahren waren und sogar ausgebaut wurden, befanden sich die Frauen der letzten fünfzig Jahre doch in einer neuen Lage. Die außerhäusliche Erwerbsarbeit der unverheirateten Frau war in den meisten Ländern des Westens selbstverständlich geworden, denn im Gegensatz zum Ehemann hatte der Vater keine Vorteile von einer »Nurhaustochter«. Im Erbrecht war die Frau nun endlich gleichberechtigt, was sie erwarb, wurde ihr freies Eigentum, und zahlreichere Möglichkeiten zur beruflichen Eignung standen ihr offen. Wollten und konnten die Frauen jetzt an die Beseitigung der Odien der Frauenarbeit, der Zurücksetzung und Ausbeutung der erwerbstätigen Frauen denken?

Ihr Wille war und ist gespalten. Die einen wollen die beruflich-wirtschaftliche Gleichberechtigung ihres Geschlechtes, die andern die Institution des gut funktionierenden ehelichen Ernährers. Dabei nehmen sie dessen Voraussetzung, die ausgenutzte weibliche Arbeitsbiene, für die eigene Person und ihre Geschlechtsgenossinnen zum mindesten als Provisorium während der Zeit des Ledigseins in Kauf – ein Problem, das noch eingehend behandelt werden wird. Doch was immer die Frauen wollen oder nicht wollen, ohne politische Gleichberechtigung ist ihre berufspolitische Kraft gering. Nur wo politische Gleichberechtigung der Geschlechter besteht und auch praktische Ausgestaltung gefunden hat, können die Odien der Frauenarbeit wirksam bekämpft werden. Ob dieser Kampf Erfolg haben wird, hängt davon ab, ob die Mehrheit der Frauen für die allgemeine weibliche Erwerbstätigkeit (Ehefrauen inbegriffen) ist, sich für eine entsprechende Abänderung der familienrechtlichen Unterhaltsgewährung und des häuslichen Lebens einsetzt und die Männer dazu zwingt oder dafür gewinnen kann.

Warum man von gleichem Entgelt für gleichwertige Arbeit nichts wissen will und die unsachlichen »sachlichen« Rechtfertigungsversuche

Von den verschiedenen Formen der Zurücksetzung der Frau im beruflich-wirtschaftlichen Leben springt die geringere Bezahlung gleicher und gleichwertiger Frauenarbeit als besonders ungerecht ins Auge. Doch gerade in diesem Punkt scheint zwischen männlichen Arbeitgebern und Arbeitnehmern insgeheim schöne Eintracht zu herrschen. Kein Wunder, denn beide haben von solcher Unterzahlung der Frauen nur Vorteile.

Zwar treten Organisationen gewerkschaftlichen Charakters, wie bereits erwähnt, grundsätzlich für gleiche Entlöhnung der Frauen bei gleicher Arbeit ein, wenn die Möglichkeit besteht, daß Frauen Männer unterbieten könnten. Da sie jedoch dieser Erledigung weiblicher Unterbietung, wie sich wiederholt zeigt, diejenige der Beseitigung weiblicher Konkurrenz überhaupt vorziehen, was sie sich durch die Beherrschung der Lage auch leisten können, so handelt es sich bei solcher »Solidarität« männlicher Arbeitnehmer gegenüber den Kolleginnen häufig nur um eine Proforma-Geste. Für die gleiche Bezahlung gleichwertiger Arbeit kann man sich sogar die Geste ersparen; denn ihre Gleichwertigkeit läßt sich leicht übersehen.

Nicht einmal männliche Arbeitnehmer, die als Väter, Brüder, Ehemänner und Söhne mit unterzahlten Arbeitsbienen im gleichen Haushalt leben, sind wirklich für gleiche Entlöhnung gleicher oder gleichwertiger Arbeit. Denn diese Unterzahlung der Frauenarbeit, der die Überzahlung der eigenen gegenübersteht, ist für sie vorteilhafter. Beispielsweise fährt der Arbeitnehmer, der als Vater einer ledigen Arbeitsbiene Obdach gewährt, besser, wenn sein Lohn – indirekt natürlich – auch durch die Unterzahlung der Tochter dazu reicht, sie weiterhin unter sein gutes Dach zu nehmen, wo sie nebenbei noch Mägdearbeit verrichtet, als wenn er mit geringerem Lohn sich ohne töchterliche Hausarbeit mit einem dürftigeren Dach begnügen müßte, indes die nun voll bezahlte Tochter unter einem Dach wohnte, wo keine männlichen Familienmitglieder haushälterische Überstunden verlangen. Die Lage des Ehemannes einer Arbeitsbiene ist anders, aber ähnlich. Er hat eine stärkere Position in der ehelichen Gemeinschaft und genießt größere Freiheit, wenn das eheliche Einkommen etwa zu 65% von ihm und zu 35% von der Frau, anstatt je zur Hälfte von beiden verdient wird. Erst wenn ein arbeitsunfähiger Mann mittels des Arbeitserwerbes einer Frau unterstützt werden muß, beginnt er die Sache mit anderen Augen zu sehen.

Und der Arbeitgeber ist, solange er weibliche Arbeitsbienen findet, sowieso für diese Form der Unterzahlung ihrer Leistung. Dank ihr kann er gute Produkte zu relativ niederen Preisen liefern und durch den entsprechenden großen Absatz reich und mächtig werden. Die schweizerische und andere Textilindustrien des letzten Jahrhunderts sind schöne Beispiele dafür. Gleichzeitig bietet die grundsätzlich geringere Entlöhnung der

Frauen dem Arbeitgeber, der zugleich auch männliche Kräfte beschäftigt, eine gewisse Bewegungsfreiheit, um den Forderungen der starken männlichen Arbeitnehmerkollektive nach allerlei Sozialleistungen nachzukommen, ohne dabei eigentlich aus dem eigenen Sack drauflegen zu müssen. Diese Möglichkeit ist in der Schweiz von großer und ständig zunehmender Bedeutung. Denn je mehr die fortschreitende Wandlung selbständiger Existenzen in Lohnempfänger in Verbindung mit dem Ideal einer ehefraulichen Haushälterin ein Überhandnehmen der Nurhausfrauen bewirkt, um so mehr Geld muß ihren »Ernährern« zugeschoben werden, um ihren »Leistungslohn« zu einem »Familienlohn« aufzurunden. »Soziales Verständnis«, das den Arbeitgeber relativ wenig schmerzt, falls er sich mit der Unterzahlung der Frauen trösten kann.

Das feministische Postulat, gleiches Entgelt für gleiche und gleichwertige Arbeit, fällt in der Schweiz auf besonders steinigen Boden.

Symptomatischerweise wurde die Ratifizierung der entsprechenden Konvention der Internationalen Arbeitskonferenz abgelehnt. Man wollte berücksichtigt haben, daß eine »Erhöhung der Löhne für Frauenarbeit zahlreiche Wirtschaftszweige erheblich belasten, ihre Wettbewerbsfähigkeit auf dem internationalen Markte beeinträchtigen und zu Verhältnissen führen könnte, die ebensowenig im sozialen wie im wirtschaftlichen Interesse unseres Landes liegen«[14]. Damit aber behauptete man nichts Geringeres, als daß unangemessene Frauenlöhne im sozialen und wirtschaftlichen Interesse unseres Landes seien.

Inzwischen wurde die Frage im Rahmen eines Postulats, das Aufklärung über die möglichen Auswirkungen gleichen Entgelts für gleichwertige Arbeitsleistung auf die schweizerische Wirtschaft fordert, durch eine konsultative Kommission erneut geprüft. Sie gelangte auf Grund vorhandener Unterlagen zur Feststellung, daß »die Fälle ungleicher Entlöhnung für gleiche Arbeit von Mann und Frau vermutlich nicht derart zahlreich sind, daß sie eine wesentliche Belastung der schweizerischen Wirtschaft darstellen«[15]. Sie schließt mit frommen Wünschen: Erhebliche Ungleichheiten blieben nicht verborgen und würden im Zeitalter eines wachen sozialen Empfindens auch behoben. Aber die Möglichkeit, dem Übereinkommen über gleiches Entgelt für gleichwertige Leistung beizutreten, wird mit keinem Wort erwähnt. Der Bundesrat schließt sich den frommen Wünschen an, beeilt sich aber, den Vermutungscharakter des Berichts zu unterstreichen. Kurz, man trippelt vorsichtig um den heißen Brei herum.

Wenn man die populären »Gegenargumente« – größtenteils zielen sie darauf hinaus, gleiche Arbeit der Frauen als »im Grunde« ungleich darzustellen – durchgeht, erkennt man sofort, daß ihnen entweder grundsätzliche Bedeutung abgeht oder daß sie bereits bei leicht zu ändernden Voraussetzungen organisatorischer oder entwicklungsmäßiger Art, die man aber als eherne Naturerscheinungen darzustellen versucht, gegenstandslos werden. Oder man kann feststellen, daß etwa eine der Verwirklichung des Postulates nachteilige Seite einer Frauenarbeit hervorgehoben, während zugleich die günstigste, den Nachteil ausgleichende unterschlagen wird, usw. Vereinzelte Gegenargumente sind nicht einmal pseudosachlich, sondern bloß unverschämt und wollen letztlich besagen: Die Männer haben ein besseres Recht, gut zu leben.

Ich will hier nicht den Gegnern des Entgelts für gleiche und gleichwertige Arbeit die Kastanien aus dem Feuer holen, indem ich, um ihre Argumente zu widerlegen, ihnen die nie geleistete Arbeit abnehme, die weibliche Erwerbsarbeit in Berücksichtigung jedes Arbeitsganges, an dem die Frauen beteiligt sind, Punkt für Punkt gegenüber gleicher oder gleichwertiger Männerarbeit abzuwägen. Aber ich möchte am blinden Glauben an diese »Argumente« – blind, weil Vorrechte einem Sand in die Augen streuen – etwas rütteln.

Zuerst die Argumente unverschämter Art. Sie gehen von einer vermeintlichen Bedürfnislosigkeit der Frauen aus. Heute getraut man sich im Druck nur noch selten damit herauszurücken, hören dagegen kann man sie noch alle Tage. Das eine lautet schlicht: Die Männer wollen mehr und besser essen (und trinken) als die Frauen und brauchen daher auch mehr Geld, um Leib und Seele zusammenzuhalten. Das andere heißt: Die Männer haben Wichtigeres zu tun, als für sich selbst zu kochen, zu flicken und zu putzen, weshalb sie Bedienung benötigen – und zusätzliches Geld, um diese zu bezahlen. Die Frauen dagegen haben weder das eine zu wollen noch das andere zu benötigen. Siehe »weibliche Natur«! Hat doch die »Wissenschaft« bewiesen, daß sie weniger zu essen brauchen als die Männer, vor allem nicht gleich viel teures Fleisch. Und Kochen, Flicken und Putzen gar (für sich und alle anderen) liegt ganz im »fraulichen Wesen«; »Wichtigeres zu tun« haben die Frauen schon gar nicht. Kurz, sie brauchen von Natur aus weniger Geld, weshalb ihnen auch weniger Lohn zukommen soll.

Da nun die Frauen heutzutage »nicht minderwertig, sondern anderswertig« sind, stellt man diesen Ladenhüter selten ins Schaufenster. Als Auslagen beliebt sind dagegen Hinweise auf die größere männliche Muskelkraft – diesmal unter dem Gesichtspunkt leichterer Versetzbarkeit der Männer von einer Arbeit an die andere –, auf besondere Einrichtungen, die den Frauen einzelne industrielle Arbeitsgänge erleichtern oder erst ermöglichen, auf den Sonderschutz der Frauen in der Industrie, auf das verbreitete Ausscheiden aus dem Arbeitsprozeß infolge Heirat und auf die große Jugendlichkeit der weiblichen Arbeitskräfte. Besonders beliebt ist der Hinweis auf die durchschnittlich größere Arbeitsabsenz der Frau.

Alle diese »Argumente« laufen darauf hinaus, nachzuweisen, daß dort, wo die Leistungen der Frauen als individuelle Leistungen denjenigen der Männer gleich und gleichwertig sind, sie es, ökonomisch gesehen, als Leistung des weiblichen Kollektivs einer Belegschaft doch nicht seien, weil seitens der Arbeitgeber durchschnittlich pro Frau ein größerer Aufwand geleistet, ein größerer Verschleiß in Kauf genommen werde, um die weiblichen Arbeitskräfte zu gleicher oder gleichwertiger Leistung zu bringen, und diese somit billigerweise doch nicht gleichen Lohn wie die Männer beanspruchen könnten. Den Nachweis, inwieweit durch diese Sorten allgemeiner Vorabzüge die von Arbeit zu Arbeit verschiedenen Differenzen zwischen Frauen- und Männerlöhnen und ihre tatsächlichen Ausmaße gerechtfertigt werden, bleibt man natürlich schuldig.

Selbstverständlich ist es nun falsch, geringere Muskelkraft, Sonderaufwände und Sonderberücksichtigungen zugunsten der Frauenarbeit auf einem bestimmten Gebiet oder auch nur hinsichtlich einzelner Arbeitsgänge den Frauen aller Erwerbszweige anzurechnen. Solche Argumentiererei ähnelt dem Ausrechnen des durchschnittlichen Stückgewichtes durcheinandergeschüttelter Zwetschgen und Äpfel, um den Schluß zu ziehen, die mit Zwetschgen vermischten Äpfel seien durchschnittlich leichter als andere. Mit anderen Worten, es ist absurd, eine geringere Entlöhnung der kaufmännischen Angestellten, der Lehrerin usw. etwa mit Hinweisen auf die größere durchschnittliche Körperkraft des männlichen Industriearbeiters, irgendwelche technischen Vorrichtungen, die den Frauen einen Arbeitsgang erleichtern oder auf das Verbot weiblicher Sonntags- und Nachtarbeit im Geltungsbereich des Fabrikgesetzes zu begründen. Dennoch geschieht es in Diskussionen immer wieder.

Apropos geringere durchschnittliche Muskelkraft der Frauen: Die Neigung ist groß, den wirtschaftlichen Wert der größeren Körperkraft der Männer im Vergleich zur durchschnittlichen weiblichen Fingerfertigkeit zu überschätzen. Die Bedeutung jener wird aufgebauscht, wogegen diese als wirtschaftlicher Wert übergangen wird. Mag jene da und dort in engerem Rahmen die Männer allgemein brauchbarer machen, so die geschickteren Hände die Frauen in anderen Bereichen. Von ersterem ist viel die Rede, besonders seitens Tisanen trinkender Herren in »sitzenden Berufen«, von letzterer wenig, obgleich manch einer nicht einmal einfädeln kann, was selbst halbblinde Mütterchen noch zustande bringen.

Bezeichnend für solch ungleiche Hervorhebung ist auch ein Zitat des erwähnten »Berichts der Expertenkommission zur Prüfung der wirtschaftlichen Auswirkung gleichen Entgelts für gleichwertige Arbeit männlicher und weiblicher Arbeitskräfte«. Darin wird behauptet, die körperliche Leistungsfähigkeit der Frau erreiche im Durchschnitt nur die Hälfte bis zu $^3/_5$ der männlichen, während die größere Leistungsfähigkeit auf Grund ihrer Geschicklichkeit nur 5-10% über dem Männerdurchschnitt stehe. Gegenüber derartigen sogenannten Durchschnittszahlen kann man nicht skeptisch genug sein. Denn je nachdem, ob man den Kreis der Schwerarbeit, beziehungsweise der Geschicklichkeitsarbeit, eng oder weit zieht, vermag man den »Durchschnitt« nach Lust und Laune zu beeinflussen. Geht man zum Beispiel beim Kreis der Schwerarbeit von einem kleinen Radius aus und bei jenem der Geschicklichkeitsarbeit von einem großen – es ist übrigens schwierig, die Kreise so zu ziehen, daß sich sinnvolle Vergleiche überhaupt anstellen lassen –, so ist die Überlegenheit der Männer auf der einen Seite groß und jene der Frauen auf der anderen nur gering. Bei umgekehrtem Vorgehen stehen natürlich auch die Ergebnisse in umgekehrtem Verhältnis zueinander. Und wenn man auf die Kalorien pocht, welche die Männer auf dem Arbeitsmarkt einsetzen, sollten die Frauen sich vor Augen halten, daß die Maschine die Schwerarbeit mehr und mehr abbaut, hingegen in wachsendem Maße Arbeitsgänge schafft, die Fingerfertigkeit erheischen.

Der Hinweis auf besondere Einrichtungen, die nötig sind, damit die Frauen gewisse industrielle Arbeiten verrichten können, ist im Zusammenhang mit der Forderung gleichen Lohnes für gleiche Leistung kein Argument. Denn in diesen Fällen ist die Arbeit der Frauen eben nicht die gleiche wie diejenige der Männer und auch nicht gleichwertig, obwohl der Wert des Produktes, ungeachtet der unterschiedlichen Herstellungsweise, gleich ist. Anstatt hier »gleichen Lohn ...« im Kopf zu haben, täte man besser daran, ihn zu schütteln. Denn gerade derartige Forcierung weiblicher Arbeit zeigt, wohin die Zurücksetzung der Frau auf dem Arbeitsmarkt führen kann, nämlich zu »Frauenarbeit«, welche die Frau von Natur aus schlechter verrichtet als der Mann. Haben doch die Männer die begehrteren jener Tätigkeiten, die Frauen und Männer grundsätzlich gleich gut ausüben können, großenteils monopolisiert und sind deshalb in unbegehrten, für die sie sich körperlich aber besser als Frauen eignen, knapp. Weil es, wie bereits zitiert, »soziale Pflicht« ist, den Männern die Arbeit vorzubehalten, die sie bei gutem Lohn nicht schlechter verrichten als die Frauen, so haben nun die Frauen unökonomischerweise eigentliche »Männerarbeit« zu tun. So weit käme es nie, wenn die Frauen auf dem Arbeitsmarkt gleichberechtigt wären. Es gäbe keine unwirtschaftliche Verwendung weiblicher Arbeitskräfte zu Arbeitsgängen, für die sie ihrer Natur nach unbegabt sind, während zugleich zahlreiche Beschäftigungen den Männern vorbehalten bleiben, die von Frauen ohne jede Spezialeinrichtung ebenso gut gemacht werden können.

Der angeführte Sonderschutz der Frauen im Sinne zeitlicher Beschränkung der Frauenarbeit durch das fabrikgesetzliche Verbot der weiblichen Sonntags- und Nachtarbeit nun scheint weit eher ein Schutz jener Leute zu sein, die außerhalb der Arbeitszeit die Frauen noch in Anspruch nehmen, in erster Linie der Familienangehörigen, wie schon im Zusammenhang mit der Industriearbeiterin dargetan worden ist. Er ist also ein unwesentliches und somit leicht zu überwindendes Hindernis »gleicher Leistung«.

Mächtig aufgebauscht als allgemeingültiges und schlagendes Argument gegen »gleichen Lohn für gleiche Arbeit« werden die durchschnittlich größeren Arbeitsabsenzen der Frauen. Hier glaubt man offenbar, die »Natur«, die weibliche, plaudern zu hören. Das gilt auch hinsichtlich der angeblichen Feststellung, der weibliche Teil der Industriearbeiter benötige einen besonderen Aufwand an Personalbetreuung, da seine Nervosität und Empfindlichkeit einem reibungslosen Teamwork entgegenstehe. Dabei weiß jedermann, daß dürftiges Essen und Überbürdung die Widerstandskraft herabsetzen. Solange die erwerbstätigen Frauen bei weniger

Lohn auch weniger für ihre Nahrung ausgeben können und sowohl öffentliche Meinung als auch männliche Familienmitglieder von ihnen nach einem vollen Tagewerk noch eine Menge Hausarbeit verlangen, ist es nur verwunderlich, daß die erwerbstätigen Frauen nicht noch viel mehr Absenzen aufweisen, macht doch ein großer Teil von ihnen tagtäglich »Überstunden«. Auch die geringfügigsten dieser Hausarbeiten fallen ins Gewicht, auch all diese »Nurschnell«-Arbeiten. Denn »geschwind etwas annähen«, »rasch etwas holen«, »ein bißchen aufwaschen« brauchen immerhin so viel Zeit, daß es von den Männern und Kindern mit dem Gefühl der Erleichterung auf Frauen abgewälzt wird. Und die Sorge um die eigene Garderobe, die selbst manchen Männern in sehr bescheidenen Verhältnissen von der Wiege bis zum Grabe erspart bleibt, ist ebenfalls ein Kräftefresser. Könnten die erwerbstätigen Frauen auf Grund gleicher Entlöhnung gleicher Arbeit und gleich lukrativer Betätigungen ein Gutteil dieser haushälterischen Umtriebe fallenlassen und zugleich kräftiger essen, wer weiß, vielleicht würde man die Überraschung erleben, daß sie schließlich weniger Absenzen aufwiesen als die Männer. Vielleicht gäbe es eine ähnliche Überraschung wie angesichts der Tatsache, daß, nachdem einmal das Kindbettfieber als Todesursache weitgehend ausgeschaltet worden ist, die Frauen sich nicht so rasch hinwegraffen lassen wie die Männer.

Was besonders den Arbeitsausfall infolge Geburten als Grund der Arbeitsdesorganisation anbetrifft, die allgemein eine geringere Entlöhnung der Frauen nahelegen soll, so ist es lächerlich, sie zur Rechtfertigung des bisherigen geringeren Lohnes für gleiche Arbeit anzuführen. Denn bei den in der Schweiz seit Jahren nur etwa 15% der weiblichen Berufstätigen bildenden verheirateten Frauen, von denen die Hälfte nicht einmal Kinder hat, sind die Absenzen infolge Niederkunft im Vergleich zu jenen der Männer durch Aktivdienst verschwindend.

Ab und zu hört man auch, die Menstruation rechtfertige es, die Frauen bei gleicher Qualifikation und Arbeit schlechter zu bezahlen als Männer, weil die mit ihr verbundenen geringen und vereinzelt auch großen Beschwerden – ja selbst prämenstruelle Vorgänge – die Leistungsfähigkeit zeitweise herabsetzten.

Nun, in diesem Zusammenhang wie in anderen unterlaufen oft Leuten, die es besonders genau nehmen wollen, ganz besondere Ungenauigkeiten. So wird zum Beispiel übersehen, daß gerade Menstruationsbeschwerden verschiedenster Art, selbst sehr starke, pro Menstruation nur wenige Stunden dauern und damit die Möglichkeit, daß sie auf die achtstündige Arbeitszeit fallen, bei weitem nicht hundert-, sondern eher dreißigprozentig ist; und durch diese Beschwerden wird die geforderte Leistung nicht notwendigerweise herabgesetzt. Denn nicht jeder Pflichtenkreis verlangt ja den Aufwand der gesamten Leistungsfähigkeit eines Menschen und keiner sie jederzeit. Etwas Kopfweh, ein Gefühl der Müdigkeit – wenige Leute hindert dies, ihr übliches Maß zu leisten. Doch gesetzt den Fall, die Leistung mancher Frau sänke nachweisbar im Zusammenhang mit der Menstruation unter ihre Durchschnittsleistung oder bliebe für kurze Zeit sogar gänzlich aus – rechtfertigte dies eine allgemeine geringere Bezahlung gleicher Frauenarbeit? Nein, es wäre höchstens ein Grund, die Frauen vor den Wechseljahren, nicht aber die Frauen überhaupt schlechter zu bezahlen als Gleiches leistende Männer. Und es wäre nur dann ein Grund, wenn die Durchschnittsleistung dieser Frauen hinter jener der anderen Frauen und Männer auch tatsächlich zurückbliebe. Dies ist jedoch unwahrscheinlich. Denn es können zum Beispiel gerade bei den jüngeren Frauen besonderen Leistungstiefen besondere Leistungshöhen gegenüberstehen. Und noch ein wichtiger Gesichtspunkt! Wenn man weibliche und männliche Leistungsfähigkeit schon so genau vergleichen will, so müßte man natürlich auch die Arbeitskraft der Männer in den verschiedenen Dispositionen hinsichtlich ihres sexuellen Lebens minutiös messen. Ob sie besser abschneiden als die Frauen, ist nicht gesagt, doch schlechter ist nicht ausgeschlossen. Vielleicht stieße man auf Unvorhergesehenes. Beobachtete man bei Männern die Auswirkungen ihres sexuellen Lebens auf ihre berufliche Leistungsfähigkeit, so würde vielleicht die in anderen Zusammenhängen nicht unbekannte Tatsache auffallen, daß der Sexualakt nur die Männer ermüdet. Was den Schluß nahelegte, daß manch einer sich hin und wieder etwas angeschlagen an seinen Arbeitsplatz begibt und dort weniger rasch und gut wirkt als gewöhnlich.

Die Absenzen der Frauen, die so eifrig als Ausdruck der Schwäche des schwachen Geschlechtes gewertet werden, haben damit übrigens häufig nicht das mindeste, viel aber mit der Haushaltfron der Frauen zu tun. Sie trägt dazu bei, die weiblichen Absenzen in die Breite zu wälzen. Ich habe noch nie von einem städtischen Straßenbahnangestellten gehört, der sich am Arbeitsplatz krank meldete, um zu Hause die überreifen Himbeeren einzukochen, wohl aber von der Tochter eines solchen, einer kaufmännischen Angestellten. Die Himbeerkonfitüre verzehrten Vater und Tochter gemeinsam, die Absenz jedoch, die hinter der Konfitüre stand, ging als weibliche Absenz in die Statistik ein. An dieses Beispiel ließen sich noch viele reihen.

Als Vorwand, die Frauen schlechter zu zahlen, wird auch viel Aufhebens von der Aufgabe ihrer Erwerbsarbeit infolge Verheiratung gemacht. Dabei wird übrigens gerne verschwiegen, daß die Frauen den Arbeitsplatz oft nicht freiwillig verlassen, sondern ihnen im Hinblick auf die bevorstehende Heirat von manchen Betriebsleitern grundsätzlich gekündigt wird.

Man hört nun, solche Auflösung des Arbeitsverhältnisses bewirke allerlei Desorganisation und durch die häufigeren Neubesetzungen einen relativ größeren Aufwand zur Einarbeitung der Frauen, was beides die Arbeit der Frauen bei gleicher Durchschnittsleistung wie die Männer weniger lohnend mache. Wirklich? Man kann die Lage auch anders betrachten, nämlich wie jener englische Postdirektor vor bald hundert Jahren, als die Arbeitgeber sich noch nicht für die bekümmerten Wohltäter ihrer Belegschaften ausgaben und mit heiterer Stirne ihre Möglichkeiten, die Arbeitnehmer auszunützen, an den Fingern aufzählten. Jener Engländer nun fand das Wegheiraten der weiblichen Angestellten im Augenblick, da Lohnaufbesserung fällig gewesen wäre, denkbar ideal. Seine Wertung der jungen Arbeitskräfte gilt nicht weniger hinsichtlich der Arbeiterinnen und weiblichen Angestellten unserer Tage, wie salbaderisch auch von der Unrentabilität der Frauenarbeit infolge der mit der Heirat üblicherweise verbundenen Stellenaufgabe gesprochen werden mag. Denn da die verbreiteten sukzessiven Lohnerhöhungen nach Dienstjahren trotz allen Geredes von den wertvollen Erfahrungen älterer Kräfte häufig in keinem Verhältnis zu einer Mehrleistung stehen, sondern eher Prämierung eines loyalen Mitarbeiters und »Soziallohn« darstellen, so schlägt diese zusätzliche Entlöhnung der im Dienst grau und sauer werdenden Leute einen Mehraufwand für das Einarbeiten immer frischer weiblicher Jugend eigentlich mehr als wett. Denn die Mehrarbeit, die der häufige Wechsel junger Kräfte mit sich bringt, erspart dem Arbeitgeber, wie gesagt, die gebräuchlichen Lohnerhöhungen und gibt ihm Untergebene, welche sehr vorteilhafte Eigenschaften aufweisen, Eigenschaften, die sich mit dem Älterwerden rasch verlieren. Sie werden selten erwähnt, fallen aber bei der Arbeitsleistung ins Gewicht: die Jugend ist weniger ermüdbar, weniger reizbar, weniger intrigant, und vor allem ist sie unvergleichlich weniger ökonomisch mit sich selbst als die Angehörigen der mittleren und älteren Jahrgänge. Sie ist auch weniger berechnend und weniger auf ihre Interessen bedacht. Darüber hinaus schafft sie eine arbeitsfördernde Atmosphäre der Lebensfreude, wogegen die Vielerfahrenen den Geruch der Hoffnungslosigkeit nicht mehr aus den Kleidern bringen. Selbstverständlich gibt es Tätigkeiten, bei denen tiefe Sachkenntnis nur im Laufe der Jahre erworben werden kann; aber jene, bei denen man sich die notwendige Erfahrung und Geschicklichkeit verhältnismäßig rasch aneignen kann, sind unvergleichlich häufiger. Gerade weil die Jugend rentabler ist als die älteren Jahrgänge, die man nicht mehr los wird, ist sie für den Großteil der Arbeitsplätze begehrter. Ich möchte die Wette wagen, daß die meisten Arbeitgeber nur allzugerne einen großen Teil der Posten, die man mit »Lebenslänglichen« bekleiden muß, alle paar Jahre aufs neue an Junge vergeben möchten, wenn sie nur zu haben wären und die Mittleren und Älteren das Feld räumten.

Zölibat

Ein in der Schweizerischen Bundesverfassung statuiertes Recht, von dem man selten hört, ja das einem wie ein römischer Sarkophag Relikt einer versunkenen Zeit zu sein scheint, ist das »Recht auf Ehe«. Ich will hier nicht erörtern, wann, wo, wie, in welchem Maße dieses Menschenrecht nicht selbstverständlich war, interessant ist im vorliegenden Zusammenhang lediglich, daß eine mehr oder weniger weitgehende Beschränkung der Freiheit, sich zu verheiraten, bei uns viel länger Geltung hatte als die Freiheit, die man in dieser Beziehung gegenwärtig genießt. Nun bilden Erfüllung des vorgeschriebenen Heiratsalters, Monogamie und unmißverständliche Geisteskrankheit die einzigen Schranken für Heiratslustige.

Der Gründe, die Heirat in ganzen Schichten und Berufen von der Erfüllung gewisser Bedingungen abhängig zu machen, mögen zwar mancherlei gewesen sein, nichtsdestoweniger lassen sie sich darauf zurückführen, daß bei den verschiedensten Tätigkeiten Ehelosigkeit der Arbeitskräfte für den Arbeitnehmer eh und je praktischer und rentabler war als dessen Bindung an Familie und eigene Haushaltung. Dies ist bei der Arbeit, die Hausgemeinschaft mit dem Arbeitgeber nahelegt, offensichtlich, gilt aber häufig auch sonst. Denn Ehelosigkeit heißt Kinderlosigkeit. Und wer nicht Kinder aufzieht, ist schlimmstenfalls mit einem Lohn zufrieden, der gerade noch ihm allein gestattet, das Leben zu fristen. Doch dieses Minimum liegt unter dem Existenzminimum einer kontinuierlichen Arbeitskraft. Es gestattet nur die Erhaltung derselben für die Dauer der Arbeitsfähigkeit einer individuellen Person, nicht aber das Heranziehen eines Ersatzes, eines Nachfolgers. Gewissermaßen das wesentliche Existenzminimum, das eine Arbeitskraft benötigt, die für sich und zugleich noch für das Heranziehen eines Nachfolgers aufkommt, praktisch jenes der Verheirateten, liegt höher. Sobald kein Mangel an Arbeitskräften besteht, ist selbstverständlich das Interesse der Arbeitgeber groß, am Menschenmaterial Raubbau zu treiben, indem sie Kinderlose, Ledige gegen ein Minimalentgelt beschäftigen, das eine vorhandene Arbeitskraft so lange erhält, als ihr Träger lebt.

Worin auch immer die Tätigkeiten, bei welchen Ehelosigkeit des Arbeitnehmers sachlich besonders angezeigt ist, bestehen mögen, allein schon die naheliegende Unterzahlung der Arbeit des Ledigen, der Verzicht auf Fortpflanzung und ganz besonders der Verzicht auf unabhängige Häuslichkeit infolge praktisch gebotener Hausgemeinschaft mit dem Arbeitgeber oder Unterkunft in einer Anstalt sind nach den heute geltenden individualistischen Wertmaßstäben riesige Nachteile. Übrigens ruft der Nachteil solcher Verquickung von Berufs- und Privatleben einem weiteren: der Tendenz des Arbeitgebers zur zeitlichen Überbeanspruchung der Arbeitskraft. Ein Hauch von Sklavenatmosphäre liegt über solchen Tätigkeiten. Ihre Nachteile stempeln sie weitgehend zur »Frauenarbeit«; denn die Männer finden meist etwas Besseres. Natürlich hütet man sich, den Frauen ins Gesicht zu sagen, für sie sei diese Arbeit gerade gut genug. Die probate Formel lautet einmal mehr, sie lägen »weiblicher Natur« ganz besonders. Es ist ein bißchen seltsam, wie sich sachlich so verschiedene Arbeiten, die allein die großen Nachteile der Ehelosigkeit und schlechten Entlöhnung gemeinsam haben, als »weiblich« unter einen Hut bringen lassen.

Die Hausgemeinschaft mit dem Arbeitgeber oder das Leben in Kollektivhaushaltungen, die solche Berufe charakterisieren, sind zwar handlich, aber nicht unabdingbar. Es müßte allerdings mit Ablösungen in Schichten gearbeitet werden, was einen größeren Aufwand erforderte. In der

Schweiz zögert man mit entsprechenden Umorganisationen; schließlich geht es nur um Frauen.

Interessanterweise beschränkt sich das Zölibat der Arbeitnehmerin als mehr oder weniger strikt gemachte Grundbedingung des Arbeitsverhältnisses nicht auf jene Tätigkeiten, in denen ihre Ehelosigkeit einen sachlichen Vorteil für den Arbeitnehmer bedeutet, sondern gilt für unzählige dienstvertragliche Verhältnisse. Und dies um so mehr, je besser bezahlt die Arbeit ist. Zur allgemeinen Zurücksetzung der Frauen auf dem Arbeitsmarkt tritt also auch noch eine besondere der verheirateten hinzu. Der verheirateten Frau wird ihr Recht auf Arbeit im Sinne der Handels- und Gewerbefreiheit durch Brauch, Übung und vereinzelte Rechtsvorschriften geschmälert. Damit wird an die Frauen, die grundsätzlich berufstätig sein wollen, das Ansinnen gestellt, ehe- und kinderlos durchs Leben zu gehen. Das wird besonders deutlich, wenn es um beliebte und gut bezahlte Arbeit geht. Der Knüppel, den man bei Anzeichen erfreulicher Erwerbstätigkeit verheirateter Frauen aus dem Sack zieht, um sie davon fernzuhalten oder zu vertreiben, ist der »Kampf gegen das Doppelverdienertum«, eine so ungenaue wie großmäulige Redensart.

Wie das Verschupfen der Frauen in die unbeliebte, schlecht bezahlte Arbeit ist dieser »Kampf« nichts anderes als eine unfaire, ja mitunter widerrechtliche Methode, die fähige weibliche Konkurrenz auszuscheiden, um die eigene Vorzugsstellung zu festigen. In Zeiten der Krise stellt sie überdies einen besonderen Schutz der Männer gegen Arbeitslosigkeit dar, und gute Zeiten macht sie für die Männer noch besser. Diese Prügelmethode trifft gleich drei Fliegen auf einen Schlag: einmal schränkt sie die Zahl der Konkurrentinnen ein, zudem steigert sie die Neigung der Frauen, sich auf ein bloß vorläufiges Berufsleben einzustellen; und da sich demgemäß Berufsausbildung für Frauen weniger rentiert, wird ihr Andrang zu den unerfreulichen Erwerbstätigkeiten um so größer, während die Männer prompter zu den Rosinen des Erwerbslebens geschoben werden. Dieser Zug auf dem Arbeitsmarkt hat sein Gegenstück auf dem Heiratsmarkt. Je größer aus wirtschaftlichen Gründen die Notwendigkeit zu heiraten für die Frau wird, um so kleiner die Ansprüche, die sie dabei stellen kann.

Entsprechend dieser weittragenden Bedeutung der »Bekämpfung des Doppelverdienertums« wäre ihre Unterstützung durch berufstätige ledige Frauen und »ernährte« Frauen kurzsichtig und soziologisch verfehlt. Natürlich stimmt es, daß die besondere Zurücksetzung der verheirateten Frau der ledigen im Einzelfall zum Vorteil gereicht und daß sie der ernährten Nurhausfrau, wenn ihr Mann den Posten ergattert, den die verdrängte verheiratete Frau beanspruchte, indirekt zugute kommt. Da jedoch, wie gesagt, durch die Verdrängung der verheirateten Frau im wirtschaftlich-beruflichen Leben die Möglichkeiten und damit die Macht der Frauen überhaupt eingeschränkt werden, so bedeutet eine Unterstützung des Kampfes gegen das Doppelverdienertum durch ledige oder ernährte Frauen gewissermaßen ein Verzehren des Saatgutes für allgemeine Besserstellung der Frau. Übrigens sollte der ledigen Erwerbstätigen auch zu denken geben, daß die »Ausmerzung« der verheirateten Frau aus den gehobenen beruflichen Stellungen, die in Deutschland und Italien vor zwanzig Jahren Schule gemacht hatte, logischerweise bald auch in eine allgemeine Bekämpfung qualifizierter weiblicher Erwerbstätigkeit übergeht.

Dieser in der Schweiz von den Fröntlern aus dem Sack gezogene, vielseitig brauchbare Knüppel gegen die freie Erwerbstätigkeit der Frau und damit gegen ihre Selbstbestimmung wird bis auf den heutigen Tag ganz unverschämt gehandhabt. Die Inspiration erhielten sie von »draußen« her. Während dort, als alles drunter und drüber ging, auch die »Zölibatsklausel« etwas zerzaust wurde, ist bei uns aus dem importierten »Kampf« gegen das Doppelverdienertum trotz »frei und auf ewig frei, sei unser Feldgeschrei« echt schweizerische Tradition geworden. Ein Heimatstil in Anlehnung an den Braun- und Schwarzhemdstil!

Die nationalsozialistischen Polemiken gegen die berufstätige verheiratete Frau, die in Deutschland 1934/35 dazu führten, daß die verheirateten Ärztinnen und Zahnärztinnen die Krankenkassenpraxis aufgeben mußten, wirkten auf die Schweizer recht ermunternd. Nach der Eröffnung des »Kampfes« durch die Fröntler hagelte es nur so Postulate, Anträge, Motionen, Beschlüsse, Kreisschreiben, Beschimpfungen und Verleumdungen – auch das Schlagwort Doppelverdienertum ist eine solche –, welche »Ausmerzung« (auch hier Nazivokabular) der erwerbstätigen Ehefrau mittels Rechtsvorschrift oder moralischen Drucks bezweckten. Von Miteidgenossen, Kollegen, ja sogar von Vertretern einzelner Berufsorganisationen, denen die verheirateten berufstätigen Frauen selbst angehörten, wurde gegen sie vorgegangen, als wären sie nicht gleichberechtigte Bürger, sondern infolge ihrer Erwerbstätigkeit schädliches Gewürm.

In der Schweiz zögerte man nicht, in dieser besonderen Hinsicht Naziweisheit zu löffeln. Zur Illustration einige Beispiele, die der interessanten Arbeit von W. Adam: »Frauenarbeit und das sogenannte Doppelverdienertum« entnommen sind.

Die langsamen Berner hatten es am eiligsten. Der Berner Regierungsrat beschließt (17.1.33), daß in der Berner Staatsverwaltung keine verheirateten weiblichen Angestellten einzustellen und vorhandene eventuell durch männliche Arbeitslose zu ersetzen seien. Die Motion Anliker im Berner Stadtrat (7.4.33) bemerkt, daß bei der zunehmenden Arbeitslosigkeit es »viele nicht mehr verstehen, daß Frauen, deren Männer ein gutes Auskommen haben, als Lehrerinnen und Beamtinnen im öffentlichen Dienste tätig sind«. In der Tat ist dies schwer zu verstehen, wenn man vor Brotneid blind ist. Die Motion Bosshart (17.10.33) will, daß der Zürcher Regierungs- und Kantonsrat »dafür sorgt«, daß nicht beide Ehegatten zugleich im öffentlichen Dienst stehen können, wobei man besonders die Lehrerinnen im Auge hatte. Und die sozialistische Partei läßt es sich nicht nehmen, anläßlich einer Delegiertenversammlung in Zürich (Dezember 1935) Richtlinien für die Bekämpfung des angeblichen Doppelverdienertums festzulegen, die sich an die von der Front im Zürcher Gemeinderat gestellten Begehren (Tobler 3.7.35) geradezu anschmiegen: Gleichzeitige Beschäftigung von Ehegatten ist sozial ungerecht und in staatlichen Betrieben sowie in der Privatwirtschaft zu verwerfen. Im Kanton Basel-Stadt, wo bereits das Beamtengesetz die verheiratete Frau vom Staatsdienst ausschließt, wird im Rahmen eines Initiativbegehrens verlangt, daß den Gattinnen von Staatsangestellten Arbeit gegen Entgelt untersagt werde. Nach dessen Annahme durch das Volk hat der Regierungsrat nur zu berechtigte Bedenken, dieser Forderung zu entsprechen, kommt aber nichtsdestoweniger zum Schluß, die Verwaltung könne der verheirateten Frau wie der Ehemann der Gattin (!) die Erwerbstätigkeit untersagen. Gegen den entsprechenden Gesetzesentwurf heckt die Großratskommission einen anderen aus. Sie findet zu Recht, ein Arbeitsverbot gegenüber einer bestimmten Gruppe von Bürgern verletze die Bundesverfassung – und sieht vor, daß den Frauen von Staatsbediensteten Arbeit gegen Entgelt provisorisch untersagt wird. Die Begründung ist rätselhaft: derartige Einschränkung »für berechtigte private Interessen« lasse sich »für eine befristete Dauer durch die öffentlichen Interessen rechtfertigen«[16]. Im Kanton Genf fordert die »Bürgerliga« 1934 in Form einer Initiative, daß Gatten nicht gleichzeitig vom Staat oder von öffentlich-rechtlichen Institutionen beschäftigt werden dürfen. Die Anfeindung der erwerbstätigen Ehefrauen geht hier schließlich so weit, daß die Genfer Regierung den Bundesrat mitten in der Kriegszeit ersucht, das »Doppelverdienertum« zu unterbinden – auf Grund der außerordentlichen Vollmachten!

Auch der Bundesrat, der im Laufe des letzten Krieges die Front verbot, hatte punkto »Doppelverdienertum« deren geistiges Erbe nicht verschmäht. Im Bericht über seine Geschäftsführung im Jahre 1940 erklärt er: »Die Amtsstellen des Bundes sind häufig angehalten worden, Doppelverdienerverhältnisse einzustellen und wo immer möglich zu beseitigen. Der Bundesrat wird darüber wachen, daß die Zahl der Fälle immer weiter zurückgeht ... und dass besonders stossende Verhältnisse verschwinden.«[17] Tatsächlich wird mit Argusaugen gewacht, damit sich ja keine Frau – was dem Fräulein beschert ist, wurde schon erörtert – in der Bundesverwaltung, wohin es so viele Männer zieht, gütlich tun könne. Die einfältige Zusicherung solcher Wachsamkeit, um die Erwerbstätigkeit der Ehefrau einzuschränken, erfolgte im Zusammenhang mit dem Postulat Schmid-Ruedin (1933). Indem der Postulant verlangte, daß Ehegatten nicht gleichzeitig im öffentlich-rechtlichen Dienstverhältnis stehen dürfen, setzte er sich über die Handels- und Gewerbefreiheit der Schweizerin und ihr Recht auf Ehe hinweg. Wo es aber um die eigenen Schäfchen geht, ist man schon empfindlich, wenn sie – wohlverstanden ohne die leiseste Rechtsverletzung – etwas weniger zu sagen haben als ein paar andere. So vertritt er zum Beispiel die Ansicht, für die Angestelltenschaft seien die verfassungsmäßigen Rechte nicht gut genug, um sich durchzusetzen, und unter Verweis auf die Mechanismen der Realpolitik verlangt er noch ungeschriebene Rechte für sie. Da wird geklagt, daß der Angestellte »als Staatsbürger nicht zur vollen Geltung« komme, obwohl er »ein gewissenhafter Steuerzahler sei«, denn er habe leider im diplomatischen Korps noch keine Vertretung, wogegen er »zahlreiche Stellungen in den gesetzgebenden Behörden erobert«[18] habe.

Die gegen die Erwerbstätigkeit der verheirateten Frau gerichtete Wachsamkeit auf der politischen Bühne ist sattsam bekannt. Weniger bekannt dagegen ist das Ausmaß der Bekämpfung des »Doppelverdienertums« hinter den Kulissen.

Dazu gehörten vor allem auch die Gewohnheiten großer Firmen der Industrie, des Handels, des Bank- und Versicherungswesens – mittlere und kleinere sind toleranter –, grundsätzlich keine verheirateten Frauen anzustellen und die sich verheiratenden weiblichen Angestellten und Arbeiterinnen zu entlassen. Dies geschieht meist in aller Stille, der Öffentlichkeit wird davon nicht viel bekannt, ja oft wissen nicht einmal die Betriebsangehörigen darüber genau Bescheid. Diese Verschleierung ist möglich, weil in Zeiten des Personalmangels häufig Ausnahmen zugunsten von »Aushilfskräften« gemacht werden und ganz vereinzelt auch wirkliche Ausnahmen, die jedoch immer auf besondere Voraussetzungen zurückgehen. Zur Verwirrung des Bildes trägt auch bei, daß einzelne Unternehmen heiratende Frauen nicht entlassen, wohl aber auf eine untere Lohnstufe versetzen. Auf diese Weise ist es tatsächlich möglich, daß selbst langjährige Angestellte solcher Unternehmen die grundsätzliche Aussperrung der verheirateten Frauen unter Hinweis auf die Ausnahmen provisorischer Natur und die wenigen eigentlichen Ausnahmen halbwegs in guten Treuen leugnen, obwohl ihre Firmen Bewerbungen verheirateter Frauen prinzipiell nicht prüfen.

Neben diesen Übungen gibt es allerlei Vorkehrungen, welche die Erwerbstätigkeit verheirateter Frauen unter der Hand ersticken. Gerade als ich ein Beispiel zur Illustration dieser Behauptung suchte – naturgemäß sind sie nicht leicht zu finden –, präsentierte mir wahrhaftig mein eigenes Geschick ein so adrettes Müsterchen, daß ich diesem Wink des Schicksals gerne folge:

Die Wahl meines Mannes als Richter stand zur Frage. Die Wahlbehörde, das Walliser Kantonsgericht, gab ihm zu verstehen, daß er nur Aussichten habe, wenn er dafür einstehe, daß seine Ehefrau auf ihre Anwaltstätigkeit inner- und *außerhalb* des Kantons gänzlich verzichte, da ihm und seiner Frau das Salär eines Gerichtspräsidenten genügen dürfte. Dabei soll die Zumutung, die beruflichen Möglichkeiten eines langjährigen Studiums für immer zu begraben und eine Praxis von einem Tag auf den andern fahrenzulassen, insbesondere auch von einem Kantonsrichter ausgegangen sein, dem und dessen Frau sein eigenes Gehalt offensichtlich nicht genügt, da er doch im Laufe der Jahre vom Staat an Zulagen für seine vielen Kinder ein kleines Vermögen bezog, ohne daß solchem »Doppelverdienertum« doppelte Arbeit gegenübergestanden hätte.

Dies ist nur ein kleines Beispiel, das mich persönlich berührend durchs Telephon gesummt kam. Es gibt da und dort ähnliche, doch hört man selten von ihnen. Denn meistens werden die Bedingungen vom Ehemann und seiner Frau wohl oder übel angenommen, weil die Karriere des Ehemannes auf Grund der bestehenden Verhältnisse viel aussichtsreicher ist als jene der Frau. Hat man sich auf die Zumutung aber einmal eingelassen, so läßt man im eigenen Interesse Gras über die Angelegenheit wachsen.

Der »Kampf gegen das Doppelverdienertum« wird ständig geführt. In Zeiten verschärfter Arbeitslosigkeit wird er zu einer allgemeinen aktiven Bekämpfung lohnender weiblicher Erwerbstätigkeit erweitert, weil angeblich die Frauen nur sich selbst, jeder männliche Stellenanwärter hingegen überdies noch »Weib und Kind« erhalte. Zugleich ertönt dann ein Kampfgeschrei, das die ganze Geistes- und Rechtsverwirrung zeigt, die in bezug auf die Handels- und Gewerbefreiheit der Frauen und die Behebung der Arbeitslosigkeit herrscht. Äußerungen wie die folgenden waren an der Tagesordnung:

»Wenn der Staat heute noch mit seiner Gesetzgebung ein unberechtigtes Doppelverdienertum zuläßt, so gibt es ein ungeschriebenes Gesetz, das in der jetzigen Wirtschaftslage einem moralisch hochstehenden Menschen ein ›Ueberverdienen‹ verbietet ... Sollte durch eine gesetzliche Maßnahme (auf dem Initiativweg zum Beispiel) das Recht der Frau geschmälert werden, so mag sie es auf ihr eigenes Schuldkonto buchen; denn sie hat die ihr zugestandene Gleichberechtigung in unerfreulichem Sinne mißbraucht.«[19] Man erklärt, es sei zu mißbilligen, »wenn an Stellen, deren Arbeitstätigkeit für einen Mann geeignet ist, weibliche Arbeitskräfte gewählt werden. Wenn für alle diese Stellen in erster Linie Männer Berücksichtigung finden, kann die Arbeitslosigkeit wirksamer bekämpft werden.«[20] Jene anmaßende Verdrehung und diese Quacksalbermedizin gegen die Arbeitslosigkeit – beides vor einer Generation an den Mann gebracht – bilden trotz Jahren der Hochkonjunktur immer noch die geistige Grundlage der Unterdrückung der Erwerbstätigkeit der Frauen, insbesondere der verheirateten.

Meist halten sich die Frauen gegenüber der Unterdrückung des angeblichen Doppelverdienertums fein still. Viele der Ernährten, weil sie indirekt davon profitieren, das Gros der ledigen Berufstätigen, weil sie meinen, sie kämen nicht an die Reihe, und manche der Verheirateten stecken den Kopf in den Sand, in der Hoffnung, man übersähe sie. Meist begegnen sie der Lage erst, wenn aus dem »Kampf gegen das Doppelverdienertum« ein Kampf gegen rentable Erwerbstätigkeit der Frauen überhaupt geworden ist und deren »Ausmerzung« als Wundermittel gegen die Arbeitslosigkeit angepriesen wird. Dann endlich bieten sie den Angriffen, ihrer Lage entsprechend, die Stirn; denn es ist die Lage des Lammes in La Fontaines Fabel, welches das Pech hatte, aus dem gleichen Bach zu trinken wie der Wolf. Wie das Lamm begegnen sie der Herausforderung:

»Qui te rend si hardi de troubler mon breuvage?
dit cet animal plein de rage:
Tu seras châtié de ta témérité«,

bescheiden und sachlich. Sie weisen nach, daß sie keineswegs im Geld schwimmen, daß sie teils ihr Einkommen nach Maßgabe ihrer gesetzlichen Unterhalts- und Unterstützungspflichten Kindern, alten Eltern, bedürftigen Nichten und Neffen zukommen lassen. Sie erwähnen, wie sie anderen Leuten zu verdienen geben, soweit ihr Lohn ihnen gestattet, sich von Hausarbeit zu dispensieren. Und schließlich geben sie zu verstehen, daß ihr »Frauenlohn« ja kaum jenen Lohn erreicht, den ein siebenköpfiger Familienvater, der mit seinen sieben Köpfen gemütlich leben möchte, beansprucht. Sie weisen schlicht darauf hin, daß sich die Arbeitslosigkeit nicht beheben läßt, indem man den einen die Arbeit wegnimmt, um sie den anderen zu geben, und die Parole: »Mach dich dünn, damit ich mich breitmachen kann« nicht von der Arbeitslosigkeit erlöst. Sie bedeuten diskret, falls hinter der Bekämpfung des »Doppelverdienertums« der Gedanke stehe, daß niemand gut verdienen dürfe, während Mitbürger nur wenig oder gar nichts verdienten, es schwerverständlich sei, wieso man jetzt das Augenmerk so gar nicht auf jene Männer richte, die ein Einkommen genießen, aus dem mehrere Familien zugleich leben könnten, und wieso gänzlich vergessen werde, konsequenterweise auch das »Doppelverdienen« mittels Vermögenseinkommen anzugreifen. Die Frauen in begehrten Stellungen haben sich auf die vielen groben Anwürfe hin entschuldigt und entschuldigt, haben bedauert und bedauert und Verständnis dafür gesucht, daß sie selber auch essen müssen und leider, leider auch in ihrer Brust ein zwar unterdrücktes, aber doch sich regendes Bedürfnis wohnt, in materieller Hinsicht ein wenig mehr als bloße Lebensfristung von ihrer Arbeit zu erwarten.

Wie die öffentliche Meinung und eine entsprechende »soziale« Praxis zeigen, sind trotz dieser artigen Entgegnungen die Ehefrauen mit guten Löhnen und auch manches Fräulein gleich dem Lamm in der Fabel vom Wolf verspeist worden. Zwar meidet man bei Entlassungen »Härtefälle«, denn sogar den Lämmern könnte es einfallen, sie politisch auszuschlachten. Im übrigen entzieht man durch vorbeugende Aussperrung der Frau von Posten, die mit einem begehrenswerten Einkommen verbunden sind, präsentablen Härtefällen den Boden. Aber gerade die Aussperrung bewirkt eigentlich die härtesten Härtefälle. Viele Frauen, die befähigt wären, sich und ihren Angehörigen bei interessanter Tätigkeit ein schönes Auskommen zu erarbeiten, sind nun zu Zwangsarbeit und mitunter zu geistigem Verkommen in ihren vier Wänden, bei Blocher und Bodenwichse, bei schmutzigen Tellern und zerrissenen Socken verbannt; oder aber sie werden bei schlecht bezahlter, untergeordneter »Frauenarbeit« zu Arbeitsbienen verkrüppelt. Sie sähen nicht nach Härtefällen aus, hört man. Als ob ein Lockengebäude, weiße Blüschen und hohe Absätze das Gegenteil bewiesen – sogar die ärmsten Zigeuner sind schmuckbehangen.

Und doch hat die erwerbstätige Frau, ob ledig, verheiratet, verwitwet oder geschieden, »die ihr zugestandene Gleichberechtigung« ganz und gar nicht in »unerfreulichem Sinne mißbraucht«, sie hat auf »ihr eigenes Schuldkonto« rein nichts zu buchen. Und sie trübt dem Wolf kein Wässerchen, selbst wenn sie sich aus ihrem Erwerb goldene Häuser bauen könnte. Sie hat sich ihres Erwerbes wegen nicht zu entschuldigen und zu rechtfertigen, sondern sich darauf zu besinnen, was ihr zukommt, in welcher Gesellschaft von Menschenfressern seltsamer Art sie sich befindet und ob diese nicht eher die Suppe ausessen sollten, die sie sich selber eingebrockt haben, anstatt ihr die berufliche Existenz wegzufressen.

Nein, ich will in diesem Zusammenhang nicht die Idee der Demokratie anrufen. Ich will nicht sagen, daß die verschiedenerlei Vorschriften und Praktiken, welche die erfreuliche Erwerbstätigkeit der verheirateten Frauen und damit indirekt der Frau überhaupt unterbinden, zur Demokratie wie eine Faust aufs Auge passen. Denn die Berufung auf sie, wenn sie von Frauen erfolgt, setzt kein Ethos, kein Pathos in Aktion, sondern bewirkt bestenfalls eine mit Höflichkeitsfloskeln altmodischer Briefsteller schlecht verhehlte Schadenfreude. (Fehlt es doch den Guten gottseidank an der politischen Handhabe, um die Männer zur Anerkennung so unbequemer Ideale im beruflich-wirtschaftlichen Verhältnis zu den Frauen zu zwingen.)

Hingegen sei bemerkt, daß die Bundesverfassung Rechtsgleichheit, Handels- und Gewerbefreiheit sowie das Recht auf Ehe statuiert und nie die Meinung bestanden hat, diese Rechte hätten für Frauen keine Geltung. Rechtsvorschriften, welche die Berufsausübung der Frauen beschränken, indem sie diese vom Zivilstand der Frauen abhängig machen, sind verfassungswidrig bis auf den heutigen Tag. Praktiken in diesem Geiste stehen mit der Bundesverfassung im Widerspruch.

Es gibt auch kein »ungeschriebenes, sittliches Gesetz« wie es die Fröntler und solche, die in diesem Punkt mit ihnen übereinstimmten, haben wollten, sondern offensichtlich nur ein ungeschriebenes, unsittliches Gesetz, das Frauen nahelegt, auf den Gebrauch ihrer Rechte zu verzichten, beziehungsweise den Männern gestattet, die Handels- und Gewerbefreiheit und das Recht auf Ehe der Frauen zu schmälern. Hier steht man vor dem Mißbrauch von Rechten im »unerfreulichen Sinne« und nicht dort, wo die Frau einem Manne beruflich vor dem Lichte steht.

Bei dem lauten Geschrei und dem stillen, aber um so nachdrücklicheren Wirken gegen das »Doppelverdienertum« werden drei Probleme gepanscht: die Frage der Behebung der Arbeitslosigkeit, die Frage der Verteilung des Volkseinkommens, beziehungsweise der Arbeit als Schlüssel dazu und der Trieb, den anderen umzulegen, auf daß es einem wohlergehe.

In Ländern, die wie die Schweiz von der Exportindustrie leben, tauchen, sobald der Export nachläßt, Arbeitslosigkeit und damit – wenn auch in der reichen Schweiz nur mittelbar – Hungersnot und Bettelstab am Horizont auf. Also besteht eine das Wesentliche treffende Bekämpfung der Arbeitslosigkeit in der Bemühung, so viele Arbeitsprodukte (und Dienstleistungen) auszuführen, als nötig sind, um den zur Versorgung notwendigen Import zu gewährleisten. Die Arbeitslosigkeit wird bekämpft, indem verlorene Märkte wiedergewonnen oder neue erschlossen werden; beides hängt zum Teil von der Konkurrenzfähigkeit der exportierten Erzeugnisse ab. Dadurch, daß die Männer, so weit es geht, die gut bezahlten Stellungen an sich reißen, geschieht nichts in dieser Richtung. (Das Gegenteil wäre wirtschaftlich günstiger: der Ersatz der untüchtigeren Hälfte der Männer in sämtlichen Stellungen durch die tüchtigere Hälfte der Frauen. Diese Lösung kommt jedoch sowenig in Frage wie ihr Gegenteil, aus Gründen, die noch darzulegen sind.)

Eine andere Frage als die Behebung der Arbeitslosigkeit ist das Tragen ihrer Folgen während der Dauer der Krise. Sie ist zum Teil identisch mit dem Problem, das auch in guten Zeiten schwelt und dann ungefähr lautet: Darf der eine materiell besser gestellt sein als der andere? Und wenn ja, wieweit und wer? Sobald die Konsumgüter knapper werden, als man gewohnt ist – in Notzeiten, wie sie die Arbeitslosigkeit darstellt –, flammt es plötzlich hoch auf. Geht es doch in Staaten mit demokratischer Geisteshaltung dann nicht mehr darum, besser oder schlechter zu leben, sondern im Grunde um leben oder nicht leben. Die Frage heißt jetzt: Dürfen Mitbürger essen, wenn andere verhungern müssen? Und wenn ja, was und wieviel dürfen sie essen?

Nach dem Ideal – die Praxis ist wieder anders –, das der westlichen Kultur eigen ist, soll niemand verhungern oder dann alle miteinander gleichmäßig. Eine Ansicht, die nicht selbstverständlich ist und zudem der traditionellen, von Feudalismus und Kapitalismus zum Ausdruck gebrachten Auffassung, daß die Güter nicht gleichmäßig unter die Bürger verteilt zu sein brauchen, entgegensteht. Auch das Christentum vertrat sie nicht, sorgte jedoch für »noblesse oblige«! Der Reiche solle den Armen vor dem Äußersten bewahren. Der Sozialismus, der gerade in der Schweiz den Liberalismus unmerklich und uneingestandenermaßen zu einem großen Teil ersetzt hat, baute im Laufe der letzten Jahrzehnte die Leistung, zu der die »noblesse« verpflichtet, so aus, daß aus den Bitten der Armen rechtliche Ansprüche und aus den milden Gaben der Reichen Tribute geworden sind. Oft ist schwer zu beurteilen, wer nun eigentlich der Reiche und wer der Arme ist. Tatsächlich gibt es interessante Zwitter, Leute, die einerseits zu den Reichen und anderseits zu den Armen gehören.

Im Geiste dieser Entwicklung haben die Raten bei einer allfälligen Rationierung der Lebensmittel grundsätzlich dieselbe Größe, und die Unterstützung der Opfer der Arbeitslosigkeit durch Mitbürger, die gegen sie geschützter sind, ist selbstverständlich.

Es gibt nun verschiedene grundsätzliche Wege, den Opfern der Arbeitslosigkeit Existenzmittel zu verschaffen. Arbeitslosenunterstützung und Arbeitsbeschaffung in Form außergewöhnlicher, von der Öffentlichkeit finanzierter Arbeiten, die Werte schaffen, sind die bevorzugten. Beide Wege bedeuten eine Überbrückung, welche die Auswirkungen der Arbeitslosigkeit vorübergehend fernhalten kann, aber die finanziellen Ressourcen des Volkes nicht überdauert. Ferner läßt sich die Wucht, mit der die Arbeitslosigkeit den einzelnen treffen kann, durch eine Streckung der Arbeit ausgleichen, indem die Arbeit und damit auch die Einkommen so weit aufgeteilt werden, als nötig ist, um zu vermeiden, daß Mitbürger weniger als das Existenzminimum verdienen, oder, wo sich dies nicht mehr vermeiden läßt, so weit, daß jeder einen Zipfel des Hungertuches zum Nagen erhält. Diese Lösung bringt im Vergleich zu den beiden anderen größere praktische Schwierigkeiten und vermöchte sich übrigens bei noch so kommunistischer Ideologie praktisch kaum durchzusetzen, sobald es um eine gleichmäßige Verteilung eines Hungertuches ginge. Sofern jedoch die wirtschaftliche Lage nicht bis zu diesem Grade prekär ist, so ermöglicht sie es, alle über Wasser zu halten, selbst wenn keine Reserven vorhanden sind. Natürlich kann diese Lösung, sofern das Volk über Vermögen verfügt, auch mit den beiden andern kombiniert werden.

Andere Lösungen gibt es nicht, wenn man an der Grundlage einer gewissen gegenseitigen Solidarität der Bürger festhält, wohl aber, wenn man die Solidarität als Leitmotiv fahrenläßt. Deshalb ist bei günstiger Ausgangslage die Versuchung für einzelne und Kollektive immer groß, die Solidarität überhaupt oder doch zugunsten bestimmter Gruppen ganz oder teilweise abzulehnen, um auf Kosten anderer die noch verbleibende Arbeit und das entsprechende Einkommen an sich zu reißen. Diese Profitjäger erstreben keine Milderung der Lage, sondern ein »Ohne-mich«, was die Arbeitslosigkeit betrifft, Karten für einen Platz im Rettungsboot. Sie versuchen, die durch Angst vor der Gegenwart und dem Kommenden gestiftete Verwirrung zu benutzen, um zum Zuge zu gelangen. Gegen jene anzugehen, die auf Grund ihres Einkommens mit Kind und Kegel, Köchin und Zimmermädchen ein Leben lang opulent hausen können, lassen sie meist bleiben. Der Kern wäre zwar süß, aber die Nuß ist ihnen zu hart. Man hat ihn schließlich auch nicht nötig. Gibt es doch allerlei süße Kernchen, die man mit »Kampf der Arbeitslosigkeit« als Kriegsgeschrei zermalmen kann. Man fällt über die rentabel erwerbstätigen Frauen, insbesondere die verheirateten, her. Sie will man aus dem Erwerbsleben vertreiben, »ausmerzen«, um sich an ihre Stelle zu setzen. Sie haben nach dem erwähnten »ungeschriebenen, sittlichen Gesetz« ihre Arbeitsgelegenheit abzutreten, ihre Pfründe zu vergraben und dafür zu sorgen, daß sie als persönliche Dienerin eines Mannes als Wasch-, Putzfrau und Köchin im eigenen Heim die vom Mann erworbenen Rappen spalten können.

Wo die Frauen politisch machtlos sind, haben solche Profitjäger leichtes Spiel. Besonders leicht ist es gegenüber den verheirateten Frauen in guten Anstellungsverhältnissen, weil ihrer wenige sind. Nun kann man sie gewissermaßen zu Hexen erklären und ihr Arbeitsrecht unter allgemein beifälligem Nicken verletzen und vernichten. Die ihnen zur Last gelegte Teufelei besteht in der Tatsache, daß sie durch ihre Arbeit erfreulich erwerben, obwohl sie nach dem Gesetz gegenüber ihrem Ehemann Anspruch auf Unterhalt haben. Dieser Anspruch wird – Hokuspokus – mit allzeit reichlichen Existenzmitteln identifiziert, wobei gleichzeitig – Hokuspokus verschwindibus – übersehen wird, daß die Frau die Pflicht hat, sich selbst, die Kinder und den Mann zu erhalten, soweit dieser dazu nicht in der Lage ist, und überdies noch bedürftige Verwandte. Über den ersten Fehler klimmt man zum zweiten. Der Unterhalt, welcher der Ehefrau vermeintlich allein schon durch ihren Unterhaltsanspruch in erwünschtem Maße geboten wird, soll nun der verheirateten Frau moralisch und womöglich rechtlich verbieten, so viel zu erwerben, als sie im Rahmen der Handels- und Gewerbefreiheit durch ihre Arbeit zu erwerben vermag. Den Frauen will man also die Norm aufzwängen, daß das Einkommen der Ehefrau nicht über die »in natura« erfolgte Unterhaltsleistung ihres Mannes hinausgehen darf (die Einkünfte ihres Vermögens fallen diesem allein zu). Dem Einkommen des Mannes hingegen – aus Arbeit, eigenem Vermögen und jenem der Ehefrau – sollen grundsätzlich überhaupt keine Grenzen gesetzt werden, und sein Recht auf Arbeit bleibt über jeden Zweifel erhaben.

Sosehr sich zwischen den Kriegsgurgeln gegen das »Doppelverdienertum« und den Zehn- und Zwanzigfachverdienern im allgemeinen ein Interessengegensatz auftut, sosehr gehen sie miteinander einig, gut bezahlte Frauen und verheiratete noch besonders, soweit ihre Arbeit von Männern begehrt wird, aus dem Erwerbsleben schlechterdings zu verdrängen.

Die einen reagieren dabei ihren Neid auf die unverletzlichen Vielverdiener ab, und diese lachen sich ins Fäustchen, wenn das Toben gegen die politisch und damit auch berufspolitisch wehrlosen Frauen in begehrten Stellungen losgeht. Denn je mehr Frauen von den einträglicheren Stellungen ferngehalten werden und nur unbeliebtere Arbeit verrichten – worauf solche »Ausmerzung« ja herauskommt –, um so schärfer wird die für Zehnfachverdiener-Arbeitgeber und ihre Hilfstruppen so bequeme Ausscheidung der Arbeit, nach welcher die unrentablen Tätigkeiten jenen zufallen, die infolge minderen Rechtes wehrloser sind, die begehrten aber jenen, die drohen können.

Der dem »Doppelverdienertum« von allen Seiten her angesagte Kampf geht hauptsächlich gegen die gut verdienende Frau. *Sie* bekämpft man als Schädling.

Gegen die Verrichtung schlecht bezahlter, harter Arbeit durch Ehefrauen hat man hingegen merkwürdig wenig einzuwenden. Im Gegenteil! Da kann es sogar vorkommen, daß wahrhaftig die Weigerung, sich auf »Doppelverdienertum« einzulassen, gerichtlich bestraft wird.

Eine Arbeiterin wurde wegen schuldhafter Vernachlässigung der Unterstützungspflicht zu zehn Tagen Gefängnis verurteilt, weil sie, nachdem das Fürsorgeamt sie für die gerichtlich festgelegten Unterstützungsbeiträge an ihre Mutter betrieben hatte, ihren Arbeitsplatz auf Drängen des Ehemannes (dieser wurde für Anstiftung zum erwähnten Delikt bestraft) verließ, um sich mehr dem Haushalt widmen zu können. Sie wurde bestraft, obwohl sie sich sogar bereit erklärt hatte, die bedürftige Mutter bei sich aufzunehmen. Das verurteilende Gericht hatte – es ging um ein Löhnchen von Fr. 160.– bis Fr. 220.– monatlich – nicht nur nichts gegen das »Doppelverdienertum« einzuwenden, sondern machte im Laufe der Verhandlung den beiden Ehegatten wahrhaftig noch Vorhaltungen, weil die Frau »zurück ins Heim« gegangen war, anstatt sich »bei doppelter Arbeit für halben Lohn« abzurackern, und der Mann sie in ihrem Vorhaben unterstützt hatte. Derartiges »Doppelverdienertum« nun wollten das Gericht und die hinter ihm stehende öffentliche Meinung nicht »ausmerzen«, sondern erzwingen. Das aber ging den beiden Leuten so wenig in den Kopf, daß das Gericht sich berufen fühlte, sie exemplarisch zu bestrafen: »Insbesondere erscheint auch angesichts des Umstandes, daß beide Angeklagten noch in der Hauptverhandlung und selbst auf Vorhalt hin ihr Unrecht nicht einsehen wollen, sondern in beharrlicher Weise die Behörde der Ungerechtigkeit bezichtigen, es kaum wahrscheinlich, daß sie sich auch ohne Vollzug der Strafe eines Besseren besinnen werden. Die Wohltat des bedingten Strafvollzuges ist ihnen deshalb nicht zuzubilligen.«[21] Auch beim Appellationsgericht erregte die »während langer Zeit an den Tag gelegte Einsichtslosigkeit der beiden« Kopfschütteln. Und beim Abwägen der Schuld kam man auf den absurden Vorwurf: »Der strikten Weisung des Ehemannes, ihre Arbeitsstellung aufzugeben, brachte sie zu wenig Widerstand entgegen.«[21a] Es scheint, daß die Berufungsinstanz entweder vergessen hatte, daß in der Schweiz der Ehemann das *Recht* hat, der Frau die Berufsausübung zu untersagen, oder aber sie geht von einer Pflicht der Ehefrau aus, sich über diese gesetzlich verankerte Befehlsgewalt des Ehemannes hinwegzusetzen, sobald nicht sie selbst, sondern der Staat an ihrer Erwerbstätigkeit finanziell interessiert ist. Seltsam! Da hätte das Gericht ja geradezu im Geiste einer »Anstiftung der Frauen zum Doppelverdienertum« geurteilt, koste dieses nun, was es wolle, zum Beispiel den ehelichen Frieden, um den sonst in antifeministischem Sinne so fleißig gebangt wird. Das Urteil der zweiten Instanz fiel schließlich doch noch mild aus: Man schob den Strafvollzug auf. Denn die beiden hatten inzwischen, wie der Gerichtsentscheid sagt, ihr Unrecht eingesehen. Was sich vor allem darin gezeigt haben soll, daß die Frau ihren alten Arbeitsplatz wieder eingenommen hatte. Doch was sie in Wirklichkeit eingesehen haben mochte, war wohl die Tatsache, daß der Arbeitsplatz auf alle Fälle der nettere Ort ist als das Gefängnis.

Die Schweizerinnen haben die Pflicht zu arbeiten, aber nicht das Recht dazu. Das Recht der Frau zu arbeiten wird bekämpft und unterdrückt, die Pflicht zu arbeiten hingegen je nach Opportunität aus dem Boden gestampft.

Die drei Nachteile der weiblichen Berufslosigkeit

Das unergötzliche Panorama der weiblichen Berufstätigkeit und die Betrachtung ihrer Odien zeigen, wie die männerherrschaftliche Ordnung mit den Frauen verfährt, die Erwerbsarbeit leisten wollen, es müssen oder es zugleich wollen und müssen. Es ist ein Verfahren, das in Verbindung mit seiner Kehrseite, der »ernährten« Nurhausfrau als Massenerscheinung, vielerlei Schaden stiftet.

Ein Nachteil – die Ausbeutung der erwerbstätigen Frau – ist dabei recht deutlich in Erscheinung getreten. Ein anderer, die Unterdrückung der weiblichen Individualitäten, dagegen nur zum Teil, nämlich innerhalb des beruflich-wirtschaftlichen Lebens. Nun schädigt aber nicht allein diese Zurücksetzung die Persönlichkeit der Frau, sondern auch ihre vollständige Ausschaltung aus dem Berufsleben, die so häufig mit dem »Ernährersystem« verbunden wird. Sie ist eine Kaltstellung der individuellen Gaben zugunsten einer Gleichschaltung als »Frau und Mutter«.

Denn grundsätzlich wird in der Schweiz und auch in manch anderen Staaten – und zwar trotz aller Behauptungen von den »Eroberungen der modernen Frau« immer mehr und mehr – die volle weibliche Geschlechtsfunktion im materiellen Sinn mit dem Austritt aus dem Erwerbsleben und der Verpflichtung verbunden, sich Haushalt-Krimskrams zu widmen. Zwangsarbeit im häuslichen Einerlei anstatt persönlicher Entfaltung und für alle, alle im Prinzip dieselbe! Die aufgedrängte Lebensphilosophie heißt: Bejahung der persönlichen Desintegration beziehungsweise Verzicht auf individuelle Selbstverwirklichung. Ein Verzicht, der jenen auf wirtschaftliche Eigenständigkeit bewirkt, was unter Voraussetzung einer demokratisch-liberalen Wirtschaftsordnung einer gewissen gesellschaftlichen Entwurzelung gleichkommt.

Mehr noch. Er bedeutet auch eine Verkoppelung des legitimen sexuellen Lebens der Frau mit ihrer wirtschaftlichen Existenz. Mit anderen Worten: Da die Frauen weitgehend gehindert werden, durch Berufsarbeit auf einen grünen Zweig zu kommen, und die Männer um so eher auf einem grünen Zweig sitzen und solchermaßen einer Ehefrau ein Auskommen bieten können, stehen die Frauen vor der Lage, mitunter hauptsächlich, immer aber beiläufig, aus wirtschaftlichen Gründen heiraten zu müssen. Dies heißt, daß ihnen grundsätzlich zugemutet wird, mit mehr oder weniger, oft auch ganz gelinder »Prostitution« ein Auskommen zu finden oder Karriere zu machen. Das System der beruflich-wirtschaftlichen Zurücksetzung der Frauen – teils – zugunsten der Chance, von einem ernsthaften erotischen Interessenten auf ehelicher Basis ernährt zu werden, bringt also je nachdem noch einen Verzicht auf die erotisch-sexuelle Selbstverwirklichung mit sich, wenn die Frauen bessere Bissen zu speisen wünschen, als ihnen ihre beschränkten Erwerbsmöglichkeiten im Rahmen des unergötzlichen Panoramas bieten.

Desintegration der weiblichen Persönlichkeiten

Begrabene und gelähmte Begabungen

Die Männer nehmen den individualistischen Zeitgeist mit allen seinen zahlreichen Möglichkeiten zur Entfaltung der Persönlichkeit, zur individuellen Lebensgestaltung für sich allein in Anspruch. Die weiblichen Individualitäten zählen prinzipiell nicht. Teils nach ihren elaborierten Darlegungen, teils nach naiven, gefühlsmäßigen Meinungen – beide sind so wundersam im eigenen Interesse der Männer – soll das dem westlichen Menschen der Gegenwart eigene Sehnen nach persönlicher Entfaltung in der Arbeit, nach Macht, nach einer gewissen Unabhängigkeit des Privatlebens, nach Wettbewerb und so weiter den Frauen so fremd sein wie – sagen wir – einem Seestern oder einem Kristall. Nach männerherrschaftlicher Ideologie steht den Frauen nicht Individualität zu, sondern nur »weibliche Natur«. Diese hat ihre Erfüllung grundsätzlich bei eigener oder mit Hilfspersonal geleisteter Haushaltfron zu finden.

Doch der Gleichschaltung auf eine einzige Lebensform ungeachtet, sind die Frauen unter sich so verschieden, wie Menschen es nur sein können. Sie sind einander keine Spur ähnlicher, als es die Männer sind. Sie besitzen tausenderlei Anlagen, denen tausenderlei Betätigungen entsprechen. Die Frauen grundsätzlich zu Nurhausfrauen zu machen, als die sie, wenn auch auf verschiedenen sozialen Ebenen, das gleiche tun, heißt die Entwicklung ihrer Individualitäten abdrosseln.

Die Zumutung ist phantastisch. Die Männer sollen sich einmal vorstellen, wie es ihnen zum Beispiel gefallen würde, gezwungen zu werden, Bauer zu sein: samt und sonders, alle über einen Leisten! Und dies, weil es für einen Mann so natürlich sei, Bauer zu sein, so »echt männlich«. Daß sie die Arbeit als langweilig, schmutzig, einsam und wesensfremd empfinden mögen, spielte keine Rolle. Man bedeutete ihnen, sie müßten wieder lernen, sich auf ihr »ureigenes Sein« zu beschränken. Eigentlichste Erfüllung böte ihnen ihr »Männerleben« allein. Mochten die Frauen sich auch in Hunderten von Berufen tummeln, für sie gäbe es nichts Schöneres, als die Furchen zu ziehen, Kartoffeln zu graben, uns alle zu speisen, für uns alle Mist zu führen. Wie? Sie wollten behaupten, geistige Interessen zu besitzen, sich für Architektur, Literatur, Technik, Philosophie zu interessieren?

Warum nicht gar: Dann seien sie eben unglückliche Blaustrümpfe mit erotischen Verdrängungen. Sie sollten um ihre Gesundung besorgt sein. Sie hätten heimzufinden, mit Misten, Dreschen und Kinderzeugen ihrer Bestimmung als Mann zu leben.

Nun, die Männer wären mit diesem Idyll nicht zufrieden. Es verletzte wohl »heiligste Menschenrechte«. Denn das sind ihnen freie Berufswahl, beruflich-wirtschaftliche Entwicklungsmöglichkeiten und die damit verbundene individuelle Lebensgestaltung. Dabei verstehen sie darunter nicht bloß eine Freiheit innerhalb der Grenzen ihrer herkunftsmäßigen Verhältnisse, sondern eine absolute. Dementsprechend bedauert man nicht nur tragizistisch das »geistige Verkommen« jener Männer, die keine Gelegenheit haben, gemäß ihrer Befähigung zu wirken, nein, man jammert auch über eine Gesellschaftsordnung, die es einem armen Bauern- oder Arbeiterbuben grundsätzlich freistellt, Zahnarzt oder Fürsprech zu werden, aber es bleibenläßt, ihm gleich noch das Geld für die Studien in die Hand zu drücken.

Vielleicht möchte man einwenden, die Frauen seien den Männern gegenüber nicht besonders benachteiligt, da die Verhältnisse auch zahlreichen Männern keine freie Berufswahl und -ausübung gestatten, sei es aus finanziellen Gründen, im Zusammenhang mit dem Arbeitsmarkt oder infolge der Ausgestaltung ihres Arbeitsfeldes. Eine volle Freiheit bei der Wahl der beruflichen Tätigkeit sei somit ohnehin illusorisch. Tatsächlich stellen sich auch der vollen beruflichen Entfaltung unzähliger Männer Hindernisse entgegen. Aber sie sind – so unerfreulich sie im Einzelfall auch sein mögen – in den westlichen Rechtsgemeinschaften zufälliger Natur und können daher mit Anstrengung und Glück häufig überwunden werden. Außerdem haben Männer selbst in ungünstigen Verhältnissen bei der Berufswahl einen weiteren Spielraum als Frauen in einem günstigen.

Die der Versorgung im Heim gegenüberstehende weibliche Berufslosigkeit, die durch den weitgehenden Ausschluß der Frauen von den geschätzten beruflichen Stellungen aufrechterhalten und durch Diskreditierung weiblicher Fähigkeiten und Suggestion von Unfähigkeit ideologisch untermauert wird, bewirkt, daß den Frauen verwehrt ist, ihren Begabungen, ihrem individuellen Wesen gemäß zu leben. Fähigkeiten der verschiedensten Art, intellektuelle, künstlerische, politische und handwerkliche, werden, sofern sie einem weiblichen Wesen verliehen wurden, häufig zwangsläufig in ihrer Betätigung suspendiert. Dies gilt selbstverständlich nicht nur in bezug auf große und seltene Begabungen, es gilt für Begabungen jeder Art und jeder Größe. Es handelt sich um einen ungeheuren Eingriff in die Lebensgestaltung, ja in das Wesen der einzelnen Frauen, und zugleich um einen verantwortungslosen Verzicht des Volkes auf die Früchte unzähliger Begabungen.

In aller Stille ereignet sich tagaus, tagein die Tragödie, daß die Anlagen vieler kleiner und großer Begabungen mit einem weiblichen Körper verbunden werden, um nie aufzugehen und zuletzt mit der Leiche begraben zu werden. Ungezählte Frauen, die da geboren wurden, lebten und starben, haben oft wenig mehr als eine Ahnung davon gehabt, welche Wirkungsmöglichkeiten ihr Geist gehabt hätte, wenn er durch die männliche Gesellschaftsordnung nicht zum vornherein in seiner Individualität eingeschränkt worden wäre.

Diese Verscharrung von Begabungen ist nicht die einzige tragische Folge der bürgerlichen Norm ehefraulicher Berufslosigkeit. Sie bewirkt in Verbindung mit der Zurücksetzung der Frau im Berufsleben und der ideologischen Bestreitung ihres Besitzes jener Fähigkeiten, die den Stolz der Menschen darstellen, daß sie infolge solcher Suggestion gelähmt werden. Eine Lähmung, die sich auf die schöpferischen Kräfte wie Frost auf Blüten legt. Unter schöpferischen Kräften sind in diesem Zusammenhang nicht nur wissenschaftliche und künstlerische zu verstehen, sondern alle jene, die auf irgendeinem Gebiet Ideen, Einfälle und Gedanken hervorbringen.

Das Lebenselement all dieser Kräfte ist neben Anregung und Resonanz die Luft der Freiheit. Sie wird den Frauen durch ihre berufliche Zurücksetzung und die bürgerliche Norm ehefraulicher Berufslosigkeit verpestet. Frauen müssen nicht nur um die volle Entfaltung ihres geistigen Lebens unvergleichlich härter kämpfen als Männer, sie haben schon dessen Lebensrecht allein zu verteidigen. Typisch für diese Sachlage ist die bis auf den heutigen Tag mit Beifall aufgenommene Darstellung der intellektuellen Frau als Karikatur, während die intellektuellen Männer sich als Geistesaristokraten vorkommen und entsprechende Tribute fordern. Sie halten sich für wertvoller als ein Metzgermeister, und es wurmt sie ungemein, wenn er mehr verdient als sie, die vermeintlichen Göttersöhne.

Was diese Luft der Freiheit ausmacht, ist schwer zu sagen. Am nächsten kommt ihr vielleicht: Abwesenheit von »selfconsciousness«. Für eine wissenschaftliche Formulierung brauchte es Bände. Tschechow als Dichter spricht es – allerdings nur hinsichtlich des literarischen Schaffens – in drei Sätzen so deutlich aus, daß jeder, der ahnt, worauf es in der Literatur ankommt, das Wesen der »Luft und Freiheit« und den Hauch von Sterilität, eben diese Lähmung, bei ihrem Fehlen erfaßt. Er sagt: »Aber sie [er meinte die französischen Bücher] sind doch nicht so langweilig, wie die russischen, und es ist keine Seltenheit, daß man in ihnen das Hauptelement der Schöpferkraft findet – das Gefühl der persönlichen Freiheit. Ich weiß keine russische Novität, in der der Autor sich nicht von der ersten Seite an bemühte, sich durch allerlei Prinzipien und Kontrakte mit seinem Gewissen aus dem Konzept zu bringen. Der eine hat Angst, von einem nackten Körper zu sprechen, der andere bindet sich durch psychologische Analysen an Händen und Füßen, der dritte braucht ›das warme, mitfühlende Verhältnis zu seinen Mitmenschen‹, der vierte verschmiert ganze Seiten mit Naturschilderungen, man könnte sein Buch sonst tendenziös finden ... Vorsicht, Verständigkeit, Überlegenheit, aber weder Freiheit noch der Mut zu schreiben, wie einem der Schnabel gewachsen ist, und also wohl auch keine schöpferische Kraft.«[22]

Den Frauen sind freies, eigenständiges Denken, Fühlen und Handeln ja grundsätzlich verboten, während die Männer es in vollen Zügen genießen. Ich sage damit natürlich nicht, man werfe die Frauen ins Gefängnis, wenn sie es dennoch tun. Aber falls sie nicht eine sehr dicke Haut haben, fühlen sie den aufgezwungenen Maßstab für das Was und Wie ihres Dürfens und Könnens wie eine dunkle Wolke über sich. Mit der fortwährend von allen Seiten kommenden Presserei in die hausfrauliche Lebensfron hat man den Frauen eine ständige Angst eingejagt, mit jedem originellen Gedanken unsichtbare Grenzen sträflich zu überschreiten. Zu häufig halten sich die Frauen daher für unfähig oder doch inkompetent, haben Angst vor Verantwortung; zu häufig lehnen sie sich, wenn sie schon hervortreten, in unbewußter Verängstigung pedantisch ans Hergebrachte, Anerkannte und Gelobte an. Leicht werden sie in ihrem Denken und Handeln gewissermaßen Schülerinnen, die nach guten Noten streben, anstatt auf das eigene Urteil zu bauen. Leicht passen sie sich der Zensur der Männer auch dort an, wo sie vermeinen, sich selbst zu sein.

Die Unfreiheit der Frauen infolge der mit allerlei ideologischem Kram verbundenen beruflichen Zurücksetzung und teilweisen Ausschaltung im Erwerbsleben hat zweierlei Deformationen zur Folge. Die einen Frauen lehnen sich in ihrem Tun und Denken vollständig an die herrschende Meinung an. Es sind dies die Devoten, die »Braven« auf jedem Gebiet. Sie brauchen nicht notwendigerweise hausbacken zu sein; auch viele Verführerische und »Emanzipierte« gehören zu ihnen. Sie stilisieren sich je nach dem ihnen von einem Männerkreis vorgesetzten Klischee auf »echt weiblich« oder »moderne Frau, die etwas unternimmt«. (Der Sieg über unechte Amazonen ist für eine ganze Kategorie Männer pikant.)

Bei anderen wiederum zeigt sich die Befangenheit nur in Gestalt einer leisen Lähmung, eines Zweifels am Wert des Eigenen, sobald dieses Eigene auch eigene Wege einschlägt. Wie gesagt kann die gelinde Lähmung sich auf Fähigkeiten verschiedenster Natur beziehen und jedes Maß annehmen. Von der kleinen Verwirrung, nicht das rechte Wort am rechten Platz zu finden, bis zu den großangelegten, aber nie über die ersten Seiten hinauskommenden Romanen der Annette von Droste-Hülshoff. Die leise Erschütterung durch das in tausend Zungen an die Frauen gerichtete Verbot, begabt zu sein, bringt Unfruchtbarkeit. Neben der materiellen Unterdrükkung macht sie es den Frauen so unsäglich schwer, geistig ganz sich selber, geschweige denn geistig produktiv zu sein. Haben sie sich doch nicht nur als geistige Individualitäten durchzusetzen, sondern dies als Teil eines Kollektivs, dessen Angehörigen geistige Individualität sowohl ausdrücklich als auch durch schlüssige Handlung abgesprochen wird. Ein doppelter Kampf! Als Ausnahmen haben manche Frauen, von einem gütigen Geschick unterstützt, ihn erfolgreich durchgefochten. Am ehesten ist es vielleicht auf dem Gebiet der schönen Literatur der Fall, worauf ich in anderem Zusammenhang noch zu sprechen komme.

Die Bemerkungen Helene von Mülinens in einem Brief an Frau Professor Schlatter (1898) geben ein Bild von der lähmenden Wirkung dieser Suggestion, die über allen Frauen schwebt und die meisten beeinflußt, wenn zumeist auch unbewußt. »Ich lächelte fast ein wenig trübe, als ich las, daß Sie schrieben, Ihr Mann hätte anlässlich meines ›Tell‹ [der erste Artikel, der gedruckt wurde und den sie Schlatters schickte] geäussert, er wünschte, ich solle etwas Grösseres versuchen, statt Kleines zu schreiben. Hätten Sie mir das, *nur das*, ohne ein Wort mehr darüber zu verlieren, geschrieben, Sie hätten mich zum glücklichsten Menschen gemacht. Die Anerkennung zur Leistungsfähigkeit war ja das, worin mein Durst bestand. Sie wurde mir von Kind auf abgesprochen, weil ich ja nur ein Mädchen und daher zum Flicken und Stricken geboren worden sei, und das ganze verzehrende Sehnen meiner Jugend ging dahin, das Zugeständnis zu erlangen, daß ich befähigt und daher berechtigt sei, etwas anderes zu tun als zu flicken und zu stricken. Der furchtbare moralische Druck und Zwang machte mich selbst unfrei, so daß ich in mir selbst um die Freiheit als um mein Leben kämpfte.«[23]

Gemütlicher haben es die Männer. Sie haben nicht seit Erfindung des Buchdrucks in ständig erneuerter Auflage lesen und auch hören müssen – wirkungsvoll durch beruflich-wirtschaftliche Zurücksetzung unterstrichen –, sie seien nicht für das auf der Welt, wozu sie sich als in ihrer Individualität geboren betrachteten, sondern um auf ihre Individualität, die ihnen vorsorglicherweise noch abgesprochen wird, weitgehend zu verzichten, damit die andere Sorte Mensch um so unentwegter die ihre ausbauen könne. Deshalb ist es den Männern im Gegensatz zu den Frauen selbstverständlich, auch bei sehr persönlichen und ausgefallenen Gedanken, Worten und Taten auf allgemeine Bejahung zu vertrauen – schließlich fühlt man sich als Herr mit Herren der Schöpfung. Unter der Voraussetzung einer individualistischen Kultur hindert die Männer nichts, sich dem Schwung ihres Wesens anzuvertrauen. Sie besitzen das echte Selbstvertrauen, wagen und gewinnen oft – denn dem Mutigen gehört die Welt und nicht jenem, der erst noch die andere Sorte Mensch fragen muß, ob und wenn ja, wieweit er sich ein Herz fassen darf.

Den Frauen wird mit der grundsätzlichen Verweigerung der beruflichen Selbstbestimmung und der Norm des Nurhausfrauendaseins ein Teil ihres Selbst verweigert. Denn eines ist sicher: Je stärker ein Mensch seine individuellen Anlagen entwickeln und betätigen kann, um so mehr ist er er selbst, um so mehr hat sein individuelles Wesen einen Sinn, um so glücklicher kann er als Individuum leben.

Das Übel der den Frauen aufgezwungenen teilweisen Selbstaufgabe hat weitere Übel zur Folge: auf der Seite der Frauen die Schwäche, Eigenschaften, die bei Unterdrückten besonders hervortreten, zu entwickeln; auf jener der Männer, die Eigenschaften, welche der Besitz von Freiheit und Macht fördert, ins Kraut schießen zu lassen. Diese – es sind zum Beispiel: Mut, Initiative, Originalität, Weitblick, Großzügigkeit, geistige Unabhängigkeit, Freiheitsliebe – werden als männlich bezeichnet. Jene hingegen, die Eigenschaften der »Untertanenseele«, nennt man je und je »weiblich«. Es sind dies Ängstlichkeit, Verzagtheit, geistige Sterilität, Kurzsichtigkeit, Kleinlichkeit, Unterwürfigkeit. Eine leicht übersehene Eigenschaft, der die geistig und materiell Unterdrückten und damit auch die Frauen besonders leicht verfallen, ist eine von Mathilde Vaerting festgestellte Einbuße des Sinnes für die Wahrung der eigenen Interessen. Eine Tatsache, welche die Frauen im Kampf um die Gleichberechtigung der Geschlechter ungemein schädigt. Da bei den Frauen, anders als bei männlichen Untertanen, der teilweise Verlust des Selbsterhaltungstriebes noch mit dem Gefühl der Solidarität mit ihren Nachkommen zusammenfällt, so sind sie beim Versuch, sich gegen die männerherrschaftliche Unterdrückung zu erheben, schon psychisch doppelt behindert.

Verweigerung beruflicher Selbstbestimmung – Verweigerung eines Lebenselixiers

Zahllose Erscheinungen belegen, welch gewaltige Bedeutung die Berufsarbeit, die Arbeit überhaupt, für den einzelnen in der westlichen Kultur besitzt. Bei der durch die Tücken des Klimas und die Übervölkerung gebotenen Intensität des Existenzkampfes hat man hier aus der Not eine Tugend gemacht. Eine Tugend, die sitzt – die Arbeit ist für den größten Teil der westlichen Menschen Lebensinhalt.

Da sind die Kinder mit ihren Berufsphantasien; die Berufsfrage ist in ihrer Vorstellung die Lebensfrage. Später tritt diejenige der Liebe hinzu und stellt vielleicht die Berufsfrage etwas in den Hintergrund. Doch nur für kurze Zeit. Die Geschichtlein vom einmaligen, alles umwälzenden, lebenslänglichen Lieben mögen wie die Geschichtlein von Kakteen, die nur einmal und nur in tiefer Nacht blühen sollen, rührend und großartig sein; ihr Wahrheitsgehalt aber ist für die meisten Menschen bald überholt. Denn es bleibt dabei: die Lebensfrage ist der Beruf und nicht die Liebe, beziehungsweise der Mann oder die Frau.

»Glück in der Liebe« ist zwar eine wichtige Frage, die Berufsfrage aber ist fundamentaler und von größerer Tragweite. Zwar mag die sexuelle Erotik zu intensiveren Glückserlebnissen führen. Doch geht es nur um »Augenblicke voll Entzücken«, Ekstase wird von Enttäuschung, Qual und Demütigung abgelöst. Die Vergoldung der Welt durch die Verliebtheit wird mit ihrem Versinken ins Aschgraue, sobald die Illumination durch die erotische Illusion schwindet, mehrfach aufgewogen. Das Glücksgefühl dagegen, das angemessene Berufsarbeit begleitet, ist zwar weniger exaltiert, gibt aber die Empfindung von Kraft und Wärme bis in die Fingerspitzen und ist dauerhafter. Denn mit fünfzig, sechzig und siebzig Jahren kann man sich noch mit derselben Passion auf die Berufstätigkeit werfen wie mit zwanzig. Wogegen 50jährige Ehepaare meist nicht gerade leidenschaftlich bewegt sind und außereheliche Passionen kaum mehr Orkane auslösen.

Der Beruf ist für die Kinder nicht nur die wesentlichste Zukunftsfrage, sondern sie setzen sich schon jetzt mit den Berufstätigkeiten auseinander, die ihrem Verständnis nahestehen. Sie verweilen vor der Schmiede, bewundern den Kondukteur, den Zugführer, die Lehrerin, die Verkäuferin, den Briefträger, den Kapitän, den Bauern, den Schreiner, den Pfarrer, den Arzt und allen voraus den Mechaniker. Und endlich erwachsen, endlich über berufliches Können und einen beruflichen Wirkungskreis verfügend, hat man das Bedürfnis, in der passenden Berufstätigkeit »aufzugehen« und ist unglücklich, ja nicht ganz sich selber, wenn einem dies verwehrt bleiben sollte.

Die vielseitige Entfaltung, die angemessene Berufsarbeit mit sich bringt, bedeutet – immer unter Voraussetzung einer individualistischen Kultur als Lebensrahmen, in der die Arbeit den größten Teil der wachend zugebrachten Zeit ausfüllt – mehr als die Hälfte des irdischen Glückes, das einem das Schicksal gewähren kann. Sie aktiviert unser Wesen am stärksten, sie ist das Element, in dem man sich am liebsten tummelt.

Etwas vom Schönsten bei der glücklich gefundenen Berufstätigkeit, beim Einsatz der individuellen Begabungen am richtigen Platz, ist das Bewußtsein der eigenen Kraft, das Erlebnis, welche Möglichkeiten in einem wohnen. Es zeigt einem, wer man eigentlich ist. Angemessene Berufsarbeit bedeutet Zunahme und Ausprägung der Persönlichkeit, Selbstentfaltung, Selbstverwirklichung, sich steigernde Überzeugung vom Sinn des Lebens der eigenen Individualität und damit vom Sinn des Lebens überhaupt. Sie gibt das Gefühl, jeden Morgen neu geboren zu werden, ein neues Leben vor sich zu haben.

Wer in ihm gemäßer Weise beruflich tätig ist, hat Unterhaltung sein Leben lang. Bald genießt, bald kämpft man, wiegt sich in Sicherheit oder stürzt sich in Risiken. Ständig geht einem frisches Material durch den Kopf und will gestaltet werden. Da kommt keine bleierne Langeweile auf, die einen seufzen läßt: Ach wäre es nur schon Abend, gottlob ist diese Woche, dieser Monat, dieses Jahr vorbei; was eigentlich heißt, hoffentlich ist das Leben bald überstanden.

Bei zahlreichen manuellen Erwerbstätigkeiten sind die persönlichen Gestaltungsmöglichkeiten infolge Technik und rigoroser Arbeitsteilung sehr gering. Dies trifft allerdings nicht etwa auf jede Fabrikarbeit zu und nicht nur auf sie, immer aber dort, wo die Tätigkeit aus einer ständigen Wiederholung eines kurzen Arbeitsganges besteht, der weitgehend mechanisch verrichtet werden kann. So langweilig solche Tätigkeiten sind, so haben sie gegenüber der Arbeit, die mehr schöpferische Momente enthält, doch den einen Vorteil: wenn auch in kleinem Rahmen, können sie die Befriedigung geben, Vollendetes zu leisten. Die geschickte mechanische Leistung kann so virtuos hervorgebracht werden, daß sie jede Vorstellung einer besseren Leistung ausschließt. Ist die Zeit der täglichen Erwerbsarbeit nicht zu lang – acht Stunden sind zu lang – und wird diese Virtuosität nicht ad absurdum ausgeübt, so gibt sie in Verbindung mit der Tatsache, daß sie den Lebensunterhalt ermöglicht, immerhin das Gefühl, Tag für Tag mit dem Leben klipp und klar ins reine zu kommen.

Die schöpferische Arbeit hingegen, zu der selbstverständlich nicht nur die künstlerische gehört, sondern jede, bei der gedacht oder gestaltet wird, ist zwar unterhaltender als jene, die nur wenige geschickte Handgriffe, Konzentration und Schnelligkeit erfordert, aber ihr Optimum erreicht sie selten. Das Ideal läßt einen Stachel zurück; anstatt ins reine gelangt man in immer interessantere Trubel.

Es wäre übertrieben, von der Berufsarbeit als von einem Rauschmittel zu reden, aber etwas davon hat sie. Je nach Anlagen des Individuums bewirken allein schon die typischen Materialien einzelner Tätigkeitsgebiete und ihre Atmosphäre Anregung, Belebung. Es gibt Menschen, die Holz, Steine, Mitmenschen, Textilien, Papier, Kinder, Lebensmittel, Blumen, Zahlen, Liegenschaften, Geld, Möbel, Tiere, Knochen, Häuser, Fische, Spitäler, große Maschinen, kleine Maschinen, Gemüse, Zeitungen, Fahrzeuge, Drucksachen, Antiquitäten, Pakete, Bücher, Uhren, elektrische Apparate, Wälder und Kirchen an und für sich gerne haben. Das heißt, daß einzelne Materialien und Fragenkomplexe für sie besonders anziehend sind. Bei ihnen fühlen sie sich in ihrem Element. Macht die Berufstätigkeit dieses Element zum Boden, auf dem die individuellen Fähigkeiten zum Blühen gebracht werden, so wird sie zum Lebenselixier.

Ins Heim versenkt, an Hausarbeit gekettet zu werden, anstatt beruflicher Selbstverwirklichung zu leben – infolge der Zurücksetzung der Frau im Berufsleben und der bürgerlichen Norm ehefraulicher Berufslosigkeit das obligate Frauenschicksal –, heißt sein Leben bei Krankenkost gesund im Bett zu verbringen, ohne auch nur zu ahnen, welche Gelage und tollen Reisen man dabei verpaßt.

Berufslosigkeit höhlt aus

Angemessene Berufstätigkeit ist auch der beste Wanderstab in den Stürmen der erotischen Leidenschaften und in dem schwierigen Gelände, welches das Leben so oft vor einem ausbreitet. Von ihr gestützt, wird man kaum umgeblasen. Sie ist die gesündeste Luft, das erfrischendste Bad, die beste Kur für unzählige Anfechtungen und Leiden. Denn sie sorgt geistig und wirtschaftlich dafür, daß wir unser Leben leben.

Entsprechend versucht man ja auch häufig, verrückte Menschen mit allerhand Tätigkeiten – Berufsersatz – wieder zurechtzurücken. Die zahlreichen berufslosen Frauen, die Nervenärzte und Psychiater aufsuchen, hören immer wieder: Arbeiten Sie! Eine gute Medizin, aber leider für Frauen, »die nicht arbeiten gehen müssen«, schwer erhältlich. Denn mit solchem Arbeiten ist weder Strümpfestopfen noch der Besuch von populär-wissenschaftlichen Vorträgen und betriebsame Wohltätigkeit gemeint, sondern Arbeit im Rahmen der eigenen Fähigkeiten, die ermöglicht, auf eigenen Füßen zu stehen.

Sofern ein Mensch nicht rein passiv veranlagt ist, wird ein so elementarer, den meisten Lebewesen innewohnender Trieb wie derjenige, mit seinen Fähigkeiten den Existenzkampf – den materiellen und den ideellen – auszufechten und sie in ihm weiterzuentwickeln, selten ohne Schaden an der Persönlichkeit abgedrosselt, und schon gar nicht, wenn wie in der westlichen Kultur und in der Schweiz noch ganz besonders die Arbeitslust bis aufs äußerste angekurbelt wird. Auf diese Tatsache läßt sich zum Teil die Erscheinung zurückführen, daß den Nurhausfrauen über vierzig leicht jene bedrückende Atmosphäre ständigen An-Ort-Tretens oder aber eine forcierte Aufgezogenheit anhaftet, die einen den plötzlichen Knacks erwarten läßt. Dem einen wie dem andern haftet der Moderduft ungelebten Lebens an.

Natürlich finden diese Erscheinungen in der Männerherrschaft eine ganz andere Erklärung: die Ärmsten sind ausgediente Gäule. Die Stiefmutter Natur hat zu ihren Töchtern wieder eines ihrer harten Wörtlein gesprochen.

Doch jener Moderduft hat weder mit dem Erlöschen der körperlichen Fruchtbarkeit noch mit dem verminderten erotischen Interesse der Männer an älteren Frauen zu tun, obwohl man lesen und hören kann, daß die Frauen darob schier aus dem Häuschen gerieten. Denn erstens sind die Frauen in der Jugend, als sie noch kein einziges Fältchen, wohl aber eine Diana-Gestalt besaßen, auch nicht von Troubadours in Scharen bestürmt worden. Auf der Höhe ihrer sexuellen Anziehungskraft lebten sie weniger als Messalinas denn als Bräute und junge Ehefrauen voll respektabler Grundsätze. So vielem hat man also nicht nachzutrauern. Und zweitens ist es kein Verlust, fortan in Feld, Wald und Wiese und vor allem auf der Straße nicht mehr von unbekannten männlichen Wesen verfolgt und angesprochen zu werden. Auf der anderen Seite feit der Anblick von Frauen um fünfundvierzig und darüber hinaus nicht unfehlbar gegen die Liebe. Auch ohne eine Ninon de Lenclos zu sein, die mit siebzig noch Jünglinge hingerissen haben soll, ist die Frau im Matronenalter nicht von der Möglichkeit ausgeschlossen, daß sich jene Männer in sie verlieben, die sie auch vorher ihres Wesens wegen und nicht einfach als leckeres Pastetchen geliebt hätten. Am erotischen Bedarf gemessen, sind diese Männer nicht gerade zahlreich, doch bringt der Altweibersommer ab und zu noch eine Rose zum Blühen. Nein, dieses verbreitete Zusammensacken so mancher Hausfrau und Dame des Hauses in den Fünfzigern hat andere Gründe: Einst waren sie lebenssprühende junge Mädchen, die sich auch in Arkadien geboren glaubten, hernach »glückliche Mütter«, und dann gab es nichts Neues mehr. Jetzt wird allmählich offenbar, worüber man sich bisher hinwegtäuschen konnte, nämlich daß das Lebenselixier der Berufsarbeit fehlt.

Manche Frauen suchen Ersatz für die Verkümmerung ihrer Persönlichkeit im ehelichen Haushalt, indem sie mit jeder Faser an den Gütern kleben, die ihnen ihr wirtschaftlicher Erfolg auf dem Heiratsmarkt eingebracht hat. Sie neigen dazu, ihre Seele mit wirtschaftlichen und sozialen

Errungenschaften des Ehemannes zu nähren, mit dem molligen Gefühl, welches das Geldausgeben verleiht, mit dem Prestige, das er auf sie reflektieren mag.

In bescheidenen Verhältnissen schafft sich ihr Macht- und Genußbedürfnis Raum, indem sie ihr Herz an künstlerisch wertlosen Hausrat hängen. Er bedeutet ihr Stolz und ihre Sorge. Die Eßzimmerstühle werden zu Soldaten, mit denen sie exerzieren, die sie als Eskorte links und rechts der Türe aufstellen, denen sie alle paar Jahre eine neue Uniform anziehen können und so weiter. Und da mit solchen häuslichen Freuden bisweilen wenig erotisch-sexuelle verbunden sind, verfolgen sie gerne mit Luchsaugen die Freuden und Leiden anderer Frauen, in der Hoffnung, registrieren zu können, daß diese auf dem Heiratsmarkt auch nicht lauter Freude und Geld und Gut noch obendrein herauszuschlagen vermochten.

Andere Frauen resignieren schlechterdings und denken, abgesehen vom Allernotwendigsten, um das Familienleben mit Hilfe eines Dienstmädchens routinemäßig abzuwickeln, nichts, rein nichts mehr. Ihr Leben rollt fortwährend durch die gleichen, ausgefahrenen Bahnen. Zwischen ihnen und dem übrigen Leben ist eine große Mauer errichtet. Diese Frauen wollen, nachdem ihnen vom Herrn dieser Welt, vom Männerkollektiv, schon der Käfig des »Heimes« als ihr Platz im Leben angewiesen und angepriesen worden ist, schließlich von der Welt außerhalb desselben nichts mehr wissen. Von nichts außerhalb ihres Gesichtskreises wollen sie hören, von nichts etwas sehen, riechen, schmecken. Sie wollen von nichts gestört werden. Nichts soll mehr bis zum eingeschrumpften Kern vordringen und sie daran erinnern, daß hier ein Wille und die Möglichkeit eines lebendigen Zusammenhanges mit der Welt begraben liegen. Sie haben die wesentlichen Impulse ihrer Individualität aufgegeben. Oft sind sie des intensiven Genusses jeder Art unfähig. Man kann nicht auf die wesentliche Selbstverwirklichung verzichten und gleichzeitig die volle Genußfähigkeit behalten. Das Beste, das ihnen noch erreichbar bleibt, ist akustische und psychische Ruhe. Sie kann ihnen die Illusion gewähren, sich selber zu sein. Mit fünfzig sind sie durch die Desintegration ihrer Persönlichkeit lahm geworden. Die Erscheinung muß im 19. Jahrhundert, als es mehr »Damen« gab, besonders deutlich gewesen sein. Sie bewog Florence Nightingale zur Bemerkung: »The family? It is too narrow a field for the development of an immortal spirit, be that spirit male or female ... The family uses people, not for what they are, nor for that they are intended to be, but for what it wants them for – for its own uses ... This system dooms some minds to incurable infancy, others to silent misery.«[24]

Selbstverständlich können nicht nur ältere Frauen, sondern auch ältere Männer den Eindruck des Leerlaufes, des Erstarrtseins erwecken. Sofern sie jedoch ihren Beruf nicht verfehlt haben, hat er ihnen ein Reservat der Lebendigkeit geschaffen. Auch wenn sie im allgemeinen wie festgefahren oder erloschen wirken mögen, sobald sie im Rahmen ihrer Kompetenzen funktionieren, sind sie wieder die alten, nämlich jung. Im Rahmen ihres

Berufes sind Neugierde und Produktionskraft häufig noch lebendig. Sie gleichen damit den Bäumen mit vielen abgestorbenen Ästen, die aber mit dem Grün einiger weniger immer noch im Leben stehen. Handelt es sich um Männer jener Schichten, die weiblicherseits in Gestalt der »Damen des Hauses« in Erscheinung treten, so kulminieren sie wirtschaftlich und sozial oft gerade jetzt. Ihre Kompetenzen sind nun am größten; sie sind der Mittelpunkt der Lebensfäden vieler anderer. Wie nie zuvor stehen sie im sogenannten Leben drin, während ihre Frauen längst zum alten Eisen gehören. Darum hört man in vielen Fällen so wenig von den Frauen älterer prominenter Männer; man meint, sie lebten nicht mehr.

Berufslosigkeit isoliert

Beim Leben im Kerker eines Nurhausfrauendaseins fehlen den Frauen der fruchtbare Wettbewerb mit Kräften von ähnlicher Art und Größe sowie sachlich bedingte Gemeinschaftsbeziehungen. Infolge solch doppelten Mangels kommt überdies der unsentimentale Gemeinschaftssinn nicht auf, welcher in der Schweiz nur Männern eigen ist. Kurz, das Nurhausfrauendasein schaltet die Frauen aus. Das Leben, im Sinne des Zusammenwirkens, des Spiels der Kräfte, der Gestaltung des Lebensrahmens, des Gebens und Nehmens von Anregungen, saust an ihnen vorbei wie ein Eisenbahnzug mit erleuchteten Fenstern.

Viele berufslose Ehefrauen haben nur zweierlei Verbindungen mit der Umgebung. Entweder sind sie konventioneller oder persönlich-intimer Art. Dazwischen gibt es nichts. Die Beziehungen konventioneller Natur stellen gewissermaßen den Grundriß der sozialen Stellung dar. Sie sind steril, aber unerläßlich. Daneben bestehen persönliche Beziehungen, die der Herzensausschütterei dienen. Bei jedem Kontakt stellt sich die Frage: Sympathisch oder nicht? Sofern es nicht Liebe auf den ersten Blick ist – in auf freundschaftliche Gefühle übertragenem Sinn – und soweit das neue Gesicht auch nicht als Markierungspunkt für den Grundriß in Betracht kommt, ist es entlassen, begleitet von Gefühlen gelinder Feindschaft.

Anders steht da, wer auch durch seine Arbeit mit Menschen zu tun hat. Als »Funktionär« kommt er mit den Funktionen der anderen in Berührung. Auf dieser Ebene bringen Gedanken, Ziele und Notwendigkeiten die Leute zusammen: Leute, die nie zusammengespannt hätten, wenn jeder erst vor dem Richterstuhl seiner Sympathieempfindungen die Existenzberechtigung des anderen hätte bejahen müssen. Gerade solche sachlich bedingten, unpersönlichen und doch engeren Beziehungen sind die geistige Grundlage für die Pflege der Bürgertugenden des Alltags wie leben und leben lassen – was du nicht willst, was man dir tu, das füg' auch keinem andern zu –, ungerade gerade sein lassen und so weiter. Auch Toleranz auf der einen, unerschrockene Selbstbehauptung auf der anderen Seite, die angezeigten Requisiten des Erwachsenen im Gemeinschaftsleben, entwickeln sich nur voll bei unpersönlicher, sachlich bedingter Zusammenarbeit mit andern Leuten. Das fast jedes Arbeitskontaktes bare Hausfrauendasein ist daher ein schlechtes Klima für Gemeinschaftsleben.

Die Bedeutung der beruflichen Entfaltung als Bindemittel zwischen den Menschen geht noch weiter. Durch ihre Steigerung der Persönlichkeit gibt sie auch jenen erotischen Verbindungen, die auf die Dauer geschlossen werden, mehr Substanz. Zugleich verhindert sie, daß man das Leben in ihnen allein verankert.

Ist die Leidenschaft einmal geflohen, so schleicht sich in die Ehe oft etwas Langeweile ein: Man hat sich nichts mehr zu sagen. Es fehlt nicht an einer ausgedehnten Literatur, die mit dem Zaunpfahl winkt, man habe sich jetzt auf gemeinsame geistige Interessen zu besinnen. Leichter gesagt als getan. Denn selbst wer sich einst sehr vieles zu sagen hatte, wer Gedanken, Eindrücke und Entschlüsse austauschte, hat sich um so weniger zu sagen, je verschiedener das Tagewerk eines jeden geworden ist. Paradoxerweise lebt man in der gleichen Wohnung durch das Nurhausfrauendasein der Ehefrau eher in zwei verschiedenen Welten als einst, da man sich nur jeden zweiten Sonntag für vier Stunden treffen konnte, dafür aber die gleichen Probleme hatte. Die Persönlichkeit der Frau wird blasser und blasser, wird farblos, hat ihre Entwicklung eingestellt, während jene des Ehemannes jetzt ihre volle Ausprägung erhält. Von der Gemeinschaft ist gewissermaßen nur noch das Kalkgehäuse da. Sosehr Farblosigkeit der Frauen von vielen Männern zu Beginn einer erotischen Beziehung begrüßt wird – sie macht alles so »unkompliziert« und sieht nach restloser, eben auch geistiger und damit um so schmeichelhafterer Hingabe aus –, so macht sie die Ehe auf dic Länge gerade für die Männer unsäglich langweilig. Sie ist für den Mann nur mehr eine Garage, in die er einfährt, wenn es nachtet, um den Wagen pflegen zu lassen, zu tanken und am Morgen wieder »fit« loszufahren. Jene Göttin, Blumenwiese, Weltgeschichte, jenes Tonikum und Orakel, das man in dem erwählten Mädchen einst zu finden geglaubt hatte, ist eine Tankwartin geworden. Nun werden Reklamationen laut, die Frau lebe nur noch für die Kinder, komme keinen Augenblick vom Heim los und so weiter. Sie sind schlecht angebracht, weil man die Frauen ja in ein Nurhausfrauendasein zwängt und ihnen mit aller Sorgfalt die Flügel stutzt, damit sie auch darin bleiben.

Ohne berufliche Entfaltung sind Kinder, Mode, Religion und erotisch-sexuelle Beziehungen das einzig Interessante im Leben der Frauen, während es für Männer vielerlei Faszinierendes gibt. Da es nun für die Liebe jeweilen zwei braucht und die Männer das Wichtigtun untereinander als Amüsement hoch über Liebesspiele stellen, so gibt es unzählige Mesdames Bovary, die in ihren Haushaltungen sitzen und – leider paßt der Ausdruck – an erotischen Träumereien nagen. Sie sind ihnen eine Art Kaugummi geworden. Sie haben eine Berauschung zu ersetzen, nach der sie vergeblich Ausschau halten. Das ist auch einer der Gründe, weshalb die Frauen die Neigung haben, sich in längst hinfällig gewordenen Liebesbeziehungen festzubeißen; sie sonnen sich am fahlen Licht, das den blassen Bildern entströmt. Das Nurhausfrauendasein zwingt die Frauen, einen viel zu großen Teil ihres Bedarfes an Stimulanz, an Lebensinteresse in der Erotik zu suchen und nicht zu finden, weil die Männer, besonders diejenigen der Gegenwart, wie das geflügelte Wort sagt, zwischen der Liebe zu tun haben.

Die weiblichen Individualitäten werden aufgesaugt, um die männlichen fett zu machen

Die durch berufliche Zurücksetzung und ehefrauliche Berufslosigkeit zustande gebrachte Farblosigkeit der Frauen wird, wie gesagt, von vielen Männern begrüßt und als echt weiblich hoch gelobt.

Nichtsdestoweniger verachten sie die Frauen im allgemeinen und die Nurhausfrauen in Sonderheit gerade deshalb; es ist ja auch erbärmlich, sich seines Genius' berauben zu lassen. Selbstverständlich nehmen sie dabei ihre Mutter und Gattin aus. Diese sind großartige Wesen. Die eine, weil sie den Mann aufgepäppelt hat, und die andere, weil sie ihn weiterpäppelt. Bei den verächtlichen Bemerkungen meint jeder die Frauen der anderen. Die »wunderbaren Frauen und Mütter« der einen sind so die »Tüpfi« und »dummen Kühe« der anderen.

Die Tatsache solcher Verachtung wird zwar heftig bestritten, sobald sie in aller Form – sonst gibt man sie gerne zu – zur Diskussion steht. Aber das will nur heißen, daß es dem gesunden Menschenverstand widerspräche, sie zuzugeben, wie es auch ihre Parallele, die insgeheime Verachtung der persönlich Dienenden, zeigt. So verbreitet diese ist, so verbreitet ist es auch, sich die Verachtung nicht anmerken zu lassen; ansonst dem blind Beflissenen die Augen bald aufgingen.

Die Farblosigkeit der Frau gestattet den Männern in doppelter Weise, ihre eigenen Individualitäten aufzublasen. Dadurch, daß sie die Frauen gezwungen haben, das Feld zu räumen, haben sie mehr Platz für sich selbst gewonnen. Nun bleibt den Frauen nichts anderes übrig, als sich gegen Unterhalt dem Komfort der Männer zu widmen, damit diese auch noch mehr Zeit haben, ihre Individualitäten zu pflegen.

Die Frauen haben zu verblassen, damit die Männer die Wunderblüten am Baum des Lebens vorstellen können. Und weil die Männer das Wunderblütendasein an sich gerissen, bleibt den Frauen nichts anderes übrig, als das Kraut zu verkörpern, das die für das Aufgehen der Wunderblüten notwendigen Voraussetzungen schafft. Je mehr Frauen Kraut werden, um so üppiger treiben die männlichen Wunderblüten. Sie sind die Wunderblüten auf dem Felde der Politik, der Kunst, der Wissenschaft, der Wirtschaft, der Religion. Ihr Flor füllt die Schulbücher, die Geschichtsstunden, den Religionsunterricht, die Zeitungen. Sie werden zum Schmuck von Banknoten abgezeichnet und zu jenem von Stadtgärten in Stein nachgebildet.

Frauen werden nicht ausgezeichnet. Sie sind ja nur Blätter, jedes den anderen zum Verwechseln ähnlich. Über den Kreis von wenigen Dutzend Leuten hinaus ist eine jede nicht Persönlichkeit mit diesen oder jenen Fähigkeiten, sondern schlechterdings »Frau«, womit alles gesagt ist, was sich von ihr sagen läßt. Denn außerhalb des engsten Familienkreises haben sie nichts zu meinen, nichts zu fordern, nichts zu gewinnen, haben keine Macht, kurz, sind nichts. Sie haben daheim im unerläßlichen Krimskrams herumzusurren, um für ihre Herren alles hübsch bereit, mundgerecht und sauber zu machen. Dort ist ein Restchen Schinken für einen Auflauf zu schnetzeln, da ein Gummibändel einzuziehen, ein Knopfloch zu festonieren, und hier hat man über das Entfernen eines großen Tintenfleckens, der das Unglück des Tages ist, mit dem Dienstmädchen zu beratschlagen. Dies tun sie, derweil die Männer mehr oder weniger als das, was sie sind, den Tag zubringen und dafür, wenn sie Glück haben, Ruhm und Ehr' und fast immer Geld einheimsen. Da mögen sie Johann Christian Günthers, des Barocklyrikers, Anklage vor sich hersummen:

»Wie kommt's, daß unsere Gaben
Fast nicht's zum Vorteil haben
Als Armuth und Verdruss!
Ein Hofnarr lebt ja besser
Und lacht mit fettem Messer,
Wenn unsre kluge Hand nur Rüben schälen muß.«

Den Frauen fehlt der eigene soziale Stand

Die soziale Funktion der Berufstätigkeit

Bei abgedrosselter Berufstätigkeit haben die Frauen bildlich und wörtlich keinen rechten Stand, können keinen haben. Die Teilhaberschaft am weltumspannenden Gewebe der menschlichen Arbeit, auf die sich das soziale Koordinatensystem stützt, ist ihnen vorenthalten.

Auf Grund der Erwerbstätigkeit ist man ein Ring in der Kette des Handels und Wandels, ist Funktionär, hat buchstäblich seine »Stelle« innerhalb des menschlichen Arbeitsfeldes, und zwar, unter der Voraussetzung des gegenwärtigen Standes der westlichen Kultur, grundsätzlich eine Stelle, deren Arbeitskreis einem liegt. Mit der Berufsarbeit nimmt man am Geben und Nehmen, am Dienen und Regieren rings um die Welt teil. Man ist wirkend auf dem laufenden. Nicht in allem natürlich, meist nicht einmal in allem Wichtigen, aber – das ist entscheidend – in zahlreichen Dingen, die auch außerhalb des kleinen Kreises der persönlich Vertrauten Bedeutung haben.

Die Berufsarbeit verbindet nicht nur mit Menschen über die Räume hin, sondern über die Zeiten. Berufstätigkeit ist eine Art Stafettenlauf der menschlichen Kultur und Zivilisation von einer Zeit in die andere. Der Berufstätige tritt mit dem Erwerb seiner Fachkenntnisse eine Erbschaft an, legt je nachdem etwas dazu und gibt das Übernommene und Selbsterworbene an jene weiter, die Gelegenheit haben, von ihm zu lernen. Die Berufstätigen sind zugleich die Erben und Erblasser unserer Kultur. Ohne volle berufliche Funktion stehen die Frauen größtenteils außerhalb dieser Erbgänge.

Der tatsächliche »Stand« des einzelnen geht unter der Voraussetzung einer demokratischen Gesellschaftsordnung einerseits aus seinen individuellen Anlagen und anderseits aus den sozial-wirtschaftlichen Gegebenheiten, die seine Entwicklung beeinflussen, hervor. Je mehr die verschiedenen Berufe theoretisch und praktisch zugänglich sind, um so eher ergibt sich der Stand aus den Anlagen. In diesem Sinne ist die »Standeszugehörigkeit« einigermaßen »natürlich« oder »gerecht«.

In Wirklichkeit hapert es selbstverständlich mit der »Natürlichkeit« und »Gerechtigkeit« bei der Zuteilung zu einem Stand. Denn soweit nicht jedermann gleich viel oder gleich wenig Privateigentum und damit denselben Start hat, ist an eine »gerechte« Standeszugehörigkeit auf Grund der sozialen und wirtschaftlichen Leistungsfähigkeit, des sozialen Wertes der Persönlichkeit nicht zu denken. Aber selbst bei dieser Voraussetzung wäre es eine Illusion anzunehmen, der Wert jedes einzelnen für die Gemeinschaft werde immer erkannt, anerkannt und die entsprechende Stellung, der entsprechende Stand ihm auch eingeräumt.

Nichtsdestoweniger gilt dort, wo theoretisch keine Privilegien von wirtschaftlicher Bedeutung bestehen und auch ihre praktische Bildung nicht ad absurdum gestattet ist, daß man einigermaßen seines Glückes Schmied ist – wenn man ein Mann ist. Es gilt dies beileibe nicht immer, aber häufig. Mancher steht wirklich dort, wo er hingehört. In diesen Fällen ist die Zugehörigkeit zu einem Stand mehr oder weniger »verdient« und mit ihr die entsprechende gesellschaftliche Anerkennung und Behandlung. Es geht hier allerdings nicht um einen absoluten Wert der Persönlichkeit, nicht um die volle Bedeutung des Individuums, wohl aber um eine tatsächliche sozialer Natur.

Wesentlich anders geht es in der «Welt der Frau« zu. Infolge der Unterdrückung ihrer beruflichen Selbstbestimmung ist sie in unvergleichlich geringerem Maße »ihres Glückes Schmied«. Im negativen und positiven Sinne des Wortes hat sie viel weniger »verdient«, sozial dort zu stehen, wo sie steht. Wieder im doppelten Sinne des Wortes gehört sie eigentlich – das heißt, wenn ihre Individualität hinsichtlich der sozialen Zuteilung so stark zum Durchschlag kommen würde wie diejenige der Männer – sozial oft woanders hin. Die Frauen haben, wo man mit dem Stand von Geburt wegen aufgeräumt hat, keinen eigenen. Es sei denn, man betrachte die Frauen auf Grund ihrer Fortpflanzungsfunktion und Haushalttätigkeit, durch die sie am Handel und Wandel der Welt teilnehmen, als einen Stand für sich, den Frauenstand. Schattenhaft und eingeschränkt zeichnet sich dies auch ab. Etwa in der pedantischen Unterscheidung zwischen Fräulein und Frau, in dem pseudofeministischen Begriff des Berufes als Frau und Mutter, in rhetorischen Appellen an »alle Mütter« und schließlich in Eva Peróns Vorschlag, jeder verheirateten Frau ein Staatsgehalt auszuzahlen. Von ihm wird noch die Rede sein. Selbstverständlich überschneidet sich die Markierung solcher Standesgrenzen mit jenen, die der Stand der männlichen Verwandten und des Ehemannes vorzeichnet.

Die Frauen sind gesellschaftliche Nullen

Bei einer demokratischen Gesellschaftsordnung sind die Frauen ohne eine aus ihrer Individualität hervorgegangene Standeszugehörigkeit gewissermaßen gesellschaftliche Nullen, stehen, von Ausnahmefällen abgesehen, als Individualitäten außerhalb der sozialen Struktur. Wie alle Nullen können sich auch Frauen als soziale Nullen mit anderen Zahlen verbinden, mit sozialen Einern, Zehnern, Tausendern und so weiter. Damit gelangen sie zwar nicht zu direkter sozialer Bedeutung, wohl aber in Verbindung mit den Zahlen, die Väter und Ehemänner darstellen, zu indirekter.

Für die Standeszugehörigkeit der Frauen – es handelt sich gewissermaßen um eine passive – ist, wie bei Knaben auch, solange sie noch Kinder sind, diejenige des Vaters maßgebend. Bleiben sie später ledig, so verblaßt die ursprüngliche Standeszugehörigkeit in dem Maße, als der Stand des Vaters für die Töchter wirtschaftlich bedeutungslos wird. Wie die Witwe – wenn man so sagen darf – vom gesellschaftlichen Speck des einstigen Gatten zehrt, so die ledigen Töchter von jenem des Vaters. Heiratet die Frau, so nimmt sie am Stande des Ehemannes teil. Dies gilt, wo die Standeszugehörigkeit eine rechtliche Bedeutung hat, in aller Form, wo sie rein tatsächlicher Natur ist, im Rahmen der die Geselligkeit regelnden Konventionen. Doch auch mit der Heirat haben die Frauen sich nicht ein für allemal ihr Plätzchen gesichert. Wird die Ehe aufgelöst, so stehen sie wie das Fräulein sozial auf schwankendem Boden und können sich nur so weit halten, als das wirtschaftliche Substrat des ehemännlichen Standes hält. Heiraten sie erneut, so mögen sie sozial je nachdem wieder auf einer anderen Stufe als in erster Ehe stehen. Der soziale Rang des Ehemannes gibt, wie gesagt, den Ausschlag, »wer die Frau ist«.

Übrigens ist diese »soziale Menschwerdung« der Frau durch einen mit den Anreden »Fräulein« und »Frau« in der Schweiz verbundenen Sprachgebrauch sehr deutlich zum Ausdruck gebracht. »Fräulein« – bezeichnenderweise wird der Familienname oft weggelassen – bezeichnet im Prinzip eine soziale Null; »Frau« in nie ausfallender besitzanzeigender Verbindung mit dem Familiennamen des Ehemannes (das heißt, die Frau des ...) eine Null im Lichte einer Zahl von bestimmter sozialer Bedeutung.

Durch die weitgehende männerherrschaftliche Suspendierung ihrer individuellen Fähigkeiten im beruflich-wirtschaftlichen Leben und die Möglichkeit, sozialen Stand durch Heirat zu erwerben, hängt die soziale Stellung der Frau wesentlich von ihrer Fähigkeit ab, auf dem Heiratsmarkt ihre erotisch-sexuelle Attraktion wirtschaftlich und sozial auszuschlachten.

Weit davon entfernt, auch nur so weit »gerecht« und »natürlich« zu sein wie jene der Männer, ist diese Standeserwerbung für Frauen mit Fähigkeiten, die im beruflich-wirtschaftlichen und damit sozialen Leben zu Erfolg führen können, entmutigend und demoralisierend.

Von der andern Seite ließe sich allerdings einwenden: Warum auch nicht? Den Frauen steht eben lediglich ein anderes Mittel zur Verfügung, um einen Platz in der Gemeinschaft einzunehmen, um »vorwärtszukommen«. Dieses Mittel mag wieder andere Frauen begünstigen, was aber keinen Nachteil für die Frauen im allgemeinen bedeutet. Ob auf diesem oder jenem Weg – entscheidend ist, daß die Frauen überhaupt zu einem Stand kommen.

Gerade das ist nun nicht der Fall. Denn zu einem echten, eigenen Stand kommt man im größeren Teil der westlichen Kultur nur durch die soziale Funktion im Rahmen der Berufstätigkeit. Was die Frauen durch Heirat erhalten, ist der Abglanz eines Standes, die Illusion einer Standeszugehörigkeit. Denn sie erwerben ja nicht das Recht auf die Arbeit des Mannes, nicht die damit verbundene Kompetenz, nicht Freuden und Sorgen, die sie vermittelt, auch nicht deren Lohn, ja nicht einmal das gesellschaftliche Prestige, das der Einer-, Zehner- oder Hunderter-Funktionär als seinem Stand entsprechend genießt. Die Ehefrauen erwerben nicht die Legitimation zu einem Platz in der Gemeinschaft, sondern lediglich das Recht auf Teilnahme am Nimbus, den die Funktionen des Ehemannes gemäß seinem »Stande« ausstrahlen mögen, sowie einen Mitgenuß am entsprechenden Einkommen – in natura.

Da die Heirat trotz der »Errungenschaften« der modernen Frau ihre verbreitetste Möglichkeit ist, einen »Stand« zu erwerben, so glauben die Frauen, mit der Heirat tatsächlich den Stand und den Anspruch auf das beruflich-soziale Standesbewußtsein ihres Mannes erworben zu haben.

Doch ist der Stand unecht und vermittelt daher ein falsches Standesbewußtsein. Falsch, weil die Frauen ohne eigenen funktionellen Stand sozial sich lediglich als Anhängsel ihrer Männer über- und untereinander rangieren.

Das falsche Standesbewußtsein manifestiert sich nun besonders gern. Eigentlich ist das selbstverständlich. Denn ohne ein Körnchen wirklichen funktionellen Standes ist ja die Manifestation nebst dem entsprechenden Lebensstandard die einzige Form, um ihn sich selbst und anderen vor Augen zu halten.

Solche Manifestation wäre natürlich ein Schlag ins Wasser gegenüber den Leuten von wirklichem Stand, nämlich gegenüber den Männern mit beruflich-wirtschaftlichen Funktionen. Folglich spielt sie sich vor allem unter Frauen ab. Mit Genuß machen sie Reverenzen voreinander. »Wie gaht's, Frau Y-rat?« »Danke, Frau Diräkter.« »Uf Wiederluege, Frau Profässer.« Auch gibt es Gegenden, wo die Titel der Ehemänner sogar auf ehefraulichen Grabsteinen herumgeistern. Mit Genuß pochen die Frauen auch auf den Stand des Mannes, um andere Frauen abzutun. Es kommt dabei zu Haarspaltereien wie Einteilung von Gattinnen in solche »besserer« und »geringerer« Akademiker. Die eine und andere Arztgattin wärmt sich an der Vorstellung, gesellschaftlich über jener des Zahnarztes zu stehen.

Das genießerische Planschen in den Titeln ihrer Männer, dem man besonders im deutschen Sprachgebiet frönt, wird von den Männern als spezifisch weibliche Schwäche belächelt. Hin und wieder glaubt ein Pedant, die Mission zu haben, ihnen die Ehre der Titel ihrer Männer abzuschneiden. Der Titel gehöre dem Mann allein.

Nun, auch der Familienname gehört rechtlich ursprünglich – und manchenorts noch heute – dem Manne allein. Doch zwingen jetzt Gesetze da und Konventionen dort die Frauen, seinen Namen anzunehmen. Wenn sie aber Namen und Bürgerort des Mannes unter Verlust des angestammten übernehmen müssen, so sagen sich die Frauen mit Recht, daß man bei solcher Regelung nicht auf halbem Weg stehenbleiben soll, wenn dessen zweite Hälfte besonders ersprießlich wäre. Wenn schon eine geborene Rosa Weiß als Frau Bruno Schwarz leben und sterben muß, warum nicht gleich als Frau Oberst Schwarz? Wenn als Anhängsel, warum nicht gleich als dasjenige eines Subjektes von Prestige?

Das vermeintliche Schmücken mit fremden Federn berührt nicht so peinlich, wenn man in Betracht zieht, daß es die Federn jener sind, die den Frauen praktisch verbieten, eigene Federn zu tragen. Man kann zwar die besondere Titelsucht der Frauen belächeln, aber logischerweise nicht zugleich gegen berufliche Selbstbestimmung der Frauen beziehungsweise ihre Standeserwerbung auf Grund eigener Funktionen und Verdienste sein.

Immerhin geht es bei diesem Gesellschaftsspiel um eine groteske Maskerade, welche die Frauen hintereinander bringt und damit auch dazu beiträgt, ihre Schlagkraft als Kollektiv zu schwächen.

Da ist das Aufeinanderprallen der echten und der unechten Frau Doktor. Und die unechte Frau Doktor oder Frau Pfarrer macht sich breit auf Kosten des echten *Fräulein* Doktor oder *Fräulein* Pfarrer, dem man seinen ehr- und redlich erworbenen Titel gerne unterschlägt, während man sich hütet, die Frau Doktor oder Frau Pfarrer »conventionis causa« vor den Kopf zu stoßen, indem man sie mit ihrem bürgerlichen Namen anredet. Doch solche Spannungen treten infolge der verschwindenden Zahl graduierter weiblicher Akademiker und des Überflusses an männlichen, beziehungsweise an Gattinnen solcher, zurück.

Im Vordergrund stehen jene Standesunterschiede zwischen Frauen, die künstlich – eben durch den verschiedenen Stand ihrer Männer – aufgerissen werden. Als eine künstliche ist diese Kluft wesensmäßig »unüberbrückbar«. Damit aber ist sie besonders bizarr und geeignet, böses Blut zu machen. Bizarr ist sie, weil ja die verheirateten Frauen – hoch und niedrig – tagaus, tagein dasselbe tun: haushalten, wenn auch mit Haushaltungsgeld von unterschiedlicher Größe. Böses Blut macht sie, weil sie trotz ihrer offensichtlichen Ungerechtigkeit so starr ist.

Die Nachteile der labilen sozialen Stellung der Frau

Der Mangel an Eigenständigkeit macht die soziale Stellung der Frau labil. Der Ehemann braucht nur wegzufallen, und schon kann sie sich von einem Tag auf den anderen verändern. Die Frau mag dann »einmal bessere Tage gesehen haben«, als Angehörige eines besseren Standes nämlich. Selbst bei »standesgemäßer« Sicherstellung der Witwe, geschweige denn beim Wegfall des bisherigen Einkommens, ist es mit ihrem »Stande« oft rasch vorbei. Sie wird, abgesehen von einem kleinen Kreis engster Verwandter und Freundinnen, sozial leicht fallengelassen. Ohne ihren Mann hat sie von der Bildfläche zu verschwinden. Sie lebt »zurückgezogen«, ohne sich zurückgezogen zu haben; zurückgezogen haben sich die anderen. Das Klagelied der Witwe bezieht sich nicht auf das wirtschaftliche Los allein, das so häufig heißt, sich ohne rechten Beruf und ohne rechte Erwerbsmöglichkeit mit Hilfe eines Pensiönchens durchzuschlagen, sondern vor allem auch auf die Änderung in der gesellschaftlichen Stellung, auf den Rangverlust, den sie erfährt. Am annehmbarsten ist das Los der Witwe, wenn sie das vom Mann geerbte Geschäft betreiben kann und sich solchermaßen sogar verbessert, da sie nun »eigenständig« geworden ist. Es mag auch angehen, reich oder mit schöner Pension inmitten von Verwandten und Jugendfreunden »hinterlassen« zu werden. Je mehr es sich um Verhältnisse handelt, in denen die Bekannten zugleich auch die Verwandten sind, um so besser. Sonst jedoch heißt Witwe sein: abgeschrieben sein, und dies nicht des Alters, sondern der beruflich-sozialen Funktionslosigkeit und damit der Standeslosigkeit wegen.

Ohne eigenen, nämlich wirklichen »Stand« entbehren die Frauen auch des den Menschen so nötigen Gefühls der Zusammengehörigkeit, der Geborgenheit unter ihresgleichen. Denn es gibt für die Frauen – besonders für die verheirateten – eigentlich gar nicht ihresgleichen. Die Ehefrauen der Männer gleichen »Standes« haben in der Regel unvergleichlich weniger Gemeinsames als ihre Männer.

Es sind keine Bindemittel da; es sei denn, wie erwähnt, der »Beruf als Frau und Mutter«, welcher sie jedoch mit den Frauen der gleichen Klasse nicht stärker verbindet als mit den »Frauen und Müttern« aller Klassen. Und selbst hinsichtlich Herkunft und Bildung weisen die Frauen ähnlich gestellter Männer besonders seit einem halben Jahrhundert große Unterschiede auf. Während die ständische Gliederung der Gesellschaft in das Leben der Männer Ordnung bringt – man weiß, wohin man gehört, und dies weshalb –, so ist das Leben der Frauen ein buntes Durcheinander. Die Ehefrauen der Männer gleicher Kreise bilden teils eine gemischte Gesellschaft von Blumen, Kraut und Rüben. Prinzessinnen gehen als Gänsemägde einher, Gänsemägde als Prinzessinnen, wobei alle beide sich um den Braten für ihre Eheherren zu kümmern haben.

Greift man irgendeine Zusammenkunft mit einer gewissen »ständischen« Einheitlichkeit der Ehemänner – etwa den Ausflug von Studiengenossen – heraus und vergleicht die ehelichen Begleiterinnen miteinander, so zeigt sich häufig ein wahres Sammelsurium. Die Vielerfahrene und die Kindische, die Gebildete und die halbe Analphabetin, die Verdienstvolle und die Schmarotzerin, diejenige aus der Villa und jene aus dem Hinterhaus, Intellektuelle und Ex-Küchenmädchen, Mondäne und Landpomeranze sitzen infolge ihrer Eigenschaft als Anhängsel einigermaßen gleich geordneter, auf gleicher Höhe funktionierender Männer als »Freundinnen« beisammen. Mühsam konversieren da Frauen miteinander, von denen die eine Untersuchungen über die Ursachen des Krebses gemacht hat und die andere nicht weiß, was Infektion heißt, die eine um die Welt gereist ist und die andere noch nicht einmal in ein Nachbarland, die eine dem Existentialismus huldigt und die andere die Mädchenbücher ihrer Mutter liest, die eine sich in vorehelicher Zeit von milder Prostitution ernährt hat und die andere von der Bekehrung schwarzer Heiden. Diese zusammengewürfelten Frauen gleicher Standesillusion haben oft nur eines gemeinsam: Männern einigermaßen gleichen Zeichens im entscheidenden Augenblick alles in allem die passendste erotische Befriedigung in Aussicht gestellt zu haben und nun in ihrem Kielwasser gesellschaftlich durchs Leben zu treiben. Grundlage der Zugehörigkeit der Ehefrauen zu einem bestimmten Frauenkreis bildeten also die erotischen Neigungen der Genossen ihrer Männer.

Eine seltsame Grundlage! Was Wunder, daß dabei kaum ein herzerquikkendes Gefühl der Zusammengehörigkeit aufkommt! Doch man stellt mit naivem Erstaunen fest, daß »Freundin« in der Sprache der Witzblätter unfehlbar Feindin heißt und daß »die Männer miteinander auskämen, wenn die Frauen nicht wie Hund und Katz' zueinander wären« usw. Tiefschürfend sucht und findet man die Gründe dafür im »weiblichen Charakter«. Sie liegen jedoch anderswo; hauptsächlich in der gesellschaftlichen Entwurzelung der Frauen infolge ihrer grundsätzlichen Berufslosigkeit und schematischen Zuteilung zum »Stande« des Ehemannes.

Wirtschaftlicher Zwang zur Heirat

Die männerherrschaftliche Methode, die Frauen grundsätzlich bis zu dem Grade im Berufsleben zurückzusetzen, daß ihnen die Versorgung als eheliche Haushälterin eines Mannes im allgemeinen materiell lohnender erscheinen muß als eigene Berufstätigkeit, bedeutet für die Frauen einen gewissen Zwang, aus wirtschaftlichen Gründen zu heiraten. Die Norm der Zurücksetzung der Frau im Erwerbsleben bewirkt also nebst ihrer Unterdrückung als geistiges und soziales Individuum noch jene ihrer erotisch-sexuellen Eigenart.

»… bettle, hungre, stirb …!«

Die Worte, mit denen in »Romeo und Julia« der Vater die Tochter verstieß, als sie den von der Familie vorgesehenen Freier ausschlug, bedeuten mehr als eine Verfluchung. Sie sind zugleich ein Hinweis auf das Schicksal, das die Töchter in der Regel erwartete, wenn sie es einer Liebe wegen auf den Bruch mit den Eltern, das heißt mit dem Vater, ankommen ließen und der Erwählte nicht augenblicklich eine Existenz zu bieten vermochte. Konnten sie doch kaum auf eigenen Füßen stehen, zum mindesten nicht standesgemäß.

Von diesem »… bettle, hungre, stirb …« – allerdings in abgeschwächter Form – sahen die Töchter sich auch bedroht, wenn sie anderer Meinung waren als ihre elterlichen Ernährer, die finden mochten, die Jungfrau nachgerade genügend lang und gut ernährt zu haben und sie gern einem unter dem wirtschaftlichen Gesichtspunkt akzeptablen Bewerber aufgehalst hätten. Sie hatten zu gehorchen, ansonst das Damoklesschwert der Verstoßung auf sie niedersauste. Schon das Kindermärchen vom König Drosselbart zeigt, wie übel man es den Frauen vermerkte, wenn sie sich weigerten, ein Auge zuzudrücken, um unter die Haube zu kommen. Wäre die erst hochmütige und dann gedemütigte Prinzessin ein Prinz gewesen – sie hätte nie und nimmer hungern müssen, weil ihr die eine interessierte Dame zu dick gewesen, die andere zu dünn und die brillante Partie sie durch ein absonderliches Kinn abgestoßen hätte. Oh nein! Damen mit krummem Kinn hätten es nie gewagt, sich ihr als einem Prinzen zu zeigen, geschweige denn zu hoffen, erhört zu werden. Niemandem wäre es eingefallen, den übermütigen Paris zu drängen. Als wählerische Prinzessin aber wurde sie vor die Türe gesetzt. Und da sie nie darauf vorbereitet worden war, sich zu erhalten, gut zu erhalten, hatte sie mit dem elendesten Gesellen bei der elendesten Arbeit zu vegetieren. Wie es im Märchen heißt, lebte sie so lange in Not und Elend, bis sie – nach dem Rezept: Hunger ist der beste Koch – die Hand des schulmeisterlichen Drosselbarts froh und dankbar ergriff.

Die Moral des Märchens: Eine Tochter soll sich nicht vermessen, respektable Herren, die bereit sind, ihr für Sexual- und Lebensgemeinschaft angemessenen Unterhalt und »Standesfolge« zu bieten, abzuweisen, weil die Erscheinung dieser Herren sie anstatt zur Leidenschaft zum Lachen reizt. Ansonst erlebt das Töchterchen, wie die Armut schmeckt. Denn die Eltern können oder wollen ihr nicht den bisherigen Lebensstandard bis ans Ende ihrer Tage bieten. Und eigener Erwerb bringt sie in der Regel auch nicht so weit, kann es bei diesem System der Zurücksetzung der Frau im Erwerbsleben auch gar nicht tun. Die Augen werden der Tochter schon aufgehen, wenn sie sich als eine der vielen Arbeitsbienen der Drosselbartschen Werke abzurackern hat. Dann besitzt sie Gelegenheit zu lernen, hart zu lernen, wie falsch es ist, werbende Drosselbärte ansehnlichen wirtschaftlichen und sozialen Kalibers als Männer zu betrachten, gar als Männer, die ihr nicht »Manns genug« sind. Und ihr täglich Lied wird sein:

»Ich arme Jungfer zart,
Ach, hätt' ich genommen den König Drosselbart!«

Was immer die Weiblichkeitsapostel von der Liebe als der »Sphäre der Frau« sagen mögen, auf dem Heiratsmarkt hat die Frau im Gegensatz zum Manne in erster Linie nicht an die erotisch-sexuelle Verbindung zu denken, sondern an ihre materielle Existenz. Wenn das angemessene materielle Auskommen von einer Göttergestalt mit hinreißendem Profil und betörendem Auge geboten wird: um so besser. Aber da die Frauen durchschnittlich – auch noch heute – in materieller Hinsicht unvergleichlich mehr als die Männer auf die Heirat angewiesen sind, die Konkurrenz daher scharf ist und die Chancen mit jedem Jahr über zwanzig abnehmen, so gilt es, rechtzeitig zuzugreifen. Und dies heißt, lieber einen »Netten« mit einem netten Auskommen an ihrer Seite als einen »Schönen« mit einem weniger netten Auskommen und gescheiter einen »Häßlichen« mit einem schönen Auskommen als gar keinen.

Kurz, bei der Wahl des Lebensgefährten drücken die materiellen Ansprüche die erotisch sexuellen. Die Erfüllung jener geht im allgemeinen wohl vor. Dies um so mehr, als bei der Zurücksetzung der Frau im Erwerbsleben wenig einen mit den Reizen der Jugend erworbenen Versorger ersetzen kann, hingegen vieles, beziehungsweise viele Männer, die Mängel des Ehemannes in der erotisch-sexuellen Beziehung auszugleichen vermag. Demgemäß hatte »die Liebe« für das behütete Mädchen allzu oft das Gesicht, vorerst einmal unter die Haube zu kommen, auch wenn es dabei beide Augen zudrücken mußte. In den dem Lebensgenuß zugewandten Kreisen konnte es sie nachher um so weiter aufmachen; war doch die Heirat für die Frau das Tor zu den Freuden der Liebe – außerhalb der Ehe.

Die Heirat ein aufgedrängter Pfrundvertrag, der die Frauen teuer zu stehen kommt

Als den bürgerlichen Frauen selbst die dürftigen Möglichkeiten der »modernen Frau« zur beruflichen Eigenständigkeit noch versagt waren, war es – anders als im Märchen – der Brauch, daß sich die Prinzessinnen bei der Werbung der Drosselbärte rechtzeitig auf die Zunge bissen. Denn häufiger als »der Richtige« kommt doch der nicht ganz, ganz Richtige, aber schließlich Annehmbare, wenn man ein Auge zudrückt und ungerade gerade sein läßt. Hin und wieder kommt auch »der Falsche«. Aber was will man? Man darf nicht allzu wählerisch sein. So hat schon manche Frau – insbesondere früher – mit Wissen und Willen in den sauren Apfel gebissen.

Die Malerin Louise Seidler schildert einen solchen Fall aus ihrer Institutzeit (um 1800): »Nur ein einziger Zug mißfiel mir an Fanny: Ich konnte ihr den Kaltsinn gegen ihren sie wahrhaft vergötternden Bräutigam, einen jungen Apotheker, nicht verzeihen. So forderte sie mich eines Sonntags in der zum Correspondieren bestimmten Stunde allen Ernstes auf, an ihrer Statt ihrem Bräutigam zu schreiben, da sie auf seine langweiligen Liebesklagen durchaus nichts zu erwidern wisse. ›Es sei denn‹, setzte sie hinzu, ›ich hätte für mich oder für dich, herzlich geliebte Louise, um etwas zu bitten. – Ganz recht! Ich will ihn um rosa Atlas zu zwei Kleidern nebst Blumen zum Ausputz ersuchen.‹ Gedacht, getan – und wirklich erfüllte der schwache Narr den unsinnig verschwenderischen Wunsch seiner Braut ... «[25] Fanny gestand später, nur ihre bittere Armut habe sie veranlaßt, sich mit dem Apotheker, den sie nicht leiden könne, zu verloben.

Der widerwärtigen Tatsache, daß die Frauen aus wirtschaftlich-sozialen Gründen genötigt sind, zu heiraten, schämte man sich früher kaum, als es unter dem wirtschaftlichen Gesichtspunkt nur ausnahmsweise eine andere Lösung gab, um zu einer Existenz zu gelangen. Unverfroren sprach man von »Versorgung« der Töchter. Erst im Zusammenhang mit der Frauenemanzipation und der mit ihr verbundenen Selbstbesinnung der Frauen wurden ihre erotisch-sexuellen Ansprüche als »Menschenrechte« gewürdigt, die Berücksichtigung erheischten. Diese neue Betrachtungsweise legte das Postulat nahe, daß die Frauen aus Liebe heiraten sollten, und verurteilte eine Heirat aus materiellen Gründen. Da man angefangen hatte, an allerlei Gefängnissen der Frauen zu rütteln, und den Tag nicht mehr ferne glaubte, an dem sich die Frauen eine subtilere Kultur ihrer erotisch-sexuellen Beziehungen auch leisten könnten, so wurde das Postulat Mode und schließlich – vermeintliche – Norm. Das Wort »Versorgung« hinsichtlich Heirat ist altmodisch, ja unanständig geworden. Neuerdings unterstellt man der Heirat einer Frau das größte Liebeserlebnis ihres Lebens.

Unter Freundinnen verhandelt niemand mehr seine oder der Tochter Versorgungschancen. Alles redet beim Heiraten von »Liebe«. Betrachtet man im Einzelfall aber eingehender, woraus diese »Liebe« besteht, so ist dies häufig »Achtung«, »Verehrung«, »Bewunderung«, mitunter auch wenig mehr als »Sympathie«, die nicht selten von Liebe besonderer Art begleitet ist: von jener zur standesgemäßen Versorgung.

Die berechnetste Vernunftheirat wird heute romantisch getarnt. Es wimmelt von Liebesehen. Aber wie viele Leidenschaften, wie sie im Hohenlied Salomons besungen, brennen? Der Horizont unserer Umgebung ist kaum mit solchen Höhenfeuern markiert.

Allerdings mag bei den hohen Tönen, die Liebe und Ehe in einem Atemzug nennen, zweierlei stimmen: Die Wendung der westlichen Kultur zum

Individualismus veranlaßt die Männer mehr als früher, aus eigentlicher Liebe zu heiraten. Und die Frauen sind infolge der bescheidenen Verbesserung ihrer beruflich-wirtschaftlichen Stellung heute eher in der Lage, bei der Heirat »auf Liebe zu sehen«.

Aber nach wie vor müssen die Frauen dabei noch auf vieles andere mehr sehen. Denn da die männerherrschaftliche Gemeinschaftsordnung einer Grundvoraussetzung beidseitiger Liebesheiraten, der Gleichstellung der Geschlechter im Wirtschaftsleben, entgegensteht, indem sie die Frauen verhindert, sich selbst angemessen zu erhalten, bleiben natürlich die tatsächlichen Verhältnisse weit hinter dem als Norm betrachteten Ideal zurück. Solange die Frauen infolge der vielschichtigen Beschränkung ihres beruflich-wirtschaftlichen Lebens sich als versorgte Ehefrauen durchschnittlich besser ernähren können als in den Stellungen, die man ihnen übrigläßt, eher zu eigenen vier Wänden kommen, eher ein menschenwürdiges Dasein haben, so sind sie wie ehedem auf die Heirat materiell angewiesen. Falls es nicht bedeutend mehr Männer als Frauen gibt, können sie bei der Wahl ihrer Gatten nicht allzuviel Federlesens machen. Sie müssen nehmen, was kommt, wer kommt oder wen sie herbeischleppen können. Je nach dem Anreiz, den sie nach dem erotisch-sexuellen Maßstab der Männer zu bieten vermögen, kommt an Qualität und Quantität mehr oder weniger. Gefallen ihnen die Bewerber nicht, so können sie nein sagen. Aber die große Zahl der Frauen hat – je nach der Nachfrage, welche sie hervorrufen, auf ein Dutzend, auf ein halbes Dutzend oder auch nur ein einziges Nein – einmal ja zu sagen.

Diese relative Notwendigkeit ist der springende Punkt. Er gibt der Heiratslage der Frauen ein wesentlich anderes Gepräge als derjenigen der Männer. Denn der Mann *kann* mit der Heirat die angestrebte ökonomische Lage gewinnen, die Frau aber *muß* es. Die Männer haben neben der Heirat noch zahlreiche andere Wege zum materiellen Erfolg, zu Sicherheit und Wohlstand, die Frauen aber nur wenige. Auch heute noch. Mehr Frauen als Männer haben »gut« zu heiraten, um in materieller Hinsicht gut zu leben, und weniger Männer als Frauen müssen sich bei der Heirat Augen und Ohren zuhalten, wenn sie nicht verproletarisieren wollen.

Zur Illustration:

Noch heute kommt es vor, daß ein Mädchen bei einem Tanzanlaß den Freundinnen zuflüstert: »Jesses, dort kommt jenes Brechmittel schon wieder mich holen.« Und aus seinen Armen entlassen: »Er tanzt nicht, er watschelt. Und der Saccharinblick seiner Schweinsäuglein.« Ein Jahr später aber wandelt das freche Mädchen in Myrtenkranz und Brautschleier am Arme des watschelnden Brechmittels. Einige weitere Jährchen geht es ganz in der Pflege dreier junger Brechmittelchen mit Schweinsäuglein auf.

Was war geschehen? Das Mädchen hatte innert Jahresfrist gemerkt, welch kümmerliches Leben selbst bei Fleiß und Anstrengung seiner harrte. Und noch etwas anderes hatte es erfahren. Nämlich, daß das Brechmittel »jemand war« und »etwas bieten konnte«. Und zwar bedeutend mehr und

Besseres, als sich sonst an seinem Horizonte zeigen mochte. Darauf wurde die Bilanz gezogen und entsprechend gehandelt: Schlucken des Brechmittels, um für immer gegen materielles Serbeln gesichert zu sein.

Dieser extreme Fall ist selten; dennoch kommt er in modifizierter Form alle Tage vor. Sie ist symptomatisch für die Heiratslage der Frauen. Gegenstücke auf der Seite der Männer fehlen bezeichnenderweise. Keine vier Pferde bringen einen Mann dazu, eine Frau zu heiraten, von der er versucht ist zu sagen, wie Mozart von der unglücklich in ihn verliebten Schauspielerin Josephine von Aurnhammer: »... wenn ein Maler den Teufel recht natürlich malen wollte, so müsste er zu ihrem Gesicht Zuflucht nehmen, – sie ist dick wie eine Bauerndirne; schwitzt als dass man speien möchte; und geht so bloss – daß man ordentlich lesen kann; ich bitte euch schauet hierher; das ist wahr, zu sehen ist genug; dass man blind werden möchte; aber man ist auf den ganzen tag gestraft genug wenn sich unglückseeligerweise die augen darauf wenden – da braucht man Weinstein! – so abschäulig, schmutzig und grauslich! Pfui Teufel! ...«[26]

Vier Pferde bringen einen Mann nicht dazu, weil er, auch wenn er in Dürftigkeit lebt und aus ihr heraus möchte, etliche andere Chancen hat, zu einem Stücklein Besitz und Ansehen zu kommen, als jene, einem nach seinem Empfinden scheußlichen Wesen die Hand zum Lebensbunde zu reichen. So arme Teufel, daß sie in der Not Fliegen oder erwähnte Brechmittel zu schlucken haben, sind nur die Frauen. Selbstverständlich gibt es auch für die Frauen echte »Liebesehen«, selbstverständlich Ehen auf allen Stufen zwischen ihnen und »Vernunftehen«; und von diesen sind die wenigsten so kraß wie das angeführte Beispiel. Dennoch bleibt die Tatsache, daß die von den Männern erzwungene relative Aussichtslosigkeit der weiblichen Erwerbstätigkeit die Frauen zwingt, in der Heirat auch eine Lösung ihrer ökonomischen Lebensprobleme zu sehen. Sie legt ihnen einen gewissen Verrat an ihren erotisch-sexuellen Gefühlen, ihre teilweise »Prostitution«, nahe.

Da die Frauen in ihren erotisch-sexuellen Forderungen an den Geschlechtspartner häufig anspruchsvoller als die Männer – die Frage wird noch eingehender betrachtet werden – und daher auch schwerer zu befriedigen sind, trifft sie die männerherrschaftliche Verkoppelung der Befriedigung ihrer erotisch-sexuellen Ansprüche mit jener ihrer materiellen doppelt. Dem weiblichen Wesen gerechter und damit ihrem »Glück« förderlicher wäre akkurat die umgekehrte Heiratslage: ein auf den Männern lastender Druck zur Heirat und relative Freiheit der Frauen, einen Lebensgefährten ganz nach ihrem erotisch-sexuellen Maßstab zu wählen oder es auch bleibenzulassen. Die Männer verlören dabei nicht soviel wie die Frauen bei der anderen Lösung, sind sie doch in sexueller Hinsicht bei allem feinschmeckerischen Gebaren merkwürdig oft mit irgendwelcher Kost zufrieden.

Die Strafe für solche »Prostitution« ehrbarer Frauen folgt oft auf dem Fuße. Wenn die Frauen Hand und Geschlecht zu einer Vereinigung bieten, die sie nicht oder doch nicht gerade mit Leib und Seele ersehnen, streikt leicht ihr sexuelles Genußempfinden. Seltsame Zahlen – sie rangieren von 10 bis 80% – im Zusammenhang mit ehefraulicher Frigidität huschen in der einschlägigen Literatur umher; ihre Erklärung finden sie wohl am ehesten in diesem Vorliebnehmenmüssen der Frauen.

Die männerherrschaftliche Beschränkung der beruflich-wirtschaftlichen Möglichkeiten der Frau – vom Abrahmen der lukrativen Posten bis zum Schleusen der Frauen in ein ehefrauliches Haushälterinnendasein –, die eine Verkümmerung der geistigen und sozialen Persönlichkeit unzähliger Frauen im Gefolge hat, bewirkt also indirekt oft ein Drittes: Verkümmerung ihrer erotisch-sexuellen Individualität in der Ehe. Und dies bei all dem besorgten Treiben um die durch Rechte so gefährdete »ureigene Weiblichkeit«.

Vorwände, um die Unterdrückung der Frauen im wirtschaftlichen Leben zu rechtfertigen

Die Unterdrückung der Frauen im beruflich-wirtschaftlichen Leben bringt den Männern große Vorteile. Es sind die Gegenstücke zu den verschiedenen Seiten der Benachteiligung der Frauen. Die Männer genießen volle berufliche Selbstbestimmung und sowohl das Vorrecht auf die besseren Stellungen als auch jenes auf bessere Bezahlung ihrer Arbeit. Damit haben sie besonders günstige Möglichkeiten zu individueller Selbstverwirklichung und angemessener sozialer Eigenständigkeit. Wer hat, dem wird gegeben, und Vorrechte bringen weitere mit sich. Dementsprechend besitzen die Männer auch auf dem Heiratsmarkt eine Vorzugsstellung und infolgedessen größere Chancen zur erotisch-sexuellen Selbstverwirklichung.

Das feministische Streben nach beruflicher Gleichberechtigung der Frauen trifft daher das Fundament der männlichen Vormacht und bringt ihr ganzes Gefüge ins Wanken. Die Geschütze, die man zu ihrer Verteidigung auffährt, sind entsprechend.

Wie alle Privilegien werden auch die beruflich-wirtschaftlichen der Männer nicht nur praktisch verteidigt, sondern auch ideologisch. Ideologische Untermauerung läßt sie als selbstverständlich erscheinen, was der Opposition sozusagen den Atem abstellt. Solche Rechtfertigungsversuche finden auf zweierlei Ebenen statt. Bald beruft man sich auf »innere« Gründe, Gründe, die in einer Wesensverschiedenheit weiblicher und männlicher Köpfe ihren Sitz haben sollen, bald auf Gründe angeblicher Zweckmäßigkeit, wobei der in Frage stehende Zweck, die menschliche Fortpflanzung, im Rahmen einer für die Männer komfortablen Häuslichkeit besteht. Praktisch gesprochen: auf der einen Seite soll der Popanz der »wahren Weiblichkeit« beweisen, daß es den Frauen an der sachlichen Eignung zu gleicher Leistung und damit zu gleicher Stellung im Berufsleben fehlt. Auf der andern Seite wird für den Fall, daß dem Leugnen der weiblichen Fähigkeiten in Theorie und Praxis die Durchschlagskraft fehlt, mit der Fabel vom Manne als dem »natürlichen Ernährer der Familie« aufgefahren.

Von der Weiblichkeitsideologie gibt es verschiedenerlei Versionen, die in mancherlei Zusammenhängen eine Rolle spielen. Aber ob in dieser oder jener Aufmachung, antiquiert oder modern, die chimärischen Charakteristiken der weiblichen Natur einerseits und die entsprechende narzistische Selbstbeweihräucherung hinsichtlich Art und Aufgabe der Männer andererseits, zeigen mit unverhohlener Naivität immer nur die Absicht, den Mann als Licht, als geistig Überlegenen, die Frau aber als Schatten, als

Unterhund in der Hierarchie der Geister darzustellen. Man wäre davon mehr erheitert als verstimmt, gäbe ihr nicht die entsprechende Gestaltung der tatsächlichen Verhältnisse eine so grimmige Wirklichkeit.

Die Fabel vom Mann als dem »natürlichen Ernährer von Weib und Kind« nun hat die Bedeutung, den Weg zur beruflich-wirtschaftlichen (und teils politischen) Gleichberechtigung der Frau zu blockieren, wenn die bizarren Bilder von der »weiblichen Natur« – in seelisch-geistiger Hinsicht – wieder einmal zerzaust sind und nach einem neuen Zerrbild Umschau gehalten werden muß. Ferner dient die Ernährerfabel dazu, jene Frauen, welche unmißverständliche, lebendige Widerlegungen der gerade gängigen Weiblichkeitsideologie sind, auszuschalten, ihnen zum Schaden und anderen zur Abschreckung. Mit der Ernährerfabel will man folgendes sagen: Auch wenn die ungleiche Verteilung der Macht auf die Geschlechter durch keine entsprechende Wesensverschiedenheit gerechtfertigt ist, so scheint sie doch infolge ihrer unterschiedlichen Belastung mit der Fortpflanzung zweckmäßig und damit das »natürlicherweise Gegebene« zu sein. Beim ersten flüchtigen Blick scheint aus dieser Behauptung lauter gesunder Menschenverstand zu sprechen. Beim zweiten zeigt es sich, daß man aus einer Mücke einen Elefanten gemacht hat, der nun – ein heikles Gegenwartsproblem – als Esel am Berge steht. Ein Vergleich, den die von verschiedenen Gesichtspunkten aus erfolgende Behandlung der Frage noch belegen wird.

Alte und neue Versionen des Märchens von der geistigen Überlegenheit der Männer

Von Adams Rippe zum geringeren Durchschnittsgewicht des weiblichen Gehirns

Die Requisiten, um die Männer für die legitimen Anwärter auf alle begehrenswerten Stellungen im Gemeinschaftsleben auszugeben, änderten im Laufe der Zeiten. Man entnahm sie jeweilen dem Bereich, der zur Zeit die größte Autorität genoß.

Jahrhundertelang ist dies die Religion gewesen. Der Mythos von Adam und Eva in Verbindung mit der falschen Unterstellung, die Frau sei lediglich Inkubator der menschlichen Leibesfrucht, erwies sich, wie bereits angedeutet, als unerschöpfliche Fundgrube, um den Mann als hoch und hehr, als weisen und gerechten Herrn der Schöpfung und damit auch als »gottgewollten« Kandidaten für alle wichtigen Posten, die Frau dagegen als dienende »Gehilfin«, als prädestinierten Unterhund darzustellen.

Thomas von Aquin trieb solche Hirngespinste auf die Spitze. Nach seiner Ideologie sind die Frauen eine Art mißratene Männer, sind Fehlprodukte – »femina est aliquid deficiens et occasionatum«[27] –, weil bei ihrer Zeugung etwas nicht ganz geklappt habe. Die männliche Kraft der Herren Väter sei im entscheidenden Augenblick etwas indisponibel gewesen, möglicherweise unter dem Einfluß feuchter Südwinde. In einem Wort: die Frau ist menschlicher Ausschuß. Wer mochte bei solchem Orakeln noch bezweifeln, daß die ersten und zweiten Plätze im Gemeinschaftsleben den Musterknaben des lieben Gottes vorbehalten waren und die Frauen sich auf den dritten so dünn und so nützlich wie möglich zu machen hatten.

Die Aufklärung setzte die Autorität der Religion zugunsten jener der Vernunft außer Kurs. Das Bild des Mannes als Abglanz und Sachwalter Gottes und der Frau als von Gott angestellter Dienerin solcher Herrlichkeit verblaßte. Die Verstandeskraft, der man unter dem Eindruck der riesigen Fortschritte der Wissenschaften blindlings vertraute, wurde nun Handhabe, um die Böcke von den Schafen zu scheiden.

Selbstverständlich sucht und findet man nun bei den Männern die größere Portion Geisteskraft. Was an den Frauen wie Verstand wirken mag, ist nur Instinkt, etwas, das auch die Tiere besitzen. Mit ihm kommt man nicht weit. Die menschliche Zivilisation basiert auf Verstand, auf »straffer Logik«, ist also Männerwelt. Der Instinkt der Frauen ist lediglich ein Instrument für den Hausgebrauch (und für allerlei Arbeiten, die Männer nicht machen mögen). Daher geben gelehrte Studien den Männern Format, Frauen aber machen sie lächerlich. Damit die weiblichen Instinktwesen nicht überborden, sind sie in den vier Wänden des Hauses einzuschachteln. Wollen sie hinaus, um ein interessanteres Leben zu finden, so sind sie keine Frauen, sondern Karikaturen. Müssen sie zum Haus hinaus, weil kein Mann sie darin hinreichend ernährt, so setzt man »pro forma« Trauermienen auf und reibt sich gleichzeitig die Hände vor Vergnügen über die Gewinne, die sich daraus ziehen lassen. Denn die Instinktwesen können stundenlang und jahrelang Arbeit verrichten, als hätten sie auch Verstand.

Um Beweise der geringeren Qualität des weiblichen Verstandes war man nicht verlegen. Übrigens hatte Thomas von Aquin da schon vorgearbeitet. Behauptete er doch, Frauen hätten geringeren Verstand als Männer – »in homine magis abundat discretio rationis«[27a] –. Offenbar auch ein Werk jener feuchten Südwinde. Hauptargument war jedoch das durchschnittlich größere Gewicht des männlichen Gehirns. Wer unter diesem Beweis nicht zusammenbrach und andeutete, es sei auffällig, daß der Inhalt mancher der gescheitesten männlichen Köpfe – es fielen Namen hoch und hehr – sich als besonders leicht erwiesen habe und außerdem allerlei Getier, das keineswegs über große Denkkraft verfüge, eine schwerere Hirnmasse als der Durchschnittsmann besitze, den verwies eine neue Modethese auf die Windungen und die graue Substanz der Hirnrinde. Damit war jedoch nichts gesagt. Denn bei diesem Blick ins Aschgraue verlor man jede Spur der von den Männern in Anspruch genommenen Logik, jenes besonderen Abstraktionsvermögens. Die Heimstätte einer produktiveren männlichen Phantasie blieb ebenfalls unauffindbar.

Auch außerhalb dieser Beweisführung hielt es immer schwerer, die Behauptung eines größeren männlichen Verstandes aufrechtzuhalten. Allmählich regelmäßig werdende gute Examensresultate einiger Frauengenerationen, die man einst schlankweg für unmöglich gehalten, ließen sich auf die Länge nicht mehr mit dem Vorwurf niederen Ameisenfleißes bagatellisieren. Es sah aus, als ob man klein beigeben müßte. Nicht einmal auf die zur Verkleinerung der weiblichen Schulleistung dienlichere Idee, nämlich daß Schulerfolge Heranwachsender überhaupt nicht so viel zu besagen hätten, verfiel man. Der akzeptierte Pegel für Geistesschwemme stand eben noch fest. Schließlich kam man doch noch auf einen rettenden Gedanken.

Vom Treiben des schöpferischen Funkens

Die Ebene, auf der man das Kriterium fand, dessen Autorität Ende des 19. Jahrhunderts diejenige der Vernunft ablösen sollte, bot die Kunst. Der reaktionäre Irrationalismus hatte sie zum Religionsersatz erhoben. Ehedem waren die Künstler als Menschen wie andere auch betrachtet worden, als Menschen, die nach bestem Wissen und Gewissen ihre beruflichen Aufträge erfüllten und mitunter rein zum eigenen Vergnügen ihre Fähigkeiten betätigten. Jetzt wurde man auf den schöpferischen Funken aufmerksam, der in diesen Menschen wohnte, und erhob sie zu Halbgöttern. Üppig sah man bei den Männern Funken stieben, spärlich bei den Frauen.

Der Schluß, den man aus dieser Tatsache zog und für den Alltagsgebrauch zurechtstutzte, lautete etwa: Nur Männer vermögen schöpferische Funken zu beherbergen, weshalb grundsätzlich ihnen allein – gleichviel ob im einzelnen mit oder ohne Funken – die guten und entscheidenden Stellungen im Gemeinschaftsleben zukommen sollen. Die Frauen hingegen sind unschöpferisch, geistig nur rezeptiv, sind ohne Willens-, Denk-, Visions- und Gestaltungskraft, bringen nichts hervor, kurz, sind ohne Originalität. Ihr rezeptiver Geist lechzt nach einem durch Männer gegebenen Inhalt: in Gehilfenstellungen finden sie »Erfüllung«. In dieser Form soll es auch den Frauen gestattet sein, ein Scherflein zum Blühen von Kunst und Wissenschaft beizutragen. Zudem ermöglicht es ihr in untergeordneter Stellung entfalteter Bienenfleiß den Männern, um so mehr Funken zu sprühen, um so höher im Abstrakten zu kraxeln. In solcher Vorstellung vom Wesen und Platz der Geschlechter wird der Mann gewissermaßen dem Doktor in Toepffers »Maler Pencil« gleichgesetzt, der einen neuen Kometen entdeckt und das Weltende prophezeit, indes die Frau in Gestalt der Magd Salat fürs Abendessen sticht.

Übrigens schimmert bei diesem Histörchen von der unterschiedlichen schöpferischen Begabung der Geschlechter noch eine ins Uferlose verallgemeinernde und überdies falsche Auffassung der menschlichen Fortpflanzungsweise durch. Man geht davon aus, daß der Mann vollendete Lebenskeime in die Frau scheffle, die nun als Brutkasten funktioniere. Eine klassische Auffassung, die sich als böser Irrtum erwiesen hat. Und was die besondere Aktivität des Mannes beim Geschlechtsakt betrifft, so wird sie durch jene der Frau bei der Geburt wahrhaftig mehr als aufgewogen. Fortpflanzung und Geschlechtsakt in Ehren – aber es führt ins Absurde, daraus auf die geistige Beschaffenheit und geistige Funktion der Beteiligten zu schließen. Man hütet sich wohlweislich ja auch, aus dem Geschlechtsleben eines Individuums Schlüsse auf seine Begabungen und Arbeitsmethoden zu ziehen.

Obgleich unerfindlich bleibt, weshalb eine Frau nicht Staatsanwalt, Theologieprofessor, Generaldirektor, Lokomotivführer und was weiß ich werden soll, weil keine ein Michelangelo gewesen, wohl aber ein Mann, der ebenfalls keiner ist, so spielt das Argument der geringen Anzahl weiblicher Künstler und Wissenschaftler doch eine Rolle. Auch heute noch, trotzdem ihm ein moderneres den Rang abgelaufen hat. Es gibt keine Frau, die für sich oder für alle Frauen irgend etwas Begehrenswertes, aber Verweigertes oder auch nur Ungewohntes – von einem Photo-Atelier bis zum Frauenstimmrecht – wünschte, ohne daß sie zu hören bekäme, es gäbe keine Komponistinnen, keine »großen« Dichterinnen und Malerinnen, keine Philosophinnen, keine epochemachenden Naturwissenschaftlerinnen, ja nicht einmal weibliche Küchenchefs, wo doch die Küche weibliche Urwelt sei.

Weshalb an den Chef-Stellen keine weiblichen Köche stehen, dürfte nach Besichtigung des unergötzlichen Panoramas der weiblichen Berufstätigkeit allerdings klar sein.

Dagegen bleibt der Ausfall einer gleich großen Anzahl weiblicher Leuchten der Kunst und Wissenschaft bedenklich. Immerhin darf nicht übersehen werden, daß die Zahl der männlichen Leuchten gerne zu hoch angesetzt wird. Man vertiefe sich in das Problem Ruhm, um festzustellen, von wie mancherlei Voraussetzungen, Zufällen und Machenschaften die Verteilung der Ränge abhängt. Entsprechend ist der Ruhm der Wissenschaftler und Künstler viel weniger absolut, als man gemeinhin annimmt, und schwankt je nach Kulturgemeinschaft und Epoche. Der Ausfall an weiblichen Leuchten ist verhältnismäßig weniger groß, als man meint; aber man kommt nicht um die Tatsachen herum, daß es weniger weibliche Künstler und Wissenschaftler gibt und die Anzahl der weiblichen großen Leistungen hinter jener der Männer absolut zurücksteht.

Sie machen die Frauen oft stutzig. Die Erscheinung, daß einerseits Männer, die gerne mit dem Argument des Mangels an weiblichen Genies die feministischen Bestrebungen im Berufs- und Wirtschaftsleben lähmen möchten, persönlich nur selten Genies sind und es anderseits immerhin etliche gloriose Frauenleistungen gibt, gereicht nicht zum Trost. Denn den eingeschüchterten Frauen wird bedeutet, man vergleiche Frauen- und Männerleistung von Stufe zu Stufe: der Vergleich sei von Spitze zu Spitze zu machen und fortschreitend nach unten von Stufe zu Stufe. Dabei zeige es sich, daß erstklassigen männlichen Genies nur drittrangige weibliche gegenüberständen und so fort. Nun, diese Hühnerleiter ist aus verschiedenen Gründen trügerisch. Einmal heißt ein einziger Beethoven oder Kolumbus pro Weltgeschichte nicht, daß in jedem einzelnen Manne auch nur das Spürchen eines Beethoven oder Kolumbus zu finden sei. Zudem schließt sie die Möglichkeit gar nicht aus, daß die durchschnittliche Leistung der Frauen in den einzelnen Gebieten dennoch ein höheres Niveau als diejenige der Männer haben könnte. Denn außer den Spitzenleistungen könnten bei ihnen auch die großen Versager fehlen. Ferner beweist die Tatsache, daß weniger weibliche als männliche Maler, Komponisten, Dichter und Wissenschaftler lebten und damit auch weniger »große« nicht, daß sie anlagemäßig nicht existiert hätten und solche Frauen zukünftig das, was sie sein könnten, nicht auch werden und entsprechend in Erscheinung treten. Eine nur kleine Zahl sich verwirklichender weiblicher Genies als Beweis einer durchschnittlich geringeren genialen Begabung der Frauen zu werten, ist so absurd wie der Tatsache, daß eine Frau am Waschzuber steht, zu entnehmen, sie sei unfähig, Rekordflüge zu vollbringen. Haben doch die Frauen auf den erwähnten Gebieten bisher weniger geleistet, weil ihnen in unserem Kulturkreis vornehmlich eine Unmenge sich täglich wiederholender Hausarbeit aufgehalst wurde, von der sich die Männer eh und je dispensieren konnten, falls sie nicht gerade in Sklaverei geraten waren oder ihr Dasein als Hausknecht fristen mußten. Auf den Frauen aber blieb die Hausarbeit sitzen – geniale Begabung hin oder her –, weil ihnen die Hände durch ihre unbedingte Solidarität mit den hilflosen Würmern, die sie geboren, gebunden waren. Ein Punkt von außerordentlicher Wichtigkeit, auf den ich wiederholt zu reden komme.

Die starre Ausgestaltung einer entsprechenden »Arbeitsteilung der Geschlechter« brachte es mit sich, daß den Frauen künstlerische und wissenschaftliche Tätigkeiten überhaupt schwer zugänglich gemacht wurden und sie ihnen relativ selten materielle Existenzmöglichkeiten gewährten. Zu dieser äußeren Unfreiheit, Tätigkeiten zu wählen, die ihnen individuell lagen, und sich in solchen Gebieten auch im ökonomischen Sinne des Wortes häuslich niederzulassen, trat noch eine nicht zu unterschätzende innere Unfreiheit infolge des Konfliktes zwischen ihren Impulsen und den diesen entgegengesetzten Konventionen ein. Symptomatischerweise treten dagegen bei der Einräumung eines Spielraumes unverzüglich Frauenleistungen auf. Dies zeigt sich etwa in den Leistungen der mittelalterlichen Nonnen, der aristokratischen Damen der Renaissance und des Dixhuitième, der Frauen der Bourgeoisie des 19. und 20. Jahrhunderts. Besonders deutlich wird es dort, wo den Frauen als Ausnahmen von der Regel ein »männlicher Wirkungskreis« in aller Form überlassen wird, wie es bei Regentinnen kraft eigenen Rechts der Fall ist.

Entsprechend diesen Ursachen findet sich vermeintliche Genielosigkeit nicht nur bei den Frauen, sondern bei jedem Volke, jeder Klasse, die unterdrückt ist. Man hört so selten von Kulturblüten eines Volkes unter

Fremdherrschaft wie von kulturellen Spitzenleistungen Angehöriger des Proletariats oder einer ausgesogenen Landbevölkerung. Auch die Fälle, wo »armer Leute Kind« durch seine kulturellen Leistungen Glanz und Ruhm erworben hat, sind nicht so häufig, wie es eine säuberliche Aufzählung der Beispiele in den Schulbüchern aus pädagogischen Gründen glauben macht; zudem stammen sie meist aus Zeiten sozialen Umbruchs. Und was immer vom kulturellen Einfluß besiegter Völker gesagt werden mag, die große Zeit der griechischen Philosophen, Dichter und Bildhauer etwa fiel nicht mit dem Römerjoch zusammen.

Es läßt sich im Zusammenhang mit der behaupteten Genielosigkeit der Frauen auch nicht übersehen, daß sie während Jahrhunderten von Gymnasien, Universitäten, Kunst- und Musikschulen grundsätzlich ausgeschlossen waren, wenn auch nicht so ausnahmslos, wie man aus dem harzigen Kampf ums Frauenstudium im 19. Jahrhundert schließen könnte. Wer weiß, ob die Welt je etwas von einer Sibylle Merian, Angelika Kauffmann oder Vigé-Lebrun gehört hätte, wenn das Schicksal diesen Künstlerinnen nicht ausnahmsweise die Gunst erwiesen hätte, ihnen in der Person ihres Vaters gleich einen künstlerischen Hauslehrer zu geben.

Wo es diese Gunst nicht erwies, wurde die richtige künstlerische oder wissenschaftliche Ausbildung einer Frau nur dann zuteil, wenn es ihr dafür fünf seltene Voraussetzungen zugleich bot: die geniale Begabung, Eltern, die sie erkannten, anerkannten und zur privaten Ausbildung der Tochter unkonventionell und reich genug waren. Eine seltene Häufung von Glücksfällen! Wo sie sich fand, hat sie prompt Wunderblüten gezeitigt wie zum Beispiel Madame de Staël und Sonja Kowalewski. Im Falle letzterer haperte es allerdings mit Anerkennung und Unkonventionalität der Eltern so weit, daß sie sich das elterliche Einverständnis zum Besuch der Universität mit einer Scheinheirat erschleichen mußte.

Aber selbst unter jenen günstigen Voraussetzungen hatte die fachliche Ausbildung nur einen Sinn, wenn die Frauen entweder so reich waren, daß sie ihre Begabung unabhängig von Erwerbsarbeit betätigen konnten oder entsprechende Erwerbsmöglichkeit außerhalb der dienstvertraglichen Bindung besaßen. Wo die Frauen jedoch auf die kommerzielle Ausbeutung ihrer Qualifikation angewiesen waren und dienstvertragliche Arbeitsverhältnisse derselben entsprachen, war sie ihnen kaum von Nutzen, wäre also sinnlos gewesen. Denn wo hätten sie ihrer Ausbildung gemäß erwerben können? Auf sie warteten nämlich keine Professorenstellen, keine Ämter, die Kompetenzen, Anregung, Anerkennung und Geld gebracht hätten; warteten keine Gesellenarbeit bei Meistern aller Länder, weniger Aufträge von Königen und Rufe an Fürstenhöfe, keine Organisten-, Regisseur-, Dirigenten-, Bibliothekar-, Hofdichterstellen, keine mußereichen Pfarreien, keine gemütlichen Verwaltungsposten – alles Möglichkeiten für unbegüterte Männer, doch noch einzusteigen, bei gesicherter Existenz der Berufung zu folgen. Nichts dergleichen für Frauen, ihnen waren die Tore zu einem anerkannten und honorierten Wirkungskreis meist verschlossen.

Der Anreiz, sich auszubilden und ihren Begabungen Ausdruck zu verleihen, war also für die meisten Frauen gering.

Die Ausnahme bestätigt die Regel: seit zwei bis drei Jahrhunderten bildet die Bühne eine Ausnahme. Solange die Frauen von ihr ausgeschlossen waren, gab es keine großen Schauspielerinnen, weil es – wie simpel! – auch keine weiblichen Mimen gab. Als die Frauen endlich auftreten durften und so häufig und zu so guten Bedingungen wie die Männer engagiert wurden, fehlte es – wie simpel! – nicht mehr an großartigen Darstellerinnen.

Wie erging es nun den wenigen Glückspilzen unter den begabten Frauen, jenen, die auf eine regelmäßige Honorierung ihres beruflichen Wirkens verzichten konnten, da für ihr Auskommen gesorgt war? Ihnen scheint zum mindesten sogenannt freie künstlerische Betätigung oder ein Dasein als Privatgelehrte offengestanden zu haben. Hindert doch nichts ein ernährtes, bekleidetes und beherbergtes Genie, sich im stillen Kämmerlein zu entfalten, hört man. Tatsächlich ist es frappant, wie manches weibliche Talent und Genie seine Karriere im stillen Kämmerlein begonnen oder gemacht hat. Das heißt, sofern es überhaupt stundenlang im Kämmerlein weilen durfte und dort wirklich Stille herrschte.

Es kam nicht von ungefähr, daß die Mathematikerinnen Sonja Kowalewski und Mary Somerville ihre Studien im Schlafzimmer begannen – heimlich in der Nacht –, weil tagsüber nur Kranke im stillen Kämmerlein bleiben durften. Bezeichnenderweise ging selbst das nicht ohne Schwierigkeiten ab. Mary Somerville verbrauchte eine Unmenge Kerzen, was der Mutter gemeldet wurde, so daß es fortan für nächtliche Studien kein Licht mehr gab. Der Vater meinte gar, man müsse die Tochter bald in eine Zwangsjacke stecken, wenn dies mathematische Treiben kein Ende fände.

Während die meisten wissenschaftlichen und künstlerischen Betätigungen so oder so mit Instrumenten, Experimenten, Werkstätten und Teamwork sich mindestens einem kleinen Kreis von Leuten bemerkbar machen müssen, eignen sich Dichten und Schriftstellern am ehesten zu heimlicher »Heimarbeit« im stillen Kämmerlein. Und im Gegensatz zu anderen Bereichen der Kunst und Wissenschaft kann in diesem sogar die Ausbildung weitgehend mutterseelenallein genossen werden. Einige wenige in der Muttersprache geschriebene Meisterwerke genügen dazu; mitunter geht es auch ohne.

Da Dichten und Schreiben die einzigen Künste sind, die sich unter Ausschluß der Umwelt und trotz ihrer Mißgunst erlernen und mit Licht, Feder und Papier als einzigem Betriebskapital überdies denkbar billig betreiben lassen, so ist es kein Zufall, daß sich Frauen in der literarischen Tätigkeit zuerst versucht und ausgezeichnet haben. Annette von Droste-Hülshoff, die Brontës, Jane Austen – sie alle und viele andere mehr schrieben wohlweislich so heimlich wie möglich. Jane Austen soll für ihre Entwürfe grundsätzlich nur kleine Zettel verwendet haben, um ihre Arbeit bei unerwarteten Unterbrechungen sofort verbergen zu können.

Nachdem der erste Wurf gelungen war, war es allerdings zum Teil mit der schützenden Heimlichkeit vorbei. Die Arbeiten, welche die Autorinnen gerade unter den Fingern hatten, blieben zwar vor direkten Angriffen nach wie vor sicher. Aber die Bekämpfung weiblichen literarischen Schaffens drang durch alle Wände ein. In zahlreichen Traktätchen konnten die Schriftstellerinnen lesen, wie Schreiben der Weiblichkeit zu moralischer Verderbnis gereiche, was damals noch etwas heißen wollte. Im Familienkreis wurde ihre Arbeit, soweit sie bemerkt wurde, als Bizarrerie belächelt. Und wo sie Ansporn erhofften, bekamen sie häufig kalte Duschen. Charlotte Brontë zum Beispiel mußte sich von Southey, dem sie in der Hoffnung auf Ermunterung in ihrer buchstäblich kirchhöflichen Einsamkeit eines ihrer Werke geschickt hatte, sagen lassen, Frauen sollten nicht berühmt werden wollen und, anstatt unfruchtbar zu träumen, gescheiter im Hause nützlich Hand anlegen. Die weiblichen Genies lebten in nichts weniger als Treibhausluft.

Wie gesagt, es ist für die Lage der Frauen bezeichnend, daß sie zuerst auf jenem Gebiet schöpferisch tätig zu werden begannen, wo sie der Außenwelt und damit den Unterdrückungstendenzen der männlichen Kollektive denkbar wenig Anhaltspunkte boten. Es war auch kein Zufall, daß diese wenigen Frauen meist ledig, verwitwet oder einem Ehemann durchgebrannt waren. Denn als Hausfrauen hätten sie nicht einmal mehr das unerläßliche stille Kämmerlein besessen. Und zur allgemeinen Hinderung ihres Schaffens wäre noch die besondere durch Familienbürden gekommen. Einmal unter der Haube, mochte ihre letzte Hoffnung gewesen sein, im Interesse »freier« Betätigung ihrer Talente im stillen Kämmerlein vom Funktionieren als Hausfrau und Kinderwärterin irgendwie dispensiert zu werden. Kam beides gar nicht in Frage, was die Regel gewesen sein dürfte, so trugen die Tische Stöße frischer Wäsche anstatt Stöße von Manuskripten.

Die Antwort auf die Frage, weshalb so wenig weibliche Leistungen von Format auf künstlerischem und wissenschaftlichem Gebiet zu finden sind, lautet kurz zusammengefaßt: weil überhaupt wenig weibliche Leistungen vorliegen; denn zur vollen Ausbildung ihrer Begabungen kamen die Frauen bis vor kurzem nur ausnahmsweise und auf ungewöhnlichem Weg. Der Einsatz ihrer künstlerischen und wissenschaftlichen Fähigkeiten auf dem Arbeitsmarkt war ihnen weitgehend verbarrikadiert und damit auch die Möglichkeit, sich mittels ihrer Gaben angemessen zu erhalten. (Die Barrikade besteht noch heute zu einem beträchtlichen Teil.) Dadurch bedeutete ihre Entfaltung und Betätigung Luxus, einen Luxus, der für die meisten verheirateten Frauen, die sich nicht vom Gros der Hausarbeit und Kinderwartung loskaufen konnten, untragbar war und ist.

Man braucht sich nicht zu wundern, daß die Frauen nicht mehr künstlerische und wissenschaftliche Leistungen aufweisen. Verwunderlich ist, daß ihrer trotz der gewaltigen Hindernisse so viele sind. Wer weiß, vielleicht kämen bei gleicher beruflicher Freiheit der Geschlechter und gleichen wirtschaftlichen und sozialen Möglichkeiten mehr weibliche als männliche Genies zum Vorschein.

Psychoanalytisches Orakeln rettet die sinkende Ideologie

Wie der Rangunterschied im Paradies und das Hirn auf der Waage verlor mit der Zeit auch der schöpferische Funke seine Gültigkeit als Kriterium, um den Männern ihre große und den Frauen ihre kleine Portion beruflich-wirtschaftlichen Geltungsbereiches zuzuweisen.

Mit der Verarmung der Bourgeoisie wurde der Kultur- und Kunstrummel leiser und um so lauter der Zweifel an den vermeintlich absoluten Werten der Kunst. Die hochgepriesenen Werke mancher Kunstolympier der letzten Generation konnte man jetzt nicht mehr ausstehen. Und was die künstlerische Produktion der Gegenwart betrifft, wurde sie weiten Kreisen unverständlich. Zahlreiche Berufsmaler begannen so zu malen, wie jeder glaubt malen zu können, etwa indem er die Pinsel an einem Tuch abputzt und dieses einrahmt. Warum sollen Bilder, bei denen man nicht herausfinden kann, was sie eigentlich darstellen, und Gedichte, die sich auf ein halbes Dutzend Arten interpretieren lassen, höchste Werte bedeuten? Warum bekommt ein Schüler für eine bei Goethe abgeschriebene Naturschilderung nur Note »genügend«, wenn der Lehrer den Scherz nicht bemerkt hat? Warum langweilen die größten musikalischen Werke des Abendlandes so viele Leute, die sich für Ländler und Jazz hell begeistern? Warum sehen sich die Highbrows lieber einen erstklassigen Film an und die durchschnittlichen Leute lieber einen zweitklassigen als die »unsterblichen« Dramen von Shakespeare, Corneille und Schiller? Was ist in der Kunst Können und was Bluff? Was schön, was häßlich? Wer ist »unsterblich«, wer eine Eintagsfliege?

Da man mit der Frage nach Genie, nach künstlerischem Wert keine halbreligiöse Sphäre mehr betrat, sondern in ein Wespennest griff, wurde auch die vermeintliche Genialität als Legitimation zu Vorrechten im beruflichen, kulturellen, wirtschaftlichen und politischen Leben zweifelhaft. Um weibliche Aspirationen auf volle Gleichberechtigung zu widerlegen, brauchte man etwas Aktuelleres. Im Zeitalter des Enthusiasmus für Bakterienfreiheit fand sich das Mittel auf dem Gebiet der Hygiene, der Seelenhygiene nämlich.

Zwar hatte man bereits seit Generationen zu behaupten versucht, schon rein physiologisch falle eine volle berufliche Wirksamkeit der Frauen außer Betracht. Mediziner griffen zur Feder. So schrieb einer in seinem »Lehrbuch über die physischen, seelischen und sittlichen Pflichten und Rechte der Gesundheitsregel der deutschen Frau im Eheleben zur Begründung der leiblichen und sittlichen Wohlfahrt ihrer selbst und ihrer Familie«, das Weib würde keine »zusammenhängende Wirkungssphäre im praktischen, öffentlichen, verwaltenden, gelehrten oder künstlerischen

Beruf ausfüllen können«, da es zum Beispiel durch »periodische diskrete Mahnung an das Geschlecht«[28] unterbrochen werde. Andere schrieben und sagten, mit »männlicher«, das heißt gehobener Berufstätigkeit versuchten jene Frauen sich in Männer zu verwandeln, die von ihnen als Gattinnen verschmäht worden seien. Da aber auch der geneigteste Leser – ganz abgesehen davon, daß ihm die »Weiblichkeit« der von den Männern verschmähten Frauen gleichgültig sein könnte – nicht einzusehen vermag, weshalb das Halten von Vorlesungen über die Kultur der Renaissance oder eine Arztpraxis die weiblichen Geschlechtsorgane verändern sollte und weshalb angeblich »verschmähte« Frauen nicht ihr Leben so interessant wie möglich gestalten dürften, handelt es sich bei solcher Rede mehr um Geflunker denn um ein Argument. Und Einwände wie die »periodische diskrete Mahnung an das Geschlecht« ließen sich auf die leichte Schulter nehmen, wo doch die Männer, ganz im Gegensatz zu den Frauen, buchstäblich auf Schritt und Tritt sogenannte diskrete Mahnungen an das Geschlecht erhalten und oft noch diskretere, aber um so bohrendere durch sexuelle Vorstellungen, die es in sich haben, ihre gedankliche Konzentration nur so auffliegen zu lassen: eine abwegige »Phantasie« und schon »dreht sich alles um und um im Konsistorium«.

Erst hielt man sich bei Angriffen im Namen der Gesundheit gegen die beruflich-wirtschaftliche Gleichberechtigung der Frauen an ihr leibliches Wohl. Mit der Popularisierung der Psychoanalyse sattelte man eifrig auf das psychische Wohl um. Neuerdings wird nun, wer gegen die Vorrechte der Männer kämpft – bildlich gesprochen –, patronisierend in eine Nervenheilanstalt abgeschoben. Die Ärmsten sind leidend. Um die Männer in ihren Vorrechten zu bestätigen, diskreditiert eine gewisse Sorte Pseudopsychoanalyse ernstes berufliches Streben der Frauen und die damit verbundene Forderung nach Gleichberechtigung als »Krankheit«. Und welch eine Krankheit! Erworben wird sie angeblich nach folgender Faustregel:

Eines Tages entdeckt das kleine Mädchen, daß der kleine Knabe etwas an seinem Körper hat, das es nicht besitzt. Die Entdeckung soll es vor Neid krank machen; es erkrankt an »Penisneid«. Fortan soll sein Sinnen und Trachten darauf gerichtet sein, auch ein solches Anhängerchen zu besitzen und die Besitzer um das ihre zu bringen. Da dies natürlich nicht in Frage kommt, richte sich seine Energie darauf, ein Leben, das der Karriere gewidmet ist und dessen Marksteine anerkannte und bewunderte Taten und Werke des menschlichen Geistes sind, zu erreichen. Daher seien Frauen, die nun meinen und es sogar beweisen, daß sie für solche Taten und Werke auch begabt sind, und entsprechende Aktionsfreiheit verlangen, im Grunde arme, arme Tröpfe, erdgebundene Würmer, die zu fliegen versuchten und dabei noch verpaßten, als Würmer glücklich zu werden.

Diese Auffassung kommt in zahlreichen Schriften mehr oder weniger unverhüllt zum Ausdruck; am unverhülltesten wohl in Lundberg und Farnhams »Modern woman, the lost sex«. Ein Buch, das für die moderne antifeministische Ideologie vielleicht am typischsten ist.

Was immer dem kleinen Mädchen, das zum erstenmal ein kleines männliches Glied bei einem Buben sieht, durch den Kopf geht – es mag dies Mißfallen an dem etwas schlaffen Gebilde, Interesse an der Kuriosität oder auch kindliche Bewunderung für die solchermaßen ermöglichte mannigfaltige Art zu pissen sein –, es merkt auch sehr bald, wenn nicht sogar vorher, daß die Frauen dies und das haben, was weder Knaben noch Männer besitzen. Und sobald es weiß, woher die Kindlein kommen – es weiß dies schon Jahre, bevor es zur Schule geht, wenn man seine Fragen wirklich beantwortet –, nämlich zum Beispiel aus ihm selbst, jedoch nie aus Knaben und Männern, so bleibt bei so viel eigener Wichtigkeit für Neid auf das Anhängerchen der kleinen Buben kein Platz.

Eher als ein Ding, das kleine Mädchen befällt und Frauen besessen macht, ist »Penisneid« ein Bumerang, welcher auf seinen Erfinder und seine Kolporteure zurückfällt. Paul Bousfield zum Beispiel analysiert dessen Erfindung nach des Erfinders eigener Methode, so daß als des Pudels Kern schließlich des Meisters, Freuds, eigene Angst vor Impotenz dasteht.

Allerdings hat Freud den Fund »Penisneid« gemacht. Und Adler hat sich einen »männlichen Protest« ausgedacht, der ebenfalls in dieser Richtung geht, obschon er bemerkenswerterweise nicht nur Neurosen von Frauen zugrunde liegen soll, sondern auch jenen der Männer, also der Neurose überhaupt, wodurch das Wort »männlich« in diesem Zusammenhang sich schließlich mehr als Redensart denn als Bezeichnung von wissenschaftlicher Treffsicherheit zeigt. Die antifeministische Ausbeute des »Penisneides« und »männlichen Protestes« wurde weitgehend von andern, viel Kleineren, besorgt, die sich nur lau für Psychoanalyse und um so brennender für die Bekämpfung der Gleichberechtigung der Frauen im beruflich-wirtschaftlichen und politischen Leben interessierten. Mit der Zeit leuchtete selbst solchen Antifeministen und Antifeministinnen nicht mehr ein, weshalb schon der Anblick eines kleinen Penis bei Mädchen eine lebenslängliche psychische Erkrankung mit dem Symptom eines individuellen Begabungen entsprechenden Strebens nach beruflich-wirtschaftlicher und politischer Selbstverwirklichung heraufbeschwören sollte.

Derartige unumwundene Deutung der Aktivität begabter weiblicher Individualitäten und des Verlangens zahlloser Frauen, in demokratischen Staaten weder rechtlich noch durch Bräuche benachteiligt zu werden, war zu hanebüchen, um sich durchzusetzen. Ihre schwachen Punkte sind offensichtlich. Es sind dies der Neid auf den Penis als solchen – warum auch, wo er beim Geschlechtsakt doch nicht mehr Genuß vermittelt als die weiblichen Organe – und dessen abstruse Identifikation mit allem, aber auch allem zwischen dem Entwurf einer Kathedrale und der Entdekkung Amerikas, zwischen liturgischen Handlungen und der Leitung einer Konservenfabrik.

Doch das Schlagwort »Penisneid« war nun einmal zu saftig, um als Waffe fahrengelassen zu werden. Man unterstellte ihm einen andern Sinn, der einem erlaubte, mit der anstößigen Bezeichnung unmöglich zu machen, was und wen man in antifeministischem Geiste aufs Korn nehmen wollte. Also hatte »Penisneid« fortan gar nicht mehr Neid auf die Knaben beziehungsweise Männer des Penis wegen zu bedeuten, sondern etwas ganz anderes: Neid hinsichtlich der von den Männern als Vorrecht beanspruchten individuellen Lebensgestaltung in beruflich-wirtschaftlichen und politischen Belangen, kurz, Beneiden der Männer ihrer Karrieremöglichkeit wegen. Auf die Frage, was in aller Welt solcher »Neid« mit dem Penis eines kleinen Knaben zu tun habe, erhält man ungefähr die Antwort, das kleine Mädchen wittere im Penis des kleinen Buben die Fahrkarte für die Reise zu den interessanteren und angeseheneren Wirkungskreisen. Sein Verlangen nach diesen heiße daher Verlangen nach der Fahrkarte, sei eben Penisneid.

Ob nun diese oder jene Sorte »Penisneid« berufspolitisch ausgeschlachtet wird, indem man ihn als Triebfeder ernsthaften beruflichen Strebens der Frauen darstellt und es als krankhaft verlästert, immer geht es dabei, gerade auch im Lichte der Psychoanalyse, um eine tendenziöse Verfälschung des Bildes.

Die »Wissenschaft« hat nämlich auf Männerseite – wie zu erwarten war – ein Pendant des »Penisneides« entdeckt, das allerdings weniger im kleinen Knaben als in ausgewachsenen Männern, die nun wissen, woher die Kindlein kommen, motten soll. In aller Stille will man nämlich das Fündlein gemacht haben, daß die hochgepriesenen männlichen Kulturleistungen im klinischen Sinne hauptsächlich Versuche seien, die männliche Unfähigkeit, Kinder zu gebären, zu kompensieren. Sie lasse den Männern im Unterbewußtsein keine Ruhe. Als Beispiel für letzteres muß bei Lundberg und Farnham selbst Newton herhalten. Dieser hat sich solche Auswertung seiner Worte wohl kaum träumen lassen, als er sein Lebenswerk im Sinne einer Gegenüberstellung seiner wissenschaftlichen Leistung und dessen, was zu tun übrigblieb, bescheiden mit dem Spiel eines Knaben am Strande verglich, der sich freut, hin und wieder eine interessante Muschel zu finden, indessen ein Ozean unentdeckter Wahrheit vor ihm liegt. In der Sprache des Unbewußten soll nun dieses Bild verraten, daß er sich eigentlich als kleiner Bub fühlte, der nicht imstande war, hinter das Geheimnis seiner Herkunft zu kommen, das er so gerne gelüftet hätte.

So laut man nun den »Penisneid« der Frauen antifeministisch ausschlachtet, so still ist es um – ? Um was? Um dieses Ding ohne Namen. Man ist nämlich um das Pendant des »Penisneides« auf der Männerseite so still, daß man es nur diskret umschreibt. Derart tritt das Faktum, daß die Geschlechter hinsichtlich der Gesundheit oder Krankhaftigkeit ihrer beruflich-wirtschaftlichen und politischen Bestrebungen somit in psychoanalytischem Sinne quitt wären und sich nichts oder aber das gleiche vorzuwerfen haben, bis zum Verschwinden in den Hintergrund.

Wo bei gleichzeitiger Unterschlagung dieses Fundes mit »Penisneid« und »Männlichkeitskomplex« gegen die Feministinnen gelärmt wird, entlarvt sich solche »Wissenschaft« als Propaganda der Männerherrschaft gegen die berufliche Gleichberechtigung der Frauen. Im Prinzip ist sie so plump wie irgendein Heruntermachen des Konkurrenten, das den Tatbestand des unlauteren Wettbewerbs erfüllt.

Solche Seelenhygiene also ist gegenwärtig im Kampfe gegen den Feminismus die große Autorität und stellt die antifeministischen Argumente des Alten Testamentes, des Rationalismus und selbst diejenigen der Barden des prometheusschen Funkens in den Schatten. Wie der kahlstirnige Herr in Weiß mit Brille auf den Zahnpasta-Reklamen dem sonst so reizenden Fräulein, das leider noch nicht »glückliche Braut« ist, erklärt, es leide an ü. M. (üblem Mundgeruch), der jedoch von der Wissenschaft gründlich erforscht und mittels der neuen, allen modernen Errungenschaften Rechnung tragenden Zahnpasten leicht beseitigt werden könne, so reden und schreiben ebenfalls kahlstirnige Herren in Weiß mit Brille (vor kurzem trugen sie auch schwarze und braune Hemden) im Geiste der männerherrschaftlichen Bekämpfung der drohenden weiblichen Konkurrenz von »Penisneid«, »erotischen Verdrängungen«, »Minderwertigkeitsgefühlen«, »Männlichkeitskomplexen«, die als widerliche Erkrankungen in Frauen mit beruflichem Streben steckten. Und gläubig lauscht man ihren Worten. Die Tatsache, daß oft auch Frauen Prophetinnen solcher Seelenhygiene sind – offenbar ihrerseits vom »Penisneid« angekurbelt –, macht sie in den Augen des Publikums noch glaubhafter.

Es gilt als ausgemacht: auf Grund der angeworfenen Diagnose »Penisneid«, »Männlichkeitskomplex« dürfen die Frauen, die ihre individuellen Begabungen betätigen wollen und dabei gleiche Aktionsfreiheit und gleiche Bezahlung wie die Männer beanspruchen, als »krank« beschimpft werden. Zeige doch ihr Streben, daß sie anstatt ihre Weiblichkeit zu bejahen, »Männer sein wollten«. Und je mehr Macht, Ruhm und Reichtum sie dabei erringen, um so giftiger wird auf »Penisneid« getippt, werden ihnen entsprechende Beschimpfungen an den Kopf geworfen. In diesem Geiste wird auch die Wahnidee, beruflich-wirtschaftliche und politische Leistungen von Frauen ständen in Korrelation mit »schweren Enttäuschungen« (erotisch-sexueller Natur), »großer Verbitterung« (wiederum erotisch-sexueller Natur) oder »verdrängter Erotik« (rein sexueller Natur) propagiert. Sie gestattet, die beneidete, beruflich erfolgreiche Frau hurtig mit dem Schandfleck erotisch-sexuellen Versagens zu disqualifizieren.

Dieses modernen verleumderischen Kniffes bedient man sich auch gerne bei Lebensbeschreibungen hervorragender Frauen. Zur Illustration folgendes Klischee aus einem Artikel über die amerikanische Botschafterin Clare Boothe Luce. Der Autor fügt den Elogen auf ihre Erfolge als Dramatikerin und Politikerin die Bemerkung bei: »Sie ähnelt nicht jenen Millionen von amerikanischen Frauen, die ihre erotischen Verdrängungen in einem peinlichen Blaustrumpftum abreagieren ... auf der höchsten Ebene ist sie die Inkarnation der amerikanischen Frau, die sich zu allem versteht, nur nicht dazu, einen Mann, ein paar Kinder und sich selbst glücklich zu machen ...«[29]

Auch die verbreitete Beurteilung der feministischen Bestrebungen als »ungesund« ist ein Resultat der »Wissenschaft«. Auf sie geht zurück, daß Frauenbestrebungen, die vom Wort »gleich« in Verbindung mit einem anderen charakterisiert werden, etwas anrüchig geworden sind. Heißt doch »gleich«, wie »bewiesen« worden ist, man wolle irgendwie ergattern, was das kleine Mädchen am kleinen Knaben sah.

Solches Geifern bleibt nicht ohne Wirkung. Welche durchschnittliche Frau möchte schon unter diese Aussätzigen gehen, in diesem Geruche stehen? Wenn Stellung bezogen werden muß, hat man es daher eilig, sich von den »kranken« Frauen zu distanzieren, um sich und der Welt zu beweisen, daß man eine »gesunde«, »volle«, »befriedigte«, »erfüllte« und »glückliche Frouh und Mueddher« ist. Die zahllosen Traktätchen der Fachmänner des Sektors »Frau«, von Psychoanalytikern bis zu Theologen, von Gynäkologen bis zu Pensionierten, die ihren Lebensabend mit der Abfassung von »Eingesandt« verbringen, sowie manche jubilierende Zeugen weiblichen Geschlechtes verfehlen nicht zu sagen, was diese kennzeichnet. Das seligmachende »Jasagen zur Weiblichkeit« soll darin bestehen, daß die Frau, sobald der Freiersmann erscheint, entdeckt, wie sie im Grunde nur Nurhausfrau werden wollte und, ihm angetraut, fortan mit der Inbrunst eines zum Laienbruder gewandelten üppigen Sünders das wahre Glück bei Kindern und Hausarbeit sucht.

Merkwürdigerweise hat diese vorgezeichnete »tiefe Bejahung der Weiblichkeit« auffallend wenig mit dem sexuellen Leben zu tun, dafür um so mehr mit dem täglichen Arbeitsprogramm der Hausfrau. Besteht dieses aus Kocherei, Putzerei, Wäscherei, Kragen- und Teppichbürsterei für Familienangehörige oder Überwachung einer Hausangestellten bei solchen Obliegenheiten, hat die Frau keine geistigen und beruflichen Interessen, keinen Ehrgeiz und keinen Sinn für eigene Lebensgestaltung, treibt sie in den vom Männerkollektiv vorgezeichneten Bahnen durchs Leben, so soll dies beweisen, daß sie sich aus »infantilen Männlichkeitskomplexen« zur wahren »Reife« durchgemausert hat. Geistige Farblosigkeit und Lahmheit gelten im Gegensatz zu lebhaften Interessen und Unternehmungslust als Zeichen »reichen Frauentums«. Um die Anerkennung der öffentlichen Meinung zu haben, um begabteren und tatkräftigeren Frauen gegenüber als der reifere weibliche Mensch zu figurieren, genügt es also, bis an die Grenze, geistig zu verlottern, ein genießbares Essen selbst oder durch Angestellte auf den Tisch zu bringen, die Kinder sauberzuhalten und sie weder unter Autos geraten noch aus dem Fenster fallen zu lassen.

Eine kleine Probe aufs Exempel: die Ausgestaltung der in Frauenzeitschriften verbreiteten Fragenreihen, anhand deren Beantwortung die Leserin prüfen kann, ob sie eine »gute Frau und Mutter« ist oder werden wird. Je positiver die Fragen im Blick auf die berufliche Karriere beantwortet werden, desto schlechter kommt man punkto Weiblichkeit weg. Je weniger dagegen die Leserin etwas wirklich will und kann, um so bessere Noten erhält sie als »Frau und Mutter«.

Interessanterweise ist nach dem Orakel antifeministischer Halbwissenschaft die Ablehnung des beruflichen Strebens nur bei jenen Frauen »gesund«, die tatsächlich Hausfrauen sein können. Ist das Schicksal dafür nicht besorgt gewesen, stellt es keinen Ernährer oder noch keinen zur Verfügung, so gelten fundamental andere Normen, als handelte es sich um Wesen anderer Natur. Nun ist es – »Weiblichkeit« hin oder her – »gesund«, untergeordnete, schlecht bezahlte Arbeit im Kopf zu haben und sie allein. Wie sehr auch die Bejahung der Weiblichkeit in einem Nurhausfrauendasein bestehen soll, so darf dennoch das »gesunde« Mädchen beileibe nicht bloß Nurhausfrau werden wollen. Nicht einmal in Milieus, welche die gehobene weibliche Berufstätigkeit anfeinden, darf ein Mädchen auf die Frage nach seinen Berufsplänen etwa antworten, es habe keine. Das riecht sogar den Beschwörern des »Penisneids« zu sehr nach Plüschsofa und Makartbukett. Das »gesunde junge Mädchen« muß unbedingt ein Weilchen als emsige Arbeitsbiene herumsurren.

Der Widerspruch, die »gesunde« Frau als Nurhausfrau zu charakterisieren, der aber hinsichtlich jugendlicher Jahrgänge das berufstätige, aber ehrgeizlose junge Mädchen gegenübergestellt wird, ist leicht zu lösen. Die Lösung ergibt sich, wenn man hinter die »wissenschaftliche« Larve der Weiblichkeitsideologie blickt und sich vor Augen hält, was sie will. Nämlich beruflich-wirtschaftliche und politische Zurücksetzung der Frauen, damit sich die Männer in beruflich-wirtschaftlichem und politischem Leben um so breiter machen können.

Wohlverstanden Zurücksetzung, nicht etwa Ausschaltung: es sei denn, diese gereiche einem Ehemann zum komfortablen Heim. Denn, wie schon in anderem Zusammenhang erörtert, kann man sich das Leben ohne weibliche Arbeitsbienen gar nicht vorstellen. Kurzgehaltene, erwerbstätige weibliche Jugend ist ein Eckpfeiler unserer Wirtschaft und damit unseres Lebensstandards. Ohne sie blieben ungezählte untere Stellungen, die Voraussetzungen für gehobenere, männliche Positionen sind, unbesetzt: Männer müßten ihrerseits hinunterrutschen; es wäre nun weniger komfortabel, ein Mann zu sein. Auch mancherlei Bilder des menschlichen Jammers, Krankheit und Gebrechlichkeit des Alters, zeigten ihre Fratzen wieder, die gegenwärtig durch die jungen Arbeitsbienen verhüllt und sauber verschachtelt werden können. Die Arbeitsbienen sind unerläßlich. Und deshalb soll für die einen Frauen weitgehend gerade das »gesund« sein, was bei den anderen, jenen, die ein Mann für seine Bedienung beansprucht, über die Eselsbrücke des »Penisneids« verdammt wird. Bei der ideologischen Aufrappelung der Arbeitsbienen hält man mit ihm wohlweislich hinterm Berg.

Sobald aber das Mädchen nicht nur »nützlich sein« möchte, sondern seiner Tätigkeit den Anstrich einer Karriere geben will, zeigt man sich im Handumdrehen um seine Gesundheit besorgt und versucht es zu kurieren.

Ein typisches Beispiel ist in der Schweiz die Einstellung zur Universitätsstudentin. Nun ist es zwar nicht allen Studentinnen mit ihren beruflichen Aspirationen besonderer Ernst. Aber das weibliche Universitätsstudium wird allein schon des dazu notwendigen materiellen Aufwandes wegen als Indiz für Karriereansprüche betrachtet.

Während niemand danach fragt, ob sich die Weiblichkeit dazu eignet, stunden-, tage-, monate- und jahrelang an der Schreibmaschine zu sitzen, und niemand bezweifelt, daß Töchter Maschinenschreiben und Stenographie erlernen, um in Büros zu schreiben und zu stenographieren, macht man sich mit allerlei mißgünstigem Geplapper an die Studentinnen heran. Es beginnt mit persönlichen Bemerkungen. Am Anfang des Studiums hat es die Form humorigen Zweifelns an der Eignung der Studentin für ihr Fach. Mit dem fortschreitenden, erfolgreichen Studium geht es in ein ungläubiges Frägeln über, ob sie ihren Beruf je auszuüben gedenke. Nach glücklich bestandenem Examen schlägt man plötzlich tragische Töne an: Die Ärmste ist Frl. Dr. anstatt Frau Dr. geworden – ein Beweis, wie das Universitätsstudium die Weiblichkeit verkümmern läßt.

Oder aber die Anfeindung beginnt am anderen Ende: Nicht gegen den Berufsstolz der Studentin wird angegangen, sondern gegen ihre Weiblichkeit. Oft zirkulieren selbst über die biedersten studierenden Töchter Gerüchte ihrer sittlichen Verworfenheit. Weder ein Glasauge noch Krücken schützen gegen sie. Man läßt Studentinnen wissen, daß das Volk seine Universitäten nicht erhalte, damit Vamps in mit Männern vollgestopften Sälen aus dem vollen schöpfen können. Die Weiblichkeit verpeste die Höhenluft der Wissenschaft usw. Der ganze Haß, der hinter den einen wie den anderen Redensarten steht, zeigt sich im Slogan, die Studentin sei entweder ein geschlechtsloses Arbeitstier oder ein arbeitsloses Geschlechtstier.

Die Fabel vom Mann als dem »natürlichen Ernährer der Familie«

Der Ernährer ist nicht natürlich

Handle es sich um die Forderung »Gleichen Entgelts für gleiche und gleichwertige Leistung«, Verwahrung gegen die »Zölibatsklausel« oder Attackierung des männlichen Privilegs auf die begehrten Stellungen, wo immer die beruflich-wirtschaftlichen Vorrechte der Männer in Frage gestellt werden, fällt auf der Gegenseite das »Ernährer«-Argument schwer in die Waagschale. Im elterlichen Heim erhaltener Jüngling, Alterspension verzehrender Greis, unbekehrbarer Junggeselle oder hartgesottener Mitgiftjäger, sie alle, geschweige denn viele jener, die da tatsächlich »ernähren« oder »ernährt werden«, weisen darauf hin, daß der Mann der »natürliche Ernährer der Familie« und seine Vorzugsstellung im beruflich-wirtschaftlichen Leben daher auch recht und billig sei.

Nun, abgesehen von der stillenden Mutter gibt es keinen »natürlichen Ernährer«. Und selbst diese natürliche Ernährung ist nicht natürlich genug, um absolute Bedeutung zu haben: Es gibt viele Mütter, die kaum Nahrung für ihre Kinder haben, und zahllose Kinder, die ohne einen Tropfen Muttermilch gut gedeihen. Soweit der »natürliche Ernährer« im engsten Sinne des Wortes.

Und im weiteren? Gerne spricht man vom »natürlichen Ernährer der Familie« im Sinne einer die verschiedenen sexuellen Funktionen der Geschlechter notwendigerweise begleitenden, unerläßlichen Grundlage des menschlichen Familienlebens.

Man läßt das Bild eines mit Eilein gefüllten Vogelnestchens erstehen: Das Weibchen legt und brütet sie aus, während das Männchen emsig fette Würmchen herbeiträgt und sie dem Weibchen und später auch der Brut in die Schnäbel stopft. Nebenbei bemerkt: Bei solchem Vogelidyll wird meist übersehen, daß bei vielen Vögeln mit dem Ausbrüten und Nahrungssuchen oft recht kameradschaftlich unter den Eltern abgewechselt wird, ja, daß bei der einen oder anderen Vogelart sogar das Männchen das Brutgeschäft übernimmt, während das Weibchen die Familie versorgt. Auch läßt man bei solchem Vergleich gerne außer acht, daß das Weibchen, sobald die Jungen flügge sind, sich seinen Unterhalt »natürlich« selbst beschafft. Vom Tierreich ist also zur Begründung der Naturhaftigkeit des »natürlichen Ernährers von Weib und Kind« keine Hilfe zu erwarten. Ganz abgesehen davon, daß derartige Analogieschlüsse ohnehin fragwürdig sind, denn beim Menschen spielt sich doch allerhand anders ab als bei den anderen Kreaturen.

Stellt man auf die Natur des Menschen allein ab, auf die natürliche Sachlage hinsichtlich der menschlichen Fortpflanzung, so zeigt es sich, daß ihre Form nicht so klar ist, wie man meinen möchte. Wie steht es zum Beispiel mit der Arbeitsfähigkeit der Frau während der Schwangerschaft? Besteht sie voll, teilweise oder gar nicht? In der westlichen Kultur ist das eine wie das andere verbreitet und »natürlich«. Die »Natur« scheint in diesem Punkt sehr vielgestaltig zu sein. Und nicht in diesem allein. Dasselbe gilt auch für die Art und Weise, wie Geburt und Ernährung des Säuglings vor sich gehen. Um aber bei der vorliegenden Widerlegung der »Natürlichkeit« des »natürlichen Ernährers« einem Schmuggeln in weitem Bogen auszuweichen, gehe ich vom extremsten Fall als »Natur« aus, nämlich davon, daß eine Geburt mit allem Drum und Dran die Frauen jeweilen für eineinviertel Jahre invalid macht.

Nun, selbst in diesem Fall bleibt die »Natur« die Antwort schuldig auf die Frage, weshalb die Frau von der Hochzeit bis zum Grabe auf eigene Erwerbstätigkeit gänzlich zu verzichten habe, um dem Mann, solange er lebt, und den Kindern, solange sie zu Hause sind – des Eintritts ihrer Geschlechtsreife ungeachtet –, die Sorge um die Befriedigung materieller Bedürfnisse abzunehmen. Es sei denn, man betrachte die leidenschaftliche Neigung der Mutter, die Gegenwart ihrer kleinen Kinder zu genießen, als Beantwortung eines Teils der Frage. Eine solche Bedeutung dieser Neigung würde allerdings durch die Erscheinung eingeschränkt, daß es sich hier häufig um Genuß bis zum Überdruß handelt, und nicht wenig Mütter hocherfreut wären, regelmäßig für einige Zeit von der Gegenwart ihres Nachwuchses befreit zu werden. Jene Neigung der Mutter ist auch deshalb keine Antwort, weil sie durch die gleiche, wenn vielleicht auch schwächer ausgeprägte Neigung des Vaters unter dem Gesichtspunkt der vorliegenden Frage aufgehoben wird.

Solange Frauen über ihre normalen Geistes- und Körperkräfte verfügen, ist es beileibe nicht natürlich, ja unsinnig und unrationell, sie in eine Lage zu schubsen, die das wirtschaftliche Verhältnis der »ernährten« Ehefrau zur außerhäuslichen Welt jenem einer Rollstuhlpatientin angleicht. Besonders kraß erweist sich dies, wenn ein Mann von Frau und unmündigen Kindern wegstirbt. Dann ist die Lage zum mindesten in der ersten Zeit oft auch nicht wesentlich anders, als wenn sie krank und im Kopfe nicht ganz recht wäre. Grundsätzlich ist die Witwe mit Kindern unterstützungsbedürftig. Wenn kein Vermögen da ist und der Mann sie nicht sicherzustellen vermocht hatte, ist sie auf die Unterstützung ihrer Verwandten oder des Gemeinwesens angewiesen. Manchenorts wurde es sogar nötig, die Hilfe des Staates weit über eine Armenunterstützung auszudehnen und eine eigentliche Hinterlassenenversicherung zu etablieren. Mitunter fühlen sich auch Freunde des Mannes verpflichtet, gemeinsam seine Witwe mit ihren Kindern zu erhalten. Dabei ist die Frau kerngesund und von Natur aus für den Erwerb oft nicht weniger fähig, ja mitunter fähiger als ihr verstorbener Mann. Es scheint, daß man mit der Norm des ehemännlichen »natürlichen Ernährers« unheimlich weit von der »Natur« abgekommen ist.

In der Tat ist der sogenannte natürliche Ernährer nicht Naturerscheinung, sondern das Resultat des Zusammenwirkens der verschiedensten Faktoren. Da ist einmal die Anmaßung der Männer, beruflich-wirtschaftlich und politisch das Heft in den Händen zu haben. Dann eine gewisse Bereitschaft der Frauen, eine Solidarität der Männer mit dem Nachwuchs à tout prix zu erkaufen. Und schließlich brachte das ungeheure Überhandnehmen der unselbständigen Arbeitnehmer diese Tendenzen zur vollen Auswirkung.

Die Figur des »natürlichen Ernährers« beziehungsweise das Verschwinden der Familie als Erwerbsgemeinschaft ist, wie bereits erwähnt, eine soziologische Neuerscheinung. Früher, das heißt bevor Kapitalismus und Technik und entsprechende »Arbeitsteilung« von so umfassender Bedeutung wurden, war es eine Selbstverständlichkeit, daß Frauen und mehr oder weniger auch Kinder in den Produktionsprozeß eingeschaltet waren, beziehungsweise für ihren Unterhalt arbeiteten. Warum auch nicht? Sie brauchten ja Nahrung und Obdach und waren weder lahm noch auf den Kopf gefallen. Damals war die Familie in der Regel Arbeits- und Erwerbsgemeinschaft. Sie war dies sowohl in der Landwirtschaft als auch während langer Zeit in Handel und Gewerbe.

Der Kuriosität halber sei bemerkt, daß dies im Frühmittelalter sogar auf die Herrscherfamilien zutraf. Denn Königinnen befaßten sich mitunter anstelle ihrer Männer mit Regierungsakten, was die Vasallen allerdings nicht immer ohne Murren hinnahmen. Das »Herrscherpaar« hatte mehr als in späteren Jahrhunderten die Bedeutung einer aus zwei Menschen bestehenden Spitze der Staatsgewalt.

Sozusagen arbeitsrechtlich im Sinne eines Brotherrn mag allerdings der Mann mit seinen größeren Erbansprüchen in bezug auf Grund und Boden und damit auch auf väterliches Gut und Geschäft »Ernährer« der Frau gewesen sein. Dies hinderte aber nicht, daß die Frau, wirtschaftlich gesehen, bei der entsprechenden Arbeit direkt oder indirekt ihren Unterhalt und oft noch die Existenzmittel für ihre Kinder aus ihrer Arbeit herausschlug.

Deshalb sind auch Bauernfamilien, bei denen die Mutter die Schafe schert, spinnt und webt, Gemüse und Kleintiere zieht, der Vater Getreide anbaut oder Großvieh besorgt und die Kinder beim Heuen und Ernten helfen, oder die Metzgersfamilien, in denen der Vater einkauft und schlachtet, die Mutter Fleisch verkauft und die Kinder es vertragen, urzeitliche Denkmäler. Sie werden seltener und seltener. Auch sind die Kinder schon seit einigen Generationen aus dem Bild verschwunden. Denn anstelle des Handlangerns und Lernens daheim, aber auch anstelle der industriellen Kinderarbeit, welche oft in mißbräuchlicher Form die einst selbstverständliche landwirtschaftliche oder gewerbliche Mithilfe der mittleren und größeren Kinder abgelöst hatte, ist der obligatorische Schulbesuch getreten. Er ist insofern bereits »Berufsarbeit«, als er die bei dem heutigen zivilisatorischen Stand der Volksgemeinschaft unerläßliche Voraussetzung zur späteren Erwerbsfähigkeit bedeutet. Wieweit er dies wirklich ist, ist allerdings eine andere Frage.

Zwischen Frauen und Männern bestand bei solchen Familienarbeitsgemeinschaften eine gewisse Arbeitsteilung. Sie wurde teilweise durch die körperliche Eigenart der Geschlechter, also durch die »Natur«, teilweise aber auch durch Sitten, die ihr nicht entsprechen, ja ihr entgegengesetzt sein mochten, vorgezeichnet. Demgemäß ist diese Arbeitsteilung bei den verschiedenen Kulturen, soweit sie sich überhaupt vergleichen lassen, oft verschieden.

In unserer Kultur gehörte es zur sogenannten Natur – sie ist inzwischen schon beträchtlich verändert worden –, daß die verheirateten Frauen eine Unzahl Kinder hatten, sie oft jahrelang stillten und bei den zahlreichen, schwer vermeidbaren, oft tödlich ausgehenden Krankheiten pflegten. Wenn nun die Ehefrau ein halbes bis ein Dutzend Kinder gebar und alles in allem Jahre mit Stillen verbrachte, was sie in der Nähe des Obdaches, also des Hauses, hielt, so lag es nahe, daß sie auch die Pflege der Kinder, die ihrerseits auf die Nähe der Wohnung angewiesen waren, übernahm. Damit aber waren die Frauen bereits mehr ans Haus gefesselt, als es selbst ihrer sie so ausgiebig bindenden »Natur« entsprach, und die weitere Arbeitsteilung nun vorgezeichnet. Wer den Finger gibt, gibt die Hand. Und wer ohnehin im Hause zu tun hat, hat sich sämtliche Hausarbeit aufhalsen zu lassen, überdies alle jene Erwerbsarbeit, die im Hause oder seinem Umschwung erledigt werden kann: Gartenarbeit, Haltung der Tiere (die Besorgung der Kühe ist in vielen Kulturen Frauenarbeit), Arbeit in der Werkstatt, im Laden, im Kontor des Mannes usw.

Der Einfluß der »Natur« auf die Arbeitsteilung innerhalb der Ehe ging nicht auf ihre sexuelle Seite allein zurück. Da bei den meisten Völkern der durchschnittlich größeren Muskelkraft und Körperlänge der Männer die durchschnittlich ausgeprägtere Fingerfertigkeit der Frauen gegenübersteht und sich Fingerarbeit mit dem Aufenthalt im Hause gut verbinden läßt, wurde auch sie im wesentlichen »Frauenarbeit«, wie die für die Frauen ganzer Zeitalter, Gebiete oder Klassen charakteristische Produktivität bei der Herstellung von Textilien (Spinnen, Weben, Sticken, Stricken, Nähen) zeigt.

Solche Teilung der Erwerbsarbeit innerhalb der Ehe bedeutet aber keineswegs, daß die Arbeitsleistung des Mannes notwendigerweise die wirtschaftlich wertvollere gewesen wäre. Je nachdem war es sogar jene der Frau; zum Beispiel dort, wo ihre Handarbeit den größeren Teil des Familieneinkommens einbrachte. Hingegen band ihr die traditionelle Hausarbeit für eine volle Erwerbstätigkeit oft die Hände.

Je mehr nun die Hausarbeit allmählich den Charakter von Erwerbsarbeit verlor, das heißt keine Produkte auf den Markt brachte und zugleich als Selbstversorgungsarbeit relativ unwirtschaftlich wurde, um so entscheidender wurde die Arbeit des Mannes für das Auskommen der Familie, um so mehr war er »Ernährer«. Aber nicht »natürlicher«. Denn nicht die »Natur« machte ihn dazu, sondern das Schwinden des wirtschaftlichen Wertes der traditionellen Frauenarbeit, was der erreichten Zivilisationsstufe entsprach. Die »Natur« mochte für diese Lage einzig insofern verantwortlich sein, als sie es praktisch erscheinen ließ, den Frauen sämtliche Hausarbeit aufzuhalsen, und dadurch mithalf, die Hausarbeit zum integrierenden Bestandteil des »Frauenschicksals« innerhalb der westlichen Kultur zu machen.

Bei Errungenschaften der Gegenwart wie: weniger, aber gesündere Kinder, auf wissenschaftlicher Basis industriell hergestellte Säuglingsnahrung und entsprechende Abkürzung der Stillzeit, weitgehend außerhäusliche Erziehung durch obligatorischen Schulunterricht und teils auch Internate, Konzentrierung der Textilindustrie in Fabriken, Entwicklung der Verkehrsmittel usw. legt die »Natur« die Hausarbeit kaum mehr den Frauen näher als den Männern. Heute sind es vielmehr die Tradition und der Wille der Männer, welche den Frauen die materielle Kindererziehung und die teils fundamental unrationell gewordenen Hausarbeiten als Hemmschuh im Erwerbsleben anhängen und auf diese Weise den Ehemann zum hauptamtlichen »Ernährer« der Familie frei machen, ihn als solchen in den Vordergrund stellen. Teilten die Ehegatten die Erziehungs- und Hausarbeit oder auch deren Überwachung unter sich auf, so stände zwei hauptamtlichen Ernährern der Familie nichts im Wege.

Das bereits besprochene, die Familie als Erwerbsgemeinschaft erdrükkende Aufkommen der außerhäuslichen Arbeitsverhältnisse stand aber einem Umschwung in dieser Richtung entgegen. Anders als heute waren damals, als die Rückwirkung der wirtschaftlichen Umwälzung auf die Versorgungsverhältnisse der Familie ihre feste Form erhielt, der Frau die Hände für außerhäusliche Erwerbsarbeit gebunden. Die »Weiblichkeit« der Hausarbeit war noch eindeutig die sich aufdrängende Lösung, weil man noch viele Kinder hatte, sie stillte, bis sie gehen konnten, regelmäßig kranke zu pflegen und oft tote zu begraben hatte. Unter diesen Umständen dachten die Ehemänner, wie im Zusammenhang mit den Odien der Frauenarbeit erläutert, nicht im entferntesten daran, ihrerseits mehr in die Hausarbeit zu tauchen, um ihren Frauen außerhäusliche Erwerbsarbeit zu ermöglichen. Und die Frauen – weitgehend minderen Rechtes –, die sich mit den Kindern abplagten, mochten vielleicht ein unabhängigeres, interessanteres Leben als Berufstätige wünschen, nicht aber einen Kampf darum, nachdem die Männer immerhin grundsätzlich zur »Ernährung von Weib und Kind« bereit waren.

Wie gesagt, haben seither die wirtschaftlichen und rechtlichen Verhältnisse und selbst die Natur sich bedeutend verändert. Die Frau ist grundsätzlich außerhäuslich erwerbstätig, sie ist privat- und staatsrechtlich – wenn auch nicht überall und häufig nicht ganz – gleichgestellt. Werdende und stillende Mütter sind relativ seltener geworden, desgleichen die Notwendigkeit, an den Betten serbelnder und von Seuchen niedergeworfener Kinder zu wachen. Technik und das durchorganisierte Gemeinschaftsleben bieten Möglichkeiten zu ungemeiner Vereinfachung der Hausarbeit. Mehr denn je könnten Frauen und Männer zusammen »Ernährer der Familie« sein und sich in die verbleibende Haus- und Erziehungsarbeit teilen.

Aber gerade das will die Mehrheit der Männer nicht. Sie sehen ihre uralte Dispensierung von jeder Hausarbeit bedroht. Freuden des Ehelebens wie ein »Tischlein deck dich« dreimal täglich, »Hemdlein, Höslein, Söcklein wasch und flick dich« ein- bis zweimal wöchentlich, monatlich oder jährlich wären gefährdet.

Auch für ein ehemännliches Haupt der Familie wäre bei grundsätzlich vollständiger Gleichstellung der Geschlechter kein Platz mehr. Mit dieser leutselig genossenen Rolle wäre es endgültig vorbei. Es gibt nämlich viele Ehemänner, die sich in ihrer Funktion als »Ernährer der Ehefrau« ein wenig als gnädiger Herr vorkommen: er verdient, sie verbraucht; er gibt, sie nimmt; er arbeitet, und »sie hat es schön«. Er zeichnet sich eine Aureole um den Kopf, die, gewöhnlich unsichtbar, aufblitzt, wenn es einmal hart auf hart geht. Auch halten viele – je nach Milieu – auf einen die Ernährungsfunktion umgrenzenden Ritus: die Frau muß über die Haushaltsausgaben minutiös Rechenschaft ablegen; um Haushaltsgeld, um Geld für Kleider, muß ersucht werden; große Anschaffungen für den gemeinsamen Haushalt, wie Teppiche, Waschmaschinen, werden als Weihnachtsgeschenke an die Ehefrauen etikettiert, Lebensversicherungen als Geburtstagsüberraschung. Kurz, er gibt zwar gern (obwohl nicht immer), aber es muß oft »Bitte, bitte« oder zum mindesten »Danke schön« gesagt werden. Hin und wieder gibt es in diesem Zusammenhang scherzhafte Stürmchen im Wasserglas: Er sagt, er arbeite den ganzen Tag, damit die Frau den ganzen Tag verbrauchen könne; sie erwidert, sie arbeite auch den ganzen Tag und noch die halbe Nacht, und dies sei auch etwas. Er läßt dem guten Kinde seine Freude, seinen Kolibri-Geltungswillen. In prosperierenden Verhältnissen denkt er bei sich, seine Frau erhalte ja unverhältnismäßig mehr als Haushälterin, Kinderfräulein und Dienstmädchen miteinander, ohne wirtschaftlich mehr als diese zu leisten. In seinen Augen ist und bleibt er der Großmütige mit der offenen Hand, ohne den sich die Ehefrau kaum drehen und wenden könnte. Wo es knapper zu- und hergeht, fehlen diese Vergleiche. Hingegen hat der Spruch »wer zahlt, befiehlt« um so mehr Geltung.

Da man weder auf die Rolle des qualifizierten Konsumenten im ehelichen Haushalt noch auf jene des kleinen Seigneurs verzichten mag, will man auch nichts von gleichen Pflichten, denen gleiche Rechte gegenüberstehen, wissen. Also geht man in der anderen Richtung und gebärdet sich als »natürlicher Ernährer«. Vor dem Widerspruch, daß man dabei der »Natur« dieser Funktion mit allerlei Kunstgriffen reichlich nachhelfen muß, verschließt man die Augen. Monopolisierung der gut bezahlten Arbeit, Beanspruchung höherer Bezahlung für die gleiche Leistung und grundsätzlich schlechte Bezahlung eigentlicher Frauenarbeit sind Krükken, die den »natürlichen Ernährer« in Gang halten müssen. Ja, es gibt gewissermaßen Invalidenwagen für versagende »natürliche Ernährer«.

Jeder Mann genießt Vorrechte als »Ernährer« – aber nur wenige sind es

Wie erwähnt, haben die Frauen, wenn sie ihrer vereinzelt erfreulichen Erwerbstätigkeit wegen angegriffen wurden, anhand von Enquêten oft nachzuweisen versucht, inwieweit sie durch ihre Unterstützung von Verwandten ebenfalls »Ernährer« waren. Während kaum ein Männerkollektiv oder einzelne Männer zur moralischen Rechtfertigung ihrer Berufstätigkeit Ernährerfunktionen nachzuweisen hatten – eine gewisse Ausnahme sollen die Beamten Mussolinis gebildet haben –, sahen die Frauen in solchen Nachweisen gelegentlich den einzigen Weg, ihre berufliche Existenz zu retten.

Übrigens ist dies eine üble Verkehrung der Beweislast; die Bedrohten haben ein »moralisches Recht« auf ihr Arbeitsfeld glaubhaft zu machen, während diejenigen, die sie daraus verstoßen möchten, es zur Begründung ihrer Forderungen bei Behauptungen bewenden lassen.

Solche Nachweise zeigten, daß etwa sechzig Prozent der untersuchten Kategorie erwerbstätiger Frauen Verwandte teils voll unterhalten, teils unterstützen, und dies mit erstaunlicher internationaler Übereinstimmung. So gelangte zum Beispiel die 618 Personen umfassende Enquête des Kantonalbernischen Lehrerinnenvereins 1933 zu einem ähnlichen Resultat wie eine 155 000 Frauen einschließende Erhebung in den Vereinigten Staaten.

Doch solchen Tatsachen und der hinter ihnen stehenden genau gleich großen rechtlichen Verpflichtung der Frauen, ihre Verwandten zu unterstützen, sowie den Ansprüchen finanzieller Natur, die Ehemann und Kinder aus den erbaulichen Redensarten des schweizerischen Eherechts und anderer – Beistandspflicht, Unterstützung des Mannes in seiner Sorge um die Gemeinschaft – herleiten können, wird kaum Rechnung getragen, wie im Zusammenhang mit dem sogenannten Doppelverdienertum gezeigt worden ist. Bei Entlassungen mögen sie ab und zu berücksichtigt werden, bei Anstellungen dagegen werden sie meist übergangen und bei ideologischen Auseinandersetzungen kurzerhand unter den Tisch gewischt.

Man kann aber logischer- und gerechterweise die rechtlichen Unterhalts- und Unterstützungspflichten der Frauen nicht übersehen und zugleich als nur werdender, gegenwärtiger, nur gewesener oder auch nie werdender und nie gewesener »Ernährer« für sich selbst Vorrechte im beruflich-wirtschaftlichen Leben und für die Frauen Zurücksetzung verlangen. Fordert man, daß die Frauen den Männern Platz machen, so hat man zugleich Befreiung der Frauen von Unterstützungspflichten zu fordern. Davon jedoch ist nicht die Rede.

Offenbar fällt es den Männern trotz aller heuchlerischen Besorgtheit um die Frauen ebenso schwer, sie von Pflichten zu befreien wie ihnen Rechte zuzugestehen. Oder aber man nimmt die zahllosen Fälle, in denen Frauen die Rolle eines Ernährers oder Unterstützenden übernehmen, auf die leichte Schulter, als Ausnahme, der die vermeintliche Regel gegenübersteht, daß der erwerbstätige Mann schlechthin »Ernährer« ist.

Gerne hält man illusionär jedem erwerbstätigen Mann während jedes Zeitpunktes seines Daseins als Erwachsener die Sorge für »Weib und Kind« zugute. Wird dem entgegengehalten, es gebe auch ledige Männer, auch Witwer, auch Ehemänner mit erwachsenen oder gar keinen Kindern, wo die »Ernährung« der Frau wirtschaftlich schon gar nicht mit dem Füttern eines auf den Eiern sitzenden Vogelweibchens zu vergleichen ist, so heißt es, dies seien Ausnahmen. Ihnen stehe die Norm des Familienvaters gegenüber, der die hungrigen Mäuler seiner zwei, drei und mehr unmündigen Kinder zu stopfen habe. Der Wahn, es ergehe jedem Manne wie dem Burschen in jenem »Liedli« von Robert Burns:

> »Eimal chnöpfli, zweimal chnöpfli,
> Drümal chnöpfli tägli,
> Si chnöpfled mi na z'lumpus z'letzt,
> Die hungerlidermägli«,

wird für eherne Tatsache genommen. Man folgert daraus, daß die Frauen, die eben mit ihrem Ernährer Pech hatten, weil er sich nicht plackte, nicht placken konnte oder überhaupt von der Bildfläche verschwunden war, und auch die von ihren Verwandten in Anspruch genommenen Fräulein, angesichts der Heerscharen sich plackender Ernährer, zu ihren Lasten ungerade für gerade zu nehmen hätten, anstatt Gleichberechtigung der Frauen im beruflich-wirtschaftlichen Leben zu fordern.

In Wirklichkeit haben viel weniger Männer, als man meint, »Hungerlidermägli« zu füllen. Der tatsächliche Sachverhalt ist merkwürdig unbekannt. Wie angedeutet, fehlt es zum Beispiel in der Schweiz an umfassenden Aufstellungen über die Familienlasten der »natürlichen Ernährer der Familie«, was angesichts des »natürlichen Ernährers der Familie« als dem ständig verwendeten Schlagwort bei der Bekämpfung der gehobenen weiblichen Berufstätigkeit erstaunlich ist. Demgemäß sind auch die im folgenden genannten Zahlen lediglich – summarische – Rückschlüsse aus einer Aufstellung über die Ehefrauen mit unmündigen Kindern auf die entsprechenden, unterhaltspflichtigen Familienväter. Das Material zu dieser Aufstellung – sie wird von K. Stricker in »Die berufstätigen verheirateten Frauen in der Schweiz« gemacht – stammt aus dem Jahre 1941. Da sie in den Einzelheiten überholt ist, weil die Bevölkerung inzwischen stark zugenommen hat, vermittelt sie lediglich ein ungefähres Bild. Trotzdem ist jene Übersicht sehr wertvoll. Denn im Gegensatz zur Behandlung von neueren Zahlen arbeitet sie den entscheidenden Punkt, nämlich das Alter der Kinder (ob unter 15, 18 Jahren) heraus. Und wenn sich auch inzwischen die Verhältnisse im Sinne einer relativen Zunahme der typischen »Ernährer« verschoben haben, so doch nicht wirklich wesentlich.

Überraschenderweise zeigt es sich da, daß von den rund 1,5 Millionen erwerbstätiger Männer, die als angebliche »Ernährer der Familie« Vorrechte im beruflich-wirtschaftlichen Leben beanspruchen, einmal rund 500 000 bis 600 000 nicht verheiratet sind und daher vor allem sich selbst »ernähren«. Also beansprucht mehr als ein Drittel der erwerbstätigen Männer für einen imaginären Unterhalt eines imaginären »Weibes und Kindes« das Vorrecht auf die besseren Stellungen, auf höhere Bezahlung gleicher und gleichwertiger Arbeit und auf unverhältnismäßig bessere Bezahlung bei nur wenig besserer Arbeit. Denn der Mann ist eben der »natürliche Ernährer von Weib und Kind«, auch wenn er weder das eine noch das andere besitzt. Punktum! Damit alle diese Männer sich außerhalb der Arbeit bis zu jenem Grad von Langeweile entspannen können, welches das Problem der »Freizeitbeschäftigung« ins Leben gerufen hat; damit sie die mit der Besorgung ihrer schmutzigen Wäsche und Füllung ihrer hungrigen Mägen verbundenen Bemühungen auf andere abwälzen können; damit sie Zeit und Geld haben, ihre beruflichen und politischen Interessen zu wahren, auf ihren Vehikeln herumzuhottern, mit ihrem Brotkorb unter den versorgungsbedürftigen Töchtern den Paris zu spielen – dafür sollen nun die Frauen grundsätzlich auf ein interessantes, lohnendes Berufsleben verzichten, die untergeordnete, langweilige Arbeit verrichten, sollen alles in allem nur halb soviel wie die Männer verdienen, sollen als einzigen Ausweg aus den beruflichen Sackgassen die Verwandlung in eine zwischen Küche und kompletter Schlafzimmerausstattung herumgeisternde Nurhausfrau vor sich haben.

Von den verbleibenden etwa 900 000 angeblichen »Ernährern der Familie« hat fast die Hälfte, rund 450 000, nicht Familie, sondern eigentlich nur eine Ehefrau zu »ernähren«. Denn sie haben entweder keine Kinder oder aber Kinder über achtzehn Jahren, also solche, die auf Grund beruflicher Ausbildung bereits sich selbst ernähren oder es doch tun könnten.

Die Ehefrauen dieser rund 450 000 Männer sind weder Schwangere noch Kreißende, Wöchnerinnen oder stillende Mütter. Sie haben weder kleine Kinder zu betreuen, noch größere zu hüten. Rund neun Zehntel von ihnen (das restliche Zehntel stellt das Gros der außerhäuslich tätigen Ehefrauen) machen praktisch nichts anderes als sich als Haushälterinnen des Ehemannes und der erwachsenen Kinder, die für sich selbst sorgen könnten, zu betätigen. Es fehlt jede Notwendigkeit, jeder eigentliche Grund, sie »ernähren zu müssen«, wie die Rede geht. Ohne die Zurücksetzung der Frauen im Berufsleben und die aufgezwungene Haushaltsfron wären sie grundsätzlich durchaus fähig, sich selbst so gut wie diese »Ernährer« zu erhalten. So fragwürdig diese Lage ist, so mag sie noch angehen, wenn einer sich aus eigener Kraft den Luxus leisten kann, sozusagen einer Haushälterin nach Maß standesgemäßen Unterhalt zu gewähren. Aber es geht doch nicht an, grundsätzliche Vorrechte der Männer im beruflich-wirtschaftlichen Leben auf Kosten der Frau im allgemeinen beziehungsweise deren Zurücksetzung mit allen ihren verheerenden Folgen zu verlangen, damit beinahe ein Drittel der erwerbstätigen Männer sich den Luxus einer allzeit zur Verfügung stehenden persönlichen Dienerin und Gesellschafterin leisten kann. Es fehlt jeder wesentliche Grund, diese Frauen – praktisch sind es die Kinderlosen und die Frauen, deren Kinder herangewachsen sind – vor die Alternative zu stellen: zurückgesetzte Arbeitsbiene im Erwerbsleben oder »ernährte« Haushälterin des Ehemannes zu sein.

Man mag vielleicht einwenden, daß die Frauen, die im zweiten Drittel ihres Lebens großenteils typische Familienmütter mit durchschnittlich zweieinhalb heranwachsenden Kindern gewesen waren, im letzten Lebensdrittel das Dasein als Luxusdienerin jenem beruflicher Aktivität vorzögen. Ferner, daß aus den meisten zurückgesetzten und ausgebeuteten jungen Arbeitsbienen mit den Jahren automatisch matronenhafte eheliche Luxusdienerinnen werden und sie solchermaßen, was seinerzeit an ihnen eingespart wurde, über ihren auf dem Arbeitsmarkt privilegierten ehelichen Ernährer wieder einheimsen können. Nun, es ist selbstverständlich, daß die Frauen ein konventionelles »Frauenleben« mit seinen Licht- und Schattenseiten einer vom Mädchen- bis zum Greisenalter währenden Lebensfristung als Arbeitsbiene vorziehen. Ganz und gar nicht selbstverständlich hingegen wäre diese Wahl, wenn dem konventionellen Frauenschicksal anstatt der Arbeitsbienenexistenz die Möglichkeit voller beruflicher Entfaltung gegenüberstände, ohne daß diese mit dem Verzicht auf Mutterschaft oder einer besonderen wirtschaftlichen Belastung durch sie verbunden wäre. Eine Möglichkeit, auf die ich am Schluß des Kapitels und in jenem über die Mutterschaft noch zu sprechen komme.

Nebenbei bemerkt: Es geht auch nicht an, diese Sachlage in Polemiken so darzustellen, als ob die 400 000 bis 500 000 Männer für die Ernährung der Frauen keine Gegenleistungen erhielten. Man verschweigt gerne, daß die Luxusdienerin ihrem Ernährer Annehmlichkeiten bietet, die sonst auf der Grundlage von Dienst- und Werkverträgen mit klingender Münze zu bezahlen sind. Die vermeintlich große Bürde kocht, bäckt, wäscht und wäschelt, putzt, pützelt, räumt auf, bedient, näht, bügelt, kauft ein, erledigt unzählige Gänge, schaut überall zum Rechten, arrangiert Blumen, Geschirr, Lämpchen und Vorhänge, räumt Steinchen des Anstoßes aus dem Wege und all das ganz dem individuellen Bedarf gemäß. Dies sind Leistungen, die die »Ernährung« der Ehefrau teilweise bezahlt machen. Mögen die »Ernährer« einer ehefraulichen Luxusdienerin unter der »schweren Bürde« noch so ächzen, jemandem entgeht der Komfort, den sie bietet, nicht: der erwerbstätigen Frau. Sie denkt, es müsse himmlisch sein, mit dem höheren Männerlohn einen dienstbaren Geist zu halten, der zur Befriedigung ihrer laufenden materiellen und seelischen Bedürfnisse – vom Ersetzen der alten Schuhnestel und dem halbprofessionellen Frohnatur-Treiben bei Auszug und Heimkehr (»Seien Sie hübsch und heiter, wenn Ihr Gatte abends müde von der Arbeit kommt!«) bis zu Tisanen und Wärmeflaschen in kranken Tagen – da ist. »Wifes for women!« möchten sie mit Ellen D. Abb in »What fools we women be« rufen.

600 000 der 1 500 000 erwerbstätigen Männer, die sich pauschal als »Ernährer von Weib und Kind« präsentieren, sind unverheiratet, weitere rund 450 000 haben keine Kinder unter achtzehn Jahren und Ehefrauen, deren Arbeitsfähigkeit von der weiblichen Fortpflanzungsfunktion ungehindert ist. Die Zwischenbilanz ergibt also, daß mehr als zwei Drittel der vermeintlichen »Ernährer der Familie« weder Weib noch Kinder »ernähren müssen«. Mit anderen Worten: Allein schon der höhere Lebensstandard der Junggesellen und der Komfort mehrerer hunderttausend Männer, eine persönliche Dienerin zu besitzen, die nicht oder nicht mehr für Kinder zu sorgen hat, sowie dasjenige, was Väter über das Notwendige hinaus an die Berufsbildung ihres Nachwuchses zahlen mögen, kostet die Frauen nicht weniger als rund zwei Drittel all dieser angeblich im Interesse des »natürlichen Ernährers der Familie« erzwungenen Unterdrückung im beruflich-wirtschaftlichen Leben. Nämlich zwei Drittel der Zugänge zu den interessanteren und einkömmlicheren Stellungen, zwei Drittel der Differenz zwischen Männer- und Frauenlöhnen bei gleicher und gleichwertiger Leistung, zwei Drittel des ihnen über Gebühr abgezogenen Entgelts bei geringerer Leistung. Und mit diesem Preis, mit zwei Dritteln ihres Verstoßen-

seins zu langweiliger und untergeordneter Arbeit in den Mädchen-, Fräulein-, Töchter- und Frauenberufen, mit zwei Dritteln der Desintegration im Arbeitsbienen- oder Nurhausfrauendasein, mit zwei Dritteln des materiellen Heiratszwanges, mit zwei Dritteln des Unterschiedes zwischen einem Butterbrot auf der Bettkante und einem Beefsteak, mit zwei Dritteln des Unterschiedes zwischen einem halben Velo und einem Mittelding zwischen Motorrad und Auto, mit zwei Dritteln – das Ausdenken ad absurdum macht einen schwindlig –, mit zwei Dritteln der gesamten, ihnen im beruflich-wirtschaftlichen Leben und damit auch im sozialen, erotischen und politischen Leben widerfahrenden Ungerechtigkeit bezahlen die Frauen noch nicht einen einzigen Schoppen, nicht eine einzige Windel des Neugeborenen, nicht einen Tag Erholung für die Wöchnerin. Zwei Drittel des ihnen im Namen der Hilflosigkeit, die mit der menschlichen Fortpflanzung verbunden ist, aufgezwungenen Opfers gehen wahrhaftig an Geltungsbedürfnis und Komfort des überwiegenden Teiles der erwerbstätigen Männer, an ein Haushälterinnendasein eines Viertels der ihren und schließlich noch an die Verwirklichung der beruflichen Ausbildungswünsche junger Leute und deren Eltern, die sich mit einer Berufsbildung von durchschnittlicher Dauer nicht begnügen wollen.

Das Geschichtlein vom Mann als dem »Ernährer der Familie« gehört zu zwei Dritteln ins Reich der Fabel. Denn, wie gezeigt, haben das Vorbehalten der bedeutenden und einkömmlichen Stellungen für die Männer und die Unterzahlung der weiblichen Arbeitsleistung im Namen des »Ernährers von Weib und Kind« in erster Linie die Bedeutung, auf Kosten der Frauen den beruflich-wirtschaftlichen Standard sowie den Komfort der Männer im allgemeinen zu heben. Die »natürlichen Ernährer von Weib und Kind« huldigen vorerst dem Motto: »Sälber ässe macht feiss.«

Die Norm des männlichen »Ernährers von Weib und Kind« hat versagt – muß versagen

Wie steht es mit dem letzten Drittel der erwerbstätigen Männer in der Schweiz? Ist man bei ihm endlich bei dem legendären »Ernährer von Weib und Kind« angelangt? Besteht dies Drittel aus Männern, die zwei und mehr kleine Kinder sowie eine sie hütende Frau durchreißen müssen, aus »Familienvätern«, in deren Namen allein man die mannigfaltigen männlichen Vorrechte auf dem Arbeitsmarkt errichtet hat, wahren und erweitern will?

Aus der Zahl der Ehefrauen mit Kindern unter achtzehn Jahren rückschließend, haben von den fraglichen rund 450 000 Männern nur etwas mehr als 400 000 Männer Kinder unter fünfzehn Jahren und davon lediglich rund 230 000 zwei und mehr Kinder. Die »typischen Familienväter« machen also wenig mehr als ein Sechstel – heute vielleicht knapp ein Fünftel – der erwerbstätigen Männer aus.

Hat nun die Vorstellung, jeder erwerbstätige Mann sei ein Familienversorger, zumindest für einen Sechstel der erwerbstätigen Männer seine Richtigkeit? Bieten die den Frauen abgepreßten Opfer zum mindesten die Gewähr, daß diese »typischen Familienväter« selbständig »Weib und Kind« ernähren?

Nein, der »Ernährer von Weib und Kind« hat nicht einmal in solch modifiziertem Rahmen volle Geltung. Denn trotz aller Zurücksetzung der Frau im Erwerbsleben zugunsten freier, ja privilegierter Bahn für die Ernährer der Familie, sind viele von ihnen immer noch nicht imstande, die Kinder und deren Mutter aus eigener Kraft voll zu erhalten. Manchem »natürlichen Ernährer« sind sein Nachwuchs und die ehefrauliche Dienerin der Familie, wirtschaftlich gesehen, über den Kopf gewachsen.

Dies zeigt sich an verschiedenen Erscheinungen. In Einzelfällen – sie gehen jedoch in die Tausende – daran, daß die Ehefrau um jeden Preis »verdienen gehen muß« oder die Familie infolge Bedürftigkeit dem Gemeinwesen mehr oder weniger zur Last fällt. Auf breiter Basis offenbart sich die Unfähigkeit der typischen »Ernährer«, jene Personen voll zu erhalten, für deren materielle Existenz sie sich die Verantwortung anmaßen, in ihrer Forderung von besonderen Zuschüssen, von Familien- und Kinderzulagen. Dieser ist bei uns in kleinerem und andernorts – zum Beispiel in Frankreich – in riesigem Ausmaß auf verschiedene Weise bereits entsprochen worden. Ferner zeigt sich ihre Unfähigkeit im allenthalben dringenden Bedarf an einer Mutterschaftsversicherung. Beides bedeutet nichts anderes, als daß die »natürlichen Ernährer« den »Unterhalt von Weib und Kind« mehr oder weniger den Mitbürgerinnen und Mitbürgern aufbürden und ihnen auf diese Weise teils die Lasten der wirtschaftlichen Folgen ihres sexuellen Lebens zuschieben möchten. Und noch mehr. Die Notwendigkeit einer derart in die Breite gehenden Solidarität der Mitbürger mit den »natürlichen Ernährern« ist ein Beweis dafür, daß deren Unfähigkeit nicht die Ausnahme, sondern Regel ist. Selbst als Bevorrechtete im beruflich-wirtschaftlichen Leben vermögen die ehemännlichen und väterlichen Beschützer »Weib und Kind« keine befriedigende Sicherheit zu geben. Sie sind zu schwach dazu. Sie brauchen Unterstützung, um die Starken vorstellen zu können.

Da gibt es Zulagen für »Weib und Kind«, die den Männern mit dem Lohn zusammen ausgerichtet werden. Andere Zulagen wieder, direkte und indirekte, werden schlankweg vom Staat gewährt.

So oder so kommen sie zwar »Weib und Kind« zugute, aber meistens erst in zweiter Linie. In erster Linie profitiert von solchem »Familienschutz« der Mann; er bekommt das Geld in die Hand. Manche Männer betrachten, teils von der öffentlichen Meinung darin unterstützt, die Zulagen ebenfalls als »verdientes« Geld und behalten sich das Verfügungsrecht darüber vor. Welch eine Gemeinschaftsangelegenheit die Ehe auch immer sein soll, das Geld im Kässeli, ob es verdient oder »zugelegt« worden ist, gehört dem Mann allein. Deshalb haben alle Familien- und Kinderzulagen, die nicht den Frauen direkt ausbezahlt werden, zum vornherein den bedeutenden Nachteil, daß sie ihren Zweck bestenfalls auf Umwegen erreichen.

Die männerherrschaftliche Ausgestaltung der Familien- und Kinderzulagen hat häufig auch die Wirkung, die Unterdrückung der Frauen im Erwerbsleben zu fördern, und ist von ihrer zusätzlichen Ausnützung begleitet. Beides fällt aber nicht auf. Das eine, weil es nicht logisch ist, das andere, weil es teils nicht an der Oberfläche liegt.

Es fehlt nicht an wohlmeinenden feministischen Befürworterinnen der Familien- und Kinderzulagen. Sie sagen sich, daß der Forderung nach »gleichem Lohn für gleiche Leistung« und jener nach gleichen beruflichen Chancen nichts mehr entgegengehalten werden könnte, wenn den besondern Bedürfnissen der Familien mit kleinen Kindern in Form von Zulagen Rechnung getragen würde. Das wäre folgerichtig. Leider geht es aber bei solchen Entwicklungen weniger logisch als psychologisch zu. Oft funkt auch noch allerlei Irrationales hinein. Jedenfalls laufen bei uns die Tendenzen, die das Zulagewesen begleiten, kaum in der Richtung einer Gleichberechtigung der Frau im Erwerbsleben. Die entsprechende Auffassung zeigt sich in folgendem Räsonnement: Man begünstigte die Männer im beruflich-wirtschaftlichen Leben, damit sie als »Ernährer« funktionieren könnten. Sie funktionierten aber nicht befriedigend. Die versagenden »Ernährer« riefen nach Hilfe, und man hat sich sozial verpflichtet gefühlt, an ihren Ernähreraufwand beizusteuern. Während man solchermaßen Familienvätern Geld nachwirft, sieht man es nun besonders ungern, daß Frauen, die »es nicht nötig haben«, Posten versehen, die eine Familie ernähren könnten.

Solche Betrachtungsweise ist nicht dazu angetan, die Zurücksetzung der Frauen im Erwerbsleben zu lockern, sondern zu festigen. Hinzu kommt, daß man die Frauen wahrhaftig noch in einer zusätzlichen Form den Interessen der Familienväter dienstbar macht, sofern nämlich die Mittel für diese Zulagen auch durch Abgaben der erwerbstätigen Frauen beschafft werden. Nachdem also die Männer bereits mittels Zurücksetzung und teilweiser Ausbeutung der erwerbstätigen Frau einen »Familienlohn« ergattert haben, rupft man die Frauen einmal mehr.

Alles in allem drückt das männerherrschaftliche Zulagensystem auf die Gleichberechtigung der Frauen im Berufsleben und begünstigt nur bedingt eine Besserstellung der Mütter und Kinder, bedingt durch den guten Willen des Ehemannes und Vaters. Es geht in erster Linie um eine Privilegierung des Familienvaters höchstpersönlich. Er ist doppelt privilegiert. Als potentieller »Ernährer« genießt er die beruflich-wirtschaftliche Vorzugsstellung der Männer im allgemeinen und als effektiver den »Familienschutz«. Zum einen Vorrecht hat Gewalt geführt, zum andern Gejammer. Und die bis jetzt unvergessene Ideologie des Faschismus und Nationalsozialismus hat mit ihrer irrationalen Verherrlichung der Vermehrung des nationalen Bevölkerungsbestandes um jeden Preis vorgesorgt, daß die klägliche Bettelei sich leicht nationalheldisch tarnen läßt und die Zulagen als Opfer auf dem Altar des Vaterlandes betrachtet werden. Wohin aber später einmal mit allem Nachwuchs der ihre Familien nicht selbst ernährenden Zulagen-Heldenväter, bleibt eine ungelöste Frage.

Das jämmerliche Versagen der »Ernährer«, obschon die Männer angeblich als die »natürlichen Ernährer der Familie« Vorrechte im beruflich-wirtschaftlichen Leben in Bausch und Bogen an sich gerissen haben, ist beileibe kein Rätsel. Denn die Patsche ist unvermeidlich. Man betrachte doch die Lage: Zwar will man von einer »Auslese der Fähigen«, von »freier Bahn dem Tüchtigen« hinsichtlich weiblicher Erwerbstätigkeit nichts wissen, sobald diese Fähigkeit und Tüchtigkeit zu begehrenswerten Einkommen führen, weil die besseren Brotkörbe den männlichen »Ernährern« vorbehalten bleiben sollen. Aber einmal unter sich, macht man sich nichts mehr vor. Man läßt es dabei bewenden, daß man durch den relativen Ausschluß der Frauen vom beruflichen Wettbewerb das Durchschnittseinkommen der Männer und damit schließlich auch das der »Ernährer« gegenüber jenem, welches sie ohne die künstliche Zurücksetzung der Frauen gehabt hätten, erhöht hat. Im übrigen teilt man die Beute, ohne viel an die »Ernährer« zu denken. Jetzt gilt wieder das Recht des Fähigeren, des Tüchtigeren, desjenigen mit dem besseren Start. Die einkömmlichen Stellungen bekommen grundsätzlich jene unter den Männern, die den anderen größere Fähigkeiten – von wissenschaftlicher Begabung bis zu der Gabe, übertölpeln zu können – und mehr Glück – von seltenen Chancen bis zu großen Erbschaften –, nicht aber eine Kinderschar voraushaben. Beim Besetzen eines Postens verlangt man von den Bewerbern selten, daß sie verheiratet seien, geschweige denn zwei und mehr Kinder unter fünfzehn Jahren hätten. Es sei denn, es handle sich um Abwarts-, Heimleiter- und mitunter auch um Lehrerstellen in Töchterpensionaten. In den beiden ersten Fällen macht man nur Ausnahmen, um auch die Ehefrau als Arbeitskraft einzufangen; im letzteren, um Liebeskummer oder überstürztes Heiraten der unmündigen Töchter den schwer zahlenden Eltern zu ersparen. Umgekehrt denkt man auch nicht daran, irgendeinem Mann den bisherigen Brotkorb wegzunehmen, weil nun seine Kinder das fünfzehnte beziehungsweise das achtzehnte Altersjahr hinter sich haben, mögen sich auch gleich und besser geeignete Bewerber mit Zwillingen im Säuglingsalter zu Dutzenden melden. Nicht jede große wirtschaftliche und kulturelle Leistung wird mit einem großen Brotkorb honoriert, und nicht jedem großen Brotkorb steht große wirtschaftliche oder kulturelle Leistung gegenüber. Aber alles in allem ist bei den Männern die wirtschaftliche und kulturelle Leistungsfähigkeit doch von einem gewissen Einfluß auf das Format des Brotkorbes.

Solange nun diese Prinzipien Geltung haben und nicht zugleich eine Wechselwirkung zwischen wirtschaftlicher Leistungsfähigkeit und Familienlasten besteht – was ja ausgeschlossen ist –, so bleibt auch das voll befriedigende Funktionieren der Ernährung von »Weib und Kind« durch den »Ernährer« illusionär. Die Rechnung kann nicht aufgehen.

Das bei der Bekämpfung der beruflich-wirtschaftlichen Gleichberechtigung der Frauen so gravitätisch ins Treffen geführte »Ernährer-Argument« erweist sich als Finte. Es ist eine Finte, weil alle diese beruflich-wirtschaftliche Zurücksetzung der Frauen nur zu einem relativ geringen Teil schließlich der zarten Brut zugute kommt und, wo sie dies tut, im ganzen gesehen nicht genügt, nicht genügen kann.

Die Einstellung der Frauen zur weiblichen Berufstätigkeit und ehelichen Versorgung

Der Zwiespalt

Betrachtet man die Zurücksetzung und Unterdrückung der Frauen auf beruflich-wirtschaftlichem Gebiet, so drängt sich immer wieder die Frage auf: Aber warum ließen und lassen sich die Frauen schubsen? Auch wenn man ihnen ihre traditionell ungünstige Ausgangsstellung zugute hält – diese hing, wie im letzten Kapitel dargelegt wird, zu einem wesentlichen Teil mit der großen sozialen Bedeutung der männlichen Muskelkraft zusammen –, so erklärt sich erst die Tatsache, daß man ihnen auf der Nase tanzen konnte. Die Erscheinung jedoch, daß die Frauen im großen und ganzen es auffällig geduldig geschehen ließen, findet damit noch keine Deutung. Man kann sich des Eindruckes nicht erwehren, daß die Opfer in großer Zahl weniger unwillig sind, als sie eigentlich sein sollten. Somit mögen sie das Ihre zu ihrer beruflich-wirtschaftlichen Unterdrückung beigetragen haben.

Hinter diesem Mangel an Aufbegehren, hinter der Einstellung der Frauen zu ihrer beruflich-wirtschaftlichen Lage überhaupt steht ein fundamentaler Zwiespalt. Er ergibt sich aus einer wesentlichen Doppelbedeutung des Menschen, der Individual- und Geschlechtswesen beziehungsweise Gattungswesen zugleich ist; durch sein Geschlecht gehört er der einen oder anderen Gattung Mensch an. Dieser Zwiespalt ist bei den Frauen ausgeprägter als bei den Männern, weil die Bedeutung ihrer Geschlechtsfunktionen bzw. Gattungsfunktionen größer ist. Eigentlich hätten die Frauen bei diesen Voraussetzungen größere Wirkungs- und Glücksmöglichkeiten als die Männer. Aber gemäß dem Sprichwort: »Qui trop embrasse, mal étreint« droht ihnen die Gefahr, bei der Verfolgung ihrer Lebensziele das eine auf Kosten des andern zu erreichen oder aber zwischen Stuhl und Bank zu geraten.

Eine Zwischenbemerkung: Da die Einstellung der Frau zu ihrer beruflich-wirtschaftlichen Selbstverwirklichung mit jener zu ihrer mütterlichen Selbstverwirklichung zusammenhängt und umgekehrt, so ist das erneute Aufgreifen des hier erörterten Problems im Zusammenhang mit der Darstellung der weiblichen Einstellung zur Mutterschaft und somit eine doppelte Behandlung unvermeidlich. Weil sie jedoch von verschiedenen Gesichtspunkten aus geschieht, mag sie gerechtfertigt sein.

Die Frauen wollen »beides«. Sie möchten Mensch, das heißt sich selbst, und zugleich »Frau«, das heißt hier Mutter, sein. Sie möchten einen Beruf besitzen und damit auch wirtschaftliche und soziale Eigenständigkeit, materielle, kulturelle und politische Macht. Überdies wollen sie Kinder haben.

Warum sind sie nicht und warum haben sie nicht in vollem Maße beides?

Liegt das Hindernis in der ungleichen Kraft der beiden Impulse? Ist es überhaupt innerer, psychischer Natur?

An sich scheinen die in verschiedenen Richtungen gehenden Impulse gleich stark zu sein und ihr Zwiespalt nicht notwendigerweise einen Widerspruch zu bilden. Doch ist die Stärke der einzelnen Impulse innerhalb eines gewissen Spielraumes variabel und je nach den gegebenen Voraussetzungen auch ein Widerspruch möglich. Dementsprechend kann die eine oder andere Richtung vorherrschen und dem Leben der einzelnen Frau, ja der Stellung der Frauen ganzer Kulturen, teilweise das Gepräge geben. In der unseren läßt sich die eigentliche Stärke der Impulse sowie die reibungslos gleichzeitig erfolgende Verwirklichung ihrer Ziele nur ausnahmsweise beobachten, weil die männerherrschaftlichen Barrikaden die Frauen in verschiedener Weise hindern, ihre individuellen Ziele kultureller, politischer und beruflich-wirtschaftlicher Natur zu verfolgen.

Oder liegt das Hindernis in einer äußeren, praktischen Schwierigkeit, die Verwirklichung der beiden Ziele zeitlich zu vereinigen?

Wie Ende dieses Kapitels noch eingehend gezeigt werden wird, blockieren Schwangerschaft und Niederkunft usw. bei der heute im Westen üblichen Anzahl Kinder pro Ehefrau ein Berufsleben der Frauen nur unerheblich. Praktisch sind diese Schwierigkeiten bei zweckmäßiger Organisation unvergleichlich geringer, als man zu glauben gewohnt ist. Auch das bei den Frauen wohl größere Bedürfnis nach der Gegenwart der Kinder fordert nicht täglich 24 Stunden Präsenzzeit als Mutter; die üblichen 8-10 an den Beruf verwandten Stunden täglich, geschweige denn eine kürzere Arbeitszeit, stehen der mütterlichen Besitzerlust noch nicht entgegen und ebensowenig dem Verlangen der Kinder nach Beweisen mütterlicher beziehungsweise elterlicher Liebe.

Nein, das dem »Beidessein« entgegenstehende Hindernis lag und liegt in der soziologischen Auswirkung des Zusammentreffens verschiedener Komponenten.

Da ist die Tatsache, daß der Mensch unserer Zivilisationsstufe noch jahrelang nach seiner Geburt nicht in der Lage ist, sich zu erhalten. Dann jene, daß sich nur die Mütter natürlicherweise unmittelbar für das Aufkommen des Kindes verantwortlich fühlen können. »Bekommen« doch sie das Kind, während dessen Vater, wenn man auf die Natur abstellt, nicht einmal weiß, daß er Vater ist. Schließlich zählt auch die Erscheinung, daß die Arbeitskraft der Frauen nicht stärker ist als diejenige der Männer, ja früher, als die Muskelkraft von größerer wirtschaftlicher Bedeutung war als heute, sogar geringer war. Dabei ist zu beachten, daß die Arbeitskraft für das Fortkommen des in einem harten Klima lebenden westlichen Menschen sehr wichtig war und geblieben ist. Wenn die Frauen, je nach Kinderzahl, sich nicht um ein Vielfaches mehr als die Männer abrackern wollten, hatten sie diese um wirtschaftliche Solidarität mit dem schwachen Nachwuchs zu bitten. Sie wurde gewährt – aber zu welchem Preis! Er kam dem Verkauf der eigenen Person in die Sklaverei nahe. Wie die Frauen zu einem solchen Handel kamen und wessen sie sich dabei in erotisch-sexueller und auch politischer Hinsicht begeben hatten, wird im Zusammenhang mit der Stellung der Frau in der Erotik und Politik besprochen. Unter dem Gesichtspunkt der Selbstverwirklichung in »beidem« ging es um den Verzicht auf die individuelle Selbstverwirklichung, um fortan einem Eheherrn zu dienen, als Haushälterin und wo er sie sonst noch nötig haben mochte: auf dem Feld, in der Werkstatt. Damit verbunden war das Ausarten der Kinderpflege zur Arbeit einer Magd der herangewachsenen Kinder, insbesondere der Söhne, sofern sich diese nicht ihrerseits in Gestalt einer Ehefrau eine Haushälterin zugelegt hatten. Die kostspielige Lösung ersparte den Frauen nicht, sich abzurackern. Dafür wurden ihnen und ihren noch arbeitsunfähigen Nachkommen Kost, Logis und Bekleidung »in natura« gewährt. Gaben, die man auch den Sklaven nicht vorenthielt. Der Unterschied zwischen der Lage der Sklaven und jener der Ehefrauen war vom wirtschaftlichen Gesichtspunkt aus oft nur ein gradueller. Die Frauen hatten gewissermaßen mit ihrer individuellen Selbstverwirklichung ihre gattungsmäßige, das heißt die materielle weibliche Fortpflanzungsfunktion, zu erkaufen. Noch mehr: der Verzicht auf ihre Selbstverwirklichung war zugleich der Preis, mit dem sie für die heranwachsende Männergeneration die Solidarität der erwachsenen erkauften. Also haben sie ihre individuellen Ziele auch aufgegeben, um die Männer daran zu hindern, die Knaben im Stich zu lassen. Dies ist die eigentliche und doppelte »Tragödie der Frau«. Die »biologische Tragödie der Frau«, wie die körperliche Mutterschaft ab und zu genannt wird, ist im Vergleich dazu nur ein Späßchen.

Die Frauen hatten, wo die erwähnten Tatsachen in vollem Maße existierten, wohl nicht einmal kollektiv die Wahl zwischen dem Erkaufen der gattungsmäßigen Funktion auf Kosten der individuellen und dem Verzicht auf die gattungsmäßige zugunsten der individuellen. Ebensowenig hatten sie die Möglichkeit, ihre Verhandlungsbasis zu verbessern. Praktisch heißt dies, sie hatten es als Kollektive auch nicht in der Hand, durch Bereitschaft zur Keuschheit, gewissermaßen durch Sexualstreik, zum mindesten »ihr Leben zu leben« oder die wirtschaftliche Solidarität der Männer mit ihrem Nachwuchs zu einem zivileren Preis zu gewinnen. Denn bekanntlich kann der Geschlechtsverkehr von den Männern erzwungen werden. Zwar wird die Fähigkeit eines einzelnen Mannes, eine einzelne Frau zu vergewaltigen, von beiden Seiten wahrscheinlich stark überschätzt. Gibt es doch viele Frauen, die tatsächlich Angst haben, mit einem unbekannten Mann außerhalb der Hörweite anderer Leute und damit sozusagen außerhalb des Rechtsschutzes zu sein. Umgekehrt meinen viele Männer, allein schon die Zweisamkeit mit ihnen, fernab von der Möglichkeit Dritter, zu intervenieren, brächte eine Frau zum Erzittern. Die Schwäche der Frauen liegt in diesem Zusammenhang weniger in ihrer geringeren durchschnittlichen Muskelkraft, die immerhin zumeist noch ausreicht, um sich Vergewaltiger vom Leib zu halten, als vielmehr in der ganz allgemeinen Möglichkeit, daß mehrere Menschen zusammen leicht die Übermacht über einen einzelnen gewinnen und dann mit seinem Körper buchstäblich machen können, was sie wollen. Aus diesem Grunde verfinge ein Sexualstreik der Frauen, zu welchem Zwecke er auch unternommen würde, nicht.

Das Eintauschen eines großen Teils der individuellen Selbstverwirklichung gegen eine »Au-pair-Stelle« beim Ehemann und dessen grundsätzliche Solidarität mit ihren Nachkommen war für die Frau ein schlechtes Geschäft. »Gold gab ich für Eisen«, ließe sich auch hier sagen. Doch der unerfreuliche »Gesamtarbeitsvertrag« schien unabwendbar und hat sich im Prinzip bis auf den heutigen Tag gehalten. Seit hundertfünfzig Jahren ist er allerdings nicht unangefochten geblieben. Die Ideologie der Frauenemanzipation kritisierte ihn und bewirkte in Verbindung mit den wirtschaftlichen Wandlungen der Zeit zwei tiefgehende, einander entgegengesetzte Entwicklungen. Sie erreichte, daß eine große Minderheit der Frauen sich von diesem »Kollektivabkommen« zwischen den Geschlechtern distanzierte und ihre Existenz auf ihre eigene berufliche und wirtschaftliche Kraft stellte. Zugleich bewirkte sie aber auch, daß die »Au-pair-Stelle« im Haushalt des Ehemannes für die Frauen immer komfortabler wurde. Aus der einst im Betrieb des Ehemannes mitarbeitenden »Sklavin« war in manchen Schichten eine reine Nutznießerin der beruflich-wirtschaftlichen Kraft des Ehemannes geworden. Sie hatte zwar noch den Haushalt und die Kinderaufzucht zu besorgen oder zu überwachen, konnte sonst jedoch im Salon gemütlich sticken, stricken oder Patience legen. Eine Gemütlichkeit, die auf dem Umweg über eine Privilegierung der Männer auf dem Arbeitsmarkt zum Teil von den erwerbstätigen »unabhängigen« Geschlechtsgenossinnen bezahlt wurde. Was war nun Gold und was Eisen? Das Gold begann praktisch wie Eisen, das Eisen wie Gold auszusehen.

Die verworrene Einstellung der Frauen ist deshalb nicht verwunderlich. Gerade jene Frauen, denen sich der außerhäusliche Erwerb als Möglichkeit, unmittelbare Not abzuwenden, aufdrängte und damit sicher in seiner unangenehmsten Form, wären ja dumm gewesen, allein schon um die bloßen Voraussetzungen einer Möglichkeit zu beruflicher Selbstverwirklichung zu kämpfen. Denn, wenn sie auf die gattungsmäßige Erfüllung setzten, winkte ihnen allmählich immer häufiger ein Leben in relativer Muße als »Ernährte«, die keinen Finger für Erwerb zu rühren brauchten. Und etwas anderes gab es für sie nicht. Die individuelle Selbstverwirklichung kam für sie gar nicht in Frage und damit auch nicht die Chance, »beides« zu erreichen. Ihre Alternative hieß lediglich: ausgebeutete Arbeitsbiene in fremdem Sold oder ernährte Hausfrau im Kreise ihrer Kinder. Das Dasein als Arbeitsbiene hatte rein gar nichts für sich; jenes der Hausfrau zum mindesten das Zusammensein mit den Kindern. Ferner bietet das Berufsleben um so weniger Anreiz, als beim traditionellen und durch die erwähnte Entwicklung konsolidierten Abschieben sämtlicher Haus- und materieller Aufzuchtarbeit auf die Frauen die Frage offen bleibt: Wer besorgt das Kinderhüten und zieht den Haushaltskarren bei einem vollen außerhäuslichen Berufsleben der Ehefrau? Die einzige Lösung, an die man im allgemeinen denkt, die tüchtige Hausangestellte – sie müßte wahrlich eine Perle sein –, ist unter dem demokratischen Gesichtswinkel keine Lösung grundsätzlicher Natur. Sie käme darauf heraus, daß etwa die eine Hälfte der Frauen Perlen sein müßten, damit sich die andere vom Haushalt dispensieren könnte, um im Berufsleben Selbstverwirklichung zu suchen und zum Teil zu finden.

Die relative Leichtigkeit, in Verbindung mit der Erfüllung der gattungsmäßigen Fortpflanzungsaufgaben zu einem Auskommen und etwas Muße zu gelangen, sowie die durch die Männermonopole im beruflich-wirtschaftlichen Leben verbarrikadierten Aussichten, im Berufsleben auch individuelle Selbstverwirklichung zu finden, sind die moderneren Ursachen des für die Mehrheit der Frauen typischen Mangels an fundamentalem Berufsethos. Dieser Mangel heißt nicht, daß die Frauen Einzelleistungen innerhalb ihrer Erwerbstätigkeit auf die leichte Schulter nehmen, wohl aber ihre Berufstätigkeit im Sinne eines Instruments ihrer Lebensgestaltung. Ein solches Instrument ist vielmehr »ein guter Mann« – das heißt ein gut zahlender. Er ist die Karte, auf die sie im Existenzkampf setzen. Entsprechend verschwenden sie keine Energie, um bessere Stellungen zu erringen, setzen sich verhältnismäßig selten auf Jahre, geschweige denn auf Jahrzehnte hinaus berufliche Ziele. Ihnen mangelt es an beruflichem Ehrgeiz großen Stils und dadurch an der Bereitschaft zu Opfern, um ihre beruflich-wirtschaftliche Stellung kollektiv zu verbessern. Sie qualifizieren und organisieren sich daher auch weniger als die Männer und fühlen sich als Angehörige von Interessengruppen unvergleichlich weniger solidarisch.

Je mehr die Frauen sich ihrer Zurücksetzung und Unterdrückung anpassen, sie ihrerseits zu bestätigen scheinen, indem sie auf ihre individuelle Selbstverwirklichung zugunsten einer komfortablen Erfüllung ihrer gattungsmäßigen verzichten, um so verkalkter wird ihre Zurücksetzung im beruflich-wirtschaftlichen Leben. Je starrer die beruflich-wirtschaftliche Zurücksetzung der Frauen ist, um so ausgeprägtere Form nimmt auch ihre Zurücksetzung in anderen Bereichen des Gemeinschaftslebens an und um so schwerer wird es Frauen, die bereit sind, den Kampf um die Gleichberechtigung aufzunehmen – es gibt auch solche –, ihn erfolgreich auszufechten.

Eine besonders tragische Wirkung dieser mehr oder weniger entschiedenen Stellungnahme zahlreicher Frauen besteht darin, daß sie logischerweise gegen die Gleichberechtigung der Frau im Erwerbsleben sein müssen. Ja, daß sie, wenn auch uneingestandenermaßen, ihre Ausnützung befürworten, obwohl ihnen die Beute, wenn sie Junggesellen und geizigen Ehemännern zufällt, zu einem guten Teil entgeht. Diese verbreitete Feindschaft vieler »Ernährter« und solcher, die es werden wollen, gegen die beruflich-wirtschaftliche Gleichberechtigung ihres Geschlechts macht aus der Unterlassungssünde, die den Beitrag der Frauen an ihre eigene Unterdrückung bildet, einen Kampf gegen ihre Geschlechtsgenossinnen auf der Seite der Männerherrschaft. Diese Einstellung war früher eher in den unteren Schichten verbreitet, ist jedoch im Laufe des 20. Jahrhunderts reichlich bourgeois geworden.

Hundert Jahre Versuche, den Zwiespalt zu überwinden

Tödliche Langeweile auf dem Plüschsofa

Es ist eine Tatsache, daß die Frauen sich mit Vorliebe dem Nurhausfrauendasein zuwenden, falls sie zwischen ihm und einer Existenz als zurückgesetzte Arbeitsbiene oder Pionierin des weiblichen Berufslebens die Wahl haben. Seit Anbruch des industriellen Zeitalters ist sie sogar in aller Breite sichtbar.

Einmal im Nurhausfrauendasein, verlieren die Frauen keinen Gedanken mehr an die Berufstätigkeit, sondern richten ihr Augenmerk auf die »Dame«. Die Dame braucht sich nämlich weder mit haushälterischer Rappenspalterei noch der tagaus, tagein zu wiederholenden Koch-, Flick- und Reinigungsarbeit abzuplagen. Mägdearbeit weicht häuslicher Oberaufsicht und Muße. Die Hausfrauen, die »nicht arbeiten müssen«, konzentrieren ihren Ehrgeiz darauf, dieser für himmlisch glücklich gehaltenen Schar beizutreten. Knapp dem Arbeitsbienendasein entronnen, gleichen sie darin den müde Gehetzten, die nicht den Unternehmungslustigen, sondern den Schlafenden beneiden.

Waren nun die beneideten Frauen im Salon glücklich? Weit gefehlt! Es handelt sich bei diesen Frauen in »sorgenfreien Verhältnissen« in gewissem Sinne auch um Schlafende – nein, um Eingeschläferte. Im Schlaf lag ein großer Teil ihrer individuellen Gaben. Sie träumten nur davon, ganz sich selber zu sein, ihrer Individualität voll Ausdruck geben zu können. War das Dasein als »Frau und Mutter im Küchendampf« gehetzt, so dasjenige als »Frau und Mutter auf dem Plüschsofa« schal. Ein ansehnlicher Teil der Damen lehnte dieses vermeintlich sorglose, relativ arbeitslose, aber von der Männerordnung erzwungene Dasein als in Komfort gehaltenes Fortpflanzungswesen ab. Sie lehnten wahrhaftig genau das ab, was den Frauen, die dem Arbeitsbienendasein ausgewichen waren, als Ziel allen weiblichen Wünschens vorschwebte. Im Gegensatz zu den Arbeitsbienen hatten sie ein interessantes Berufsleben als Lebensinhalt vor Augen.

Es blieb nicht dabei, daß zahlreiche Frauen der Bourgeoisie sich im stillen die Schalheit ihres Lebens eingestanden, nach deren Gründen forschten und sich überlegten, was alles dieses »sorglose Leben« im Salon sie eigentlich gekostet hatte. Die Ursachen der Schalheit fanden sie weniger im persönlichen als im kollektiven Schicksal der weiblichen Angehörigen des Bürgertums. In großer Zahl gelangten sie zur Auffassung, daß die Frauen in geistiger, politischer und sogar in erotisch-sexueller Hinsicht zu kurz kamen, wenn sie sich in erster Linie auf ein Nurhausfrauendasein, ein sogenannt weibliches Leben, einstellten. Es galt daher, auf jedem Gebiet, vorab dem beruflichen und politischen, die gleiche Stellung wie die Männer zu erringen. Sie erhoben ihre Stimme: die Frauenfrage und mit ihr die Frauenbewegung waren entstanden.

Diese Frauen des wohlhabenden Mittelstandes bedankten sich dafür, im Namen ihrer Geschlechtsfunktionen bei tagelanger »feiner Nadelarbeit« auf einen Bräutigam zu lauern, der sie ihrer »Aufgabe als Frau und Mutter« zuführen sollte, damit sie in dieser Funktion dann, wenn es hoch kam, bei weiteren Tagesdosen feiner Nadelarbeit in Langeweile oder ständiger Emsigkeit, um Kusinen, Tanten und Nichten zu bewirten, bis ans Ende ihres Lebens dahintreiben konnten. Florence Nightingale schrieb 1846: »Oh, lästige Tage, oh, Abende, die nie zu enden scheinen! Wie viele Jahre habe ich auf die Uhr im Salon geschaut und geglaubt, sie rücke nie auf zehn! Und so soll es noch zwanzig oder dreißig Jahre gehn?« Und in einer Schrift, die zu leidenschaftlich und aufrührerisch geschrieben war, um dem Publikum als Werk des offiziellen Engels der Barmherzigkeit übergeben zu werden, sagt sie, daß eine Frau ohne die richtige Kultivierung und den richtigen Gebrauch ihrer Kräfte keine Ruhe finde, wohl aber in einer Hölle, in einem Spital voll Wunden, Schmerzen, Tod, Tränen, Reue und Verzweiflung, wenn sie dort ihre Gaben entfalten kann.

Sie bedankten sich dafür, im Namen ihrer Gattungsfunktionen zu nichts anderem als zum Kochen, Nähen, Stricken und Flicken geboren worden zu sein. Sie fanden, sie seien dies sowenig, wie ihre Brüder, Väter und Ehemänner zum Essen, zum Tragen von Gesticktem, Gestricktem und Geflicktem geboren worden waren.

Sie bedankten sich dafür, daß es ihnen im Namen ihrer geschlechtlichen Bestimmung genügen sollte, »wenn sie einem Haushalt vorstehen konnten und gelernt hätten, ihren Männern ohne Widerspruch zu gehorchen«, und es ihnen nicht anstehen sollte, »mit der schnatternden Auskramung ihrer Gelehrsamkeit … die Männer zu verdunkeln«[30].

Sie bedankten sich dafür, im Namen ihrer Gattungsfunktionen je nach Wunsch männlicher Angehöriger den zwitschernden Kanarienvogel oder den nachplappernden Papagei im Käfig zu spielen.

Sie bedankten sich dafür, im Namen ihrer Gattungsfunktionen ihre Individualität in den engen Kerker ihrer Häuslichkeit – je nach Stand des Vaters oder des Ehemannes war es ein Kerker 1., 2. oder 3. Klasse, immer aber ein Kerker – einzusperren, sich um die Entfaltung ihrer Persönlichkeit bringen zu lassen.

Alles in allem: das Dasein als Kombination von Gattungswesen und

Haushälterin war ihnen, obschon es »sorgenfrei« war, nicht lebenswert genug. Der Impuls zur individuellen Selbstverwirklichung, das Gefühl für das, was ihnen eigentlich zukam, ließ den Frauen keine Ruhe. Denn wie praktisch auch ein »guter Mann« sein mochte, er bot keinen Ersatz für die großen Entsagungen als Individualwesen.

Die Gelegenheit, ihre Ansprüche zu stellen, sollte für die Frauen im Gefolge verschiedener fundamentaler Veränderungen kommen. Dieselben Zeitläufte, welche die einen Frauen ins Dasein der ausgebeuteten Arbeitsbiene trieben und die andern in den Salon eines gutbürgerlichen Heims, brachten den Individualismus mit seiner Wertschätzung für das Persönliche im Menschen. Sie brachten noch mehr: die wesentliche Einbuße der größeren wirtschaftlichen Leistungsfähigkeit der Männer infolge der verminderten Bedeutung der Muskelkraft bei den Arbeitsprozessen. Ferner stellten die neuen wirtschaftlichen Verhältnisse die teils drohende, teils akute Unfähigkeit der Männer bloß, »Ernährer« von Weib und Kind zu sein, nachdem »Weib und Kind« aufgehört hatten, sich im Familienbetrieb selbst zu ernähren, und nun die eigene Arbeitskraft das einzige Mittel der Männer war, für die Familie den Unterhalt zu beschaffen. Damit erwies sich deutlich, daß die Männer selbst bei tatsächlichen Privilegien auf beruflich-wirtschaftlichem Gebiet häufig nicht einmal in der Lage waren, ihren Teil des Ehepaktes zu halten und für das Gold einer Selbstverwirklichung der Frauen, das diese ihnen geopfert hatten, das Eisen der Unterhaltsgarantie für die heranwachsende Generation und deren Mütter zu bieten. Ein Vorstoß des in den Frauen unterdrückten Impulses zur Selbstverwirklichung war also fällig geworden.

Die Frauen emanzipierten sich. Sie schlugen mit mehr oder weniger Konsequenz die Wege ein, die ihnen feministische Pionierinnen verschiedenerlei Schattierung wiesen.

Vorerst warfen sie einen Teil des tausendjährigen Gerümpels, mit dem man ihr Leben einengte, zum Haus hinaus. Gerümpel waren alle jene Bestimmungen geworden, die bei Entscheidungen so oder so das weibliche Urteil jenem eines Mannes unterstellten. Sie stießen dabei auf relativ geringen Widerstand. Denn der Autorität der Männer lag ja nicht größere Urteilskraft, sondern die inzwischen durch die Fortschritte der Zivilisation überholte soziale Bedeutung ihrer größeren durchschnittlichen Körperkraft zugrunde.

Zugleich richtete sich das Augenmerk der Feministinnen auf die berufliche und politische Gleichberechtigung ihres Geschlechts. Hier aber gingen die Geister bereits auseinander, vor allem im ersten Punkt. Die einen waren für absolute Gleichberechtigung der Geschlechter, die andern, die »Gemäßigten«, eher für eine allgemeine »Besserstellung der Frau«. Und schließlich zeitigte das 20. Jahrhundert noch eine dritte Stellungnahme, jene des »modernen jungen Mädchens«. Demzufolge ist das Verhalten der Frauen gegenüber dem Bollwerk der traditionellen Vorrechte der Männer im beruflich-wirtschaftlichen Leben verschieden.

Jene Feministinnen, die konsequente Gleichberechtigung der Frau verlangten, erkannten, daß ein großer Berufsernst dazu nötig war. Es war ihnen klar, daß die Frauen ihre individuelle Selbstverwirklichung vorläufig sogar wichtiger zu nehmen hatten als ihre gattungsmäßige, wenn sie je die Barrikaden der männlichen Privilegien im Berufsleben durchbrechen wollten. In diesem Geiste stürmten die Amazonen des 19. und 20. Jahrhunderts, ungeachtet der gewaltigen Anstrengung und der unerläßlichen, relativen Zurückstellung ihrer Ansprüche auf ein Dasein auch als Mutter, das Bollwerk der männerherrschaftlichen Unterdrückung und Zurücksetzung ihres Geschlechtes im kulturellen und beruflich-wirtschaftlichen Leben. Sie »drangen in männliche Berufe ein«.

Entsprechend den Nebenwirkungen, die ihr Einsatz für die Bestimmung der Frau als Individualität unter den gegebenen Voraussetzungen hatte, waren sie in beachtlicher Zahl ledig. Sie mußten und müssen es zu einem großen Teil so lange sein, als die Verhältnisse sie vor die Entscheidung stellen, ihren individuellen Zielen den Vorrang zu geben. So und nicht anders liegt der Fall. Das Geleier der antifeministischen Drehorgel, die aktiven Kräfte der Frauenbewegung seien eben jene Frauen, die von den Männern verschmäht worden seien und nun, nachdem sie »nicht Frau sein könnten«, eben »Männer werden wollten«, um doch noch etwas vom Leben zu haben, hat daher einen falschen, einen verleumderischen Ton.

Obwohl ihnen die individuelle Selbstverwirklichung wichtiger war als die gattungsmäßige, mußten übrigens manche dieser Amazonen keineswegs »verzichten«. Vereinzelt brachten sie es mit Glück zuwege, »beides« unter einen Hut zu bringen, wobei die Karriere als Individuum glanzvoll und jene als Gattungswesen grundsätzlich wie dasjenige der anderen, der sogenannt »glücklichen Frauen und Mütter«, gewesen sein mochte. Sie haben jedenfalls das weibliche Dasein bis in die Eingeweide erlebt, wenn sie auch kaum dem Staat eine Armee »wackerer Soldaten« geboren haben mögen. (Nebenbei bemerkt, dies traf, entsprechend abgewandelt, auch auf sehr viele als Individualwesen hervorragende Männer zu, obgleich für solche männlichen Talente – ihre Familien inbegriffen – oft recht bequeme Lebensbahnen bereitstanden, wogegen die Amazonen in jedem einzelnen Fall Eis zu brechen hatten.) Frauen wie Madame Curie, Frau Dr. med. Heim-Vögtlin, Ricarda Huch – um einige wenige herauszugreifen – werden von ihren Geschlechtsgenossinnen bewundert und beneidet. Bemerkenswerterweise richten sich die Augen aller auf sie, also auch die Augen jener, die auf die Karte »Frau und Mutter« in dem von der Männerherrschaft vorgezeichneten Geleise setzen. Diese Amazonen haben es »geschmissen«, »beides« nämlich. Sie besaßen das Leben, das sich im Grunde alle Frauen wünschen, aber nicht leisten können.

Doch nur wenige Amazonen schlugen im beruflich-wirtschaftlichen Leben Breschen, um die Vorrechte der Männer zu brechen, und nur wenige

Frauen traten in diese ein. Denn die Eroberung begehrter beruflicher Stellungen ist nicht nur schwer, sondern ohne besonders glückliche Umstände fast aussichtslos, wo immer sie mit einem Anstellungsverhältnis verbunden sind. Die triumphalen Leuchten der Frauenleistung (in beidem zugleich) werden durch Leichen aufgewogen: Frauen, die alles für ihre berufliche Karriere gaben, um nun sozusagen im Dornenhag der Festung zu hängen, nämlich auf uninteressanten, schlecht bezahlten Pöstchen zu vermodern. Die Cause vermochten sie nicht zu fördern. Ihr Einsatz hat weder Lorbeeren noch gutes Auskommen oder sonst etwas eingetragen. Sie sind weder zu einer Selbstverwirklichung als Individuum noch zu materieller Erfüllung als Gattungswesen gekommen. Übrigens ist dies Geschick in der Schweiz besonders häufig, während beispielsweise in den USA und in manch anderem Staat die berufliche Karriere einzelner Frauen genügend Glanz verbreitet, um einige Mädchen für die Amazonenlaufbahn zu gewinnen.

Alles in allem ist der bewußte Kampf der Pionierinnen um vollständige Gleichberechtigung der Geschlechter im beruflich-wirtschaftlichen Leben beim weiblichen Geschlecht in Mißkredit geraten. Es fehlt jede Begeisterung.

Die Erklärung hiefür liegt weniger in der Scheu vor den Mühsalen des Kampfes als in einem schwachen Punkt der feministischen Ideologie. Er ist die Folge der Tatsache, daß der Fragenkomplex, den die unmittelbare ökonomische Belastung der Mütter durch ihre bedürftigen Kinder beziehungsweise das weibliche Verlangen nach männlicher Solidarität aufwirft, von den absolute Gleichberechtigung der Geschlechter fordernden Feministinnen auf die leichte Schulter genommen worden ist. Obgleich die traditionelle Lösung des Problems nämlich mit ihrer Grundeinstellung unvereinbar ist, unterließen sie es, die Forderung der vollen beruflich-wirtschaftlichen Gleichberechtigung der Geschlechter mit Vorschlägen zu ergänzen, wie bei solch neuen Voraussetzungen die Fortpflanzung zu finanzieren sei – eine Lücke, in welcher der Wert ihrer sonst so einleuchtenden Argumentation unterging.

Wahrscheinlich schwebte ihnen vor, daß grundsätzlich beide Eltern für den Unterhalt der Kinder aufkommen und grundsätzlich beide sie hüten sollten. Für die relativ kurze Zeit der durch Mutterschaft bedingten Arbeitsunfähigkeit mochten die Frauen selbst vorsorgen, sich an den Ehemann halten oder beides zugleich tun. Diesen Vorstellungen fehlten aber genaue Umrisse, und es fehlte an entsprechenden Konsequenzen in bezug auf die praktische Regelung. Rechneten die Feministinnen doch weder mit dem Ersatz der Hälfte der berufstätigen Männer durch Frauen beziehungsweise der Hälfte der Hausfrauen durch Hausmänner noch trugen sie sich, falls sie eine Erwerbstätigkeit sämtlicher Erwachsener voraussetzten, mit Gedanken an eine Neugestaltung des Kinderaufziehens. Zudem wurde übersehen, daß ein der Frau gegenüber dem Ehemann zustehender Anspruch auf Unterhalt während der mutterschaftlichen Invalidität praktisch mit der Gleichberechtigung der Geschlechter im beruflich-wirtschaftlichen Leben in Widerspruch kommen muß. Hätten sie die Verwirklichung ihrer Forderung bis in die letzten Konsequenzen durchdacht, so hätte sich ihnen die Notwendigkeit einer ökonomischen und organisatorischen Neugestaltung des Familienlebens aufdrängen und die Forderung der beruflich-wirtschaftlichen Gleichberechtigung der Geschlechter hätte mit entsprechenden Forderungen verbunden werden müssen. Das war aber, wie gesagt, bei den bürgerlichen Pionierinnen nicht der Fall.

Die Unterlassungssünde hat sich gerächt. Wann immer Frauen vom Gedanken beruflich-wirtschaftlicher Gleichberechtigung der Geschlechter hingerissen werden, ernüchtert sie die festverwurzelte Ernährerfabel, weil die feministische Richtschnur fehlt, um ihr beizukommen.

Allerdings ist nun zu sagen, daß der Arbeiterbewegung verbundene Feministinnen wie Ellen Key das Problem klarer ins Auge faßten und ihm zu Leibe rückten, indem sie vorschlugen, einen Teil der ökonomischen Lasten der Mutterschaft direkt dem Staat aufzuerlegen. In die Richtung dieser Lösung gingen auch Umwälzungen im neuen Rußland und teils im nationalsozialistischen Staat. Doch hatte diese staatliche Solidarität mit der Mutter hier von Anfang an und dort allmählich kaum den Charakter einer Entlastung der Mutter im Sinne einer Gleichstellung der Frau durch eine neue Unabhängigkeit, sondern vielmehr jenen einer Finanzierung der Soldatenproduktion.

Die »Gemäßigten«

Im Gegensatz zu den Amazonen, die sich mit ganzem Gewicht auf die Gleichberechtigung warfen, dachten viele Anhängerinnen der Frauenemanzipation im Geiste der Devise: Das eine tun und das andere nicht lassen. Als Individualitäten sollten die Frauen beruflich-wirtschaftlich gleichberechtigt sein. Zugleich sollten sie bei der Erfüllung ihrer Gattungsfunktionen sichergestellt werden, desgleichen ihre unerwachsenen Nachkommen. Die Sicherstellung dachte man sich grundsätzlich in traditioneller Weise, verlangte jedoch bessere Erfüllung.

Man war fest überzeugt vom Wert der Gleichberechtigung der Frauen im beruflich-wirtschaftlichen Leben, war stolz auf die Vorstöße der Amazonen, hütete sich jedoch, entschlossen in das Wespennest des Problems der praktischen Verwirklichung der beruflichen Gleichberechtigung der Frau zu greifen. Die »Gemäßigten« übersahen diskret das Bollwerk der ungeheuren Widerstände der Männer gegen die praktische Gleichberechtigung der Frauen im Berufsleben. Man tat, als wäre mit gleicher Schulbildung der Mädchen und ihrer rein theoretischen Freiheit, jeden Beruf zu ergreifen, die Bahn für ihre berufliche Gleichberechtigung tatsächlich frei geworden.

Diese Oberflächlichkeit hatte zwei Ursachen.

Die große Tragweite der beruflich-wirtschaftlichen Gleichberechtigung der Frau für ihre Gleichberechtigung in jedem Bereich – vom erotisch-sexuellen bis zum politischen – wurde verkannt. Für den soziologischen und politischen Charakter der Gleichberechtigung der Geschlechter im Erwerbsleben zeigte man verhältnismäßig wenig Sinn, man würdigte sie hauptsächlich unter dem Gesichtspunkt interessanter, individueller Lebensgestaltung. Daher unterließ man den Kraftaufwand, der ihrer wert gewesen wäre.

Zudem hatte die auffällige Lahmheit der »Gemäßigten« dort, wo man der beruflichen Gleichberechtigung der Frauen im alltäglichen Wirtschaftskampf hätte Nachdruck verleihen sollen, auch die Bedeutung, daß man dem Widerspruch ausweichen wollte, der sich alsbald zwischen der Forderung nach Gleichberechtigung der Frau im beruflich-wirtschaftlichen Leben und jener nach Ausbau der traditionellen Versorgung der Frau im Interesse ihrer Gattungsfunktionen gezeigt hätte. Denn sosehr die »Gemäßigten« auf Gleichberechtigung aus waren, so erstrebten sie die »Besserstellung« der Frau durch Konsolidierung der traditionellen Familienpflichten der Männer noch stärker. Sie waren darauf bedacht, die Ehemänner für »Weib und Kind« immer treubesorgter werden zu lassen, die außerehelichen Väter zu fleißigeren Ratenzahlern zu machen und im Namen hungriger Kinder und abgerackerter Frauen dem kostspieligen Saufen der Männerwelt zu steuern.

An sich muß eine Besserstellung der Frauen bei der Erfüllung ihrer gattungsmäßigen Funktionen nicht in Widerspruch mit der Forderung ihrer wirtschaftlichen Gleichberechtigung stehen. Sie tat es aber hier, weil sie durch eine Steigerung der seit einiger Zeit traditionell gewordenen ehemännlichen Funktion als »Ernährer« erstrebt wurde. Denn je mehr man den bescheidenen Wahrheitsgehalt der Ernährerfabel vergrößert, um so mehr entzieht man der Forderung nach Gleichberechtigung der Frau im beruflich-wirtschaftlichen Leben den Boden zur Verwirklichung.

Es war eine Schwäche der »Gemäßigten«, sich solchermaßen in Widersprüche zu verwickeln, und nicht einmal die größte. Die größte bestand darin, allmählich auf den »Abweg« zu geraten, »Gutes zu tun«. Er führte bald weitab von der Gleichberechtigung der Frau, ja von den Fraueninteressen überhaupt.

Verschiedene Gründe legten diesen Kurs nahe: Die einen waren jene, welche die »Gemäßigten« auch mit der beruflichen Gleichberechtigung der Frauen sympathisieren ließen: die bodenlose Langeweile auf dem Plüschsofa des gutbürgerlichen Heimes, der unbefriedigte Tätigkeitsdrang. Die anderen ergaben sich aus dem Zusammenwirken der feministischen Tendenz, die Verhältnisse zu korrigieren, und dem scheinbar klug-realistischen Verhalten, ihre Kräfte auf flinkes Besetzen jedes Stückleins Boden zu verwenden, das die Männerkollektive nicht mit der Tafel »Betreten verboten« versehen hatten. Sie machten also auch Eroberungen; aber solche, zu denen sie der Weg des geringsten Widerstands führte. Unnötig zu sagen, daß die »Eroberung« von Gebieten, die niemand will, sich natürlich nicht »lohnt«.

Aus Tätigkeitsdrang und Verbesserungslust, die auf Niemandsland beschränkt sind, resultiert leicht Wohltätigkeit. Sie ist Ersatzkost für Berufstätigkeit. Immer mehr Gemäßigte fanden bei ihr zusammen, und immer weniger ging es um grundsätzliche Fraueninteressen und immer mehr um jene armen Tröpfe aller Art, schließlich sogar um beliebige Postulate im Namen des guten Zwecks oder der »Menschlichkeit«.

Um praktisch zu reden: Die Frauen der Bourgeoisie stürzten sich mit Bärenhunger auf die Wohltätigkeit. Ihre Arbeit zeitigte Werke jeder Qualität, vom sterilen Stricken für die Armen bis zu bahnbrechenden Unternehmen.

Abgesehen von der Bekämpfung des unsittlichen Lebenswandels junger Geschlechtsgenossinnen, beziehungsweise deren Ausnützung durch die Männerwelt, und des populären Alkoholgenusses, kamen sie bei solchem Wirken kaum in Konflikt mit Männerkollektiven. Und selbst in diesen Belangen stand das Streben vieler »Frauenvereine« den Neigungen der Männer nicht direkt entgegen, wenn es nicht gesetzliche Beschränkung der Prostitution und des Alkoholgenusses zum Gegenstand hatte. Indem sie Mädchen – aufrechtstehenden, wankenden und »gefallenen« – Unterkunft, Beratung und weitere Ausbildung zur Verfügung stellten, indem sie alkoholfreie Verpflegungsmöglichkeiten aller Art schufen, wurde den beiden verhaßten Übeln nur indirekt der Boden entzogen. Zudem betrafen die Aktionen gegen den Alkoholgenuß ja weniger die Männer der eigenen Schicht als jene der unteren. Es waren nicht *ihre* Männer, die als Betrunkene umhertappten, weil es fast unmöglich war, in den Wirtschaften den kleinsten Imbiß ohne Alkoholkonsum zu erhalten.

Im übrigen arbeiteten diese Frauengruppen dem Männerkollektiv ihrer eigenen Klasse in die Hand.

Die Männer des wohlhabenden Bürgertums hätten sich keine opportunere außerhäusliche Wirksamkeit ihrer Mütter, Gattinnen, Schwestern und Töchter, die zugleich außerhalb ihres eigenen Aktionsfeldes stand, wünschen können. Die organisierte Wohltätigkeit dieser Frauenkreise war ein wertvoller und billiger Puffer zwischen den sozialen Gegensätzen. Mit erstaunlich wenig Geld und ungemein viel Zeit sprangen sie als halb neutrale, halb von der herrschenden Männerklasse indirekt inspirierte Instanzen ein, um Kraßheiten sozialer Ungerechtigkeit auszugleichen und damit politisch bösem Blut vorzubeugen. Damit stützte ihr Wirken das den Männern der eigenen Klasse vorteilhafte System.

Wohlweislich verfehlen daher die Männer dieser Schicht nicht, zu preisen, daß die Frauen auch ohne Stimmrecht und gleiche Berufsmöglichkeiten Großartiges zu leisten vermöchten (und man sich daher der Gleichberechtigung begeben könne). Intern verklingt allerdings der Lobgesang. Das Wirken der eigenen Mutter, Frau, Schwester oder Tochter ausgenommen, machen sie sich über soviel frommen Eifer und eisernen Willen zur guten Tat weidlich lustig, etwa wie größere Buben über die farbigen Cowboy-Monturen der kleineren.

Die Tatsache, daß ein bedeutender Teil der Frauen der Bourgeoisie im 19. und eingangs des 20. Jahrhunderts, also die Frauen der damals einflußreichsten Schicht, in der Wohltätigkeit das einzige von den Männern bejahte Ventil ihres unterdrückten Betätigungs- und Wirkungsdrangs fanden, trägt übrigens viel zur Popularität des Klischees der so »anderswertigen« weiblichen Natur bei: Die Frauen ständen den Männern in Wissenschaft und Kunst wesentlich nach, hätten aber bewiesen, daß sie auf sozialem Gebiet Wertvolles zu leisten vermöchten. Das Klischee wird »wissenschaftlich« untermauert, indem Psychologen eilfertig das Bild einer Sublimierung der geschlechtlichen Mütterlichkeit und ihrer psychischen Seite in eine entpersönlichte, allumfassende Mütterlichkeit liefern. Und man ist in Literatur und Praxis bereits daran, an Hand solch illusionärer Erd- und Allmütterlichkeit die Berufe und Betätigungen als »weibliche« oder »männliche« auseinanderzuhalten.

Wenn auf diese Weise Frauen und Männer zu verschiedenen, aber gleichermaßen Macht, Unterhaltung und Geld vermittelnden Berufen kämen, könnte man sich das Grübeln sparen. Allein dieses Kriterium verschließt den Frauen gerade die fetten Posten. (Mütterlichkeit besteht bekanntlich mehr im Geben als im Nehmen.) Mißtrauen gegenüber soviel Tiefsinn dürfte daher am Platze sein. Überdies ist jene Motivierung der weiblichen Wohltätigkeit auch unter dem Gesichtspunkt des Wesens der Mutterliebe unhaltbar, worauf ich im Zusammenhang mit ihr noch zu sprechen kommen werde.

Nein, die Erscheinung, daß sich so viele Frauen an fürsorgerische Wohltätigkeit krallten, ist weniger Charakteristikum denn Deformation.

Sowenig nämlich die telephonstangenhafte Tanne im allzu dichten Walde, die allein mit ihrem Krönlein am vollen Tageslicht lebt, die typische Tanne verkörpert, sowenig macht eine auf alle Sorten Arme und Schwache überbordende Mütterlichkeit den Kern der sogenannten weiblichen Natur aus. Florence Nightingale, die es ja wissen mußte, war so überzeugt vom Mangel an Mitgefühl bei den Frauen, daß sie äußerte, sie würde in einem Buch über ihre Erfahrungen mit dem Satz beginnen: »Die Frauen haben kein Mitgefühl.« Damit meinte sie natürlich nicht, daß das männliche Geschlecht diese seltene Eigenschaft besitze, aber daß sie den Frauen im Gegensatz zu dem Bild, das man sich von ihnen machen will, in erstaunlichem Maße abgehe.

Was die Frauen in Wirklichkeit aus ihrer komfortablen Häuslichkeit hinaustrieb, waren die Tatsachen, daß in ihnen wie in jedem Menschen mehr oder weniger – und in Menschen einer individualistischen Zeit ganz besonders – das Streben nach Entfaltung ihrer Eigenschaften, nach Verwirklichung ihrer Ideen, nach Gestaltung der Umgebung, nach Unabhängigkeit, Freiheit, Macht, Ruhm, nach Spannung, Risiko, Wechsel, Abenteuer lebte und der sogenannte Beruf als »Gattin und Mutter« solchen Bedürfnissen der Individualität nicht entsprach. Da die Mannigfaltigkeit der Begabungen vor den Frauen nicht haltmacht, ganz ohne Rücksicht darauf, ob es den Männern in den Kram paßt oder nicht, ob es einer männlichen Wahnvorstellung vom Wesen der Frau entspricht oder nicht, so müssen die Frauen, wenn sie in der Betätigung ihrer Gaben unterdrückt sind, sich auf Ersatzbetätigungen werfen. Die Aktivität in der Wohltätigkeit bot sie. In betriebsamer Wohltätigkeit konnten sich die Frauen als Mensch mit Menschen fühlen, Macht spüren, Kompetenzen besitzen und sich mit Aufgaben, die außerhalb des rein persönlichen Kreises lagen, tätig auseinandersetzen. Hier konnten sie ihr Lebensschiffchen ins fließende Wasser steuern, anstatt im Hafen der Ehe um und um.

Das »moderne junge Mädchen« – freiwillige Arbeitsbiene auf Abruf

Das Bollwerk der Männerherrschaft, das die konventionelle Zurücksetzung der Frauen im beruflich-wirtschaftlichen Leben darstellt, wurde von den Amazonen angegriffen und von den »Gemäßigten« in seiner vollen Bedeutung geflissentlich übersehen. Ein Verhalten dritter Art charakterisiert die »modernen jungen Mädchen«.

Zu dieser Kategorie gehören nur Frauen, deren Leben als Erwachsene erst nach dem Ersten Weltkrieg begonnen hat. Hinzu kommen die Vorläuferinnen. Zwischen den beiden Weltkriegen nahm das »moderne junge Mädchen« an Verbreitung zu, und unter dem Einfluß des Zweiten Weltkrieges und der Nachkriegskonjunktur ist es eine Massenerscheinung geworden. Unnötig zu sagen, daß es bereits auch seine Veteraninnen hat.

Das »moderne junge Mädchen« tut nun, als wäre jenes Bollwerk kein ernstliches Hindernis, als könnte man darüber nur so hinweghüpfen. Es geht darauf zu, um dicht davor anzuhalten. Dort sitzt es nun und macht sich und den andern vor, es freiwillig zu tun, da das Bollwerk erobert sei. Ferner gibt es vor, es sei ebenfalls sein freier Wille, wenn es schließlich nicht leichtfüßig über das Hindernis hinwegsetze, sondern urplötzlich rechtsumkehrt mache und seinen Weg ins Berufsleben am Arme eines Bräutigams verlasse, um neuerdings vor allem ehefraulicher Versorgung im Rahmen eines traditionellen »Frau- und Mutterdaseins« zuzustreben. Immerhin wird nach dieser Wendung noch ein Weilchen zurückgeschaut, oft mit Wehmut, oft mit Trotz, meist aber ohne dabei zur Salzsäule zu erstarren. Denn man hat sich zur Überzeugung gezwungen: So richtig es war, vor dem Bollwerk aufzumarschieren, so richtig ist der sozusagen von höherer Gewalt bewirkte Rückzug. Auch wenn er nicht dem Leben entspricht, das man sich eigentlich erträumte.

Unzählige Kurzgeschichten und Romane sind dieser Wende gewidmet und beleuchten den kritischen Punkt im Leben des »modernen jungen Mädchens«, aus dem in der Folge eine altmodische junge und später altmodische alte Frau wird.

Da liest man, wie das junge Mädchen den Beruf, aber auch den jungen Mann liebte, und nach allerlei Kämpfen schließlich den Beruf fahrenließ – sie schlägt mit Vorliebe vor der Hochzeit noch ein besonders lockendes Angebot aus –, um dem jungen Mann zu folgen. Der Text des Melodramas: »Wo du hingehst, da geh' auch ich hin« oder: »So nimm denn meine Hände und führe mich«, obgleich weder das eine noch das andere dieser Worte sich in seinem Originalzusammenhang auf das Verhältnis zwischen Frau und Mann bezieht. Nun ist der junge Mann ungemein glücklich und drängt sich im Beruf mit doppelter Kraft vor. Die Lebensgefährtin hingegen fühlt eine Leere um und in sich, fühlt sich wie vorzeitig pensioniert, wie in ein Sanatorium abgeschoben. Auch der junge Mann, den seine Berufstätigkeit immer mehr aufsaugt, wird ihr allmählich etwas langweilig. Von diesem Punkt an geht die Geschichte meist in zwei Varianten weiter.

Die eine: Die junge Frau sucht eine Stelle, irgendeine Stelle, um die tägliche Gesellschaft ihrer Aussteuer loszuwerden. Da wird sie gewahr, daß sie ein Kind erwartet; es fällt ihr wie Schuppen von den Augen. Sie weiß jetzt, wozu sie da ist, wird glückliche Mutter. Der junge Mann – sie liebt ihn nun auf eine neue, mütterliche Weise, was sie nicht hindert, jeweilen aufzuatmen, wenn er den Regenmantel über dem einen Arm und die Aktentasche unter dem anderen mit Gruß und Kuß endlich abgefertigt worden ist – geht noch mehr in seiner Arbeit auf. Aber da er nun für drei schuftet, ist nichts dagegen einzuwenden. Sie bekommt noch zwei Kinder, der Mann avanciert, beginnt aber Schwierigkeiten mit seinem Leberchen zu bekommen. Sie kocht ihm Diät und teilt seine beruflichen Sorgen als verständnisinnige Kameradin, wird sein Mitarbeiter hinter den Kulissen. Es ist ein »erfülltes Frauendasein«, obwohl man die eigenen Pläne begraben mußte.

Die andere: Da es, wie gesagt, im Geist der Frau und um sie herum leer ist – der noch sehr junge Mann ist in seiner idealen Arbeit, die aber wenig einträgt, aufgegangen –, nimmt sie eine hochbezahlte Vertrauensstellung an. Bald verdient sie mehr als er. Obwohl das junge Paar nun keine finanziellen Sorgen mehr hat und sich allerlei Nettes leisten kann, nagt etwas an ihrem Mann; er wird anders, scheint irgendwie abwesend. Da sie im Geschäft ständig Hochbetrieb hat, merkt sie nichts davon. Einmal kommt sie freudestrahlend mit einer Gratifikation und zwei langstieligen Rosen etwas früher als gewöhnlich heim. Da tönt ihr eine Frauenstimme entgegen und dazwischen Jürgs (Thomas' oder Peters) gemütliches Lachen, das sie – jetzt wird es ihr bewußt – so lange nicht mehr gehört hat. Nun fällt es ihr wie Schuppen von den Augen: Sie selber ist schuld! Anstatt Jürgen ein trauliches Heim bereitet zu haben, wo er ausruhen und die Lebensgefährtin an seinen genialen Plänen teilnehmen lassen kann, wollte sie ihr eigenes Leben leben. Dadurch hat sie alles verloren. Denn eine »weibliche Frau«, die weder hochbezahlte Arbeit verrichten wollte noch konnte, wohl aber stundenlang beglückt an ihm aufschauen, wenn er von den Problemen seiner idealen, aber uneinträglichen Arbeit sprach, hatte besser als sie vermocht, ihrem Mann das Gefühl zu geben, ein Mann zu sein. Was nützt ihr jetzt nach dem Scheitern ihrer Ehe der berufliche Erfolg? Sie kriecht zu Kreuze, verspricht, ihre Arbeit fahrenzulassen und daheim bei seinen Socken und hochfliegenden Plänen ein unscheinbares, aber tiefes Glück zu finden. Das bittere Ende ist ein Happy-End.

Ideologisch steht das »moderne junge Mädchen«, die Erbin der Frauenemanzipation, zwischen den Amazonen und den »Gemäßigten«. Praktisch jedoch ist es Arbeitsbiene, die eines Tages in ein – modifiziertes – Bienenköniginnendasein eingeht. Wie die Amazonen macht es mit dem Berufsleben Ernst – aber befristet, ohne eigentlichen Ehrgeiz.

Der Versuch, »das eine zu tun und das andere nicht zu lassen«, hat die Form, die beiden Ziele des weiblichen Lebens zeitlich hintereinander zu verfolgen.

Erst strebt man dem individuellen zu, später dem gattungsmäßigen. Während man das individuelle Ziel verfolgt – in sehr bescheidenem Rahmen –, sucht man für die Vernachlässigung des gattungsmäßigen Trost in der Aussicht, sich ihm später zu widmen. Hat das gattungsmäßige Ziel das individuelle verdrängt, so versucht man, das Verlangen nach individueller Selbstverwirklichung vor allem mit ästhetischem Treiben und kulturellem Interesse zu nähren. Auch der Mode, der Pflege der äußeren Erscheinung räumt man mehr Zeit ein als die »Gemäßigten«, dagegen um so weniger der Wohltätigkeit.

Dieses typische Hintereinander scheint vielen Zeitgenossen eine adrette Lösung und ganz im Geiste der Frauenemanzipation zu sein. Immerhin springt ins Auge, daß man mit grundsätzlichem Festhalten an der Ernährung von »Weib und Kind« durch den Ehemann eine volle Verwirklichung der Gleichberechtigung der Geschlechter im beruflich-wirtschaftlichen Leben verwirkt. Und indem diese Lösung zwar von der feministischen Forderung grundsätzlicher weiblicher Berufstätigkeit ausgeht, aber zugleich das Bollwerk der männlichen Privilegien im beruflich-wirtschaftlichen Leben unangetastet läßt, fördert sie unmißverständlich eine relativ unrentable, provisorische Erwerbstätigkeit der Frau. Damit wird das »moderne junge Mädchen« paradoxerweise im Geiste eines feministischen Berufsethos Arbeitsbiene auf Abruf.

Praktisch steht hinter dem »modernen jungen Mädchen« etwa folgendes:

Ein Hauch Feminismus gibt den besseren Töchtern, nämlich jenen, die »es nicht nötig haben«, den Impuls, »etwas zu tun«. Zum mindesten nördlich der Alpen pfeifen es seit dem Ersten Weltkrieg die Spatzen von den Dächern, daß das »moderne junge Mädchen« einen Beruf ergreifen soll, »anstatt daheim zu sitzen und auf den Mann zu warten«. Die Redensart enthält allerdings die Zuversicht, daß »draußen« auch leichter ein passender Mann zu finden sei. Natürlich weiß alles genau, daß es bei dieser »Berufstätigkeit« nicht um einen Teil des Lebensinhaltes, sondern bloß um ein Füllsel geht, auch wenn es sich später herausstellen sollte, daß dem

Mädchen nichts anderes übrigbleibt als in dem Füllsel seinen vollen Lebensinhalt zu sehen. Aber niemand läßt sich den frommen Betrug anmerken.

Die öffentliche Meinung steht fest hinter dem Gebot einer »Berufswahl« der besseren Töchter. Warum, wurde gesagt: Die Wirtschaft kann diese jungen, oft überqualifizierten und bescheidene Ansprüche stellenden Kräfte nur allzu gut brauchen.

Die Eltern nun wissen selbstverständlich, daß es für ihre Töchter bei solchen Tätigkeiten – es handelt sich vor allem um die erwähnten »modernen Frauenberufe« – alles in allem nicht viel zu wollen und zu bekommen gibt, sind doch die begehrten Tätigkeiten meist in festen Händen, in den Händen der Männer. Man sieht daher wenige, denen die »Berufswahl« der Töchter nicht zum mindesten einen sachten Stich des Unbehagens versetzte. Doch sie geben sich pseudo-vorurteilslos und illusionär-realistisch. – Bitte, leistet die Tochter in dieser oder jener den Frauen überlassenen, aber in ihrem Falle unstandesgemäßen Tätigkeit nicht sehr nützliche, wertvolle und damit Achtung, selbst Hochachtung gebietende Arbeit? Ja und nein. Auch die Putzfrau leistet ja sehr nützliche, wertvolle Arbeit, ohne sich damit jedoch große Achtung zu erwerben. Und ist ein »Beruf für den Notfall« nicht eine umsichtige Vorkehr? Ach – es ist schon gesagt worden –, diese Notfallberufe der besseren Töchter stellen sie in einem nach Jahren eintretenden Notfall auch nicht viel besser als die Verwandlung des Heimes in eine Familienpension, die verschämt gegen Entgelt ausgeführte Nadelarbeit oder die melancholische Stundengeberei plötzlich mittellos gewordener Damen vor hundert, fünfzig Jahren. Daher haben die Berufe für den Notfall noch nicht einmal die alten Rettungsanker ersetzen können.

Das junge Mädchen selbst gibt sich mit dem Besuch von Schulen und Kursen, mit Diplomen und Diplömchen aller Art gar strebsam. Zahllose Hefte werden sauber geführt, Aufgaben gewissenhaft gelernt. In allerlei obligatorischen und fakultativen Praktika wird fast unentgeltlich geschuftet, so daß die eigentlichen Arbeitsbienen, mit denen bessere Töchter dabei in Berührung kommen, sie ob so viel Selbstverleugnung entweder für blöd oder für halbe Heilige halten. Und eines sagen sie alle, je nach Einstellung hämisch oder mitleidig: »An Ihrer Statt würde ich doch nicht arbeiten gehen, sondern es schön haben wollen.«

Trotz des Riesenaufwandes an Eifer ist solche Ausbildung und Berufstätigkeit ein An-Ort-Treten. Für das »moderne junge Mädchen« gibt es zutiefst keinen Erfolg und kein Versagen im Beruf. Denn die jungen Mädchen »heiraten ja doch« – hoffentlich. *Dieses* Ob und Wie entscheidet dann, ob das Mädchen nach seiner Meinung und jener der Umgebung im Leben Erfolg hat oder versagt.

Während es in seinem Dasein als bessere Arbeitsbiene aufzugehen scheint, geschieht nämlich in der Regel ein Wunder: Ein Königssohn macht einen Heiratsantrag.

Im Grunde ist der Königssohn der einzige Überraschte. Die Tochter und besonders ihre Eltern atmen auf, als wären sie von einem Alpdruck befreit worden. Seit Jahren hat man bange gelauert, gewartet, ob nicht endlich, wo nicht der, so doch ein »Richtiger« anbisse. Nun ist es geschehen.

Ein Königssohn nun ist der Freier, weil er der Tochter mehr als Herz und Hand zu bieten hat, nämlich auch Brot und Butter und ein Dach über dem Kopf. Als männliches Wesen ist er Inhaber oder doch Anwärter auf eine jener Pfründe, die das Männerkollektiv sich so hartnäckig reserviert.

Was geht nun in der Tochter vor? Sie hat mit List und Gewalt oder auch einfach mit Glück den Fang getan. Dabei ist sie sich wohlweislich der bitteren Notwendigkeit zum Männerfang meist nicht bewußt geworden. Sie wollte eigentlich noch gar nicht heiraten. Sie war einfach ein »modernes, berufstätiges junges Mädchen«, zufrieden mit seinem Tagewerk. Nun ist der Königssohn gekommen. Sie wußte gar nicht, daß er einer war. Sie sah nur den Menschen, sein wahres Wesen, wobei sie allerdings auf einer anderen Ebene des Bewußtseins, wohin übrigens auch die Kenntnis seiner Apanage gedrungen war, vielleicht ein Auge zudrücken mußte, um an seinem Wesen, wie es in der körperlichen Erscheinung zum Ausdruck kommt, restlos Gefallen zu finden. Und der Königssohn bittet sie inständig, doch in seinen Happen zu beißen, damit vorliebnehmen zu wollen, hat er doch seine Pfrund, um sie mit ihr zu teilen. Also fühlt die kluge Jungfrau sich als Herrscherin, denn liegt ihr in Gestalt ihres Pfrundanwärters oder -besitzers nicht die Männerwelt zu Füßen?

Wo bleibt der Gedanke an den eigenen Beruf? Ach, der war ja nur Füller, bis sich etwas Besseres zeigen sollte. Sie hatte doch nie im Ernst daran gedacht, ihr Leben lang Laborantin, Kindergärtnerin, Krankenschwester, Buchhandlungsgehilfin, Sekretärin, Arztgehilfin zu sein. Das Bessere hat sich nun gezeigt. Bald wird er mehr, vielleicht sehr viel mehr als sie verdienen. Es wäre reiner Unsinn, sich für einen Bruchteil den ganzen Tag abzurackern. Und von der Hausarbeit ist sie neuerdings hell begeistert. Kochen – sie hatte nie damit gerechnet, je in einer Küche zu stehen – gewährt Schöpferfreuden. Und Flicken und Nähen – wie hatte sie den Handarbeitsunterricht gehaßt! – sind amüsanteste Unterhaltung, wenn die Kinder dafür um so hübscher aussehen.

Hält die Begeisterung an? Wird sie sich nicht wie ihre Groß- und Urgroßmütter dagegen verwahren, zum Kochen, Stricken und Flicken geboren zu sein? Wird es ihr mit der Zeit nicht langweilig? Verträgt sich ihr Drang nach Selbstverwirklichung mit der Beschränkung auf die vier Wände des Heims? Ja und nein! Die Lage des »modernen jungen Mädchens« ist anders als jene der Amazone, die bei der Selbstverwirklichung viel höher griff. Sie ist aber auch anders als jene der »Gemäßigten«, denen das Erwerbsleben aus persönlicher Erfahrung oft unbekannt war. Sie ist die Lage der abberufenen, besseren Arbeitsbiene.

Als solche ruht sich das zur Frau gewordene »moderne junge Mädchen« wie die gewöhnliche Arbeitsbiene im Hafen der Ehe einmal gründlich aus. In mancher Hinsicht die Schicksalsgenossin der Arbeitsbiene, will sie »es einmal schön haben« und genießt es, im Salon zu sitzen. Was nicht wörtlich zu verstehen ist, denn die Salons sind mit dem Schwund der Solidität und der ihr entsprechenden großzügigen Geselligkeit der Bourgeoisie spärlich geworden. Das »Schönhaben« dauert häufig nur kurz. Muß das »moderne junge Mädchen« als Hausfrau die Hausarbeit nicht selbst verrichten, so wird es ihm langweilig. Bleibt sie aber an ihm hängen, so taucht die alte Abneigung gegen die häusliche Arbeit wieder auf. Das »moderne junge Mädchen« fühlt sich dabei mißbraucht. Wie dem auch sei: Desintegration wird spürbar. Man sucht Auswege. Der ehemalige Beruf kommt meist nicht mehr in Frage. Nicht nur, weil er oft nicht standesgemäß ist – und mit den Jahren weniger denn je –, sondern auch, weil er bei der für die Frauen geltenden Beschränkung in den beruflichen Wahlmöglichkeiten den Anlagen häufig gar nicht entsprach.

Hingegen bietet die Ausbildung, die man genoß, verbunden mit der Fata Morgana der Gleichberechtigung der Frau in beruflich-kultureller Hinsicht Anknüpfungspunkte zu nährenden Träumereien. Man fühlt sich hinsichtlich Berufstätigkeit gewissermaßen als Offizier a.D. Hat man doch bei einigen Scharmützeln mitgemacht und sich und anderen dabei allerlei bewiesen. Man hätte sich auch in großen Schlachten ausgezeichnet, hätte einen die Mutterschaft im Sinne des Eingreifens höherer Gewalt nicht zu einer ehrenvollen Quittierung des Dienstes gezwungen.

Gerne erinnert man sich nun der Schulfächer, die einem besonders zugesagt haben, unterstellt entsprechenden Neigungen und Begabungen ein beachtliches Format und sieht sich im Lichte der illusionären Gleichberechtigung der Geschlechter treuherzig als Talent, das der Welt allein durch die ganz unvorhergesehene Verheiratung verlorengegangen ist.

Die einen lassen es bei solchem Bespiegeln bewenden, andere brechen so oder so in Richtung »Kultur« aus. Sinnfällig wird versucht, mit »Bildung« der Desintegration beizukommen. Kurse und Vorträge werden besucht, Stunden genommen, Bildungsreisen unternommen, Kunstgewerbliches betrieben, die Palette ergriffen, die Stimme geschult, Ton geformt, Blumen gezüchtet usw. Zahlreiche Artikel ermuntern die Frauen unermüdlich zu solcher Persönlichkeitsbestätigung und stellen die entsprechenden Beschäftigungen als Ambrosia dar. Die Wirkungen derartiger Liebhabereien sind, wie es nicht anders sein kann, sehr unterschiedlich.

Was haben die Frauen mit dem »modernen jungen Mädchen« nun eigentlich gewonnen?

Auf der Passivseite stehen viel Anstrengung, Selbstverleugnung und zum mindesten in der Schweiz Verzicht auf Gemütlichkeit und Amüsements zugunsten von Arbeitsjahren, die das Opfer häufig weder ideell noch materiell lohnen.

Auf der Aktivseite wäre eine gewisse Dämpfung der Plagen zu verzeichnen, die grundsätzliche weibliche Berufslosigkeit automatisch im Gefolge hat. Doch bestehen die Übel nach wie vor.

Da ist die Lockerung des Heiratszwanges. Sie geht darauf zurück, daß sich die bessere Tochter nichts vergibt, wenn sie in jungen Jahren »etwas tut«, das ein Existenzminimum einträgt. Denn damit besitzt sie einen größeren Spielraum beim Absagen von Heiratsanträgen, als wenn sie wie einst zwischen der Ehe mit einem König Drosselbart en miniature, den sauren Gesichtern der Eltern oder einem Pöstchen als Erzieherin zu wählen hätte. Diese geringe Lockerung des Zwanges, aus wirtschaftlichen Gründen zu heiraten, hat immerhin die Frauen von der Zwangsidee befreit, so rasch wie möglich unter die Haube zu kommen. Niemand – weder Tochter noch Mama, geschweige denn Papa – »denkt ans Heiraten«, zumindest nördlich der Alpen. Die Tochter ist nicht mehr ein Modeartikel, der, bevor er zum Ladenhüter geworden, um jeden Preis an den Mann gebracht werden muß. Insofern ist die Lage des jungen Mädchens und damit auch der Frau überhaupt menschenwürdiger geworden. Doch man täusche sich nicht. So unbekümmert, wie vorgegeben, ist es niemandem der Beteiligten zumute. Es stimmt zwar: Panik ist seltener. Man »arrangiert« weniger Heiraten als früher und tut allerseits, das heißt, wenn man weder dumm noch altmodisch ist, nichts dergleichen, wenn ein akzeptabler Hirsch in den Jagdgründen auftaucht. Aber die Jungfrau – nicht jede, denn es gibt auch hier Stolz, der allerdings wie überall von seinem Besitzer bezahlt werden muß – produziert sich unverzüglich, und hinter den Kulissen ist alles hellwach geworden.

Nebst dieser bescheidenen Lockerung des Heiratszwanges ist nur noch wenig Positives zu verbuchen. Vielleicht die Tatsache, daß der Desintegration, soweit der »Beruf für den Notfall« wenigstens im Prinzip in der Richtung der Fähigkeiten liegt und man ihn auch während der Ehe ausübt, etwas vorgebaut wird. An Selbstverwirklichung ist nur wenig gewonnen worden. An sozialer Eigenständigkeit schon gar nichts, weshalb, wurde im Abschnitt über die »modernen Frauenberufe« dargelegt. Dementsprechend denkt auch niemand daran, in den offiziellen Heiratsverkündigungen den Beruf der Braut anzuführen, obgleich jener des Bräutigams unfehlbar figuriert. Auch die Frauen nicht. Nicht einmal jene, die selbst für die grammatikalische Stellung der berufstätigen Frauen Lanzen brechen, einen weiblichen Botschafter als Botschafterin bezeichnet haben wollen. Offenbar verrät sich hier die Auffassung, der Beruf des »modernen jungen Mädchens« sei ohne jede Bedeutung, weshalb man ihn schlankweg übergehen könne.

Die Form »modernes junges Mädchen« als erster Teil der Gestaltung des weiblichen Lebens zeitigt allerdings ein positives Nebenprodukt, an das man nur selten denkt. Es ist dies zum Teil – der Scheidungsziffern ungeachtet – eine bessere Qualität Ehe im Sinne einer bewußten Gemeinschaft der Ehegatten. Diese sind seltener Noras mit Herrn Gemahl und häufiger Kameraden. Die beliebte Bezeichnung ist zwar ungenau, denn die Ehegatten verrichten die Tagesarbeit ja gerade nicht gemeinsam. Es handelt sich eher um Komplizen, deren einer – man weiß, welcher – den Ritter vorstellt, während der andere ihm in die Rüstung und aufs hohe Roß hinaufhilft und überhaupt ein Auge auf ihn haben muß: Don Quichotte und Sancho Pansa. Bei den gemeinsamen Abenteuern kann sich der Ritter nicht immer verhehlen, daß ihn nur das angeborene Vorrecht und nicht natürliche Überlegenheit über den Knappen stellt. Eine Einsicht, die nicht schaden kann.

Das »moderne junge Mädchen« als Modus vivendi der ledigen Frau, gespickt mit wenigen erfolgreichen Amazonenexistenzen – in der Schweiz sind es sogar verschwindend wenige –, bildet den bescheidenen Fortschritt im beruflich-wirtschaftlichen Leben, den die Frauen im Laufe der letzten hundert Jahre gegen männlichen Widerstand und die eigene Unentschlossenheit durchzusetzen vermochten.

An dieser Sachlage wird in der Schweiz kaum mehr wesentlich gerüttelt. Ja, man redet sich noch ein, bis auf wenige Schönheitsfehler bedeute sie die Verwirklichung der Gleichberechtigung der Geschlechter im beruflich-wirtschaftlichen Leben. Die Verhältnisse in andern Ländern zeigen nur graduelle Unterschiede, mit zwei Ausnahmen: In manchen Staaten, vorab in Schweden, Finnland und den USA, trennt die Heirat das Leben der Frauen mit weniger Sicherheit in zwei Teile. Zudem haben die Frauen und auch viele Männer in zahlreichen Staaten mit dem Postulat »gleichen Entgelts für gleiche Arbeit« Ernst gemacht.

Es ist gefährlich, das »moderne junge Mädchen«, aus dem mit der Heirat eine altmodische junge Frau wird, als Verwirklichung der beruflichen Gleichberechtigung der Frau zu akzeptieren. Denn so treiben die Frauen von den riesigen Vorteilen der Gleichberechtigung unmerklich noch weiter ab. Und je weiter das Einspannen der weiblichen Jugend in ein Arbeitsbienendasein geht, je allgemeiner es wird, um so mehr taucht die Frage auf, ob die Mädchen nicht unversehens in eine Lage geraten sind, im Vergleich zu der diejenige der Haustochter vor hundert Jahren bekömmlicher gewesen sein mag. Jene spazierte, stickte, musizierte und malte ein wenig, schlief und aß dabei genug, während das »moderne junge Mädchen« auf den höheren Schulstufen ochst, auf den Fräuleinposten schuftet und dabei manchen Vergnügens der Haustöchter vergangener Generationen verlustig geht.

Es wird jedoch bei dem fragwürdigen Modus vivendi bleiben, solange die Mehrzahl der Frauen keinen Weg sieht, um die biologischen und individuellen Lebensziele zugleich zu verfolgen und zu erreichen. Und doch wäre dies möglich, sogar leicht möglich. Es erfordert aber eine grundlegende Änderung im System der »Ernährung von Weib und Kind«.

Über die Verwirklichung der beruflich-wirtschaftlichen Gleichberechtigung der Frauen

Die beruflich-wirtschaftliche Gleichberechtigung der Geschlechter unter dem Gesichtspunkt der »Allgemeinheit«, des Volkes

Für sich betrachtet, hätte die »Allgemeinheit« an einer praktisch vollständig verwirklichten Gleichberechtigung der Geschlechter in Verbindung mit grundsätzlich allgemeiner Erwerbstätigkeit ein unbestreitbares Interesse kultureller und wirtschaftlicher Art. Denn zu den Voraussetzungen einer Annäherung der kulturellen und wirtschaftlichen Leistung eines Volkes an ihre optimale Möglichkeit gehört auch ein voller Einsatz seiner Kräfte. Mit der tatsächlichen Verwirklichung der Gleichberechtigung der Geschlechter würde sich wohl unverzüglich ein bedeutender kultureller und wirtschaftlicher Fortschritt zeigen.

Es kann dies – unter der Voraussetzung einer Handels- und Gewerbefreiheit – auch gar nicht anders sein. Denn die beruflich-wirtschaftlich schwächere Hälfte der Männer würde durch die beruflich stärkere Hälfte der Frauen ersetzt und, sofern die Zahl der Arbeitsplätze nicht zugenommen hätte, aus dem Arbeitsleben ausgeschieden werden. Wo es bisher einen besseren und einen schlechteren Richter, Arzt, Kanzlisten, Polizisten, Straßenputzer, Architekten, Pfarrer, Techniker, Maler usw. gab, befänden sich fortan zugleich zwei gute Richter, Ärzte, Kanzlisten usw. Die ungeeigneteren Figuren hätten abtreten müssen.

Sollte der Zeitpunkt der Verwirklichung einer allgemeinen Erwerbstätigkeit der Frauen auf der Basis voller Gleichberechtigung zufälligerweise mit dem Eintritt einer Hochkonjunktur zusammenfallen, das heißt mit einer Zunahme der Arbeitsplätze, so wäre die Steigerung der durchschnittlichen Leistungsqualität zwar um so weniger markant, als die Zunahme der Arbeitsplätze sich ihrer Verdoppelung näherte. Doch wäre sie selbst in diesem Fall noch erkennbar, weil ohne besondere Zurücksetzung beziehungsweise Privilegien im beruflich-wirtschaftlichen Leben die Möglichkeit größer ist, daß der Arbeitende den seinen Fähigkeiten am ehesten entsprechenden Platz einnimmt.

So stolz nun jedermann auf die wirtschaftlichen und kulturellen Leistungen seiner Nation ist, so sehr Prosperität ersehnt und so laut der Fortschritt, das heißt die Verbesserung der Lösungen auf möglichst vielen Gebieten, gepriesen wird, so spinnefeind wären die Männer einer solchen Methode, den optimalen Lösungen im kulturellen und wirtschaftlichen Leben etwas näher zu rücken. Auch die Frauen hätten nichts für sie übrig, wenn sie dadurch gehindert würden, die von ihnen gewünschte Anzahl Kinder und auch etwas von ihnen zu haben. Denn was nützte ihnen der Ausbau des Daseins als Individualwesen, wenn es einen wesentlichen Teil desjenigen als Geschlechtswesen kostete? Genau so wenig wie das Umgekehrte: die Beschränkung ihres Lebens als Individualwesen zugunsten jenes als Geschlechtswesen im Sinne einer objektiven, materiellen Erfüllung.

Allein, diese Gefahr, von der Berufstätigkeit vollständig aufgesaugt zu werden, drohte Frauen und Männern nur, wenn das Arbeitsvolumen bedeutend über die »Vollbeschäftigung« (der Männer und jener Frauen, die außerhäusliche Berufsarbeit ohne weiteres in ihr Tagesprogramm aufnehmen) hinaus zunähme. Eine Lage, die es praktisch nur im Krieg oder bei der Versklavung eines Volkes gibt, wenn die für die Lebensgestaltung maßgebenden Normen ohnehin geändert werden.

Die Feindschaft der Männer gegenüber jener Methode hat einen besonderen und einen allgemeinen Grund. Ich nehme diesen vorweg.

Die Annäherung an die optimale kulturelle und wirtschaftliche Leistung tritt in den Gedanken der Angehörigen eines Volkes vorläufig zurück, wenn sie der Hafer sticht, das nationale Heil im Kriege, nämlich in der Unterjochung anderer Völker, zu suchen, und man dazu nicht genug Krieger zu haben glaubt.

Sofern ein Volk den für nötig erachteten militärischen Einsatz an »Menschenmaterial« voraussichtlich nicht auf Grund von Bündnissen mit andern Völkern aufbringen kann, strebt es zahlenmäßige Übermacht an, Krieger und immer mehr Krieger, das heißt Säuglinge und immer mehr Säuglinge. Weil die Frauen allein dies gesuchte Kriegsmaterial hervorbringen können, haben sie ihre Hauptfunktion darin zu finden. Wahnideen, Berechnungen und fromme Wünsche formen folgendes Vorgehen: Man verzichtet vorläufig gerne auf »Fortschritt«, vorab auch in kultureller Hinsicht, schnallt den Gürtel enger und brüllt den Frauen gewissermaßen jenes Studentenlied in die Ohren: »… Kinder soll sie geben, wie Sand am Meer!« Damit will man sagen, sie hätten sich nicht auf die Reproduktion der Bevölkerung zu beschränken, sondern das Volk, die Armee, absolut zu vergrößern. Kurz, »der Platz der Frau« ist in der lebendigen Rüstungsindustrie als Gebärmaschine. Die sexuelle Fruchtbarkeit der Frau wird Spekulationsobjekt. Die Spekulation geht dahin, daß die Produkte, die sie abwirft, innert nützlicher Frist andere Völker, deren Besitztümer oder Arbeitsfleiß man sich nutzbar machen möchte, durch Krieg unterwerfen werden. Gelingt dies, so ist das Siegervolk schließlich wirtschaftlich weiter gekommen, als durch Verstärkung seiner eigenen wirtschaftlichen Leistungen möglich gewesen wäre.

Derart haben die Träger des Nationalsozialismus und des Faschismus spekuliert. Schon seit Jahren hört man auch aus der UdSSR weniger von analphabetischen Grubenarbeiterinnen, die sich in Ingenieurinnen verwandeln, und immer mehr, daß die Frauen zu Kindern und Kochtöpfen beordert werden. Man vernimmt, daß drei Kinder als Minimalproduktion einer Ehefrau betrachtet, an kinderreiche Mütter Medaillen abgegeben und die Produzentinnen von zehn und mehr Kindern mit dem Titel »Mutterheldin« ausgezeichnet werden. Allerdings ist es seit kurzem wieder anders: Wer mehr als drei Kinder hat, soll deswegen besteuert werden.

Die Berauschung am Gedanken der Volksvermehrung hat auch einen Teil der schweizerischen Bevölkerung erfaßt, obgleich bei uns nicht einmal mit Hintergedanken auf territoriale Expansion reflektiert werden kann. Aber da die großen Völker noch größer werden wollen, bekommen die kleinen Angst, zu klein zu bleiben. Damit das kleine Volk auf dem bereits zu kleinen Stück Land größer werde, sollen daher auch die Schweizerinnen »zurück ins Haus«.

Aber auch dort, wo das Volk sein Glück nicht auf Krieg stellt und sich sozusagen im Normalzustand befindet, verschließt man sich einem wirtschaftlichen und kulturellen Fortschritt, dessen Voraussetzung der »Verlust« zahlreicher begehrter Arbeitsplätze an die Frauen ist. Eine Erscheinung, die sich sofort abzeichnete, wenn die gegebenen Verhältnisse durch volle beruflich-wirtschaftliche Gleichberechtigung der Geschlechter ergänzt würden. Gehässig fällt die Bemerkung: »... und die Hausarbeit? Soll etwa der Mann die Suppe kochen und die Socken flicken?« Dies Bild wird gerne im Sinne einer Absurdität, einer verkehrten Welt, die alles besagen soll, heraufbeschworen. Absurd? Es ließe sich darauf antworten: »Guter Mann, es ist bei weitem nicht so absurd wie die Tatsache, daß die Frauen bei gleicher kultureller und wirtschaftlicher Leistungsfähigkeit wie die Männer diesen und dem männlichen Nachwuchs die Suppe kochen und die Socken flicken.«

Sosehr die Methode, die vorhandenen Arbeitsplätze zu gleichen Teilen unter Frauen und Männer aufzuteilen, sofern es nicht genügend für alle hat, und den Rest der traditionellen Hausfrauenarbeit zur Hälfte neu erstehenden »Nurhausmännern« zu überlassen, nun im Sinne einer Erhöhung der kulturellen und wirtschaftlichen Leistungsfähigkeit eines Volkes wäre, so ist sie dennoch nicht zu empfehlen. Aus zwei Gründen nicht. Einmal sprechen die gegen die Nurhausfrauenexistenz angeführten Gründe natürlich auch gegen jene des »Nurhausmannes«. Zudem wäre die für alle Beteiligten unglückliche Beschränkung des Kontaktes zwischen Kindern und berufstätigem Elternteil nun oft so verteilt, daß die Mütter zugunsten der Väter auf das Zusammensein mit den Kindern verzichten müßten.

Will man diese Nachteile vermeiden und zugleich die volle Gleichberechtigung der Frauen im beruflich-wirtschaftlichen Leben verwirklichen, was ohne eine allgemeine, auch die Ehefrau erfassende weibliche Erwerbstätigkeit kaum durchführbar wäre, so muß man auf jene Steigerung der wirtschaftlichen und kulturellen Leistungsfähigkeit eines Volkes verzichten, die der Ersatz eines untüchtigen Teiles der berufstätigen Männer durch einen tüchtigen Teil der Frauen mit sich brächte. Praktisch gesprochen: Wenn grundsätzlich jede Frau und jeder Mann auf der Basis der Gleichberechtigung in den Arbeitsprozeß eingeschaltet würde, so übernähme – summarisch gesprochen – die tüchtige Frau nicht die Arbeit eines untüchtigen Mannes, sondern teilweise diejenige eines tüchtigen, und die untüchtigen Frauen teilten sich mit untüchtigen Männern in deren bisherige Arbeit. Dies käme aber beileibe nicht »aufs Gleiche heraus«, sondern zeitigte als erfreuliches Resultat eine Kürzung der Arbeitszeit. Die Kürzung wäre um so größer, je höher die Zahl der aus dem Arbeitsprozeß ausgeschalteten Frauen bisher gewesen war. Diese Kürzung der Arbeitszeit bedeutet einen Vorteil, der jenen einer größeren Annäherung an die optimale Leistung eines Volkes aufwiegt. Zudem bewirkt sie, daß nun auch die Väter mehr mit den Kindern zusammen sind, dafür aber die Mütter nicht bis zum Überdruß. Und schließlich würde bei selbstverständlicher Berufstätigkeit beider Ehegatten auch der Mann bei der Hausarbeit Hand anlegen, so daß die Frau um so weniger mit beiden Händen zugreifen muß, sofern überhaupt noch Hausarbeit zu leisten ist, heißt das. Denn sie läßt sich ja weitgehend eliminieren, wie im Kapitel über die Haushaltfron gezeigt werden wird.

Die stark verkürzte Arbeitszeit, die allgemeine weibliche Erwerbstätigkeit auf der Basis der Gleichberechtigung ermöglicht, schaltete nicht nur die Nachteile aus, die Versenkung in den Haushalt und Abhängigkeit von einem ehelichen Ernährer im Gefolge haben, sondern gewährte mehr Zeit für Familienleben, Geselligkeit, Lesen, Sport und Liebhabereien.

Auf die Wenn und Aber, die gegen diese Lösung hinsichtlich der physiologischen Mutterfunktion der Frau und die Erziehung der Kinder auftauchen, werde ich teils unverzüglich, teils in anderem Zusammenhang eintreten.

Ohne »Versorger« können »Weib und Kind« zu einer besseren Versorgung gelangen

Die Fragen, die volle Gleichberechtigung im Erwerbsleben offen läßt

Bei theoretischer und praktischer Gleichberechtigung der Geschlechter im beruflich-wirtschaftlichen Leben wäre eine Pflicht des Ehemannes, ausschließlich oder in erster Linie den Unterhalt seiner Kinder zu bestreiten und grundsätzlich seine Frau zu »ernähren«, unlogisch. Und nicht weniger unlogisch wäre es, die Frau allein oder vornehmlich mit der unmittelbaren Aufzucht der Kinder zu belasten. Wenn Frauen und Männer gleich leicht und gleich viel verdienen können, so liegt es auf der Hand, daß jeder sich selbst erhält und beide sich in die für die Kinder nötigen Ausgaben teilen. Und wenn beide Eltern berufstätig sind, so liegt es ebenfalls auf der Hand, daß nicht die Frau ihre Freizeit aufs Kinderhüten zu verwenden hat, während der Mann sich aus dem Staube machen darf.

Es stimmt allerdings, daß das Zusammensein mit kleinen Kindern der Mutter oft wichtiger ist als dem Vater, der Kinder Gegenwart ihr mehr sagt. Bei einer wesentlichen Kürzung der Arbeitszeit, welche die allgemeine Erwerbstätigkeit der Ehefrau mit sich bringt, bleibt aber Zeit genug, diesem Verlangen ausgiebig Rechnung zu tragen. Und Vater und Kinder leiden auch keinen Schaden, wenn der Vater nur gerne anstatt sehr gerne mit den Kindern zusammen ist. Hingegen ist die gegenwärtige Lage bedenklich, in welcher der Vater von allem und jedem in Anspruch genommen ist, nur nicht von den Kindern. Höchstens während der Mahlzeiten, und auch dann nicht immer, begegnet er ihnen etwas geistesabwesend. Und den Kindern schadet es erst recht nichts, einerseits mit dem Vater etwas vertrauter zu werden und anderseits weniger mit Mutter und Geschwistern und mehr mit Gleichaltrigen zusammenzusein. Auf dieses Problem wird im Kapitel über die Mutterschaft noch näher eingetreten.

Eine besondere Frage bleibt nun allerdings die Finanzierung des Unterhaltes der Frau während Schwangerschaft, Geburt, Stillzeit und Erholung von all dem. Sie ist verquickt mit jener des Ausfalles des mütterlichen Beitrages an den Unterhalt der Kinder, den die Suspendierung der Erwerbstätigkeit mit sich bringt. Diese Fragen legen eine Ausnahme von der Regel nahe; aber eine, welche die Regel bestätigt.

Welches wäre das Gesicht solcher Sonderregel? Welche Vorkehren sind unerläßlich?

Natürlich gibt es zahllose Frauen, die während der Schwangerschaft ihren Beruf weiter ausüben, nach der Geburt gleich wieder aufnehmen oder sogar beides können. Da es aber darum geht, eine Gleichberechtigung der Frauen im Berufsleben gegen das Einschleichen des »Ernährers« inklusive all seiner Prärogativen zugunsten der ganzen Männerwelt sicherzustellen, so soll einmal das Schlimmste angenommen werden. Man rechne grundsätzlich mit einem durchschnittlich eineinvierteljährigen Arbeitsausfall pro Kind, werde nun während dieser Zeit das Bett gehütet oder eine Weltreise unternommen. Denn eines ist sicher: So wie sich innerhalb unserer Zivilisation Schwangerschaft, Geburt und Ernährung des Neugeborenen abwickeln, soll den Frauen nicht nur gestattet sein, »auf bloße Anzeige hin von der Arbeit wegzubleiben« sowie einige Wochen nach der Geburt – wobei ihre Ernährung und jene der Neugeborenen während dieser Zeit problematisch bleibt. Es soll ihnen vielmehr die Möglichkeit geboten werden, sich bei jeder Geburt über ein Jahr lang von aller und jeder Arbeit zu befreien, anstatt wie heute in jedem Stadium der Schwangerschaft und des »Spätwochenbettes« den Haushaltkram auf dem Halse zu haben. Und dies auf einem finanziellen Niveau, das Kümmerlichkeit ausschaltet.

Eine solche Lösung ist nur möglich, wenn die Frauen für diese Zeitspanne ein Gehalt beziehen, ein volles Gehalt, nicht »Beiträge«. Bei der Berechnung seiner Höhe kann man natürlich verschiedene Maßstäbe anlegen. Man kann vom bisherigen Einkommen ausgehen, wobei das Gehalt von Frau zu Frau variierte, oder aber von der Höhe des durchschnittlichen

Einkommens der Erwerbenden und damit alle Frauen als Mütter gleichstellen. Praktisch hat die Lösung die Gestalt einer Mutterschaftsversicherung von großzügigstem Ausmaß.

Und wer bezahlt die Prämien? Niemand anders als die Männer, und nur sie. Auf den ersten Blick mag dies wie eine Privilegierung der Frau als Mutter aussehen, für deren Einräumung die Männer keine moralische Verpflichtung akzeptieren können und die wirtschaftlich ungerechtfertigt zu sein scheint. Bei näherem Zusehen aber sieht die Sache wieder anders aus.

Denn man muß sich vor Augen halten, daß ein solches Bezugsrecht der Frauen ein weibliches »Vorrecht« ist, von dem zwar die Frau den unmittelbaren Nutzen hat, aber zum wesentlichen Teil, um ihn an andere weiterzugeben. Sie hat ihn zugunsten der werdenden Frauen- und Männergeneration. Mit anderen Worten, die Männer zahlen mit entsprechenden Prämienleistungen gewissermaßen jene Investitionen zurück, die am Anfang ihres Lebens für sie selbst gemacht worden sind, nämlich den für die Entstehung eines neuen Lebens nötigen wirtschaftlichen Aufwand sowie eine Entschädigung für den physiologischen Aufwand. Denn da die Männer nicht in der Lage sind, den größten Teil des letzteren – desjenigen, der vom Mutterleib gemacht worden ist – in natura zu zahlen, so müssen sie eine Ersatzleistung erbringen, wenn sie nicht ewig säumige Schuldner bleiben wollen. Die Unfähigkeit der Männer, diese bedeutende Naturalgabe zurückzuerstatten, oder besser gesagt, sinnvoll weiterzugeben, welcher die Möglichkeit der Frau gegenübersteht, dies vielfach zu tun, bildet denn auch die Grundlage für eine gegenseitige Solidarität der Geschlechter bei der Begleichung ihrer Schuld. In diesem Sinne also wäre nun die Pflicht zur Prämienzahlung auf die Männer beschränkt, wogegen die Frauen anstatt eines einzigen Naturalaufwandes für die Entstehung des Lebens den doppelten weiterzugeben hätten. Ich werde auf die Frage derartiger Solidaritätsleistungen von Geschlecht zu Geschlecht noch zurückkommen.

Unter dem ethischen Gesichtspunkt bedeutet eine ausschließlich von den Männern finanzierte großzügige Mutterschaftsversicherung einen angemessenen Ausgleich der »Ungerechtigkeit der Natur«, welche die Frau in viel stärkerem Maße mit den für die Fortpflanzung nötigen Opfern belastet. Erst ein solcher Ausgleich vermiede, daß die Frauen unter sentimentaler Begleitmusik im Namen des »Mutterwerdens« um ihre vollen Lebensrechte als Individuen geprellt würden. Erst er erlaubte, ohne Heuchelei von einer »Achtung vor der Frau«, von »l'égalité, mais l'égalité dans la différence« zu reden.

Demgegenüber legt das Ernährungssystem als unzulänglicher Ausgleich der stärkeren Belastung der Frau mit der menschlichen Fortpflanzung in seiner Kombination mit allerlei beruflich-wirtschaftlichen und eherechtlichen Privilegien der Männer den Vergleich mit einer Surprise-Party nahe, wo die Männer Quarkbrötchen bringen, aber selbst den Rohschinken verzehren und schließlich die Silberlöffel als »B'haltis« einstecken. Der Ersatz des Ernährungssystems durch eine von den Männern gespeiste Mutterschaftsversicherung bei prinzipieller »Selbsternährung« und gemeinsamer Versorgung der Nachkommen wäre eine Lösung, die dafür sorgte, daß jeder das Seine zur Party beiträgt und keiner das Beste wegschnappt und die Silberlöffel mitlaufen läßt.

Ein guter Gedanke zu schlechtem Zweck

Die Forderung und Etablierung von Mutterschaftsversicherungen, selbständigen oder mit Krankenversicherungen kombinierten, ist nichts Neues. Die entsprechenden Vorschläge und Regelungen haben jedoch eher den Charakter einer Garantie, daß es nicht zum Äußersten kommt. Nämlich dazu, daß die Frau – mit oder ohne Ernährer – nicht einmal das Geld aufbringt, um Hebamme, Arzt, Spital, Operation, Medikamente und dergleichen zu bezahlen. Sie wollen vermeiden, daß die Frauen – mit oder ohne Ernährer – sozusagen bis zu den Preßwehen sich beruflich abzurackern haben, um als entkräftete Wöchnerinnen sogleich wieder zu beginnen. (Dagegen hat man im Rahmen solcher Richtlinien nichts gegen häusliche Plackerei der Mütter.)

Die Geburt und einiges Drum und Dran wird gewissermaßen als Krankheit versichert, weil sich alles in allem gezeigt hat, daß der »Ernährer von Weib und Kind« nicht einmal für die üblicherweise damit verbundenen Ausgaben zuverlässig aufkommen kann. Man stopft eine Lücke – rühre sie davon her, daß er den Folgen seines Geschlechtslebens wirtschaftlich nicht gewachsen ist oder sich drückt. Im übrigen bleibt die Mutter, auch wenn sie die Leistungen der Mutterschaftsversicherung bezieht, grundsätzlich doch mehr oder weniger auf ehemännliche Unterhaltsleistung angewiesen und hat sie mit Haus- und Erziehungsarbeiten zu bezahlen.

Diese Lösungen haben jedoch einen falschen Ausgangspunkt. Er besteht in der Ansicht, die Mutterschaft sei ein krasser Bedürfnisfall. Entsprechend hat man bei den Leistungen hauptsächlich die Auslagen für die Geburt und die Finanzierung einer bescheidenen Schonzeit im Auge und läßt die Frauen selbst fleißig Beiträge zahlen. Ideell ist man weltenweit von der Auffassung entfernt, es gehe da um die »Rückerstattung« einer Leistung, die ein jeder am Anfang des Anfanges seines Lebens bezogen habe. Entsprechend unterbleibt auch die Folgerung, daß die einzelnen Männer die Entstehung eines Menschen voll finanzieren müssen, wenn sie sich ihrer Schuld gänzlich entledigen wollen. Ebenso selbstverständlich unterbleibt die Auszahlung eines eigentlichen Gehaltes an die Mutter. Wird doch die Versicherungsleistung nicht als Ausstattung der Frauen betrachtet, damit sie die den Menschen von der vorhergehenden Generation auferlegte Verpflichtung zugunsten der werdenden Generation einlösen. Nein, die Niederkunft der Frau ist gewissermaßen vertracktes Pech, wie eine Blinddarmentzündung, und es gilt den Schaden zu mildern.

Einmal allerdings ist das Postulat, den Frauen für ihre Fortpflanzungsfunktion ein eigentliches Gehalt auszuzahlen, konkreter gestellt worden. Allerdings bestand die leitende Idee ganz und gar nicht in einer Solidarität von Frauen und Männern, um die beruflich-wirtschaftliche Gleichberechtigung der Geschlechter trotz Reproduktion des Volkes zu garantieren. Sie bestand vielmehr in der Vorstellung, Kinderproduktion im Sinne der Vermehrung, der numerischen Zunahme eines Volkes, sei Arbeit wie andere auch und die Arbeiterin daher ihres – bar bezahlten – Lohnes wert.

Der Gedanke wird von Eva Perón in ihrem Buch »Der Sinn meines Lebens« vertreten.

Einleitend zieht die Autorin giftelnd über die Frauenbewegung und ihre Führerinnen her. Von Sachkenntnis fehlt jede Spur. Sie hat es eilig, zu erklären, sie persönlich sei weder ein Fräulein im vorgerückten Alter noch so häßlich, wie es die Führerinnen der Frauenbewegung auf der ganzen Welt seien. Sie selbst gibt sich als Glamour-Girl und streut in die schweizerische Ausgabe ihrer Schrift Photos ein, als bewerbe sie sich beim Publikum um eine Mannequinstelle. Weiter versichert sie, sie wolle ja keine Schritte vom »Erhabenen zum Lächerlichen« machen und keinesfalls den Feministinnen dieser Welt gleichen, die sich nicht einmal schminkten. Das beweise nämlich, daß sie Männer sein wollten und aufgehört hätten, Frauen zu sein. Nein, auf keinen Fall wolle sie lächerlichen Feminismus mitmachen.

Nach einigen Seiten Verunglimpfung der Feministinnen hebt aber ein erbärmliches Lamentieren an über die Stellung der Frau, insbesondere der Nurhausfrau in dieser bösen Männerwelt. Das traurige Los, das ihr der Ehemann bereiten soll, wird beklagt. An der Türe des Heimes trete das Gesetz und das Recht des Mannes in Kraft, der oft nur ein Gebieter und manchmal zudem ein Diktator sei. Die Hausfrau sei der einzige Arbeiter ohne Lohn auf der Welt, nicht einmal die Sicherheit des Respektes habe sie, auch keine bestimmten Arbeitsstunden, keinen Sonntag, keine Ferien usw. ... Aus dem Bereich der Liebe, den das Heim darstelle, entschwinde die Liebe oft rasch genug. Nun sei alle Hausarbeit »Zwangsarbeit ... Verantwortung ohne Recht ... kostenlose Bedienung als Gegenleistung für Schmerz und Opfer«[31]. Es gäbe eine Lösung: bescheidene wirtschaftliche Unabhängigkeit (vom Ehemann). Von der Eheschließung an sei jeder Frau ein Zuschuß zu geben, für den Anfang die Hälfte des nationalen Durchschnittseinkommens, welches mit Kinderzulagen zu ergänzen sei. »Ein Gehalt, das die ganze Nation den Müttern bezahlt ...«[31a]

Bemerkenswert ist dieser Vorschlag, weil er mit der »Die-Frau-gehört-ins-Heim-Ideologie« in großzügiger Weise und ganz unmittelbar zugunsten der Frauen Ernst macht. Ferner indem er die Mutterschaft – allerdings im konventionell erweiterten Sinn der »Hausmutterschaft« – als dem Volk erbrachte Leistung betrachtet, die von diesem zu bezahlen ist. Der Vorschlag bestätigt indirekt auch die Erfahrungstatsache, daß der »natürliche Ernährer von Weib und Kind« durchschnittlich nicht imstande gewesen ist, hinreichend und in einer für die Frau würdigen Weise für die Familie aufzukommen.

So richtig nun der Gedanke ist, daß die Frauen während der auf die Reproduktion verwandten Zeit durch ein Gehalt entschädigt werden sollen, so schädlich ist es, dasselbe zu einem ständigen »Frouh-und Mueddher-Gehalt« auszubauen. Denn damit bindet man die Frauen als »Frauen für alles« und zur Produktion von möglichst viel Nachwuchs ans Haus, zwingt sie praktisch »einfach Frau zu sein«, ein Klischee, das Eva Perón denn auch gerne verwendet. Zugegeben, diese Lösung behöbe das Übel des Heiratszwanges aus materiellen Gründen, formell sogar dasjenige der Standeslosigkeit der Frauen – die Lösung machte aus der Zugehörigkeit zum weiblichen Geschlecht schlankweg Zugehörigkeit zu einem bestimmten Stand. Die Frauen wären wohlversorgte Königinnen im Bienenstaat. Um so mehr würde jedoch das andere Übel grundsätzlicher weiblicher Berufslosigkeit grassieren, die Desintegration der Persönlichkeit. Was haben die Frauen von einer Sicherung ihres Daseins als Gattungswesen, wenn die Ansprüche auf Selbstverwirklichung als Individuen übergangen werden? Denn dazu bleibt bei einer »Frau-für-alles-Existenz« für alle Frauen kein Raum.

Die vorgeschlagene Lösung ist falsch, weil die Frauen einander nicht wie ein Ei dem andern gleichen. Sie unterscheiden sich untereinander, von Individuum zu Individuum, nicht weniger als die Männer. Ihre Bedeutung als Gattungswesen löscht diejenige als Individualwesen nicht aus.

Bedingungen der beruflich-wirtschaftlichen Gleichberechtigung der Frau

Reproduktion anstatt Vermehrung

So unerläßliche Voraussetzung zur vollen Verwirklichung der beruflich-wirtschaftlichen Gleichberechtigung der Frau ein großzügig bezahlter Mutterschaftsurlaub von eineinviertel Jahren bei jeder Geburt ist, so unerläßlich ist jene der Beschränkung seiner Wiederholung. Höchstens ein Ausfall von drei bis vier Jahren darf auf das einzelne Frauenleben entfallen. Denn es wäre um die praktische Verwirklichung der beruflich-wirtschaftlichen Gleichberechtigung der Frau bald geschehen, wenn sie durchschnittlich für relativ längere Zeit auf Mutterschaftsurlaub gehen müßte. Mit anderen Worten: eine rasche Bevölkerungsvermehrung stände der beruflich-wirtschaftlichen Gleichberechtigung der Frau entgegen.

Die Erfüllung jener für die volle praktische Gleichberechtigung der Geschlechter im beruflich-wirtschaftlichen Leben und damit auch auf jedem anderen Gebiet entscheidenden Bedingung hängt von der Beantwortung zweier Fragen ab. Die eine lautet: Ist es richtig, die Fortpflanzung auf die Reproduktion zu beschränken, anstatt sie in den Dienst der Vermehrung zu stellen? Die andere: Zieht die Frau die mit ihrer Gleichberechtigung vereinbare Anzahl Kinder einer höheren vor?

Die erste Frage: Sie wird hauptsächlich aus Gründen religiöser oder machtpolitischer Natur verneint. Oft werden auch beide Sorten verquickt.

Besonders ausgeprägt ist die Befürwortung einer Vermehrung aus religiösen Gründen bei einzelnen asiatischen Völkern. Es gibt Religionen, die das jenseitige Heil der Väter von zahlreicher männlicher Nachkommenschaft abhängig machen.

Unter dem feministischen Gesichtspunkt wäre dazu zu bemerken, daß es von den Frauen etwas zu viel verlangt ist, Gleichberechtigung und mit ihr Ansprüche auf gleiche Selbstverwirklichung zurückzustellen, damit um so mehr Söhne für um so mehr Väter im Jenseits besorgt sein könnten. Sollen die Männer sich doch Religionen ausdenken, in denen sie die Kosten für ihr Seelenheil selbst übernehmen.

Die Befürwortung der Bevölkerungsvermehrung in der Absicht, die numerische Stärke nationaler Armeen (oder auch von Parteien oder Religionsgemeinschaften) zu steigern, ist schon erörtert worden. Hier sei lediglich bestätigt, daß eine Bevölkerungsvermehrung zu diesem Zweck in internationaler Schau grausamer Unsinn ist. Ferner, daß die nicht gleichberechtigten Frauen am Krieg beziehungsweise am Überhandnehmen ihrer Partei und so weiter ein geringeres Interesse haben als die Männer. Denn sie haben im Krieg soviel zu verlieren wie die Männer und viel weniger zu gewinnen. Bis jetzt kommen sie zwar darin nicht in gleich großer Zahl ums Leben, aber der Tod ihrer Söhne trifft sie wesentlicher als die Väter; mit dem Tod ihrer Kinder wird gewissermaßen der Sinn ihres Lebens annulliert. Und was gibt es bei Siegen schon für sie zu erobern? Die Beute gehört hauptsächlich den Männern. Bestenfalls verschaffen diese ihnen etwas mehr materielle Güter als bisher. Für sich selbst aber gewinnen die Männer auf Grund ihrer bevorzugten Stellung im beruflich-wirtschaftlichen Leben unvergleichlich mehr an Macht, Einfluß, überhaupt an Wirkungsmöglichkeiten, an individuellem Leben.

Wie immer die religiösen Deutungen zugunsten einer Bevölkerungsvermehrung lauten mögen, sie sind nicht allgemeingültig. Nicht nur versagen ihnen andere Kulturgruppen die Anerkennung, sondern sie brauchen auch nicht anerkannt zu werden. Nichts Unabdingbares zwingt zur Anerkennung. Das gleiche, nur noch ausgeprägter, gilt für die machtpolitische Ankurbelung der Bevölkerungsvermehrung. Diesen beiden Gesichtspunkten stellt sich ein allgemeingültiger entgegen: der ökonomische. Denn während es nur einem Teil der Menschen einleuchtet, daß man sich vermehren soll, damit die Väter im Jenseits es gemütlicher haben oder eine Organisation erstarkt, so notwendigerweise jedem, daß Überarbeitung, Serbeln und Verhungern als Ergebnisse Nachteile sind, die man nicht übersehen kann.

Unter dem ökonomischen Gesichtspunkt gelangt man sowohl in bezug auf die meisten Völker im einzelnen als der Menschheit im gesamten zum Schluß, daß bei einer fortschreitenden Bevölkerungsvermehrung – diese hat alles in allem innert der letzten hundert Jahre dank der erfolgreichen

Seuchenbekämpfung unerhörten Auftrieb erhalten – den Menschen schließlich die Lebensmittel ausgehen könnten. Eine Lage, der möglicherweise noch ein enormer Arbeitsaufwand vorangehen würde. Wenn die Produktion der Erde – meinetwegen auch eines anderen Himmelskörpers, von dem aus innert nützlicher Frist geliefert werden kann – mit dem einer menschenwürdigen Existenz entsprechenden Bedarf jedes Kopfes einer ständig zunehmenden Bevölkerung nicht Schritt halten kann, wenn die Erde nicht unerschöpflich ist, so wird eine ins Unbegrenzte gehende Bevölkerungszunahme lästiger und lästiger und schließlich katastrophal werden.

Unnötig zu sagen, daß solche Schlüsse aus religiösen und machtpolitischen Motiven abgelehnt werden, wobei der Gegenbeweis ebenfalls auf der Ebene der Ökonomie angetreten wird. Da hört man von zu bewässernden Wüsten und trockenzulegenden Meeren und so weiter, wodurch in alle Zukunft für die Völker der Erde Brot beschafft werden könnte. Dies drängt die Gegenseite zur Frage, woher denn der Regen für die Bewässerung käme und wie auf nacktem Fels – Land heißt ja noch nicht Humus – das Brot wachsen solle. Die Gelehrten streiten sich und sollen allein weiter streiten. Es ist hier nicht der Ort, näher auf diese Fragen einzutreten.

Nur eines sei noch bemerkt: Die Befürworter der unbeschränkten Bevölkerungsvermehrung bleiben die Antwort auf die Frage schuldig, was geschehen solle, wenn es auf der Erde nur mehr Stehplätze gäbe, eine Lage, die Bertrand Russel mit humoristischer Konsequenz in Betracht zieht. Hat man dann in menschlichen Ameisenhaufen zu leben?

Und noch eines: Solange krasser Mangel und Arbeitslosigkeit als Probleme nicht gebannt sind, während angeblich die »Wissenschaft« Rezepte präsentieren kann, wie der Sand der Wüste, das Wasser des Meeres und was nicht alles in Labsal zu verwandeln seien, scheint irgendwo ein hartnäckiger Organisationsfehler zu liegen. Zum mindesten dürfte man bis zu dessen Behebung – sie wird lange auf sich warten lassen – ruhig von einer Bevölkerungsvermehrung absehen. Wenn einmal Milch und Honig in jeder Wüste fließen sollten und Glace auf dem Mond gegessen werden könnte, ist es immer noch früh genug, um die Zahl der Konsumenten solcher Annehmlichkeiten rasch zu steigern.

Da der Streit der Gelehrten, ob die Bevölkerung ihre Vermehrung einschränken solle oder nicht – die dritte Möglichkeit, die grundsätzliche Dezimierung der Bevölkerung, hat kaum Vertreter –, unentschieden bleibt, ist eigentlich der Wille der Frauen allein maßgebend.

Es ist schwierig, den Willen der Frau in diesem Punkt ausfindig zu machen.

Will sie das, was ihre »weibliche Natur«, ihre Physiologie will, nämlich »jedes Jahr ein Kind«, also etwa fünfunddreißig auf jedes Frauenleben? Es scheint ausgeschlossen zu sein. Nicht nur deshalb, weil die ganz wenigen, denen dieses Ziel nicht unzählige Schwierigkeiten bereitete, nie fünfunddreißig Kinder haben, sondern auch weil die Natur der Frau bei der vollen Ausnützung ihrer Möglichkeiten mit sich selbst in Widerspruch gerät:

Nicht jede, aber viele Frauen würden bei solcher Observanz krank und schwach, ja verschwänden vom Erdboden, lange bevor die Zahl ihrer »ureigenen Bestimmung« erfüllt wäre. Offenbar will die Natur gar nichts, steht aber jederzeit zu Diensten.

Ferner ist die Verwirklichung des Willens der Frauen, die von ihnen gewünschte Anzahl Kinder zu haben – volle Empfängnismöglichkeit und allzeit bereite Männer vorausgesetzt, was beides einigermaßen die Regel ist –, in seiner positiven und negativen Richtung eingeschränkt.

In positiver durch das im Vergleich zur Geschlechtsreife um Jahre zu hoch angesetzte Heiratsalter sowie durch die konventionelle Verpönung der außerehelichen Mutterschaft. In negativer Richtung durch die relative Unzuverlässigkeit der teils schwer zu beschaffenden Mittel zur Empfängnisverhütung seitens der Frau. Immerhin fällt die erste Beschränkung mit der Verheiratung der Frau dahin. Und da, wie gesagt, die Empfängnis eher seltener als gewünscht verhindert werden kann, darf angenommen werden, daß die Zahl der lebendgeborenen Kinder, die auf die einzelnen verheirateten Frauen fällt, sogar etwas höher ist als die von ihnen bei den gegebenen Verhältnissen gewünschte. Jene liegt in der Schweiz zwischen zwei und drei und nur in wenigen Staaten der westlichen Kultur wesentlich höher. Die Ehefrauen scheinen zwei bis drei Kinder zu wollen – soweit von einem Willen hier die Rede sein kann.

Häufig hört man zwar gutsituierte Mütter sagen: »Ich möchte am liebsten zehn Kinder.« Warum haben sie nicht zehn? Sie besitzen nämlich meist nur zwei oder drei, höchstens vier, würden aber auch mit zehn nicht ruiniert werden. Doch müßten sie bei solchem Ausmaß der Familie über Jahrzehnte hinaus in Hausarbeit versinken und hätten um so weniger Gelegenheit und Mittel, den Tag in bescheidenem Rahmen nach ihren Wünschen zu gestalten. Dies scheint ein zu hoher Preis für die Erfüllung des sanguinisch geäußerten Wunsches zu sein. Aber sogar in Verhältnissen, wo ohne »Aufopferung« der Mutter, ohne daß sie von Kindern und Haushalt sozusagen aufgefressen wird, fünf, zehn und fünfzehn Kinder möglich wären, gehören diese Zahlen zu den Ausnahmen. Und warum? Die Frauen wollen nicht Kind über Kind, weil sie noch anderes wollen. Das andere ist das Leben als Individuum, vom Spazieren, wenn einen die Lust dazu ankommt, bis zur Berufstätigkeit nach Neigung und Fähigkeit.

Die Anzahl Kinder, die sich die Frauen in der westlichen Kultur wünschen – zwei bis drei –, entspricht praktisch der Reproduktion. Sie ließe sich gerade noch mit einer voll verwirklichten Gleichberechtigung der Frau im Berufsleben vereinen. Ein interessanter Zufall! Und noch mehr: Ein glücklicher Zufall! Er zeigt, daß »beides zugleich«, Mutterschaft und Berufstätigkeit, auf der Basis voller Gleichberechtigung möglich wäre, daß die Frauen ihre Doppelbestimmung harmonisch erfüllen könnten.

Allerdings haben nun die Frauen anderer Kulturen mehr Kinder. Aber das will nicht besagen, daß die Frau eigentlich mehr Kinder haben will.

Es handelt sich zumeist um Völker, deren Frauen selbst die Hoffnung auf eine praktische Verwirklichung der Gleichberechtigung fehlt, um Verhältnisse, denen sogar der Gedanke an eine Entfaltung der Individualität der Frau fremd ist. Die Frauen sind dort überall eingeengt, nur nicht bei ihrer Fortpflanzungsfunktion im Rahmen der Ehe. Was Wunder, daß sie sich auf das Kinderbekommen stürzen; es bedeutet das Hauptventil ihrer Unternehmungslust, ihres Macht- und Leistungswillens.

Eine Lösung aber, die dort getroffen wird, wo die Frauen überhaupt nichts zu wollen haben, darf nun nicht als typische Auswirkung weiblichen Wollens betrachtet werden. Maßgebend kann nur das Verhalten von Frauen sein, deren Willen relativ frei ist und die eine deutliche Vorstellung von der Gleichberechtigung der Geschlechter haben können. Dies ist am ehesten in der westlichen Kultur der Fall. Die westliche Frau darf bei der Beantwortung der Frage, wie viele Kinder die Frau haben möchte, wohl als maßgebend betrachtet werden, selbst dann noch, wenn möglicherweise irgendwo auf einer fernen Insel sogar gleichberechtigte Frauen einen Haufen Kinder besäßen. Denn da deren äußere Lebensbedingungen paradiesisch sein müssen und deshalb nur für eine sehr kleine Anzahl Leute in Betracht kommen, tun es auch ihre Maßstäbe.

»L'égalité, mais l'égalité dans la différence«

Die Reproduktion als Norm der Fortpflanzung eines Volkes entspricht dem Willen der Frauen der westlichen Kultur. Sie vermeidet es, die Fortpflanzung zum Hindernis einer Gleichberechtigung der Geschlechter zu machen. Und sie hat noch ein Drittes für sich. Sie allein erlaubt, gewissermaßen die »Rechnung des Lebens« zu begleichen, ihm weder zuwenig noch zuviel zurückzuerstatten.

Was hat es mit dieser »Rechnung des Lebens« auf sich?

Sie hängt mit dem »Geschenk des Lebens« zusammen, das doch kein eigentliches Geschenk, sondern eher ein Vorschuß ist. Jeder Erwachsene hat ihn voll bezogen. Einmal hat ihm seine Mutter nach neunmonatigem Aufbau das Leben geschenkt. Seine Eltern und mehr oder weniger auch andere Leute haben ihn aufgezogen. Sie haben ihm gegeben, was er brauchte, um das zu werden, was er jetzt ist: ein Mensch, der sich während einer doppelt bis vierfach so langen Zeit, wie sein Heranwachsen gedauert hat, aus eigener Kraft erhalten kann. Ökonomisch betrachtet »schuldet« er sein Leben und dessen Behütung, seine Anlagen und Pflege und damit auch seine wirtschaftliche Produktivität jenen Leuten, die ihn tatsächlich geschaffen, behütet und ausgebildet haben; ferner jenen, die all dies wirtschaftlich ermöglichten.

Das Wesen des Generationenwechsels steht einer Rückzahlung der Schuld an jene Vertreter des Lebens, die den Vorschuß geleistet haben, entgegen. Doch weist die Fähigkeit jedes Erwachsenen, nun seinerseits »das Leben weiterzugeben«, den Weg, wie mit dem Leben abgerechnet werden kann, damit man nicht als biologischer Schmarotzer dasteht. Es geschieht dies, indem man sich zusammen mit einem Angehörigen des anderen Geschlechtes an der Schaffung eines neuen Menschen beteiligt und diesem grundsätzlich das gleiche angedeihen läßt, was man einst bekam.

Frauen und Männer können, unter der Voraussetzung voller Gleichberechtigung, die »Rechnung des Lebens« zum größten Teil in derselben Weise begleichen. Nämlich in der Weise, daß sie nicht nur für sich allein arbeiten und erwerben, sondern überdies je für das körperliche und geistige Werden eines Menschen der folgenden Generation oder, zum Ehepaar verbunden, gemeinsam für deren zwei.

In gewissem Ausmaß nun, im Ausmaß des Aufwandes der physiologischen Mutterschaft, vermögen die Frauen allein, in derselben Weise, wie sie »beschenkt« worden sind, »zurückzuzahlen«. Die Männer hingegen benötigen »zur Rückzahlung« einen weiblichen »Bürgen«, der an ihrer Statt die Leistung erbringt. Um aber eine alte Schuld nicht mit der Begründung einer neuen zu tilgen, müssen sie ihre weiblichen »Bürgen« schadlos halten.

In wenigen Strichen ergibt die entsprechende »Zusammenarbeit« der Geschlechter etwa folgendes Bild:

Anstatt nur *eine* physiologische Mutterschaft auf sich zu nehmen, womit sie ihrer Pflicht zur »Rückzahlung« in einem Punkt schon voll entsprochen hätten, nehmen die Frauen gleich deren zwei auf sich. Sie bezahlen damit für einen Mann den einst zu dessen Gunsten erbrachten physiologischen Aufwand zurück. Nun kostet aber das Werden eines Menschen nicht nur physiologischen Aufwand, sondern auch wirtschaftlichen. Dieser ist nötig, um Existenz und Pflege der Frau und des Kindes zur Zeit des physiologischen Aufwandes zu sichern. Es liegt nun nahe, daß der Mann, der dem Leben ja – wie die Frau auch – nur *einen* solchen wirtschaftlichen Aufwand schuldet, mit ihm quitt wird, indem er, anstatt nur ein einziges Mal für den Aufwand zur Kreation eines Menschen einzustehen, dies zweimal tut. Auf diese Weise entschädigt er zugleich in zweckmäßiger Weise seine »Bürgin«. Und diese befreit sich mit einer zweiten Geburt gewissermaßen vom Erbringen des wirtschaftlichen Aufwandes für ihre erste Mutterschaft. Wie bereits dargelegt, diente eine Mutterschaftsversicherung dieser Lösung, mit dem Leben abzurechnen, am besten.

Soweit nun Frauen mehr Kinder bekommen, als der Reproduktion des Volkes entspricht – die Zahl liegt natürlich infolge des Kinderausfalles ledig bleibender und unfruchtbarer verheirateter Frauen sowie der Kindersterblichkeit über zwei –, ist der wirtschaftliche Aufwand während der zusätzlichen physiologischen Mutterschaften ihre und ihres Gatten Privatsache. Dies ist allerdings ein Hintertürchen für den »Ernährer« mit all seiner Anmaßung von Prärogativen – aber wenn nicht ein Fruchtbarkeitstaumel die Bevölkerung erfaßt, ein sehr enges.

Geht man davon aus, daß jeder einzelne zur »Rückzahlung ans Leben« verpflichtet ist, müßten außer den Männern auch Frauen, die keine Kinder geboren haben, mit der Pflicht zu Beiträgen an die Mutterschaftsversicherung belastet werden.

Ferner hätte konsequenterweise der Beitrag Kinderloser und in geringerem Maße auch jener, die nur ein Kind haben und nicht allein für es aufkommen, beträchtlich über jenem zu stehen, den der Vater von zwei Kindern zu bezahlen hat. Die Gesamtheit der Beiträge, die auf sie pro Kopf entfiele, entspräche dessen durchschnittlicher Totalleistung für ein Kind. Praktisch würde man über eine Mutterschaftsversicherung hinaus in ein System von »Kinderzulagen« zugunsten jener Eltern geraten, die den Ausfall der Kinderlosen aufholen. Wohlverstanden, nur soweit sie das tun, und nicht weiter. Die Regelung bewirkte, daß an alle dritten Kinder, und nur für sie, etwas bezahlt würde.

Eine derartige Ergänzung der Mutterschaftsversicherung würde sie jedoch zu schwerfällig machen. Denn man weiß natürlich nicht zum voraus, wer je Aufzuchtspflichten haben wird, so daß von allen, die volljährig sind, aber noch keine Kinder haben, Leistungen verlangt werden müßten, die dann in der Mehrzahl der Fälle wieder zurückzubezahlen wären. Beschränkte man die Leistung der Kinderlosen auf Zahlungen zugunsten einer Mutterschaftsversicherung allein, so ließe sich die Komplikation zum mindesten bei den Leistungen der Männer ausschalten. Es gäbe einfachere Möglichkeiten, die Ausfälle aufzuwiegen, etwa durch entsprechend zweckgebundene Besteuerung des Nachlasses Kinderloser beiderlei Geschlechts. Auch die Komplikation, die sich daraus ergibt, daß junge Frauen vorläufig als »kinderlos« leistungspflichtig sind, ist teils vermeidbar. Das unökonomische Erheben von Beiträgen und spätere Rückerstattung könnten auf ein Minimum beschränkt werden, wenn Frauen mit weniger als zwei Kindern erst vom 35. Jahr an, dann aber entsprechend mehr, beitragen müßten.

Es ist hier nicht der Ort, alle Modalitäten Revue passieren zu lassen. Auch nicht derjenige, um zu erwägen, in welcher Höhe und Form die Beiträge zu entrichten wären. Summarisch sei nur bemerkt, daß Ausgangspunkt für die Bemessung der Höhe natürlich die den Frauen zu bietende Leistung sein müßte und die Beiträge wohl am besten in Prozenten des Einkommens laufend wie Steuern erhoben würden.

Auch eine Mutterschaftsversicherung, welche die größere Belastung der Frau mit der Fortpflanzung wirtschaftlich ausgleicht und damit eine Garantie für die Gleichberechtigung der Geschlechter im beruflich-wirtschaftlichen Leben bietet, vermag selbstverständlich nicht, Frauen und Männer in jeder Beziehung gleichzustellen.

Aber es ist schwer zu sagen, wer dabei besser wegkäme. Die Männer hätten an die Aufzucht der Kinder alles in allem mehr als die Frauen zu zahlen, aber nur mit Gut. Die Frauen dagegen hätten das Weniger mit Blut aufzuwägen. Und während die Frauen grundsätzlich mehr Geld in der Hand behielten als die Männer, so hätten diese dafür Gelegenheit, sich auf ihren Posten etwas stärker festzusetzen. Wie man sieht, einmal mehr: »L'égalité, mais l'égalité dans la différence.«

Einige Wenn und Aber

Mit der Skizze dieser Mutterschaftsversicherung soll in wenigen Strichen gezeigt werden, wie ohne fundamentale Änderungen staatsrechtlicher und wirtschaftsideologischer Art die mit der Reproduktion des Volkes verbundenen Probleme sich lösen ließen, ohne daß die Lösung von den Frauen mit einem Teil ihres Wesens erkauft werden müßte. Sie wären nicht mehr gezwungen, die objektive Erfüllung als Gattungswesen mit der Preisgabe ihrer Ziele als Individualwesen zu bezahlen.

Selbstverständlich brächte die Verwirklichung eines so großzügigen und so großzügig bezahlten Urlaubes mancherlei Wenn und Aber mit sich und diese wiederum mancherlei Sonderregelungen und Übergangsvorschriften und so weiter. Doch dies ist kein Grund, sich abschrecken zu lassen. Auch ohne eine derartige Lösung bestehen im Zusammenhang mit den entsprechenden Fragen bereits mannigfaltige Regelungen, und ganz gewiß sind ihnen gegenüber mehr Wenn und Aber angebracht.

Es handelt sich auch nicht etwa um eine – wo nicht juristische, so doch praktische – Komplikation »im Grunde einfacher Dinge«. Im Gegenteil! Kompliziert, kompliziert bis zum Widerspruch, sind die gegenwärtigen Lösungen, die mit teils verhüllter, teils unverhüllter Zurücksetzung und Unterdrückung der Frauen verbunden sind; denn sie sind wiederum mit Bestimmungen zum »Schutz der Frau« gespickt.

Die folgenden Stichworte charakterisieren einige der Widersprüche, die solche Komplikationen des weiblichen Lebens mit sich bringen:

»Jedes Mädchen erlerne einen Beruf«, aber »die Frau gehört ins Haus«; »Leistungslohn«, »Soziallohn« und »Familienlohn« nebeneinander, hintereinander; Ernährerlöhne und Ernährerposten für – Ledige; Handels- und Gewerbefreiheit und Rechtsvorschriften, die verheirateten Frauen die Ausübung einer Berufstätigkeit verbieten; fachliche Eignung als Kriterium bei Stellenbesetzung und Generaldisqualifikation durch weibliches Geschlecht (wenn die Stelle gut ist); Frauen sollen aus lauter Liebe heiraten, doch bietet die Ehe durchschnittlich eine bessere Versorgung als der Beruf; der Mann ist der »Ernährer« der Familie, Mittel dazu darf er vom Frauengut pflücken; »die Frau gehört ins Haus«, aber in Kriegszeiten soll sie herauskommen, an die Maschine, aufs Feld und als Freiwillige in den Militärdienst gehen; die Mädchen sollen nicht »zu Hause sitzen und auf den Mann warten«, aber weder Heiratsanträge stellen noch Männer vom Arbeitsplatz verdrängen; so verschieden die Frauen voneinander sind, so ähnlich ist ihr Alltag bei Kochherd, Schüttstein und Flickkorb; Witwen sind gesund und munter, aber wie Invalide auf eine Pension angewiesen.

Oder lautet vielleicht der Einwand gegen die skizzierte Lösung: Verstaatlichung?

In der Schweiz jedenfalls ist man teils wissentlich, teils auch nachtwandlerischerweise diesen Weg schon ein gutes Stück gegangen. Alters- und Hinterlassenenversicherung für alle und jeden, obligatorische Kranken- und Unfallversicherung für viele, Kinder-, Familien- und Heiratszulagen für diese und jene wurden schon mit der Wünschelrute »Verstaatlichung« verlangt und erhalten. Offenbar weil es »privat« nicht befriedigend ging und weil man einem hohen Solidaritätsstandard huldigt. Und die unzähligen Eingriffe in die wirtschaftliche Freiheit der Bürger – immer zum Vorteil der einen und zum Nachteil der anderen, so daß jeder da privilegiert und dort unterdrückt ist – beweisen eine schon dicht verwobene »Verstaatlichung«. Sie ist platteste Alltäglichkeit.

Wer eine großzügige, die beruflich-wirtschaftliche Gleichberechtigung der Geschlechter gewährleistende Sicherstellung der Frau während der Zeit ihrer physiologischen Mutterschaft mit »Verstaatlichung« abtut, soll prüfen, ob er in allen Hinsichten derart empfindlich gegen Etatismus ist. Dabei wird er entdecken, daß er schon große Portionen davon stillschweigend geschluckt, wo nicht aktiv gefördert hat. In der Schweiz und in manch anderem Staat hat sich die Verstaatlichung so unausrottbar eingefressen, daß es auf ein bißchen mehr oder weniger gar nicht mehr ankommt.

Nämlich nur um ein bißchen mehr kann es sich hier handeln. Denn die staatliche Finanzierung der physiologischen Mutterschaft bedeutete lediglich eine zusätzliche Steuer, die nicht einmal alle Bürger belastete, eben die Bürgerinnen grundsätzlich nicht. Und die Zahl der Bezügerinnen im Jahr wäre übrigens geringer als jene der Bezüger von Staatsgehältern in Bund und Kantonen. Noch etwas: Solche neue »Verstaatlichung« könnte Teilchen der bestehenden konsumieren und drohender vorbeugen. Brauchten doch keine einschlägigen Ämter mehr von »Kindsvätern« Ersatz der Geburtskosten einzutreiben. Abtreibungen würde es wohl etwas weniger geben, so daß der Staat bei ihrer Ahndung sich dünner machen könnte. Der Entwicklung eines familienväterischen Zulagewesens auf staatlicher Grundlage wäre ein gut Teil Boden entzogen. Und schließlich erübrigte sich eine an die Krankenversicherung angelehnte Mutterschaftsversicherung gänzlich. An tröstlichen Aspekten fehlte es also auch unter anti-etatistischem Gesichtswinkel nicht.

Wenn aber auch alle Wenn und Aber zu Recht bestünden, so verschwänden sie dennoch hinter den gewaltigen Vorteilen, die eine großzügige Sicherstellung der Frauen während der physiologischen Mutterschaft, die ja zugleich eine teilweise Sicherstellung der werdenden Generation ist, mit sich brächte. Sie wäre ein Glück, und zwar eines, das wie sein Gegenstück nicht allein kommt. Sie brächte ja noch viel mehr mit sich, eben die Grundlage für eine volle Verwirklichung der beruflich-wirtschaftlichen Gleichstellung der Geschlechter und damit endlich die Befreiung der Frauen von der Tragik ihrer scheinbar widerspruchsvollen Doppelberufung. Anstatt halb könnten die Frauen doppelt leben.

II.

WIE ES DER FRAU IN DER LIEBE UND IHREM DRUM UND DRAN ERGEHT

In der Liebe interessiert die weibliche Eigenart am wenigsten

Ein Wald von Schriften versucht dem geneigten Leser einzuhämmern, fundamentale Unterschiede zwischen den Geschlechtern beständen selbst in Belangen, wo man unvoreingenommenerweise nur allgemeinmenschliche Züge sieht. Sie wollen glaubhaft machen, ein Geschlechtsunterschied von dunkler, aber um so größerer Eminenz unterscheide jede weibliche Handlung und Überlegung von jener eines Mannes.

Da sind pseudowissenschaftliche Autoren, die für ungemein tiefschürfend genommen werden, wenn sie ihre Beweisführung mit Schmuggeln und seltsamen Hopsern zum Schlusse bringen, daß die Frauen in allem und jedem ganz anders seien, ungünstig anders, »im Grunde« kaum Menschen und so weiter. Einige Müsterchen davon sind ja bereits angeführt worden, weitere werden bei der Besprechung der antifeministischen Stimmungsmache gegen die politische Gleichberechtigung der Geschlechter gezeigt werden.

Die Märe von fundamentalen Geschlechtsunterschieden in allem und jedem, auf psychischem und intellektuellem Gebiet, treibt ihr Wesen auch auf »Bunten Seiten« und in »Humorecken«. Neckische kleine Reportagen propagieren etwa, daß die Männer Zigaretten richtig anzünden, Bleistifte richtig, wissenschaftlich richtig, spitzen, die Frauen hingegen infolge ihrer Weiblichkeit Zigaretten falsch anzünden und Bleistifte falsch zu spitzen pflegen.

Die schlichte Entgegnung, daß schließlich zwei und zwei immerhin auch in den Köpfen der Frauen vier ergäben, wird mit der Schäkerei dupliziert, daß dort das Ergebnis nicht 4, sondern 3 sei. Doch wie tierischernst wird es plötzlich den Schäkern zumute, wenn Frauen sich wirklich verrechnen und ihnen drei statt vier auszahlen. Und wie rund würden die Augen, beriefen die Frauen sich dabei auf die weibliche Eigenart, entschuldigten den Irrtum mit einer echt fraulichen Wirrheit! Denn – was immer geschwatzt wird – unser Handel und Wandel baut darauf, daß zwei und zwei auch in den Köpfen der Frauen genau vier ergeben, daß die Frauen, was sie anzünden und was sie spitzen mögen, richtig anzünden und richtig spitzen. Kurz, es gilt als selbstverständlich, daß Frauen und Männer bei der Arbeit grundsätzlich gleich, eben allgemeinmenschlich, denken und reagieren.

Man möchte nun meinen, derjenige, der schon beim Zigarettenanzünden intellektuelle und seelische Unterschiede zwischen den Geschlechtern beobachten will, die er um so größer sieht, je mehr Gewicht die Tätigkeit hat – das schwerste hat begehrte Berufstätigkeit –, sollte solche erst recht im Zusammenhang mit der erotischen Natur des sogenannten Geschlechtslebens sehen. Trifft dies zu? Was haben die Weiblichkeitsapostel, all die angeblichen Kenner der »ureigenen Natur der Frau«, die diese so viel besser als die Frauen selbst zu kennen vermeinen, daß sie ihnen Normen der »fraulichen Eigenart« vorsetzen, hier zu bemerken? Was haben sie über weibliche und männliche Eigenart auf einem Gebiet zu sagen, wo diese – wenn irgendwo – am deutlichsten in Erscheinung treten muß, weil da die unterschiedlichen physiologischen Gegebenheiten, die Gegengeschlechtlichkeit aktiviert wird und das seelische Leben beeinflußt?

Keine Antwort; Schweigen herrscht. Der sonst beim Thema »weibliche Eigenart« übliche Redeschwall bleibt aus. Gerade hier steht den Sängern echter Weiblichkeit der Verstand still. Plötzlich haben die Verfechter wahrer und ureigener Weiblichkeit eigentlich nichts Besonderes zu sagen. Oder soll man etwa damit herausrücken, daß natürlich auch in erotischer Hinsicht als »echt frauliche Art« kurzerhand die Art betrachtet wird, die den Männern am bequemsten ist und ihre Ansprüche am bequemsten erfüllt?

Im Grunde fehlt jedes Interesse an der Frage. Es fehlt, weil man nicht auf sie eintreten will. Denn die Männer wollen doch nicht das Risiko laufen, hier eine tatsächliche weibliche Eigenart zu entdecken, die ihnen unbequem sein könnte! Überdies interessiert man sich ja nur für vermeintliche intellektuelle und psychische Geschlechtsunterschiede, soweit sie sich als Vorwände zur Bekämpfung weiblicher Emanzipationsbestrebungen verwenden lassen. Also macht die emsige Tüftelei nach dem, was weibliche oder männliche Verhaltensweise sei, akkurat vor dem Problemkreis der geschlechtlichen Erotik halt.

Wieviel auch von Geschlechtsunterschieden auf Gebieten, wo keine bestehen, geflunkert wird, hinsichtlich jenes der Liebe ist man schlicht der Meinung, sie sei hüben und drüben ungefähr dieselbe, die »Folgen« allein seien ein Kapitel für sich, seien »Frauensache«.

In Wirklichkeit ist natürlich die sexuelle Liebesbeziehung das Gebiet, auf dem der physiologische Geschlechtsunterschied nach beiden Seiten hin psychische Rückwirkungen haben kann und zumeist auch hat. Je nach Kulturkreis werden sie durch die sozialen und ökonomischen Begleiterscheinungen der Geschlechtsunterschiede gesteigert. Entsprechend hat die Erotik bei den Angehörigen der verschiedenen Geschlechter verschiedene Ausgestaltungstendenzen. In seinem Kern allerdings scheint das Liebesgefühl trotz des physiologischen Geschlechtsunterschieds beiderseits ähnlich, wo nicht gleich zu sein.

Gleichheit und Unterschiede im Liebesempfinden der Geschlechter

Was gleich ist

Man ist versucht zu glauben, die Gefühle, die mit so verschiedenartigen Geschlechtsorganen wie den weiblichen und männlichen zusammenhängen, seien auch verschiedenartig, die geschlechtliche Liebe einer Frau zu einem Mann müsse wesentlich anders sein als diejenige eines Mannes zu einer Frau. Es liegt nahe, zu meinen, es gäbe eine weibliche und eine männliche Leidenschaft; Liebesgedichte und Liebesbriefe müßten je nach dem Geschlecht ihres Urhebers verschieden sein.

In den Liebesbriefen und Liebesgedichten findet man jedoch auf beiden Seiten das gleiche Lied. Frauen können ihre weibliche Liebe zu einem Mann in dem an eine Frau gerichteten Gedicht eines Mannes erkennen und umgekehrt. Ob Frauen in »De l'amour« Stendhals Liebeschemie studieren oder die »Leiden des jungen Werthers« miterleben, immer begegnen sie den eigenen Gefühlen. Ihre weibliche Liebe mag sich nach dem Kristallisationsprozeß Stendhals entwickeln und sie Werthers Qualen erleben lassen. Männer mögen – ebenfalls entsprechend abgewandelt – ihre eigenen Gefühle von verschmähter Liebe in den Briefen der portugiesischen Nonne nachempfinden und ihre eigene Begeisterung in den Gedichten von Ricarda Huch.

Die Liebe, soweit sie die psychologische Grundlage des Willens zu einer kurzfristigen körperlichen und seelischen Vereinigung mit einem Menschen des andern Geschlechtes bedeutet, ist bei Frauen und Männern dieselbe. In der Vorstellung beider erwecken die geliebten Menschen ein Bild von unsäglichem Reiz. Dieses Imago spiegelt höchste Werte. Es läßt sich nicht etwa überschwenglich, sondern recht genau, als Schatz des Herzens umschreiben. Glück und Glanz der Liebe liegen in dem Gefühl, von der fremden Welt die Inkarnation des betörenden Bildes verheißen und durch Gegenliebe geschenkt bekommen zu haben. Die Liebe ist für Frauen und Männer die Zauberformel »Sesam öffne dich«, mit der die Wüste, welche diese Welt darstellt, sich in Leben und Pracht verwandelt.

Wer weckt dieses Bild? Wiederum bei beiden Geschlechtern vermögen es jene Vertreter des andern Geschlechtes, die von den Verliebten als schön bewertet werden.

Was wird unter »schön« verstanden? »Schön« sind körperliche Züge und Formen, die erwünschte Eigenschaften andeuten. Was im Einzelfall gewünscht wird, hängt teils vom suchenden Individuum und seinem

Schicksal ab, teils von der Kollektivität, der man angehört. Jede sich kulturell abgrenzende Gemeinschaft hat ihre eigenen Idealtypen. Das Finden der gesuchten Schönheit wird erleichtert, wenn, wer für das Gewähltwerden in Betracht fällt, sich auf die vom Zeitgeist bevorzugten Typen positiv und negativ stilisiert. Positiv, indem er Merkmale derselben bei sich unterstreicht; negativ durch Vertuschen der dem anerkannten Ideal zuwiderlaufenden Eigentümlichkeiten. Auch wird das Finden durch die Gelegenheit zu zahlreichen und vielfältigen Fühlungnahmen sowie durch das Freisein von allzu ausgeprägten Vorstellungen, was schön sei, erweitert.

Nicht allein körperliche Schönheit hat erotische Wirkungskraft. Macht besitzt nicht geringere. Ähnlich wie die körperliche Schönheit verleiht sie dem beruflich, wirtschaftlich, politisch oder militärisch Erfolgreichen einen Nimbus des Geheimnisvollen und Bedeutenden. Als Sex-Appeal kann Macht Surrogat der Schönheit sein.

Ansprüche auf »Schönheit« oder ihre Surrogate stellen die Angehörigen beider Geschlechter an jene des andern. Finden eine Frau und ein Mann einander »schön« oder auch erfolgreich genug, um zu betören, so ist die doppelte Verzauberung beidseitig gleich, weil sie bei beiden die gleiche Grundlage hat. Dies illustriert so nebenbei auch das legendäre Bild des Liebestrankes. Denn nicht einmal die Sagen aus grauer Vorzeit wissen etwas von zweierlei Liebestränken, um weibliche auf der einen und männliche Liebe auf der andern hervorzurufen. Wie Tristan und Isolde trinken die Liebenden denselben Liebestrank, der sie zu derselben Verliebtheit berauscht.

Wo immer Liebe besteht, will sie ihr Objekt für alle Zeiten mit »Leib und Seele« besitzen und auf diese Weise leiblich und seelisch eine Vereinigung bewirken. In der Belletristik wird die psychische Liebesvereinigung mit »Erfülltsein vom andern« und »Aufgehen im andern« umschrieben. Der lapidare mittelalterliche Vers »Du bist min und ich bin din« sagt alles. Selbst den Schulkindern ist schon klar, worum es geht; reden sie doch von »einander als Schatz haben« oder noch prägnanter von »einander haben«.

Logischerweise bedingt solche Liebe auf beiden Seiten ideelle und materielle Treue, nämlich eine ausschließlich gegenseitige Bereitschaft zur seelischen Identifizierung und sexuellen Hingabe. Entsprechend ist der sexuelle Eigentumsanspruch und damit die Eifersucht bei Frauen und Männern gleichartig.

Was anders ist

Obwohl die gegenseitigen Liebeserklärungen bei Frauen und Männern aufs Wort gleich lauten und ihr sinnlicher Genuß des Geschlechtsakts alles in allem erstaunlich ähnlich zu sein scheint, so haben die beiden zum mindesten nach der Vereinigung Probleme sehr verschiedener Größenordnung im Kopf: Sie fragt sich, ob sie ein Kind bekommen werde, er höchstens, wo sein Tramabonnement geblieben sei. Mit einem Schlag ist die Lage der beiden fundamental verschieden geworden. Eine Verschiedenheit, die Ausgangspunkt der bei Frauen und Männern verschiedenen Einstellung zur Liebe und damit oft auch verschiedener Ausgestaltung derselben ist.

Voraussetzung solcher auseinandergehenden Entwicklung des Liebesgefühles ist natürlich das Bewußtsein der Tatsache, daß die sexuelle Vereinigung grundsätzlich zu Schwangerschaft und Geburt eines Menschen führt. Es ist nämlich nicht so selbstverständlich, wie man meinen möchte. Das eine und andere primitive Volk reimt sich die Dinge anders zusammen. Da gibt es unter anderen zum Beispiel auch die Deutung, eine Schwangerschaft komme zustande, weil ein flinker Ahnengeist eine auf dem Treibholz herumschwimmende Seele ergriffen und einer Frau auf den Kopf gelegt habe, so daß diese Kopfweh, nachher Bauchweh und schließlich ein Kind bekommen habe.

Während das Bewußtsein, beziehungsweise die Wissenschaft, durch die Schärfung des Einblicks in den biologischen Sachverhalt einerseits jene Divergenz der Geschlechter fördert, könnte es anderseits auch das indirekte Mittel zu einem gewissen Ausgleich der unterschiedlichen psychischen Reaktion bieten. Dieses bestände in einer Empfängnisverhütung, die radikaler wäre als fromme Wünsche und »Sicherheiten«, die alle fünfzigmal versagen, und doch nicht drakonisch und widrig wie dauernde Sterilisation. Falls sie von den Frauen selbst, spielend und mit minimalem materiellem Aufwand, vorgenommen werden könnte, so würde der Geschlechtsverkehr als solcher für die Frauen an Tragweite verlieren und ihr Verhältnis zu Männern, die ihnen gefallen, weniger vom Gewicht potentieller Folgen beschwert sein. Damit lockerte sich die erdrückende Gefühlsinvolvierung der Frauen. Eine gewisse Neigung zur Verselbständigung der Sexualität zeichnete sich auch bei den Frauen deutlicher ab. Und den Männern gestattete eine Freiheit der Frauen, die Empfängnis im Handumdrehen zu verhüten, ihr chronisch schlechtes Gewissen auf sexuellem Gebiet endlich etwas abzubauen. Denn sie wären nun nicht mehr jene, die mit dem Geschlechtsakt teils naturgemäß, teils aber auch unter der Voraussetzung unserer sozialen Regelung der Elternschaft für so wenig so Enormes verlangten, nämlich für – bestenfalls – einige Augenblicke intensiven Genusses das Risiko eines lebenslänglichen Denkzettels mit Verantwortung und Opfern ohne Ende oder aber eine widerwärtige, strafbare Operation.

Bei den Frauen wird das seelische und sinnliche Empfinden immer besser übereinstimmen, weil sie von einer Verbindung des seelischen Verlangens mit dem körperlichen so viel mehr erhoffen können als die Männer. Aber der Geschlechtsakt bedeutete für Frauen nicht mehr das Risiko, gegen ihren Willen ungeheure Folgen auf sich nehmen zu müssen. Wenn bei ihm nun weniger auf dem Spiel steht, brauchten die Frauen an die seelische Beziehung zu geliebten Männern geringere Ansprüche zu stellen. Dadurch wären ihre erotisch-sexuellen Verhältnisse in zahlreichen Fällen weniger belastet. Das seelische Element würde zugunsten des sinnlichen etwas zurücktreten, was bei der von den Frauen des Westens gepflegten Gefühlsübersteigerung, die zwar zu den sublimsten Genüssen, aber auch zu Qualen führt, nur angenehm sein kann. Sie müßten weniger auf den »Richtigen«, den raren Märchenprinzen, versessen sein. Und sie brauchten ihn, wenn er endlich erscheint, nicht mit unwürdiger Schlauheit oder naiver Aufdringlichkeit in die Ehe zu manövrieren oder aber zuzusehen, wie er ihnen den Rücken kehrt, weil er zu jenen gehört, die meinen, durch »ausprobieren«, ob man zusammenpaßt, vermeiden zu können, die Katze im Sack zu kaufen.

Was die Männer betrifft, so könnten sie, wie gesagt, ihr Gewissen erleichtern. Wären sie doch, wenn die Empfängnis in der Hand der Frauen stände, davon befreit, automatisch in die Rolle des schmarotzenden Schuftes zu verfallen, wenn sie für den Geschlechtsakt nun einmal nicht Herz und Hand und beides gleich noch fürs ganze Leben einsetzen können oder wollen. Diese zwangsweise Verbrecherrolle in Verbindung mit dem Vorherrschen des sinnlichen Triebes über die seelische Einstellung, welche die Männer kennzeichnet, ist ja der Grund des männlichen Zynismus im Hinblick auf die sexuelle Beziehung, der von ihnen propagierten »Schmutzigkeit« der Sexualität und ihres den Frauen so wesensfremden Sexualmoralismus. (Die weiblichen Tugendhyänen sind nämlich nicht echt, vielmehr sind sie wie der hausfrauliche Putzteufel eine durch die Männerherrschaft hervorgerufene Anpassungsdeformation einzelner Frauen.) Das Gewissen der Männer würde also besser, »sauberer« – um einen Ausdruck ihrer Gedankenwelt zu gebrauchen. Allerdings nicht in jedem Fall. Denn wo immer eine Frau durch einen Mann ihre volle sexuelle Erfüllung sucht, das heißt als Ausdruck der Vereinigung ein Kind von ihm erhofft, so steht dieser, sofern er zum Geschlechtsakt bereit ist, wie ehedem vor der Frage, ob er sich mit der Frau, komme, was da kommen mag, solidarisieren oder sich mit dem eingeheimsten Profit davonmachen solle. Falls er sich für das letztere entscheidet, wird ihm sein Gewissen zu schaffen geben. Die Frage würde aber unvergleichlich seltener an ihn herantreten als jetzt, weil die Zahl der Frauen, die von einem Mann, dessen sie nicht sicher sind, positiv ein Kind wollen, bedeutend geringer ist als die jener, die den Geschlechtsakt mit ihm wünschen.

Die Entwicklung im Sinne einer gewissen Angleichung der weiblichen und männlichen Einstellung zum Geschlechtsakt liegt aber noch in weiter Ferne. Denn trotz des verbreiteten aufgeklärten Gebarens in Worten und Schriften kann die Möglichkeit der Empfängnisverhütung auf den heute maßgebenden weltanschaulichen und hygienischen Grundlagen keine durchgreifende Bedeutung besitzen. Im allgemeinen wird denn auch gefühlsmäßig mit ihr kaum gerechnet. Sie bleibt daher ohne Auswirkung auf das »Liebesgefühl«, die Einstellung zur sexuellen Beziehung.

Gefühllose Sexualität als männliches Gegenstück zur gefühlsbetonten der Frau

Gemäß der großen Tragweite der geschlechtlichen Vereinigung für die Frau stehen ihre erotisch-sexuellen Beziehungen jeweilen im Zentrum ihres Lebens, involvieren sie seelisch in starkem Maße. Das Wer-Wie-Was ihrer männlichen Gegenspieler ist von eminenter Bedeutung für sie. Infolgedessen neigen die Frauen zur Steigerung mancher jener Ansprüche, welche die Vertreter beider Geschlechter an jene des andern stellen. So ist ihnen etwa körperliche Schönheit der Männer wichtigere Bedingung zur sexuellen Vereinigung als diesen die ihre. Und ihr Verlangen, den geliebten Menschen zu besitzen, ausgeprägter, obwohl einschlägige, von den Männerkollektiven etablierte konventionelle und vereinzelt auch gesetzliche Regelungen das Gegenteil voraussetzen. Ferner stellen die Frauen neben den beiden Geschlechtern gemeinsamen erotischen Ansprüchen häufig besondere, also »weibliche«.

Während die Frauen – natürlich nicht alle im gleichen Maße und nicht in jedem Fall – die Neigung haben, ihre Ansprüche an die geschlechtliche Vereinigung und damit auch jene an die Männer auszudehnen, gewissermaßen die Liebe auszubauen, so neigen die Männer grundsätzlich – ebenfalls nicht alle in gleichem Maße und nicht in allen Fällen – dazu, ihre Ansprüche vom allgemeinen, das heißt vom ungeschlechtlichen Teil der Persönlichkeit loszulösen, die Liebe einzuschränken.

Anstatt auf die Vereinigung konzentrieren sie sich auf ihre materiell-sinnliche Seite bis zu deren Verselbständigung. Vorab aus Männern rekrutieren sich jene Leute, von denen La Rochefoucauld sagt: »Il y a des gens qui n'auroint jamais été amoureux s'ils n'avoient jamais entendu parler de l'amour.« Bei dieser Art vergnüglichen Geschlechtslebens ist im Empfinden der Männer jeweils mit dem Geschlechtsakt die Sache buchstäblich für einmal abgetan. Als Mensch zählt die beteiligte Frau für sie überhaupt nicht. Der sexuellen Beziehung geht jeder Gefühlsgehalt ab. Wie Lancelot in dem alten flämischen Spiel könnten die Männer in solchen Fällen sagen:

»... Ich mag nicht mehr,
jetzt, Sandrein, bin ich deiner satt
und im Gemüt so träg und matt,
als hätt' ich sieben Schinken gessen!«

und in tiefes Schnarchen verfallen. Da der Geschlechtsakt bei ihnen naturgemäß keine Konsequenzen hat, so hindert sie nichts, die einzelne Geschlechtsvereinigung als unverbindliche bis bedeutungslose Handlung zu betrachten. Insofern kann ihnen auch die Person des Geschlechtspartners relativ gleichgültig sein. Deshalb spielt dessen Wahl bei den Männern eine viel kleinere Rolle als bei den Frauen, die um des Erstbesten willen doch nicht die großen Risiken, die der Geschlechtsakt mit seinen natürlichen Folgen für die Frau enthält, eingehen mögen.

Diese verhältnismäßige Anspruchslosigkeit der Männer zeigt sich denn auch gründlich auf der untersten Stufe der männlichen Geschlechtsbeziehung: der körperlichen Vereinigung von Männern mit Frauen, die sozusagen ihre Kopulationsorgane vermieten. Dabei bleiben die Gefühle der Männer mitunter selbst hinter dem Erleben der Tatsache zurück, sich immerhin mit einer individuellen Frau zu verbinden. Es ist ihnen nicht um einen Menschen zu tun, sondern um eine Sache. Um einen Lustapparat, den man nach Gebrauch beiseite stellen kann. In diesem Fall sind die Männer buchstäblich auf »Geschlechtsverkehr« aus. Mit dem »Geschlecht« wollen sie »verkehren«, nicht sich mit einem Menschen vereinigen.

An der Anspruchslosigkeit der Männer ändert auch die Tatsache nichts, daß unzählige nichtsdestoweniger der vollen Liebe fähig sind. Praktizieren sie doch vorher oder nachher in Gedanken oder Taten den bloßen »Geschlechtsverkehr«.

Die durch die männliche Physiologie naheliegende Möglichkeit einer Loslösung der Sexualität von der Liebe, das heißt des körperlichen Lustwillens vom seelischen Vereinigungswillen, wird so häufig ergriffen, weil sie scheinbar profitabel ist: Man kommt zum Vergnügen und muß so rein gar nichts dafür bezahlen, es sei denn einen Hurenlohn. Denn betrachtet man die Frauen als »Fleisch«, als Lustapparat, als Sache, abstrahiert man bei einer körperlichen Vereinigung vom Menschen, so befreit man sich subjektiv von allen Komplikationen, die eine volle Vereinigung mit sich bringt, von Solidaritätsgefühlen und damit von unbequemen moralischen Verpflichtungen.

Wolken schlechten Gewissens über den Männern, klarer Himmel bei den Frauen

Nicht ungestraft abstrahieren die Männer die Sexualität von der Liebe. Der verleugnete Geist meldet sich. Nicht allzu hartgesottene Sünder bekommen es mit dem Gewissen zu tun. Die schlechten Gedanken und Taten geben zu schaffen und machen einen in den eigenen Augen verächtlich.

Aber wie überall beim Abrechnen mit dem schlechten Gewissen, wird auch hier gemogelt. Man kneift aus, indem man mit dem für Sünder verschiedenster Art so typischen Mechanismus die Schuld für die eigenen schlechten Gedanken, Worte und Taten auf das Opfer derselben als deren vermeintliche Hauptursache abwälzt. Eine Logik nach dem Muster: der Ermordete ist schuldig, nicht der Mörder; denn wäre dieser jenem nicht begegnet, so hätte er ihn nicht umgebracht. Weil also der Mann in der sexuellen Beziehung zur Frau leicht sündigt, hat nun sie der Sündenbock zu sein. Es ist deshalb nicht erstaunlich, sondern vielmehr durchsichtig, weshalb so häufig gerade jene Männer, die offiziell den Frauen besonders aufdringlich »Moral« trompeten – gemeint ist »Sexualmoral«, eine Arznei, deren vorab die männliche Konstitution bedarf –, inoffiziell am Planschen im Obszönen ein heilloses Freudchen haben.

Es mag auch Frauen geben, die Männer schlechterdings als Vergnügungsapparate betrachten. Die ungeheuren Folgen des Geschlechtsaktes für die Frauen, die bei einer nicht hundertprozentigen Empfängnisverhütung immer drohen, machen ihnen das Vergnügen aber etwas bänglich. Für die Frauen gibt es bei der Sexualität nichts zu stibitzen und daher auch nichts ins Fäustchen zu lachen. Deshalb sind in sexueller Hinsicht wirklich frivole Frauen eher Ausnahmen. Entsprechend planschen Frauen unter sich viel seltener in Obszönität als Männergesellschaften. Auch das gelegentliche Eintreten auf männliche Zoterei besagt nichts anderes. Es entspringt eher der Servilität des Unterdrückten als der Freude am Dreckeln.

Aber auch ohne sich dem Wesen der Liebe zu verschließen und auf diese Weise nebst den »Komplikationen« auch dem vollen Erlebnis der Liebe zu entgehen, leben die Männer hinsichtlich ihrer Sexualität in einem Dunst von schlechtem Gewissen.

Im Augenblick, da den Menschen, was sie da genießen, nicht als eine Gabe der Götter erscheint, sondern als »verdienter« oder »unverdienter« und damit moralisch gerechtfertigter Genuß, stellt sich den Männern die Frage, wie sie nun eigentlich dazu kommen, aus ihrer sexuellen Eigenart und der sexuellen Verbindung nur Freuden zu schöpfen, während den Frauen aus der ihren neben den Freuden Leiden und große Verantwortung erwachsen. Eine Frage, bei der es den Männern nicht ganz wohl ist. Überdies sind in manchen Fällen die Leiden der Frauen beträchtlich und die Freuden spärlich, so daß die Frauen ihre Lust häufig überzahlen oder gar ohne jede Lust zu Leiden kommen, was die unverdiente Besserstellung der Männer noch fragwürdiger erscheinen läßt.

Im Gegensatz zu den Männern brauchen sich die Frauen über ihre sinnlichen Freuden keine Gedanken zu machen, sind diese doch meist nicht nur teuer, sondern oft auch doppelt bezahlt. Durch die Beschwerden der Schwangerschaft, die Schmerzen der Geburt und allerlei bleibende Schäden durch sie ist dies gewissermaßen postnumerando der Fall. Überdies pränumerando durch die Menstruation, die ab und zu eher als rasender Schmerz denn als »Unwohlsein« bezeichnet werden kann und auf alle Fälle lästig ist. Doch von den Freuden und Leiden der weiblichen Sexualität später!

Vorläufig geht es um die gänzlich leidlosen Freuden der männlichen Sexualität. Sie fliegen den Männern als gebratene Tauben in den Mund – Himmelsgeschenke, die zu denken geben, weil sie wirklich nicht »verdient« sind.

Eigentlich sollten sie durch Solidarität mit den Frauen – materielle und ideelle – abverdient werden. Die Pflicht dazu ergibt sich aus verschiedenen Gründen.

Einmal gehört Solidarität der Beteiligten zum Wesen der geschlechtlichen Vereinigung. Da die Vereinigung nach dem Geschlechtsakt weiterdauert, sofern sie durch eine Empfängnis Verkörperung findet, so ist es inkonsequent, wenn der Mann sich im Geiste, geschweige denn in Wirklichkeit, alsbald aus dem Staube macht. Aber auch die allgemein für Handel und Wandel geltenden Begriffe von Treu und Glauben stehen seinem Auskneifen entgegen.

Ferner ist jeder Mann seit seiner Entstehung Schuldner bei einem weiblichen Wesen, bei seiner Mutter. Er hat sie bereits schon vor, während und nach seinem Eintritt ins Leben zwangsläufig Mühsal gekostet. Da die Männer als Söhne diese besondere Schuld unmöglich zurückzahlen können, so liegt es nahe, in Form einer Solidarität mit jenen Frauen, die sie in die gleiche Lage bringen könnten, in der die Mutter ihretwegen war, eine Geste der Dankbarkeit zu machen.

Von der materiellen Seite dieser Solidarität ist schon gesprochen worden. Es gibt aber auch eine ideelle; von ihr fehlt oft jede Spur. Kaum eine der zahlreichen Schriften, die den Mädchen Keuschheit bis ins Hochzeitsbett predigen, verfehlt denn auch hervorzuheben, wie sich die Männer voll Verachtung von Frauen abwenden, die sie besessen haben. Die gleichen Männer, die ihren weiblichen Bekanntschaften Hymnen auf ihre Mutter vorsingen, markieren gerne den gerissenen Falschspieler auf erotisch-sexuellem Gebiet. Die Ironie des Schicksals aber – sie tut sich hier im Generationenwechsel kund – will es anders. Sie will, daß die Ehre, die der Sohn der Frau als Mutter erweisen will, anstatt seiner Mutter jenen Frauen gebührt, die sich mit dem Geschlechtsakt grundsätzlich bereit zeigen, durch ihn Mutter zu werden.

Die Männer wollen das Himmelsgeschenk ihrer freien Sexualität abverdienen und wollen es doch wieder nicht. Einerseits ist es ihnen ohne echte »Bezahlung« nicht ganz wohl bei ihren sexuellen Freuden. Anderseits ist eine Verpflichtung, deren Erfüllung ja nicht erzwungen werden kann – »man kann geben, was man will« – eine Versuchung, sich gewissermaßen beim Einsammeln nach der Vorstellung zu drücken. Das »Profitieren« liegt auf der Hand: Man wäre ja dumm, sich sozusagen freiwillig fassen zu lassen. Auch wenn solche Gedanken vom bessern Ich immer wieder von der Hand gewiesen werden, so gehören sie in Kulturen, wo die Frauen auf männliche Solidarität angewiesen sind, gewissermaßen zum Inventar der männlichen Sexualauffassung.

Der Kompromiß zwischen dem Willen zum »Abverdienen« und der Lust zum »Profitieren« besteht in einer Abverdienerei von seltsamer Gestalt. Es handelt sich um eine Form des Abverdienens, die sich für den Zahlenden oft als recht rentabel erweist. Sie besteht in der patriarchalischen Ehe, verbunden mit der schlecht funktionierenden ehemännlichen Pflicht, für den wirtschaftlichen Unterhalt von Weib und Kind in gebührender Weise Sorge zu tragen; ferner aus allerlei Witwenversorgungen als Ersatz ehemännlicher Ernährung sowie einer hapernden Handhabe, um aus unehelichen Vätern Alimente zutage zu fördern. Im ersten Kapitel ist bereits erläutert worden, wie unbefriedigend dieses System infolge seiner

Unnatürlichkeit funktioniert und wie es überdies mit großen Opfern an persönlicher und beruflich-wirtschaftlicher Freiheit der Frauen erkauft wird. Auch bewirkt die traditionelle Ehe, daß der moralische Druck zum Abverdienen dem »Abverdiener« oft Quellen neuer Einnahmen erschließt. Deren Formen sind Komfort, persönliche Bedienung, Früchte des Frauengutes und der ehefraulichen Arbeitskraft. Der Charakter der Ehe als »der Liebe Lohn«, bei dem der zahlende Mann oft noch ein Geschäft macht, wird später eingehend dargelegt werden.

Der bei diesem Kompromiß verbleibende Rest männlichen Schuldgefühls gegenüber dem weiblichen Geschlecht wird gerne mit einem seltsam dienstfertigen Gebaren bei Bagatellen – und nur bei ihnen –, mit der sogenannten Ritterlichkeit abreagiert. Zu ihr gehört auch ein schönrednerisches Vokabular, dessen Stichwort die legendäre »Achtung vor der Frau« ist. Und der eine und andere spricht von einer »großen Frouh« mit leicht gepreßter Stimme und starrem Blick, mit der Miene eines Erwachsenen, der den Kindern sagt: »Über diese Dinge lacht man nicht.«

Wo solchermaßen von der »Frouh« gehaucht wird, ist der Ton falsch. Er hat etwas von der aufgepulverten Herzlichkeit, mit der oft überschwenglich »Vergelt's Gott« gesagt wird für Dienste, die man üblicherweise in barer Münze bezahlt, in der Hoffnung, ein hübsches Dankeschön werde an Zahlungs Statt genommen. – Bei diesem Gesäusel handelt es sich um die gleiche Sorte von Achtung, welche der – aussterbenden – »wackeren Waschfrau« entgegengebracht wird, die ihre sieben Kinder mit ihrer Hände Arbeit über Wasser hält und sie zu tüchtigen Menschen erzieht. Man verneigt sich – in Worten – tief vor solchem Seelenadel, möchte aber seine Trägerin nie und nimmer unter seinen Gästen sehen.

Verlangen die Frauen als einzelne hinsichtlich konkreter Geschlechtsakte im Namen ihrer angeblich so heiliggehaltenen Weiblichkeit Solidarität von einem männlichen Einzelwesen, so bekommen sie bestenfalls einen Ehering mit seinem Drum und Dran von Rechten und vielen Pflichten oder aber über das Betreibungsamt unzureichende Alimentationsbeiträge. Für restliche Ansprüche werden sie mit der Ehrfurcht der Männer im allgemeinen für die Frauen im allgemeinen abgespeist.

Die erotisch-sexuelle Erfüllung der Frau und ihre Voraussetzungen

Die Erfüllung und ihre Karikatur

Empfängnis, Schwangerschaft und Geburt geben der Geschlechtsvereinigung durch eine Schöpfung, das Kind, eine unwiderrufliche Form, ein Denkmal. Sie nimmt in der Frau allein Gestalt an. Die Schwangerschaft ist körperlich nichts weniger Phantastisches als die Verquickung der Frau mit der in ihr vollzogenen Inkarnation der sexuellen Vereinigung. Die Einverleibung derselben drückt sich in zahllosen Veränderungen ihres Körpers aus und nimmt ihn schließlich bei ihrer Offenbarung, bei der Geburt, voll in Anspruch.

Soweit Schwangerschaft, Niederkunft als objektive, materielle Erfüllung der weiblichen Sexualität. Was aber bedeuten sie dem Menschen, der sie erlebt? Und wie kann oder muß er die menschliche Beziehung auffassen, die zu ihr führt? Unter Mensch ist hier im Gegensatz zum Mensch-Mann so vieler Sprachen einmal die Frau zu verstehen: denn Frauen allein erleben Schwangerschaft und Niederkunft unmittelbar.

Unserer Bewußtseinsstufe entspricht die Beziehung, die zu solchen Denkmälern führt, seitens der Frau die »Liebe«, Liebe im Sinne einer Harmonie seelischen und körperlichen Verlangens.

Sofern der Geschlechtsakt und seine Folgen als Auswirkungen der leidenschaftlichen Liebe erlebt werden, kann die Schwangerschaft erotisch-sexuelle Sättigung bedeuten. Seelisch ist die Einverleibung der Inkarnation, die aus einer mit dem ganzen Wesen begehrten Geschlechtsverbindung hervorging, für die beteiligte Frau ein Wunder. Und zwar eines von ganz anderer Größe als etwa die Erholung eines Patienten, der von den Ärzten aufgegeben worden ist. Die sogenannte Natur hat sich herbeigelassen, die kühnsten Hoffnungen der Frau zu erfüllen und dieser Erfüllung menschliche Gestalt zu geben.

Das Gefühl, zu diesem unglaublichen Geschehen auserwählt worden zu sein, ist die Begegnung mit dem Genius des weiblichen Geschlechts, ist die lebendige Offenbarung von dessen schöpferischer Kraft. Während der Genius des männlichen Geschlechts die von ihm Inspirierten nach jeder erotisch-sinnlichen Ekstase fallen läßt, reißt der ihre die Frauen, die von ihm erfaßt werden, mit sich fort. Von ihm hinweggetragen, erleben sie am eigenen Körper eine Wandlung ihrer Ekstase mit dem begehrten Mann in eine körperliche Substantivierung.

Diese sexuelle Erfüllung und Sättigung – für einmal – umfaßt jedoch, abgesehen von den Stunden der Niederkunft, keinen Augenblick lang die ganze Individualität der Frau und schon gar nicht ein für allemal, wie es Antifeministen gerne behaupten. Nach ihnen ist sexuelle Erfüllung der Frau auch Erfüllung ihrer individuellen Bestimmung. Man merkt die Absicht. Sie geht darauf aus, die Frauen von der Verfolgung ihrer individuellen Interessen abzuhalten. Hat man sie ins »Reich der Frau« abgeschoben, so ist man sie in den allgemeinmenschlichen Belangen los.

Ferner wird bei dieser Stimmungsmache für die »Erfüllung der Frau« eine Begriffsverwirrung geschaffen und propagiert. Man stellt die Sache gerne so dar, als ob die optimale Erfüllung der weiblichen sexuellen Möglichkeiten nicht etwa in einer umfassenden, subtilen und berauschenden Liebesbeziehung und der aus ihr hervorgehenden Schwangerschaft und Geburt eines Kindes liege, sondern allein schon in der objektiven, materiellen Abwicklung von Geschlechtsakt, Produktion und Aufzucht der Kinder.

Das ist eine grobe Täuschung, ähnlich jener, zu glauben, der Setzer, welcher die Lettern zum Druck eines Gedichtes zusammenstelle, sei dessen Dichter. Denn, was Erfüllung der weiblichen Sexualität zu sein vermag, ist ohne Leidenschaft alles andere als ein berauschendes Erlebnis tiefer Sinnfälligkeit. Im Falle von Gleichgültigkeit und gar Abneigung gegenüber dem Mann, mit dem der Sexualakt vollzogen wird, kann die Erfüllung eine dämonische Monstrosität bedeuten. Monströs ist die Inkarnation einer »Vereinigung«, die im seelischen und sinnlichen Sinn keine war, sondern eine mechanische allein: teuflisch die Tatsache, vom eigenen Körper gewissermaßen an den Feind verraten worden zu sein.

Zwischen »Erfüllung« und Monstrosität gibt es unzählige Nuancen. Besonders verbreitet wird jene sein, hinter der ein Gefühl steht, das zwischen Indifferenz und Sympathie liegt. Schließlich sind die meisten Kinder in der Ehe gezeugt, die nicht zu Unrecht als Grab der Liebe im Sinne der Leidenschaft bekannt ist – was nicht heißt, daß solche Gräber nicht »glückliche« oder »gute« Ehen sein können. Aber die Frauen sind darin vom Genius ihres Geschlechts verlassen.

Einige weibliche Wünsche, die hinter den Voraussetzungen der erotisch-sexuellen Erfüllung stehen

Die absolute Bedeutung von Empfängnis, Schwangerschaft und Geburt eines Kindes sowie deren relative Bedeutung in ökonomischer und sozialer Hinsicht bringen eine bestimmte Ausgestaltung des weiblichen Liebesgefühls und damit weibliche Ansprüche mit sich, deren Erfüllung durch die erotisch interessanten Männer erst den Geschlechtsakt für die Frauen annehmbar macht.

Infolgedessen hängt ihr Glück als weibliche Menschen davon ab, wie weitgehend Männer ihren Forderungen erotischer und ökonomisch-sozialer Natur nachkommen wollen und können. Bei diesen Forderungen handelt es sich um die Erfüllung von Ansprüchen, welche teils beiden Geschlechtern gemeinsam, aber bei den Frauen gesteigert sind, teils um besondere, nur den Frauen eigene.

Der Wunsch, verlockt zu werden

Der Sexualakt mit seinen oft unabwendbaren Folgen für die Frauen bedeutet für sie ein großes, ja gigantisches Unterfangen. Es ist so groß, daß die Frauen, obwohl es ja in ihrer physiologischen Natur liegt, obwohl es sie in bezug auf bestimmte Männer auch psychisch dazu drängt, ihm gegenüber Bedenken hegen. Die männlichen Gegenspieler müssen daher entsprechende Werte bieten, nicht nur »auch wollen« sondern »verlocken«. Wie das?

Ich verweise nicht gerne auf das Tierreich, um vergleichsweise zu zeigen, welches Verhalten das sogenannt naturgemäße der Menschen wäre. Denn mit diesen Vergleichen verhält es sich wie mit der Motivierung der verschiedensten Behauptungen durch Bibelsprüche: Es läßt sich alles beweisen, nämlich die Richtigkeit der Behauptung und auch das Gegenteil. Doch in diesem Zusammenhang hält Es schwer, einem vergleichenden Hinweis auf das Tierreich zu widerstehen, die Beispiele sind zu beredsam und ihre Zahl zu erdrückend.

Da schlägt nämlich der Pfau das Rad, der Hirsch prunkt mit dem stolzen Geweih, der Kater macht Katzenmusik, und es soll sogar Vögel geben, die ihre Federn zu einem Ballettröcklein aufplustern und auf – von ihnen selbst – sauber geputzten Bühnen die Verehrte mit einem Solotänzchen ergötzen. Und die Männchen mancher Tierarten halten mörderische Zweikämpfe miteinander ab, um die Gunst des begehrten Weibchens ausschließlich zu erwerben. All dieser Luxus scheint *eine* Bedeutung zu haben: durch zusätzliche Schönheit und persönlichen Einsatz das Weibchen zu verlocken, sich mit dem Männchen einzulassen.

Anders in unseren Verhältnissen. Da hört man immer nur, wie die Frauen den Männern zu gefallen hätten. Und doch ist im Grunde den Frauen die Schönheit der Männer viel wichtiger als die ihre den Männern. Denn sieht man vom ökonomischen und sozialen Drum und Dran der Geschlechtsbeziehungen ab, betrachtet man sie an sich, so zeigt sich: Die Männer sind für den Geschlechtsakt leicht zu haben, die Frauen schwer. Damit sie sich im Einzelfall dazu entschließen, muß der Mann besonders ansprechend sein und damit nach den geltenden ästhetischen Normen auch »schön«. Es entspricht der Männerherrschaft, daß die Frauen diesen Anspruch nicht stellen dürfen, wohl aber die Männer, obgleich er ihnen weniger bedeutet. Während sie nun – besonders die jungen – oft mit hörbaren Kommentaren unter den Frauen Umschau halten, stellen sich diese in bezug auf die Männer in aller Stille die Frage: Welcher ist schön genug? Gerade auf ihrer Waage wiegt Intelligenz, ein gutes Herz weniger als eine bestimmte Zeichnung der Augenbraue, eine gewisse Biegung der Mundwinkel, die Umrisse der Statur usw. Sofern der erotische Gesichtspunkt eingenommen wird, bekommen gerade die Frauen erst Aug' und Ohr für eventuelle charakterliche und intellektuelle Vorzüge, wenn die äußere Erscheinung des Mannes sie bestochen hat.

Der Wunsch, wählen zu können

Zieht man in Betracht, wie die Frauen durch die Folgen des Sexualaktes für einige Zeit sozusagen mit der inkarnierten Vereinigung in Personalunion stehen, so ist es offensichtlich, daß die Person, mit der sie sich vereinigen, für sie von unvergleichlich größerer Bedeutung ist als für die Männer. Die Wahl ihrer sexuellen Gegenspieler ist daher für die Frauen wichtiger.

Für die Männer hingegen braucht es, wie gesagt, wenig, um den Ablauf des Sexualaktes befriedigend zu gestalten. Und schon gar bei jener Verselbständigung der Sexualität handelt es sich um geile Triebe, die sehr anspruchslose Pflanzen sind. Beim Geschlechtsakt mit einer verhältnismäßig unerfreulichen Frau kann sich ein Mann immer noch mit dem Trost »Wenn's nichts nützt, so schadet's nichts«, trollen.

Stellt man diese Einstellung den meist subtileren Ansprüchen der Frauen gegenüber, vergegenwärtigt man sich, daß den Frauen wohl weniger Männer gefallen als Frauen den Männern und daß für sie bei der Geschlechtsverbindung so unvergleichlich mehr auf dem Spiel steht, so wäre man versucht, auch einmal von der sogenannten Weisheit der Natur zu reden, in dieser Erscheinung »Fingerzeige der Natur« zu erblicken und »das Wörtchen, das die Natur dazu zu sagen hat«, dahin zu verstehen: Offenbar wurde alles so eingerichtet, damit die Frauen ihre erotisch-sexuellen Partner wählen sollten und es ihnen nicht allzu schwerfalle, sich mit ihnen zum mindesten leidlich abzufinden. Mit anderen Worten: Den psychischen Auswirkungen der geschlechtlichen Verschiedenheit entspräche es, wenn die Konventionen die Kontakt- und Wahlmöglichkeiten erotischer Art anstatt den Männern den Frauen erleichtern würden.

Die männerherrschaftliche Regelung des gesellschaftlichen Lebens ist aber, wie noch ausgeführt werden wird, gerade umgekehrt. Die Verschiedenheit der wirtschaftlichen und sozialen Stellung der Geschlechter bringt es mit sich, daß die Frauen oft vorliebzunehmen haben. Die sich ihnen bietende Auswahl ist gemessen an jener, welche die Männer besitzen, eher kärglich. Natürlich können viele Frauen trotz unvergleichlich geringerer erotischer Kontakt- und Wahlmöglichkeiten ihn, »den Herrlichsten von allen«, doch noch finden. Aber da »von allen« meist ein verhältnismäßig bescheidenes Häuflein ist, hätte sich bei größerer Auswahl wohl manchmal ein herrlicherer als der »Herrlichste« finden lassen.

Insofern man von der lebenslänglichen monogamen Ehe als Hauptregelung des sexuellen Lebens ausgeht, gilt eine der zahlreichen Wahlen erotischer Natur »für immer«. Sie bestimmt den Kurs des Lebensschiffleins, insbesondere auch in sexueller Hinsicht. Denn für die Frauen geht es bei der Person des Ehegatten trotz unzähliger Ausnahmen alles in allem um ihr ganzes »Geschlechtsleben«, das heißt um alle Geschlechtsakte und um die Gesamtheit ihrer Folgen. Mit der Entscheidung für den Lebensgefährten setzen sie alles aufs Spiel. Deshalb sind nicht die Männer, sondern die Frauen darauf angewiesen, den großen Fund zu tun. Die Wahl des Lebensgefährten wäre eigentlich ihre Sache, nicht diejenige der Männer. Anstatt der Männer hätten die Frauen Schmied ihres Glückes zu sein – soweit dies innerhalb der Ehe zu finden ist.

Der Wunsch nach »freier Liebe«

So wichtig es unter Voraussetzung der monogamen Ehe als der einzigen sozial voll anerkannten Regelung der sexuellen Beziehungen für die Frauen ist, den Richtigen zu ehelichen, so ist dies keine notwendige Bedingung zur sexuellen Erfüllung der Frauen. Im Gegenteil: ein einziger »Richtiger« auf Lebenszeit ist richtig kümmerlich.

Bei einer einmaligen, selbst optimalen Wahl der Frauen am Gabentisch des Lebens ließe sich mit Bachofen sagen: »Nicht, um in den Armen eines Einzelnen zu verwelken, wird das Weib von der Natur mit allen Reizen, über welche sie gebietet, ausgestattet: Das Gesetz des Stoffes verwirft alle Beschränkungen, haßt alle Fesseln und betrachtet jede Ausschließlichkeit als Versündigung an ihrer Göttlichkeit.«[32]

Der Grund, weshalb die Frau nicht in den Armen eines einzelnen verwelken soll, liegt allerdings nicht in ihren Reizen, eine etwas männlich-egozentrische Auffassung, und auch nicht im »Gesetz des Stoffes«. Der Grund liegt vielmehr darin, daß die Liebe im Sinne einer Verbindung von seelischer und körperlicher Liebe bei beiden Geschlechtern jeweilen einen Anfang und ein Ende hat – an welch ewige Gültigkeit die Verzauberten auch immer glauben mögen. Desgleichen ihre biologische Verwirklichung. Damit soll nicht in Abrede gestellt werden, daß die Liebe in freundschaftliche Gefühle, Anhänglichkeit und Loyalität übergehen kann und häufig auch mehrfache biologische Verwirklichung überdauert. Aber die Vorstellung läßt sich nicht ganz von der Hand weisen, daß der einzelnen Liebe der Frau etwas von einer Blüte eigen ist, die im Rahmen des Lebens der Pflanze ihr eigenes Schicksal, ihr eigenes Werden, Sein, Vergehen hat und damit auch ihre Frucht und nur diese eine. (Natürlich gibt es Pflanzen, bei denen die einzelnen Blüten zu einer Unzahl Samen führen; aber solch dämonische Fruchtbarkeit läßt sich mit der menschlichen nicht vergleichen.) Dem erotisch-sexuellen Lebenswillen der Frau entspräche es wahrscheinlich, von jedem Mann, den sie leidenschaftlich liebt, ein Kind zu bekommen, aber nur selten mehrere. Wenn sich eine Liebe, das heißt ihre Fleischwerdung »erfüllt hat«, ist es reizvoller, die Liebe und ihre Verkörperung wieder von allem Anfang an zu erleben, den weiten Weg von der Indifferenz bis zum Erkennen und vom Erkennen zur Inkarnation zu gehen, anstatt bestenfalls nach dem Erleben einer oder einiger echter Erfüllungen routinemäßig ein Menschlein nach dem andern ins Leben zu stellen, ohne in tiefster Seele zu fühlen, weshalb.

Der Anspruch der Frau geht im Grunde nicht auf die Wahl eines Mannes, von dem sie Kinder will, sondern darauf, von jedem Mann, von dem sie ein Kind will, eines zu bekommen, also buchstäblich auf »freie Liebe«. Ein Gedanke, der im Laufe der Frauenbewegung immer wieder aufgegriffen worden ist, ohne aber konsequent entwickelt worden zu sein.

Das Problem ist allerdings nicht einfach. Denn mit dem Anspruch auf volle »freie Liebe«, zu der folgerichtig auch »Kinder der Liebe« gehören, verwirkten sich die Frauen eine eherechtliche Solidarität der Männer hinsichtlich der Aufzucht ihrer Nachkommen. Die Männer lassen sich nicht ins Joch der Ehe einspannen, um für Kuckuckseier zu sorgen. Wenn die Frauen daher nicht in der Lage sind, selbst für die Kinder aufzukommen oder eine andere Erfüllung des an die Männer gestellten Solidaritätsanspruches durchzudrücken als Unterhaltsleistung im Rahmen der Ehe, muß die volle »freie Liebe« als anerkannte Institution ein Wunschtraum bleiben.

Der Wunsch nach männlicher Zärtlichkeit und Ritterlichkeit

Bei den besprochenen Wünschen der Frauen geht es um solche, die beiden Geschlechtern gemeinsam sind. Die Frauen verlangen jedoch für die ihren gewissermaßen Vortrittsrechte, weil der Geschlechtsakt und damit der geschlechtliche Kontakt überhaupt durch die natürlicherweise naheliegende Verbindung mit der Inkarnation desselben für sie unvergleichlich mehr Tragweite besitzt. Das ausgesprochene Verlangen der Frauen nach Zärtlichkeit und Ritterlichkeit hingegen ist kompensatorischer Art. Es geht auf Ausgleich.

Verlangt wird eine Ehrenbezeugung für den unverhältnismäßig größeren Aufwand der Frauen im Interesse der Fortpflanzung, der zugleich Anerkennung des volleren Menschentums der Frauen sein sollte. Denn bei aller Erniedrigung, welche die weibliche Natur – nicht an sich, aber so wie sie sich in unserer Zivilisation manifestiert – mit sich bringt, ist der weibliche Mensch der vollere Mensch. Sind doch die Frauen, von den Fesseln der Unterdrückung befreit, zu jeder menschlichen Kulturleistung in gleichem Maße fähig wie die Männer. Ja, es bleibt sogar die Frage offen, ob sie in manchem nicht leistungsfähiger wären, besäßen sie die Möglichkeit zur freien Betätigung. Hinzu kommt, daß das sexuelle Menschentum der Frauen unvergleichlich reicher ist als das männliche. In den Frauen und nur in ihnen hat der Mensch seine Wurzeln und damit die Menschheit. Nur die weibliche Natur gewährt die Möglichkeit, außer der beiden Geschlechtern möglichen Teilnahme an der Schaffung neuen Lebens auch dessen seltsame erste Entwicklung und plötzliche Verselbständigung zu erleben. Damit ist der Frau die Chance gegeben, der vollere Mensch, der wesentlichere Mensch zu sein als der Mann.

Das Bedürfnis nach Zärtlichkeit bringt vielerlei Wünsche mit sich. Die Frauen verlangen nämlich zum Ausdruck gebrachte Anerkennung und Bewunderung ihres weiblichen Körpers. Sie wollen liebevoll behandelt werden und sind auf schöne Worte erpicht. Das Verlangen nach Ritterlichkeit geht hingegen eher auf dienende körperliche Leistungen der Männer und auf ihre Schaustellung als Ehrfurchtsbezeugungen.

Mit dem Verlangen nach Zärtlichkeit suchen die Frauen eine unter vier Augen sich vollziehende dokumentarische Wertschätzung ihrer Person als Trägerin des weiblichen Geschlechts. Männliche Zärtlichkeiten werden als schicksalhaft schwerverdiente Liebesdemonstrationen betrachtet. Sie sind ein bedeutender Aktivposten in der Buchhaltung über die Freuden und Leiden, die das weibliche Geschlecht mit sich bringt. Und da diese Buchhaltung natürlicherweise Passivposten aufweist und durch die Entrechtung weitere künstliche hinzukommen, ist der Ausbau dieses Aktivpostens den Frauen besonders wichtig. Die Männer kennen diese Buchhaltung weniger. Ihnen bringt ihr Geschlecht Privilegien aller Art, nur Freuden, wenn es sich entfalten kann, und dazu schlimmstenfalls – der schlimmste Fall ist häufig – ein mehr oder weniger schlechtes Gewissen, falls sie mit ihrer Sexualität Allotria treiben.

Im Zentrum des weiblichen Zärtlichkeitsverlangens steht natürlich die besondere Tragweite der geschlechtlichen Verbindung, welche sie ihr so wichtig macht. Wichtige Dinge, wichtige Handlungen werden mit Feierlichkeiten umgeben, mit einem Kult um jedes einzelne Teilgeschehen, der oft bis ins Rituelle ausgebaut wird. Dies gilt vom Diner bis zum Gottesdienst. Wer mitmacht, wird mit Aperitif oder Glockengeläute angeregt und vorbereitet. Die Intensität des Akzentes steigert sich und schwächt sich in bestimmten Formen ab, um jeweilen den Übergang vom gewöhnlichen zum exaltierten Zustand und umgekehrt herbeizuführen. Also wollen die Frauen beim geschlechtlichen Kontakt grundsätzlich keine Stufe der Annäherung übersprungen haben – es sei denn der Abwechslung halber. Jede einzelne Möglichkeit des Zusammenkommens muß nach dem weiblichen Genußmaßstab voll ausgekostet werden, bevor zur nächsten übergegangen wird. Dies bringt – immer unter der Voraussetzung, daß die Zuneigung, die der Intimität zugrunde liegt, leidenschaftlicher Art ist – den Frauen am ehesten das Höchstmaß von Genuß beim Geschlechtsakt. Je genußreicher der Geschlechtsakt, um so eher kann die nachfolgende Schwangerschaft psychisch als etwas Organisches, aus dem eigenen geistigen und seelischen Leben Hervorgegangenes empfunden werden. Und nur so ist sie etwas anderes als eine kuriose physiologische Überraschung, wie sie zum Beispiel die Menstruation darstellt. Nur so ist sie mehr eigenes Wesen denn Schicksal.

Soweit der weibliche Anspruch auf Zärtlichkeit. Und was schwebt den Frauen beim Verlangen nach Ritterlichkeit im einzelnen vor?

Es ist schwer zu sagen. Offenbar alles, was auf der geraden Linie zwischen Drachentöten und Aufheben hinuntergefallener Servietten liegt.

Die weibliche Fata Morgana männlicher Ritterlichkeit, genährt von alten Mären, durch romantische und historizistische Dichter der reiferen Jugend als Bildungsstoff präsentiert, läßt betörende Bilder erstehen. Da gibt es Männer, die ihr Leben zu Ehren einer Geliebten – heimlich Geliebten – für ein Lächeln aufs Spiel setzen; da sind die legendären Drachentöter, die ein Untier erledigen, bevor sie sich der Hand des geliebten weiblichen Wesens für würdig erachten; und um die Ehre, einen abgerissenen Bändel vom Kleide der Geliebten tragen zu dürfen, werden Löwen bezwungen. Nun, Männer von hoher Qualität, die zu jeder Tollheit für ihre Geliebte bereit sind und sich daneben wie ein Hündlein zu ihren Füßen schmiegen, sind noch heute das Ziel weiblicher Sehnsucht.

Dies gilt allerdings nicht wörtlich. Es soll damit lediglich gesagt sein, daß der Löwe am Seidenband der Jungfrau, wie ihn etwa das Wappen der Stadt Frauenfeld zeigt, in der westlichen Welt ein besonders geschätztes Stimulans weiblicher Erotik ist. Es bringt unvergleichlich mehr Spannung als die langweilige Unterdrückung der Frauen. Enthält es doch die Unterordnung der Körperkraft unter ein vollständigeres Menschentum in einem schwächeren Körper.

Auch verlangen die Frauen als Zeichen männlicher Ergebenheit nicht gerade, daß die Männer ihretwegen Drachen umbringen. Aber einige Tollheiten, einige wilde Unüberlegtheiten, einige körperliche Risiken um ihretwillen und schließlich auch deren symbolische, alltägliche Spielart in Form konventioneller Beschützerallüren geben den Frauen die Illusion, daß in der Liebe endlich einmal mit gleichem Einsatz gespielt werde. Verwegenheit und Ergebenheit in einem macht gewissermaßen die Männer den Frauen wert, was sie in einem allgemeinen Sinn sonst nicht sind. Jedenfalls gibt Verwegenheit ihres Ritters der Frau das Gefühl, daß er ihrer wert sein möchte. Darum »verführt« Ritterlichkeit in jeder Form, vom selbstvergessenen körperlichen Einsatz zugunsten der einzelnen Frau bis zu betulichen, höflichen Manieren um sie herum.

Der Wunsch nach wirtschaftlicher Solidarität der Männer

Die naturgemäßen Folgen des Sexualaktes verursachen große Kosten. Denn sie bestehen aus Kindern, die ein ganzes Jahr brauchen, um beißen zu können und ein weiteres, um auf eigenen Füßen zu laufen. In unseren Verhältnissen geht es sogar 15, 20, ja 25 Jahre, bis sie sich so weit in den Arbeitsprozeß eingeordnet haben, daß sie selbst aufbringen, was sie verbrauchen. Ob die Seelen und Sinne der Liebenden sich beim Geschlechtsakt in anderen Welten tummeln, ob sie alles und jedes und sich selbst dabei vergessen, einmal erhebt sich daher doch die Frage: Wer zahlt da eigentlich? Unmittelbar stellt sie sich den Frauen allein, weil das bedürftige Lebewesen aus ihnen herauskommt und in seiner Hilflosigkeit vor ihnen liegt.

Die Frage ist allerdings nicht in jedem Klima, jeder Kultur und jeder Schicht von gleich großer Bedeutung. Sie ist in milden Zonen, bei günstigen Versorgungsverhältnissen und in einer Kultur mit geringer Arbeitsteilung kleiner. Unter diesen Voraussetzungen bietet das Schicksal oft eine schwächere Handhabe zur Versklavung der Frauen. In den Verhältnissen jedoch, welche die westliche Kultur bedingten, war die Frage von großem Gewicht.

Welch Wörtlein hat wohl wieder die Natur, deren vermeintliches Geplauder man so gerne deutet, bei der Beantwortung der Frage zu sagen?

Sie bekundet jedenfalls, daß die Kinder vorerst nicht für sich selbst aufkommen können. Des weiteren gibt sie für die der Geburt folgenden Monate einen Hinweis, aber keinen Befehl. Er bedeutet, daß die Mütter die Neugeborenen ernähren sollen. Im übrigen äußert die Natur sich nicht mehr deutlich. Was das Kind betrifft, so ißt es aus jeder Hand, schläft unter jedem Dach und schließt sich an jeden Menschen an, der sich liebevoll mit ihm beschäftigt. Was die Mutter anbelangt, so gibt es einen Mutterinstinkt. Aber er bleibt trotz physiologischer Mutterschaft gerne aus. Besonders häufig ist dies der Fall, wenn ein Kind nicht von dessen Vater gewünscht wird oder nicht im gegebenen Zeitpunkt. Und ist der Mutterinstinkt vorhanden, so variiert sein Ausmaß von Frau zu Frau und bei dieser von Kind zu Kind. Und schließlich gibt es auch Männer, Väter. Sie sind zwar immer dabeigewesen, wissen aber naturgemäß nicht wo, das heißt bei der Erschaffung welcher Kinder. Nichtsdestoweniger sind sie wie die Frauen von einem irrationalen Fortpflanzungstrieb beseelt, der sich sogar, wie die sicher uralte und auch bei den Tieren nicht unbekannte Kindesannahme zeigt, mit Surrogaten befriedigen kann. So oder so treibt es also beide Geschlechter in die Nähe der Kinder. Daher sind »von Natur aus« verschiedenerlei Lösungen möglich, um die Kinder zu »ernähren«, obgleich die Mutter dem neugeborenen Kind immer physiologisch und häufig, wenn beileibe auch nicht immer, seelisch am nächsten steht.

Unter diesen Voraussetzungen hängt die Lösung, die zur Verteilung der durch das Kind verursachten Lasten getroffen wird, von der ökonomischen Lage der weiblichen und männlichen Kollektive eines Volkes ab, mitunter auch von derjenigen einzelner Individuen. Sie geht nach der Faustregel: Es zahlt derjenige, der in der Lage ist, zahlen zu können. Zahlen kann, wer besitzt; besitzen kann, wer erwerben kann.

Bei mutterrechtlichen Verhältnissen erwerben und besitzen vorab die Frauen und zahlen daher auch für die Kinder. Rechtlich tragen sie die Aufzuchtskosten. Je ausgeprägter die Privilegierung der Frauen, desto gegenstandsloser wird die Frage einer ökonomischen Solidarität der Väter mit den Kindern. Allerdings muß das nicht heißen, daß die Männer praktisch nichts für die Kinder zu leisten hätten. Wie in anderem Zusammenhang dargetan, gehört zum Matriarchat, wie das Umgekehrte zum Patriarchat, daß die Söhne beziehungsweise Brüder arbeiten und Mama beziehungsweise die Schwestern organisieren und verteilen.

Aber sobald die Frauen als solche oder zum mindesten als Mütter keine Privilegien besitzen – also auch bei Gleichberechtigung der Geschlechter –, stellt sich die Frage nach einer wirtschaftlichen Solidarität der Männer in bezug auf die Aufzucht des Nachwuchses. Denn nun vermöchten die Frauen für diese nur aufzukommen, wenn sie entweder wirtschaftlich mehr leisten oder für sich selber weniger als diese verbrauchen. Der Geschlechtsakt hat also für die Frauen im Prinzip zusätzliche wirtschaftliche Belastung zur Folge, was auf das Verhältnis zu ihrem Geschlechtspartner zurückwirkt. Daher kommen die Männer, wenn sie sich geschlechtlich betätigen wollen, solange es keine zuverlässige annehmbare Empfängnisverhütung gibt, nicht um das Bieten gewisser Garantien hinsichtlich der natürlichen Folgen des Geschlechtsaktes herum. Zwar lockt der Geschlechtsakt die Frauen ebenfalls. Gleichzeitig aber haben sie so große Bedenken vor der zusätzlichen Belastung, daß ihre Bereitschaft zur vollen geschlechtlichen Entfaltung teils suspendiert wird, wenn nicht Versuche einer gewissen Sicherstellung seitens der Männer unternommen werden. Damit wird nun die männliche Solidarität in bezug auf die rechtlichen, wirtschaftlichen Folgen des Geschlechtsaktes zu einer Grundfrage des weiblichen Sexuallebens. Da sie sich in jedem Fall grundsätzlich in gleicher Weise stellt, so liegt eine kollektive Lösung nahe.

An sich kann diese verschiedenerlei Charakter und Ausgestaltung haben. Die Sicherstellung kann anonym oder persönlich, kann in jedem Fall gleich oder von Fall zu Fall qualitativ und quantitativ verschieden sein. Die Lösungen können die Form von Unterhaltsleistungen, Alimentationsbeiträgen oder Versicherungsleistungen für die Aufzuchtskosten und so weiter haben, denen verschiedenerlei Rechtsverhältnisse oder Bräuche zugrunde liegen mögen. Die Leistungen der Männer an die Kinder können anonym über die Gesamtheit der Männer beziehungsweise Väter an die Kinder erfolgen oder vom Vater direkt an seine vermeintlichen Kinder, und so weiter.

Die kollektive Lösung der westlichen Kultur – nur eine unter vielen Möglichkeiten – ist die bürgerliche Ehe der Gegenwart mit ihrem Komplex von gegenseitigen Rechten und Pflichten der Gatten und Kinder. In ihrem Charakter herrschen patriarchalische Züge vor, die im Laufe der letzten hundert Jahre durch eine Prise Gleichberechtigung der Geschlechter gemildert worden sind. Mit dieser Lösungsform stellt sich der psychische Anspruch der Frau auf ökonomische Solidarität des Mannes hinsichtlich der Folgen des Geschlechtsaktes als ein Anspruch dar, geheiratet zu werden. Seine Erfüllung ist eine Voraussetzung der beschränkten sexuellen Erfüllung, welche die Sitte der Frau gestattet.

Im Einzelfall ein ungemein heikler Anspruch! Er darf nämlich von jenen, die auf seine Erfüllung angewiesen sind, nicht einmal andeutungsweise gestellt werden. Der einzelne Mann will die Illusion haben, mit dem Heiratsantrag, beziehungsweise seiner Bereitschaft zur Solidarität hinsichtlich der Nachkommen, der Frau ein großmütiges Geschenk anzubieten, das der vor Liebe blinden Tochter eine unerhörte Überraschung sein soll. Denn trotz der riesigen Vorteile, welche die traditionelle Ehe für die Männer hat, besteht sie nicht nur, und seit 150 Jahren immer weniger, aus Vorteilen. Heute hegen die Männer das unbehagliche Gefühl, mit dem Ehebund von den Frauen übervorteilt zu werden. Daher ist es ihnen wichtig, in den eigenen Augen ja nicht als Übertölpelte, sondern zum mindesten als Wohltäter dazustehen. Also dürfen die Mädchen, deren sexuelles, wirtschaftliches und soziales Leben mehr oder weniger an diesem einen Faden, der Ehe, hängt, verliebte Toren nicht kopfscheu machen, ansonst dem seriösen jungen Mann die »ernsten Absichten« vergehen. Er könnte auf die Gedanken verfallen, als schweifende Bestie oder bescheidener Schmarotzer lebe es sich besser denn als mit Müh' und Plage befrachteter Familienvater.

Damit die Sache gut abläuft, müssen die in bedrängter Lage besonderer Art lebenden Töchter und die auf solch besondere Weise immer knausrigen Jünglinge vor den anderen und womöglich auch vor sich selbst eine Komödie spielen. Die Frau muß gegenüber dem Mann, den sie so oder so heiraten will, tun, als ob sie in tiefster Selbstvergessenheit nur geben und geben möchte, freudig bereit, sich von ihm auf die Opferbank führen zu lassen. In Wirklichkeit jedoch hat sie, bevor sie sich nur einen Augenblick lang vergißt, das Feuer zu schüren, bis der Heiratskandidat den Kopf verliert und, in die Enge getrieben – oft zu seiner eigenen Verblüffung –, einen Heiratsantrag stellt. Das Zittern und Zagen ist konventionellermaßen nun an ihm. Wird seine Gabe angenommen? Wird man ihm die Gunst erweisen, ihn zu verpflichten? Das große Geschenk beim Handel ist im Handumdrehen nicht mehr das männliche »Garantieversprechen«, sondern die Annahme desselben. Die Erpresserin weiß, was sie ihrer wertvollen, aber kostspieligen Weiblichkeit schuldig ist. Als Königin nimmt sie das Geschenk (»es ist wenig, aber alles, was ich habe«) huldvoll an. Interessanterweise hat nun jedoch nicht der Mann, sondern die Frau, also die Gunstbezeugerin, sich tief beglückt zu geben. Sie hat zu tun, als hätte sich ihr der Himmel und nicht in erster Linie die von der Männerherrschaft vorgezeichnete, mit so viel Beschränkungen und Pflichten ausgestattete »Sphäre der Frau« aufgetan.

Männliche Privilegien anstatt Berücksichtigung weiblicher Ansprüche

Falsche Klänge

Scheinbar läßt die Erfüllung dieser Ansprüche durch die Männer alles in allem reichlich zu wünschen übrig, ansonst wäre die »Erfüllung der Frau« nicht ein beliebter Köder für antifeministische Propaganda. Gibt es doch von den Elaboraten gegen »gleichen Lohn für gleiche Leistung« bis zu jenen gegen das Frauenstimmrecht kaum eines, das nicht mehr oder weniger deutlich mit erotisch-sexueller Erfüllung der Frauen winkt, falls die Frauen sich den Gedanken an die Gleichberechtigung aus dem Kopf schlügen.

Die Frauen übersehen gerne, daß solche Schalmeien zwar das Lied von der Liebe als dem »Reich der Frau« erschallen lassen, dabei aber sehr wenig davon singen und sagen, daß es in diesem »Reich der Liebe« jeweilen zwei sich redlich Bemühende braucht und infolgedessen das sogenannte »Glück der Frau« auch von der Erfüllung allerlei weiblicher Ansprüche durch die Männer abhängt.

Beim grundsätzlichen Übergehen der weiblichen Forderungen wird allerdings eine wesentliche Ausnahme gemacht: Der Anspruch auf männliche Solidarität hinsichtlich des für die Kinder nötigen Aufwandes ist anerkannt. Seine männerherrschaftliche Erfüllung, erweitert durch eine eheliche Versorgung der Frau, wofür sie sich mindestens mit Hausarbeit oder deren Beaufsichtigung erkenntlich erweisen muß, wird denn auch als Anfang und Ende weiblichen Glücks auf Erden gepriesen.

Dabei wird zweierlei außer acht gelassen: Einmal übersieht man, daß der Anspruch auf einen Mann, das heißt einen einzigen Mann, alles andere als urweiblich ist, sondern bereits einer Anpassung der Frau an die Männerherrschaft entspricht. Ferner meint man mit dem Mann, den die Frau bekommen soll, grundsätzlich nicht einen, den *sie* erwählt, sondern einen, der sie »zu seinem Weibe macht«, was für die Frau weniger lustig ist.

Bei dem – nur grundsätzlich – »rechten Mann«, den man jeder Frau gönnt, läßt man es bewenden. Er geht »per Saldo« aller Ansprüche der »weiblichen Natur«.

Trotz ihrer Durchsichtigkeit und Scheinheiligkeit lassen nun die antifeministischen Appelle an die weibliche Natur die Frauen aufhorchen, als hörten sie den Frühling kommen. Sie lauschen und lauschen, anstatt den Rat aus Balthasar Grazians »Handorakel« zu beherzigen, nämlich, »dem aufpassen, der mit der fremden Angelegenheit auftritt, um mit der eigenen abzuziehen«. Denn solche Befürworter der Männerherrschaft jonglieren mit »erfülltem Frauentum« in der Weise jener, die vom Wohl der Menschheit reden und dasjenige des eigenen Volkes meinen, die vom Wohl des Volkes sprechen und damit ausschließlich dasjenige der eigenen Clique vor Augen haben.

Die kitschigen Schlagworte der Antifeministen involvieren nicht einmal, wie man etwa durchblicken läßt, daß am Tage der Mann am Ruder sei, dafür aber die Frau in der Nacht, das heißt »in der Liebe«, wie es ein Sprichwort will. Vielmehr gilt, ganz ohne Diskussion, daß im »Reich der Liebe« für die männliche Erotik ganz nett, für die weibliche aber kärglich gesorgt ist. Denn wie in der übrigen Welt hat das Männerkollektiv wahrhaftig auch in der sogenannten Liebe Privilegien. Und zwar häufig auf Kosten der Frauen, sobald die erotischen Interessen der beiden Gruppen kollidieren. So sind männliche Privilegien oft gerade dort zu finden, wo eine Berücksichtigung der weiblichen erotisch-sexuellen Ansprüche am Platz wäre. Dafür sorgen Konventionen, Bräuche und bisweilen auch Rechtsvorschriften. Dank ihnen ist es den Männern möglich, ähnlich wie im Berufsleben auch hinsichtlich der erotisch-sexuellen Beziehungen freiere Hand zu haben.

Im folgenden wird nun die seltsame »Berücksichtigung« der im vorigen Abschnitt erwähnten Ansprüche der Frauen eingehender betrachtet. Dabei wird sich zeigen, wie oft anstelle ihrer Erfüllung männliche Privilegien stehen. Es sind dies vor allem die Vorrechte der Männer auf ansprechende Erscheinung und ansprechendes Gehaben der Frauen, auf Schönheit sowie auf den Vortritt bei Kontakt- und Wahlmöglichkeiten erotischer Natur. Dann ist die häufig nur kümmerliche Befriedigung der weiblichen Wünsche nach Zärtlichkeit und Ritterlichkeit zu erwähnen. Und von besonderer Bedeutung ist die den Männern so bequeme Lösung der Probleme des weiblichen Solidaritätsanspruches der Ehe mit ihrem ganzen männerherrschaftlichen Drum und Dran. Dazu gehört etwa das männliche »Recht« konventioneller Natur auf Jungfräulichkeit der Frau, überhaupt auf »doppelte Moral« zu Lasten der Frauen. Ferner die Sitte des Altersvorsprunges zugunsten des Ehemannes. Und schließlich das Recht des Mannes auf Hausarbeit der Ehefrau, quasi als Rückzahlung für seine prinzipielle Solidarität zugunsten gemeinsamer Nachkommen.

Das Privileg, Hahn im Korb zu sein

Von Schönheit umfächelt

Die menschlichen Hirsche tragen, wie gesagt, kein Geweih. Dagegen tragen die Frauen Blumen auf dem Kopf. Es gibt kaum Witzblätter, die diesem Widerspruch der menschlichen Erscheinung zu jener allerlei prächtig gefiederten Getiers, bei dem das Männchen vor dem Weibchen Staat macht, nicht mit Karikaturen Rechnung trügen.

Solche Anspielungen sind nicht so lustig, wie sie scheinen: Sie zeigen tatsächlich eine verkehrte Welt. Dem fundamentalen weiblichen Bedürfnis, gewonnen zu werden, wird nicht entsprochen. Den Frauen zu gefallen, bildet keinen wesentlichen Teil des männlichen Lebensinhaltes. Das Gegenteil ist der Fall. Die Frauen haben den Männern zu gefallen. Die Männer aber zeigen sich, als ob es überhaupt keine Frauen gäbe, als ob sie nicht gefallen und verlocken müßten, um von den Frauen der Fortpflanzung wert befunden zu werden. Sie müssen es auch nicht. Denn anstelle einer erotischen Verlockung der Frau, sich auf ihre sexuelle »Erfüllung« einzulassen, erleichtert die wirtschaftliche und soziale Unterdrückung des weiblichen Geschlechtes den Männern das »Gewinnen«. Sie schleust die Frauen, erotischer Beweggründe ungeachtet, in die Laufbahn der »Frau und Mutter« (und Haushälterin). Daher kommt es, daß nach verbreiteter Meinung Brillen, Glatzen, Hinkebeine, Klumpfüße, Schmerbäuche, Falten und Runzeln die Männer nicht einmal an einem Don-Juan-Treiben hindern, geschweige denn daran, »eine Frau zu finden«, während Frauen in der gleichen Lage sich ins hintere Glied zu stellen, wo nicht zu »verzichten« haben.

Es fehlt auf der Männerseite nicht nur an zusätzlicher, verführerischer Schönheit, um die Frauen zu gewinnen, es fehlt oft sogar am Minimum. Ihre äußere Erscheinung ist teils zu unkultiviert, teils zu rationalistisch. Unkultiviert ist bereits das letzte von unserer Gesellschaft noch geduldete Gebaren, rationalistisch die äußere Erscheinung, insbesondere die Kleidung.

So ist männlicherseits etwa ein gewisses Maß animalischen »Sichvertuns« noch angängig, wogegen die Frauen mit Damenaspirationen Animalischem so fremd zu sein haben wie chinesisches Porzellan. Warum in aller Welt kratzen sich zum Beispiel nicht nur alte Bauern bedächtig am Hinterkopf, wenn sie nachdenken müssen – so meldet es jedenfalls eine gewisse Schollenliteratur –, sondern zahlreiche gedankenlose Männer! Dies vollzieht sich auch angesichts von »Damen«, die ihrerseits wenig Appetit und nie Hunger haben dürfen, weil es unweiblich wäre. Den »Herren« jedoch ist das eine wie das andere gestattet. Wo Speise und Tranksame greifbar sind, ist es Zeichen der Männlichkeit, dreinzuhauen, als ob man ins Schlaraffenland eingebrochen wäre. Frohes Schmatzen, Kauen wie ein Wiederkäuer, Sich-Strecken und Recken, Herumstochern in den Zähnen, leichte Lockerung der Kleidung um den Bauch herum, was bezeichnenderweise im Mittelalter höflichen Knaben verboten war, wird als das Recht freier Männer betrachtet. Eines ist sicher: es steigert die erotische Anziehungskraft nicht; denn einmal mehr taucht die Vision von Riesensäuglingen auf. Diesmal liegen sie auf dem Rücken, unter Bäumen, die mit Würsten behangen sind.

Eine Frau, beschäftige sie sich im Augenblick auch ausschließlich mit Statistiken, dem Heften von Zeitschriften am laufenden Band oder dem maschinellen Verpacken von Schokolade, hat grundsätzlich sogar mitten in der Arbeit, selbst wenn meilenweit kein Mann sichtbar wäre, mit ihrem Äußeren immer etwas zur Belebung des männlichen Appetites zu bieten. Die Männer hingegen stecken nicht nur bei der Arbeit, sondern sogar dort, wo es zum mindesten formell ein wenig um Erotik geht, wie etwa bei Tanzanlässen, und die Frauen als Märchenköniginnen aufgemacht sind, in ihren utilitaristischen Roboteranzügen. Bei Festlichkeiten sind diese noch etwas finsterer als gewöhnlich. Begräbnistracht in Verbindung mit gewöhnlicher Sauberkeit ist das Höchste, was den Frauen zur visuellen Anregung gewährt wird.

Die jeder Physiognomie, jeder Poesie bare Erscheinung der Männer macht es den Frauen schwer, das Anziehende zu sehen und zu finden. Im Gegensatz zu der ihnen aufgedrängten festlichen Verpackung ihrer körperlichen Persönlichkeit wird ihnen nichts geboten. Da gilt es, mit der Lupe zu suchen und männliche Schönheit sozusagen unter dem Schutt der Roboterverkleidung hervorzugraben. Wer sucht, der findet natürlich – aber auf steinigen Wegen.

Kein Wunder, daß die Mädchenherzen schmucken Uniformen nur so zufliegen. Obgleich diese an Eintönigkeit den konventionellen Herrenkleidern nicht nachstehen, sind sie keine neutrale, hygienische Verpackung des Körpers, sondern machen ihn zum Ausdruck der Jugend, Kraft und Würde. Viele Uniformen sind sozusagen auf Jugendkraft geeicht. »Endlich ein Mann!«, möchte man beim Anblick der schmucken Schalen ausrufen. So unrecht hatte das Mädchen nicht, das angesichts der Auslagen einer Uniformfabrik begeistert erklärte: »C'est tout à fait lui.«

Die anregende Präsentation ist nicht alles, aber für die erotische Wirkung sehr viel. Denn Kleider machen nicht nur Leute, sondern auch Männer, in der Vorstellung der Frauen jedenfalls, und Frauen in der Phantasie der Männer. »Schöne Darstellung«, möchte man auch den Männern ins Pflichtenheft schreiben. Denn so viel die Liebe zugute hält, ständig ausmalen mag sie nicht.

Die Männer sind durch ihren Roboteraufzug dermaßen unansprechend, daß man sich fragen kann, wieso sie überhaupt noch soweit gefallen. Es ist möglich, weil bei ihnen – dank ihrer herrschaftlichen Position in der Volksgemeinschaft – anstelle des ästhetischen Sex-Appeals ein sozialer getreten ist. Macht, wie sie zum Beispiel beruflicher, geschäftlicher und politischer Erfolg darstellt, verklärt die Unscheinbarkeit ihres Besitzers. Wie gesagt, verleiht sie ähnlich der körperlichen Schönheit einen Nimbus des Geheimnisvollen, des Eminenten; sie beseitigt Plattheit, ja selbst offensichtliche Häßlichkeit. Triefaugen, kümmerliches Haupthaar, käsiger Teint und so weiter entheben sie der ästhetischen Betrachtungsweise und machen sie physiognomisch zu tiefsinnigen Zeichen der Kräfte, die in kleinerem oder größerem Maßstab die Welt bewegen. Mit »Äußerlichkeiten« dieser Art gelingt es den Männern, bei den Frauen Gefallen zu finden. Als Unterdrückte lassen sie sich von solchem Zauber anregen. Und wo auch dieser fehlt, hilft das materielle und soziale Angewiesensein der Frau auf das Geheiratetwerden – und Verheiratetbleiben – den Männern schließlich doch noch zum erotischen »Erfolg«. Somit wäre die Fortpflanzung auch beim Mangel visueller Attraktionskraft der Männer gesichert. Mit besonderem Aufwand zur Verlockung der Frauen scheint füglich gespart werden zu können. Dabei übersieht man, daß sich auf diese Weise in die Liebe, die das sogenannte Reich der Frau sein soll, für die Frau Langeweile einschleicht, die um so unverdienter ist, als die Frauen ja ihrerseits tagein, tagaus die »merrymakers« zu spielen haben.

Dabei wäre die Frage der äußeren Erscheinung und entsprechender ästhetischer Anziehung der Geschlechter auf der Grundlage der Gleichberechtigung denkbar einfach und befriedigend zu lösen.

Bei Arbeit, Sport und dergleichen könnten die Angehörigen beider Geschlechter in erster Linie zweckmäßig angezogen sein. Sie würden dadurch einander ähnlicher, was aber einer sachlichen Zusammenarbeit nur förderlich wäre. Wo man dagegen gewissermaßen wegen sich selbst und einander zusammenkommt, nämlich losgelöst von einem Zweck, der Selbstentäußerung fordert, liegt eine andere, festlichere Präsentation nahe. Eine, die durch Schönheit und Betonung jener Züge, die man beim andern Geschlecht sucht, erotisch anregend wirkt. Nicht einmal Unbequemlichkeit und das obligate »souffrir pour être belle« ständen ihr entgegen. Hat man doch im Augenblick nichts anderes zu tun und wird für die eigene Darstellung durch den Genuß der einem vom andern gebotenen Vorstellung belohnt. Selbstverständlich gibt es zahllose Zwischenstufen, Lagen, in denen es weder ausschließlich um Arbeit, das heißt Zweckgebundenheit der Personen, noch um rein menschlich-gesellschaftliche Beziehungen geht. Für sie wären Zwischenlösungen angebracht, die von Zweckmäßigkeit und erotischer Märchenwelt gleichmäßig Abstand hielten. Praktisch bedeutet modische Gleichberechtigung der Geschlechter, sich ganz allgemein mehr nach dem Charakter der Gelegenheit zu kleiden, die Frauen also häufiger neutral, die Männer des öfteren schöner, ansprechender.

Aber bevor den Frauen nicht die gleichen Lebensrechte zugestanden werden, solange die Frauen unterdrückt sind, wird auch der Modespiegel Ungerechtigkeiten spiegeln und diese natürlich spiegelverkehrt. So kommt es, daß er als »Reich der Frau« zeigt, was eigentlich »Reich des Mannes« ist, da das modische Programm des weiblichen Feuerwerkes von männlichen Herrschaften aufgestellt ist und zu ihrem Ergötzen und Gewinn versprüht werden muß.

»Im Lande des Lächelns«

Es bleibt nicht beim Abspeisen der Frauen mit grauen Schalen der Männlichkeit, dem ihre Pflicht gegenübersteht, als wandelnde Sträuße anzuregen und allerlei Sorten von Federn und Mähnen zu schütteln. Sie haben der Männerwelt überdies einen unversiegbaren Springbrunnen erotischen

Charmes vorzuplätschern. Das Mittel: Lächeln, unversiegbares Lächeln. Wie kaum je ein Tiger hat das menschliche Weibchen unermüdlich die Zähne zu zeigen, um einen Mann zu finden, ihn zu behalten oder einen anderen zu bekommen. Aber selbst ungesuchte Männer und solche, die längst von anderen Frauen gefunden worden sind, besitzen Frauen gegenüber einen konventionellen Anspruch auf fröhliches Zwitschern, flink präsentierte Herzenswärme. Und dies oft in Lagen, in denen sie persönlich durch ein anderes als gleichgültig-sachliches Verhalten ihrer »Männlichkeit« Abbruch täten.

Wie die ansprechende äußere Erscheinung eigentlich, das heißt in Anbetracht des weiblichen Zögerns hinsichtlich des Geschlechtsaktes wegen seiner Folgenschwere, eine männliche Liebesmühe zugunsten der Frauen zu sein hätte, so auch das Lächeln, die Maske der Freundlichkeit. Aber wie jene wird auch die Last solcher Liebesmühe von den Männern nicht nur zurückgewiesen, sondern überdies den Frauen aufgehalst. So weit sich die Männerherrschaft erstreckt, leben die Männer im »Lande des Lächelns«.

Abgesehen von der Tätigkeit der Sozialarbeiterin, der Krankenschwester, der Lehrerin, gibt es kaum einen Frauenberuf, in dem entgegenkommendes Lächeln, eine freundlich modulierte Stimme, ein liebenswürdiges Reagieren auf den anderen, nicht vollständig unerläßlich wäre, sobald dieser andere ein männliches Wesen ist. Die Verkäuferin und die Serviertochter, auch die Sekretärin, sofern sie nicht wie ein Roß arbeitet und so aufholt, gefährden ihre Existenz, wenn sie ihren männlichen Kunden, Vorgesetzten und Kollegen nicht mindestens eine Illusion weicher Freundlichkeit, köstlichen Beglücktseins – durch die männliche Gegenwart nämlich – vorgaukeln können. Das gleiche gilt dort, wo die Frauen in »männlichen« Berufen auf Männer angewiesen sind. Tüchtigkeit, ja außerordentliche Tüchtigkeit, ist recht und gut. Ihre Krone aber ist »echt weibliche« freundliche Unterwürfigkeit im Umgang mit Männern. Je nach Geschmack dieser Männer haben sie mehr mit gemütvoll-mütterlich oder erotisch gefärbter Freundlichkeit aufzuwarten, immer aber haben sie »das Land des Lächelns« zu suggerieren. Wie die Herrscher im Umgang mit Untertanen erheben zahlreiche Männer in weiblicher Umgebung den Anspruch, von der rauhen Luft einer sachlichen Atmosphäre bewahrt zu werden. Ein gemütvolles Feuerchen oder Treibhausluft hat das Klima zu mildern. Frische, ungeheizte Luft in weiblicher Umgebung wird als Unverschämtheit, als eine Art Rechtsverletzung abgelehnt.

Die Ansprüche an die Ausgestaltung des »Land des Lächelns«, welches die Frauen für das männliche Publikum hervorzuzaubern haben, weisen von Staat zu Staat kleine Unterschiede auf. In der Schweiz tendieren sie auf Unterwürfigkeit oder »mütterliche Güte mit dem großen, großen Bub«. Dazu gehört außer Lächeln und bewunderndem Blick die Kultivierung einer bescheiden-hauchenden oder molligen Stimme. Sie ist nicht überall unerläßliches Requisit. In den Vereinigten Staaten werden gleichgültige, ja laute Stimmen den Frauen nicht übelgenommen. Um so deutlicher müssen sie die Zähne zeigen; sie scheinen ständig das Wort »Cheese« auf der Zunge zu haben.

Noch mehr als im Arbeitsleben ist den Frauen im gesellschaftlichen das Hervorzaubern eines »Land des Lächelns« auferlegt.

Die erste Bekanntschaft mit diesem Servitut machen die jungen Mädchen, wenn sie sich bewußt werden, daß in männlicher Gesellschaft fortan ihr Gesicht nicht mehr ihnen selbst gehört. Denn obwohl es nichts zu lachen gibt, haben sie nun zu lachen und zu lächeln. Und zwischen dem Gelächter darf das Gesicht nie unter freundliche Heiterkeit erkalten.

Wo immer die Frauen in Männergesellschaft, von der Zusammenarbeit mit Vorgesetzten bis zum Maibummel, etwas zu gewinnen oder zu verlieren haben, was die Regel sein wird, haben sie Frohsinn und Freundlichkeit aus dem Boden zu stampfen. Temperieren sie ihre Stimme nicht auf warme Milch mit Honig, unterlassen sie, wenn ein Mann mit ihnen spricht, das Gesicht des Kindes vor dem Weihnachtsbaum aufzusetzen, so schaden sie sich, verlieren ihre Chancen. Je nach dem Rahmen der »Pflichtvergessenheit« sind es berufliche, gesellschaftliche oder erotische. Die Männer sind persönlich beleidigt, wenn Mädchen und junge Frauen in ihrer Gegenwart nicht lachen, über fünfundzwanzig nicht lächeln und über fünfundvierzig nicht ein gütiges Strahlen einschalten. Hat doch die Unterlassungssünderin am Hofe der Herrscher nicht den glücklichen Untertanen gespielt, nicht dem Herrscher von Gottesgnaden zugejubelt. Sie hat passiven Widerstand gegen die männliche Illusion geleistet, im »Land des Lächelns« der geliebte Regent zu sein.

Aus diesem Grunde ist für eine Frau in Männergesellschaft ein finsteres oder auch nur entspanntes Gesicht so unerlaubt wie im sogenannten Leben ein augenfälliges körperliches Gebrechen. Man sollte mit den Dauerwellen sich gleich noch ein Dauerfrohgesicht machen lassen können. Haltbarkeit, selbst bei ernsten Damen, garantiert!

Das Gezwitscher, das von den Männern als weiblicher Charme gefordert wird, soll Lust vorstellen, Lust an allem und allen ringsum. Eine beglückende Bejahung, welche die Männer in der Atmosphäre erotischen Anerkanntseins, in erotischem Komfort leben läßt.

Der erotische Komfort soll jenen, die im Geiste oder in der sichtbaren Welt ein erotisches Sprünglein wagen wollen, gewissermaßen ein »Sans-Souci« sein, in dem der Säugling unbesorgt seine ersten Gehversuche machen, lustig hüpfen, groß und toll sein darf. Von dem praktischen Apparat gehalten, kann ihm nichts passieren. Elastische Bänder verhindern, daß er unsanft auf die Erde plumpst. Praktisch gesprochen: dieser erotische Komfort schaltet Mißerfolge aus. Denn mollig verhüllte Absagen, die aussehen, als ob die Beziehung zum Abgewiesenen eher unmöglich als unerwünscht ist, sind keine richtigen.

Der erotische Komfort dient aber auch den Frechen und Gleichgültigen. Denn jene entschuldigt er und diesen gaukelt er Bilder leichter Beute vor, nach der man lediglich nicht geruht hat, die Hand auszustrecken.

Das »Land des Lächelns« ist jeweilen nur für die Hälfte der »Einheimischen« ein Land des Lächelns; den anderen wird wenig zugelächelt. Während die Konventionen sie zwingen, nur die Sonnenseite zu zeigen, haben sie mit der Schattenseite ihrer Gegenüber vorliebzunehmen.

Der einzige Mann im Kreise einiger Frauen seines gesellschaftlichen Umganges hat die Gewißheit, das Zentrum des Interesses zu sein und für seine Sprüche aufmerksame Zuhörerinnen zu finden. Und alle, alle lächeln ihn an. Der Ausdruck zuwartender Anteilnahme ist das Kühlste, das ihm begegnet. Eine einzelne Frau in einem entsprechenden Männerzirkel findet dagegen, wenn sie nicht lärmt, so wenig Beachtung, als steckte sie unter einer Tarnkappe.

Die erotischen Vorstöße der Frauen gehen restlos auf ihre eigene Verantwortung. Bequem machen sie ihnen die Konventionen nicht. Keine verhindert Männer, Gesichter wie Geröllhalden aufzusetzen. Und wenn sie eine Neigung nicht erwidern, bindet sie keine Konvention, so zu tun, als ob sie für die Ehre zu danken hätten. Der gute Ton hält nur die Frauen, nie die Männer an, Abweisungen im milden Licht von Hoffnungsstrahlen erscheinen zu lassen. Anders als im umgekehrten Fall legt nichts in der Welt den Männern nahe, sich zu gebärden, als ob sie voll süßen Champagners wären, um Frauen bei erotischen Tagträumereien und Avancen nicht einzuschüchtern.

Das Privileg des ersten Schritts und damit der erotischen Wahl

Die Konventionen halsen den Frauen auf, blühende Gärten in einem Lande des Lächelns vorzuspiegeln. Aber auch der ganze Mechanismus der erotischen Fühlungnahme dient in erster und zweiter Linie der männlichen Erotik und erst in dritter der weiblichen. Während die Frauen zur Erfüllung ihres wesentlicheren erotischen Kontakt- und Wahlanspruches auf Umwege verwiesen werden, usurpieren die Männer zur Befriedigung ihrer unwichtigeren erotischen Wünsche den geraden Weg auf Kosten der Frauen.

Konventionelle Möglichkeiten, sich Angehörigen des anderen Geschlechtes unverbindlich zu nähern, gibt es nämlich für Männer allein. Dank ihnen können sie unbekannte Frauen etwas kennenlernen und sich ohne weiteres wieder zurückziehen, falls sie nicht nach ihrem Geschmack sind – und dies ohne sich etwas zu vergeben, ja ohne das Interesse deutlich zum Ausdruck kommen zu lassen. Solchermaßen wandeln die Männer unter Delikatessen einher, die sich bestens empfehlen. Es steht ihnen frei, Uninteressantes zu übersehen, Passendes herauszugreifen, auf Qualität und Preis zu prüfen und wieder an seinen Platz zurückzustellen. Die Konsumenten wählen die Delikatessen und nicht die Delikatessen die Konsumenten. Das ist von der Tanzstunde bis zur Heirat das Prozedere.

Diese Besichtigungsmöglichkeit ist ein um so erstaunlicheres Privileg auf der Männerseite, wenn man bedenkt, wie den Frauen das beruflich-wirtschaftliche »Konkurrieren mit dem Manne« übelgenommen wird und ihnen mit dem Zaunpfahl – es ist der ständige Hinweis auf ihre »ureigene Bestimmung« – bedeutet wird, ihr Heil (und materielles Auskommen) statt dessen in der »Liebe« zu suchen.

Was tut nun ein junger oder alter Mann, der ein Auge auf eine Unbekannte – sei sie nun gänzlich unbekannt oder der vorhandene Kontakt unpersönlich – geworfen hat, wenn er sein Besichtigungsrecht ausüben will? Wie kommt er ihr näher, wie lernt er sie und ihre Einstellung zu ihm kennen? Wie verschafft er sich Gewißheit, ob sie wirklich ist, was er in ihr sieht, ob sie seine Zuneigung erwidert oder nicht? Und welche Deckung kann er benützen, falls sie seinen Wünschen nicht entsprechen, seine Neigung nicht erwidern sollte? Wie schützt er dann seine Gefühle vor Kälte, Spott und damit vor Schändung?

Für die Lösung dieser Fragen stellen die Konventionen den Männern breite, sichere Bahnen zu allerlei Beobachtungsposten zur Verfügung. Sie stehen grundsätzlich allen Männern offen; doch legt die Pflicht zur ehelichen Treue den verheirateten bei der Benützung Diskretion auf.

Eine dieser Bahnen ist das ausschließlich männliche Recht, einzuladen und für gemeinsame Vergnügungen zu bezahlen. Mit dem Vorschlag, etwas zu bieten, kann sich jeder Frauen seiner eigenen Schicht und auch noch vielen anderen nähern. Geboten werden darf alles. Von Kirchturmbesteigungen, schwarzem Kaffee, Kinobesuchen, Vereinsfesten und Studentenbällen bis zu Abendessen, Konzerten und Theatervorstellungen. Einladungen, die den Verhältnissen der Eingeladenen einigermaßen entsprechen, können ohne den geringsten Prestigeverlust an Frauen erfolgen, selbst an fast unbekannte. Bei solchem Zusammentreffen hat der Interessent genügend Gelegenheit, seine Dame auf Herz und Nieren zu prüfen, jedenfalls so weit, um ausfindig zu machen, ob er sie auf weitere Beobachtungsposten einladen oder, besser gesagt, vorladen will. Das ganze »kulturelle Leben« und die öffentliche Geselligkeit, die nur für Männer wirklich öffentlich ist, stellen ihm dazu ihre Institutionen zur Verfügung.

Auf diese Weise beugt er innerhalb der einzelnen erotischen Beziehungen Tantalusqualen vor. Er verliert nicht wie so viele junge Mädchen und Frauen Zeit und Kraft damit, Margeritenblätter abzuzählen: »Er liebt mich von Herzen, mit Schmerzen, ein wenig, gar nicht.« Ebensowenig verschwendet er wie so viele junge Frauen die Zeit, um anziehende Unbekannte so lange und intensiv mit dem Imago zu verknüpfen, bis diese derart in Liebe verpackt sind, daß man sich in Sehnsucht nach Phantasiegebilden verzehrt.

In einem Wort: Die Delikatesse prüfen, heißt, sie einladen. Und mit der Eintrittskarte für dies oder das, dem Zitronenwässerlein für die Tanzpartnerin, dieser und jener Rechnung im Restaurant, können die Männer die unbezahlbare Möglichkeit bezahlen, jeweilen rasch zu wissen, woran sie in ihren erotischen Beziehungen sind. Die im kulturellen und geselligen

Leben für sie reservierten Beobachtungspöstchen helfen ihnen, ihre erotischen Neigungen aus dem Traumland in die Wirklichkeit zu ziehen, sie auf eine realistische Ebene zu stellen.

Gedeckter Rückzug

Die konventionellen Wege zu den Beobachtungspöstlein sind keine Einbahnstraßen. Sie führen nicht nur hin, sondern auch wieder komfortabel zurück: der Rückweg geht ins Ungeschehene. Er erlaubt, zweierlei ungeschehen zu machen.

Hat nämlich das weibliche Wesen die Prüfung nicht bestanden, so kann die angezettelte erotische Beziehung annulliert werden. Die Unterstellung, der Kontakt sei nur beiläufig gewesen und Hauptzweck der gemeinsam verbrachten Zeit eben ein kultureller oder kulinarischer Genuß, liegt bequem in Reichweite. Wenn die Frau nun fallengelassen wird, hat sie sich daher nichts vergeben und der Mann sich infolgedessen auch nichts aufgeladen.

Ist hingegen der Prüfende selber durchgefallen, so sieht bei diesen Formen des ersten Kontaktes niemand seine Schande, niemand, wie er verschmäht worden ist. Denn eine Eintrittskarte ist objektiv eine Eintrittskarte, ein Nachtessen ein Nachtessen, ein schwarzer Kaffee ein grauer Kaffee und keine Liebeserklärung. Überall lassen sich die Damen gerne ausführen, und was eine Eingebung der Leidenschaft gewesen sein mochte, kann mit Sicherheit für eine freundliche Geste gelten. Das männerherrschaftliche Kontaktsystem schont das Selbstbewußtsein des männlichen erotischen Interessenten.

Doppelte Konsumationen und Eintrittskarten sind der bescheidene Preis, zu dem die Männer die Grundlage eines erotischen Erfolges erwerben können oder aber eine Erkenntnis, die ihrer Würde keinen Abbruch tut und ihnen mit leerer Sehnsucht vertrödelte Tage und Jahre erspart.

»Engagieren« – die ausgeprägteste Form des Privilegs zum ersten Schritt

Ein praktisch wie symbolisch besonders bedeutsamer Anwendungsfall des männlichen Vorrechtes, den ersten Schritt zu tun, ist die konventionellermaßen ausschließlich männliche Befugnis, zum Tanzen aufzufordern. Sie ist ein männliches Wahlprivileg in Reinkultur.

Heute noch, geschweige denn früher, dringt ab und zu eine Ahnung, daß sie einmal minderen Rechtes sein werden als die gleichaltrigen Büblein, bis zu den kleinen Mädchen. Allerlei Bemerkungen, Geschichten und Erlebnisse deuten darauf hin. Das Mädchen mit Brüdern hat zu erleben, wie es der Mutter beim Abwaschen und Stricken helfen muß, während die Brüder als feurige Knaben gähnend faulenzen. In den Märchen wünschen sich die Königspaare einen Sohn und werden »nur« mit einem Mädchen bedacht. Niemand wünscht sich eine Tochter, es sei denn nach sieben Söhnen. Aber wie sollte das kleine Mädchen hinter den faulenzenden Brüdern, hinter dem unzufriedenen Königspaar bereits eine soziale Ordnung erblicken, welche die Frauen zu Menschen zweiter Klasse macht? Was es in diesem Sinne wahrnehmen kann, nimmt es als Einzelfälle. Aber spätestens die erste Tanzstunde, der erste Kinderball machen es mit der Privilegierung der Männer als einem System bekannt. Nicht nur der Bruder und dieser oder jener Knabe darf unter den Mädchen auswählen; nicht nur die Schwester und dieses oder jenes Mädchen muß »warten«, bis einer kommt; nein, alle Knaben dürfen immer ihre Partnerinnen wählen, und alle Mädchen haben immer zu warten, bis sie einer holt.

Ob Ballkönigin oder Mauerblümchen – um in der Sprache der Backfischliteratur des ausgehenden 19. Jahrhunderts zu reden –, die Tanzanlässe haben daher für die Frauen eigentlich etwas Unwürdiges, genau besehen sogar etwas Gespenstisches.

Der Anblick der aufs schönste hergerichteten Frauen ist unheimlich. Es liegt an dem einseitigen »mettre en valeur« ihrer Person. Während die Männer sich nur etwas dunkler als sonst präsentieren, setzen die Frauen alles in Bewegung. Mit einem ans Geschäftsmäßige grenzenden Rationalismus wird jeder Vorzug der körperlichen Erscheinung in Szene gesetzt. Da wird ein teerosengelber oder eisblauer Ton für das Kleid gewählt, um einen blauen Glanz auf schwarzem, einen goldenen auf blondem Haar hervorzuheben. Alles ist auf alles abgestimmt, wahrhaftig auf jeden Laubflecken an der Gurgel. Schleifen und Hermelinschwänzchen sollen die eine zum köstlichen Schlitzaugenwesen, Perlenschnüre und Ohrgehänge die andere zur Majestät machen. Welche Prachtsmaschinerie! Für wen oder was wird der ganze raffinierte Zauber aufgebaut? Für wen oder was wird mit Locken, Wimpern, Ohrläppchen, Brustspitzen, Zähnen und Fingernägeln gewunken, alles von der besten Seite gezeigt? Um an sich selber Freude zu haben, um zu zeigen, wer man eigentlich ist und was man kann? Um Männer, die einem gefallen, rasend zu machen? Weder das eine noch das andere. Denn man besitzt nicht die Naivität der Wilden, um sich in einigen Quadratmetern glänzender Kunstseide gehoben zu fühlen. Und sich zum Zeitvertreib zu verlieben, ist bei den Männern der Gegenwart mit ihrem Kinderglauben an »Zeit ist Geld«, wie gesagt, nicht Mode. Nein, dieses Ziehen aller Register geschieht praktisch einzig und allein, um nicht »sitzenzubleiben«, um »engagiert« zu werden, zu zirkulieren, um nicht als erotischer Ausschuß links liegengelassen zu werden. Das Gesicht bleibt gewahrt, wenn das weibliche Prachtsgebäude von irgendeinem Mann zur Musik herumgeschoben wird. Je pausenloser, um so größer der sogenannte Erfolg der Frau. Da die Männer grundsätzlich nur Frauen um einen Tanz bitten, die ihnen gefallen, so steht beim »Engagiertwerden« sozusagen die weibliche Potenz auf dem Spiel und damit je nachdem auch ein Stück Selbstbewußtsein und Ehre.

Aus diesem Grund versuchen die einzelnen Frauen mit allen möglichen Mitteln, die Blamage des Sitzenbleibens zu umgehen. Wo sie bei Einladungen die Hand im Spiel haben, muß Männerüberfluß geschaffen und im übrigen Energie und Umsicht aufgewendet werden, als gälte es Geschäftsaufträge einzubringen. So lädt man bei den amerikanischen Debütantinnenbällen jeweilen doppelt soviel junge Männer als Mädchen ein. Das Schiffchen der Menschenwürde soll nicht schon im ersten Sturm des erotisch-sexuellen Existenzkampfes auf dem Tanzboden gefährdet werden. In der Debütantin darf nicht das schleichende Gefühl aufkommen, bei den Männern unbeliebt zu sein, das heißt, von den Herren der Schöpfung verschmäht und damit vom Genuß eines beachtlichen Teiles der Güter der Welt ausgeschlossen zu werden. Und immer und überall gehört neben dem Feuerwerk der Toiletten und des Schmuckes auch die Maske frohen Übermutes (denn wer hat, dem wird gegeben) zu den unerläßlichen Requisiten. Manche Frauen verlegen sich auch darauf, Strategen der Sitzgelegenheiten zu sein und sich durch örtliche Annäherung Kavaliere zu verschaffen. Ja, selbst Tricks der Abonnentenwerbung finden Anwendung. Denn wie Zeitungen, die Abonnenten mit Fortsetzungsromanen bei der Stange zu halten versuchen, so probieren mitunter Mädchen, den einmal ergatterten Tanzpartner während der Pausen mit interessanten Geschichten festzunageln. Und hat man einen Tanzpartner, tut man gut daran, schon während des Tanzes nach dem nächsten Ausschau zu halten. Das Mittel besteht zum Beispiel darin, mit einem Blick irrer Intensität das zunächst stehende männliche Wesen, genauer den nächsten dunklen Anzug, gänzlich unmotiviert anzulachen.

Natürlich sind verheiratete Frauen weniger darauf angewiesen, sich solchermaßen zu tummeln. Sie besitzen den Ring am Finger, der zum mindesten formell beweist, daß sie konnten, als sie wollten. Aber auch sie können sich nicht vom Kampf auf dem Tanzboden dispensieren. Dabei wird der Nachteil, älter zu sein, durch das Vorhandensein eines stillen Helfers, eine Rolle, die der Ehemann zu übernehmen hat, aufgewogen. Er steht auf Pikett, um einzuspringen, wenn die Frau von allen Männern verlassen ist. Es gibt Ehemänner, die vor dem Besuch eines Tanzanlasses ihren Frauen hoch und heilig versprechen müssen, zumindest den ersten und letzten Tanz oder eine gewisse Anzahl mit ihnen zu machen; auf dem Heimweg wird dann jeweilen abgerechnet. Die Ehemänner mildern überhaupt die Schärfe der Konkurrenz. Sie dämpfen ein wenig die Atmosphäre eines Buffetsturms, bei dem die Krevetten verschlungen und die Sardinen liegengelassen werden; denn sie nehmen bei der Wahl der Tänzerinnen bis zu einem gewissen Grade auf die Frauen der anderen Rücksicht. Sie erfolgt ja auf Gegenseitigkeit. Ehemänner üben das Privileg, zum Tanz aufzufordern, oft mehr nach kollegialen denn nach erotischen Maßstäben aus.

Das wäre ungefähr das Bild des peinlichen und kleinlichen Kampfes, den Mädchen und Frauen hinter ihrer märchenhaften und fröhlichen Aufmachung führen. Sie haben ihn auszufechten, weil die Männer die Macht besitzen, ihrer erotischen Gourmandise bis zu einem gewissen Grad die Sanktion einer konventionellen Regel zu geben.

Und die Damentour? Macht sie aus dem männlichen Vorrecht ab und zu nicht ein weibliches? Kaum, denn sie ist zu selten, um als weibliche Wahlmöglichkeit Bedeutung zu haben. Überdies erfordert dabei der Anstand, einen der Männer einzuladen, der einen vorher nicht sitzenließ.

Während die Frauen gewissermaßen um Sein oder Nichtsein auf dem Tanzboden kämpfen, wählen die Männer, wen sie wollen, so oft sie wollen. Sie können ununterbrochen tanzen oder auch gemütlich beiseite stehen, ganz wie sie wollen. Wenn einer dem Weib den Wein vorziehen sollte, so kann er in aller Ruhe etwas genehmigen, ohne damit seiner Würde als Mann Abbruch zu tun. Ihn streift auch nicht der Schatten jener Schande, die das Mauerblümchen von einst auf Kohlen sitzen ließ, aber auch »der Frau von heute« nicht erspart bleibt. Leider gibt es für unbeweglich in den Saalecken aufgepflanzte Burschen keine Pflanzennamen, obwohl Parkettunkraut nicht unpassend wäre.

Man möchte meinen, die bei vielen Tanzgesellschaften beachtliche Zahl sitzender Frauen wäre den Männern eine stille Mahnung, zwischen die Gourmandise etwas Menschenfreundlichkeit einzuschalten und wo nicht zur eigenen Freude, so doch als Retter in der Not einige »Sitzengebliebene« herumzuwirbeln. Denn daß diese Damen nicht freiwillig, sondern nur allzu offensichtlich nach dem Willen der Herren sitzengeblieben sind, weiß auch der unbewußteste Knabe, selbst wenn er jede Einladung mit den Worten einleitet: »Warum tanzen Sie nicht?« Doch gesetzt den Fall, die Erkenntnis dieser Sachlage schlummere tief im Unterbewußtsein, so tut sie dies doch nie so tief, daß sie nicht auftaucht und zum »Engagieren« drängt, wenn Gattinnen von Persönlichkeiten dasitzen, die den unbewußten Knaben geschäftlich oder gesellschaftlich wichtig sind, mögen sie nun wie Schmetterlinge oder wie Nachteulen aussehen. Angesichts solcher Gattinnen weiß jedermann, daß die Einladung zum Tanz für die Frauen, selbst wenn sie »nicht mehr mitmachen« gewissermaßen die Bestätigung ihrer erotischen Fähigkeiten bedeutet und folglich, was er zu tun hat. Dies beweist auch das mitunter deutlich hörbare, an ungemachte Schulaufgaben erinnernde Geächze seitens junger, dunkler Anzüge, es stände ihnen noch bevor, die Gastgeberin herumzuschieben.

Das Wahlprivileg der Männer beim Tanzen wirkt sich auf die Frauen als Demütigung und auf die Männer als Anreiz zu Überheblichkeit aus. So belanglos solche Demütigung und Überheblichkeit von Fall zu Fall auch sein mögen – viele Tropfen höhlen den Stein. Es zeigt sich doch klar, daß es da zwei Arten von Menschen gibt. Die einen können herauspicken, können wählen, mit wem sie tanzen wollen; die anderen – jene, die »für die Liebe geboren« sind, wie man ihnen immer wieder einpaukt, sobald sie sich etwas anderes als Kochen und Kinderhüten in den Kopf setzen – haben froh zu sein, wenn irgendein Mann mit ihnen tanzen will. Und das männliche Privileg des Federlesens ist nicht nur für die Mauerblümchen demütigend, es ist es für die Frauen überhaupt, ob mit oder ohne »Erfolg«. Denn selbst über den »Erfolgreichen« schwebt das Damoklesschwert des Unbegehrtseins: sie sind nicht in jeder Gesellschaft und jedem Alter gleich begehrt.

Oder sollte man die ganze Angelegenheit nicht so tragisch nehmen?

Setzen sich junge und ältere Frauen gelegentlich nicht gerne ein wenig, um dem Treiben zuzusehen? Zuschauen ist ja auch ganz nett. Ist es nicht gemütlich, der Musik zu lauschen und die Tanzenden zu betrachten? »Es ist so interessant, die Leute zu beobachten«, sagt schließlich das vernachlässigteste junge oder alte Mauerblümchen.

Sitzen bei Tanzveranstaltungen mag erquickend und erlabend sein; aber einmal ist man genügend erquickt und erlabt und will auch wieder mittun. Ist es nun verboten, zum Tanz einzuladen, so wird die erquickende und erlabende Pause unerquicklich lang, wenn keiner kommt. Oder ist keine Lust zum Tanzen zu haben, weil zufällig kein Mann Lust hat, mit einem zu tanzen, ein Stoizismus, der auch noch zur selbstvergessenen »weiblichen Eigenart« gehören soll?

Natürlich ist es auch ein leichtes, das Problem der den Frauen auferlegten Einstellung à la »Wenn nur was käm' und mich mit sich nähm'« als Bagatelle, wo nicht als humoristische Angelegenheit zu betrachten. Nun, es ist billig, zu bemerken, nur ein klägliches Selbstbewußtsein lasse sich auf diese Weise aus dem Gleichgewicht bringen, und so weiter. Doch das menschliche Selbstbewußtsein läßt sich des öftern aus dem Gleichgewicht bringen und das erotische, gerade auch bei Männern, erst recht. Sofern nämlich ausnahmsweise ihr eigenes Verschmähtwerden beim Tanzen in Frage steht, hört für sie alsbald jeder Spaß auf. Ja, oft geht ihnen sogar die Kraft ab, sich nichts anmerken zu lassen. (Frauen, die es nicht glauben, sollen Körbe austeilen: Sie werden feststellen können, daß vereinzelte der jüngsten Männer dabei erbleichen.) Ich habe einmal gesehen, wie eine Skikanone, ein Sieger des Tages, der für einmal glaubte, ihm gehöre die Welt, beim Tanzen ausnahmsweise einen Korb erhielt. Die Abweisung havarierte sein Selbstbewußtsein derart, daß er die Kapelle zu einem Tusch veranlaßte, um vor aller Augen – einen Handstand zu produzieren. Dieser Handstand vor dem überraschten Publikum sollte sein gesunkenes Selbstvertrauen wieder auf die Höhe bringen.

Leider sind nun diese Tropfen, die den Granit des weiblichen Selbstbewußtseins und in der umgekehrten Lage natürlich auch des männlichen höhlen können – sie fallen bei den ersten Klängen jedes einzelnen Tanzes aufs neue –, nicht einmal die einzigen schwerwiegenden Folgen des ausschließlich männlichen Wahlprivilegs beim Tanzen. Hinzu kommt nämlich die große praktische Bedeutung dieses Wahlrechts beziehungsweise Wahlverbotes für die Begründung und Entwicklung von Beziehungen zum anderen Geschlecht, seine Bedeutung als Möglichkeit zur Kontaktnahme par excellence.

Mit dem Privileg, Frauen zum Tanze aufzufordern, ist den Männern die

Möglichkeit gegeben, wo immer getanzt wird, grundsätzlich mit jedem weiblichen Wesen in Verbindung zu treten. Einmal im Tanzsaal, kann ein Mann jede schöne Unbekannte kennenlernen. Praktisch gibt es einige Einschränkungen durch das verbreitete Pärchensystem. Doch sogar dort, wo junge Mädchen zu einer Tanzveranstaltung eingeladen werden, um stundenlang in den Armen desselben Limonadenstifters zu tanzen oder auch mit ihm zur Linken an einem Tischchen zu sitzen, selbst dort kann sich ein Mann mit etwas Courage ausnahmsweise der schönen Unbekannten nähern. Kurz, jeder Mann hat im Rahmen jeder Tanzveranstaltung die Aufnahme des Kontaktes mit den anwesenden Frauen mehr oder weniger in der Hand. Damit besitzt er gegenüber den Frauen einen ungeheuren Vorsprung, Beziehungen zum andern Geschlecht, und zwar solche nach seinem Geschmack, anzubahnen. Die männerherrschaftliche Sitte gibt ihm derart ein Mittel in die Hand, im Heimatdörfchen, in der Vaterstadt und wohin ihn Ferien, Geschäfte und Kriege bringen mögen, rund um die Erde, Beziehungen zu Frauen, die für ihn von erotischem Interesse sind, anzuknüpfen. Dies bedeutet, daß es Männern unvergleichlich leichter fällt als Frauen, in der Fremde ihr erotisches Leben befriedigend zu gestalten. Das Wahlrecht beim Tanzen eröffnet ihnen, wohin sie auch kommen, einen erotischen Markt. Denn es ist zugleich gesellschaftliche Legitimation, überall dort aufzutreten, und zwar ohne Begleitung, wo die Leute sich in einer Atmosphäre erotisch getönter Geselligkeit bewegen. Sie können sich darin ergehen, Akquisitionen machen oder auch nicht.

Ohne Wahlrecht beim Tanzen besitzen dagegen die Frauen als Einzelpersonen kein volles Zutrittsrecht zu den mehr oder weniger öffentlichen Veranstaltungen, wo getanzt wird. Dies will natürlich noch nicht besagen, daß man den Frauen immer den Zutritt verweigerte, wenn sie trotzdem kommen sollten. Er wird ihnen meist indirekt verwehrt.

Einmal ist ihnen, da sie ja nicht engagieren dürfen, verwehrt, etwas zu tun, um auf die Art, die ihnen erwünscht wäre, am Vergnügen teilzunehmen. Zudem können sie weder psychisch noch praktisch so unangefochten wie unbegleitete Männer das Tanzgetümmel betrachten. Bedeutet das Herumstehen der Männer, wie gesagt, lediglich, daß ihnen keine Frau reizend genug war, so das Herumsitzen der Frauen, daß sie für keinen Mann reizend genug sind und um jeden froh zu sein haben, der sich schließlich doch noch herbeiläßt. Das ist eine unangenehme Lage. Sie kann noch unangenehmer werden. Denn es mögen sich nebst gelangweilten Langweilern auch Gesellen nähern, die nach Prostituierten Ausschau halten und in ihrer Sturheit jedes weibliche Wesen, das nicht »in festen Händen« ist, als solche betrachten. Praktisch heißt dies, daß Frauen, wenn sie allein an Tanzveranstaltungen teilnehmen, um Männer kennenzulernen, die ihnen zusagen, ihre Zeit häufig gelangweilt oder belästigt verbringen. Also halten sie sich ferne. Das Unternehmen mit Freundinnen zu wagen, hat bessere Aussichten, wenn auch nicht überall. Sie sind meist um so besser, je größer die Gruppe ist. Sie erschöpfen sich jedoch in der Abwehr von Langeweile und Belästigung. Das unausgesprochene Verbot, allein an eine Tanzveranstaltung zu gehen, kompensieren sie nicht.

Diese Sachlage bewirkt praktisch, daß die Frauen, sobald sie allein in der Fremde sind, verhältnismäßig geringe Möglichkeiten besitzen, mit annehmbaren Angehörigen des anderen Geschlechtes in Berührung zu kommen. Deshalb gibt es wenige Schweizer, die im Ausland nicht diesen oder jenen erfreulichen Kontakt mit Töchtern des Landes hatten, und verblüffend viele Frauen, die Jahre im Ausland verbrachten, ohne dort auch nur einen einzigen Einheimischen umarmt zu haben.

Die Bedeutung des männlichen Privilegs der Initiative beim Tanzen geht noch über jene des erotischen Wahlrechtes und der größeren erotischen Kontaktmöglichkeit hinaus.

Vertieft man sich ins Wesen des Tanzes, so sieht man, welch wichtigen Teil des Gemeinschaftslebens er darstellt. Übrigens bestätigt dies auch der bei vielen Völkern religiöse Charakter des Tanzes. Was die Teilnahme am Tanz betrifft, gibt es demokratische und undemokratische Lösungen, je nachdem ob er Sache sämtlicher Volksgenossen ist oder als Kunst oder Ritusform jene von »Delegierten«, von Künstlern oder Priestern.

Teils ist sogar unser Gesellschaftstanz noch Gemeinschaftsangelegenheit. Dieser Charakter kommt, wenn auch vom erotisch gemeinten Pärchensystem durchbrochen, zum Beispiel darin zum Ausdruck, daß immer in Gemeinschaft, an eigentlichen Tanzveranstaltungen, getanzt wird und kaum von einem Pärchen allein im einsamen Kämmerlein. Die Tanzenden sind zwar in Pärchen atomisiert, können aber nur miteinander existieren. Dieselben Tonwellen müssen alle Teilnehmer erfassen und in ihnen die gleichen Bewegungen hervorrufen. Ältere Tanzformen und die Polonaise, der Lieblingstanz der Kinder, betonen diesen Gemeinschaftscharakter deutlicher: die Tanzenden bilden einen Reigen, der alle verbindet, oder gar eine Kette.

Unser Gesellschaftstanz ist demokratisch, denn keine Priester und Künstler vertreten den »einfachen Mann« (einfach vom Standpunkt seiner tänzerischen Leistungsfähigkeit). Nur eine Ausnahme vom demokratischen Prinzip wird gemacht. Man sieht sie schon bei den ersten Klängen eines Tanzes, wenn die Herren auf die scheinbar an den Stühlen festklebenden Damen zusteuern. Die »Tanzdemokratie« gilt nur für die »Herren«. Nur sie können kraft eigenen Rechtes am tänzerischen Gemeinschaftserlebnis teilnehmen. Die andern Menschen aber, diejenigen, die in prächtigen Kleidern in gefälliger Auswahl dasitzen, sind Frauen, die nur mitmachen dürfen, wenn sie von einem Herrn aufgefordert werden. Dann aber müssen sie teilnehmen. Sonst sind sie, wenn man so sagen darf, von der tanzenden Volksgemeinschaft ausgeschlossen. Denn das »Sitzengebliebensein« bedeutet eine Art Heimatlosigkeit des Verbannten. Sie haben unter den umherschweifenden Interessenten wörtlich keinen Mann gefunden und bleiben daher für die Gemeinschaft im Rahmen der Gemeinschaftskundgebung des Tanzes inexistent. Mit jedem Tanz wiederholt sich das Schauspiel des männlichen Erwählens oder Verschmähens und damit auch der Ausstoßung aus der Gemeinschaft der Fröhlichen, der Tanzenden. Auf diese Weise ist jeder Tanzboden zugleich eine Bühne, auf der stereotyp ein ganz bestimmtes »lebendes Bild« gebracht wird.

»Was wollte uns der Dichter mit diesem Schauspiel sagen?« läßt sich wie in der Literaturstunde fragen. Der Dichter des Schauspiels ist die Männerherrschaft; sie hat die Konventionen und Sitten geschaffen, welche das Gemeinschaftsleben und damit auch die erotischen Beziehungen der Geschlechter ordnen. Und sie will uns mit dem endlos wiederholten Bild sagen, daß die Frauen, die den Männern nicht so weit zusagen, daß sie dieselben zur Ehe oder auch sonst »engagieren«, im Gemeinschaftsleben nicht mitzumachen brauchen. Überdies, daß die Frauen froh und dankbar zu sein haben, wenn einer sie erwählt, um mit ihm an der Gemeinschaft teilzunehmen. Es zeigt sich sinnig in der Pflicht, mit dem ersten »Herrn«, der sie »engagiert«, zu tanzen.

Summa summarum: Die Tanzsitten hindern zugunsten eines männlichen Wahlprivilegs die Frauen, erotisch zu wählen. Sie sind typisch für den mit der Einschränkung der Frauen erkauften Spielraum der Männer für ihre erotischen Unternehmungen. Sie symbolisieren die Rollenverteilung der Geschlechter im Gemeinschaftsleben.

Der Heiratsantrag – die wichtigste Form des männlichen Privilegs zum ersten Schritt

Infolge ihrer wirtschaftlichen Vormachtstellung, der die Zurücksetzung der Frauen gegenübersteht, und ihrer Flucht vor Haus- und unbezahlter Erziehungsarbeit haben die Männer als Heiratskandidaten gewissermaßen eine Stelle an eine weibliche Kraft zu vergeben.

Sie umfaßt Obliegenheiten, die von denjenigen einer bewundernden, verstehenden Gesellschafterin bis zu jener einer Kammerdienerin und Köchin in einem rangieren. Können wird allerdings wenig verlangt, um so mehr aber Willigkeit, ja Freudigkeit, solche Funktionen zu übernehmen. Und selbstverständliche Voraussetzung, um die Stelle zu bekommen, ist die Fähigkeit, den »Arbeitgeber« sexuell anzusprechen.

All dies genügt noch nicht zur Ausfüllung des Postens. Der Ehemann muß mit seiner Frau auch gesellschaftlich Ehre einlegen können. Zwar muß sie im Innern des Hauses aus den gegebenen Mitteln unter vollem Einsatz der Kräfte den höchstmöglichen Lebensstandard herauswirtschaften, nach außen hingegen soll sie mit Selbstverständlichkeit die Verwöhnte vorstellen können. Im Innern das selbstvergessene Hausmütterchen, dessen Kraft und Zeit zum Sparen einiger Rappen nicht zählt; nach außen möglichst damenhaft, die Prinzessin auf der Erbse, die qualifizierte Konsumentin der Güter, die der offenbar erfolgreiche Ehemann einbringen konnte. Und noch mehr: Man muß den Ehemann dieser Perle wegen bewundern und beneiden.

Das Gegenstück zur Stellenausschreibung, die jedem unverheirateten Mann anhaftet, ist das Stellengesuch, das jede unverheiratete Frau darstellt. Denn bei den von den Männern gestalteten wirtschaftlichen Verhältnissen der Frauen ist die Ehe durchschnittlich noch die lukrativste weibliche Karriere. Während es den Männern unter dem wirtschaftlichen Gesichtspunkt freisteht, zu heiraten und für zusätzliche Pflicht zusätzlichen Komfort zu genießen, sind die Frauen, wie im vorigen Kapitel erörtert, auf die Ehe mehr oder weniger angewiesen.

Die automatische wirtschaftliche Notlage der meisten Frauen und ihre einzig mögliche Sanierung durch Heirat, zusammen mit den ohnehin differenzierteren erotischen Ansprüchen an die Männer, machen die Wahl des Lebensgefährten für die Frauen unvergleichlich wichtiger als für die Männer. Daher würde das sogenannte Glück der Frauen nicht eine männliche, sondern eine weibliche Wahl des erotischen Partners beziehungsweise des Lebensgefährten verlangen.

Es ist aber genau umgekehrt. Denn entscheidend ist nicht das Glück der Frau, sondern das Machtverhältnis zwischen den Geschlechtern.

Eine »Arbeitslose« und ein »Arbeitgeber« stehen einander gegenüber. Sachlicherweise wäre es nun an der »Arbeitslosen«, ihre Arbeitskraft anzubieten. Da es in diesem Fall aber um mehr als die Arbeitskraft geht, gewissermaßen um die ganze Person der Stellensuchenden, so untersagt ihr der Stolz, sich anzubieten. Mit anderen Worten: Die Bettlerin hat hinsichtlich der Besetzung der Stelle vornehme Zurückhaltung zu üben, während der Wohltäter sich aufdrängen darf.

Illusorisches Vetorecht

Die erotischen Kontakt- und Wahlprivilegien der Männer führen diese natürlich nicht unfehlbar zum Ziel. Denn die Delikatessen besitzen ein Vetorecht, gewissermaßen ein negatives Selbstbestimmungsrecht erotischer Natur. Weder zu einem schwarzen Kaffee noch zu einem Tanz oder gar zur Ehe können sie unmittelbar gezwungen werden. Es steht ihnen frei, nein danke zu sagen.

Das ist aber auch ihr einziges Recht, in den vielschichtigen Bestrebungen zur Schaffung erotischer Verhältnisse ihren Willen im Rahmen der Konventionen eindeutig zum Ausdruck zu bringen. Sein negativer Charakter bedeutet nur, daß man das Widerwärtige verhindern kann, aber nicht, daß man dem Angenehmen deutlich entgegengehen darf. Tausend Nein bringen kein weibliches Wesen seinen erotischen Zielen näher. Auch verlangen Verhältnisse und Klugheit, das Vetorechtlein ungemein rücksichtsvoll auszuüben. Zwar befassen sich mit Ausnahme des Verbotes, beim Tanzen Körbe zu erteilen, keine Konventionen mit solchem weiblichen Nein. Aber die Gegensätze in der wirtschaftlichen und sozialen Lage der Geschlechter wirken ihm indirekt massiv genug entgegen.

Die erotische Annäherung und Sondierung der Männer spielt sich in den Gefilden einer verhältnismäßig öffentlichen Geselligkeit ab, zu der auch ein großer Teil der sogenannten Unterhaltung gehört. Sie sind weitgehend in den Händen der Männer.

Das männliche Regiment in diesem Sektor hat mannigfaltige Gestalt. Beispielsweise sind die Vereine, die sich neben ihrem Hauptzweck mit geschlechtlich gemischter Geselligkeit befassen, fast ausschließlich Männervereine. Was sonst unter »Vergnügen und Unterhaltung« klassiert werden kann, ist formell meist jedem zugänglich, praktisch dagegen Frauen, wie erwähnt, in subtiler Weise nur in Begleitung von Männern oder eventuell als Gliedern einer Gruppe. Der Besuch von Dancings durch Frauen ohne Begleitung ist fragwürdig, jener von Nachtlokalen verpönt. Aber selbst Unterhaltungsgelegenheiten, die den Frauen als einzelnen so selbstverständlich offenzustehen scheinen wie den Männern, tun dies nicht gleich weitgehend. Im Theater kann ein Mann mutterseelenallein im Foyer umherstehen, er kann die Piste dreimal täglich ganz allein machen und beides grundsätzlich tagaus, tagein. Eine Frau nicht. Sie wirkt sonderbar, sobald sie als alleinstehende Figur regelmäßig wahrgenommen wird. Ist sie jung und hübsch, so warten früher oder später auf dem Heimweg oder unten an der Piste Kletten auf sie. Ist sie es nicht, so bleiben zwar die Kletten aus, dafür wirkt sie als Ausgestoßene. Wo man sich unterhält, ist es auf die Länge für allein erscheinende Frauen so oder so etwas genierlich. In Begleitung von Freundinnen sind sie sicherer, am sichersten in derjenigen eines Mannes. Die einzige volle Ausnahme macht der Kinobesuch, bei dem die Betrachter in so tiefes Dunkel eingehüllt werden, daß sie ohnehin nicht wissen, wer die anderen Schatten sind.

Ähnlich verhält es sich – gerade auch in der Schweiz – mit dem Restaurationsbetrieb. Zwar antwortet der Ober nicht wie vor fünfzig Jahren[33] auf die Bestellung der alleinstehenden Damen (das heißt solche ohne einen danebenstehenden Herrn als Haupt, Stütze und Spazierstock) buchstäblich mit der Frage: »Und Ihre Herren, meine Damen?« Auch bedeutet er ihnen auf ihr: »Wir haben keine Herren, brauchen auch keine Herren, wir sind wir«, kaum mehr, daß in guten Häusern nur bemannte Damen bedient werden. Aber während der einzelne Mann in unseren Gaststätten immer gerne, sehr gern gesehen wird, ist die alleinstehende oder genauer allein sitzende Frau in vielen Gaststätten quantité négligeable, wie schon im Zusammenhang mit dem Lebensstandard der berufstätigen Frau besprochen worden ist. Sie sieht man weniger gern und bedient sie nachlässiger. Das Bild, das man sich von ihr macht, hat etwa folgende Umrisse: Wäre sie jemand, so müßte sie nicht ohne Mann auswärts essen gehen. Da sie aber offenbar weder daheim – denn wie äße sie sonst auswärts – noch draußen einen Mann hat – sitzt sie doch allein da –, so sieht man sie ohne jenen Abglanz der Macht, den die Frauen durch eine sichtbare Verbindung mit einem Mann noch erhaschen können. Und als Machtlose wird sie mit einem Hauch gelinder Verachtung bedacht.

Wollen Mädchen und Frauen »mitmachen«, außerhalb ihrer vier Wände im Rahmen einer Geselligkeit im weitesten Sinne etwas unternehmen, so können sie dies ausgiebig und in einer Atmosphäre der Selbstverständlichkeit nur in Begleitung von Männern tun, die sie gewissermaßen sozial dazu legitimieren. Ein männlicher Passepartout ist unerläßlich. Erst durch sein Medium scheint die weibliche Teilnahme erwünscht zu sein; sonst ist sie unerwünscht, eben weil sie von keinem »Herrn« gewünscht wird.

Natürlich gibt es auch eine ganz private Geselligkeit, zu der junge Mädchen und Frauen auf Grund ihrer Familienzugehörigkeit und ihrer freundschaftlichen Beziehungen Zutritt haben. Aber sie bildet keinen Ersatz für die Unfreiheit in der öffentlichen Geselligkeit. Zudem sind die Frauen auch in diesem Rahmen weniger gern gesehen als Männer. Während die Einladungen an fernstehende Jünglinge und Junggesellen verschwenderisch versandt werden, ergehen sie an junge Mädchen und alleinstehende Frauen meist nur, wenn sie Glieder des engsten Kreises sind. Die Männer an der Peripherie solch privater Geselligkeit werden mit Wärme in den Kreis hineingezogen, während man ihre Schwestern gern etwas übersieht. Eine Methode, die vor allem jungen ledigen Frauen bekannt ist, die in der Fremde leben. Ausnahmen werden etwa zugunsten der jüngeren Schwester eines Bruders gemacht. Sie verdankt ihr Privileg dem glücklichen Umstand, daß sie einen Heiratskandidaten für die anderen in ihrem Gefolge hat.

Bei dieser Lage der Dinge hüten sich Frauen wohlweislich vor Absagen. Sie besinnen sich dreimal, bevor sie Einladungen von – sagen wir – nicht zum vornherein unsympathischen Männern ablehnen. Denn ohne einen einladenden Herrn der Schöpfung kein Mitmachen, kein Dabeisein. Einladungen von noch so langweiligen Männern grundsätzlich abzulehnen, hieße für viele Frauen, sich von gemischt-geschlechtlicher Gesellschaft, ja teils sogar vom geselligen Gemeinschaftsleben überhaupt, auszuschließen. Mit einem nichtssagenden männlichen Passepartout auszugehen, ist das kleinere Übel, als einsam und allein in seinen vier Wänden zu sitzen. Ferner gibt es die schwache Hoffnung, über uninteressante Männer zu interessanteren zu gelangen, sich durch den Grießberg in ein Schlaraffenland durchzubeißen.

Der Wachhund gegen die Wölfe und der fehlende Posten »Vergnügen« im Budget

Die gelegentlichen Belästigungen, denen junge Mädchen und Frauen sich aussetzen, wenn sie sich selbständig bewegen, tragen indirekt ebenfalls dazu bei, daß Absagen sparsam erteilt werden. Wo, wie in der Schweiz, nicht nur das politische und wirtschaftliche Gemeinschaftsleben, sondern auch das gesellschaftliche weitgehend in den Händen der Männer liegt, nehmen sich nämlich manche bei der Begegnung mit alleinstehenden jüngeren Frauen getrost etwas heraus.

Belästigung in diesem Sinne ist natürlich schon jede Anrede, die von der Angesprochenen nicht unverkennbar gewünscht wird. Sie ist seitens der Männer gegenüber Frauen so verbreitet, wie sie in umgekehrter Richtung selten ist. Hat man je gesehen, daß weibliche Wesen sozusagen als Zwangshandlung ein gönnerhaftes oder leise anzügliches Geplänkel mit Männern anfangen, die allein in der Bahn sitzen, allein baden, allein skifahren? Hat man je gesehen, daß sie sich an die Fahrräder unbekannter Männer hängen und dermaßen ihre Begleitung aufdrängen? Kaum! Die Gegenstücke aber alle Tage.

Ja, nicht einmal so richtig spazierengehen können die Frauen allein. Denn begegnen sie auf einsamen Pfaden männlichen Wesen, so spazieren sie bald nicht mehr allein – manch einer redet sie schon grundsätzlich an. Offenbar scheint bereits das Sichsehenlassen in der Öffentlichkeit als eine Art Geselligkeit zu gelten, die ebenfalls von der Regel beherrscht ist: Kontaktmöglichkeiten für Männer und keine für die Frauen.

Frauen dagegen haben nicht nur nichts zu fragen, nein, sie haben im Straßenbild das scheue Reh zu spielen. Da gelten trotz Frauenemanzipation Regeln aus viktorianischer Zeit. »There is no danger in a lady walking by herself in Regent Street, or even in the Parks, in the day, if she walks quickly and dresses modestly«[34] – ist nicht einmal heute in allen Teilen überholt. Daß es sich für Frauen (jüngere und schönere) empfiehlt, bei ihren Gängen bestimmte Zeiten und Straßen zu meiden, überall eher schnell als langsam zu gehen und sofort von einem Schaufenster wegzutreten, wenn ein Mann der einzige andere Betrachter ist, sind Binsenwahrheiten. Heute wie vor hundert Jahren gilt: Die »anständige« Frau flaniert nicht. Das heißt soviel wie: Sie spaziert nicht, wann, wo und wie sie Lust hat, sondern wann und wo man sie laufen läßt – im doppelten Sinne des Wortes – und wie ... ja, wie? Der freien Schweizerin sagt es das Bundesgericht. Nach seinem Urteil darf sie weder den Kopf drehen noch ihr Blickfeld wechseln, hat vor einem Mann die Augen niederzuschlagen und jede Straße nur als Einbahnstraße in der einmal eingeschlagenen Richtung zu benutzen, weil sie »durch auffälliges Herumschauen, einen bedeutsamen Blick auf Männer, langsames Auf- und Abgehen und dergleichen zu erkennen gibt, daß sie ihren Leib feil hält«[35]. Sic! Bummeln und dabei gar auf einen Mann blicken, soll je nachdem nichts weniger als ein zur Unzucht anlockender, strafbarer Antrag sein.

Was Wunder, daß Frauen einen männlichen Begleiter schon als Passepartout schätzen und sich zweimal besinnen, bevor sie einen zum Wächter bekehrten Wolf bei ihren Gängen durch die Täler der heulenden Wölfe abweisen.

Auch aus rein ökonomischen Gründen sind Frauen oft auf männliche Begleitung angewiesen. Ein Diner in einem eleganten Restaurant, der Besuch von Vergnügungslokalen, Ausflüge im Auto sind für den größeren

Teil der jungen Mädchen und Frauen untragbare Extravaganzen, wahre Erschütterungen des Budgets. Die Lage der Männer ist rosiger, ihre Vorzugsstellung im Berufsleben verschafft vielen von ihnen ein nettes Taschengeld. Und bei einem beachtlichen Teil reicht es gleich zur Bezahlung der Unterhaltung für zwei. Die Männer sind die Weihnachtsmänner der Frauen.

Da somit auch langweilige Männer zum mindesten kurzweilige Vergnügen bieten können, so besitzen die Männer eine gewisse Garantie für die Annahme ihrer Einladungen, eine praktische Sanktion ihrer Sondierungsbefugnis auf erotischem Gebiet. Sie haben die Möglichkeit, im Rahmen ihrer erotischen Interessen den Freudenspender zu spielen und auf diese Weise für eine erste Fühlungnahme nur selten gänzlich unwillkommen zu sein. Denn würden die Frauen bei den Einladungen der männlichen Vergnügungsstifter zu wählerisch sein, so strichen sie damit die Rubrik »Vergnügen« aus ihrem Programm.

Es ist diese Art Abhängigkeit, welche oft Frauen, besonders aber junge Mädchen, zu ihrem eigenen Erstaunen ab und zu mit Männern ausgehen läßt, die sie nicht aus Hunderten gewählt hätten, hätten sie überhaupt die Wahl gehabt. Auch sie trägt dazu bei, daß Mädchen und Frauen sich merkwürdig selten weigern, zur männlichen Begutachtung erotischer Art alle möglichen Podien zu erklimmen, solange die fraglichen Männer nicht geradezu den Verdacht sexueller Gelegenheitsdiebe erwecken oder sich abschreckend benehmen.

Was den Frauen übrigbleibt

Stellt man fest, daß die Frauen grundsätzlich keine konventionellen Möglichkeiten haben, sich Männern, die sie interessieren, zu nähern und deren Einstellung zu ihnen zu prüfen, so fehlt es nicht an Entgegnungen und allerlei Vorschlägen.

Was, die Frauen könnten keine Schritte unternehmen? Oh, tausenderlei, echt weibliche Listen ständen ihnen doch zur Verfügung: Sie könnten Taschentücher fallen lassen, Koffer als Köder für galante Männer schleppen, und schließlich genüge es, Männer anzulächeln, wobei sich das übrige gäbe.

Gesetzt den Fall, die zu gewinnenden Männer wippten nur so auf und ab, um Taschentücher zu angeln. Gesetzt den Fall, es gelänge den Frauen, bei zufälligen Begegnungen mit schwerem Gepäck auf sie zuzuwanken und es ihnen in die Retterhand zu drücken. Was bedeutet dies schon? Taschentücher aufzulesen und Gepäckstücke kurze Strecken weit zu tragen, ist ja nur eine unpersönliche Höflichkeit wie jene, die Dame zuerst durch die Türe huschen zu lassen. Das eine wie das andere hat mit persönlichem Kontakt nichts zu tun. Was das Anlächeln betrifft, so mag es ohnehin schon sympathisierende Männer veranlassen, ein Schrittlein zu wagen, aber bisher Gleichgültige bringt es nur schwer vom Fleck. Nein, wenn die Frauen nicht vorliebnehmen wollen mit der Auswahl von Männern, die ihnen das Leben sozusagen an den Strand spült, und nach eigener Lust und Laune erotische Kontakte aufnehmen möchten, so haben sie keinen anderen Weg als sich über die Konventionen hinwegzusetzen. Das bedeutet zwar nicht gerade verbotene Wege, wohl aber das Betreten von weg- und steglosem Gelände.

Gewiß, Frauen können Männer, die ihnen gefallen, zu allerlei Unterhaltung einladen, zu Kaffee, Kinovorstellungen, Ausflügen, Nachtessen, Bällen, Tanzereien. Aber können sie auch die Rechnung begleichen? Ausgeschlossen! Der eingeladene Mann will unbedingt zahlen. Denn ein Klischee bedrängt ihn: der Gigolo in den Klauen der ältlichen Amerikanerin. Mit andern Worten: Eine Frau kann eben nicht einladen, auch wenn sie einlädt. Die Frauen können bestenfalls einen Mann einladen, sie einzuladen – ein bizarrer Schritt.

Wohlweislich tun die Frauen ihn nur selten. Denn erotische Fühlungnahme erfüllt nur dann ihren Zweck, denjenigen einer unverbindlichen Annäherung, wenn und weil sie konventionell ist. Außerhalb der Konventionen ist sie alles andere als unverbindlich und daher selten zweckdienlich.

Auch wenn sich Frauen in anderer Weise über Konventionen hinwegsetzen, um sich einem Mann zu nähern, haben ihre Anregungen unter den gegebenen Voraussetzungen nicht die Bedeutung, unverbindlich angenehme Unterhaltung zu vermitteln, wie es männliche Vorschläge tun, sondern eher diejenige einer Liebeserklärung, was nun auch nicht immer gemeint ist.

Einladungen und Anregungen seitens der Frauen sind daher prestigemäßig eine Unvorsichtigkeit und können eine falsche Situation schaffen, die den Initiantinnen gänzlich unwillkommen ist. Wenn sie wirklich schon zum vornherein verliebt sind, werden sie allerdings das Wagnis auf sich nehmen, die Deutung ihres Vorgehens als Liebeserklärung offenzulassen. Aber eine Liebeserklärung ist immer ein gewagtes Unternehmen, besonders wenn sie nicht erwartet wird. Sie erschreckt und kann deshalb abschrecken. Und da jeder Bruch der Konventionen durch eine Frau zugunsten eines Mannes eine Liebeserklärung von ähnlichem Gewicht ist wie eine Fassadenkletterei zum Fenster der Geliebten für einen Mann und mit ihr alles gewonnen, aber auch alles verloren werden kann, kommt ein gedeckter Rückzug gar nicht in Frage. Bei einem freundlichen Interesse für einen Mann als Mannstolle verstanden zu werden und bei wirklicher Liebe Liebeserklärungen ins Blaue hinein zu riskieren, ohne die Möglichkeit, eine Art Rückzug ins Ungeschehene zu besitzen, sind nun Tollkühnheiten, die sich Frauen natürlich nicht oft leisten mögen.

In zahlreichen Fällen mag die weibliche Wahl und Initiative von Erfolg gekrönt sein, vom Erfolg des Mutigen, dem die Welt gehören soll. Doch kann weibliche Initiative beim Kontakt ohne schützende Konvention nicht einmal für eine Minderheit selbstverständlich, geschweige denn zur allgemeinen Regel werden. Und solange keine Konventionen die weibliche erotische Wahl fördern, wo nötig auch auf Kosten der männlichen Vorrechte, fällt eine größere Entfaltung der weiblichen Erotik außer Betracht. Sei auch die Liebe wie angeblich die Mode »das Reich der Frau«.

Neben jenen Frauen, die in der Erotik vorliebnehmen, dabei Glück haben oder auch nicht, und der kleinen Zahl, welche die Konventionen durchbrechen, gibt es noch die Kategorie jener, die der Lage methodisch die beste Seite abgewinnen. In Amerika ist sie besonders groß. Diese Frauen suchen zugunsten ihrer erotischen Ambitionen aus den gegebenen Konventionen realistisch das Maximum herauszuwirtschaften. Wenn die Männer schon wählen, gilt es, recht viele Wahlen auf die eigene Person zu leiten, einen möglichst großen Kreis von Verehrern, genauer Interessenten, um sich zu sammeln, um so zum mindesten innerhalb eines Kreises doch noch auswählen zu können. Darum: Look at your best! Die ergebenen Sklavinnen der Mode rechnen unter anderem damit, durch ihren modischen Frondienst eine Auswahl von Männern um sich zu scharen, aus der sie dann ihrerseits die Rosinen herauspicken können.

Wie das weibliche Verlangen nach Zärtlichkeit und Ritterlichkeit abgespeist wird

Zärtliche Behandlung – das langweilige Lehrfach

Es scheint, daß auch dem weiblichen Bedürfnis nach beseelter körperlicher Zärtlichkeit als Ausdruck der Liebe in dieser Männerherrschaft nur mäßig entsprochen wird, obwohl man bei dem ständigen Gerede von der »Erfüllung der Frau« anderes erwartet. In Verhältnissen, wo jeder Gegner der Gleichberechtigung der Frauen sich gebärdet, als ob er »die Frau« besser kenne als sie sich selbst und es sein Recht und seine Pflicht sei, sie über ihr »ureigenes Frauentum« zu belehren, muß paradoxerweise der erleuchteten Männlichkeit in Lehrbüchern gezeigt werden, wie sie das Fach »Frau« besser beherrschen lernen könnte.

Getüpfelte und gestrichelte Kurven zeigen dem denkenden Beglücker graphisch, wie die sexuelle Erregung bei der Frau langsamer ansteige und er daher nicht mit der Tür ins Haus fallen, sondern sich erst nach »gut aufgebautem Vorspiel«[36] in medias res begeben sollte – »Praeterea censeo, vulvam Sacratissimae Majestatis ante coitum diutius esse titillandam« –, wie auch der Leibarzt Maria Theresias[37] ihr, beziehungsweise ihrem Gatten, empfahl. Eine ganze Literatur erteilt Ratschläge, wie die Männer Zärtlichkeiten zu praktizieren hätten. Langweilige Rezepte werden gegeben, in welcher Folge was und wie an den Frauen zu berühren sei, bis diese – endlich! – psychisch und physisch zum Geschlechtsakt bereit seien. Sie haben etwas vom Geiste der Gebrauchsanweisung zu einer Nähmaschine mit dem Motto: »Sie spukt einfach, wenn nicht richtig eingefädelt wird.«

Die Männer scheinen in diesem Punkt so sehr von allen guten Geistern verlassen zu sein, daß die Mentoren, um zu überzeugen, sie wie zu einem Geschäft beschwatzen müssen. Der Refrain entsprechender Aufklärungsrhetorik hat einen ähnlichen Ton wie »es ist in ihrem eigenen Interesse«. Dem Lehrling schreibt man hinter die Ohren, er wäre dumm, diese Eigentümlichkeit der weiblichen Natur nicht zu berücksichtigen, da er sich damit um die Steigerung der Sensation brächte, welche die zärtliche Beglükkung der Frau in ihm auszulösen vermöchte. Und dem Ehemann stellt man ehelängliche Frigidität der Ehefrau in Aussicht, falls er sich in der Hochzeitsnacht nicht zu »Rücksicht« und Zärtlichkeiten aufzuraffen vermöge, um die »Hemmungen« der Frau zu beseitigen.

Manch ahnungslose junge und alte Knaben, die sich solche Lektionen zu Gemüte geführt, kommen sich noch bald als versierte Liebeskünstler vor. Wenn Zärtlichkeiten geboten sind, wickeln sie ein Repertoire ab und sind stolz darauf, ihre Lektion lückenlos herunterhaspeln zu können. Wo hinter ihrem schülerhaften Eifer nur eine unpersönliche sexuelle Leidenschaft steht, bleiben sie erfolglos. Denn die Frauen sind keine Maschinen, die man nur aufzuziehen braucht, und schon sprühen sie Funken. Die Gehaltlosigkeit gefühlloser Bemühungen wird von den Frauen sofort gespürt, genau wie man den Worten geheuchelter Teilnahme die Hohlheit anmerkt. Auch auf solche Mechaniker der Liebe trifft, entsprechend abgewandelt, das Bibelwort zu: »Wenn ich mit Menschen-, ja mit Engelszungen reden würde, doch hätte ich die Liebe nicht, dann wäre ich nur ein tönendes Erz, nur leeres Klingeln einer Schelle.«

In Wirklichkeit hat die richtige Zärtlichkeit zur richtigen Zeit am richtigen Ort gegenüber der richtigen Person rein gar nichts mit sexueller Spezialaufklärung und allerlei Kniffen zu tun. Entscheidend ist einerseits das gefühlsmäßige Erfassen, was für ein gigantisches und seltsames Unternehmen der Sexualakt mit seinen natürlichen Folgen für die Frau ist, und anderseits eine tiefe Zuneigung zu jener, welche die Zärtlichkeiten empfängt. Beides zusammen macht einen Mann einfallsreich und gibt seinen Zärtlichkeiten jene Überzeugungskraft, die unter der Voraussetzung, daß die betreffende Frau Leidenschaft und Zuneigung für ihn empfindet, beglückt und sie grundsätzlich zum Geschlechtsakt gewinnt.

Diese beiden Grundvoraussetzungen echter Zärtlichkeit gehen den Männern beim Geschlechtsakt oft ab. Besonders kümmerlich ist das Verständnis für die weibliche Fortpflanzungsfunktion. Die Vormacht ihres Kollektives macht die Männer zu überheblich, um sich mit wirklichem Interesse in die Bedeutung der weiblichen Geschlechtlichkeit zu vertiefen und sich entsprechend zu verhalten. Sie betrachten immer nur sich selbst, nämlich den Mann, und was dieser bis anhin auf der Welt Großartiges gemacht hat. Dabei reden sie sich ein, daß solches von den Frauen nie und nimmer hätte geschaffen werden können. Wie solches Eigenlob und die Verkleinerung der Frau auf das schleichende Gefühl zurückgehen, viel überflüssiger als die Frau und weniger als sie voller Mensch zu sein, sei hier dahingestellt. Jedenfalls rotieren sie selbstzufrieden um sich selbst und wenden sich von seltsamen Erlebnissen ab, deren sie nicht direkt teilhaftig werden können.

Aus demselben Grund fällt ihnen nebst der körperlichen Zärtlichkeit auch diejenige im weiteren Sinne, das Aufhebensmachen von den Frauen, deren Umwerbung, die schönen Worte, schwer. Wer weiß, vielleicht haben es die Katzen mit ihren schmachtenden Katern noch besser als die Damen des Homo sapiens.

Es fehlt allerdings nicht an Winken, die ihnen auf die Spur helfen sollen. Zahllose Plaudereien über die Lebensgestaltung der »Frau und Mutter« versuchen zu helfen. Neben anderen obligaten Stücken des Repertoires, wie heranwachsende Kinder hätten auch eine Persönlichkeit, die Böden seien nicht die Hauptsache im Leben der Frau und den Gästen komme es mehr auf einen hübsch dekorierten Tisch als auf gute Labung an, verfassen weibliche Autoren immer wieder dieselbe kokette Bettelei um eine milde Gabe, männliche Autoren dieselbe salbungsvolle Fürsprache. Sie lautet etwa: Treubesorgte, senkrechte, goldene Ehemänner vergäßen leicht, das Frauenherz gelegentlich mit ein paar Blümchen oder etwas Süßem zu erfreuen. Dies seltsame Ding möchte nämlich wie einst – war es einst der Fall gewesen? – umworben werden. Ein guter Mann solle seiner Gattin das harmlose Spielchen nicht abschlagen. Er habe seine langjährige Ehefrau mit ein paar Kleinigkeiten – sie brauchen nicht viel zu kosten, beeilt man sich hinzuzufügen – zu umwerben, habe zu tun, als ob er sie noch gewinnen und sie nicht schon seit zehn Jahren tagaus, tagein zum Kochen und Putzen und jede Nacht in Reichweite hätte. Zwischen den Zeilen steht: Umwerbt die Frauen, sonst werden sie sauer und ranzig. Denn an Umwerben, geschweige denn in dem begehrten Maß, denken die Männer selten; übrigens sind alle diese Artikel und Offenen Briefe ausschließlich Lektüre der Frauen selbst. Da ihren Ansprüchen die Erfüllung zum Teil versagt bleibt, halten sie sich an die Ersatzkost, die ihnen solche Klischees bedeuten.

Allerdings ist Gleichgültigkeit der Männer nicht einzige Ursache der verbreiteten Nichtbefriedigung des weiblichen Zärtlichkeitsbedürfnisses. Eine weitere liegt darin, daß bei einer sozialen Zurücksetzung des Frauenkollektives das weibliche Zärtlichkeitsbedürfnis weit über das natürliche Maß hinausgeht. Nämlich über jenes, das dem weiblichen Anspruch an sich entspricht. Seelische Exzeßbedürfnisse aber sind immer schwer zu befriedigen.

Weshalb dies Übermaß?

Deshalb, weil das geschlechtsbedingte, natürliche Zärtlichkeitsbedürfnis der Frau durch das für den Untergebenen gegenüber dem Vorgesetzten, für den Armen gegenüber dem Reichen und so weiter so typische Liebebedürfnis gesteigert wird. Das Liebebedürfnis der Unterjochten läßt sich sogar bei den versklavten Tieren, den Haustieren, bezüglich des Menschen beobachten. Sie wollen vom Menschen als ihrem Herrn und Meister gestreichelt, getätschelt und gelobt werden. Am allerdeutlichsten zeigt sich diese ungleiche Verteilung des gegenseitigen Liebebedürfnisses zwischen Vorgesetzten und Untergebenen, wie sie im Verhältnis zwischen Eltern und Kind, Kommandant und Mannschaft, Hausfrau und Dienstmädchen (letzteres alten Stils) und, um zum Ausgangspunkt zurückzukehren, zwischen Männern und Frauen in Erscheinung tritt.

Praktische Entrechtung macht die Lebewesen gegenüber ihren Herren, den Lieblingen der Götter, liebebedürftig. Der Höhergestellte wird durch seine Macht und des anderen Abhängigkeit zur Quelle der Anerkennung. Ob er diese zu gewähren geneigt ist oder nicht, sie wird von ihm erwartet, denn woher sollte sie sonst kommen?

Der Zärtlichkeitsanspruch der Frauen gegenüber den Männern – als ganzer hinsichtlich des einzelnen Geliebten und zu einem kleinen Bruchteil hinsichtlich aller Männer des täglichen Umganges – ist ein Anspruch des Armen auf Umworbenwerden durch den Privilegierten. Unnötig zu sagen, daß bei dieser Konstellation die Aussicht auf Erfüllung nur schlecht sein kann.

Brosamen der Ritterlichkeit

Ähnlich wie das Verlangen nach Zärtlichkeit wird jenes nach Ritterlichkeit durch die Zurücksetzung des weiblichen Geschlechtes noch gesteigert. Sie bewirkt, daß Ritterlichkeit den Frauen noch mehr als der erwähnte kompensatorische Einsatz der Persönlichkeit des Mannes ist. Nämlich die Andeutung einer Vertauschung der Rollen, indem der Herrschende sich zum Diener der Dienerin macht und diese damit zur Herrin. Ein faszinierender Ausblick für die zurückgesetzten Frauen!

Die Wirklichkeit ist weniger faszinierend. Denn die Ritterlichkeit, die die Frauen erträumen, und die »Ritterlichkeit«, die ihnen die Männer nach Lust und Laune im Rahmen einiger Konventionen bieten, sind zweierlei. Und die Ritterlichkeit der Ritterzeit ist natürlich noch etwas ganz anderes. Sie wird, wie Langdon-Davies trocken bemerkt, wenig mit Damen und viel mit Pferden zu tun gehabt haben.

Dem eigentlichen, tiefsinnigen Anspruch der Frauen auf Ritterlichkeit, geschweige denn dem Wunschtraum von einer gewissen Vertauschung der Macht, wird bei einer männerherrschaftlichen Ordnung nur wenig Rechnung getragen.

Der Tollkühnheiten im Dienste der Damen sind so gut wie keine. Dagegen gibt es einige Regeln, welche die Männer je nach Milieu und Gelegenheit einhalten, um sich den Anstrich eines vermeintlichen Savoir-vivre zu geben. Wer sich Haarfixativ aufs Haupt streicht, übt meist auch eine dürftige »Ritterlichkeit«.

Einige dieser Regeln gehen auf Zweckmäßigkeitsgründe zurück. Sie dienen einer gewissen Kompensation der weiblichen Pflicht zu »souffrir pour être belle«. Die anderen entbehren jedes Sinns; teils sind sie verwaschener Abklatsch höfischen Zeremoniells, teils wirre Gesten im Sinne eines »Schutzes der Frau«, der so wenig nötig ist, wie er kostet.

Zum Kult um die unpraktische Frauenkleidung gehört es, der Dame aus dem Wagen zu helfen, der Dame einen Stuhl zu bringen, der Dame den Fauteuil zu überlassen, der Dame alles und jedes vom Boden aufzuheben. Aus dem Wagen muß man den Frauen helfen, weil ein langer wie ein kurzer Rock unschön verrutscht, wenn sie ohne Hilfe herauskriechen müssen. Die bequemen Sitzgelegenheiten sind den Damen vorbehalten, weil sie in unbequemen Hüllen stecken. Wie ein Pfeil hat der Herr auf die der Dame entfallenen Siebensachen zu schießen, weil einst das Korsett und heute die Strumpfbandmaschinerie ihr rasche Rumpf- oder Kniebeugen fast unmöglich machen. Häufig schnellt er allerdings nicht los, weil er es selten bemerkt, wenn der Dame etwas zu Boden fällt.

Stößt man unter einer Tür zusammen, so gilt: Ladies first! Der Herr steht plötzlich hinter der Dame – wie reich das Frauenleben doch an Freuden ist!

Ritterlichkeit verlangt auch, daß Herren sich nicht setzen, wenn eine Dame steht, und sich erheben, wenn diese aufgestanden ist. Man kann diese Regel verschieden genau nehmen, manche Männer, besonders Amerikaner, halten sich haarscharf daran. Das hat zur Folge, daß, wo immer eine Dame unauffällig rasch hinaus möchte, die Herren sich bei ihrem Ab- und Antreten feierlich erheben, als ehrten sie das Andenken eines Toten.

In der Straßenbahn bietet der sitzende Herr der stehenden Dame seinen Sitzplatz an. In der Eisenbahn dagegen streitet er sich mit ihr um Plätze, die er mit seinem Reisegepäck im Netz darüber reserviert zu haben glaubt.

Man hört sagen, Herren trügen die Gepäckstücke der Dame, irgendeiner Dame. Es gibt tatsächlich Männer, die eilfertig unbekannten Damen größere Handtaschen tragen wollen. Einen wirklich schweren Koffer trägt man der Dame nicht. Denn wenn sie einen schweren Koffer mit sich nimmt, soll sie einen Dienstmann beauftragen. Läßt sie es bleiben, so ist sie eben keine Dame, und man schuldet ihr auch keine Ritterlichkeit.

Man hilft der Dame in den Mantel! Was hat das schon zu bedeuten, wenn anderseits ein ganzer weiblicher Berufsstand, jener der Serviertöchter, alten und jungen Knaben, nachdem diese ihren Schoppen gehabt haben, in den Mantel helfen muß.

Auf der Straße geht der Herr zur linken Seite der Dame, was eigentlich heißt, daß die Dame zur rechten Seite des Herrn zu gehen hat, da man ihn als Ausgangspunkt betrachtet. Weshalb jedoch sollte es ehrenvoller sein, zur rechten Seite der Majestät zu stehen, anstatt die Majestät selbst vorzustellen? Für Ritterlichkeit bleibt bei solcher Aufstellungsordnung jedenfalls nichts übrig. Die Marschordnung der menschlichen Paare weist noch Finessen auf: Käme nämlich die Dame bei solcher Anordnung an den Rand des Gehsteiges, so hat der Mann, gewissermaßen als berufener Beschützer des schwachen Weibes vor Velos und dergleichen, seinerseits am Rande zu gehen, damit die Vehikel, die ja doch nicht über den Randstein kommen dürfen, im Falle der Fälle ihn anstatt der Dame überfahren. Der Fall dürfte selten eintreten. Besonders peinlich ist das genaue Einhalten der Marschordnung eines Paares beim Auf- und Abwandeln. Viele junge Männer befleißen sich da genauester Observanz. Bei jeder Wendung der Dame hüpfen sie hinterrücks an deren linke Seite; kaum ist nun das Gespräch wieder in Gang gekommen, so erleidet es durch einen abermaligen Satz auf die andere Seite erneut Unterbruch, und so weiter. Ein Tischgespräch, bei dem der Partner nach jedem dreißigsten Wort unter den Tisch rutschen würde, wäre der Dame kaum unangenehmer.

Dies wäre eine kleine Auslese der konventionellen Ausdrucksformen eines männlichen Mehraufwandes, um die Frau zu gewinnen. Und selbst bei dermaßen dürftiger Ritterlichkeit – von Tollheiten nicht zu reden – meint noch bald einer, er täte des Guten zuviel.

Alle diese Regeln finden in der breiten Öffentlichkeit nur mäßig Anwendung – eine Mäßigkeit, der die Schweizermannen ganz besonders huldigen. Die Regeln werden nur bruchstückweise im gesellschaftlichen Verkehr gehobener Schichten praktiziert und verflüchtigen sich in der Schweiz bereits im unteren Mittelstand. Auch dort, wo sie nach außen hin eingehalten werden, ist im Familienkreis oft wenig davon zu spüren. Da sieht der eifrige »Auf-die-linke-Seite-Hüpfer« meist nicht nur keine fallen gelassenen Taschentücher mehr, sondern läßt die Dame, besonders wenn sie seine Frau ist, mühsam auf einen Stuhl klettern, um ihm aus dem obersten Kastenfach den Pullover zu holen, da ihn ein wenig friert. Pflegt man diese »Ritterlichkeit« doch weniger, um die Frauen zu erfreuen, als um kundzutun, daß man Lebensart hat. »Ritterlichkeit« soll in Gesellschaft schattenhaft den Schluß auf »Ritterbürtigkeit« nahelegen. Die »ritterlichen« Formen sind gewissermaßen Gesellschaftsanzüge, um sich in guter Gesellschaft zu bewegen. Daheim, ganz unter sich, hängt man sie erleichtert wieder an den Nagel. Denn hier braucht man niemandem mehr zu demonstrieren, wohin man gehört.

Mehr als auf Achtung vor der Frau geht Ritterlichkeit auf die Eitelkeit der Männer zurück. Und nicht sie allein, sondern auch die Tollheiten, die kühnen Dummheiten, die von Männern angeblich um der schönen Augen einer Dame willen begangen werden.

Ein Schulbeispiel im wörtlichen Sinne, wenn auch auf anderem Niveau als dem der seltenen kühnen Taten der modernen Verehrer, gibt Schillers Gedicht »Der Handschuh« aus den Lesebüchern. Beim Turnier ist »ein Handschuh von schöner Hand zwischen den Tiger und den Leun mitten hinein« gefallen, worauf Fräulein Kunigund zu Ritter Delorges bemerkt:

> »Herr Ritter, ist eure Lieb' so heiß,
> Wie ihr mir's schwört zu jeder Stund',
> Ei, so hebt mir den Handschuh auf!«

Der Ritter läßt sich das nicht zweimal sagen. Hurtig fischt er den Handschuh zwischen den Ungeheuern hervor und überreicht ihn dem zärtlich blickenden Fräulein auf unerwartete Art:

> »Und er wirft ihr den Handschuh ins Gesicht:
> ›Den Dank, Dame, begehr' ich nicht!‹
> Und verläßt sie zur selben Stunde.«

Der eitle Fant! Man kann sich eines Handschuhes wegen nämlich nur aus Eitelkeit unter wilde Tiere bemühen.

Die Ehe – eine männerherrschaftliche Pauschallösung für alle Probleme der »weiblichen Natur«

Das Ehejoch und seine vielfältige Bedeutung

Die Ehe soll den wirtschaftlichen Ansprüchen begegnen, die sich aus der lange währenden Hilflosigkeit des jungen Menschen ergeben. Sie bedeutet die Antwort der Männer auf die Frage: Wer zahlt da eigentlich?

Die patriarchalische Ehe – sie ist, wenn auch mit Modifikationen die unsere – setzt zwei Tatsachen voraus. Die eine ist die Sachlage, daß nur oder doch überwiegend die Männer besitzen bzw. erwerben, wie sie die in unserer Kultur Jahrhunderte dauernde Privilegierung der Männer beim Grundbesitz sowie die gegenwärtige auf dem Arbeitsmarkt verbürgt. Die andere ist die allgemeine Ablehnung einer kollektiven und anonymen Regelung, um die Aufzucht des Nachwuchses zu finanzieren. Bei diesen Hintergründen wurde die Ehe nach dem Grundsatz ausgestaltet, daß letztlich die Männer für den Unterhalt der Kinder verantwortlich sind. Die Art und Weise der früheren Wirtschaftsstrukturen sowie die meist schwache Staatsgewalt brachten es mit sich, daß man bei der Ausgestaltung dieser Verantwortung die Möglichkeit einer kollektiven und anonymen Sorge für den Nachwuchs außer Betracht ließ. Man hatte nur eine Sorge der Väter für die als eigene betrachteten Kinder vor Augen.

Eine Lösung, die eine Quelle von Schwierigkeiten bedeutet. Sie ist unnatürlich. Denn die Frage, wer der Vater eines Kindes ist, ist naturgemäß schwer zu beantworten und entsprechend auch, welcher Mann für welches Kind aufzukommen habe. Oft nicht einmal die Mutter, geschweige denn der Vater, könnte sie beantworten, wenn man wirklich »die Natur walten lassen« würde. Es ist eben eine alte und wohl immer geltende Tatsache, daß die Vaterschaft sich nicht in absoluter Weise feststellen läßt.

Die Lösung des Problems kann daher nur eine grobe sein. Sie besteht denn auch in drakonischen Maßnahmen, einer Brutalisierung der »Mutter Natur«, die sonst so oft als Vorwand männlicher Anmaßung im Gemeinschaftsleben dient. Die drakonischen Maßnahmen gehen auf Kosten der Frauen. Sie erlegen den Preis für den Vaterstolz, nach welchem die Eitelkeit und vielleicht auch ein physiologisches Minderwertigkeitsgefühl der Männer verlangen, gerade weil die Natur ihm entgegensteht. Der Preis besteht sozusagen in einer Reservation der weiblichen Geschlechtsorgane für den Ehemann bzw. in grundsätzlicher sexueller Enthaltsamkeit der »anständigen« Frauen, von der die geschlechtliche Beziehung zum Ehemann die einzige Ausnahme bildet. Seine Form ist eine Lebensgemeinschaft mit dem Ehemann, die diesem je nach Erwerbsverhältnissen und Güterstand erlaubt, sich für seinen Aufwand zugunsten der Nachkommen und ihrer Mutter an ihr ganz oder teilweise schadlos zu halten. Bekanntlich hat er das Recht, seine Frau dazu anzuhalten, in seinem Betrieb zu arbeiten und je nachdem auch einen Teil ihrer Mittel für den Unterhalt der Familie zu verwenden.

Soweit geht unter dem Gesichtswinkel der Interessen der Männer die Lösung der Frage: Wer zahlt da eigentlich? schön rund auf.

Unter dem Gesichtspunkt der Interessen der Frauen hat sie nicht nur einen Haken, sondern deren viele. Zu ihnen zählen, wie vorweggenommen wurde, die unbezahlte Erwerbsarbeit der Frau für den Mann, die Haushaltfron, ferner das Kanalisieren, Rationieren und Kontrollieren der urwüchsigen Weiblichkeit und damit ein gänzlich unausgeglichenes »Geschlechtsleben«.

Die Haushaltfron der Ehefrau ist das Anhängsel des erlaubten weiblichen Geschlechtslebens. Die männerherrschaftliche Ehe als Patentmittel zur Befriedigung aller weiblichen Ansprüche bringt es mit sich, daß mit der Befugnis der Frauen, ihre Sexualität zu betätigen – wenn auch etwas einseitig – in der Regel die Pflicht verbunden ist, lebenslang für einen Mann Socken zu flicken, Betten zu machen, drei Mahlzeiten täglich zu kochen und dasselbe für seine Nachkommen zu tun. Wo immer eine »rechte« Frau eine sexuelle Beziehung haben will und nicht zugleich zwei Hausangestellte halten kann, bedeutet der mit der Heirat erworbene Anspruch auf sexuelles Leben zugleich, sich die Pflicht zur Flickerei, Kocherei und Putzerei für eine Familie aufzuhalsen. Die Verknüpfung des weiblichen Sexuallebens mit Haushaltfron ist für ungezählte Männer und einige Frauen Axiom. Es kommt in der unverschämten Redensart zum Ausdruck, eine Frau, die nicht Hausfrau werden wolle, brauche nicht zu heiraten, solle also kein Geschlechtsleben haben. Nun, die Haushaltfron ist eine »Erfüllung des Frauenlebens« bis oben hinaus, so daß ich dieser Sorte Erfülltsein noch ein eigenes Kapitel widmen werde. Was nun das Kanalisieren, Rationieren und Kontrollieren des weiblichen Geschlechtslebens betrifft, so sind vor allem die eheliche »Zwangsmutterschaft« und die weibliche Geschlechtsmoral von Bedeutung. Ferner auch ein gewisses konventionelles Privileg der Männer, gegenüber der Gattin einen Altersvorsprung zu besitzen. Ihm entspricht, daß sich die Frauen häufig an einen bedeutend älteren Geschlechtspartner zu halten haben.

In positiver Richtung wird die Regelung des weiblichen Geschlechtslebens durch die Pflicht zum ehelichen Beischlaf und damit je nachdem zu einer Anzahl von Schwangerschaften und Geburten charakterisiert. Das geht weit.

Weit geht aber auch die negative Regelung des weiblichen Geschlechtslebens. Sie bedeutet eine wesentliche Unterdrückung der weiblichen Sexualität, insofern als die Frau außerhalb der Ehe gewissermaßen keine haben soll, also weder vor, während, noch nach der Ehe. Die Unterdrückung manifestiert sich in einer Zwängerei zur Enthaltsamkeit gegenüber der ledigen, geschiedenen und verwitweten Frau sowie in einer größeren konventionellen und manchenorts auch rechtlichen Pflicht der Frau zu ehelicher Treue. Geschlechtsmoral gilt hauptsächlich für das weibliche Geschlecht. Mitunter haben Religionsgemeinschaften allerdings auch für die Männer eine Geschlechtsmoral auf- und ausgebaut. Doch geschah dies wohl eher im Sinne eines frommen Wunsches. Denn sie hat innerhalb der christlichen Kultur nicht einmal überall rechtlich Ausdruck gefunden. Und selbst in Staaten, die wie die Schweiz die eheliche Untreue der Gatten gleich behandeln, nehmen es öffentliche Meinung und Konventionen mit den Frauen sehr genau. Für die Männer hingegen gilt »cum grano salis«: Erlaubt ist, was sich ergattern läßt.

Die Auswirkungen dieses Leitsatzes stehen zu jenen des Kanalisierens und Rationierens der weiblichen Sexualität durch Ehe, Geschlechtsmoral im allgemeinen und Keuschheitszwängerei im besonderen in einem Widerspruch praktischer Natur. Denn wo ließe sich für die Männer in sexueller Hinsicht etwas ergattern, wenn die unverheirateten Frauen enthaltsam und die Verheirateten treu zu sein haben? Und eine Lockerung der Zwängerei kommt ohne die Möglichkeit einer zuverlässig funktionierenden Empfängnisverhütung seitens der Frauen nicht in Frage, und auch dann wäre sie nicht selbstverständlich. Denn die Männer würden durch eine Lockerung der den Frauen auferlegten Schranken die Treuepflicht der Gattinnen annullieren und sich somit zu Vätern von Kuckuckseiern machen. Also bleibt ihnen nichts anderes übrig als der Regel, die dem allgemeinen Organisieren des weiblichen Geschlechtslebens zugrunde liegt, eine ebenfalls organisierte Ausnahme, welche die Regel bestätigt, als Schatten folgen zu lassen: Es muß neben den »sittlichen« Frauen auch etliche »unsittliche« geben, deren Unsittlichkeit durch eine Sitte, die genau so alt sein muß wie die männerherrschaftliche Ehe, nämlich durch diejenige der Prostitution, für die Männer zweckmäßig und billig funktioniert.

Da die Frauen außerhalb der Ehe grundsätzlich kein Geschlechtsleben haben durften – es sei denn, sie hätten die kaum verlockende Existenz als »schlechte« Frau jener einer »anständigen« vorgezogen – und sie wenig Vermögen besaßen, als dieses noch von relativ größerer Bedeutung war als das Arbeitseinkommen, sahen sie sich praktisch gezwungen, das von den Männern erstellte Ehejoch auf sich zu nehmen, um ein »Geschlechtsleben« und zugleich eine wirtschaftliche und soziale Existenz zu haben. Sie sind es auch noch heute, obgleich sie inzwischen erb- und sachenrechtlich gleichberechtigt geworden sind. Denn die einstige Bedeutung des Besitzes ist teils durch jene des Erwerbseinkommens übernommen worden. Und von den Erwerbsmöglichkeiten räumt man den Frauen ja hauptsächlich die kümmerlichen ein. Der Druck besteht nach wie vor. Wahrhaftig, die Frauen müssen noch heute froh sein, unter die Haube zu kommen.

Gegen die Haube als solche hatten sie nichts einzuwenden. In der westlichen Kultur schlugen keine weiblichen Kollektive eine die Ehe ersetzende Form der Erfüllung des weiblichen Solidaritätsanspruchs vor. Die Frauen billigten die Ehe im Prinzip bzw. eine lebenslängliche Gemeinschaft von Tisch und Bett mit einem einzigen Mann, jenem, der den nötigen finanziellen Aufwand für die Nachkommen bestreitet.

Mit Form und Farbe der Haube dagegen, mit der Ausgestaltung der Ehe, waren und sind sie nicht ganz einverstanden. Einmal hat ihnen die oft illusorische wirtschaftliche Sicherheit in der Ehe die feministische Forderung nach Mutterschaftsversicherung nahegelegt, was in anderem Zusammenhang bereits erläutert worden ist. Vor allem aber haben sie sich an der weitgehenden ehefraulichen Rechtlosigkeit gegenüber dem Ehemann gestoßen, an der rechtlich sanktionierten Möglichkeit, von ihm geplündert, ausgebeutet und bei grundlegenden Entscheiden in Erziehungsfragen beiseite gestellt zu werden.

Entsprechend hat die Frauenbewegung die Ehe als solche kaum angefochten, hingegen hat sie auf eine Wandlung ihres patriarchalischen Charakters in einen demokratischen hingearbeitet. Das Ziel ist selbst innerhalb der westlichen Kultur nicht überall erreicht worden, wohl aber eine Verbesserung der Stellung der »Frau und Mutter«. Diese bezieht sich auf die verschiedensten Seiten der Ehe, vom Güterrecht bis zu den Ansprüchen auf eheliche Treue, von Rechten an den Kindern bis zum ungeschriebenen Recht auf Mußestunden. Die »Besserstellung der Frau« macht die Ehe für die Männer allmählich weniger vorteilhaft als bisher, für die Frauen aber um so annehmbarer. Doch ist die Ehe für Frauen immer noch ein unbequemeres Joch als für Männer, wie verbreitet auch die Meinung sein mag, ihre frühere Ausgestaltung und erst recht die heutige sei ein Rahmen des weiblichen Daseins wie nach Maß.

Sowenig wie mit der traditionellen Verteilung von Rechten und Pflichten in der Ehe sind die Frauen mit Zwangsmutterschaft und weiblicher Geschlechtsmoral einverstanden. Ihren Sorgen und ihrer Rebellion in diesen Hinsichten wird aber mehr individuell denn kollektiv Ausdruck gegeben. Allerdings fehlt es auch daran nicht. Da ist die von Frauen ins Leben gerufene »birth control«, auf die ich noch zu sprechen komme. Und die »freie Liebe« können sich die Frauen seit den Emanzipationsromanen des 19. Jahrhunderts nicht mehr aus dem Kopf schlagen. Als Idee ist sie seit Generationen Mode.

Ein markanter Wesenszug der Ehe: männerherrschaftliche Normierung der Mutterschaft

Zwangsmutterschaft

Dem Zwang zur Enthaltsamkeit steht das »debitum coniugale« gegenüber. Einmal verheiratet, hat die Frau für ihren Mann und nur für diesen geschlechtlich allzeit bereit zu sein. Sie hat infolgedessen unabhängig von Lust und eigenem Willen Kinder drauflos zu gebären. Bei dieser Organisation der weiblichen Sexualität, die prinzipiell nur Kinder von einem einzigen Mann gestattet, ist ein optimales Erleben der weiblichen Sexualität auf die Dauer selten. Denn es mögen hunderterlei schöne Gefühle, Freundschaft und Achtung und Sympathie dem Lebensgefährten entgegengebracht werden, mit viel gutem Willen oder auch ganz von selbst, und sich Jahr für Jahr steigern, wie es erbauliche Schriften haben wollen – die Leidenschaft aber steigert sich nicht, sondern flieht bekanntlich. Ihre Abwesenheit nimmt den Schwangerschaften und Geburten gewissermaßen ihren tiefen Sinn. Diese mögen ebenfalls von guten und schönen Gefühlen begleitet sein, von jenen erfüllter Pflicht bis zu jenen, »nützlich zu sein« – »Erfüllung« aber bedeuten sie nicht. Das Gebären der Kinder wird gewissermaßen in seiner ideellen Grundlage, der sexuellen Vereinigung mit einem Mann infolge der seltsamen Verzauberung der Liebe, losgelöst und ein »bestimmungsmäßiges Funktionieren«. Die Mühle mahlt, die Frau gebiert. Was nachher dasteht, ist ein Trudi, ein Karl. Wie die Mutter zu ihnen gekommen ist, wissen die Götter. Sie haben oft kaum etwas mit ihrem »Liebesleben« zu tun. Zwangsläufige Schwangerschaften von dem siamesischen Zwillingsbruder, den der Ehemann gewissermaßen vorstellt, anstatt freiwillig von verschiedenen Geliebten, brechen die Genialität der weiblichen Sexualität.

Die männerherrschaftliche Organisation der weiblichen Fortpflanzungsfunktion nimmt ihr einen Teil ihrer Würde. Obwohl es sich dabei um etwas anderes handelt, wird man doch leise, leise an die weiblichen Haustiere erinnert, deren Sexualität ebenfalls organisiert worden ist, damit sie den Menschen fleißig ihre Produkte liefern. Nicht zufälligerweise sind es ausgerechnet jene Haustiere, deren Bezeichnung von Männern als Schimpfworte für Frauen besonders häufig gebraucht werden: Huhn und Kuh.

Durch die teilweise Trennung von Liebe und Fortpflanzung hat das weibliche Geschlechtsleben ein seltsames Doppelgesicht, das die krankhafte Abwicklung des Geburtsvorganges als Norm um so bizarrer macht. Sexuelle Lust einerseits und Schwangerschaften und Geburt anderseits werden zwei verschiedenen Welten zugeteilt. Liebesbriefe, Blumen im Haar und Mondscheinpromenaden, zärtliche Worte und Umarmungen gehören zur Welt der Poesie; die sogenannten Folgen aber in die Welt der »Frauenspitäler« mit ihrer Kasernenluft.

Einst brachten Gedichte, Romane und Kinovorstellungen das Herz zum Klopfen, und hin und wieder gab es auch in Wirklichkeit Augenblicke »wie im Roman«. Selbst die nüchternste Person mochte ihre weibliche Sexualität als Chance zu etwas Großartigem, Wesentlichem und Einmaligem betrachtet haben. Der eheliche Tramp aber hat mit diesem Geist wenig zu tun. Und dem mit ihm verbundenen Geschleustwerden in die »Entbindungsanstalt« fehlt erst recht die Würde, die jedes weibliche Wesen gefühlsmäßig mit seiner Fähigkeit zur Fruchtbarkeit verbindet. »Des Lenzes und der Liebe duft'ge Blumenrätsel« führen die Frauen schließlich in eine Art Fabrik, um dort sozusagen am laufenden Band Menschen zu produzieren. Die Intensität dieser Produktion wird von allen möglichen sachlichen Gesichtspunkten aus bewertet. Verlangsamt sich in den »Frauenspitälern« der »output«, so erscheinen in Zeitungen und Broschüren Reklamationen von Männern, die da finden, die Gebärmaschinen ließen zu wünschen übrig, die Frauen sollten sich wieder auf ihre »ureigene Funktion« besinnen, »nicht mehr sein wollen« als eben Gebärmaschinen, damit es noch mehr Männer wie sie selbst gäbe (die sich auf Kosten der Frauen breitmachen können).

Auch »glückhafte Erfüllung« der Frauen, wie gerne in Aussicht gestellt wird, bringt derartiges Funktionieren ihr kaum. Vor Zeiten brachte es sie vor allem ins Grab. Studiert man etwa alte Heiratsregister, Grabtafeln und Lebensbeschreibungen, so erhält man leicht den Eindruck, daß zahlreiche ehrenfeste Bürger in ihrem Eheleben eine Art Blaubart gewesen sind, die ab und zu mehrere Frauen über das Kindbett ins Grab gebracht haben. Diese Sorte Blaubärte dürfte inzwischen ausgestorben sein, weil die erfolgreiche Verhinderung des Kindbettfiebers die Frauen am Leben erhält. Und noch aus einem anderen Grund: Die Ehen unserer Zeit – wohlverstanden nach hundertfünfzig Jahren Individualismus und Kampf um die Gleichberechtigung der Frauen – sind persönlichere Beziehungen als einst, die mithelfen, daß die Männer eher auf Wollen oder Nichtwollen der Frauen in sexueller Beziehung eingehen.

Aber auch ohne bei den obligaten Freuden des Ehelebens ständig den Tod vor Augen haben zu müssen, ist eheliche Zwangsfruchtbarkeit eine Plage. Man braucht nur die Mütter einer »patriarchalischen« Anzahl Kinder anzusehen. Wenn sie nicht reich genug sind, um ein Bienenköniginnendasein zu führen, sind es meist abgezehrte, vor der Zeit gealterte Frauen. Ihr wirkliches Alter läßt sich an den Augen erraten, die zu dem verfrühten Verfall ringsum in Widerspruch stehen. Solche Frauen sind alles andere als üppige Rubensgestalten, die mit blühendem Fleisch der menschlichen Fruchtbarkeit leben. Sie sind ausgelaugt und resigniert, nachdem sie vielleicht vergeblich versucht haben, mit unklarer Geste dem Rad, das sie überfährt, in die Speichen zu greifen. Sie geben kaum den Eindruck eines »frischsprudelnden Quells gesunder Regenerationskräfte unseres Volkes«, eine Formulierung, die etwa zur Erwirkung von Subsidien handlich sein mag, aber durch die Wirklichkeit widerlegt wird.

Man kommt nicht darum herum: die männerherrschaftliche Ausgestaltung der Ehe, die einen Enthaltsamkeitsterror auf der einen und Zwangsmutterschaft auf der anderen Seite mit sich bringt, hat der weiblichen Sexualität ein leicht groteskes Gepräge gegeben. Und es wird dabei bleiben – die übliche Stabilität des Machtverhältnisses zwischen den Geschlechtern vorausgesetzt –, so lange die Frauen kein absolut zuverlässiges und zugleich annehmbares Mittel der Empfängnisverhütung in der Hand haben. Allerdings kann mit der heute praktizierten Empfängnisverhütung in zahllosen Fällen der »Natur«, mit welcher der Zwang zum ehelichen Beischlaf gerne verwechselt wird, Schnippchen über Schnippchen geschlagen werden. Dies geschieht vor allem in Form einer Sterilisation der Ehefrau nach der Geburt der gewünschten Anzahl Kinder. Sie stellt zwar eine Befreiung vom Zwang zu Geburten dar, bedeutet aber insofern eine weitere durch die Männerherrschaft bedingte Verzerrung des weiblichen Geschlechtslebens, als die Frau, um der ständig drohenden Schwangerschaft vorzubeugen, nun auf Fruchtbarkeit absolut verzichten muß.

Zu sozialer Auswirkung von Gewicht kommt die Empfängnisverhütung erst bei absolut sicherem Erfolg, der in jeder Hinsicht nicht zu teuer erkauft werden muß. Bis dahin wird von den Frauen immer Enthaltsamkeit außerhalb der Ehe und ein Aufgehen in dem vom Ehemann normierten Geschlechtsleben innerhalb der Ehe verlangt werden.

Die Möglichkeit der Empfängnisverhütung lockert die männerherrschaftliche Normierung des weiblichen Geschlechtslebens

Auf dem Wunschbild der Frauen von ihrem Geschlechtsleben fehlen Schwangerschaften, die mit Lust überhaupt nichts zu tun haben. Zudem gibt es keine Schwangerschaften als unwillkommene Folgen willkommener Geschlechtsakte.

Würde man die Frauen fragen, welches hygienische Problem sie vor allen anderen befriedigend gelöst haben wollten, so lautete die Antwort wahrscheinlich: die Empfängnisverhütung. Die hundert-, nicht die neunundneunzigprozentige Empfängnisverhütung, die von ihnen selbst spielend gehandhabt werden kann.

Mit einer idealen Methode der Empfängnisverhütung, die erlaubt, die Schwangerschaft als unweigerliche Folge zahlreicher Geschlechtsakte abzuwenden, würden die Frauen vom Kanalisieren, Rationieren und Kontrollieren ihrer Sexualität, das mit der Übernahme von Verantwortung seitens der Männer bei der Aufzucht der Nachkommen eingehandelt worden ist, weitgehend erlöst werden. Innerhalb der Ehe bedeutete sie Befreiung von Zwangsmutterschaft, außerhalb derselben die Befreiung vom »Zölibat«. Sogar die Voraussetzung der doppelten Moral in der Ehe, nämlich die Wahrscheinlichkeit, daß ehefrauliche Untreue Kuckuckseier in der Familie des Mannes bedeutet, wäre erschüttert. Das utilitaristische Fundament der den Frauen aufgezwungenen Geschlechtsmoral würde brechen.

Allerdings wären die Frauen auch mit der idealsten Methode der Empfängnisverhütung kaum gänzlich frei, wenn sie für die Aufzucht der Kinder deren Vater direkt in Anspruch nehmen wollen. Doch bleibt dahingestellt, ob nicht ein zusätzlicher Vorteil der neugeschaffenen Verhandlungsplattform diesen Nachteil aufwöge. Dieser zusätzliche Vorteil besteht darin, daß die Erschaffung von Nachkommen fortan grundsätzlich dem Willen der Frauen anheimgestellt wäre. Unter dem Gesichtswinkel des Männerkollektives hieße dies, daß der Erfolg der männlichen Fortpflanzungsbestrebungen immer vom Willen der Frauen abhinge. Für den einzelnen Mann, daß die Frauen, mit denen er den Geschlechtsakt vollzieht, entscheiden, ob er Nachkommen haben wird oder nicht. Der Mann, dem bis anhin die »weibliche Natur« der Ehefrau – oft gegen ihren Willen – Folge geleistet hat, hätte seine Zuständigkeit verloren. Sie wäre an die Frauen übergegangen. Die ideale Empfängnisverhütung bewirkte eine Machtverschiebung im sexuellen Verhältnis der Geschlechter und damit auch eine Machtverschiebung in der Stellung der Geschlechter zueinander überhaupt.

Da diese Befreiung die Frauen weniger traktabel macht, sie weniger in die Ehe treibt und darin im Kindersegen ertrinken läßt, weil sie den Frauen die sexuelle Selbstbestimmung voll beläßt und die Fortpflanzung der Völker, des Menschen überhaupt – die Bereitschaft der Männer zum Geschlechtsakt vorausgesetzt – vom Willen der Frauen abhängig macht, so bekämpfen oft Exponenten der Männerkollektive und damit auch der männlichen Vorherrschaft die Erfindung, Anwendung und Verbreitung antikonzeptioneller Maßnahmen, wo sie nur können.

Das klare Verbot der katholischen Kirche in bezug auf die eigentliche Empfängnisverhütung – eine Umgehung der Empfängnis durch Ausnützung der unfruchtbaren Tage gestattet sie hingegen bei gewissen Voraussetzungen –, ihre Ablehnung durch asiatische Religionen und ihre Bekämpfung durch das nationalsozialistische und faschistische Regime sind deutliche Beispiele. Aber auch der verbreitete passive Widerstand der öffentlichen Meinung, der Behörden und selbst vieler Ärzte ist nicht zu unterschätzen.

Mitunter schlägt er bizarre Kapriolen. So verbot zum Beispiel das Polizeidepartement des Kantons Solothurn vor Jahren einer Ärztin[38], die einen populär-wissenschaftlichen Vortrag über den Präventivverkehr gehalten hatte, »jedes weitere Auftreten und jede weitere Abhaltung von Vorträgen ... im Interesse der öffentlichen Ordnung und Sittlichkeit«. Im Laufe der rechtlichen Auseinandersetzung über das Verbot blies man die Posaunen der sittlichen Entrüstung. Man bangte um »die heiligsten Gefühle der Frau« und »die Herrschaft des Geistes«. Die Ausführungen der Ärztin wurden im Blätterwald als »unflätig, sittenwidrig, sittenverderbend, Moral und Gesundheit des Volkes untergrabend« beschimpft. Und das Bundesgericht erklärte schließlich, in technische Einzelheiten gehende Schilderungen der Empfängnisverhütung gehörten nicht in einen öffentlichen Vortrag und seien, auf solchem Wege vorgebracht, eine »Verletzung des Anstandes und Überschreitung der Grenzen, die der öffentlichen Aussprache über Fragen des geschlechtlichen Verkehrs durch die gute Sitte gezogen sind«. Bei der Abrechnung mit den genauen Tatsachen konnte jedoch der Referentin, wie aus der Begründung des Regierungsratsbeschlusses hervorgeht, nichts Unsittlicheres vorgeworfen werden, als daß sie »eine schriftlich gestellte Frage, ob man es einem ansehe, wenn man mit einem Mädchen Geschlechtsverkehr gehabt habe, lächelnd mit nein beantwortet hat«.

Kurz, vortragsweise ist die sachliche Orientierung über Empfängnisverhütung von wissenschaftlicher Seite – welcher in diesem Fall wahrhaftig noch »Vierzig Jahre Storchentante« als Muster von Feinheit und Vornehmheit gegenübergestellt wurde – in schweizerischen Kantonen verboten. Und die Legitimation zu solchem Verbot? Ein Regierungsrat sah sie so: »Der Staat hat nicht nur ein Recht, sondern sogar die Pflicht, über die sexuelle Aufklärung zu wachen« – der Erwachsenen, wohlverstanden. Das steht nun wirklich nirgends geschrieben. Die entsprechende Mentalität aber ist verbreitet. Wo nicht der Staat, so doch zu einem Gutteil die öffentliche Meinung, wacht ängstlich über der Vertuschung annehmbarer Methoden der Empfängnisverhütung.

Infolge der vielgestaltigen Feindschaft gegenüber der Empfängnisverhütung fehlt es nicht nur an differenziertem, praktisch brauchbarem Rat in zahllosen Einzelfällen, sondern es unterbleiben auch wesentliche Fortschritte, Erfindungen und Errungenschaften auf diesem Gebiet. Im Grunde wäre eine Empfängnisverhütung, welche die Frauen spielend, unmerklich und ohne Bedrohung durch Schreckgespenster, welche die Gegner der Empfängnisverhütung gerne so schauerlich ausmalen, praktizieren könnten, nicht so furchtbar schwer zu finden. Ihre Erfindung wäre in einem Zeitalter, da man mit toten Augen Blinde sehend macht und über Wellen rings um die ganze Erde plaudert, bei gutem Willen ein Kinderspiel. An gutem Willen aber fehlt es. Praktisch bleibt es beim Unberatensein eines großen Teiles der weiblichen Bevölkerung, insbesondere der jungen Mädchen, und für den Rest bei rechten und schlechten Maßnahmen, welche die Frauen über allerlei Sicherheitsillusionen immer noch vor eine zehnköpfige Nachkommenschaft stellen können.

Es gibt allerdings Breschen. Bezeichnenderweise wurden sie von Frauen geschlagen. Sie entstanden dort, wo einzelne Frauen, wie Margaret Sanger in den Vereinigten Staaten und Dr. med. Carmichael Stopes in England, die Forderung stellten, daß die Frauen ihre Fruchtbarkeit in der Hand haben sollten. Sie gründeten Aufklärungszentren, setzten Forschungen in Gang und verlangten, daß zum mindesten die Ärzte selbst im Interesse ihrer Patientinnen wirklich lernen sollten, was sich da lernen läßt. Interessanterweise taten sie es nämlich nicht und sind in diesem Punkt oft heute noch weniger informiert, als sich der Laie vorstellt. Wohl auch aus diesem Grunde haben mitunter Beratungsstellen, zu denen man sich in aller Stille schließlich aufgerafft hat, entgegen aller Erwartung nur mäßig Zuspruch. Es geht eben nicht nur darum, Berater zur Verfügung stellen, sondern die Berater mit wirklich brauchbarem Rat auszustatten.

Die Motivierung der aktiven und passiven Bekämpfung der Empfängnisverhütung durch Männerkollektive ist nun in verschiedenerlei Hinsicht unerhört, ja bizarr.

Einmal ist die übliche Berufung auf den »Willen der Natur« inkonsequent. Denn in anderen Belangen hindert man den Menschen auch nicht, die »Natur«, wie sie sich in seinem Körper manifestiert, zu seinen Gunsten zu lenken. Im Gegenteil: Man ist zum Beispiel stolz darauf, der »Mutter Natur« mit Operationen auf die Finger zu klopfen oder den Vollzug eines von ihr gefällten Todesurteils aufzuschieben, wie und wo man nur kann. Im Dienste dieser Ziele geht in unserer Kultur allerlei durch, was eigentlich der Pietät, Menschenwürde und Barmherzigkeit entgegensteht, etwa Leichensektion, zahlreiche an sich obszöne Handlungen, Vivisektion und so weiter.

Und man wende nicht ein, diese Maßnahmen dienten dem Leben, die Empfängnisverhütung hingegen seiner Unterdrückung. Denn man akzeptiert ja sonst auch allerlei Vorkehren, die der menschlichen Fortpflanzung Zügel auferlegen. Zum Beispiel wird jungen Menschen, ungeachtet ihrer seit Jahren bestehenden Geschlechtsreife, das Schaffen neuen Lebens durch ein gesetzliches Heiratsalter praktisch verboten (der Grund ist letztlich ökonomischer Natur). Daß solchermaßen entgegen dem »Willen der Natur« Abertausende von Menschen nicht entstehen, bewegt nicht einen dieser Naturfreunde besonderer Art. Nicht zu Unrecht. Die Zivilisation besteht ja gerade darin, daß der Mensch, wo er will und kann, sich die »Natur« untertan macht.

Einzig dort, wo die Frauen allein von der Lenkung der Natur Vorteil haben könnten, will man urplötzlich vom Rationalismus, der den Menschen zum Herrn der Schöpfung gemacht hat, nichts mehr wissen. Zu Lasten der Frauen maskiert man sich als urweltlicher, in tiefer Scheu befangener Naturmensch. In einer Epoche, in der man in elektrisch geheizten Räumen vor dem Fernsehapparat pasteurisierte Milch trinkt, hat die weibliche Natur Relikt der Höhlenbewohnerzeit vorzustellen.

Die Bekämpfung der Empfängnisverhütung durch die Männer ist aber auch eine ans Unglaubliche grenzende Einmischung in das Leben der »weiblichen Eigenart«, für deren Konservierung man sich sonst so besorgt gibt. Man vergegenwärtige sich: Männer nehmen sich heraus, vorzuschreiben, was die Frauen in ihrer »ureigenen Sphäre« tun und unterlassen sollen. Und dies geschieht nicht etwa im Interesse irgendeines lebendigen Wesens; denn mit der Empfängnisverhütung ist keine lebende Ganzheit im mindesten bedroht. Es geschieht im allgemeinen nur, um die Männerherrschaft zu konsolidieren. Und unter dem Gesichtspunkt einzelner Religions- oder Staatsverbände geht es zynisch oft bloß darum, ihre numerische Stärke zu erhöhen.

Die Feinde der Empfängnisverhütung sind um eine schlagende Argumentation natürlich verlegen. Denn ein Hinweis, daß man die Frauen möglichst in Abhängigkeit halten, Herr der Schöpfung spielen und mit ihren Kindern die Kinder der Frauen anderer Völker totschlagen will, begeisterte die Frauen selbstverständlich nicht. Also redet man viel von Glanz und Glorie des Vaterlandes, die andere Völker – wahres Ungeziefer – bezahlen sollen, oder aber von der absoluten Richtigkeit der Religion der eigenen Gemeinschaft, die sich interessanterweise trotz ihrer absoluten Richtigkeit am ehesten durchsetzt, wenn man die Welt mit ihren Anhängern überschwemmen kann. Zwangsmutterschaft wird den Frauen als patriotische oder religiöse Mission vor Augen gestellt.

Die katholische Kirche näht dabei sogar doppelt. Nebst einem Fruchtbarkeitsethos hält sie gemäß ihrer formalistischen Fundierung noch genauere Argumentation bereit. Sie stützt sich aufs Alte Testament und geht, wo nicht auf Abrahams, so doch auf Onans Schoß zurück.

Ihr »Beweis« ist zu sehr an den Haaren herbeigezogen und geht zu sehr daneben, um Überzeugungskraft zu besitzen. Denn – Hand aufs Herz – leuchtet es einer einzigen Frau wirklich ein, daß sie kein Recht haben soll, von Fall zu Fall zu entscheiden, ob sie ein Kind empfangen, gebären und jahrelang pflegen will, weil in alten Zeiten Onan, durch ein hebräisches Gesetz gezwungen, die Witwe seines ohne männlichen Nachkommen verstorbenen Bruders zu heiraten, »seinem Bruder nicht Samen geben wollte«? Er ließ ihn nämlich anstatt in den Schoß der Schwägerin auf die Erde fallen. Es scheint unglaublich! Aber noch unglaublicher scheint es, daß sich Millionen Frauen nichtsdestoweniger mit einer solchen Eselsbrücke ihr Schicksal gestalten lassen. Und doch war und ist es noch heute verbreitete Tatsache. Sie ist wieder eines der zahlreichen Beispiele dafür, wie die breite Masse der Unterdrückten nicht nur Mut und Kraft zur Selbstbehauptung, sondern auch den Instinkt für die Wahrung ihrer Interessen verliert.

Gesetzt den Fall, man betrachte die Bibelstelle als bindend, so läßt sich diesem abstrusen »Beweis« übrigens auch auf theologisch-formalistischer Ebene begegnen. Man achte nur genau auf ihren Wortlaut. Sie redet allein von einer männlichen Form der »Empfängnisverhütung«, kein weibliches Verhalten läßt sich mit dieser auch nur vergleichen. Hier könnten zur Abwechslung die Frauen in ein »Cheerio für den kleinen Unterschied« ausbrechen. Es ist doppelt falsch, der Bibelstelle ein für Frauen und Männer gleichermaßen geltendes Verbot der Empfängnisverhütung zu entnehmen. Es wäre aber auch falsch, aus ihr auf eine den Männern untersagte Empfängnisverhütung zu schließen. Denn der Bibeltext redet von der Verwerflichkeit der Empfängnisverhütung lediglich im Rahmen einer positiven Pflicht des Mannes zu einer zweckgebundenen Befruchtung einer Person, die zu ihm in einem bestimmten familienrechtlichen Verhältnis steht: er hat der Witwe des Bruders männliche Nachkommen zu verschaffen. Hinter der doppelten Verdrehung hat man jedoch diesen klaren Sinn des Wortes verschwinden lassen. Mit dem Finger auf der Bibel unterdrückt und bekämpft die katholische Kirche die Maßnahmen zur Empfängnisverhütung, denkt aber selbstverständlich nicht daran, gegebenenfalls das hebräische »Samengeben«, auf das sie weist, zu sanktionieren.

Die »unnatürliche« Empfängnisverhütung kompensiert die »Unnatürlichkeit« der Ehe

Die volle Möglichkeit der »unnatürlichen« Empfängnisverhütung seitens der Frauen hat es in sich, das sexuelle Machtverhältnis der Geschlechter innerhalb der Ehe wieder auf natürlichere Proportionen zurückzubringen. Ist doch die Teilnahme am Geschlechtsakt als Inhalt einer Pflicht denkbar unnatürlich, von der Zwangsmutterschaft, die sie im Gefolge hat, ganz zu schweigen. In Verbindung mit dem mit der männerherrschaftlichen Ehe zusammenhängenden »Zölibat« der unverheirateten Frau bedeutet sie eine Versklavung der weiblichen Sexualität.

Wie es dazu kam, das heißt, wie sich die patriarchalische Ehe als naheliegende Antwort auf Fragen ergab, die sich innerhalb einer bestimmten Konstellation stellten, ist bereits kurz erörtert worden. Der weibliche Teil der Menschheit scheint, was die individuelle Freiheit in seinem geschlechtlichen Leben betrifft, im Laufe der zivilisatorischen Entwicklung alles in allem verloren zu haben. Sein sexuelles Selbstbestimmungsrecht erfuhr mehr und mehr Einschränkungen. Sie hängen mit der, infolge der größeren wirtschaftlichen Bedeutung der Muskelkraft und damit der Männer naheliegenden, wirtschaftlichen Zurücksetzung der Frauen zusammen, überdies mit der durch die Zivilisation immer anspruchsvoller werdenden Aufzucht der Nachkommen. Beides Punkte, die im letzten Kapitel eingehend betrachtet werden.

Die Frauen verloren und verloren, bis das Blättlein sich zu wenden begann: Die gewaltige Zivilisations- und Kulturarbeit fing an, sich besonders zugunsten der Frauen auszuwirken. Sie tat dies in doppelter Weise. Einmal durch die Entwicklung der technischen Waffen, welche die soziale Bedeutung der Körperkraft, also praktisch der männlichen, unterhöhlt. Im vorliegenden Zusammenhang spielt sie allerdings keine Rolle. Hingegen sind hier Errungenschaften und mehr noch Möglichkeiten der Hygiene, Medizin und Chemie wichtig.

Der Gebrauch von antikonzeptionellen Mitteln ist »unnatürlich«. Aber er ist auch nicht unnatürlicher als Dächer über dem Kopf und Kleider am Leib. Genau genommen sogar »natürlicher«. Wie Dächer und Kleider bedeutet er einen Schritt von der natürlichen Gebundenheit weg. Mehr noch! Er ist auch ein Schritt weg von künstlicher, eherechtlicher Gebundenheit der Natur. Die ideale Möglichkeit der Empfängnisverhütung korrigiert die ursprünglich wohl kaum vorhandene Knechtung der weiblichen Sexualität durch positives und negatives Organisieren der menschlichen Fruchtbarkeit. Indem sie das weibliche Geschlechtsleben freier macht, macht sie es menschenwürdiger.

Die männliche Geschlechtsmoral für weiblichen Gebrauch

Zweck der »weiblichen« Geschlechtsmoral

»Debitum coniugale« in Verbindung mit Zwangsmutterschaft bildet die eine Seite der männlichen Organisation des weiblichen Geschlechtslebens. Ihre Kehrseite ist ein auf den Frauen lastender Druck konventioneller Natur, außerhalb der Ehe enthaltsam zu sein und innerhalb derselben den Männern treuer als diese ihnen. Sanktionsmittel ist die Geschlechtsmoral der Frauen.

Die »weibliche« Geschlechtsmoral ist ihren Grundlagen nach »altmodisch«. Denn sie wurzelt in der zwar nicht überholten, aber heute leichter auszuschaltenden Erscheinung, daß sich die Empfängnis als häufige Folge des Geschlechtsaktes schwer vermeiden läßt und dieser daher immer die Möglichkeit einer Schwangerschaft in sich schließt. Ursprünglich bedeutete jeder ehebrecherische Geschlechtsakt der Frau grundsätzlich ein dem Mann ins Nest gelegtes Kuckucksei.

Kuckuckseier sind für den Ehemann aus zwei Gründen unerfreulich. Der rein praktische Grund springt ins Auge, ist eigentlich aber bedeutungsloser als der verborgenere, der auf ideeller Ebene einen neuralgischen Punkt trifft.

Die praktische Unannehmlichkeit besteht darin, daß der Ehemann durch die Seitensprünge seiner Frau in die Lage kommt, fremde Kinder aufzuziehen – und zwar ohne ihre Fremdheit zu bemerken. Dies wäre unter dem Gesichtswinkel des einzelnen Mannes zwar ungerecht, nicht jedoch unter jenem des Geschlechtskollektives. Denn die Pflegeväter der Kuckuckseier ließen ihre eigenen Nachkommen ja auch in fremden Nestern füttern. Im gesamten wären die Männer nicht stärker belastet, als wenn jeder nur für seine Kinder sorgte.

Allein die Illusion der Männer, die patrilineale Familienordnung sei die einzig richtige, macht das Risiko, infolge Ehebruches der Frau fremden Kindern Vater sein zu müssen, unerträglich. Es trifft die Männer ins Mark. Bedeutet es doch eine beschämende Mahnung an die Unnatürlichkeit des anmaßenden patrilinealen Systems. Denn dies ist auf Sand gebaut, auf den sexuellen Wankelmut des anderen Geschlechtes. Die Untreue der Gattin macht die patrilineale Familienordnung paradox. Nur Forcierung dieser Treue schützt das patrilineale System gegen Entlarvung als bloße Prätention. Daher legt man an die Treue der Gattin einen soviel strengeren Maßstab an als an die eigene.

Wie zwingt man nun die Ehefrau zur Treue? Man bewacht sie und sperrt sie ein, wenn man es sich leisten kann. Meist kann man es nicht. Um so wichtiger wird daher die Beweisbarkeit der Treue. Da die Treue in Unterlassungen besteht, kann sie kaum voll bewiesen werden. Also muß man sich mit Indizien begnügen. Ein wesentliches ist die Jungfräulichkeit der Braut. Damit weist sie sich gewissermaßen darüber aus, daß ihr die anderen Männer Luft sind, weshalb der Ehemann annehmen zu dürfen glaubt, sie würden es auch weiterhin bleiben.

Das intakte Hymen als moralisches Wahrzeichen

Das Mittel der Braut, ihre Treue als Ehefrau glaubhaft zu machen, ist das intakte Hymen. Seine ungeheure Rolle in der »Geschlechtsmoral« der westlichen und anderen Kulturen grenzt an Fetischismus.

Dabei ist es eine pikante Tatsache, daß die erklärtesten Anhänger bis zur Ehe konservierter Jungfräulichkeit im konkreten Fall oft alle Mühe haben, sich über ihr Vorhanden- oder Verschwundensein Rechenschaft zu geben.

Nach der öffentlichen Meinung, also jener des Männerkollektives, sowie der persönlichen unzähliger Männer, ist der Zustand bzw. das Vorhandensein des Hymens ein Kriterium für die moralische Qualität der ledigen Frau. Eine Methode à la Silberlöffel, um herauszufinden, ob man ein Gericht von genießbaren oder giftigen Pilzen vor sich hat. Obwohl die Männer, wo es sich um außereheliche sexuelle Abenteuer handelt, nur allzugerne bereit sind, bei ihren Partnerinnen diesbezüglich ungerade für gerade zu nehmen, so stellen sie, sobald es ans Heiraten geht, fast abergläubisch darauf ab. Und die mütterlichen Ratgeberinnen bemühen sich, daß der Nachfrage entsprochen wird.

Rein persönlich gesehen, hat ein Mann von der Jungfräulichkeit seiner Braut kaum mehr als bestenfalls eine gewisse Hebung des Selbstbewußtseins, die aber Dämpfern ausgesetzt ist. Die Tatsache, daß er materiell der erste ist, mag die Illusion nähren, als erster ihre volle Zuneigung erworben zu haben. Die Keuschheit der Braut erhöht sein Gefühl des ausschließlichen Besitzes und fügt zur ersten Illusion eine zweite hinzu, nämlich für die Frau nicht nur der erste, sondern auch der letzte, der einzige Mann zu sein. Dieses Hochgefühl der Eitelkeit wird allerdings von manchen jungen Männern mit etwelcher Ratlosigkeit gegenüber zu solider Jungfräulichkeit bezahlt.

Bei dem konventionellen Anspruch auf Keuschheit der Braut geht es im Grunde gar nicht um die persönlichen Empfindungen der Männer. Es geht vielmehr darum, als Vertreter des herrschenden Kollektives den Tribut zur Festigung der Stellung dieses Kollektives einzufordern. Deshalb wird auch die Einstellung zur Keuschheit der Braut, beziehungsweise zum Verlust derselben, dem persönlichen Dafürhalten des einzelnen Mannes entzogen, indem man die Jungfräulichkeit schlechterdings zum Wahrzeichen der Moral der jungen Frau und damit aus ihrem Vorhandensein eine Prestigefrage macht. Unter dem Druck ihres Kollektivs sind sich darum Männer, was immer ihre persönliche Meinung in der Sache sein mag, den Anspruch auf »tadellose Bräute« geradezu schuldig. Bei solcher Bewertungsskala der Mädchen ergibt sich von selbst, daß grundsätzlich keiner in den eigenen Augen, geschweige in denjenigen seiner Freunde der Dumme sein will, der sich mit dem »schlechten Mädchen« anhängen läßt, was andere offenbar verschmähten. Dies brächte ihn im Punktsystem des erotisch-sozialen Ehrgeizes, dem der durchschnittliche Mann huldigt, zurück.

Im Roman »L'atelier de Marie-Claire« von Marguerite Audoux[39] will der Feuerwehrmann eine junge Schneiderin heiraten, denn: »Il n'y a pas un de mes camarades qui ait une femme si belle.« Nachdem sich herausgestellt hat, daß Gabrielle ein totes Kind außerehelich geboren hat, ist die Begeisterung rasch verflogen: »Vous comprenez? Sa faute serait vite connue, mes camarades se moqueraient et personne ne nous respecterait!« (Eine außereheliche Niederkunft hat geschlechtsmoralistisch im wesentlichen die gleiche Bedeutung wie eine Defloration außerhalb der Ehe; der Unterschied ist lediglich graduell.)

Wie sehr es beim Anspruch auf Jungfräulichkeit in erster Linie um eine Prestigefrage geht, beweist übrigens der Brauch, die Qualität Ia der Braut mit den Metaphern des Brautschleiers und weißen Kleides gerne aller Welt zu augenfälliger Kenntnis zu bringen oder doch vorzutäuschen. In Nordafrika soll man noch deutlicher werden: Man hängt nach der Hochzeitsnacht ein blutbeflecktes Leintuch als Signal zum Fenster hinaus.

Das den unverheirateten Frauen aufgedrängte Zölibat, die Beschränkung der Frauen auf die eheliche Ration Geschlechtsleben bewirkt, daß die Frauen – »ureigene Weiblichkeit« hin oder her – ihr Geschlecht zu suspendieren, zu verleugnen haben, solange sie kein Eheband zu einem Geschlechtsleben ermächtigt. Einer »Erfüllung« wirkt die Geschlechtsmoral nach allen Seiten entgegen. Sofern die Frauen »keinen Mann haben«, ist ihnen nicht nur ihre »bestimmungsmäßige Aufgabe« verboten, sondern selbst der Genuß ihrer Sexualität.

Anders stehen Junggesellen da, Witwer, ja zum Teil auch Ehemänner außerhalb der vier Wände ihres Heimes. Sofern sie es nicht gerade kunterbunt treiben und hin und wieder auch dann noch – ein »gesunder« junger Mann tobt sich bekanntlich aus –, ist nach der öffentlichen Meinung, wenn auch nicht überall nach derjenigen der Kirche und mancher Scheidungsrechte, alles in Ordnung. So steht den entbehrenden Jungfrauen, Witwen und mit einförmigen Rationen abgespeisten Ehefrauen auf der Männerseite junge und alte Burschenherrlichkeit gegenüber.

Die »ehrbaren Frauen« haben nach der Geschlechtsmoral nicht nur den Geschlechtsakt außerhalb der Ehe zu meiden, sondern zudem auch allen »bösen Schein«. Dies bedeutet, daß die weiblichen Angehörigen gewisser Berufe, etwa Lehrerinnen, Krankenschwestern, Fürsorgerinnen, Heimvorsteherinnen, ferner alle jene Frauen, die ausnahmsweise eine »männliche« Charge innehaben, mehr als den »bösen Schein« zu meiden haben, nämlich auch jenen, der nur den Bösen bös ist. Der Zwang geht in der Schweiz so weit, daß ein besonderes Klima um solche Frauen herum ersteht. Es ist, als läge ein Desinfektionsmittel gegen Sexualität in der Luft. Doch auch andern Frauen ist der Zwang, allen »bösen Schein« zu meiden, ein pedantischer Begleiter. Auf Schritt und Tritt stellt er sie vor die Frage: Tut dies eine anständige Frau oder tut sie es nicht? Sie wandert wie auf einem Minenfeld; jederzeit kann es losgehen. Eigentlich kann alles mißverstanden werden, so daß im kleinsten Maßstabe immer etwas losgeht.

Wie die Frauen sich zur »weiblichen« Geschlechtsmoral einstellen

Die Anhängerinnen

An Anhängerinnen fehlt es der männlichen Geschlechtsmoral für weiblichen Gebrauch nicht. Der Grund ist einfach genug: das angeblich moralisch Gute ist hier häufig auch das opportunste. Rückständigkeit auf dem Gebiete der Empfängnisverhütung einerseits und die relative Armut der Frauen durch Zurücksetzung auf dem Arbeitsmarkt anderseits sorgen dafür. Das erstere stellt in vielen Fällen einen praktischen Zwang zur Enthaltsamkeit dar, das zweite veranlaßt zahlreiche Frauen, die Ehe einschließlich der mit ihr zusammenhängenden geschlechtsmoralistischen Klauseln froh und dankbar zu bejahen. Entsprechend gibt es viele Frauen, die den Moralismus zuhanden ihres Geschlechtes ganz in Ordnung finden.

Diese Neigung, die geschlechtsmoralistische Zwängerei der Männerkollektive anzunehmen, wird teils auch durch die verbreitete Servilität des Untertanen gegenüber den Herrschaften gesteigert. Für solche weibliche Untertanen ist es Wonne, unter beifälligem Nicken der Herrschaft deren Verhaltensvorschriften zu erfüllen. Und doppelte Wonne, sie anderen zu predigen. Denn keiner unterdrückten Kollektivität fehlt es an Mitgliedern, die im Namen der Herrschaften nicht gerne die Aufseher ihrer Standesgenossen spielten. Und die Männerkollektive sind dem Wesen der Sache entsprechend auf weibliche Aufseher angewiesen, um »weiblicher« Geschlechtsmoral Nachdruck zu verschaffen. So fehlt es nicht an Tugendhyänen, welche die weibliche Jugend mit Leidenschaft »bewahren« wollen, schon graue Schafe als schwarze auf den rechten Weg zerren und mit einer vernichtenden Verurteilung reizvollerer Frauen rasch zur Hand sind.

Außer Opportunismus und Servilität ist für die starke Verbreitung des Geschlechtsmoralismus bei den Frauen – paradoxerweise, psychologisch aber leicht erklärlich – gerade die bestehende Rationierung des weiblichen Geschlechtslebens schuld. Denn je mehr das Geschlechtsleben der einzelnen Frauen kanalisiert und rationiert ist, um so weniger gönnen sie es anderen. Je kümmerlicher oder langweiliger ihr eigenes erotisch-sexuelles Leben, um so eher neigen sie dazu, dasjenige der andern zu vernichten. Es ist dies wiederum eine Erscheinungsform der verbreiteten Schwäche vieler Zurückgesetzter, andern eine ausnahmsweise Besserstellung zu neiden und dafür besorgt zu sein, daß sie ja nicht besser wegkommen.

Bei ihren geschlechtsmoralistischen Gedanken, Worten und Taten haben die Tugendhyänen das mollige Gefühl, die Macht, das heißt das Männerkollektiv, im Rücken zu haben. Sie haben dies auch. Sind sie doch Agenten der für das Prestige der männlichen Herrschaft so wichtigen weiblichen Geschlechtsmoral. Allein, so wohlgefällig solcher Eifer dem Männerkollektiv ist, so lachen sich die Männer dabei doch ins Fäustchen. Soweit die Tugendhyänen die »guten« Frauen in Schach halten, ist ihnen ihr Treiben recht und gut. Aber zugleich sind die Männer froh, daß die Aufseherinnen nicht zu hindern vermögen, daß Sinnlichkeit, Neugierde, Liebe, Abenteuerlust, Entwurzelung und Prostitution genügend schwarze Schafe für das eigene unrationierte Geschlechtsleben abwerfen.

Dabei fügt es sich wiederum recht geschickt, daß die Aufpasserinnen die schwarzen Schafe – von durchaus ehrenwerten, aber kompromittierten Jungfrauen und Ehefrauen über »gefallene Mädchen« bis zu professionellen Prostituierten – als »unmoralisch«, »gesunken«, »lasterhaft«, »billig«, »niedrig« ins Unrecht schieben. Denn um so besser können sich die Männer einreden, »schlechten« Frauen rein gar nichts schuldig zu sein, das heißt, sich mit Unverschämtheit aus den heiklen Verhältnissen ziehen zu dürfen. Je schwärzer man »schlechte« Frauen macht, um so weißer werden trotz vergnüglicher Zügellosigkeit daneben die Männer. Denn wie die »Besten« der Frauen selber sagen, tut eine anständige Frau doch dies und das und alles nicht. Der unanständige Mann aber kann dies und das und alles tun. Solange er nicht nachweisbar das Strafgesetz verletzt – ein Nachweis schadet der Geschädigten oft noch mehr als dem Bösewicht die Verurteilung –, bleibt er der saubere Bursche.

Neben den echten Tugendhyänen gibt es die unechten, die schwarzen Schafe im Tugendhyänenpelz. Sie anerkennen den Geschlechtsmoralismus in Theorie, setzen sich aber, was ihre eigene Person betrifft, fröhlich darüber hinweg. Feministisch ist ihr Verhalten wertlos. Schmuggelei ändert die Zollvorschriften nicht.

Opposition durch Bekämpfung der Prostitution und Befürwortung der freien Liebe

Selbstverständlich finden sich nicht alle Frauen mit der männerherrschaftlichen Geschlechtsmoral ab. Die Auflehnung, vor allem diejenige ideeller Natur, ist stark. Sie nimmt verschiedenerlei Gestalt an. Meist legen die oppositionellen Frauen das Gewicht entweder auf die Bekämpfung der männlichen Privilegien im Geschlechtsleben oder aber auf die Beseitigung der für die Frauen geltenden Rationierung. Im ersteren Falle wird die Prostitution angegriffen, im letzteren verlangt man mehr Freiheit der Frau auf erotisch-sexuellem Gebiet.

Die weibliche Bekämpfung der Prostitution stellt praktisch den Hauptangriff kollektiver Art gegen die »doppelte Moral«, das heißt die Einseitigkeit der männlichen Sexualmoral, dar. Sie ist eigentlich feministischer Natur, obschon sie oft den formellen Segen von Exponenten männlicher Kollektive hat. Denn er geht gegen jene für die Männer so komfortable Unterscheidung der Frauen in offiziell gute und offiziell schlechte. Eine Unterscheidung, die den Männern Abwechslung in ihrem sexuellen Leben und zugleich ein Freihalten des Nestes von Kuckuckseiern ermöglicht, indem die grundsätzliche Keuschheit der Bräute und Ehrbarkeit der Ehefrauen mit der Prostitution von Geschlechtsgenossinnen erkauft wird.

Bei erfolgreicher Unterbindung der Prostitution, aber gleichbleibender Eheform und unverändertem Stand der Empfängnisverhütung müßten die Männer zwischen Rationierung der eigenen Sexualität, wie sie sie den Frauen vorschreiben, und Kuckuckseiern im eigenen Neste wählen. Beides ist als durchgreifende Lösung ausgeschlossen. Die Duldung von Kuckuckseiern als Preis ihrer Promiskuität kommt nicht einmal in Betracht. Wohl aber eine stärkere Verbreitung des Ideals der Keuschheit und der ehelichen Treue. Doch vermag sie wohl kaum je ein Ausmaß zu gewinnen, das der Prostitution ein großes Stück Boden entzieht.

Nicht weniger aussichtslos als eine Erziehung zur »Reinheit« der Männer ist die »Nacherziehung« der Prostituierten, auf die wohlmeinende Frauen viel Mühe verwandt haben. Indem man »gesunkenen« oder gar »gefallenen« Mädchen Fertigkeiten beibringt, mit denen sie sich allenfalls noch schlechter als mit Prostitution ernähren können, beseitigt man das weibliche »Angebot« nicht. Auch ein Verbot der Bordelle nützt nichts. Es streicht die Prostitution auf dem Papier, aber nicht in Wirklichkeit. Sie ist für die Beteiligten nur weniger bequem und somit weniger regulär geworden. Aufgehoben ist sie nicht.

Unter Voraussetzung der bisherigen Form der Ehe gelingt ein Kampf gegen die Prostitution nur dann, wenn er die Gestalt eines Kampfes für annehmbarere und bessere antikonzeptionelle Mittel der Frau hat. Der einzige Kampf gegen die Prostitution, der erfolgreich sein kann, ist der Kampf für die »freie Liebe« oder, besser gesagt, für ihre leichtere Praktizierbarkeit. Sie machte die Männer bei ihrem Gaukeln als lose Falter von der Prostitution unabhängig und bewahrte sie zugleich vor Kuckuckseiern.

Damit wäre man auch schon beim Gegenstück der feministischen Bekämpfung der männlichen Sexualmoral angelangt. Das Ziel der »freien Liebe« ist die Freiheit der Frau, ihre Liebesbeziehungen zu verwirklichen, ungeachtet konventioneller und rechtlicher Bindungen, ungeachtet auch wirtschaftlicher Opportunität. Die Parole verlangt praktisch Freiheit der Frau vom Zölibat, Freiheit vom Zwang zur Heirat aus wirtschaftlichen Gründen und Freiheit der Ehefrau, andere Männer als den Gatten zu lieben. Letztlich geht es um die Freiheit der Empfängnis. Sowohl in positiver wie in negativer Richtung.

Allerdings zogen die Anhängerinnen der »freien Liebe« selten die letzten Konsequenzen. Denn wie bereits gesagt, stehen keine weiblichen Kollektive dafür ein, daß die Frauen allein den Aufwand für die Aufzucht der

Kinder übernehmen. Man dachte kaum daran, die Männer von Unterhaltspflichten gegenüber den Kindern ihrer Frauen zu befreien, obwohl bei wirklich freier Liebe kein Raum für Indizien einer noch so tatsächlichen Vater-Kind-Beziehung besteht und daher die Väter in guten Treuen keinen Anhaltspunkt haben, um ihre Fürsorge auch wirklich ihren eigenen Kindern angedeihen zu lassen. Und bis zur Befürwortung anonymer Erziehungsbeiträge des Männerkollektives an den Nachwuchs gelangten wenig Fürsprecherinnen der freien Liebe. Schon dieses Mangels an Konsequenz wegen hatte die freie Liebe keine Aussichten, sich als eine allgemeine Lösung praktisch durchzusetzen. Überdies zieht die Unzulänglichkeit der Möglichkeiten, die Empfängnis zu verhüten, der freien Liebe enge Grenzen.

Das will allerdings nicht heißen, daß die Frauen der »freien Liebe« nicht ein Stück näher gekommen wären. Durch die neuerschlossenen bescheidenen Möglichkeiten zur wirtschaftlichen Unabhängigkeit können sie beim Heiraten eher wählerisch sein. Auch gestatten ihnen die kleinen Fortschritte in der Empfängnisverhütung, mit Hangen und Bangen schon als Fräulein Frau zu sein.

Aber dieser praktische Geltungsbereich der freien Liebe ist gering im Verhältnis zum ideellen. In der Theorie nämlich nehmen die Frauen ein erkleckliches Maß freier Liebe in Anspruch. Unzählige Romane und Essais des 19. und 20. Jahrhunderts sind in diesem Geist gehalten. Sie sagen im wesentlichen das eine: Die Entscheidung, ob das erotisch-sexuelle Verhalten einer Frau moralisch gut oder schlecht ist, hängt davon ab, ob es Ausdruck einer seelischen Beziehung zu dem involvierten Mann ist oder nicht. Demgemäß handelt das Mädchen mit einem unehelichen »Kind der Liebe« moralischer als die ehrbare Ehefrau, die ihre Kinder von einem Gatten hat, dem sie ihre Weiblichkeit bewußt oder unbewußt für Versorgung oder soziale Stellung zur Verfügung stellt. Denn einem solchen sexuellen Leben geht die Gefühlsbedeutung ab, die allein ihm Würde verleiht. Die Großzügigkeit der Auffassung wird allerdings zu Lasten der Ehefrau eingeschränkt, die ohne gute Gründe aufgehört hat, ihren einst geliebten Gatten zu lieben, und nun nicht mehr bei der Stange bleiben will. Für sie besteht selten Sympathie.

Abgesehen von dieser Einschränkung ist »freie Liebe« in Theorie sogar populär. Das mit Wissen und Willen empfangene und geborene uneheliche Kind und seine Mutter sind Lieblingsgestalten der »Frauenromane«. Ein Symptom: im Geiste rütteln die Frauen am Käfig. Wenn nicht in Wirklichkeit, so doch in Gedanken durchleben sie die Möglichkeiten eines selbst dirigierten weiblichen Sexuallebens.

Selbst den Kinderwagenfabrikanten ist dies nicht entgangen. Ehrsamen Gattinnen schicken sie Prospekte ins Wochenbett, die in bunten Illustrationen zeigen, wie man mit hübschen Kinderwagen unbekannte Männer betört. Ihren Liebling im teuersten Modell vor sich herschiebend, lockt die junge Mutter einen Reitersmann (roter Rock und Zylinder) aus dem

Gebüsch. Das Modell mittlerer Preislage veranlaßt immerhin noch den Besitzer eines großen Amerikaners, den Kopf aus dem Schlag zu stecken. Und der Käuferin des billigsten Modells winken als Genießerin eines Promenadenkonzertes zum mindesten beschwingte Gedanken, ob an den Ehemann, den Violinisten oder einen Unsichtbaren läßt die Abbildung offen. Aber wenn die junge Mutter mit dem teuersten Wagen einen Reitersmann, die mit dem mittleren einen Automobilisten blendet, so wird auch jene, welche das preiswerteste Kinderwägelchen erwirbt, sich in Gedanken nicht mit dem Ehemann begnügen müssen.

Praktische Wege der Opponentinnen

Da sind einmal die vielen Mädchen, die selbständig urteilen. Schriften und Schriftchen, Predigten, Vorträge, Mütter und Tanten, Überwachung, Ermahnung und Vorwürfe – nichts bringt sie zur theoretischen Anerkennung des aufgezwungenen Maßstabes. Hingegen bringt sie gar vieles zur praktischen Anwendung desselben.

Die großen Hindernisse sind Unannehmlichkeit und Unzuverlässigkeit der Empfängnisverhütung. Auch das altbekannte Allerweltsmittel zur Garantie der vaterrechtlichen Ordnung, die schlechtere wirtschaftliche Stellung der Frauen, gehört dazu. Mit anderen Worten: Die Mädchen sind für das Erlebnis ihrer vollen materiellen Sexualfunktion, für das Kinderbekommen, alles in allem auf die Ehe angewiesen und haben sich entsprechend zu verhalten. Eine außereheliche Geburt ist eine Katastrophe.

Sofern die Mädchen auch nur einen Schatten beruflichen, wirtschaftlichen oder sozialen Ehrgeizes besitzen, ist ihnen daher eines klar: sie können nicht das Risiko unehelicher Geburten eingehen, ohne ihre Karriere – mag diese noch so bescheiden sein – zu gefährden.

Zwar weiß jede Konfirmandin, daß sich die Empfängnis verhüten läßt, aber wie ohne Aufhebung der Fruchtbarkeit absolut sicher und zugleich in diskreter Form, das weiß offensichtlich kein Mensch. Und die so selbstverständlich auf Geschlechtsverkehr dringenden Liebhaber sind die letzten, um sich mit dem Problem zu befassen. Von der Tragweite des Risikos für die Frauen wollen sie nichts wissen. Ein dicker Nebel umzieht den Verstand vieler junger Männer in dieser Beziehung.

Sind nun solch einseitig unbewußte Jünglinge und Männer, die es den Mädchen und Frauen überlassen, in aller Stille so oder so mit der Verhütung einer außerehelichen Schwangerschaft fertig zu werden, das große Wagnis wert?

Im Zusammenhang mit dieser Frage setzt nun die Richtiges und Falsches schlau vermischende Propaganda der Geschlechtsmoral ein. Sie suggeriert, daß die Männer Frauen, »die ihnen zu Willen sind«, verachteten und fallenließen, hingegen vor solchen, die sie zappeln lassen, tiefe Hochachtung empfänden. Sie stellt es als Selbstverständlichkeit hin, daß Männer, die am ungeduldigsten auf eine volle sexuelle Beziehung drängten, nur hundertprozentige Jungfrauen heimzuführen gedenken, und so weiter. Ob es nun Mütter, Tanten oder Pfarrer sagen, ob es in Traktätlein, Romanen oder Liederversen steht – vom Faust bis zum Brombeeri-Mareili ertönt überall dasselbe Lied:

> »O Anne Kathrine!
> Lass d'Bube nüd ine ...«

Alltägliche Erfahrungen scheinen die Richtigkeit dieses Einschüchterungs-Singsangs zu bestätigen. Die Mädchen können in eigener Person oder durch Freundinnen die Erfahrung machen, daß körperliche Zärtlichkeiten bei den Männern oft gar nichts mit seelischer Zuneigung zu tun haben, und diese, der Intimität ungeachtet, Frauen, die ihnen »alles« geben, rasch fallenlassen und ihnen kaltblütig das Herz brechen. Sie erleben, wie Freundinnen oder sie selber sitzengelassen werden – allerdings ohne Kind. Das sind traurige Erfahrungen. Was sie aber wären, wenn man dabei noch ein Kind erwartete, ist nicht auszumalen. Daher macht Liebe – echte und unechte und von jeder Sorte – die Männer in den Augen vieler an sich vorurteilsloser Mädchen des Wagnisses noch nicht wert. Also bleiben die klugen Jungfrauen »halbe Jungfrauen«. Die weitverbreitete Erscheinung der »Demivierge« ist vielleicht das bedeutendste Charakteristikum des neuzeitlichen »freien Umganges der Geschlechter«. Ihre Häufigkeit unterscheidet das moderne junge Mädchen von der behüteten Tochter des 19. Jahrhunderts und der Jahrhundertwende. Im Gegensatz zu dieser verbringt es zahllose Nächte mit jungen Männern im Bett, ohne es aber bis zum Letzten kommen zu lassen. Die Reaktion der jungen Männer ist verschieden. Die einen betrachten diese Lösung, obgleich unbefriedigend, dennoch als die annehmbarste unter den gegebenen Verhältnissen. Andere, vor allem solche, die mit verheirateten Frauen intime Beziehungen unterhalten haben, macht sie wütend, während sie eine dritte Art Männer zu Heiratsanträgen treibt. Das heißt, sie bieten das höchste Pfand, das einem Mann zur Verfügung steht, gewissermaßen ihr Leben als Garantie für ihre Liebesbeteuerungen. Die einen vielgeprüften Halbjungfrauen sind froh, nun endlich töricht sein zu dürfen. Andere wieder sind der Ansicht, daß man mit der vollen sexuellen Beziehung nach so langem Warten nun auch noch bis zur Heirat warten könne.

Nicht alle Mädchen sind »demi-virgins«. Es gibt immer noch viele behütete und solche, die, von der Geschlechtsmoral beeindruckt, sich selber vor Intimitäten hüten. Daneben finden sich auch törichte Jungfrauen, die oft nicht töricht, sondern schlau sind. Seelisch sehr robuste Jungfrauen nehmen gar das Risiko einer Schwangerschaft auf sich und rechnen dabei fest mit dem erdrückenden Gewicht ihrer Hingabe als »Liebesbeweis«. Sie sind entschlossen, massiv dafür zu sorgen, daß sie nicht sitzengelassen werden. Ob sie mit oder ohne Begeisterung geheiratet werden, ist ihnen gleichgültig. Hauptsache ist, daß sie geheiratet werden. Sie verlassen sich auf das

»Ehrgefühl« des Liebhabers, dem nachzuhelfen sie sich nicht scheuen. Sie »fallen« also im rechten Augenblick und ziehen unter unmißverständlichen Hinweisen auf Ehr und Schuldigkeit über dem baff gewordenen und nur schwach zappelnden Ehrenmann das Netz zu. Dessen Gefühl moralischer Verpflichtung und die entsprechende Ergebenheit in sein Los haben sie immerhin ihrer bisherigen Jungfräulichkeit zu verdanken. Auch in diesem Falle kann von freier Liebe keine Rede sein. War sie doch vor der freien Tat nicht frei gewesen. Und hernach, als sich die Tochter so ins Zeug legen mußte, um den Rettungsanker zu fassen, schon gar nicht mehr.

Und wieder andere Mädchen nehmen bei ihren sinnlichen Freuden mit Herzklopfen und antikonzeptionellen Maßnahmen den verbleibenden Rest eines Schwangerschaftsrisikos auf sich. Es gelingt ihnen durchzukommen. Sie können dem geizigen Schicksal tatsächlich einige Freuden abzwingen, ohne »der Natur ihren Tribut«, den übersetzten, zu zahlen. Sollte für sie später ein Bräutigam in Betracht kommen, der nur ein keusches Mädchen »zur Mutter seiner Kinder« machen will, verlassen sie sich darauf, daß er nicht richtig im Bilde sein wird, was auch oft der Fall sein mag. Die Schar dieser Mädchen genießt die eine Seite der freien Liebe, wenn auch etwas bänglich.

Eine verschwindende Zahl von Frauen fügt zu der einen Seite der freien Liebe noch die andere hinzu. Sie setzen sich über die von den Männerkollektiven etablierte Kanalisierung und Rationierung des sexuellen weiblichen Lebens hinweg. Wenn sie die Lust dazu ankommt, nehmen sie eine – seltener mehrere – Schwangerschaften außerhalb der Ehe auf sich. Dies tun ab und zu sehr arme oder aber sehr reiche junge Töchter, ferner relativ ältere, durch einen unabhängigen Beruf gesicherte Frauen.

Wie man sieht, sind die Ausgänge aus dem Gefängnis der geschlechtsmoralistischen Unterdrückung der ledigen Frauen grundsätzlich immer noch mehr oder weniger gesperrt, es sei denn jener Ausgang, der Zugang zur Ehe ist. Und in der Ehe haben die Frauen, wo nicht vor den Bedingungen des Ehemannes, obgleich auch das vorkommt, so doch vor der männerrechtlichen Ausgestaltung der Ehe, die den Frauen in sexueller Hinsicht und auch sonst vorzeichnet, wo ihr »Platz« ist, zu kapitulieren. Es bleibt für die »freie Liebe« nur ein bescheidener Spielraum.

Da die Frau, einmal verheiratet, für keinen moralistischen jungen Mann mehr die »tadellose« Braut zu sein und für einen Versorger der Kinder, von wo immer diese kommen mögen, gesorgt hat, so steht zum mindesten auf ihrer Seite der »freien Liebe« nun viel weniger als bisher entgegen. Dennoch sind ihr enge Grenzen gesteckt.

Da ist die Möglichkeit, daß der Ehemann die »freie Liebe« entdeckt und nun seinerseits von der Frau frei und ledig sein möchte. Bei solcher Voraussetzung wird er sie scheidungsrechtlich leicht los, wodurch wiederum sie ganz unversehens ihre Versorgung losgeworden ist. Ein hoher Preis für jenes Stücklein »freier Liebe«, das neben einem Ehemann zu bekommen ist. Die andere Grenze zieht die Loyalität der Ehegatten in wirtschaftlicher Hinsicht. Unter diesem Gesichtspunkt kann eine Ehefrau ihr außereheliches sexuelles Leben an sich als ihre Sache betrachten, nicht aber das Plazieren eines fremden Kindes in die Familie, als Konsument der vom Ehemann sauer erworbenen Existenzmittel. Das geht zu weit. Das ehemännliche Gegenstück ist der Mann, der zwar seine Gattin nach Lust und Können »betrügt«, den aber jeder Franken reut, welcher der ehelichen Gemeinschaft infolge seiner Eskapaden abgeht. Und wenn auch nicht »Geschlechtsmoral«, so beschränkt neben Angst um die materielle Existenz »fair play« in diesem Sinne volle freie Liebe neben der Ehe.

Immerhin gewährt alles in allem die Ehe der »freien Liebe« den größeren Spielraum als der ledige Stand. Die verheirateten Frauen sind wohl die größeren Verächterinnen der männerherrschaftlichen Geschlechtsmoral und die häufigeren Praktikantinnen der »freien Liebe«.

Galt der Spruch, die Ehe sei ein Taubenhaus, wer draußen sei, wolle hinein, und wer drinnen sei, wolle hinaus, auch seit eh und je, so gilt er für die Frauen, nachdem einmal das Wort »freie Liebe« gefallen ist, ganz besonders. Solange mit einer Heirat wirtschaftlich und sozial durchschnittlich besser Karriere gemacht werden kann als mit einer Berufstätigkeit, gilt dieses Hinauswollen für die Frauen allerdings nur in erotisch-sexueller Hinsicht.

Der konventionelle Altersvorsprung der Männer in erotischen Beziehungen

Noch bis ins zwanzigste Jahrhundert heirateten ältere Männer häufig Mädchen, die ihre Töchter hätten sein können. Auf diese Weise hatte der Mann am Rande des kalten Grabes seine Nächte angenehm erwärmt und die Tochter eine Versorgung. Die Verbindung einer Frau mit einem jüngeren Mann hingegen, geschweige denn jene einer alten mit einem jungen, war die Zielscheibe des Spottes.

Inzwischen sind die Chancen alter Knaben, sich mit jungem Blut zu vermählen, geringer geworden. Einer der Gründe liegt wohl darin, daß die Frauen bei Geburten heute kaum mehr ums Leben kommen und Ehemänner infolgedessen nur noch selten ein- bis zweimal Witwer und wieder Bräutigam werden können. Ein weiterer Grund ist die Tatsache, daß Töchter noch immer auf die Versorgung, welche ihnen die Männerwelt bietet, angewiesen sind, aber nicht mehr bis zu dem Grade, daß sie einen zwanzig Jahre älteren Graubart als Prinzen annehmen müssen, um nicht auf die von Haus aus gewöhnten Bequemlichkeiten verzichten zu müssen. Allerdings können sie nur bis zum dreißigsten Altersjahr mit unangetastetem sozialem Prestige erwerbstätig sein. Nachher werden sie wie eh und je als alte Jungfern bemitleidet, es sei denn, eine brillante Karriere bewahre sie davor. Der Unterschied liegt lediglich darin, daß die modernen alten

Jungfern anstatt am Tische von Verwandten in untergeordneten Stellungen verdorren.

Das populär gewordene romantische Liebesideal steht einem großen Altersvorsprung des Gatten ebenfalls entgegen. Heute muß ein Heiratslustiger von respektablem Alter meist mit recht respektablen finanziellen Mitteln aufwarten können, bis ihm von zarter Jugend ein neuer Liebesfrühling vorgezaubert wird. Der durchschnittliche Altersunterschied zwischen weiblichen und männlichen Heiratskandidaten scheint geringer geworden zu sein.

Doch nur die krassesten Altersunterschiede sind selten geworden, der Altersvorsprung des Ehemannes hat sich gehalten. Ehefrauen, die drei Jahre und mehr älter sind als ihr Gatte, bedeuten Ausnahmen. Auch sind kürzere Liaisons zwischen älteren und alten Männern mit um Jahrzehnte jüngeren Mädchen nicht ungewöhnlich, wohl aber solche mit umgekehrten Altersverhältnissen. Selbst bei geselligen Veranstaltungen, welche Angehörige verschiedener Altersstufen zusammenbringen, kann man beobachten, wie die alten Männer gerne als hungrige Schäker sich an junge und jüngste Weiblichkeit heranmachen. Ist man nicht so jung, wie man sich fühlt? Indessen ziehen ihre Gattinnen, die im Umgang mit dem anderen Geschlecht sich so alt, wie sie wirklich sind, zu fühlen haben, trotz allen mütterlich-gütigen Strahlens kaum jüngere Falter in ihren Lichtkreis.

Vorteile des Altersvorsprungs

Ein Altersvorsprung in den erotisch-sexuellen Beziehungen und damit vor allem auch in der Ehe, bietet den Männern große Vorteile, insbesondere in jüngeren Jahren. Die Vorteile sind einerseits erotischer und anderseits machtmäßiger Natur.

Ein riesiger Gewinn erotischer Art, der den Männern aus der konventionellen Möglichkeit eines beträchtlichen Altersvorsprungs bei der Heirat erwächst und dessen man sich selten bewußt ist, ist die damit verbundene ständige Erweiterung der Auswahl an Heiratskandidatinnen. Während eine fünfundzwanzigjährige Frau sich nach einem Lebensgefährten nur unter gleichaltrigen und älteren Männern umsehen kann, die von Altersstufe zu Altersstufe eine geringere Anzahl von Junggesellen aufweisen, stehen einem Mann desselben Alters für seine Wahl neben den gleichaltrigen Frauen unzählige ledige der jüngeren Jahrgänge bis an die Grenze der Heiratsfähigkeit zur Verfügung. Schwindet also die Auswahl für die Frau mit jedem Jahr, so nimmt jene des Junggesellen fortwährend zu. Jahr für Jahr stellt sich eine neue Generation weiblicher Jugend vor ihm auf. Er schöpft aus dem vollen. Statistisch gesehen wird er von heiratsfähiger weiblicher Jugend mehr und mehr umdrängt. Während Frauen in den Dreißigerjahren als Heiratskandidatinnen kaum mehr zählen, sind die Chancen der gleichaltrigen Männer ungemein gestiegen. Nach fünfzig ist dies allerdings nur noch theoretisch der Fall; denn heute reißen sich die Mädchen, wie gesagt, nicht mehr um dreißig Jahre ältere Männer. Immerhin, die Heirat eines Vierzigers mit einem jungen Mädchen kommt oft vor und überrascht niemanden, diejenige einer Vierzigerin mit einem zwanzigjährigen Mann wird Stadtgespräch, wo nicht Skandal.

Der im Laufe von zwanzig Jahren ständig besser werdenden Stellung der Männer auf dem Heiratsmarkt steht allerdings eine bessere Lage der Frauen beim Start gegenüber, das heißt im Zeitpunkt erreichter Heiratsfähigkeit. Für die zwanzigjährigen Frauen kommen nicht nur gleichaltrige Jünglinge, sondern auch alle heiratsfähigen Männer höherer Jahrgänge in Betracht. Doch schon nach wenigen Jahren hat sich das Blättchen gewendet. »Les jeux sont faits.« Riß man sich – wenigstens theoretisch – um die zwanzigjährigen Frauen, so können sie bereits Ende Zwanzig einen Mann suchen gehen und haben dabei selbst bei älteren Semestern mit taufrischer Jugend in Konkurrenz zu treten. Dies bedeutet, daß sich die Frauen auf dem Heiratsmarkt zu sputen haben, gehetzt sind, indessen die Männer sich während zweier Jahrzehnte Zeit lassen können. Bis Mitte Vierzig gilt für sie: je länger das Zögern, um so reichhaltiger die Auswahl. Die Frauen, für welche die Gattenwahl unvergleichlich wichtiger ist, müssen sich innert weniger Jahre entschließen. Die Männer aber, die, so wie die Dinge liegen, auf die Ehe viel weniger angewiesen sind, haben fast ein Vierteljahrhundert Zeit, sich umzusehen.

Die wachsende Auswahl an erotischen Partnern ist nicht der einzige Vorteil eines konventionellen Vorrechts auf Altersvorsprung in erotischen Beziehungen. Es gestattet dem Älteren oft auch größere Genußmöglichkeiten bei seelisch geringerem Risiko.

Die Schönheit eines Menschen kommt in der Jugend am deutlichsten zum Ausdruck. Einmal zwischen achtzehn und dreißig, sind die Schönen am schönsten, haben beim anderen Geschlecht die stärkste Anziehungskraft, scheinen am meisten zu versprechen. In den Augen Älterer stellen sie aber noch viel mehr als Schönheit im besten Licht dar, nämlich die Blüte des Lebens. Neben ihr ist alles andere Verfall. Der grundsätzliche Altersvorsprung der Männer in den erotischen Beziehungen gibt diesen Gelegenheit, bei ihrer Verliebtheit in einen individuellen Menschen zugleich in das Leben selbst verliebt zu sein. Auf diese Weise stellt die erotische Beziehung die Zeiger der Lebensuhr für sie zurück.

Ganz anders ergeht es den Frauen. Im Augenblick, in dem sie aufgehört haben, ihre Jugend als Selbstverständlichkeit zu betrachten und ein junger Geliebter für sie zusätzlichen Wert erhielte, müssen sie den Kopf in die andere Richtung drehen. Am Nachmittag haben sie schon an den Abend zu denken, anstatt in Gedanken beim Mittag zu verweilen.

Noch etwas! Der Mensch wird mit der sachten Neigung der Lebenskurve, die ja unmittelbar auf ihren Anstieg folgt, automatisch ökonomischer mit sich selbst. Dies wirkt sich natürlich auch in Liebesverhältnissen aus.

Der Ältere ist im Vergleich zum Jüngeren der Berechnende und trotz seiner doppelten Verzauberung derjenige, der sich viel weniger verausgabt. Er meidet den psychischen Luxus des Liebeskummers wie die Pest, und von einer totalen Hingabe außer in Momenten der Leidenschaft ist keine Rede. Das Steuer seines Lebensschiffleins auch nur einen Augenblick aus der Hand zu geben, ist ihm kindische Dummheit.

Dagegen glaubt der Jüngere an seine unbegrenzte Kraft und verausgabt sich mit Lust. Er läßt sich von den Fluten der Leidenschaft bis zur Lebensgefährdung überwältigen. Liebeskummer glaubt er sich leisten zu können. In seelischen Erschütterungen bis zur Wurzel sieht er etwas Großartiges. Er spielt bis zum Bankrott, der Ältere greift die Reserven nicht an.

Kurz, in einer Liebesbeziehung ist der Jüngere, also die Frau, der Gefährdetere, während der Ältere, der Mann, meist ein Rettungsboot in Bereitschaft hält.

Der durchschnittliche Altersvorsprung der Männer in erotischen Beziehungen und damit auch in der Ehe trägt überdies zur Festigung der Männerherrschaft bei. Denn nicht immer, aber häufig ist in engeren menschlichen Beziehungen der Ältere maßgebend und besitzt damit die Oberhand. Sind nun die Männer in unzähligen Lebensgemeinschaften automatisch die Führenden, so bedeutet dies auch eine gute Rückendeckung ihrer Herrschaft im allgemeinen.

Ein Altersvorsprung der Männer ist weder natürlich noch ökonomisch

Es gibt keinen männlichen Herrschaftsanspruch, der nicht als »natürlich« und damit als selbstverständlich hingestellt würde. Je nach Bedarf bezieht sich der Hinweis auf die »weibliche Natur« in psychischem Sinne, wobei »weiblich« das bedeutet, was den Männern zur Erfüllung ihrer Herrschaftsansprüche am besten in den Kram paßt oder aber auf die Natur im Sinne der weiblichen Fortpflanzungsfunktion.

Welche natürliche Neigung der »weiblichen Natur« zu reifen und überreifen Männern man auch wahrhaben will, die Jugend beim anderen Geschlecht hat für Frauen keine geringere Anziehungskraft als für Männer. Es sei denn, es handle sich um junge Mädchen, welche die Illusion hegen, die Reife ihres erotischen Gegenspielers beweise ihre eigene. Wo immer ältere Frauen genügend materielle und geistige Unabhängigkeit besaßen, wandten sie sich über die Konventionen hinweg gerne jungen Männern zu. Ohne auch nur suchen zu müssen, fallen einem unter den wenigen berühmten und unabhängigen Frauen gleich mehrere ein: Madame de Staël, Katharina die Große, Annette von Droste-Hülshoff und so weiter. Diese Frauen sind für die »weibliche Natur« bezeichnender als die Heerscharen jener, die sich blutjung mit beachtlich älteren Männern verbunden haben. Sie sind es, weil sie zeigen, wie die Frauen handeln, wenn sie wirtschaftlich und geistig unabhängig sind, um den männerherrschaftlichen Konventionen zum Trotz ihren Neigungen nachzuleben. Die nach dem von der

Männerherrschaft aufgestellten Muster geprägten erotischen Beziehungen und Ehen der zahlreichen Frauen, denen es weitgehend an materieller und geistiger Freiheit gebrach, sind sowenig typisch für die Tendenzen der weiblichen Wahl wie die Tageseinteilung eines Gefangenen für die Impulse des Menschen.

Auf besonders sicherem Boden fühlt man sich bei der Behauptung, der Altersvorsprung des Mannes in erotischen Verhältnissen sei in physiologischem Sinne natürlich. Und herausfordernd stellt man Fragen.

Sind die Mädchen geschlechtlich nicht zwei bis drei Jahre früher entwickelt als die Knaben? (Eine landläufige Meinung, zu der die körperliche Unansehnlichkeit der Knaben im Entwicklungsalter verführt, die aber Untersuchungen nicht standzuhalten scheint.) Hört die weibliche Fortpflanzungsmöglichkeit nicht zwischen dem vierzigsten und fünfzigsten Lebensjahr auf, während selbst Greise in grüner Sündenlust noch kräftige Söhne zeugen sollen? Legt damit die »Natur« nicht eine Lösung nahe, die eine Gebärfähigkeit der Frauen garantiert, solange ihre Gatten zeugungsfähig sind? Liegt diese nicht in einem bedeutenden Altersvorsprung des Gatten?

Diese Folgerungen sind Unsinn, doppelter sogar. Denn sie bleiben die Antwort schuldig, was denn die »Natur« mit der Zeugungsfähigkeit der jungen Männer will, wenn diese jahrelang mit dem Heiraten warten müssen, bis die Frauengeneration herangereift ist, die ihnen als Greisen kräftige Söhne schenkt. Unsinnig ist aber auch der Gedanke, daß die weitgehenden Möglichkeiten der Natur einen Rat, ja eine Verbindlichkeit bedeuteten, sie voll auszuschöpfen. Pflanzen- und Tierreich legen nahe, die riesigen Fortpflanzungsmöglichkeiten der Lebewesen als Sicherung gegen das Aussterben zu betrachten, nicht aber als Aufforderung zu maßloser Vermehrung. Aus der rechtlichen Regelung der menschlichen Fortpflanzung zu schließen, fassen die Menschen sie im allgemeinen ja auch nicht so auf. Man schränkt die menschliche Vermehrung mit allerlei Bedingungen ein, wie etwa dem Eingehen einer Ehe, und setzt überdies ein Heiratsalter fest, das sich etliche Jährchen oberhalb der Geschlechtsreife befindet, was auch immer die »Stimme der Natur« dazu sagen mag.

Versteht man dagegen unter »Natur« – allerdings unlogischerweise – den allein innerhalb solcher rechtlichen Einschränkungen tatsächlich in Erscheinung tretenden Willen der Leute, Kinder zu haben, so scheint die Natur sich auf recht wenige Kinder pro Paar zu beschränken. Unter diesem Gesichtspunkt wäre die Heirat fünfunddreißig-, selbst vierzigjähriger Frauen mit jungen Männern noch »natürlich« genug. Ja, unter Voraussetzung der herrschenden Unzulänglichkeit auf dem Gebiet der Empfängnisverhütung wäre sie sogar zweckmäßig. Nun könnte man eine Familie gründen, ohne sich nach der Geburt der gewünschten Anzahl Kinder mit dem Problem der Empfängnisverhütung herumschlagen zu müssen.

Unnatürlich im Sinne des Fortpflanzungszwecks der Heirat wären lediglich Ehen zwischen Leuten, die zusammen keine Nachkommen hervorzubringen vermöchten. Doch das Verhindern dieser Lage durch Konventionen wäre etwas wesentlich anderes als das ungeschriebene Verbot der Verbindung sexueller Natur zwischen fünfunddreißig- bis vierzigjährigen Frauen und bedeutend jüngeren Männern.

Sowenig nun die Natur im Sinne der menschlichen Fortpflanzungsbestimmungen einen Altersvorsprung des männlichen Partners nahelegt, sowenig ist er wirtschaftlich eindeutig gerechtfertigt, wie es vielleicht den Anschein haben mag. Und dies gilt sogar für unsere Verhältnisse.

Im Geiste einer unter dem ökonomischen Gesichtspunkt erfolgenden Befürwortung des durchschnittlichen ehemännlichen Altersvorsprungs plädiert man etwa folgendermaßen: Frauen, die Kinder bekommen, brauchen bei den gegebenen Verhältnissen für sich und die Kinder einen Ernährer. Dieser ist um so besser in der Lage, als solcher zu funktionieren, je etablierter und erfolgreicher er am Arbeitsprozeß teilnimmt, je mehr er verdient. Solange er nicht eine von Beruf zu Beruf variierende Grenze erreicht hat, heißt dies praktisch, je älter er ist.

Betrachtet man nun diese Lösung näher, so zeigt sich, daß sie das Versorgungsproblem der Familie nicht löst, sondern bloß verwandelt.

Zwar ist die Frau während ihrer eigentlichen Fortpflanzungsfunktion mit einem etablierten, älteren Mann ernährt und die Kinder mit ihr, dagegen taucht nach einigen Jahren das Problem der Witwenversorgung auf. Denn bei einem durchschnittlichen Altersvorsprung der Ehemänner wird die Häufigkeit und Länge des Witwenstandes verschärft. Er wird zu einem künstlichen und riesigen Problem, das noch von der Verschärfung der Waisenfrage begleitet ist. Wie die Erfahrung gezeigt hat, können in nichtlandwirtschaftlichen Verhältnissen beide Probleme vom Einzelmenschen im allgemeinen nicht mehr gelöst werden. Um ihnen beizukommen, mußte man den Weg privater oder staatlicher Unterstützung einschlagen, der teils in private und öffentliche Versicherung überging. Man scheint um eine Notlage nicht herumzukommen. Das Einhalten des ehemännlichen Altersvorsprungs, das zur Zeit der Familiengründung so klug schien, führt gegen Ende des Lebens zur Katastrophe.

Die Verbindung von Männern mit jüngeren Frauen ist sowenig wie das Umgekehrte eindeutig natürlich oder ökonomisch. Eindeutig aber ist, daß die erotische Anziehungskraft junger Menschen im allgemeinen unvergleichlich größer ist als diejenige älterer. Und ebenso eindeutig nehmen sich die Männer das konventionelle Privileg heraus, die Blüte der Jugend beim anderen Geschlecht zu pflücken, während dieses, wo nicht von Anfang an, so doch in Bälde, Bezauberung bei Grauköpfen zu finden hat.

III.

MUTTERSCHAFT – BÜRDE OHNE WÜRDE

Ein Sinnbild und Fragen, die es aufwirft

Wer kennt nicht die allegorischen Bilder aus dem Leben der Völker, die Ausstellungshallen und öffentliche Gebäude zieren?

Bärtige Alte in langen Mänteln und Burschen mit unnatürlich runden Köpfen auf sehnigen Hälsen, die nackten Beine ein Geflecht von Muskeln, stehen in der Runde: ein Wald knorriger Eichen, sturmerprobt. Die einen Gestalten klemmen ein waffenartiges Gebilde unter den Arm und schauen trotzig ins Leere, die anderen ein archaisches Werkzeug, eine Axt etwa oder einen groben Zirkel. Gerne werden die Figuren neben ein unvollendetes Backsteinmäuerchen plaziert. Etwas abseits posieren ausgemergelte Graubärte in nachthemdartigem Gewande als Denker.

Geben diese Bilder die Wirklichkeit wieder? Bestanden und bestehen die Staaten zur Hauptsache aus Männern? Ja und nein!

Ja, denn grundsätzlich zählen die Frauen im Leben der Völker gar nicht. Das tiefe Denken im Nachthemd, den Zirkel, die Backsteinmäuerchen, den Handel und Wandel, das Schaffen kultureller Marksteine, die Organisation der Volksgemeinschaft behalten die Männer nach Kräften sich selber vor.

Und doch auch nein: Man kommt nämlich nicht um die Tatsache herum, daß alle diese markigen Männergestalten vom Weib geboren sind. Infolgedessen räumt man einer Mutterallegorie, die der einzigen den Frauen zwangsläufig zugestandenen Bedeutung im Leben der Völker entspricht, ein Plätzchen ein – nicht an der Sonne, sondern in der Ecke links unten. Dort ist der »Platz der Frau«, an dem sie nun – eine für alle – mit einem Säugling auf dem Arm kauert.

So unfehlbar wie der Säugling gehört zu ihr ein schlicht auf dem Kopf liegendes Tuch, das zu beiden Seiten und hinten herabhängt. Oft sieht es wie ein halbes Zelt aus. Kaum je fehlt der seltsame Lumpen. Da solche Ausstellungshallen- und Öffentliche-Gebäude-Kunst sinnbildlich immer schwer befrachtet ist, wird auch dieser Lumpen eine Bedeutung haben. Allem Anschein nach eine doppelte: Er deutet eine Verhüllung, eine Abkapselung der Frau vom Handel und Wandel, vom tätigen Gemeinschaftsleben des Volkes an. Erinnert er doch an die Einmummung der mohammedanischen Frau, an die verhüllten Köpfe bekehrter Sünderinnen. Zugleich soll das Tuch wahrscheinlich auch eine Art Dach vorstellen und damit Schutz und Schirm. Dasselbe sagt das obskure Plätzchen der Frau. Auf ihm ist die Verschupfte geschützt; die Gestalten, die sie beiseite geschoben haben, blicken den Betrachter drohend an, als hätte dieser es auf den Säugling abgesehen.

Zeigen derartige Gemälde aus dem Volksleben eine dem Wesen der Geschlechter entsprechende Verteilung der Funktionen in der Volksgemeinschaft? Oder ist die illustrierte Verteilung mehr zufälliger Natur? Ist sie aus den Gegebenheiten der westlichen Kultur hervorgegangen und würde bei anderen Voraussetzungen anders ausfallen? Entspricht das Bild überhaupt der Wirklichkeit?

Praktisch gesprochen lauten die Fragen zu diesen populären Darstellungen:

Nehmen die physiologische Mutterschaft und das psychische Verhältnis zwischen Mutter und Kind das Leben der Frauen wesensmäßig oder unter bestimmten Voraussetzungen dermaßen in Anspruch, daß ihnen – Fähigkeiten vorausgesetzt – weder Zeit noch Kraft übrigbleibt, um als Individuen und weibliche Kollektive im kulturellen, wirtschaftlichen und politischen Gemeinschaftsleben einen bemerkenswerten Platz einzunehmen? Wenn nicht, was hindert sie, den ihnen gebührenden Platz einzunehmen? Ferner fragt es sich, ob das Kind wirklich der Mutter »gehört«, wie die Bilder suggerieren, oder ob sie dieses Verhältnis idealisiert wiedergeben. Wandbilder legen auch die Frage nahe, was es mit all dem Schutz und Schirm um die geduckte Muttergestalt auf sich habe. Leise Zweifel steigen auf, ob er eigentlich nötig ist. Und der Verdacht meldet sich, daß die demonstrierte Wehrhaftigkeit vielleicht zum eigenen Nutzen eingesetzt wird.

Diese Fragen können nicht der Reihe nach restlos beantwortet werden. Die Antworten ergeben sich vielmehr in Teilen, indem man Schritt für Schritt die einzelnen Seiten und Auswirkungen der Mutterschaft betrachtet, welcher die Männer symbolisch links unten ein Plätzchen im Leben der Völker zugestehen, eine »Frauenecke« als Abwandlung der Humorecke.

Die Mutterschaft ist vielfältig.

Da ist ihre physiologische Seite. Sie umfaßt die Vorgänge der Menstruation, Empfängnis, Schwangerschaft, Geburt und Laktation mit all den Erlebnismöglichkeiten und Auswirkungen, die sie für die Frauen im Gefolge haben. Aber auch die Stellungnahme der Männer zu diesen Vorgängen und deren soziale Regelungen gehören, wenn auch nicht zum Wesen der Mutterschaft, so doch zu ihrer sozialen Bedeutung

Die psychische und soziale Seite der Mutterschaft beginnt ungefähr dort, wo die physiologische Mutterfunktion aufhört. Einzig während der Stillzeit fallen physiologische Mutterfunktion und persönliche Beziehung zwischen Mutter und Kind zeitlich zusammen. Die Mutterschaft als Verhältnis zwischen Mutter und Kind hat wiederum drei Seiten: eine innerliche, seelische, die aus der physiologischen Verknüpfung und dem Zusammensein der beiden hervorgegangen ist – die Mutterliebe bzw. Kindesliebe. Ihr steht eine äußerliche, konstruierte, durch männerherrschaftliche Sitten und vereinzelte Rechtsvorschriften geformte Seite gegenüber. Und das Ergebnis des Zusammenwirkens beider, des innern und des äußeren Verhältnisses zwischen Mutter und Kind, kann unter dem Einfluß weiterer Gegebenheiten dem Verhältnis verschiedenerlei Prägung geben.

Die physiologische Seite der Mutterschaft

Die Menstruation

Eine Zivilisationsschande

Das Zeichen der weiblichen Geschlechtsreife und damit der grundsätzlichen Fähigkeit, Mutter werden zu können, ist die Menstruation.

In unserer Zivilisation ist es kein gutes Zeichen. Manche Wilden mögen die Menstruation zwar »Blume« nennen, reden von der ersten Blume der Mädchen – übrigens ein Vergleich, der als poetischer Vergleich überraschend zutreffend ist –, aber das weitere Drum und Dran ist auch bei ihnen dem Blumenreich gänzlich entrückt. Bei uns ist an Poesie in diesem Zusammenhang nicht zu denken. Man sucht wie immer, wenn etwas als heikel empfunden wird, Zuflucht in vernünftelnder Objektivation und findet sie in einem unangebrachten Zeitbegriff, der für alles mögliche gelten kann. Denn was ist eine Periode? Der Tag, die Nacht, die Woche, das Jahr, das Jahrhundert, ja in der englischen Sprache sogar die Einteilung in Sätze, beziehungsweise der Punkt. Aber gerade deshalb ist das Wort für eine Verwedelung realistischer Vorstellungen geeignet. Und jenen, welche die Periode am meisten angeht – sie stehen ihr eines Tages plötzlich gegenüber –, den größeren Schulmädchen, ist sogar »Periode« noch zu deutlich. Bei ihnen wird sie zur »P«, zum Unaussprechlichen, zum Anfangsbuchstaben mit Pünktlein, zu einem Zeichen ähnlich jenem, das in gesitteter Literatur des 19. Jahrhunderts gerne dem Teufel vorbehalten wurde. Dem Kennzeichen der physiologischen Bereitschaft, Mutter zu werden, haftet eben etwas Ungehöriges an.

Man hat gut sagen, es sei ja eigentlich nichts »Unreines«, Ekelhaftes dabei, es sei »natürlich«. Dies sind leere Worte, und selbst unter Wilden gibt es allerlei Gebote, die das Verstecken des ausfließenden Blutes oder gleich der ganzen Frau während der Menstruation vorschreiben. Zwar sind die Vorschriften der Mosaischen Gesetzgebung – »Wenn ein Weib ihres Fleisches Blutfluß hat, so soll sie sieben Tage lang in ihrer Absonderung sein. Wer sie anrührt, der wird unrein sein bis auf den Abend ... Und alles, worauf sie liegt, solange sie abgesondert ist, wird unrein sein: und alles, worauf sie sitzt, wird unrein sein ... Und wer ihr Lager anrührt, der soll seine Kleider waschen und sich mit Wasser baden und unrein sein bis auf den Abend ... Und wer immer etwas, worauf sie gesessen ist, anrührt, soll seine Kleider waschen und sich mit Wasser baden ... Auch der, so etwas anrührt, das auf ihrem Bette war, oder worauf sie gesessen, soll unrein sein bis zum Abend«[40] – nirgends mehr in Kraft, aber ihr Geist ist immer noch lebendig. Wenn etwa Wattefabrikanten inserieren, daß die Verpackung ihres Artikels in den Größenverhältnissen ständig geändert werde, damit auch nicht die leiseste Ahnung aufkomme, was für ein Päcklein die eine und andere Frau gekauft hat, wenn bei Entschuldigungen für Absenzen grundsätzlich Ausflüchte an Stelle des Unaussprechlichen treten müssen, so heißt das einfach, daß von der verwünschten Menstruation niemand etwas sehen, hören und wissen will, mag sie noch so sehr »das natürlichste Ding der Welt« sein.

Fatal ist es, mit etwas so strikt Verbotenem, das verhältnismäßig schwer zu verbergen ist, behaftet zu sein. Die Schande lauert überall. Es ist besonders unerquicklich, sich mit dem Versteckenmüssen herumzuschlagen, wenn dies in Form der Höhlenbewohnermethoden geschieht, die bis vor kurzem bei uns gang und gäbe waren und auch noch heute verbreitet sind.

Dabei braucht es so wenig, um der Menstruation einen beachtlichen Teil ihrer nicht etwa durch die »Natur«, sondern durch die Zivilisation in Verbindung mit einer Höhlenbewohnerhygiene aufgezwungenen Ekelhaftigkeit zu nehmen. Durch die Verwendung von Tampons tritt die Menstruation kaum mehr in Erscheinung. Natürlich bleibt die Menstruation, doch verliert sie mit der äußeren Wahrnehmbarkeit den größten Teil ihrer verpönten Auswirkungen. Sofern keine Beschwerden mit ihr verbunden sind, ist sie für die Frauen selbst kaum mehr bemerkbar. Diese Methode – wahrscheinlich ist sie nicht einmal neu und in Kulturen ohne Jungfräulichkeitsfimmel vielleicht verbreiteter, als man glauben möchte – scheint sich eher langsam durchzusetzen. Die Ursache: Sie steht in doppelter Weise dem Geist der Männerherrschaft entgegen. Einmal reduziert sie die potentielle »Schande« der Frauen beträchtlich. Es bleibt kaum Raum für verängstigtes Drum und Dran. Die Frauen sind weniger Pechvögel des Schicksals, gewinnen an Selbstvertrauen, was nicht eben im Sinne der Männerherrschaft ist. Ferner stellt diese Methode, die Menstruation den Anforderungen der Zivilisation besser anzupassen, die Frage der Jungfräulichkeit auf eine ganz neue Ebene, nämlich diejenige der Hygiene. Denn je nachdem kann zu ihrer Anwendung die Beseitigung des Hymens notwendig sein. Eine solche bildete sozusagen ein Gegenstück zur Beschneidung der Knaben. Setzte sie sich durch, so wäre all dem geschlechtsmoralistischen Getue um die Jungfräulichkeit die Grundlage entzogen. Vorbei wäre es mit der trotz vorgeblicher Freigeisterei noch aktuellen Prestigebedeutung der Jungfräulichkeit, vorbei mit der barbarischen Weise, »kluge« und »törichte« Jungfrauen zu unterscheiden.

Im Grunde sind es Rücksichten auf die männliche Vorherrschaft und nicht solche medizinischer Art, die einzelne Ärzte bewogen, diese Methode zu bekämpfen, ja sogar ihr Verbot zu verlangen. Und andererseits halten viele Frauen gerade deshalb an der Höhlenbewohnermethode fest, weil sie den Funken »Emanzipation« in der anderen wahrnehmen und davor Angst haben. Sie reden sich ein, die riesigen Vorteile seien mit gesundheitlichen Nachteilen verbunden. Dumpf liegt dieser Einstellung die Idee zugrunde, mit dem alten Joche werfe man ein Stück Weiblichkeit von sich und werde dafür durch Schaden an der Weiblichkeit bestraft. Junge Mädchen stellt die neue Möglichkeit je nachdem noch vor einen Entscheid pseudo-geschlechtsmoralischer Art, der sie stutzig macht: Könnten sie sich nicht den falschen Finger verbunden haben, wenn sie auf diese Weise »nicht mehr unberührt« in den Ehestand treten? Eine derartige Einstellung vieler Frauen zeigt einmal mehr, wie weit die Wirkungen des männerherrschaftlichen Systems gehen. Sie zeigt überdies, wie die Frauen gleich Untertanen männlichen Geschlechts dazu neigen, im altgewohnten Joch weiterzutrotten, selbst wenn es nichts kostet, es abzuschütteln.

»Gehabte Sorgen hat man gern«

Die Menstruation läßt sich allerdings auch von einem ganz andern Standpunkt als dem zivilisatorischen betrachten. Man könnte einwenden, daß ihre beschämende Unreinlichkeit durch die Aussicht auf Fruchtbarkeit, welche die Menstruation gewährt, überreich kompensiert werde.

Ist es wohl das Gefühl dieser neuen Fähigkeit, das die jungen Mädchen so überschäumend vor Lebenslust macht? Neben den Jünglingen sind sie wie Sommervögel neben Nachtfaltern. Sie scheinen soviel mehr vor sich zu haben. Später sehen sie allerdings ein, daß sie zwar viel vor sich haben könnten, aber wenig vor sich haben. Ihr Geschlecht nimmt man als Vorwand, um sie von der Betätigung ihrer Fähigkeiten und dem entsprechenden Platz in der Volksgemeinschaft auszuschließen. Und von ihrer Fähigkeit, wann immer Lust sie ankommt, menschliches Leben hervorzubringen, bleibt häufig nur die Ahnung eines Lebens, das nicht gelebt werden darf. Denn nicht ihre Lust und Laune, ein Kind zu bekommen, ist dafür entscheidend, sondern ob Männer, die ihnen Versorgung bieten, Lust haben, sich ihnen gegenüber auf Lebenszeit zu binden. Die Notwendigkeit, einen solchen einzufangen, um überhaupt Kinder bekommen zu können, vielleicht mit einem vorliebnehmen zu müssen, der nicht in allen Teilen das ist, was man erträumte, und obendrauf das ganze Leben lang zu tun, was man schon immer die Mutter tun sah, löst nicht gerade unbändige Freude aus. Die überquellende Lebenslust verliert sich auch bald.

Das »Frauenleben« in üblichem Geleise bildet daher kaum eine Kompensation für die Widerwärtigkeiten der Menstruation. Aber selbst ein volles Leben mit Erfüllung der ganzen Skala weiblichen Verlangens hebt die Lästigkeit der Menstruation nicht auf. Denn im Gegensatz zu den Schmerzen während des Gebärens liegt sie nicht auf derselben Waage wie die positiven Seiten der weiblichen Fortpflanzungsfunktion. Es läßt sich nicht übersehen, daß die Menstruation im Gegensatz zu manch anderen

Funktionen des weiblichen Körpers nicht in einem unerläßlichen Zusammenhang mit der weiblichen Geschlechtskapazität steht. Sie hat lediglich beiläufigen Charakter. So unbedeutend sie biologisch ist, so unverschämt macht sie sich bemerkbar, und dies ironischerweise am meisten beim Menschen, wo sie ohnehin am meisten stört – ein Schnippchen der Natur.

Darüber erhaben ist erst die Matrone (wenn sie nicht rechtsumkehrt macht und die verhaßte Menstruation nun plötzlich als Emblem der Jugend mit Müh und Not und ärztlicher Hilfe festzuhalten versucht). Einmal gehört das junge Mädchen, das sie gewesen und dem die körperliche Bewegungsfreiheit einst so wichtig war, einer längst verschollenen Zeit an. Inzwischen hat sie sich an Fesseln mancherlei Art gewöhnt, ist »gesetzt« geworden und hat Unabhängigkeit und Bewegungsfreiheit mehr auf anderen Gebieten gesucht. Zudem hat sie die große Macht erlebt, welche die weibliche Fortpflanzungsfähigkeit bedeutet! Neben der Kraft, Leben hervorzubringen, sind die mit ihr direkt und indirekt verbundenen Widerwärtigkeiten in den Schatten getreten. Sie hat sie vergessen, so wie man beim Anblick schöner Pflanzen nicht an die Jauche denkt, die mit ihrem Gedeihen verbunden ist. Eine solche Betrachtungsweise liegt der Matrone um so näher, als sie für die eigene Person die Menstruation losgeworden ist und von ihrer Fortpflanzungsfunktion allein noch die erfreulichen Ergebnisse zu sehen sind.

Die Menstruation als Zeichen sozialer Degradierung, von dem manch einer übel wird

Trotz ihrer relativen Bedeutungslosigkeit bei der weiblichen Fortpflanzungsfunktion ist die Menstruation in gewissem Sinne die auffallendste weibliche Geschlechtsfunktion und damit auch ein besonders auffallendes Merkmal der Frauen. Hinter ihr stehen der weibliche Körperbau und selbst die Andersartigkeit der sichtbaren Geschlechtsorgane zurück. Denn die Unterschiede zwischen weiblichem und männlichem Körperbau im allgemeinen sind nur graduell, selbst die Brüste sind nur relativ weiblich. Und die andersartigen Geschlechtsorgane verlieren durch ihre Bezogenheit auf die gegengeschlechtlichen an Seltsamkeit. Ähnliches gilt für den Vorgang der Geburt. Die Mitwirkung des Kindes tut sozusagen seiner hundertprozentigen Weiblichkeit Abbruch. Zudem sind Schwangerschaft und Niederkunft nur Möglichkeiten des weiblichen Körpers, aber weder integrierender Bestandteil noch unerläßliche Funktion desselben. Unter den vielen geschlechtlichen Eigentümlichkeiten bleibt allein die Menstruation restlos Sache der Frau, ist restlos eigenartig.

Als markanteste Eigentümlichkeit des in der Volksgemeinschaft zurückgesetzten Geschlechts ist die Menstruation auch Merkmal der Zugehörigkeit zum unterdrückten Kollektiv. Dies verdoppelt ihre Widerwärtigkeit. Nebst einer Schande der Zivilisation ist sie nun auch eine soziale. Sie ist sozusagen das Kraushaar des Negers. Sie muß also doppelt versteckt werden. Ein doppeltes Tabu liegt auf ihr.

Entsprechend senkt sich Schweigen, ja Nichtwahrhabenwollen über die unangenehmsten Begleiterscheinungen der Menstruation, die in manchen Fällen krasse Formen annehmen. Viele Frauen fühlen sich während der Menstruation nämlich nicht nur »unwohl«, sondern leiden Schmerzen von jener Gewalt, die ihre Opfer in Qualen ertränken, bis sie nicht mehr sich selber sind, sondern eine Konzentration von Schmerz. Von all dem dringt wenig nach außen. Junge und alte Männer, selbst Ärzte und auch Frauen, denen weitere Beschwerden erspart sind, machen sich nur selten eine Vorstellung von den Katastrophen, die sich unter »Kopfweh«, »Magenverstimmung« und »Erkältung« oft in ihrer nächsten Umgebung abspielen. Brüder und Väter haben in der Regel keine Ahnung.

Litte eine ebenso große Anzahl Männer dermaßen, wie ernst nähme man sich der Sache an. Bei den Frauen macht man nicht viel Aufhebens, ist Leiden doch echt weiblich. Die Frauen sind zum Leiden geboren, und da sie vermeintlich nach göttlichem Richterspruch ihre Kinder mit Schmerzen gebären sollen, kommt es bei ihnen auf etwas mehr oder weniger Schmerzen gar nicht an.

Aber Folterung ist schließlich keine Nervenerquickung, selbst wenn Frauen trotz Schmerzen während der Menstruation Nerven aus Stahl besitzen, so wäre die Tatsache, jährlich etliche Tage Qualen erduldet zu haben, Grund genug, um intensiver zu versuchen, dem Übel beizukommen. Aber bis heute ist es kaum der Rede wert befunden worden. Es ist kein Zufall, daß die Vernachlässigung ausgerechnet das Leiden trifft, an dem die Männer das geringste Interesse haben. Sämtliche anderen Leiden der Frauen stehen ihren Interessen näher. An der Niederkunft ist nicht nur die Frau beteiligt, sondern auch die kommende Generation. Und die Frauenleiden haben mehr oder weniger Auswirkungen auf den Geschlechtsverkehr. Einzig die Schmerzen während der Menstruation bleiben dem Interessenkreis der Männer gänzlich fern.

Diese Tatsache, zusammen mit der weiteren, daß das Leiden mit einem der striktesten Tabus unseres Gemeinschaftslebens verknüpft ist, bewirkt seine weitgehende Vernachlässigung.

Die Erscheinung, daß die Menstruation nicht zwangsläufig, aber häufig von Leiden begleitet ist, die von leichtem Kopfweh bis zu Qualen variieren, ist im Grunde sehr seltsam und einer genaueren Betrachtung wert. Es ist merkwürdig, wie ein Vorgang, der doch bei allen Frauen der gleiche ist, sich dermaßen verschieden auswirken kann. Ebenfalls merkwürdig ist die Tatsache, daß für diese Übelkeiten, Schmerzen und Qualen häufig keine plausible Ursache gefunden werden kann. Das merkwürdigste aber ist, daß man hier vor einer »normalen« Funktion steht, die sich, wie der Ausdruck »unwohl« – die Bezeichnung des »natürlichen« Vorganges charakterisiert ihn paradoxerweise als einen krankhaften – illustriert, in der Regel abnorm abwickelt, obgleich auch die vollständige Beschwerdefreiheit verbreitet ist. Dies legt den Gedanken nahe, daß unsere Verhältnisse so oder so den weiblichen Lebensbedingungen nicht entsprechen.

Wer weiß, vielleicht wäre wirkliche Gleichberechtigung der Frauen innerhalb der Volksgemeinschaft sowie bei der Verfolgung erotisch-sexueller Ziele die beste Kur. Auch das Abweichen von der Höhlenbewohnerhygiene wäre wahrscheinlich von günstigem Einfluß.

Erstere Lösung ist nur scheinbar aus der Luft gegriffen. Im Grunde liegt sie wahrhaftig nahe. Denn dadurch, daß die Menstruation als Merkmal der Weiblichkeit bei einer Gleichberechtigung der Geschlechter zum mindesten ihre Bedeutung als »Sklavenzeichen« und damit ein gut Teil ihres Odiums verliert, wird sie psychisch weniger schmerzhaft und damit vielleicht auch physisch. Ist es doch nicht ausgeschlossen, daß das unbewußte Ungehaltensein über die schlechte Stellung der Frauen an jenem Punkt der weiblichen Existenz am deutlichsten in Erscheinung tritt, wo sie sich am eigentümlichsten kundtut. Auch daß die erzwungene, jahrelange sexuelle Enthaltsamkeit zahlreicher Frauen nicht von gutem ist, scheint auf der Hand zu liegen. Denn ein solches Dasein als Geschlechtswesen gleicht eher einer geschlechtlichen Kerkerhaft; und es wäre eigentlich überraschend, wenn die Organe, deren Zweck auf Jahre hinaus übergangen wird, nun funktionierten, als ob alles wäre, wie es sein sollte.

Was nun die Verbesserung der sogenannten Monatshygiene betrifft, so baut sie das Odium von der anderen Seite ab. Sie macht mit der »Zivilisationsschande« zu einem beachtlichen Teil Schluß und damit die Menstruation zu einer weniger lästigen Angelegenheit. Infolgedessen besteht auch weniger Anlaß, sie tragisch zu nehmen.

Das Aufheben, das mit den sexuellen Problemen des sogenannten gesunden jungen Mannes gemacht wird, wirkt im Vergleich zur Gleichgültigkeit, mit der die Leiden der Frauen, vorab jene der jungen Mädchen, übergangen werden, geradezu bizarr. Zweierlei Recht scheint es auch hier zu geben.

Überblickt man das doppelte Odium, das in unserer Zivilisation der Menstruation anhaftet, und die Gleichgültigkeit, mit der man den Fragen, die sie aufwirft, begegnet, so sieht man ungünstige Vorzeichen für die kollektive Einstellung zur Mutterschaft.

Die Empfängnis

Wenn man die Bedeutung betrachtet, die der Empfängnis beigemessen wird, so scheint die Mutterschaft trotz der nach links unten beschirmend ausgestreckten Männerarme und wissend geweiteten Kuhaugen feierlicher Nachthemdfiguren auf den öffentlichen Wandbildern keinen guten Start zu haben.

Obwohl die Erörterung der Empfängnis eigentlich in dieses Kapitel gehört, ist sie bei der Besprechung der erotisch-sexuellen Beziehung der Geschlechter vorweggenommen worden. Veranlassung dazu gab die Tatsache, daß die Empfängnis als häufig unabwendbare Folge des Geschlechtsaktes das erotische Verhältnis der Geschlechter grundlegend bestimmt. Ohne ihre Berücksichtigung würde alles Reden und Meinen über die erotische Ausgestaltung der Geschlechtsbeziehungen in der Luft hängen. Zu dem mit der Empfängnis verbundenen Fragenkreis gehört natürlich auch ihre Verhütung, das heißt die Verhinderung der Schwanger- und Mutterschaft von Fall zu Fall. Die für den vorliegenden Zusammenhang bedeutsamen Feststellungen wurden infolgedessen ebenfalls bereits im vorigen Kapitel erörtert.

Kurz zusammengefaßt wurde gesagt: Die Frau in der Ecke links unten bekommt während Jahren keinen Säugling, wenn sie einen möchte, um so mehr aber später, wenn sie bereits genug hat oder sonst keine mehr wünscht. Das heißt: Der in der männlichen Geschlechtsmoral fundierte konventionelle Keuschheitszwang gegenüber den ledigen Frauen bewirkt, daß manche lebenslänglich und andere während vieler Jahre nicht Mutter werden dürfen. Auf der anderen Seite hat das »debitum coniugale« in Verbindung mit der Bekämpfung der Empfängnisverhütung die Zwangsmutterschaften zahlloser verheirateter Frauen im Gefolge. Insofern ist nun eine wirklich »echt weibliche« Frage, nämlich die, wann Frauen Kinder bekommen sollen, durch die Männerherrschaft geregelt worden. Damit ist das Kind häufig schon von allem Anfang an weniger intensiv das ihre, als es dies sein könnte. Denn oft darf sie keines haben, wenn es sie darnach verlangt, und noch öfters »bekommt« sie eines, wenn sie nicht will. In diesem Zusammenhang bedeuten die vage ausgestreckten Arme der trutzigen Burschen auf den Wandgemälden nicht etwa Schirm, sondern Zeigefinger und Wegweiser.

Aber nicht genug damit, daß die Empfängnis der Frauen, wo nicht im einzelnen, so doch in großen Umrissen durch die männlichen Kollektive dirigiert wird. Die Anmaßung geht weiter. Selbst im Mutterleib gilt das Kind als ein Stück des Vaters, als sein »Produkt«. Wie das bescheidene Wesen in der Ecke links unten mit kopfhängerischer Haltung anzeigt, ist es in seiner Mutterfunktion ideell nicht etwa Regentin, sondern Magd. Die Gute ist zwar die Höhle, aus der das Kind herauskommt, »Erzeuger« aber ist der Mann. Sogar die Kinder wollen die Männer eigentlich gemacht haben. Dem armen Mann – hier ist der arme Mann aus der Bibel die »arme Frau« – nimmt man sein einziges Schäflein. Das Mittel dazu ist, wie erwähnt, ein während Jahrtausenden pietätvoll gehätschelter Irrtum. Er stellt die wesentlichere Urheberschaft der Frau am Kind in Abrede und spiegelt sich in der Bezeichnung des männlichen Beitrages zur Fortpflanzung als »Samen«, d.h. als die anlagemäßig vollständige Vorstufe des menschlichen Wesens.

Die Metapher vom männlichen Samenkorn, dem männlichen »Lebensfunken«, einerseits und der materiellen, rein stofflichen Mütterlichkeit anderseits scheint unausrottbar zu sein. Dabei ist das Bild grundfalsch. Jeder

Vergleich soll hinken, doch dieser geht überhaupt nicht. Der männliche Beitrag ist nicht Same, da er nicht Urform des neuen Lebens ist. Diese entsteht, wie man es seit Generationen jedem Mittelschüler plausibel macht, erst auf Grund der Vereinigung einer Anzahl weiblicher und männlicher Chromosomen. Aristoteles, auf den die Chimäre der alleinschöpferischen männlichen Zeugungskraft zurückgeht, wußte es eben nicht besser, und Thomas von Aquin hat sich erst recht verrannt. Er behauptete, die Frau gehe aus dem Mann hervor und fände in ihm sein Ziel – »vir est principium mulieris et finis«[41]. Wahrhaftig, der Satz wäre umgekehrt richtiger, zum mindesten im biologischen Sinn: die Frau ist Anfang und Ende des Mannes. Aber da die falsche Metapher sich ad absurdum breitwalzen läßt, kommt er der Männerherrschaft zu gelegen, um einfach fahrengelassen zu werden. Ist auch seine naturwissenschaftliche Unrichtigkeit längst erwiesen, das Vorurteil wuchert, wie ich da und dort schon gezeigt habe, in Geistesgebieten, wo es weniger auf Präzision anzukommen scheint, als Symbol angeblich durchgehender Verschiedenheit der Geschlechter in Anlagen und Aufgaben, ja einer unterschiedlichen geistigen Struktur von Frauen und Männern, üppig weiter: Die Frau, vermeintlich bloß Inkubator des menschlichen Lebens, ist Stoff, ist das passive, unschöpferische, materielle Element der Menschheit, ist Rahmen, Hintergrund, Untergrund, Nacht und Grab; der Mann dagegen mit seinen gar nicht vorhandenen Samenkörnern ist Träger des Lebensfunkens, die lebendige, geistige, schöpferische Kraft, der junge Tag, der Frühling, die Sonne und was nicht. Die Illusion ist zu schmeichelhaft, um sie nicht wider besseres Wissen ständig zu reproduzieren.

Dieser Humbug wird in Wort und Schrift genau so lange sein Wesen treiben, als die Frauen nicht durchwegs gleichberechtigt sind und diese Gleichberechtigung auch ausnützen. Solange sie aber zweitrangig sind, halten sich auch Irrtümer, die ihre Zweitrangigkeit rechtfertigen sollen. Bezeichnenderweise leisten die Weiblichkeitsapostel, die sich um das »wahre Wesen der Frau« so zu schaffen machen, dem frommen Betrug mit bemerkenswerter Inkonsequenz Vorschub. Sie besorgen mit Vorliebe das Ausschlachten der biologisch falschen Metapher.

Die Männer nähren die Illusion vom männlichen Lebensfunken und von der weiblichen Stofflichkeit in den unmöglichsten Abwandlungen, weil sie die unverhältnismäßig größere schöpferische Wirksamkeit des weiblichen Körpers mit Neid erfüllt. Es ist davon schon im ersten Kapitel gesprochen worden. In Anbetracht der weiblichen Möglichkeit zur Menschenschöpfung schleicht sich bei ihnen ein Minderwertigkeitsgefühl ein. Es ist von der peinlichen Frage begleitet: Wozu sind eigentlich wir da? Eben für den mikroskopisch kleinen, wesentlichen, wenn auch nicht allein wesentlichen Beitrag am Anfang, ließe sich antworten. Aber dies ist eine bescheidene Rolle. Auch lauert im Hintergrund die Vorstellung, daß die Menschheit biologisch, zivilisatorisch und kulturell zwar nicht vollständig ohne sie, aber mit wenigen ihrer Art auch ihren Fortgang nehmen könnte, während durch den gleichen Ausfall an Frauen alles ins Wanken geriete und die Menschheit sozusagen wegschmelzen würde. Dumpf fühlen sie sich etwas überflüssig. Und in ihrer großen Anzahl sind sie dies auch, rein biologisch betrachtet. Um so weniger ertragen sie daher den Gedanken, daß die Frauen biologisch so viel wichtiger und geistig nicht weniger leistungsfähig sind als sie. Diese Tatsache gibt ihnen besonders in der Gegenwart zu schaffen, da die Bedeutung der Muskelkraft großenteils von jener der intellektuellen Leistungsfähigkeit abgelöst worden ist. Sie reden sich und den Frauen ein, wo nicht biologische Saatkörner so doch geistige zu produzieren, für welche die Frauen als «Mater-Materie« das Treibbeet sein dürfen und so weiter. Am seligmachenden Glauben daran fehlt es allenthalben nicht. Denn man hindert die Frauen ja – wie im ersten Kapitel beschrieben – den vollen Gegenbeweis anzutreten.

Die Schwangerschaft

Tollkühnheit und Banalität

Die Schwangerschaft ist die originellste Funktion der weiblichen Physiologie. Sie hat auf männlicher Seite kein Gegenstück, keine Parallele und ist das Plus des weiblichen Geschlechtes.

Im Gegensatz zur Menstruation, die sich von selbst und unabdingbar einstellt, hängt der Eintritt der Schwangerschaft mehr oder weniger vom Willen der individuellen Frau ab. Die Frauen haben es in der Hand, von jedem Mann, den sie zum Geschlechtsakt bewegen können, befruchtet zu werden. Und selbst wenn eine Schwangerschaft eingetreten ist, so besteht immer noch die Möglichkeit, sie auf Grund eines Entschlusses abzubrechen. Immerhin schränken »Zölibatszwang«, eigene Unfruchtbarkeit und solche des Partners, »debitum coniugale«, die Möglichkeit, vergewaltigt zu werden, und hinsichtlich der Abtreibung Abhängigkeit von Dritten sowie Strafandrohung den Willen der Frauen bezüglich ihrer Schwangerschaften in negativer und positiver Richtung ein.

Je nach ihrer Möglichkeit zur Empfängnisverhütung äußert die Frau den Willen zu einer Schwangerschaft allein schon durch den freiwilligen Geschlechtsakt oder aber dadurch, daß sie der Empfängnis im entscheidenden Augenblick kein Hindernis entgegensetzt. Bei unzureichender Maßnahme zur Empfängnisverhütung kann sie sich gegen ihre Absicht eine Schwangerschaft aufladen, doch hat sie dieselbe mit der Bejahung des Geschlechtsaktes bei Kenntnis der Unzuverlässigkeit der Verhütungsmaßnahme immerhin in Kauf genommen.

Wesensmäßig ist der positive Wille zu einer Schwangerschaft einer der phantastischsten und luxuriösesten Entschlüsse. Ihm liegt der Gedanke zugrunde, aus einem Überschuß an Leben und Kraft durch eine unglaubliche Intimität neues Leben aus sich hervorgehen zu lassen. Er ist das Gegenstück zum Selbstmord, nämlich eine über das Ich weit hinausgreifende Bejahung des Lebens.

»The great object of life is sensation – to feel that we exist.« Was auch Byron bei der Prägung dieser Worte gedacht haben mag, das Erlebnis einer vollauf gewollten Schwangerschaft ist jedenfalls solch ein sensationeller Zustand. Er entspringt einem starken Lebensgefühl und verstärkt es wiederum. Er steigert das Selbstbewußtsein und gibt das intensive Gefühl, mit der Schöpfung in Übereinstimmung zu stehen. Bisweilen geht Furchtlosigkeit aus dieser Seelenverfassung hervor. Religiöse Naturen können sich im positiven Sinn als Werkzeug Gottes, als »auserwählt«, »gesegnet« fühlen, mögen ihren eigenen Lebenswillen als vom Willen Gottes getragen empfinden.

Voll bejaht und erlebt ist sie etwas Romantisches. Denn ihrem Wesen nach ist sie eine Zeitwende im kleinen, ein geschichtlicher Augenblick. Die Menschheit ist daran, fortgepflanzt zu werden. Die Frau steht davor, das Leben, das in ihr und ihrem Gatten ist, weiterzugeben. Sie ist im Begriff, mit der Flamme ihrer Lebenskerze eine andere anzuzünden.

Die Männer, denen es nicht gegeben ist, ein solches Amt auszuüben, erscheinen beinahe als eine Schar Unerwachsener, die nicht recht wissen, worum es im Leben geht und die unmöglich ein Gesamtbild von ihm haben können. In der Tat erleben Männer ja nichts, was den Frauen nicht auch möglich wäre, es sei denn die männlicherseits so verbreitete Doppelspurigkeit der Sexualität. Und Sensationen beim Geschlechtsakt, die den Männern vorbehalten sein mögen, stehen solchen, die nur von Frauen empfunden werden, gegenüber. Mit Schwangerschaft, Niederkunft und Nähren eines kleinen Kindes haben die Frauen daher einen Vorsprung an Erlebnis- und damit Erkenntnismöglichkeiten, sind sie ebenbürtigen Männern überlegen.

Wenn Schwangerschaften immer ihrem Wesen gemäß erlebt werden könnten und den Frauen volle Freiheit und Möglichkeit zur Entfaltung und Betätigung ihrer allgemein-menschlichen Persönlichkeit offenständen, wäre das weibliche Leben trotz Menstruation und allen möglichen mit Schwangerschaft und Geburt zusammenhängenden Beschwerden interessanter, bedeutender, reicher als das männliche Leben. Doch ist dies selten der Fall. Denn oft entfällt die eine oder andere Voraussetzung oder beide zugleich; in welcher Weise ist in den vorangehenden Kapiteln dargestellt worden.

Was nun die männerherrschaftliche Ausgestaltung der Ehe mit all ihrem Zubehör betrifft, verhindert sie zwar das optimale Erleben der Schwangerschaft nicht gänzlich, behält sie aber den Frauen vor, die eine wirkliche Liebesheirat, d.h. eine Heirat aus Leidenschaft, gemacht und diese zum mindesten bis ans Ende der ersten Schwangerschaft bewahrt haben. Da überdies eine ideale Empfängnisverhütung noch nicht erfunden ist und die volle Ausnützung der vorhandenen Möglichkeiten von bedeutenden Kollektiven weitgehend verhindert wird, wodurch die »Zwangsmutterschaft« in der Ehe noch alltäglich ist, sind solche glücklichen Schwangerschaften nicht so verbreitet, wie man gerne glauben möchte. Das besprochene männerherrschaftliche Kanalisieren und Rationieren der weiblichen Sexualität hat dem Erlebnis der Schwangerschaft, dem Kinderbekommen in unzähligen Fällen ein sehr unromantisches, undionysisches Gepräge gegeben: anstelle des göttlichen Schwungs tritt in zahllosen Fällen Pflicht und Schuldigkeit und – Pech.

Aus diesem Grunde webt neben dem Glanz auch etwas Philiströses, ja bisweilen Groteskes um Schwangerschaft und Niederkunft. Das ist nicht verwunderlich. Man halte sich vor Augen, aus welchen Motiven eine Frau dazu kommt, von einem bestimmten Mann ein Kind zu erwarten und zu gebären, wenn sie es nicht aus Leidenschaft dringend wünscht oder doch als Auswirkung einer früheren Leidenschaft betrachten kann. Je nach ihrer Beziehung zum fraglichen Mann und den das soziale Leben ordnenden, männerherrschaftlichen Prinzipien gelangt die Frau trotzdem dazu, weil es das ist, was alle Welt von ihr erwartet; weil es eine der wenigen Wirkungsmöglichkeiten ist, die ihr übrigbleiben; weil sie sich als »nützlich« empfinden möchte; weil sie nicht »einsam« sein will, weil sie »Kinder gern hat«; weil andere Frauen auch Kinder haben; weil es sie wundernimmt, »was herauskommt«; weil sie gerne »auch noch einen Knaben« und seltener »auch noch ein Mädchen« haben möchte; weil sie »in die Zukunft blicken« will; weil sie »der Familie (oder dem Staat) Söhne« oder »einen Erben« schenken möchte; weil sie sich »aufopfern« will und – besonders häufig – weil es einen wieder einmal erwischt hat.

Selbstverständlich gibt es viele Mittellagen in der Stimmung, Schwangerschaften und Geburten zu erleben. Aber warum mit solchen vorliebnehmen, wenn der Genius des weiblichen Geschlechtes ein großartigeres Erleben gestattete? Je weniger Schwung und Geist in der Einstellung zu Schwangerschaft und Kinderbekommen lebt, um so mehr zieht Rationalistisches und Moralistisches, sozusagen ein Notensystem, in den Zaubergarten ein. Beim Kindererwarten und -bekommen innerhalb des von der Männerherrschaft abgesteckten Reviers ist gar so viel von Aufopferung und Tüchtigkeit die Rede. Beides sind Begriffe, die dort, wo sie hingehören, recht und gut sind, aber eben ganz und gar nicht zu einem Geschehen passen, das ohne – ich möchte fast sagen – heiligen Übermut etwas wie Frevel ist. Mit dem Maßstab des Opferwillens oder der Tüchtigkeit gemessen, wird die »Erfüllung der weiblichen Bestimmung« zur Geschmacklosigkeit, ja zur Monstrosität.

In diesem Geiste oder besser Ungeiste werden Schwangerschaften und Kinderbekommen von Wortführern der Männerherrschaft häufig betrachtet. Unter einem ebenso rationalistischen wie schulmeisterlichen Gesichtswinkel wird denn verlangt, daß die Frauen »wieder Mütter werden«, daß sie »staatserhaltend« sind, daß sie »sich für die Familie opfern«, daß sie »etwas leisten«, ja, man geht mitunter so weit, kinderreiche Mütter zu prämiieren oder doch dies zu verlangen. Auch zahllose Frauen schließen sich derartiger Betrachtungsweise an. Sie tun dies, weil der Untergeordnete den Maßstab der Herrschaft annimmt, wenn er nicht Mut und Kraft zur Revolte besitzt. Sie tun es aus noch einem anderen Grunde. Nämlich aus dem Drang nach einem »sinnvollen Leben«, aus einer Art Arbeitswut, die bei der beruflichen und politischen Kaltstellung der Frauen im kollektiven Leben unbefriedigt bleibt.

Um auf die Darstellung der Wandgemälde zurückzukommen: Die befehlende und beschirmende Geste der Männer gegenüber »Mutter und Kind« hat die Verbundenheit der beiden in zahlreichen Fällen entwürdigt. Entsprechend haben sich die Frauen denn auch während ganzer Zeitalter über die Freuden der Schwangerschaft und des Kinderbekommens ausgeschwiegen.

Entrechtung bis in die Eingeweide

Die Männerherrschaft steckt den Frauen nicht nur den Spielraum für ihr geschlechtliches Leben ab, sondern tritt auch einer Freiheit der Frau, Schwangerschaft und Geburt von Fall zu Fall abzulehnen, entgegen. Es handelt sich um die bereits erwähnte zähe Bekämpfung der Empfängnisverhütung – in unserem Kulturkreis vorab durch die katholische Kirche und teils auch durch die öffentliche Meinung – und jene der Abtreibung. Erstere ist im vorigen Kapitel ausgiebig besprochen worden. Letztere ist ein markantes Beispiel für die Entrechtung der Frauen, geht sie doch buchstäblich bis in die Eingeweide.

Die Frauen kommen immer wieder in die Lage, dem Risiko einer Schwangerschaft ausgesetzt zu sein, ohne ein Kind zu wollen, ja seine Entstehung wie Tod und Teufel zu fürchten. Dahinter steht die Tatsache, daß unzählige Male ihr Verlangen nach dem Geschlechtsakt nicht vom Verlangen nach einem Kind begleitet ist oder ihm aus bestimmten Rücksichten nicht entsprochen werden darf. Eine weitere kommt hinzu. Jene nämlich, daß selbst zahlreiche Geschlechtsakte zustande kommen, die von den Frauen nicht gewünscht werden, geschweige denn aus ihnen hervorgehende Kinder. Dafür sorgen die häufige Duldung des Geschlechtsaktes im Sinne einer Erfüllung des »debitum coniugale« und die seltenen Vergewaltigungen.

Da es nun viele Maßnahmen und Verhaltensweisen in bezug auf den Geschlechtsakt gibt, die eine Schwangerschaft mehr oder weniger unwahrscheinlich machen, aber, abgesehen von Sterilisation, nicht eine, die sie todsicher ausschließt, so ist der Eintritt der Schwangerschaft ohne positiven Willen der Frau dazu eine alltägliche Situation.

Die Intensität der Unerwünschtheit des Kindes variiert von Gleichgültigkeit bis zur Verzweiflung, in welcher das Risiko schwerer Bestrafung oder gar des Todes der Geburt des Kindes vorgezogen wird. Die Häufigkeit der Übernahme dieses Risikos beweist, wie verbreitet und zwingend die Gründe zur Unterbrechung der Schwangerschaft sind. Die männerherrschaftlichen Gesetze aber verbieten sie. Nachdem ihre Angehörigen »nicht aufgepaßt« haben, zwingen die Männerkollektive die Frauen unter Strafandrohung auszutragen, selbst wenn damit deren soziale und materielle Existenz schwer geschädigt wird.

Mit der männerrechtlichen Bestrafung der Abtreibung wird den Frauen nichts weniger als die Verfügung über einen in ihrem Körper eingeschlossenen, mit ihm verwachsenen und allein durch ihn lebenden unfertigen Organismus genommen. Damit ist ein juristischer Grenzfall gegen die weibliche Selbstbestimmung entschieden, der sich ebenso triftig in ihrem Sinne regeln ließe.

Um einen Grenzfall handelt es sich hinsichtlich der Strafbarkeit der Frau, weil die durch sie persönlich vorgenommene Abtreibung gewissermaßen zwischen der Vernichtung des eigenen Lebens und desjenigen einer anderen Person steht. Ersteres ist straffrei – in Anbetracht der Selbstmordversuche nicht ohne praktische Tragweite –, letzteres strafbar. Zu Lasten der Frauen wird nun »das keimende Leben«, die unreife menschliche Leibesfrucht als das Leben einer anderen Person gewertet und wenn auch nicht mit den für Mord und Totschlag geltenden Strafandrohungen, so dennoch stark geschützt.

Da es um Frauen geht, halten die männlichen Gesetzgeber dabei nicht einmal auf die intellektuelle Sauberkeit, diese Auffassung konsequent zu vertreten, etwa auch dort, wo sie sich unversehens zugunsten der Frauen auswirken könnte. Dies wäre im Erbrecht der Fall, wenn der »nasciturus« als Person in erbrechtlichem Sinne gewertet würde. Vereinzelt käme die Möglichkeit in Betracht, daß die Frau von einem in ihr »keimenden« und vor seiner Reife hinfällig gewordenen »Leben« erben könnte, weil es bereits im Mutterleibe geerbt hätte. Aber nun ist keine Rede davon, das »keimende Leben« mit einer Person zu vergleichen. Obschon man dies anderseits insoweit tut, als gegebenenfalls die Erbteilung bis zur Reife oder bis zum Absterben des »keimenden Lebens« aufgeschoben wird. Schließlich wäre das Erben und Beerben der unreifen menschlichen Leibesfrucht auch nicht seltener als die Bestrafung von Frauen für einen »Quasi-Mord«, weil sie einen zur Selbständigkeit bestimmten Teil ihres Körpers, der aber noch mit diesem verwachsen und in ihm eingeschlossen ist, vernichten.

Ferner ist es inkonsequent, auch jene Abtreibung zu bestrafen, die sich gegen ein durch Vergewaltigung entstandenes »keimendes Leben« richtet, wenn das Gesetz Notstandshandlungen straflos erklärt. Denn in diesem Fall liegt sogar ein umfassender Notstand vor. Leib, Freiheit, Ehre und Vermögen sind infolge einer strafbaren Handlung gefährdet, welche die Täterin nicht zu verantworten hat; und diese mehrfache Gefahr kann nur durch – kunstgerechte – Abtreibung abgewendet werden.

Die Geburt

Sittlicher Zwang zur Enthaltsamkeit einerseits und »Zwangsmutterschaft« anderseits – beides halbwegs durch eine gewisse Möglichkeit der Empfängnisverhütung gelockert, die es aber in sich hat, Schnippchen zu schlagen –, Schwangerschaften aus vielen guten Gründen, wovon Leidenschaft nicht der häufigste ist, und jahraus, jahrein mit der Regelmäßigkeit einer Uhr, einer Monduhr, die genierliche Menstruation, die Zivilisationsschande, unterstrichen durch Höhlenbewohnermaßnahmen – was Wunder, daß in solchem Klima der Gebärvorgang meist zu einer Katastrophe ausartet, mit ungeheuren Schmerzen verbunden ist. Die landläufigen Erklärungen dafür werden allerdings auf anderen als psychologischen und soziologischen Gebieten gesucht und gefunden. Medizin und Theologie lassen es an Deutungen nicht fehlen.

Muß die Geburt eine Katastrophe sein?

Allerlei medizinische Theorien versuchen die Schmerzen der Mutter während der Geburt zu erklären.

Eine besonders populäre geht vom aufrechten Gang des Menschen als Ursache aus. Dadurch komme der Fötus in die Fallinie zu liegen, weshalb die menschliche Plazenta im Gegensatz zu derjenigen der Säugetiere stark mit dem Uterus verwachsen sein müsse, um einem Herausfallen der Frucht vorzubeugen. Die Trennung sei daher schmerzhaft. Nun, die Menschen bewegen sich seit urdenklichen Zeiten auf zwei Beinen, wobei sich für die entsprechende Verlagerung anderer Organe keinerlei physiologischen Vorsichtsmaßnahmen aufdrängten, die sich in einer schmerzhaften Funktion kundtun. Und manche Affen gehen ebenfalls auf zwei Beinen einher, ohne daß der Geburtsvorgang sich bei ihnen kompliziert hätte. Umgekehrt sind bei einzelnen Haustieren, die seit eh und je Vierbeiner waren und deren Geburtskanal einigermaßen horizontal liegt, selbst normale Geburten von beträchtlichen Schwierigkeiten begleitet. Je nachdem muß sogar der Tierarzt zu Hilfe gerufen werden.

Dann wieder hört man, der Kopf des Menschen, beziehungsweise des Kindes, sei seines außerordentlichen Verstandes wegen verhältnismäßig zu groß, so daß es für die Mutter nicht ohne Schmerzen abgehen könne. Doch ist im menschlichen Organismus ja alles andere auch auf diese Köpfe mit Denkerstirnen eingerichtet, warum sollten es da die mütterlichen Organe nicht sein? Zudem kommen, wenn auch vereinzelt, schmerzlose Geburten vor, wobei die Kinder auch nicht mit Miniaturköpfen zur Welt kommen. Schmerzlose Geburten sind übrigens Tatsachen, die ebenfalls die erstgenannte Theorie widerlegen.

Schließlich wird auch die Ansicht vertreten, die späten Erstgeburten seien Ursache der Geburtsschmerzen. Als ob man schon zu Adams und Evas

Zeit, aus der die erste Kunde von Geburtsschmerzen kommt, acht bis neun Jahre in die Volksschule, dann ins Welschland, dann in die Mittelschule gegangen wäre und darauf jahrelang Geld für die Aussteuer verdient und zusammengespart hätte, um etwas verspätet endlich »Frau« und innert tunlicher Frist auch Mutter zu werden.

All diese Argumente gehen von einer vermeintlichen körperlichen Unangepaßtheit des Menschen an seine intellektuelle Hochentwicklung und ihren zivilisatorischen Folgen aus. Indessen ist schwer einzusehen, wieso der menschliche Körper sich an ungemein einschneidende Zumutungen unserer Zivilisation hätte gewöhnen können, wie an den tagelangen Aufenthalt in geschlossenen Räumen, an das Einhalten regelmäßiger Essens-, Arbeits- und Schlafzeiten, an Arbeit bei künstlichem Licht, und nun einzig und allein hinsichtlich der Fortpflanzung die Anpassung verweigert, indem er in Form der Geburtsbeschwerden gegen die Zivilisation protestiert. Es ist unwahrscheinlich, daß der menschliche Körper, nachdem er sich über alle zivilisatorischen Änderungen seiner Lebensbedingungen erfolgreich hinweggesetzt hat, bei der Gebärfunktion eine Ausnahme macht, weil die weiblichen menschlichen Wesen seit prähistorischen Zeiten nicht mehr auf allen vieren einhergehen und sie sowie ihre Gatten sich seit der Zeit des Neandertalers etwas mehr Kopf zugelegt haben.

Nicht weniger populär als der Versuch, die Erklärung der Geburtsschmerzen mit medizinischer Argumentiererei abzutun, ist die davon himmelweit verschiedene auf religiöser Ebene. Redet der eine mit mildem Nicken – in der Natur ist alles so klar – von großen Fötusköpfen, welche die Frauen zwängen, mit Gebärschmerzen für die Zivilisation zu zahlen, so der andere mit priesterlicher Allüre – ganz der harte Diener eines harten Gottes – von Evas ausschlaggebendem Appetit auf Äpfel, der ihr vom Allmächtigen, der seiner nicht spotten läßt, die zusätzliche Strafe schmerzhafter Geburten eingetragen habe. Eine Deutung, welche die Kirche des Mittelalters bewog, Versuche zur Milderung der Gebärschmerzen strikte abzulehnen: die Frauen sollten sich nicht um die Gottesstrafe drükken können, sollten die Suppe auslöffeln, die ihnen Eva eingebrockt. Die Richtigkeit dieser patriarchalischen Deutung steht außerhalb jeder Beweisbarkeit. Sie steht und fällt mit der Bereitwilligkeit der Leute, sie zu glauben. Offenbar glauben sie viele Männer mit Vergnügen. Merkwürdig ist nur, daß solche alttestamentlich ausgerichtete Naturen die Frage offenlassen, weshalb die göttliche Strafe an den Frauen so extensiv vollzogen werden soll – die »Beschwerden« oder Schmerzen, von denen die Bibel spricht, sind meist Qualen –, an den Männern hingegen so restriktiv: Der Schweiß, der beim Erwerb des Brotes vom männlichen Angesicht tropfen sollte, tritt bei manchen »männlichen« Berufstätigkeiten überhaupt nicht hervor, wogegen ein gut Teil der Schwitzarbeiten noch den Frauen aufgehalst wird, was kein Bibelwort verlangt.

Was die weibliche Anhängerschaft solch alttestamentlicher Erklärung betrifft, so hat diese wohl kaum je einer Eva, fromm oder nicht fromm, im

Augenblick der Wehen eingeleuchtet. Wie hätte sie es auch tun sollen, da keine von ihnen im Paradies gewesen ist und dort Äpfel genascht hat.

Interessanterweise wird nun die Katastrophenform der Geburt kaum je von der soziologischen Seite in Frage gestellt. Es ist dies um so verwunderlicher, als seit mehr als hundert Jahren neben dem eklatanten Kollektivversagen der Frauen bei ihrer geschlechtlichen Hauptfunktion die Forderung nach Gleichberechtigung einhergeht und damit ein Protest gegen das ihnen von der Männerwelt vorgesetzte Dasein.

Ausgangspunkt für eine soziologische Erklärung der mit dem Gebärvorgang verbundenen Schmerzen wie auch für jene der Menstruationsbeschwerden bildet die Tatsache, daß die Stärke der Schmerzen von einem weiblichen Individuum zum anderen, ja selbst bei der einzelnen Frau von Fall zu Fall variiert. Zwischen vollständiger Schmerzlosigkeit und Qual gibt es alles, trotzdem sich in zahlreichen Fällen keine physiologischen Ursachen für die Unterschiede feststellen lassen. Insofern besteht eine Parallele zwischen Niederkunft und Menstruation. Wenn bei der Niederkunft Schmerzen aller Grade auch die Regel sind, beim »Unwohlsein« dagegen trotz dieser Bezeichnung und häufiger qualvoller Beschwerden das relative Wohlsein Norm ist, so lassen sich die beiden Vorgänge dennoch insoweit vergleichen, als sie sich oft ohne medizinisch faßbare Gründe innert einer weiten Spanne zwischen leichten Schmerzen und Qualen bewegen.

Die Parallele von Menstruation und Geburt ist nicht verblüffend. Angesichts sämtlicher physiologischer Vorgänge liegen Menstruation und Geburt einander besonders nahe. Sie gehen in der Hauptsache vom gleichen Organ aus und gehören zu den wenigen äußerlich deutlich in Erscheinung tretenden Geschlechtsfunktionen. Durch diese Eigenschaft sind sie wie gemacht zur Demonstration einer allfälligen, mit dem Geschlecht zusammenhängenden Unzufriedenheit.

All dieser Enthaltsamkeits- und Gebärzwang, all die Beschränkungen der individuellen Selbstverwirklichung, all die Zurücksetzung innerhalb der Volksgemeinschaft namens der weiblichen Geschlechtseigentümlichkeiten, all das veranlaßt vielleicht die Frauen, bei der Geburt als der bedeutendsten ihrer spezifischen Funktionen ganz besonders zu manifestieren, wie schwer es ihnen fällt, Frauen zu sein. Wie einzelne Frauen bei der Menstruation, wollen die meisten – natürlich unbewußt – mit ihren unerträglichen Schmerzen grundsätzlich andeuten, daß sie das Dasein als Frau für problematisch, wo nicht für ungenießbar halten. Schmerzen der Menstruation und Geburt, hinter denen keine krankhaften Ursachen stehen, scheinen zu bedeuten, daß die Frauen infolge ihrer Weiblichkeit ihres Lebens nicht froh werden können. Es ist nun ganz unwahrscheinlich, daß sie dies ihrer weiblichen Konstitution wegen nicht könnten, denn niemand möchte im Grunde ein anderer Mensch sein, als er ist. Wahrscheinlich dagegen ist, daß jene Schmerzen ein Protest gegen das Dasein, das man den Frauen bereitet, gegen ihre Unterdrückung ist.

Der Katastrophencharakter, den die Geburt im allgemeinen hat, heißt nun allerdings nicht, daß sich die Frauen als Individuen immer positiv unglücklich fühlten. Sie tun dies sowenig, wie die Angehörigen unterdrückter Schichten ständig den Kopf hängen lassen. Aber das will nicht besagen, daß die einen wie die andern ihre Unterdrückung nicht empfinden, nicht so glücklich sind, wie sie ohne die Unterdrückung wären.

Es ist natürlich schwer zu sagen, was Glück und wer glücklich sei. Doch scheint mir, die Voraussetzung des Glücklichseins sei eine gewisse Ungebrochenheit, begleitet von einem vollen Leben im Rahmen der wesentlichen Impulse, das nicht von Entsagungen essentieller Art getrübt wird. Das mit Ach und Krach und unter großen Verlusten über dornige Wege erreichbare Glück der Erbauungsbücher sieht allerdings ganz anders aus. Diese Sorte »Glück« ist recht und gut, wenn einem eine bessere Qualität Glück nicht lächeln will und man nun die Dinge dreimal umdrehen muß, um eine gute Seite an ihnen zu finden. Doch handelt es sich in diesem Fall eher um »Zufriedenheit«, »Angepaßtsein« und derlei Gutes, das sich erst eingestellt hat, nachdem man einige böse Knackse in Kauf hat nehmen müssen.

Nun, den Frauen – ob glücklich oder unglücklich im Sinne der Erbauungsbücher sei dahingestellt – scheint viel häufiger als Männern jene Ungebrochenheit zu mangeln. Ob »glückliche Frau und Mutter« oder unglückliche, ob glückliches oder »verbittertes Fräulein« – ein großer Teil der Frauen ist durch das ihnen von der Männerherrschaft zugedachte »Frauenleben« so oder so verbogen worden und hat damit Ursache, zu protestieren.

Die Geburtsschmerzen mögen überdies eine weitere Bedeutung haben, nämlich diejenige eines Protestes gegen die Fortpflanzung von Resignation. Denn ein großer Teil der Kinder wird wirklich nicht im Sinne überschäumenden Lebens geboren. Übermaß an mütterlicher Lebenslust ist kaum die häufigste Ursache für die Entstehung eines neuen Menschenlebens. Wie erwähnt gibt es manch andere rechte und gute, doch nicht gerade schwungvolle Ursachen dazu. Es hat etwas Paradoxes und Tragisches, gedämpft, »vernünftig« geworden, so etwas Unvernünftiges zu tun, wie neue maßlose Glücksprätendenten und Enttäuschungskandidaten hervorzubringen. Denn zu einer Geburt gehört im Grunde Übermut. Haben Frauen dazu keinen Grund, so haben sie auch keine hinreichende Veranlassung zur Fortpflanzung. Vollzieht sie sich trotzdem, so haftet ihr ein innerer Widerspruch an. Auch er mag bei der Niederkunft als körperlicher Schmerz in Erscheinung treten.

Die Tragik, die bei einer Männerherrschaft mit dem Geburtsvorgang verbunden ist, kommt auch in den unzähligen stereotypen Bildern von »Mutter und Kind« zum Ausdruck: die Frau neigt ihr Antlitz, auf dem der Hauch eines melancholischen Lächelns liegt, über den Säugling in ihren Armen. Als Muttertyp figuriert gerne die Physiognomie einer poetisierten züchtigen Hausfrau, die nicht nur züchtig, sondern beinahe gezüchtigt aussieht. Diese gezüchtigte, züchtige Hausfrau hält den Säugling so geistesabwesend wie kleine Mädchen die Puppe des Photographen auf Paradeaufnahmen. So versteht man in unserer Kultur »Mutter und Kind«. Das Klischee bestätigt, daß es den Mutterfreuden an Schwung fehlt, daß sie in dieser oder jener Form mit einem Märtyrertum verbunden sind. Es versinnbildlicht zudem, daß das Kind nicht recht zur Mutter gehört, worauf ich noch zurückkommen werde.

Nur ganz selten sieht man Mutter und Kind gewissermaßen unverfälscht von der Männerherrschaft dargestellt. Zum Beispiel zeigen einige Zeichnungen von Hans Erni das wesensmäßige Verhältnis der Mutter zu ihrem kleinen Kind: berauscht und leidenschaftlich pressen nackte junge Frauen – sie tragen weder das zeitlose Prinzeßkleid noch schlicht gescheiteltes oder melancholisch gewelltes Haar unter einem Kopfzelt – kleine Kinder als ein Stück ihrer selbst ans Herz. Sie sitzen mit angezogenen Knien da, einen Wall zwischen ihrer Gemeinschaft mit den kleinen Schätzen und der Welt errichtend. Oder sie wälzen sich mit ihnen im Spiel, fasziniert, in elementarer Daseinsfreude badend. Es sind Menschen, die sich mit Jungen tummeln, die ihnen als Wunderwerke ihrer Leidenschaft zugefallen sind.

Der passive Widerstand der Männer gegen die richtige Fragestellung in bezug auf die sozusagen gynäkologischen Proteste der Frauen gleicht den tauben Ohren derjenigen, die nicht daran denken, irgend etwas in Betracht zu ziehen, das ihre schön abgezirkelte Lebensauffassung ins Wanken bringen könnte.

Aber auch zahllose Frauen haben, um zum mindesten, was sie besitzen, genießen zu können und nicht vom Widerspruch zwischen Wollen und Bekommen aufgerieben zu werden, sich in die bestehenden Machtverhältnisse gefügt. Nun mögen sie weder in diskreter noch indiskreter Form daran rütteln. Die Erscheinung, daß die Frauen für ihre »ureigene Aufgabe« geradezu eine katastrophale Unfähigkeit an den Tag legen, so daß fast jedes Menschenleben einem störrischen weiblichen Organismus abgerungen werden muß, wird daher alles in allem als unabdingbare Tatsache hingenommen und nur in ihren Auswirkungen bekämpft. Niemand denkt daran, den sogenannten Platz der Frau unter diesem besonderen Gesichtspunkt in Frage zu stellen.

Vor einigen Jahren ist nun der Glaube an die Selbstverständlichkeit des Übels erschüttert worden. Die Neuorientierung erfolgte von medizinischer Seite her, nicht von soziologischer, deutet aber indirekt und ungewollt darauf hin, daß dem Problem soziologisch beizukommen wäre.

Die Bresche wurde von dem englischen Arzt G. Dick Read geschlagen, dem angesichts einer schmerzlos sich vollziehenden Geburt Zweifel an der Notwendigkeit der Geburtskatastrophe kamen. Seine Auffassung von der »natürlichen Geburt« hat inzwischen Schule gemacht. Sie steht auf der Grundlage, daß der Geburtsvorgang für die Mutter eigentlich schmerzlos ist, das heißt, daß kein zwingender physiologischer Grund vorliegt, ihn zur Katastrophe ausarten zu lassen. Er glaubt und behauptet, erfahren zu haben, daß ein vertrauensvoller, gelassener Geisteszustand und die mit ihm zusammenhängende körperliche Entspannung über Sein oder Nichtsein von Qualen entscheiden, und gibt an, mit welchem psychischen und physischen Training dieser Entspannungszustand für den Geburtsvorgang erreicht werden kann.

Diese Betrachtungsweise liegt insofern der soziologischen Erklärung der Geburtsschmerzen nahe, als sie ebenfalls davon ausgeht, daß diese letztlich keine physiologische Ursache haben und ihre Entstehung beziehungsweise ihr Ausfall von der Geistesverfassung der beteiligten Frau abhängt.

Es bleiben die Fragen: Warum in aller Welt gehen die Frauen nicht in der richtigen Verfassung an ihre »ureigene Aufgabe«? Warum läßt sie gerade hier jeder Instinkt im Stich? Warum soll diese »peacefulness of mind and body«, diese »complete confidence«, von der Read[42] spricht, ein solches Kunststück sein, daß es dazu monatelanger geistiger und körperlicher Übung bedarf? Darauf gibt es eine lapidare Antwort: Offenbar weil sich in unserem Kulturkreis der für die weibliche Fortpflanzung zweckmäßigen Geistesverfassung große Hindernisse entgegenstellen. Und die weitere Frage lautet: welche Hindernisse?

Der Autor von »Revelation of childbirth« sieht sie in einer vermeintlichen tief verwurzelten Angst der Frau vor der Geburt. Sie versetze den weiblichen Organismus in eine Spannung, die der Gebärarbeit entgegenwirke und sie tatsächlich dadurch schwierig und schmerzhaft mache.

Nun, es mag Frauen geben, die vor dem Vorgang des Gebärens Angst empfinden. Die Psychiater berichten von allerlei tiefsitzenden Ängsten. Aber wie dem in manchen Fällen auch sei, es gibt eine große Anzahl von Frauen, die nicht die mindeste Angst haben. Natürlich rechnen auch sie mit Schmerzen und mögen die entsprechenden Maßnahmen ins Auge fassen. Doch geschieht es eher im Sinne sachlicher Besorgtheit, ähnlich wie man schon vor dem Antritt der Ferien Fahrkarte und Hotelzimmer bestellt, damit getan ist, was sich zur hindernislosen Abwicklung der Reise tun läßt. Die Angst mit dem leichten Schweißausbruch, dem erhöhten Puls, dem lähmenden Gefühl in der Magengrube, kurz, die regelrechte Angst ist jedoch unzähligen Frauen in bezug auf ihre Niederkunft völlig fremd. Ja, sie fehlt in einem Maße, das in Anbetracht der üblicherweise kommenden gewaltigen Schmerzen eigentlich verblüffend ist. Heinrich Pestalozzi, der auf diesem Gebiet keine beruflichen Theorien vertrat und daher unvoreingenommen sein dürfte, wurde durch das merkwürdige Fehlen von Angst, wo man sie doch vernunftgemäß erwartet, zu den Worten gedrängt: »Der Anblick der gleichmütigen Heiterkeit einer Frau, wenn die Stunde ihrer Hoffnung auffallend nahe, ist etwas, das jedes Menschenherz mehr erquicken muß als alle Schönheit.«[43] Da die Angst vor dem Gebären, geschweige denn eine verkrampfende Angst, kaum die Regel sein dürfte, so ist die Auffassung, sie sei die letzte Ursache der Schmerzen während des Gebärens, wohl unzutreffend.

Mir scheint vielmehr, die entscheidende friedliche Einstellung zur Geburt und übrigens auch zur Menstruation müsse ja fehlen, solange diese bedeutsamen Geschlechtsfunktionen Zeichen der Entrechtung sind, weil die Angehörigen des weiblichen Geschlechts sowohl bei der geschlechtlichen als auch der individuellen Selbstverwirklichung unterdrückt sind. Wie sollten auch die Frauen ohne weiteres zu »complete confidence«, zu einer Einstellung vollständigen Vertrauens gelangen, wenn ihnen die Unterdrückung ihres Geschlechts alles andere als Vertrauen einflößt. Diese friedliche, vertrauensvolle Verfassung kommt erst dann von selbst, wenn die Frauen nicht in den verschiedensten Hinsichten formell oder auch nur praktisch minderen Rechtes sind. Bis dahin können sie sich mit einem durchdachten Training alle Mühe geben und doch keinen vollen Erfolg haben.

Noch eine Randbemerkung: Unter dem Gesichtspunkt einer soziologischen Erklärung der Geburts- bzw. der Menstruationsschmerzen ist es übrigens interessant, sich zu vergegenwärtigen, daß irrsinnige Frauen meist keine Schmerzen während des Gebärens haben. Diese seltsame Erscheinung ist im Grunde nicht einmal so verwunderlich. Denn für den Geisteskranken typisch ist unter anderem, daß er in geistiger-seelischer Isoliertheit lebt, sein Eigenleben krankhaft steigert, also weitgehend aus der kollektiven Verbundenheit hinausgetreten ist. Soweit die irre Frau außerhalb des Kollektivs und damit auch außerhalb des bewußten oder unbewußten Gefühls der Kollektiventrechtung der Frauen lebt und daher auch nicht entsprechend reagiert, vermag sie gewissermaßen über eine Hintertreppe diese entscheidende Entspanntheit beim Geburtsvorgang zu erreichen.

Verrationalisierung der Menschwerdung

Im allgemeinen weicht man der Problematik der Geburtsschmerzen aus. Das ideelle Mittel dazu ist Bagatellisieren, das praktische – ganz im Widerspruch zu jenem – »Operieren« der Patientin in Verbindung mit ihrer Hospitalisierung.

Entsprechend gibt es wohl wenig einschlägige Schriften, die bei ihrer weitläufigen Beschreibung der Beschwerden von Schwangerschaft und Niederkunft verfehlen, die Bemerkung einzuflechten, Schwangerschaft und Geburt seien keine Krankheiten, sondern etwas so Gesundes, daß ohnehin gesunde Frauen davon nur noch gesünder würden. Die mit der Geburt verbundenen Schmerzen verkleinert man trocken – ein Ton, der ganz im Gegensatz zu dem Gesäusel steht, das angehoben wird, wenn es darum geht, die »höchste Erfüllung der Frau« gegen ihre beruflichen Bestrebungen und politische Gleichberechtigung auszuspielen.

Der anonyme Verfasser des Buches »Die kluge und einsichtige Schweizerin von bürgerlichem Stande« (»das wirksamste und würdigste Festgeschenk für unsere lieben Frauen und Töchter«) verband vor bald hundert Jahren diese Doppelspurigkeit so typisch, daß seine Gemeinplätze als Beispiel dieser zwiefältigen Betrachtungsweise angeführt werden mögen. Da spart man einerseits nicht an Ehr und Preis: »Das schwangere Weib hat die höchste Stufe der weiblichen Bestimmung erreicht, sie ist eine ehrwürdige Verdoppelung ihres Ichs, ein Paradies im Kleinen, in welchem wiederum ein Mensch geschaffen wird und dem Schöpfer eine Verherrlichung ... und verdient Verehrung und Schutz von allen Menschen. Schwangere waren daher von je her heilig ...« Anderseits aber – es geht um die Schmerzen der Geburt – zieht man andere Saiten auf: »... Allein mit Erlaubnis aller ehrbaren Frauen getraue ich mir zu behaupten, daß die Sache in den mehrsten Fällen um sehr vieles übertrieben wird. Man weiß ja doch wohl, daß die Empfindung bei vielen Frauen immer größer ist als die Sache, und ihr Geschrei noch größer als ihre Empfindung. Man denke nur an das Zetergeschrei, das manche erhebt, wenn ein Frosch von ungefähr über ihren Weg hüpft. Viele vergrößern auch wohl nur deswegen die Beschwerden der Niederkunft, um sich wichtig zu machen und durch die mancherlei überstandenen Gefahren und Leiden als Heldinnen zu glänzen. Es gibt dagegen Frauen, welche lange den Lärm nicht machen, genug, welche ohne besondere Schmerzen geschwind und leicht gebären. Alles kommt auf ein vernünftiges Betragen während der Schwangerschaft, auf Geduld, Beharrlichkeit, Folgsamkeit und Muth während der Niederkunft an ... so läßt es sich doch wohl sozusagen an den Fingern abzählen, daß die Natur dieses Geschäft nicht mit außergewöhnlichen Schwierigkeiten umgeben habe.«[44]

In Wirklichkeit trifft das Gegenteil zu: Das »Geschäft« ist mit außergewöhnlichen Schwierigkeiten verbunden, wenn auch wahrscheinlich weniger, als man meint, von Natur aus, aber mehr aus Gründen, die man nicht wissen will. Deshalb säuselt und bagatellisiert man zwar weiter, baut aber gleichzeitig riesige »Frauenspitäler«. Das ist der vom Männerkollektiv geschaffene Rahmen, in dem man den Schwierigkeiten, die das »Geschäft« der Menschenproduktion begleiten, mit massivem Rationalismus beizukommen trachtet. Alles ist denkbar vernünftig eingerichtet, und zugleich sind diese Räume von allen guten Geistern verlassen. Oft werden gleich mehrere Frauen, die im Begriffe sind, »die höchste Stufe der weiblichen Bestimmung« zu erklimmen, durch Wandschirme voneinander getrennt, in Gebärsälen postiert, wo man die weiblichen Organismen dazu bringt, buchstäblich mit Ach und Krach, Müh und Not »die ureigene Aufgabe« der Frau zu erfüllen.

Bei der Niederkunft harrt der Frau beileibe kein Tempel, in dem sie ihrer »heiligen Aufgabe« obliegen kann. Auch ist von jener Atmosphäre, die sonst um wunderbare Dinge webt, nicht das mindeste zu spüren. Vielmehr ist eine Kaserne, wo es in weißer Spielart ziemlich militärisch zu- und hergeht, »der Platz der Frau«. In der Schweiz leistet man sich zwar Sentimentalitäten, wie etwa zum Militärdienst einrückende Bergbauern zu beklagen, die sich ihre wallenden Bärte abrasieren müssen, um die Gasmaske anziehen zu können. Oder man findet etwa, die »Großraumwagen« der Straßenbahn setzten sich über die menschliche Individualität der Passagiere hinweg, weil diese am Billeteur vorbeizuwandern haben und nicht er an ihnen. Aber die »ureigene Bestimmung der Frau«, einmaliges Leben zu schaffen, wird, da sie schon mit solchen Geschichten verbunden ist, in recht fabrikmäßigen Betrieben »erledigt«. Hier ein Saal voller Säuglinge, dort ein Zimmer mit etlichen »Wöchnerinnen« (wieder eine Periode, diesmal aber ein Begriff, der gleich die ganze Person mit umfaßt). Das Beisammensein der Neugeborenen mit den Müttern – »und süß schlummernd liegt fortan ein rosiges Kindlein in den Armen der strahlenden Mutter« – und das Abspülen der äußeren Genitalien – beides kärglich bemessen – geht nach Stundenplan.

Mitunter trägt die Fassade solcher Kasernen wahrhaftig noch die Aufschrift »Frauenspital«. Man denkt unwillkürlich an mit »Staatserziehungsanstalt« angeschriebene deutsche Gefängnisse. »Erleuchtet das Jahrhundert ist« – jetzt weiß man ein für allemal, daß ein Spital zur wahren Fraulichkeit gehört. Um diese Gebäude von Kasernen, Gefängnissen und Verwaltungspalästen zu unterscheiden, hat man es gelegentlich mit Emblemen versucht, die dem eigentümlichen Geschehen vermeintlich entsprechen sollen. In Bern zum Beispiel stellte man ein Schaf aus Stein und einige Böcke – Gemsböcke und Widder – vor die Pforten des Frauenspitals, offenbar, damit die Frauen wissen, wer die Gebärkasernen erfunden hat und woher die Kindlein kommen.

Gefängnishauch liegt auch über der Regelung der Besuche. Ehemänner besuchen »Insassinnen«; die Frau ist jetzt eben im Käfig, Evas Sünden wegen. Je nachdem trägt sie auch ein kurioses Hemd, Lageruniform sozusagen, und um die Brust eine Art Schwimmgurt aus Stoff im Zusammenhang mit dem »Stillgeschäft«. Ist sie wohlhabend, so genießt die Frau ein Minimum Privatsphäre im Einzelzimmer. Andernfalls ist sie zusammen mit mehreren Frauen untergebracht, welche die Erfüllung des Frauenlebens soeben auch überstanden haben. Ab und zu verdichtet sich der Gefängnishauch zu Folterkammerluft, wie eine landesweite Diskussion in der amerikanischen Frauenzeitschrift »Ladies' Home Journal« zeigt: Auf »der höchsten Stufe der weiblichen Bestimmung« werden Frauen die Beine zusammengebunden, damit das Kind nicht erscheint, bevor der Arzt sein Mittagessen verzehrt hat; Frauen werden buchstäblich an Händen und Füssen gefesselt und in vereinzelten Fällen auch geschlagen.

Äußerlich hat das »Frauenleben« zu dieser Zeit etwas Geschmack- und Würdeloses. Innerlich soll es von Glanz erfüllt sein. »Ein stilles, glückliches, seliges Lächeln verklärt die Züge der Mutter.« Wirklich? Was den männlichen Skribenten bei ihrem mit hygienischen Hinweisen verbundenen Gejubel über die Freuden der Schwangerschaft und Geburt meist zu entgehen scheint, ist die weitverbreitete Erscheinung, daß die Augen der Frauen häufig mit Tränen gefüllt sind und ein seltsames Gefühl fressender

Wehmut das Herz der »glücklichen Mutter« erfüllt. Wo sich diese eigentümliche Melancholie doch nicht übersehen läßt, sind Psychiater rasch bei der Hand, sie als Krankheit abzutun und damit auch als Stoff zum Nachdenken über andere Wurzeln des Übels, zum Beispiel soziologische.

Es mag stimmen, daß die Spitäler den Frauen riesige Vorteile bieten, sofern die Geburt größere Operationen erfordert. Aber kleinere Operationen, Schmerzlinderung und Schmerzbetäubung lassen sich mit etwas Aufwand und Organisation auch zu Hause durchführen. Bei gleicher Leistung ist solche individuellere Behandlung natürlich teurer, weil sie nicht so rationell organisiert werden kann. Doch kommt es darauf an, wie man die Berücksichtigung der Würde der Frau, ihre jeweilige Behandlung als individuellen Fall mit Anspruch auf eine gewisse Privatsphäre, in Rechnung stellt. Setzt man sie gleich null, so ist die Spitalentbindung immer die vorteilhaftere. Schätzt man weibliche Würde aber höher ein, so geht bei der Spitalgeburt auf dieser Seite verloren, was man an Geld einspart.

Neuerdings ist in den Vereinigten Staaten ein interessanter Vorschlag gemacht worden. Er verbindet die Vorteile der Spitalgeburt, nämlich die Verfügung über einen Operationssaal und Fachpersonal, mit jenen der Hausgeburt. Es handelt sich gewissermaßen um einen ambulanten Gebärsaal samt Besatzung, der wie die Feuerwehr sofort zur Stelle ist, wo er gebraucht wird. Solche Organisation soll die Geburt billiger machen, als sie im Spital zu stehen kommt, und zudem die Verfügung über die besten Hilfsmittel garantieren.

Dennoch wird diese Lösung kaum der ständig wachsenden Frequenz der spitalmäßigen »Entbindungsanstalten« – die gängige Bezeichnung mahnt mit ihrem entgeisternden Rationalismus sachte an Fischbrutanstalten – entgegenstehen. Die Spitalgeburt ist den Ehemännern lieber. Denn die »Kasernierung« der Wöchnerinnen erspart ihnen allerlei mit der Geburt verbundene Mehrarbeit, jeden Schatten persönlicher Mühe im Zusammenhang mit ihr.

Das Überhandnehmen der Spitalgeburten führt so recht vor Augen, wie losgelöst die Männer vom Geburtsvorgang sind und damit das Männerkollektiv überhaupt. Eine Ausnahme bilden lediglich die Frauenärzte, denen die Leiden der Frauen ein schönes Auskommen gewähren. Wenn man den intensiven Gemeinschaftscharakter des Geschlechtsaktes überdenkt, diese seltsame und grundsätzlich tiefste Vereinigung; wenn man sich vor Augen hält, in welcher Intimität, in welcher Welt für sich die sexuelle Beziehung sich abspielt, so hat es etwas Unmenschliches, die Frauen, sobald der Geburtsvorgang beginnt, auf eine Gebäranlage zu verweisen, wo gewissermaßen besondere Funktionäre und nur diese die Fälle der einzelnen Frauen am laufenden Band erledigen.

Was macht der Ehemann während der Geburt seiner Kinder?

Es gab Epochen, da ihn die Sitte hieß, wie ein Löwe im Käfig, Zigarren schmauchend und Schnäpse kippend, vor dem Zimmer auf und ab zu traben, in dem sich das Bewußte abspielte. Er durfte aufgeregt sein, hatte aber Augen und Ohren einer Wirklichkeit zu verschließen, die aus der Wirklichkeit der Beziehung zu seiner Frau entstanden war. Wo die Verhältnisse weniger üppig waren, ließ er, der schlichte Knabe, der weiß, daß die Tanten für ihn eingesprungen sind, um seinen bösen Streich wieder in Ordnung zu bringen, sich stillschweigend fortschicken.

Es gab und gibt auch andere Bräuche. Bisweilen wird verlangt, daß die Männer der Geburt ihrer Kinder beiwohnen, offenbar, »damit sy den hernach desto mer gedult mit den wibern heigin«, wie Thomas Platter aus dem Wallis des 16. Jahrhunderts erzählt.[45] Heute kommt dies in der Schweiz wieder mehr und mehr auf. Wenn die Männer dabei noch eine weiße Schürze anziehen, so ist das Maximum alter und moderner Teilnahme der Männer bei der Geburt ihrer Kinder erreicht. Sie ist bei Spitalgeburten jedoch häufig ausgeschlossen.

Die verbreitete Passivität der Männer bei der Geburt ihrer Kinder überrascht. Während selbst bei stummen Fischen das Männchen mancher Arten, wenn Junge geboren werden, an den Neuankömmlingen förderlich herumzupft, ruft die Gattung Mensch nach immer mehr Pflegerinnen, immer mehr »Frauenspitälern«, weil die Männer den Geburten ihrer Kinder in so dumpfer Bequemlichkeit gegenüberstehen, als wäre es Sache des Storches, sie zu bringen.

Ja, womöglich brauchen die Ehemänner ihrerseits noch Hilfe, um zugleich der Anforderungen des Berufs und der neuen als »Hausvater« Meister zu werden. Manche Leute meinen, auch hier sollte der Staat mit weiblichen Arbeitsbienen einspringen. Doch ist nicht einzusehen, warum die Familienväter nicht lernen sollten, sich selbst zu helfen. Wenn man bedenkt, wie noch schulpflichtige Mädchen obligatorischerweise im Kochen unterrichtet werden, um ja keine Omelette anzubrennen, wenn sie nach fünf, zehn, fünfzehn Jahren ihrem Mann das erste Essen vorsetzen, wenn man bedenkt, wie man sie dazu bringen will, sich mit Säuglingspflege auf ihren »Mutterberuf« vorzubereiten, während ihnen zugleich Keuschheit gepredigt wird und weit und breit noch kein Freiersmann zu sehen ist, so ist es paradox, die Jünglinge so ahnungslos ihre Hausvaterlaufbahn antreten zu lassen, daß sie auf die Hilfe Dritter angewiesen sind.

Es ist schließlich leicht auszurechnen, daß die meisten Männer gelegentlich für kurze Zeit in die Lage kommen werden, neben der Berufsarbeit alle Hausarbeiten zu machen und darüber hinaus noch Säuglinge und ihre Frauen zu pflegen. Was so viele Angehörige des »schwachen Geschlechts« zustande bringen, nämlich Erwerbstätigkeit und Hausarbeit zu kombinieren, wird auch die Kräfte des »starken« nicht übersteigen. Mit etwas gutem Willen können die Ehemänner sich leicht so gut vorbereiten, daß sie ihre Frauen zur Niederkunft nicht ins Spital abzuschieben brauchen, um unter der Doppelbelastung Erwerbstätigkeit und »Beruf als Hausmann und Vater« nicht zusammenzubrechen.

Das Stillen

Während Menstruation und Schwangerschaft häufig mit Störungen und die Geburten meist als mehr oder weniger große Katastrophen verlaufen, scheint die letzte der mütterlichen Funktionen, das Stillen, bereits als solche erschüttert zu sein. Sie läßt sich oft nur schwer in Gang und auffallend leicht zum Verschwinden bringen. Zudem scheint nur eine geringe Zahl Säuglinge auf Frauenmilch angewiesen zu sein, ein großer Teil gedeiht ohne einen Tropfen davon ausgezeichnet. Fast könnte man meinen, daß die mütterliche Ernährung als physiologische Erscheinung am Anfang des Auspendelns steht, was ja im Laufe der Entwicklung der Lebewesen das Schicksal zahlreicher körperlicher Funktionen gewesen ist. Eines jedenfalls steht fest: die Funktion des Stillens sitzt nur locker, künstlich kann sie spielend und ohne nachteilige Folgen für die Mutter unterdrückt werden. Kurz, der Mensch kann hier in den Gang der Dinge eingreifen, ihn in der einen oder anderen Richtung leiten.

Interessanterweise haben die Frauen schon seit alten Zeiten tatsächlich eingegriffen, und zwar zuungunsten des mütterlichen Stillens. Wer wohlhabend war und daher hier wie auf anderen Gebieten auch die Verwirklichung seiner Absichten zum Teil erkaufen konnte, ließ sein Kind von einer Amme ernähren. Das Ammenwesen bedeutet eine seltsame Arbeitsteilung unter den Frauen hinsichtlich dieses Schlußpunktes der mütterlichen Geschlechtsfunktion. Der Entscheid, der damit getroffen wurde, war der Entscheid zwischen körperlicher mütterlicher Zärtlichkeit und Wiedergewinn der Integrität des Körpers, seiner Bewegungsfreiheit und Unabhängigkeit. Sei es, daß das Bedürfnis nach so weltentrückter Verbundenheit mit dem Kind geringer war als das Integritäts- und Unabhängigkeitsbedürfnis, sei es, daß diese innige Verbundenheit als ein zu zärtliches Gebilde für die rauhe Welt betrachtet wurde, die Frauen, die es sich leisten konnten, sagten sich von der körperlichen Verbundenheit mit dem Kind los. Vielleicht hatten sie auch von den obligatorischen Erscheinungen des »Frauseins« genug und wollten sich nicht noch fakultative aufladen. Wie dem auch sei: Wann immer die Frauen frei waren zu entscheiden, haben sie mit Vorliebe die Funktion abgelehnt, in welcher sie bei der Darstellung des Lebens der Völker so unermüdlich abgebildet werden.

Bezeichnenderweise war und ist diese Ablehnung des Symbols der gepriesenen Mütterlichkeit den Männern ein Dorn im Auge. Was kümmern sie schon die für die Frauen damit verbundenen Probleme? Und weibliche Unabhängigkeitstendenzen sind ihnen besonders verhaßt, bietet ihnen doch jede Art körperlicher Gebundenheit der Frauen eine Handhabe, sie unten zu halten. Ein weiterer Grund kommt hinzu. Da die Männer nie Frauen waren oder sein werden, sie aber das Leben als Säuglinge beginnen, neigen sie dazu, das Stillen rigoros zu befürworten, sobald die Muttermilch als die in manchen Fällen bessere Nahrung bewertet wird. Die Frauen dagegen haben immer noch abzuwägen, ob das Gestilltwerden als weiblicher Säugling ein späteres Stillenmüssen als Mutter wert sei oder nicht. Natürlich lassen die Männer von ihren eigentlichen Beweggründen zur Befürwortung des Stillens nichts verlauten. Das Gefecht spielt sich scheinbar auf rein hygienisch-medizinischer Ebene ab, als ob dieser Gesichtspunkt immer und überall den Ausschlag gäbe. Als ob die Männer dort, wo von ihnen im Namen der Hygiene Opfer verlangt werden, es nicht häufig an Rücksicht auf ihre und ihrer Familie Gesundheit fehlen ließen. Der überraschend gehässige Ton, in dem man die zarten Wöchnerinnen oft anfährt, um sie zum Stillen zu bringen, verrät jedoch das Hauptmotiv ihrer Propaganda.

So hielt schon Ende des 17. Jahrhunderts ein später zu Basel geköpfter Dr. Fatio in seiner »Helvetisch-Vernünftigen-Wehe-Mutter ...« den Frauen eine animose Strafpredigt. Sie ist besonders typisch antifeministisch, da bei der damaligen Verbreitung des Ammenwesens das Wohl des Säuglings, der ja die Frauenmilch nicht entbehrte, gar nicht in Frage stand. »Ebenmässig sind auch jene Mütter zu tadeln, die oft ohne Not (sondern entweder aus Geilheit, Hofart oder Wollust, indem sie sich nämlich des Mannes nicht enthalten, die Brüste nicht verderben oder des Spazierengehens, und anderer Wollüste, sich nicht entbrechen wollen, und nicht bedenken, daß Gott ihnen die Brüste nicht gegeben, Üppigkeit damit zu treiben und die Leute zu ärgern, sondern daß sie die Kinder dadurch ernähren sollen) ihre Kinder starken und fetten Säugeammen ... zu unterhalten und ernähren übergeben.«[46]

Heute fehlen die »starken und fetten Säugeammen«, und damit bedeutet die Ablehnung der Mutter, ihr Kind zu stillen, daß dies überhaupt ohne Frauenmilch aufwächst. Dennoch können die Kinder dank der modernen Säuglingsnahrung, wenn auch nicht immer, so doch häufig, ausgezeichnet gedeihen. Und es ist nie bewiesen worden, daß sie infolge der sogenannt künstlichen Ernährung alles in allem, nämlich im Laufe ihres ganzen Lebens, weniger gesund gewesen wären als die sogenannten Brustkinder. Es ist daher in der Mehrzahl der Fälle das moralische Recht der Mutter, frei zu entscheiden, ob überhaupt und wie lange sie das Kind stillen will.

Es fehlt auch heute nicht an Beratern der Mütter, ganz besonders nicht an männlichen. Als solche übergehen sie das Problem des Stillens in seiner Gesamtheit, wie es sich den Müttern stellt. Sie sehen nur die geringere Zahl der brustgenährten Kinder unter den kranken Säuglingen; die Unzahl gesunder, ohne Frauenmilch aufgezogener Kinder außerhalb ihres Aktionsfeldes sehen sie kaum.

Mehr oder weniger deutlich machen sie den Müttern weis, nicht etwa nur Kinder mit Verdauungsschwierigkeiten oder sonst besonders gefährdete, sondern alle würden durch Vorenthaltung der Frauenmilch geheimnisvoll geschädigt. Was man an exakten Beweisen schuldig bleibt, ersetzt man durch barsche, ja gehässige Kommentare. Um die Beschwörung wirksam zu machen, kommt es vor, daß Frauen, die das Stillen für unnötig erachten, geradezu angefallen werden: »Sie sind Schädlinge des Volkes, und sie verdienten an den Pranger gestellt zu werden.«[47] Durch all diese Berater beeindruckt und eingeschüchtert, mühen sich Mütter gesunder Kinder bis zum äußersten ab in der Meinung, ihr Kind so vor unheilbarem Schaden zu bewahren. Sie sollten an Stelle der brüsken Ratgeber zur Abwechslung wieder einmal Gotthelf lesen, der in Annebäbi Jowäger etwas weniger an die Säuglinge und etwas mehr an die Mütter denkt, denen das Blut ausgesogen wird. »Abraham hat sicher nicht größere Angst gehabt, als er seinen Sohn auf dem Steine hatte, als man an manchen Orten davor hat, ein Kind von der Mutterbrust zu nehmen. Gar mancher Mutter, die in Abzehrung oder in Fieber, beides macht da keinen Unterschied, bereits halbtot auf ihrem Bette liegt, wird das Kind an die Brust gelegt, nur damit es nicht brülle, und weil man sich sonst nicht zu helfen weiß oder weil man meint, man bringe es sonst nicht für. Es geschehen da Grausamkeiten nicht absichtlich, aber aus Mangel an Verstand, die ans Märchenhafte grenzen.«[48]

Auch in der Gegenwart geht es den männlichen Predigern zugunsten des Stillens wie jenem längst vergessenen Dr. Fatio vielleicht weniger um das Wohl des Volkes, als sie glauben, und wohl mehr, als sie wahrhaben möchten, um die Gebundenheit der Frauen. Sie bekämpfen die Freiheit der Frauen, zu entscheiden, ob sie sich noch weitere physiologische Bürden aufladen wollen, die sie abhängig machen.

Wie sehr auch geredet werden mag, streiken die Frauen beim Stillen immer und immer wieder. Dieser Streik nimmt verschiedenerlei Formen an. Während sich früher, wie erwähnt, die Frauen ganzer Schichten grundsätzlich überhaupt nicht darauf einließen, legt man heute allenthalben großen Eifer an den Tag. Er scheint aber mehr ein Obolus an die strengen Mahner denn Ausdruck des tatsächlichen Willens der Frauen zu sein: Typischerweise lautet der Refrain zahlloser junger Mütter: Ich wollte mein Kindlein unbedingt stillen, aber ich konnte es nicht (oder: schon nach wenigen Tagen nicht mehr). Die Frauen – natürlich gibt es zahlreiche Ausnahmen – wollen offensichtlich nicht stillen. Einmal aus den angeführten Gründen und in unserer Kultur außerdem wegen eines gewissen Odiums, das dem Stillen anhaftet.

Dieses Odium ist um so größer, je individualistischer eine Kultur ist, und geht darauf zurück, daß sich der Mensch seiner körperlichen Gebundenheit schämt. Unter diesem Gesichtspunkt bedeutet die Ernährung eines Menschen durch den Körper eines anderen, wie sie das Stillen ist, ein starkes Stück. Frauen und Männer finden es ein wenig herabsetzend, von anderen Lebewesen als Kalk-, Phosphor- und Vitaminquelle ausgesogen zu werden und zeitweise hauptsächlich dieser Funktion obzuliegen. Die Frauen unserer Zeit sehen sich lieber als einmalige Persönlichkeit denn als lebendigen Futterschlauch. Sie möchten nichts mit Forels Ameisenamme gemeinsam haben, die sich während der Regenperiode mit Honigtau vollfrißt, um, zu einer Kugel angeschwollen und im Vorratskeller aufgehängt, in Zeiten der Dürre von den andern Ameisen angezapft zu werden. Natürlich ist dies auch den Männern klar.

Aber wie so oft bei leicht peinlichen Sachen tut man auch hier, als wäre nichts dabei, verrät sich aber durch einen Grad zu trockener Vernunft gegenüber dem Thema. Diese auffällige Ungeniertheit geht so weit, daß man, weil die Appelle an die Mutterlust nicht verfangen, sogar an die Erwerbslust der Frauen appelliert, um sie zum Stillen zu bringen. Während die öffentliche Meinung die »Frau und Mutter« vom Erwerbsleben ausgeschaltet haben will, weil sie ja im Ehemann einen Ernährer habe, stecken ihr staatlich subventionierte Kassen für das löbliche Tun ein paar Fränklein zu, im buchstäblichen Sinn des Wortes ein Trinkgeld. Zugleich aber muß das »Stillgeschäft« mehr denn je diskret erledigt werden, ohne Zeugen hinter geschlossenen Türen oder zum mindesten hinter einer großen Serviette, wie man es in italienischen Eisenbahnen beobachten kann. Weshalb, ist gesagt worden.

Die psychische Seite der Mutterschaft, die Mutterliebe

So wichtig wie die physiologische Seite der Mutterschaft ist die seelische Beziehung der Mutter zum Kind für die Beantwortung der Frage, welche Stellung ideeller und konkreter Art der Frau gemäß ihrer Mütterlichkeit zukommt. Dasselbe gilt hinsichtlich einer Bewertung der ihr tatsächlich gebotenen Stellung. Zudem bietet diese seelische Beziehung einen Maßstab zur Beurteilung der Ausgestaltung des Verhältnisses zwischen Mutter und Kind.

Was ist das Wesen der Mutterliebe?

Es ist in der Gegenwart kaum möglich, die Mutterliebe sozusagen in Reinkultur zu betrachten.

Denn einmal sind ihre Normen durch die – meist männerherrschaftliche – Zivilisation festgesetzt worden. Daher ist schwer zu entscheiden, wieweit die Form der sie bildenden Impulse weibliche Natur oder aber Produkt einer männlichen Kultur ist.

Ferner ist die Betrachtung der tatsächlichen mütterlichen Liebesbeziehungen verwirrend. Denn ähnlich wie die geschlechtlichen nehmen sie von Fall zu Fall andere Gestalt an. Sie bewegen sich auf einer großen Skala, die von Gleichgültigkeit bis zu »ewiger Liebe« führt. Dabei ist die Beziehung der Mutter zum Vater des Kindes von großer Bedeutung. Je nachdem ist es Himmelsgeschenk oder unerwünschte Bürde. Das will aber nicht heißen, daß Liebe oder Abneigung gegenüber den Kindern desselben Vaters jeweilen die gleiche Intensität hätte. Geistige Affinität oder Inkompatibilität lassen die Mutter für die Kinder desselben Mannes sehr unterschiedlich empfinden.

Wenn es solchermaßen auch schwerhält, die Intensität der einzelnen Impulse, welche die Mutterliebe bilden, zu erfassen, so zeichnen sich die Elemente der Mutterliebe doch klar ab. Es sind dies die Bejahung der Mutterschaft im Sinne des Willens, überhaupt Kinder zu bekommen, die Lust an ihrem Besitz, die Tendenz der Mutter, sich für ihre Kinder aufzuopfern, und die Identifizierung mit ihnen.

Interessanterweise leben diese Impulse auch in den Männern, obgleich man meinen möchte, der enorme Unterschied der Mitwirkung beim Zustandekommen des Kindes würde auch das Verhältnis zum Kind für Mutter und Vater sehr unterschiedlich gestalten. Immerhin scheinen diese elterlichen Impulse bei der Frau durchschnittlich stärker zu sein. Aber nicht ein gleichmäßiger Abstand in der Stärke der verschiedenen Impulse unterscheidet die Elternliebe von Mutter und Vater, er ist vielmehr bei den einzelnen Impulsen verschieden groß. Beinahe gleich stark auf beiden Seiten ist der Trieb, sich mit dem Kind zu identifizieren; etwas größer ist der Abstand beim Fortpflanzungstrieb (nicht zu verwechseln mit dem Geschlechtstrieb). Doch erstaunt sein Ausmaß bei den Männern, wenn man sich vor Augen hält, daß sie ihrer geschlechtlichen Natur gemäß nicht einmal in der Lage sind, sich ihrer Fortpflanzung zu vergewissern. Am größten ist der Unterschied in der Bereitschaft, sich für das Kind aufzuopfern. Die Frauen stürzen herbei, die Männer halten zurück. Zwar riskieren auch Väter das Leben für ihre Kinder, aber nur zögernd Stücke, große Stücke ihrer Individualität.

Je nachdem, ob die Impulse sich auf weibliche oder männliche Kinder beziehen, variiert ihre Stärke bei Mutter und Vater. Im allgemeinen werden die männlichen Kinder von der Mutter leidenschaftlicher geliebt als die weiblichen, und für zahlreiche Väter zählen überhaupt nur sie voll. Bezeichnend dafür ist die passionierte und subtile Identifizierung der Väter mit den Söhnen, wogegen sie in bezug auf Töchter oft nur gedämpft und undifferenziert ist. Männliche Kinder sind meist erwünschter und beliebter. Heuchlerisches Ableugnen dieser Tatsache und vereinzelte Töchter, welche die Augensterne ihrer Väter bilden, vermögen daran als Norm nichts zu ändern. Sie ist eines der Beispiele, die zeigen, wie die Intensität der elterlichen Impulse von der Männerherrschaft beeinflußt wird. Die männlichen Kinder sind den Eltern mehr wert, weil die Männer in unserer Zivilisation das bessere Teil haben.

Da nun bei der Betrachtung der Elemente der Mutterliebe beziehungsweise der Vaterliebe kaum festzustellen ist, welches ihr natürliches Maß und welches das durch einzelne Kulturen geförderte oder reduzierte Maß ist, so kann auch nicht beurteilt werden, welche Unterschiede in der Stärke der Impulse für die Mutter beziehungsweise für den Vater natürlich sind. Möglich ist mancherlei. Die Impulse mögen ursprünglich gleich stark, aber in der Folge bei den Frauen vergrößert oder bei den Männern abgeschwächt worden sein, oder beides zugleich. Dabei kann ihre Verstärkung beziehungsweise Abschwächung in gleichen oder verschiedenen Verhältnissen erfolgt sein. Denkbar ist natürlich auch, daß die Stärke der Impulse bei den Geschlechtern anlagemäßig verschieden ist und der Unterschied unter zivilisatorischem Einfluß größer oder aber kleiner wurde.

All das ist möglich. Wahrscheinlich jedoch ist das eine: Die Vaterliebe steht der Mutterliebe in der Stärke der Impulse nach. Einfach deshalb, weil ein Mann kein Kind *haben* kann, weil der Zusammenhang zwischen ihm und seinem Kind durch die Mutter unterbrochen ist.

Hingegen ist allen menschlichen Wesen ein Gefühl möglich, das sich an die Mutterliebe anlehnt. Bestimmten Menschen entgegengebracht, kann auch es leidenschaftliche Stärke annehmen. So liebt man, gewissermaßen in den Spuren der Mutterliebe, auf diese Weise ein Adoptivkind, einen Schüler, eine Nichte, einen Neffen, einen Pudel, eine Katze, ein Pferd. So liebt das Kind die Puppe und vor allem der Mann die Kinder seiner Frau, wenn er sicher zu sein glaubt, deren Erzeuger zu sein. Indem die Männer im Laufe einer männerherrschaftlichen Kultur die Rechte der Mutter an den Kindern über alle Gebühr an sich rissen, steigerten sie sich auch in eine Vaterliebe hinein – eine Imitation der Mutterliebe, die in Einzelfällen dem Original zum Verwechseln gleicht.

Fortpflanzungstrieb und Schöpferfreude

Grundlage der mütterlichen Faszination durch das Kind, der mütterlichen Legitimation zu dessen Besitz, der mütterlichen Identifikation ist die weibliche Begabung, Menschen hervorzubringen. Wie jede Begabung drängt auch diese ihre Trägerinnen zur Betätigung. Nicht weil sie »Kinder lieben«, wollen die Frauen Kinder bekommen, sondern weil sie diese hervorbringen können. Sie haben eine so enge Beziehung zu ihnen, weil sie ihre Werke sind. Wenn auch nicht in ihrer Individualität, so doch an und für sich, als lebendige Wesen, nehmen die Kinder im Impuls der Mutter zur Menschenkreierung ihren Anfang. Die Völker der Erde entspringen im Prinzip dem aus der Lust an ihrer Begabung hervorgehenden Impuls der Frau, Kinder zu bekommen. Das gilt natürlich nur, insofern die Mutter nicht auf diese oder jene Weise zur Schwangerschaft gezwungen worden ist.

Kaum ein kleines Mädchen malt sich seine Zukunft ohne ein interessantes Sortiment Kinder aus. Wie in Stifters »Katzensilber« gibt es da ein Rotköpfchen, ein Schwarzköpfchen, ein Braunköpfchen und so weiter. Eine unterhaltliche Vorstellung und ihre Verwirklichung hoch befriedigend.

Es geht um große Werke einer großen Begabung. Hingegen ist sie nichts Außergewöhnliches, jeder zweite Mensch besitzt sie, hat sie besessen oder wird sie besitzen. Auch ist es eine Begabung, bei welcher es hinsichtlich des Erreichbaren grundsätzlich keine Quantitäts- oder Qualitätsunterschiede gibt. Für alle Frauen gilt dieselbe praktisch nie erreichte Höchstzahl von Kindern, und diese sind im wesentlichen gleich beschaffen. Das Kind jeder Mutter hat zwei Augen, zehn Finger usw. und wird Verstand und Zunge gebrauchen lernen. Was die Unterschiede der anlagemäßigen, individuellen Nuancen der Kinder betrifft, so entstehen sie ohne jedes bewußte Zutun der Mutter. Sie muß nehmen, was kommt, was aus ihr herauskommt. Obwohl die Mutter die Kinder »macht«, stellen diese sie in ihrer Individualität vor »faits accomplis«.

Aus diesen Gründen ist die Kinderkreierung eine Begabung, welche die einzelnen Frauen sehr verschieden einschätzen. Wo ihr besondere Begabungen und Leidenschaften gegenüberstehen, neigen die Frauen oft dazu, das, was jede kann, als Ziel nicht an erste Stelle zu setzen. Aber gerade weil es sich bei der mütterlichen Begabung um das handelt, »was jede kann«, verzichten die Frauen sehr ungern vollständig auf ihre Betätigung. Eine

Frau muß schon Außergewöhnliches geleistet haben, um nicht zu bereuen, nicht auch »das mindeste«, was die Frauen tun können, getan zu haben. Am liebsten wollen die Frauen natürlich beides zugleich, nämlich Fruchtbarkeit als Individualität und als Frau. Praktisch setzt daher die Lust der Frauen an der Betätigung ihrer individuellen Begabungen und Neigungen jener, Menschen zu erschaffen, Grenzen. Das eine tun und das andere nicht lassen, ist Leitsatz. Er bringt die Frauen dazu, die Zahl ihrer Kinder eng zu beschränken. Übrigens auch die Ehemänner, soweit Nachkommen auch für sie Einschränkung der Ansprüche ihrer Individualität bedeuten.

Fehlen diese Grenzen jedoch, weil Ziele individueller Natur fehlen, so hält die Frauen nichts zurück, im Sinne eines Fruchtbarkeitsethos, einer Art Existentialismus, Kinder nur so drauflos zu bekommen. Diese Tatsache scheint mir auch ein wesentlicher, aber oft übersehener Grund der großen Kinderzahl, die unbegabte oder wirtschaftlich schlecht gestellte Frauen einerseits und Frauen in reichen und mächtigen Verhältnissen anderseits häufig aufweisen.

Nicht besonders Begabte werfen sich gerne auf die Betätigung jener Begabung, in der sie den anderen nicht nachstehen. Zudem gibt es bei ihnen keine Kollision mit anderen Begabungen. Und die Möglichkeit wirtschaftlicher Bedrängnis durch unverhältnismäßig viel Nachwuchs ist ihnen genau so gleichgültig wie dem eigenwilligen Maler die Unverkäuflichkeit seiner Bilder. Und wie jener schämen sie sich nicht, Unterstützung in dieser oder jener Form anzunehmen, empfangen sie die Almosen doch nicht für sich selbst, sondern für ihr »Werk«.

Die Lage armer, aber talentierter Frauen ist oft insofern derjenigen der unbegabten ähnlich, als eine Kollision mit anderen Begabungen kaum ins Gewicht fällt, da diese ihrer Armut wegen häufig überhaupt nicht entfaltet, ja nicht einmal entdeckt worden sind. Hingegen ist bei ihnen der soziale Ehrgeiz häufig eine zusätzliche Triebfeder. In der bewußten oder unbewußten Hoffnung, daß das eine oder andere der Kinder »es zu etwas bringen« werde und auf dem Wege der Identifizierung schließlich auch noch die Mutter selbst, nehmen sie große Einschränkungen in Kauf.

In beiden Fällen handelt es sich häufig um Frauen der Landbevölkerung. Ihr weniger eingeschränkter Wille, Kinder zu bekommen, wird auf dem Lande durch die verminderten Schwierigkeiten, Kinder aufzuziehen, noch gefördert. Um etwas Bewegung zu haben, müssen die kleinen Kinder nicht wie in der Stadt besonders bewacht umhergeführt werden, als wären sie Zirkuselefanten. Die Anforderungen sozialer Natur an körperliche Reinlichkeit und modische Kleidung sind viel geringer. Entsprechend geringer ist die Arbeit der Mutter pro Kind. Ferner sind die Kinder auf dem Lande nicht immer bloße Verbraucher. Besonders in der Landwirtschaft bestehen zahlreiche Gelegenheiten, den Eltern von wirtschaftlichem Nutzen zu sein.

Für Frauen reicher und mächtiger Familien nun – etwa der regierenden früherer Zeiten – bedeuten Kinder nicht Verzicht auf Entfaltung individueller Begabungen und Neigungen. Den Kollisionen zwischen Betätigung individueller und mütterlicher Begabung wird durch die unbeschränkte Möglichkeit, Pflege und Aufzucht der Kinder auf Personal abzuwälzen, vorgebeugt. Und infolge des Überflusses an Existenzmitteln verlangen die Kinder keine nennenswerten materiellen Opfer. Auch ist ihr Besitz in solchen Verhältnissen um so faszinierender, als er wie bei der armen Frau, wenn auch in anderer Weise, dem sozialen Ehrgeiz der Mutter dient. Das Verlangen nach »Aufstieg« ist zwar in Anbetracht des hochgestellten Ausgangspunktes seltener auf eine Höherschraubung des sozialen und materiellen Standards gerichtet, um so mehr aber auf die Vermehrung der Macht durch Identifizierung mit der ihrerseits zu Macht gelangten Kinderschar. Wenn auf jedes Kind ein Fürstentum, eine großartige Vormachtstellung, ein Leben wartet, dessen materielle Grundlagen eine Fülle von Genußmöglichkeiten gewährleisten, dann mag diese oder jene Frau, die selber aus dem vollen schöpft, ihre Berufung darin sehen, sich in einer möglichst großen Zahl Kinder vermehrt und verjüngt zu wissen. Dermaßen heimst sie im Geiste die Güter dieser Welt vielfach ein.

Die Freude der Frauen an der Betätigung ihrer Begabung, die Menschheit fortzupflanzen, die man auch der geringsten von ihnen nicht nehmen kann, hat, wie im Kapitel über die Stellung der Frau im beruflich-wirtschaftlichen Leben erörtert, dazu beigetragen, daß sich die Frauen relativ widerspruchslos mit ihrer Unterdrückung abgefunden haben. Gestattet ihnen doch ihre Fähigkeit zur Menschenkreation unter Voraussetzungen, die einem Mann nicht einmal die Illusion eines schöpferischen Lebens lassen, sich schöpferisch und bedeutend zu fühlen. Kraß ausgedrückt: Ein weiblicher Trottel ist glücklicher als ein männlicher, und die Frauen haben in trottelmäßigen Lebensverhältnissen größere Möglichkeiten als die Männer, ihr Leben sinnvoll zu finden; weshalb sich die Frauen, auch wenn sie keine Trottel sind, eher ein trottelhaftes Dasein gefallen lassen.

Soweit der weibliche Fortpflanzungstrieb. Es gibt aber auch einen männlichen. Entgegen aller »Natur« – sie läßt die Männer ja über die Tatsache ihrer Fortpflanzung im ungewissen – steckt er nämlich auch in ihnen. Er ist gemäß ihrer Neigung, die Sexualität aus ihren Zusammenhängen herauszureißen, im allgemeinen unabhängiger vom Sexualtrieb als bei den Frauen. Nichtsdestoweniger ist er von seltsamer Stärke. Als Kollektiv scheinen die Männer von ihm geradezu besessen zu sein. Er hat sie bewogen, eine unnatürliche, aber pedantisch ausgeprägte patrilineale Struktur der Familie zu schaffen. Für Namens- und Standesfolge der Kinder sind die Männer ausschließlich maßgebend. Das System sieht nach »jetzt erst recht« aus, nach dem Versuch, ein Minderwertigkeitsgefühl zu kompensieren. Um zu verhindern, daß die Natur ihnen jede Gewißheit ihrer Fortpflanzung verweigert, annullieren sie die weibliche sozial und etablieren an deren Stelle ihre eigene, die grundsätzlich fiktiv ist. Materielle Wahrheit wird durch formelle ersetzt und jene mit dieser durch Zwang – die einst rechtlich und heute noch konventionellermaßen rigorosere Treuepflicht der Gattinnen – womöglich in Übereinstimmung gebracht.

Die mütterliche Besitzeslust

Zur mütterlichen Liebe gehört die Lust am Besitz des Kindes. Von ihr erfaßt, kann die Mutter ihr Werk, das ein Geschenk ist, und das Geschenk, das zugleich ihr Werk ist, das Wunderwerk, nicht aus den Augen lassen. Wie man, plötzlich reich beschenkt, nach jeder Trennung von den neuen Schätzen überrascht ist, daß sie noch da sind, und nicht satt wird, sie zu betrachten, so weidet sich die Mutter immer aufs neue am Kind, versenkt sich in es. Wie Toepffers »Maler Pencil« seine Zeichnungen, so findet die Mutter das Kind als Produkt und Geschenk ihres Genius von vorne und hinten, von oben und unten einfach entzückend. Sogar alles um es herum wird wertvoll; zerfetzte Hemdchen und zerbrochenes Spielzeug werden zu Reliquien. Die Gegenwart des Kindes, vorab des kleinen, ist für die Mutter so faszinierend wie diejenige der Verliebten füreinander, die sich ja auch »haben«. Wie der Verliebte im Gedicht von Meinrad Lienert könnten sie – entsprechend abgewandelt – sagen:

»I wett, i wär 's Chopfchüsseli
I ihrem wysse Bett!
…
I wett, i wär 's rot Büseli
Wo uf sym Schlärpli lyt!
He wän i nu im Stubli wär,
D'Wanduhr, die halbverhyt,
Und z'letzt am Änd nu 's Guggerli
Im alte Schwarzwaldzyt!«

Die Besitzeslust verliert sich auch mit dem Heranwachsen des Kindes nicht. Doch geht sie mit dessen Wandlung in eine ausgeprägte Persönlichkeit allmählich in Stolz auf dasselbe über. Da die Besitzeslust der Mutterliebe so wesentlich ist, so ist das Schlimmste, was die Mutter treffen kann, der endgültige Verlust, der Tod des Kindes. Er wird nie verwunden, ganz im Gegensatz zum Verlust des Gatten, von dem sich die Witwen, wenn er nicht von Ärmlichkeit und gesellschaftlicher Obskurität begleitet ist, oft auffallend rasch und für die Dauer erholen.

Die Tendenz zur Aufopferung

Die Mutter ist bereit, ihr Leben für jenes der Kinder zu geben. Sie ist auch bereit, zu entbehren, Stück um Stück ihres individuellen Lebens zu opfern, um dasjenige des Kindes zu verschönern, um dieses um so mehr das seine leben zu lassen. Die Mutter neigt dazu, sich abzuquälen und auszulöschen, wenn dies dem Kinde nützlich ist. Geht es um die Interessen des Kindes, wirkliche oder vermeintliche, so kann man von den Müttern alles verlangen; sie lassen sich plündern. Es ist grundsätzlich wie in dem gräßlichen

Andersen-Märchen: Für die Kinder sind die Mütter bereit, Dornenbüsche an die Brust zu drücken, bis das Blut an ihnen hinuntertropft, ihre Augen in den See auszuweinen und schwarzes Haar gegen weißes einzutauschen.

Allerdings ist die Gelegenheit selten, die Neigung sich aufzuopfern so dramatisch zu betätigen. Wenig Mütter müssen Dornenbüsche umarmen und ihre Augen verschenken, um dem Kind das Leben zu retten. Und nur selten läßt sich eine die Zähne ohne Anästhesie ziehen, damit das Geld reicht, um dem Sohn das zum Studium für nötig erachtete Beefsteak aufzutischen, wie es Cronin in »Three loves« beschreibt. Unblutige Gelegenheiten dagegen, wo wenig aufs Mal, aber viel auf die Länge geopfert wird, sind Alltäglichkeiten. Die Opfer der zeitgenössischen Mütter bestehen darin, nicht das im Leben zu tun, was sie eigentlich machen wollten – um den Bubi vor der Katze im Garten zu beschützen, ihn unermüdlich zu loben, wenn er auf Seifenkistchen steigt, und jeden Tag seine Sachen zu wäscheln, damit er, wenn er nach Herzenslust im Schmutz herumgepurzelt ist, gleich wieder tipptopp aussieht. Je nach Alter gibt es immer wieder andere Katzen und Seifenkistchen, immer wieder anderes zu wäscheln. Aber gleich bleibt sich die Schwäche der Mutter, alles fahrenzulassen, um dem Kind zu dienen.

Bei der mütterlichen Tendenz, sich aufzuopfern, geht es um eine seltsame Neigung, eigene Anliegen und Bestrebungen, das eigene körperliche, seelische und geistige Wohlbefinden gegenüber demjenigen des Kindes zurückzustellen. Und dies dort, wo die auf der Waage liegenden Interessen in keinem Verhältnis zueinander stehen: Um in den letzten Monaten des Schuljahres bei den Hausaufgaben helfen zu können, verzichtet die Mutter auf eine interessante Reise; um kleine Tränen zu trocknen, die wegen nichts fließen, unterbricht sie die wichtigste Arbeit. Allgemeiner gesagt: Wie pedantisch die Mutter auch jedes Fältchen im Gesicht bekämpft, sie neigt anderseits dazu, sich als Abbruch-Objekt zu betrachten, aus dem das Kind die Bausteine für sein Leben holt. Sie verlegt das Gewicht ihrer Existenz in diejenige des Kindes. Diese allein ist von Bedeutung. Die Bestimmung der mütterlichen Individualität, die ihr gemäßen Lebensziele haben aufgehört zu zählen. Nur die Eigenart des Kindes zählt. In gewissem Sinne verzichtet die Mutter auf ihre Individualität; sie vergißt, wer sie ist, und »geht auf« im Kinde.

Hinzu kommt, daß die privilegierte Stellung der Männer im beruflich-wirtschaftlichen Leben beziehungsweise die Zurücksetzung der Frauen ihrer Aufopferung Vorschub leistet, vor allem zugunsten der Söhne. Besonders deutlich wird dies bei der Witwe und ihrem Sohn. Was will sie schon für sich selbst wollen? Sie hat kaum Chancen. Anders der Sohn. Und so schlägt der ganze Ehrgeiz der Mutter in Opferbereitschaft zugunsten seines Fortkommens um. Daraus geht die legendäre Gestalt der Witwe hervor, die sich mit Waschen, Putzen und äußerster Sparsamkeit abrackert, damit aus dem Sohn »ein großer Arzt« werde. Wären die Frauen beruflich-wirtschaftlich gleichberechtigt, so ginge der Kampf der verwitweten

Mutter um die Entfaltung des Sohnes in die gleiche Richtung wie jener um ihre eigene. Je erfolgreicher die Mutter beruflich wäre, um so mehr Mittel könnte sie auf ihren Sohn verwenden. So jedoch ist die Lösung anders. Je mehr die Mutter im Staub einhergeht, darbt und sich der geringsten Arbeit nicht schämt, um so mehr bleibt für den Sohn und seine Ausbildung übrig. Was sonst nur finanzielles Opfer wäre, wird hier Aufopferung.

Als Feministin sieht man in unzähligen Verhältnissen zwischen Mutter und Sohn Tragödien: Die begabte Mutter verzichtet auf die wenigen Chancen, die ihr in der Männerkultur geboten sind, um einem mittelmäßigen Kind, einem mittelmäßigen Sohn, das Leben recht appetitlich anzurichten und ihn seine Mittelmäßigkeit als Format erleben zu lassen. Eine Laus mästet sich am Lebenssaft der Rose.

Immerhin, so opferfreudig die Mütter auch sind, läßt sich doch nicht übersehen, daß parallel zu ihren Opfertaten häufig Vernachlässigung, Rücksichtslosigkeit und Gleichgültigkeit gegenüber den Kindern geht, wohlverstanden auch bei guten Müttern. Dieser Zug hat tausenderlei Formen. Dieselben Mütter, welche Zeit und Geld darauf verwenden, Speisen zuzubereiten, die als besonders gesund proklamiert werden, reut jeder Rappen für die Garderobe der heranwachsenden Tochter, während für die eigene hundert Franken mehr oder weniger überhaupt keine Rolle spielen. Mütter, die für ihren Buben mit großer Sorgfalt die seiner geistigen Entwicklung förderliche Lektüre wählen, verbieten seinen Schulkameraden das Haus, weil sie den Läufer im Gang schmutzig machen. Mütter, die bei jeder Gelegenheit äußern, nur in einer Stube voller Kinder fänden die Frauen ihr Glück, schreien nach Kindsmägden und Haushaltshilfen, die ihnen die Arbeit mit dem Nachwuchs abnehmen. Bridgespielen finden sie amüsanter, als Kinder zu beaufsichtigen und für sie zu waschen und zu kochen. Natürlich sind alle derartigen Zurücksetzungen der Kinder, um mehr den eigenen Neigungen zu leben, hochpädagogisch getarnt.

Aber es bleibt doch dabei: Der Aufopferungstendenz der Mutter steht eine andere entgegen, die verhindert, daß sie sich ganz zur Schnecke macht. Diese Tatsache ist nicht so klar, wie sie sein könnte. Denn, wie gesagt, die konventionelle Abgrenzung des »Platzes der Frau« macht den größten Teil der Nurhausfrauenarbeit zu solcher »Aufopferung«. Wo die wirtschaftlichen Verhältnisse so sind, daß auf die Hausfrauenarbeit verzichtet werden kann, verschwindet auch ein gut Teil dieser »Aufopferung« als Tagewerk der Frau.

Vielleicht kann man sagen, daß das Wesen der mütterlichen Aufopferungstendenz die Bereitschaft der Mutter ist, dem Kind in einer akuten körperlichen Gefahr, ungeachtet der eigenen, beizuspringen. Das ist die Grundlage, auf welche alle vom Rahmen des bürgerlichen Frauenlebens umfaßten Aufopferungshandlungen bauen. Wäre dieser Rahmen aber anders, so wahrscheinlich auch Maß und Art der mütterlichen »Aufopferung« im einzelnen.

Die Tendenz zur Aufopferung ist unmittelbar nur in der Mutter vorhanden, weil nur die Frauen unmittelbar, eigentlich, Kinder haben. Wogegen die Vaterinstinkte mit der Tatsache ihrer Vaterschaft an sich nichts zu tun haben. Eine eindrückliche Illustration ist der außereheliche Vater im Alimentationsprozeß. Von einer Vaterliebe im Schatten der Mutterliebe, welche die uneheliche Mutter trotz der in Feindschaft übergegangenen Beziehung zum »Kindsvater« oft empfinden mag, von einer Vaterliebe, die ihn auch nur zum Opfern eines einzigen Frankens triebe, keine Spur.

Sobald aber ein Anknüpfungspunkt für Vaterinstinkte durch die Bejahung einer tatsächlichen oder fiktiven Vaterschaft gegeben ist, so kommt es zu dem verhältnismäßig unerklärlichen Emporsprießen der väterlichen Opferbereitschaft. Sie ist Imitation der mütterlichen, wie die Vaterliebe Imitation der Mutterliebe. Mitunter gleicht die väterliche Opferbereitschaft dem Original zum Verwechseln.

Wenn der Lebenswille des Menschen ein so überraschendes Phänomen wie die Vaterliebe zeitigt, so ist nicht einzusehen, weshalb der Vater der Mutter nicht mehr jener zahllosen alltäglichen Aufopferungshandlungen abnimmt. Auf diese Weise würde vermieden, daß die weiblichen Individualitäten vor lauter mütterlicher Aufopferung ihre Auswirkungsmöglichkeiten, ihren Sinn im weiteren Raum der Volksgemeinschaft soweit verlören, daß die Frau ebensogut in der Haut ihrer Nachbarin stecken könnte, ohne daß dies sozial auch nur in Erscheinung treten würde.

Die Identifikation der Mutter mit dem Kind

Die Tendenz zur Aufopferung für das Kind schließt die Neigung ein, sich mit ihm zu identifizieren. Also besitzen sie auch die Väter, die sich zu ihrer Vaterschaft bekennen, alles in allem aber doch in geringerem Maß als die Mutter.

Wenn Jugend wüßte, wenn Alter könnte! Die Identifizierung der Eltern mit dem Kind versucht die Jugend, die »können« tut, »wissend« zu machen und das »wissende« Alter »könnend«, wenn auch durch das Medium der Jungen. Das Kind soll als mütterliche beziehungsweise väterliche Individualität, von der alle Last der Jahre abgefallen ist, nochmals das Leben der Eltern leben, aber ohne die unterlaufenen Irrtümer und unter voller Ausnützung aller Chancen. Die Ziele der Eltern sollen – ebenfalls oder endlich – im Leben der Kinder verwirklicht werden. Die Erfolge der Kinder sind die Erfolge der Eltern, besonders die Erfolge der Söhne jene der Mutter.

Diese Identifizierung bringt es mit sich, daß das, was dem Kind widerfährt, auch die Eltern, vor allem die Mutter, treffen kann und zwar noch stärker, als wenn es ihr selbst widerführe. Die Mutterliebe vervielfacht die Verletzlichkeit der Frauen. Sie werden durch sie zu heiligen Sebastianen besonderer Art.

Oft ist jedoch die vervielfachte Empfindlichkeit von einer Vervielfachung der Energie und Abwehrkräfte begleitet. Dieser instinkthafte Drang vieler Mütter, sich zum mindesten in Gestalt der Kinder durchzusetzen, in denen sie gewissermaßen noch einmal zum Zuge gekommen sind, gibt ihnen wohl ihre bekannte Zähigkeit. Auch hiefür ist die legendäre tapfere Witwe, die für ihre Kinder Existenzmittel aus dem Boden stampft, ein Beispiel. Und die vielerwähnte weibliche Langlebigkeit ist vielleicht nicht zuletzt diesem Leben und Weben in den Kindern zuzuschreiben, weil es die Mütter an die Welt bindet.

Die Identifizierung mit den Kindern bewahrheitet das geflügelte Wort vom »Trost des Alters«, den die Nachkommen den Eltern bedeuten. Denn sie gestattet ihnen die Illusion, »in den Kindern zu leben«, und nimmt damit dem Altern und Verfallen einen Teil der Härte, sie befriedigt den Fortpflanzungstrieb.

Die Mutter- beziehungsweise Vaterliebe ist, wenn man von der Beziehung während der ersten Lebensjahre des Kindes absieht, eher eine unglückliche, das heißt unerwiderte Liebe. Zwar besitzen auch die Kinder den Eltern gegenüber eine gewisse Besitzes- und Identifikationslust. Doch wird sie von ihrem Selbständigkeitsdrang aufgewogen. Er treibt sie von den Eltern weg. Die Kinder wollen nicht zurückschauen und haben kein Interesse für sie. Vor allem aber geht den Kindern selbst der Schatten einer Aufopferungstendenz zugunsten der Eltern ab. Ihnen gegenüber sind sie grundsätzlich nur Konsumenten. Das besagt der treffende Spruch, eine Mutter erhalte eher zehn Kinder als zehn Kinder eine Mutter.

Besonders anschaulich ist das Verhältnis zwischen Großmutter und Kindeskindern. Die Großmutter trifft tagelang Vorbereitungen zu einem Geschenk für den Enkel. Ihn dagegen bringt man nur mit List und Gewalt zu einem Dankesbrief. Die Großmutter unternimmt eine beschwerliche Reise, um den Enkel für wenige Augenblicke zu sehen, hebt seine ersten Schlüttli bei den vergilbten Liebesbriefen auf. Der herangewachsene Enkel aber – so erpicht er auf repräsentative Ahnenbilder ist – verbrennt ihre vergrößerte altmodische Photographie, es sei denn, ein Hauch von Aberglaube bewahre ihn davor. In diesem Fall, nämlich bei zu wenig Pietät zum Aufhängen des Bildes, aber zuviel, um es zu vernichten, kommt es in das Niemandsland des alten Plunders.

Objektiv betrachtet, ist das Unglück nicht so groß. Denn alle diese unglücklich Liebenden hatten einst in einem anderen unglücklichen Liebesverhältnis die Rolle des undankbaren Freßsacks gespielt. Der Generationenwechsel hat die Rollen neu verteilt. An ihnen ist nun die Reihe, zu geben und nichts zu verlangen.

Auch subjektiv ist diese Art unerwiderter Liebe nicht so tragisch, wie es den Anschein hat. Die Identifizierung tröstet die Mutter und in ihren Spuren auch den Vater über die Einseitigkeit der Anhänglichkeit hinweg.

Der erwähnte Maler Pencil, der seine Zeichnungen von vorne und hinten, von der Seite und auf den Kopf gestellt liebt, ist auch nicht ins Herz getroffen, weil seine Werke ihn nicht von allen Seiten lieben. Durch die Identifizierung haben die Großmutter, die Mutter selber Freude am Geschenk, das sie dem Kind geben, wenn es ihm Freude bereitet. Der Albumvers

»Willst du glücklich sein im Leben,
Trage bei zu anderer Glück,
Denn die Freude, die wir geben,
Kehrt ins eigne Herz zurück«

bewahrheitet sich besonders im Verhältnis der Mutter zum Kind und in ähnlichen Beziehungen. Überall sonst gilt er nur abgeschwächt, platonisch, weil die übermächtige Identifizierung fehlt, welche allein die von einem anderen Individuum empfundene Freude zu reflektieren vermag.

Die Lockerung der Mutterliebe

Besitzerfreude, Aufopferungstendenz und Identifikation mit dem Kind sind die Säulen der Mutterliebe. Fallen sie, so fällt auch die Mutterliebe. Doch vermag sie sich neu zu beleben, ganz im Gegensatz zur geschlechtlichen Liebe, wo wirklich jedes Gefühl erkaltet, wenn man den Wermutsbecher der Enttäuschung, die gegen den Zauber des geliebten Wesens feit, bis zum letzten Tropfen geleert hat. Die Säulen der Mutterliebe lassen sich wieder aufrichten.

Nichtsdestoweniger geht ihre beliebte sentimentale Darstellung als eine Neigung, alles zu schlucken, fehl: Die Mutterliebe verträgt eine Erschütterung der Besitzes- und Identifikationsillusionen äußerst schlecht. Zwar ist sie solid, neigt nicht zu Liebesproben und hält sich von Grübelei ferne, aber auch ihre Illusionen wollen genährt werden. Und wenn die Illusionen des Besitzes und der Identifikation durch einen entgegengesetzten Willen zerstört werden, wird sie aufgehoben.

Je mehr nun das Kind aus einem durch die Mutter geleiteten Dasein zu einem selbstgeleiteten gelangt, um so schwerer wird es, die Besitzes- und Identifikationsillusion aufrechtzuerhalten.

Noch nicht ein Jahr alt, manifestiert das Kind seinen Selbständigkeitsdrang so stark, daß es von der Mutter wegkriecht und seine Schritte – man kann hier nur bildlich von ihnen reden – selber lenken will. Das Schätzchen entwickelt sich mit jedem Tag, jeder Bewegung und jedem Gedanken aus dem Besitz der Mutter fort. Und die mütterliche Identifikation wird um so unhaltbarer, je mehr das Kind eine ausgesprochene Persönlichkeit wird. Denn meistens zeigt sich nun, daß es ein anderes Temperament, andere Begabungen, andere Neigungen besitzt. Auch macht seine Entwicklung die rein mütterliche Art leidenschaftlichen Erbarmens gegenstandslos. Denn das Schwinden seiner Hilflosigkeit gleicht die Machtdifferenz gegenüber der Mutter aus.

Die leidenschaftliche Neigung der Mutter, das Kind als ihr Zubehör zu empfinden, hat sich in eine persönliche Beziehung zu verwandeln. Je weniger das Kind als Zubehör der Mutter betrachtet werden kann, um so geringer wird ihr Bedürfnis nach seiner Gegenwart; sie verliert allmählich die Bedeutung eines seelischen Rauschmittels, um jene eines Anregungsmittels anzunehmen. Die Identifizierung mit dem Kind hat sich auf lebhafte Anteilnahme zu reduzieren. Statt ein verjüngtes Ich heranzuziehen, hat die Mutter den fremden Vogel zu akzeptieren und ihm zu helfen, seinen eigenen Weg zu finden. Dazu gehört, in technischen Fragen zu raten, sonst aber nur noch, wenn sie gefragt wird. Andernfalls riskiert die Mutter, daß das Kind ihr anstatt seines eigentlichen Lebens dessen Camouflage zeigt.

Obwohl die Mütter von ihren Kindern ursprünglich so fasziniert sind, daß sie dieselben Tag und Nacht und immer wieder an ihr Herz drücken, mit ihnen herumpurzeln und jedes ihrer Lebenszeichen mit Augen und Ohren einsaugen möchten, so verliert die Beziehung von Natur aus allmählich ihre Bedeutung als beglückende Besessenheit.

Es sei denn, die Beziehung der Mutter zum Kind bilde den ausschließlichen Lebensinhalt der Frau. In diesem Fall entwickelt sich oft ein verzweifeltes Sich-an-die-Kinder-Krallen, als wären sie das Leben selbst. Diese tragische Entartung der Mutterliebe ist in Lebensverhältnissen unvermeidlich, welche die Frauen zwingen, ihren ganzen Lebensinhalt, ihre Existenzberechtigung, in der Sorge um die Kinder zu sehen. Es wird davon noch mehr die Rede sein.

Hat die Mutterschaft Prestige?

»Wer den Schaden hat, braucht für den Spott nicht zu sorgen«

Welche Würdigung erfährt die Frau als Mutter in der Männerherrschaft? Angesichts der trutzigen Gestalten, die sich auf den wandformatigen Gemälden aus dem Volksleben rings um die Frau mit dem Kopftuchzelt aufpflanzen, erwartet man Ehr und Preis.

Nun hört man die Männer allerdings in den höchsten Tönen von der »heiligen Aufgabe der Frau« reden, von der »Schönheit des Mutterwerdens« und so weiter.

Auffällig an diesen Jubeltönen ist jedoch, daß sie, wie bereits bemerkt, meist nur als Entgegnung erschallen, wenn Frauen Forderungen nach beruflich-persönlich gestaltetem Leben stellen und ihren Abscheu vor dem Versumpfen in der Hausarbeit zum Ausdruck bringen. Dementsprechend ist solches scheinbar ehrfurchtsbeschwingte, populäre Anpreisen der Mutterfunktionen verhältnismäßig neu. Es kam erst in Schwung, als die Frauenemanzipation klarzumachen versuchte, daß die Frauen nicht dazu da seien, eine Vermehrung des Menschengeschlechtes in geometrischer Progression zu bewerkstelligen, alle und jede mit der materiellen Versorgung der Menschheit unmittelbar verbundene Arbeit zu erledigen und in der Gemeinde zu schweigen. Wenn daher Gegner der weiblichen Freiheitsbestrebungen einen Lobgesang auf die physiologische Mutterschaft, die Mutterliebe und das traditionelle »Frauenlos« anstimmen, so erinnert er an das mit der Dienstmädchenknappheit aufgekommene Lied vieler Hausfrauen von der geistig und ethisch so ungemein wertvollen Arbeit der Hausangestellten alias Dienstmädchen. Hoch klingt das Lied von der braven Frau und all ihrer körperlichen und geistigen Urweiblichkeit offenbar deshalb, weil man damit einen Zweck verfolgt. Der Gesang soll zu etwas führen:

> »... Glocken
> Sollen diese Wilden locken,
> Daß der schmeichlerische Klang
> Sie verführt zum Kirchengang.«

Bei den Hausfrauen hinsichtlich der Mädchen und bei den Männern hinsichtlich der Frauen – in diesem Fall allerdings erst, nachdem sie einige Jährchen in Industrie und Handel bei einem »Frauenlohne« abverdient haben – geht es um den Gang »zurück ins Haus«.

Solch offiziellen Glockengeläutes ungeachtet, wird aber die weibliche Fortpflanzungsfunktion gerne als Demütigung des weiblichen Geschlechtes, durch göttlichen Schiedsspruch sozusagen, angesehen. Die Frauen trifft daher etwas von der Verachtung, die man Vorbestraften entgegenbringt, und zwar in peinlicher Weise Bestraften, mit Entblößung Bestraften.

Diese besondere Verachtung hatte und hat mancherlei Äußerungsformen. Sie unterscheiden sich nach Rahmen, Kulturen und Zeiten.

Da ist die bereits erwähnte Erklärung der Schmerzen der Geburt mit der Geschichte von Adam und Eva, die Mädchen und Knaben bereits in zartem Alter deutlich zu verstehen gibt, in welchem Geiste die physiologische Mutterfunktion zu verstehen sei, als Folge eines Verbrechens nämlich. Sie bedeutet, daß die Knaben für einmal noch davongekommen sind, wogegen die Mädchen eins abbekommen haben. Sie weist darauf hin, daß es Schicksal der Mädchen sein wird, dieser »Bestrafung« und dem ihr von den Männern angehängten Drum und Dran zu leben. Als Strafe ist nun die Art und Weise, wie sich die menschliche Geburt vollzieht, Schande. Deshalb sagt unsere religiöse Überlieferung auch kein Wort von Schönheit und Heiligkeit des Geburtsvorgangs und entsprechend gebotener Ehrfurcht vor der Frau. Einzig vor Maria als Mutter verneigt man sich, aber wohlverstanden vor ihr als Gottesmutter, was sie buchstäblich himmelhoch über jeden Vergleich mit Menschenmüttern stellt. Ihre Verehrung bleibt daher ohne Reflex auf die gewöhnlichen Mütter.

Berichte aus fremden Kulturen lassen auch nicht darauf schließen, daß man anderswo die Gebärfunktion der Frauen als etwas Edles einschätzt. Ganz im Gegenteil. Leicht gilt die Frau bei der »Erfüllung ihrer ureigenen Aufgabe« als von bösen Geistern besessen. Für die Geburt hat sie bald in einer Art Hundehütte zu verschwinden, bald in einem stallartigen Gebäude voll Dreck, bald im kalten Wald. Oft wird sie hernach ausgeräuchert und hat sich zu reinigen und zu reinigen, um aus so viel Schmutz auferstehen zu können. All das mag in Anbetracht der übrigen Verhältnisse solcher Völker vielleicht nicht so gräßlich sein, wie es auf Angehörige des westlichen Kulturkreises wirken mag. Aber es wird meist unerfreulich und würdelos genug sein.

»Strafe Gottes« da und »böse Geister« dort. Aber nicht nur in der Religion, sondern auch in der Gedankenwelt des Alltags kommt die Auffassung des Geburtsvorganges als etwas Erniedrigendes zum Ausdruck. Entsprechend besteht denn auch die Kehrseite des offiziellen Hoch- und Hehrgesäusels aus allerlei abgeschmackten Redensarten und Witzen zum Thema.

Der Ausdruck »das ist zum Kinderkriegen« und die Gewohnheit mancher Witzbolde, sich bei Telephonanrufen als »Frauenspital« zu melden, sehen nicht nach Ehrfurcht vor dem »heiligen Erlebnis« aus. Die neckische Schadenfreude, die sich in dem populären Lied

»Meiteli gümpele nid eso,
's Gümpele wird d'r scho vergoh,
's Gümpele isch em scho vergange,
d'Windle hanged a d'r Stange«

kundtut, ebensowenig. Es gibt gediegene Herren, die finden, es täte gediegenen Damen gut, Kinder zu bekommen, es – »regliere« sie. Es gibt »andere Umstände« und vieles andere mehr, das eher von unterdrücktem Kichern als von einem Hauch »tiefer Ehrfurcht« vor der »vornehmsten Aufgabe der Frouh« umgeben ist.

Ab und zu taucht die Auffassung, es handle sich beim Geburtsvorgang um etwas Erniedrigendes, auch in gehobener Form auf. Rilke zum Beispiel erwähnt »dieses in Schmerzen und Erniedrigungen ausgetragene Menschentum der Frau ...«.[49] Im Grunde aber ist zwischen solch feierlichen Klängen und der gemeinen und läppischen Weise, in der hin und wieder aufgetrumpft wird, um das Selbstbewußtsein der Frauen zu verletzen, etwa »diese Frauenrechtlerinnen werden dann schon still, wenn sie auf den Schragen im Gebärsaal kommen«, kein sehr großer Unterschied. Die Grundlage ist dieselbe. Übrigens könnten die Frauen, wenn sie auf gleicher Stufe entgegnen wollten, sagen: »Warum quäken die Männer auf dem Sterbebett immer Mamää?«

Ob die Männer nun den physiologischen Mutterfunktionen mit Gekicher oder Augenaufschlag begegnen, sie betrachten sich so oder so vollständig außerhalb dessen, was sie als Schande des weiblichen Geschlechts ansehen. Sie fühlen sich über diese Vorgänge der weiblichen Sexualität hoch erhaben. Die Wahrheit jedoch, nämlich, daß sie einmal höchstpersönlich – nicht etwa in ihren Grundstoffen, sondern mit Haut und Haar, Händen und Füßen – an diesen Vorgängen der weiblichen Sexualität teilhatten, wird geflissentlich übersehen. Die Schwangerschaft der Mutter jedes einzelnen Mannes war nicht deshalb grotesk, weil sie als Frau eben einen großen Bauch hatte, sondern weil *er* darin steckte, weil er gewissermaßen der Bauch war. Und die Niederkunft der Mutter war nicht ungeheuerlich, weil Frauen auf diese Weise Kinder zur Welt bringen, sondern weil Männer und Frauen nur auf diese Weise zur Welt kommen.

Gerade solch distanzierendes Getue der Männer, als ob sie die sauberen Kerle der Menschheit wären, womöglich noch den Göttern verwandt, die Frauen dagegen mit kuriosen und schmutzigen Eigenschaften behaftet, die schockieren, zum Kichern Anlaß geben und überdies ihrer Gleichberechtigung als Individualitäten entgegenstehen sollen, solches Getue ist eben Verachtung, mit wie betonter »Achtung vor der Frau« auch immer paradiert werden mag.

Achteten die Männer die Frau ihrer Fortpflanzungsfunktion wegen besonders, so würden sie auch nicht die Möglichkeit, sich sozial fortzupflanzen, auf Kosten der Frauen an sich reißen. Sie würden sich schämen, den Kindern väterliche Geschlechtsnamen, Bürgerrechte und Konfessionen aufzuzwängen, Regelungen, auf die ich noch eingehender zu sprechen komme. Doch solche Folgerichtigkeit kommt den Schwätzern, die mit gehauchter Stimme »die ureigene Bestimmung der Frouh« gegen freie weibliche Berufstätigkeit und politische Gleichberechtigung ausspielen, überhaupt nicht in den Sinn.

Die beiseite geschobene Wahrheit, das verdrängte Erkennen dieser fundamentalen Verflochtenheit der Männer mit der weiblichen Sexualität, und zwar in der Stellung grundsätzlich insolventer Schuldner, schafft sich hingegen gerne in dem erwähnten Gerede von der »großen Frau« Luft, hinter welcher Figur zumeist die Mutter des Sprechenden steht. Das verlogene Gefasel ändert an der Verachtung der Frauen nichts, hilft diesen aber, sie zu übersehen, und den Männern, ihr Schuldgefühl zu dämpfen und zu tun »als ob«, wo es opportun erscheint.

Was soll die Mutter schon so groß machen? Als Mensch war sie schlecht und recht wie andere auch. Im Rahmen ihrer Fortpflanzungsfunktionen und den mit ihr verbundenen Impulsen, die sie mit den meisten weiblichen Wesen teilte, hat sie den Sprechenden unter Opfern hervorgebracht und aufgezogen. Er dankt ihr sein Leben, die Festigung seines Selbstbewußtseins und Trost und Unterstützung, als er noch klein und hilflos war – ein Zustand, der viele Jahre anhielt. Das Begleichen der Schuld steht außer Betracht. Immerhin fehlt es nicht an Gelegenheiten, auf breiter, unpersönlicher Grundlage Gesten der Erkenntlichkeit zu machen. Dazu wäre allerdings die Einsicht nötig, daß die gute Mutter meist nichts anderes getan hat, als was die Frauen gemeinhin und rings um ihn herum taten, tun und tun werden, daß, wenn die Mutter deshalb »groß« war, die anderen Frauen desgleichen »groß« sind, und darum die Frauen als zukünftige und wirkliche Mütter besondere Achtung, wo nicht sogar Privilegien verdienten.

Übrigens fällt bei dem Gehauche von der »großen Frau« Lob und Preis auf die Person des Spenders zurück. Mit Hilfe einer intellektuellen Unredlichkeit erfolgt nämlich die Erhöhung der Mutter durch den guten Mann nicht auf seine Kosten, sondern auf diejenigen der anderen Frauen. Es heißt da nicht: Ich Unwürdiger habe SIE so viel gekostet und kann es IHR nicht zurückgeben; ich kann SIE nur preisen. Vielmehr wird gesagt: SIE ist eine größere Frau als alle anderen, weil SIE mich geboren und aufgezogen hat. Keine der anderen hat dies zustande gebracht, und daher ist keine würdig, IHR das Wasser zu reichen. Was sind die anderen schon im Vergleich zu IHR (die durch mich ausgezeichnet wurde). Und der Kranz, den vermeintlich die Dankbarkeit windet, wird schließlich der eigenen Stirne aufgesetzt.

Diese Sorte Mutterverehrung hat eine für die Mißachtung der weiblichen Geschlechtlichkeit typische Eigentümlichkeit: Obwohl eine Verbindung der Mutter mit dem Sohne physiologisch die intensivste ist, die er je mit einer Frau haben kann, und gerade von der Mutterseite denkbar sexuell ist, haben nun alle diese Heldenmütter-Mutterheldinnen in den Augen ihrer Söhne überhaupt kein Geschlecht. Menstruationen, Schwangerschaft und Entbindungen beschatten alle andern Frauen, die Mutter allein scheint damit nichts zu tun zu haben. Sie scheint von den ungeheuerlichen Angelegenheiten des weiblichen Geschlechtes im Geiste der Söhne dispensiert zu sein. Hingegen sehen diese in ihr mit Vorliebe einen Ausbund gerade jener allgemeinmenschlichen Tugenden, die sie gerne beim weiblichen Geschlecht in Abrede stellen. Besonders hervorgehoben werden jeweilen Intelligenz und Willensstärke der Mütter. Wenn die Zuerkennung vermeintlich männlicher Charakterzüge das höchste Lob ist, das Männer den Frauen ihrer mütterlich-sexuellen Funktion wegen spenden, so zeigen sie damit so recht, wie sie die Weiblichkeit der Frauen geringschätzen.

Die Verachtung der Männer für die mit der Mutterschaft zusammenhängenden Funktionen der Frauen bedeutet auch eine Verkennung dessen, was diese Funktionen sein können. Sie sehen sie nur als materielle Erscheinungen. Die Männer sind nicht in der Lage, die Beglückungsmöglichkeiten der Schwangerschaft, das nach überstandener Geburt sich einstellende Gefühl eines gewaltigen Abenteuers und die durch das Stillen bewirkte zärtliche Verbundenheit mit einem anderen Wesen zu beurteilen. Sie sehen meist nur das Bizarre daran oder – bei andern persönlichen Voraussetzungen – das Ergreifende, selten jedoch die »Erfüllung«, die sie buchstäblich sein können, und das Mächtige, das sie ja auch bedeuten.

Vereinzelt, meist anläßlich der miterlebten Geburt eines eigenen Kindes, fällt es den Männern wie Schuppen von den Augen. Sie erkennen plötzlich durch die riesigen Belastungen des weiblichen Geschlechtes hindurch das vollere Menschentum der Frauen und – beneiden es für einen Augenblick. Wenn sie unmittelbar darauf Frauen begegnen, so mag ihr erster Gedanke jener des Thyrsis in Upton Sinclairs »Love's Pilgrimage«[50] sein: »You! A woman! Can it be that you know what you are? The fate that you play with, – the power that dwells in you! To create new life, that may be handed down through endless ages!« Aber der Gedanke fliegt nur vorbei.

Das Gekicher, mit dem männlicherseits die weibliche Sexualität beziehungsweise die physiologischen Mutterfunktionen bedacht werden, die unmißverständliche Mißachtung der Frauen, gilt übrigens nicht nur dem Ungeheuerlichen und teils die Individualität der Frauen Überschattenden der Vorgänge. Sie gilt ebensosehr ihrer soziologischen Bedeutung als Etikette des Geschlechtes minderen Rechts. Die eigene Privilegierung macht das Witzeln über die weibliche Physiologie um so behaglicher. Verlören die mit der physiologischen Mutterschaft zusammenhängenden Vorgänge ihre Nebenbedeutung als Kennzeichen einer bestimmten Art Deklassierter innerhalb jeder Klasse, wären die Frauen gleichberechtigt oder gar privilegiert, so verlöre das Gekicher über die weibliche Sexualität seine Pointe. Im Lichte der Gleichberechtigung würden auch die großen positiven Möglichkeiten der physiologischen Mütterlichkeit sichtbarer, die »Achtung vor der Frau« stellte sich unversehens ein.

Der männliche Neid auf die Frauen und die Fata Morgana ihrer allgemeinen Mütterlichkeit

Die Fähigkeit zu gebären und alles, was sie mit sich bringt, ist für die Frauen eine zusätzliche Belastung. Sie ist aber auch eine zusätzliche Begabung, eben jene, »ein neues Leben zu schaffen, das weitergeht durch Jahrhunderte«!

Die Frauen sind begabter als die Männer. Denn sie besitzen einen fruchtbaren Geist *und* einen fruchtbaren Körper. Die Männer haben nur einen fruchtbaren Geist, und ihr »Samen« ist gar kein Samen, sondern nur Teil eines solchen. Dem fruchtbaren Körper der Frau steht lediglich ein durchschnittlich muskulöserer und größerer Körper gegenüber – Eigenschaften, die heute kein großes Prestige mehr haben. Die Männer ertragen daher diesen Vergleich und die naheliegende Folgerung, daß sie die beschränktere Form des Menschen darstellen, nicht. Infolgedessen kann und darf es nach Männerlogik nicht sein, daß sie den Frauen nachstehen.

Zur Schonung ihrer Eitelkeit versuchen die Männer, die Sache anders zu sehen. Ihre Gedanken machen dabei etwa folgenden Gang: Kindergebären ist zweifellos eine Begabung der Frauen. Sie ist schöpferisch, wenn auch körperlicher Natur. Die Männer besitzen dieses Vermögen nicht. Es hält schwer, sich mit diesem Mangel abzufinden. Er kann nur durch die Illusion vertuscht werden, auf anderem Gebiet den Frauen überlegen zu sein. Auf welchem? Mit der größeren Muskelstärke kann man bei der Selbstbespiegelung nicht mehr paradieren, weil ihre soziale Bedeutung durch die westliche Zivilisation weitgehend überholt ist. Es verbleiben die Gefilde des Geistes. Hier sucht und findet man vermeintlich Kompensation. Wie aus der kuranten Männlichkeits- und Weiblichkeitsideologie ersichtlich, greift man ungeniert zu, indem man, wie mehrfach erwähnt, gleich alle besonders bewunderten Begabungen des menschlichen Geistes als männlich und damit grundsätzlich für sich allein in Anspruch nimmt.

An Scheinbeweisen fehlt es nicht. Und die Erfahrungstatsachen unterstützen das Vorurteil bis zu einem gewissen Grade.

Denn der auf den Frauen seit Jahrhunderten lastende Zwang zu den täglich sich wiederholenden materiellen Dienstleistungen für das physische Wohl der Kinder und Männer sowie die mit ihm verbundene Zurücksetzung im beruflichen und persönlichen Leben haben sie von der vollen Ausbildung und Betätigung ihrer intellektuellen und künstlerischen Begabungen abgehalten. Sie tun dies in erheblichem Maße auch noch heute. In gleicher Richtung wirkt ihr mütterlicher Aufopferungsimpuls, der es in sich hat, daß die Frauen ihre Talente weniger wichtig nehmen als die Männer die ihren, daß sie weniger auf Selbstbestätigung aus sind.

Wo weiblicher kultureller Leistung ausnahmsweise die Anerkennung nicht versagt werden kann, beeilt man sich, den talentierten weiblichen Persönlichkeiten gleichsam die weibliche Begabung physiologischer Natur abzusprechen. Den durch ihren Geist berühmten Frauen hängt man Verzweiflung über ihre Kinderlosigkeit an; wenn sie Kinder hatten, zum mindesten ein tief unglückliches Liebesleben. Als ob anderseits die unbegabte Frau Hera und Aphrodite in einem wäre, der begabte Mann zugleich noch Casanova. Verzerrt man das Bild hervorragender Frauen auf solche Weise, so glaubt man, schließlich doch noch bewiesen zu haben, daß Männer mehr sind als Frauen, weil diese entweder »nur Frau« oder »nur Geist« sind und keine »echten« Frauen auch bedeutende Geister.

Die physiologischen Mutterfunktionen der Frauen bewegen die Männer, sie hämisch zu patronisieren, aber auch zu beneiden und schließlich zu verleumden. Damit nicht genug! Wie sich Wölfe einem Feuerchen nähern, das nicht für sie bestimmt ist, so wollen die Männer von der psychischen Seite der Mutterliebe auch noch profitieren, indirekt und direkt. Die Methode dazu: Man walzt die hochgepriesene »Mutterliebe« zum »weiblichen Altruismus« aus. Vom physiologischen Altruismus des weiblichen Körpers und dem psychischen der Mutterliebe wird kurzerhand auf einen gewissen Altruismus der weiblichen Natur geschlossen, die jede Frau von jedem Mann unterscheidet. Selbst ohne leibliche Kinder soll die wahre Weiblichkeit im Hinblick auf ihre potentielle leibliche Mutterschaft eine Riesenportion Altruismus enthalten, die darauf drängt, alles Kleine, Schwache und Ärmliche, mit dem sich die Männer nicht abgeben mögen, an den schützenden Busen zu drücken. Behauptungen, die einem jene Helvetiagestalten unserer Denkmäler und Diplome vor Augen führen, die bald Kantone und Städte als schmächtige Körperchen an ihre gepanzerte Brust pressen, bald von arg mitgenommenen Männern umlagert sind.

Von solcher Allmütterlichkeit der Frauen erhofft man noch ein Nebenprodukt. Sie soll nämlich bewirken, daß der Mann, wenn er nicht als Mann fordert, sondern lediglich als »großer Bub« herumsteht, aus der Küche der Weiblichkeit anstatt eines dionysischen Getränks nach Bedarf eine Tasse Milchkaffee beanspruchen darf.

Die Behauptung einer Allmütterlichkeit der Frau gleichsam als Derivat der physiologischen Anlage zur Mutterfunktion tönt falsch. Sie ist es auch. Besteht doch das Wesentliche der Mutterliebe, wie schon das Wort sagt, darin, daß der mütterliche Altruismus auf ganz bestimmte Wesen gerichtet ist. Diese unterscheiden sich von allen anderen dadurch, daß sie aus der Frau, die ihnen Mutterliebe entgegenbringt, hervorgekommen sind. Die Mutterliebe entspricht von Fall zu Fall einem Verhältnis, das nicht seinesgleichen hat, weshalb die mit ihm verbundenen Gefühle kaum auf ein anderes übertragen werden können. Gegen die Richtigkeit der Behauptung spricht auch ihre verdächtige Nutzanwendung auf die Männerwelt. Denn dieser Altruismus soll die Frauen, wie schon dargelegt worden ist, ausgerechnet zu jenen Tätigkeiten prädestinieren, die für die Männer zu demütigend oder zu schlecht bezahlt sind.

Die Tatsache, daß viele Frauen in dasselbe Horn stoßen und ihrem Geschlecht beziehungsweise der »Natur der Frau« eine allgemein verströmende, von leiblicher Nachkommenschaft gelöste Mütterlichkeit nachrühmen, beweist nicht, daß dem so wäre. Ganz im Grunde glaubt keine Frau an die von der Männerherrschaft verkündete und hochgelobte rein weibliche Güte und Wärme, welche die Frau im Sinne einer geistigen Mütterlichkeit »allem Lebendigen« entgegenbringt. Verspürt man davon doch so rein gar nichts, wenn Frauen unter sich sind. Wenn sie dessen ungeachtet auch ihrerseits von einer geistigen Mütterlichkeit, von »echt weiblichem Helferwillen«, weiblicher Personenbezogenheit usw. reden, die sie für bestimmte berufliche Tätigkeiten besonders befähigen, so hat dies letztlich andere Ursachen als eine entsprechende Überzeugung. Sie wurden zum Teil schon bei der Beschreibung des Hungers der Frauen nach Wohltätigkeit dargelegt. Da die Frauen in ihren Tätigkeiten eingeengt sind und beim Ausleben ihres Machttriebes kurzgehalten werden, besetzen sie jedes Niemandsland, das ihnen vom Männerkollektiv nicht streitig gemacht wird, mit der ganzen Kraft ihres Selbstbehauptungswillens. Sie unterstützen daher Vorurteile, die ihrem Tätigkeits- und Machtdrang Türlein öffnen, mit schlau geschürtem Enthusiasmus. Sobald das Stichwort fällt, intonieren viele Frauen spezifisch weibliches Helfenwollen, Herzenswärme, welche die ganze leidende Welt umschließt. Aber sie tun dies, wie manche Schweizer einem ausländischen Publikum ein vermeintlich helvetisches Juppeidi, Juppeida, Hoppsassa zum besten geben, das ihnen, weil dem Klischee vom schweizerischen Wesen entsprechend, mehr Sympathie und Vorteile bei ihrer Umgebung einbringt als eine Klarstellung des Sachverhaltes und entsprechendes Benehmen. In beiden Fällen geht es keineswegs um berechnende Täuschung, sondern um die Selbstbehauptung, die nahelegt, sich nach dem Winde zu richten, wenn man seine Ziele erreichen will.

Die Propagandastationen der Männerherrschaft senden nicht nur Gesäusel von einer echt weiblichen Allmütterlichkeit und allgemeiner Opferbereitschaft der Frauen. Man hört auch andere Töne, Beschimpfungen der Mutterliebe. Man reißt den Frauen die Flitterkrone, die man ihnen aus mancherlei Gründen wohlweislich aufsetzt, herunter. Ab und zu zündet nämlich ein Mann vermeintlich mit dem kalten Licht der Vernunft in die Finsternis der Mutterliebe. An Stelle eines weiblichen Pan-Altruismus stellen sie speziell weibliche Herzlosigkeit und Grausamkeit fest. Auf die wirkliche Mutterliebe haben sie es besonders abgesehen. Sie sei moralisch gar nicht hochstehend, hört man, sondern bloß ein Instinkt, der auch den Tieren eigen sei. Sie nehmen der Mütterlichkeit mit dem Heiligenschein auch allen Glanz und versenken sie als »Affenliebe« in untermenschliche Regionen. Eine Auffassung, die natürlich ebenso frauenfeindlich ist wie die Propagierung weiblicher Allmütterlichkeit. Während bei jener die Neigung durchschimmert, leidige Obliegenheiten der Allmütterlichkeit aufzuladen und psychisch ein milderes Klima zu beanspruchen, als man selbst bietet, so bei dieser der gelbe Neid auf die elementare Kraft der Mutterliebe.

Die buchhalterische Faustregel: »Wer hat, der soll«, gilt auch für das wirtschaftliche Verhältnis zwischen den Geschlechtern. Weil die Männer allein oder in erster Linie »hatten«, so war es an ihnen, für das Wohlergehen ihrer weiblichen Schatten zu sorgen und ihnen zu ermöglichen, sich für die Kinder einzusetzen. Sie taten dies durch eine mehr oder weniger deutlich ausgeprägte ehemännliche Unterhaltspflicht und Witwenversorgung, denen eine patriarchalische Ehe zugrunde lag. Die entsprechenden Rechte der Frauen waren und sind die positiven Seiten ihrer Verbannung in die Ecke links unten auf den Gemälden aus dem Volksleben, bedeuten jenen »Schutz und Schirm«, auf den sich die Männer so viel zugute halten.

Den Blick einseitig auf die Entwicklung des Unterhaltsrechtes und der Witwenversorgung gerichtet – oberflächlich betrachtet, sehen beide fast wie Sinekuren aus –, ließe sich vielleicht eine Träne der Rührung über so viel Fürsorge der Männerherrschaft im Sinne der »ureigenen Aufgabe der Frau« hervorpressen. Eine voreilige Träne!

Denn bei näherem Zusehen erweisen sich diese Rechte eher als mager. Haben es doch die Frauen im Laufe von Jahrtausenden mit all dem vielerwähnten Charme, all dem vermeintlichen Einfluß beim Aufpäppeln zahlloser Männergenerationen, all den körperlichen Riesenopfern für den Weiterbestand der Menschheit, all ihren persönlichen Diensten vom Morgen bis zum Abend und zusätzlichen Nachtdiensten knapp so weit gebracht, daß ihnen in ihrer Stellung als »Frau und Mutter« nicht gekündigt werden kann. Mit Hilfe ihrer männlichen Blutsverwandten vermochten sie sich das Recht zu erwirken, in ehelicher »Leibeigenschaft« zu bleiben, auch wenn dem Eheherrn die Eigenschaften ihres Leibes unwichtig geworden sein mochten. Die Eheherren dürfen sie nicht verstoßen, sondern haben sie zu halten, zu kleiden und zu füttern, und dies womöglich über den eigenen Tod hinaus.

Was nun den Unterhalt durch den Ehemann betrifft, so war er seit je selbstverständlich und hat eigentlich erst in späterer Zeit mit dem Überhandnehmen der Marktwirtschaft eine rechtliche Ausgestaltung erfahren. An Stelle des ehefraulichen Rechtes auf Unterhalt stand in früheren Zeiten, als die Selbstversorgung noch von unvergleichlich größerer Bedeutung war, die Binsenwahrheit: Wer arbeitet, muß auch essen. Denn die Stellung der Ehefrau in den einst vorherrschenden landwirtschaftlichen Verhältnissen und später auch in den ausgedehnten gewerblichen hat man sich, wie bereits erwähnt, als eine »Stelle« im Betrieb des Mannes zu denken. Auf diese Weise arbeitend, machte sie sich dem Mann häufig weit über die empfangene Unterhaltsleistung hinaus bezahlt. Der Mann sorgte für den Unterhalt der Frau eigentlich nur insoweit, als er ihr Gelegenheit gab, für ihren eigenen Unterhalt und auch jenen der übrigen Familienmitglieder zu arbeiten.

Im Gegensatz zum eigentlichen Unterhaltsrecht wurde der Ehefrau schon in alter Zeit ein Recht gegenüber dem Ehemann hinsichtlich ihres wirtschaftlichen Schicksals nach dessen Tod eingeräumt. Es lag auf der Hand. Aus folgenden Gründen: Wie gesagt, gerät der vaterrechtliche Bau der Familie ohne geschlechtliche Treue der Frau ins Wanken, desgleichen der ökonomische ohne »Lebenslänglichkeit« der Ehe. Wenn nun die Männer die Frauen mit der Ehe sozusagen ein für allemal in ihrem Dienst festnagelten und diese außerhalb der Ehe keine Existenzgrundlage haben konnten, weil die entscheidenden Rechte an Grund und Boden ausschließlich oder doch größtenteils in den Händen der Männer lagen – wie heute die guten Positionen –, so stellte sich die Frage, was aus den Frauen werden sollte, wenn der Ehemann, dieses wirtschaftliche Fundament und ein und alles des Frauenlebens, wegfiel, starb. Die Antwort lautete in unserer Kultur seit eh und je, daß der Ehemann auf seinen Todesfall hin zugunsten der Existenz der Witwe Vorkehrungen zu treffen hat. Die entsprechenden Regelungen gehörten zu jenen »Geschenken«, die sich dem Geber bezahlt machen.

Sähen die Frauen dem Gaul, den man ihnen in Form von ehemännlichem Unterhalt und allerlei Witwenversorgung mit großmütiger Geste schenkt, ins Maul, so erkennten sie ihn als den Schatten jenes kräftigen Rößleins, das man ihnen aus dem Stall geholt hatte, ohne sie erst zu fragen. Oder ohne Metapher gesagt: Die »Ernährung« der Ehefrau und die Pension der Witwe – beides funktioniert natürlich in unzähligen Fällen nicht, wie es sollte – sind eigentlich kärgliche Entschädigungen für die Verweigerung der vollen Gleichberechtigung auf dem Arbeitsmarkt und für das Aufhalsen der Folgen mangelnder Eigenständigkeit.

Die Unterhaltspflicht

Das in der Gegenwart so verbreitete gesetzliche Unterhaltsrecht der Ehefrau gegenüber dem Ehemann wirkt, flüchtig besehen, fast märchenhaft: die Ehemänner als Drohnen und Arbeitsbienen in einem haben Futter und Kleider für Weib und Kind herbeizuschleppen; die Frauen dagegen können die Rolle von Bienenköniginnen spielen, die zeitlebens nicht abzudanken haben. Der Arbeitsbienchen-Ehemann trägt Honig herbei, und die Königin-Ehefrau tut sich gütlich daran.

Aber damit nicht genug. Seit etlichen Jahren ist es dazu gekommen, daß neben all dieser privaten Fürsorge oft noch eine bald öffentliche, bald sozialpolitisch inspirierte, bald gesamtarbeitsvertraglich erschlossene milde Hand waltet. Sie spendet reichlich: In Form von Zulagen verschiedener Art an verheiratete Männer und besonders an solche mit unmündigen Kindern äufnet sie den Honigvorrat des Arbeitsbienchen-Ehemannes über dessen Sammelvermögen hinaus. Und für die Königin, die ihr Arbeitsbienchen verloren hat, für die Königinwitwe, stehen Vorratswaben flüssigen Goldes bereit.

Das Recht auf Unterhalt geht auf dessen Leistung »in natura«. Es bedeutet also grundsätzlich nicht etwa ein Recht der Ehefrau auf Mittel, um sich Unterhalt zu verschaffen. Das Brot, das sie mit dem Haushaltsgeld kauft und ißt, ist das Brot des Ehemannes. Es gibt daher auch unzählige Ehefrauen, die es gut haben, die von ihrem Mann verwöhnt werden, aber nichtsdestoweniger wie manche verwöhnte Kinder wohlhabender Eltern kein bares Geld, keinen finanziellen Spielraum besitzen. Deshalb müssen die Frauen Ehemännern, die ihnen Kleider- und Pralinéschachteln überreichen – vom berühmten Pelzmantel ganz zu schweigen – impulsiv um den Hals fallen (du Lieber, du Guter!) und fleißig Rabattmärklein in Heftchen kleben, um über diesen Umweg zu etwas Taschengeld zu gelangen.

Noch mancherlei beeinträchtigt die scheinbar so glänzende Sinekure des ehefraulichen Unterhaltsrechts. Hat es bekanntlich doch die Eigentümlichkeit, unversehens in eine vollumfängliche Unterhaltspflicht der Ehefrau gegenüber ihrem Gatten umzuschlagen. Ferner steht es in einer gewissen Korrelation zu Zwangsarbeit. Sie ist die bereits erörterte Mitarbeit im Betriebe des Ehemannes und die wirtschaftlich unrationelle, aber bei der männerherrschaftlichen Organisation des Zusammenlebens sich ergebende Haushaltfron. Das ehefrauliche Unterhaltsrecht wirft noch weitere Schatten. Wie die Witwenversorgung ist es von der Verweigerung der Gleichberechtigung der Frauen im Erwerbsleben begleitet. Und schließlich ist nicht zu vergessen, daß der Honig, den der Ehemann ihr auftischt, nicht immer dem feindlichen Leben abgekämpft worden ist, sondern oft von den Früchten des Frauengutes herrührt, die der Mann auf Grund verschiedener eherechtlicher Vorschriften schmausen darf.

Die Witwenversorgung

Die ehemännliche Sorge übers Grab hinaus für den Unterhalt der Ehefrau, die Witwenversorgung, war ursprünglich die einzige grundsätzliche Respektierung der »Frau und Mutter« als solche, da sie nicht eng mit Rechten des Ehemannes zusammenhing und durch diese aufgewogen wurde.

Indessen kann selbst diese Respektierung der Frau fehlen und die bei einer vollen Männerherrschaft logische Nullität der Ehefrau als eigene Persönlichkeit, ihre Zubehör-Eigenschaft, bis zur berühmten Form der Witwenverbrennung »ad absurdum« gesteigert werden. So weit wurde es bei uns nicht getrieben. Die Witwe wurde auch nicht ihrem Schicksal überlassen. Nach den auf dem Gebiete der heutigen Schweiz maßgebenden germanischen Stammesrechten und anderen Rechtsordnungen hatte grundsätzlich der Ehemann als Ernährer und Ausbeuter, als Schutzpatron und böser Vogt in einem, die Frage des Unterhaltes seiner Frau auf seinen Tod hin beizeiten zu regeln.

Eigentlich kam dafür nur eine ganz bestimmte Zeit in Betracht. Es mußte sich um einen vor dem Eheschluß liegenden Zeitpunkt handeln, weil nur dann die Frau beziehungsweise ihr Muntinhaber noch eine Basis zum Unterhandeln besaß. Da ein Mann erst bereit war, Versprechungen zu machen und womöglich noch Sicherheit zu leisten, wenn die Wirksamkeit der Frau im Interesse seiner Fortpflanzung direkt in Aussicht genommen war, so lag es auf der Hand, gerade die Zusicherung der Witwenfürsorge zusammen mit der entsprechenden Sicherstellung, die Bestellung einer Witwenversorgung, zur Rechtsform des Eheabschlusses zu machen. Dies war denn auch die Regelung des alemannischen Eherechtes. Im burgundischen Rechte kam der Morgengabe eine ähnliche Bedeutung wie der Witwenversorgung, dem »Wittum«, zu. Der Eheschluß war also identisch mit der rechtlichen Begründung der Versorgung für den Fall des Witwenstandes, die allerdings im Laufe der Entwicklung bei einzelnen Rechtsordnungen mehr symbolischen Charakter annehmen mochte. Mit der Bestellung eines Witwenteils sollte kundgetan werden, wie rechtsgeschichtliche Autoren treuherzig beschreiben, daß das fragliche weibliche Wesen nicht etwa als Sklavin heimgeführt werde, sondern eben als Gattin, das heißt als Mutter der legitimen Kinder.

Es ist möglich, daß sich dieses Institut aus der Erlegung eines Kaufpreises an den Muntherrn der Frau beziehungsweise Jungfrau entwickelt hat. Doch kann die Frage im vorliegenden Zusammenhang dahingestellt bleiben. Hier interessiert allein die historische Tatsache, daß die Witwenversorgung – sie war meist ein Nutznießungsrecht an Vermögensstücken des ehemännlichen Nachlasses – eine Auszeichnung der Ehefrau gegenüber andern dem Mann unterstellten Frauen war, eine substantielle Respektierung ihrer Funktion als »Frau und Mutter«.

Der Ehefrau fiel beim Ableben des Gatten also etwas zu, ihm, im umgekehrten Fall, hingegen nichts. Trotzdem war dabei an eine Privilegierung nicht zu denken, solange die Frauen nicht Eigentümerinnen von Bedeutung sein konnten. Erst als sie durch entsprechende Wandlung ihrer erbrechtlichen Stellung eher zu eigenem Grund und Boden kamen, mochte das »Wittum« in einzelnen Fällen ein bescheidenes »Privileg« darstellen. Unnötig zu sagen, daß die »Gleichberechtigung« des Ehemannes nicht lange auf sich warten ließ. Gegenseitige Zuwendungen von Todes wegen wurden unter den Ehegatten mehr und mehr üblich, womit das »Wittum« an wirtschaftlicher Bedeutung verlor. Der jahrhundertelang geübte Brauch solcher Zuwendungen bildete denn auch die geschichtliche Voraussetzung für die Schaffung eines gegenseitigen Erbrechtes der Ehegatten in manchen Rechtsordnungen des 19. Jahrhunderts. – Die Männer waren bei diesem einstigen »Privileg« der Ehefrau auf lange Sicht nicht zu kurz gekommen.

Wenn rechtlich auch anderen Charakters, so sind die Regelungen, die von den Zünften hinsichtlich der Witwen ihrer Mitglieder getroffen wurden und diesen gestatteten, den Betrieb des Ehemannes weiterzuführen, doch im gleichen Geiste wie das alte »Wittum«. Sie dienen demselben Zweck: Unterhalt der Witwe.

Mit dem Schwund der Familie als Produktionsgemeinschaft und dem Überhandnehmen der dienstvertraglichen Lohnarbeit stellte sich auch das Problem der Witwenversorgung anders dar. Trotz »Gleichberechtigung« der Frau im beruflich-wirtschaftlichen Leben ist es so aktuell wie eh und je. Denn Gleichberechtigung besteht nicht in allen Teilen und ist im übrigen teils illusorisch.

Da die Arbeitskraft des Ehemannes heute meistens sein größtes Kapital bildet, besteht die moderne Versorgung der Witwe darin, daß sie mit den gedörrten Früchten der ehemännlichen Arbeitskraft ernährt wird. Die Lösung heißt Versicherung. Das Dörrobst für die Witwen beschaffen unzählige Ehemänner auf Grund individueller oder kollektiver Versicherungsabschlüsse. Oft gibt der Arbeitgeber über diesen oder jenen Fonds auch noch etwas an die Witwen. Und schließlich streut in vielen Ländern der Staat aus Vorratskörben, die von den Erwerbstätigen gemeinsam gefüllt worden sind.

Je nach dem Vorhandensein von unmündigen Kindern und unter Voraussetzung einer gewissen Größe der Versicherungsleistung bedeutet die moderne Form der Witwenversorgung, daß die versicherte beziehungsweise pensionsberechtigte Mutter ihre Kinder genau so erziehen kann, als wäre sie noch »ernährte« Ehefrau, oder aber eine Arbeitslosenunterstützung besonderer Art.

Arbeitslosenunterstützung? Ja! Hat doch die Witwe mit dem Ehemann auch ihre »Stelle« verloren, den Platz im Haus, an den die Frau gehören soll. Also muß für den Fall, daß kein anderer Mann mehr sie »einstellt«, das heißt sie heiratet, etwas geschehen. Arbeiten gilt nach verbreiteter bürgerlicher und in der Schweiz auch proletarischer Auffassung als unstandesgemäß und kommt daher oft nicht in Frage. In der Tat steht den Frauen in erster Linie nur »Abfallarbeit« offen. Und selbst wenn dem nicht so wäre, machten die Frauen nach Jahren ausschließlicher »Erfüllung der ureigenen Aufgabe der Frau« auf dem Arbeitsmarkt oft keine gute Figur mehr. Wer nun nicht arbeitet, aber ißt, muß unterstützt werden, wenn er nicht von eigenen Mitteln zehren kann. Was anders also als Arbeitslosenunterstützung ist eine Witwenrente, wenn die Witwe weder unmündige Kinder umsorgt noch invalid oder richtig alt ist?

Die Witwenversorgung in ihren verschiedenen Formen ist nun aber nicht die hochherzige Gabe der Männer, als welche sie gerne dargestellt wird. Vielmehr erweist sie sich als zwangsläufige Lösung, um die verwitwete Frau vor einer krassen Senkung des Lebensstandards zu bewahren, die als Folge der fehlenden Gleichberechtigung auf dem Arbeitsmarkt droht.

Die männerherrschaftliche Regelung des Verhältnisses zwischen Mutter und Kind

Die knorrigen Eichen sind Kidnapper

Da der Verweis auf das Kind als die »ureigene Sphäre der Frouh« Anfang und Ende aller Argumentiererei gegen die Gleichberechtigung der Geschlechter ist und die Mütter an der Entstehung des Menschen tatsächlich unvergleichlich stärker teilhaben als die Väter, so erwartet man jedenfalls hinsichtlich des Kindes entsprechende weibliche Rechte. Überall zurückgestellt, dürfte die Frau zum mindesten hier mehr zu sagen haben als der Mann.

Um es gleich vorwegzunehmen: Das von der Männerherrschaft festgelegte rechtliche Verhältnis zwischen Mutter und Kind paßt zu dieser engen Beziehung wie eine Faust aufs Auge. Auch hier ist von einem »Reich der Frau« keine Spur. Sie hat schon froh zu sein, wenn sie nicht vollständig übergangen wird.

In die Sprache der das Volksleben darstellenden Wandgemälde übersetzt, heißt das: das Bild des Säuglings auf den Armen der Frau links unten trügt. Denn eigentlich ist es ihr von den Burschen und den Graubärten, welche die Mutter umstehen, stibitzt worden. Sie machen mit und aus ihm, was *sie* wollen. Nur eines wollen sie dabei nicht: persönlich mit seiner Pflege und Obhut zu tun haben. Was aber die Macht und Würden betrifft, die das Verhältnis des Menschen zu seinen Nachkommen nahelegt, haben sie reichlich zugegriffen. Die entsprechende Zurücksetzung der Mutter wird im folgenden Punkt für Punkt ins Auge gefaßt werden.

Der Fingerzeig der Natur weist auf Mutterrecht

Bei einer unvoreingenommenen Betrachtung des Verhältnisses »Mutter und Kind« drängt sich einem sozusagen in naturrechtlichem Sinne die Vorstellung auf, das Kind gehöre der Mutter wie das Werk dem Schöpfer. Das bedeutete, daß der Mutter eigentlich das Recht über Leben und Tod des Kindes zustünde und mit dem Recht an dessen Leben auch die Befugnis, sein Leben zu gestalten, es zu erziehen und seine Arbeitskraft zu nutzen. Als der Schöpferin kämen ausschließlich der Mutter die »Identifikationskompetenzen« gegenüber dem Kind zu. Sie nämlich hätte dem Kind Namen, Bürgerrecht, Religion und Vermögen »weiterzugeben«, sie allein dürfte in den Kindern »weiterleben«. Eine Erbfolge von Generation zu Generation wäre nur in weiblicher Linie möglich, sofern man davon ausgeht, daß Gut dem Blut folgen soll, eine Grundlage, die von zahlreichen Kulturen anerkannt wird.

Selbstverständlich soll mit dem Verweis auf ein natürliches »Recht« der Mutter über Leben und Tod der Kinder keineswegs der Freiheit der Mutter, ihre Kinder zu töten, das Wort geredet werden. Aber es geht nicht an, beim Abwägen der physiologischen Machtfaktoren der Geschlechter – es wird im letzten Kapitel kurz darauf eingegangen werden – vor den natürlichen Gegebenheiten und den Folgerungen, die sich aus ihnen ziehen lassen, einfach die Augen zu schließen. Es geht dies um so weniger an, als es bei den Diskussionen über die Rechte der Frau selten an vereinzelten Anzüglichkeiten auf den Vorgang der Geburt fehlt, um die vermeintlich in der Luft schwirrenden Frauenrechtlerinnen auf realistischen Boden zu stellen. Nun, die Frauen brauchen im Zusammenhang mit dem Kampf der Geschlechter eine realistische Diskussionsgrundlage beileibe nicht zu scheuen – man stelle sich nur auf den Boden der »Natur«. Diese läßt das Kind als Frucht der Mutter in Erscheinung treten, als ihr Werk. Das Werk gehört grundsätzlich jenem, der es hervorgebracht hat. Unter diesem Gesichtswinkel läßt sich die Verfügung der Mutter über das Kind und damit auch dessen Tötung durch die Mutter nicht mit irgendeiner Tötung vergleichen. Es geht fundamental um etwas anderes.

Die männerherrschaftliche Regelung setzt sich über diese wirkliche Einzigartigkeit des Mutter-Kind-Verhältnisses, nämlich als eines zwischen Schöpfer und Geschöpf, hinweg und stellt die beiden, was die Verfügung der Mutter über das Leben des Kindes betrifft, irgendwelchen Leuten gleich. Damit entzieht es den Frauen ihre urtümlichste Machtsphäre.

Dieser Entzug geschieht nicht einmal im Rahmen eines absolut anerkannten Gebotes. Denn solange sich Armeen mit kirchlichem Segen gegenseitig umbringen und die Justiz sich der Todesstrafe bedient, Tötung in Notwehr erlaubt ist und so weiter, läßt die Forderung »Du sollst nicht töten« reichlich Ausnahmen zu. Das Mutter-Kind-Verhältnis wäre an sich einzigartig genug, um ebenfalls Voraussetzung von Ausnahmen zu sein. Doch gibt es nur einen schwachen Schatten davon. Es handelt sich um die besondere strafrechtliche Regelung des »Kindsmordes« im Sinne einer abgeschwächten Strafwürdigkeit der Tat, sofern er unter dem Einfluß des Geburtsvorganges geschieht. Sie ist eine unbewußte Konzession an die Beziehung der Mutter zum Kind als eine des Schöpfers zum Geschöpf.

Rechte zur Kindstötung und Kindsaussetzung sind unsinnig und unmenschlich. Dessen ungeachtet waren sie verbreitet, und zwar nicht als mütterliche, sondern väterliche Rechte. Besonders bekannt ist jenes des »pater familias«, über Leben und Tod seiner menschlichen Schäfchen zu verfügen. Auch das alleinige Recht des männlichen Familienoberhauptes, Kinder zu verkaufen – es bestand zum Beispiel in China bis vor kurzem –, ist ein Abglanz solch paradoxer väterlicher Verfügungsrechte.

Derartige rechtliche oder brauchtümliche Regelungen, die eine fundamentale Verdrängung der Mutter aus dem Schöpfer-Werk-Verhältnis zum Kinde durch den Vater voraussetzen, zeigen, wie tief die Entrechtung der Frau geht. In diese Tiefe reichen auch die Wurzeln der noch heute geltenden, wenn auch modifizierten Vorrechte des Vaters in bezug auf die Kinder, wie sie im Familienrecht zutage treten.

Von Natur aus steht alles der vaterrechtlichen Familie entgegen. Unter gewissen Voraussetzungen nimmt der Aufbau der Familie ganz von selbst matrilineale Formen an, nie aber patrilineale. Und wenn es dann noch gelingt, die erwachsenen Kinder in Ehrfurcht vor dem Alter, das heißt in diesem Zusammenhang vor der Mutter, zu halten – das entsprechende ist dem Patriarchat gelungen –, so liegt das Matriarchat nahe.

Eine wesentliche Voraussetzung besteht darin, daß kein Strich durch die Rechnung der Natur gemacht wird. Einen solchen Strich aber ziehen die Verhältnisse, sobald sie das Aufbringen der Nachkommenschaft so schwierig gestalten, daß die Mütter allein es nicht übernehmen können und von den Männern Mithilfe verlangen. Diese Mithilfe ist um so entscheidender, je größer die wirtschaftliche und militärische Bedeutung der Muskelkraft ist – ich werde im letzten Kapitel umfassender auf sie eintreten – und je mehr das männliche Geschlecht dem weiblichen darin voraushat. Sie denaturiert das Machtverhältnis Mutter – Kind.

Entsprechend ist mutterrechtliche Familienordnung am ehesten in Verhältnissen gegeben, wo der Aufwand für die Existenz des Menschen wenig Arbeit erfordert und das Volk von außen nicht bedroht ist. Trifft aber das eine oder andere oder gleich beides nicht zu, so entwickeln sich die Verhältnisse vom Mutterrecht weg. Die Entfernung von ihm wird um so weiter, je mehr die Frauen bei der Aufzucht und Beschützung der Kinder auf männliche Mithilfe angewiesen sind.

Allerdings kann dieser Strich durch die Rechnung der Natur ungeachtet der wirtschaftlichen und politischen Gegebenheiten verhindert werden. Nämlich dann, wenn die maßgebende Philosophie oder Religion eines Volkes das natürliche Verhältnis zwischen Mutter und Kind für die Ausgestaltung des familienrechtlichen Machtverhältnisses als bindend erklärt und den Männern ökonomischen Tribut im Interesse der Fortpflanzung auferlegt. Dieser kann religiös oder ethisch verankert werden, letzteres, indem ihm zum Beispiel der Charakter eines Zeichens der Dankbarkeit gegenüber der Mutter gegeben wird. Auf solcher Grundlage müßten die jungen Mütter, falls sie männliche Hilfe benötigen, diese nicht mit Konzessionen bezahlen, sondern erhielten sie über ihre Mutter von ihren männlichen Verwandten. Wirtschaftlich gesehen käme der männliche Erziehungsbeitrag anstatt von den Vätern der Kinder von den Onkeln mütterlicherseits.

Diese Möglichkeit ist nicht so phantastisch, wie sie erscheint; es gibt Beispiele. Das nächstliegende ist interessanterweise das Patriarchat. Beiläufig zeigt nämlich gerade es, wie Schwache über Starke Macht ausüben können, wenn sie es verstehen, ihnen im Namen von Religion oder Ethik die Hände zu binden. In ihm war den erwachsenen Söhnen Ehrfurcht und Gehorsam gegenüber den Vätern beigebracht worden und damit den jungen starken Männern die Anerkennung der Autorität der alten und schwachen. Auf solche Weise war durchgesetzt worden, daß sich die starke Hand von der schwachen leiten ließ, weil es angeblich Gott so haben wollte. Bertrand Russel meint, die Bibelworte »Ehre Vater und Mutter, auf daß es dir wohl ergehe« wollten eigentlich besagen »Ehre Vater und Mutter, auf daß es uns (den Eltern) wohl ergehe«, was nicht so selbstverständlich ist, wenn die Eltern schwach und die Jungen stark sind. Haben nun junge Athleten während ganzer Zeitalter ihren Willen vor jenem gebrechlicher Greise gebeugt, so ist nicht einzusehen, weshalb kräftige Männer dies nicht auch gegenüber ihren schwachen Erzeugerinnen bzw. später gegenüber ihren Schwestern als deren Erbinnen tun könnten. Ja, die religiösen Daumenschrauben ließen sich in Anbetracht der unmittelbaren Abstammung vielleicht sogar leichter anlegen.

Das scheinbar freiwillige Zurücktreten der Jungen vor den Alten auf Grund einer seelisch zwingenden Philosophie oder Religion ist nicht nur Voraussetzung des Patriarchats, sondern macht natürlich auch eine frauenrechtliche Ordnung emanzipationssicherer, das heißt verfestigte sie zum Matriarchat. Eine weitere fundamentale Voraussetzung haben Matriarchat und Patriarchat ebenfalls gemeinsam: Die wirtschaftliche Struktur muß derart sein, daß sich außerhalb des Familienverbandes keine große Auswahl an lockenden Existenzmöglichkeiten bietet, denn nur so können diese Systeme sich halten. Matriarchat und Patriarchat setzen praktisch die Familie als einzige wesentliche Produktionsgemeinschaft voraus. In diesem Fall stehen die erwachsenen Kinder wie der verlorene Sohn vor der Alternative: Sohn des Hauses beim Vater beziehungsweise Haustochter der Mutter oder aber Schweinehirt oder Kuhmagd in der Fremde. Solche Gebundenheit gibt dem religiösen, ehrfürchtigen Gehorsam der erwachsenen Tochter vor der Mutter beziehungsweise des Sohnes vor dem Vater eine reale Stütze. Sobald jedoch eine standesgemäße Existenz außerhalb des Familienverbandes möglich ist, können sich die erwachsenen Kinder ohne viel Aufhebens und Opfer der Machtsphäre der Mutter beziehungsweise des Vaters entziehen. Geschieht dies auf breiter Basis, so werden Matriarchat und Patriarchat gegenstandslos. Sie gehen in Frauen- beziehungsweise Männerherrschaft über.

Entsprechend dem Ausfall oder der Reduktion einzelner dieser Voraussetzungen kann es natürlich auch mancherlei Zwischenformen geben. Matriarchat und Patriarchat sind ja nur Extreme. Eine ist zum Beispiel diejenige der gegenwärtigen Entwicklung in Richtung einer Gleichberechtigung der Geschlechter. Sie erweist sich als Modifikation einer aus dem Patriarchat hervorgegangenen Männerherrschaft, weil die wirtschaftliche und damit auch soziale Bedeutung der Muskelkraft in der Neuzeit zum Teil überholt worden ist. Eine andere Zwischenform ist die bei allerlei fernen Stämmen vorgefundene matrilineale Familienordnung in der männerherrschaftlichen Rechtsgemeinschaft, die eher auf den Übergang vom Mutterrecht zur Männerherrschaft schließen läßt, wie ihn vielleicht auf langen Frieden folgende Kriegszeiten ursprünglich ausgelöst haben mögen.

Soweit die praktischen und philosophischen Voraussetzungen einer mutterrechtlichen Familienordnung. Wie sähe sie selbst aus?

Bei ihr geht alles rund auf. Im Gegensatz zur vaterrechtlichen Ordnung weist sie keine fundamentalen Widersprüche und Unzulänglichkeiten im einzelnen auf. Das ist kein Wunder, denn es gibt im Grunde ja nur ein einziges verwandtschaftliches Band: die Nabelschnur. Es verbindet Generationen, und es verbindet Frauen allein. Nur die Mütter haben in den Kindern wirklich ihr »eigen Fleisch und Blut« vor sich, haben das Abstammungsverhältnis durch den grundsätzlich für jedermann wahrnehmbaren Vorgang der Geburt ein für allemal bewiesen. Nur sie haben Grund genug, um mit den Kindern nach außen hin eine Einheit zu bilden.

Eine matrilineare Ordnung der Familie, die nur Mutter, Kinder und die Nachkommen der Töchter umfaßte, hätte für sich, daß sie der Natur der menschlichen Fortpflanzung voll Rechnung trüge und die verwandtschaftlichen Beziehungen klar erwiesen wären. Bei vaterrechtlichem Familienaufbau dagegen mögen die Götter wissen, wer wirklich Vater der Kinder ist, beziehungsweise die väterlichen Verwandten. Man kann höchstens Annahmen rechtlicher Natur für Tatsachen nehmen, wie es die römisch-rechtliche Regelung vorsieht: »Qua [mater nämlich] semper certa est, ... pater vero is est quem nuptiae denunciant.«[51] Gewiß ist keine Vaterschaft.

Geht man davon aus, daß die Rechte, die an einem Kind möglich sind, jenen Personen zustehen, die mit ihm durch eine weibliche Generationenkette verbunden sind, so versteht es sich von selbst, daß sie der Mutter (beziehungsweise der Großmutter, in matriarchalischen Verhältnissen) zukommen. Entsprechend verfügen die Mütter über die Identifikationskompetenzen. Sie wären für Namen und Volkszugehörigkeit des Kindes, für dessen religiöse und allgemeine Erziehung maßgebend. Wo die Erbfolge sich nach den Abstammungsverhältnissen richtet, würde ins Gewicht fallen, daß sich nur die Nachkommen der Frauen unfehlbar nachweisen lassen und folglich nur sie gegenüber Nachkommen Erblasser sein könnten. Wenn für die Erbfolge an Grund und Boden die Abstammungsverhältnisse entscheidend wären, dominierten die Frauen als Grundeigentümerinnen. Sie verfügten über die Arbeitskraft ihrer weiblichen und männlichen Nachkommen, um ihn zu bewirtschaften. Wahrscheinlich entständen unter den Schwestern Rangordnungen, die Brüder wären von den Schwestern abhängig, und so weiter.

Mit allen Rechten an den Kindern hätten die Frauen natürlich auch alle Pflichten. Aber bei einer konsequent durchgeführten matriarchalischen Ordnung der Familie wären diese umfassenden Pflichten selbst dort, wo ein großer Aufwand zu ihrer Erfüllung nötig wäre, keineswegs drückend. Denn dank der Unterordnung der Männer unter eine mütterliche Verwandtschaft käme die ökonomische Leistungsfähigkeit der Männer den Nachkommen ihrer weiblichen Verwandten zugute. Auf diese Weise trügen die Männer ebenfalls an die Aufzucht der folgenden Generation bei, wenn auch nicht als Väter, so doch als Söhne, Brüder und Onkel der aufzuchtspflichtigen Frauen. Andere Lösungen, bei denen die Frauen zum Beispiel sich auf bestimmte Männer festlegen müßten, die dem Familienverband der Frau näherrückten und gegenüber den Kindern der Frau Rechte besäßen, stellten bereits Abweichungen von rein mutterrechtlichen Verhältnissen dar.

Die konsequent matriarchalische Ordnung hat nicht nur feministische Vorteile für sich, sondern auch zwei große allgemeiner Art.

Wenn irgendwo das Verhältnis zwischen Vorgesetzten und Untergeordneten eine Parallele in entsprechenden affektiven Beziehungen hat, dann hier. Die Herrscherin, Arbeitgeberin, wäre nicht nur wie eine Mutter, sie wäre die Mutter persönlich. Die Vorgesetzte wäre die Person, der man sich ohnehin am meisten verpflichtet fühlt und es auch ist. Denn alles in allem fühlen sich die Männer ihren Müttern gegenüber mehr verpflichtet als den Vätern. Ist doch die Mutter im Gegensatz zum Vater auch im Scherze unantastbar. Wohlweislich, waren die Männer doch einmal ein Stück von ihr, wogegen als individuelles Leben nie eines des Vaters.

Der weitere große Vorteil der rein matrilineal aufgebauten Familie ist die Tragbarkeit der sexuellen Freiheit, der »freien Liebe«. Während sie mit der patriarchalischen Ehe selbst in deren modifizierten heutigen Form unvereinbar ist, wie im vorigen Kapitel dargelegt, desorganisiert sie einen matrilinealen Familienverband nicht. Denn den Lebensgemeinschaften, die ja allein zwischen Verwandten mütterlicherseits bestehen, vermag Abwechslung in den sexuellen Beziehungen nichts anzuhaben. Die einzige »sexuelle Frage« bliebe die Frage der Übervölkerung, beziehungsweise der Empfängnisverhütung, alle anderen hätten sich buchstäblich in Minne aufgelöst. Die Übervölkerungsfrage aber ist bei jeder Ordnung unvermeidlich, welche die Häufigkeit des Geschlechtsverkehrs grundsätzlich in das Ermessen des einzelnen Bürgers stellt.

Diese Ausführungen können keine Propaganda für matriarchalische Verhältnisse sein. Steht doch der Aufbau der Wirtschaft, der unserer Zivilisation entspricht, den Voraussetzungen sowohl matriarchalischer als patriarchalischer Ordnungen entgegen. Aber sie sollen zeigen, wie in jeder Hinsicht natürlich die ausschließlichen Rechte der Mutter an ihren Kindern wären und wie unnatürlich die väterlichen Rechte sind. Die Vergegenwärtigung mutterrechtlicher Verhältnisse soll darauf hinweisen, daß als hauptsächliche Schöpferinnen der Menschheit von Natur aus eigentlich die Frauen berufen sind, »Herrinnen der Schöpfung« zu sein.

Dieser gerne übersehene Fingerzeig der Natur soll als Gegenstück zur patriarchalischen Lösung vergegenwärtigen, wie sehr die Frauen gerade in ihrer spezifischen Bedeutung, in jener als Mutter, von der Männerherrschaft geplündert worden sind. Ferner, welch große Brocken patriarchalischer Zurücksetzung in den Rechten an ihren Kindern man ihnen bis auf den heutigen Tag zu schlucken zumutet.

Als rechtliche Schattenexistenz hat die Mutter keine Rechte an den Kindern

Wo die menschliche Existenz einen großen Arbeitsaufwand erfordert und die politischen Verhältnisse unstabil sind, fehlt der Boden für eine mutterrechtliche Ordnung, wenn zugleich die Muskelkraft von großer Bedeutung und seitens der Männer durchschnittlich größer ist.

Eine gänzliche Rechtlosigkeit der Frauen, ihre Gleichsetzung mit Sklaven nämlich, wie sie von zahlreichen Männerköpfen als Wunschtraum in die graue Vorzeit projiziert wird, scheint aber kaum je eine Lösung von Dauer gewesen zu sein. Der berühmte, aber ungemein überschätzte »Einfluß der Frau« steht ihr entgegen. Er verhütet das Ärgste, die Versklavung, und muß den Frauen seit eh und je eine mehr oder weniger dürftige Rechtsstellung geschaffen haben.

Diese Möglichkeit der Frau, durch andere Personen ihrem Willen ein wenig Geltung zu verschaffen, geht in zwei verschiedene Richtungen: Die Frauen sind durch die raschere Bereitschaft der Männer, im Sinne ihrer sexuellen Impulse zu handeln, in der Lage zu markten; ferner haben sie von Kindesbeinen auf in Gestalt von Vätern und Brüdern meist männliche »Nächste« und damit auch »Nächste« unter den Herrschaften gehabt, die sich für sie verwenden mochten.

Natürlich fehlt es auch den Frauen an sexueller Begierde nicht. Aber im Gegensatz zu den Männern, die einfach wollen, wollen sie und wollen zugleich nicht. Der Grund ist einfach genug: für die Frauen kann der Geschlechtsakt folgenschwer sein, für die Männer ist er es an sich nie. Also zögern die Frauen; an den Männern ist es, sie zu gewinnen, ihre Bedenken zu zerstreuen, mit Pfändern und Garantien herauszurücken. – Statt dessen könnten sie allerdings auch auf Vergewaltigung verfallen, um ihren Zweck zu erreichen. Doch dieses Mittel ist weder so befriedigend für die Männer, noch so urtümlich, noch so einfach zu handhaben, wie es vielleicht scheint. Vergewaltigung ist zu onanistisch, um befriedigend oder urtümlich zu sein. Auch ist sie relativ schwierig zu bewerkstelligen. Es braucht meist zwei gegen eine. Kurz, Vergewaltigung als Regel wäre – immer vom männlichen Gesichtspunkt aus – ein kompliziertes, mühseliges Unterfangen und ein langweiliges obendrein. Hinzu kommt, daß bei einem solchen Vorgehen als Regel die Männer infolge ihrer Solidarität mit den weiblichen Verwandten in einem Schüttelbecher des Teufels hintereinander geraten würden.

Die Bedeutung einer gewissen Solidarität der männlichen »Nächsten« geht weit darüber hinaus, ihren weiblichen Verwandten »fernere«, aber allzu nahe tretende Männer vom Leibe zu halten. Oft werden die Männer hinsichtlich ihrer Töchter, Schwestern und Mütter gegenüber ihren Mitregenten gleichsam zu Saboteuren. Im Prinzip gilt Unterjochung und Ausnützung der Frauen. Geht es aber um die weiblichen Angehörigen, so beansprucht man Ausnahmen oder allermindestens ein gutes Plätzchen. Für sich selbst, seinen Vater, seine Brüder und Söhne möchte jedermann möglichst viel aus den Frauen herausschlagen, für seine Mutter, Schwestern und Töchter dagegen aus den anderen Männern.

Aus solchem doppelseitigen Markten hat sich nebst dem strafrechtlichen Sonderschutz der Frau – gewissermaßen als ihr fester »Preis« – die Gesamtheit der Verpflichtungen des Ehemannes ergeben, welche die im vorigen Kapitel dargelegte Antwort auf die Frage: »Wer bezahlt für die Folgen des Sexualaktes?« anführt. Die Würdigung der Mutterschaft, die dabei herausschaut, ist die Möglichkeit einer Witwenversorgung und der bekannte Unterhaltsanspruch von »Weib und Kind« gegenüber dem Gatten und Vater.

Er schließt allerdings nicht aus, daß die Frau im Betrieb des Mannes für ihn zu arbeiten und je nach den Verhältnissen urplötzlich ihrerseits »Mann und Kind« zu erhalten hat. Auch darf nicht vergessen werden, daß den Verbindlichkeiten des Ehemannes weitgehende Rechte am Frauenvermögen gegenüberstehen.

Im übrigen war der Gewinn der Frauen bei diesem Kräftespiel kärglich. Wenn auch nicht gänzlich rechtlos, so blieben sie doch häufig genug rechtliche Schattenwesen. Eine Tatsache, die als Hauptvoraussetzung des Übergehens der Frauen bei der Neuverteilung der politischen Rechte im Anschluß an die Französische Revolution im Kapitel über die politische Rechtlosigkeit des weiblichen Geschlechtes eingehender dargestellt werden wird.

Zwar sieht es so aus, als ob die Frau mit der Etablierung ihrer grundsätzlichen Handlungsfähigkeit endlich volle Rechtspersönlichkeit angenommen hätte. Doch der Schein trügt. Denn die Konsequenzen aus dieser relativ sehr neuen Handlungsfähigkeit der Frau wurden nur in bescheidenem Maße gezogen. Die bedeutendsten sind: Abschaffung der Geschlechtsvormundschaft, grundsätzliche Gleichberechtigung der Frauen im Erbrecht, alleinige gesetzliche Vertretungsbefugnis in bezug auf die eigenen Halbwaisen. Wo aber die »Gleichberechtigung der Frau«, das heißt ihre prinzipiell »volle« Handlungsfähigkeit mit den wirklichen oder vermeintlichen Interessen des Ehemannes kollidiert oder kollidieren könnte, wird sie von der scheinbar antiquierten Geschlechtsvormundschaft überschattet.

Ja, diese hat sogar frisch ausgeschlagen, wenn man so sagen darf.

Neben den Fortschritten im »Jemand-Werden« hat die Frau auch Rückschritte zu verzeichnen. In gewisser Hinsicht ist sie weniger geworden. Früher behielt sie nämlich trotz Verheiratung ihren angestammten Familiennamen, eine Regelung, die einem noch auf alten Porträts und Grabsteinen entgegentritt. Heute dagegen haben die Männerkollektive, die sich ihren Fortschrittsglauben unter dem Druck der Verhältnisse ächzend einige Verbesserungen der Stellung der Frau hatten kosten lassen, ihnen den Familiennamen des Mannes aufgezwungen und zugleich den angestammten hinterzogen. Ähnlich verhält es sich grundsätzlich mit dem Bürgerrecht der Frau. Was man den Frauen auf der einen Seite an Selbständigkeit gab, hat man ihnen auf der anderen abgerupft.

Die Frau ist, obgleich in etwas anderem Sinn als vor Zeiten, auch heute ein »Schatten« des Ehemannes. Die poetische Verklärung, die sie als solcher im 16. Jahrhundert von Fischart erhalten hat, geht noch immer nicht weit daneben:

»Und gleichsam wie der Schatten wer,
Der nach dem Leib weicht hin und her,
Nun hinter sich, nun für sich gehet
Und on den Leib kainswegs bestehet;
Dann wo der Leib sich nicht meh reget
Da ist der Schatten nidergeleget,
Ja wann der Leib schon ist erleget,
Der Schatten sich noch bei jn leget.
Also ein Weib, dem Mann verhaft,
Soll ganz sein seiner aigenschaft.«

»Soll ganz sein seiner aigenschaft!« Wenn die Frau eine »Eigenschaft« des Mannes ist, dann auch die besondere »Eigenschaft« der Frau: das Kind. Das Kind, das »natürliche Zubehör« der Mutter, wird »Zubehör« des Vaters, weil die Mutter selbst gewissermaßen Zubehör des Ehemannes ist und nicht ihr eigener Herr und Meister.

Mit anderen Worten, die Mutter hat keine »Identifikationskompetenzen« gegenüber den Kindern, weil sie selbst in gewissem Sinne *niemand*, ein personenrechtlicher Schatten ist und sich infolgedessen sozial nicht fortpflanzen kann. Dies bedeutet, daß die Kinder, die sie geboren hat, im Lichte späterer Zeiten nicht zu ihr, sondern zu ihrem Mann beziehungsweise seiner Familie gehören und er bei ihrer Erziehung den Ausschlag gibt.

Damit ist der biologischen Tatsache der Mutterschaft die soziale Bedeutung im wesentlichen genommen. Mit dem patrilinealen Familienaufbau nimmt die Männerherrschaft der Mutterschaft und damit den Müttern die entsprechende soziale Würde und – verleiht sie den Vätern. Die Mutter steht zum Vater hinsichtlich des Kindes in einem ähnlichen Verhältnis wie ein Wissenschaftler, der eine große Erfindung gemacht hat, die nun aber nach außen als diejenige des Vorgesetzten gilt. Er mag das befriedigende Bewußtsein einer Leistung haben, die ihr entsprechende soziale Anerkennung aber reißen andere an sich.

Heimatlos, namenlos

Es ist Mode, Frau und Familie in einem Atemzug zu nennen. Indessen gehörten und gehören die Frauen genau genommen, nämlich im Sinne einer lebenslänglich identifizierenden Verbundenheit mit einer engeren und weiteren Gemeinschaft, überhaupt nicht zur Familie, das heißt weder zur angestammten noch zur angeheirateten, und damit gewissermaßen auch nicht zum Volk. Insofern sind sie heimat- und namenlos.

Die angestammte Familie wirft die Frauen hinaus, wenn sie heiraten, und die neue nimmt sie nicht voll auf. Sie fallen zwischen Stuhl und Bank. Der alte Emmentaler Hochzeitstanz verbrämt die eine Seite dieser Lage poetisch:

> Die Braut:
> »Bin alben e wärti Tächter gsi,
> Mues us em Hus, cha nümme dri,
> Eh! Nümme dri mi Läbe lang.
> Dr Aetti, ds Müetti, Brueder u Schwester u wän i ha,
> Die muess ig alli jetz verlah
> Muess luege, wie mer's dusse gang.
> O du mi trüli werte Schatz,
> Jetz chumm-i, hesch mer Platz?«

Weniger gefühlvoll und genauer beschreibt sie ein altrussisches Sprichwort: »Mädchen werden für Fremde gefüttert.«

Draußen am »Platz beim Schatz« trifft die Frau die – ideell – ein besseres Recht behauptenden Schwestern des Mannes, welche noch wähnen, die angestammte Familie zu repräsentieren. Ferner in der Schwiegermutter eine Vorgängerin, der es einst gleich ergangen ist, die sich aber inzwischen mit der aufgezwungenen Sippe identifiziert und nun das Zeug fest zwischen den Zähnen hat. Jedenfalls ist sie die letzte, die einer so ungefragten und unnatürlichen Nachfolgerin wie der Schwiegertochter die Zügel in die Hand geben würde. Sie tritt ungern einen sozialen und materiellen Posten ab, den vollständig zu besetzen sie ein Leben gekostet hat. Der Vater mag für den Sohn gearbeitet haben, aber die Mutter sicher nicht für die Schwiegertochter. Um die Familie weiterzuschleppen, zwängt die männerherrschaftliche Familienordnung also bei jedem Generationenübergang zwei Gäule in ihr Joch, die sich Seite an Seite notgedrungenerweise nicht vertragen.

Mit der Auflösung der Familie als Produktionsgemeinschaft ist zwar das Verlassen eines tatsächlichen »Vaterhauses«, der eigenen Familie als Lebenssphäre, um den Alltag als Zubehör einer fremden Familie mit dieser zu teilen, selten geworden. Aber das trifft nur hinsichtlich des äußeren Ablaufes zu. Wesensmäßig besteht der Doppelwechsel nach wie vor, ja er hat sich in der Schweiz sogar innerhalb der letzten 150 Jahre bis zur Überspitzung verschärft.

Es darf nämlich nicht vergessen werden: »Haus« heißt auch Heimat und damit Bürgerrecht, auch Familie und damit Familienname. Zwar statuierte die schweizerische Gesetzgebung nirgends einen Verlust des angestammten Familiennamens und Bürgerrechts durch Verheiratung der Frau, sondern lediglich den Erwerb der entsprechenden ehemännlichen Namens- und Bürgerrechte. Je bedeutungsvoller das Bürgerrecht, vorab das nationale, mit der Ausprägung der Nationalstaaten nun aber wurde, um so radikaler begannen paradoxerweise Verwaltung und Rechtsprechung im 19. und 20. Jahrhundert dafür zu sorgen, daß die Schweizerin es tatsächlich verlor. Diese Praxis entbehrte jeder Logik in einem Staate, der dem Grundsatz der Unverlierbarkeit des Bürgerrechtes huldigte und sich diese seltsamen Doppelbürgerrechte seiner männlichen Bürger unabsehbare Komplikationen kosten ließ wie »Rückwanderer«, die ihre »Heimat« zeitlebens nie gesehen hatten. Aber konnte man die Frauen seit je von einem Hofe zum andern, von einer Familiengemeinschaft in die andere schieben, so lag es nahe, sie auch entsprechend von einem Bürgerort zum anderen und konsequenterweise von einem Staat zum anderen zu bugsieren. So weiß bei uns denn keine Frau, mit welchem Namen, welchem Gemeinde- und Kantonsbürgerrecht und bis vor kurzem nicht einmal, mit welcher Nationalität sie ihr Leben beschließen wird. Ähnlich verhielt es sich in anderen Staaten und tut dies in einigen noch heute.

Offenbar gerade wegen der wackligen rechtlichen Fundierung ihrer Bürgerrechte haftet dem Patriotismus der Frauen oft eine Beflissenheit, ein Ernst an, dem man das Geehrtsein, dabeisein zu dürfen, anmerkt. Es scheint zu den Wonnen der Servilität zu gehören, als nicht voll Mitzählender seine Loyalität bei jeder Gelegenheit zu manifestieren. Die eifrigen Kundgebungen patriotischer Art zahlreicher Frauen, ihr Pathos beim Singen patriotischer Lieder, das leidenschaftliche Stricken von Seelenwärmern und das Päcklimachen für die Soldaten haben etwas von den besonders liebevoll ausgedachten Geschenken der Ärmeren und Verachteteren unter den Geladenen. Die patriotische Loyalität der Frauen gleicht ein wenig der Treue des Hundes, der seinem Herrn zur Seite steht, obwohl dieser ihn von der guten Stube ausschließt und gelegentlich fortjagt. Wie der Mensch die Treue des Hundes, so weiß auch das Männerkollektiv die patriotische Loyalität der Frauen zu schätzen. Wie jene wird aber auch diese als eine Art Würdelosigkeit empfunden, wie hoch auch immer man beides loben mag.

In der Schweiz wie andernorts hat es viel demütiges Bitten gebraucht, bis den Frauen erlaubt wurde, ihre Nationalität bei der Verheiratung mit einem Ausländer zu behalten. Dieses Bitten war in der Schweiz noch ganz besonders demütigend, weil es eigentlich gar nichts zu bitten gab. Denn es stand, wie gesagt, nirgends geschrieben, daß die Schweizerin ihre Nationalität durch Heirat verlieren sollte. Erst 1941 entzog ein Bundesratsbeschluß der einen Ausländer heiratenden Schweizerin ausdrücklich ihr Bürgerrecht. – Ironischerweise ausgerechnet im Rahmen der am 30.9.1939, bei Kriegsausbruch, dem Bundesrat erteilten außerordentlichen Vollmachten zum Schutze des Landes!

Heute sorgt nun eine Gesetzesbestimmung dafür, daß die Schweizerin auf Grund besonderer Erklärung ihr Schweizer Bürgerrecht behalten kann. Am Grundsatz, daß die Frau mit der Heirat ihr angestammtes oder erworbenes Bürgerrecht verliert, hat die Neuregelung jedoch nichts geändert. Er gilt hinsichtlich des Kantons- und Gemeindebürgerrechtes uneingeschränkt. Beide Bürgerrechte sind für die Frauen nur provisorisch. Eine Heirat oder Wiederverheiratung wirft sie über den Haufen.

Nebenbei bemerkt: Während die Heimatgemeinde der ledigen Frau auf Verlangen selbstverständlich einen Heimatschein aushändigt, ist dies gegenüber der verheirateten merkwürdigerweise nicht der Fall. Die Überlegung, was braucht sie einen Heimatausweis, wo doch der Ehemann das Recht hat, den ehelichen Wohnsitz zu bestimmen, bewegt manche Gemeindebehörde, den Frauen Schwierigkeiten zu bereiten. Die meisten Ehefrauen besitzen keinen eigenen Heimatschein, sondern haben sich damit zu bescheiden, auf jenem des Ehemanns als Bagage eigener Art zu figurieren.

Im Prinzip fehlt den Frauen die rechtliche Grundlage, um sich in ihrer Heimat tief zu verwurzeln. Sie werden gehindert, ihre Individualitäten vom Pathos der Identifizierung mit einem Kollektiv, mit dessen Geschichte, mit den ihm verhafteten Landschaften und Gebäuden gehoben zu fühlen, sich in Sicherheit zu wiegen, wie es den Männern gestattet ist. Denn als Verheiratete sind sie bürgerrechtlich nicht diese oder jene, sondern gehören diesem oder jenem und damit da- oder dorthin.

Durch den mit der Heirat verbundenen Wechsel des Bürgerrechtes und Geschlechtsnamens haben die Frauen hinsichtlich ihrer sozialen Einordnung etwas von den Schafen auf der Allmend, denen ein Zugehörigkeitszeichen eingebrannt wird. Wie diese gehören sie diesem oder jenem Herrn und tragen seine Zeichen. Von ihm hängt ab, in welchen Gründen sie weiden. Je nach Handänderung, das heißt Wiederverheiratung, kommen sie auf eine andere Weide und gehören dort zu einer anderen Herde. Da den Frauen unverrückbare Namens- und Heimatrechte grundsätzlich abgehen, fehlt der Boden für die Ausdehnung des mütterlichen Bürgerrechts und Familiennamens auf die Kinder als Norm.

Ohne angestammten Familiennamen keine soziale Fortpflanzung

Mit dem Verlust des angestammten Familiennamens und Bürgerrechtes zugunsten von Namen und Heimat des Ehemannes und der logischerweise damit verbundenen Unmöglichkeit, das eine wie das andere den Kindern weiterzugeben, werden die Frauen soziologisch zugunsten der Männer um ihre Nachkommen geprellt. Auf diese Weise haben angesichts Vergangenheit und Zukunft allein die Männer Nachkommen. Bachofen[52] formuliert dies so: »Im System des Vaterrechtes heißt es von der Mutter: ›mulier familiae suae et caput et finis est‹, das Weib ist seiner Familie Anfang und Ende, das ist: so viel Kinder das Weib auch geboren haben mag, es gründet keine Familie, es wird nicht fortgesetzt, sein Dasein ist ein rein persönliches.«

Nur die Männer haben einen definitiven Familiennamen, der sie mit Vergangenheit und Zukunft verbindet. Nur die Männer gehören zu einer Familie in ihrer überzeitlichen Bedeutung, zu einem Geschlecht, und haben als seine Glieder ein überpersönliches Schicksal. Mit dem von der Vaterseite verliehenen Geschlechtsnamen gehören die Kinder gewissermaßen dem Vater, dem Manne, werden überindividuell mit ihm, dem Großvater, dem Urgroßvater und so weiter identifiziert. Die Mutter aber und die hinter ihr stehende einzig wirkliche Generationenkette bleiben links liegen. Die eigentlichen Abstammungsverhältnisse sind in Kürze ausgelöscht.

Homers Gleichnis von den Blättern als Antwort des Glaukos auf die Frage nach seiner Abstammung, von Bachofen in mutterrechtlichem Sinne gedeutet, ist, umgekehrt bezogen, noch bezeichnender für die Anonymität der Frauen im vaterrechtlichen Familienrecht.

> »Gleich wie die Blätter im Walde, so sind die Geschlechter der Menschen (eigentlich: der Männer = ανδρων);
> Blätter verweht zur Erde der Wind nun, andere treibt dann
> Wieder der knospende Wald, wenn neu auflebet der Frühling:
> So der Menschen (eigentlich: der Männer = ανδρων) Geschlecht, dies wächst und jenes verschwindet.«

Die Frauen der abendländischen Kultur und manch anderer lassen sich mit den »Blättern verweht zur Erde« vergleichen, die Männer aber mit dem Holz, dem »wieder der knospende Wald«. Die Blätter, die sogenannte Küche im Haushalt der Pflanze, ermöglichen dem Baume zu wachsen, Jahresringe anzulegen. Sie sind kurze Zeit unerläßlich für sein Leben. Ist ihre Zeit um, so fallen sie spurlos weg; sie haben keine direkte Bedeutung für die Zukunft des Baumes. Die Männer dagegen bleiben; als »Stammhalter« bilden sie den Stamm.

Der vaterrechtliche Stammbaum ist mehr ein frommer Wunsch als Wirklichkeit. Denn selbst wenn man, entgegen jedem Sinn für Proportionen, auf Grund der geringeren männlichen Mitwirkung beim Zustandekommen des Menschen eine Geschlechterfolge aufbauen wollte, so hapert diese Konstruktion, wie erwähnt, am bisherigen Mangel einer vollen positiven Beweismöglichkeit jeder Vaterschaft. Der männerherrschaftliche Familienstolz wird illusionär, wenn man bedenkt, daß die Natur der Dinge es den Ehefrauen erlaubt, schon mit einem einzigen Seitensprung den patrilinealen Stammbäumen fremde Reiser aufzupfropfen. Ja er wird lächerlich, wenn man sich vor Augen hält, wie im verborgenen eine wirkliche, objektiv feststellbare Kette die Generationen verbindet. Es soll Völker geben, bei denen die Männer sich ins Wochenbett ihrer Frauen legen und Geburtsnöte simulieren. Das Wesen der männerherrschaftlichen Familienordnung steht der Cuvade an Bizarrheit nicht nach.

Warum die Chimäre des patrilinealen Stammbaumes, wenn es doch nur eine einzige über alle Zweifel erhabene Herkunft gibt: diejenige aus dem Mutterleib? Folgt man dem Lebensfaden, so steht hinter der Mutter die Reihe der Mütter mütterlicherseits.

Nur innerhalb der mütterlichen Ahnenkette geht sichtbar, greifbar, beweisbar ein menschliches Leben aus dem anderen hervor. Im Gegensatz zu den Männern pflanzen sich die Frauen wirklich fort. Sie sind nicht nur aus einem ganzen Menschen hervorgegangen, sondern lassen auch ihrerseits ganze Menschen aus sich hervorgehen. Es gibt eigentlich nur eine weibliche Generationenfolge, und deshalb können nur die Frauen eine Geschlechterfolge begründen. Nicht die Männer, die Frauen bilden den »Stamm«. Nur bei ihnen ist ein übertragbarer Geschlechtsname am Platz und eines Pathos' wert.

Indessen sind diese Wahrheiten für das Männerkollektiv Luft. Es setzt der männerherrschaftlichen Entrechtung der Frauen – der Einschränkung ihrer persönlichen Entfaltung, von der beruflichen bis zur sexuellen, der Abdrosselung oder übermäßigen Inanspruchnahme ihrer Fortpflanzungsmöglichkeiten, dem rechtlichen oder praktischen Ausschluß von den Angelegenheiten der Volksgemeinschaft – den Schlußstein auf, indem die Männer durch die Anmaßung, allein Familiennamen zu übertragen, den Frauen, die ihrer Fortpflanzungsfunktion entsprechende Würdigung verweigern und damit gleich noch sich selber schmeicheln.

Den Weiblichkeitsaposteln kommt nicht einmal der Gedanke an einen matrilinealen Erwerb von Bürgerrecht und Namen, der doch so ganz auf der Linie der »ureigenen Aufgabe der Frau« läge. Diese Gedankenlosigkeit ist nicht etwa formalistische Konsequenz. Denn gerade im Familienrecht fehlt es nicht an Ausnahmen vom Prinzip der Männerherrschaft. Allerdings geht es bei ihnen weniger um Rechte als Pflichten der Frauen. In dieser Hinsicht hat man nichts gegen Ausnahmen. Wie schon dargelegt worden ist, statuiert man zum Beispiel, der erzwungenen Zurücksetzung der Frauen im Erwerbsleben ungeachtet, ihre volle Unterstützungspflicht gegenüber Verwandten. Und was die Beteiligung an den öffentlichen Angelegenheiten betrifft, so hatten sie, auch wenn sie nicht mitbestimmen durften, selbstverständlich zu zahlen. »Noblesse oblige« gilt offenbar für die Männerherrschaften nicht.

Fortpflanzung – eine Illusion, aber eine nahrhafte

Man kann sich natürlich auf den Standpunkt stellen, der Familienname sei etwas Unwichtiges, besonders in einer Demokratie. Denn was bedeutet eine Familie im Sinne eines Geschlechtes schon? Schließlich sind Geschlechtsnamen hier und anderswo erst seit dem 13. Jahrhundert gebräuchlich und haben sich in den meisten Fällen aus Vornamen, persönlichen Eigentümlichkeiten, Berufstätigkeiten und Beziehungen zu Örtlichkeiten von ungefähr entwickelt. Auch ist ja der angestammte Familienname, von wenigen Ausnahmen abgesehen, viel seltener als in früheren Jahrhunderten mit dem Anspruch auf bestimmte Rechte – etwa lehensrechtlicher, staatsrechtlicher oder erbrechtlicher Natur – verbunden. Ob Hinz oder Kunz – scheint auf dasselbe herauszukommen.

Ja und nein! Dem Bäcker ist es gleichgültig, ob seine Kunden Hinz oder Kunz heißen; der Gesellschaft, ob ihr Direktor oder ihr Abwart

Hinz beziehungsweise Kunz heißt. Doch bedeuten Hinz und Kunz dem Bäcker zweierlei, wenn Herr Hinz die monatliche Rechnung prompt bezahlt und Herr Kunz dreimal gemahnt werden muß. Auch für die Firma ist es zweierlei, ob Herr Hinz, der Direktor, oder Herr Kunz, der Abwart, die Verhandlungen für sie führt. Mit anderen Worten: Jeder Namensträger macht sich mit seinem Familiennamen einen Namen in der Gemeinschaft, die für ihn die Welt bedeutet und sie teils auch ist. Je mehr Eigenschaften und Funktionen von sozialer Erheblichkeit, je mehr Besitztümer mit ihm verknüpft sind – vom Malen surrealistischer Bilder bis zum Aushecken einer neuen Salatsauce, von einem bösen Hund bis zu einem prächtigen Schloß –, um so bekannter oder unbekannter ist der Name in diesem oder jenem Sinn. Es gibt Namen von gutem und schlechtem Klang, »unbekannte« und gloriose. Und da das Leben des einzelnen immerhin lang genug ist, um aus eigener Anschauung fünf Generationen einer Familie zu kennen, so summieren sich die Klänge, welche die einzelnen Träger ihren Familiennamen verleihen konnten, in den Ohren der Mitbürger zu einem bestimmten Ton, in ihrer Vorstellung zu einem bestimmten Begriff. Je stabiler eine Gesellschaft ist, von um so weiter zurückliegenden Zeiten dringen die Klänge her. Und je übersichtlicher sie zugleich ist, um so deutlicher hat jede Familie, das heißt jeder in der Gesellschaft vertretene Familienname, seine Implikationen. Der Familienname ist das Stichwort der gesellschaftlichen Lage seines Trägers.

Der Familienname verkörpert sozial Charakter und Schicksal seines Trägers, zugleich aber auch ein »Erbe«. Daher das Bedürfnis, besonnt vom Lichte der Vorfahren durchs Leben zu wandern. Zu diesem Behuf betrachten sich einige wenige als Angehörige eines von den Göttern, der Sonne oder dem Mond abstammenden Herrschergeschlechts und merkwürdig viele als Abkömmlinge eines ruhmreichen Findelkindes oder kleinen Abrahams mit drei Söhnen. Manche lassen sich für ein – mitunter den beanspruchten Vorfahren entsprechendes – Honorar einen Stammbaum machen, dessen Wurzeln unvermeidlich zu einer dem Menschengedenken nicht gänzlich entrückten »Patrizierfamilie«, einem kleineren oder größeren Würdenträger führen oder gar ungeniert gleich bis zu Karl dem Großen getrieben werden. Durch den Ruf der Vorfahren sind die Nachkommen – die Beschränkung der definitiven Übertragung des Familiennamens auf die männliche Linie sorgt dafür, daß als solche hauptsächlich die Vorfahren väterlicherseits betrachtet werden – gewissermaßen keine Fremdlinge in dieser Welt, keine »hergelaufenen Fötzel«. Bis zum Beweis des Gegenteils nimmt man von ihnen ohne weiteres an, daß auch sie erfolgreich sein werden, wenn es die Vorfahren gewesen sind. Unsichtbar stehen den Nachkommen die erfolgreichen Namensträger vergangener Zeiten zur Seite. Der »Erbe« eines guten Namens hat die Würde eines Abgesandten der Verdienstvollen der Vorzeit, der Erbauer der Gegenwart.

Vom Nimbus eines angestammten Namens kann so richtig nur zehren, wer ihn behält und auch vererbt. Den Töchtern der Familie mag er bisweilen nützen, häufig verlieren sie aber seine »Nutznießung« schon mit der Heirat. Und bereits für ihre Enkel, geschweige denn Urenkel, ist er zwar nicht genealogisch, wohl aber sozial kaum je vorhanden gewesen. Der Erwerb des ehemännlichen Familiennamens bietet der Frau keinen Ersatz, weil sein Glanz sich nur auf die blutmäßig mit dem Familiennamen verbundenen Namensträger erstreckt. Als unechte Familienangehörige – »Papierli-Familienglieder« könnte man auch sagen – vermögen die Ehefrauen höchstens einen Abglanz zu erhaschen. Dabei haben sie mit der Heirat ihren Namen oft doppelt eingebüßt. Einmal insoweit er Erbe ist, dann aber auch soweit er durch sie selbst Begriff geworden ist. Sie haben sich nun aufs neue »einen Namen zu machen«, wenn sie sich nicht als sozialer Schatten mit jenem des Ehemannes begnügen wollen.

Ein Versuch zur Lösung dieses Problems und typisch für die »Namenlosigkeit« der Frauen ist der Dualismus in Staaten, welche die Frauen den Namen des Ehemannes nicht von Rechts, sondern nur von Brauchs wegen erwerben lassen, wie etwa in den Vereinigten Staaten. Für ihr persönliches Leben, soweit es beruflichen Ausdruck findet, bleibt nämlich die Frau ein Fräulein mit dem angestammten Namen, für ihr geselliges dagegen ist sie Frau mit Vor- und Familiennamen des Ehemannes. Eine Amerikanerin hält somit als Miss Alma R. White Vorträge, obgleich sie Großmutter von zwei Dutzend Enkeln ist, wenn sie sich als Miss White einen Namen gemacht hat, und gibt als Mrs. Andrew B. Norton Gesellschaften in einem Heim, dessen letzten Ziegel die Honorare der Miss White bezahlt haben.

In den Ländern, die den Ehefrauen ausdrücklich den Familiennamen des Mannes verleihen, haben die Frauen sich mittels besonderer Konventionen gegen ihr Überwalztwerden als soziale Nullität verwahrt. Im deutschen Sprachgebiet halten die Angehörigen »gemäßigt« feministischer Kreise die Regel ein, den angestammten Namen mit einem Bindestrich dem erheirateten anzuhängen. In der Schweiz, wo der Verlust des angestammten Familiennamens wie jener des Bürgerrechts positiv nirgends statuiert ist, sondern lediglich aus dem Erwerb des ehemännlichen Namens- und Bürgerrechtes gefolgert wird, ist diese Lösung im Grunde die einzig korrekte.

Anderseits sind diese Doppelnamen für Eintagsfliegen in den Generationenreihen etwas ausladend. Kommt überdies ein in der Anrede verwendeter Titel des Ehemannes hinzu, was, wie gesagt, so töricht wie logisch ist, so erinnert eine Bezeichnung wie etwa »Frau Oberst Röschtipfanne-Wirtlischmid« an eine Riesenorange, die bei einer ausnehmend dicken Schale nur kleine Schnitzchen besitzt. Wie imposant auch der Mädchenname der Mutter ihren erheirateten erweitern mag, die Kinder werden den gewissermaßen mumifizierten angestammten Familiennamen der Mutter nie führen. Auch die Ehemänner verschmähen ihn meist. Es sei denn, sie griffen nach diesem Rettungsgürtel, um Verwechslungen zu vermeiden oder um über den »guten« Frauennamen sich selber »einen Namen zu machen«.

Soviel vom Bedürfnis, Ahnen zu haben. Und nun von jenem, einer zu sein.

Herr Hinz und Herr Kunz mögen anderen vielleicht banal vorkommen, nicht jedoch sich selbst. Alle beide sind vom Sinn ihrer Existenz – als Herr Hinz und Herr Kunz wohlverstanden – überzeugt und wollen leben, mehr noch, wollen unsterblich sein. Wie nun wird man unsterblich? Der antike Mensch und auch der eine und andere moderne hoffte und hofft, sich unsterblichen Ruhm zu erarbeiten oder doch »eine Spur zu hinterlassen«, der Christ, ewiges Leben zu verdienen, beide jedoch und mit ihnen die meisten Menschen des Erdenrunds, »in ihren Kindern weiterzuleben«.

Die Kinder lassen allerdings an Ähnlichkeit mit den Erzeugern zu wünschen übrig. Ihre individuelle Andersartigkeit erschüttert schmerzlich die Illusion der Eltern, »verjüngt in den Kindern weiterzuleben«. Allein der mächtige Fortpflanzungstrieb setzt sich mit einem Glauben, der Berge versetzt, über die mangelnde Bereitwilligkeit der »Natur«, ihm zu entsprechen, hinweg und nimmt in die Hand, was sich in die Hand nehmen läßt. Daher neigt man dazu, auf die leiblichen Nachkommen früher oder später zu übertragen, was nur angeht: Geld und Gut und Stellung, von der beruflichen, gesellschaftlichen bis zur öffentlich-rechtlichen – so man hat und kann – und selbstverständlich den Familiennamen. Das Risiko, zahllose Verwechslungen heraufzubeschwören, freudig auf sich nehmend, frönt man der Fortpflanzungsillusion überdies noch mit Leitnamen, Vornamen, die innerhalb der patrilinealen Generationenkette immer wieder gegeben werden.

Man hat gewissermaßen einen Bildteppich des Lebens als angefangene Arbeit übernommen, sein eigenes Bild hineingewoben und drängt nun auf Nachkommen, die ihn ihrerseits übernehmen, weiterweben und weitergeben, damit das eigene Bild nicht verlorengehe, damit man zum mindesten in der Erinnerung noch auf Erden lebe. Doch die Bilder dieser Teppiche verblassen so rasch, daß die wenigsten Leute eine Vorstellung von der Persönlichkeit ihrer Urgroßeltern haben, geschweige denn von den weiter zurückliegenden Vorfahren. Sie sind zumeist vergessen. Es ist, als wären sie nie gewesen. Bestenfalls werden klischeehafte Charakteristiken überliefert, welche die Dargestellten entsetzen würden; idealisierende Züge, die von wandernden Malern in bis zur Halskrause fertige Porträts eingesetzt wurden; ein erschrockenes Gesicht neben einer Palme im Studio des Photographen; Unterschriften auf Akten oder auch Möbel und Liegenschaften, die jeder erwerben konnte, der den Preis zahlte.

Diese bescheidenen Erfolgsmöglichkeiten tun jedoch der Stärke des Fortpflanzungstriebes keinen Abbruch. Besonders deutlich zeigt er sich bei Männern, wohl weil er bei ihnen durch die männerherrschaftliche Weitergabe des Familiennamens eher befriedigt werden kann. Ab und zu nimmt er sogar leidenschaftliche Formen an. Männer, die sonst sattsam rationalistisch sind, werden vom Wunsch nach einem Stammhalter geradezu besessen. Sie tun beinahe, als ob auch ihre Religion die ewige Glückseligkeit von männlicher Nachkommenschaft abhängig machen würde.

Ein Herr Schärrer in Schärrlikon hadert mit dem Schicksal, das ihm zwar drei Töchter, aber keinen Sohn beschert, und infolgedessen die Schärrer mit ä und zwei r mit ihm für immer aus der Geschichte von Schärrlikon verschwinden werden. Wogegen ein Herr, dessen Familienname im Telephonbuch Seite um Seite füllt, mit seinen Kollegen pokuliert, denn ihm wurde ein Stammhalter geboren.

Kurz, schon die fragwürdige soziale Erfüllung des Fortpflanzungstriebes ist den meisten Menschen eine tiefe Befriedigung. Die Frauen stehen ihr von Natur aus näher als die Männer, müssen aber vor diesen zurücktreten. Die patrilineale Familienordnung prellt die Frauen gewissermaßen um ihren natürlichen Vorrang bei der Fortpflanzung. Grundsätzlich heimat- und namenlos treten sie als soziale Einheit mit den Kindern nicht direkt in Erscheinung, sondern nur über Namen und Bürgerrecht des Ehemannes. Übrigens erklärt diese Tatsache die Widerspruchslosigkeit, mit der die Frauen auf ihren angestammten Namen zugunsten jenes des Ehemannes verzichtet haben. Ferner erhellt sie die scheinbar paradoxe Erscheinung, daß geschiedene Frauen so oft am Familiennamen eines verhaßten Mannes festhalten. Denn, pointiert gesagt: nur unter diesem Namen können sie mit ihrem erwachsenen Sohn in die Ferien gehen.

Eine einzige Ausnahme von der patrilinealen Fortpflanzung besteht. Uneheliche Nachkommen erhalten den angestammten Familiennamen der Mutter. Aber diese Ausnahme ist mit Schande bedeckt. Denn nur der Familienname von Vaterseite her gilt als »ehrlich«.

Kindsmagd anstatt Erzieherin

Es fehlt jenen Bürgern, die das Lied vom Kind als der »vornehmsten Aufgabe der Frouh« so prompt erschallen lassen, wenn es gegen die politische und berufliche Gleichberechtigung der Frau geht, nicht an Möglichkeiten, ihren Ernst unter Beweis zu stellen. Zum Beispiel könnten sie sich bemühen, den Müttern Erziehungskompetenzen zu verleihen, die jenen des Vaters vorgehen.

Aber keine Spur davon! Auch jene Männer, welche die großen Kodifikationen des bürgerlichen Rechtes schufen, scheinen an die »ureigene Aufgabe der Frau« nicht so recht geglaubt zu haben. Denn sonst hätten sie den Vorrang des Vaters in bezug auf die Erziehung der Kinder nicht auf sich beruhen lassen, wären nicht mit einer recht fadenscheinigen Gleichberechtigung der Geschlechter auf diesem ur- und echt- und spezifisch-weiblichen Gebiet einverstanden gewesen. Stehen nämlich für das Kind wichtige Entscheidungen auf dem Spiel – die elterlichen Erziehungsrechte sind besonders im Blick auf das religiöse Leben des Kindes und seine Ausbildung von Bedeutung –, so verabschiedet man den vielgepriesenen Mutterinstinkt ins Reich der Fabel. Da hat »selbstverständlich« der Vater das letzte Wort, und auf dieses allein kommt es ja an.

Biderb statuiert etwa das Schweizerische Zivilgesetzbuch Art. 227, Absatz 1: »Während der Ehe üben die Eltern die elterliche Gewalt gemeinsam aus«, um in Absatz 2 ungeniert hinzuzufügen: »Sind die Eltern nicht einig, so entscheidet der Wille des Vaters.« »Fürsi, hi und zruck«, ließe sich auch hier sagen. Hinsichtlich der religiösen Erziehung läßt man sogar den Schein der Gleichberechtigung fallen und erklärt zum vornherein in Art. 49 der Bundesverfassung, Absatz 3: »Über die religiöse Erziehung der Kinder bis zum 16. Altersjahr verfügt ... der Inhaber der väterlichen oder vormundschaftlichen Gewalt.«

Auch im schweizerischen Schulwesen will man von den »großen mütterlichen Fähigkeiten der Frouh« nichts wissen. Von den Lehrkräften – wie man die Frau als Lehrerin bekämpft, wurde bereits gezeigt – über die Schulpflege bis zum Erlaß der Schulgesetze und der Aufstellung des Lehrprogrammes ist es weitgehend in den Händen der Männer. Zwar propagiert man in subventionierten, spendierten und kommerzialisierten Kursen in pädagogischen, soziologischen, psychologischen und medizinischen Schriftchen, daß die Frauen im Sinne ihrer »ureigenen Bestimmung« vitaminreiche Schoppen zu verabreichen, Schlüttchen zu strikken, Wiegenlieder zu summen und ihr persönliches Leben dankbar und freudig der Kinderstube zu opfern hätten. Treten die Kinder aber ins schulpflichtige Alter, so werden die Mütter von der gleichen Seite belehrt, daß ihr Kind nicht ihr Eigentum sei. Daß es ihm nur guttue, anstatt an Mutters Schürze zu hängen, die Elemente des geistigen Lebens von Männerhand eingelöffelt zu bekommen.

Der Übergriff in die angebliche Berufssphäre der »Gattin und Mutter« geht noch weiter. Auch *was* die Kinder in der Schule lernen, bestimmen nicht die Mütter. In der Schweiz haben die Frauen fast gar nichts dazu zu sagen. Bei der Vorbereitung zum Leben, die Sechsjährige halbtags- und Zwölfjährige ganztagsweise in Anspruch nimmt, wird über die Köpfe der »Frauen und Mütter« hinweg entschieden, als ob diese taubstumm und ohne jeden Verstand wären.

Dieses Übergehen der Mütter, sobald es um die Festlegung dessen geht, was die Kinder »fürs Leben« lernen sollen und wie, verrät insgeheim die Mißachtung der Frau als Mutter. Urplötzlich ist jeder Junggeselle befähigter zu sagen, was die Kinder tun sollen, was mit ihnen geschehen soll. Die mütterliche Erziehungsfähigkeit ist offenbar nur dann großartig, der Mutterinstinkt nur dann unfehlbar, wenn es gilt, die unternehmenden Frauen an den Platz im Hause zurückzudrängen, damit sie in engen Räumen Kinder hüten, Abertausende von Essen bereiten, flicken, waschen, putzen und putzen, waschen, flicken.

Gerade bei uns besteht in der Erziehung eine strikte »Arbeitsteilung« der Geschlechter. Das entscheidende Wort dem Vater, der materielle Kleinkram, die pausenlose Aufsicht der Mutter und ihr allein. Alle laufenden Arbeiten, welche die Nachkommen zwanzig Jahre lang und länger verursachen, sind »natürlich« Frauensache. Die Natur hat dies zwar nicht gesagt. Ihre physiologische Natur legt den Frauen lediglich nahe, die Neugeborenen kurze Zeit an der eigenen Brust zu nähren; ihre psychische, eine unsichtbare Hand über sie zu halten und sich zeitweise in ihren Anblick zu versenken.

Man glaube ja nicht, diese Ausscheidung habe bloß grundsätzliche Bedeutung. Vielmehr wird ihr oft mit äußerster Pedanterie Nachdruck verschafft. In breiten Volksschichten muß ausnahmslos die Frau Kinder hüten. Kleine Kinder verpflichten keinen Mann, abends zu Hause zu bleiben. Er geht und kommt, wie es ihm gefällt, singt mit den Sängerknaben, kegelt mit den Kegelbrüdern und politisiert sich heiser mit jenen, die ihm – oder denen er – etwas zur Befeuchtung der Kehle zahlen. Die Frau jedoch hat bei den Kindern zu bleiben, ist ans Haus gebunden, als hätte sie Eier auszubrüten. Zehn kleine Kinder bewirken für den Vater am Abend nicht eine Minute Ausgangsverbot, aber eines allein schon für die Mutter. Sie »gehört ins Haus« als eine Gefangene besonderer Art.

Moderne junge Ehemänner – sie gedeihen fast nur in den Städten – bilden eine gewisse Ausnahme, allerdings eher symbolischer Art. Über das Wochenende werden sie bisweilen mit dem Kinderwagen sichtbar und greifen, wenn die Mütter augenblicklich beschäftigt sind, auch in das Einerlei des An- und Ausziehens, des Geschäftlein- und Brünnleinmachens, des Abfütterns und Zähneputzens ein. Sie »leihen eine Hand«, wie die englische Redewendung sagt. Diese Geste im Zuge der Gleichberechtigung der Geschlechter ist eine Art Gegenstück zum »Beruf« der nicht berufstätigen Ehefrau, zur beruflichen Ausbildung »für den Notfall«, die am Tage der Heirat eingemottet wird. Sowenig also »die Frau von heute« im Berufsleben auf jedem Gebiete als Gleichberechtigte ihren Mann steht, sowenig übernehmen »moderne junge Ehemänner« bei der materiellen Kinderaufzucht Pflichten in größerem Ausmaß. Ebensowenig tun es jene altmodischen Väter, die bei der Erziehung der Kinder gerne den kleinen Wotan über den Wolken der Häuslichkeit spielen und am Wochenende vom Gelüstlein nach Erziehungsbastelei erfaßt werden. Denn sie werden ihrer schon nach einem Sonntag satt und verlassen aufatmend das Karussell, in dem die Mutter zwanzig Jahre lang an der Drehorgel steht.

»Eine neue Fessel, die es zu zerbrechen gilt«, soll Buddha gesagt haben, als ihm die Geburt seines erstgeborenen Sohnes angezeigt wurde. Dieser Meinung war er, obgleich von einer Fessel im Sinne räumlicher und zeitlicher Bindung nicht die Rede sein konnte. Soll er doch dazumal ein hablicher Herr mit Dienerschaft gewesen sein.

Wieviel mehr haben die Mütter bei der Geburt ihrer Kinder Anlaß zu sagen: Eine neue Fessel! Denn sie schmiedet sie bei der herrschenden Arbeitsteilung der Geschlechter zwanzig Jahre lang ans Haus. Die Fessel besteht in der Pflicht, die Tausende von Mahlzeiten zuzubereiten, die das Kind verzehrt, allen und jeden Schmutz zu beseitigen, den es verursacht, und als Penelope am Flickkorb zu sitzen. Zur Fessel gehört auch das ständige Ermahnenmüssen der Kinder, damit sie die Forderungen erfüllen, die sich aus ihrem Kontakt mit der Außenwelt ergeben. Sie bedeutet für die Mutter, sich in eine Platte zu verwandeln, die zu Hunderten von Malen im rechten Augenblick die Worte wiederholt: »Rühr das nicht an!« »Stell das ab!« »Wasche die Hände!« Wenn das Leben der Mutter endlich nicht mehr im Rhythmus des pünktlich verabreichten Schoppens ablaufen muß, so bemächtigt sich seiner die Schulglocke. Es gilt, die Kinder in die Schule, dann an Aufgaben, ans Essen und schließlich ins Bett zu treiben.

Apropos Aufgaben: Zwar haben die Mütter, wie erwähnt, bei der Gestaltung des Lehrplanes und dessen Verwirklichung nicht das mindeste zu sagen; hingegen sagt die Schule den Müttern, sie hätten die den Kindern verhaßte, harzige Kleinarbeit abzunehmen. Immer mehr wird vorausgesetzt, daß die Mutter freiwillige Handlangerin der Schule wird. Man mutet ihr zu, ständig zahlreicher werdende Hausaufgaben zu kontrollieren. Nicht alles, was die Zukunft bringen wird, ist dem heranwachsenden Mädchen also Geheimnis. Es kann sicher sein, daß es dereinst als Mutter, je nach Kinderzahl, sich wiederholt durch sein altes Schulpensum zu schleppen hat, bald als Souffleuse bei den Proben, bald als händeringende Zuschauerin in der Proszeniumsloge.

Der Alltag des Angeschmiedetseins erhält ab und zu durch zusätzliche Fesseln unwillkommene Abwechslung. Es sind dies Kinderkrankheiten, böse Zähne, ein Loch im Kopf, ein Versagen in der Schule, die Bekämpfung des Streitens, Stibitzens und Zerstörens. An allen Ecken und Enden gibt es Kataströphchen im Wasserglas. Die Aufzuchtsarbeit hält Tag und Nacht in Atem.

Die ausschließlich der Mutter zufallende materielle Sorge um die Kinder, so wie sie sich in der von der Männerordnung festgelegten Form abwickelt, kostet die Mutter wie gesagt die besten Jahre. Dabei fällt besonders ins Gewicht, daß die Fürsorge zeitlich weit über die Geschlechtsreife der Kinder hinausreicht und mit Hausarbeit für die ganze Familie kombiniert wird. Allerdings gibt es, je älter die Kinder werden, um so mehr freie Nachmittage für die Mutter. Alles in allem bleibt aber nicht Zeit genug, um sich an bedeutende Aufgaben außerhalb der Familie, mit der nicht die Säuglinge, sondern die vielen halberwachsenen und ausgewachsenen Kostgänger der Frau und Mutter gemeint sind, an eine Neugestaltung des Lebens zu machen.

Die Zeit, welche die Mutter mit ihrer Haus- und Hüterinnenarbeit verliert, gewinnen Ehemänner und Söhne für ihre Unternehmungen. Sie sind Motörchen, die gewissermaßen mit der Kraft des »Mamalis« geladen herumpfurren. Läßt der Kräftevorrat nach, so laufen sie still wieder ein. Nichtsdestoweniger steigt ihnen das Tempo ihrer Ausfahrten in den Kopf. »Warum kommst du nicht vom Fleck?« rufen sie zwar nicht dem eigenen »Mamali«, aber demjenigen anderer Leute zu. Oder konkreter gesagt: Die Männer reden und schreiben etwa über die Gründe des Mangels an Originalität, individueller Lebensgestaltung und beruflicher Spitzenleistungen seitens der Frauen, um die mißgünstige Gedankenklauberei mit dem Ruf zu unterbrechen: »Mamali, gibt's bald zu essen?« Und die Mamalis schleppen getreulich Futter und warme Unterwäsche herbei, weshalb sie für gute Herzen, aber schlechte Köpfe gehalten werden.

Verschiedene Gründe machen die materielle Aufzucht der Kinder zur ausschließlichen Frauensache und dies praktisch lebenslänglich. Da ist die in anderen Zusammenhängen erwähnte Freude an der Gegenwart der Kinder, vor allem der kleinen. Aber nicht sie bedeutet ein- für allemal eine Schranke der beruflichen Selbstverwirklichung der Frau. Hinter dieser steht vielmehr die künstliche Zurücksetzung der Frau im Erwerbsleben. Der entsprechende Verzicht auf einen individuell differenzierteren und rationelleren Einsatz der Frauenkräfte in der Wirtschaft bringt es mit sich, daß die Männer die beanspruchte Arbeit nur bewältigen können, wenn ihnen ein Heer von Dienerinnen, die Ehefrauen, die Möglichkeit zur Konzentration erkauft. Sie tun dies, indem sie allen für die Existenz eines Zivilisierten unmittelbar nötigen Krimskrams besorgen und den Männern jede Störung – Kinder stören – vom Leibe halten. Faute de mieux gehen die Frauen schließlich ganz in Haushalt und Kindern auf, in Mutterpflichten, denen bestenfalls Mutterrechte von Vaters Gnaden gegenüberstehen.

Die Männerherrschaft deformiert die Beziehung zwischen Mutter und Kind

Mütterliche Besitzfreude und Besitzgier

Beschränken die Frauen ihre Lebensinteressen unter dem Druck der Männerherrschaft hauptsächlich auf Kinder und Küche, so bewirkt die Konzentration auf die Beziehung zu den Kindern, daß sich manche Züge derselben ins Absurde steigern. Denn je mehr den Frauen andere Lebensinteressen vorenthalten werden, desto stärker fixiert sich ihr Welt-, Lebens-, Arbeits-, Geltungs-, Macht- und Liebeshunger auf die Kinder. Ton in ihren Händen, werden die Kinder ihre innere und äußere Welt, an der sie bis ans Ende ihrer Tage festhalten.

Besonders absurd in der durchschnittlichen Beziehung der Mutter zum Kind sind die überschwengliche Sorge um seine Gesundheit, ein oft unbewußter, bald aktiver, bald passiver Widerstand gegen kindliche Freiheits- und Selbständigkeitsbestrebungen sowie ein tief verwurzelter Widerstand gegen sein Erwachsenwerden.

Die Sorge um die Gesundheit der Kinder, soweit sie sachlich ist, in Ehren! Aber warum dreht sie sich mit solcher Leidenschaft um »Erkältungen«? Warum trägt der Säugling so häufig eine Musterkarte all der seltsamen wärmenden Gebilde auf sich, welche die »Heftchen« beschreiben und die Fabrikanten von Strickwolle mehr freuen als die Kinder? Selbst wenn die Kinder bereits im heiratsfähigen Alter stehen, sind Leibchen und Jakken aller Art oft im Vordergrund mütterlicher Pflege. Es ist, als fühlten die Mütter den Drang, das Liebesobjekt mittels einer dicken Verpackung vor der Welt zu bewahren, zu isolieren und damit ganz für sich zu behalten.

Der übertriebene hausmütterliche Widerstand gegen den ständig vorhandenen kindlichen Freiheits- und Selbständigkeitsdrang ist besonders verbreitet. Die Leichtigkeit, ihn zu tarnen, leistet ihm Vorschub. Denn Gefahren hat es übergenug. Also müssen die Kinder behütet werden. Hat da nicht jeder Vernünftige beizustimmen? Ja und nein. Man darf nicht vergessen, daß es in der Erziehung darum geht, die Kinder zu lehren, den Gefahren zu begegnen. Denn ganz vermeiden lassen sie sich nie. Der Drang, die Kinder womöglich in ein geheiztes Treibhaus zu sperren, hat etwas vom Gefühl, das jene Katzenfreunde beseelt, die ihren Liebling nie auf die Straße lassen und ihm bestenfalls ein Fenster zu einem kleinen Freiluftkäfig ausbauen. Indem man immer und überall Schutzgitter aller Art gegen die Gefahren der Welt aufbaut, meint man damit nicht Schutz, sondern Einkerkerung des Liebesobjektes.

Der Dieb, welcher den mütterlichen Liebesbesitz am meisten gefährdet, welcher der Mutter allmählich ihr ein und alles hinterzieht, ist die Zeit beziehungsweise das Erwachsenwerden der Kinder.

Einmal hören die Kinder auf, weicher Ton in den Händen der Mutter zu sein; es bleibt kein Raum mehr für die Illusion, ihnen Formen nach mütterlichem Geschmack zu geben. Knetet man doch noch an ihnen herum, so kommt es zu Streit oder Entfremdung. Die Mutter verzichtet jedoch ungern auf ihren einzigen Machtbereich und beginnt oft einen fast aussichtslosen, aber raffiniert geführten Kampf. Er ist doppelt aussichtslos. Ihrem Gestaltungswillen stehen die sich ständig verfestigenden Formen der kindlichen Persönlichkeit gegenüber, und die Zeit untergräbt einen Teil der erotisch fundierten Autorität der Mutter. Die mütterliche Anerkennung und Bewunderung wird allmählich von zweitrangiger Bedeutung. Im ersten Range stehen nun die Kameraden der Kinder und scheinbar ganz unwürdige jugendliche Individuen des anderen Geschlechtes.

So alltäglich das Heranwachsen der Kinder ist, so alltäglich ist die Erscheinung, daß die Mütter Augen und Ohren vor dieser Tatsache verschließen – vernünftig-unvernünftigerweise. Was soll auch mit den Müttern geschehen, wenn die Kinder sie immer weniger brauchen? Ihr Leben verliert damit seinen hauptsächlichen Sinn, der Kapitän verliert sein Schiff, der Feldherr seine Armee. In gewissem Sinne ist das Ende da – ein vorzeitiges Ende. »Wer jetzt kein Haus hat, baut sich keines mehr«, läßt sich auch in diesem Zusammenhang sagen. Es ist zum Verzweifeln! Dagegen gibt es nur zwei Mittel: die Lage erfassen und ihr begegnen oder sich darüber hinwegtäuschen.

Der Lage begegnen hieße, sein Schicksal in die Hände nehmen und sich einen neuen Lebensinhalt schaffen, wie ihn eine befriedigende Berufstätigkeit gewähren kann. Aber steht dies in der Macht der individuellen Frau? Die von den Männerkollektiven erzwungene weitgehende Ausschaltung der Frauen und der Ehefrauen im besonderen von anziehenden und rentablen Tätigkeiten macht die Lage der Mütter erwachsener Kinder zu einem soziologischen-berufspolitischen Problem, das als solches nur von Kollektiven gelöst werden kann. Also besitzt die durchschnittliche Frau als Einzelwesen kaum gute Aussichten, neue Lebensinteressen zu finden.

Näher liegt die Lösung der Selbsttäuschung, da sie von jeder Mutter, die mit leeren Händen dasteht, ohne weiteres ergriffen werden kann. Zudem erleichtern bequem ausgebaute Straßen diesen Gang.

Damit die ihres alten Lebensinhaltes mehr und mehr beraubten Mütter ja nicht auf den Gedanken kommen, ihre Unzufriedenheit hätte Ursachen, die sich vermeiden ließen, erzählen ihnen die Männer, wie schon im Abschnitt über die Desintegration der Frau infolge Berufslosigkeit erwähnt worden ist, in dem immer leidlichen weiblichen Organismus spuke es zur Zeit mehr denn je. Selbst außerhalb der Fortpflanzungsorgane, in Kopf und Herz, gehe es drunter und drüber. Unzufriedenheit, Reizbarkeit, Depressionen in diesen Jahren – »Habt Geduld mit eurem Muetti!« – gehörten eben zur weiblichen Natur. So kann sich die, wenn auch nicht als Persönlichkeit, so doch in ihrer Tätigkeit überflüssig gewordene Mutter schließlich damit trösten, das Schlucken dieser bitteren Pille sei unvermeidliches Frauenschicksal.

Auch braucht die Mutter der Wirklichkeit gar nicht so genau ins Gesicht zu sehen. Denn gerade hinsichtlich des Erwachsenseins der Kinder ist sie etwas verhüllt. Die lange, lange Schul- und Ausbildungszeit, das hoch angesetzte Heiratsalter täuschen während Jahren über sie hinweg. Die Mutter kann sich lange Zeit illusionär damit trösten, daß die Kinder eben doch noch nicht erwachsen seien.

So lebt das Muetti seelisch noch einige Jahre länger in der Illusion, kleine Kinderchen zu besitzen, mögen diese in den Augen des andern Geschlechtes auch längst Venus oder Adonis vorstellen. Der Kapitän vermeint, noch immer Kommandant seines Schiffes zu sein, wo er doch nur ein Rettungsbötchen steuert. Der Gute, das heißt hier die Gute, scheint ein wenig den Verstand verloren zu haben. Warum sollten die Kinder die harmlose Illusion zerstören, nachdem sie sich der mütterlichen Besitzgier dank ihrer wirtschaftlichen Unabhängigkeit schließlich entziehen konnten? Nur eine Figur in diesem Theater des Frauenlebens macht beim Nähren der Illusion der Matrone nicht immer begeistert mit: die Schwiegertochter. Sie ist von den Bizarrerien der alten Dame am wenigsten ergötzt. Es fällt ihr schwer, sich etwa angesichts eines riesigen Paketes wollener Herrenunterwäsche, das ihr Gatte zu seinem 45. Geburtstag von seiner Mutter erhält, vor Augen zu halten, daß sie vor einem Denkmal der Tragödie des weiblichen Lebens in einer Männerherrschaft steht. Und wo sich in bescheideneren Verhältnissen die Schwiegertochter mit der Schwiegermutter um das Privileg balgt, den Anzug des Ehemannes beziehungsweise Sohnes putzen zu dürfen, vergegenwärtigt sie sich ungern, daß ihre Gegnerin damit in gewissem Sinne um ihr Leben kämpft.

Grund solcher außer Rand und Band geratener »Mütterlichkeit« ist nicht etwa eine generelle mütterliche Psyche der Frauen, wie es das durch die Männerherrschaft geformte und von den Frauen in Ermangelung eines eigenen erreichbaren Persönlichkeits-Ideals angenommene Klischee besagt. Vielmehr liegt er, wie einleitend erwähnt, im Mangel an einer harmonischen Entfaltung und Betätigung der Persönlichkeit, im aufgezwungenen Verzicht auf andere Lebensinteressen. Wenn die Frauen schon im Namen ihrer weiblichen-mütterlichen Natur eingeschränkt werden, so halten sie diesen Bissen Leben mit den Zähnen fest. Die Kinder sind sozusagen die Organe, mit denen die Frauen in ihrer Beschränkung zu »Hausmüttern« an der Außenwelt lebendigen Anteil nehmen. Sie klammern sich an sie als an Strohhalme, durch die sie möglichst viel vom Wein des Lebens einsaugen, den dieses ihnen etwas knapp zugemessen hat.

Besonders gespenstig kann sich diese Einstellung der Mutter im Verhältnis zum Sohn auswachsen. Denn sie hat zusätzliche Gründe, ihn nicht fahrenzulassen.

Einmal bietet er ihr durch die Identifikation mit ihm die Chance, auch noch ein Mann mit seinen ungezählten Möglichkeiten in einer Männerwelt zu werden. Gerne verlegt sie ihre ehrgeizigen Wünsche in den Sohn. Er soll beweisen, aus welchem Stoff die Mutter ist. Seine Erfolge geben ihr das Gefühl, schließlich doch zu Erfolgen gekommen zu sein, die ihr als Frau zum vornherein grundsätzlich verwehrt wurden. Sie sieht sich im Geiste gewissermaßen als Madame Laetitia, die auf den Triumphbildern Napoleons jeweilen in Reichweite der Lorbeeren sitzt.

Ferner ist das Verhältnis zwischen Mutter und Sohn an sich schon phantastisch. Eine Frau bringt einen schönen Jüngling hervor. Gegenstücke auf der anderen Seite gibt es kaum. Es sei denn Zeus, dessen Haupt Athene entstieg, nachdem er deren schwangere Mutter verschlungen hatte. Überdies hat die Mutter in ihrem Werk einen Geliebten gestaltet, wie Pygmalion eine Geliebte. Zwar ist die erotisch-sexuelle Beziehung zwischen Mutter und Sohn streng verboten; und dem Verbot wird bis in die Tiefe, wenn wohl auch nicht bis in die tiefsten Tiefen entsprochen. Aber anderseits wird die Beziehung dadurch, daß sich die mütterliche Erziehung nicht nur auf den Knaben, sondern während mancher Jahre auch auf den Jüngling erstreckt, unheimlich ausgebaut. Oft kommt die Mutter dabei nicht um die Versuchung herum, auf der Ebene der seelischen Beziehung um die Zuneigung des Sohnes zu werben. Wie erotisch die mit einem Vierteljahrhundert mütterlicher Erziehung und Pflege heraufbeschworene Umklammerung des Sohnes oft getönt ist, geht beispielsweise auch aus dem Appell vieler an junge Männer gerichteter Traktätchen hervor, »an ihre Mutter zu denken«, wenn sie die Lust zur Unzucht anwandelt. Warum heißt es nicht gleich noch: »Bleib deiner Mutter treu!«?

Dieser besonderen Beziehung zwischen Mutter und Sohn entspricht auch die Eifersucht der Mutter auf Frauen, die ihrem Sohn gegenüber Liebesansprüche erheben. Sie sind ihre geborenen Feindinnen. Oft gelingt es ihr, den ersten Platz im Herzen des Sohnes zu behalten.

Was die Söhne betrifft, so geht ihnen durch den der Mutter errichteten Thron in ihren Herzen leicht die Fähigkeit zur vollen Liebe verloren.

Außerdem haben die Männer infolge der bei der Beschränkung der Frauen auf Haushalt und Kinder fast zwangsläufigen mütterlichen Verwöhnung oft einen falschen Maßstab für ihre Ansprüche und Pflichten gegenüber den Ehefrauen. Denn häufig stellen sie seelisch und materiell ganz ähnliche Forderungen an sie wie an ihre Mutter. Die Aufopferungsfähigkeit des sagenhaften Pelikans, der sich die Brust aufriß, um die Jungen mit seinem Blut zu nähren, wird bei der Gattin leicht als selbstverständlich beansprucht, wogegen ihn Forderungen der Gattin grundsätzlich ein wenig befremden, desgleichen Hausarbeitsleistungen, die hinter denjenigen der Mutter zurückbleiben. Kurz, auf Grund der von der Mutter begünstigten erotischen Gebundenheit an sie sucht nun der Sohn im Verhältnis zur Ehefrau gerne seelisch und materiell dasselbe, was die Mutter bot. Vom Gang, in dem man auf der Lebensreise mit der Mutter fuhr, soll geräuschlos in den ehelichen Gang geschaltet werden können. Der einzige Unterschied der Beziehung besteht darin, daß zu dieser Mutter Nr. 2 auch eine sexuelle Beziehung bestehen darf und ihr gegenüber eherechtliche Herrschaftsansprüche geltend gemacht werden dürfen. Was solchen Männern meist abgeht, ist der Sinn für das Recht der Frau auf individuelle Lebensgestaltung, wie er es für sich selbst fordert. Hat doch die Mutter scheinbar so rein gar nichts verlangt. Und überreicht ein Mann, der seine Frau und Kinder ernährt, nicht schon ein Maximum an Gaben?

An weniger hätten die Kinder mehr

Die männerherrschaftliche Regelung, die Mutter ein Vierteljahrhundert lang für sämtliche materiellen Dienstleistungen gegenüber den Kindern einzuspannen und ihr zugleich die übrige Hausarbeit aufzuhalsen, ist doppelt tragisch. Denn sie ist im Grunde so wenig im Interesse der Kinder wie in jenem der Frauen.

Anders als die Mutter sehen die Kinder in der Beziehung zu ihr und zum Vater weniger und mehr als einen Lebensinhalt. Die Eltern bedeuten für sie in einem gewissen Alter Himmel und Erde, Klima und Wetter, die letzte Instanz, die absolut scheinende Macht, die etablierte Ordnung. Nur eines sind sie nicht: die Welt. Die menschliche Gesellschaft, »le monde«, sind nämlich die anderen Kinder. Einmal sicher auf eigenen Füßen stehend und gehend, der Sprache mächtig, wollen die Kinder in erster Linie mit anderen Kindern zusammensein. Im Gruppenleben mit ihresgleichen suchen sie den Rahmen für Anregung und Gefahr, Anstrengung und Erfolg, für ihre Freundschaften und Feindschaften, sie nehmen sogar den Ehrenkodex und die Konventionen dieser Gemeinschaften automatisch an. Kinder und Jugendliche wollen so gekleidet sein, wie es im Kreise ihrer Kameraden akzeptiert wird und nicht, wie es die Eltern gerne möchten. Der legendäre Kampf zwischen Mutter und Söhnchen um seine süßen Lord-Fauntleroy-Locken ist ein altmodisches, aber typisches Beispiel, wie selbst verwöhnte und isolierte Kinder sozial und geistig nicht mit den Eltern, sondern im lockeren Verbande der Altersgenossen leben. Unter ihnen sind sie Mensch mit Menschen, Bürger, spielen und werden Erwachsene, mit den Eltern sind sie Kinder und haben ein wenig zu kämpfen, um nicht jünger und jünger anstatt älter und älter zu werden.

Die Eltern oder die mit der Erziehung beauftragten Personen haben eine hauptsächliche Pflicht gegenüber den Kindern: sie vor Übergriffen Erwachsener und anderer Kinder zu schützen. Überdies haben sie eine gewisse Ordnung des täglichen Lebens zu bieten, die den Kindern erlaubt, sich des Lebens zu freuen, gesund zu bleiben und zu lernen, was sie später in der Volksgemeinschaft, zu der sie gehören, können müssen. Dazu gehört vielerlei: Kenntnisse, Fertigkeiten und vor allem das Beobachten der für das Gemeinschaftsleben unerläßlichen Regeln, von »Du sollst nicht töten« bis zu »Du sollst die Fingernägel putzen«. Das ist eigentlich alles. Das übrige lehren sie sich gegenseitig. Welche Erwachsenen, ob Mutter, Vater oder irgendwelche Stellvertreter, diese Pflichten gegenüber dem Kind erfüllen, spielt keine Rolle. Die Kinder schließen sich jedem Erwachsenen an, jeder Autoritätsperson, die ihre Pflichten ihnen gegenüber im wesentlichen erfüllt und ihnen ohne Bosheit und mit etwas Humor gegenübersteht. Ja, vielleicht lieben sie sie schon für dieses wenige, das doch so viel ist. Unter den Personen, die diese Voraussetzungen erfüllen, fühlt sich das ganz kleine Kind zu jenen am meisten hingezogen, die ihm zu essen geben, später zu jenen, bei denen es sich sicher fühlt. Ein Gefühl, für das weder die stündliche Gegenwart des geliebten Erwachsenen nötig ist noch sein ständiges persönliches Dienen, wohl aber seine unerschütterliche Loyalität. Mit dem Heranwachsen löst sich die Zuneigung allmählich von der Voraussetzung eines bestimmten sachlichen oder autoritären Grundverhältnisses. Man liebt schon früh mehr und mehr jene Menschen, zu denen eine bestimmte Affinität besteht. Aber immer, in der Jugend und im Alter, hat die Zuneigung mit den Blutsbanden nichts zu tun. Das Kind liebt die Mutter, den Vater, die Eltern überhaupt nicht als Erzeuger, sondern als Personen, die es beschützen. Entsprechend werden auch die Pflegeeltern den richtigen Eltern vorgezogen, wenn diese sich erst in späteren Jahren dem Kind zu erkennen geben.

Obwohl jede Mutter die instinktmäßige Überzeugung hat, daß es dem Kind nirgends besser gehen könne als bei ihr, wächst es bei guter Pflege und persönlicher Anteilnahme auch ohne Mutter erfreulich heran. Läßt sie es an diesen beiden fehlen, so bewahrt auch die ständige Gegenwart der eigenen Mutter es nicht vor dem Serbeln. Die grundsätzliche Unabhängigkeit des Kindes von der Mutter heißt natürlich nicht, daß eine plötzliche Trennung im Sinne des Zerreißens fester Bande nicht schmerzlich und schädlich für das Kind sein kann. Natürlich weint das Kind verzweifelt, wenn man es von der Mutter, mit der es immer eng zusammen war, für lange Zeit und ohne Kontaktmöglichkeit trennt. Aber nicht weniger traurig ist die Trennung vom Vater, der Tante, dem Onkel, wenn diese anstatt der Mutter die Hauptpersonen in seinem Leben gewesen sind. Entsprechend trennt sich auch das Adoptivkind von seinen Adoptiveltern so schwer wie von den richtigen Eltern.

Die häusliche »Aufopferung« der Mutter oder ihrer Stellvertreter ist für die größeren Kinder schädlich und für die kleineren nicht nötig. Sofern diese mit anderen Kindern zusammen in wohlwollender Atmosphäre und bei einem Tagesprogramm, das ihre Interessen wachhält, aufwachsen und dabei wissen, daß sie bei einem Menschen grundsätzlich Wärme, Anteilnahme und selbstverständliche Loyalität finden, ist die Mutter »für den Hausgebrauch« tatsächlich überflüssig. Um praktisch zu reden: Es genügt vollständig, wenn das Kind die Mutter, den Vater oder in wen immer es sein Leben affektiv verankert hat, nur morgens und abends sieht. Und es ist auch kein Unglück, wenn es bloß über das Wochenende mit den Menschen zusammensein kann, die gewissermaßen sein Leben tragen. Entscheidend ist allein, daß das Kind weiß, es lebt jemand, dem es und sein Wohl sehr wichtig sind, der eine unsichtbare Hand über es hält und der so häufig mit dem Kind zusammen oder doch im Kontakt mit ihm ist, daß er dem Kind geistig ständig gegenwärtig bleibt. Diese Funktion der Mutter, des Vaters oder jener Menschen, die diese Stelle ihm gegenüber einnehmen, bedingt jedoch ganz und gar nicht prinzipielle »Aufopferung« und stündliche, mit Hausarbeit ausgefüllte Präsenz.

Wäre übrigens die ständige Gegenwart der Mutter, ihr unaufhörliches Umsorgen so unerläßlich für die Kinder, wie oft behauptet wird, so wären die Einzelkinder nur zu beglückwünschen. Haben sie doch ein ganzes Frauenleben, ein ganzes Mutterleben ungeteilt für eine innige Gemeinschaft zur Verfügung. Doch das Gegenteil ist der Fall. Man bedauert sie wegen der allzu engen Bindung an ihre Mutter, die ein schaler und gefährlicher Ersatz für die Gemeinschaft mit anderen Kindern ist.

Je selbständiger die Kinder werden, das heißt je mehr sie ihren verschiedenen körperlichen Bedürfnissen ohne Hilfe nachkommen können und den Gefahren für Leib und Leben und Eigentum auszuweichen vermögen, um so unangenehmer wird ihnen alle persönliche Fürsorge, auch diejenige des geliebtesten Menschen. Die brennende Sehnsucht selbst der lenksamsten Kinder ist: endlich einen Tag, eine Nacht ohne die Eltern zu verbringen, nämlich ohne Erwachsenenschutz, ohne sie ein Essen zu bereiten, ein Häuschen zu bewohnen. Selber kochen, selber reisen, selber machen, selber, selber, selber ... sind heißersehnte Ziele. Den liebsten Menschen, praktisch die Mutter oder den Vater, möchten sie als Zuflucht bei Schicksalsschlägen, als zaubernde Freudenbringer, aber nicht als unvermeidliche Riesengespielen sehen.

Als Erwachsene, das heißt mit der Pubertät, sehen die Kinder die Fürsorge der Mutter plötzlich anders, utilitaristisch, eben als Erwachsene. Was früher Hilfe war, weil sie sich nicht zu helfen wußten, ist jetzt hochwillkommener Komfort, weil man Gescheiteres zu tun hat, als für sich selber zu kochen, zu putzen, zu waschen. In diesem Augenblick ist die Mutter die Magd der Kinder geworden. Die Kinder sehen keinen Grund, sich ihre Dienste nicht gefallen zu lassen. Es war doch immer so, und da die Mutter ja auch die Magd des Vaters ist, geht die Bedienung der Kinder gleich nebenbei mit. Übrigens hat die Mutter auch nichts anderes zu tun, ist offensichtlich dazu da. Tragischerweise stimmt dies im einzelnen haargenau, wenn auch nicht im Prinzip.

Das Sprüchlein: »Sei immer gut, doch nie zu gütig, die Wölfe werden leicht übermütig« gilt auch für die Mutter jener gutgläubigen, jugendlichen Schmarotzer, die da finden, die Mutter bediene sie noch so gern. Gewiss, die größeren Kinder lieben die sie umsorgende Mutter, aber es gehört zur Unvollkommenheit der menschlichen Natur, »treue Seelen« – der begönnernde Beiklang dieses Ausdruckes sagt es deutlich genug – zu lieben und zugleich gelinde zu verachten. »Aufopferung« wird meist in guten Treuen mißbraucht und erhöht die Eigenliebe anstelle der Gegenliebe, macht übermütige Wölfe. Bei der für häusliche Dienste zugunsten der Nachkommen – der entsprechende Sammelbegriff lautet in gehobener Form: Hingabe – so über Gebühr in Anspruch genommenen »Mutterliebe«, insbesondere seitens der Söhne, kommt mir immer der Film »Sunset Boulevard« in den Sinn. Darin ist der einst vielversprechende Regisseur zum Chauffeur, Kammerdiener, Koch und Kellner der gealterten und veralteten Diva geworden. Er hat seine großen Aussichten seiner großen Liebe geopfert. Das Idol nutzt diese auch weidlich aus: zum Abstauben, Geschirrwaschen und Fensterputzen.

Wie sagt den Frauen der Platz in der Ecke links unten zu?

Es wäre nun möglich und scheint, oberflächlich betrachtet, auch Tatsache zu sein, daß die Frauen alles in allem damit zufrieden sind, mit dem Säugling im Arm und dem seltsamen Tuch auf dem Kopf an jenem Platz in der Ecke links unten zu sitzen. Dies wäre der Fall, wenn sie das Hervorbringen der Kinder und das ständige Beschäftigtsein mit ihnen so »erfüllte«, daß ihnen, sofern sie und die Kinder nur ein befriedigendes Auskommen haben, alles andere gleichgültig wäre, nämlich Entfaltung der Persönlichkeit, interessante Tätigkeit, Selbstbestimmung und wirtschaftliche Eigenständigkeit, Mitbestimmung der öffentlichen Angelegenheiten, erweiterte erotisch-sexuelle Möglichkeiten und soziale Fortpflanzung. Eine solche Erfüllung der Frau müßte eine Intensität besitzen, die den Gedanken an die Ziele der individuellen Selbstverwirklichung überhaupt nicht aufkommen ließe oder, wenn schon, für die Zurücksetzung der Frauen zugunsten männlicher Vorrechte voll entschädigte.

Vergegenwärtigt man sich, wie lahm die Frauen als Kollektive ihre Interessen wahren und daß die Mutterschaft im Gegensatz zur Vaterschaft auch ein sonst trottelmäßiges Dasein reizvoll macht, so glaubt man Anzeichen einer solchen Intensität zu sehen. Wenn dem so wäre, so erschöpfte sich die »Frauenfrage« in der Frage nach der Beschaffung der Mittel, um bei »Mutter und Kind« rote Backen hervorzubringen. Sind ihre roten Backen schließlich die ganze Frauenfrage?

Auch Träume vegetativen Glücks sind Schäume

Verlangen die Frauen vom Leben nicht mehr, als in aller Ruhe, das heißt in gesicherten Verhältnissen, Kinder zu bekommen, sie zu pflegen und heranzuziehen, um schließlich dem Lebenswinter zu erliegen, wie jene, die vor ihnen waren? Und verlangen die Männer nichts anderes, als die Früchte der Natur einzuheimsen und sie ins Nest zu tragen, um, wenn einmal niemand mehr drinnen ist, sich zu jenen zu legen, die vor ihnen waren?

Tatsächlich ist ein unpersönliches, aus der Vergangenheit fließendes und in die Zukunft verfließendes Leben für Frauen und Männer häufig der Gegenstand einer gewissen romantischen Sehnsucht. Und beiden schweben verlockende Bilder vor.

Das Bild der weiblichen Wunschträume ist die üppige Dame der Familienporträts, die, mit Spitzen und Bändern festlich aufgeputzt, gewissermaßen als voll erblühte Rose inmitten vieler sich zärtlich um sie gruppierender kleiner Rosenknospen thront. Es ist das Bild der Frau, die in einer Welt für sich – ihrem Herrschaftssitz nämlich – die fröhliche Kinderschar überblickt, während fleißige Kulis zwecks Investierung in den herrschaftlichen Nachwuchs Früchte aus Feld und Garten unter Dach bringen. Verlockend ist das Porträt, weil die Zugehörigkeit zu einer begüterten und herrschenden Klasse seinen Hintergrund bildet. Sobald dieser wegfällt, büßt überquellende Mutterschaft ihren Reiz ein und bekommt ein anderes, unerwünschtes Gesicht. Etwa jenes der humoristischen Zeichnung von Chon Day: Ein Funktionär der Volkszählung steht unter der geöffneten Wohnungstür und fragt: »Occupation?« Die Frauengestalt, die zusammen mit einigen Lausbuben den Türrahmen füllt, antwortet gereizt: »Woman!« So allerdings hat man es nicht gemeint.

Auch die Männer haben ein urtümlicheres, unpersönlicheres Dasein vor Augen. Da sie 49 von 52 Wochen des Jahres in Büros, Läden oder Fabriken leben, versuchen sie sich gerne während der restlichen drei Wochen durch Aufenthalt im Gebirge einem vegetativen Männerleben zu nähern. Im Geiste wiegen sie sich in einem vermeintlich von der wirtschaftlichen und sozialen Maschinerie losgelösten Leben eines Gebirgsbauern. Der Tatsache, daß dessen Leben in Wirklichkeit nichts weniger als ein Träumen am Busen der Natur ist, verschließt man sich. Man will es anders sehen: Erlebt der im Rhythmus der Natur arbeitende Bauer nicht täglich eine Berührung mit der Allmacht? Halten in einem solchen Leben Schöpfer und Geschöpf einander nicht die Hände entgegen wie auf jenem Gemälde von Michelangelo?

In Wirklichkeit ist davon keine Rede, kann es gar nicht sein. Auch die Arbeit in Bergdörfern ist Wirtschaften und besteht somit aus endloser Rechnerei und zahllosen, winzigen Spekulationen. Übrigens sind gerade kleinlichste, harzigste gegenseitige Reibereien in allen Lebenslagen bezeichnend für das Landleben, sie sind bei der Abwicklung sämtlicher Lebensfunktionen in einer so engen Gemeinschaft wie dem Dorfleben unvermeidlich.

Nichts anderes als die Angst vor der Abhängigkeit und Disziplin, die mit dem Dasein als Rädchen in den großen menschlichen Organisationen unserer Zivilisation verbunden ist, gibt die Sehnsucht nach diesen chimärischen Bildern eines gesicherten vegetativen Glückes ein.

Im Grunde jedoch steht einem der Sinn nach anderem als vegetativem Glück. Denkkraft, Phantasie, das Ideal des Vollkommenen, Ehrgeiz, Machtwille und wirtschaftlicher Sinn reißen die Menschen auf andere Bahnen. Auch das Streben nach Höherem, nach der Ewigkeit gehört dazu. Die Tatsache, daß der Mensch eines Tages verfault, wird nicht geschluckt. Das Leben wird nicht als sinnvoll empfunden, wenn es nicht mehr Sinn hat, als es zu haben scheint.

Diese Gaben, Neigungen und Empfindungen haben teils mit der Sicherung der menschlichen Existenz nichts zu tun. Und soweit dies der Fall ist, verschwinden sie nicht plötzlich, wenn Hunger, Kälte und Hitze, Nässe und Trockenheit wieder für einmal gebannt sind und Feindseligkeiten, Naturkatastrophen und Krankheit nicht gerade drohen. Sie sind immer da, wollen zum Ausdruck gebracht werden und machen den Menschen rastlos. Es fehlt ihm daher der innere Friede, selbst bei den günstigsten Lebensvoraussetzungen, heiter heranzuwachsen, sich fortzupflanzen, die Jungen aufzuziehen und bei alldem ein vegetatives Glück zu finden, bis seine Zeit um ist. Sosehr die Menschen Sicherheit ersehnen, sosehr langweilen sie sich, sobald sie scheinbar erreicht worden ist. Ihre Gaben und Neigungen spiegeln ihnen interessantere, großartigere, schönere Lebensmöglichkeiten vor. Und da Art und Maß der Gaben individuell sind, hat jeder wieder ein anderes Bild vor sich. Die Menschen kennen keine Ruhe, weil sie diesen Bildern Ausdruck geben, ihr Leben entsprechend gestalten müssen. Das Verlangen nach Erfüllung dessen, was ihnen als ihre individuelle Sendung erscheint, bemächtigt sich ihres Denkens, Fühlens und Handelns. Ein gemütliches Versinken ins Vegetative kommt ernstlich überhaupt nicht in Betracht.

Für ein wesentlich verschiedenes Lebensgefühl der Geschlechter besteht keine Voraussetzung in dem Sinn, daß allein die Männer die erwähnten Neigungen und Begabungen hätten, wogegen die Frauen kreatürlich bewußtseinslos, unbehelligt von diesem drängenden Erkenntnis- und Gestaltungswillen allein auf das Hervorbringen und Aufziehen neuer Generationen gerichtet wären. »Mutterglück« kann daher nie das ganze Glück der Frauen sein.

Wie stellen sich die Frauen zum Preis des Bienenköniginnendaseins?

Obgleich Frauen mit Denkkraft, Phantasie, Vollkommenheitsideal, Ehrgeiz, Machtwille und wirtschaftlichem Sinn kaum minder begabt sind als Männer, ist es möglich, daß sie bereit wären, auf Selbstverwirklichung zu einem wesentlichen Teil zu verzichten. Das träfe zu, wenn ein solcher Verzicht unerläßlicher Preis für das sogenannte Mutterglück wäre, weil aus irgendeinem Grunde nicht gleichzeitig beiden Impulsen nachgelebt werden kann und zudem die mütterlichen Triebe stärker wären als jene zu individueller Selbstverwirklichung.

Beide Voraussetzungen können gegeben sein, müssen es aber nicht. Die erstere hängt davon ab, ob die Mütter sich gezwungen sehen, die Kinder in einer Art und Weise heranzuziehen, die ihnen für eine bedeutendere Selbstverwirklichung auf beruflichem und politischem Gebiet zu wenig Kraft und Zeit läßt. Je nach Verhältnissen und Sitten kann dies ganz verschieden sein. Für die zweite Voraussetzung ist entscheidend, daß die Impulse zu individueller Selbstverwirklichung entweder von Natur aus geringer sind als die mütterlichen oder zwar gleich groß oder auch größer, aber so weit erstickt, daß sie praktisch den mütterlichen nachstehen. Dies ist der Fall, wenn die Aussichten, ihnen nachleben zu können, gering sind.

Ob die Frauen jetzt und hier, das heißt die Frauen des 19. und 20. Jahrhunderts in der westlichen Kultur, Mutterschaft und individuelle Selbstverwirklichung gegeneinander ausspielen müssen und, wenn ja, wie sie dies tun, ist nicht leicht zu sagen.

Bis zu einem gewissen Grade sind sie tatsächlich gezwungen, sich für das eine oder andere zu entscheiden. Aber beileibe nicht, weil es nicht möglich wäre, berufliche und öffentliche Wirksamkeit mit körperlicher Mutterschaft zu vereinigen. Nein, die Gründe – sie kommen zum Teil im Kapitel über die weibliche Berufstätigkeit, zum Teil in jenem über die hausfrauliche Wirksamkeit zur Sprache – sind organisatorischer und berufspolitischer Natur.

Die organisatorischen Hindernisse sind geradezu simpel. Sie bestehen darin, daß es der Mutter kaum gelingt, sich auf eine außerhäusliche Tätigkeit zu konzentrieren, wenn sie während der Arbeitszeit Kinder hüten, unterhalten und ihnen überdies in der Mitte des Tages die Hauptmahlzeit aufzutischen hat. Dazu ist sie aber gezwungen, wenn und soweit die allgemeine Tageseinteilung eine häusliche Verköstigung zur Mittagszeit voraussetzt und niemand anders die Kinder hütet und unterhält. Es ist kein Zufall, daß die Ehefrauen in jenen Staaten unvergleichlich reger am beruflichen und öffentlichen Leben teilnehmen, wo man die tägliche Hauptmahlzeit nicht mitten in die Arbeitszeit verlegt und die Kinder tagsüber in Schulen, Kindergärten und Krippen untergebracht werden können, denen weder Wohltätigkeit auf der einen noch Armeleutegeruch auf der anderen Seite anhaftet.

Das berufspolitische Hindernis, Mutterschaft und Selbstverwirklichung im Rahmen beruflicher Tätigkeit zu vereinigen, ist die bereits eingehend erörterte »Zölibatsklausel«. In Form von Usancen oder rechtlichen Vorschriften zwingen Männerkollektive zahllose Frauen, sich zwischen ihrer beruflichen Wirksamkeit und der Ehe zu entscheiden. Dieses Hindernis ist erst recht nicht wesentlich.

Für die Beseitigung beider Hindernisse ist guter Wille nötig, und zwar guter Wille der männlichen Herrschaften. Solange sie es jedoch im Produktionsprozeß ohne die Mitarbeit der Ehefrauen machen zu können glauben und den Frauen eigenes Erwerbseinkommen neiden, fehlt er. Infolgedessen stellt sich dem überwiegenden Teil der Frauen doch die Schicksalsfrage: Mutterschaft oder Beruf?

Wie im ersten Kapitel dargelegt wurde, haben innert der letzten 150 Jahre viele Frauen dem Ziel der individuellen Selbstverwirklichung gegenüber jenem eines mütterlichen Daseins in traditionellem Rahmen den Vorrang gegeben. Sie waren bereit, wo es nötig war – es war häufig, aber nicht immer nötig –, ihr Leben als Gattungswesen gegen jenes als Individualwesen auszuspielen. Denn sie empfanden das Leben der »Gattin und Mutter« im Sinne eines Nurhausfrauendaseins als geistige und seelische

Verkrüppelung. Wie hoch man auch die Freude am Besitz von Kindern anschlagen mochte, ihnen war sie zum Preis einer grundsätzlichen Unterdrückung der Frauen auf der ganzen Linie, von der beruflich-wirtschaftlichen und erotisch-sexuellen bis zur familienrechtlichen und staatsbürgerlichen, zu hoch. Sie hielten ein »Aufgehen« in den Kindern als ausschließliches Lebensziel ihrer nicht würdig.

Die Mehrzahl der Frauen aber schien und scheint anders zu entscheiden. Wie gesagt, ist in zahllosen Frauen der Gedanke, »nicht arbeiten gehen zu müssen«, übermächtig. Im allgemeinen sind die Frauen zwar auf berufliche Bildung und Praxis erpicht, warten aber darauf, sie wie alte Schulhefte im Freudenfeuer der Hochzeit einzuäschern. Anscheinend zieht es den größeren Teil der Frauen an allen Haaren zu möglichst enger und langer räumlicher Gemeinschaft mit ihren Kindern. Der traditionelle »Beruf als Frau und Mutter« scheint auf die Mehrzahl der Frauen eine Anziehungskraft auszuüben, die ihresgleichen sucht.

Allein, ihr Verhalten kann etwas anderes als die grundsätzliche Bereitschaft bedeuten, den mütterlichen Impulsen jene nach individueller Selbstverwirklichung im Rahmen beruflicher und politischer Fähigkeiten zu opfern. Den Ausschlag, welches Ziel verfolgt wird, gibt ja nicht notwendigerweise die größere Vorliebe für das eine oder andere Ziel, sondern auch die Wahrscheinlichkeit und Leichtigkeit, es zu erreichen, beziehungsweise die Aussichtslosigkeit und Schwierigkeit.

Nun besitzen die Frauen durchaus nicht die Möglichkeit, den Impulsen individueller Natur mit ebensoviel Aussicht und Leichtigkeit nachzuleben wie den mütterlichen. Die Laufbahn, die den ersteren entspricht, ist in vielen ihrer Formen für die Frauen undankbar oder ihnen praktisch gar verboten. Jene als »Frau und Mutter« hingegen ist verhältnismäßig leicht einzuschlagen und zu verfolgen und führt ohne weiteres zum Ziel. Hinter dieser Ausgestaltung steht auf der einen Seite die männerherrschaftliche Ausschaltung der Frauen von zahlreichen begehrten Berufen und Stellungen sowie die erzwungene schlechtere Bezahlung der weiblichen Arbeit, auf der anderen der »Ausbau« des Ehemannes zum Versorger. Solange es der Frauenbewegung nicht gelungen ist, zum mindesten einer breiten Schicht von Frauen – nicht nur Ausnahmen – ein wirklich gleichberechtigtes berufliches und politisches Leben zu gewährleisten, solange die Frauen den Boden des neuen Landes noch nicht fest unter den Füßen haben, unterlassen sie natürlich das Verbrennen der Schiffe. Denn daß man mehr oder weniger zulänglichen Unterhalt lieber von einem zahlenden Ehemann bezieht, als unzulänglichen mit unterzahlter, anstrengender Arbeit zu verdienen, ist klar. Klar ist auch, daß man lieber in den eigenen vier Wänden in bescheidenem Maße sein eigener Herr und Meister ist (jedenfalls wenn der Mann nicht zu Hause ist) und die Befriedigung der Kinderkreation hat, anstatt großenteils wahllos eine Erwerbsarbeit zu verrichten, die nicht nur häufig dem Niveau kaum entspricht, sondern überdies den Verzicht auf Kinder mit sich bringt, wenn sie Mädchen- oder Fräuleinarbeit ist, oder aber eine ungemilderte Doppelbelastung. Es liegt daher auf der Hand, daß ein Großteil Frauen, selbst wenn die Impulse zu individueller Selbstverwirklichung mindestens so groß sind wie ihre mütterlichen, diesen auf Kosten jener nachgibt.

Ob ein absolutes Übergewicht der mütterlichen Impulse oder nur ein relatives infolge der männerherrschaftlichen Beschränkung der beruflich-wirtschaftlichen Freiheit der Frauen die Mehrzahl der Frauen veranlaßt, die mütterliche Selbstverwirklichung der individuellen vorgehen zu lassen, ließe sich nur bestimmen, wenn volle beruflich-wirtschaftliche und politische Gleichberechtigung der Geschlechter tatsächlich bestände. Denn nur unter solchen Voraussetzungen wären die mütterlichen Impulse als Beweggründe des Verzichtes auf eine beruflich-wirtschaftliche und politische Laufbahn nicht mit solchen wirtschaftlicher und sozialer Opportunität vermischt. Ohne diese Voraussetzung bei der Wahl ihrer Lebensgestaltung bleibt unabgeklärt, ob überhaupt und wenn ja, wie weit die Frauen infolge der Stärke ihrer mütterlichen Impulse für die Zurücksetzung und Unterdrückung des weiblichen Geschlechtes im beruflich-wirtschaftlichen, kulturellen und politischen Leben mitverantwortlich sind.

Wie dem auch sei, zumindest die Mehrzahl der verheirateten Frauen nimmt tatsächlich jenen Platz in der Ecke links unten ein, den die Wandbilder aus dem Volksleben allgemein den Frauen anweisen. Aber sie sitzen nicht gerade zufrieden dort. Weder halten sie die Kinder begeistert an der Hand, noch haben sie sich den Gedanken an die individuelle Selbstverwirklichung ganz aus dem Kopf schlagen können.

Ihre Tendenz, einen redlichen Teil der besungenen Mutterpflichten auf bezahlte Kräfte abzuwälzen, ist auffällig. Wer das Geld hat, stellt nämlich ein Kinderfräulein für die Rosenknospen an. Dieses hat an Stelle der »Frau und Mutter« für frische Luft, frische Windeln, Nahrung und Unterhaltung der Kinder zu sorgen und sie vor allen möglichen albernen Gefahren zu bewahren. Und wer noch etwas mehr Geld besitzt, stellt auch jemanden an, der die Schulaufgaben mit ihnen macht.

Bezeichnenderweise werden solche Entlastungen von den Frauen nicht etwa nur begrüßt, um frei zu werden, etwas Interessanteres zu tun, sondern nur schon, um der Muße zu pflegen. Wo ist die Frau, die, wenn sie sich ohne einschneidende Einschränkungen Pflegerin, Kindergärtnerin, Erzieherin und Hausdame leisten kann, freiwillig diese Kräfte missen wollte, um den sogenannten Beruf als Mutter minütlich, stündlich, täglich, Jahr für Jahr in allen seinen Teilen in eigener Person auszuüben? Man sieht sie wunderselten.

Wie wenig »Mutterglück« bei ehemännlicher Versorgung im Heim für den Ausfall individueller Selbstverwirklichung entschädigt, zeigt sich darin, daß ständig mit dem Gedanken an »beides« gespielt wird. Tut sich den Frauen eine Tür auf, zeigt sich ihnen ausnahmsweise eine lohnende und interessante Laufbahn, bei der sie nicht auf Kinder verzichten müssen, so denken sie nicht daran, nur in der Familie zu wirken. Sie brechen aus Küche und Kinderzimmer aus, als hätten sie nie davon gehört, daß die überwiegende Zahl ihrer verheirateten Geschlechtsgenossinnen lebenslänglich darin zu stecken hat. Unter Filmstars und Frauen, die ehemännliche Firmen geerbt haben, finden sich die typischsten Beispiele dafür.

Wo eine Frau ausnahmsweise im beruflichen Leben wirklich eine angemessene und angesehene Stellung einnimmt und zugleich Kinder hat, wird sie bewundert, beneidet. Sie wird zum Idol jener Frauen, die mit fünfzehn Jahren »nicht nur Hausfrau wie die Mutter« werden wollen, mit zweiundzwanzig vor allem einen Mann (einen interessanteren, als die Mutter hat) wünschen und zehn Jahre später mit lahmen Flügeln nur noch das eine vom Leben verlangen, mit ihrer Familie recht bald in ein eigenes Häuschen, wie es die Mutter besaß, ziehen zu können.

Die Ehefrauen sitzen am »Platz der Frau« – in Wirklichkeit und auf den Wandgemälden – und kommen nicht darüber hinweg, daß es im Grunde gar kein Entweder-Oder gibt, daß die Lage, die sie zwingt, sich für das Dasein als Bienenkönigin oder Arbeitsbiene zu entscheiden, bloß künstlich geschaffen wurde. Ein Abfinden damit liegt um so ferner, als auch die Wahl zwischen den beiden Laufbahnen nicht freiwillig ist. Ist doch die Arbeitsbienenlaufbahn nur diejenige eines entrechteten Arbeitsbienchens, das seines Lohnes nicht wert und von der begehrteren Arbeit ausgeschlossen ist. Man wäre ja dumm, sie einzuschlagen.

Kurz, der Platz der Frau gefällt ihr nur halb; denn man hat ihr ein wenig das Fell über die Ohren gezogen. Das ist es wohl, was das rätselhafte Tuch besagen will, das die Maler ihr so gerne über den Kopf werfen.

IV.

HAUSHALTFRON – DER LIEBE LOHN

Haushaltfron als Morgengabe

Was heißt heiraten? Nach den Mädchenromanen hieß und heißt es, in einen siebenten Himmel zu segeln, dessen Freuden offenbar dermaßen jeder Beschreibung spotten, daß die Erzähler es nun vollständig den Leserinnen überlassen, das Glück der beiden auszumalen. Nichtsdestoweniger bleibt den geneigten Leserinnen kein Zweifel, daß es sich um höchste Erfüllung handelt. Erfüllung jener Art, wie sie Novalis unverdrossen von einem anderen Leben erhoffte:

»Hinüber wall' ich,
Und jede Pein
Wird einst ein Stachel
Der Wollust sein.
Noch wenig Zeiten,
So bin ich los,
Und liege trunken
Der Lieb' im Schoss.«

Diese hochgespannten Erwartungen mögen sich erfüllen. Wie oft, sei dahingestellt. Aber gewisser als Ekstasen bringt die Heirat den Frauen Haushaltarbeit. Seien die Mädchen nun gescheit oder dumm, schön oder häßlich, tapfer oder feige, begabt oder blöd, fleißig oder faul – ihrer aller harrt jenseits der »Schwelle zum Glück« die gleiche Tretmühle. Die Heirat macht aus den »Fräulein« nicht nur Frauen, sondern zudem »Hausfrauen«. Wen auch immer sie geheiratet haben, sie haben sicher einen Haushalt geheiratet. Er vor allem ist ihr Lebensgefährte. Je nach der wirtschaftlichen Lage der Ehemänner variieren seine Mienen; sein Gesicht aber bleibt für alle Frauen – vom »Husmuetti« bis zur »Dame des Hauses« – dasselbe. Ob Pfannen eigenhändig gescheuert oder Dienstboten dazu angewiesen werden, so oder so heißt Heiraten für die Frauen besonders das eine: Haushaltfron. »Haushaltfron« steht dem romantischsten Liebhaber auf der Stirn geschrieben, steht zwischen den Zeilen jedes Liebesbriefes, dessen Schreiber sich mit sogenannt ernsten Absichten trägt.

Hätten die Mädchenbücher, die ihre Heldinnen auf der Schwelle zur Ehe von den animierten Leserinnen Abschied nehmen lassen, Fortsetzungen, sie ließen sich sämtlich mit »Haushaltfron« betiteln.

Haushaltfron der Frau ist der integrierende Bestandteil der Ehe unseres Kulturkreises, ist praktisch ihre Essenz. Männer, die von Heiraten, Familie, Ehe und Mütterlichkeit reden, mögen an Liebe, Sinnlichkeit, Kinder und Kameradschaft denken oder auch nicht, so gut wie immer aber haben sie ehefrauliche Hausarbeit im Rahmen einer Art Privathotel vor Augen, in das sie nach des Tages Mühe einkehren und wo sie sich's wohl sein lassen können. Chef de réception, Köchin, Casserolier, Kellner und Zimmermädchen in einem ist dort die Lebensgefährtin. Das ist der männliche Lebensstandard.

Die Gleichberechtigung der Frau im beruflich-wirtschaftlichen Leben bedroht ihn. Denn ihr steht »Gleichverpflichtung« des Ehemannes im Haushalt gegenüber. Loyalerweise muß der Mann, dessen Frau sich selber ernährt, sich selber kochen. Also sieht ein Mann bei konsequenter Frauenemanzipation Naturgesetze aus den Fugen geraten und wittert Weltuntergang. Er plädiert für die Rückkehr der Frau ins sogenannte Haus. Und »Familienschutz« soll in allererster Linie eines schützen, künstlich und kostspielig – nämlich die Ordnung, daß die Frau während des größten Teils ihrer Tages- und Lebenszeit für den Mann diejenigen Arbeiten erledigt oder zum mindesten anordnet und beaufsichtigt, mit denen er sich überhaupt nicht beschäftigen will, die er aber für seinen Komfort als unerläßlich betrachtet.

Von einem »Beruf als Gatte und Vater« hat man nie gehört. Der Beruf als »Gattin und Mutter« dagegen ist in aller Mund. Eine Ausdrucksweise, die Wurzel fassen konnte, weil die Ehe den Frauen tatsächlich Zwangsarbeit vom Morgen bis zum Abend bringt. Die Bezeichnung dieser Arbeit als Beruf bedeutet lediglich einen aufwertenden Euphemismus, damit die den Männern so unersetzlichen Hausfrauen im Vergleich mit den wirklich berufstätigen Frauen nicht einfach »nichts« sind.

Das Was und Wie der Haushaltfron

Die Kocherei

Zur Fronarbeit der »Frau und Mutter« gehört einmal die Kocherei. Die Frauen haben sie von A bis Z zu erledigen oder doch täglich Stunden auf Anlernen und Beaufsichtigung der Kochkräfte zu verwenden.

Gekocht wird für den Mann, während die Kinder gefüttert werden. Um ihn kreist das ganze Kochzeremoniell. Ihn hat man bei guter Laune und voller beruflicher Leistungsfähigkeit zu halten. Er ist die Katze, auf deren zufriedenes Schnurren man bei jeder Mahlzeit lauscht.

Durch den Magen soll selbst seine Liebe gehen. Dies stimmt sicher dort, wo der Mann etwas vom Essen versteht. Feinschmeckern sind unkundig zubereitete Speisen persönlich gemeinte Grobheiten und Sünden wider den Geist. Für Augenblicke bemächtigt sich ihres Gemütes unbändiger Haß gegen die Pfuscherin. Das sorgfältig hergerichtete Mahl hingegen erfüllt sie mit Wohlwollen für die Urheberin der herzerwärmenden Labung. Zum Glück im Unglück der weiblichen Haushaltfron sind aber die Feinschmecker unter Männern so dünn gesät wie die wirklichen Kunstkenner. Es ist lustig zu sehen, wie oft Männer, die vom Haus als dem natürlichen Platz der Frau reden, sich mit den seltsamsten Pappen abspeisen lassen. Nichtsdestoweniger geht auch bei ihnen bis zu einem gewissen Grade die Liebe durch den Magen. Denn während der Gourmet alles ißt, wenn es gut, und nichts, wenn es schlecht zubereitet ist, hat der kulinarisch weniger heikle Gatte kindische Neigungen und Abneigungen, die er berücksichtigt haben will. Bei Hochzeitsfesten wird die junge Frau oft scherzhaft davon in Kenntnis gesetzt; sie hat fortan nach diesen Maximen den Ernährer zu ernähren und selber zu essen.

Die Liebe des Ehemannes geht durch den Magen, wie jene der Ehefrau durch ihre wirtschaftliche Versorgung. Sie baut auf Pflichterfüllung der ehelichen Arbeitnehmerin wie jene der Ehefrau auf Pflichterfüllung des ehemännlichen Arbeitgebers. Wenn nicht gekocht beziehungsweise nicht erhalten wird, »hört alles auf«, nicht in jedem Fall natürlich, aber in Anbetracht der lyrischen Atmosphäre, welche die Heirat umwebt, doch erstaunlich oft.

Kochen ist im Grunde keine uninteressante Arbeit. Ließe sie sich im Sinne einer gelegentlichen Ferienbeschäftigung ausüben, wie Pilzesammeln, Fischen und Jagen, so wäre nichts dagegen einzuwenden. Grimmig an der Kocherei ist jedoch, daß sie dreimal täglich, jahraus, jahrein, ein Leben lang, erfolgen muß. Morgen-, Mittag- und Nachtessen bilden den

Kern der Haushaltservitut der »Frau und Mutter«. Dies nimmt ihren Tag derart zerstückelt gefangen, daß sich so anspruchsvolle Arbeit wie die ganztägige berufliche kaum glücklich mit ihr kombinieren läßt.

Der erste Stein des Anstoßes, das kontinentale Frühstück, wäre an sich eine Angelegenheit, die kaum ins Gewicht fällt. Eigentlich ist nur Milch, Kaffee oder Tee zu kochen. Alles übrige braucht bloß auf den Tisch gestellt zu werden. Aber das schweizerische Männerkollektiv verlangt auf Grund des ungeschriebenen Gewohnheitsrechtes des Ehemannes und des geschriebenen Rechtes der Schulreglemente, die Erstkläßler auf acht und Fünftkläßler sommers auf sieben Uhr früh ans Tagewerk rufen, daß Männer und Kinder ihr Frühstücksgetränk beim Morgengrauen von der Mama in ihrer Betätigung als Gattin und Mutter vorgesetzt erhalten, ohne selber einen Finger rühren zu müssen. Daß sie dazu besonders früh aufstehen muß, sofern sie nicht in landwirtschaftlichen Verhältnissen lebt oder außerhäuslicher Arbeit nachgeht, spielt keine Rolle. Getränkesiederei in der Frühe ist eben Pflicht der Hausfrau. Siedet sie die fragliche Quantität Milch oder Wasser nicht tagaus, tagein, Woche für Woche, Monat für Monat, Jahr für Jahr, im Morgennebel, in der Morgendämmerung oder gar vor Tag, so gilt sie als schlechte Frau und Mutter. Also erheben sich die Hausfrauen, abgesehen von einigen wenigen, je nach Hablichkeit mild oder stark verschrieenen, auf die Stunde, die ihnen das Männerkollektiv vorschreibt. Eine frühe Stunde, die sich schlecht mit der so gerne ins Feld geführten körperlichen Anfälligkeit und Schwäche des weiblichen Geschlechtes reimt.

Die Servitut, vom Hochzeits- bis zum Totenbett täglich beim Morgengrauen einen Krug gesottener Milch auf den Tisch zu stellen, ist jedoch nichts im Vergleich zu jener, ein ausgiebiges kontinentales Mittagessen aufzutischen.

Die Personen, die am Morgen zum Tagewerk abgefertigt worden sind, Mann und Kinder, tauchen spätestens nach fünf Stunden unweigerlich wieder auf. Diesmal wollen sie nicht nur einen heißen Milchkaffee mit Brot, Butter und Konfitüre vorfinden, sondern das Mittagessen, bestehend aus Suppe, Teigwaren oder Kartoffeln, Gemüse, Dessert und womöglich viel Fleisch oder doch Fleischillusion.

Die Tageseinteilung in den Büros, Fabriken und Schulen bewirkt, daß im städtischen Straßenbild die Bevölkerung um 12.00 Uhr in ein sichtbares, rasches Strömen gerät. Nichts anderes bringt sie in Fluß als die Aussicht, von ungezählten verheirateten weiblichen Wesen, von allen, die man da unter »Frau und Mutter« versteht, abgefüttert zu werden. Ingrimmig verfolgen alle dasselbe Ziel. Mit dem kontinentalen Mittagessen läßt sich nicht spaßen. Brechen Mann und Kinder zur Türe herein, so hat eine dampfende Suppe sie zu begrüßen.

Die Ursache des tierischen Ernstes um das Mittagessen liegt auf der Hand. Schulkinder und Ehemänner sind ausgehungerte Horden. Sie haben im kontinentalen Europa morgens nur ein Minimum zu sich genommen, und dies in der Schweiz wohl meist zu früherer Stunde als in jedem andern zivilisierten Land. Mit halbleeren Mägen haben sie die halbe Tagesportion der schweizerischen Qualitätsarbeit geleistet oder die Hälfte der beispiellosen Volksschulbildung eingesogen, deren beider man sich so gerne rühmt. Aber jetzt – mit der zwölften Stunde – hat die elfte geschlagen: die Lokomotive muß nachgeheizt werden, und zwar sofort. Denn man steht vor der zweiten Hälfte des Tagewerkes. Zwei Stunden stellen Sitte und Brauch für die Restauration zur Verfügung. Davon fällt eine halbe bis eine ganze Stunde allein auf den Weg heim und zurück zur Arbeitsstätte.

Der Einkauf der Nahrungsmittel am Vormittag, ihre Zubereitung ab elf Uhr unter großer Dampfentwicklung und das Auftragen um 12.30 Uhr werden als integrierende Funktionen der weiblichen Natur betrachtet. Praktisch heißt das, daß verheiratete Frauen in der Mitte des Tages drei Stunden in der Küche und im Eßzimmer zuzubringen haben oder sich zum mindesten ihr Geist in diesen Räumen aufhalten muß. Frauen, die von der Monumentalität dieser mittäglichen Abfütterungspflichten nichts wissen wollen, die von leichten Lunchen in Schulen und Arbeitsstätten als besserer Lösung träumen, betrachtet man bei uns gerne als »unnatürlich« oder sonst verdächtig, als Defaitistinnen, Kommunistinnen und was weiß ich.

Der zweistündige Arbeitsunterbruch für das häusliche Mittagessen ist eben heilige Regel. Ein allgemein anerkanntes Tageseinteilungssystem garantiert sie. Wie eine Dampfwalze geht es über die Interessen der Frauen hinweg und entspricht im Grunde nicht einmal den Interessen der Männer und Kinder. Es ist offenbar ein Überbleibsel aus der Zeit, da die Viehwirtschaft den Tagesablauf bestimmte, und vermag sich so lange zu halten, weil es in der Hauptsache ja nur Frauen lästig ist und sie dermaßen daran gewöhnt sind, alle wesentlichen Regelungen des Kollektivlebens als »vox populi« – Volk heißt hier einmal mehr Männervolk – und damit »vox Dei« hinzunehmen.

Es braucht wohl nicht noch Hinweise auf das Abendessen, um darzutun, wie die ehefrauliche Kocherei eine der regelmäßigsten Tretmühlen unserer Zivilisation ist. Andere Tretmühlen können durch Stellenwechsel zeitweise oder dauernd aufgehoben werden. Und zum mindesten setzen sie während der Ferien und sonntags aus. Aber für die überwiegende Zahl Ehefrauen gibt es jahrelang keine Pause. Auch am Sonntag, auch in den Ferien, soweit man sich selber verpflegt, muß dreimal am Tag gekocht werden. Die meisten Ehemänner denken nicht daran, sich auch nur ausnahmsweise diese Bürde aufzuladen; die wenigsten haben mehr als ein Dutzend Mahlzeiten für die Familie gekocht. So bleibt den Frauen nur Flucht in die Krankheit offen, ein Weg, den sie denn auch häufig betreten.

Schmutz – ein unerschöpfliches Arbeitsfeld

Um den Kochkern der Hausarbeit gruppieren sich unzählige Arbeiten, die, wenn auch weniger regelmäßig, doch häufig genug sind. Davon ist ein großer Teil simpel und schmutzig.

Dieser Arbeitskreis ergibt sich aus dem tagtäglichen Kampf gegen Zerfall und Dreck. Bringt doch die Heirat der Frau die Pflicht, fortan einen tagtäglichen Kampf gegen all den Schmutz auszutragen, den das Ehepaar und sein Nachwuchs machen. »In ihrem Heim ist die Frau Königin« – Recht und Pflicht dieser Königin ist es, ein- bis dreimal täglich im fettigen Wasser unappetitliche Bestecke und Teller zu reinigen. Und den Boden, über den die andern mit schmutzigen Schuhen gehen, putzt sie auf Händen und Knien. Sie putzt auch Badezimmer und Toiletten und das Innere von Kotkübeln. Schmutzige Wäsche ist ebenfalls ihre Sphäre. Anders als beim Personal von Wäschereien, das vorab Maschinen bedient, besteht ihre Aufgabe darin, die Aufmerksamkeit jedem einzelnen Flecken zuzuwenden. Höchstpersönlich hat sie den Schmutz aufzustöbern und für Abhilfe besorgt zu sein. Kurz, an der Kloake des Haushalts nützlich zu wirken, ist eine wesentliche Pflicht der »Priesterin des häuslichen Herds«.

Wo Leben, da Zerfall. Wo Zerfall, da Schmutz. Wenn einem als Bruchteil des »Berufes als Gattin und Mutter« intensive Beschäftigung mit Schmutz auferlegt wird, liegt es nahe, schon den Anfängen zu wehren, um wenigstens das Ausmaß dieser unerfreulichen Obliegenheit zu beschränken. So entwickelt sich denn in manchen Ehefrauen – Musterhausfrauen – ein kleinlicher Instinkt, bereits der Vorstufe von Zerfall und Schmutz entgegenzutreten, nämlich den Lebensbetätigungen selbst. Gatte und Kinder haben auf Schritt und Tritt achtzugeben, auf die Böden, auf die Kleider, auf das Tischtuch. Die Frau macht sich notgedrungen zu einer Art Aufsichtsdame, die gewissermaßen den Hausrat vor dem Vandalismus des Publikums schützt. Und wer weiß, wieviel unbewußte Rache für die aufgezwungene Putzerei die Aufsichtsdame da im Namen von Sauberkeit und Ordentlichkeit auf ihre Lieben stäubt.

Spar-Aktiönchen und kein Ende

Teils mit der Kocherei und Putzerei verquickt, teils davon unabhängig, bedeutet das Sparen die typischste und vielfältigste aller Haushaltsfunktionen. Das Wirtschaften macht die Hausfrau, unterscheidet sie vom Dienstmädchen.

Das hauswirtschaftliche Sparen besteht wie jedes Sparen darin, den Verbrauch auf ein Minimum zu beschränken, indem man einerseits das Leben so einteilt, daß man auf jene entgeltlichen Leistungen und Güter verzichtet, die einem weniger wichtig sind als andere, und anderseits aus unvermeidlichen Ausgaben möglichst großen Nutzen zieht, den Rappen spaltet. Es bedeutet überdies zahlreichen Ausgaben durch eigene Arbeit, ja selbst eigene Produkte vorzubeugen.

Die Sparerei bleibt keiner Klasse von Hausfrauen erspart, auch jener nicht, welche die erörterten Arbeiten auf mehr oder weniger fähige Angestellte abwälzen kann, was bei uns gegenwärtig – grob geschätzt – nur in einem Zehntel der Fälle und mit der Zeit wohl immer weniger möglich ist. Ob die Hausfrau sich mit einem Existenzminimum abmüht oder ein Vermögen jährlich verausgabt, immer steht sie zum mindesten vor dem Problem, aus den Mitteln das Maximum herauszuwirtschaften.

Sie macht alles selber

Ist das Sparen im Sinne eines Vermeidens von Ausgaben durch Überlegung, Selbst- und Kinderbezähmung (die naheliegende Bezähmung des Ehemannes in dieser Hinsicht übersteigt die Kraft eines großen Teils der Frauen) eine anstrengende, aber keineswegs zeitraubende Arbeit, so gilt das Umgekehrte von den beiden anderen Seiten des hausfraulichen Sparens, der hausfraulichen Selbstversorgung und dem Ausschlachten. Diese Art Selbstversorgung unterscheidet sich von der allgemeinen durch ihren Rahmen und dilettantischen Charakter. Sie besteht aus jener Selbstversorgung landwirtschaftlicher oder handwerklicher Natur, die eine Frau neben der Reinigungs- und Kocharbeit für eine Familie unter Wahrung ihrer grundsätzlichen Präsenz zu Hause noch in ihren Werktag hineinbringt.

Gelegenheit zu einer halb »angelernten«, halb autodidaktischen Selbstversorgungsarbeit bietet sich an allen Ecken und Enden. Denn bei jeder einzelnen Sache, die von der Familie benötigt oder gewünscht wird, stellt sich die Frage, ob man die Ausgaben nicht ganz oder teilweise vermeiden und sich den entsprechenden Gegenwert dennoch verschaffen könnte, ob man das Weggli bekommen kann, ohne den Batzen zu verlieren, indem die Hausfrau mittels eigener, außerordentlicher Betätigung das Gewünschte ganz oder teilweise herstellt. Es gibt eine Unzahl solcher »Aerbetli«, von der Gemüsezucht für den Eigenbedarf bis zu den Miniaturschnittlauchpflanzungen auf dem Fensterbrett, von der Anfertigung aller Kinder- und Frauenkleider, aller Strampelhöschen und Männersocken bis zum Einsammeln der Lindenblüten von den Bäumen öffentlicher Anlagen, vom Herstellen von Konfitüren und Lampenschirmen bis zum Beschlagen der Schuhsohlen und Backen der Weihnachtsgutzli nach Großmutterart.

Mit anderen Worten: Im Bereich des Haushalts hört die Arbeit nie auf, weil die Möglichkeit zur Sparerei durch Selbstversorgung kein Ende hat. »Nimmer ruhen die fleißigen Hände«, weil, wenn es gar nichts mehr zu machen gäbe, immer noch ein Pullover zur Verhinderung einer späteren Ausgabe gestrickt und somit der Wohlstand der Familie indirekt gemehrt werden könnte.

Soweit der obligatorische Handarbeitsunterricht der Schulmädchen sich nicht auf »Reparieren« bezieht, ist er nichts anderes als Vorbereitung zu dilettantischer hausfraulicher Selbstversorgung in Konkurrenz mit Industrie und Gewerbe. Zur Allgemeinbildung der Knaben hingegen gehört keine Selbstversorgung mehr. Die Knaben läßt man in dieser Hinsicht im Rohzustand. Sie sind später tatsächlich nicht einmal fähig, einen Knopf anzunähen, weil sie nie gelernt haben, mit einem der ältesten Werkzeuge, der Nadel, umzugehen. Nur noch andeutungsweise hat sich die Vorbereitung zu einer Selbstversorgung »männlicher« Art im sogenannten Knaben-Handfertigkeitsunterricht erhalten. Diese schwachen Bestrebungen zur hausväterlichen Selbstversorgung – das illusionäre Ziel ist der Hausrat und Spielzeug schnitzende Hausherr und Vater – zeitigen lediglich seltsame Pappschachteln und hölzerne Lampenfüße. Mit dem Anlauf in der Jugend ist es ein für allemal getan, denn es werden im familienväterlichen Leben keine Lampenfüße fabriziert, von Kochkellen und Wiegen ganz zu schweigen.

Auf Grund der Vorbereitung durch den Handarbeitsunterricht ist die Frau in der Lage, ein Chamäleon zu sein, das je nach Standard und Bedarf ihres Haushaltes die Tönung dieses oder jenes Facharbeiters annimmt, um sich mit den entsprechenden Produkten selbst zu versorgen. So ist sie bald Pulloverstrickerin, Schneiderin, Kinderkleiderfabrikant, Gemüsezüchter, Hühnerfarmer, Flachmaler oder Tapezierer. Je bescheidener die Mittel, um so näher liegt es, daß die Hausfrau sich als Produzentin und wo nicht als arbeits- so doch als ausgabensparende Maschine einspannt. Dieser Tendenz gemäß geht es übrigens auch mit der Anschaffung arbeitssparender Einrichtungen im Haushalt alles in allem schleppend vorwärts. Denn weshalb Ausgaben für etwas, das die Hausfrau, für deren Unterhalt man ja ohnehin zu zahlen hat, selbst machen kann? Ich werde auf das Problem zurückkommen.

Ausschlachten

Die gute Hausfrau arbeitet nach der Devise: nichts wird fortgeworfen. Das heißt vor allem: reparieren. Weiter kann sie bedeuten, Güter, die für ihre ursprünglichen Zwecke unbrauchbar geworden sind, für neue brauchbar zu machen, »aus Altem Neues« anzufertigen, wie es die Zeitungen in der Ecke »Für die Frau« so gerne anregen. Insoweit verbindet sich das Ausschlachten mit Selbstversorgung.

Socken, Männersocken, lautet das markanteste Stichwort dieser Seite des Sparens. Denn das Stopfen ihrer vielen Löcher gehört mit zu den Berufspflichten der »Frau und Mutter«. Diese Löcher gähnen immer aufs neue. Und wenn die gestopfte Stelle schließlich die einzig haltbare des ganzen Männersockengebildes geworden ist und dieses ersetzt werden muß, so tun sich am Ersatz über kurz an den gleichen Stellen neue Löcher auf. Sofern die Frau eine Frau ist, nämlich weder Fräulein noch Witwe oder Geschiedene, bringen Name und Bürgerrecht des Ehemannes es mit sich, jeden Riß innerhalb des Lebensbereiches der Familie zuzusticheln. Und zwar so rasch wie möglich; denn wer das Löchlein nicht flickt, macht ein großes Loch –, um im Geiste des Hausfrauenmoralismus zu reden.

Von solcher Flickmission erreicht die Mädchen noch im zarten Alter mehr als ein Hauch, nämlich seltsame Übungen, sozusagen am Phantom. An einem großen Rahmen – mit dem Gestell ist er größer als sie selbst – erlernen sie in der Schule den Maschenstich. (Wie viele Schweizer Männer wissen, was das ist?) In diesem Rahmen ist ein Gewirke aus dünnen Strikken gespannt, das ein riesiges Loch aufweist. Mit einem Strick gleichen Kalibers in der Hand haben die Mädchen nun zu lernen, wie man das Loch mit kunstvollen Verschlingungen so ausfüllt, daß es schließlich mit einem Gewirke übersponnen ist, das sich in nichts von jenem an den Rändern unterscheidet. Sitzen endlich die Tricks, so haben die Kinder ein solches Tricot in zehn- bis zwanzigmal kleinerer Ausführung über ein »natürliches« Loch in einen »natürlichen Socken« zu sticheln. Zweck dieser Prozedur: Noch bevor sie der erste Kuß erreicht, haben die erblühenden Jungfrauen zu lernen, die von noch nicht vorhandenen Gatten und ungeborenen Kindern durchgelaufenen Socken instand zu setzen.

Der Maschenstich, der gleichzeitig mit der Menstruation im Leben der Mädchen erscheint, ist zugleich auch Symbol für das, was mit der sogenannten Weiblichkeit im »Leben draußen« eigentlich gemeint ist. Er ist ein Vorbote der den Frauen aufgehalsten Flickerei aller menschlichen Hüllen und damit auch der verwünschten Sparerei, die Frauenlos ist.

Die Ewigkeitssuppe, die oft in ländlichen, aber auch ganz modernen städtischen Haushaltungen brodelt, ist ein anderes Beispiel hausfraulicher Ausschlachtungsmanöver. Sie ähnelt der schwarzen, ständig sich erneuernden Witwensuppe der guten Mutter in Gottfried Kellers »Grünem Heinrich«. Im ersteren Falle ist sie allerdings eher weiß; denn auf dem Lande gießt man gerne etwas Milch zu einem Gemüserest, um eine Abendsuppe aufzutischen; sind drei Viertel der Brühe genossen, so macht man das letzte Viertel mit Kartoffelresten und einem weiteren Guß Milch voluminöser und stellt sie neuerdings auf. Im modernen Haushalt nimmt die Ewigkeitssuppe alle Farben an. Ihr Grundelement mag etwa das angeblich so nährstoffreiche Gemüsewasser sein. Ein Elixier, vor dessen Verlust die Frauen im Namen der Gesundheit ihrer Lieben von kompetenter Seite gewarnt werden. Also lieber ein Dutzend Handgriffe mehr, die zusätzliche Benützung einiger Schüsseln zur Aufbewahrung und verstellter Platz auf dem Küchentisch – schließlich mag man zum Spinatgericht nicht noch Spinatwassersuppe essen –, als die Vitamine einiger Handvoll Gemüse durch den Schüttstein abziehen zu lassen.

»Aus Altem Neues« ist ein Ideal, dem – zum mindesten in Europa – in allen Schichten geopfert wird. Es gibt Gattinnen von Bankdirektoren, die eigenhändig alte Fräcke ihrer Gatten zertrennen – der schöne schwarze

Stoff läßt sich gewiß wieder verwenden. Gewiß! Wozu eigentlich, weiß im Augenblick zwar niemand. Das gute Tuch wird beiseite gelegt. Wenn die Motten es nicht fressen, gibt es daraus vielleicht einmal einen prachtvollen Bodenlappen. Aber nicht nur der schöne Wollstoff, auch der Futterstoff, ja selbst Baumwollbändchen, die irgendwo im Innern verwendet worden sind, müssen aufbewahrt werden. Sie könnten, wenn das Söhnchen einmal lange Hosen trägt, inwendig an den Kanten der Hosen als Schoner aufgenäht werden. Auf diese Weise vermöchte man mit dem Heraustrennen des Bändchens und seiner Neuinvestierung eine andere Arbeit, nämlich das Flicken der Hose, die der Junior in sieben Jahren einmal trägt, etwas hinauszuschieben. Dieses Beispiel ist keine Übertreibung. Man findet seinesgleichen wohl in jedem geordneten, behäbigen Haushalt, der nicht amerikanisch betrieben wird. Die erwähnten ad absurdum gehenden utilitaristischen Erwägungen werden allerdings nicht in einem Mal gemacht. Beim Auftrennen der alten Kleidungsstücke und beim Aufbewahren des Materialvorrates denkt man sich oft gar nichts, sondern folgt lediglich dem Glaubenssatz des Nichtfortwerfens. Der Lauf der Dinge, der einst bei einem noch guterhaltenen, aber zu eng gewordenen Frack seinen Anfang nahm, wickelt sich in der Folge jedoch so ab, als hätte man jene ausgefallenen Überlegungen wirklich gemacht.

Es gehört zu den »hehren Aufgaben der Frouh und Mueddher«, kleinlichster und banalster Zerstörung der anderen mit zeitraubenden Geschicklichkeitswerklein zu begegnen und in Ausschlachterei, die den Männern zu blöde ist, um auch nur einen Gedanken darauf zu verwenden, einen Teil ihrer Bestimmung zu erblicken.

Das Sparethos

Die dreifache Sparerei als wesentlicher Teil des Lebenswerkes der Hausfrau muß ideologisch massiv untermauert werden, um durchführbar zu sein. Sie wird daher von einem eigentlichen Sparethos getragen, das die Nurhausfrau prägt, ihre »déformation professionnelle« ausmacht.

Die Hausfrauen verschreiben sich einem bestimmten Sparstandard, indem sie sich vormachen, der ökonomische Wert des Sparens sei ein moralischer. Es sei denn, die Not diktiere die Lage. Dann braucht es keine moralistischen Krücken zum Sparen. Ohne absolute Not jedoch ist das Sparen im Sinne der Beschränkung des Verbrauchs zugunsten ganz bestimmter Ziele ein mühsamer Willensaufwand. Denn die natürliche Einstellung des Menschen ist diejenige eines Konsumenten nach Lust und Laune des Augenblicks. Sparen bedeutet daher unermüdliches Training im Herabschrauben der Konsumationswünsche.

Als solches wird es zu einer Leidenschaft, der die Mehrzahl der Hausfrauen aller Stände frönen. Sobald die Versuchung zum Geldausgeben naht, verhalten sich die guten Hausfrauen wie Hennen beim Nahen des Raubvogels: Sie rufen die Kücken unter ihre Fittiche und ducken sich. Unter Kücken sind in diesem Zusammenhang Fränklein, ja nur schon Batzen zu verstehen. Und Ducken bedeutet, seine Impulse zum Verbrauchen für den Augenblick zu ersticken und nur an das Zusammenhalten der Fränklein zu denken.

Nebst der Kraft für solche Übung im Entsagen wird auch die Begeisterung für die langweilige Ausschlachterei und Selbstversorgungsarbeit aus dem Sparethos gezogen. In dessen Glorienschein werden endloses Gestichel und Nadelgeklapper zu Taten hoher Tugend.

Sparen ist bei den guten Hausfrauen eines jener Schlagworte, mit denen man immer recht behält, wie traditionstreu oder modern, je nach Lager.

Mangel an Haushaltsgeld – eine wirksame Triebfeder zum Sparen

Die hausfrauliche Sparreligion hat allerdings oft noch einen anderen Hintergrund als freies Bekenntnis. Er wird durch die harzige Art und Weise, wie viele Hausfrauen zu ihrem Betriebskapital kommen, gebildet. Denn während die Ehefrau mit sehr arbeitsintensiv gebauten Dämmen verhindert, daß es zerfließt, verhindert mancher Ehemann mit einem festen Griff ums Portemonnaie, daß es ihr reichlich zuströmt. Solche Quellengötter verlangen allerlei Bittgänge für relativ bescheidene Gaben. Bescheiden im Verhältnis zu dem, was sie als »Taschengeld« für sich behalten und zu jenem, was sie bei den Mahlzeiten auf dem Tisch sehen möchten.

Im Schweizerischen Zivilgesetzbuch heißt es von der Ehefrau: »Sie führt den Haushalt.« Womit, wenn man fragen darf? Offenbar mit dem, was sie dem Ehemann abpressen kann. Denn bei aller Redseligkeit des schweizerischen Eherechtes wird mit keinem Sterbenswörtchen gesagt, mit was für Geld nun eigentlich von der Frau gewirtschaftet werden soll, was den – immerhin verbreiteten – Barverkehr betrifft. Man sucht vergeblich nach einer gesetzlichen Anordnung, die festlegte, welchen Teil seines Einkommens der Mann der Frau als »Haushaltsgeld« in die Wirtschaft zu geben hat und was damit bestritten werden soll. Die Regelung bleibt ganz dem Ehemann überlassen. Zu »führen« – wie das Gesetz sagt – bleibt da der Frau nicht mehr viel. Befiehlt doch, wer bezahlt, und der Ehemann ist es, der zahlt. Der Haushalt wird daher vom Mann »geführt« und von der Frau »gemacht«.

Es fehlen selbst Anhaltspunkte einer ehemännlichen Pflicht, Haushaltungsgeld zur Verfügung zu stellen. Es sei denn, man betrachte die Einrichtung der Schlüsselgewalt als solche oder auch das Recht der Frau, beim Richter »Maßnahmen zum Schutze der Gemeinschaft« zu erwirken, wenn das Haupt der Familie ihr zu wenig zu beißen geben will, was bestenfalls eine Anweisung an den Arbeitgeber des Hauptes bewirkt, einen Teil von dessen Lohn an die nicht mehr stille Dulderin direkt auszuzahlen.

Verfolgt man übrigens, was auf Grund solcher Bestimmungen herauszubringen ist, so gibt es oft allerlei Überraschungen. Es kommt zum Beispiel vor, daß der Richter findet, ein Fünftel des Einkommens reiche bei weitem für die Lebensgefährtin und die noch nicht 18jährige Tochter, während für den Mann – er verdient doch das Geld, oder nicht? – weniger als vier Fünftel ungerecht wären.

Und an der gesetzlichen Schlüsselgewalt der Ehefrau ist nur der Name gewaltig. Sie statuiert lediglich die Befugnis, den Ehemann im Rahmen häuslicher Ausgaben beim Händler zu vertreten. Praktisch bedeutet sie, daß, wenn die Frau für den Aufwand des Haushaltes nicht bar bezahlt, der Mann die Rechnung zu begleichen hat. Wenn er das nicht tut, schickt man aber doch der Frau eine Zahlungsaufforderung und betreibt sie schließlich für diese Schulden des »Ernährers«, ja mitunter für solche, die er ausschließlich für sein eigenes leibliches Wohl eingegangen ist. Es gibt Betreibungsämter, welche wegen der Spitalkosten des verdufteten Ehemannes an die Frau gelangen, da sie »Haushaltsschulden« seien.

Damit nun der Mann im Zusammenhang mit den Einkäufen seiner Frau keine Rechnungen erhält, die ihm nicht gefallen, kann er ihr ganz nach Gutdünken mit schlichtem Wort beim Händler, von dem er keine durch seine Frau veranlaßten Rechnungen mehr bekommen will, die Schlüsselgewalt entziehen. Er kann es auch mit öffentlicher Bekanntmachung tun. Die auf dem trockenen sitzende Hausfrau muß sich nun entscheiden, ob sie in die eigene Tasche greifen oder als schwaches Weib – schwach durch ihre schwache Stellung im Eherecht – auf dem vielleicht aussichtslosen und umständlichen Rechtsweg Schutz suchen will.

Lohnanweisungen durch den Arbeitgeber der säumigen Ernährer bilden sowenig wie die grundsätzliche Schlüsselgewalt der Ehefrau Indizien eines ehefraulichen Anspruches auf Haushaltsgeld. Erstere haben lediglich die Bedeutung, in gewissen Fällen die Erfüllung der Unterhaltspflicht einigermaßen sicherzustellen, letztere läßt einander entgegengesetzte Schlüsse zu. Ebensogut wie man aus der Vertretungsbefugnis im Rahmen des Haushaltsbedarfes einen Anspruch auf Haushaltsgeld folgern kann, läßt sich das Gegenteil daraus schließen, indem man hinter dem Recht der Frau, für Haushaltsausgaben den Mann zu verpflichten, den Grundsatz sieht, daß ihr für den Haushalt kein Bargeld zur Verfügung gestellt zu werden braucht.

Item, punkto Haushaltsgeld ist die Frau ganz auf den guten Willen des Ehemannes angewiesen. Nun läßt sich aber nicht übersehen, daß tragischerweise die Logik des Sparens nicht dem freigebigen Ehemann recht gibt, sondern dem Knauserer, der sich das Haushaltsgeld in kleinen Beträgen mit Müh und Not abpressen läßt. Es gibt kaum ein besseres Mittel, einen Haushalt sparsam zu betreiben – ob damit auch rationell, ist allerdings eine andere Frage –, als das Haushaltsgeld der Ehefrau knapp zu bemessen und ihr auf diese Weise Gelegenheit zu geben, sich nach der Decke zu strecken und von der Not erfinderisch machen zu lassen. Das Mittel wirkt automatisch. Wenn man weder Geizhals noch Verschwender ist, paßt man den Standard der Ausgaben fast automatisch dem Format des verfügbaren Betrages an. Es wirkt die gleiche Regel wie bei jenem journalistischen Kniff, für lange Artikel große Papierbogen, für kurze kleine zu nehmen.

Immerhin behält der geizige Ehemann selbst vom wirtschaftlichen Gesichtspunkt aus nicht in allen Teilen recht. Denn ein kleines, womöglich noch aus unregelmäßigen Beträgen von ungleicher Höhe zusammengesetztes Haushaltsgeld verhindert planmäßiges Haushalten und damit auch rationelles Hausen.

Je geringer und unregelmäßiger die Speisung der Haushaltskasse, desto mehr wird die Ehefrau zur Einstellung gezwungen, die Ausgabe jedes einzelnen Frankens als Abschied eines nie wiederkehrenden Freundes zu betrachten. Das Geld wird damit in ihrer Hand erst recht Geld, das durch Ausschlachtung Wunder wirken kann. Es macht die Hausfrau zur Rappenspalterin, die den Rappen mit der Spaltung verdoppelt. So findet die »doppelte Moral« der Geschlechter eine seltsame Parallele in einer doppelten Währung der Geschlechter.

Von der hausfraulichen Sparwut

Das hausfrauliche Sparethos erfährt bei den Nurhausfrauen zusätzliche Schürung.

Je weniger jemand so oder so die Möglichkeit zum Gelderwerb hat, um so ängstlicher hütet er, was bereits in seinen Händen ist. Sparen ist ihm psychologisch Erwerbsersatz. Zwar gibt die Sparerei nicht die angenehme Empfindung des Erwerbens, nämlich fortwährend mit neuen Kräften gespeist zu werden, aber doch die Befriedigung, sich einen Kräftevorrat zu erhalten und dadurch zu »vermögen«. Die nicht erwerbenden Hausfrauen werfen sich daher mit der Kraft ihres abgedrosselten Erwerbstriebes auf die Sparerei. Dessen Abdrosselung bringt sozusagen ihre Sparwut zum Kochen. Frauen, die es materiell »nicht nötig haben, zu arbeiten«, haben es psychisch um so nötiger, zu sparen, und zwar nicht nur in Wirklichkeit, sondern selbst noch in Tagträumen. Bezeichnenderweise sind Artikel und Vorträge über das Sparen weniger bei ärmeren Frauen als jenen des Mittelstandes beliebt. Ist doch hier das rigorose Sparen weder mit absolutem Zwang verbunden noch mit dem Odium der verpönten Armut behaftet, sondern vom Nimbus eines rationell geführten Betriebes umglänzt.

Ich war einmal Zeugin der unglaublichen Erscheinung, daß die Delegierten einiger Frauenvereinigungen eine halbe Stunde lang diskutierten, ob der Beitrag pro Kopf für eine außerordentliche Aktion – einen einzigen Rappen mehr oder weniger betragen solle. Knappheit der Mittel konnte unmöglich hinter dieser Auseinandersetzung stehen, denn es handelte sich nicht um unbemittelte Frauen, und überdies hätte jede der Beteiligten innerhalb der auf die Diskussion verwandten Zeitspanne allein schon mit

Adressenschreiben das Fünfzigfache verdienen können. Nein, es handelte sich um eine Betätigung der Sparwut als »l'art pour l'art«. Die »déformation professionnelle« der Nurhausfrauen schlug hier eine ihrer tollen Kapriolen. Wenn solche Sprünge der hausfraulichen Sparwut auch selten sind, so scheint die Verwandlung in ein kleines Sparungeheuer dennoch zum »Glück der Frau« jenseits der Schwelle zur Ehe zu gehören.

HAUSARBEIT – UNDANKBARE ARBEIT

Viel Pflichten und wenig Rechte

Lebenslängliche Kocherei, unvermeidliches Putzen und Pützeln und die Tretmühle ständigen Reparierens bilden die Zwangsarbeit, die im sogenannten Beruf als Frau und Mutter geleistet werden muß. Wie jede Zwangsarbeit, ist sie nicht bezahlt. An Stelle eines Gehaltes bietet die Männerherrschaft lediglich Schicksalsgemeinschaft mit dem Ehemann auf Gedeih und Verderb.

Von dieser treuherzigen Regel werden verräterische Ausnahmen gemacht. Bei Prosperität des Ehemannes wird man inkonsequent. Die Lebensgefährtin darf nicht zur Hälfte an seinem Gedeihen teilnehmen – ihre Ansprüche gehen lediglich auf eine angemessene Befriedigung des Unterhaltsbedarfs, zum mindesten solange keine güterrechtliche Auseinandersetzung stattfindet. Kommt es überhaupt einmal zur Teilung, so wird die Frau nach unserem gesetzlichen Güterstand mit einem geringeren Anteil an der Errungenschaft übers Öhrchen gehauen. Nach der Regelung der einen und anderen Gesetzgebung bekommt sie überhaupt nichts. Der »Verderb« des Ehemannes hingegen trifft sie mit ganzer Wucht. Wenn er nichts mehr hat oder bekommt, ist es an ihr, ihn zu erhalten, solange sie noch etwas hat oder bekommt.

»A quoi rêvent les jeunes filles?« Haushaltfron in einer Lebensgemeinschaft, die gerade dort an Gemeinschaftlichkeit zu wünschen übrigläßt, wo es »interessant« wird, ist das Schicksal, das die Zukunft bringt.

Hausarbeit hat noch keine Frau auf einen grünen Zweig gebracht

Die Hausfrauentätigkeit oder, euphemistisch gesagt, der »Beruf als Gattin und Mutter«, der mit seiner vielen schmutzigen und langweiligen Sisyphusarbeit für die Frauen samt und sonders der normale Arbeitsbereich sein soll, hat nun im Gegensatz zu allen anderen Berufen die Eigentümlichkeit, daß die Arbeitsleistung ohne jeden Einfluß grundsätzlicher Natur auf die wirtschaftliche und soziale Stellung des Arbeitenden bleibt. Schlimmer noch. Es ist für ihn sogar bezeichnend, daß die am intensivsten Arbeitenden am wenigsten vorwärtskommen. Die eine Hausfrau kann mit der Unerschöpflichkeit eines Perpetuum mobile tätig sein, bis Mitternacht Bubenhosen »plätzen«, sie kommt damit auf keinen grünen Zweig. Statt

Ansehen genießt sie bestenfalls Mitleid. Ihr verhältnismäßig seltenes Gegenstück aber, die Frau, die in der Lage ist, sämtliche Obliegenheiten des »Berufes als Frau und Mutter«, abgesehen vom ehelichen Beischlaf und dem Kindergebären, auf Personal abzuwälzen, wird als »wundervolle Frau und Mutter« gefeiert, »die es verstanden hat, ihr Leben zu einem Erfolg zu gestalten«.

Ob das Schicksal die einzelne Frau in die Kategorie des bemitleideten »Husmuettis« oder in diejenige der »wundervollen Frau und Mutter« (ohne rissige Haut am rechten Zeigefinger) einreiht, hat mit hauswirtschaftlichem Können nicht das mindeste und mit der wirtschaftlichen Lage des Ehemannes, gewissermaßen ihres den höchsten Preis zahlenden erotischen Interessenten, alles zu tun. Und paradoxerweise ist der ehemännliche Hausarbeitsgläubiger um so anspruchsvoller, je weniger er der Ehefrau bietet, und verlangt weniger von ihr, je mehr er ihr gewährt. Ja, wo er ihr außergewöhnlich viel bieten kann, schlüpft sogar die ganze Hausfrau durch, sie wird von jeder hauswirtschaftlichen Arbeit befreit und durch eine Haushälterin und ihren Stab ersetzt.

Diese scheinbar unlogischen Erscheinungen werden plötzlich folgerichtig, wenn man sich vor Augen hält, daß die Hausarbeit der Ehefrau eben nicht Beruf ist, sondern sich aus dem Recht des Ehemannes ergibt, die Frau nach Maßgabe seiner Verhältnisse wirtschaftlich zu nutzen. Diesem Recht steht die Pflicht der Ehefrau gegenüber, sich in seinem Haus und Betrieb so nützlich wie möglich zu machen, ihm eine wertvolle und billige Arbeitskraft zu sein. Erst in Verhältnissen, wo der Verzicht auf derartige Nutzung der Ehefrau für den Ehemann nicht schwer ins Gewicht fällt, weil er aus dem vollen schöpft, wird aus der ehefraulichen Ameise der schöne Vogel im schönen Käfig, die Dame.

Die Hausfrauenarbeit ist verachtet. Sie wird es immer bleiben, welche ideologischen Versuche zu ihrer »Hebung« auch gemacht werden. Denn sie ist ihrem Wesen nach undankbare Zwangsarbeit.

Abwälzung der Hausarbeit – ein weibliches Klassenkriterium

Um die Haushaltfron der Frauen in ihrer vollen Bedeutung zu erfassen, muß man außer der Hausarbeit als solcher auch vor Augen haben, wie sie sich auf die Frauen der verschiedenen Schichten verteilt und welches Gesicht sie je nachdem besitzt. Entsprechend gibt es verschiedene Klassen von Hausfrauen.

Was die Hausfrauenklassen praktisch unterscheidet, ist das Maß von Hausarbeit, das sie auf andere abzuwälzen vermögen, beziehungsweise jenes, das ihnen verbleibt. Denn die vermeintlich so typisch weibliche Hausarbeit wird von den Frauen anderen aufgehalst, wo immer es nur angeht. Zum Teil habe ich das schon bei der Betrachtung der Dienstmädchentätigkeit und jener als »Frau und Mutter« gezeigt. Keine Stimme der weiblichen Natur scheint die Frauen, die sich Hilfen leisten können, zu freudigem Aufgreifen der im Heime lauernden Arbeit zu rufen.

Bei der Abwälzung der Hausarbeit geht es zu wie bei den Kinderspielen, wo man den Schlag, den man bekommen hat, an jene weitergibt, die der Verfolgung am wenigsten ausweichen können. In dieser Lage sind die »Mädchen«. Ihnen laden »Frauen und Mütter«, wann immer sie können, die Arbeiten des »schönsten Frauenberufes« auf. Jede atmet auf, wenn sie dieselben los ist. Ob »mit oder ohne«, nämlich ob mit oder ohne Lastesel bei der Leistung der hausfraulichen Fronarbeit, ist eine Frage von großer Bedeutung im ehefraulichen Leben der westeuropäischen Kultur.

Die einzige originelle Bemerkung gegen die Frauenemanzipation, die ich je gehört habe, lautet: Warum auch so viel Aufhebens um die Gleichberechtigung der Frauen, wo doch die »Frauenfrage« vor allem heißt, Dienstmädchen oder keines. Denn je nachdem ist die Stellung der Frau gut oder schlecht, ist sie Sklavin oder frei.

Allerdings läßt sich darauf entgegnen, daß auch Dienstmädchen Frauen seien und, da sie ihrerseits keine Dienstmädchen haben können, die Frauenfrage bliebe. Ferner, daß die Hilfe eines Dienstmädchens noch keine volle Befreiung von Hausarbeit bedeute, und schließlich, daß die Frauenemanzipation nicht nur – um die im Zusammenhang mit dem Individualismus viel erwähnte Ausdrucksweise zu verwenden – eine »Freiheit von«, sondern auch eine »Freiheit zu« erstrebe.

Nichtsdestoweniger bleibt von der Behauptung etwas stehen. Es ist ihre Voraussetzung, daß Hausarbeit unterschiedlich auf die Frauen verteilte Zwangsarbeit ist, sowie die Feststellung der Wichtigkeit, zu jenen zu gehören, die ihr so gut wie möglich entkommen.

Denn, um der Wahrheit die Ehre zu geben: In den letzten fünfzehn Jahren hat in der Schweiz und auch in anderen Ländern Europas keine »Frauenfrage« die bürgerlichen Ehefrauen so unmittelbar beschäftigt wie die Dienstbotennot, die Not der Frauen des gehobenen Mittelstandes. In dieser Not ist eine Sprosse der sozialen Leiter der Hausfrauenklassen gebrochen. Ein Klassensturz hat sich ereignet, weil die größte Kategorie unter den »Damen des Hauses«, jene der Damen mit dem »Mädchen für alles«, sich dessen unqualifizierte Dienste nicht mehr leisten kann, wodurch der »Beruf als Gattin und Mutter« für unzählige Frauen, die sich ihr Tagewerk einst anders gedacht hatten, einen unmißverständlichen Küchengeruch erhalten hat. Damit steht man vor der Tatsache, daß gerade die Frauen jener Schicht, die großenteils die Anhängerinnen der Frauenbewegung stellt, nach einem vermeintlichen Erfolg der Frauenbewegung tiefer in die Hausarbeit tauchen müssen als ihre Mütter und Großmütter. Das ist um so fataler, als sich die heutige Ausbildung der Frauen mehr denn je auf ein außerhäusliches Leben bezieht. Diese Deklassierung zahlreicher Frauen der gebildeten Schichten wird noch zur Sprache kommen.

Übrigens ist es das feministisch getarnte, aber eigentlich antifeministische Ziel vieler Frauen, die immer unzulänglichere Abwälzung der Hausarbeit in neuen Schwung zu bringen. Im Namen einer kultivierten Lebensgestaltung der Frau rufen sie verzweifelt nach Dienstmädchen, paradoxerweise mit der Parole: Die Frau gehört ins Haus. Sie bedeutet nach ihrer Meinung, daß Dienstmädchen in ihr Haus gehörten, damit sie sich für die eigene Person buchstäblich aus dem Staub, aus Küche und Kinderzimmer machen können. Daher ärgern sie sich über die Mädchen, die lieber in die Fabrik als zu ihnen gehen. Sie sind gegen die außerhäusliche Erwerbstätigkeit der Frau, wünschen ihre Ausmerzung, damit sie selber um so sicherer zu einem »Mädchen für alles« kommen, für alles und jedes, das ihnen am gepriesenen »Beruf als Frau und Mutter« zuwider ist.

Was bedeutet diese von einer beachtlichen Anzahl Frauen vertretene Forderung in ihren letzten Konsequenzen?

Wer der Losung, die Frau gehört ins Haus, an ihre ureigene Aufgabe, folgerichtig huldigt, also verlangt, daß alle weiblichen Wesen aus dem außerhäuslichen Erwerbsleben ausscheiden, um für häusliche Arbeit frei zu werden, und gleichzeitig die Hausarbeit aufs Dienstmädchen abwälzen möchte, befürwortet logischerweise ein Kastensystem unter den Frauen. Überdies wird bei einer derartigen Befürwortung eine wirtschaftliche Katastrophe in Kauf genommen, denn die Wirtschaft baut auf das Kontingent weiblicher Erwerbstätiger.

Das Kastensystem kann zwei verschiedene Formen haben.

Sofern vorausgesetzt wird, daß Dienstmädchen ein Lebensberuf ist, vertreten die konsequenten Gegnerinnen der außerhäuslichen Erwerbstätigkeit eigentlich nichts anderes, als daß im Namen ihrer eigenen Bequemlichkeit bei der Ausübung des »Berufes als Gattin und Mutter« eine gewisse Anzahl von Frauen nun ihrerseits auf »die Bestimmung der Frau« verzichten muß. Will man doch keine »Mädchen für alles« mit Mann und Kind im Hause. Unnötig zu sagen, daß diese Forderung paradox ist, wenn man die Parole vertritt, daß die Frau ins Haus gehöre (an ihre ureigene Aufgabe). Kann man doch im Namen der Frau nicht verlangen, daß die einen Fräulein bleiben, um die anderen in den Stand zu setzen, als Frau und Mutter komfortabler zu funktionieren.

Denkt man sich hingegen die Dienstmädchentätigkeit nicht als Beruf fürs Leben, wohl aber als einzigen Frauenberuf, praktisch als »Lehrjahre für das wichtige Amt einer Hausmutter, die jedem Mädchen guttun«, so möchte man damit eigentlich durch Zwang erreichen, was in freiem Wettbewerb unmöglich war: mehr und billigere häusliche Arbeitskräfte, als der Arbeitsmarkt bot. Folgerichtig durchgeführt, bedeutete dieser so wohlmeinend sich gebende Vorschlag, daß alle Mädchen, die ihr Brot selber verdienen müssen oder wollen, zwischen Schulentlassung und Heirat – durchschnittlich etwa sieben Jahre – Hausdienst zu leisten hätten. Bei einer Verheiratung der Frauen anfangs Zwanzig würde erzielt, daß die Dame des Hauses für die Ausübung ihres »Berufes als Gattin und Mutter« etwa sechs weibliche Jugendzeiten verbrauchte. Unter der summarischen

Voraussetzung, daß alle Mädchen ab fünfzehn ihren Unterhalt selbst verdienen und »heiraten können«, bietet diese Lösung grob gerechnet das ungefähre Bild, daß sich die weibliche Bevölkerung im Alter von 15-69 Jahren rund zu 1/6 aus jugendlichen Dienstmädchen im Alter von 15-22, 23 Jahren, zu 4/6 aus Hausfrauen und zu 1/6 aus Damen mit einem Mädchen für alles, deren Töchter möglicherweise auch unter den »Mädchen für alles« figurierten, zusammensetzen würde. Ein Resultat, das alle erschrekken würde, was immer von Frauen und Männern im Sinne von »die Frau gehört ins Haus« gesagt werden mag; und die Mädchen würden sich für eine Jugend als Sklavinnen bedanken. Dies wären sie, wenn ihnen der Hausdienst einzige Erwerbsmöglichkeit bliebe. Die Hausfrauen würden der Meinung sein, sie spielten nicht gerne sieben Jahre Küchen- und Kindermagd bei besseren »Frauen und Müttern«, um, wenn sie selber »Frau und Mutter« sind, keine Hilfe zu haben. Und auch das Damensechstel wäre nicht erbaut, in der Jugend zwischen dem Dasein als Haustochter und siebenjähriger Fron als »Mädchen für alles« wählen zu müssen.

Mit anderen Worten: Selbst die schlimmsten Antifeministinnen, deren Lage als Dame bedroht ist, wollen die Frauen – in diesem Fall die Mädchen – nicht wirklich im Hause drinnen haben. Im Grunde können mit dem Schlagwort nicht einmal dessen Anhängerinnen und Anhänger etwas anfangen.

Es mag nun allerdings sein, daß Frauen, die von einer ideologischen Rückkehr der Frau (des Mädchens) ins Haus etwas erwarten, sich diese etwas weniger konsequent denken. Etwa im Sinne einer befristeten Suspendierung in der außerhäuslichen Erwerbsarbeit durch ein obligatorisches und minimal entlöhntes Hausarbeitsjahr. Gerne stellt man einer solchen Lösung die Rekrutenschule des jungen Mannes gegenüber und tut noch, als ob solcher Frondienst im Interesse der Mädchen und nicht in jenem der Hausfrauen selbst wäre. Praktisch jedoch heißt ein solcher Vorschlag nichts anderes als befristete Versklavung unmündiger weiblicher Wesen. Übrigens hat manche Tochter den Vorgeschmack einer solchen Stellung im Landdienst erhalten.

Wenn »Damen ohne Mädchen« ideologisch Zwangsdeportation der Frau ins Haus, d.h. der Mädchen, in der Hoffnung befürworten, sie bekämen dann die »Sklavinnen«, verbinden sie sich übrigens den falschen Finger. Denn eine entsprechende Regelung von durchgreifender Bedeutung würde so oder so mit einem vermeintlichen »allgemeinen Wohl« verbunden werden, wie dies etwa bei den nationalsozialistischen Arbeitsjahren der Fall gewesen war. Unversehens bekämen infolgedessen nicht etwa die »Damen ohne Mädchen«, sondern vielleicht Bäuerinnen zur Erntezeit oder ein allzu vieler Kinder wegen aus den Fugen geratener Haushalt die »Arbeitsmaiden«. Und einmal in der Hand des Staates, mag je nachdem aus den Haustöchter-Rekruten etwas ganz anderes werden als »mother's help«.

Bei den geltenden Normen sind jene die gedrücktesten aller Hausfrauen, die mit ihrer Hausarbeit ein Existenzminimum auszuschlachten haben und zugleich noch ganz oder teilweise den Unterhalt der Familie verdienen müssen, weil der Erfüllung all ihrer hausmütterlichen Pflicht keine oder keine genügende »Ernährung« durch den sogenannten Ernährer gegenübersteht. Ihre Lage ist um so prekärer, je mehr Kinder sie haben. Sie machen die doppelte Last zu einer dreifachen. Praktisch müssen diese Frauen, wie im ersten Kapitel beschrieben, je nach ihren Verhältnissen dem Ehemann in der Landwirtschaft an die Hand gehen, für andere Leute waschen und putzen oder eben »in die Fabrik gehen«. Insofern als sie keine Hausangestellte hat, gehört auch die im ehemännlichen Betrieb mitarbeitende Frau des Handwerkers und Händlers dazu; andernfalls kommt sie in die Kategorie der »Dame des Hauses«.

Diese doppelt belasteten Hausfrauen sind auch doppelt geprellt. Sie sind zwischen Stuhl und Bank gefallen. Werden sie doch von den Nachteilen der beruflich-wirtschaftlichen Unterdrückung der Frauen betroffen und haben von der ehelichen Versorgung die Sorgen allein. Der »Beruf als Gattin und Mutter« scheint in ihrem Fall ein Hungerberuf zu sein.

Daß die Hausfrauen dieser Klasse eindeutig schlechter stehen als die Ehemänner, liegt auf der Hand. Einmal haben sie schlechtere Erwerbschancen als ihre Gatten. Und während diese bei aller Inanspruchnahme ihre oft sehr genau eingehaltenen Feierabende genießen, müssen die Frauen neben Lohn-, Laden- oder Werkstattarbeit für die Männer, die Kinder und natürlich auch noch für sich selber kochen, putzen, waschen und flicken. Wie arm der Ehemann auch sein mag, er findet doch sein Essen auf dem Tisch, Kleidung und Wohnung einigermaßen in Ordnung. Seine Frau hingegen findet bei all ihrer häuslichen und außerhäuslichen Arbeit nur wenig Konsumationsgüter in genußfertigem Zustand vor. *Sie* erwartet bei ihrer Heimkehr weder eine saubere Wohnung noch ein gedeckter Tisch. Nach getaner Arbeit darf sie sich neuerdings in die Arbeit stürzen, um dem Mann aufzuwarten, der sie nicht einmal vollständig unterhalten kann. Die Haushaltfron stellt den Lebensstandard dieser Hausfrauenklasse unter denjenigen ihrer Gatten.

Zur Erleichterung ihres Loses steht diesen Frauen im Einzelfall nur eines offen: den Haushalt etwas schlitteln zu lassen. Diese Seite der an sie gestellten Anforderungen allein ist elastisch. Denn zur Erwerbsarbeit, ob nun in der Fabrik oder auf dem Felde, zwingt sie die Not, zum Kinderbekommen das Debitum coniugale in Verbindung mit den Ideologien, welche die Empfängnisverhütung bekämpfen, und zur Aufzucht der Kinder der Mutterinstinkt, immer aber das Gesetz. Wenn die Haushaltspflichten auch elastischer sind, so hat ihre Elastizität doch enge Grenzen; denn ungeflickte und offensichtlich schmutzige Kleider, Männer und Kinder, die sich ihre Mahlzeiten selber kochen, und Betten, die bis abends, ja nur schon bis mittags nicht gemacht sind, gelten als Zeichen eines aus den Fugen geratenen Haushaltes.

Auch hier hakt nun die Argumentation gegen die weibliche Erwerbstätigkeit, insbesondere jene der verheirateten Frau, mit Vorliebe ein. Schlecht und teuer werde von ihr gehaust, die Kinder verwilderten und verschmutzten, der Ehemann, der ärmste, greife zum Glas. Und der ganze Jammer rühre von der außerhäuslichen Erwerbstätigkeit der Familienmutter her. Deshalb: Führt die Frauen zurück ins Haus.

Bei diesem Jammern gegen die Erwerbstätigkeit der verheirateten Frau wird aber geflissentlich übersehen, daß die Frauen bei gleichem Lohn für gleiche Arbeit und gleichen Aufstiegsmöglichkeiten bedeutend besser in der Lage wären, ihren Haushalt ordentlich in Gang zu halten. Sie könnten zum Beispiel die Wäsche ausgeben, Schnellkocher anschaffen und so weiter. Zudem sind nicht alle Symptome eines »ungeordneten« Haushaltes so schlimm. Daß Männer und größere Buben zum Beispiel auch kochen, ist viel erfreulicher als ein sattsam bekanntes Kennzeichen des »geordneten« Haushaltes: die Freizeitbeschäftigung als Problem der Männer.

Die typische Hausfrau

Eine Stufe höher als die Hausfrauen, die »arbeiten gehen müssen«, stehen auf der Skala der häuslichen Frondienst leistenden Frauen jene, die »nicht arbeiten«. Das heißt natürlich nicht, daß es ihnen nicht auf jeden erworbenen Rappen ankäme, sondern lediglich, daß ihre Männer genügend Geld verdienen, um sich und ihren Nachkommen – rein ökonomisch gesehen – eine hauptamtliche persönliche Dienerin zu leisten. Hingegen geht eine Dienerin der Dienerin, ein Dienstmädchen, über ihre Kraft. Zwar muß die Frau nicht »arbeiten gehen«, dafür geht es um so sparsamer und arbeitsamer hinter den Kulissen der kleinbürgerlichen Existenz mit großbürgerlichen Aspirationen zu. Viele Frauen dieser Schicht sehen ihren wirtschaftlichen, ja mitunter ihren menschlichen Wert insbesondere darin, mit möglichst viel Hausarbeit möglichst vielen Ausgaben vorzubeugen und alle Anschaffungen bis aufs äußerste auszuschlachten. Sie sind Rappenspalterinnen par excellence.

Häufig nehmen die Gatten dieser typischen Hausfrauen zwar keine ausgesprochen lukrativen, aber dafür um so sicherere und verhältnismäßig gut bezahlte Positionen ein. Oft haben sie Routinearbeit zu verrichten, zu der jeder nicht besonders Unbegabte fähig ist. Manche dieser Tagewerke lassen sich verhältnismäßig gemütlich besorgen, beginnen und hören mit dem Stundenschlag auf. Außerhalb der Arbeitszeit sind die Männer frei von Verantwortung und haben sich auch für die Zukunft ihrer wirtschaftlichen Existenz keine oder wenig Sorge zu machen. Oft ist ihnen komfortable Pensionierung sicher.

Diese Gatten ernähren ihre Frauen. Wie im ersten Kapitel ausgeführt wurde, verhilft ihnen das doppelte Privileg der Männer auf dem Arbeitsmarkt dazu. Dort haben sie ein Vorrecht auf die einträglichere und sicherere Arbeit und genießen bei gleichwertiger Leistung in der Regel einen besseren Lohn. Neuerdings kommen häufig noch besondere »Zulagen« an die Familienlasten hinzu.

Wie sieht nun der Tag der typischen Hausfrau aus, die zusammen mit derjenigen der »Dame des Hauses« großenteils durch die Zurücksetzung der Frauen auf dem Arbeitsmarkt und die »Überzahlung« der von Männern verrichteten Arbeit ermöglicht wird?

Die typischen Hausfrauen verrichten in eigener Person sämtliche Hausarbeit. Sie verstehen es am besten, durch kundige Arbeit Ausgaben vorzubeugen. Sie kochen leidlich, stricken fast alle, besitzen eine Nähmaschine und machen mit Leidenschaft »aus Altem Neues«. Nachmittags ziehen sie sich an, bringen kleine Kinder ins Freie und machen mit Ruhe und Würde und großer Umständlichkeit Einkäufe und Besorgungen. Dabei tragen zum mindesten die älteren unter ihnen Hüte, um sich ständisch gegen die Frauen, die »arbeiten müssen«, abzugrenzen.

Aus ihnen rekrutiert sich eine große Zahl der »guten Hausfrauen«, die schon in der ersten dazu erlaubten Morgenstunde auf Teppiche einschlagen, den Küchenboden täglich aufwaschen, das Eßzimmer weniger zum Einnehmen der Mahlzeiten als »für schön« benutzen, abstauben, was das Zeug hält, und aus der Pflege der Fußböden auf die Moral ihrer Besitzerinnen schließen.

Gegenseitig passen sie bei der Erfüllung hausfraulicher Pflichten scharf aufeinander auf. Obwohl jede von ihnen, wenn sie nicht gerade Kinder unter zwölf Jahren hat, ohne viel zu riskieren, zur Abwechslung ganze Tage im Bett bleiben könnte, wird dies auch bei großer Ermüdung kaum je getan. Denn der Tagesablauf ist ihnen von der Hausfrauenmoral ihrer Klasse vorgeschrieben. Diese sorgt dafür, daß es keine wirklichen Mußestunden gibt. Lassen sie sich aber mit dem besten Willen doch nicht vermeiden, so werden sie mit Stricken und Sticken ausgefüllt. Auf die Länge ist das Heim tatsächlich ihre Welt. Abgesehen vom Gedeihen der Kinder ist für sie nichts befriedigender als ein Blick auf die frische Wäsche, die man nur mit einigem Widerstreben in Zirkulation setzt, und außer regelrechten Unglücksfällen nichts tragischer als ein großer Spinatfleck auf dem Tischtuch.

Man vergleiche nun das Leben der beiden Ehegatten und hat damit bereits die Antwort auf die Frage, welches das interessantere ist.

Den Männern aus diesen Verhältnissen steht eine Unzahl Berufe offen, die den verschiedensten Neigungen entsprechen. Ob einer hauptsächlich an Menschen, Maschinen oder Zahlen Interesse hat, in jeder Richtung liegen große Arbeitsfelder. Die spärlichen und oft uninteressanten beruflichen Möglichkeiten der entsprechenden Frauen sind im ersten Kapitel durchgehechelt worden. Das Ergebnis zeigte, daß die Mädchen, rein wirtschaftlich gesehen, im allgemeinen mit Heiraten auf die Länge am besten fahren. Die ewige Kocherei, Flickerei und Rappenspalterei – individuelle

Neigungen hin oder her – ist das Interessanteste und Auskömmlichste, das ihnen das Leben bieten kann. Während die Existenz der Männer dieser Schicht recht vielgestaltig ist, ist jene der Frauen ungemein einförmig.

Aber auch innerhalb des einzelnen Lebens gibt es bei den Männern viel mehr Abwechslung. Sie führen zwei Leben, ein berufliches und ein freizeitliches. Schlägt es 12 oder 18 Uhr, so wendet sich das Blättchen vom beruflichen »Dienen« in ein häusliches Bedientwerden. Mag man draußen Unterhund sein, daheim ist man Herrgott. Mögen sich die Männer während der Arbeit nach anderen Leuten richten, zugleich existiert ein ganzer Haushalt und an dessen Spitze ein normal begabter Mensch, eben die Ehefrau, *ihrer* Wünsche gewärtig. Ein Wink – meist ist er nicht einmal nötig –, und die Hausfrau kocht, trägt auf, wäscht, plättet und legt bereit. Trotz Gefälligkeit auf der ganzen Linie ist es vielen Männern daheim aber so bodenlos langweilig, als wären sie in eine Schachtel versorgt worden. Sie halten es nicht aus, als Ehrengast eigener Art Zentrum der häuslichen Welt zu sein, und gehen gerne abends aus, um Mensch mit Menschen zu sein. Der Arbeit und Ehefrau ledig, genießen sie Männergeselligkeit, treiben Politik, Sport und pflegen Liebhabereien.

Bei den Gattinnen dieser Gäste gehen Arbeit und Unterhaltung oft ineinander über. Hingegen kommt es selten zu einem vollständigen Abbruch der Arbeit. Freie Samstage und Sonntage gibt es nicht. Machen sie einmal eine Ferienreise, so ist die Befreiung vom Zwang, tagaus, tagein das Geschirr zu spülen, schöner als alle Sehenswürdigkeiten zusammen. Nichts Süßeres, als bedient zu werden; denn im eigenen Haushalt gibt es für sie in allem und jedem nur eine Bedienung: die Selbstbedienung. Und selbst als Gäste bei Freunden und Verwandten müssen sie der Gastgeberin an die Hand gehen. Könnten die Ehegatten auch nur eine Woche lang ihr Tagewerk austauschen, wäre die Ehefrau einmal Zentrum häuslichen Umsorgtwerdens, sie käme sich vor wie ein Armer, der eines Morgens als Reicher erwacht.

Das Prinzip, die Haushaltfron, wo es nur angeht, auf Schwächere abzuwälzen, zeigt sich schon bei den kleinbürgerlichen Hausfrauen. Obwohl sie es sich nicht leisten können, die Fronarbeit auf bezahlte Kräfte abzuschieben, finden auch sie ihre Opfer – unbezahlte allerdings. Wem wohl kann die »Frau und Mutter« die unangenehmeren Obliegenheiten ihres »bestimmungsmäßigen Berufes«, etwa das Aufwaschen und Treppenputzen, anhängen? Den Kindern natürlich! Daß dabei nicht die Söhne in Betracht kommen, ist allen Beteiligten zum vornherein vollständig klar, obgleich es im Grunde unklar ist. Klar macht es nur die Voraussetzung, daß die Befreiung von der Hausarbeit nicht nur ein Privileg des Ernährers ist, »der müd und matt von der Arbeit kommt« (als ob Frauen und Kinder den ganzen Tag im Bett geruht hätten), sondern des männlichen Geschlechtes überhaupt. Die Herrscherschicht innerhalb jedes einzelnen Standes erniedrigt sich im Familienkreis nicht zu dienender Arbeit; dazu sind »natürlich« die Frauen da. Kein Lehrsatz wird mit so viel Wiederholung und unerschöpflichem Anschauungsmaterial den Knaben eingetrichtert wie jener, daß es ihr gutes Recht sei, von aller und jeder Hausarbeit lebenslänglich befreit zu sein, während Mädchen und Frauen dazu geboren seien.

In den Familien gebildeter Frauen, sofern diese infolge des vor kurzem erfolgten Klassensturzes Damen ohne Mädchen sind, wird allerdings der sachte Versuch gemacht, auch Söhne zur Mithilfe zu bewegen. Meist lassen sich diese ein Weilchen für die eine oder andere zahme Hausarbeit, etwa zum Geschirrabtrocknen oder Kommissionen machen, einspannen. Doch ist es damit rasch vorbei, so rasch wie mit dem Geschirrabtrocknen junger Ehemänner der gleichen Schicht. Diese verrichten nämlich als Konzession an die Frauenemanzipation ab und zu symbolisch eine Hausarbeit; ist man doch aufgeschlossen, wenn auch allem Extremen abhold. Extrem wäre es, der Ehefrau ernsthaft und auf die Länge bei der Hausarbeit zu helfen oder gar einen Teil davon regelrecht zu übernehmen. Wie der Senior, so der Junior. Es ist kein Geist so stumpf, um nicht ein hochempfindliches Sensorium dafür zu haben, was er seinem vermeintlichen oder wirklichen Stande schuldig ist. Die Knaben merken schon, was gemeint ist, wenn es heißt, Papa habe früher, bevor ihn das Geschäft so stark in Anspruch genommen habe, Mama auch geholfen. Das will bedeuten, daß sich der Junior bis zu den Flegeljahren mildbrummig zu einfachen Hilfeleistungen bequemt, hernach jedoch »Wichtigeres« zu tun hat. Wichtiger ist von einem gewissen Alter an grundsätzlich alles andere.

Bei den typischen Hausfrauen aber kommt es überhaupt nicht zu diesem sanften Ansinnen an die Knaben, denn die Schwestern, die Mädchen – die »kleinen Sklavinnen«, wie die Mädchen in östlichen Ländern oft genannt werden – sind ja dazu da. Wenn schon die Mütter zur Haushaltfron geboren sind, so die Töchter zur Mitarbeit. Diese Mütter wären die letzten, den ungeschriebenen Regeln, die nichtsdestoweniger eisern sind, weil hinter ihnen die usurpierte Vormachtstellung des Männerkollektives steht, zu widersprechen. Also bleibt ein redlich Teil der Haushaltfron der emsigen Hausfrauen auf ihren Töchtern sitzen, die je nach Alter gewissermaßen als zur Familie gehörende Stundenfrau amtieren müssen. Es soll zwar Gegenden geben, wie etwa das Tessin, wo die Mütter die Haushaltfron von den Töchtern fernzuhalten versuchen, da man nur einmal jung und schön sei und im Ehestand sich noch lange genug abplagen könne. Die Regel jedoch geht in entgegengesetzte Richtung.

Man sieht daher viele kleinere und größere Töchter neben Schule und Lehre in ein Pflichtennetz verstrickt, aus dem sich nur selten für Unterhaltung, Spiel und Sport entschlüpfen läßt. Ihren Brüdern hingegen fehlt es nicht an Muße und stillschweigender Ermunterung durch die Umgebung, im Sinne des legendären Austobens tätig zu sein und unter sich eine rege Geselligkeit zu pflegen. Kein Wunder, daß sie bei doppelt und dreifach längerer Freizeit und intensivem Gemeinschaftsleben »wilder« werden als die bei der Stange gehaltenen Mädchen. So nebenbei lernen sie oft auch besser schwimmen, ski- und eislaufen, radfahren oder welchen Sport die Jugend der Umgebung gerade treibt. Hingegen lernen sie nicht, zu ihren

Kleidern Sorge zu tragen. Sind doch die Weiber dazu da, sie zu putzen und zu flicken; in der Jugend Mutter und Schwester, im Alter Ehefrau und Töchter. Nur für die Kleider der Witwer sind keine weiblichen Wesen mehr da. Und für Unabhängigkeit in diesem Punkt ist es zu spät. Denn was Hänschen nicht lernt, lernt Hans bekanntlich nimmermehr. Hilflos wenden sie sich nach links und nach rechts und werden dabei von weiblichen Hausgeistern weidlich gerupft.

Die »Damen des Hauses«

Sucht die typische Hausfrau die Haushaltfron nach Möglichkeit auf die eigenen Töchter abzuwälzen, so die nächstfolgende Hausfrauenklasse auf Töchter weniger bemittelter Leute, auf Dienstmädchen. Dank dem wirtschaftlichen Erfolg des Gegenstandes ihres erotischen Erfolges, der auf die volle hauswirtschaftliche Ausbeutung der Gattin verzichten kann, sind diese Frauen in der Lage, wo nicht die Leitung, so doch die einzelnen »echt weiblichen Arbeiten« einem anderen weiblichen Wesen aufzuladen. Einem, das sich bisher nicht anders ins Erwerbsleben einzuschalten noch als »Frau und Mutter« an den Mann zu bringen vermochte. Der Dienstvertrag mit dem »Mädchen« gewährt den Frauen ihrerseits ein gut Teil jener Arbeitsleistung, die sich das Gros der Männer mit dem Ehevertrag verschafft, und hebt sie damit als »Dame des Hauses« von der »Hausfrau« ab. Denn durch die Anstellung eines Dienstmädchens rückt die Frau zur Arbeitgeberin auf, zur Patronin, Madame, gnädigen Frau (im deutschen Sprachgebiet außerhalb der Schweiz), zum Bestandteil einer »Herrschaft«, wie es bis vor kurzem auch bei uns hieß.

Es gibt nun Damen verschiedener Schattierung, je nach dem Maß ihrer Befreiung von der Haushaltfron. Die Skala beginnt bei Damen, die sich von einem schulentlassenen, in sämtlichen Hausarbeiten gänzlich unbewanderten und mitunter gar sprachlosen Wesen, das die Illusion nährt, perfekt Französisch, Englisch oder »le bon allemand« durch Putzen und Kochen lernen zu können, erlösen lassen. Sie führt über die Dame mit dem bewanderten »Mädchen für alles« und jene, die Köchin, Zimmermädchen und Kinderfräulein regiert, bis zur Dame der Damen, die ihren Stab diplomierter Kräfte von einer Hausbeamtin leiten läßt, um sich die aufgezwungene Dornenkrone der Königin im »Reiche der Frau« vom Kopfe schütteln zu können.

Die soziale Kluft zwischen Hausfrau mit Dienstmädchen und Hausfrau ohne Dienstmädchen ist in Europa wohl während Jahrzehnten so einschneidend gewesen wie diejenige zwischen »Fräulein« und »Frau«, wenn auch auf anderer Ebene. Der soziale Unterschied zwischen den Frauen diesseits und jenseits wird, wie erwähnt, in Europa mit der vielbekrittelten sprachlichen Differenzierung zwischen »Dame« und »Frau« festgehalten. Die Unterscheidung trifft den Nagel auf den Kopf, wenn auch grobschlächtig. Denn an Genauigkeit der Unterscheidung ist natürlich nicht zu denken, wo doch alle »Damen« physiologisch auch Frauen sind und viele »Frauen« im sozialen Sinne zum mindesten in der Jugend sich bemühen, so auszusehen, wie nach ihrer Meinung eine Dame auszusehen hat. Überdies trübt der erwähnte Klassensturz der Dame mit dem »Mädchen für alles« die Sicht.

Auch Männer greifen in diese etwas wolkige Begriffsgestaltung ein und verspüren das vermeintlich demokratische Missionsgelüst, die Dame als Ungeziefer auszumerzen. Interessanterweise pflegen aber gerade sie, ohne ländlichen Verhältnissen zu entstammen, Untergebene und auch andere Leute, die sie für etwas einfachen Gemütes halten, gerne mit einem familiären »Ihr« anzusprechen, das sie im Verkehr unter ihresgleichen gänzlich ausschalten. Sie selber aber bedanken sich dafür, von Untergebenen so ländlich-traulich angeredet zu werden. Warum? Sie betrachten sich eben als »Herren« und die anderen als »Volk«. Die »Dame« nun macht diesen »Herren« Konkurrenz. Damit also die »Herren« alleinige Herrschaft bleiben, soll es in einem demokratischen Staat keine »Damen« geben dürfen.

Gekünstelter Kernigkeit und demokratisierender Schönfärberei zum Trotz weiß in Europa jedermann, daß die »Frau« die Hausarbeiten grundsätzlich selbst besorgt, wogegen die Dame im Prinzip »Mädchen« dazu anhält.

Auch Leute, welche diese Abstufung der weiblichen Bevölkerung nicht wahrhaben wollen, haben oft um so genauere Vorstellungen, wie sich der Tag der »Dame« im Gegensatz zu jenem der »Frau« abwickelt.

Davon bekommen vorab die Frauen des gebildeten Mittelstandes ungefragt viel zu hören, wenn sie sagen, sie fühlten sich nicht dazu geboren, im Küchendampf die Kelle zu schwingen und als Tag- und Lebenswerk Dreck von jeder Art im Bereiche der eigenen vier Wände wegzuputzen, sondern erwarteten vom Leben einen beruflichen Wirkungskreis. Dann lassen antifeministische Barden »wahrer Fraulichkeit« beschwichtigende Bilder erstehen: Küchendampf und Putzen? Ach nein! Für sie (für die Frau des gebildeten Mittelstandes, die Dame also) bestände natürlich der Beruf als Gattin und Mutter nicht im Bodenschrubben, sondern in der Pflege eines kultivierten Heimes und geistvoller Zerstreuung des Ehemannes, kurz im berühmten

> »... flechten und weben,
> Himmlische Rosen ins irdische Leben«.

Zeigten nicht berühmte Vorbilder, wie interessant und einflußreich der häusliche Wirkungskreis einer gebildeten Frau sein könne? Hätten nicht gerade die vorrevolutionären französischen Damen und andere in ihren Salons bewiesen, wie geistvolle Frauen »auch ohne Gleichberechtigung im beruflichen und politischen Leben« sich zum Zentrum der Kultur, ja der Politik machen konnten!

Obwohl man sonst unsere schlicht-demokratischen Verhältnisse keinen Augenblick aus den Augen läßt, so übersieht man bei solchen Hinweisen plötzlich, daß die in Frage stehenden Frauen, nämlich die seltenen Damen mit mehreren Dienstboten, die schwindenden mit einem »Mädchen für alles« und die immer zahlreicher werdenden, die keines bekommen, von ihren Ehemännern nicht derart auf Geld und Gut und damit Freiheit gebettet werden, wie es für feudale Damen vorrevolutionärer Zeit oder Angehörige der dünn gewordenen englischen »leisure class« selbstverständlich war.

Was nun die »Pflege eines kultivierten Heimes« anbetrifft, so ist zu bedenken, daß man nicht alle Tage, ja nicht einmal jedes Jahr Möbel, Teppiche und Bilder kauft, bei deren Auswahl man seinen Geschmack zeigen kann. Und schließlich ist der Ehemann auch noch da, wenn es um größere Anschaffungen geht, womöglich mit kuriosen Ideen von Schreibtischen nach eigenem Entwurf, ja ganzen »Herrenzimmern«. Mit Feenhänden Blumensträuße dekorativ anzuordnen, bedeutet seltenen Luxus, wo kein eigener Garten vorhanden ist. Zum häufigen Musizieren, Malen, Rezitieren und Theaterspielen im häuslichen Kreis stehen der Gatte und die Schulkinder zu sehr unter Druck. Überdies ist all dies nicht Mode. Mode sind Vehikel, Jazz und Sport. Sie ziehen die Leute aber nicht ins Haus, sondern aus ihm heraus. Und was die kultivierte Zerstreuung des Ehemannes im Rahmen des Heimes anbelangt, so vermöchte der häusliche Trott der »Frau und Mutter« selbst die größte Begabung, als unermüdliche Scheherezade mit interessanten Geschichten aufzuwarten, spurlos zu vertreiben.

Nein, die Damenexistenz, die man gerne gebildeten Frauen als Ersatz für eine angemessene Berufstätigkeit vorgaukelt, ist illusionär. Die tatsächliche Damenexistenz verhält sich zur vorgespiegelten wie eine Türmchen-Erkerchen-Villa der achtziger Jahre zu einem Schloß in französischer Renaissance. Sie ist in einzelnen Zügen eine Miniatur-Karikatur des Lebens wirklich privilegierter Frauen, die sich seltsam vom allgemeinen hausfraulichen Zuschnitt des täglichen Lebens abhebt.

Die Hauptunterschiede der tatsächlichen Damenexistenz gegenüber jener der typischen Hausfrau sind die Befreiung vom handgreiflichen Kontakt mit Schmutz und größere Bewegungsfreiheit. Kraft und Zeit, welche die andern zur Schmutzbekämpfung brauchen, stehen der Dame zur Verschönerung ihrer Person zur Verfügung. Während die Hausfrau jedes Essen selbst kochen, jeden Flecken selbst ausreiben, jedes Stücklein Boden selbst putzen muß, kann die Dame, abgesehen von der Beaufsichtigung des Haushalts, ihre Beschäftigung mehr oder weniger wählen.

Dies gilt besonders für die Nachmittagsstunden. Sie mag sich etwa überlegen, ob sie an einem Kleid herumschneidern, dem Vreneli ein Röcklein stricken, mit den Kindern spielen, Spaziergänge, Einkäufe oder Teevisiten machen, lesen, im Garten liegen, baden oder die Läden anschauen und sich durch das Glas hindurch nach Möbeln, Kleidern und Schmuck gelüsten lassen will. Alles in allem ein dürftiger Lebensinhalt, selbst wenn er mit »Kulturellem und Idealem«, praktisch mit dem Besuch von Vorträgen, der Mitwirkung in karitativen Vereinen und mondänen Ambitionen, ergänzt wird.

Während der Volksmund von den Hausfrauen der untersten Kategorie sagt, daß sie »arbeiten gehen müssen«, von jenen der zweituntersten, daß »sie es nicht nötig haben, zu arbeiten«, heißt es von den Damen aller Schattierungen, daß »sie es schön haben«. Haben sie sich doch mit einem Versorger verbunden, der sie und ihre Nachkommen nicht nur gut versorgt, sondern zudem noch mit einer oder mehreren Versorgerinnen im buchstäblichen Sinn. Bezahlen doch ihre männlichen Ernährer in Potenz außer Obdach, Lebensmitteln, Kleidern und Putzmaterial auch gleich Köchin, Schneiderin, Glätterin, Putzerin usw. Sie halten die Kinder nicht nur über Wasser, sondern besolden überdies weiße Uniformen an ihren Bettstellen, hinter den Kinderwagen und mittellose Kandidaten für die Überwachung der Schulaufgaben im stillen Kämmerlein. Die Dame hat es nicht nur schön, sie ist auch selber schön. Zu ihren angenehmen, wenn auch unbequemen und zeitraubenden Pflichten gehört die Pflege einer ästhetisch, sachte erotischen Erscheinung. Sie soll der Umgebung, soweit es sich mit unmißverständlicher Ehrbarkeit noch verträgt, andeuten, welche Freuden der Ehemann genießt, und zugleich klarmachen, daß diese ausschließlich ihm reserviert sind. Sie hat im sozialen Schaufenster des Ehemannes das Prachtmöbelchen mit dem Täfelchen »verkauft« darzustellen.

Während Hausfrauen anderer Kategorien mit lebenslänglicher kleinlicher Kocherei, Putzerei und Bastlerei für den Hausgebrauch aufwarten und dabei sparen, sparen, sparen, ohne je eine Geldsumme in der Hand zu haben, die auch nur doppelt so groß ist wie der Monatslohn des Mannes, genießen die Damen scheinbar allein für Herumschweben eine Existenz, die mit Hausfrauenarbeit schlechterdings nicht erworben werden kann. Hat es die schöne Dame aber wirklich schön?

Nun, die Damen haben es zwar nicht schlecht, aber viel weniger schön, als es den Anschein hat. Vor allem wird ihre Muße über- und die Beschränkung ihrer Freiheit unterschätzt. Die Vorstellung, daß die Damen schlankweg »nichts tun« und machen können, was sie wollen, wird aus zwei Quellen gespeist.

Da sind einmal die Männer, die trotz aller Loblieder auf den »Beruf als Frau und Mutter« die häusliche Arbeitsfülle unterschätzen, und dies um so mehr, je weniger sie Schürzen sehen und Tellergeklapper hören. Das bekannte Lied ist eben eher ein Schlachtruf gegen weibliche Berufstätigkeit denn Anerkennung der den Frauen aufgehalsten Arbeit in der Familie. Es kommt diesen Männern häufig gar nicht in den Sinn, daß das Einordnen der Familienmitglieder in das Tagesprogramm, vom Aufstehen zur rechten Zeit bis zum Zubettgehen, die Beratungen mit Köchin, Schneiderin, Coiffeur und allerlei Lieferanten, das Versenden obligater Geschenke und Grüße subjektiv so viel und so wenig »Arbeit« ist wie ihre Erledigung der laufenden Korrespondenz, ihre Beratungen mit allen möglichen Fachleuten im Geschäft.

Selbst die – meist bejahrten – scheinbaren Müßiggängerinnen des gehobenen Mittelstandes, »die Weiber, die nachmittags in den Konditoreien hokken«, wie ihnen von Männern, die sonst auf »echt-weiblich« eingeschworen sind, neidisch zur Last gelegt wird, bedeuten keine Widerlegungen der Tatsache, daß die Frauen des gehobeneren Mittelstandes heute bis an den Hals in häuslichem Krimskrams, stecken. Es wird immer vergessen, daß diese Frauen abends meist weniger müßig sind als ihre Gatten. Der Nachmittag ist eben die Freizeit der Damen des Hauses; doch gibt es bald wieder Heimdienst. Der heimkehrende Mann will Nahrung, Erholung, Zerstreuung, Unterhaltung, kurz, ein Privatparadies finden, wo er je nachdem die ihm im Existenzkampf zugefügten Nadelstiche als Heldenwunden pflegen und sein Selbstbewußtsein restaurieren oder gar wuchern lassen kann. Nun, das Herzaubern des Privatparadieschens, einschließlich einer vom Scheitel bis zur Sohle gepflegten Gattin, stellt auch bei Mitwirkung von Hilfskräften eine gewisse Arbeit dar. Die Heimzauberin hat nicht nur jeden Wink für die Gestaltung des Heimes sowie ihres körperlichen und geistigen Selbst zu verstehen, sondern angeblich als ein Zeichen der Liebe selbst bloße Wünsche in dieser Richtung zu erraten. Solche Inanspruchnahme der Dame unterschätzen die Männer gerne; es kommt ihnen gar nicht in den Sinn, daß sie auch anderes als eitel Vergnügen sein könnte.

Als Müßiggängerin erscheint die Dame aber auch vielen, materielle Hausarbeit leistenden Frauen. Sie sehen nur, daß sich die Damen pflegen und von der Koch-, Schmutz- und Selbstversorgungsarbeit, die ihren eigenen Tag füllt, befreien können. Sie schließen daraus, die Damen hätten nichts anderes zu tun, als das Leben zu genießen.

Zwar kann die Dame mit zwei und mehr Dienstmädchen die Hausarbeit aus den Händen geben, aber nicht sich gänzlich aus dem Kopf schlagen. Sie steht mit müßigen Händen da – selbst wenn sie stickt und strickt, was dank der Textilindustrie wirtschaftlich fast bedeutungslos ist; ihr Kopf aber ist beschäftigt. Denn Anweisungen, Kontrolle und selbst Oberaufsicht allein verursachen immer Arbeit, um so mehr, je gehobener der Lebensstandard ist. Sogar der Dame mit »Mädchen für alles« bleibt beim europäischen Lebensstil Arbeit genug, bei der sie selbst Hand anlegen muß.

Die neidvoll zur Dame aufblickenden Hausfrauen machen sich zu wenig klar, daß der höhere Lebensstandard und das gesteigerte gesellige Leben, das oft – in der Schweiz allerdings nur ab und zu – mit der Haushaltung der Dame verbunden ist, eine Menge neuer Aufgaben stellen. So geht die Dame in ein Dutzend Geschäfte, um einen ganz bestimmten Vorhangstoff, der ihr vorschwebt, ein ganz bestimmtes kleines Tischchen, das fast nicht aufzutreiben ist, zu finden. Dann und wann gibt es eine Menge Gäste. Kameraden der Kinder erscheinen für Stunden, für ganze Nachmittage. Ferner ist nicht zu übersehen, daß der Haushalt durch ein und zwei Angestellte relativ stark erweitert und damit seine Organisation komplizierter ist, Fehlerquellen und Verschleißmöglichkeiten größer und durchdachte Anordnung und Kontrolle, wenn nicht alles aus dem Leim gehen soll, unerläßlich werden. Kurz, die Damen sind einfach Vorarbeiter bei der Leistung der Haushaltfron, sozusagen Haushaltspoliere. Wenn schon jedes Kind weiß, daß bereits auf zwei bis drei Arbeiter ein Vorarbeiter eingesetzt wird, damit die gemeinsame Arbeit gelingt, so ist es geradezu naiv zu meinen, einzig und allein beim Arbeitsziel, das ein »gutbürgerlicher« Haushalt darstellt, könne der Polier tagaus, tagein »Blauen« machen. Obwohl die Damen sich wirklich nicht überarbeiten, alle paar Monate in die Ferien gehen und Lilienhände besitzen, haben auch sie im Haushaltfrondienst ihren Karren zu ziehen.

Trotzdem trifft es zu, daß die Dame »nichts tut«, wenn auch in anderem Sinne als gemeinhin angenommen wird. Ist sie doch als Frau auf ein totes Geleise geschoben, wo ihr mancherlei Tun für immer versagt bleibt. In der Regel darf sie ja nicht in den Positionen erwerbstätig sein, welche von den Männern ihres Standes und ihrer Bildung eingenommen werden. Die volle Handels- und Gewerbefreiheit gilt für sie nur auf dem Papier, und selbst das nicht immer. Das Wie und Was dieser beruflichen Einschränkungen wurde im ersten Kapitel erörtert. Wie alle verheirateten Frauen darf sie im Grunde keinen anderen Lebensinhalt haben als die Frau des Herrn XY, das heißt Frau XY zu sein, wie es der Anredebrauch schon deutlich sagt. Ferner tut die Dame insofern »nichts«, als sie oft unrationell arbeitet, bei unserer Arbeitsteilung und -organisation unrationell arbeiten und unnötige Arbeit leisten muß; eben eigentlich »nichts tut«. Dies gilt teils aber auch für die Hausfrauen der anderen Klassen.

Ein Vielerlei an Persönlichkeiten für Einerlei, für den Beruf des Haushaltpoliers, kann nicht befriedigen. Da den Damen die Selbstverwirklichung auf beruflicher Ebene in noch größerem Maß versagt ist als den Hausfrauen anderer Klassen, haben sie den Ersatz für berufliche Selbstverwirklichung ganz besonders ausgebaut.

Wie teilweise bereits ausgeführt wurde, liegt es nahe, ihn in der Wohltätigkeit oder dem Kult der äußern Erscheinung zu suchen. Beide Auswege sind in psychologischer Hinsicht Balsam für unterdrückte Selbstbestätigung und überdies mehr oder weniger im Geiste der Männerherrschaft, also leicht begehbar.

Denn im ersten Falle tut es wohl, zum mindesten unter so oder so Benachteiligten die einem sonst versagte Gelegenheit zu machtvollem Wirken zu besitzen. Auch in diesem Zusammenhang gilt: »On a souvent besoin d'un plus petit que soi.«

Für die Frauen hinwiederum, die mit ihrer körperlichen Erscheinung besonders zufrieden sind und ästhetischen Sinn besitzen, liegt die allergreifbarste Form der Selbstverwirklichung, die modische Gestaltung des Ich, lockend nahe. Die Mode bietet durch ihre Flut von Vorschlägen, wie man sich visuell harmonisch und schön der Umwelt einfügen kann, eine Palette mit unbegrenzter Farbenauswahl für interessante Selbstporträts. Indem man sein Lebensfeuer in großem Maße der eigenen Erscheinung zuwendet, kombiniert man Streben nach Vollkommenheit und ästhetische

Wertung glücklich mit selbstgefälligen Wirbeln um die Achse des eigenen Ich. Auch der Machtanspruch kommt dabei auf seine Rechnung. Im Gegensatz zu den wohltätigen Damen wird man zwar weder materiell noch geistig von hilfesuchenden Schäfchen umdrängt, dafür aber zieht man die Blicke auf sich, sticht andere aus und wird, wie die Reklamen zu sagen wissen, glücklich, weil einem die Männer ihr Herz mit seinem materiellen Drum und Dran zu Füßen legen.

So verschieden die Richtung der beiden Ventile sein mag, beide geben den verheirateten Frauen, die erstens »nicht arbeiten müssen« im Sinne von Erwerbsarbeit, zweitens nicht arbeiten müssen – und es auch nicht wollen – hinsichtlich manueller Hausarbeit und drittens nicht arbeiten dürfen, soweit eine berufliche Machtsphäre in Frage kommt, einen gewissen Ersatz für berufliche Selbstverwirklichung.

Eine dritte Möglichkeit, den Tag des Haushaltspoliers interessanter zu gestalten, besteht darin, den Stier bei den Hörnern zu packen. Das heißt hier, als Dame des Hauses nicht bloß für die Erledigung der Hausarbeit besorgt zu sein, sondern sie als Drama zu sehen, sich mit Leib und Seele auf sie zu werfen. Solche Dramatikerinnen sind Musterhausfrauen, jene, die Hausgeschäfte aus dem Effeff verstehen und das Kunstwerk des gepflegten Heimes vollbringen.

Dies wären die üblichen Möglichkeiten der Frauen, die »es schön haben«, das schönste der gangbaren Frauenlose zu verschönern.

»Dame ohne Mädchen« – eine unwillkommene Neuerscheinung

In den meisten Ländern der westlichen Zivilisation ist nun im Laufe der letzten Jahrzehnte selbst der blasse Schatten einer Selbstverwirklichung, den die »Dame des Hauses« genoß, ihre relative Muße, schwer erschüttert worden.

Das »Mädchen für alles« ist nämlich für all das, was die Dame des Hauses nicht selber machen will, nicht oder fast nicht mehr zu bekommen. Das »Mädchen für alles« ist heute für alles andere da als dafür, einer anderen Frau die Haushaltfron abzunehmen, die dieser vom Männerkollektiv grundsätzlich aufgeladen wird. Daher ist ohne das »Mädchen für alles« aus so mancher »Dame des Hauses« oder Anwärterin darauf ganz oder zeitweise eine »Frau für alles« geworden.

In der Schweiz wie in manch anderen Ländern auch scheint keine Hoffnung im Sinne einer Aussicht auf »Normalisierung der Verhältnisse«, welche die Rückkehr des billigen »Mädchens für alles« bewirkte, zu bestehen. Und selbst unter den Damen mit einem Stab von Hausangestellten und entsprechenden Löhnen wird der Boden nicht mehr fest.

Diese Entwicklung dürfte auch ohne den letzten Weltkrieg, der sie in manchen europäischen Staaten beschleunigt hat, und ohne den sich auf die Gegenwart auswirkenden Geburtenrückgang vor 20 bis 30 Jahren

Platz gegriffen haben. Sie geht einmal auf das Anwachsen der Löhne in den unteren Lohnkategorien zurück. Eine Hebung, die vor allem die entsprechenden männlichen Arbeitnehmer in Industrie, Gewerbe und Staatsdienst betraf, sich schließlich aber ebenfalls zugunsten entsprechender weiblicher auswirkte, wenn auch ein bezeichnender Abstand gegenüber der Entlöhnung der Männer blieb. Diese Erscheinung in Verbindung mit der Tatsache, daß das Einkommen der Ehemänner der Damen, das heißt der Angehörigen des gebildeten Mittelstandes, im allgemeinen nicht in gleichem Maß stieg, bewirkte, daß nun die Damen an der unteren Seite dieser Schicht hinsichtlich Entlöhnung weiblicher Arbeitskräfte mit den Arbeitgebern in der Industrie kaum mehr Schritt zu halten vermögen. Und selbst wenn sie dies können, fällt zu ihren Ungunsten ins Gewicht, daß die Mädchen als Arbeiterinnen einen kürzeren Arbeitstag und mehr persönliche Freiheit besitzen, als ihnen im Hausdienst geboten wird, geboten werden kann.

Unzählige »Damen des Hauses« und vor allem junge Kandidatinnen für diese Stellung haben einen Klassensturz zu den eigentlichen Hausfrauen hinunter gemacht. Wie diese haben sie »es nicht nötig zu arbeiten«. Dafür ist es nötig geworden, die lästigen Hausarbeiten eigenhändig zu verrichten. Bestenfalls erscheint für die gröbste Arbeit gelegentlich eine Spetterin. Nur noch Herkunft, kulturelle Ansprüche und häufig auch Ausbildung unterscheiden solche »Damen ohne Mädchen« von der kleinbürgerlichen Hausfrau. Ihr Tagewerk jedoch ist gleich. Sie mögen die tiefsten Bücher gelesen, die halbe Welt bereist und die Kunstwerke von fünf Jahrhunderten vor Augen haben, jetzt kochen und waschen sie und werden dies ihr Leben lang tun.

Ich höre den Einwand, so schlimm sei das nicht. Denn Kultur könne in jeder Tätigkeit zum Ausdruck gebracht werden. Somit sei es an der »Dame ohne Mädchen«, die Hausarbeit gewissermaßen kulturell zu adeln. Sicher, sicher! Jede menschliche Tätigkeit kann ein Stück Kultur sein, sogar das Aufbauen des Miststockes. Nichtsdestoweniger bietet die manuelle Verrichtung der Hausarbeit, sobald sie nicht produzierend ist, kulturellen Gestaltungskräften ein bescheidenes und obskures Betätigungsfeld. Es mag eine kultivierte Art geben, den Waschlappen zu handhaben, eine kultivierte Art, die Böden zu fegen, eine kultivierte Art, Strümpfe zu stopfen, eine kultivierte Art, schmutzige Wäsche zu reinigen, aber die kulturelle Gestaltungskraft der Persönlichkeit kann dabei im Halbschlaf bleiben. Bei einem damenmäßigeren Tagesablauf gelangt sie, wie gesagt, ebenfalls nicht zu voller Blüte, lebt aber doch in einem günstigeren Klima.

Was das Heim als Kulturzentrum betrifft, so verblaßt für die »Dame ohne Mädchen« selbst der Schatten eines Anhaltspünktleins, um sich als Sonne eines Salons im Stile des 18. Jahrhunderts zu fühlen. Dem häuslichen Kreis sind rechtzeitig aufgetragene Mahlzeiten wichtiger als geistreiche Gespräche bei überkochender Milch. Und von den Kindern verlangt die Welt geflickte Socken und geputzte Nägel und nicht Aperçus der Frau

Mama. So spielt sich ein redlich Teil des Lebens der Dame des Hauses, die »alles allein macht«, in Küche und Badezimmer und hinter der Nähmaschine ab.

Die eigenhändige Haushaltfron deklassiert die »Damen ohne Mädchen« gegenüber ihren Männern, Brüdern, Vätern und Söhnen. Der »Beruf als Gattin und Mutter« bedeutet jetzt für so viele Frauen, die glaubten, sie seien nicht zum Kochen, Flicken und Putzen geboren, tagaus, tagein Kochen, Flicken und Putzen, Putzen, Flicken und Kochen.

Wie im Kapitel über die weibliche Berufstätigkeit erwähnt, macht man oft viel Wesens von arbeitslosen oder emigrierten Männern, die anstatt ihren Beruf auszuüben, vorübergehend gezwungen sind, so oder so Handlanger oder Knecht zu sein. Ja, nur schon um Akademiker, die beruflich nicht als solche unterkommen, ist es ihren Freunden leid. Sie erscheinen ihnen gewissermaßen als »Blüten im Staub«. Daß hingegen gebildete Frauen jenseits des Tores zu einem »erfüllten Frauenleben« tagtäglich Fettränder an Pfannen und Badewannen wegzufegen haben, findet man, wo nicht ideal, so doch in Ordnung. Arbeit, deren sich gebildete Männer schämen, soll für gebildete und ungebildete Frauen »natürliche Bestimmung« sein. »Arbeit schändet nicht«, hört man zwar. Doch glaubt auf der ganzen Welt jeder, ihn schände jene Arbeit, die nicht der von ihm beanspruchten Stellung entspreche. Den indischen Koch schändet Pfannenputzen, den spanischen Geschäftsinhaber das Tragen seines Köfferchens, den Direktor das Aufkleben der Briefmarken, den Theologieprofessor ein kleiner Möbeltransport mit dem Schubkarren. Entsprechend verrichten unzählige Ex-Damen des gebildeten Mittelstandes in den eigenen vier Wänden Geschäfte, um derentwillen sie sich voreinander und vor sich selbst schämen.

Die »Damen ohne Mädchen« führen ein seltsames Doppelleben. Auf der einen Seite schlagen sie sich mit dem Moloch der Haushaltfron herum, auf der anderen reißen sie alle Kräfte zusammen, um das »Dehors« zu wahren, um Dame vorzustellen. Hinter den Kulissen schändet sie die Arbeit, auf den Bühnen des sozialen Lebens hingegen – allein schon der Besuch von Geschäften im Zentrum der Stadt bedeutet »Auftreten« – stellen sie die Elfen dar, die nichts anderes zu tun haben, als aus Blumenkelchen Honig zu nippen. In den USA, wo die Frauen in der Regel »Dame ohne Mädchen« sind und hohe Ansprüche auf Elfenhaftigkeit ihrer Erscheinung zu erfüllen haben, kommt dieses Doppelleben denkbar massiv zum Ausdruck. Es bleibt nicht bei Reklamephotos strahlender Schönheiten, die jubilieren, weil ihnen dank ... (es folgt der Name eines Fabrikates) niemand ansehe, daß sie höchstpersönlich die groben Hausarbeiten bewältigten. Nein, nach dem Vorbild der Narrenkostüme, die den Menschen der Länge nach in verschiedenfarbige Hälften teilen, zeigen einzelne Inserate Bilder von Frauen, die halb Haussklavinnen, halb Luxuswesen sind. Dieses zwiespältige Reklamegeschöpf ist ein treffendes Konterfei der »Dame ohne Mädchen«.

Bei uns wettern die »Damen ohne Mädchen« gerne gegen die »Mädchen«, die sich ebenfalls für die Arbeit zu gut halten, die den Damen zu schlecht ist. Doch verschießen sie das Pulver eigentlich in der falschen Richtung. Anstatt den Mädchen übelzunehmen, daß sie sich die Haushaltfron nicht mehr anhängen lassen, sollten sie sich vergegenwärtigen, von wem sie ihnen aufgebürdet worden ist. Reklamationen bei den eigenen Herren – im doppelten Sinn – wären logischer als Vorwürfe an die Adresse der »Mädchen«.

Interessanterweise ist diese Möglichkeit von den Damen selbst weniger in Betracht gezogen worden als von den Herren. Diese spüren den Boden unter ihrem komfortablen Heim ein wenig zittern. Ihnen dämmert, daß »Heim und Familie« bedroht sind, Begriffe, die sie gerne dem ehemännlichen Privileg gleichsetzen, sich daheim als anspruchsvoller Verbraucher bedienen zu lassen. Sie fühlen es in der Luft liegen, daß die Damen ohne Mädchen finden könnten, eigentlich sei auch der »Beruf als Gatte und Vater« kein leerer Wahn. Sie fürchten, ihre Damen könnten auf den Gedanken kommen, ohne »Mädchen für alles« – für alles, was der Mann der Frau und diese dem Mädchen zuschiebt – sei die Ehe auch hinsichtlich Kocherei, Näherei und Putzerei eine Schicksalsgemeinschaft. Und wenn sich die Damen schon auf solche Betrachtungsweise einlassen sollten, so wäre ihnen auch von dieser Seite her die feministische Idee nicht ferne, angemessene und angemessen bezahlte Berufsarbeit, nämlich diejenige ihrer Männer und Brüder, sei eigentlich interessanter, als im Miniaturreich des Heimes Königin in Personalunion mit Haussklavin zu spielen.

Deshalb hütet man sich, den feministischen Bestrebungen trocken die Meinung entgegenzusetzen, die Frauen seien dazu da, für Mann und Kinder Zehntausende von Mahlzeiten zu kochen, sämtliches schmutzige Geschirr zu spülen, alle schmutzigen Tücher zu waschen und obendrein die Böden zu kehren. Und wenn schon von der Hausarbeit der Frau geredet werden muß, dann geschieht dies in einem neuen Ton: Die eigenhändige Hausarbeit, wohlverstanden diejenige der Frau gebildeter, aber relativ bescheiden entlöhnter Schichten, ist Arbeit von unerhörtem Wert, sie ist unbezahlbar. Sie ist ganz und gar nicht minderwertiger als die Berufsarbeit des Gatten (obwohl dieser niemals tauschen würde): Oh, diese Ansicht ist veraltet, überholt. Man weiß es jetzt besser: Die Hausarbeit der Frau ist nicht minderwertig, sondern anderswertig, ist in ihrer echten Weiblichkeit so ganz unvergleichlich. Sie gereicht der gebildeten Frau zum Schmuck. So läßt man die »Damen ohne Mädchen« ihre Not als hohe Tugend erleben und hofft, sie blieben demzufolge bei der Stange, ohne dem Ehemann zuzumuten, das Haushaltsjoch mit ihnen zu teilen.

Es fehlt nicht an Frauen, die begeistert nach dieser Pfeife tanzen. Unnötig zu sagen, daß sie nicht nur unter den »Damen ohne Mädchen« zu finden sind, sondern in großer Zahl auch bei den Hausfrauen, die »nicht arbeiten gehen müssen«. Denn durch den süßen Trost, den man den »Damen ohne Mädchen« spendet, erfahren die typischen Hausfrauen, die man bei diesem Lobgesang eigentlich nicht vor Augen hatte, eine Aufwertung ihrer Arbeit und damit ihres Lebensinhaltes.

Die Behauptung, daß solch neuzeitliches Preisen der Hausarbeit weniger Ausdruck einer Überzeugung denn ein Kniff ist, um wenigstens die Ehefrauen, die grundsätzlich für die gesuchten beruflichen Stellungen in Betracht kämen, fein still auf ihrem ungewohnten Platz innerhalb der Haushaltfron zu halten, wird übrigens durch die Tatsache bestätigt, daß diese tiefe Achtung der Männer einen seltsam beschränkten Geltungsbereich besitzt. Wie gesagt macht sie nicht nur in den Augen der Männer bereits oberhalb der Hausfrauen, die »nicht arbeiten gehen müssen«, halt, sondern reicht sozial auch nicht höher als bis zur Dame mit dem unqualifizierten »Mädchen für alles«.

Mögen die Hausfrauen der Schichten, in denen die Ehefrauen die Arbeit nie auf bezahlte Kräfte abwälzen konnten, bei der Aufwertung der Hausfrauentätigkeit noch so aufhorchen, bei den Ehemännern ihres eigenen Kreises spüren sie kaum ein Häuchlein jener tiefen Achtung vor der Hausarbeit, das durch den gebildeten Mittelstand weht. Auf der anderen Seite sehen manche der selten gewordenen Damen, die ihre weibliche Haushaltfron auf mehrere dienstbare Geister abwälzen können, keine Notwendigkeit, ihrerseits in den frommen Gesang einzustimmen. Sie genießen es in vollen Zügen, noch einmal davongekommen zu sein. Gerne äußern sie, keine Ahnung von der Hausarbeit zu besitzen, überhaupt nie kochen gelernt zu haben, was viele Männer mit der angeblich tiefen, tiefen Achtung vor hausfraulichen Tugenden ganz besonders charmant finden.

Gehört zum Familienleben weibliche Haushaltfron?

Grundsätzliche Möglichkeiten, Hausarbeit auszuschalten

Abgesehen von der schwieriger und schwieriger werdenden Abwälzung der Hausarbeit auf schlechtergestellte Frauen, die unter dem feministischen Gesichtspunkt keine echte Lösung ist, scheint es für die Ehefrau nur sehr beschränkte oder dann beinahe unerschwingliche Befreiungsmöglichkeiten von der Hausarbeit zu geben. An der Wand, die diese vermeintlichen Tatsachen aufrichten, zerschellen die Freiheitsgelüste der Frauen, und sie schieben daher ihren Karren weiter.

Ihre Gedanken zum Thema, und auch jene der Männer, nehmen etwa folgenden Gang: So oder so gibt es Hausarbeit. Es sei denn, man gehöre zu einem Volk, das unter Himmelsstrichen lebt, wo man kaum Dächer über dem Kopf, kaum Kleider am Leibe braucht, wo, wenn auch nicht gebratene Tauben, so doch Rohkost von den Palmen herunter zugeflogen kommt. In unserem Klima ist jedoch zum Komfort, den man als unerläßlich betrachtet, Hausarbeit schlechterdings nötig. Jemand muß sie machen. Täten die Frauen sie nicht, so fiele sie auf die Männer. Vom Gesichtspunkt der Männer aus wäre das die verkehrte Welt. Und objektiv betrachtet könnte man sich fragen, was damit gewonnen wäre, wenn nun anstelle der Frauen einfach die Männer in die Hausarbeit eingespannt werden würden.

Einen optimistischeren Geist atmen, wie bereits angedeutet, die Inseratenteile der Zeitungen. Hier drängen sich liebe, liebe Freunde um die geplagte Hausfrau, sind voller Verständnis für ihre Kümmernisse und trösten mit gutem und teurem Rat. Wollen sie doch nur das eine: helfen. Die Frau soll nicht arbeiten müssen (diesmal im Haushalt). Dafür ist sie viel zu kostbar. Man will und kann sie vor allem Schmutz bewahren (diesmal nicht in der Politik, sondern im Heim). Finden sich keine willigen Dienstmädchen – oh, die Maschine ist willig, ist Helferin, Freundin, Lebensgefährtin der Hausfrau. Die eine wäscht, die andere spült, die dritte schlägt alles zu Brei, die vierte verschlingt den Kehricht, die fünfte saugt alles weg, die sechste drückt alles platt. Die Wissenschaft hat dafür gesorgt, daß die Frau sich nicht mehr abhunden muß. Die modernen Waschmittel – sie schaffen es von selbst. Die Putzmittel brauchen Geschirr und Plättliboden nur zu berühren, und schon glänzt alles. Frauen, die bisher vergeblich nach Ritterlichkeit Ausschau gehalten haben, finden im Inseratenteil endlich die langersehnte: »Verehrte Dame, wir haben nur ein Bestreben, Ihnen dienen zu dürfen. Wir sehen die Ehre unseres Hauses darin, zu Ihrer restlosen Zufriedenheit zu arbeiten. Verfügen Sie über uns! Ein Anruf genügt, und wir reinigen, bürsten, flicken – nein, regenerieren – Ihre Teppiche, Vorhänge, Böden … Wir beschützen und bewahren Ihren Pelzmantel vor Motten und Dieben … Möchte die Dame die Augen ihrer Lieben erglänzen sehen? Sie braucht sich nicht selbst zu bemühen. Wir bringen alles ins Haus: Kuchen und Pasteten, Braten und Langusten … Oder möchte die Dame sich zur Abwechslung von der nervenzermürbenden Gegenwart ihrer Lieben erholen, von der Sorge um sie, vom Auspakken und Aufstellen all der Herrlichkeiten, die ihr das fachmännisch geschulte Personal der sich für das Beste vom Besten verbürgenden Häuser geliefert hat, erholen vom Aufläuten all der Beschützer, Bewahrer und Regeneratoren ihres Hausrates, ihrer und ihres Herrn Gemahls Garderobe? Ja? Dann erwarten wir Sie zu einer Stunde unglaublicher Verjüngung in unserem Kosmetiksalon.«

Wenn wesensgemäß auch weniger überschäumend als im Inseratenteil, so doch um so profunder tönt es im Textteil, wo er häuslichen Fragen Raum gibt. Da wird mit der Zeit und Kraft der Hausfrau ein wahrer Kult getrieben. Fachleute ringen um Lösungen, welche der Hausfrau ein Maximum an Arbeitserfolg bei einem Minimum an Kraft- und Zeitaufwand gewährleisten.

Ob sich die Anregungen zur Entlastung der Hausfrau nun propagandistisch oder sachlich geben, immer steht hinter ihnen berufliche Erwerbslust. Aber gerade die Tatsache, daß diese in häuslicher Arbeitsersparnis ein weites und vielgestaltiges Tummelfeld findet, beweist die Möglichkeit einer weitgehenden Befreiung der Frau von Hausarbeit.

Wesentliche Bedingungen der Befreiung sind zwei grundsätzlich verschiedene Methoden, die ehefrauliche Hausarbeit zu beseitigen. Die eine entzieht gewissen Hausarbeiten den Boden, beugt ihnen vor. Sie schaltet haushälterische Arbeitsgänge aus, indem sie den Bedarf nach bestimmten Arbeitserfolgen vermeidet. Sie bedeutet Eliminierung einzelner Teile der Hausarbeit. Die andere Methode sucht unter Umgehung hausfraulicher Arbeit haushälterische Erfolge herbeizuführen.

Die erste Methode besteht gemäß den Ursachen des fraglichen haushälterischen Bedarfes in zweierlei Vorkehren. Sie sind technischer oder auch konventionell-rechtlicher Natur. Die technischen geben dem Heim eine Form, die mancherlei Hausarbeit erübrigt; die konventionell-rechtlichen vermeiden eine Komplikation der Hausarbeit, indem sie Vorschriften konventioneller oder rechtlicher Art, welche das Gerüst der allgemeinen Zeiteinteilung bilden, unter dem Gesichtspunkt der Ersparnis häuslicher Arbeit abändern. Ein Beispiel: So wie in der Schweiz die normale Arbeitszeit, der Ladenschluß, die Schulzeit der Kinder und die Verpflegungszeitpunkte festgesetzt sind, muß die Hausfrau zahlreiche Arbeiten täglich doppelt machen und ist überdies zu einer Zersplitterung der Hausarbeit gezwungen, die eine absorbierende, regelmäßige Arbeit außer Hause unsäglich erschwert. Dabei sind diese Einteilungen kaum mehr gerechtfertigt und können leicht geändert werden. Ich werde auf diese Frage noch zurückkommen.

Die andere Methode, der Ehefrau Hausarbeit zu ersparen, besteht darin, sie bei der Arbeitsleistung zu ersetzen. Ersatzkräfte finden sich außerhalb des Heimes oder auch innerhalb; sie sind menschlicher oder sächlicher Natur.

Manche Hausarbeiten lassen sich außer Hause von Fachleuten viel besser, wenn auch teurer, besorgen. Andere wieder nicht nur besser, sondern dank den besonderen technischen und organisatorischen Möglichkeiten von Industrie und Gewerbe sogar auch billiger. Diese Möglichkeiten bilden eine Entlastung der Hausfrau, indem sie dilettantisch besorgte häusliche Arbeit in systematisch betriebene Facharbeit verwandeln, der besondere Berufe, Gewerbe und Industrien entsprechen. Sie saugen ehefrauliche Hausarbeit auf. In dieser Eigenschaft lassen sie sich auch kombinieren. Der große Hotelbetrieb ist wohl die vielfältigste dieser Kombinationen.

Es bleibt noch die Frage, ob die weitgehende Ausschaltung der ehefraulichen Hausarbeit nicht einen bedeutenden Verschleiß von Gütern verschiedenster Art mit sich bringe. Denn die Rappenspalterei der Hausfrauen fiele ja weg.

Ganz gewiß würden im Haushalt keine Seifenresten mehr gesammelt und in Säcklein eingenäht werden, um solchermaßen auf je neun Seifenstücke den Kauf eines zehnten einzusparen. Es würde auch nicht mehr Strickwolle durch Aufziehen alter Pullover und Glätten der krausen Fäden im Dampf gewonnen werden, ebensowenig Unterhöschen für Kinder aus den Oberteilen von Damenstrümpfen. Die hausfrauliche Besorgnis, einen Raum auch nicht eine Stunde lang überflüssigerweise zu heizen, das Fensterschließen da und Lichtausknipsen dort, um einige Rappen zu sparen, würde aufhören. Der Verschleiß wäre in den einzelnen Haushaltungen auf der einen Seite tatsächlich etwas größer, anderseits würde er durch die mit der Eliminierung der ehefraulichen Hausarbeit verbundenen Rationalisierungsmaßnahmen technischer und organisatorischer Art wieder aufgeholt, wo nicht gar überholt werden. Selbst wenn wirkliche Not an wichtigsten Verbrauchsgütern herrschte, so wäre es nicht ausgeschlossen, daß die vorhandenen Güter so besser ausgewertet werden könnten als durch hausfrauliche, mit Selbstversorgung verquickte Ausschlachterei. Um bei diesem Wort zu bleiben: Wieviel besser als bei Hausmetzgeten wird zum Beispiel das Fleisch im Metzgereibetrieb ausgewertet? Entsprechendes gilt für die Privatküche im Verhältnis zur Restaurationsküche usw.

Die ehefrauliche Haushaltfron würde in Krisenzeiten kaum vermißt. Dagegen erlaubte die grundsätzliche Erwerbstätigkeit, Konjunkturen besser auszunützen; Frankenverdienen ist lohnender als Rappenspalten.

Bei manchen haushälterischen Aufgaben läßt sich weibliche Arbeit schon direkt im Hause ersetzen. Dies geschieht vor allem durch Haushaltmaschinen, deren Motoren anstelle der Hausfrauen schuften. Aber auch die Arbeitsübernahme durch Familienmitglieder, die Verteilung der Arbeit unter sie, ist ein naheliegender Ersatz. Nicht zu Unrecht behauptet in Nordamerika ein geflügeltes Wort, daß der beste arbeitssparende Haushaltapparat ein bei der Hausarbeit zugreifender Ehemann sei.

Wie Hausarbeit vorgebeugt werden kann

Die rationelle Anlage des Lebensraums

Ein minimaler Arbeitsaufwand für einen gewissen Standard an Behaglichkeit hängt vor allem auch vom Grundriß der Wohnung, ihren technischen Anlagen sowie davon ab, ob alles, was an und in ihr ist, ein Minimum an Pflege erfordert.

Das ist zwar ein Gemeinplatz, mit dem man im Laufe der letzten dreißig Jahre sattsam bekannt geworden ist, leider aber mehr theoretisch als praktisch. Denn wieviel auch von moderner Sachlichkeit die Rede war, solange man noch auf das »Mädchen für alles« baute, trat sie in den herrschaftlichen Wohnungen ja doch hinter dem Bestreben zurück, mit den Räumlichkeiten so oder so zu imponieren.

Und bei den einfacheren Wohnungen war es nicht wesentlich anders. Zum Beispiel wollte man aus der Tatsache, daß ihre Bewohner grundsätzlich in der Küche essen, nicht die Folgerung ziehen, die Küche groß und das »Eßzimmer« überhaupt nicht mehr zu bauen, hing doch jedermann an der unbenutzten guten Stube in Eßzimmeraufmachung.

Worum es bei der praktischen Wohnungseinrichtung geht, beschreibt eine reiche Literatur bis in kleinste Einzelheiten von bezaubernder Gerissenheit. Von entscheidender Bedeutung als Arbeitssparer sind jedoch nicht diese kleinen Spitzfindigkeiten, die Sachlichkeitsschwärmer berauschen, sondern einige wenige grundlegende Lösungen.

Eine derselben stellt die vollständige Einstöckigkeit des Hauses oder der Wohnung dar. Bei Einfamilienhäusern heißt sie also Bungalow. Dank ihr müssen Schere und Schnürchen, Portemonnaie und Bleistift, ja selbst Taschentücher jeweilen nicht vom Keller bis in den Estrich gesucht werden. Und Kessel und Kübel, Bürsten und Besen sind nicht treppauf, treppab zu schleppen oder aber in so vielen Exemplaren, als man Stockwerke besitzt, anzuschaffen und in ebenso vielen Unterschlüpfen einzuquartieren. Eine andere wichtige Einrichtung bedeutet das richtige nachbarliche Verhältnis der Räume, die unmittelbare Nachbarschaft von Schlaf-, Kinder- und Badezimmern, von Küche und Eßzimmer – alles beileibe keine Selbstverständlichkeit in modernen Wohnungen und Häusern. Auch Material und Oberflächenbehandlung von Böden und Wänden, damit diese nicht geschrubbt, nicht gespänt, nicht gewichst, nicht geölt, nicht geblocht und nicht schonend auf irgendeine Art gepützelt werden müssen, sondern schlimmstenfalls bloß aufgewaschen zu werden brauchen, kann täglich Stunden und Frühjahrsreinigungen obendrein einsparen. Das gleiche gilt hinsichtlich der Oberfläche von Möbeln, insbesondere von Tischen. Widerständen sie Nässe, Hitze und Säure zugleich, so wären zahllose häusliche Miniaturkatastrophen automatisch ausgeschaltet, denen vorzubeugen oder die zu beheben sonst Ziel allerlei zeitraubender kleiner Maßnahmen der Hausfrau ist. Von den entsprechenden Umtrieben mit Tischwäsche nicht zu reden.

Natürlich bedeuten solche und ähnliche arbeitseinsparende Wohnungsanlagen und -einrichtungen noch keine Erlösung von der Haushaltfron. Aber sie bauen Stücklein von ihr ab, die, auf die Länge gesehen, ein Stück darstellen. Es geht mit diesen Einsparungen wie mit dem Rabatt: Einzeln sind die Abzüge unscheinbar, sie summieren sich aber mit der Zeit überraschend.

Rationalisierung der konventionellen und rechtlichen Tageseinteilung und bessere Koordinierung der Arbeitszeit

Auch die Rationalisierung und Koordinierung der zeitlichen Verteilung von Arbeit und Erholung innerhalb des Tages und der Woche sind wesentliche Faktoren zur Eliminierung der Haushaltfron. Sie werden meist übersehen. Vielleicht deshalb, weil bei dieser Art Arbeitseinsparung im Gegensatz zu jener durch Maschinen niemand etwas verdient und die Frauen, wie bereits angedeutet, infolge ihrer Ausschaltung vom öffentlichen Leben dazu neigen, Vorschriften, welche die kollektive Lebensweise festlegen, zu schlucken. Gilt dies schon für Regelungen konventioneller Natur, so noch viel mehr für solche, die durch Rechtsvorschriften erhärtet worden sind.

Solcher Rationalisierung und Koordination entspräche vor allem die im ersten Kapitel bereits ins Auge gefaßte Verschiebung der täglichen Hauptmahlzeit von der Mitte der Arbeitszeit an deren Ende.

Denn in der Mitte des Tages ist sie, wie noch gezeigt wird, ein Fels des Anstoßes. Bewirkt sie doch eine Spaltung der Arbeitszeit, die von dieser weit mehr als eine schöpferische Pause – während der das Mittagessen geschöpft wird – wegreißt. Die Vorbereitungen für das Essen belasten die Vormittagsstunden, und das anschließende Abwaschen und Aufräumen nagt sozusagen den Nachmittag an. Es steht absorbierender außerhäuslicher Erwerbsarbeit der Frau entgegen.

Überdies verdoppelt die Halbierung der allgemeinen Arbeitszeit manche Arbeiten: anstatt einmal müssen Mann und Kinder zweimal abgefertigt, zweimal mit Mappen, Schirmen, Hüten und Handschuhen versehen werden. Zweimal müssen die Schuhe, zweimal die nassen Kleider gewechselt werden; zweimal liegt alles herum. In zwei Zeitspannen statt in einer muß gefragt, zugehört, geantwortet und gemahnt werden.

Die schlechte Gewohnheit, die Hauptmahlzeit mitten in die Arbeitszeit zu plazieren, hat nicht einen einzigen Vorteil. Es fehlt ihr jeder vernünftige

Grund, es sei denn, nur diese Methode führe dazu, täglich acht Stunden voll arbeitsfähig zu sein. Wäre dies der Fall, so läge die Frage nahe, wozu man acht Stunden arbeiten solle, wenn die grundsätzliche Erwerbsarbeit der Ehefrau selbst bei einer bedeutenden Zunahme des Arbeitsvolumens eine Reduktion der heute üblichen Arbeitszeit ermöglichte. Bei einer um weniges kürzeren Arbeitszeit, etwa bei einer sechsstündigen, bestände auch nicht mehr der Schatten eines Grundes, diese umständliche Arbeitsunterbrechung beizubehalten, die infolge der mit ihr verbundenen doppelten Arbeit ein unsinniger und teurer Luxus ist. Andere Völker, deren Lage nicht wesentlich von der unseren abweicht, frönen ihm wohlweislich nicht.

Die für die Erwerbstätigkeit beider Ehegatten, aber auch für das Familienleben ideale Norm der Arbeitszeit gäbe dem Tag etwa folgendes Gepräge: Die Erwerbsarbeit begänne morgens ein bis zwei Stunden später, würde mittags nur für einen kurzen Imbiß an der Arbeitsstätte unterbrochen und dauerte nicht mehr bis zum Abend, sondern erstreckte sich nur noch in die Mitte des Nachmittags. Die Familie sähe sich bei Tageslicht wieder – im Sommer sogar bei Sonnenschein – und könnte nun gemeinsam und gemütlich den Rest des Tages verbringen. Er reichte für eine ausgedehnte Mahlzeit, den Rest der persönlich zu besorgenden Hausarbeiten und eine vergnügliche Freizeit aus.

Um die Eltern für die Berufsarbeit frei zu machen, müßte natürlich der Schul-, Kindergarten- und Krippenbesuch der Kinder der allgemeinen Arbeitszeit entsprechen. Eine Ordnung, wie die bei uns geltende, wonach das eine Kind um sieben, das andere um acht, das dritte um neun Uhr in die Schule und das kleinste auf zehn Uhr in den Kindergarten beordert werden muß und wiederum eines um zehn, das andere um elf und die restlichen um zwölf Uhr heimgeschickt werden – der Nachmittag bringt eine ähnliche Staffelung –, versklavt die Eltern, das heißt die Mutter, anstatt ihnen zu helfen. Es ist eigentlich eine Zumutung, daß die Mutter von zwei bis drei schulpflichtigen Kindern allein schon wegen der Schulstundenpläne derart mit Beschlag belegt wird. Sie kann ja kaum zwei Stunden hintereinander dem Heim fernbleiben, wenn sie beim Fortgang und der Rückkehr der Kinder zu Hause sein will, was bei kleineren nötig ist. Es ist nicht einzusehen, weshalb die Erziehungs- und Betreuungseinrichtungen sich nicht nach der normalen Arbeitszeit sollten richten können.

Nebenbei bemerkt: Entspräche die Schulzeit der normalen Arbeitszeit, so könnten natürlich die Erledigung der Aufgaben und überdies fakultative Fächer, welche die verschiedensten Begabungen förderten, im Schulprogramm untergebracht werden.

Natürlich kann sich die Arbeitszeit sämtlicher Leute nie decken. Aber schon die Koordinierung der normalen Arbeitszeit mit der täglichen Schulzeit, beziehungsweise Krippen-, Hort- und Kindergartenzeit, würde bereits mit einem Wust doppelspuriger oder konfuser Betreuungs- und Hausarbeit aufräumen, die man jetzt als »naturgewollte Aufgabe der Frau« betrachtet.

Wer oder was an Stelle der Hausfrau treten kann

Kommerzielle, außerhäusliche »Hausarbeit«

Berufliche, gewerbliche und industrielle Tätigkeit können einen guten Teil der hausfraulichen ersetzen. Denn es gibt wohl nicht eine einzige Arbeit der weiblichen Haushaltfron, welche nicht verselbständigt und von Spezialisten ausgeführt werden könnte: Einmachen von Gemüse und Früchten – Konservenfabrik; Backen – Bäcker; Stricken – Strickwarenfabrik; Boden- und Fensterscheibenputzen – Reinigungsservice; Fleckenbeseitigung – Anstalt für Reinigung; Metzgen – Metzgerei; Pfannenputzen – Casserolier; Kochen – Köchin oder Chef (eine Titulatur, die erst aufkommt, wenn ein Mann Hand anlegt); Kuchenbacken – Konditor; Kinderhüten und -beschäftigen – Hortnerin und Kindergärtnerin, Kinderheim; Säuglingspflege – Säuglingspflegerin, Säuglingsheim; Flicken – Kunststopferei; Pflege Kranker – Spitalbetrieb; Pflege der Alten – Altersheim; Einrichten der Wohnung – Ensemblier, Innenarchitekt; Anfertigen der Vorhänge, der Möbelbezüge – Tapezierer; Waschen – Waschanstalt; ja es gibt sogar berufliches Pützeln der Telephonapparate. In den Vereinigten Staaten befassen sich Spezialisten mit dem Aufstellen von Familienbudgets. Und in Ländern mit einer Badekultur, wie sie etwa Schweden besitzt, ist selbst das Fegen des Rückens mit Seifenschaum, das ab und zu von Männern unter die Freuden des Ehelebens gezählt wird, Bestandteil einer Berufstätigkeit. In Badeanstalten gibt es Personal, das »Bitte Ihren Rücken« so selbstverständlich sagt wie der Billeteur »Alle Fahrkarten vorweisen, gefälligst«. Wohin man blickt, jede, aber auch jede hausfrauliche Arbeit kann man gegen Entgelt außerhalb des Hauses ausführen lassen. Es geht nichts durch die Maschen. Denn was scheinbar durchgegangen ist, wie etwa das Einstellen der Blumen, das behagliche Zurechtrücken der Sofakissen, das Ersetzen defekter elektrischer Birnen, die Gesamtheit aller jener Handreichungen, die zum häuslichen Wohlbefinden gehören und sich einzeln für eine spezialisierte Tätigkeit nicht eignen, besorgt pauschal und in Verbindung mit weiteren zu Facharbeit verselbständigten Hausarbeiten das Hotelgewerbe.

Dieses »Herausnehmen« einzelner Arbeiten aus dem Haushalt und ihre Verselbständigung zur Spezialistenarbeit ist keineswegs modern, sondern so alt wie Gewerbe, Industrien und Berufe, die mit obligater Hausfrauenarbeit konkurrieren. Obgleich sich das »Herausnehmen« mit der industriellen Revolution erweitert hat, ist mit der Haushaltfron nicht aufgeräumt worden.

Zahlreiche Entlastungsmöglichkeiten, die schon seit Jahrzehnten an der Tagesordnung sein könnten und vereinzelt in andern Ländern benützt werden, gelten bei uns als hypermodern, als amerikanisch, das heißt als Beispiel dafür, wie schnell die Entlastung der Hausfrau vor sich gehe, wie man in dieser Beziehung bald bei den Sternen angelangt sei. Dabei handelt es sich um so unmoderne Dinge wie etwa das Ausgeben der Wäsche zum Reinigen und Glätten, das sich schon die unvermeidlichen alten Römer geleistet haben. Jedenfalls hinsichtlich ihrer Togen, die mit Kreide und Schwefel behandelt werden mußten, um blendend weiß zu werden. Es gilt auch als modern, die Milch bereits pasteurisiert zu kaufen, doch ist dies im Grunde weder modern noch erstaunlich. Erstaunlich ist vielmehr, wie sich in der Schweiz von heute die Hausfrauen immer noch mit der siedenden, steigenden, überschäumenden, Gestank und Putzerei verursachenden Milch abplagen, obwohl deren Pasteurisierung in großen Quantitäten gar kein Problem und die Milch ungesotten besser ist.

Eine interessante Kombination: Kollektivhaushaltungen

Wirklich umfassend kann die obligate ehefrauliche Hausarbeit durch eine hotelbetriebsmäßige Versorgung der Menschen, durch Kollektivhaushaltungen, eliminiert werden. Denn eine solche Organisation kann von allen die Hausarbeit ausschaltenden Faktoren, von rationellen baulichen und technischen Anlagen sowie gewerblichen, industriellen und professionellen Entlastungsmöglichkeiten, den ausgiebigsten Gebrauch machen.

Die Bezeichnungen Hotel- und Kollektivhaushaltungen sollen allerdings nicht auf eine falsche Fährte bringen.

Denn solche Betriebe müssen nicht notwendigerweise als gewinnbringende Einrichtungen gedacht sein, sie können auch genossenschaftlichen Charakter haben. Zudem umfaßt der Begriff der Kollektivhaushaltung genau genommen nicht nur die traditionellen Erscheinungen vom regelrechten Hotel bis zum Kloster, sondern alle Abstufungen zwischen in allen und nur in einzelnen Hinsichten kollektiven Haushaltungen. Selbst die Gemeinschaft der Mieter im gleichen Haus, die lediglich in bezug auf die Benutzung der Waschküche, der Heizung, der Treppe und so weiter »kollektiv« haushalten, ist, wenn auch sehr beschränkt, Kollektivhaushaltung.

Ferner ist mit Kollektivhaushaltung nicht zwangsläufig eine Auflösung der Familiengemeinschaft verbunden. Das Einnehmen der Mahlzeiten, das Schlafen, das Sichherrichten, kurz das Wohnen, kann sich auch in »Kollektivhaushaltungen« im Kreise der Familie in den eigenen vier Wänden, ja sogar im eigenen Hause abspielen. Für die private Atmosphäre des Familienlebens ist es nicht nötig, daß die »Frau und Mutter« als des Weibes natürliches Los stundenlang mit Geschirr klappert und Staub wedelt. In Appartementhäusern, wo man jeweilen ein ausgewähltes Menu bestellen, Wäsche und Kleider von Fachleuten im Hause reinigen und Kinder in Gesellschaft anderer behütet spielen, singen und heulen lassen kann, ist man keineswegs weniger unter sich als im Haushalt mit dem »Mädchen für alles«.

Eine solche Wohnorganisation ist nicht an ein gemeinsames Dach ihrer

Angehörigen gebunden. Sie können auch in einer Gruppe von Einzelhäusern wohnen. Sie bildeten gewissermaßen ein künstliches, hypermodernes kleines Dorf. Praktisch würde es sich von andern Dörfern dadurch unterscheiden, daß seine Einwohner wirtschaftlich voneinander unabhängig wären, hingegen eine Gemeinschaft von Nutznießern zahlreicher Zentralen für die Befriedigung der mit dem häuslichen Leben verbundenen materiellen Bedürfnisse bildeten. Diese Möglichkeit ist kaum je voll verwirklicht worden, wohl aber hinsichtlich des äußeren Rahmens – ganz andeutungsweise – in Gestalt der amerikanischen »Tourist Camps«. Der Aufenthalt in den kleinen Häuschen, die von der gleichen Zentrale aus bedient und versorgt werden, dauert zwar meist nur eine Nacht. Es ist aber kein prinzipieller, sondern nur ein gradueller Unterschied, ob man in etwas größeren Häusern während vieler Tage und Nächte bedient und versorgt wird.

Eine hotelbetriebsmäßige Versorgung der Konsumenten bei voller Ausnützung der gewerblichen, professionellen und industriellen Möglichkeiten, die Hausarbeit auszuschalten, ist unter Wahrung des Familienlebens die extremste Lösung zur Eliminierung der Hausarbeit im Sinne einer »echt weiblichen Sphäre«. Sie räumt damit weitgehend auf. Es bleibt nur wenig übrig. Der Rest besteht dort, wo sogar das Budget von Fachleuten aufgestellt wird, in der Wahl der Mahlzeiten und derjenigen der Kleider und Möbel. Ein Rest, bei dem sich das Geschmäcklein ehefraulicher Fronarbeit gänzlich verliert.

Ein Sonderfall: Kinderhüten und Erziehung als Spezialistenarbeit

Weder das Hüten noch Erziehen der Kinder gehört zur Hauswirtschaft. Und damit gehört die Möglichkeit, dies zum Teil durch Fachleute außer Haus besorgen zu lassen, eigentlich nicht in den vorliegenden Zusammenhang.

Doch kann nicht übersehen werden, daß Kinderhüten und Kindererziehen weitgehend und fast untrennbar mit Hausarbeit verkoppelt werden und diese Verkoppelung ein wesentliches Hindernis der Eliminierung ehefraulicher Haushaltfron bildet. Sie war, wie bereits dargelegt, infolge der – inzwischen überholten – größeren wirtschaftlichen Leistungsfähigkeit der Männer, der im Westen aus der Mode gekommenen riesigen Kinderzahl und dem Brauch, jahrelang zu stillen, einst aus wirtschaftlichen Gründen geboten. Und je mehr Hausarbeit die Frauen auf sich nahmen, um so mehr konnten die Männer sich auf außerhäusliche Erwerbsarbeit konzentrieren, was wiederum auf die Frauen zurückwirkte, sie erst recht an Haus und Kinder band. Heute jedoch fallen die Voraussetzungen zu dieser »Arbeitsteilung« der Gatten bzw. zur engen Verbindung von Mutterschaft und Haushaltfunktionen weg: sie ist veraltet.

Überdies hat sie zwei große Nachteile. Die Verkoppelung bewirkt nämlich, daß die Frau auch dann nicht von der Hausarbeit loskommt, wenn deren Ausschaltung technisch und organisatorisch durchaus möglich wäre, womit sie ein großes Hindernis der Gleichberechtigung der Geschlechter im Erwerbsleben bedeutet. Ferner steht die ihr entsprechende »Arbeitsteilung« der Ehegatten einem häufigen Zusammensein des Vaters mit den Kindern, gewissermaßen dem Plenum der Familie, entgegen, was allen Beteiligten schadet.

So unvermeidlich die Verkoppelung und damit die mit ihr verbundenen Nachteile scheinen, so kann sie bei den heutigen Verhältnissen doch leicht beseitigt werden. Die Lösung heißt: mehr Kinderkrippen, Kinderhorte und Kindergärten sowie möglichst wenig, dafür aber bereits in der Schule erledigte Aufgaben, kurz, mehr berufsmäßige außerhäusliche Wartung und Erziehung der Kinder. Eine solche Einbuße an Familienleben auf der einen Seite wird jedoch durch dessen Erweiterung auf der anderen ausgeglichen. Denn die allgemeine Kürzung der Arbeitszeit, welche die mit derartiger Wartung der Kinder ermöglichte grundsätzliche Erwerbstätigkeit der Ehefrau gestattet, gewährt auch ein längeres und häufigeres Zusammensein sämtlicher Familienmitglieder.

Der Vorschlag, mit Krippen, Horten und Kindergärten die Mütter zu entlasten, wirkt auf viele Menschen wie ein rotes Tuch. Sofort schreien sie: Verstaatlichung! Kommunismus! Entartete Mütter! Redlicherweise aber geht es nicht an, vor diesem Problem einfach die Augen zu schließen und »Fürio« zu schreien.

Denn nicht wahr, als man die Kinder den Müttern im Namen des obligatorischen Schulbesuches entriß, hatte man auch nichts gegen diese erhebliche Verstaatlichung einzuwenden. Und was dabei die Mütter betraf, übersah man sie gänzlich. Inzwischen ist man von dieser Lösung auch nicht abgekommen, sondern hat sie noch ausgebaut. Wie erwähnt wird heute sogar die Mutter in den staatlichen Schulbetrieb eingespannt, insoweit sie gewissermaßen als Handlangerin der intellektuellen Staatserziehung je nach Kinderzahl täglich eine bis zwei Stunden die Erledigung der Hausaufgaben zu kontrollieren hat.

Und wer sagt eigentlich, daß Krippen, Horte und Kindergärten staatlich organisiert sein und den Charakter von Waisenhäusern altmodischen Stils haben sollen? Niemand! Ist es tatsächlich möglich, daß man sie sich nicht auf privatwirtschaftlicher Basis vorstellen kann, weil in der Schweiz solche Institutionen meist als eine Art Unterstützung unbemittelter Mütter, die »arbeiten gehen müssen«, aufgezogen worden sind! Sie könnten ein wesentlich anderes Gepräge haben. Sie sollten weniger Einstellmöglichkeit und mehr Vergnügungs- und Arbeitsstätten für Kleine sein. Und zwar für Kinder, für welche die Eltern den Besuch dieser Institution gerne bezahlen und gut bezahlen können, wenn aus den Hausfrauen als ökonomisch Halbinvaliden voll erwerbstätige Frauen geworden sind.

Anderseits sollte man sich auch nicht an staatlicher Unterstützung solcher Einrichtungen stoßen. Wer nicht die mindesten Hemmungen hat, für seine privaten Angelegenheiten staatliche Defizitbahnen zu benützen –

niemand hat sie –, der braucht auch nicht kopfscheu zu werden, wenn der Staat etwa eine Organisation von Autobussen zur Verfügung stellt, um Kleine ab- und heimzuholen. Und es wäre absurd, von »Kommunismus« zu reden, weil zahlreiche und gute Möglichkeiten bestehen, Säuglinge tagsüber zusammen mit andern Säuglingen pflegen und kleine Kinder mit vielen andern in guter Obhut spielen zu lassen, wo man doch im Namen der Demokratie so stolz darauf ist, daß alle Kinder grundsätzlich denselben Primarschulunterricht über sich ergehen zu lassen haben.

Und weshalb sollten Mütter, die bereit sind, ihre Kinder täglich sechs bis acht Stunden in die Obhut von Säuglingspflegerinnen, Hortnerinnen und Kindergärtnerinnen zu geben, um einer Berufsarbeit nachzugehen, »entartet« sein? Ist es doch seit Jahrtausenden gang und gäbe, daß Säuglinge und Kleinkinder im gleichen Haushalt lebenden Pflegerinnen und Erziehern anvertraut werden – einzig und allein, damit die Mutter für eine Weile ihrer ledig ist. Neu wäre höchstens die Form, den kleinen Kindern Pflege und Erziehung teils außerhäuslich angedeihen zu lassen. Für größere Kinder hat sie sich ja mit dem Internatswesen und dem obligatorischen Schulunterricht seit langem eingelebt. Warum sollte sich ein Schritt weiter in dieser Richtung, wenn er im Interesse der Frauen liegt, nicht auch rechtfertigen lassen?

Die Interessen des Kindes ständen dagegen, mag eingewendet werden. Nun, schlechte Erfahrungen mit hygienisch vielleicht musterhaften, aber psychologisch unzweckmäßigen Einrichtungen da und dort schaffen bessere Erfahrungen mit besseren Einrichtungen nicht aus der Welt. Sie erlauben auch nicht, die Flinte ins Korn zu werfen, bevor man erst begonnen hat, auf diesem Gebiet mit einer Sorgfalt Lösungen zu suchen, die auf andern Gebieten Selbstverständlichkeit sind. Und noch eines: Warum sollten die Interessen der Kinder schon grundsätzlich jenen der Frauen vorgehen? Die Kinder sind nicht wertvoller als ihre Mütter. Auch ist es sonst nicht Brauch, daß die Erwachsenen opferfreudig zurückstehen, wenn ihre Interessen mit jenen der Kinder kollidieren. Solche Konflikte führen in der Regel zu Kompromissen, bei denen die Erwachsenen nicht schlecht wegkommen.

Die Maschine als Ersatz

Beim Stichwort Maschine im Zusammenhang mit Hausarbeit denkt man meist zuviel an die kleinen und zuwenig an die großen Maschinen. Kein billiger Jakob, der im Hinblick auf die verhaßte Haushaltfron nicht irgendein Hobelchen, das irgend etwas schneller als das Messer schneiden, schinden, schaben kann, an die Frau brächte. Aber eigentlich entlasten nicht die vielen scheinbar so praktischen technischen Spielereien die Hausfrau, sondern hauptsächlich einige wenige große Maschinen. Es sind dies die automatische Waschmaschine, die Trockenmaschine, die Kehrichtliquidation im Ausguß, der Schnellkochtopf, der große Kühlschrank und das Auto. Die beiden letzteren stehen insofern in einer Korrelation zueinander, als das Vorhandensein des einen den Wert des andern als haushälterisches Hilfsmittel erhöht.

Schon bei Staubsauger, Geschirrwaschmaschine und Nähmaschine ist die Funktion als Arbeitssparer weniger eindeutig.

Wer je Hilfskräften, die nicht gewohnt waren, mit einem Staubsauger wirklich zu arbeiten – die meisten sind es nicht –, seinen Gebrauch beigebracht hat, weiß, wie sehr sein Wert in Frage steht. Warum auch das ganze Möbel hervorschleppen, wenn man den Staub mit einem Lappen und ein paar Griffen von den Möbeln wegbringt? Warum gewissermaßen ein Paket an einem dicken Schlauch herumziehen, wenn man Papierfetzchen mit einem Besen ebenso schnell beseitigt? Und die paar Fäden auf dem Teppich liest man gescheiter rasch auf, anstatt für einige wenige Striche den Staubsauger mit der besonderen Düse zu versehen. Wenn die Hausfrau nicht darauf beharrt, hat der Staubsauger bei den meisten Dienstmädchen lange, lange Ruhezeiten. Hingegen füllen sich allerlei Verstecke mit seltsamen Lumpen. Hat die Dame des Hauses oder das Dienstmädchen recht? Beide! Denn der Staubsauger ist nur in großen, stark möblierten, mit Polstersesseln und Teppichen versehenen Wohnungen auf lange Sicht arbeitssparend, dann aber ist er es wirklich. Weder Teppiche noch Polster brauchen mehr ins Freie geschleppt und dort geklopft zu werden, und kein Staub wartet in stillen Winkeln auf die Frühjahrsputzete.

Den Vorteilen der Geschirrwaschmaschine steht der Nachteil gegenüber, daß ihre Waschkraft oft zu wünschen übrig läßt. Dagegen kann nicht in Abrede gestellt werden, daß sie dem klappernden Treiben um den Schüttstein herum, dem wiederholten In-die-Hand-Nehmen des Geschirres vorbeugt, indem sie es gleich noch trocknet, was auch Küchentücher einspart.

Die Nähmaschine nun hat die Eigentümlichkeit, Arbeit nicht wegzunehmen, sondern zu ermöglichen. Indem sie gewissermaßen die Grundlage einer dilettantischen Schneiderei für den Hausgebrauch bildet, ist sie Mittel zur Selbstversorgung. Unter dem Gesichtspunkt einer Eliminierung der Hausarbeit ist ihre Stopffunktion allein arbeitssparend. Diese ist hauptsächlich in einem an männlichen Mitgliedern reichen Haushalt lohnend, denn zur Männlichkeit gehören unzählige Socken mit unzähligen Löchern, denen tatsächlich nur mit einer stopfenden Maschine leichthin begegnet werden kann.

Noch ein Wort zum Auto als Haushaltmaschine. In Europa ist es als Faktor des sozialen Prestiges seines Besitzers zu heilig, um in selbstverständlicher Weise als Instrument zur Erledigung von Hausgeschäften eingesetzt zu werden. Es ist jedoch, sofern man es genau vor die Haustüre fahren kann, nicht nur der handlichste Kinder- und Leiterwagen, sondern gestattet auch, den ganzen wöchentlichen Lebensmittelbedarf einer Familie in wenigen Gängen zu beschaffen. Dies ist allerdings nur möglich, wenn vor Geschäften, die sämtliche Lebensmittel führen, leicht parkiert werden kann und daheim ein großer Eiskasten die Vorräte aufzunehmen vermag. Das Auto hilft einem, zehnmal mehr Lebensmittel, als man gleichzeitig tragen kann, gewissermaßen vom Laden in den Eiskasten zu schaufeln.

Aufteilung der restlichen Hausarbeit unter die Familienangehörigen und Kinderhüten als elterliche Freizeitbeschäftigung

Es gibt nun auch ein Mittel, welches die Haushaltfron zwar nicht als solche, wohl aber als ausschließliche Fron der Frauen reduziert. Einfach genug besteht es in der Verteilung der Hausarbeit unter die Mitglieder der einzelnen Haushaltungen. Dabei wird der Ehemann natürlich nicht nur mit dem Abtrocknen des Geschirres bedacht, sondern erhält ein redlich Teil. Sicher ist, daß die Familienmitglieder um so weniger gegen eine solche Verteilung einzuwenden haben, je kleiner die zu verteilende Arbeit ist. Das heißt, je mehr Hausarbeit schon eliminiert worden ist. Praktisch verhindert sie, daß der mehr oder weniger große, unvermeidliche Rest Hausarbeit auf den Frauen sitzenbleibt.

Diese Verteilung hat noch einen weiteren Vorzug. Sie hülfe ein Zeitübel kurieren.

Gegenwärtig jammert alles über den Zerfall der Familie. Über den Sündenbock ist man sich ebenfalls einig. »Cherchez la femme!« Der Grund des Zerfalles soll die Erwerbstätigkeit der Ehefrauen sowie deren vermeintlich entartete Abneigung gegen die Hausarbeit sein. Die Frau soll sich von ihrer ureigenen Natur zurück ins Haus zu Staublappen und Pfannen treiben lassen.

In Wirklichkeit hat der Zerfall der Familie andere Ursachen. Die grundlegende besteht in der Auflösung der Familie als Produktionsgemeinschaft und Bildungszentrum der Kinder. Das ist eine Erscheinung, die man in Kauf nehmen muß, wenn man die abendländische Zivilisation der letzten dreihundert Jahre nicht verleugnen will.

Mit einer für die Auflockerung der Familie wesentlichen Erscheinung aber, mit dem Mangel an gemeinsamer Arbeit der Familienglieder, braucht man sich nicht gänzlich abzufinden. Gibt es doch für alle Hausarbeit.

Bis jetzt ist sie allerdings »Frauenarbeit« geblieben. Der Mann betrachtet es als sein Recht und seine Würde, dabei nicht Hand anzulegen. Während die Frau zu tun hat, langweilt er sich. Schließlich geht er aus. Draußen trifft er andere Männer, deren Frauen auch zu tun haben und die auch nicht wissen, was tun. Also tut man sich in einer Wirtschaft zusammen. Inzwischen sind die Frauen fertig geworden. Sie sind allein. An Sommerabenden schauen sie beim Eindunkeln mit dumpfer Sehnsucht nach dem Leben »draußen« zum Fenster hinaus. Sie kommen sich vor wie ausgekoppelte Eisenbahnwagen auf einem Nebengeleise.

Ausgerechnet die im angeblichen Interesse der Familie so gerne angerufene »Arbeitsteilung« der Geschlechter hindert den Mann und damit auch die Söhne, die nächstliegenden aller verbindenden Arbeiten zu verrichten. Die traditionelle Dispensierung des Mannes von Hausarbeit steht dem weder durch Hausmusik noch Halmaspielen ersetzbaren unmittelbaren organisatorischen Zusammenhang der Familie entgegen. Nicht an der Frau ist es, »wieder zu lernen, Hausfrau zu sein«, sondern am Mann, als »Hausmann« zu wirken. Er kommt von selbst auf die Idee, wenn er sich nicht als der Hauptversorger der Familie betrachtet. Wesentliche Mitarbeit des Ehemannes bei der Hausarbeit hängt ökonomisch indirekt und psychologisch direkt von der erfolgreichen Erwerbsarbeit der Ehefrau ab.

Wer immer die fortschreitende Desintegration der Familie beklagt, sollte eigentlich eine volle Mitarbeit des Ehemannes im Haushalt sowie die Erwerbsarbeit der Ehefrau als eine ihrer Voraussetzungen befürworten. Wer den Kollektivhaushalt in jeder Schattierung ablehnt, sollte um so mehr das die Gatten zusätzlich umschlingende Band gemeinsamer Hausarbeit bejahen. Käme doch zur Gemeinschaft von Tisch und Bett eine solche von Pfannen, Speisekämmerlein, Nadel und Faden, Waschbottich und Bügelbrett hinzu, soweit man diese Arbeiten noch im Hause bewältigt. Derart zeitigte die Gleichberechtigung der Geschlechter als unerwartetes Nebenprodukt eine Konsolidierung der Familie.

Allerdings verbliebe der Ehefrau auch bei solcher Regelung ein kleines Stück Haushaltfron. Aber geteiltes Leid in diesem Sinne ist weniger als halbes Leid. Daß es sich geradezu in Freude verwandelte, wäre zuviel gesagt. Doch ist eine gemeinsame Kocherei viel unterhaltender als das traditionelle ehefrauliche Küchenexil. Warum sollten auch Angehörige des starken Geschlechtes – sie betonen so unermüdlich, wie vorteilhaft sich ihre Kraft von der weiblichen Schwäche abhebe, wie stählern ihre Nerven im Vergleich zu den weiblichen seien – bei der Heimkehr so müde sein, daß sie, anstatt ihre Mahlzeit zuzubereiten, nur noch den Löffel in die Suppe plumpsen lassen können?

Die Verteilung der unerläßlichen Hausarbeit unter die Familienangehörigen ließe übrigens weniger als die Hälfte auf der Ehefrau sitzen. Denn bei dieser Verteilung würde auch die reifere Jugend bedacht. Sie hätte mitzuarbeiten, anstatt ihrerseits wie im Hotel zu leben. Sähen die Kinder beide Eltern an der Hausarbeit, so wären sie geneigter, mitzuhelfen, weil die Hausarbeit damit den Charakter einer Gemeinschaftsangelegenheit hätte.

Die Herabsetzung der allgemeinen Arbeitszeit in Verbindung mit der gemeinsamen Erledigung des unvermeidlichen Restchens Hausarbeit durch die Familienglieder, die durch die grundsätzliche Erwerbstätigkeit der Ehefrau ermöglicht werden könnte, förderte auch die Beziehung zwischen Eltern und Kindern. Denn auf diese Weise wären die Familienangehörigen mehr beieinander, man hätte mehr gemeinsam zu tun und damit einander auch mehr zu sagen. Man wäre sich gegenseitig weniger langweilig, als wenn die Frau in ihrem Haushalt, der Mann im Beruf aufgeht und die Kinder so bald wie möglich die Augen von der trüben Symbiose ihrer Eltern abwenden. Da brauchte man nicht mehr mit Sentimentalitäten zu spielen, wie etwa mit dem Heimweh nach einem nie gelebten archaischen Leben, in dem beim gemeinsamen Holzsägen echte Kameradschaft Vater und Sohn verbinden soll. Denn was sollen die beiden in der Phantasie des Vaters zusammen Holz sägen, wenn sie miteinander Herrenhemden plätten und Beefsteaks grillieren können?

Weshalb es trotz Ausschaltungsmöglichkeiten bei der ehefraulichen Haushaltfron geblieben ist

Rationell angelegte Wohnungen, außerhäusliche »Hausarbeit« als Spezialität gewisser Gewerbe, Industrien und Berufe, Haushaltmaschinen und die Übernahme des Restes der Hausarbeit durch Kollektivhaushaltungen der verschiedensten Schattierungen oder auch durch alle leistungsfähigen Familienangehörigen scheinen unter Voraussetzung einer rationellen Planung und Koordinierung der Arbeitszeit die Aufhebung der ehefraulichen Haushaltfron zum Kinderspiel zu machen. Zu einem Kinderspiel, das jedoch nicht gespielt wird. Denn alle haushälterischen Umtriebe bleiben in allen Ländern mehr oder weniger, aber immer reichlich genug, an den Frauen hängen. Weshalb? Nun, diese Erscheinung hat einen scheinbaren, einen beiläufigen und einen hauptsächlichen Grund.

Weibliche Haushaltfron – ein vermeintliches Bollwerk des Individualismus

Vom scheinbaren Grund ist heute, da die individuelle Bedeutung des Menschen überschätzt wird – ein Vermächtnis des 19. Jahrhunderts –, aber zugleich die Bewegungsfreiheit des einzelnen durch die modernen Mittel fortschreitenden Etatismus' schwer bedroht ist, am meisten die Rede. Die Tatsache, daß sich dank der weiblichen Haushaltfron jeder Ehemann innerhalb der Schranken des Budgets und der hauswirtschaftlichen Fähigkeiten der Gattin seinen Milchkaffee mit Rösti nach seiner Fasson machen lassen kann, wird gerne als Bollwerk gegen die »Gleichmacherei«, als Schutzwall der individuellen Familienatmosphäre, als Hort persönlicher Freiheit betrachtet.

Gegen die Auffassung der weiblichen Haushaltfron als Garantie eines individualistischen Lebens läßt sich verschiedenerlei einwenden.

Einmal zeigt die heutige Gestaltung des häuslichen Lebens bei unvoreingenommener Betrachtung meist ein viel geringeres persönliches Gepräge, als man gemeinhin annimmt. Folglich kann ihm durch Maßnahmen zur Eliminierung ehefraulicher Haushaltfron kaum individualistischer Schmelz genommen werden, den man auch sonst vermißt.

Wieso soll zum Beispiel die private Sphäre beim Wohnen in Appartementhäusern, wo nicht nur die Heizung, sondern gleich noch die Wäsche und je nachdem die Verpflegung von einer Zentralstelle besorgt werden, eher verletzt werden als beim Leben in gewöhnlichen Miethäusern? Wenn dem so wäre, müßten auch die Miethäuser mit Zentralheizung und Abwart gegenüber jenen mit Etagen- oder Zimmerheizung eine Einbuße an individuellem Wohnen bedeuten. Dies ist jedoch nicht der Fall. Allerdings haben die Appartementhäuser unter dem individualistischen Gesichtspunkt einen Nachteil: Man ist mit anderen Leuten unter demselben Dach. Diesen Nachteil hat das Appartementhaus aber mit allen Miethäusern gemein, und man nimmt in unserer Kultur kaum mehr daran Anstoß.

Und warum sollte man in Einfamilienhäusern weniger privat wohnen, weil es für die Kinder der umliegenden Häuser besondere Krippen und Kindergärten gibt und die nächsten Ablagen von Reinigungsanstalten, die nächste Garküche für die Einwohner eines gewissen Umkreises arbeiten? Selbst wenn dieselben Häuser ein- bis dreimal in der Woche von derselben Reinigungsequipe besucht würden, so wird bei einem derartigen Betrieb die Privatsphäre auch nicht stärker gefährdet als dort, wo man, in Baugenossenschaften zusammengeschlossen, gewissermaßen einander die Teppiche vorklopft, die Tisch-, Bett- und Leibwäsche vor Augen hängt und die gleichen Lebensmittel im selben Laden der Nachbarschaft kauft.

Was die Wohnungsreinigung durch eine regelmäßig erscheinende Equipe betrifft, so ist die damit verbundene Störung des Familienlebens sogar geringer als eine Störung durch die Allgegenwart des Dienstmädchens, das man so gerne als Garantie eines kultivierten Familienlebens betrachtet. Sie verschwindet ja nach kurzer, konzentrierter Arbeit wieder, wogegen das Dienstmädchen als Lebensgefährtin der Hausfrau eigener Art dem Familienleben der Arbeitgeber eine Note gibt, die nicht gerade »persönlich« ist. Es darf nicht übersehen werden, daß sogar die Lebensgemeinschaft der Familienglieder unter sich zeitlich weniger weit geht als diejenige der Dame des Hauses mit dem Dienstmädchen und daß das absichtlich oder unfreiwillig nach allen Seiten Augen und Ohren offen haltende Mädchen die Spontaneität des häuslichen Lebens einschränkt.

Und die private Küche? Ist sie wirklich unersetzlich? Die Hotelkost mag nicht immer befriedigen, aber dies tut auch die scheinbar ganz nach individuellen Wünschen ausgerichtete Familienverpflegung nicht. Sie hat ebenfalls ein Geschmäcklein, von dem man genug bekommen kann. Auch ist die Originalität der hausfraulichen Ernährung fragwürdig. Jedenfalls läßt sich nicht übersehen, welche Unfähigkeit zur Erfüllung ihrer »natürlichen Aufgabe« die Frauen an den Tag legen, wenn sie immer aufs neue nicht wissen, was sie kochen sollen. Sie müssen es sich vom Radio und Gaswerk, von Zeitschriften und Kalendern wieder und wieder vorsagen lassen. Vielleicht kommt man noch eher zur Befriedigung seiner individuellen Eßgelüste, wenn man unmittelbar vor der Mahlzeit zwischen einigen Vorschlägen wählen kann, anstatt das Produkt vormittäglicher Überlegung der Hausfrau, was ihren Lieben abends den Mund wässern machen könnte, aufgetischt zu erhalten. Auch ist in diesem Zusammenhang nicht zu vergessen, daß der Familientisch in der Regel nicht wie im Schlaraffenland gedeckt wird, weil dem Ausleben des individuellen Geschmacks durch die unterschiedlichen kulinarischen Neigungen der Familienangehörigen und das Gebot des Budgets enge Grenzen gesetzt sind. Überdies verschlägt die eigene Kocherei der Hausfrau selbst den Appetit. Denn bei vielen Gerichten bekommt sie schon von den Küchendüften genug.

Auch bei der außerhäuslichen Erledigung der Wäsche ist kaum der Verlust einer persönlichen Note zu beklagen. Allerdings ist zuzugeben, daß die Maschinen – daheim und draußen – mechanisch waschen. Sie geben sich für das mit Kakaoflecken übersäte Lätzchen des Kleinsten nicht mehr Mühe als für die kaum berührte Serviette des Gastes. Aber was heißt das schon? Das eigenhändige Ausreiben der Flecken in der schmutzigen Wäsche ist eine Tätigkeit, die wohl auch der unerbittlichste Verteidiger des vermeintlichen Reservats individueller Lebensatmosphäre durch ehefrauliche Haushaltfron nicht als gefährdete Originalität des Familienlebens betrachten kann.

Sowenig wie die Handwäscherei sind Schneidern und Stricken der Hausfrau für die individuelle Lebensgestaltung von Bedeutung. Denn die Frauen, die für sich und die Kinder stricken und schneidern, sind ja keine Modeschöpferinnen. Sie ahmen bewußt oder unbewußt Vorbilder nach oder arbeiten gar direkt nach gekauften Mustern. Natürlich besteht dabei ein kleiner Spielraum für die Betätigung des persönlichen Geschmackes, aber nur innerhalb eines winzigen Gesichtskreises. Die Kleider einiger Freundinnen, einiger Passanten, einiger Schaufensterauslagen, einiger Modelle aus Zeitschriften und die Kostümierung der Filmdarstellerinnen bilden ihn.

Bei Atelierarbeit und einer großangelegten Konfektionsindustrie dagegen wird dieser Gesichtskreis entsprechend weiter, und der Wertung und Wahl der Konsumentin, der Betätigung ihres Geschmackes eröffnet sich ein bedeutend größeres Feld. Die Behauptung, daß man sich unvergleichlich besser im eigenen Stil kleiden kann, wenn das Schneiderhandwerk und vor allem die Industrie an Stelle der Selbstschneiderei treten, ist nicht paradox. Gestatten doch die differenzierten Möglichkeiten, die größeres fachliches Können und eine größere Auswahl konkreter Modelle mit sich bringen, eine feinere Anpassung der Kleider an die geistige und körperliche Individualität der Trägerinnen.

Wer zum Beispiel rote oder ergrauende Haare hat, ringt sich bei unseren vier miteinander konkurrierenden Bekleidungssystemen – dilettantische Heimschneiderei, Störschneiderei, Atelierschneiderei und industrielle Konfektion – nur langsam zu einigen passenden Farbtönen durch. In den Vereinigten Staaten, wo das System der Konfektionsindustrie vorherrscht, geht die Frau mit ihrem Farbenproblem in einen Kleiderladen, sagt, was sie auslegen möchte, und schon trägt die Verkäuferin gleich zehn Kleider herbei, die von Fachleuten für Rothaarige oder Ergrauende ausgedacht worden sind. Wahrhaftig, diese Farbtöne wirken wie eigens für die Interessentinnen erfunden, weil – Individualismus hin oder her – die Individuen sich in vielerlei Hinsicht, auch in jener ihrer farblichen Erscheinung, zu Typen gruppieren lassen, und es sich für alle Beteiligten lohnt, dieser Tatsache fachmännisch Rechnung zu tragen. Ohne auch nur eine Stunde über den passenden Farbton nachgedacht zu haben, verläßt die Frau den Laden »individueller« gekleidet als die Europäerin, die so häufig ihr persönliches Farbenproblem zu Unrecht als einmalig betrachtet und durch zahllose Experimente dilettantisch zu lösen versucht.

Selbst die Individualitäten kleiner Kinder können von einem Aufenthalt außer Hause größere Förderung erfahren als von einer Beschränkung ihrer Welt auf elterliche Wohnung und Nachbarschaft. In den Horten und Kindergärten, wo sich die Kinder während der Erwerbsarbeit ihrer Eltern aufhalten, treten immer neue Gesichter, Spiele und Beschäftigungen an Stelle der ziemlich gleichbleibenden daheim. Zudem wird ihnen etwas Wertvolles vermittelt, das dem Familienkreis abgeht, sofern die Kinder nicht als Zwillinge und Drillinge geboren werden: der anregende Umgang mit genau Gleichaltrigen.

Sobald man die einzelnen Bereiche der weiblichen Haushaltfron, die bei ihrer Eliminierung angeblich an individueller Gestaltung verlieren sollen, unter die Lupe nimmt, zeigt sich, daß es dabei kaum etwas zu verlieren, wohl aber zu gewinnen gibt. Kurz, die Eliminierung der ehefraulichen Haushaltfron steht also dem bescheidenen Ausmaß von Individualismus, den man sich bei unserer Zivilisation noch leisten kann, keineswegs entgegen – im Gegenteil.

Die Anrufung des Schreckgespenstes der »Gleichschaltung« als Argument gegen die grundsätzliche Beseitigung der ehefraulichen Haushaltfron ist noch aus einem weiteren Grund unseriös, ja ein Denkfehler. Er besteht im Widerspruch, vermeintlich individualistische Züge des häuslichen Lebens mit Unterdrückung einer individuelleren Lebensgestaltung der Ehefrau erkaufen zu wollen. Für einen illusionären persönlichen Lebensstil von Ehemännern und Kindern, der sich praktisch im Verzehren eines Menus, das ein Heftli anriet, dem Tragen von allerlei Gestricktem, das ein anderes empfahl, usw. zeigt, sollen nun die Ehefrauen samt und sonders das Haus hüten und ihr Leben damit verbringen, täglich stundenlang zu kochen, aufzuwaschen und in lebenslänglicher Wiederholung jeden Flecken, den die Lieben verursacht haben, aus Wänden, Böden, Möbeln und Wäschestücken zu fegen, zu wischen und zu reiben. Sie haben dies selbst zu besorgen oder doch als Polier ein Dienstmädchen dazu anzuhalten.

Bei dem vielen Gerede über die Verarmung des Lebens durch einen »gleichschaltenden« Lebensstil scheint sich niemand unter den vermeintlichen Barden des Individualismus an der »Gleichschaltung« der Ehefrauen durch die Haushaltfron zu stoßen. Für die weibliche Individualität soll es offenbar keine Verarmung bedeuten, Morgen für Morgen bei den ungemachten Betten und dem schmutzigen Geschirr zurückzubleiben und schöpferische Impulse in nachmittäglichem Stricken seltsamer Gebilde für Mann und Kinder auszutoben, wenn der Mann an eine Betätigung geht, die ihm zwar nicht in allen Einzelheiten und nicht jederzeit gefällt, die er aber häufig unter dutzenderlei, ja hunderterlei Arbeitsmöglichkeiten ausgewählt hat. Lieber sechs bis sieben Stunden täglich arbeiten, was einem einigermaßen liegt, verdienen, was möglich ist, und bei der Heimkehr in die saubere Wohnung ein fixfertig geliefertes Essen verzehren, anstatt als ganztägige Hüterin und Pflegerin der Serienmöbel und des übrigen Krimskrams das Leben zu fristen und zwischendurch etwas zu köcheln, das man vorgestern auf dem Tische sah und übermorgen wieder sehen wird.

Wenn die Losung schon individuelle Entfaltung heißt, dann soll sie auch Entfaltung der Persönlichkeit der Frauen heißen. Steigerung eines pseudoindividualistischen Lebensstils der Männer und der Söhne durch Gleichmacherei der Ehefrauen in Form eines alle erfassenden »Frauenloses« in der Haushaltfron bedeutet aber ihr Gegenteil.

Manche »Arbeitssparer« haben die Eigenheit, »Arbeitsbeschaffer« zu sein

Ein einleuchtenderes Hindernis zur Befreiung der Ehefrau von der Haushaltfron als ein unzweckmäßig und inkonsequent vertretenes Bedürfnis nach individueller Lebensgestaltung ist die Tendenz, den mit hauswirtschaftlicher Arbeitserleichterung technischer, professioneller und industrieller Natur erreichten Zeitgewinn durch Erhöhung des Lebensstandards wettzumachen.

Diese Tendenz wird bei der Beurteilung des Daseins der Hausfrauen und ihren modernen Möglichkeiten, Arbeit zu sparen, häufig übersehen. So stehen etwa summarischen Darstellungen der feministischen Postulate auf beruflichem Gebiet immer wieder einleitende Worte wie die folgenden voran: »Einst versorgte die Frau ihre Familie mit selbst geschorener, selbst gesponnener und selbst gewebter Wolle der eigenen Schafe, sie züchtete und schlachtete Kleinvieh, pökelte, räucherte und verwurstete das Fleisch, stellte Seifen und Kerzen her, braute Bier usw. Gewerbe und Industrie nahmen ihr aber einen Wirkungskreis nach dem andern aus der Hand und machten sie zu Männerarbeit. Anstelle der Selbstversorgung durch die Hausfrau trat gewerbliche und industrielle Bedarfsdeckung, die Frauen standen mit leeren Händen in ihren Heimen. Wenn sie heute im Wirtschaftsleben Erschließung aller Berufe und Stellungen verlangen, so fordern sie damit nichts Neues, sondern in zeitgemäßer Form ihren alten wirtschaftlichen Wirkungskreis. Sie wollen wieder mitarbeiten, wollen mit ihrem Wirken zum Wohle der Gemeinschaft beitragen usw.«

Das ist alles recht und gut, bis auf das eine, die leeren Hände, obgleich sie die logische Folge einer Einschränkung der Hausarbeit sein müßten.

Aber die Tatsache, daß Bedürfnisse, denen bisher nur mit großem Aufwand genügt werden konnte, neuerdings leicht zu befriedigen sind, heißt nicht notwendigerweise, daß die entsprechend gewonnene Zeit nun frei würde. Die Errungenschaft kann auch bedeuten, daß sich der Bedarf bei leichterer Deckung steigert und diese Steigerung die theoretisch gewonnene Zeit aufbraucht. Damit wäre der Gewinn nicht freie Zeit, sondern eine Erhöhung des Lebensstandards.

Der solchermaßen gesteigerte Bedarf kann in doppelter Weise die Zeit der Hausfrau stark, mitunter sogar gleich stark wie der geringere, aber schwieriger zu befriedigende beanspruchen. Er tut dies einmal, indem er eine so häufige Wiederholung des Arbeitsprozesses bewirkt, daß die darauf verwandte Zeit trotz der rascheren Abwicklung sich bedeutend summiert. Oder aber die zeitliche Beanspruchung der Hausfrau bleibt ungeachtet gesteigerter Häufigkeit des verkürzten Arbeitsprozesses unbedeutend, dieser führt jedoch wesensmäßig andere Arbeitsgänge im Gefolge, die sich nicht abkürzen lassen. Auf diese Weise wird die Arbeitsersparnis auf der einen Stufe durch Vervielfachung der Arbeit auf der anderen aufgehoben.

Die mit der Textil- und Bekleidungsindustrie verbundene Leichtigkeit, Stoffe und Kleider zu produzieren, sowie die Möglichkeit der Trockenreinigung sind Beispiele für die eine Sorte »Arbeitsbeschaffung« für die Hausfrau auf Grund von »Arbeitsersparnis«. Denkt man an die Frau früherer Zeiten, die an langen Winterabenden für den Hausgebrauch gesponnen, wochenlang gewebt und schließlich geschneidert hat, so ist dies allerdings kaum zu glauben. Scheint doch die »moderne Frau« statt dessen lauter freie Zeit zu haben. Weshalb trifft das nicht zu?

Es darf nicht übersehen werden, daß in früheren Zeiten ein Minimum an Kleidern gebraucht wurde. Und die wenigen Kleider, die einer besaß, vererbte er sogar noch. Sie stellten Vermögensstücke dar, neben Hausrat, Waffen und Schmuck einen gewichtigen Teil der Fahrhabe. Ein neues Kleid war oft so wertvoll, daß noch vor wenig mehr als hundert Jahren selbst ein Schloßherr, der Bruder von Annette von Droste-Hülshoff, sich den Kopf darüber zerbrach, wie seine Frau bei einem Empfang zu Ehren des Königs mit der Anschaffung eines einzigen Staatskleides statt deren zwei, wie es passend gewesen wäre, davonkommen könnte. Und im Museum Carnavalet liegt neben der wächsernen Hand der George Sand ihr Taschentüchlein – mit vielen feinen Flicken. Sie sehen nicht aus, als ob sie dem Restaurator zu verdanken wären. Vielmehr erwecken sie den Eindruck, die Zeit liege nicht weit zurück, da selbst Taschentücher so wertvoll waren, daß auch begüterte Damen sie noch über das Stadium der Fadenscheinigkeit hinaus verwendeten.

Das ist anders geworden. Im Gegensatz zur vermöglichen Gutsherrin vor hundert Jahren trocknet heute nicht einmal mehr ein bescheidenes Dienstmädchen die Tränen seines Liebeskummers mit geflickten Taschentüchern. Und daß man sich kaum zweimal im gleichen Abendkleid denselben Leuten zeigen kann, ist für Frauen der Bourgeoisie im Gegensatz zu jenen der Schloßherren anderer Zeiten eine Selbstverständlichkeit. Was

Textilien betrifft, so schöpft man heute eben aus dem vollen, wobei die Konsumentin kaum einen einzigen Stich zu nähen braucht, von Spinnen und Weben ganz zu schweigen.

Dagegen geben heute die Modesorgen zu schaffen. Es sind häufige Sorgen. In städtischen Verhältnissen orientiert man sich anhand von Zeitschriften, betrachtet stundenlang Schaufenster, besucht Modeschauen, nimmt die Stoffe zu Dutzenden in die Finger, probiert dieses und jenes Kleid, vergleicht die Preise, macht zahllose Gänge, um zu günstigen Preisen die passenden Accessoires zu finden, und so weiter. Und all dies geschieht nicht nur einige wenige Male im Leben, nein, ein- bis viermal im Jahr. Ich will nicht behaupten, daß all dieses Überlegen, Werten und Wählen in Verbindung mit einer vielleicht zwanzigmal größeren Familiengarderobe, als sie Urgroßeltern in ähnlichen wirtschaftlichen Verhältnissen besessen haben mochten, den Frauen der Gegenwart so viel Zeit wegnimmt wie das Spinnen, Weben und Schneidern der früheren Ausstattungen. Aber der heutige Zeitaufwand für Kleidersorgen ist nicht gering.

Denn, anstatt froh darüber zu sein, mit einem Minimum an zeitlicher Beanspruchung gekleidet sein zu können, nimmt alles, abgesehen von alten Leuten, am Wettbewerb teil, sich mit immer neuen Hüllen auszustaffieren.

In ähnlicher Weise wie die Textil- und Bekleidungsindustrie wirken die Wasch- und Trockenreinigungsanstalten »arbeitsbeschaffend«, obgleich sie der Hausfrau ja eine ganze Kategorie von Hausarbeit rundweg abnehmen. Aber die häufige Avisierung des Abholdienstes, das Bereitlegen, Notieren und Kontrollieren der Sachen, Reklamationen und die notwendige Präsenz beim Abholen und Zurückbringen stellen schließlich nennenswerte Ansprüche an die Zeit der Hausfrauen.

Für die andere Art der »Arbeitsbeschaffung durch Arbeitsersparnis« im modernen Leben, für jene, bei der die häufigere Vornahme eines abgekürzten Arbeitsprozesses von einer entsprechend größeren Häufigkeit nach wie vor zeitraubender Arbeitsgänge begleitet wird, sind die Kalt- und Warmwasserversorgung der Häuser und Waschmaschinen typisch.

Niemand hat ausgerechnet, wieviel Zeit die Hausfrau und ihre Mägde früher auf das Herbeischleppen und Wärmen des Wassers, das man zur Reinigung des Menschen und seiner Behausung brauchte, verwandt hatten. Niemand, wieviel Zeit mit der Wäsche am Brunnen verging. Hätte man diese Arbeitszeiten festgehalten, so wäre man wohl zu einer jener Riesenzahlen gekommen, die bei den Berechnungen des hausfraulichen Zeitaufwandes so oft überraschen. Das auf Wasserversorgung und Handwaschen verwandte enorme Zeitvolumen scheint der moderne Komfort den Frauen frei zur Verfügung zu stellen. In Wirklichkeit aber schenkt er nicht den Hausfrauen Zeit, sondern der Familie einen hygienischeren Lebensstandard.

Er verschluckt das Zeitgeschenk an die Hausfrau. Denn wo ständig Wasser zur Hand ist, da wird auch ständig geputzt und gewaschen, die Leib-, Bett- und Tischwäsche, das Geschirr, die Böden, die eigene Person und vor allem auch diejenige der Kinder. Nichts kann sauber genug sein. Und an dieses ewige Waschen knüpfen zahlreiche hausfrauliche Arbeitsgänge an, die von der Technik nicht so spurlos weggezaubert worden sind.

Ganz anders lauten die Berichte aus der guten alten Zeit, als das Wasser noch nicht unter jedem Dach kalt und warm floß. Erasmus von Rotterdam beklagt sich auf Grund seiner Erfahrungen in Basel und anderswo über die schmutzige Bettwäsche in den Gaststätten, da der typische deutsche Wirt die Bettlaken nur alle halben Jahre erneuere. Und Montaigne berichtet, es sei ein Glück, wenn man in schweizerischen Herbergen überhaupt Kopfkissen finde und zwar – ohne Überzug. Man wusch eben selten. Wenn es hoch kam, vielleicht zweimal im Jahr. Heute hingegen waschen viele jeden Tag, manche jede Woche und eine schwindende Zahl einmal im Monat. Man wechselt die Leibwäsche mitunter täglich, die Bettwäsche wöchentlich oder alle vierzehn Tage, und jeder Gast wird mit frischer Wäsche ausgestattet. Wenn auch das Wasser bei der sachtesten Drehung des Hahnen sprudelt, wenn auch die brave Maschine zusammen mit den Zauberwaschmitteln fast von selbst wäscht, so plättet leider keine brave Maschine für den Hausgebrauch ohne kräftige Nachhilfe. In den täglich oder wöchentlich frisch erscheinenden Familien plättet die Hausfrau täglich oder wöchentlich stunden- oder nachmittagelang. Sie trägt nicht mehr Wassereimer auf dem Kopf; aber das Bügeleisen ist regelmäßig in ihrer Hand.

Das Badezimmer erspart der Hausfrau zwar viele Gänge, bringt aber in seinem anspruchsvollen Armaturen- und Spiegelglanz als Tempel der Sauberkeit manch neue Arbeit mit sich. (In Scheidungsprozessen werfen Ehegatten einander gelegentlich vor, die Tuben der Zahnpasten nicht immer geschlossen zu haben – so weit geht die Ehrerbietung.) Denn da der Mensch sich morgens und abends und zwischendurch im Badezimmer wäscht, obliegt dem hausfraulichen Menschen auch, täglich das Badezimmer zu putzen.

Ähnlich verhält es sich mit der »Arbeitsbeschaffung«, welche die »Arbeitsersparnis« des fließenden Wassers in der Küche mit sich brachte. Während jahrhundertelang selbst Könige mit den Fingern aßen und dabei gewöhnliche Teller oft so selten wie goldene benutzten, sondern in die Platte griffen, sind Tellerchen und Tässchen heute den Ärmsten Selbstverständlichkeiten – eine Errungenschaft der neuen Zeit, die man vor allem dem fließenden Wasser in der Küche verdankt. Ihm verdanken die Hausfrauen aber auch, daß es eine »echt weibliche Beschäftigung« geworden ist, täglich eine gute Stunde mit Geschirrspülen und -trocknen am Schüttstein zu verbringen, eine Arbeit, die die Ahnin herzlich wenig Zeit gekostet hatte. Denn solcher Hygiene war man vor Zeiten derart abgeneigt, daß das Geschirrwaschen in den Wirtshäusern nur mit staatlichem Nachdruck durchgesetzt werden konnte. So verordnete der Luzerner Stadtrat 1315, daß jeder Wirt die Eß- und Trinkgefäße einmal in der Woche abzuwaschen habe. Gewiß, die Geschirrwaschmaschine bedeutet für die Hausfrauen einen Hoffnungsstrahl. Aber wer weiß, ob sie nicht dazu beiträgt, den Standard der Tafelkultur noch höher zu schrauben und bald jedem Armenhäusler zu gestatten, »Poisvertsli« und Fleischplätzchen wie beim Auftragen der Cuisine française je von einem besonderen Teller zu genießen? Schließlich erwächst durch reichlicheres Auf- und Abtragen des Geschirres ja nur Frauen Mehrarbeit.

Dies sind nur einige wenige Beispiele dafür, wie an sich arbeitssparende Einrichtungen durch die höheren Ansprüche an den Lebensstandard, denen sie riefen, der Hausfrau erweiterte oder neue Arbeiten brachten. Über diese Neuinvestierung gewonnener Zeit der Hausfrau in den Lebensstandard der Familie macht man sich offenbar so selten Gedanken, weil die entsprechenden Arbeiten weniger augenfällig produktiv sind als die uralte Hausarbeit. Größere Sauberkeit an den und um die Familienglieder tritt weniger als Ergebnis hausfraulicher Arbeit in Erscheinung als selbstfabrizierte Seife, ein abwechslungsreich zusammengestellter Speisezettel weniger als hausgebackenes Brot, die ästhetische Gestaltung der Wohnung weniger als ein Ballen selbstgewobenen Leinens. Diese neueren Hausarbeiten scheinen vielen, die sie nicht missen möchten, überflüssig – »unsere Altvordern aßen Hirsebrei und befanden sich um so wohler dabei«. Ließen jedoch die Hausfrauen darin plötzlich nach, so wäre man erstaunt, wieviel von dem hohen, vermeintlich der Technik allein zu verdankenden Lebensstandard verschwinden würde.

Für diese schwer faßbare, aber mit unserem Lebensstandard eng verbundene Aktivität der Hausfrau gibt es übrigens im Amerikanischen ein treffendes Wort: Homemaker. Es ist weniger verlogen als der Ausdruck »Beruf als Frau und Mutter«, der sich ja über die wesentlichen Begriffsmerkmale des Berufes, nämlich prinzipiell freiwillige Wahl der Tätigkeit und ihre Bezahlung einigermaßen im Verhältnis zur Leistung, hinwegsetzt. Es ist auch genauer als »Hausfrau«, ein Wort, das eine Tätigkeit von vorab materieller Bedeutung suggeriert. »Homemaker« hält dieses unauffällige »geschwind machen« von allem möglichen und unmöglichen und das »ein Auge haben auf ...« fest, die beide so viel von der Zeit beanspruchen, die durch arbeitssparende Einrichtungen vermeintlich frei geworden ist.

Warum die Haushaltfron beseitigen, wenn »die Frau dazu da ist«?

Warum finden nun die modernen Methoden häuslicher Arbeitsersparnis so häufig ihren Sinn weniger in der Verminderung der entsprechenden Hausarbeit als in der Steigerung des Lebensstandards durch erweiterte oder neue Arbeit der Hausfrau? Die Antwort auf diese Frage beantwortet zugleich jene nach dem Grund für das Unterlassen einer durchgreifenden Eliminierung der ehefraulichen Hausarbeit. Sie lautet, von den Männern aus gesehen: Weil eben die Frau, die Ehefrau dazu da ist.

Sie ist dazu da, für die Hausarbeit da, weil es entsprechend dem noch heute maßgebenden Geist der patriarchalischen Ehe grundsätzlich Pflicht des Mannes ist, für seine Frau aufzukommen, und sich dieser Aufwand um so mehr lohnt, je nützlicher sich die Frau neben ihrer Aufzuchtarbeit dem Mann machen kann. Sie ist um so nützlicher, je weniger sie ihn kostet und je mehr Komfort sie ihm bietet. Der Gedanke, daß die Ehefrau noch »nützlicher« wäre, wenn sie den Ehemann gar nichts kostete, kommt infolge der traditionellen Gebundenheit an die Institution der Hausfrau gar nicht auf. Ein weiterer Grund kommt hinzu. Mag der Mann sich Auslagen ersparen, wenn die Frau sich selbst angemessen erhält, so kostete ihn dies doch die komfortable ehefrauliche Bedienung zu Hause. Und auf diese wird in keinem Milieu gern verzichtet, sosehr die Form der Bedienung zwischen den verschiedenen Schichten variiert. Das »gemütliche Heim« ist für viele Männer ein treibender Heiratsgrund. Seine Gemütlichkeit besteht darin, daß einem alle möglichen Sorten gebratener Tauben in den Mund fliegen.

Unter dem Gesichtspunkt der Nützlichkeit einer Ehefrau, die man ohnehin erhalten muß, rückt nun die Eliminierung der häuslichen Frauenarbeit um so weiter weg, je ärmer das Ehepaar ist. Denn entsprechend erkaufte Erhöhung des Lebensstandards oder der Freizeit der Hausfrau würde Luxus bedeuten. (Es sei denn, er werde mit Erwerbsarbeit der Frau in der gewonnenen Zeit finanziert, was aber, wie gesagt, wieder auf die ehefrauliche Bedienung des Mannes drückte.) Warum Geld für berufliche, gewerbliche und industrielle Hilfe, für teure Apparate ausgeben, wenn die Ehefrau die fraglichen Arbeiten für den Hausgebrauch selbst besorgen kann, obgleich zehnmal langsamer und mühevoller. Einmal mehr gilt: Die Axt im Haus erspart den Zimmermann.

Allerdings verliert diese Regel ihre Gültigkeit in prosperierenden Verhältnissen. Man kann auf die Axt im Haus verzichten, weil die Ausgabe für den Zimmermann nicht ins Gewicht fällt. Doch geschieht dies nicht, um die Frauen von der Haushaltfron als solcher zu befreien, sondern um sie zu sublimieren und überdies einen erhöhten Lebensstandard für die Nutznießer eines Familienhaushaltes zu gewinnen. Eingesparte Zeit muß auf besondere Pflege der Häuslichkeit und Zerstreuung des Gatten, kurz, auf seine kultivierte Entspannung verwendet werden. Denn auch der Ehemann, der seine Frau von sämtlicher Hausarbeit zu befreien vermag, will »value for the money«, das ihn die Frau kostet, selbst wenn er ihr jeden Tag Liebesgedichte auf den Frühstücksteller legt. Und diesen Wert zu schaffen, hält die Dame des Hauses in Atem, steht einer absorbierenden außerhäuslichen Tätigkeit entgegen.

So oder so muß sich die »Ernährung« der Ehefrau mehr oder weniger bezahlt machen. Ob nun je nach den wirtschaftlichen Verhältnissen des Ehemannes durch Leistungen als Axt im Haus, Magd oder Privatgeisha, bleibt sich grundsätzlich gleich. Das Wesen dieser »Rendite« der Ehefrau bringt es mit sich, daß eine Teilung der materiellen und geistigen Hausarbeiten unter den Ehegatten praktisch das allerletzte Mittel ist, die ehefrauliche Haushaltfron auszuschalten. In gewissem Sinn ist es so ausgefallen, wie eine Arbeit zu leisten, für die man jemanden angestellt hat. Die Teilung der Hausarbeit widerspräche der konventionellen Pflicht und Schuldigkeit einer Frau, die von ihrem Mann erhalten wird.

Weil die Frau »dazu da ist«, steckt sie heute so tief in der Haushaltfron wie eh und je. Das Joch sitzt immer noch fest; es ist lediglich bequemer geworden. Aber man hat es nicht abgeschüttelt, wie man sich vom Geist der Frauenemanzipation gerne einblasen läßt und einem die Reklametexte so lebhaft bestätigen. Denn kein sagenhaftes »weißes Pulver«, das anstelle hausgemachter Seife und starker Arme schneeiges Weiß auf die Wäsche zaubert, kann der Frau helfen, sich von der Haushaltfron zu befreien, wenn ausschließlich der Ehemann es bezahlen muß.

Grundbedingungen der Befreiung der Frauen von der Haushaltfron

Die Befreiung der Ehefrau von der Haushaltsplackerei – der rohen und der sublimierten – ist wirtschaftlich und psychologisch nur tragbar, wenn sie für den entsprechenden finanziellen Aufwand selbst aufkommen kann. Der Weg dazu ist ihre eigene Erwerbstätigkeit.

Sie mag nun verdienen, soviel sie will; solange sie nicht jemanden direkt an ihre Stelle als Hausfrau setzt, also eine andere Frau Familienmitglied mit allen hausfraulichen Kompetenzen werden läßt – die berühmten Tanten waren als solcher Ersatz beliebt –, kommt sie um zwei Klippen nicht herum. Die eine besteht in mehr oder weniger allgemeingültigen Regelungen konventioneller oder rechtlicher Natur, wie sie zum Beispiel dem Nichtübereinstimmen von Arbeitszeit und Schulzeit oder dem langen mittäglichen Arbeitsunterbruch zugrunde liegen. Solche Lösungen sind für erwerbstätige Frauen mit Kindern aber ohne Hausfrauersatz geradezu unmöglich. Die andere Klippe ist der nicht zu umgehende Rest häuslicher Haushaltfron.

Das eine Hindernis kann aus der Welt geschafft werden, wenn die Ehefrauen ihre Erwerbstätigkeit so ernst nehmen, daß sie die sie hindernden Regelungen und Gewohnheiten ändern möchten, und praktisch so mächtig sind, daß sie es auch können.

Der unabdingbare Rest Hausarbeit muß nun nicht notwendigerweise an den Frauen haftenbleiben. Er läßt sich ebensogut vom Ehemann besorgen. Dieser wird jedoch nicht daran denken, die Hälfte davon zu übernehmen, solange er mehr als die Hälfte des Familieneinkommens verdient. Wieso sollte er der Frau Hausarbeit abnehmen, für die sie zwar nicht geboren sein mag, wohl aber von ihm – in natura – bezahlt wird! Er geht von einer gewissen Wechselwirkung zwischen Unterhaltbieten und Bedientwerden, beziehungsweise Unterhaltsempfang und Bedienenmüssen, aus. Vom gleichen Ausgangspunkt aus muß er jedoch zu einem anderen Schluß kommen, wenn die Frau an den ehelichen Aufwand gleich viel beiträgt wie er.

Die Haushaltsplackerei ist als Angebinde des weiblichen Geschlechtes erst dann vollständig erledigt, wenn die Frauen durchschnittlich gleich viel verdienen wie die Männer, die Ehefrauen gleich viel wie die Ehemänner. Das änderte die Lage mit einem Schlag. Denn nun läßt sich logischerweise nicht mehr sagen, die Frau sei »dazu da«, die Hausarbeit zu besorgen. Wenn nun der Mann »müd und matt von der Arbeit kommt«, so ist es nicht mehr die für Brot und Obdach erwartete Gegenleistung der Frau, dafür zu sorgen, daß das Essen auf den Tisch gelangt. Kommt sie doch selber »müd und matt« von der Arbeit und ist nichts schuldig. Resultat: Die beiden sind gar nicht so müd und matt, als daß sie nicht mit vereinten Kräften die Suppe auf den Tisch stellen könnten. Wie man sich in die Beschaffung der Unterhaltsmittel teilt, so teilt man sich auch in den Rest der Hausarbeit. Dieser besondere Zusammenhang zwischen Teilnahme des Mannes an der Hausarbeit und Teilnahme der Frau an der Unterhaltsbeschaffung ist unabhängig von der Auflösung einzelner Teile der Hausarbeit. Auch funktioniert er natürlich schon dort, wo die Frau zwar erwirbt, aber nicht in gleichem Maße wie der Mann. Nur geht es in diesem Fall nicht um die Halbierung der Hausarbeit, sondern um entsprechendes »Helfen« des Ehemannes.

Laut einer kleinen Erhebung unter verheirateten Arbeiterinnen in den Kantonen Baselstadt und Baselland – sie erfaßte 279 Ehefrauen – halfen dort, wo die Hausarbeit nicht von Dritten (Verwandten) besorgt wurde, etwa 35% der Männer im Haushalt, während etwa 26% ihn gemeinsam mit der Ehefrau besorgten; 39% überließen alle Hausarbeit der Ehefrau.

Eine andere Enquête, die sich auf 652 erwerbstätige verheiratete Frauen in den Vereinigten Staaten erstreckte, stellte fest, daß 73% der Ehemänner praktische Hausarbeit leisteten. Es handelt sich bei der fraglichen Enquête natürlich wie bei jeder Statistik, die nicht alle in Betracht kommenden Fälle erfaßt, um eine sorgfältig vorgenommene Stichprobe, von der aus, wie es ja dem Wesen der Stichprobe entspricht, jedoch verallgemeinert werden kann. Die Beteiligung der amerikanischen Ehemänner an der Hausarbeit ist in Amerika nicht etwa größer, weil die Amerikaner aus so ganz anderem Holz geschnitten wären als die Schweizer, sondern weil die erwerbstätigen Frauen in den Vereinigten Staaten nicht im selben Verhältnis wie die Schweizerinnen weniger verdienen als die Männer. Anderseits arbeiten auch die Männer der amerikanischen erwerbstätigen Frauen nicht samt und sonders im gleichen Maße wie diese im Haushalt. Sie verdienen eben mehr und fühlen sich daher nicht verpflichtet, gleiche Lasten im Haushalt zu übernehmen.

Scheinbar widerlegt jener Ehemann im Inseratenteil der amerikanischen Zeitschriften, der im rüschenbesetzten Schürzchen seiner Frau vor einem Berg aus Seifenschaum steht und begeistert einen Teller schwenkt, die Behauptung, die Hausarbeit des Ehemannes hänge von der Erwerbstätigkeit der Frau ab. Ist doch diese strahlende Sonne vor dem Schüttstein der amerikanische Ehemann schlechterdings und nicht notwendigerweise derjenige einer erwerbstätigen Gattin. Nach meiner persönlichen Erfahrung ist solcher Glanz eher Fata Morgana denn Wirklichkeit. Ich habe nie einen amerikanischen Ehemann, dessen Frau nicht berufstätig gewesen wäre, Geschirr waschen sehen oder gar kochen, wohl aber Gatten von Nurhausfrauen, die fröhlich im Wohnzimmer saßen, während ihre weiblichen Gäste zum Abtrocknen in die Küche beordert wurden.

Eine allgemeine ehefrauliche Erwerbstätigkeit auf der Basis voller

Gleichberechtigung der Frau im beruflich-wirtschaftlichen Leben als Voraussetzung für die Erlösung der Frauen von der Haushaltfron ist, wie an anderer Stelle ausgeführt wurde, kein unlösbares Problem. Denn entweder können mehr und mehr lohnende Arbeitsgelegenheiten geschaffen werden, wozu die Befürworter einer Bevölkerungszunahme mittels Einsperren der Frauen ins Haus konsequenterweise die Lösung längst gefunden haben sollten. Oder aber die vorhandene Arbeit, wozu auch jene gehörte, die durch Ausschaltung der ehefraulichen Haushaltfron hinzukommen würde, wird unter Kürzung der Arbeitszeit gleichmäßig auf Männer und Frauen verteilt und damit auch das entsprechende Einkommen.

Gibt die Haushaltfron den Frauen eine Handhabe, um feministische Forderungen zu verwirklichen?

Wird gegen die Gleichberechtigung der Frauen der sogenannte »Einfluß der Frau« ins Treffen geführt, so werden gerne drei Beweisschaustücke produziert.

Das eine besteht in der Erwähnung der rührigen Damen, die als Mätressen bis an den Rand ihrer Kräfte königliche Ludwige, Heinriche und andere Hoheiten bearbeiteten, um oft noch in jüngeren Jahren zusammenzubrechen oder auf weniger natürliche Art aus dem Leben zu gehen. Damit will man sagen, daß die Machthaber der Erde weiblichem Charme zu Füßen lägen.

Das andere ist die Andeutung, daß ausgewachsene Männer alles tun, was Frauen von ihnen wünschen, weil sie vor Zeiten jenes Wesen, das ihnen die Nase putzte und das Essen schöpfte, ihre Mutter nämlich, als Engel und höchste Autorität auf Erden betrachtet hätten.

Und schließlich folgt der Hinweis auf die Milliarden und aber Milliarden von Franken, Dollars, Pfund, Mark und Kronen, die durch die Hände der Hausfrauen der Welt rollen. Er wird mit dem Wink verbunden, als Hauswirtschafterinnen könnten die Frauen den feministischen Anliegen durch Boykott Nachdruck verschaffen, wenn es ihnen damit so ernst wäre. Mit anderen Worten: Man verweist die Frauen auf die Möglichkeit von Arbeits- und Warenboykott, als hätten sie damit die Welt im Sack. Beide Möglichkeiten werden als Waffe der Hausfrauen von den Männern über-, von den Frauen aber unterschätzt.

Die Macht ist geringer, als die Männer denken …

Hausfraulicher Arbeitsstreik

Auf den ersten Blick scheint der hausfrauliche Arbeitsstreik gerade in einer so unmittelbaren Demokratie wie der schweizerischen das geeignete Mittel, alle jene gemeinsamen Anliegen der Frauen durchzudrücken, die bestimmte rechtliche Regelungen zum Ziele haben, zum Beispiel die Einführung der politischen Gleichberechtigung. Hat doch jede Hausfrau bei sich zu Hause ein Stück Volkssouveränität in Gestalt des Ehemannes, für das und dessen Nachkommen sie ein Vierteljahrhundert und länger arbeitet. Und weil der überwiegende Teil der Männer im stimmfähigen Alter verheiratet ist, scheint die Gesamtheit der Hausfrauen den Volkssouverän bis zu einem gewissen Grade in der Hand zu haben. Es scheint, als könnten die Hausfrauen mit Hausarbeitsstreik ihre Männer zu politischer Wirksamkeit in feministischem Sinne nur so treiben. In Wirklichkeit jedoch ist der hausfrauliche Arbeitsstreik aus verschiedenen Gründen illusionär.

Im Gegensatz zu den streikenden männlichen Arbeitnehmern haben die Frauen bei uns und in manchen andern Ländern infolge der mehrfach erwähnten güterrechtlichen Regelung ja nicht die unbeschränkte Verfügungsgewalt über die eigenen Mittel, die ihnen ein gewisses Durchhalten ermöglichten. Auch die Praxis der Banken, die im Sinne einer extensiven Auslegung der gesetzlichen Bestimmungen über die ordentliche und außerordentliche Vertretungsbefugnis der Ehefrau dieser gestattet, ohne formelle Einwilligung des Ehemanns Abhebungen von ihrem eigenen Konto zu machen, änderte sich im Falle eines gewichtigen Streikes der Hausfrauen rasch in Richtung einer restriktiven Auslegung der einschlägigen Rechtsvorschriften.

Ebenfalls ganz im Gegensatz zu streikenden männlichen Arbeitnehmern leben die Hausfrauen mit ihren körperlich stärkeren »Gegnern« wahrhaftig noch in Gemeinschaft von Tisch und Bett – ein allzu enger persönlicher Kontakt für Kollektiverpressungen. Bei einem Arbeitsstreik der Hausfrauen hätten diese sich vollständig aus ihrer Häuslichkeit zu lösen und gesonderte Unterkunft zu finden, was eine große organisatorische und finanzielle Erschwerung bedeutete.

Am stärksten fiele ins Gewicht, daß ein Hausfrauenstreik im Gegensatz zu einem gewöhnlichen Arbeitnehmerstreik die Eigentümlichkeit hätte, weniger die »Gegenpartei« als die eigenen Kinder zu schädigen, also jene Menschen, mit denen sie die stärksten Zuneigungsinstinkte verbinden. Denn selbst wenn die Vaterliebe wirklich so groß wäre, wie die Väter beteuern, so würde durch den Streik der Hausfrauen und damit auch der Mütter kleiner Kinder, deren Pflege unmittelbar katastrophal in Unordnung geraten. Die Kinder würden hungern, sich erkälten, sich verlaufen, verunfallen; manche würden sterben. Bei solchen Folgen ihres Streiks schnitten sich die streikenden Frauen ins eigene Fleisch, ins eigene Herz. Die Mutterliebe formte einen Arbeitsstreik der Hausfrauen zum Bumerang. Mit anderen Worten: Die Mutterliebe stünde der Streikmoral entgegen.

Damit stößt man einmal mehr auf *die* Schwäche der weiblichen Stellung. Die absolute Solidarität mit den Kindern schädigt die Frauen im kollektiven Kampf um ihre Gleichberechtigung wahrscheinlich bedeutend mehr als die durchschnittlich geringere Muskelkraft und die kurze, aber absolute Unabkömmlichkeit durch Geburten etc. Von den gefährdeten Kindern sind nun mehr als die Hälfte Knaben; sie sind die Männer der folgenden Generation. Diese Tatsache bedeutet, daß die Frauen in der Daumenschraube der Mutterliebe hier wie so oft die Wahrung ihrer eigenen Interessen zugunsten der heranwachsenden Männergenerationen zurückstellen. (Daß diese Solidarität nie vergolten wird, wurde und wird an anderen Stellen beleuchtet.) Selbst wenn die Gebundenheit des ehefraulichen Vermögens und die Hausgemeinschaft mit dem »Feinde« als besondere Erschwerungen des Hausfrauenstreikes fehlten, wäre die Mutterliebe Hindernis genug. Ungeschminkt und pathetisch zugleich ließe sich sagen: Siegreiche Streiks der Hausfrauen führten über die Leichen ihrer Kinder – ein unbegehbarer Weg also.

Hausfraulicher Warenboykott

Wie verhält es sich nun mit dem Druckmittel, über welches die Frauen dank den durch ihre Hände rollenden Milliarden Haushaltsgeld verfügen sollen?

Wie viele Milliarden Franken da jährlich umherkollern, weiß man allerdings nicht genau. Für die Schweiz schätzt man sie auf gut die Hälfte des gesamten Erwerbseinkommens der Männer, auf rund drei Milliarden.

Um so besser will man wissen, daß die Frauen mit der Einkaufstasche große Macht besäßen. Wenn es darum geht, ihnen bestimmte Produkte oder Händler zu empfehlen, macht man sie gerne darauf aufmerksam. Man redet von der Hausfrau als »Ihrer Majestät der Kundin«, legt ihr nahe, vor ihr beuge der Erdkreis sich, vom Produzenten bis zum Detaillisten. Denn wenn sie Kohlköpfe oder Strickwolle kaufe, lägen ihre Hände auf dem Lenkrad des wirtschaftlichen Lebens. Solcher Glaube mit den Forderungen der Frauenbewegung in Zusammenhang gebracht, erregt oft ungläubiges Kopfschütteln. Wie? Die Frauen mit den Milliarden in den Händen wüßten nicht, wie ihre Forderungen durchsetzen?

Diesem Lied von der politischen Macht der Frauen als Einkäuferinnen des täglichen Familienbedarfes liegt ein ganz bestimmter Gedanke zugrunde. Unter sich einig und mit freier Verfügung über die Beträge, die durch ihre Hände rollen, wären die Hausfrauen in verschiedenerlei Hinsicht eine Riesenmacht. Sie vermöchten über Leben und Tod von Unternehmen zu entscheiden, ganze Branchen zum Blühen oder Verfallen zu bringen. Vor so viel Gewalt befällt manch männliche Gemüter ein leichtes Gruseln. Sie befürchten, die Hausfrauen könnten mit Warenboykott in feministischem Geist manövrieren.

Könnten sie das?

Nun, das mit Recht schlechte Gewissen der Männer gegenüber den Frauen läßt sie Schreckgespenster sehen, wenn höchstens Poltergeister sich bemerkbar machen könnten. Umgekehrt sind die Frauen an ihre Statistenrollen in diesem Welttheater derart gewohnt, daß sie übersehen, wo und wie schon Poltergeister manche Männer entgegenkommender machen würden.

Der Warenboykott als feministische Waffe ist geringer, als man denkt, weil die Ehefrau in der Verfügung über jene Milliarden nur mehr oder weniger frei ist, nämlich soweit der Ehemann sich ihr nicht entgegenstellt.

Hat er doch in der Schweiz und auch in anderen Ländern das Recht, ihr die Vertretungsbefugnis von einem Tag auf den anderen zu entziehen, ohne sich vorläufig rechtfertigen zu müssen. Wie tief man sich auch in der Reklame vor der wirtschaftlichen Bedeutung der Hausfrauen verneigen mag, sobald die Ehemänner nicht hinter ihren Einkäufen stehen, hat »Ihre Majestät die Kundin« abgedankt, und die Milliarden haben das Rollen unter ihren Händen eingestellt. Hinsichtlich der hausfraulichen Warenboykottmöglichkeiten bedeutet dies: Die Hausfrauen können nur im Sinne der Ehemänner kaufen und haben somit grundsätzlich keine Möglichkeit, zugunsten feministischer oder irgendwelcher Ziele, denen sich die Ehemänner entgegensetzen, zu boykottieren.

Wohlverstanden, grundsätzlich! Praktisch sieht die Lage etwas anders aus. Ich werde sie im Zusammenhang mit der Unterschätzung der weiblichen Boykottmöglichkeiten seitens der Frau noch eingehender schildern. Nur soviel sei bemerkt: Es ist für die Männer trotz Haushaltungsbuch oft schwer zu merken, wie und wo die Frauen einkaufen, beziehungsweise ob in ihrem Sinn oder nicht. Deshalb bleibt ein hübscher Spielraum für hausfraulichen Warenboykott übrig.

Tragischerweise ist er aus verschiedenen Gründen nur in beschränktem Ausmaß als Waffe zu gebrauchen. Denn im Sinne einer Besserstellung der Frauen in staats- und familienrechtlicher Hinsicht hätte der hausfrauliche Warenboykott keine Durchschlagskraft, weil er sich nicht in vollem Ausmaß an die richtige Stelle richten könnte. Und wo er in Richtung der beruflich-wirtschaftlichen Gleichberechtigung der Geschlechter Wirkungskraft hätte, tut sich der im ersten Kapitel besprochene Interessengegensatz zwischen den erwerbstätigen und »ernährten« Frauen auf.

Der hausfrauliche Warenboykott im Geiste einer grundsätzlich von allen Frauen begrüßten rechtlichen Besserstellung des weiblichen Geschlechtes bliebe oft ein Schlag ins Wasser, weil er die Mitglieder der für die erstrebten Konzessionen kompetenten Körperschaften bloß vereinzelt und diese sowie die Leute, die sie vertreten, nur selten voll treffen würde.

Mit anderen Worten: Wenn zum Beispiel alle Hausfrauen drohten, keine Nudeln und Hörnli mehr zu kaufen, solange den Ehefrauen nicht die Hälfte am güterrechtlichen Vorschlag eingeräumt oder das Frauenstimmrecht eingeführt wird, drängen sie schwerlich durch. Die Spezereihändler wären bei einem solchen Boykott nur gestreift statt getroffen, weshalb sie sich wohl eine Revision ihrer Ansichten über die fraglichen Punkte ersparten. Die Teigwarenfabrikanten allerdings wären getroffen. Aber das nützte nicht viel. Denn sie stellen in regierenden oder gesetzgebenden Körperschaften keine Macht dar, welche die fraglichen Postulate verwirklichen könnte. Und die politischen Gesinnungsgenossen ließen sich ihretwegen kaum dafür gewinnen. Aber sogar wenn dies der Fall wäre, ja wenn ganze Parlamente die Forderungen befürworteten – was hätte man dann erreicht? Es käme zur Volksabstimmung, bei der wohl wenige ihre Meinung wegen der Nudeln und Hörnli änderten. Immerhin, der Boykott bringt nicht bei allen Produkten gleich wenig Leute auf die Füße. Ginge es etwa um Milch, Butter und Käse, so gerieten Scharen in Bewegung.

Unmittelbarer und folglich wirksamer als für eine familienrechtliche und staatsrechtliche Besserstellung ließe sich die Waffe des hausfraulichen Warenboykottes zugunsten der Gleichberechtigung der Geschlechter im beruflich-wirtschaftlichen Leben einsetzen. Könnten doch die Hausfrauen die Produkte von Firmen links liegenlassen, welche weibliche Angestellte von den Aufstiegsmöglichkeiten ausschließen, Sichverheiratende entlassen oder ihre Löhne herabsetzen und die Saläre ihrer weiblichen Arbeitsbienen bei gleicher Leistung hinter jenen der männlichen Kollegen zurückstehen lassen. Sie könnten sich weigern, diese Suppe und jenes Fett, diese Wäsche und jenes Kosmetikwunder fortan zu schlucken, zu tragen oder einzuklopfen. Den Schmeichelworten der Reklametexte ließe sich entgegenhalten: Machen Sie zuerst die Stellung der Frau in Ihrem Betrieb nahrhafter, schmackhafter, gediegener, und regenerieren Sie Ihren Betrieb erst einmal tief von innen heraus – Ihre Arbeitnehmerinnen werden über Nacht um Jahre jünger aussehen.

Doch die Hausfrauen – praktisch die »Ernährten« – hüten sich davor, im Interesse einer Gleichberechtigung der Frauen im Erwerbsleben mit Warenboykott zu operieren. Man wäre ja dumm. Denn je schlechter ihre Geschlechtsgenossinnen im Erwerbsleben wegkommen, um so besser ihre Versorger, und um so größer wird möglicherweise ihr eigener Anteil an der Beute ihrer Herren und Meister. Man sägt den Ast, auf dem man sitzt, nicht gerne ab; und schon gar nicht, wenn man keine Möglichkeit sieht, sonst auf einen grünen Zweig zu kommen.

Allerdings beugt, wie im ersten Kapitel gezeigt wurde, die Bekämpfung der Gleichberechtigung der Geschlechter im Erwerbsleben letztlich der Gleichberechtigung der Frau auf jedem Gebiet vor, und deshalb leistet eine solche Passivität der »ernährten« Hausfrauen indirekt der Unterdrückung und Abhängigkeit der Frauen auf jedem Gebiet Vorschub. Aber es fällt eben den Menschen als einzelnen und als Kollektiven schwer, um eines in der Ferne liegenden, grundlegenden Vorteiles willen einen unmittelbaren zu opfern. Einzelne und Kollektive denken, geschweige denn handeln, selten weitblickend, sondern insgesamt realpolitisch, was oft nur heißt, sie schlagen kurzsichtig den Weg des geringsten Widerstandes ein. Zwangsläufig bleibt daher der Zauberstab des hausfraulichen Warenboykottes gerade dort, wo er noch am ehesten einige Wunder wirken könnte, infolge der Uneinheitlichkeit der unmittelbaren wirtschaftlichen Ziele der Frauen liegen.

Es ist das Übersehen dieses Widerspruches sowie die Tatsache, daß in der Schweiz hauptsächlich jene Frauen das hausfrauliche Machtmittel besitzen, die es nicht brauchen wollen, das viele Leute die Milliarden in den Händen der Hausfrauen als feministische Handhabe so sehr überschätzen läßt. Die Männer neigen eben dazu, die Frauen als eine Heerschar von »Mitschwestern« zu betrachten, die das »Frauenlos«, das gemeinsame, verbindet – vielleicht weil die Frauen noch nie in verschiedenfarbigen Uniformen aufeinander losgegangen sind.

Wenn auch der Zauberstab des hausfraulichen Warenboykottes im Kampfe um die wirtschaftlich-berufliche Gleichberechtigung der Frauen nicht benutzt wurde, so operierte man doch hin und wieder mit ihm, logischerweise aber in anderem Namen. In wessen Namen, ist bald ausgemacht. Da nämlich als Akteure vor allem jene »Ernährten« in Betracht kamen, die es sich leisten konnten, für die Ideale zum mindesten ein kleines Stück des Astes, auf dem sie saßen, abzusägen, sind die historischen Andeutungen weiblichen Warenboykottes im Namen der Wohltätigkeit unternommen worden.

So bildeten sich vor einigen Jahrzehnten die sozialen Käufer – das heißt Käuferinnenligen. Durch eine Enquête der »Working Women's Society« angeregt, die schlechte Arbeitsbedingungen und lohnfressende Bußensysteme ans Licht brachte, gründete Mrs. Shaw Lowell, die von den Amerikanern auch »unsere Heilige« genannt wurde, Ende des letzten Jahrhunderts in New York die »Consumers' League«. Ihre Idee faßte auch in der Schweiz Fuß. Die leise Mahnung im Sinne eines Boykottes bestand aus der empfehlenden Publikation einer Weißen Liste zum Gebrauch der Frauen. Darin wurden jene Firmen genannt, die annehmbare Arbeitsbedingungen und Löhne gewährten. Ihr Gegenstück war eine Schwarze Liste, welche die schwarzen Schafe verzeichnete. Da der Sinn des ganzen Vorgehens darin bestand, die schwarzen Schafe eines Tages als aufgehellte auf der Weißen Liste einzutragen, hütete man sich, sie vor den Kopf zu stoßen. Das Schwarze Buch blieb ein Buch mit sieben Siegeln.

Die Listen kamen in erster Linie weiblichen Arbeitskräften zugute, weil »natürlich« die schwärzesten Arbeitsbedingungen der schwarzen Schafe gerade für sie galten. Damit hatten diese Aktionen tatsächlich die Bedeutung, daß Hausfrauen durch sozial bewußtes Einkaufen die Lage werktätiger Frauen verbesserten.

Inzwischen ist der Gedanke, mit Arbeitsbedingungen und Löhnen, die sich sehen lassen dürfen, beim kaufenden Publikum Sympathie und Absatz zu finden, populär geworden. Vereinzelt läßt man sogar in Reklamen Qualität des Produktes auch in dieser Hinsicht durchschimmern. Dagegen hat die Idee allen feministischen Charakter eingebüßt. Diese Entwicklung lag auf der Hand, weil ihre Wurzeln nicht im Feminismus, sondern in der Wohltätigkeit steckten.

… und größer, als die Frauen glauben

Wenn die Möglichkeit der Hausfrauen, unabhängig vom Willen des Ehemannes Waren zu boykottieren, auch nicht im Rahmen jener Milliarden besteht, die durch ihre Hände rollen sollen, so besteht sie doch in kleinerem Umfang. Soweit die Ehemänner die häuslichen Ausgaben und Kreditkäufe ihrer Gattinnen nicht kontrollieren können, sind diese frei, innerhalb der sachlich gebotenen Schranken über Mittel des Ehemannes zu verfügen. Entsprechend können sie während einer kürzeren Zeitspanne tatsächlich nach eigener Lust und Laune Produkte und Händler begünstigen oder übergehen. Sie sind also in der Lage, ihren Neigungen mit einem Teil des wirtschaftlichen Gewichtes der Konsumenten Nachdruck zu verschaffen. Das ist immerhin eine Handhabe, die zählt. Warum benutzen die Frauen sie nicht?

An Zielen fehlt es wahrhaftig kaum. Zwar besteht, wie gesagt, unter den Frauen kein unmittelbares einheitliches Interesse an voller Gleichberechtigung, solange im allgemeinen mit dem Ernährtwerden durch den Ehemann gerechnet wird. Es bleiben aber der feministischen Ziele genug, die entweder im Interesse aller Frauen oder doch in jenem einzelner Gruppen liegen, ohne denjenigen anderer Frauenkreise ins Gehege zu geraten.

Der eine Grund der Zurückhaltung ist wohl der erwähnte bloß indirekte Zusammenhang zwischen Warenboykott bzw. kollektiver hauswirtschaftlicher Einkaufsstrategie und Gestaltung der Rechtsvorschriften. Der andere ist die naive Ehrfurcht, welche die Frauen, soweit sie politisch unterdrückt sind, den männlichen Machthabern oft entgegenbringen.

Der Weg vom hausfraulichen Boykott der Produkte, an deren Herstellung oder Vertrieb die Einwohner eines Landstriches oder einzelne Parlamentarier und Regierungsmitglieder interessenmäßig stark beteiligt sind, bis zu Amtshandlungen und Rechtsvorschriften im Interesse der Besserstellung der Frau ist lang. Denn solcher Boykott kann weder direkt noch indirekt gleichzeitig auf alle, die jeweilen mitentscheiden, einen Druck ausüben. Immerhin vermöchte er gelegentlich doch eine sehr große Zahl von Leuten zu berühren, was ebenfalls seinen Wert hat. Denn nicht nur Druck, auch Demonstrationen können zweckdienlich sein, wenn naturgemäß auch über Umwege.

Die naive Ehrfurcht, welche die politisch rechtlosen Frauen oft vor Männern mit politischer Macht empfinden, läßt sie die Binsenwahrheit übersehen, daß die Politik ein Kräftespiel ist, bei dem es nicht darauf ankommt, artig zu bitten, sondern Trümpfe auszuspielen. Ihre Ehrfurcht geht auf die Illusion zurück, in der Politik werde dem Rechten und Guten mit aller Sorgfalt Geltung verschafft – eine unrealistische geistige Grundlage für den Kampf um die rechtliche Besserstellung der Frau. Entsprechend sind die Frauen nicht immer, aber immer wieder geneigt, sich mit ihren Anliegen an Exponenten der herrschenden Männerkollektive zu wenden, als wären sie weise, über alle Interessenspannungen erhabene Herrscher, die selbstverständlich kein innigeres Bestreben besäßen, als im Sinne höchster Ideale zu wirken. Und während sie brav bitten, verzichten sie auf das Ausspielen der Trümpfe, die sie wirklich besitzen, zum Beispiel auch auf ihre Boykottmöglichkeiten als Hausfrauen.

An sich machen Appelle an die höchsten Ideale auf die von Kollektiven getragenen Machthaber und Machthaberchen meist nicht den geringsten

Eindruck. Geht es ihnen doch nicht um undankbaren Dienst an hohen Idealen, sondern um »Realitäten«, und hinter diesen steht letztlich immer auch die Wirtschaft. Sie aber ist nichts anderes als die Organisation zur Abfüllung der Brotkörbe. Sobald das Wie und Was ihrer Brotkörbe und jener der Gruppen, die ihre Positionen stützen, berührt wird, haben die kleineren und größeren Machthaber urplötzlich offene Ohren und Augen, da zeigen sich die Hartgesottenen gar zart besaitet.

Berufen sich die Feministinnen auf die Ideale der Gerechtigkeit, der Freiheit, der Solidarität, so ist es daher selbstverständlich, inständige Bitten zu überhören. Aber das leiseste Zeichen würde verstanden, berührte es das wirtschaftliche Leben. Demonstrationen in dieser Richtung würden kaum übersehen. Die Hausfrauen und mit ihnen die Mehrzahl der Frauen sind nun durch ihre besonderen Boykottmöglichkeiten immerhin in der Lage, etliche Zeichen auf wirtschaftlichem Gebiet zu geben.

Um ihre Zeichen den richtigen Leuten zu machen, müßten sich die Frauen genau Rechenschaft geben, wie die Angehörigen rechtsetzender und regierender Körperschaften wirtschaftlich verwurzelt sind und wie sie sich zu den fraglichen feministischen Postulaten stellen.

Derart unter die Lupe genommen, zeigt sich manch einer, der etwas für die Gleichberechtigung der Frauen tun könnte, gegenüber hausfraulichen Boykottmöglichkeiten empfindlich. Es handelte sich nun darum, ihm hinsichtlich konkreter feministischer Anliegen mit Boykott einerseits und Bevorzugung anderseits Zeichen zu machen, die je nach Empfindlichkeit mehr oder weniger gut verstanden würden. Die Frauen könnten auf diese Weise einige Klappen verriegeln, aus denen sonst nur Pech auf ihre Bitten gespuckt wird. Und sie bekämen da und dort warme Befürworter ihrer Anliegen, die sich zwar ein wenig neu in dieser Rolle fühlten, denen sie aber klarzumachen vermöchten, wie nahe man beieinander wohnt.

Ferner müßte sich ein derartiges wirtschaftlich-feministisches »Who is who« auch auf jene Kreise erstrecken, die am unmittelbarsten von den Einkäufen der Hausfrauen profitieren. Unter dieser Voraussetzung wären die Hausfrauen in der Lage, die Männer einzelner Landstriche oder Berufe zu überzeugen, daß sie, wenn man sich über ihre Wünsche, das heißt jene der Mehrzahl der mündigen Frauen, hinwegsetzt, einmal ihrerseits Rücksichten fallenlassen könnten. Zum Beispiel könnten die Hausfrauen bei kommunalen und kantonalen Volksabstimmungen, welche die politische Gleichberechtigung der Frauen zum Gegenstand haben oder doch berühren, die einkommensmäßig bedeutendsten Produkte der fraglichen Landstriche zur Maßregelung boykottieren.

Wie erörtert, kann es sich bei solchen Warenboykotten, falls sie gegen den Willen der Ehemänner sind, nur um verhältnismäßig kurzfristige handeln. Doch auch sie können wirtschaftlich von bedeutendem Gewicht sein. Man bedenke nur, wie manches landwirtschaftliche Produkt das Arbeitsergebnis eines ganzen Jahres darstellt und innerhalb einer Zeitspanne von wenigen Wochen abgesetzt werden muß, oder wie empfindlich bereits ein vierzehn Tage währender Absatzausfall eines kontinuierlich hergestellten Produktes gespürt wird.

Es kann sich bei solchen Boykotten gegenüber Einzelpersonen und Kollektiven von politischer und wirtschaftlicher Bedeutung weniger um unmittelbar wirkende Druckmittel als um Demonstrationen handeln. Aber Demonstrationen, in Sonderheit wiederholte, beeindrucken, selbst wenn sie vorerst nur auf entrüstete »Extra-Nicht« stoßen. Diese beweisen keineswegs, daß nun alles verdorben wäre, wie ängstliche Befürworterinnen der Frauenanliegen oft meinen und ihnen manche ihrer »Freunde» einreden, deren »Befürwortung« sich in ständigen Mahnungen zur Geduld erschöpft. Nein, sie zeigten, daß die Frauen – endlich – mit dem sogenannten »Kämpfen« um ihre Gleichberechtigung in der richtigen Arena stehen. Denn sofern die Macht der Fordernden nicht gebrochen werden kann, kommt nach dem »Extra-Nicht« meist das »Verständnis«, das in der Politik mit Verstand wenig und mit Macht – auf der anderen Seite – viel zu tun hat.

Kurz: Die Frauen haben es in der Hand, durch zielbewußte, sorgfältig organisierte Warenboykotte aus einer Kette ehefraulicher Hausfron eine Waffe gegen die Unterdrückung der Frauen zu schmieden.

V.

EIN VOLK VON BRÜDERN OHNE SCHWESTERN

Das Schulbeispiel für die Unterdrückung der Frauen

Je ausgeprägter die Männerdemokratie, um so deutlicher die Untertanenschaft

Tritt im beruflich-wirtschaftlichen und sexuellen Leben die Unterdrükkung der Frauen meist nur vertuscht von allerlei beschwichtigenden Rationalisierungsversuchen in Erscheinung, so im politischen Leben ganz unverhüllt. Besonders kraß offenbart sie der Ausschluß der Frauen von der politischen Gleichberechtigung im sonst demokratischen Staat. Er bedeutet die Entlarvung all des Getues um das »ureigene Wesen der Frouh«. Zynisch zeigt diese Ausschaltung, was mit der obskuren »Anderswertigkeit« eigentlich gemeint ist, nämlich: Untertanenart, geschaffen für Untertanenschaft; denn ohne politische Gleichberechtigung sind die Frauen nichts anderes als regelrechte Untertanen im staatsrechtlichen Sinne.

Pikanterweise vermag keine andere Staatsform die Unterdrückung der Frauen in ihrer Eigenschaft als Angehörige des weiblichen Geschlechtes so deutlich zu veranschaulichen wie die demokratische, wenn sie den Frauen die politischen Rechte vorenthält. Und sie tut dies um so plastischer, je mehr sie sich der »reinen«, der unmittelbaren Demokratie nähert. In diesem Sinne bildet die Schweiz das markanteste Beispiel der Welt für die Unterdrückung der Frauen. Die staatsrechtliche Untertanenschaft des weiblichen Geschlechtes, die in der abendländischen und andern Kulturen so lange die Regel gewesen ist, erscheint hier sozusagen in Reinkultur.

In Rechtsgemeinschaften mit undemokratischen Staatsformen hatten die Frauen in öffentlichen Angelegenheiten in der Regel zwar so wenig wie die Schweizerinnen von heute zu sagen, aber im Gegensatz zu ihnen waren sie mit Kindern und Geistesgestörten zusammen nicht die einzigen Mundtoten. Überdies kamen eher Ausnahmen zugunsten der Frauen vor. Denn sie teilten ihre Untertanenschaft mehr oder weniger mit ihren männlichen Standesgenossen und besaßen in den regierenden Schichten als Ausnahmen, welche die Regel bestätigen, vereinzelt politische Kompetenzen.

Mochte einst die leibeigene Bäuerin ihren Hansjakob daheim den Donnerer spielen sehen – wenn der hochwohlgeborene Herr auf der Bildfläche erschien, sah sie auch das legendäre, verlegene Rücken des Käppis und hörte ihren Donnerer sein Anliegen kleinlaut hervorstottern. Wie sie, war auch er nur eine arme Haut, deren Wohl und Wehe in den Händen der gnädigen, weisen, fürsichtigen Herren stand. Kurz, ob Frau oder Mann, je nach Stand gab es politische Dinge, die schon grundsätzlich für sie beide zu hoch waren.

Anderseits kam es bei undemokratischen Staatsformen männerherrschaftlicher Art immer wieder vor, daß Frauen ausnahmsweise, meist als Lückenbüßerinnen beim Ausfall legitimer männlicher Machthaber oder als Delegierte derselben, in aller Form bei der Gestaltung der öffentlichen Angelegenheiten über Männer, in vereinzelten Fällen auch über alle Männer der Rechtsgemeinschaft, gesetzt wurden.

Mochte die Lisbeth anschließend an einen Wortwechsel von ihrem Hansjakob hin und wieder durchgewalkt werden, damit nicht in Vergessenheit geriete, wer eigentlich Herr und Meister im Hause sei, so fand auch er seine Meister, wenn er es an Untertänigkeit hatte fehlen lassen. Und mochten hochwohlgeborene Herren noch so wichtig tun, hin und wieder wurden ihnen höhergeborene Frauen vor die Nase gesetzt. Königinnen, Regentinnen und Statthalterinnen brachten Männer mit einem Federzug an den Galgen.

In weitgehend demokratisch organisierten Staaten, welche jedoch die Frauen von der Aktivbürgerschaft ausschließen, fallen die einen wie die andern mildernden Lavierungen auf dem Bilde der Unterdrückung der Frauen weg. So haben die Männerdemokratien des 19. und 20. Jahrhunderts die Männer der untersten Schichten staatsrechtlich hoch über ihre Frauen gehoben und zugleich diejenigen der führenden Kreise machtloser gemacht, indem sie ihnen die Chance verriegelten, ausnahmsweise Staatsgewalt innezuhaben, und sie der Gesamtheit der Männer unterstellten. Mit anderen Worten: Die Unterdrückung der Frauen ist in Männerdemokratien relativ am größten. Da sind sie im Blick auf die öffentlichen Angelegenheiten praktisch noch bedeutungsloser als in Tyranneien, wo die eine und andere sich ins Herz der Tyrannen schleichen und von solcher Warte aus das Staatsruder in die Hände nehmen kann.

In bezug auf die Entwicklung in der Schweiz bedeutet jener Zug, daß die modernen Frauen anders als zahlreiche Ahninnen ihre mündigen männlichen Hausgenossen als Träger der Souveränität akzeptieren müssen. Und nicht sie allein. Nein, überall, wo sie in dieser »Demokratie« Männern begegnen, begegnen sie Herrschaften. Es wimmelt da von Herren, an die als Herren ihrer Enkelinnen manche weibliche Vorfahren nicht im Traume gedacht hätten. Sind es doch die Nachkommen ihrer leibeigenen Stallknechte. Die höchstgestellte schweizerische Frau ist staatsrechtlich teilweise unmittelbar Untertanin des tiefstgestellten Mannes. Die gebildete Dame, die einen armen Schlucker in ihrem Garten jäten läßt, ist zugleich in gewissem Sinne sein Untertan. Sie mag alles wissen, was es zu wissen gibt, und er nicht einmal, was nun Unkräuter und was Setzlinge sind – er bestimmt, welche Gesetze für sie gelten. Wenn auch nicht allein, so doch unmittelbar.

In der Demokratie ist die politische Rechtlosigkeit der Frau paradox

Die Demokratie ist nicht »natürlich«.

Sie ist »unnatürlich«, weil sie grundsätzlich die Herrschaft gleichmäßig verteilt, wo doch die Menschen von Natur aus individuell verschieden und daher in bezug auf die Volksgemeinschaft von unterschiedlicher Bedeutung sind. Läßt man der gegenseitigen Einflußnahme der Volksangehörigen den Lauf, so regieren bald die besonders »Befähigten« der verschiedensten Sorten. Fähigkeit heißt hier einfach Durchschlagskraft dank Eigenschaften, auf die es zurzeit im Gemeinschaftsleben besonders ankommt. Auf der Grundlage ursprünglicher persönlicher Ungleichheiten kristallisieren sich in der Folge Machtgruppen, ihre Organe und die Regeln heraus, wie die entsprechenden Ämter zu besetzen sind. Dabei spielt der Grundsatz, daß die Legitimation dem Blut folgen soll, meist eine große Rolle. Er ist ökonomisch. Theoretisch zum mindesten weiß man ohne lange Schlägereien und Tänze, wer zu befehlen hat. Die scheinbar so künstlichen Vorrechte der Person, der Familie, der Geburt und des Ortes sind »natürlicher« als die Gleichberechtigung der Bürger und Kollektiv-Souveränität auf breitester Basis.

Die Demokratie ist »unnatürlich«, weil eine Fiktion und eine ethische Überzeugung ihre Grundlagen bilden. Daher ergibt sie sich in größeren Gemeinschaften kaum von selbst, sondern ist Erzeugnis des Geistes und des Willens.

Auf Fiktion gründet die Demokratie insoweit, als eine ihrer Voraussetzungen das grundsätzliche Übergehen der großen individuellen Unterschiede der Bürger hinsichtlich Verstand, Charakter und Kraft und damit ihrer unterschiedlichen potentiellen Bedeutung für die Gemeinschaft ist. Es wird, was die Berufung zur Herrschaft betrifft, eine Gleichheit und damit Gleichwertigkeit fingiert, die buchstäblich mit allem und jedem Unterschied aufräumt.

Ob dumm oder gescheit, schön oder häßlich, fleißig oder faul, frech oder schüchtern, arm oder reich, auf X- oder O-Beinen stehend, edel oder gemein, ängstlich oder mutig, ob von Korbern oder Feldmarschällen, Dichtern oder Henkersknechten abstammend, tapfer oder verzagt, blond oder schwarz, Trinker oder Abstinent, revolutionär oder konservativ, diskret oder klatschsüchtig, fromm oder atheistisch, begabt oder unbegabt, laster- oder tugendhaft, Wuschel- oder Kahlkopf, Gelehrter oder Analphabet, vielerfahren oder ahnungslos, gesund oder krank, Raucher oder Nichtraucher, ledig oder verheiratet, verwitwet oder geschieden, zwanzig- oder hundertjährig, klein oder groß, ehelich oder unehelich, reformiert oder katholisch, stolz oder servil, deutsch, welsch oder kauderwelsch sprechend, weit- oder kurzsichtig, weitblickend oder mit einem Brett vor dem Kopf – die Unterschiede der Menschen durch Anlagen und Schicksal werden grundsätzlich samt und sonders für nichts geachtet angesichts der Tatsache der »Gleichheit« als mündige Volksgenossen.

Dennoch macht dieses vollständige Außerachtlassen fast sämtlicher individueller Unterschiede die Demokratie nicht etwa zur wirklichkeitsfremden Staatsform. Die Demokratie geht sowenig an der Wirklichkeit vorbei wie derjenige, der sein Auge auf das Wesentliche heftet und die Einzelheiten übersieht. Sie läßt die Berufung zur Herrschaft aus dem Menschentum als solchem hervorgehen, aus dem Menschentum im Sinne eines denkenden, wollenden, fühlenden und Selbstbehauptung erstrebenden erwachsenen Wesens. Die Demokratie will das Menschentum eines jeden respektieren. Die Achtung vor dem Denken, Wollen, Fühlen und Selbstbehauptungswillen des einzelnen bildet ihre geistige Grundlage. Die zur Begründung ihres Anspruchs auf staatsrechtliche Gleichstellung wiederholte Berufung der Frauenrechtlerinnen – zum Beispiel 1848 vor dem französischen Gouvernement provisoire – auf die Tatsache, daß die Frauen eine Seele haben, ist daher nicht sentimental, sondern logisch. Sie geht folgerichtig vom Wesen der Demokratie aus.

Allerdings wird jene Achtung ausnahmsweise eingeschränkt. Dies ist folgerichtigerweise gegenüber jenen Menschen der Fall, deren Denken, Wollen und Fühlen als unqualifiziert gelten darf, was in dreierlei Fällen naheliegt. Es kann sich einmal um unerwachsene und damit noch nicht »volle« Menschen handeln. Daß dabei nicht wie ursprünglich auf die Geschlechtsreife, sondern auf die Erfüllung eines bestimmten Alters abgestellt wird, ist, genau genommen, inkonsequent und damit auch ungerecht. Ferner sind es Menschen, deren Denken, Wollen und Fühlen so gestört ist, daß sie unfähig sind, ihre eigenen Angelegenheiten zu besorgen, und infolgedessen den Unmündigen gleichgestellt worden sind. Und schließlich wird das Denken, Wollen und Fühlen jener Menschen staatsrechtlich nicht respektiert, die ihrerseits jenes der Volksgenossen, soweit es sich im Strafgesetz kundtut, nicht respektiert haben. Man gibt der Mißachtung Ausdruck, indem man sie in ihren bürgerlichen Ehrenrechten einstellt. Natürlich ist es nun ausgeschlossen, daß in einer Gemeinschaft das Denken, Wollen und Fühlen sowie der Selbstbehauptungswille eines jeden zugleich volle Geltung hat. Aber die Staatsform der Demokratie ermöglicht grundsätzlich jedem einzelnen – je unmittelbarer sie ist, um so weitergehend –, seine Auffassung in öffentlichen Sachen so weit durchzusetzen, als diese sich mit jener der anderen Volksangehörigen verträgt.

Der Mechanismus der staatlichen Willensbildung in der Demokratie liegt auf der Hand. Ausgangspunkt ist die Achtung vor dem Denken, Wollen und Fühlen des einzelnen, sei dies wie es wolle. Also hat jeder eine Stimme, nur eine; aber eine, die zählt. Da der Wille eines jeden grundsätzlich nur so weit, als er nicht durch den Willen des andern aufgehoben wird, respektiert werden kann, entscheidet die Mehrheit. Es gibt keinen andern Beweggrund, dem Mehrheitsentscheid Gültigkeit zu geben. Er gilt nicht, weil er richtig oder besser als derjenige der Minderheit wäre, sondern allein deshalb, weil er die Respektierung der relativ größten Anzahl von Einzelwillen bedeutet. Geht man vom Menschentum als der einzigen grundsätzlichen Voraussetzung des Besitzes politischer Kompetenzen aus, so muß auch jedem Angehörigen der Rechtsgemeinschaft das Recht eingeräumt werden, zur speziellen Ausübung von Staatsgewalt wählbar zu sein, wo immer Menschen zusätzlich ihrer Aktivbürgerrechte als besondere Organe des Staates zu funktionieren haben. Soweit mündig und im Besitze der bürgerlichen Ehrenrechte, tut es auch hier im Prinzip jeder, aber auch jeder. Die höchsten Ämter sind für keinen zu hoch.

Selbstverständlich lassen sich auch bei einer denkbar demokratischen Form des Gemeinschaftslebens Auswirkungen der individuellen Ungleichheiten auf die soziale Stellung nicht vermeiden. Eine tatsächliche Gleichschaltung aller in allen Lebensbereichen kann sogar nur durch Abkehr vom demokratischen Geist erreicht werden. Man müßte nämlich jene praktisch mit Privilegien ausstatten, die von Natur und Schicksal weniger begabt worden sind, und die »Begabten« belasten, um die Unterschiede auszugleichen. Ein Vorgehen, das nur funktioniert, wenn die »Unbegabten« in der Mehrzahl sind und es von den Begabten als gerecht empfunden wird, was unwahrscheinlich ist.

Aber Korrektur der Ungerechtigkeiten des Lebens durch Gleichschaltung mittels Ausgleich ist ja auch nicht das Ziel, das der prinzipiell allgemeinen politischen Gleichberechtigung zugrunde liegt. Vielmehr ist das demokratische System vor allem ein Versuch, die der natürlichen Ordnung des Gemeinschaftslebens so naheliegende Möglichkeit auszuschließen, daß Menschen andere nicht als Menschen, sondern als Dinge ohne eigenen Willen, als Sachen, behandeln. Die Versuchung dazu ist immer sehr groß, sobald der Wille des einen demjenigen des andern prinzipiell vorgeht oder gar allein Geltung hat. Sie kann nur vermieden werden, wenn in der Öffentlichkeit jeder Wille grundsätzlich gleich viel gilt.

Wo immer für die Demokratie gekämpft worden ist – also besonders auch in der Schweiz –, hatte man diese ihre Grundideen klar vor Augen.

Für die schweizerischen Verhältnisse zur Zeit des großen Umbruchs ist zum Beispiel die Äußerung Eschers[53] typisch: »Der erste Grundsatz meiner Politik war, daß, wenn schon nicht alle Menschen von der Natur mit den gleichen Fähigkeiten begabt sind, doch alle gleiche Rechte auf sich selbst und auf die Natur haben; so daß hiemit alle Neger, russische und schweizerische Leibeigene, selbst die Keffiker [die Bürger von Kefikon, welche Angehörige der Gerichtsherrschaft seines Vaters waren] mitgerechnet, mit allen Großen, Fürsten, Gerichtsherren gleich freie Leute von Natur sind und sein sollten.« Die Bemerkung – sie fiel 1791 – läßt an Deutlichkeit nicht zu wünschen übrig. Offenbar ist »keiner zu klein, wahl- und (später auch) stimmberechtigt zu sein«. Und man läßt es sich nicht nehmen, im Geiste noch über Wald und Feld den russischen Leibeigenen, über Land und Meer den Negern die Bruderhand zu reichen.

Doch sah man vor lauter Bäumen den Wald nicht. Während man sich in der Theorie immer wieder klarmachte, daß keine, aber auch keine Ungleichheit gegen die politische Gleichberechtigung angerufen werden darf, während man den bisherigen Untertanen, all den Biedermännern, die als »ehrbare Bauern und Handwerkersleute, ... nur die Ruh und Ordnung wünschen und sonst nichts Neues und beileibe nicht den Gesetzgeber spielen wollen«[54], die politische Gleichberechtigung, das Wahl- und bei uns später selbst noch das Stimmrecht nachwarf, so übersah man schlankweg die Hälfte der Menschen, die weiblichen Mitbürger, samt und sonders. Als gemäß den Leitgedanken der Demokratie alle natürlichen und künstlichen Ungleichheiten der Bürger hinsichtlich der Mitwirkung bei der staatlichen Willensbildung wie Schnee an der Märzsonne schwanden, machte man in der Verwirklichung der Demokratie vor den Frauen plötzlich halt. Was sie betraf, war man plötzlich von allen guten demokratischen Geistern verlassen.

Die Französische Revolution mochte Regierungen stürzen, Köpfe abhauen, eine Unmasse von männlichen Analphabeten zum Volkssouverän erheben, Untertanen, die sich bis aufs Blut für die Herrschaft ihrer Herrschaften gewehrt hatten, Rechte an die Dickschädel werfen – die politische Selbstbestimmung, die im Namen der Menschenwürde eines jeden gefordert wurde, wurde für die Männer allein verlangt. Als man die alten Herrschaftsverhältnisse abgeschafft hatte und sogar eine neue Zeitrechnung begann, blieb eines beim alten: die staatsrechtliche Untertanenschaft der Frauen.

In den meisten Staaten hat man sich inzwischen des monströsen Mangels an Folgerichtigkeit geschämt und die Frauen an der Volkssouveränität teilhaben lassen. Nicht so in der Schweiz. Nach wie vor bedeutet das Schweizerkreuz im roten Feld, im Firnenglanz oder Alpenrosenkranz, wo immer es an Augustfeiern, auf Diplomen und Banknoten erscheint, nebenbei auch einen Verrat an der Idee der Demokratie. Denn an Stelle des Artikels 4 der Schweiz. Bundesverfassung: »Alle Schweizer sind vor dem Gesetze gleich. Es gibt in der Schweiz keine Untertanenverhältnisse, keine Vorrechte des Ortes, der Geburt, der Familien oder Personen«, gilt eigentlich: »Die Schweizer sind vor dem Gesetze ungleich. Es gibt in der Schweiz ein Untertanenverhältnis, ein Vorrecht des männlichen Geschlechtes in staatsrechtlicher Hinsicht. Die Männer sind der Souverän, die Frauen die Untertanenschaft.«

Anhängseln konnte auch die Französische Revolution keine politische Gleichberechtigung bringen

Der Umschwung der Revolutionszeit, welcher die Staatsformen monarchistisch-aristokratischer Richtung zugunsten demokratischer modifizierte oder brach und allen Männern, vom Lumpensammler bis zum Industriellen, vom Knechtlein bis zum Großgrundbesitzer, die gleichen Rechte an der Bildung des Volkswillens verschaffte, ging an den Frauen vorbei, als wären sie Luft. Weshalb blieb ihre Untertanenschaft allein selbstverständlich, als man allenthalben staatsrechtlich Tabula rasa machte oder zum mindesten mit dem Abräumen von Untertanenverhältnissen begann?

Vorerst die Ausnahmen, welche die Regel bestätigen. Einigen Politikerinnen und Politikern, Schriftstellerinnen und Schriftstellern kam allerdings der Gedanke, die Idee der Demokratie auch bis zur Konsequenz der politischen Gleichberechtigung der Frau zu entwickeln.

Der Philosoph und Mathematiker Condorcet folgerte aus dem Grundsatz der Demokratie, der prinzipiellen staatsrechtlichen Gleichberechtigung der Bürger auf Grund ihrer Gleichartigkeit als vernunftbegabte menschliche Wesen, das Postulat einer politischen Gleichberechtigung der Frau: »N'est-ce pas en qualité d'êtres sensibles, capables de raison, ayant des idées normales, que les hommes ont des droits? Les femmes doivent avoir absolument les mêmes.«[55] – Olympe de Gouges wollte die Gleichberechtigung der Frau in der Verfassung verankern. Sie versuchte 1791 einen der Artikel ihrer Proklamation, nämlich: »La femme naît et demeure égale à l'homme en droits«[56], der neuen Verfassung einzuverleiben. Auf einen andern Artikel ihrer Deklaration: »La femme a le droit de monter sur l'échaffaud: elle doit avoir également celui de monter à la tribune«, stützt sich jene Anekdote, welche in ihrer Pointe die Rechtfertigung der politischen Gleichberechtigung der Frauen so voll umfaßt. Napoleon soll als Konsul zur Witwe Condorcets gesagt haben, daß er die Einmischung der Frauen in die Politik nicht schätze, worauf ihm diese geantwortet habe: »Dans un pays où on leur coupe la tête, il est naturel qu'elles aient envie de savoir pourquoi.«[57] – Mary Wollstonecraft veröffentlichte 1791 die erste Schrift, welche volle Gleichberechtigung der Frauen auf der ganzen Linie fordert: »A vindication of the rights of woman.«

Sie alle sprachen vorläufig in den Wind. War nämlich die Wandlung von Untertanen und Herren aller Art in grundsätzlich gleichberechtigte Bürger relativ neu, so war die Idee einer politischen Gleichberechtigung der Frauen für allzu viele unvorstellbar neu. Sie überstieg die Vorstellungskraft der meisten Leute. Auch das sich aus dem Gedanken der Demokratie mit zwingender Logik ergebende Gebot, die politische Gleichberechtigung auf die Frauen auszudehnen, brachte im allgemeinen weder Frauen noch Männer zu dieser Einsicht. Denn die Logik ist ein Werkzeug wie ein anderes. Und wenn man es liegenläßt, so ist es nicht von Nutzen.

Für diesen Mangel an Konsequenz gab es einen Grund, keinen guten. George Sand nennt ihn unfreiwillig, und zwar als Argument *gegen* die politische Gleichberechtigung der Frauen: »Quelle bizarre caprice vous pousse aux luttes parlementaires, vous qui ne pouvez pas seulement y apporter l'exercice de votre indépendance?«[58] Wie manche Gegnerin der politischen Gleichberechtigung der Frauen war sie nur gegen jene der andern Frauen, aber sehr für die eigene und griff eifrig nach der ersten Gelegenheit, politisch Karriere zu machen. Sie ließ sich am 2. April 1848 vom Klub der Jakobiner für die Nationalversammlung als Kandidatin aufstellen.

George Sands Worte waren nun nichts anderes als ein Hinweis auf die traditionell jämmerliche Stellung der Frau im Privatrecht, das sie mehr oder weniger zum Anhängsel eines Mannes machte. Wenn auch die Stellung der Frau innerhalb der einzelnen Rechtsordnungen westlicher Kultur verschieden war und sich im Laufe der Zeit veränderte – in Frankreich war sie relativ gut gewesen und vor allem durch Napoleon schlecht geworden –, so fehlte der Frau doch meist das persönliche Selbstbestimmungsrecht in jenem Ausmaße, das für die Männer ihres Standes galt.

In ganzen Landstrichen war sie rechtlich kein Mensch im Sinne eines erwachsenen Menschen. Manchenorts war sie hinsichtlich Handel und Wandel während Jahrhunderten gewissermaßen das verständige, aber in der Welt der Großen hilflose, zwölfjährige Mädchen. Sexuell hingegen kam sie frühzeitig aus dem Kinderzimmer und hatte in den Köpfen der Männer je nachdem alles zu sein, von heiliger Jungfrau bis zur Hure von Babylon, vom Vamp, der das dumbe männliche Gemüt mit Stumpf und Stiel verschlingt, bis zur hehren Muse.

»Frauenlos« bedeutete »Anhängsellos«. Väter, Ehemänner, ja bisweilen Söhne, und je nachdem allerlei Vögte und Beiräte bestimmten den Kurs des weiblichen Lebens. Die Fessel, die solchermaßen Haupt und Zubehör verband, hieß im deutschen Sprachgebiet einige Jahrhunderte lang »Munt« und während einiger weiterer »Geschlechtsvormundschaft«. Zu Beginn des weiblichen Lebens führte der Vater die Tochter an dieser Kette. Nachdem die Tochter willig oder auch unwillig mit dem Eheschluß sozusagen die Hand geändert hatte, war sie fortan an jener des »Eheherrn«. Starb er, so wurden Henne und Kücken häufig einem fremden Gockel unterstellt, der ihnen zwar keine Würmchen suchte, keine Versorgung bot, aber dafür krähte, wenn Kücken und Henne ein wenig umherflatterten oder es mit dem Fuchs zu tun bekamen. Oft traf es sich allerdings, daß man gleich den Fuchs zum Vogt der Henne machte.

Aus der Geschichte der weiblichen Anhängselschaft

Man kann den Zusammenhang zwischen Faust und Recht bei verhältnismäßig unzivilisierten und zugleich unstabilen Völkern, die keine mächtige Zentralregierung besitzen, sich kaum stark genug vorstellen. Wo das Land, das man bewohnt, wie zur Zeit der Völkerwanderung unter weitgehender persönlicher Verantwortung des einzelnen gemeinsam erobert worden ist, wo das Recht häufig durch individuelle Waffentaten der Beteiligten vollstreckt werden muß, herrscht »Faustrecht«. Wer keine starke Faust hat, kann sich nichts aneignen, und wenn er etwas bekommen sollte, es nicht halten. Er gerät in ein Abhängigkeitsverhältnis zu den »Fäusten« und hat ihnen zu bieten, was er kann.

Je nachdem ist es bald Ausbeutungs-, bald Schutzverhältnis: die Charaktere gehen ineinander über. Der Patron regelt die Beziehungen seines Schützlings nach außen und sieht zu, daß sich die Mühe für ihn so oder so bezahlt macht. Nach diesem Muster werden zahlreiche soziale Beziehungen gebaut. Je nach sozialen Voraussetzungen galt und gilt es für die verschiedensten Verhältnisse der Männer unter sich. Meist ist es auch für das Verhältnis der Geschlechter maßgebend, wenn die Frauen keine »Fäuste« haben.

Entsprechend stand die Frau nach den germanischen Stammesrechten, auf die so manche abendländische Rechtsordnungen zurückgehen, zu ihren Nächsten unter den Männern im erwähnten Abhängigkeitsverhältnis der Munt. Sie konnte nur unter Mitwirkung ihres männlichen Muntinhabers am Handel und Wandel der Volksgenossen teilnehmen, prozessieren, erwerben und verfügen, sofern es überhaupt etwas zu erwerben und zu verfügen gab. Gehörte doch das meiste, was ihr »eigen« war, praktisch mehr oder weniger ihrem Herrn.

Ursprünglich war dies herzlich wenig, da der Boden und was in und auf ihm war, den »Fäusten«, die ihn erobert hatten, oder ihren männlichen Nachkommen zukam, und Fahrhabe, abgesehen von Vieh, spärlich war. Aber da die Männer, wenn sie keine männlichen Nachkommen hatten, sich wohl oder übel mit den weiblichen identifizierten und die Idee an Raum gewann, in Ermangelung von Söhnen, Neffen und Großneffen, Töchter noch weiter entfernten männlichen Verwandten vorgehen zu lassen, kamen diese mit der Zeit in Einzelfällen erbrechtlich zu Eigentum oder was immer für Rechte an Grund und Boden die alten Ordnungen vorsahen. In Anlehnung an diese Möglichkeit vermochte sich auch der Brauch zu entwickeln, Töchtern Liegenschaften als Mitgift zu geben. Und dieser schuf wiederum Raum für die Entwicklung eines regulären, wenn auch quotenmäßig meist geringeren Erbrechtes neben den Söhnen. Wäre man unter solchen Voraussetzungen bei einer relativen Eigentumsunfähigkeit der Frau als Ehefrau zugunsten des Ehemannes geblieben, so hätte dieser sich über seine Frau je nachdem nett bis großartig bereichern können. Ein solcher Lauf der Dinge hätte wiederum dem ursprünglichen

Muntinhaber der Frau, praktisch einem ihrer nahen männlichen Verwandten, mißfallen und dies um so mehr, wenn die Frau kinderlos sterben sollte. Man warf sein Gut nicht gerne fremdem Blut nach.

Um dieser Lage vorzubeugen, entwickelte man den weitgehenden Rechten des ehemännlichen Muntinhabers zum Trotz ein Eigentum der Ehefrau an den von ihr eingebrachten Liegenschaften. Allerdings sorgte das eheliche Güterrecht, das solches »Eigentum« der Frau wesentlich einschränkte, ausgiebig dafür, daß der Ehemann nicht zu kurz kam. Er allein war zur Nutzung und Verwaltung der ehefraulichen Liegenschaften berechtigt. Ohne seine Mitwirkung konnte die Ehefrau darüber nicht verfügen. Außerdem gingen vertretbare Sachen mit der Heirat sofort in sein Eigentum über. Die Ehefrau hatte am größten Teil ihres Vermögens bestenfalls – es kam nämlich auch vor, daß dieses an den Mann überging und ihr einzig eine Ersatzforderung blieb – nacktes Eigentum, von dem ihre männlichen Erben mehr hatten als sie selbst.

Im Laufe des Spätmittelalters änderten sich die Verhältnisse grundlegend.

Die erstarkende Staatsgewalt hatte sowohl das »Faustrecht« der Alten als auch jenes des Strauchrittertums verdrängt. Infolgedessen begann sich auch die Korrelation zwischen persönlicher Waffenfähigkeit und -pflicht einerseits und der Fähigkeit zu Rechten an Grund und Boden, zum Rechtsverkehr und -streit anderseits bedeutend zu lockern. In gleicher Richtung wirkte sich die ebenfalls durch das Erstarken der Staatsgewalt geförderte Geldwirtschaft aus. Die Städte vergrößerten sich. Einzelne wurden sogar von Staats wegen, das heißt praktisch von Fürsten, gegründet. Zahlreiche Leute konnten sich nun von der Selbstversorgung und damit auch von der verbreitetsten Form der Familien-Produktionsgemeinschaft lossagen. Sie hatten bessere Gelegenheit, Facharbeit zu verrichten oder Handel zu treiben und so unabhängig von Rechten an Grund und Boden, allein auf ihre Arbeitskraft gestützt, eine Existenz aufzubauen. Auf diese Weise war es Töchtern und Söhnen, wie schon im Zusammenhang mit den Voraussetzungen des Matriarchats beziehungsweise Patriarchats erörtert, ein leichtes, mit der väterlichen Scholle zugleich den familienrechtlichen Unterordnungsverhältnissen den Rücken zu kehren. Auch in diesem Sinne hatte das Rechtssprichwort: Stadtluft macht frei, Geltung. Stadtluft emanzipierte von den verschiedenen Machtverhältnissen, die auf den ursprünglichen Zusammenhang zwischen Waffenführung und dem Recht an Grund und Boden zurückgingen. Als Glied eines städtischen Gemeinwesens mit ausgebauter Zentralgewalt konnte der einzelne beim Erwerben und Wahren seiner Existenzgrundlage vollständig auf den Gebrauch der »Faust« verzichten. Der Zusammenhang zwischen physischer Kraft und Rechtsstellung wurde gelockert.

Auf diese Weise verlor auch die Munt über die Frauen an Boden. Die schwächere weibliche Faust war jetzt nicht mehr notwendigerweise ein Nachteil von rechtlicher Bedeutung. Was die Frauen gehindert hatte, gleichberechtigt zu sein und sich im Rechtsverkehr und Rechtsstreit selbständig zu bewegen, war weggefallen.

Der Zug der Entwicklung war unmißverständlich. Die Herrschaftsrechte über die Frauen und ihr Vermögen, die Munt, zerbröckelten. Das amüsierte ganz und gar nicht. Man beeilte sich, der neuen Entwicklung zu steuern. Im Zuge der Rezeption des römischen Rechtes durchstöberte man dasselbe eifrig nach alten-neuen Gründen, um die Frauen unterm Daumen zu halten.

Man fand nicht viel Einschlägiges. Es sei denn den Velleianischen Senatsbeschluß, der ursprünglich die Frauen lediglich für unfähig erklärte, sich zugunsten des Ehemannes zu verpflichten. Begründung: Ihre Liebe könnte von ihm ausgenutzt werden. Später wurde diese Beschränkung allgemein auf Verpflichtungen der Ehefrau zugunsten Dritter ausgedehnt. (Ob man neuerdings voraussetzte, sie liebe alle Welt?) Ferner war da noch die Handlungsfähigkeit der Unmündigen. Aber dies wenige genügte. Man argumentierte nämlich so: Wenn die Frauen vor mehr als tausend Jahren einmal für unfähig erklärt worden waren, sich zugunsten des Ehemannes beziehungsweise Dritter zu verpflichten, so doch wohl, weil sie der Erfahrung, der Urteilsfähigkeit ermangelten. (Von der Liebe, welche die alten Römer erwähnt hatten, war diesmal nicht die Rede.) Fehlte es ihnen aber an Urteilsfähigkeit, so waren sie durch die Möglichkeit, sich selbst zu verpflichten, gefährdet. Mit anderen Worten: Die Frauen waren außerstande, ihre Angelegenheiten selbständig zu besorgen. Folglich galt es, die schwachen Frauen (eine imaginäre Schwäche des Kopfes übernahm die Bedeutung der realen der schwachen Faust), alle Frauen wie Unmündige vor den eigenen Handlungen zu beschützen. Vormundschaft schien da not zu tun, eine besondere Geschlechtsvormundschaft. Und ehe sich's die Frauen versahen, hatte man ihnen ausgangs Mittelalter anstelle der alten, bereits brüchigen Fesseln der germanischen Munt die neuen, bedeutend engeren einer deutsch-römischen Geschlechtsvormundschaft angelegt.

Dieses, von einigen Juristen mittels tendenziösen Aufbauschens römischrechtlicher Vorschriften aus dem Boden gestampfte Institut erfuhr je nach Land und Zeit verschiedene Ausgestaltung. Manchenorts blieb es bis ins 19. Jahrhundert kleben. Wo die Geschlechtsvormundschaft besonders verbreitet war, wie etwa in der Schweiz (Zürich, Bern, Luzern, Fribourg, St. Gallen, Basel, Lugano, Waadt, Graubünden, Appenzell) und Deutschland, standen die Frauen samt und sonders unter Vormundschaft. Wo kein Ehemann oder Vater vorhanden war, um als Vormund zu funktionieren, bestellte man einen Vogt. Dieser Vogt redete in alles und jedes hinein und forderte mitunter sogar Rechenschaft über die persönliche Lebensführung.

Wenn die Geschlechtsvormundschaft auch nicht überall auf die Spitze getrieben wurde, so stärkte sie doch die Vormachtstellung der Männer auf der ganzen Linie. Nur auf Grund dieser rechtlichen Unfähigkeit der Frauen, ihre Angelegenheiten zu besorgen, und der daraus hervorgehenden

Abhängigkeit konnte die formelle Herrschaft des Ehemannes, insbesondere in Gestalt seiner altertümlichen güterrechtlichen Privilegien, sich noch Jahrhunderte nach dem Wegfall ihrer soziologischen Voraussetzungen halten. In manchen Familienrechten besteht sie sogar noch heute – wenn auch modifiziert. Der Trick, auf den die Männer eines ganzen Rechtskreises offensichtlich aus dem Verlangen verfallen waren, das Frauengut zu genießen, um so mehr, als sie sich für dessen Verwaltung kaum mehr mit dem Schwert zu umgürten brauchten, war gelungen. Das Hirngespinst einer geistigen und charakterlichen Schwäche der Frau hatte verfangen. Denn besonders rührend schwach war den Männern die weibliche Hand am Portemonnaie erschienen. Und um die Schwache zu hindern, in einem schwachen Augenblick über ihr Geld und Gut nach Maßgabe ihres schwachen Frauenverstandes zu verfügen, hatte man es für geboten gehalten, wo nicht die ganze Frau, was ja in vereinzelten Kulturen vorkommt, so doch ihr Vermögen in Schutzhaft zu nehmen.

Was nun die gegenwärtige Herrschaft des Ehemannes betrifft, so sind Worte wie »gehorchen« und »befehlen« in modernen Gesetzgebungen zwar fein säuberlich vermieden. Statt dessen läßt man im Schweizerischen Zivilgesetzbuch – offenbar in den Fußstapfen des Apostels Paulus marschierend – ein »Haupt« auftauchen, das der Ehemann in der ehelichen Gemeinschaft darstellen soll. Dafür darf die Frau laut manchen erbaulichen Schriften über den Ehestand sich als Herz – es hat bekanntlich meist zu schweigen – des heraufbeschworenen Familienungetüms präsentieren. Die rechtliche Tragweite dieser Hierarchie in den verschiedenen Belangen ist bereits erörtert worden. Wie gesagt besteht sie vor allem aus Vorrechten im ehelichen Güterrecht, in der Kindererziehung sowie in der Maßgeblichkeit des Ehemannes für Namen, Bürgerort, Domizil und Berufsausübung der Ehefrau.

Im übrigen wird die Herrschaft des Ehemannes in der einzelnen Ehe à discrétion ausgeübt, doch werden die Winke des Gesetzes beherzigt. Die vor Zeiten manchenorts anerkannte Züchtigungsbefugnis gegenüber der Frau ist wahrscheinlich praktisch nicht ganz verschwunden. Und es gibt noch Milieus, wo man genau weiß, wer wem zu gehorchen hat. Die Frauen brummen zwar, halten sich aber an Anordnungen ihrer Herren und Meister. Wahrhaftig, es kommt vor, daß rauhbautzige Frauen, neben welchen die legendären »dames des halles« Elfen sein mögen, einen vom Ehemann verhängten Hausarrest einhalten. Auch entspricht der eherechtlichen Herrschaft des Mannes eine wohl da und dort noch leise mottende, dumpfe Vorstellung, der »Eheherr« könnte seine Frau gewissermaßen verkaufen. Im 19. Jahrhundert gab es Schriften, die Listen solcher Verkaufsversuche enthielten. Inwieweit Ehemänner, die ihre Frauen derart an den Mann zu bringen suchten, ihr Geschäft gutgläubig abschlossen, sei dahingestellt. Aber wie dem auch sei, das Umgekehrte jedenfalls ist unerhört: von verkauften Ehemännern hat man nie gehört und nie gelesen. Dagegen hat noch um die Jahrhundertwende ein schweizerischer Staatsbürger in einem nicht allzu entlegenen Bergtal seine Ehefrau auf Grund eines schriftlichen Vertrages verkauft und mit dem Erlös als Reisegeld das Weite gesucht. Der Registerhalter, dem der Handel gemeldet wurde, fand daran offenbar auch nichts Besonderes, jedenfalls vermerkte er ihn kraft seines Amtes im Grundbuch.

Begleitmusik zur Anhängselschaft

Bei dieser konstruierten Unterdrückung der Frauen im Privatrecht war es den Männern offenbar so unbehaglich zumute, daß sie den Glauben an die weibliche Minderwertigkeit und die eigene Überlegenheit immer aufs neue aufpulvern mußten. Dafür zeugt seit Erfindung der Druckerpresse eine eigentümlich frauenfeindliche, die Unterdrückung rationalisierende Literatur, deren Autoren sich und den Lesern vorsagten, wie dumm, bös und verworfen die Frauen, wie gescheit, gut und edel die Männer seien und daß daher das niedere weibliche Wesen dem höheren männlichen blinden Gehorsam schulde. Hierzu konnten sie sich, wie bereits erläutert, auf antike Philosophen und ganz besonders auf Eckpfeiler der christlichen Lehre stützen.

Im 16. und 17. Jahrhundert schlugen diese Traktate derbe Töne an, die im 19. in ein feinsinniges Gesäusel übergingen. Mit der Revolution hörte die Katzenmusik nämlich nicht auf, sondern erhielt durch die einsetzende Frauenbewegung und ihre teilweisen Erfolge neuen Auftrieb. Das feinsinnige Gesäusel hielt durch, um im 20. Jahrhundert im Blubo-Jargon gehobener Art und einem populären pseudopsychoanalytischen Stil zwei neue Formen zu finden.

Die jahrhundertelang wiederholte Mahnung, dem Ehemann zu gehorchen, ist nicht verschwunden, sondern hat nur den Habitus gewechselt. Jetzt redet man nicht mehr vom Gehorsam gegenüber dem Manne, dafür erschallt der Ruf »Zurück ins Haus« zur »ureigenen Bestimmung«, oder man deutet, mit vagem Hinweis auf die Hormone einen enormen, das ganze Wesen durchsetzenden Geschlechtsunterschied an, der sich vor allem im Kopf befinden soll und die Frauen geistig, seelisch, sexuell und gesundheitlich in die Patsche bringt, wenn sie versuchten, es mit Leistungen den Männern gleichzutun, anstatt auf dem ihnen »von der Natur angewiesenen Platz« zu bleiben. Man baut darauf, daß sich bei solcher Abhängigkeit vom Ehemann, von den Männern überhaupt, Gehorsam ganz von selbst ergibt.

Die Elaborate aus den letzten fünfzig Jahren sind unter dem Gesichtswinkel der Rationalisierung weiblicher Anhängselschaft weniger interessant als die älteren. Denn sie richten sich an einen Gegner, der inzwischen die Offensive ergriffen hat, und nehmen hauptsächlich das Streben nach beruflicher und politischer Gleichberechtigung aufs Korn. Dementsprechend ist von ihnen auch in anderen Zusammenhängen die Rede gewesen und wird es noch mehr sein. Im Gegensatz zur moderneren antifeministischen Propaganda finden die Schriften der Zeit vor der Revolution in Ermangelung einer feministischen Literatur und Agitation auf breiter Basis ihren Sinn allein in der Motivierung einer erfolgreichen Unterdrückung der Frauen. Trotzdem dazumal kein weibliches Kollektiv Gleichwertigkeit der Geschlechter behauptete und Gleichberechtigung verlangte, sind sie animose und krampfhafte Verteidigungen männlicher Überlegenheit. Offensichtlich galt es, schon die leiseste Ahnung der moralischen und intellektuellen Gleichwertigkeit der Geschlechter zu ersticken.

Und nun einige Kostproben für jene, die meinen, die Verachtung und Unterdrückung der Frauen bestehe nur in den Köpfen der Frauenrechtlerinnen.

1557 schreibt ein Niklaus Schmidt »von den zehen Teufeln oder Lastern, womit die bösen unartigen Weiber besessen sind, auch von 10 Tugenden, damit die frommen und vernünftigen Weiber geziert und begabet«[59]. Als solches Laster erscheint gleich an erster Stelle, unmittelbar nach Gottlosigkeit und Stolz, »Ungehorsam gegen den Mann«, der diesbezüglich in einem Atemzuge mit Gott genannt wird.

»*Was das böse, ungehorsame Weib tut:*
Dieweil sie ungehorsam gegen Gott nicht acht,
Beweist sie's gegen ihren Mann mit Macht,
Sie meint, der Mann muß sich schmiegen,
Seinen Willen nach dem ihren biegen,
Und läßt sich dazu nicht regieren.
Man tue sie denn mit Knütteln schmieren.
...
Tut sich mit Macht dawider sperren,
Will weder von Gott noch vom Manne lehren!

Und was das fromme, vernünftige, gehorsame Weib tut:
Dass sie sich helt gehorsam
In allen Dingen gegen ihren Mann,
Lasst sich denselbigen regieren,
Setzt seinen Willen für den ihren.
...
So richtet sie sich in ganzer Still,
Nach Gotteswort und Mannes Will,
Tut sich mit Willen vor ihm bucken,
Kein Ungehorsam gegen jm zucken!«

Und nach Fischart bleibt man als Ehemann mit dem Hausmittel der Grobheit obenauf:

»Man sagt:
Man hab nie keyn stum Frau gefunden,
Wie nie keyn stummen untern Hunden,
Und man schlag sie drumb auf die schaid,
Da ein jr schwerd nicht thu zu leyd.«

Seit an der Synode von Macon im 6. Jahrhundert die Behauptung aufgeworfen wurde, daß die Frau kein Mensch sei – »mulierem hominem vocitari non posse« –, kommen die Geister über diesen Punkt nicht mehr zur Ruhe und trieben es vor allem im 16. und 17. Jahrhundert kunterbunt. Die Tatsache der jahrhundertelangen Beliebtheit dieser Frage, die ja allen Ernstes, wenn auch in »wissenschaftlichen« Euphemismen, noch im 20. Jahrhundert gestellt wurde, scheint übrigens die offizielle katholische Auffassung der Gegenwart, Pseudohistoriker hätten durch unrichtige Übersetzung des Wortes Homo mit Mensch anstatt mit Mann den Satz verdreht, zu entkräften. Jedenfalls wurden im Laufe der Jahrhunderte zahlreiche Traktätlein veröffentlicht, in denen die Menscheneigenschaft der Frau unmißverständlich bezweifelt wurde.

1617 publizierte ein »besonderer Liebhaber der Lieb und Bescheidenheit« – er bleibt anonym – sogar eine Art Anthologie[60] »belangend die Frage, ob die Weiber Menschen seyn oder nicht«, wobei die Argumente »meistenteils aus der heiligen Schrift, das übrige aus anderen Skribenten« in Form einer Diskussion zwischen einem Weiberfeind, Benediktiner-Ordens, und einem Weiberfreund, Emeritus Jesuita, zusammengestellt wurde.

Man erfährt, daß das Argument, die Frauen hätten Vernunft, nicht stichhaltig sei, um deren Menschlichkeit zu beweisen, da Engel und Teufel trotz ihrer Vernunft auch keine Menschen sind. Auch die Fähigkeit zu sprechen habe nichts zu bedeuten, denn Bileams Eselin hat im 4. Buch Moses, 22. Kap., auch gesprochen. Klugheit könne ebensowenig Beweis sein, da auch Tiere denken. Siehe: Seid klug wie die Schlangen ... Überdies ergebe sich die Tiereigenschaft der Frauen aus der Welterschaffung Gottes: »Gott spricht zu Adam: du sollst herrschen über die Vögel in der Luft, über die Fisch des Meeres und über all Thier auf Erden, darum ist auch das Weib dem Mann als eine Bestia untergeben und der muß wohl nicht recht bey Sinnen sein, der ein Weib wolt einen Menschen heissen.« Er bleibt allen Rückschlüssen auf die Menscheneigenschaft seiner Mutter unzugänglich: »Wenn sie sich so vermessen, einem unter die Augen zu sagen, was ist deine Mutter, ein Schwein oder ein Hund gewesen, so gibt man jenen darauf zur Antwort: meine Mutter ist ein Weib gewesen und nichts weiteres. Jedoch wenn ein Weib eine Tochter gebiert, so hat sie ihresgleichen ein Monstrum geboren. Geburt eines Sohnes heißt nur, daß Weiber etwa auch Menschen gebären, die nicht ihresgleichen sind. Denn aus Rosskot werden Käfer, aus Schweiss Läuse und aus Staub Flöhe geboren ...« Aus der bemitleidenswerten Mutter des Sprechenden, die wie erwähnt als Weib »dem Mann als eine Bestie untergeben« sein soll, ist als Tochter seiner Großmutter wahrhaftig noch ein Monstrum geworden. Zu guter Letzt kommt auch »die Natur« zu ihrem populären Wörtchen: »Philosophischerweis ist bewußt, daß der Mensch eine reine Natur hab. Das Weib aber ist vergiftet, die Erfahrung befind sich in ihrem Monatsfluß, wie schädlich derselbe sey.«

Später, im 18. Jahrhundert, soll die Frau vor allen Dingen nicht so gescheit wie der Mann erscheinen wollen, darf es nicht sein und ist es schließlich auch nicht, da Gott es anders eingerichtet habe. Eine Wahnidee, die bereits bei der Darstellung der Bekämpfung der Frau im Berufsleben beleuchtet worden ist.

1777 gibt jener Andreas Meyer, der den Frauen das Lachen verbot, Ratschläge auf die Frage: »Wie soll ein Frauenzimmer sich würdig bilden?« »Suchen sie nie das Wort, wie man es nennt, in Gesellschaft zu führen, und sich durch viele leicht am unrechten Ort angebrachten Gespräche einen wichtigen Wert zu geben …« »Suchen sie aber auch nicht, sich durch ihren Verstand groß zu machen und sich deswegen einen Vorsprung beizumessen.«[61]

1789 veröffentlicht ein Samuel Baur[62] eine »Charakteristik des Frauenzimmers, für Jünglinge und Mädchen, die das Glück ihres Lebens fest gründen wollen«. Darin meint er: »… Der Mann muß um das Vergnügen, das ihm die Wissenschaften gewähren, sich mit diesen beschäftigen, lesen oder schreiben ohne Rücksicht auf das Urteil der Welt. Das Weib darf das nicht, Selbständigkeit ist nicht ihre Bestimmung, sondern Anhänglichkeit vom Manne. Sie muß lesen, um durch einen gebildeten Verstand ihren Mann besser zu unterhalten, besser zu verstehen, mehr Abwechslung in die häuslichen Freuden zu bringen. Freilich muß sie lesen, um davon sprechen zu können, nicht aber um mit schnatternder Auskramung ihrer Gelehrsamkeit ihre Freundinnen und die Männer zu verdunkeln.« Eigentlich meint man letzteres allein. »Die Männer zu verdunkeln« wird wohl als jene Frechheit betrachtet, von welcher der Autor sagt: »Bescheidenheit bei den Frauenzimmern ist eine Ankündigung der übrigen Tugenden, Frechheit scheint jedes Laster vorauszusetzen.«

Und in einer 1757 aus dem Englischen übersetzten französischen Schrift, »Avis d'un père à sa fille«, erläutert Lord Halifax[63] den Töchtern: »Vous devez d'abord poser pour fondement général qu'il y a une inégalité certaine entre les deux sexes, que pour la meilleure économie de l'univers les hommes que Dieu a établi pour être les législateurs ont eu en partage plus de raison que les femmes.« Warum auch im Namen der Ökonomie des Universums reden, wenn man diejenige der eigenen Herrschaft meint? Offenbar weil die Illusion, die Untertanen seien dümmer als man selbst, die Herrschaft komfortabler macht.

Das mannigfaltige, unprovozierte »Vernütigen«, das Verleugnen des Persönlichkeitswertes der Frauen durch die Jahrhunderte – bald mit der Bibel in der Hand, bald im Namen des guten Tones – war wirksame Propaganda der Männerherrschaft. Sie gab der privatrechtlichen Zurücksetzung der Frauen ein eisernes Gerüst. Und diese schleppten ihre mißliche rechtliche Stellung, die Knebelung ihrer Persönlichkeit, als naturgemäßes Joch, als »Frauenlos«, durch die Zeiten.

Überall und innerhalb jedes Standes waren die Männer den Frauen rechtlich mehr oder weniger über, was für Ausnahmen es immer auch –

nicht zuletzt in Frankreich – geben mochte. Infolge dieser durchgehenden grundsätzlichen Zweitrangigkeit waren die Frauen eine besondere Sorte Mensch, gewissermaßen Schatten. Trotz der Umschichtung der Herrschaftsverhältnisse durch die Revolution konnte daher der Gedanke, auch dieses aufzulösen, nicht Fuß fassen. Als ein Herrschaftsverhältnis, welches innerhalb jedes Standes Geltung hatte, blieb es über alle Zweifel erhaben. Es galt um so selbstverständlicher, als die Frauen im allgemeinen selbst nicht merkten, was es geschlagen hatte. Vorläufig nicht. Übrigens glichen sie darin zahlreichen männlichen Untertanen, welche auch nicht witterten, daß sie nun zum Zuge gekommen waren, und die Machthaber mit Leib und Leben verteidigten. Im Gegensatz zu diesen warf man ihnen aber keine unverlangten Rechte nach.

Wie das Verhältnis zwischen Recht und Gewalt und die Art der Machtmittel die Stellung der Frau bedingen

Ein frischer Wind rüttelt an alten Tatsachen, die den Frauen zum Nachteil gereichen

Zwei Wendungen

Im Laufe des 19. Jahrhunderts drang ein Schimmer der neuen »Gleichberechtigung« bis zu den Frauen durch. Allmählich erwachten sie und begannen den Umschwung der Dinge und ihre neuen Chancen zu erfassen.

Das Recht des Stärkeren beziehungsweise des Stärksten war sicher auch im letzten anderthalb Jahrtausend mehr oder weniger das staatsbildende Prinzip gewesen. Die Legitimation, Träger von Staatsgewalt zu sein, ging letztlich auf Usurpation durch den oder die Stärksten zurück; mochte es im einzelnen bei Übernahme und Ausübung von Staatsgewalt noch so ordentlich und rechtlich zugehen, ihre Wurzel war rohe Gewalt.

Im wesentlichen war der Charakter der staatsrechtlichen Verhältnisse nicht das Werk von Überlegung, etwa jener, wie man es anstelle, um das Leben der einzelnen so glücklich, so würdig, so interessant wie möglich zu machen. Nein, er hatte sich ergeben, war »gewachsen«. Ethos und Vorstellungen irrationaler Natur mochten sich im Gesicht der staatsrechtlichen Verhältnisse ausgewirkt haben, geprägt jedoch wurde es durch den Trieb zur möglichst schrankenlosen Selbstbehauptung. Also nicht durch die Aktivität des Menschen als geistiges, sondern als triebgebundenes Wesen.

Dieser Erscheinung steht auch nicht diejenige rechtlicher Regelungen aller Art entgegen. Zum großen Teil sind diese nur formale Fixierungen tatsächlicher Verhältnisse mit dem Zweck, sie zu konservieren; zum kleinen Teil Flickwerk, von Liebe, Haß, Gerechtigkeitssinn und Mystizismus eingegeben. Und schließlich sind sie mitunter leere Worte. Das gilt besonders für zwischenstaatliche Abkommen, aber auch für vieldeutige Grundgesetze und durch die Verhältnisse überholte Spezialgesetze.

Die Französische Revolution mit ihrem Leitgedanken: Liberté, Egalité, Fraternité, mochte wie manch andere Umwälzung für zahlreiche Anhänger lediglich einen neuen Vorwand zur Selbstbehauptung bedeuten. Das ändert aber nichts daran, daß sie von Unzähligen als grundlegender Bruch mit der staatsrechtlichen Ausgestaltung des Rechts des Stärkeren unterstützt wurde. Unzähligen war sie eine geistige Fundierung des Staatslebens im Gegensatz zur triebmäßigen. Das war neu. Natürlich nicht absolut neu. Denn was es in jenem Sinne in grauer Vorzeit, auf fernen Inseln oder in kleinerem Rahmen auch bei uns schon gegeben haben mochte, wissen die Götter. Aber neu für die westliche Entwicklung seit dem Einfall der Barbaren war es, daß die herrschende Schicht da und dort weitgehend bereit war, das Leben innerhalb der Rechtsgemeinschaft nach einem rechtlichen, staatsrechtlichen Ideal umkrempeln zu lassen. Ideologisch unterhöhlte sie ihre eigenen Vorrechte. Tatsächlich vollzogen natürlich jene Leute die Umwälzung in Richtung Demokratie, denen sie opportun war. Das ändert aber nichts daran, daß sie nur möglich war, weil viele jener, die dabei nur verloren, damit einverstanden waren. Einverstanden waren sie, weil sie die Auffassung hatten, grundsätzliche Gleichberechtigung eines jeden und folglich auch prinzipiell gleich starke Teilnahme an der Staatsgewalt sei das richtige. Deshalb unterscheiden sich auch die Demokratien, die im Gedankengut der Französischen Revolution ihren Ursprung haben, fundamental von den – spärlich gewordenen – alten, »gewachsenen«, wie sie etwa in einigen der alten, kleinen Stände anzutreffen sind.

Hatte man aber einmal die Legitimation, Träger von Staatsgewalt zu sein, von ihrer historischen Wurzel, dem Recht des Stärksten, abgeschnitten und sie in der Menscheneigenschaft verankert, so war der Ausschluß der Frau von der Staatsgewalt nicht mehr »natürlich« und auch unlogisch.

Selbstverständlich war diese Konsequenz viel zu neu, um sich unverzüglich durchzusetzen. Und da die Französische Revolution mit ihren bis in ferne Staaten gehenden Wellen auch von Leuten getragen war, für die Egalité vor allem hieß, daß sie selber nicht weniger Recht als andere haben sollten, aber kaum, niemand sollte weniger als sie haben, so machte man denn bei der Demokratisierung vor den Frauen halt. Nichtsdestoweniger schwelte die politische Gleichberechtigung der Frauen als logische und ethische Forderung.

Es ist schwer zu sagen, ob sie je erfüllt worden wäre, wenn ihre Erfüllung nicht allenthalben paradoxe Förderung erfahren hätte. Denn während der Gedanke, die Angehörigen des schwachen Geschlechtes seien so gut wie jene des starken berufen, an der Staatsgewalt teilzunehmen, weil dies jedem zu gestatten ist, erst in wenigen kühnen Köpfen wohnte, nahm wahrhaftig der große Unterschied in der Kraft der Geschlechter ab. Diese Entwicklung nahm der alten Auffassung, die Berufung zur Staatsgewalt gehe auf das Recht des Stärkeren und Stärksten zurück, soweit sie noch bestand und gegen die Gleichberechtigung der Frauen ausgespielt werden konnte, den Wind aus den Segeln. Sie ergab sich aus dem Aufschwung der Naturwissenschaften und damit der Technik, indem sie die praktische Anwendung von Gewalt immer unabhängiger von Muskelkraft und immer mehr zur Sache der überlegenen Waffe machte.

Diese Voraussetzung der Frauenemanzipation wird gerne übersehen. Wahrscheinlich jedoch hat sie bei den Parlamentsentscheiden zugunsten der politischen Gleichberechtigung der Frauen, wenn auch unbewußt, mindestens so stark wie die Appelle an Gerechtigkeit und Logik gewirkt. Und heute, da man sich mit der praktischen Folge dieser weitgehenden Nivellierung der Stärke der Geschlechter auseinandersetzt, mit dem weiblichen Militärdienst in dieser oder jener Form, rückt sie in den Vordergrund. Manch einer, der kaltblütig den Denkfehler macht, die Frauen von der Demokratie auszunehmen, findet unter der Voraussetzung weiblichen Militärdienstes die politische Gleichberechtigung der Frauen »gerecht«. In Wirklichkeit beugt er sich dem Prinzip des Rechts des Stärkeren, das heißt, billigt hier dem inzwischen mehr oder weniger gleich stark Gewordenen zu, was er ihm geben muß.

Nunmehr besitzen die Frauen für ihre Forderung der politischen Gleichberechtigung eine Zwickmühle. Sie bedeutet zweierlei. Einmal, daß nach demokratischer Betrachtungsweise für die Berufung zur Staatsgewalt kein Recht des Stärkeren gilt und folglich Stärke oder Schwäche eines Geschlechts keine Rolle spielt. Ferner, daß wer bewußt oder unbewußt die Demokratie ablehnt, nun die Berufung zur Staatsgewalt grundsätzlich auch den Frauen zugestehen muß, weil die Frauen dank der Überholung der Körperkraft durch spielend zu handhabende schwere Waffen inzwischen mehr oder weniger gleich stark geworden sind. Diese Zwickmühle bedeutet, daß sowohl die Logik der Demokratie als auch jene der rohen Gewalt für Gleichberechtigung der Frauen sprechen. So oder so sind die Frauen staatsrechtlich nicht mehr »hors du concours«. Sind sie in gleichem Maße wie die Männer an Rechtsetzung, Rechtsprechung und Exekutive beteiligt, so ist es nicht mehr »Frauenlos«, sozial im Schlepptau der Männer zu fahren. Öffentlich-rechtlich gleichberechtigt, können sie auch ihre mannigfaltige privatrechtliche und usancenmäßige Zurücksetzung beseitigen.

Diese praktische Zwickmühle ist alles andere als selbstverständlich. Selbstverständlich war in unserem Kulturkreis während langer Zeit das Gegenteil: das Recht des Stärkeren und die Unabdingbarkeit der staatsrechtlichen Auswirkung der Schwäche des schwachen Geschlechtes. Um zu zeigen, wie an diesen alten Tatsachen gerüttelt werden konnte, ist es notwendig, sie und ihre Wandlungen eingehender zu betrachten.

Vorerst jedoch ist die Voraussetzung dieses Exkurses ins Auge zu fassen.

Die Schwäche des schwachen Geschlechts

Die Schwäche besteht eigentlich aus zwei Schwächen, deren eine zweierlei Formen hat. Erst das Zusammenwirken beider Schwächen läßt ein Volk, vor jeder anderen Unterteilung, in ein schwaches und ein starkes Geschlecht, in ein schwaches und ein starkes Kollektiv, auseinanderfallen.

Da sind die durchschnittlich geringere Muskelkraft und Körpergröße der Frauen. Sie allein hätten nicht genügt, um die Frauen sozial zu Angehörigen eines schwächeren Kollektives zu machen. Denn starke und große

Frauen sind stärker und größer als schwache und kleine Männer. Es handelt sich hier nicht um einen absoluten Unterschied zwischen den Geschlechtern, sondern bloß um einen relativen, der zudem sogar als solcher nicht über alle Zweifel erhaben ist. Sollen doch bei einzelnen Völkern die Frauen durchschnittlich größer und stärker als die Männer sein oder gewesen sein. Ferner wird die Theorie vertreten – zum Beispiel von Mathilde Vaerting –, daß der Standard der Muskelkraft und Körpergröße soziologisch bedingt sein könne. Beides werde durch Generationen währende Zugehörigkeit zur herrschenden Schicht gefördert, durch Zugehörigkeit zur Untertanenschaft herabgesetzt.

Diese Ansicht ist im Grunde nicht so abwegig, wie sie auf den ersten Blick vielleicht scheint. Man bedenke, wie veränderlich die Muskelkraft bei jedem Menschen ist und wie die durchschnittliche Körpergröße innert weniger als hundert Jahren emporschnellen kann. Wer es nicht glaubt, versuche einmal, sich in die antiken Bettchen der Museen zu legen. Er wird sich wie Schneewittchen bei den sieben Zwergen vorkommen.

Was der im Durchschnitt geringeren Körpergröße und Muskelkraft der Frauen erst jene soziale Tragweite zu ihren Ungunsten gibt, ist das Zusammentreffen mit gelegentlicher Unabkömmlichkeit infolge ihrer Fortpflanzungsfunktion. Diese bedeutet ein grundsätzlich alle Frauen charakterisierendes Handikap, das in Verbindung mit der geringeren durchschnittlichen Körpergröße und Muskelkraft des weiblichen Geschlechtes es nun zu einem machtpolitisch benachteiligten Kollektiv macht.

Unabkömmlichkeit wie geringere Muskelkraft allein benachteiligten die Angehörigen des weiblichen Geschlechtes allerdings kaum, wenn sich die Fortpflanzung auf das für die Reproduktion unerläßliche Maß beschränkte und diese nicht einen Verschleiß an Menschenleben erforderte. In manchen Epochen scheint es jedoch die Regel gewesen zu sein. Damit zwei ihrer Kinder das geschlechtsreife Alter erreichten, mußte die Mutter oft ein halbes oder ganzes Dutzend in die Welt stellen. Das ist, zum mindesten in den Ländern der westlichen Zivilisation, anders geworden. Eine mit der Geburt von zwei Kindern verbundene Unabkömmlichkeit der Frau zählt bei ihrer heutigen Langlebigkeit machtpolitisch kaum, selbst wenn man mit einer großzügig bemessenen Unabkömmlichkeit pro Geburt rechnet.

Das Verhältnis zwischen Recht und Gewalt

Wie Recht und Gewalt zusammenhängen, zeigt das Bild der Justitia mit Schwert und Waage. Das Schwert setzt das Recht in Kraft, die Waage mißt das Recht zu. Ohne Waage wäre die Justitia willkürliche Gewalt, ohne Schwert eine Jus-Studentin, die eine Seminararbeit macht.

Pascal sagt über Justitia und ihre Werkzeuge:

»Il est juste que ce qui est juste soit suivi: il est nécessaire que ce qui est le plus fort soit suivi. La justice sans la force est impuissante. La puissance sans la justice est tyrannique. La justice sans la force est contredite, parce qu'il y a toujours de méchants: la force sans la justice est accusée, il faut donc mettre ensemble la justice et la force et pour cela faire que ce qui est juste soit fort, et que ce qui est fort soit juste.

La justice est sujette à disputes: la force est très reconnaissable et sans dispute. Ne pouvant faire que ce qui est juste fût fort, on a fait que ce qui est fort fût juste.«[64]

Praktisch bedeutet dies: Ohne Gewalt, das heißt ohne Erzwingbarkeit, ist Recht illusorisch. Kein Recht gilt, ist wirklich »in Kraft«, ohne Gewalt, die es garantiert. Die Gewalt gehört zum Recht. Umgekehrt gehört das Recht auch zur Gewalt. Es folgt ihr auf dem Fuß, weil die höchste Gewalt automatisch »recht behält«, mag solches »Recht« von den Betroffenen auch als Unrecht empfunden werden. Denn nur die Gewalt kann zwingend sagen, was überhaupt Rechtens ist. Rechtens ist, was dem Träger der höchsten Gewalt gerade recht ist.

Doch kann das Recht der höchsten Gewalt den Charakter der willkürlichen Meinung eines einzelnen oder einer kleinen Gruppe auf die Länge nicht uneingeschränkt bewahren.

Die dazu nötige Machtkonzentration kann sich gegen den Willen von unzufriedenen und gleichzeitig zu allem entschlossenen Menschen in einem so zerbrechlichen Gefäß, wie es ein einziger oder wenige menschliche Körper darstellen, kaum halten. Deshalb ist auch der stärkste menschliche Machthaber potentiell immer schwach. Wo immer Macht sich in wenigen Einzelpersonen konzentriert, bemühen sich die Machthaber daher, das, was ihnen »recht ist«, als das einzig Richtige für alle darzustellen. Und, wenn die Stärke jener, die anderer Meinung sind, bedrohlich wird, so beeilen sie sich, Kompromisse zu schließen, damit es nicht infolge eines Attentates auf das Gefäß der Macht mit der Herrlichkeit bald vorbei ist.

Ferner steht der Konzentration einer Riesenmacht in wenigen Personen die Tatsache entgegen, daß sie dort unpraktisch ist, wo vieles gemacht, wo die Macht organisiert werden muß, also bei großen und zivilisatorisch hochentwickelten Völkern. Notwendigerweise ist eine Unmenge Macht zu delegieren, auch wenn die oberste Leitung grundsätzlich in einer einzigen Hand bleibt. In den ursprünglichen, ziemlich unmittelbaren Demokratien vollends, wo der Machthaber aus einer mehr oder weniger großen Kollektivität und deren Organisation besteht, geht der mit Mehrheitsentscheid funktionierenden obersten Gewalt auch der Schatten eines einheitlichen Willens ab. Um so selbständiger sind die Organe bei der Ausübung von Staatsgewalt.

Solche opportunistisch und organisatorisch bedingte Abstufung und Verzettelung der Gewalt macht die Antwort auf die Frage nach den stärksten Personen schwierig und kompliziert. Das ändert aber nichts an der Tatsache, daß sich das Recht nach wie vor auf die Herrschaft des oder der

Stärksten stützt. Dabei kann es sich um die erwiesenermaßen Stärksten handeln oder um solche, die als die Stärksten anerkannt werden, weil sie ursprünglich von einem Machthaber als Nachfolger bestimmt worden sind.

Dem Chaos des Machtkampfes steuert nämlich immer wieder die Idee der Legitimität, weil er so unwirtschaftlich ist, daß man »ein für allemal einen Punkt setzen muß«. Doch steht die Legitimität ständig unter der Drohung, in einem neuentfachten Machtkampf unterzugehen. Denn sobald ein tatsächlich Starker stärker als der formell Stärkste zu sein glaubt, will er sich an dessen Platz stellen. Demokratien ursprünglicher Natur sind natürlich weniger dynamisch, aber auch bei ihnen kann die Kraft von Organen dem »Stärksten«, dem Volk in seiner Gesamtheit, über den Kopf wachsen.

Die Herrschaft des Stärksten ist natürlich, selbstverständlich. Sie ist das Ergebnis der aus dem Selbsterhaltungsinstinkt hervorgehenden rivalisierenden Machttriebe der Menschen. Da aber die Eigenart der Menschen zum Teil gerade darin besteht, zu versuchen, über die Natur außerhalb und in sich Meister zu werden, so hört bisweilen auch die Herrschaft des Stärksten auf, für ihn selbstverständlich zu sein. Der Geist bricht die schamlose, »gesunde« Vitalität. Bei Lebewesen, die zu Abertausenden für religiöse, ethische, wissenschaftliche und künstlerische Ideale eintreten – und wenn man sie in Stücke hackte –, kann es sich auch treffen, daß die Stärkeren und Stärksten zur Auffassung gelangen, der Verwirklichung des Guten nachzuhelfen, indem sie ihre Herrschaft mit den Schwachen teilen, ihre Macht teilweise oder ganz verschenken.

Natürlich ist nicht jeder Einsatz für Ideale lauter. Manch einer wird von Nebenabsichten getrübt. Und häufig tarnt er gewöhnlichsten Opportunismus. Aber die in der Französischen Revolution ihren Ausgang nehmende, mehr oder weniger weitgehende Demokratisierung der europäischen Staaten, die Abschaffung der Sklaverei der Neger in den USA, die Hilfe einzelner Siegerstaaten für die Unterlegenen nach dem letzten Weltkrieg zum Beispiel, wären ausgeschlossen gewesen, wenn die Stärkeren und Stärksten nicht gelegentlich, hingerissen von Idealen, bereit wären, auf die Ausübung ihrer Kraft und damit auf ihre Vorherrschaft oder Alleinherrschaft zu verzichten.

War nun schon einmal auf breitester Grundlage dem Gedanken Nachdruck gegeben worden, wo nicht mit der Herrschaft des individuell Stärksten – diese war längst überholt –, so doch mit den ursprünglich aus ihr hervorgegangenen Herrschaftsformen und -legitimationen zu brechen, so lag auch die Möglichkeit näher, das schwache Geschlecht ebenfalls der Herrschaft teilhaftig werden zu lassen.

Das Spiel der Machtmittel

Verfügung über Machtmittel – in eigener Person, in jener anderer Leute oder in beidem zugleich – verleiht Macht. In den beiden letzten Fällen steht allerdings bereits auch Gruppierung hinter ihr. Die ursprünglichen Machtmittel sind Körperkraft, Geisteskraft, Geschicklichkeit. Sie führen zu weiteren Machtmitteln, zum Besitz an Boden, Arbeitskräften, Arbeitserzeugnissen. Von letzteren spielen die Waffen eine besondere Rolle. Der Besitz des einen fördert den Besitz des anderen. Auch können diese Machtmittel auf die persönlichen ihrer Besitzer zurückwirken und sie steigern. Welche Machtmittel jeweilen bei der Größe der Macht den Ausschlag geben, variiert je nach zivilisatorischer Stufe. Wer über die größten Machtmittel in größtem Maß verfügt, ist am stärksten.

In Wechselbeziehung zur Macht im soziologischen Sinne steht die Gruppierung der Machtträger, der Menschen. Die Gruppierung nimmt in der Verwandtschaft ihren Ausgang und greift auf Grund von Freundschaft und Feindschaft und vor allem auch als eine Auswirkung der Verfügung über Machtmittel weiter und weiter um sich, bis sich schließlich aus vielschichtigen sozialen Organismen aufgebaute Riesenorganismen gegenüberstehen. Jede Gruppierung verändert wiederum die Verteilung der Machtmittel, also die Machtverhältnisse. Diese verändern sich je nach Größe und Intensität der Gruppierung.

Wo Menschen miteinander in Berührung stehen, wickelt sich das Spiel der Kräfte, der Machtmittel, sozusagen automatisch ab. Denn hinter der Verfügung über Machtmittel steht der instinktive Wille, sie zu gebrauchen. Mag auch der Gedanke, freiwillig auf ihren freien und vollen Gebrauch zu verzichten, bei einzelnen Menschen und Kollektiven gelegentlich auftauchen, in der Regel wird der Instinkt nach Möglichkeit ausgelebt.

Das Spiel der Kräfte deckt Interessengegensätze auf, und der Streit – grundsätzlich aller gegen alle – innerhalb eines Berührungskreises ist da. Er wird ausgetragen, indem jeder die ihm zur Verfügung stehenden Machtmittel einsetzt und andere Leute zur Hilfeleistung mit den ihrigen aufzubieten versucht. Je nachdem, ob die Verfügung über Machtmittel individuell wenig oder stark variiert und die Berührung locker oder intensiv ist, führt solche Selbstbehauptung in Verbindung mit Zusammenarbeit auf der einen Seite und Distanzierung auf der anderen zur Ausprägung verschiedener Formen des Gemeinschaftslebens.

Diese bewegen sich in den Anfängen des staatlichen Lebens, bei der Gruppierung einer relativ geringen Anzahl Personen, die ziemlich abgeschlossen lebt – die Organisation der legendären Schiffbrüchigen auf einer einsamen Insel ist das einfachste Anschauungsmaterial –, zwischen zwei Extremen. Das eine ist die unmittelbare Demokratie, das andere die dem absoluten Führerprinzip entsprechende Staatsform, die Despotie. Tatsächlich werden allerdings kaum je Rechtsgemeinschaften die beiden Formen in Reinkultur aufgewiesen haben. Denn die restlos unmittelbare Demokratie wie die individuelle staatliche Führung von totaler Einheitlichkeit sind zu unpraktisch, um wahr zu sein.

Bestehen bei der Verfügung über Machtmittel geringe Unterschiede und ist der Kontakt der Machtträger infolge der geringen Zahl von Berührungspunkten locker, so ist es unwahrscheinlich, daß dieses Spiel der Kräfte starke Machtkonzentrationen im Gefolge hat, Spitzen herauskristallisiert, die so oder so Ordnung machen, willkommene oder unwillkommene. Vielmehr wird der erste Schritt, um dem Kleinkrieg aller gegen alle, nämlich der Selbsthilfe bei Interessengegensätzen, ein Ende zu machen, darin bestehen, gemeinsam festzusetzen, unter welchen Voraussetzungen dieses Mittel nicht mehr ergriffen werden, beziehungsweise unter welchen es beibehalten werden darf. An einer solchen Regelung haben bei gleichmäßiger Verteilung der Machtmittel alle das gleiche Interesse. Sie schränkt zwar die Freiheit des einzelnen ein, sich durchzusetzen, läßt ihn aber alles in allem nicht schlechter wegkommen, weil auch die Freiheit der anderen beschränkt ist. Der teilweise Verzicht auf sie erspart den Angehörigen der Gemeinschaft Zeit, Mühe, Leiden; er gibt Sicherheit. Er bedeutet Frieden. Dieses Wort wurde denn auch von den germanischen Rechten für das Leben innerhalb der Rechtsgemeinschaft gebraucht. Solche Manifestationen sind die ersten Erscheinungsformen des demokratischen Staates. Ihnen folgt eine gemeinsame Rechtsprechung logischerweise auf dem Fuße. Sie ist auch bei einer großen Bevölkerungszahl noch zu bewerkstelligen, wenn ein Vorsitzender den Prozeß leitet und dem Volk Alternativen vorlegt, die nur mit ja oder nein zu beantworten sind. Die Rechtsvollziehung hingegen scheint in einer Demokratie, wo die Staatsgewalt so diffus und schwach ist, daß noch kaum Ämter als Wirkungskreis von Organen geschaffen worden sind, schwierig zu bewerkstelligen. Dennoch ist auch bei solchen Verhältnissen Urteilsvollstreckung möglich. Nämlich dann, wenn das Urteil durch Selbsthilfe einer Partei oder durch die Gesamtheit des Volkes vollstreckt werden darf. Jene Urteile, da gewissermaßen das Volk als Ganzes vollstreckt, lauten auf Ausstoßung aus der Rechtsgemeinschaft, sind praktisch Todesurteile. Denn wer den Rechtsschutz verliert, ist Todeskandidat.

So unhandlich nun diese Vollstreckungsweisen scheinen, so haben doch zum Beispiel die alten germanischen Rechte verhältnismäßig differenziert mit ihnen funktioniert. Sie überließen einen Großteil der Sachen der Selbsthilfe der Berechtigten, wobei jedoch, um ihr Nachdruck zu geben, der Widerstand gegen sie schließlich auf denselben Nenner gebracht wurde wie jene Delikte, die mit der Ausstoßung aus der Rechtsgemeinschaft beziehungsweise mit der zügellosen Vergeltung durch irgend jemand bestraft wurden. Das letzte Mittel solcher Rechtspflege, das zugleich das Signal an das Volk war, über den Sünder herzufallen, war also die Ächtung, die ihn zum »Friedlosen« machte, den jeder töten, aber keiner beschützen oder auch nur ernähren durfte. Auf diese Weise wirkte rohe Gewalt im Sinne der Rechtspflege selbst zugunsten des Schwachen, ohne daß auch nur das Amt des Scharfrichters hätte geschaffen werden müssen.

Bestehen dagegen größere Unterschiede in der Verfügung über Machtmittel, und dies bei Personen, die in zahlreichen Punkten miteinander in Berührung kommen, so kristallisiert sich der stärkste Machthaber auf wesentlich andere Weise heraus. Diese Verhältnisse begünstigen das Emporkommen einzelner und schließlich die Oberhand eines einzigen Machthabers. Dies geht wohl so vor sich, daß er mit jenen, die sich ihm als dem besonders Starken anschließen, die Widerspenstigen unterwirft, oder aber mit der durch die Unterjochung der Widerspenstigen vermehrten Macht den Rest zu freiwilligem Anschluß bringt. Mit der Wucherung seiner Selbstbehauptung schränkt er jene der anderen ein und setzt sich so schließlich zur absoluten Geltung durch. Erreicht seine Macht einmal dieses Maß, so hat er Recht und schafft Ordnung, was bekanntlich von jedem Führer gesagt wird, kurz, ist inkarnierte Staatsgewalt.

Der Herrscher, der direkt auf Grund eines solchen Spiels der Kräfte – im Gegensatz zu einem vor Generationen mehr oder weniger beendigten – absolute Gewalt innehat, der despotische Usurpator, ist Führer reinsten Wassers, wie jene Demokratie Volksherrschaft reinsten Wassers ist, in der die Volksgenossen gemeinsam Recht setzen, sprechen und vollstrecken.

Die Annäherung an die eine wie die andere dieser typischen Verteilungsformen der Staatsgewalt war bis vor kurzem nur bei kleinen Gemeinschaften haltbar. Denn je mehr Leute sie umfassen – dies ist der Zug der Zeit, weil die Menschen sich stärker als früher vermehren und die fortschreitende Zivilisation immer zahlreichere Berührungspunkte mit sich bringt –, um so schwieriger und schließlich unmöglich wird das Funktionieren sowohl einer weitgehend unmittelbaren Demokratie als auch einer Ein-Mann-Despotie. In der gleichen Richtung wirkt die ebenfalls durch die fortschreitende Zivilisation erzeugte Integrierung der Rechtsgemeinschaften und ihre entsprechende starke gegenseitige Abgrenzung. Sie beide rufen zusätzlichen Aktionen der Staatsgewalt nach innen und außen. Ein Prasselregen von Aufgaben bringt in der Demokratie wie in dem vom Führerprinzip gestalteten Gemeinwesen ein Anschwellen der Staatsgewalt als solcher mit sich. Zugleich jedoch spaltet die Staatsgewalt sich für ihre Aktionen mehr und mehr in mittelbare und unmittelbare, formelle und materielle. Denn sowenig nunmehr die Volksangehörigen alle staatlichen Aufgaben einigermaßen gesamthaft bewältigen können, sowenig der Herrscher allein, obgleich gerade dies im Laufe der ersten Hälfte des 20. Jahrhunderts wieder näher gerückt ist. Infolge der Überwindung des Raumes durch Telephon, Radio und Flugzeug ist dem persönlichen Herrscher neuerdings eine geradezu sagenhafte Allgegenwart und Kontrolle über einen weiten Raum hin möglich geworden, welche die Despotie nun auch in einer riesigen Rechtsgemeinschaft durchführbar macht. Doch bleibt es dabei, daß der Herrscher ohne einen Riesenstab von Mitarbeitern nicht funktionieren kann.

Die Demokratie braucht mehr und mehr Organe, der Herrscher mehr und mehr Stellvertreter. Notwendigerweise erhalten Organe und Stellvertreter Macht. Bruchstücke von Staatsgewalt, die, entziehbar gedacht, die Tendenz haben, unentziehbar zu werden. Schließlich steht man bei jeder Staatsform vor dem Apparat einer durch den gigantischen Ausbau der formellen Macht tausendfach verschachtelten Staatsgewalt. Sie hat so vielerlei Träger, daß es schwer ist, genau zu sagen, wo nun eigentlich die größte Macht ist, wer sie hat. Auch wo eine einzige Person als Spitze die oberste formelle Gewalt innehat, ist dies, obgleich formell klar, doch praktisch fraglich, weil man nie weiß, wie solid die Verbindungsfäden in der Hierarchie der formellen Gewalt sind.

Jede staatsrechtliche Macht – es sei denn sie beherrsche die ganze Welt – besitzt nun zwei Aktionsfelder, ein inneres und ein äußeres. Daher hat die oberste Gewalt auch nicht notwendigerweise auf beiden dasselbe Gesicht.

Die Aufspaltung öffentlicher Macht im Innern in formelle und materielle bedeutet, daß der Stärkste sich mit der praktischen Ausführung seines staatlichen Wollens kaum mehr befaßt. Er beschränkt sich auf dessen Kundgebung, er operiert mit Federzügen und bedient sich zur Verwirklichung letztlich der materiellen Stärke, der Waffe oder der Körperkraft anderer. Der Weg vom Federzug bis zur gehandhabten Waffe, bis zur entsprechend eingesetzten Körperkraft, führt über zahlreiche andere Federzüge, über formelle Mächte kleineren Formates. Die materielle Seite der obersten Gewalt hat die Gestalt besonderer Berufe und Organisationen angenommen: Henker, Kerkermeister und Polizei. Mitunter gehört paradoxerweise auch eine Leibwache dazu. Geht doch die Aufspaltung der Macht so weit, daß die Stärksten zum Schutze ihres Leibes andere Leute aufbieten müssen.

Kurz, die Kraft der Stärksten, der Träger oberster Gewalt, ist persönlich von den Machtmitteln der Waffe und der Körperkraft vollständig gelöst. In zwei außerordentlichen Fällen bestehen allerdings Ausnahmen von dieser Regel. Dann nämlich, wenn die Ordnung im Innern nicht mehr in regulärer Weise aufrechterhalten werden kann, wenn der Apparat, der die formelle Macht in materielle verwandelt, nicht mehr klappt. Praktisch, wenn die Polizei nicht im Sinne des obersten Gewalthabers zu funktionieren vermag oder es nicht will, bei Aufruhr. Dann ist die innerstaatliche Lage des obersten Gewalthabers jener in einem zwischenstaatlichen Konflikt ähnlich. Ist das Volk oberster Gewalthaber und wird seine zwischenstaatliche Macht von der Miliz getragen, so fallen oberste formelle und äußerste materielle Macht persönlich wieder zusammen, wenn die Miliz aufgeboten werden muß, um Ordnung im Innern zu schaffen. Dasselbe trifft zu, wo der oder die Herrscher in ihrer militärischen Funktion die Ordnung wiederherstellen müssen.

Hinsichtlich der nach außen gerichteten Aktionen einer Staatsgewalt verhält es sich umgekehrt. Die Lage, die innerstaatlich Ausnahme bedeutet, ist hier die Regel.

Das heißt nun aber noch nicht, daß oberste formelle Gewalt und äußerste materielle in den gleichen Personen zusammentreffen müßten. Wo zur Austragung zwischenstaatlicher Konflikte auftragsmäßig handelnde Söldnerheere eingesetzt werden, bleiben die beiden Seiten der Gewalt getrennt.

Das Gegenstück dieser Erscheinung ist die internationale Selbstbehauptung eines Staates mit der aus allgemeiner Wehrpflicht hervorgehenden Miliz. Handelt es sich dabei um eine Demokratie, so steht man vor der Lage, daß die oberste Gewalt, die intern oft bis zur Vergessenheit vom Handhaben der beiden Machtmittel Körperkraft und Waffe gelöst war, nach außen hin sich auch als Gewalt in denkbar materiellem Sinn zeigt. Im Außenverhältnis können bei den Trägern der obersten Gewalt formelle und materielle Gewalt wieder zusammenkommen. Allerdings besteht dabei die Verbindung der beiden Seiten der Gewalt in den einzelnen Personen nicht direkt. Der Kopf hat den Händen nicht zu sagen, was sie zu tun haben. Nur die Gesamtheit der Köpfe können Meinung der obersten Gewalt bilden, und diese kann höchstens summarisch anordnen, was die Gesamtheit der Hände zu tun hat. Was die einzelne Hand konkret vornimmt, sagt auf dem Umweg über die formelle Gewalt der staatlichen Organe und militärischen Hierarchie schließlich meist ein Kopf, der nicht zur ausführenden Hand gehört.

Aber nicht nur in der Demokratie, auch in der Monarchie usw. ergibt sich im Außenverhältnis häufig die Lage, daß der Träger oberster formeller Gewalt zu ihrer Erhaltung persönlich seine ganze materielle Gewalt aufbieten muß. Historisch gesehen noch vor kurzem, geschweige denn in grauer Vorzeit, hatte manch regierender Fürst auf dem Schlachtfeld mit Waffen, wo nicht zuletzt mit bloßen Händen, für seine Staatsgewalt einzustehen und sie zu verlieren, wenn es ihm an materieller Kraft gebrach, sein Leben und seine Freiheit zu erhalten.

Es scheint, daß im Verhältnis nach außen, zur Erhaltung der Autonomie der Rechtsgemeinschaft, die Träger der obersten formellen Gewalt weniger der Machtmittel der Körperkraft und Waffe entbehren können als im innerstaatlichen Verhältnis. Oder vereinfacht ausgedrückt: Es scheint, daß ein guter Richter nicht auch das Zeug zum guten Polizisten besitzen muß, aber aus einem schlechten Soldaten nicht so leicht ein erfolgreicher General werden kann. Auch die Arbeitsteilung beim Tragen von Staatsgewalt bestätigt jenen Eindruck: Im Innern sitzen die Alten (und Schwachen) in den höchsten Ämtern; die Jungen (und Starken) dagegen haben in erster Linie in den Krieg zu gehen.

Der Eindruck ist aber nur grundsätzlich richtig. Im einzelnen bestehen große Ausnahmen. Denn häufig ist die für den Fall zwischenstaatlicher Auseinandersetzungen verfügbare materielle Gewalt eines Staates zur Erhaltung seiner Autonomie viel zu schwach, und dennoch kann er sie halten. Aber nicht aus eigener Kraft, sondern weil sich die Stärkeren und

Stärksten in den Haaren liegen und somit ihre sonst erdrückende Macht neutralisieren. Nach dem Gesetz: Wenn zwei sich streiten, lacht der Dritte (»lacht« ist im Falle der mäuschenstillen neutralen Staaten allerdings zuviel gesagt), gewährleistet praktisch die Uneinigkeit starker Staaten die Autonomie kleiner und damit meist schwacher Staaten. Mag der militärische Aufwand eines kleinen Staates bei den Großmächten auch einen Prestigegewinn bedeuten, praktisch ist die nach außen gerichtete materielle Gewalt für seinen Bestand bedeutungslos, ist unter dem Gesichtswinkel ihres Zweckes lediglich eine Scheingewalt. In diesen Staaten wäre also das Innehaben von Staatsgewalt, auch der höchsten, bis auf die Ausübung jener besonderen Berufe (Polizei, Garde usw.), deren Eigentümlichkeit es ist, die materielle Staatsgewalt zu verkörpern, grundsätzlich unabhängig von persönlicher Verfügung über die Machtmittel der Körperkraft und Waffe.

Ein geheimes Machtmittel verdirbt das Spiel, oder der Amazonenstaat

Ein Spiel der Machtmittel, bei dem jenes der Körperkraft in so seltsamer Weise immer wieder von Bedeutung ist – wie, wird im folgenden Abschnitt noch eingehender ins Auge gefaßt werden –, wirkt sich selbstverständlich zuungunsten der Frauen aus. Es sei denn, sie übten ihr geheimes Machtmittel aus. Dieses wirft insofern alles über den Haufen, als es die Männer überhaupt vom Spiel der Machtmittel ausschließt und die ganze Bühne des sozialen, staatlichen Lebens den Frauen vorbehält.

Es ist so viel von der Stärke des starken Geschlechtes die Rede – wobei leise die Mahnung an die Frauen mitschwingt, sie täten gut daran zu kuschen –, daß man vergessen hat, wie es wäre, wenn die Frauen rohe Gewalt ausspielten. Sie besitzen nämlich von Natur aus die Macht, innert weniger Generationen die männliche Vorherrschaft durch eine weibliche zu ersetzen, ja das männliche Geschlecht bis auf wenige Vertreter auszurotten. Das wurde vor Zeiten, an der Grenze der Geschichte und Sage, mitunter versucht und wäre heute möglich wie eh und je.

Man kann sich dieses weibliche Machtmittel nicht genug vor Augen halten.

Was die Männer anbetrifft, so sorgte dessen Vergegenwärtigung – es wird nie vergegenwärtigt – dafür, daß die Kirche im Dorf bleibt. Denn sie legte nahe, wie naiv und fehl am Platze das selbstherrliche Mütchen der männlichen Kollektive und vereinzelter Männer ist, die persönlich oft am wenigsten Grund haben, sich zufolge der größeren durchschnittlichen Muskelkraft des männlichen Geschlechts als geborene Herrscher zu fühlen. Es zeigt sich nämlich, daß alles, was man kann und hat, die ganze »natürliche« Vorherrschaft der Männer, soweit eine solche trotz moderner Demokratie noch besteht, immer und überall im Grunde von Frauengnaden ist und darauf beruht, daß die Frauen beim Spiel der Kräfte ihren letzten Trumpf nicht ausspielen.

Was die Frauen anbelangt, käme ihnen durch die Vergegenwärtigung ihrer potentiellen, spezifisch weiblichen körperlichen Gewalt zum Bewußtsein, welches der ihnen gemäße Platz in der Gemeinschaft wäre. Es erwiese sich nämlich, daß die Rolle der stillen Dulderin, die mit einer von den »natürlichen« Herren der Schöpfung präsentierten Welt vorliebzunehmen hat, eigentlich gar nicht auf sie paßt. Noch entspricht es ihrer »Natur«, die demütige Bittstellerin zu machen, die so oder so im Namen von allerlei Idealen mit einem entwürdigenden »i au« betteln muß, wo doch die Menschen ihrer Gattung einst über Sein oder Nichtsein entschieden haben.

Diese spezifische Macht der Frauen, welche den Auswirkungen der größeren durchschnittlichen Muskelkraft und Abkömmlichkeit der Männer ein Schachmatt bieten könnte, liegt in der im Zusammenhang mit der Mutterschaft kurz erwähnten Tatsache, daß sich die Geburt von Mädchen und Knaben natürlicherweise ohne männliche Mitwirkung vollzieht. Infolgedessen haben die Frauen ursprünglich das Leben der neugeborenen männlichen Kinder und damit das Leben der kommenden Männergenerationen überhaupt buchstäblich in der Hand; mit ihrer Frucht können sie von Natur aus machen, was sie wollen; sie erhalten, aussetzen oder vernichten. Würden die Frauen ihre heimliche Macht ausüben und zum Beispiel ungnädig mit den neugeborenen Knaben verfahren, so wäre damit die Voraussetzung für den Amazonenstaat geschaffen. Es brauchte nicht eine einzige mehr, wenn die Frauen rings um den Erdball gleichmäßig ungnädig vorgehen würden.

»Natürlicherweise« hält sie nichts davon ab, es sei denn ihre eigene Mutterliebe. Ihr zufolge neigen sie dazu, sich mit den hilflosen Würmern, unabhängig von deren Geschlecht, zu solidarisieren. Sie üben Barmherzigkeit. Jedermann und damit auch jeder Mann lebt, weil seine Mutter sich seiner erbarmte. Er lebt durch die Gnade der Frau, welche in unserer Zivilisation allerdings durch die männerrechtlichen Verbote der Aussetzung und Kindstötung obligatorisch gemacht worden ist.

Den Dank für die Barmherzigkeit aber blieb das männliche Geschlecht dem weiblichen in der Regel schuldig. Nämlich immer dort, wo die Männer auf Grund der durchschnittlich größeren Muskelstärke und Abkömmlichkeit ihres Geschlechtes sich die Herrschaft anmaßten. Zwar ist es, wie gesagt, einleuchtend, daß die Rechtsordnung nur durch die Stärksten aufrechterhalten werden kann und deren Kraftentfaltung bei einem primitiven Volk – primitiv hinsichtlich Waffen und sozialer Struktur – auch den Einsatz ihrer Körperkraft verlangt. Dagegen leuchtet es nicht ein, weshalb die Kraftentfaltung im eigenen Namen geschieht, nachdem man das Behalten des Lebens, als dieses noch ein unsicheres, winziges Flämmchen war, samt und sonders den Gnadenakten der Angehörigen des schwächeren Kollektivs verdankt. Logisch wäre im Grunde, die eigene Stärke als Geschenk des weiblichen Geschlechts zu betrachten und daher alle Rechte, die mit der körperlichen Stärke erworben und gehalten werden, in dessen Namen zu erwerben und zu halten. Insoweit käme z.B. Grund und Boden, umgekehrt als es in der Geschichte des Abendlandes der Fall ist, grundsätzlich den Frauen zu.

Doch die Männer dachten nicht daran. Alles, was sich an »Rechten der Frau« ergeben haben mochte, solange die Körperkraft und Abkömmlichkeit innerstaatlich für die soziale Stellung noch Bedeutung hatte, ist wohl ausschließlich auf die minimale Solidarität ihrer männlichen Blutsverwandten, des Vaters und Bruders, zurückzuführen. Auch als sich, wie erörtert, ein fein verästeltes System formeller Macht, die durch keine persönliche materiell mehr gestützt war, entwickeln und halten konnte, blieb im männerherrschaftlichen Staat jede Anerkennung einer fundamentalen Verbindlichkeit des männlichen Geschlechtes gegenüber dem weiblichen aus.

Einzig in der bekanntlich im phrasenhaften verbleibenden »Achtung vor der Frau« kommt das Gefühl einer kollektiven männlichen Dankesschuld schatten- und karikaturenhaft zum Vorschein. Der Monarch hängt seinem Gläubiger geschwind einen billigen, aber glänzenden Orden an, so daß vom Bezahlen der Schuld nicht mehr die Rede sein kann. Bezeichnenderweise behauptet man überall, »Achtung vor der Frau« zu besitzen. In Worten, die nichts kosten, besitzt man sie sogar dort, wo man, wie in einzelnen mohammedanischen Gemeinschaften, die übriggebliebenen Minen von den Frauen aufstöbern läßt, damit, wenn sie losgehen, »nur« eine Frau vernichtet wird.

Die Undankbarkeit der Männer, die sich im egoistischen Ausschlachten ihres Teils an natürlicher Vormacht zeigt, und die unerschütterliche Treue der Frauen, die im Interesse ihrer männlichen Nachkommen darauf verzichten, den ihnen eigenen natürlichen Vorsprung zugunsten ihres Geschlechtes auszuwerten, ist möglich, weil die Männer im Grunde nur sich selbst lieben, die Frauen dagegen sich selbst *und* die Kinder wie sich selbst. Das heißt soweit sie sich mit ihnen zu identifizieren vermögen. Nur deshalb verzichteten sie während ganzer Zeitalter auf den Einsatz ihrer spezifischen, überwältigenden Macht, auf die ihnen von Natur aus allein zustehende Möglichkeit, die zahlenmäßige Größe des anderen Geschlechtes nach eigenem Gutdünken zu gestalten. Insofern sind die Frauen im Kampf der Geschlechter wesensmäßig »altruistisch«. Die Mutterliebe zu ihren männlichen Säuglingen ist ihnen, soziologisch gesehen, Versuchung, gewissermaßen Schlangen am Busen zu nähren. Die entscheidende Schwäche des schwachen Geschlechtes besteht eigentlich darin, das Starke werden zu lassen.

Auf diese Weise sind die Frauen als Kollektiv die Guten-Dummen. Dem in der Diskussion über die Gleichberechtigung der Frau verbreiteten Gerede: »Die Frauen wollen es ja selbst nicht«, liegt insofern ein Körnchen Wahrheit zugrunde, als ein zynischer Betrachter der Lage sagen könnte: »Solange sich die einzelnen Frauen noch Söhne wünschen, ihr Wohlbefinden, ihre Gesundheit und die Herabsetzung der Anwartschaft heranwachsender Töchter um eines ›Stammhalters‹ willen mit Begeisterung riskieren und ihnen nichts Schlimmeres zustoßen kann, als was diesen Söhnen zustößt, scheinen sie sich mit der Unterdrückung durch die Männer leidlich abzufinden. Denn setzen sie nicht ihren Ehrgeiz ein, Unterdrücker zu gebären und aufzuziehen? Wirklich ernst kann es ihnen bei dem Ruf nach Gleichberechtigung offenbar nicht sein. Die Guten wissen selbst nicht, was sie eigentlich wollen. Gleichberechtigung gewiß, aber viel möchten sie anscheinend nicht dafür bezahlen, nicht potentielle Söhne. Und damit müßten sie ja anfangen. Schließlich sind all die bösen Männer ja Söhne von Frauen. Die Gleichberechtigung mag ihnen wichtig sein, aber das Vorhandensein und Wohlergehen der Söhne, der bösen Männer also, ist den Frauen doch noch viel, viel wichtiger.«

Nun, die Frauen brauchten tatsächlich nicht die Dummen-Guten zu sein! Nicht einmal ihre »psychische Natur« beharrt darauf. Der Mutterinstinkt gegenüber den Neugeborenen ist grundsätzlich zwar stark, aber von Fall zu Fall auffallend veränderlich. Kinder gehaßter Männer haßt die Mutter, jene ihr gleichgültiger Männer sind ihr oft ebenfalls gleichgültig. Sogar bei subjektiv weniger ungünstigen Voraussetzungen können die Kinder der Mutter gleichgültig sein. Dies beweisen die trotz schwerer Strafandrohung vorkommenden Kindsmorde durch unverheiratete Mütter, ferner die bei manchen Völkern übliche kaltblütige Aussetzung unerwünschter Kinder. Hält man sich vor Augen, wie leicht erotische, soziale und wirtschaftliche Motive den Mutterinstinkt aufheben, so ist nicht einzusehen, weshalb er sich nicht auf die weiblichen Neugeborenen konzentrieren ließe, wenn man wirklich auf die Schaffung von Amazonenstaaten aus wäre.

Notabene: Ein solches Verhalten würde übrigens nicht einmal der Fortpflanzung der Völker entgegenstehen. Der Amazonenstaat könnte, was seine »Natürlichkeit« in dieser Hinsicht betrifft, bis ans Ende der Welt bestehen. Mit dem Argument, das gerne mit schamloser Einfalt zur Motivierung eines »natürlichen« Vorrechts der Männer auf Untreue – »der Mann ist im Gegensatz zur Frau polygam veranlagt« – angeführt wird, dem Hinweis auf ihre zahlreichen Spermatozoen nämlich, ließe sich ebensogut die Beschränkung eines Volkes auf eine machtmäßig ganz unbedeutende Zahl von Männern begründen.

Was die sexuellen Freuden der Frauen anbetrifft, so ist die Wertung einer solchen Lösung nicht leicht. Es fragt sich, ob ein Ausfall an erotischen und sexuellen Freuden in quantitativer und qualitativer Hinsicht bestände und er die Aufhebung der männlichen Unterdrückung aufwiegen würde. Nun, die vielen Frauen, die bei der heutigen Gesellschaftsordnung als Unverheiratete mehr oder weniger keusch durchs Leben wandern müssen, würden schlimmstenfalls nicht viel mehr als bisher missen. Und die verheirateten Frauen mit dem 0,01- bis 21maligen Geschlechtsverkehr pro Woche – oder über welche Zahl Statistiker des Geschlechtslebens sich streiten mögen – würden wohl auch bei einer beachtlichen Dezimierung der männlichen Bevölkerung auf ihre Rechnung kommen, wenn sich die wenigen vorhandenen Männer »wieder auf ihre ureigene Aufgabe besinnen und nicht mehr und nicht anders sein wollten, als es ihrer natürlichen Bestimmung entspricht« – um einmal den Spieß umzudrehen.

Dieser Exkurs befürwortet nicht die Abschaffung eines Gutteils der Männer und die Gründung von Amazonenstaaten. Aber er soll zeigen, was so gerne übersehen wird, nämlich, daß das Leben der Männer eigentlich in den Händen der Frauen liegt und daß die Frauen gewinnen könnten, wenn der Kampf der Geschlechter mit den äußersten Mitteln ausgefochten würde. Ferner soll er zeigen, wie unfair es ist, auf das Recht des Starken zu pochen und die Frauen, die auf das Ausspielen ihres Gewaltmittels verzichten, um Gleichberechtigung bitten und betteln zu lassen.

Die Antiquierung der Muskelkraft als Machtfaktor

Beim Herauskristallisieren und Funktionieren der Gewalthaber – der obersten schon gar – war die persönliche Verfügung über Körperkraft als Machtmittel von großer Bedeutung. Aber ihr Wert als soziale Gestaltungskraft nahm mit der Amplifizierung der Machtmittel und der Vergrößerung des Gruppierungskreises ab. Dies geschah jedoch so langsam, daß die Körperkraft erst in der Gegenwart ihre soziale Rolle im wesentlichen ausgespielt hat.

In den Verhältnissen, die im Westen für die jahrhundertelange, traditionelle Herrschaft der Männer und Unterdrückung der Frauen maßgebend waren, denjenigen der germanischen Stämme, nachdem die Völkerwanderung zum Stillstand gekommen war, bedeutete die Körperkraft in Verbindung mit Waffen wohl das wichtigste Machtmittel. Ihr gegenüber traten weitere Machtmittel bis auf jenes des Landbesitzes, das im einzelnen wiederum auf den Waffenerfolg zurückging, in den Hintergrund.

Es handelt sich um kleinere Rechtsgemeinschaften, bei denen die Staatsgewalt und damit auch die formelle Gewalt schwach ausgeprägt war. Wo sie später größeren Zentralgewalten unterstanden, griffen diese nur in geringem Maße durch. Die staatliche Rechtsvollziehung befand sich erst in ihren Anfängen. Bei zahlreichen Delikten und Forderungsansprüchen – beide machten zusammen ein gut Teil der rechtlichen Auseinandersetzungen aus – hatten die Betroffenen oder ihre Verwandten höchst persönlich, gewissermaßen als staatlich autorisiertes Vollstreckungsorgan zu funktionieren. Den Mörder hatten ursprünglich die Verwandten des Opfers ausfindig zu machen und an ihm oder den Seinen die verdiente Strafe zu vollziehen. Schulden trieb man ebenfalls mit dem Schwert in der Hand ein, praktisch indem man mit List und Gewalt Eigentum der Schuldner mit Arrest belegte. Man konnte wohl sagen, daß Körperkraft in Verbindung mit guten Waffen die Erfüllung rechtlicher Ansprüche am ehesten gewährleistete.

War die Körperkraft in Verbindung mit Waffen schon innerstaatlich von großer Bedeutung, so noch viel mehr nach außen. Denn seit Jahrhunderten ging es buchstäblich darum, sich durchzuschlagen, das heißt, durch gewalttätige Vernichtung oder Erpressung anderer Völker eine annehmbare Existenz zu finden. An den Stammesgenossen persönlich war es, in die Schlacht zu ziehen; keine Berufsheere holten ihnen die Kastanien aus dem Feuer.

Bei solchem Betrieb hatten die Angehörigen des schwachen Geschlechtes privat wenig und öffentlich nichts zu sagen. Doch mit der Zeit begannen die Voraussetzungen ihrer Lage sich zu ändern. Die Bedeutung der Körperkraft wurde bei der Handhabe der Waffe von relativ geringerer Bedeutung, und die persönliche Wehrhaftigkeit spielte innerstaatlich weniger und weniger eine Rolle.

Die eine grundlegende Veränderung beruhte darauf, daß die Schußwaffen sich entwickelten, bei deren Führung bekanntlich das Auge und nicht die Faust entscheidet. Nichtsdestoweniger blieb sie noch lange im Schatten der Hieb- und Stichwaffen. Und da zu jenen Zeiten Unabkömmlichkeit der Frauen infolge ihrer Fortpflanzungsfunktion noch groß war, so trat diese Wendung zugunsten einer Ausgleichung der Stellung der Geschlechter vorläufig noch kaum in Erscheinung.

Die andere Veränderung hingegen gestaltete die innerstaatlichen Verhältnisse so wesentlich um, daß sie im Grunde nahelegte, die Frauen innerhalb der Rechtsgemeinschaft mehr als bisher mitreden zu lassen.

Sie bestand in der ständig fortschreitenden Erstarkung der Organisation der obersten Gewalt, die, wie erörtert, schließlich zu Apparaten der Staatsgewalt führte. Die ihnen wie jeder sozialen Gewaltmaschinerie eigene Hierarchie der formellen Gewalt, deren untere und unterste erst die Anwendung der materiellen Gewalt – als Facharbeit – direkt auslöst, gestattete den Gewalthabern jedes Ranges immer mehr, als solche zumeist tadellos zu funktionieren, ohne selbst Haudegen zu sein. Mit einem Federstrich konnte jetzt die schwächste Hand am stärksten schlagen – wenn sie in der Hierarchie zuoberst stand.

Um praktisch zu reden: Der oberste Machthaber, der König, mochte ein krankes Wesen sein, dem man eine Zipfelmütze über die Ohren zog und eine Wärmeflasche ins Bett steckte, indessen die hintersten Leibeigenen seines untersten Lehnsmannes Baumstämme schwangen. Oder: Gebrechliche, greise Richter, die sich nur ächzend zum Sitzungssaal schleppen konnten, brachten mit einem einzigen Wort die »Eiserne Faust«, oder welche Zunamen unbezwingbare Raufbolde zu Recht führen mochten, hinter Stäbe.

Wo nun die Ausübung der Macht im Reden und Schreiben besteht und der Säbel, der dem Wort Respekt verschafft, von einem gedungenen Waffenknecht gezogen wird, können auch die Frauen mitmachen. Desgleichen wo staatliche Vollstreckungsorgane es einem ersparen, auf eigene Faust zu seinem Recht zu gelangen. Die Schwäche des schwachen Geschlechtes ist hier kein Nachteil mehr, und selbst die geschlechtsbedingte Unabkömmlichkeit der Frauen verliert ihre Tragweite.

Allein, trotz dieser wesentlichen Veränderung in den Voraussetzungen der machtmäßigen Stellung der Geschlechter wurde mit der Alleinherrschaft der Männer noch lange nicht gebrochen. Einzig als Ausnahmen von der Regel konnten Frauen Trägerinnen von Staatsgewalt sein. Zum Beispiel wurden Frauen in bestimmten Fällen – meist in Ermangelung männlicher Erben – in aller Form regierende Königinnen. Dies hatte es allerdings auch schon früher gegeben. Aber bei den Barbaren – und auf deren Verhältnisse gehen ja die unseren hauptsächlich zurück – kaum in aller Form. Es handelte sich zumeist um Regentschaften tatsächlicher Natur für heranwachsende männliche Thronfolger und abwesende königliche Gemahle.

Weshalb hielt sich nun die Ausschaltung der Frauen im öffentlichen Rechtsleben und ihre privatrechtliche Zurücksetzung, obgleich beides seine »Natürlichkeit« wesentlich eingebüßt hatte? Zwei Tatsachen vermochten die teilweise unterhöhlte Tradition hinreichend zu stützen.

Die eine besteht darin, daß man die Ausgangslage dieser Überlieferung nicht vergessen konnte (noch wollte, denn Vorrechte läßt man in der Regel nur ungern fahren). Sie bestand darin, daß in den Völkerwanderungsverhältnissen vorzugsweise die Männer in der Lage waren, Staatsgewalt zu verkörpern und private Rechte zu wahren.

Diese Ausgangslage wurde um so weniger vergessen, als sie nicht nur historisch ist, sondern zugleich eine Ursituation darstellt. Sie ergibt sich immer wieder aufs neue, wo zwei Personen, erwerbbarer Machtmittel bar und abgeschnitten von den übrigen, einander begegnen und somit zusammen in gewissem Sinne ad hoc eine neue Rechtsgemeinschaft bilden. Hier setzt, spricht und vollstreckt der Stärkere Recht, wenn auch nicht unfehlbar, wie die Geschichte vom tapferen Schneiderlein und manche des täglichen Lebens zeigen. Bei einer Gemeinschaft von drei Leuten ist es schon fraglicher, ob der körperlich Stärkste regiert. Denn die beiden Schwächeren können sich verbinden und gemeinsam so stark sein, daß sie den körperlich Stärksten unterwerfen und zusammen Gewalthaber sind. Wahrscheinlich ist es allerdings nicht. Doch schwindet die Aussicht des körperlich Stärksten auf die Herrschaft, je größer die Zahl der Teilnehmer wird. Werden überdies erwerbbare Machtmittel im Spiel der Kräfte eingesetzt, so verringert sich die Chance des körperlich Stärksten, Gewalthaber zu werden, je nachdem um ein Vielfaches.

Nichtsdestoweniger ist die Ursituation häufig genug: Begegnungen auf einsamen Wegen, Zusammensein in Booten und einsamen Häusern, Konstituierung einer Kindergruppe. Diese Ursituation ist überhaupt den Kindern besonders vertraut, weil die übrigen Machtmittel für sie eine relativ geringe Rolle spielen und sie bereit sind, die Ursituation nach Können, Lust und Laune auszuleben. Letzteres ist übrigens auch bei jenen Erwachsenen der Fall, die derart aneinander geraten, daß sie ungeachtet der rechtlichen und konventionellen Vorschriften, ja aller Vernunft, sich aufs Faustrecht berufen und einander zu Leibe rücken.

Die andere Tatsache, welche die Ausschaltung der Frauen von der

Staatsgewalt trotz der weitverzweigten Differenzierung der Macht in formelle und materielle ermöglichte, lag darin, daß in zwischenstaatlichen Verhältnissen die Trennung der beiden Seiten der Gewalt nicht im entferntesten so genau wie in innerstaatlichen möglich ist. Denn obgleich die militärische Organisation das Musterbeispiel eines Apparates formeller Gewalt ist, so müssen deren Träger jedes Ranges nichtsdestoweniger darauf gefaßt sein, materielle aufzuwenden. Praktisch gesprochen: Solange der oberste Gewalthaber – sei dieser nun die gesamte erwachsene männliche Bürgerschaft eines Volkes oder ein einzelner Herrscher, um die Extreme zu nennen – seine Stellung als solcher zwischenstaatlich nur behaupten kann, indem er persönlich für seine Haut kämpft und dies mit oder ohne Waffen nur mit einem Aufwand an Muskelkraft erfolgreich tun kann, der über dem den Frauen durchschnittlich möglichen steht, so entbehrt die Ausschaltung der Frauen von der Staatsgewalt im Gegensatz zu ihrer privatrechtlichen Zurücksetzung nicht einer gewissen Konsequenz.

Doch ging sie ad absurdum. Auch ist der Geltungsbereich dieser Konsequenz praktisch nicht so groß, wie man meinen möchte. Denn, wie gesagt, behielten und behalten manche kleinen und mittelgroßen Staaten, die sich recht militärisch gebärden, ihre Autonomie nicht dank ihrer kriegerischen Leistungsfähigkeit, sondern infolge der Uneinigkeit und mitunter auch der Generosität der großen. Ferner gab es viele Machthaber, die für die Respektierung ihrer Autonomie auch nicht den kleinen Finger zu rühren brauchten, weil Söldnerheere oder Berufsarmeen dafür sorgten. Und schließlich ist zu sagen, daß viele Herrschaften es sehr gut verstanden, weit weg vom Geschütz zu bleiben, was nicht nur alte Soldaten, sondern auch alte Machthaber macht. Das Staatsschiff zwischen sich streitenden Staaten durchzusteuern oder es von Mildtätigen beschirmen zu lassen, Söldnerheere und Berufsarmeen ins Feuer zu schicken und schön in Dekkung zu bleiben, wenn das Knallen losging, hätte natürlich die Kräfte des schwachen Geschlechts auch nicht überstiegen.

Das allmähliche Erstarken der Zentralgewalt, die entsprechende Ausgestaltung der formellen Macht und die zunehmende Bedeutung der Schußwaffen hatten die Alleinherrschaft der Männer teilweise unterhöhlt, aber noch nicht ins Wanken gebracht. Dazu brauchte es mehr. Und es kam. Die relative Kampfunfähigkeit, die sozial die Schwäche des schwachen Geschlechtes ausmachte, wurde im wesentlichen behoben, und zwar von zwei Seiten zugleich. Beide Änderungen gingen aus der raschen Entwicklung der Zivilisation im 19. und 20. Jahrhundert hervor.

Die eine brachte, wie erörtert, der gewaltige Aufschwung der Naturwissenschaften und der Technik mit sich. Er führte zu einer Mechanisierung der Waffen, die ihre Anwendung oft von einem besonderen Aufwand an Muskelkraft unabhängig macht. Damit wäre die geringere durchschnittliche Muskelkraft der Frauen im modernen Krieg und damit hinsichtlich der Aufrechterhaltung der Autonomie eines Staates unvergleichlich bedeutungsloser als früher.

Während die Qualität der Waffe gegenüber jener der Muskeln, die sie handhaben, entscheidender geworden ist, hat sich in der westlichen Welt zugleich die Unabkömmlichkeit der Frauen infolge ihrer Fortpflanzungsfunktion verringert. Während die Frau einst zahlreiche Kinder gebären und säugen mußte, damit die Bevölkerung auch nur reproduziert wurde, so genügen heute dank den medizinischen Errungenschaften weniger Geburten pro Frau in Verbindung mit einer kürzeren Stillzeit, um die Völker innerhalb weniger Generationen zu vervielfachen, geschweige denn zu reproduzieren. Überdies – und das ist beinahe noch von größerer Tragweite – hat die Kompliziertheit des Lebens in unserer Zivilisation das Heiratsalter und damit die Unabkömmlichkeit der Frauen infolge Geburten stark hinausgeschoben. Die Frauen sind daher in dem Alter, das für die Wehrhaftigkeit als besonders günstig betrachtet wird, meist noch ledig, so daß ihre geschlechtliche Unabkömmlichkeit im entscheidenden Zeitpunkt oft noch nicht akut ist.

Wenn wohl auch nicht in jedem Bereich und zu jeder Zeit in gleichem Maße wie die Männer, so sind die Frauen durch diese Parallelentwicklung alles in allem doch kriegstüchtig geworden. Dabei ist es übrigens möglich, daß ihre Leistungsfähigkeit bei gewissen Arbeitsgängen der Waffenführung sogar größer wäre als jene der Männer, weil hier wie in der Industrie bisweilen die Fingerfertigkeit ausschlaggebend ist.

Über die Tatsache der erstandenen Kriegstüchtigkeit der Frauen kann auch nicht hinwegtäuschen, daß vorläufig nicht mehr Frauen in die Armeen einbezogen sind. Denn einmal kommt die Anpassung an die neuen Verhältnisse logischerweise nicht mit der Änderung, sondern erst nachher, und zwar in einem Tempo, das durch die Tradition gebremst wird. Ferner sind die Frauen außerhalb der Armee in einem Ausmaß zur Stärkung der Wehrkraft eingesetzt worden, das allein schon ihre Umteilung zur Armee schwierig machte. Denn wie ließen sie sich in der Rüstungsindustrie ersetzen? Und schließlich bestehen Bedenken, die Frauen, soweit dies anginge, an den Fronten einzusetzen. Sind sie doch biologisch unersetzlicher als die Männer. Wie die Staatsoberhäupter, wenn auch aus anderen Gründen als biologischen, sind die jungen Frauen zu kostbar, um an der Front erschossen zu werden. Denn wenn ein Volk auch viele Männer verliert, so kann es, solange die Frauen überleben, seinen Bestand binnen kurzem wieder aufholen. Dagegen bliebe es bei einer ins Große gehenden Vernichtung der weiblichen Bevölkerung auf Generationen hinaus dezimiert.

Wie immer man sich zum militärischen Einsatz der Frauen in dieser oder jener Form stellt, die Tatsache, daß von Frauen abgeworfene Bomben genau soviel Zerstörung anrichten wie jene aus männlichen Händen, läßt sich nicht aus der Welt schaffen. Allein schon die theoretische Möglichkeit annähernd gleich starker kriegerischer Gewaltanwendung durch Frauen leitet den Lauf der Logik der Gewalt von der Männerherrschaft weg in die Richtung der Gleichberechtigung. Insofern wird den Staatsschiffen ein neuer Kurs aufgezwungen, und zwar nach demselben Gesetz, das der Herrschaft der Männer so lange den Lauf ließ.

Unnötig zu sagen, daß die Steuer der Staatsschiffe nicht mit einem Ruck herumgeworfen wurden. Aber die Kursänderung erfolgte doch schneller, als es eigentlich dem – sachten – Zwang der Logik der Gewalt entsprochen hätte. Denn die Steuerräder wurden nicht nur gestoßen, sondern auch gezogen. Der Zug ging, wie bereits erwähnt, von der Ideenwelt der Französischen Revolution aus und bestand im Gedanken: die Menschenwürde eines jeden beruft ihn grundsätzlich zur Herrschaft. Der Logik der Gewalt ein Schlag ins Gesicht, aber einer, den man sich praktisch leisten konnte, weil innerstaatlich längstens eine Apparatur der formellen Gewalt bestand, in der im Grunde jeder durch jeden hätte ersetzt werden können.

Das gemeinsame Werk dieser ihren Zielen gemäß in so entgegengesetzter Richtung wirkenden Kräfte war, daß die Frauen, die mit der schwindenden Abhängigkeit der Wehrkraft von der Muskelkraft allmählich in die Lage kamen, als annähernd gleich Starke fordern zu können, die verlangte Gleichberechtigung schließlich im Namen der Gerechtigkeit als generöses Geschenk von den Männerherrschaften bekamen oder – wie in der Schweiz – zu bekommen hoffen.

Die Förderung der politischen Gleichberechtigung der Frau und wie sie vom Grossteil der Männer bekämpft wurde

Blick aus der Vogelschau

Das Schwinden der Muskelkraft als Machtfaktor infolge der Mechanisierung der Waffen sowie das Revolutionsideal der demokratischen Staatsverfassung schufen den Boden für die politische Gleichberechtigung der Frauen – und sie allein.

Dagegen trug das Christentum, anders als man es gerne haben möchte, wenig zur Besserstellung der Frau bei, obgleich in seinem Namen menschliche Solidarität, Würde des Schwächeren und Verwerflichkeit der Gewaltanwendung jahrhundertelang gepredigt wurden. Ja, es ist nicht ausgeschlossen, daß die zahllosen an die Frau gerichteten christlichen Ermahnungen, zurückzustehen und zu gehorchen, und die allgemeinen, Unrecht zu dulden, einer rascheren Emanzipation der Frauen sogar entgegengestanden haben. Es läßt sich nicht übersehen, daß die öffentlich- und privatrechtliche Stellung der Frauen bei den Heiden oft auch nicht schlechter und mitunter wesentlich besser war und ist als jene unserer Urgroßmütter und vielleicht gar der Frau von heute in der Schweiz.

Die beiden Quellen der einsetzenden öffentlich- und privatrechtlichen Gleichberechtigung der Frauen waren, wie gesagt, nicht gleich gut bekannt. Die neue Auswirkung des Mechanismus der Gewalt war den wenigsten bewußt. Nichtsdestoweniger drang diese reale Voraussetzung der Gleichberechtigung der Frauen durch alle Wände. Die Voraussetzung idealer Art hingegen stand hell im Vordergrund. Zwar gehörten die Frauen, als die Revolution Liberté – Egalité – Fraternité propagierte, wie dargelegt, nicht mit zur Partie. Aber wenn rechtliche Gleichstellung der ungleichen Menschen verlangt wird, weil sie doch in ihrer Eigenschaft als vernunftbegabte menschliche Wesen gleich sind, so ist auch die geschlechtliche Ungleichheit der Bürger für ihre Teilnahme an der Bildung des Staatswillens bedeutungslos. Eine Folgerung, der man sich logischerweise nicht verschließen konnte.

Erst nur vereinzelt, wurde sie mit der Zeit immer häufiger und nachdrücklicher gezogen. Mitte des 19. Jahrhunderts tat es John Stuart Mill mit seinem Werk »The subjection of women« in aufsehenerregender Weise. Und zu Beginn dieses Jahrhunderts war die entsprechende Forderung zum Kampfruf der Suffragetten geworden; in riesigen Sprechchören ertönte aus Tausenden von Kehlen: »Votes for women!«

Allmählich begannen immer größere Kreise von Frauen aus dem Credo der Revolution die Konsequenzen in bezug auf die Frauen zu ziehen. Sie vertraten die Auffassung, daß privat- und öffentlich-rechtliche Zurücksetzung des weiblichen Geschlechts keine Selbstverständlichkeit sei und daß alles, was man zur Ehre des Menschen im Geiste der Revolution gedacht, geschrieben, geredet, gedichtet und gesungen hatte, eigentlich auch zur Ehre der Frauen gedacht, geschrieben, gedichtet, geredet und gesungen worden sei. In den meisten Ländern der westlichen Kultur schlossen sie sich zusammen und forderten rechtliche Gleichstellung der Frauen auf der ganzen Linie oder doch ihre »Besserstellung«.

Damit war die Frauenbewegung entstanden und die Frauenfrage aktuell geworden. Sie erschütterte in breitem Ausmaß die bisherige axiomhafte Selbstverständlichkeit der Männerherrschaft. Von nun an hörten die Diskussionen über die Frage der Gleichberechtigung der Frau im allgemeinen und der politischen im besonderen nicht mehr auf.

Eigentlich, das heißt in Theorie, gab es nichts zu diskutieren. Die politische Gleichberechtigung der Geschlechter als logische Folgerung der demokratischen Idee lag klar auf der Hand.

Ja, wenn es sich um eine andere Staatsform gehandelt hätte, so wäre es – eventuell – nötig gewesen, sich über die Befähigung der die Staatsgewalt verkörpernden Leute zu einigen. Es hätte sich die Frage gestellt, welche Leute grundsätzlich die gewünschten Voraussetzungen besitzen, ob diese bei Frauen und Männern vorhanden seien usw. Aber die Demokratie frägt, wie erläutert, nach gar nichts. Keiner ist zu schlecht, um Träger der Staatsgewalt zu sein. Es sei denn, er sei noch oder wieder ein Kind oder aber mit dem Strafgesetz in Konflikt gekommen.

Um so unvermeidlicher war die Diskussion praktisch. Denn die Männer, großenteils als einstige Untertanen dem politischen Verschönerungsbade entsteigend, ließen sich nicht herbei, die politische Gleichberechtigung folgerichtig auf die Frauen auszudehnen. Sie hatten dafür einen einzigen massiven Beweggrund, den sie jedoch in eine Unzahl Vorwände einwickelten.

Vorwände, die leider während Generationen maßgebend waren. Denn die Frauen waren weder bereit noch in der Lage zu versuchen, die Anerkennung des Selbstverständlichen mit Waffengewalt zu erzwingen. Sie planten auch keinen Amazonenstaat. Zudem war der Mehrheit der Frauen ihre Zweitrangigkeit zu eingefleischt, als daß sie auch nur im Geiste am Käfig gerüttelt hätten. Inzwischen sind sie allerdings anderen Sinnes geworden, aber oft erst nachdem sie aus dem Käfig befreit worden waren, oder nachdem sie, wie die Schweizerinnen, gar so viele Ausländerinnen außerhalb desselben spazieren sahen.

Also warfen die Männer den lieben Dummerchen nichts nach, nichts Großes jedenfalls. Aber »kleine Geschenke erhalten die Freundschaft«. Als einzelne Frauengruppen zu fordern begannen, billigte man ihnen darum dies und das im Privatrecht zu. Da und dort erhielten sie auch kleinere Kostproben politischer Rechte.

Jenes eigentliche und einzige Motiv der Männer gegen das Frauenstimmrecht, das mit so vielerlei Vorwänden getarnt wird, hat noch heute doppelte Aktualität.

Einmal ist es in der Schweiz, wo die politische Gleichberechtigung der Frauen immer noch nicht eingeführt ist, aber seit Jahren bereitzustehen scheint, von großer praktischer Bedeutung. Übrigens zeigt sich das entscheidende Motiv, das Frauenstimmrecht abzulehnen, hier deutlicher als irgendwo, weil die Vorwände im Zusammenhang mit den zahlreichen Volksabstimmungen zur Sache vom häufigen Wiederkauen fadenscheiniger geworden sind als irgendwo.

Aber selbst in Staaten, welche die politische Gleichberechtigung der Geschlechter nominell festgelegt haben, ist ihre ideologische Bekämpfung und damit auch die Triebfeder der alten Ablehnung durch die überwiegende Zahl der Männer noch nicht überholt. Zwar ist die Schweiz hinsichtlich der politischen Stellung der Frau – die 1½ Millionen Schweizerinnen sind die einzigen politisch mundtoten unter den 250 Millionen Erwachsenen der sogenannt freiheitlichen Welt – das schwarze Schaf, der dunkle Klecks auf der geographischen Karte, wie es ein Plakat zugunsten des Frauenstimmrechtes richtig darstellte. Sieht man aber bei den Staaten, die ringsum im schneeigen Weiß erstehen, nicht nur auf den Buchstaben des Gesetzes, sondern auch auf die Praxis, d.h. auf die tatsächliche Teilnahme der Frauen an der Bildung des Staatswillens, so werden die weißen Länder grauer und grauer. Diese Teilnahme ist nämlich ausnahmslos klein, oft sogar verschwindend, worauf ich noch eingehender zu sprechen kommen werde.

Die Ursache beider Erscheinungen, des Ausschlusses der Schweizerin von den politischen Rechten und des geringen weiblichen Prozentsatzes in Legislative, Exekutive und Justiz scheinbar fortschrittlicher Staaten sind zu einem wesentlichen Teil dieselben. Denn hinter der spärlichen Wahl und Ernennung von Frauen zur Ausübung bedeutender staatlicher Funktionen steht, insoweit dieser Ausfall auf das Fehlen männlicher Stimmen zugunsten von Frauen zurückzuführen ist, auch nichts anderes als jene ausgesprochene Abneigung gegen die Gleichberechtigung der Geschlechter, zu der man sich in der westlichen Welt allerdings nur noch in der Schweiz lärmig bekennen darf.

Das eigentliche Motiv männlicher Ablehnung des Frauenstimmrechts: Der Riesensäugling will seinen Schnuller

Das Motiv der Mehrzahl der Männer, die Frauen politisch zu unterdrükken oder zu übergehen, liegt keineswegs, wie es ein Wust philosophisch, psychologisch, medizinisch, religiös und pädagogisch aufgemachter Behauptungen glaubhaft machen will, auf geistiger Ebene, sondern ganz simpel auf derjenigen der Eigenliebe: Ohne politische Gleichberechtigung der Geschlechter gilt man als Mann mehr als die Frauen, kann – auf deren Kosten – mehr vom weltlichen Leben haben und möchte daher weiterhin mehr sein und mehr bekommen. Denn was man an Herrschaft den Frauen zugesteht, wird einem selbst abgehen, handle es sich nun um Macht, Einfluß, Freiheit, Geld und Gut, Selbstbewußtsein, Prestige und Komfort. Und das möchte man auf keinen Fall. Man möchte nicht desintegrieren, nicht an Macht, Selbstachtung, Geld und Bequemlichkeit einbüßen, damit die Frauen um so mehr von alldem bekommen. Angst von dieser Sorte steht hinter der »tödlichen Gefahr«, die man so gerne in der politischen Gleichberechtigung der Schweizerinnen erblickt.

Mit »die Politisierung der Frauen führt zur Verelendung«[65] – wahrhaftig auch das wurde gesagt – meinen die Gegner, das Frauenstimmrecht tue dem komfortablen Dasein Abbruch, das die Männer dank der Verbannung der Frauen »ins Haus« trotz aller Härte des sogenannten Existenzkampfes in gewisser Hinsicht genießen, wenn sie in geordneten Verhältnissen leben. Man hatte und hat tatsächlich Angst, mit der politischen Gleichberechtigung und der damit verbundenen Aussicht auf Gleichberechtigung der Frauen auf der ganzen Linie setze sich eine Fliege auf den Schnuller, wie es ein Plakat von Gegnern des Frauenstimmrechts – ein für allemal, auch für die Opposition vor 100 Jahren und in allen Ländern – anschaulich verriet. Doch denkt man im Grunde dabei nicht an den Schnuller des kleinen Säuglings, sondern an den eigenen. An den Schnuller des Riesensäuglings, der meint, die Frauen seien dazu da, ihm als Oase im harten Leben den seelischen und materiellen Komfort der von einer opferfreudigen Mama besorgten Kinderstube vorzuzaubern. Um das Wohlergehen der Riesensäuglinge, nicht um dasjenige der echten, ist man besorgt. Was das Wohlergehen der Säuglinge und Kleinkinder betrifft, ist man nämlich in Gemeinwesen nicht so ängstlich, wo die Männer im Straßenbild der Städte – das Glaubenswort heißt Verkehr – sich mit lebensgefährlichen Vehikeln so breitmachen können, indessen die Mütter ihre kleinen Kinder wie Hunde an der Leine – am sogenannten Gürtel – den Hauswänden entlang herumführen oder in kümmerlichen Anlagen überwachen müssen, damit diese ein wenig Sonne erhaschen. Nicht, daß dem kleinen Herrgöttlein in der Wiege, sondern daß dem großen Andacht und Gefolgschaft verweigert werden könnte, befürchtete man von der politischen Gleichberechtigung der Frauen. Denn »sei Ruh hamn«, wird in mancherlei Hinsicht schwieriger sein, wenn die Frauen einmal die gleichen Waffen haben, um ihre Interessen zu wahren.

In der Tat hat die politische Gleichberechtigung der Frauen »unabsehbare Folgen«, und dies um so mehr, je weniger die tatsächliche Gleichberechtigung einer nominellen nachsteht. In diesem Fall würde die politische Gleichberechtigung nicht nur die Lage der Frauen und Männer bis in die alltäglichen Einzelheiten bedeutend verändern, sondern auch die Leute selbst.

Im sogenannten Leben draußen, im Existenzkampf, könnte die oft komfortable Polsterung der erwerbstätigen Männer dank dem weitgehenden Abschieben der langweiligeren, untergeordneten und meistens schlecht bezahlten Arbeiten auf die Frauen verschwinden. Die unsichtbaren Schlagbäume, welche die Frauen in die untersten und unteren Stellen pferchen, würden gehoben. Bei gleicher Arbeitsleistung verschwänden Prämien zugunsten des männlichen Geschlechtes. Dieses wäre auch nicht mehr die Legitimation zur Teilnahme am Wettbewerb um die besten Plätze.

Nun fiele das komfortable Maträtzchen weg, das für alle Männer, auch für die nicht auf Rosen gebetteten, durch das Ausfüllen der untersten Stellen mit Frauen gebildet wird. Zahlreiche Männer müßten erleben, wie sie zurückgestellt würden, um Frauen Platz zu machen, die ihre Sache besser als sie können – oder schlechter. Schon der erste Fall übersteigt die Vorstellungskraft der an die Untertanenschaft der Frauen gewohnten Männer. Denn selbst wenn ihre eigenen Leistungen schlecht wären, so sind sie in ihren Augen schon deshalb besser als weibliche Leistungen, weil sie von Männern herrühren und Männer schließlich Männer, Frauen aber »nur Frauen« sind. Der zweite Fall gar ließe sie denken, die Erde müßte stillstehen ob solch unermeßlicher Ungerechtigkeit, wobei ihnen nicht einmal der Gedanke käme, daß trotz der Regelmäßigkeit solcher Ungerechtigkeit in umgekehrter Richtung die Erde nie eine Sekunde stillgestanden ist.

Und wenn die eine Hälfte der Menschen nicht mehr die Herrschaft der anderen ist, so betrachtet man die Angehörigen der eigenen und diejenigen der anderen Hälfte hüben und drüben anders als zuvor. In den Augen der Mitmenschen ist man jemand anderer geworden, und dies will zumeist auch heißen, in den eigenen. Keine Frau wird mehr von sich sagen: »I bi numme es dumms Wibervolch«, und auch als das betrachtet werden. Anderseits kommt sich nicht mehr jedes allein unter Frauen befindliche Männlein als die »natürliche« Autorität vor.

Wirkliche Demokratie bezahlt immer der bisher Privilegierte. Insofern ist das Frauenstimmrecht tatsächlich gegen die Interessen der Männer.

Der Schrecken, der viele Männer packt vor dem Verlust manch lieber Gewohnheit, mancher »Selbstverständlichkeit, die in der Natur der Dinge lag« und bisher auf Kosten der Frauen ging, hat seine Gründe. Denn nun gälte es in mancherlei Hinsicht, sich ein wenig zu sputen, wo man es bisher gemächlich nehmen und sich etwas gehenlassen konnte. Die Selbstgefälligkeit schrumpfte ein wenig ein. Der Herr und Meister wäre nämlich nur noch sein eigener Herr und Meister – ein wesentlich bescheideneres Pöstchen als zusammen mit den männlichen Mitbürgern in aller Form Herrscher aller Frauen der Rechtsgemeinschaft zu sein.

Die politische Gleichberechtigung der Frau ist gegen die Vorrechte und insofern gegen die Interessen der Männer, wenn man unter Interessen Selbstbehauptung und persönliche Entfaltung auf Kosten anderer versteht. In einem höheren Sinne ist die volle Demokratie allerdings auch im Interesse der Männer. Sie ist gegen und zugleich in ihrem Interesse, wie es etwa das zeitweise Schweigen und Zuhören für jemanden ist, der gewohnheitsmäßig das Wort an sich reißt. Es widerspricht zwar seiner Selbstbehauptung, wenn er zur Abwechslung zuhören muß. Aber es tut ihm auch gut, wie man so sagt. Denn das Zuhörenmüssen stutzt sein wucherndes Ich auf umgänglichere Formen zurück, wodurch er sympathischer wird. Zur Wahrung solch mittelbarer Interessen fehlt jedoch die Begeisterung gänzlich.

Es kommt immer wieder vor, daß Privilegierte, von der Idee der Gerechtigkeit hingerissen, bereit sind, auf ihre Vorrechte zu verzichten. Wie gesagt, spielte auch bei der Einführung des Frauenstimmrechtes durch Parlamentsbeschlüsse ein Schuß von solchem Idealismus eine Rolle. Häufiger aber ist die andere Reaktion, das rücksichtslose Festhalten an Privilegien.

Der Gerechtigkeitssinn steckt seine Fühler in der Regel nur in jener Richtung aus, in der man für sich selbst etwas gewinnen kann. Sofern er sich auch in der anderen Richtung regt, ist es »gesund«, die Regungen zu ersticken. Was in der Tat bekömmlicher ist als mit den anderen zu teilen.

Die Gegner des Frauenstimmrechts huldigen daher gerne einem biderben Gerechtigkeitsmanierismus, wenn ihnen oder ihresgleichen kleine Ungerechtigkeiten drohen. Da trompeten sie pathetisch sittliche Entrüstung, tribulieren als Michael Kohlhaase, flennen als geschändete Kinder über die Entrechtung der Kleinen und Schwachen. Aber sie lassen schon den bloßen Gedanken nicht aufkommen, daß die Frauen in einer Rechtsgemeinschaft, die sich der Demokratie rühmt, die gleichen Rechte haben sollten, das kollektiv bestimmbare Schicksal der anderen und ihrer selbst zu gestalten. Beruft man sich bei der Forderung nach politischer Gleichberechtigung der Frauen auf den Gerechtigkeitssinn, den sie im Zusammenhang mit ihren eigenen Anliegen mit naivem Ernst bei den anderen voraussetzen, stößt man auf eine Mauer und hört fadenscheinige Ausreden. Es sind Vorwände im Namen von allem möglichen, nur nicht des wahren Impulses.

Der Wust von Vorwänden gegen das Frauenstimmrecht und wie damit hantiert wurde

Die Schämigkeit der männlichen Frauenstimmrechtsgegner in bezug auf ihr eigentliches Motiv ist leicht erklärlich. Mit einem Eingeständnis würden sie sich in unbequeme Widersprüche verhaspeln. Gäben sie, die oft direkt, immer aber indirekt, persönliche Vorteile aus der politischen Rechtlosigkeit der Frauen ziehen, zu, daß sie bei all ihrem Gerede ihre eigenen Vorrechte und diese allein meinen, würden viele von ihnen ideologisch ihre eigene Stellung untergraben.

Denn diese ist häufig das indirekte Ergebnis des in Zeiten sozialen Umbruches teils erzwungenen, teils von den Privilegierten aber auch freiwillig erfolgten Verzichtes auf Vorrechte. Hätten nicht Unzählige für Menschenrechte und Demokratie geredet, geschrieben und gekämpft, Wohlmeinende, die es für ihre eigene Person nicht nötig hatten, sondern im Gegenteil dabei nur verlieren konnten, müßte heute mancher sich als Gelehrter betrachtende Schreiber und Schwätzer gegen die Gleichberechtigung der Frauen wie seine Altvordern die Kühe hüten. Er würde sich lausen, statt im Einbaubad zu planschen. Vielleicht riskierte er, von Gnädigen Herren als Kanonenfutter verschachert zu werden oder wäre etwa ein Meister Hämmerlein anstatt ein »Gschtudierter«.

Es wäre natürlich auch möglich, zur Inkonsequenz zu stehen und zu bekennen, daß einem Demokratie recht und gut ist, soweit man dadurch selber zu einer gewissen politischen Herrschaft kommt, nicht aber, um sie mit den Frauen zu teilen. Aber da eine große Zahl der Männer sozusagen politische Parvenus sind und den anderen längst der Tatterich vor dem sogenannten Volk in den Gliedern liegt, so hat man nicht die Stirn zu einem selbstherrlichen »... car tel est notre bon plaisir«.

Anstatt Farbe zu bekennen, klaubt man daher in ihrer Phraseologie nachgerade stereotyp gewordene Vorwände gegen das Frauenstimmrecht hervor.

Welche dieser Grammophonplatten auch immer aufgelegt wird, wie verschieden die Präludien auch tönen mögen, die Nadel blieb und bleibt regelmäßig beim selben Fabrikationsfehler stecken. Und nun tönt dasselbe von jeder Platte: Die Frauen sind nicht »gleich«, weshalb sie auch nicht gleichberechtigt sein sollen. Diese Platten werden heute so gut wie vor fünfzig und hundert Jahren abgespielt. Am meisten setzt man sie selbstverständlich in der Schweiz auf. Aber auch in Ländern, wo die politische Gleichberechtigung der Frauen schon seit einer Generation eingeführt worden ist, hört man sie noch immer. Schließlich ist ja erst die Basis für eine volle praktische Gleichberechtigung in allen Belangen geschaffen worden.

Ein unglaublicher Salat von Vorwänden wird da angemacht. Einmal wurde und wird die Frouh von oben und unten, von innen und außen, vom Diesseits und vom Jenseits aus unter die Lupe genommen. Und dann wird Gefundenes und Freierfundenes zum Thema samt und sonders zu dem einen Produkt vermahlen: »Die Frau gehört ins Haus.« Da halten Wissenschaftler Aberglauben feil, Unerfahrene Erfahrungstatsachen, Blinde Augenzeugnisse, Taube Erlauschtes, Tolpatsche Betragensnoten, Verantwortungslose Pflichtenhefte, Angsthasen Drohungen, Ausgepfändete Armutszeugnisse, Eckpfeiler der Sitte und Moral Zoten, Schurken Verdammungen und so weiter. Mit Hohn, Spott, Zoten, Verleumdungen und Drohungen wurde und wird den Frauen in der Literatur, in Vorträgen, im Unterricht und vor allem in persönlichen Gesprächen gesagt, sie seien so oder so nicht gut genug, um mit dem Schreibenden oder Sprechenden gleichberechtigt zu sein. Die Frauen hätten nichts zu verlangen, nichts zu wollen, nichts zu sagen und gehörten nicht dorthin, wohin sie wollten, sondern an den Platz, an dem sie die Männer haben wollten, hätten zu tun und zu sagen, was diese wollten und somit nichts zu tun und zu sagen.

Der Schlamm, in dem die Vorwände wurzeln

An sich ist es schade ums Papier, eine größere Anzahl solcher Betrachtungen zu zeigen. Da aber die bei Verleumdungen, sofern sie nur vereinzelt und uneinheitlich sind, richtige Methode, sie zu überhören und zu übersehen, à la »ich höre nicht, was der dumme Esel spricht«, für den Betroffenen gefährlich wird, sobald Verunglimpfungen den Charakter einer Ideologie haben, so läßt sich auch in diesem Zusammenhang die Anführung einiger der typischen Müsterchen nicht übergehen. Es sind Dokumente, welche die Lage der Frau skizzieren. Auch daß solche Elaborate zum Teil vergessen oder die Produkte krankhafter »Weiberfeinde« sind, verhindert nicht, daß sie nachwirken und oft von großem Einfluß sind. Denn so manche sich recht vernünftig und manierlich gebenden Ausführungen über den »Platz der Frau« wurzeln nichtsdestoweniger geistig in den verworrenen Gedankengängen der »Weiberfeinde«.

Nicht nur in früheren Jahrhunderten, sondern, durch die Forderung der Gleichberechtigung aufgestachelt, ganz besonders auch im 19. und 20. Jahrhundert, hat mancher Mann, nachdem er den von einem weiblichen Wesen gereichten Morgenkaffee hinuntergeschluckt hatte, sich an dem ebenfalls von einem weiblichen Wesen abgestaubten Schreibtisch mollig in die Betrachtung gehüllt, wieviel besser als jedes weibliche Wesen er selber, das heißt der Mann, sei. Einige der faulen Früchte solcher Meditation sind bereits vorweggenommen worden. Aber es bleiben noch genug:

Schnurrig war es dabei einem Justus Wallfisch[66] zumute: »So müssen wir zugestehen, daß es dem Manne, aus dem sozialen Gesichtspunkt betrachtet, nicht ganz gleichgültig sein kann, ob das Geschöpf, das von der Natur offenbar zu seiner Gefährtin und Gesellschafterin bestimmt ist, wirklich zu der höheren Gattung von Geschöpfen, der er selbst angehört, und die man mit dem Namen Mensch zu bezeichnen übereingekommen ist, gerechnet werden muß, oder ob das Weib trotz seiner menschlichen Form, dennoch vielleicht einer anderen Stufe der Tierordnung angehört, ein Wesen, das in unserer heutigen Ordnung zwar unentbehrlich ist, das uns aber durch sein prätentiöses, unartiges, eigensinniges und zänkisches Wesen oft zum Zorne reizt, das wir aber dennoch für seine Unarten nicht so züchtigen dürfen, wie wir oft gerne möchten – und zwar deshalb nicht, weil wir in unserer Zeit überall zahlreiche Vereine gegen Tierquälerei gebildet haben, sowie deshalb, weil dieses wegen seiner schwächlichen Konstitution – nicht viel verträgt und leicht in das der Tränen verfällt, was uns die Ruhr anderwärts anzuhaben pflegt.«

In tiefschürfender Manier verfuhr der bekannte Weininger. Er kommt um die Jahrhundertwende zu vernichtenden Feststellungen und Schlüssen über »das Weib«. Dieses wird meist W genannt, da es nach ihm nämlich nebst dem Kind im Manne auch noch ein Weib im Manne gibt und daher eine Bezeichnung gefunden werden mußte, die den Teufel in der eigenen Brust und den leibhaftigen zugleich bezeichnet. Um seiner Argumentation nachzuhelfen, druckte sie der Verfasser im Stile eines – schlechten – Reklameprospektes bald gesperrt, bald fett. In gesperrten oder fetten oder zugleich gesperrten und fetten Lettern steht da etwa zu lesen[67] »... so ist denn ein ganz umfassender Nachweis geführt, daß W seelenlos ist, daß es kein Ich und keine Individualität, keine Persönlichkeit und keine Freiheit, keinen Charakter und keinen Willen hat«. – »... das Weib ist weder tiefsinnig noch hochsinnig, weder scharfsinnig noch geradsinnig, es ist vielmehr von alledem das gerade Gegenteil, es ist, soweit wir bisher sehen, überhaupt nicht sinnig, es ist als Ganzes un-sinnig.« – »... Ihr mangelt das intellektuelle Gewissen. Man könnte bei ihr von logical insanity sprechen.« – »... Es ist das Verhältnis von Mann und Weib kein anderes als das von Subjekt und Objekt.« – »Der Mann, als Mikrokosmos, ist beides, zusammengesetzt aus höherem und niederem Leben, aus metaphysisch Existentem und Wesenlosem, aus Form und Materie, das Weib ist nichts, es ist nur Materie ...« – »... das Weib ist amoralisch, wie es alogisch ist. Alles Sein aber ist moralisches und logisches Sein. Die Frau also ist nicht.«

Zu guter Letzt war aber der Autor selbst nicht mehr, weder moralisch noch logisch. Er brachte sich nämlich um, nachdem das Buch erschienen war. Übrigens zeichnete sich bei Weininger da und dort schon ein Übergang zum pseudotiefsinnigen Ton jener antifeministischen Propaganda ab, die im Gefolge des Nationalsozialismus auch außerhalb Deutschlands weitherum gepflegt wurde. Dieser Ton gehört bei uns zu der üblichen Kost, die verabreicht wird, wo die Frauen entgegen ihren Selbstverwirklichungstendenzen mit fadenscheinigen Schmeicheleien zurechtgemodelt werden sollen. Das heute so stereotype »Nicht minderwertig, sondern anderswertig« zum Beispiel zeigt sich bereits in der folgenden Passage an: »Der tiefstehendste Mann steht also noch unendlich hoch über dem höchststehenden Weib, so hoch, daß Vergleich und Rangordnung hier kaum mehr statthaft scheinen, und doch hat niemand das Recht, das tiefstehende Weib irgendwie zu schmälern und zu unterdrücken.« – »Der reine Mann ist das Ebenbild Gottes, das absolute Etwas, das Weib, auch das Weib im Manne, ist das Symbol des Nichts. Das ist die Bedeutung des Weibes im Universum und so ergänzen und bedingen sich Mann und Weib.«

Medizinisch aufgeputzt – »Der physiologische Schwachsinn des Weibes« lautet der Titel – berichtete ebenfalls um die Jahrhundertwende ein deutscher Arzt namens Moebius[68], von dem die Gegner der Gleichberechtigung noch heute zehren, wie er, erleuchtet durch die medizinische Wissenschaft, »das Weib« sieht. Typischerweise hat auch er mit der Bezeichnung der Frau Schwierigkeiten. Verzichtet er doch ausdrücklich auf das Wort »Frau«, weil er dieses als prätentiös ablehnt, wie es heute mancher »Herr« in bezug auf die »Dame« tut.

»Körperlich genommen ist, abgesehen von den Geschlechtsmerkmalen, das Weib ein Mittelding zwischen Kind und Mann, geistig ist sie es, wenigstens in vielen Hinsichten auch.« – »... Der Instinkt macht das Weib tierähnlich.« – »Auch im gewöhnlichen Leben tritt die Unfähigkeit des weiblichen Lebens zur Combination, das Fehlen selbständigen Denkens einem täglich überraschend entgegen, dazu kommt der Mangel an Sachlichkeit, der Wünsche zu Gründen und Abneigungen zu Beweisen macht.« – »... Kommt noch das hinzu, daß das Weib während eines beträchtlichen Teiles seines Lebens als abnorm anzusehen ist. Ich brauche vor Ärzten nicht über die Bedeutung der Menstruation und der Schwangerschaft für das geistige Leben zu reden.« – »Auch bei jenen, die sich in den ersten Jahren der Ehe gut gehalten haben, beginnt der Verfall oft nach einigen Wochenbetten, wie die Schönheit und die körperlichen Kräfte schwinden, so gehen auch die Geistesfähigkeiten zurück, und die Frauen versimpeln.« – »... ließe es sich machen, daß die weiblichen Fähigkeiten den männlichen gleich entwickelt würden, so würden die Mutterorgane verkümmern, und wir würden einen häßlichen und nutzlosen Zwitter vor uns haben.« – »... Wäre das Weib nicht körperlich, geistig schwach, wäre es nicht in der Regel durch die Umstände unschädlich gemacht, so wäre es höchst gefährlich.«

Auch hier finden sich bereits einige Vorboten des heute so geläufigen Gefasels gehobener Art über das verschiedene Wesen und die »Ergänzung und Zusammenarbeit von Mann und Frau«, mit welchem man am runden Tisch, bei einer Tasse Kaffee sozusagen, den Frauen sagt, sie seien nicht minderwertig, aber anderswertig. »Wenn das Weib im Vergleich zum Manne schwachsinnig genannt wird, so soll es nicht herabgesetzt werden, es wird kein Urteil ausgesprochen, sondern nur eine Tatsache ausgedrückt.« – »Den Nachdruck lege ich ... darauf, daß die Inferiorität des weiblichen Gehirns nützlich und nötig ist.« – »... Sehen wir uns genötigt, das normale Weib schwachsinnig im Vergleich mit dem Manne zu nennen, so ist damit noch nichts zum Nachteile des Weibes gesagt, ihre Vorzüge liegen eben anderswo als die Vorzüge des Mannes ...« Übrigens hat der Bundesrat in seiner Botschaft über die Einführung des Frauenstimm- und Wahlrechtes in eidgenössischen Angelegenheiten vom 22.2.1957 diesem monströsen »Schwachsinn« (der Kosenamen des Autors für sein Produkt) die Ehre erwiesen, ihn – wenn auch in ablehnendem Sinn – halbseitenweise als Bibel jener Gegner des Stimmrechtes zu zitieren, welche die Frauen dafür zu dumm halten.

Soweit einige charakteristische Muster des Begriffsdschungels, in dem Gegner der Frauenrechte sich verlieren, um vor den logischen Folgerungen aus dem Wesen der Demokratie auszukneifen.

Obschon in der Demokratie Gleichheit oder Ungleichheit der Geschlechter für ihre Gleichberechtigung, wie schon oft gesagt, keine Rolle spielt, so wird die Verschiedenheit der geschlechtlichen Funktionen mit besonderer Vorliebe von den Feinden des Frauenstimmrechts ins Treffen geführt. Dabei versucht man, deren Mangel an Beweiskraft durch plumpe Obszönität oder schmeichlerisches Gelispel, das die Frauen einlullen soll, aufzuwägen. Entsprechend gibt es zwei Hauptspielarten, den geschlechtlichen Unterschied als Vorwand gegen die politische und berufliche Gleichberechtigung der Frauen auszuwerten. Die eine besteht im obszönen Gemecker, welches die Pièce de résistance mancher Männer bei dieser Diskussion ist und durch Verletzung des Schamgefühles die Frauen lähmen soll. Die andere ist ein Himmeln und Händefalten vor soviel opfervoller und segensreicher weiblicher Geschlechtlichkeit. Hinter diesem Gehaben steckt die Berechnung, die ungewohnte Verklärung ihrer geschlechtlichen Sozialfunktion betöre die Frauen, sich willig mit einer Zurücksetzung abzufinden. Mitunter werden die beiden Varianten auch panaschiert.

Obszönität als Finte

Was braucht man schon zu argumentieren, wenn man die Gegnerinnen auf andere Weise umbringen kann, zum Beispiel nach der Methode »le ridicule tue«. Sie drängt sich auf. Denn wie nicht so bald ein anderer Machtkampf, bietet derjenige um die Gleichberechtigung der Frauen, bei dem das Geschlecht die Kollektive gegeneinander abgrenzt, reichlich Gelegenheit zum feigen Trick, den Gegnern – symbolisch – die Hosen auszuziehen und sie damit zu erniedrigen und unmöglich zu machen. Darum handelt es sich, wo in Debatten über das Frauenstimmrecht Zoten aufgetischt werden. Und dies ist häufig der Fall. Denn je verlegener man um sachliche Argumente ist, um so rascher greift man zum unfairen Mittel des unanständigen persönlichen Angriffs. Je nach Zuhörerschaft kann man damit einen Stimmungssieg ergattern.

Diese Methode war im 19. Jahrhundert, als die Frauen praktisch noch wenig gewonnen hatten, gang und gäbe. Denn je rechtloser sie waren, um so leichter ließ sich mit ihnen umspringen. Ray Strachey berichtet zum Beispiel in »The cause, a short history of the women's movement in Great Britain« wie, wann immer die Frage der »Suffrage Bill« im Parlament aufgegriffen wurde, anstelle sachlicher Erörterungen unfehlbar obszöne Witzeleien traten. Besonderen Anklang fand das von Earl Percy 1873 zum besten gegebene satirische Bild eines durch seine Niederkunft in Anspruch genommenen weiblichen Prime-Ministers.

Während solches Dreckeln in politischen Diskussionen dort, wo staatsrechtlich Gleichberechtigung der Geschlechter besteht, nun überholt ist, bildet die Schweiz als Reservat der politischen Unterdrückung der Frauen auch ein Reservat schmuseliger Finten gegen das Frauenstimmrecht. Sie sind in privaten Diskussionen gar nicht selten und werden vereinzelt sogar in öffentlichen benutzt. So ließ sich zum Beispiel ein Professor der Frauenheilkunde als Referent in einer öffentlichen Diskussion über das Frauenstimmrecht vernehmen, für ihn begännen die Frauen erst unter dem

Bauchnabel zu existieren. Offenbar ging sein Horizont nicht darüber. Und bei einer Beratung des Nationalrates über eine Motion betreffend Partialrevision der Bundesverfassung im Sinne eines Stimm- und Wahlrechtes der Schweizerin machte ein Referent den Hanswurst mit der Bemerkung, die Frauen seien für die politische Gleichberechtigung zu suggestibel – weil in der Neuen Zürcher Zeitung gestanden habe, daß beim Einzug Mac Arthurs in New York ihm »die Damen vor Begeisterung von ihren intimsten Kleidungsstücken angeworfen haben«[69].

Zu »Anderswertigkeit« verzuckerte Minderwertigkeit

Nachdem die Frauen in vielen Staaten politisch nominell gleichberechtigt geworden waren, verfielen die Gegner der politischen und beruflichen Gleichberechtigung der Geschlechter – der Kampf geht natürlich weiter – in eine andere Tonart. Denn man kann Leute, von deren Unterstützung man abhängig ist oder es bald sein wird, nicht immer plump auslachen und beschimpfen. Sie kämpfen jetzt hauptsächlich nach dem Muster der zweiten Spielart, den physiologischen Geschlechtsunterschied gegen die Gleichberechtigung der Frauen auszuwerten. Die damit verbundenen sachten Appelle an die erotisch-sexuelle Unzufriedenheit der Frauen in Verbindung mit einer stark aufgetragenen, pseudofeinsinnigen Schmeichelei verführt ab und zu auch Frauen, entsprechende salbungsvolle Deutungen des weiblichen Lebens zu propagieren. Doch wie tief man sich auch verneigt, es geht immer noch ums gleiche. Nämlich darum, daß die Frauen den Männern nicht »gleich« sind, und zwar im Sinne von weniger wert nach Maßgabe der heute wichtigen Kriterien.

Aber man hat unter dem Druck der fortschreitenden Gleichberechtigung gelernt, dem nun anders zu sagen, wie manch anderem auch. Wie das rare Dienstmädchen zur Hausangestellten geworden, der politisch mächtige Bauer zum Landwirt, Mittelschullehrer zu Professoren, Angehörige wehrhafter Gewerkschaften zu Beamten, das heißt Organen der Staatsgewalt, selbst wenn sie Aborte putzen, so ist auch aus der im Vergleich zum Manne minderwertigen Frau die »anderswertige« geworden.

Besonders beliebt sind Salbadereien über die wahre Natur der Frau und die gegenseitige Ergänzung der Geschlechter. Damit ist aber nicht etwa in erster Linie die geschlechtliche Ergänzung gemeint. Davon redet man der Tendenz solchen Gesäusels gemäß eher wenig. Denn die eigentliche geschlechtliche Ergänzung zeigt mit ihrer verwickelten gegenseitigen Abhängigkeit eher in der Richtung einer Gleichberechtigung, wenn sie nicht Vorrechte zugunsten der Frau unter dem Gesichtspunkt ihrer unvergleichlich größeren physiologischen Bedeutung für die Menschheit nahelegt. – Nein, die Geschlechter ergänzen einander nach solcher Ideologie vor allem geistig und charakterlich. Wie hier in verschiedenen Zusammenhängen dargetan worden ist, schreibt man dem Manne all die Eigenschaften zu, die jeder an sich selber schätzt, weil sie im Sinne der Selbstbehauptung als leibliches und geistiges Wesen wirken, den Frauen dagegen jene, die man besonders dann an den anderen schätzt, wenn man sich selbst breitmachen will.

Den neuen Jargon in der Bekämpfung der politischen und beruflichen Gleichberechtigung der Frauen – eine kleine Parodie habe ich auf den ersten Seiten dieses Buches vorweggenommen –, nämlich die stillschweigende Annahme einer Minderwertigkeit des weiblichen Geschlechtes bei gleichzeitigem Hervorheben seiner »Anderswertigkeit« in den höchsten Tönen, brachte der Nationalsozialismus am populärsten zur Blüte. Als Tonart pflegte man ein ehrfurchtsvolles Hauchen. Wohlweislich, denn man wollte mehr von den Frauen als einen bloßen Verzicht auf die vor kurzem errungenen »männlichen Rechte«. Was man verlangte, war eine positive Leistung: übermäßige Kinderproduktion, nämlich Millionen Neugeborener, wie es das nationalsozialistische Regime unumwunden erklärte. Mussolini verlangte sogar zwanzig Millionen Säuglinge. Wenn man die »Aufgabe der Frau« in so genauen Zahlen umschrieb, war es natürlich wichtig, die Frauen nicht vor den Kopf zu stoßen und sie in recht zukunftsfreudige Stimmung zu versetzen. Und schon 1934 wird mit Befriedigung konstatiert: »... Die deutsche Frau besinnt sich wieder auf sich selbst, auf ihre ureigenen Pflichten.«[70] Wie man sieht, ist die pleonastische Ausdrucksweise »ureigene Pflicht« in bezug auf die Frauen, der ja Schule gemacht hat, »ureigen« nationalsozialistisch.

Was man wirklich von der deutschen Frau, von allen Frauen hielt, sagt Rosenberg[71], Aristoteles zitierend: »Das Weibchen ist Weib kraft einer gewissen Fähigkeitslosigkeit«, welchem Spruch er sein eigenes Räsonnement anhängt: »Die Fähigkeitslosigkeit ist Folge des rein auf das Pflanzenhafte und auf das Subjektive gerichteten Wesens. Es fehlt den Frauen aller Rassen und Zeiten die Gewalt einer sowohl intuitiven als geistigen Zusammenschau ...« – »... so ist klar, daß ein grundsätzlich zugestandener dauernder staatlicher Einfluß der Frau den Beginn des offenkundigen Verfalls darstellen muß.« Und Mussolini[72] sah die Italienerinnen und mit ihnen die Frauen überhaupt folgendermaßen: »... Ich begünstige nicht die vollkommene Emanzipation der Frau ... Frauen besitzen keine Willenskraft ... Frauen sind ... vertrauende, leichtgläubige kleine Tiere.«

Aber, wie gesagt, nach außen galt in bezug auf die Frau die Losung: Nicht minderwertig, sondern anderswertig. Sie wurde bewußt oder auch unbewußt von vielerlei Leuten, die mit dem Nationalsozialismus nicht das mindeste gemeinsam haben wollen, übernommen und bis auf den heutigen Tag in populärwissenschaftlichen und pseudopsychologischen Schriften aller Art den Frauen angepriesen. In der Schweiz stehen sie infolge der ständig weitergehenden Diskussion ums Frauenstimmrecht ganz besonders im Flor. In Ländern, welche die politische Gleichberechtigung der Frau nominell anerkannt haben, wirken sie der vollen praktischen Verwirklichung der politischen und beruflichen Gleichberechtigung der Frauen entgegen.

Derartige Erzeugnisse strotzen vor Hochachtung für die »Frouh«, die bereit ist, »ihre ureigenste Aufgabe zu erfüllen«. (Wie, sagen die Verfasser.) Rechte soll und darf sie haben, aber »Frauenrechte«. Frauenrechte von dieser Sorte erinnern allerdings an die nationalsozialistische Parole von der »Emanzipation der Frau von der Frauenemanzipation«. Übrigens ist das Wort Rechte beinahe schon ein zu herber Ausdruck für die balsamische Atmosphäre modischer Schreibereien an die Adresse der Frau.

Man redet in zeitgemäßer Heuchelei nunmehr von »Aufgaben«. Dabei scheint die Hauptaufgabe der Frauen die Selbstaufgabe zu sein, Selbstaufgabe im Sinne eines mütterlichen Pan-Altruismus. Geben soll vor allem für die Frauen seliger sein als Nehmen. Im Grunde brauchen diese Engel auch keine Rechte, denn ihr Glück und ihre »Erfüllung« ist Dienen, nicht schlechterdings Dienen, sondern laut solchen Traktätchen »Dienendürfen«. Einer Frau, die diese ihre ureigene Rolle erkannt hat, wird der Mann seine Anerkennung nicht versagen und sie in tiefstem Herzen (und natürlich nur dort) hoch über sich selbst stellen.

Solch geschraubtes Lob ähnelt, wenn auch auf anderer Ebene, ein bißchen der Prämiierung langjähriger Hausangestellter für jene Arbeit, die den prämiierenden Damen selbst so widerwärtig wie nützlich ist. Es hat auch etwas von der Kindern anderer Leute erteilten warmen Empfehlung, doch einen währschaften handwerklichen Beruf zu erlernen, anstatt unbedingt zu studieren, indessen die eigenen Nachkommen selbstverständlich »mehr« als ein Handwerker mit goldenem Boden zu werden haben.

Frauen, welche das hohe Privileg des Dienendürfens nicht schätzen und Wollen interessanter als Dürfen finden, beweisen laut solchen Traktätchen, daß sie keine »wahren« Frauen, sondern Zwitter sind, die es im Grunde zu nichts bringen können. Überschreitet nämlich die Frouh den »ihr von der Natur vorgezeichneten Kreis«, will sie »mit dem Mann konkurrieren«, das heißt politisch und beruflich die gleichen Wirkungsmöglichkeiten besitzen, so präsentiert man als Teufel aus der Schachtel schließlich eine unfrisierte Anderswertigkeit, die der altvertrauten Minderwertigkeit verblüffend ähnlich sieht. Sie soll in einem wirren Taumeln von Eindruck zu Eindruck sowie einem schwammigen Verstand bestehen und schon in der weiblichen Physiologie zum Ausdruck kommen. Ob die Frauen es wollen oder nicht – die Beckenform, die Hormone (selbst die Bakterien werden genannt), Gott und die Natur hätten die Frauen personenbezogen, den Mann dagegen sachbezogen gemacht, ihr den weiblichen Instinkt, ihm aber abstraktes Denkvermögen gegeben und so weiter. Der Instinkt sei zwar nicht minderwertig, an dem ihm gemäßen Platz sogar dem abstrakten Denken überlegen (das Plätzchen ist nach den Beschreibungen der Verfasser selbstverständlich zu Hause), sei nützlich, ja unentbehrlich, aber – es tue einem leid, es sagen zu müssen, doch müsse es gesagt werden – einfach nicht das, was man im Leben draußen und zu großen kulturellen Leistungen brauche.

Über weibliche Personen- und männliche Sachbezogenheit, »weiblichen

Instinkt« und »männliches Abstraktionsvermögen« und damit »ungeeignet für und geeignet zu« ist man nun wieder bei der alten Fähigkeitsfrage. Mit all dem soll gesagt werden, die Frau sei die geborene Dienerin der Kinder und des Mannes, und etwas anderes stehe ihr nicht zu, während der Mann allein zu bedeutender Wirksamkeit in Beruf und Politik prädestiniert sei.

Nebenbei bemerkt: Hinsichtlich des Aktionskreises, den die legendäre weibliche Personenbezogenheit den Frauen vorschreibt, wird in heiliger Einfalt offenbar noch übersehen, daß in der Politik und in jeder höheren beruflichen Stellung, mit Ausnahme derjenigen eines äußerst spezialisierten Facharbeiters vielleicht, die Fähigkeit des Umganges mit Personen für den Erfolg von Bestrebungen sachlicher Natur ausschlaggebend ist. Und daß die Frauen folglich gerade, wenn sie wirklich besonders »personenbezogen« wären, damit einen Fähigkeitsausweis für Politik und führende Stellungen hätten.

Was das größere Vermögen zu abstraktem Denken anbelangt, die »straffere Logik«, und so weiter, das heißt recht und schlecht die größere Intelligenz, die unfehlbar mit den männlichen Sexualorganen verbunden sein soll, handelt es sich, wie ich in anderem Zusammenhang darlegte, um den Versuch eines zeitgemäßen Ersatzes für den schwindenden sozialen Wert der Körperkraft, um einen neuen Titel für die bisher aus ihr abgeleiteten Ansprüche. Heute hat die Intelligenz bis zu einem gewissen Grade die soziale Bedeutung der »starken Faust«. Abstraktes Denken und Logik sind nun populärerweise die Gipfel der Intelligenz. Also zählen die Männer beides sozusagen zu den männlichen Geschlechtsmerkmalen. Sie verleihen damit dem eigenen Geschlechte die Legitimation zur Herrschaft. Das ist auch der Grund, weshalb Intelligenz bei Frauen die Männer so leicht beleidigt. Denn sie macht ihnen den Titel zur Herrschaft streitig, was übelgenommen wird. Daher warnt alles – vom Briefkasten bis zum »wissenschaftlichen« Elaborat – die Frauen davor, Männer intellektuelle Überlegenheit spüren zu lassen.

Das Bild vom Platz der Geschlechter gemäß einer aus der Luft gegriffenen »Anderswertigkeit«, das so schönrednerisch den Frauen an die Nase gebunden wird, kommt wie gesagt in Wirklichkeit auf Zurücktreten zugunsten der Kinder und Männer heraus. Aber anders als gerne suggeriert wird, meint man damit ganz und gar nicht Untertauchen ins Vegetative. Man wünscht die Frauen nicht als Lilien auf dem Felde, sondern als emsige Dienerinnen. Dadurch hätte das Verhältnis zwischen Frau und Mann in der Ehe ein wenig das Gepräge desjenigen zwischen einem treuen, klugen Sklaven und einem eingebildeten, schwachen Herrn. Typisch wäre dafür, daß der kluge und treue Sklave dort klug und treu handelt, wo der Herr versagt, und stillschweigend in die Rolle des Dummen zurücktritt, wenn der Herr sich gerne gescheit dünkt.

Genau besehen, sind die an die Frauen gestellten Forderungen voll unglaublicher Widersprüche. Denn jene Männer, welche die Frauen »zurück ins Haus« jagen wollen, möchten im Hause keine Frau haben, die »einfach Frau ist«, keine Zimmerlinde, sondern eine emanzipierte Frau, die auch weiß, wie es einem schlechterdings als Mensch zumute ist, weil sie selbst einer ist.

Kurz umrissen lauten die entsprechenden Forderungen etwa folgendermaßen: Die Frau soll außer dem Leben in der Familie keine persönliche Entfaltung, keine Karriere, keine öffentliche Wirksamkeit, kein Leben haben. Aber nun schickt man sie nicht ins Frauengemach, um sich im Spiegel anzuschauen und Süßigkeiten zu knabbern, wie es der konsequent antifeministische Mohammedaner tat, wenn er hablich genug war. Nein, man verlangt von ihr wahrhaftig, daß sie am Berufsleben und sonstigen öffentlichen Leben des Mannes lebhaft Anteil nehme. Sie darf nicht gleich sein im Sinne der Verwirklichung des eigenen Willens, hingegen hat sie hinreichend »gleich« zu sein, um den Willen der anderen, vor allem der Männer, zu verstehen und sie darin zu unterstützen. Man blendet sie und verlangt zugleich, daß sie die Aussicht bewundere und vorlese. Der Mohammedaner fühlt sich seiner Frau in jeder Beziehung turmhoch überlegen; sein Selbstbewußtsein ist unabhängig von ihr, er befiehlt und verlangt Gehorsam. Die modernen, feinsinnig säuselnden Antifeministen – sie sind Legion und umfassen auch viele wohlmeinende Männer gebildeter Schichten – skizzieren das interne Machtverhältnis der Gatten, beziehungsweise die Rolle der auf Nebengeleise geschobenen emanzipierten Frau, etwa so: Die Frau muß die Fähigkeiten ihres Mannes kennen, ihn dahin treiben, wo er hin will, aber Mühe hat, aus eigener Kraft hinzugelangen, sein Manager sein, ihn im Glauben an sich selbst bestätigen, um, wenn er nach so ausgiebiger Aufpulverung endlich in Form ist, sich der überwältigenden Kraft seiner Persönlichkeit zu beugen. Die Frau soll vor der Gummifigur, die sie aufgeblasen hat, ehrfurchtsvoll zurücktreten.

Nur Mamas Bubi ganz groß kann in kindischer Unverschämtheit an eine solche Ordnung der Dinge glauben. Es wäre zum Lachen, wenn es nicht zum Weinen wäre. Zum Weinen ist es leider, weil die vielen großen Bubis einzeln und kollektiv auf Grund der Resten der traditionellen Vorherrschaft des männlichen Geschlechts in der Lage sind, im Gemeinschaftsleben eine entsprechende Verteilung der Rollen zu erpressen.

Wo immer man die Frauen in die wenig verlockende Rolle der klugen, aber ihr Licht unter den Scheffel stellenden Magd zu schieben versucht – unzählige Artikel und Büchlein dienen diesem Ziel –, sind Widerspruch und Anmaßung der Forderungen unverkennbar, obgleich an »warmer Menschlichkeit« als Zutat meist nicht gespart wird. Ein winziges Beispiel für zahllose Fälle! Es ist einem Handbuch für Eheleute und ihre Berater[73] entnommen:

»Die Frau, die ihren Beruf mehr liebt als ihre Familie, braucht nicht zu heiraten.« Unter dem »mehr lieben« versteht der Autor, daß die Frau nach der Verheiratung, anstatt im Haushalt unterzutauchen, ihren Beruf weiter ausüben möchte. Aber: »Die Frau muß verstehen lernen, daß der Beruf für den Mann einen wesentlichen Teil seines Lebens bedeutet.« »... die Liebe des Mannes (geht) zu einem Teil über das Verständnis zu seinem Beruf; er liebt die Frau, die an seinem Beruf Anteil nimmt, die seine Anstrengung darin lobt und sich mit ihm am Erfolg freut.« Es geht schon zu weit, von der Frau zu verlangen, daß sie dem Lebensgefährten das eigene Berufsleben opfert. Daß sie aber statt dessen verständnisinniges Sonnenscheinchen über der beruflichen Laufbahn des Ehemannes spielen soll, schlägt dem Faß den Boden aus.

»Dieses zusätzliche Selbstvertrauen, dieses ›Startgas‹ muß die Frau dem Manne geben ...« »Sie soll durch anregende Fragen die schöpferischen Ideen aus ihm herauslocken, durch geschickte Disponierung der Umstände den Start erleichtern, ... die errungenen Erfolge ins rechte Licht setzen und den Mann dafür ausgiebig loben.« Aber: »Zweifellos liegt es nun besser in der Natur des Mannes, Initiative zu ergreifen und Entscheide zu treffen, zu organisieren und regeln, als es in der Natur der Frau liegt ..., die mehr auf das Wachstümliche aus der Tiefe aufsteigende eingestellt ist. Dementsprechend läßt sich die Frau gerne führen ... Das Führersein ist somit die Bestimmung des Mannes, aber nicht seine höhere Würde, seine Aufgabe, aber nicht sein Vorrecht, sein Arbeitsplatz, aber nicht sein Königsthron.«

Eine seltsame Verteilung der Rollen! Einerseits soll die Frau Einpaukerin, Souffleuse und Beifallsspenderin eines schwächlichen Kandidaten sein und andererseits hinter ihm als dem großen Meister einhertrotten. Im Grunde geht es um das Spiel, zu dem in allerlei Varianten gutmütige Erwachsene von ehrgeizigen Kindern verleitet werden. Den Vierjährigen haben sie als Erstkläßler zu behandeln, den Erstkläßler als wütenden Löwen, den Sechstkläßler als Indianerhäuptling. Und nun verlangt man wahrhaftig von den Frauen, daß sie das dumme Spiel als ernstes Leben zur Ehre der Eitelkeit ausgewachsener Männer veranstalten.

Übrigens machen bei dieser Verklärung der den Frauen zugeschobenen Minderwertigkeit in eine wunderbare Andersartigkeit, aus der so seltsam genau hervorgeht, daß für die Frauen die altbekannte Zurücksetzung und Einschränkung gerade das Richtige ist, auch Frauen mit. Aber das spricht nicht für die antifeministischen Behauptungen, es heißt lediglich, daß die Versuchung, Überläuferin zu werden, groß ist. Es lockt die Subalternen immer, bei den Herrschaften gut angeschrieben zu sein, eine Lockung, die im Rahmen der Frauenbewegung häufig den Willen zur Solidarität mit den Geschlechtsgenossinnen auflöst. Kommt nun noch hinzu, daß dabei das Unmögliche möglich wird, man für die eigene Person den aufgezwungenen Habitus abschütteln und sich wie die Herrschaften selbst gebärden darf, so kann die Lockung unwiderstehlich werden.

Um praktisch zu reden: Indem zum Beispiel Frau Scholtze-Klink sich vollamtlich damit beschäftigte, den deutschen Frauen Besinnung auf ihr »ureigenes Frauentum«, ein »Zurück ins Haus« zu predigen, konnte sie selbst Kochtöpfen, Staublappen und Kinderzimmer, welche den anderen

Frauen Lebensinhalt sein sollten, entfliehen und eine außerhäusliche Wirksamkeit entfalten, um die sie wohl mancher ehrgeizige Mann beneidet hatte. Und Frau Dr. Farnham, die Mitautorin von »Modern woman: the lost sex«, die den Willen der Frauen zu beruflicher und öffentlicher Tätigkeit eingehend als krankhafte, durch »Penisneid« verursachte Erscheinung kritisiert, die man am besten mittels psychiatrischer Behandlung los wird, hat durch ihre Behauptungen und Ratschläge, wie man hört, ihre psychiatrische Praxis so schön erweitern können, daß angesichts des über ihren eigenen »Penisneid« bei anderen Frauen lukrativ beseitigten »Penisneides« mancher Mann vor Neid gelb werden soll. An diese beiden Beispiele ließen sich noch viele reihen. Etwa die ausposaunte Begeisterung der Eva Perón für »einfach Frau sein« in häuslichem Kreis, die sich restlos verflüchtigte, wenn es um ihre eigene Person ging. Denn für sie selbst war nur ein turbulentes Dasein im Brennpunkt der Öffentlichkeit gut genug und ein Pudel angenehmer als Kinder.

Alle diese Frauen sind nun nicht nur keine Kronzeuginnen für die antifeministischen Behauptungen über das Wesen der Frau, wie es zuerst scheinen mag, sondern das Gegenteil. Denn sie wollen so unbedingt reden, schreiben, regieren, organisieren, das heißt beruflich-öffentlich wirksam sein, daß sie, wenn opportun, sich kaltblütig in den Widerspruch verstricken, die lebendige Widerlegung der Ideologie zu sein, die den Inhalt ihrer Tätigkeit bildet. Im gleichen Widerspruch sind jene Frauen verfangen, die sich unter Berufung auf die vermeintliche Andersartigkeit der Frauen gegen die politische Gleichberechtigung ihres Geschlechts organisieren und nun akkurat mit dieser an die Öffentlichkeit gewandten, zu einer öffentlichen Frage Stellung nehmenden, gemeinsamen Tätigkeit bereits mit einem Fuß in der Politik stehen und mit jedem Wort gegen weibliches Politisieren schon politisieren. Daher sagen gerade die öffentlich gegen das Frauenstimmrecht auftretenden Frauen in Wirklichkeit das Gegenteil von dem, was sie aussprechen. Scheinbar sind sie Zeuginnen für die »Andersartigkeit« der Frau, in Wirklichkeit sind sie es für deren »Gleichheit«.

Doch zurück zur männlichen Propaganda für die Anerkennung einer psychischen und intellektuellen Andersartigkeit der Frau – ganz nach Kopf und Bequemlichkeit der Männer –, welche sie so grundverschieden machen soll, daß es sich rechtfertigt, sie selbst in der Demokratie politisch mundtot zu machen!

Ob man nun obszöne Witze, vermeintliche Wissenschaft oder euphemistisches Gesäusel, die Fortpflanzungsfunktionen der Frau oder ihre nach Bedarf der Antifeministen frei erfundenen oder auch »erfahrungsmäßigen« geistigen und seelischen Mängel einer politischen und beruflichen Gleichberechtigung der Geschlechter entgegenstellt, gemeint war und ist damit immer nur eines. Nämlich das, was mir ein Staatsrat des Kantons Wallis als Argument gegen das Frauenstimmrecht persönlich und wörtlich sagte: »Die Kuh soll im Stall bleiben und sich melken lassen.« (Im Rahmen solcher Tierwelt sei die Frage gestattet, was da der Esel tun soll. »Wohl den Karren ziehen«, möchte man antworten, »aber keinen Staatskarren.«) Dasselbe sagt übrigens der Vergleich des alten russischen Sprichwortes: »Die Henne ist kein Vogel – die Frau kein Mensch.«

Das eine wie das andere heißt, die Zugehörigkeit zum weiblichen Geschlecht habe die Wirkung, die tatsächliche, weitgehende Gleichheit individueller Frauen mit individuellen Männern in bezug auf Alter, Gesundheit, Energie, Charakter, Fähigkeiten, Bildung, Ausbildung, Lebenserfahrung und so weiter zu annullieren und die Frauen als dienende Mägde den Männern zu unterstellen.

Alle diese Vorwände gegen die politische Gleichberechtigung der Frau, welche mit der Anderswertigkeit alias Minderwertigkeit der Frauen operieren, sind grotesk. Sie sind es, weil »Anderswertigkeit« jeder Art in der Demokratie grundsätzlich bedeutungslos ist und man den Nachweis der Behauptung, daß solche »Anderswertigkeit« die Frau charakterlich und intellektuell Unmündigen gleichstelle, nicht nur schuldig bleibt, sondern sie im Privatrecht teils selbst widerlegt.

Warum manche Frauen »es selber nicht wollen«

Der passive Widerstand zahlloser Frauen gegen die politische Gleichberechtigung der Geschlechter – das heißt jener der anderen Frauen, denn selbst die erbittertsten Gegnerinnen des Frauenstimmrechtes zweifeln kaum je an ihrer eigenen Fähigkeit dazu – war und ist größer und zugleich auch kleiner, als man im allgemeinen annimmt.

Kleiner ist er, weil dort, wo nach der Lage der Dinge die Befürwortung nur in sehr aktiver Form sichtbar werden kann, Teilnahmslosigkeit nicht Gegnerschaft bedeuten muß, sondern auch Ausdruck temperierten Wohlwollens sein kann.

Sobald sich die Parteinahme der Frauen für die politische Gleichberechtigung in unauffälliger und unverfänglicher Form ausdrücken kann, wie dies z.B. bei den offiziellen Frauenbefragungen in den Kantonen Genf und Basel-Stadt sowie in der Stadt Zürich der Fall gewesen ist, zeigt sich die Zahl der Anhängerinnen so groß, daß die Redensart: »Die Frauen wollen es ja selber nicht«, für die schweizerischen Verhältnisse der Gegenwart zu bloßem Geplapper wird. Und das Geschwätz, die Stimmenthaltungen zählten als Nein-Stimmen, ist so absurd, wie es die Behauptung wäre – man hört sie bezeichnenderweise nie –, die Schweizermänner hätten dieses oder jenes Gesetz »nicht gewollt«, weil die Stimmenthaltungen zusammen mit den Nein-Stimmen die Ja-Stimmen überwogen hätten.

Wollte man schon auf diese Weise rechnen, so zeigte sich pikanterweise, daß die Männer wahrhaftig ihr eigenes Stimmrecht hinsichtlich eidgenössischer Gesetze nicht gewollt hätten. Denn bei der Abstimmung über die Bundesverfassungsrevision von 1874, welche die Einführung des eidgenössischen Gesetzesreferendums zum Gegenstand hatte, standen 198'013 Nein-Stimmen und 190'288 Stimmenthaltungen nur 340'199 Ja-Stimmen gegenüber.

Auf der anderen Seite war und ist der Widerstand größer, als man glaubt, weil auch bei positiver Haltung der Mangel an Einsatz praktisch auf Gegnerschaft herauskommt. Denn mit noch soviel Wohlmeinenden, die aber nichts unternehmen und riskieren, rückt die Sache natürlich nicht vom Fleck. Passiver Widerstand hält sich sogar in Ländern, welche nominelle Gleichberechtigung der Frauen längst eingeführt haben.

Der gedämpften oder auch begeisterten Anhängerinnen des Frauenstimmrechtes waren und sind zwar viele. Aber was sind viele schon, wenn man alle erwarten darf? Und alle Frauen waren und sind nicht dafür. Wo immer die Einführung des Frauenstimmrechtes Diskussionsthema der breiten Öffentlichkeit war, organisierten sich seine Feindinnen. Und was anderes als passiven Widerstand gegen die politische Gleichberechtigung der Frauen bedeutet es, wenn die Frauen in Ländern mit nomineller Gleichberechtigung der Geschlechter bei den Wahlen ihr eigenes übergehen? So tief sitzt das Joch!

Item, ob Widerstand gegen die politische Gleichberechtigung der Geschlechter von dieser oder jener Sorte – er ist weniger Ausdruck zielbewußter Überzeugung als eines Unbehagens.

Dieses Unbehagen hat vier verschiedene Herde. Im einzelnen Falle mag es vom einen oder anderen oder auch von allen zugleich herrühren. Es sind dies: der selbstverständliche Konservatismus des Menschen, hier also der Frau; das Minderwertigkeitsgefühl des Unterdrückten und die damit verbundene magische Furcht, sich gegen die Höheren zu vergehen; die verbreitete Unfähigkeit, die das Zusammenleben gestaltenden Grundsätze als solche, deren Auswirkungen sowie die eigenen Möglichkeiten voll zu erkennen, und schließlich der Interessengegensatz zwischen den sogenannt weiblichen und »männlichen« Frauen.

Konservatismus

Entgegen der verbreiteten Meinung, die vorab durch patriotische Erzählungen in Schul- und Jugendbüchern verbreitet wird, nämlich, daß sich die Unterdrückten mit loderndem Zorn gegen ihre Herren erheben, verhalten sie sich in der Regel nach der Devise: Lerne leiden, ohne zu klagen. Die landläufige Auffassung, die Menschen verföchten grundsätzlich und auf lange Sicht ihre eigenen Interessen, gilt nur sehr bedingt. Sie mag auf Einzelmenschen und Kollektive, die bereits etwas Macht und Erfolg haben, zutreffen. Meist ist jedoch das scheinbar unlogische Gegenteil der Fall. Ja, mitunter sind sie ihren Herren sogar mit einer Hundstreue ergeben und bereit, sich als demütige Instrumente für die als absolute Werte akzeptierten Personen und Interessen der Unterdrücker zu opfern.

Der Grund der Resignation liegt auf der Hand: Zufriedenheit stellt sich rascher ein, wenn man sich anpaßt, anstatt die Verhältnisse umwälzt, das »Unmögliche« möglich macht. Die Bereitschaft, der konkreten Lage ihre guten Seiten abzugewinnen, die Dinge zu nehmen, wie sie sind, anstatt für Verbesserungen zu kämpfen, liegt unvergleichlich näher. Der Durchschnittsmensch hat daher nicht die Tendenz, die Verhältnisse zu ändern. So gut es geht, paßt er sich an. Seine Hoffnung auf erfolgreiche Änderung ist meist schwächer als die Angst, den bescheidenen materiellen und geistigen Lebenskomfort zu verlieren, den die Anpassung an die Unterdrükkung noch zuläßt. Nur ein Übermaß an Unterdrückung, welches alles vergällt, nämlich das Verschwinden des Spatzes in der Hand oder aber die greifbare Nähe der Taube auf dem Dach, das heißt die ungewöhnliche Chance, eine Verbesserung der Verhältnisse zu bewerkstelligen, können die Unterdrückten zur Aufnahme des Kampfes bewegen.

Einzig die sogenannten Idealisten halten es anders. Und nur in ihrem Gefolge schwingt sich die Masse der Zurückgesetzten zu ihrem Ausnahmeverhalten auf. Setzen jene sich durch, so werden sie als der Menschheit edelste Blüten gefeiert. Haben sie keinen durchschlagenden Erfolg, so gehen sie als Narren oder Demagogen in die Geschichte ein.

Im Machtkampf der Geschlechter ist nun das konservative Verhalten der Unterdrückten, der Frauen, extrem. Denn die Geschlechtsbeziehungen, welche die Leute hüben und drüben mit gegenseitigen Glückserwartungen zusammenketten, fördern es noch. Hoffen doch die einzelnen Frauen, sich für die eigene Person die Erhebung ersparen zu können, indem sie sich über erotische Beziehungen zu den Machthabern verbessern. Folglich halten sie es für schlau, sich vorläufig anzupassen. Dies fällt ihnen um so leichter, als die Männerherrschaften zu den »geliebten« Machthabern zählen. Denn durch die erotische Seite ihrer Beziehung zu den Untertanen aufgeweicht, sind sie leutseliger als irgendeine andere Herrschaft.

Ebensosehr wie die geschlechtliche Beziehung im weitesten Sinne steht das Abstammungsverhältnis Mutter – Sohn und der es begleitende traditionelle, durch die Männerherrschaft noch aufgebauschte Impuls der Frau, sich mit ihren Nachkommen zu identifizieren, der Revolte entgegen. Dank ihrer Identifizierung mit dem Sohn, dem Aufgehen in ihm, nimmt die Untertanin an seiner Herrschaft illusionär teil, was ihr hilft, ihre geringere Stellung zu übersehen.

Diesem Verhalten tut auch die mütterliche Identifizierung mit der Tochter keinen Abbruch. Denn wie die Mutter wird grundsätzlich auch die Tochter die Möglichkeit haben, ihrerseits durch den Sohn »getröstet« zu werden. Überdies ist die Identifizierung mit der Tochter in einer Männerherrschaft unnatürlicherweise schwächer als mit dem Sohn. Psychologisch geht es dabei um dasselbe wie bei der verbreiteten Neigung, sich der armen Verwandten zu schämen und der reichen zu rühmen. Mit dem Sohn hat die Frau nämlich einen reichen Verwandten bekommen. Die Magd hat einen Herrn geboren: ein Abglanz seiner Herrschaft fällt auf sie. Sie ist gewissermaßen durch ihn geadelt worden. Um so leichteren Herzens kann sie auf eigenen Glanz und jenen von ihresgleichen verzichten. Warum auch für die Tochter kämpfen, wenn man sich sozusagen als Königinmutter in der Herrschaft des Sohnes sonnen kann, was zur gegebenen Zeit auch der Tochter offensteht?

Bei umgekehrten Machtverhältnissen der Geschlechter würden die Männer, falls sie könnten, sich natürlich auch lieber mit herrschaftlichen Töchtern als mit knechtischen Söhnen identifizieren und sich damit den Boden für eine Revolte entziehen. Doch fällt diese Möglichkeit vollständig außer Betracht, weil die Männer bei einer solchen Ordnung kaum Gelegenheit haben würden, im Bilde zu sein, wer überhaupt ihre Töchter sind, und, wenn dies ausnahmsweise der Fall sein sollte, die Identifikationskraft der Vater- jener der Mutterliebe nachstünde.

Das Minderwertigkeitsgefühl der Frauen und die magische Furcht, mit Erhebung zu freveln

Jede kollektive Über- und Unterordnung, sofern sie von einiger Dauer ist, bewirkt auf beiden Seiten eine Vorstellung vom Typus und von der Rolle, welche der einen und anderen Lage entsprechen. Sie trägt dazu bei, das Machtverhältnis beziehungsweise die Unterdrückung ideell zu verankern und damit zu verstärken. Ergebnis der Selbstbewertung ist auf der einen Seite Minderwertigkeitsgefühl, auf der anderen Überheblichkeit. Die Bewertung der andern Seite bewirkt hier Respekt, ja Ehrfurcht, dort Verachtung.

Das weibliche Minderwertigkeitsgefühl und sein Gegenstück

In bezug auf ihre Zugehörigkeit zum weiblichen Kollektiv sitzt den Frauen ein tragisches Minderwertigkeitsgefühl in den Knochen, soweit sie nicht nominell und auch praktisch gleichberechtigt sind. Indes ist den Männern als Angehörige des männlichen Kollektives eher ein triumphierendes Mütlein eigen; standen sie doch bis vor kurzem über der Hälfte der Menschen. Sie besitzen oft jene Arroganz gegenüber den Frauen, welche mitunter Bürger von Weltmächten im Umgang mit Angehörigen kleiner Staaten oder Städter gegenüber Landbewohnern aufziehen.

Dieses besondere weibliche Minderwertigkeitsgefühl darf aber nicht mit einem persönlichen verwechselt werden. Im Gegenteil! An den Geschlechtsgenossinnen wird zwar kein guter Faden gelassen, selbst jedoch fühlt man sich als all das, was sie vermeintlich nicht sind.

Wie alle Zurückgesetzten hegen auch die Frauen für ihre Schicksalsgenossinnen eine gewisse Verachtung und haben weniger Vertrauen in deren Fähigkeiten als in jene der Herrschaften, der Männer; auf diese Erscheinungen werde ich im einzelnen noch zu sprechen kommen. Indem sich die Mehrzahl der Frauen Wort für Wort an vielerlei tendenziöse Schriftchen über weibliche und männliche Eigenart hält, betrachtet sie ihr eigenes Geschlecht dem männlichen hauptsächlich in zwei Punkten als unterlegen. Nämlich im »logisch-abstrakten Denken«, das bekanntlich die blitzende Waffe der Neuzeit ist. Ferner im Gerechtigkeitssinn, in der Unparteilichkeit, der Sachlichkeit des Urteils; Dinge, die der Untergebene eh und je beim Vorgesetzten sucht. Kurz, die unterdrückten Frauen neigen dazu, ihrem Geschlecht hinsichtlich der Eigenschaften, die zur Herrschaft befähigen, ein Armutszeugnis auszustellen. Die Unterschätzung geht noch weiter. Es gibt keinen Mangel intellektueller und moralischer Art, wie sie die männerherrschaftlichen Ideologien den Frauen unterschieben, der, wo die Frauen unterdrückt sind, nicht von einem Teil derselben mit Vehemenz bestätigt würde. Wer die saure Mühe auf sich nimmt, zu versuchen, Frau um Frau für das Frauenstimmrecht zu gewinnen, erhält einen überraschenden Anschauungsunterricht über das, was die Frauen von den Frauen im allgemeinen halten. Vereinzelte verdammen ihre Geschlechtsgenossinnen in Grund und Boden. Lieber wollen sie keine politischen Rechte als sie mit solchem Gewürm teilen.

Es liegt auch ganz im Sinne des Minderwertigkeitsgefühles der Frauen in bezug auf ihr Kollektiv, daß sie sich häufig weder die Intelligenz noch die Kraft für Politik zutrauen. Politik muß eine Angelegenheit für Giganten sein, wenn sie schon den Männern solche Mühe bereitet. So nehmen sie denn häufig mittelmäßiges, ja jämmerliches politisches Treiben der Männer einfach hin. Wahrhaftig, selbst mitten im Kriege konnte man noch hören, wie Frauen die politische Gleichberechtigung der Geschlechter mit der Begründung ablehnten, die Männer besorgten die öffentlichen Angelegenheiten ja durchaus befriedigend. Offenbar hat in ihren Augen Krieg mit Politik rein gar nichts zu tun.

Frauen, die der politischen Gleichberechtigung der Geschlechter praktisch fernstehen, betrachten Krisen und Kriege wie der Wilde das Auto, als Naturgewalt, als das Toben eines Gottes, den zu versöhnen nur männlicher Priesterschaft gelingen kann, die ja bekanntlich meisterlich regiert. Es kommt ihnen erstaunlicherweise kaum in den Sinn, daß dabei laufend tragische Schnitzer passieren und daß es bei den Völkerkatastrophen meist nicht um unvermeidliche Niederlagen gegenüber höherer Gewalt geht, sondern um menschlichen, vorab männlichen Hokuspokus, der den Scharlatanen schließlich über den Kopf wächst. Anstatt Mängelrüge anzubringen, weil die Männer im Rahmen der von ihnen selbst angeordneten »Arbeitsteilung« ihrer Aufgabe nicht gewachsen scheinen, und ihrerseits an der »Reife« der Männer für politische Herrschaftsrechte zu zweifeln, stürzen sie herbei, wenn die Lage ernst wird, um ihr Scherflein beizutragen und je nachdem Socken zu stricken oder Helden zu pflegen. Sie mögen durch die politische Unfähigkeit der Männer noch so sehr in Mitleidenschaft gezogen werden, ihre Überzeugung, geringere Fähigkeiten zu besitzen, Gesetzesvorlagen und Wahlkandidaten zu beurteilen, zu regieren, bleibt unerschütterlich.

Die Kehrseite des verbreiteten weiblichen Minderwertigkeitsgefühles hinsichtlich der Zugehörigkeit zum weiblichen Kollektiv ist die Überschätzung der Männer im allgemeinen, des »Mannes«. Wie die Erwachsenen in den Augen der Kinder, so können die Männer in den Augen vieler Frauen grundsätzlich alles. Sofern die bekannte weibliche Witzblattfigur, die mit gebietender Handfestigkeit ihr eingeschüchtertes Ehemännchen herumbugsiert, in Fleisch und Blut existiert, macht sogar sie keine Ausnahme. Zwar betrachtet sich manche Frau als Ausbund der Klugheit, ihren verdatterten Mann dagegen als unglaublich dumm. Nichtsdestoweniger hält sie die Frauen im allgemeinen für unvergleichlich dümmer als die Männer. Wie unzulänglich ihnen das männliche Geschlecht in den ihnen bekannten Vertretern erscheinen mag, die Hochachtung vor dem männlichen Geschlecht als solchem bleibt. Das Götterbild hält sich zähe.

Offenbar steht ihnen als der eigentliche Mann die hehre Gestalt vor Augen, welche die Männer in elaborierten Skizzen seelischer und geistiger »Geschlechtsunterschiede«, denen alle möglichen Annahmen, nur keine wissenschaftlich einwandfreien Untersuchungen auf breiter Basis zugrunde liegen, von sich selbst zeichnen. Der männliche Verstand – ein Diamant, klar, scharf, unbeeindruckbar. Der männliche Geist – tief und weit wie das Weltall, von Kometen durchrast, von Sonnen durchlichtet. Der männliche Mut – eine Felswand aus Granit, eine zu den Sternen lodernde Flamme. Der männliche Unternehmungsgeist – ein Perpetuum mobile. Der männliche Gerechtigkeitssinn – eine Goldwaage. Die männliche Würde – gewährleistet durch ständige telepathische Verbindungen mit Gott persönlich. Und last not least ihre Herkunft – selbstredend von den Göttern aus erster Hand. Physiognomisch gesehen, handelt es sich bei dem den Frauen vorgesetzten männlichen Urbild, zu dem sie so gerne aufblikken, um die hohe, beherrscht nach vorne gebeugte Gestalt des Herrn im Frack aus dem Journal des Herrenschneiders, an dessen Stirne sich die Nebel teilen, dessen Auge Blitze schleudert und dessen viereckiger Unterkiefer alles zermalmt, was nicht schön, gut und edel ist. Der Wunderglaube an diese Figurine ist das Korrelat des verbreiteten weiblichen Minderwertigkeitsgefühles.

Die Männer ihrerseits halten dieses Bild eines besseren Ich, das ihnen die herrschaftliche Selbstüberschätzung eingegeben hat, schließlich selbst für ihr Konterfei. An seinem gewinnenden Äußeren hängen sie zwar nicht. Sie halten sich nämlich in jeder Ausführung für schön genug. Ernst jedoch nehmen sie seine inneren Merkmale. Der vermeintlich überragenden Intelligenz rühmen sie sich besonders.

Die Spezies Männer, deren Angehörige sich leicht für gescheiter als eine jede Frau halten, scheint in der Schweiz zahlreich vertreten zu sein. Begreiflich. Denn die politische Rechtlosigkeit der Frauen ist eine ständige Bestätigung des komfortablen Wahns. Stimmt doch, wie gesagt, der Stallknecht über Gesetze ab, zu denen die klügsten Schweizerinnen nicht das mindeste zu sagen haben.

Selbst das Gepräge des geselligen Umganges der Geschlechter entspricht diesem Wahn. Die Abwicklung der Konversation zeigt es besonders. Ihre Kennzeichen sind seitens der Männer oft langatmige Belehrung und kleinliche Rechthaberei. Es wird dabei gewissermaßen ein stereotyp lächelnder Sack mit Sägemehl vollgestopft, wobei der eifrig Hantierende allmählich warm und munter wird, in seinen Augen sich selber übertrifft. Auf einem Spaziergang erteilt man in dieser Weise weiblicher Begleitung Botanikunterricht. Vor Gemälden erklärt man ihr Kunst, vor Baudenkmälern Architektur, auf Reisen wird einer scheinbar Stockblinden vom Panorama berichtet. Hört nun der vermeintliche Sackgeist einmal auf, lächelnd zu schlucken, und redet selber, vertritt gar andere Ansichten, so ist leicht ein Kleinkrieg da. Bei solchen Diskussionen haben viele Männer Angst, einzulenken. Geht es ihnen doch nicht um einen Gedankenaustausch, sondern um ein Turnier, bei dem sie siegen müssen, müssen, müssen; denn die Bestätigung ihres Herrschaftsanspruches scheint ihnen in Frage zu stehen. Aus den gleichen Gründen greifen sie nebensächliche Irrtümer von Frauen gierig auf und lassen sich's schmecken. Die eigenen – der Mangel an Selbstkritik bewirkt manche – sind immer wohlbegründet. So wohlbegründet wie die Stürze jener Skifahrer, die gänzlich unbekannten Skifahrerinnen von ihrer Badewanne aus dozieren, wie sie eigentlich gar nicht gestürzt seien und nur ein Übermaß an Können sie zu Fall gebracht habe.

Stilisiert besitzen die Pendants der gegenseitigen Bewertung der Geschlechtskollektive etwa diese Form: Wo die Frauen zurückgesetzt sind, halten viele Männer sie bis zum massiven Beweis des Gegenteiles für dümmer und schwächeren Willens; dagegen erachten zahlreiche Frauen die Männer zum vornherein für klüger und energischer als jede Geschlechtsgenossin. Eine solche Atmosphäre ist nicht gerade Treibhausluft für die Idee einer Machtverschiebung zwischen den Geschlechtern.

Irdische Machthaber haben himmlische Rückendeckung

Das Machtverhältnis zwischen den Geschlechtern ist nicht so unveränderlich, wie jene glauben, denen das Mutterrecht auch bei den fernsten Insulanern, der Amazonenstaat, verwischt am Horizonte der abendländischen Geschichte, ein Dorn im Auge und der bescheidene Erfolg der Frauenemanzipation eine Zerfallserscheinung ist. Seine Voraussetzungen können sich sogar in relativ kurzer Zeit wesentlich verändern, wie bei der Erörterung der Beziehung zwischen Recht und Gewalt dargelegt worden ist.

Dennoch wandelt sich das Machtverhältnis zwischen den Geschlechtern nur langsam.

Nicht zuletzt weil sich seine langwährende Form ideologisch, ja religiös, stark verwurzeln konnte. Das Minderwertigkeitsgefühl auf der einen und die Überheblichkeit auf der anderen Seite fanden Verabsolutierung religiöser Natur. Wie die armen Tröpfe aller Zeiten waren nach geraumer Weile erfolgreicher Unterdrückung auch die Frauen meist der Vorstellung zugänglich, ihre Herren seien dies so oder so durch eine besonders enge Beziehung zu den überirdischen Mächten. So mochten sie mit der Zeit zu einer Respektierung gelangen, die neben die tatsächliche Anerkennung die moralische stellte. Damit aber bejahten sie in einem höheren Sinne auch ihre eigene Knechtschaft. Unnötig zu sagen, daß religiöse Belehrung in diesem Geiste von den Herrschaften selbst in reichem Maße gespendet wurde. Hatte solche Furcht-Ehrfurcht sich einmal eingefressen, so wurde sie von den Machthabern mit Hilfe himmlischer und höllischer Geister sorgfältig geschürt. Entsprechend kann man sagen: je solider die Herrschaft, um so tiefer ihre religiöse Verankerung, und je tiefer ihre religiöse Verankerung, um so solider die Herrschaft. Tatsächlich ist im Abendlande kaum ein anderes Herrschafts-Untertanenverhältnis durch Religionslehren so stark untermauert worden wie dasjenige zwischen den Geschlechtern. Die Männerherrschaft hatte sich im Himmel und auf Erden festgesetzt.

Der Respekt der Frauen vor den Männern hat etwas von jenem des Kindes vor dem Erwachsenen, des Schülers vor dem Lehrer, des Arbeitnehmers vor dem Arbeitgeber und vielleicht auch des Tieres vor dem Menschen, solange es glaubt, dieser sei der Mächtigere. Kurz, es handelt sich um die Ehrfurcht des Untertanen aller Zeiten gegenüber seinem Herrn, den er noch in keinem erfolgreichen Auflehnungsakt der Ohnmacht überführt hat. Sie besteht in der Angst, sich mit der Mißachtung der Autorität des Vorgesetzten an einer höheren zu vergehen.

Ihr liegt die Vorstellung zugrunde, die tatsächlichen Machtverhältnisse seien eine Art Gottesurteil. Damit wird die Auflehnung mehr als ein Akt der Selbstbehauptung, wird Sakrileg. Viele Frauen fürchten, mit ihrer Erhebung zur Gleichberechtigung zu freveln, sich auf die Seite des Chaos zu stellen, nach den geltenden Maßstäben ein Scheusal zu werden und damit für alle Zeiten verdammt zu sein. Diese Angst sitzt tief und ist meist unbewußt. Sie hatte zur Folge, daß selbst nachdem die praktischen Voraussetzungen für eine Untertanenschaft der Frauen zu wanken begonnen hatten, die Religion sie noch lange festhielt und die Frauen lähmte, ihren Vorteil besser wahrzunehmen.

Zahlreiche Bestimmungen des Alten und Neuen Testamentes und erst recht ihre Interpretationen legen den Frauen im Geiste männlicher Herrschaft Fesseln an. Diese Bibelworte werden bei uns bis auf den heutigen Tag weidlich gegen die politische Gleichberechtigung der Frauen ausgeschlachtet. Wie solche Bestimmungen einerseits als Geißeln für gläubige Frauen und anderseits als eine gläubige und ungläubige Männer gleichermaßen erfreuende Selbstbeweihräucherung gegen das Frauenstimmrecht ins Treffen geführt werden, zeigt ein im Zusammenhang mit einer nationalrätlichen Debatte über das Frauenstimmrecht vor einigen Jahren erschienener, geradezu anekdotischer Artikel eines Geistlichen.[74] Man vernimmt folgendes:

»Die Einführung des Frauenstimmrechtes ist eine Revolution, weil sie göttliches Fundament der Familie, des Staates und der Gesellschaft zerstört, indem sie das tausendjährige Primat des Mannes stürzt. Der soziale Vorrang des Mannes ist göttlichen Ursprunges. Ein Königtum von Gottesgnaden, Gott sprach, lasset uns schaffen einen Menschen nach unserem Bilde, zu unserem Gleichnis, der da Herr sei über die Vögel des Himmels und über die Fische des Meeres und die ganze Erde, und Gott schuf den Menschen nach seinem Bilde. Also Königtum, Primat über die ganze Erde! ... Und Gott der Herr sandte einen tiefen Schlaf über Adam und als er entschlummert war, nahm er eine aus dessen Rippen und er baute die Rippe um zu einem Weibe ...

... Der Mann ist der erste, also Primat, Vorrang, von Gottesgnaden. Das Verhalten der Frau zum Manne ist das des zweiten zum ersten, das des Helfenden zum Herrschenden.

Nach dem Sündenfall wurde das soziale Primat des Mannes gegenüber der Frau feierlich von neuem verkündigt. Der Satan, der große Menschenkenner, hatte das Frauenstimmrecht benützt, um die größte Katastrophe der Menschheit, den Sündenfall, herbeizuführen ...

Wir wissen, daß die Frau eigenmächtig, vor dem Mann und ohne den Mann ihre Stimme abgegeben hat, das erste Nein der ersten Frauenrechtlerin. Wir wissen auch, daß von dieser unglücklichen durch den Feind des Menschengeschlechtes provozierten ersten Ausübung des Frauenstimmrechtes unsere Leidensgeschichte ihren Anfang genommen hat.

Indem sodann die Frau im Schatten des verbotenen Baumes in einer Frage von unendlicher Wichtigkeit ihr selbständiges Nein in die Urne warf, handelte sie als Herrscherin und nicht als Helferin. Sie stürzte das Primat, den Vorrang des Mannes, der nun in schwächlicher Rücksichtnahme, der Vorrednerin sich anschließend, das Frauenstimmrecht sozusagen anerkannte, zum Unglück der Menschheit.

Was tat Gott? ... Das Weib kommt unter die Herrschaft des Mannes – Das durch die Schlange proklamierte Frauenstimmrecht wird feierlich verurteilt. Der Mann herrsche über dich.

So steht's in der Schrift für alle Zeiten ... Die von Gott ausgesprochene Herrschaft des Mannes über die Frau ist mit dem Frauenstimmrecht unvereinbar, wie das Frauenstimmrecht unvereinbar ist mit der Herrschaft des Mannes ...

Das Christentum hat die in der Schöpfung niedergelegte Lehre vom Primat, von der sozialen Vorrechtsstellung des Mannes, immer gepredigt, im Epheserbrief schreibt der hl. Paulus:

Die Frauen seien ihren Männern untergeben, wie dem Herrn, weil der Mann das Haupt der Frau ist, wie auch Christus das Haupt der Kirche ist. Wie die Kirche Christus untergeben ist, so auch die Frauen ihren Männern in allem. (Eph. 5) ...

... Wenn das Frauenstimmrecht eingeführt wird, dann ist das Pauluswort vom Manne als Haupt der Frauen außer Kraft ...«

Was sagten und sagen die Frauen zu solchen Schreckgespenstern, mit denen man sie in die Schranken weisen will?

Gegenüber Frauen, die nicht zum christlichen Kulturkreis gehören, sind solche Appelle an die irrationale Angst des Unterdrückten Schläge ins Wasser. Die Chinesinnen zum Beispiel sollen die Geschichte vom Apfel für einen großartigen Witz halten, der nur einmal mehr zeige, wie dumm und feige die Männer seien. Die Frauen der westlichen Kultur hingegen haben lange Zeit dabei nichts zu lachen gehabt, sondern sind in der ihnen im Namen des Höchsten zugedachten Rolle des schwarzen Schafes ergeben neben ihren männlichen Königen von Gottesgnaden einhergetrottet, den männlichen Satzungen bedeutend strikter untergeben als die Kirche Christo.

Inzwischen hat sich auch dies geändert. Je nach Gläubigkeit schlagen die Frauen vor der als Schreckgespenst gegen ihre Gleichberechtigung aufgezogenen Schöpfungsgeschichte geschwind das Kreuz oder aber sie rufen gewissermaßen wie im Kinderreigen: »Mer fürchtet de schwarz Maa nid!«

Das heißt praktisch: Sofern die Frauen kirchentreu sind, suchen und finden sie andere Bibelstellen, mit deren Hilfe der antifeministische Geist der ersteren exorziert werden kann, oder auch solche, bei denen man sich im Gegensatz zu den antifeministischen vor der buchstäblichen Auslegung gehütet hat, weil sie den Männern nicht in den Kram paßt.

Aus der weitmaschigen Interpretation der letzteren folgern sie, daß man es auch mit der weiblichen Untertanenschaft nicht so genau zu nehmen hat, wenn zum Beispiel der Mann, anders als es der Schöpfer anordnet, nicht bei jeder Erwerbsarbeit zu schwitzen braucht und man sogar auf die Aufhebung der Sklaverei stolz ist, obgleich Paulus die Sklaven mahnte, ihren Herren in allem untertan zu sein, ja ihnen mit Furcht und Zittern zu gehorchen. Getreu dem Wortlaut folgend, könnte man den Spieß sogar umdrehen. So ließe sich das Bibelwort »Im Schweiße deines Angesichtes wirst du dein Brot verzehren«, unschwer dahin deuten, daß die Männer im Rahmen ihrer Erwerbstätigkeit ausschließlich körperliche Arbeit und nur diese zu leisten hätten, während den Frauen die interessanteren, intellektuellen Betätigungen, bei denen man bekanntlich weniger schwitzt, zukämen.

Und mit dem Spruch von Paulus gar könnte man zu einer Ablehnung der Demokratie und damit auch des allgemeinen Wahl- und Stimmrechtes der männlichen Bürger gelangen. Aber davon hört man seitens noch so christlicher Nachkommen einstiger Leibeigener und Untergeordneter aller Art interessanterweise nie ein Wort. Und religiöse Skrupel wären wirklich das allerletzte, das sie von Ämtern und Abstimmungen abhalten könnte.

Theologische Entgegnungen der Frauen bis zu solchen Konsequenzen sind allerdings selten. Überbleibsel der irrationalen Angst schalten sich ein und weisen sie als »unverschämt« zurück, obwohl sie wahrlich auf der Hand liegen. Die übliche Verteidigung der Frauenrechte auf biblischer Grundlage strebt nur Gleichstellung der Geschlechter vor dem Höchsten an. Da die entsprechenden Stellen meist allgemeiner gehalten sind und ihnen damit die unmißverständliche Deutlichkeit der antifeministischen Stellen fehlt, ist den sich auf sie stützenden Widerlegungen etwas vom jammervollen Ernst des Plädoyers eigen, mit dem der Ungeliebte dem parteiischen Gott beweisen will, daß er von ihm eigentlich nicht minder geliebt werde.

Für nicht praktizierende Christinnen und Atheistinnen haben diese Bestimmungen religiöser Natur scheinbar so wenig Autorität wie die Märchen der Brüder Grimm. Aber kurzerhand herauslachen, wie die Chinesinnen es tun sollen, können sie nicht. Ihre geistige Unabhängigkeit vom Christentum ist noch etwas neu; sie sind gegen Atavismen nicht gefeit.

Aus diesen Gründen spüren die Frauen, die auf der Bühne des Welttheaters mit der Macht von Himmel und Erde so lange in die Statistenrollen gedrängt worden sind, trotz der Aussicht auf politische Gleichberechtigung infolge der sozialen Entwertung der Muskelkraft den Hauch einer irrationalen Hemmung. Manche werden das Gefühl, die Götter seien nicht mit ihnen, schwer los. Daher sind sie, wo sie nominell bereits gleichberechtigt sind, häufig zu »selfconscious«, um ihre Stimme zu erheben, zu agieren. Besitzen sie aber die nominelle Gleichberechtigung noch nicht, so schrecken sie vor dem Protest der anderen Akteure und dem Pfeifen des Publikums zurück. Auf diese Weise hilft die christliche Religion, die in ihren Grundlagen erschütterte Herrschaft der Männer beziehungsweise Untertanenschaft der Frauen künstlich zu halten.

Naiver Individualismus

In gleicher Richtung wie der natürliche Konservatismus und das durch die christlichen Kirchen genährte Untertanen-Minderwertigkeitsgefühl der Frauen wirkt die verbreitete Unfähigkeit, die Regeln des Gemeinschaftslebens und die Gestaltung des individuellen Lebens durch sie zu erkennen. Bei oberflächlicher Betrachtung sieht man in der Lebensform des Einzelmenschen einen persönlicheren Ausdruck, als der Wirklichkeit entspricht. Während man so die Unabhängigkeit des Einzelmenschen im Verhältnis zur Außenwelt überschätzt, unterschätzt man zugleich dessen Möglichkeit, sie zu gestalten. Das Treiben der Welt und mit ihm die Politik wird als eine Reihe ziemlich unzusammenhängender »faits accomplis« betrachtet, gewissermaßen als ziehende Wolken am Himmel. Man sagt denn auch im Zusammenhang mit der kollektiven Gestaltung der Gemeinschafts- und Einzelschicksale gerne »es kommt«, als handelte es sich um Wetter und Jahreszeiten. Wobei man der Meinung ist, es stände jedem frei, den Schirm aufzuspannen und einzuheizen, um sich vor Schaden zu bewahren.

Diese Betrachtungsweise nimmt leicht die Form eines naiven Individualismus an, der seine Vertreter die Strömung, in der sie schwimmen, als solche nicht einmal erkennen läßt, geschweige denn, wohin man treibt. Sie ist eine Schwäche, der in unserer Zeit jeder verfallen kann. Die Männer aber sind dagegen meist gefeiter, weil sie dank ihrem öffentlicheren Arbeitsfeld als Berufsleute und Staatsbürger eher in der Lage sind, zu merken, was im Tun ist. Sie stoßen sozusagen mit der Nase auf die Probleme des Gemeinschaftslebens und die Regeln, nach denen es sich abwickelt. Anders die Frauen. Da sie nach der Tradition »ins Haus gehören«, leben sie privater. Die Mehrzahl von ihnen nimmt daher einen ungünstigeren Platz ein, um den Lauf des Gemeinschaftslebens und damit die Bedeutung der Politik und der politischen Gleichberechtigung zu erfassen.

Solch blinder Individualismus hat zur Folge, daß mancherlei Widerwärtigkeiten, die sich bei anderen Grundlagen des kollektiven Lebens, bei anderen Weichenstellungen, nie gezeigt hätten, geschluckt werden, mit dem schlechten Trost: »So ist das Leben nun einmal.« Dabei könnten sie, am Griff statt an der Schneide gepackt, Antrieb zum Eingreifen und damit zum Handhaben der Maschinerie kollektiver Regelungen sein, welche die politischen Rechte darstellen.

Die Schwierigkeit, die Zusammenhänge zwischen der Organisation des Zusammenlebens und dem Ablauf des individuellen Lebens zu erkennen, ist auch Voraussetzung einer so läppischen wie scheinbar intelligenten Frage mancher Gegnerinnen des Frauenstimmrechtes. Sie lautet: »Was nützt es?« Die Fragestellerin denkt dabei, sie sei und bleibe arm, überarbeitet und gelangweilt oder aber reich, müßig und aufs beste unterhalten, ob sie nun zur Urne gehe oder nicht. Ihre Frage ist im Grunde keine andere als jene nach dem »Nutzen« der Möglichkeit zur Selbstbehauptung, zur Selbstverwirklichung, zur Selbstbestimmung.

Nun, denjenigen, die sich selbst aufgegeben haben, und den Fatalisten bleibt man die Antwort allerdings schuldig. Den anderen jedoch hat man anhand einer Arbeit, die dem Aufräumen eines Nähkorbes mit zähen Knäueln verwickelter Fäden gleicht, die Zusammenhänge zwischen der Organisation des Zusammenlebens, das heißt der Politik, und unwillkommenen oder willkommenen Seiten des eigenen Lebens nachzuweisen. Selbst wo die Fragenden sich noch nie an kollektiv geschaffenen Lösungen gestoßen haben, stehen diese vielleicht der Erfüllung von Wünschen entgegen. Und restlos Glücklichen können sie doch ihr Glück gefährden. Häufig lassen sich die Voraussetzungen zu Unerwünschtem und Erwünschtem im Leben des einzelnen auf Kräfte zurückführen, die man auf Grund politischer Rechte persönlich beeinflussen, ja mit Gleichgesinnten zusammen vielleicht auch zu leiten vermöchte.

Die Frage: »Was nützt es?« wird von vielen Schweizerinnen noch in einem anderen Sinne gestellt. Sie bezweifeln damit, daß die Ausländerinnen durch die politische Gleichberechtigung besser gestellt seien als die Schweizerinnen. Die Frage in diesem Sinne – die Antwort ist nicht einfach – wird im Zusammenhang mit der Verwirklichung der politischen Gleichberechtigung noch berührt werden.

Ein Interessengegensatz im eigenen Lager

Alle bisher angeführten Gründe, weshalb die Frauen das Frauenstimmrecht »selber nicht wollen« (oder nicht wollten), wobei nicht nur die erklärten Gegnerinnen, sondern auch die zahlreichen Lauen ins Auge gefaßt wurden, gelten im Prinzip nicht weniger für den passiven Widerstand unterdrückter Männerkollektive gegen ihre Befreiung. Die Zurückgesetzten männlichen Geschlechts haben nämlich ebenfalls unsäglich Mühe, sich in hellen Scharen für eine Verbesserung ihrer Lage einzusetzen, was man gerne übersieht. Insoweit gleicht das Verhalten einer großen Anzahl von Frauen demjenigen der Angehörigen irgendeiner Klasse politisch Unterdrückter. Doch sind die Gründe des passiven Widerstandes gegen eine Erhebung bei den Frauen in einzelnen Punkten verschärft. Überdies haben sie einen zusätzlichen Grund, durch den ihre Passivität ganz wesentlich von jener anderer Unterdrückter abweicht. Es ist die Furcht vor dem Aufklaffen eines gewaltigen Interessengegensatzes innerhalb des Frauenkollektives.

Es handelt sich um den erörterten Gegensatz zwischen den beiden Seelen, die in der Brust jedes weiblichen Wesens wohnen: dem Drang, »sein eigenes Leben zu leben«, und der Tendenz zu dessen Hingabe an die Familie, um für die Nachkommen und in ihnen zu leben. In jeder Kultur und in jeder Epoche vorhanden, ist bei uns der Konflikt akuter denn je. Der zeitgemäße Individualismus steigert den Willen zur Selbstverwirklichung, zur Karriere. Zugleich aber verlockt die Überhandnahme des »Versorgerwesens« – dessen wirtschaftliche Voraussetzung der durch die Technik geschaffene Reichtum ist –, »einfach Frau zu sein«, das heißt zu Brot, Obdach und Kindern zu kommen, indem man gewissermaßen seine Geschlechtlichkeit in den Dienst eines einzigen Mannes stellt und daneben noch für ihn und die Nachkommen den Haushalt macht. Die einzelnen Frauen setzen das eine oder das andere Ziel an die erste Stelle, wodurch sie sich als »männliche« oder »weibliche« Frauen in zwei Lagern gegenüberstehen und einander bei der Verfolgung ihrer Ziele ins Gehege kommen.

Infolgedessen sind sich die Frauen der westlichen, individualistischen Kultur teils bewußt, teils unbewußt nicht einig über das zu verfolgende Ziel feministischer Art, falls sie politisch wirklich ganz und gar gleichberechtigt wären. Die einen streben in erster Linie im Namen ihrer Individualitäten Gleichberechtigung im kulturellen, wirtschaftlichen und politischen Leben an. Die anderen eine Art Bienenköniginnendasein, um die Zwecke ihrer Gattung beziehungsweise ihres Geschlechtes nach dem konventionellen Modell der ehelichen »Frau und Mutter« komfortabel zu erfüllen, das heißt mit sowenig Arbeit wie möglich. Eine solche Königin besitzt allerdings nicht einen Untertan, dafür aber einen Gemahl, der Arbeitsbiene und Drohne in einem ist. Je restloser seine Disziplinierung zum Lebensmittel-Frachtdampfer gelingt, um so schöner hat sie es.

Der Zankapfel in diesem Konflikt ist also der Happen des »guten Versorgers«. Je nach dem Ziel, das ihnen wichtiger ist, erstreben die einen Frauen die Gleichberechtigung vor allem, um zu jener Wirksamkeit zu gelangen, die ihrer Individualität gemäß ist, und natürlich auch zu den entsprechenden Einkünften, während die anderen in erster Linie darnach trachten, auf Grund ihrer Geschlechts- und Fortpflanzungsfunktion in konventionellem Rahmen zusammen mit den Kindern privilegiert zu werden. Von welchen Rechten sie auch reden mögen, sie meinen damit ehefrauliche Anteile am Vermögen und Einkommen des Ehemannes. Und welches auch immer der Teil der ernährten Frau sein mag, er ist um so größer, je größer die Happen der Ehemänner sind. Diese wiederum sind um so größer, je kleiner diejenigen der anderen sind, die sich um die Güter der Erde balgen. Deshalb hacken die Bienenköniginnenfrauen gerne an der Seite ihrer Arbeitsbienchen-Drohnen auf die erwerbstätigen Frauen ein und sind häufig gegen deren Gleichberechtigung auf wirtschaftlichem Gebiet. Allerdings reden auch sie von Rechten der Frau auf persönliche Entfaltung. Aber sie verstehen darunter lediglich eine vom Ehemann finanzierte Eliminierung häuslicher Arbeit, um mehr Zeit für die gemütliche Erledigung von allem möglichen, vom Klavierspielen bis zum legitimen Nichtstun mit einem Strickzeug in der Hand zur Verfügung zu haben.

Die Frauen dieses Lagers stellen die extremen Gegnerinnen des Frauenstimmrechtes und die vielen Lauen. Denn ihrer Grundauffassung gemäß müssen sie politische Gleichberechtigung der Geschlechter ablehnen. Gäben sie den Ausschlag, so wäre tatsächlich die Mehrheit der Frauen gegen das Frauenstimmrecht. Nun trifft aber das Gegenteil zu. Die Ursache liegt in der großen wirtschaftlichen Abhängigkeit der sogenannt weiblichen Frauen und ihrer Kinder vom Ehemann. In diesem Punkt fordern sie streng. Sie wollen unbedingt Sicherheit und mehr als das. Denn wenn schon auf das »Menschsein« zugunsten des »Frauseins« verzichtet werden soll, dann will man so komfortabel wie möglich »Frau bleiben«. Es braucht nun etwelchen Zwang, um den Ehemann als Arbeitsbienchen-Drohne bei der Stange zu halten, nämlich bedeutende und etablierte Ansprüche der Frau und Mutter. Und je mehr politische Macht das weibliche Kollektiv besitzt, um so besser können Frau und Kinder »geschützt« werden, mag es auch vereinzelten Ehefrauen auf eigene Faust gelingen, noch so große Gaben zu ergattern. Politische Gleichberechtigung ist ein Riesenschritt in Richtung einer Privilegierung der Ehefrau auf dem langen Weg, der vom gefürchteten »Pater familias« bis zur ausgequetschten Orange führt, die der ideale »Versorger« darstellt. Auch jene, die »Frauen bleiben wollen«, haben also Grund genug, für das Frauenstimmrecht zu sein.

Beide Lager erstreben politische Gleichberechtigung, aber aus verschiedenen Gründen. Man mißtraut sich gegenseitig. Die Frauen, die auf den sogenannten Beruf als Frau und Mutter gesetzt haben, befürchten, die eigentlichen Feministinnen würden, einmal gleichberechtigt, ihnen ihre wirklichen oder erhofften ehemännlichen Fleischtöpfe umwerfen und überhaupt ihre Kreise stören. Demgegenüber hegen die Feministinnen den Verdacht, die Frauen, die »nur Frauen sein wollen«, wären bereit, auf die Forderung der Gleichberechtigung in allem und jedem zu verzichten, falls sich damit zusätzliche materielle Sicherheit für Mütter und Kinder erhandeln ließe.

Diese Kluft erstickt bei den Feministinnen, die für die politische Gleichberechtigung streiten, das kämpferische Feuer und macht die Frauen, »die es bleiben wollen«, bis zu dem Grade lau, daß sie bestenfalls gerade noch nicken, wenn man sie offiziell um ihre Meinung fragt.

Also doch: »Die Frauen wollen es selber nicht.« Nicht doch, sie wollen »es« in großer Zahl. Aber ihr Wollen hat den Haken, daß es nur bei einer Minderheit, bei den eigentlichen Feministinnen, philosophisch verwurzelt ist. Nur bei ihnen ist die politische Gleichberechtigung der Geschlechter ein stilechter Teil ihrer Weltanschauung. Für die Frauen, die »nur Frau sein wollen« dagegen, ist sie bloß ein Kniff, eine Leiter, mit der man sich aus dem Keller befreien oder in ein höher gelegenes Stockwerk steigen möchte, um sie, sobald man sich am Ziele glaubt, unbedenklich fahrenzulassen.

Die Einführung des Frauenstimmrechts

Was die schönsten Argumente nicht vermochten, brachten Technik und Kriege zuwege

Welche praktische Entwicklung hatte nun die ideologische Auseinandersetzung über die Gleichberechtigung der Frau, die mit der Französischen Revolution ihren Anfang nahm, im Gefolge?

Privatrechtlich wurde die Unterdrückung der Frau etwas gelockert. Man fuhr, wenn auch zögernd, mit den überlebtesten Institutionen ab, die seit langem Bizarrerien geworden waren.

Das Resultat hatte in der Schweiz etwa folgendes Gesicht:

Man anerkannte nun die grundsätzliche Handlungsfähigkeit der Frau. Nichtsdestoweniger blieb es mehr oder weniger bei einer sorgfältig ausgebauten Unterordnung der Ehefrau, insbesondere in güterrechtlicher Hinsicht. Der große Unterschied gegenüber früher bestand hauptsächlich darin, daß der außerhäusliche Arbeitserwerb *ihr* Eigentum wurde. Der Lohn brauchte nun nicht mehr dem Ehemann abgeliefert zu werden. Immerhin wurde ihm das Recht eingeräumt, einen Beitrag davon an die Kosten der ehelichen Gemeinschaft zu verlangen. Ferner öffneten sich den Frauen, wie erläutert, in der zweiten Hälfte des 19. Jahrhunderts, »die Tore der Universität«. Etwas verspätet in Anbetracht der längst geltenden Handels- und Gewerbefreiheit. Übrigens besitzen die Frauen sie bekanntlich zum Teil nur auf dem Papier, weil rigorose Usancen sie auf verhältnismäßig wenig Berufe beschränken. Und selbst auf dem Papier nicht immer. So setzt zum Beispiel die Berufstätigkeit der Ehefrau eine ehemännliche Bewilligung voraus. Auch schließen vereinzelte Rechtsvorschriften die verheirateten Frauen von der Ausübung bestimmter (begehrter) Berufe aus. Alles in allem machte man meist nur einige Schritte in Richtung privatrechtlicher Gleichberechtigung der Frau.

Hinsichtlich ihrer politischen Rechte jedoch blieb es vorläufig im großen und ganzen allenthalben beim alten. Den logischen Folgerungen aus dem Wesen der Demokratie zugunsten der politischen Gleichberechtigung der Geschlechter wich man nicht um Haaresbreite. In diesem Punkte jedenfalls verfing Logik nicht das mindeste bei den sich ihr geweiht glaubenden Männern. Auch das Gefühl für Recht und Billigkeit schlummerte sanft hinsichtlich der Gleichberechtigung der Frauen auf politischem Gebiet. Erstaunlich ist dies nicht. Denn in der Politik und damit in der Geschichte entscheiden logische Schlüsse und das Gefühl für Recht und Billigkeit nur selten. Meist gibt das Kräfteverhältnis der verschiedenen Gruppen zueinander den Ausschlag.

Für die Stellung der Frau überhaupt und damit auch für ihre politische ist das Kräfteverhältnis zwischen den Geschlechtern bedeutsam. Wie ich darzustellen versucht habe, hatte es sich infolge des Anwachsens der formellen Gewalt zu Riesenapparaten und der Einbuße der Muskelkraft als Machtfaktor durch die Mechanisierung der Waffen zugunsten einer Gleichstellung der Geschlechter verschoben.

Kriegszeiten brachten die Verschiebung deutlich zutage. Deshalb haben die Frauen – horribile dictu – die Einführung ihrer nominellen politischen Gleichberechtigung, wo man sich schließlich dazu bewegen ließ, wahrhaftig der Völkerkatastrophe des Krieges zu verdanken. Sie allein vermochte von der Dringlichkeit dieser wesentlichen feministischen Forderung zu überzeugen.

Der unter dem Aufgebot aller technischen Mittel ausgefochtene Kampf ließ die Bedeutung der Muskelstärke und damit auch den Titel männlicher Vorherrschaft mehr denn je zurücktreten. Denn es erwies sich theoretisch und zum Teil auch praktisch, daß die Frauen bei der Waffenführung oft vorteilhaft eingesetzt werden können. Wenn diese Möglichkeit auch nirgends voll ausgenützt worden war, so nicht etwa, weil man sich den Luxus hätte leisten können, die Frauen im Geiste der traditionellen Anschauung vom »Platz der Frau« von der Waffenführung abzuhalten, sondern nur deshalb, weil zum totalen Krieg zahllose unerläßliche Arbeiten gehören, zu denen man Leute so dringend braucht wie für die Front. Dazu hob man, bald mit wackelig fundierten Rechtsvorschriften, bald mit moralischem Druck arbeitend, die Heerscharen der Frauen aus. Aber auch durch ihre Arbeit in der Rüstungsindustrie und der Lebensmittelbeschaffung wurde das weibliche Kollektiv ein wesentlicher Faktor für den Kriegserfolg.

Bisher hatten die Frauen im Vaterlandsdienst ein wenig den kleinen Buben geglichen, die mit ernster Hingabe beim Spiel der Großen mitmachen und deren beflissene Leistungen von den größeren als selbstverständlicher Tribut in Empfang genommen werden, ohne auch nur daran zu denken, deshalb die kleineren mitreden zu lassen. In den Kriegszeiten des zwanzigsten Jahrhunderts bekam nun dieser Tribut ein anderes Gesicht; man war von ihm bitter abhängig geworden. In den Augen der großen Buben wurden daher die kleinen merklich größer, wurden halbwegs Kameraden. Nun legte das brutale Schicksal den Finger selbst auf die in allen Tonarten in Abrede gestellte »Gleichheit« der Geschlechter. Angesichts der Tatsache, daß die Frauen, wie man es selber nicht besser vermocht hätte, also »gleich«, unerläßliche Arbeiten besorgten, wurde das antifeministische Gerede vom »physiologischen Schwachsinn des Weibes« bis zu dessen angeblicher Existenz im »kosmozonischen Urnebel«[75] zum leeren Geplapper. In dieser Lage wagte es niemand, sich auch nur auszumalen, wo die Männer der einzelnen Völker stünden, wenn die Frauen auf den Posten, die ihnen der Krieg zuwies, in Kopf und Herz nicht »gleich« wären, sondern so, wie sie in den Hirngespinsten der Antifeministinnen figurieren. Der Beweis so großer »Gleichheit« veranlaßte die männlichen Herrschaften, vom hohen Roß herunterzusteigen.

In die Richtung einer Anerkennung der »Gleichheit« der Geschlechter wirkt noch eine weitere Komponente, die durch den modernen Krieg ausgelöst wird. Diese von Menschen geschaffene Riesenkatastrophe bestätigt, daß die Menschheit, insbesondere das männliche Kollektiv als die bisher verantwortliche Kommandantur, dem Leben nicht gewachsen ist, daß es mitunter katastrophal versagt. Eine ernüchternde Tatsache. Die Berauschung der Herrschaften an ihrer Selbstherrlichkeit verflüchtigt sich, und an ihre Stelle tritt ein Ohnmachtsgefühl. Diesem gesellt sich oft die gesteigerte Angst vor dem Tode bei, was den Abbau der Überheblichkeit noch beschleunigt. Denn Not lehrt nicht nur beten, wie es der bekannte Spruch haben will, Not, gemeinsame, lehrt auch Demokratie. Angesichts der Gefährdung des kollektiven und individuellen Lebens drängt sich die Erkenntnis auf: »Hier ist kein Mann noch Weib.« Wie bei den Herrschaften, die während der Bombeneinschläge im Luftschutzkeller mit Magd, Abwart und den nicht ganz, ganz auf der gleichen Stufe stehenden Partien aus dem Erdgeschoß traulich zusammenrücken, suspendiert das Gefühl der Ohnmacht und Todesangst auch bei den Männern den Hochmut. Ist dermaßen Not an den Mannen eines ganzen Landes, so werden sie zugänglicher, das »Verständnis« für die weiblichen Ansprüche auf Gleichberechtigung nimmt zu.

Als der Erste Weltkrieg auf doppelte Weise die Männerkollektive etwas über die Gleichheit der Geschlechter gelehrt hatte, war es das Verdienst der Frauenbewegung, insbesondere auch der englischen Suffragetten, dafür gesorgt zu haben, daß die aus solcher Gleichheit der Geschlechter sich ergebenden Forderungen der weiblichen Kollektive den abhängiger, mürber und milder gewordenen Männern plastisch vor Augen standen.

Anders als zur Zeit der Französischen Revolution war es jetzt kaum mehr möglich, die Forderung der politischen Gleichberechtigung der Frauen sozusagen zu übersehen, weil sie dem politischen Bewußtsein wesentlicher Kollektive fremd gewesen wäre. Diesmal war sie sehr bekannt, und es mußte ihr bei der Neustabilisierung der Verhältnisse entsprochen werden.

So erklärt es sich, daß die nominelle politische Gleichberechtigung der Frauen in den Staaten, die sich zu ihr bekennen, mit wenigen Ausnahmen in den Jahren 1917 bis 1928 oder 1944 bis 1949 eingeführt wurde.

In den einen und anderen Staaten wurde die politische Gleichberechtigung der Frauen allerdings nicht auf Grund eigener Kriegslage etabliert, sondern als Reflex auf diese und deren feministische Folgen in maßgebenden andern Ländern. Oft hat auch der Respekt vor westlicher Waffengewalt, Technik und Medizin in Staaten ferner Kulturkreise mehr oder weniger zu einer Gefolgschaft gegenüber dem Westen geführt, die mit abendländischen Waffen, Maschinen und Medizinen auch die Einführung der nominellen politischen Gleichberechtigung der Frauen brachte.

Übrigens haben nicht nur exotische Staaten die politische Gleichberechtigung der Geschlechter reflexmäßig eingeführt, sondern auch neutrale des Westens. Nicht einmal die Schweiz macht hier, was ihre fruchtlosen Versuche betrifft, eine Ausnahme. Die fünfundzwanzig Annahmen des Frauenstimmrechtes in kantonalen Parlamenten und die darauffolgenden fünfundzwanzig Verwerfungen durch das »Volk« vollzogen sich entsprechend den beiden Weltkriegen in zwei Wellen. Die erste beginnt 1919 in Zürich und Neuenburg und verebbt 1927 in Basel-Stadt; die zweite erhebt sich 1940 im Kanton Genf und hat sich bis heute noch nicht gelegt.

Offensichtlich liegt der Grund für die nachgerade auffällige schweizerische Rückständigkeit in bezug auf die nominelle politische Gleichberechtigung der Geschlechter nicht in einer Eigentümlichkeit des schweizerischen Schicksals, wie man es gerne darstellt. Er ist rein formeller Natur und hängt mit den weitgehenden Kompetenzen jedes einzelnen männlichen Schweizer- beziehungsweise Kantonsbürgers bei der Bestimmung des verbindlichen Kollektivwillens zusammen. Diese machen eine Annahme von Komplikationen abhängig, die in Ländern mit rein repräsentativer Demokratie unbekannt sind.

In den wenigen Staaten, welche die politische Gleichberechtigung der Geschlechter sowohl unabhängig von Vorbildern als auch von einer Kriegssituation eingeführt haben, geschah dies häufig auf Grund einer Lage, die teilweise wesentliche Züge mit einer Kriegslage gemeinsam hat. Besonders bezeichnend sind einzelne nordamerikanische Staaten, etwa Wyoming, aber auch Neuseeland und Australien.

Die Kolonisationslage des 19. Jahrhunderts hatte mit der modernen Kriegslage gemeinsam, daß sie zur Akzentuierung der »Gleichheit« der Geschlechter beitrug. Die Glieder solcher kolonisierenden Bevölkerung waren bei Auseinandersetzungen mit den Einheimischen und den Tücken der Natur mehr auf sich selbst gestellt und die »Nächsten« unmittelbarer voneinander abhängig als in den Verhältnissen der alten Länder. Denn man lebte oft familienweise (nicht sippenweise) weit verstreut in großen Räumen und damit auch weitab von schlagfertiger Polizei- oder Militärgewalt. Mit der Schußwaffe in der Hand standen nun die Frauen den Männern an Wehrhaftigkeit wenig nach. Bei der Selbstbehauptung zählte man auf sie. Derart waren sie eher »normale« Volksgenossen. Es lag näher als sonst, sie bei öffentlichen Angelegenheiten mitreden zu lassen.

Weiter kam noch hinzu: Wenn auch aus anderen Gründen als in der Kriegslage, lehnen die Menschen in der Kolonisationslage häufig die Tradition und damit ebenfalls die überlieferten Herrschaftsverhältnisse ab. Lassen die Männer im modernen Krieg leicht den Glauben an die Zweckmäßigkeit der bisherigen Ordnung fahren, so hatten sich die Auswanderer, Mann für Mann, von zahlreichen Einrichtungen und Meinungen ihres Herkunftslandes losgesagt. Häufig war die Lossagung sogar der Grund der Auswanderung gewesen und Motiv der Lossagung das Gefühl, so oder so in der Heimat unterdrückt oder zurückgesetzt zu sein. Soeben selbst der Unterdrückung entronnen, mit dem Ruf nach Freiheit und Gleichheit auf der Zunge, hielt es schwer, gegenüber Schicksalsgenossinnen, von denen man abhängig war, sich als Herrscher von Gottesgnaden auszugeben. Es war dies um so schwerer, als die Männer untereinander noch nicht in so festen Körperschaften zusammengeschlossen waren wie in der Heimat.

Um von der Ausnahme zur Regel zurückzukehren: Kriegslage und Kriegsschock haben, wenn man von der Schweiz absieht, die nominelle Vormacht des männlichen Geschlechtes in öffentlichen Angelegenheiten, die ehedem den Stürmen der Französischen Revolution fast unangetastet widerstanden hatte, weggefegt. In den meisten Ländern von Bedeutung sind seither die Frauen den Männern nach dem Buchstaben politisch gleichgestellt worden und haben somit bei der kollektiven Selbstbestimmung die gleichen Gestaltungsmöglichkeiten.

Ist die politische Gleichberechtigung illusorisch?

Die Vertretung der gleichberechtigten Frauen in den Behörden ist verschwindend

Nach dem Ersten Weltkrieg wartete man gespannt darauf, daß die Frauen ihren Teil der Macht in die Hand nähmen. Man wartete und wartete und wartet noch heute. Bereits wartet man länger als ein Vierteljahrhundert, jedenfalls in jenen Staaten, die sich im Zusammenhang mit dem Ersten Weltkrieg zur politischen Gleichberechtigung der Frauen durchgerungen haben. Selbst wenn man einer Akklimatisierung an die neuen Verhältnisse weiten Spielraum zugesteht, so gibt es zu denken, daß der Prozentsatz der weiblichen Abgeordneten in den Parlamenten sowie der weiblichen Magistraten und hohen Beamten in Verwaltung und Rechtsprechung verschwindend ist und es anscheinend bleiben wird. Auch in Staaten, die erst seit einigen Jahren die politische Gleichberechtigung der Frauen eingeführt haben, zeichnet sich kaum eine gleichmäßige Aufteilung der politischen Macht unter den Geschlechtern ab.

In den Zeitungen erscheinen zwar seit mehr als dreißig Jahren Bilder der einen oder anderen Frau als erste dies oder das. Die paar Dutzend »die erste Frau, die ...« geben die Illusion, als ob es, zwar langsam, aber stetig rückte: »Chi va piano, va sano.« Doch bewegt sich die politische Machtergreifung der Frauen nicht bloß langsam vorwärts; nein, im Schneckentempo – wenn sie sich überhaupt bewegt. Eine, hundert, ja tausend solcher Schwalben machen noch keinen Sommer, wo es sich um Völker mit zehn, hundert und fünfhundert Millionen Bürgern handelt. Eine Handvoll Bilder politisch erfolgreicher Frauen gibt keine Vorstellung von der politisch-beruflichen Macht der Frauen. Dies täte allein eine Übersicht, die

Staat um Staat und Jahr für Jahr die Stärke der weiblichen Besetzung in sämtlichen Ämtern zeigte.

Diese Riesenarbeit ist noch nicht bewältigt worden. Der vollständige Überblick fehlt daher. Doch wo immer man den weiblichen Anteil in Legislative, Exekutive und Justiz prüft, bleibt kein Zweifel, daß die Größe der politischen Gewalt der Frauen, wenn man von ihrem Wahlrecht absieht, im Verhältnis zu derjenigen der Männer, null Prozent bedeutend näher liegt als fünfzig, wie es einer voll sich auswirkenden Gleichberechtigung doch entspräche. Auf »fifty, fifty« scheint nicht die geringste Aussicht zu bestehen. In den Parlamenten zum Beispiel variiert die Zahl der weiblichen Abgeordneten in der Regel zwischen 0,5% und 10%, wobei sie meist 5% näher liegt als 10%. Und die ausnahmsweisen Höchstzahlen gehen kaum höher als 15%. In der Exekutive und Rechtsprechung erscheinen die Frauen wunderselten auf hohen Posten und höchstens da und dort auf mittleren. Wo die Sache für die Frauen günstig steht, scheint es eine Ministerin pro Generation zu geben, andernfalls fehlen sie gänzlich. Von weiblichen Angehörigen oberster Gerichtshöfe hört man nie. Und die wenigen Bürgermeisterinnen finden sich in erster Linie in kleinen und kleinsten Gemeinwesen. Betrachtet man die Verteilung der Frauen auf die einzelnen Stellungen, deren Inhaber Staatsgewalt ausüben, so zeigt sie ziemlich regelmäßig, daß die Frauen in jenen Ämtern häufiger auftauchen, die nur eine sehr bescheidene Konzentration der Staatsgewalt bedeuten, und um so spärlicher werden, je mehr sie sich zusammenballt. Diese Erscheinung bedeutet, daß die Einführung der Gleichberechtigung im Sinne einer teilweisen Verkörperung der Staatsgewalt durch Frauen auf den untern Stufen relativ rasch vor sich geht und um so länger auf sich warten läßt, je höher hinauf man kommt. In manchen Staaten gar hat die Verwirklichung der Gleichberechtigung der Frauen in den obersten Rängen noch kaum begonnen oder steht nach bescheidenen Anfängen bereits still. Im Kongreß der USA zum Beispiel ist das zahlenmäßige Verhältnis der weiblichen Mitglieder zu den männlichen seit rund zwanzig Jahren ziemlich konstant, nämlich ungefähr – zwei Prozent. In den Einzelstaaten Nordamerikas und da und dort nimmt der weibliche Prozentsatz in der Legislative zwar langsam, sehr langsam zu. Dieser Tatsache steht jedoch die recht peinliche gegenüber, daß er in anderen Ländern, etwa in Frankreich, England und Japan, sachte abnimmt.

Besonders tragikomisch ist die Ursache dieser Entwicklung in Japan. Bei den ersten Wahlen wurden 31 Frauen gewählt, später nur noch elf. Und der Grund? Zu Anfang hatten Frauen Frauen gewählt in der irrigen Meinung, sie seien dazu verpflichtet, während Männer Männer zu wählen hätten. Aufgeklärt, daß sie nicht gezwungen seien, ihre Stimmen Geschlechtsgenossinnen zu geben, beeilten sich zwei Drittel dieser Frauenrechtlerinnen aus Versehen, nur mehr Männer zu wählen.

Der politische Fortschritt der Frauen im Sinne einer Zunahme der weiblichen Fraktionen ist so schleppend und wird derart peinlich von Rückschritten aufgehoben, daß sich Zweifel regen, ob die Frauen außerhalb ihrer Kompetenzen als Wählerinnen in der Politik überhaupt festen Fuß gefaßt haben. Man kann sich sogar fragen, ob die Frauen, wenn die Männer es aktiv darauf absähen – an Absicht, die sich passiv zeigt, fehlt es natürlich nicht –, politisch nicht leicht auszubooten wären.

Übrigens ist dies ja den deutschen Frauen auf nationalsozialistisches Treiben hin auch zugestoßen. Marksteine ihres seltsamen staatsbürgerlichen Schicksals sind: 1919 zählte die Verfassungsgebende Nationalversammlung 9,6% Frauen, der Reichstag 1930 nur noch 5,7%, und als Hitler ans Ruder kam – null Frauen. Das war schlimm. Aber in gewissem Sinne ist es ebenso schlimm, daß sie inzwischen trotz »Gleichberechtigungshochdruck« der Nachkriegszeit mit 9,2% (1958) im Deutschen Bundestag noch immer nicht den Stand von neununddreißig Jahren früher, jenen des zweiten Jahres Gleichberechtigung, erreicht haben.

Man kann die Augen vor der Tatsache nicht verschließen, daß das Frauenwahlrecht nirgends seinen Zweck voll erreicht hat und es in absehbarer Zeit auch kaum tun wird.

Warum werden so wenig Frauen gewählt?

Warum stehen die gleichberechtigten Frauen nicht mitten in der Politik? Weshalb beschränkt sich ihre politische Gleichberechtigung so weitgehend auf die nominelle? Weshalb verkörpern die Frauen, abgesehen von ihrer Stimmabgabe bei den Wahlen, nicht konkret die Hälfte der Staatsgewalt? Warum werden sie nicht in die Behörden gewählt, warum nicht auf hohe Posten berufen?

Die Antwort liegt auf der Hand. Sie bringt ihrerseits viele Fragen mit sich. Einmal wählen und ernennen die Männer in der Regel Männer. Das ist nicht erstaunlich. Erstaunlich aber ist – und hier liegt das Problem, das man gerne übersieht –, daß die Frauen offensichtlich ebenfalls keine Frauen wählen. Sei es, daß sie es nicht wollen, nicht können oder auch beides zugleich. Und da weder Geschlechtsgenossinnen noch Männer Frauen in bedeutender Zahl wählen, fällt auch die Möglichkeit weg, daß Frauen wichtige Posten mit Frauen besetzen.

Die Frauen kommen kaum dazu, ihre Stimmen Geschlechtsgenossinnen zu geben, weil sie keine eigenen Kandidatenlisten aufstellen und die Frauen auf »männlichen« Listen selten an aussichtsreicher Stelle figurieren. Hier fehlen die Frauen, weil sie beim Zustandekommen der Listen entweder wenig zu sagen haben oder es unterlassen, sich für Kandidaturen von Geschlechtsgenossinnen einzusetzen.

Scheinbar wäre nichts für die Frauen einfacher gewesen, als sich anschließend an die Einführung ihrer politischen Gleichberechtigung mit eigenen Listen durchzusetzen. Im Grunde jedoch war es durchaus nicht einfach.

Die Voraussetzungen eines solchen Vorgehens fehlten. Voraussetzung wäre zum Beispiel ein politischer Apparat von solcher Stabilität gewesen, daß er nach dem Erreichen des allgemeinsten aller feministischen Ziele, der staatsrechtlichen Gleichberechtigung, einer einheitlichen politischen Willensbildung zahlreicher Frauen und damit auch dem Aufstellen weiblicher Kandidaten und deren Wahl durch Frauen hätte dienen können. Eine andere Voraussetzung hätten ausschließlich weite Frauenkreise umfassende Interessenlagen gebildet, die sie zu einer Reihe bestimmter Postulate oder gar zur Forderung einer neuen Staatsform und damit so oder so zur Parteibildung gedrängt hätten.

Die bisherigen feministischen Verbindungen hatten jedoch keine Organisation, keine Maschinerie hervorgebracht, die so stark gewesen wäre, daß sie das Erreichen ihres Zweckes überlebt und sogleich für den neuen Zweck, nämlich Frauen schlechterdings als Frauen in die Behörden und Ämter zu bringen, funktioniert hätte. Die Stärke der feministischen Organisationen war entsprechend der Situation, in die sie mit ihrem Ziel – einer Änderung der staatsrechtlichen Legitimationsverhältnisse auf legitimem Weg – gestellt waren, weniger der Ausbau der politischen Macht ihrer Glieder als die Einflußnahme. Sie waren nicht Meisterinnen der Okkupations-Strategie, sondern Meisterinnen der Propaganda. Die Methode, die für ihre Bestrebungen geeignet war, bestand darin, die anderen, das heißt die Männer, zu einem freiwilligen Verhalten zu bringen, das diese eigentlich ablehnten. Sie mußten ihren Artikel, nämlich die Überzeugung, daß das Frauenstimmrecht eingeführt werden müsse, so oder so anpreisen – den einen bei seiner Sohnesliebe, den anderen bei seinem Gerechtigkeitssinn, den dritten bei seinem sexuellen Schuldgefühl, den vierten unter Anrufung der Logik, den fünften bei seiner Sehnsucht nach dem Goldenen Zeitalter, den sechsten bei seinem Edelmut und was weiß ich packen –, damit diese Männer schließlich ihre Münzen herausklaubten, nämlich ihr politisches Vermögen im Sinne des Frauenstimmrechtes verwandten. Zu diesem Zwecke aber konnten sie von einer zuverlässig klappenden Loyalitätsmaschinerie, um bestimmte Personen in Schlüsselstellungen zu befördern, vollständig absehen.

Dagegen scheint es an besonderen Interessenlagen der Frauen, welche die Gründung von Frauenparteien nahelegten, nicht gefehlt zu haben.

Die zahlreichen ungerechten Vorschriften des Familienrechtes, die auch heute noch nicht überall ausgemerzt worden sind, brachten die Ehefrauen und als potentielle auch die anderen Frauen in dieser Hinsicht theoretisch samt und sonders auf eine Seite. Tatsächlich jedoch – ein aktives Temperament vorausgesetzt – befaßten sich mit dem Problem nur jene, die in ihrer Ehe besonders schlecht weggekommen waren oder aber die seltene Gabe besaßen, trotz lauter Bäumen den Wald noch zu sehen, das heißt hier die Regeln des Zusammenlebens wahrzunehmen, anstatt nur – wie es so viele tun – einzig und allein deren Bedeutung für ihren persönlichen Fall.

Eine andere umfassende Interessenlage, in der sich die Frauen mit Ausnahme der Rentnerinnen, »ernährten« Ehefrauen und Haustöchter befanden, war jene der erwerbstätigen Frau. Für sie ist geringere Bezahlung gleicher Leistung und Abspeisung der Frauen mit den mageren Brocken im Erwerbsleben bezeichnend. Ja, wenn die einzelnen Frauen endgültig den verschiedenen Lagern angehört hätten, wie es die Männer mehr oder weniger tun – diese sind meist ein für allemal »Kapitalisten« oder »Arbeiter« –, so hätte sich vielleicht ein entsprechender Zusammenschluß bis zur Stärke politischer Parteien bilden können. Allein ihre Zugehörigkeit war und ist eine schwankende. Denn wie im Zusammenhang mit dem Zwiespalt zwischen »weiblichen« und »männlichen« Frauen dargelegt wurde, ändert mit dem Wechsel des Zivilstandes der wirtschaftliche Gesichtswinkel schlagartig. Es fehlte und fehlt den Frauen an der relativen Unveränderlichkeit ihrer Interessenlagen, um sich entsprechenden Organisationen so weit zu verschreiben, daß diese die Stärke von Parteien erhalten hätten.

Aber auch die Regel, daß die Zurücksetzung der Frauen im Familienrecht und im beruflich-wirtschaftlichen Leben nicht parteibildend zu wirken vermag, hat ihre Ausnahmen. Ein Beispiel ist die National Women's Party in den USA.

Zudem förderte die Tatsache so breiter, gemeinsamer (wenn auch im einzelnen Fall sich leicht wandelnder) Interessenlagen den Zusammenschluß von Frauen zu starken und erfolgreichen »pressure groups«. Wo immer im Interesse der Frauen etwas erreicht worden ist, haben derartige Verbände jeweilen den Stein ins Rollen gebracht. Unnötig zu sagen, daß solche Steine bei staatsrechtlicher Gleichberechtigung der Geschlechter rascher ins Rollen geraten, als wenn die Frauen politisch mundtot sind. Gesetze wie jene, die gleiches Entgelt für gleiche Arbeit fordern oder den Ausländer heiratenden Frauen ermöglichen, ihr bisheriges Bürgerrecht zu behalten, wären ohne die Aktivität weiblicher Interessenverbände undenkbar.

Da die weiblichen »pressure groups« nicht grundlegend in den politischen Machtkampf eingreifen, nicht Frauen an sich zur Macht verhelfen wollen, sondern lediglich gewisse, Frauenkategorien ungerecht oder unangemessen behandelnde, Regelungen beseitigen möchten, und ihre Mitglieder als Wählerinnen genügend Möglichkeit haben, Kandidaten im Sinne ihrer Ziele zu bevorzugen und zu bearbeiten, so besitzen sie keinen besonderen Bedarf an weiblichen Behördemitgliedern. Es sei denn, sie gelangten zur Überzeugung, daß Frauen ihre Interessen besser wahrten. Dies scheint jedoch nicht der Fall zu sein. Jedenfalls fehlt es an Bemühungen, um Frauen in Machtpositionen zu bringen.

Neben gemeinsamer Interessenlage sind auch gemeinsame Lebensauffassung und entsprechende Folgerungen staatsrechtlicher Natur von parteibildender Kraft. Aber die Frauen vertraten keine besondere, ihnen eigene Betrachtungsweise, der eine speziell feministische Staatsdoktrin – zum Beispiel eine amazonische – entsprochen hätte. Somit entfiel bei den Frauen diese weitere bedeutende Voraussetzung zur Parteibildung.

Die bisherigen Frauenführerinnen fanden auch keinen Anlaß, auf die Gründung von Frauenparteien zu drängen. Ihr Gedankengang mag etwa der folgende gewesen sein: Für die Wirksamkeit im Sinne jener Ziele, welche den Geschlechtern gemeinsam sind, boten die vorhandenen Parteien Raum genug. Warum also sollten die Frauen ihnen nicht beitreten, sich als Parteimitglieder Einfluß auf die Aufstellung der Listen verschaffen, Frauen darauf setzen und diesen dann nahelegen, sich für die besonderen feministischen Interessen zu verwenden. Oft befürworteten daher führende Vorkämpferinnen der politischen Gleichberechtigung den Anschluß der Frauen an die vorhandenen Parteien.

In den ersten Jahren ihrer staatsbürgerlichen Gleichberechtigung begingen die Frauen den Fehler, in verhältnismäßig großer Zahl außerhalb der Parteien zu stehen. Vielleicht hegten sie die Illusion, die Abseitigkeit erhöhe ihre politische Unabhängigkeit, ohne die Intensität ihrer politischen Wirkungsmöglichkeiten zu beeinträchtigen. Wie jene Männer, die politisch »frei bleiben« möchten, machten sie sich ursprünglich nicht genügend klar, daß sie auf diese Weise ohne Einfluß auf die Aufstellung der Listen waren und somit hinsichtlich der Kandidaten bei der Wahl vor faits accomplis standen.

Mit der Zeit traten allerdings mehr und mehr Frauen den Parteien der Männer bei, doch ist ihre Zahl noch immer ungenügend. Sie bilden selten mehr als ein Viertel der Mitglieder. Häufig wurden sie mit offenen Armen empfangen. Manchenorts, wie zum Beispiel in zwölf Staaten der USA, wurde ihnen sogar die Hälfte der Sitze in sämtlichen Parteikomitees angeboten. Hingegen fehlte es regelmäßig an der Bereitwilligkeit, sie in gleichem Maße wie Männer auf die Kandidatenlisten zu setzen. Bis auf den heutigen Tag sind Frauen bei bedeutsamen Wahlen so gut wie überall nur ausnahmsweise Kandidatinnen. Offensichtlich haben sie wenig Einfluß und nutzen den wenigen nicht aus, um Geschlechtsgenossinnen zu portieren.

Dahinter stehen wahrscheinlich drei hauptsächliche Ursachen. Die eine rührt von Männer-, die andere von Frauenseite her, während für die dritte Frauen und Männer zusammen verantwortlich sind.

Die erste ist eine Auswirkung der größern finanziellen Bewegungsfreiheit der Männer, die ja bedeutend mehr verdienen und güterrechtlich nie gehindert sind. Sie gestattet ihnen, für die Parteiaktionen mehr Geld zu verwenden als die Frauen. Selbst bei gleich großer weiblicher Mitgliedschaft würde die Parteitätigkeit finanziell etwa zu zwei Dritteln vom Geld der Männer finanziert. Zusammen mit den alten Motiven gegen die politische Gleichberechtigung der Frauen, die noch immer motten, kommt dieses wirtschaftliche Übergewicht der Männer darauf hinaus, daß Parteimittel vorab der Portierung männlicher Kandidaten zugedacht sind. Also stellt man Frauen nur in zweiter Linie als Kandidatinnen auf. Zieht man nun noch in Betracht, daß die wirtschaftlich ungünstigere Stellung der Frau auch einer eigenen Finanzierung ihrer politischen Karriere entgegensteht, so wird einem bewußt, wie stark ihnen die Hände gebunden sind. Bezeichnenderweise sind die wenigen Frauen, die für bedeutende Ämter gewählt werden, meist wohlhabend.

Den Frauen ihrerseits fehlt es an Initiative, Frauen auf die Kandidatenlisten zu bringen, weil ihnen oft das Selbstbewußtsein in bezug auf die Zugehörigkeit zum weiblichen Kollektiv abgeht. Wie dargelegt worden ist, mögen viele Frauen zwar von individuellem Selbstbewußtsein nur so sprühen, aber nichtsdestoweniger das schleichende Gefühl nicht loswerden, bestenfalls die Ausnahme in einer zweitrangigen Gesellschaft zu sein.

Natürlich wird dies so gut wie nie zugegeben. Bekanntlich aber verrät es sich in ihrer Unterschätzung der intellektuellen und charakterlichen Fähigkeiten der Frauen beziehungsweise Überschätzung jener der Männer. Beides zeigt sich praktisch darin, daß eine große Zahl von Frauen, wenn sie in kritischen Lagen oder wichtigen Angelegenheiten die Wahl haben, sich an eine Frau oder an einen Mann zu wenden, einem Mann größeres Vertrauen entgegenbringen. Wie gesagt, ziehen sie den Arzt, Advokaten, Architekten, ja selbst den Coiffeur und Schneider, der Ärztin, Advokatin, Architektin, Coiffeuse und Schneiderin vor. Beileibe nicht aus erotischen Gründen, wie Witzbolde sich verpflichtet fühlen zu behaupten, sondern weil sie das starke Geschlecht in allem für stärker halten.

Angesichts dieser Einstellung der Frauen sehen die Männer um so weniger Grund, sie zu portieren. Wer sollte schon an den glauben, der selbst nicht an sich glaubt? So ist es nicht immer Antifeminismus, der den einen und anderen Mann davon abhält, Frauen als Kandidaten zu lancieren, sondern bisweilen auch der Reflex des verbreiteten weiblichen Zweifels an den Fähigkeiten der eigenen Geschlechtsgenossinnen.

Vielleicht noch bedeutender als der Mangel an kollektivem Selbstbewußtsein für den relativen Ausfall an weiblichen Kandidaten ist jene geringere objektive Faßbarkeit der weiblichen Individualität, von welcher schon im Kapitel über die berufliche Stellung der Frau die Rede war. Ich beeile mich zu sagen, daß diese selbstverständlich kein Charakterzug der Frauen ist, sondern ein Resultat ihrer besonderen sozialen Lage. Sie ergibt sich aus der heute mehrheitlich mit der Ehe verbundenen Berufslosigkeit der Frauen und trifft daher für die Mehrzahl von ihnen zu.

Soweit die Männer der Gleichberechtigung der Frauen im beruflich-wirtschaftlichen Leben Widerstand entgegensetzen, fällt die Schuld an dieser Anonymität und damit auch zum Teil an der Erfolglosigkeit der Frauen in der Politik auf die Männer. In dem Maße aber, als ihre berufliche Anonymität und entsprechende Farblosigkeit im öffentlichen Blickfeld auf die Frauen selbst zurückgeht, tragen natürlich sie die Verantwortung dafür. Wie diese sich auf die Geschlechter verteilt, ließe sich erst rückblickend feststellen, nachdem die vollständige Aufhebung der Zurücksetzung der Frauen im Berufsleben erwiese, in welchem Ausmaß sie nun durch und durch freiwillig bereit wären, eine Versorgung durch den Ehemann mit einem »Nurhausfrauendasein« zu erkaufen.

Die Frauen wirken im Licht der Öffentlichkeit blasser als die Männer, »privater«. Sie sind eher »nichts«. Denn ohne Berufstätigkeit oder sonstige einigermaßen öffentliche Wirksamkeit und damit auch ohne jede persönlich bedingte soziale Stellung, einfach als sogenannte Frau und Mutter, was schließlich jede sein kann und die meisten auch sind, unterscheiden sich die Frauen objektiv scheinbar durch nichts voneinander. Unter dem Gesichtswinkel ihrer sozialen Erheblichkeit gleichen sie einander großenteils wie ein Ei dem anderen. Zur Zeichnung der Persönlichkeit bleiben neben Berufsausbildung buchstäblich nur Physiognomie und Kleidung. Ohne die sinnliche Wahrnehmung ihrer Person sind sie leere Namen. Daher existieren die einzelnen Frauen in der Vorstellung der anderen Leute nicht als Persönlichkeiten von diesem oder jenem Format, diesen oder jenen Zielen, sondern als Hut von dieser oder jener Farbe und Form, als schlanke oder dicke Statur, als grauer oder schwarzer Lockenkopf, und dann noch als Tochter, Schwester, Frau oder Mutter im Reflex ihrer männlichen Angehörigen. Das sind jedoch unter dem Gesichtspunkt der Gestaltung des Kollektivschicksals restlos uninteressante Eigenschaften, wenn man auch ein persönliches Penchant zu ihnen im einzelnen haben mag.

So geben die Frauen der Wählerschaft unvergleichlich weniger Anhaltspunkte, um zu beurteilen, wes Geistes Kind sie sind, wo sie stehen und was sie können. Aber gerade das ist es, was diese von den Leuten, die sie den Fuß auf die Sprossen der politischen Leiter setzen läßt, wissen will. Denn niemand wird um dessentwillen gewählt, was er ist, sondern was er scheint. Senkrechter Charakter, profunder Geist und goldenes Herz an sich zählen noch nicht. Alle schönen und unschönen Eigenschaften können erst von politischer Bedeutung werden, wenn sie zahlreichen Dritten gegenüber faßbaren Ausdruck gefunden haben. Und auf die Kandidatenliste kommt jemand nur, wenn dieser Ausdruck den Rückschluß gestattet, daß der Kandidat sich auch auf Grund seiner Ziele, Verbindungen und Methoden dazu eignet, im Sinne des portierenden Kreises aktiv zu sein.

Eine interessante, indirekte Bestätigung der Auffassung dieser objektiven sozialen Blässe der Frauen als einer wesentlichen Ursache ihrer Bedeutungslosigkeit als Wahlkandidatinnen, scheint zum Teil die in den Vereinigten Staaten herauskristallisierte Erscheinung zu sein, daß nicht weniger als rund 70% der weiblichen Kongreß-Abgeordneten ihre Stellung den politischen Erfolgen ihrer Gatten oder Väter verdanken. Sie gipfelt in der sogenannten »widow's succession«: ein verstorbener Abgeordneter wird für den Rest der Amtsdauer häufig durch seine Witwe ersetzt. Übrigens beruhte auch die erste Wahl einer Frau in das englische House of Commons, diejenige Lady Astors, auf dem politischen Prestige ihres Mannes und bedeutete wahlpsychologisch eigentlich seinen Ersatz. Gelegenheit, ihn zu ersetzen, gab hier allerdings nicht sein Weggang aus dem Leben, sondern sein Übergang in das House of Lords.

Die »widow's succession« zeigt, wie Frauen durch den Reflex ihrer prominenten männlichen Angehörigen im politischen Sinne Persönlichkeit erhalten. Die Betrachtungsweise ihrer Wähler ist in diesem Punkt nicht weit entfernt von jener einfacher Leute, die bei Abwesenheit des Arztes von seiner Gattin medizinischen Rat erbitten, juristischen von der Frau des Advokaten, wenn dieser nicht zu treffen ist, und seelsorgerischen von der Frau Pfarrer, deren Mann über Land gegangen ist. Sie nehmen eben an, daß die Ehefrauen ihrer Abgeordneten als solche mehr oder weniger auch von der Zunft und damit deren gegebene – provisorische – Vertreter seien. So fällt auf die Witwen im Gegensatz zu unzähligen anderen Frauen, die »anonym« sozusagen im Zustand politischen Rohmaterials sind, der Abglanz ihrer einst so wohlbekannten Männer. Einzelnen gelingt es, diesen Abglanz in eigenen Glanz zu verwandeln. In der Regel jedoch bleibt die Wiederwahl der Witwe aus. Ist doch ihre Funktion als Abgeordnete nur als Übergangslösung gedacht. Denn wie die Gattin des Arztes, Pfarrers und so weiter nicht sein eigentlicher Ersatz sein kann, so ist auch die als Schatten ihres Mannes Abgeordnete gewordene Frau keine Dauerlösung.

Kurz, Grundvoraussetzung, um auf die Liste der Kandidaten zu kommen und sich als solcher zu behaupten, ist eine »hervorragende« Persönlichkeit im buchstäblichen Sinne des Wortes. Die Funktion als Gattin und Mutter zeichnet niemanden als Persönlichkeit aus. Im Gegenteil. Sie ist ja genau das, was grundsätzlich jede mit der Hälfte der Menschheit seit Urzeiten gemeinsam hat. Deshalb werden die Frauen, wenn sie nicht durch ihre Wirksamkeit zahlreichen Dritten auf einer sachlichen Basis begegnen, nie in gleicher Anzahl wie die Männer auf den Kandidatenlisten figurieren und gewählt werden. Vereinfacht gesagt: Ohne Stellung und Aktivität im Berufsleben gibt es bei aller nominellen politischen Gleichberechtigung der Frauen keine praktische. Jene ist ein Hauptpfeiler ihrer vollen politischen Gleichberechtigung.

Ein wenig politische Macht der Frauen ist bedeutend mehr als gar keine

Vergegenwärtigt man sich die geringe Zahl von Frauen in Parlamenten und hohen Ämtern der Staaten mit nomineller Gleichberechtigung, so neigt man dazu, letztere für illusorisch zu halten. Doch das wäre ein Fehler. Man übersähe dabei, daß die Frauen zum mindesten als Wählerinnen respektiert werden müssen und sämtliche Männer, die Staatsgewalt verkörpern, direkt oder indirekt von ihnen abhängig sind. Dies bedeutet immerhin eine kräftige Handhabe, um ihre Forderungen zu verwirklichen. Selbst wenn sie nicht einmal Forderungen geltend machten, bewirkte die Stellung der Wählerinnen allein schon, daß man die Frauen »mit anderen Augen« betrachtete und entsprechend behandelte.

Wie weit hat nun die neue politische Gleichberechtigung den Frauen geholfen, ihre Rechtsstellung zu verbessern, mit »anderen Augen« betrachtet und entsprechend behandelt zu werden?

Die Antifeministen sind mit verwerfenden Antworten rasch bei der Hand: Die politische Gleichberechtigung habe die Frauen kaum weiter gebracht. Seien doch die Schweizerinnen auch ohne Wahl- und Stimmrecht durch Recht und Sitte oft besser gestellt als Ausländerinnen, die bei aller Gleichberechtigung manchenorts keinen Anteil an dem während der Ehe erzielten Vermögensvorschlag hätten, kein Erbrecht gegenüber dem Ehemann besäßen, schwere Hutten schleppen oder dem Ehemann und seinen Gästen bei Tisch aufwarten müßten, aber für die eigene Person sich in der Küche mit den Resten zu begnügen hätten usw. Mit Vorliebe fällt man auch über die staatsbürgerliche Gleichberechtigung der Frau des Ostens her: Diese solle nur auf dem Papier stehen. Hätten doch manche dieser neugebackenen Staatsbürgerinnen vom Scheitel bis zur Sohle verschleiert einherzuwandeln, wenn sie überhaupt das Haus verlassen dürften.

Obwohl solche Hinweise an der Frage vorbeigehen, trete ich kurz darauf ein, weil man sie immer und immer wieder hört.

Was nun das eheliche Güterrecht betrifft, sollte man das Vorschlagsdrittel – eine Vorschlagshälfte wäre gerechter – nicht als Reklameschild aushängen, solange mit solcher Regelung ein Recht des Ehemannes verbunden ist, die Früchte des Frauengutes zu schmausen, und ihm, wenn auch verklausuliert, die Möglichkeit gegeben ist, selbst dieses zu verzehren. Überhaupt sollte man bei solchen Vergleichen etwas genauer hinsehen.

Ursache der Idee, die Schweizerin sei privatrechtlich besonders gut gestellt, ist das Befangenbleiben in überholten Vorstellungen. Denn gerade hinsichtlich des eherechtlichen Güterrechtes sind die politisch gleichberechtigt gewordenen Ausländerinnen nicht müßig geblieben. Vergleiche, die sich kurz nach dem Ersten Weltkrieg, als die staatsbürgerliche Gleichberechtigung der Frau erst am Anfang stand, aber die Schweiz im Zuge des Zentralismus gerade ein funkelnagelneues Zivilgesetzbuch mit entsprechend »fortschrittlichem« Eherecht eingebracht hatte, vielleicht noch zugunsten der Schweizerinnen ziehen ließen, sind in den beiden Nachkriegsperioden oft fundamental überholt worden. Inzwischen ist die Stellung der Schweizerin im Eherecht rückständig geworden und diejenige im beruflich-wirtschaftlichen Leben ebenfalls. Die abgelehnte Forderung »gleichen Lohns für gleiche Leistung« zeigt dies peinlich auffällig. Die bessere Stellung der Schweizerin in diesem Punkt besteht offenbar darin, zugunsten ihrer Kollegen und Arbeitgeber prinzipiell mit einem geringeren Lohn vorliebnehmen oder für einen gleichen intensiver arbeiten zu dürfen. Sie ist vor allem für die Schweizermänner profitabel.

Noch ein Wort zur Geschichte von der Hutte, unter der das gleichberechtigte Mütterchen in den Tirolerbergen keuchen soll, und zum legendären Mahl, das die gleichberechtigte Citoyenne als Aschenbrödel ihrem mediterranen Gemahl in der guten Stube auftischt!

Gewiß, die Frau des städtischen Angestellten muß bei uns keine Hutten schleppen. Aber nicht, weil die Schweizerin »auch ohne Stimmrecht« besser gestellt wäre als die Österreicherin, sondern weil in der Stadt weder gemistet, noch geheut, noch Holz getragen wird. Anders die Bäuerinnen in unseren Bergkantonen. Sie tragen nicht nur schwere Hutten, sie strikken auch noch dabei. Und wenn sie nun schwerbefrachtet einem jungen Geistlichen begegnen, laden sie sich überdies dessen Gepäckstücke auf.

In der Tat: Die schweizerische Arztgattin sitzt nicht in der Küche, wenn ihr Mann es sich im Eßzimmer mit Freunden schmecken läßt. Hat sie doch ein Mädchen. Aber wo man gewöhnlich in der Küche ißt – im mädchenlosen Haushalt eine sehr verbreitete Sitte –, trägt die schweizerische Hausfrau für den Mann und seinen Besuch in der guten Stube auf, wenn dieser einem gehobeneren Milieu als dem eigenen angehört, und verzehrt ihren Teil geschwind in der Küche. Ganz wie die Citoyenne; aber im Gegensatz zu ihr spart sie sich dabei Fleisch und Wein am Munde ab. Übrigens scheinen die schweizerischen Gepflogenheiten in diesem Punkt nachgerade international auffällig zu sein. So hält zum Beispiel ein deutsches »Einmaleins des guten Tones«[76] fest: »Daß zum mindesten in der deutschen Schweiz sich häufig die Männer als erste an den Tisch setzen und von den Frauen bedient werden, entspricht altem Brauch.«

Redet man von der Lage der »Frau des Ostens«, so schlägt man dabei gerne die Frauen eines ganzen Erdteiles über einen Leisten und sieht sie samt und sonders als unter dem Daumen gehaltene Mohammedanerinnen oder vor dem Ehemann (einst) in den Staub sinkende Japanerinnen. Zu Unrecht! Man scheint zu vergessen, daß die Frauen bei manchen buddhistischen Völkern eine bessere Stellung besitzen. Überdies finden sich gerade im ferneren Osten noch vereinzelte mutterrechtliche Ordnungen, welche die »Gleichberechtigung« der westlichen Frau in den Schatten stellen. Die Einführung der politischen Gleichberechtigung der Geschlechter war also beileibe nicht überall unvermittelt. Auch holt die mohammedanische Frau, wo sie staatsbürgerlich gleichberechtigt ist, in einzelnen Schichten verblüffend rasch auf. Zum Beispiel zählt die Türkei schon heute relativ mehr weibliche Studierende und weibliche Hochschuldozenten als die Schweiz. So papieren scheint also die Gleichberechtigung der östlichen Frauen nicht zu sein.

Es mag allerdings stimmen, daß die politische Gleichberechtigung der Frauen da und dort in einzelnen Punkten Handhabe zu Regelungen bot, die man in der Schweiz »auch ohne Frauenstimmrecht« bereits eingeführt hatte. Aber wo man solchermaßen aufholte, ging man häufig noch etwas weiter; man überholte.

Die Rechtsvorschriften, die auf Initiative oder ausschlaggebende Befürwortung durch die politisch gleichberechtigten Frauen zurückgehen, haben großenteils eine gemeinsame Eigentümlichkeit: sie bezwecken ökonomische und soziale Konsolidierung der weiblichen Existenz. Ob es um gleiches Entgelt für gleiche Arbeit, wirtschaftliche Sicherung der außerehelichen Mutter, der Witwe, um Beibehaltung der angestammten Nationalität bei Verheiratung mit einem Ausländer oder die Regulierung des Alkoholkonsums geht – all die einschlägigen Regelungen wollen vermeiden, daß die Frauen, einfach weil sie Frauen sind, vom Schicksal mehr geschüttelt werden als die Männer. Überdies verfolgen sie die Doppeltendenz, der Frau als Individuum zu größeren Lebensrechten zu verhelfen und ihr zu den Bürden der Mutterschaft auch etwas mehr von den Würden der Elternschaft zu geben.

Wieweit nun die politische Gleichberechtigung der Frau dazu geführt hat und bei uns dazu führen wird, sie »mit anderen Augen« zu sehen und solch neuer Betrachtungsweise in Form von anderen Konventionen und Verhaltensweisen Rechnung zu tragen, ist natürlich schwer zu ermessen. Denn der Zusammenhang kann ja nur mehr mittelbar und damit schwer verfolgbar sein. Auch haben Änderungen in Sitten und Bräuchen kaum je nur eine einzige Ursache, sondern meist mehrere von unterschiedlicher Bedeutung, die nur zusammen ein bestimmtes Resultat bewirken. Infolgedessen ist die politische Gleichberechtigung der Frau bei Änderungen ihrer konventionellen Stellung bestenfalls ein entscheidender Faktor.

Als solcher wird die Einführung der politischen Gleichberechtigung des weiblichen Geschlechtes gemäß den von Kultur zu Kultur variierenden Voraussetzungen unterschiedliche Erscheinungen zeitigen. Sie wird auch nicht überall in allen Punkten gleich stark durchdringen. Vergleicht man die Bräuche in Staaten, die sich seit Generationen mit der politischen Gleichberechtigung der Frau auseinandersetzen, ohne sie jedoch verwirklicht zu haben, mit jenen einer Bevölkerung, die es tat, obgleich sie dem Gedanken der Gleichberechtigung lange gänzlich ferngestanden hatte, so fehlt es nicht an Widersprüchen. So muß etwa die politisch gleichberechtigte Türkin abends Hals über Kopf nach Hause eilen, um ja nicht zu verpassen, ihrem heimkehrenden Gatten als Hausfrau entgegenzutreten, während die politisch rechtlose Schweizerin – wenn auch nicht in allen Kreisen – ihr Nachtessen auswärts einnehmen kann, während ihr Gatte in ein leeres Haus heimkehrt. Solche Paradoxa bestehen jedoch nur vorläufig, nämlich bis die politische Gleichberechtigung dort, wo sie etwas plötzlich eingeführt worden ist, das Leben voll und ganz durchdrungen hat.

Wie schwer überblickbar auch der Einfluß der politischen Gleichberechtigung auf die Konventionen sein mag, so gibt es in westlichen Staaten, die sie bereits einige Zeit besitzen und ihre praktische Verwirklichung förderten, tausenderlei Erscheinungen, die sich stilecht in diesen Rahmen fügen, hingegen mit einer politischen Unterdrückung der Frauen kaum zusammenzureimen wären. Nicht von ungefähr haben sie in Ländern, die ihre Bürgerinnen staatsrechtlich bevormunden oder in der Ausübung ihrer Rechte praktisch binden, Gegenstücke, die zu einer politischen Gleichberechtigung der Frauen wie eine Faust aufs Auge passen.

Greift man, gewissermaßen als Spaziergänger durch die Sitten und Bräuche der Staaten mit konsolidierter politischer Gleichberechtigung der Geschlechter, die eine und andere Erscheinung auf und vergleicht sie mit dem schweizerischen Gegenstück, so zeigt das Kaleidoskop etwa folgende Bilder:

In mancher Bürohierarchie sitzen hinter Pültchen, wo in der Schweiz nur Herren sichtbar wären, auch Damen. Vereine, die sich zu gleichen Teilen aus Mädchen und Knaben, Frauen und Männern zusammensetzen, haben auch weibliche Vorstandsmitglieder und Präsidenten; der männliche Leithammel scheint weniger unvermeidlich zu sein. Lustigen Allotria bei öffentlichen Umzügen gibt es für Mädchen und Frauen nicht weniger als für Burschen und Männer. Weibliche Wesen fallen männlichen so unbekümmert ins Wort, wie es umgekehrt der Fall ist. Männliches Geschlecht scheint so wenig zum Dozieren in privatem Kreis zu berufen wie weibliches, den wässrigsten Ausführungen aus Männermund zu lauschen. Kerle, die nach unbekannten Frauen die Finger ausstrecken, im Schutze der Dunkelheit hinter ihnen herzotteln, um plötzlich seitlich dicht aufzuschließen, sind rarer. Ebenfalls seltener sind gebildete Bürger, die Frauen buchstäblich auf die Füße treten, sie beim Gehen streifen – »ich bin der General Bumbum und reite alles um« – und mit ihnen um Sitzplätze kämpfen. Die den Frauen zugedachte Literatur ist durchschnittlich weniger spießbürgerlich und fachlich mehr auf der Höhe als bei uns. Vor großen politischen Entscheidungen erkundigen sich Männer bei Frauen nach ihrer Meinung, was in der Schweiz selten vorkommt. Zur Abwechslung sieht man auch Frauen am Lenkrad des Wagens sitzen und Männer daneben. Die großen Mahlzeiten werden nach demokratischen Grundsätzen eingenommen; es gibt keine männlichen Vorrechte auf fleischliche Spezialplättchen, wie sie bei uns so verbreitet sind. Der Fauteuil unter der Lampe ist kein Thron des Herrn und Gebieters, die Zeitung nicht sein Reichsapfel. Es gibt viele erwerbstätige Frauen mit entzückenden, bisweilen prächtigen Wohnungen, ja ganzen Häusern. Die Frauen sehen weniger erloschen und entgeistert aus. Große Auszeichnungen werden häufiger als alle Schaltjahre einmal einer Frau verliehen. Für das häusliche Schuhputzen sind nicht die Frauen da, ebensowenig für das Einziehen frischer Bändel in das Schuhwerk »ihres großen, großen Buben«. Die jungen Mädchen werden nicht bis zum sechzehnten Lebensjahr in infantilem Aufzug gehalten, wie dies in der Schweiz, aber auch in Österreich und Deutschland, von wo die neue antifeministische Woge kam, so häufig ist. Es gibt nicht in jedem Dorf ein halbes Dutzend ausschließlicher Männervereine. Auch zahlreiche »Fräulein« haben ein »volles« und beneidenswertes Leben. Das Glück der Tochter ist den Eltern wichtiger als das des Sohnes (für den in der heutigen Welt, die der Männerwelt noch so nahe liegt, ohnehin besser gesorgt ist). Nicht wenig Frauen nehmen berufliche Positionen an, die das Ziel vieler ehrgeiziger Männer sind. Nicht jede gemischte Gesellschaft spaltet sich unweigerlich in einen Frauen- und Männerzirkel auf. Es gibt Frauen, die leidenschaftlich Liebhabereien nachgehen und sich dieselben etwas kosten lassen. Es gibt viel mehr Frauen, die sich zum eigenen Vergnügen zusammenschließen und nicht bloß, um Gutes für arme Tröpfe zu tun. Es gibt mehr als ein paar Dutzend Wissenschaftlerinnen, und diese werden nicht von der halben Verwandtschaft als mißratene Geschöpfe bemitleidet.

Und eines ist sicher: jenen Frauen fehlt das Untertanengerüchlein, wie es einem anläßlich der Zürcher Frauenbefragung über die Einführung der politischen Gleichberechtigung der Geschlechter aus folgendem Vorfall entgegenschlägt: Die Mitarbeiterin der Zählung, die den mündigen Frauen das Frageformular auszuhändigen hat, fragt unter der Wohnungstür: »Befinden sich volljährige Schweizer Bürgerinnen in Ihrem Haushalt?« – Haushaltsvorstand: »Nein!« Zwei Frauen im Hintergrund murmeln: »Nein.« – Mitarbeiterin: »?«. Schließlich nimmt sie an, daß offenbar der Ausdruck »volljährig« nicht erfaßt wird, und fragt neuerdings: »Befinden sich Schweizer Bürgerinnen über 20 Jahren in der Haushaltung?« Haushaltsvorstand: »Nein.« Kopfschütteln bei den Frauen im Hintergrund. Zählerin wendet sich nun an sie: »Ach so, Sie sind Ausländerinnen.« Haushaltsvorstand: »Nein.« Zählerin: »In diesem Fall ist doch sicher die alte Frau volljährige Schweizer Bürgerin?« Haushaltsvorstand: »Das ist nur die Mutter, und sie ist schon über siebzig. Die andere ist meine Frau. Nichts da Schweizer Bürgerinnen.« Frauenecho: «Nichts Schweizer Bürgerinnen.« Unglaublich, aber wahr: die grundlegende Tatsache, daß sie Bürgerinnen sind, Glieder einer Volksgemeinschaft mit Rechten und Pflichten, hat in ihrer vollen Bedeutung das Bewußtsein mancher Frauen noch nicht erreicht – eine in zahllosen Hinsichten folgenschwere Gedankenlosigkeit, die bei politisch gleichberechtigten Frauen einfach nicht vorkommen kann.

Kurz, in den Staaten mit politischer Gleichberechtigung kann man in keinem Bereich die Frauen grundsätzlich hintanstellen oder übergehen. Die Frauen zählen! In ihren eigenen Augen und jenen der anderen. Zwar nicht so viel, wie sie zählen sollten, aber etliches mehr als dort, wo man ihnen im Bereich der Politik einen Maulkorb anlegt.

Nachwort von Elisabeth Joris

Die Fünfzigerjahre – Das Werk – Die Autorin

Iris von Roten schrieb ihr epochales Werk *Frauen im Laufgitter* in den Fünfzigerjahren. Wirtschaftswachstum und steigender Wohlstand prägten diese Zeit. Die USA waren aus dem Krieg als Sieger hervorgegangen, und der amerikanische Lebensstil gewann Vorbildcharakter, auch für die den Frauen und Müttern zugewiesenen Rollen, die aber nur oberflächlich Veränderungen erfuhren. Jung, unkompliziert, spontan war die neue Hausfrau, die anfallende Arbeiten mit links zu schmeißen wußte. Schließlich erleichterten Kühlschränke, Konserven und bald auch Tiefkühlprodukte die Mahlzeitenherstellung und Staubsauger, Waschmaschinen, pflegeleichte Möbel und luftige Wohnungen das alltägliche Haushalten. Der neu heraufbeschworene Sex-appeal der Frauen zeigte sich privat in der kecken Halbschürze oder dem Kasak, die die alte Leinenschürze verdrängten. Auch wenn ärmellose Kleider und Brust- und Rückendécolletés freiere Sitten suggerierten, wurde am Prinzip der ehelichen Treue festgehalten, Sexualität als ›intime‹ Privatangelegenheit von Ehepaaren kaum diskutiert und problematisiert. Das Interesse der Mütter und Hausfrauen galt der Kindererziehung, dem Garten und der allgemeinen Atmosphäre im Haus. Berufliches Fortkommen des Ehemannes und Ausbildung der Kinder standen im Mittelpunkt, denn nur diese garantierten sozialen und materiellen Aufstieg. Frauen, die für ihre politische und rechtliche Gleichstellung eintraten, bildeten eine kleine Minderheit und waren meist über vierzig. Ungestraft durfte sich männiglich über sie lustig machen und sie als frustrierte alte Jungfern dem Gespött preisgeben.

Der Siegeszug alles Amerikanischen wies aber auch andere, düstere Facetten auf. In dieser Zeit des Kalten Krieges konnte jede grundsätzliche Änderung als Unterwanderung und kommunistischer Auswuchs abgetan werden, jede kämpferische Haltung als revolutionärer Umtrieb. Die Friedenspflicht der Gewerkschaften bannte selbst in der ArbeiterInnenbewegung alle lauten Töne. In dieser selbstzufriedenen Stimmung des allgemeinen Aufschwungs und der Ablehnung jeglicher Veränderung sahen sich die Männer überhaupt nicht gemüßigt, sich ernsthaft mit der Stellung der Frauen auseinanderzusetzen. Vielmehr griffen sie auf die alten Argumente der Zwischenkriegszeit zurück, um die Einführung des Frauenstimmrechts nicht nur zu bekämpfen, sondern darüber zu spotten. Dieser Spott zeigte seine Wirkung. Die Frauen suchten sich weitgehend anzupassen, nicht aufzufallen. Schon 1946, anläßlich des dritten schweizerischen Frauenkongresses unter dem Motto »Frauenpflichten und Frauenrechte im Staate«, wagten sie nicht, das ominöse Wort »Frauenstimmrecht« in den Mund zu nehmen. Nach Susanne Woodtli wurden »Worte wie ›Emanzipation‹, ›Gleichberechtigung‹, ›Frauenstimmrecht‹ zu Tabus wie Bauch, Bein und Busen im viktorianischen Zeitalter«. Nur in den Kantonen Genf und Basel-Stadt zeigten sich die Frauen unerschrockener und setzten eine Frauenbefragung zum Thema durch. Obwohl sich die Frauen mit großer Mehrheit für das Frauenstimmrecht aussprachen, wurde dieses von den Männern in den kantonalen Abstimmungen abgelehnt. Gestützt auf ein Gutachten, das der schweizerische Frauenstimmrechtsverband beim Zürcher Dozent für Völker- und Staatsrecht, Professor Werner Kägi, in Auftrag gegeben hatte und das als »folgerichtige Fortbildung unserer Verfassungsordnung« klar die Einführung des Frauenstimmrechts verlangte, verfaßte der Bundesrat 1957 eine befürwortende Botschaft. Sie wurde 1958 in beiden Räten mehrheitlich unterstützt und die Abstimmung über die entsprechende Verfassungsänderung auf den 1. Februar 1959 festgesetzt. Die wenigen Frauen, die sich für das Frauenstimmrecht einsetzten, fühlten sich auf Gedeih und Verderb dem Willen der Männer ausgeliefert, die ja allein über die Vorlage abstimmen durften. Sie suchten sich durch Entgegenkommen und Unterlassen jeglicher Angriffe auf die männliche Arroganz deren Wohlwollen zu sichern.

In diesem Klima wurde unter der Ägide des BSF (Bund Schweizerischer Frauenorganisationen) am 17. Juli 1958 die zweite Schweizerische Ausstellung für Frauenarbeit, die SAFFA 58, eröffnet. Sie wollte den Schweizer Frauen und Männern ein breites Bild schweizerischen Frauen-Schaffens vermitteln. Der Schwerpunkt lag dabei nicht auf der Erwerbsarbeit, sondern es war das explizite Anliegen der Ausstellungsverantwortlichen, »den Lebenskreis der Frau in Familie, Beruf und Staat« zu erfassen. Die Ausstellung begann denn auch im »Tempel der Hauswirtschaft«, wo die Frau als »Priesterin des Hauses« waltete, gefolgt von den traditionellen Frauenberufen im Bereich Erziehung und Pflege. Als Lebensentwurf für Frauen wurde das »Dreiphasenmodell« (Berufstätigkeit – Mutterschaft – Wiederaufnahme der Berufstätigkeit) propagiert; Halbtags- und Teilzeitstellen sollten den Wiedereinstieg ermöglichen, auf keinen Fall durfte die Berufstätigkeit der Frau ihre Mutterrolle konkurrenzieren.

An der SAFFA sollten sich alle »zu einem großen Ganzen zugehörig fühlen«. Gar nicht beabsichtigt war ein kämpferisches Auftreten. Wohl wurde an der Ausstellung recht zahm mit einer Tafel auf die Rechtsungleichheit der Frauen hingewiesen, ein Tag des Frauenstimmrechts wurde jedoch nicht bewilligt. Das Thema wurde lediglich gegen Schluß der Ausstellung bei einem Mittagessen und Reden hinter geschlossenen Türen behandelt. Dagegen wurde der 1. August zum Tag der FHD (militärischer Frauenhilfsdienst) erklärt. Nach dem Willen der Organisatorinnen durfte nicht offiziell für das Frauenstimmrecht geworben werden. Sie gaben sich nach außen hin bezüglich der für die Schweizerinnen so wichtigen ersten eidgenössischen Abstimmung über ihr Stimm- und Wahlrecht neutral. An den Kantonaltagen erschienen die Frauen der deutschen Schweiz denn auch meistens in Tracht; ihnen voraus marschierten die Männer auf das Ausstellungsgelände. Der ursprünglich »Die Frau im öffentlichen Leben« betitelte Pavillon war bereits während der Kommissionsarbeit als zu provokativ empfunden und in »Die Frau im Dienste des Volkes« umbenannt worden.

Dieser Zurückhaltung diametral entgegengesetzt war der Argumentationsstil Iris von Rotens. Radikal und schonungslos, ohne Rücksichten auf herrschende Meinungen und mit spitzer Feder handelt sie in ihrem Werk *Frauen im Laufgitter* die Ungleichheit der Frauen ab. Sie spricht einer radikalen egalitären Position das Wort und lehnt die seit 1890 von breiten Teilen der Frauenbewegung vertretene »égalité dans la différence« grundsätzlich ab. Sie begnügt sich nicht mit der Darstellung der rechtlichen und wirtschaftlichen Unterordnung, sondern greift ebenso unerschrocken das Tabu-Thema Sexualität auf und hinterfragt die einseitige Zuständigkeit der Frau für die Hausarbeit und die Überhöhung der Mutterschaft. Die seit der Aufklärung für Männer postulierten Möglichkeiten zur Selbstverwirklichung und politischen Mitbestimmung fordert sie auch für Frauen. Die gängige Doppelmoral der Männer bekämpft Iris von Roten nicht auf der Ebene von Enthaltsamkeit und Prüderie, sondern mit der Forderung nach Offenheit und nach sexueller Selbstbestimmung auch für Frauen im Sinne der »freien Liebe«. Mit ihrer doppelten Emanzipationsstrategie, auf beruflich-wirtschaftlicher Ebene einerseits und auf sexuell-erotischer Ebene anderseits, stellte Iris von Roten die SAFFA 58 und deren proklamierte weibliche Lebensgestaltung im »Dienst am Vaterlande« und an der Familie im Sinn des »Dreiphasenmodells« grundsätzlich in Frage. Nicht die Darstellung der wirtschaftlichen und rechtlichen Ungleichheiten war es, die zu einer eigentlichen Verdammung des Werks und seiner Autorin führte, sondern die Infragestellung des weiblichen Selbstverständnisses und die Attacke auf die männliche Selbstzufriedenheit und das patriarchalische Verständnis von Sexualität. Diese Problematisierung traf den Nerv. Von den Männern wurde sie als grundsätzliche Bedrohung empfunden – und das wohl zu Recht.

Als Iris von Rotens *Offene Worte zur Stellung der Frau* – so der Untertitel ihres Buchs – gegen Ende der SAFFA in einer privat geführten Buchhandlung auf dem Ausstellungsgelände erstmals öffentlich auflag, schlug es auch gleich wie eine Bombe ein. Auf den unerwarteten Skandal reagierten die Organisatorinnen mit vehementer Distanzierung vom Buch der früheren Redaktorin des BSF-eigenen *Frauenblattes*. Breite Reaktionen auf das fundiert recherchierte Werk gab es erst ab Herbst, nach der Schließung der Ausstellung. Als erste grenzten sich die großen Frauenverbände, insbesondere der BSF, öffentlich von *Frauen im Laufgitter* ab.

Selbst wenn sie mit einigen Passagen einverstanden waren, kritisierten sie das Buch grundsätzlich als unsachlich, weil es den Männern alles Schlechte aufbürde. Sogar die Frauenstimmrechtsvereine gingen auf Distanz. Im Aktionskomitee für das Frauenstimmrecht drohten prominente Männer wie der oben erwähnte Professor Kägi mit Austritt, falls sich die Frauen nicht von dem »Machwerk« distanzierten. Diese Drohung einflußreicher Männer grenzte an Erpressung, der sich die Frauen dann auch beugten: Die Frauenkämpferinnen kündigten Iris von Roten ebenfalls die Solidarität. Die Frauenorganisationen führten vor allem ins Feld, das Werk schade der bevorstehenden Abstimmung über das Frauenstimmrecht. Der Autorin wurde fehlendes »Einfühlungsvermögen« und ein Mangel an Diplomatie vorgeworfen. Nur einzelne Vereine und einige wenige engagierte Frauenstimmrechtlerinnen wehrten sich öffentlich für ihre mutige Mitstreiterin. Gertrud Heinzelmann sprach dem BSF und den SAFFA-Verantwortlichen im besonderen in einer Stellungnahme in der *Staatsbürgerin* das Recht ab, im Namen der Frauen zu bestimmen, was »musterkonform« zu sein habe. Ihr roch die Verurteilung des Buchs allzusehr nach Zensur und Bücherverbrennung. Auch einige Journalistinnen setzten sich für Iris von Roten und ihr Werk ein. Doch mehrheitlich lehnten Frauen dessen radikale Ideen und neuen Ton vehement ab. Sie sahen sich in ihrer Ehre als Mütter und Hausfrauen in Frage gestellt und bliesen zum Gegenangriff: »Hausarbeit ist die gesündeste, abwechslungsreichste und dem Wesen der Frau angemessenste Betätigung«, schrieb eine Leserin im *Nebelspalter* als Reaktion auf den Artikel einer Redaktorin, die das Buch öffentlich verteidigt hatte.

Den ganzen Herbst und Winter über wurde in den Zeitungen polemisiert. Männer empfanden Iris von Rotens Buch als persönlichen Angriff und gefährliches Machwerk. »Dégoutant« und »unappetitlich« waren die Attribute, mit denen sie das Werk wie die Autorin bedachten. Ihre für die alltägliche Kleinbürgerlichkeit ungewohnte modisch-mondäne Erscheinung galt ihnen als zusätzliche Legitimation für jegliche Verunglimpfung. Das Kesseltreiben gipfelte in der öffentlichen Polemik an der Basler Fasnacht im Februar 1959: Eine »Clique« (Männer) in Masken marschierte – vorne der Tambourmajor mit riesigen Brüsten – in einem Laufgitter am offiziellen Zug mit; in der Fasnachtszeitung *Suf-Ragetenblatt* erschien Iris von Roten auf der Frontseite als Männer-Dompteuse, die die Männer mit der Peitsche zur Hausarbeitsfron zwang.

Die Entwürdigung, die ihr als Person auf hinterhältigste Art zugefügt wurde, war für die immer offen und ehrlich kämpfende, an die Kraft von Argumenten glaubende Autorin nicht verständlich und letztlich eine tiefe Verletzung. All diesen Angriffen zum Trotz blieb Iris von Roten von ihrem Werk überzeugt und fühlte sich zu keinerlei Rechtfertigung gedrängt. Die Zeit sollte ihr recht geben. In ihrem vermutlich letzten Interview, das sie im Juni 1990 schriftlich den Basler Studentinnen für die Publikation *D'Studäntin kunnt* gab, erklärte sie rückblickend:

»Ich wollte ein Fenster aufstossen. Frische Luft sollte das dumpfe Gelass füllen, in welches die Männerherrschaft die Frauen pferchte und – wenn auch mit einigen beachtlichen Zugeständnissen – auch heute noch pfercht. ... Ich habe erwartet, daß sich ›Frauen im Laufgitter‹ fundamental durchsetzt, weil ich alles in allem an die Durchschlagskraft von Qualität glaube. ... Die Feindschaft gegen das Verlagswerk begann schon beim Setzen. Entsetzte Setzer waren im Lektorat vorstellig geworden. ... Als dann endlich die zweite Auflage stattfand, fand auch die Basler Fasnacht statt. Ihre Schweinereien stellten sich zwischen Buch und gesamtes Publikum. Damit war der Zugang zu ›Frauen im Laufgitter› auch psychologisch blockiert. ... Machtlust und Lebenslüge gehören zum empfindlichsten Bestand der Persönlichkeit. Wo nun, wie in meinem Buch, dieser kritisch hinterfragt wird, verlieren die Betroffenen das Gefühl der Verhältnismässigkeit, reagieren blindwütig und mit den plumpsten Mitteln. Und da kamen nun die Basler Fasnächtler mit ihrer prinzipiellen und sozusagen abgesegneten Freude am Dreckeln wie gerufen, umsomehr als sich ihr Schmutz infolge der gierigen Medien bis in die Wohnstuben des hintersten Bergdörfchens ergoß ...«

Auch für die negative Beurteilung durch Frauengruppierungen hatte Iris von Roten im nachhinein eine Erklärung:

»Als Redaktorin des ›Schweizer Frauenblatt‹ ... kannte ich die traditionellen Frauengruppierungen. Ihre Mitglieder waren meist gesetzten Alters. Sie haßten jüngere Frauen schon grundsätzlich. Einen Graben zwischen den Generationen bildete zum Beispiel das ›make up‹. Mehr als Emanzipation war ›Gutes tun‹ ihr Ziel.«

Das Leisetreten und die Anpassung an die Erwartungen der Männer nützten jedoch den Frauen – außer in der Westschweiz – wenig. Im Februar 1959 lehnten die Männer zu zwei Dritteln die Einführung des Frauenstimmrechts auf eidgenössischer Ebene ab.

Wer aber war diese Frau, die praktisch im Alleingang ein Werk schrieb, das seiner Zeit so gar nicht entsprach und eine breite Palette feministischer Argumente der Siebzigerjahre vorausnahm? Iris von Roten-Meyer wurde 1917 als erstes Kind von Berta und J. Walter Meyer-Huber in Basel geboren. »Die zwanzig ersten Jahre wurden verbracht in Basel, Burgdorf, Basel, Stockholm, Basel, Zollikon, Rapperswil, Neuenburg, Rapperswil, Zürich, abermals Schweden und Bern«, schrieb sie in ihrem Lebenslauf. Dieser ständige Wechsel des Wohnortes wegen der Berufstätigkeit des Vaters – er war Ingenieur und später Fabrikdirektor – führte bei ihr schon früh zur Auseinandersetzung mit der Welt. Ihre Eltern förderten sie nicht besonders, ließen ihr aber Raum für die Entfaltung ihrer Persönlichkeit. Schon in der Kindheit und Jugendzeit sprühte sie vor Ideen und faszinierte ihre Umgebung durch ihre Spontaneität, Klarheit und absolute Ehrlichkeit. Sie zeigte starke Impulse zur Gestaltung ihres Umfeldes, zum Schreiben und Malen. Ihre Leidenschaft für Kunstgeschichte führte sie auf ausgedehnte Bildungsreisen in verschiedene europäische Länder. So reiste sie schon als Gymnasiastin den Zeugnissen der deutschen Gotik nach. Nach der Matur entschied sie sich jedoch nicht – wie erwartet –, Kunstgeschichte und Germanistik zu studieren, sondern Jura, was ihr beruflichen Spielraum, ein öffentliches Tätigkeitsfeld und wirtschaftliche Eigenständigkeit ermöglichen sollte und vor allem gesellschaftlich nicht als Hobby für Töchter des gebildeten Bürgertums eingestuft werden konnte.

Iris von Roten studierte in Bern, Genf und Zürich und schloß ihre Ausbildung zur Juristin 1941 mit dem Doktortitel ab. Fortan widmete sie sich redaktioneller und verlegerischer Tätigkeit. 1944 übernahm sie die Redaktion des *Schweizer Frauenblattes*, des offiziellen Organs des BSF, und veröffentlichte später ab und zu auch Artikel in der *NZZ*, der *Weltwoche* und der *Elle*. Es entsprach ihrem tiefen Bedürfnis nach ästhetischer Gestaltung, daß sie ihrem äußeren Erscheinungsbild großes Gewicht beimaß. Sie legte Wert auf Kleider und Mode, ganz im Gegensatz zu vielen älteren und etlichen jüngeren Frauenrechtlerinnen.

Nach der Erlangung des Zürcher Anwaltspatents heiratete sie 1946 den Walliser Anwalt Peter von Roten, der auch journalistisch und politisch tätig war. Über ihre beruflichen und kulturellen Interessen hinaus verband die beiden auch ein vielschichtiges, über ihre Mütter vermitteltes verwandtschaftliches Beziehungsnetz, das ein bedeutendes Stück schweizerischer Frauenbewegung widerspiegelt.

Iris von Rotens Großmutter mütterlicherseits war eine von Salis-Maienfeld. Aus diesem bedeutenden Bündner Geschlecht stammte auch die Gelehrte, Schriftstellerin und Ärztin Hortensia Gugelberg von Moos (1659-1715). Früh verwitwet, hatte sie sich als Schloßherrin zu Maienfeld ungeachtet aller Vorurteile in die konfessionellen Auseinandersetzungen eingemischt und die ihr über ihre Mutter und Großmutter vermittelten medizinischen Kenntnisse als Ärztin praktisch angewandt. In ihren Schriften verlangte sie für Frauen wie Männer das gleiche Recht auf Freiheit und Gleichheit im Reich des Geistes. Eine geborene von Salis-Maienfeld war auch die Mutter von Meta von Salis-Marschlins, der bekannten Schriftstellerin und ersten promovierten Historikerin der Schweiz, der profiliertesten und radikalsten Befürworterin einer Gleichstellung von Frau und Mann des ausgehenden 19. Jahrhunderts. Über ihre langjährige Lebensgefährtin, die Schriftstellerin Hedwig Kym, war sie mit der mütterlichen Familie von Peter von Roten verbunden.

Die Mutter Peter von Rotens war die Tochter des bekannten Basler Anwalts Ernst Feigenwinter. Dieser heiratete 1910 in zweiter Ehe Hedwig Kym, die vorher über Jahre mit Meta von Salis gelebt und gearbeitet hatte. Gemeinsam waren die beiden Freundinnen maßgeblich an der Herausgabe der für die Rechte der Frauen einstehenden Zeitung *Die Philanthropin* beteiligt gewesen. Nach ihrer Heirat mit Ernst Feigenwinter richtete Hedwig Kym im obersten Stock des Hauses am Heuberg 12 in Basel eine Wohnung für ihre Freundin ein und zog nach dem Tod ihres Gatten 1919 zu ihr.

Iris von Roten war sich dieser bedeutenden weiblichen Herkunftslinie sehr wohl bewußt und fühlte sich ihr stärker verpflichtet als der väterlichen Familie, die durch Fleiß und Einsatz zu Einfluß gekommen war. Peter von Roten spricht in diesem Zusammenhang von »ererbtem Feminismus«. Seiner 1952 geborenen Tochter gab das Ehepaar von Roten-Meyer den Vornamen der Ahnin Hortensia Gugelberg von Moos. Peter von Roten seinerseits hatte sich erst unter dem Einfluß seiner Ehefrau zu einem entschiedenen Vertreter der Frauenrechte gewandelt. Seine aus altem einflußreichen Walliser Geschlecht stammende Familie vertrat ihrer konservativen Ausrichtung gemäß die entgegengesetzte Haltung.

Nach der Heirat betrieb das Ehepaar während einiger Jahre gemeinsam eine Anwaltspraxis in Raron, Visp und Leuk (Wallis). Zur gleichen Zeit setzte es sich intensiv mit der Stellung der Frau in der Gesellschaft auseinander und kämpfte für die Einführung des Frauenstimmrechts. Während eines Studienaufenthaltes in England 1947 beschloß Iris von Roten, »über das Problem der Gleichberechtigung der Frauen in großen Zusammenhängen zu schreiben«. Sie begann damit im Januar 1948 in Leuk, noch vor Erscheinen des berühmten Werks von Simone de Beauvoir, *Das andere Geschlecht* (Paris 1949). Es entsprach ihrem Charakter, daß sie der Sache auf den Grund gehen wollte. Ihr bereits enormes Wissen ergänzte sie durch soziologische Studien an verschiedenen Universitäten der USA und war dadurch eingebettet in einen sozialpolitischen Diskurs, der allgemein in der Schweiz wenig Tradition besaß und seit der Zeit der geistigen Landesverteidigung ein Schattendasein führte. Von solchen Diskussionen waren die Frauen als nicht stimm- und wahlberechtigte Bürgerinnen noch besonders ausgeschlossen. Iris von Roten orientierte sich beim Schreiben ihres Buchs nicht an schweizerischen Gepflogenheiten, sondern fühlte sich der ungeschminkten Wahrheit verpflichtet. Sie bediente sich einer offenen Sprache, die in den intellektuellen Kreisen der USA, wo sie sich zu Beginn ihrer Arbeit aufhielt, selbstverständlich, aber später während der McCarthy-Ära nicht ungefährlich war.

Kurz vor der Geburt der Tochter Hortensia 1952 zog sie nach Basel an den Heuberg 12, wo ihre berühmte geistige Vorgängerin Meta von Salis rund ein Vierteljahrhundert früher verstorben war. Hier schrieb sie an ihrem Werk. Ihr Ehemann pendelte zwischen Raron und Basel und nutzte seine Stellung als Politiker, um den von seiner Gattin vertretenen Ideen sowohl im Walliser Grossen Rat als auch im eidgenössischen Parlament ein öffentliches Forum zu verschaffen. In Verbindung mit dem Zentralvorstand des Schweizerischen Verbandes für Frauenstimmrecht reichte Peter von Roten 1949 im eidgenössischen Parlament als jüngster Nationalrat – zum Ärger seiner Partei, der Katholisch-Konservativen Volkspartei, die sich vehement gegen die Einführung des Frauenstimmrechts wehrte – mit 24 Mitunterzeichnern ein Postulat ein, das schließlich 1959 zur ersten eidgenössischen Abstimmung über das Frauenstimmrecht führte. Das Postulat lud den Bundesrat ein, »den Räten Bericht zu geben über den Weg, auf dem die politischen Rechte auf die Schweizer Frau ausgedehnt werden können«. Der Bericht des Bundesrates empfahl die Einführung des Frauenstimmrechts mittels einer Revision der Bundesverfassung. Peter von Roten wehrte sich, wenn auch vergeblich, in der Nationalratsdebatte vom 13. Juni 1951 für den Standpunkt des Schweizerischen Verbandes für Frauenstimmrecht. Der hatte 1950 in einer Eingabe an den Bundesrat die Meinung vertreten, die Frauen seien von der Verfassung her vom Stimmrecht nicht ausgeschlossen. Art. 74 der Bundesverfassung spreche von Stimmberechtigten. Der Bundesrat habe einfach die Vorschriften dahin zu ändern, daß der Begriff auch die Frauen miteinschließe. Auf eben diesen Verfassungsartikel beriefen sich dann 1957 die Frauen von Unterbäch aus dem Bezirk Raron, als sie – vom Gemeinderat nach ausgiebiger Beratung durch den Bezirkspräfekten Peter von Roten ins Stimmregister aufgenommen – gegen den Willen von Bundesrat und Kantonsregierung unter den Blitzlichtern von Reportern aus der Schweiz und der halben Welt als erste Frauen der Schweiz zur Urne schritten. Sie beanspruchten für sich das Recht, über ein Gesetz, das die Frauen zum obligatorischen Zivildienst verpflichten wollte, mitzubestimmen. Noch heute beruft sich Unterbäch als »Schweizer Rütli der Frauen« stolz auf diese historische Stunde. Und wohl erinnert heute in der Gemeinde ein Gedenkstein an die erste schweizerische Bundesrätin, Elisabeth Kopp, die just zur Ehrenbürgerin ernannt wurde, nichts aber an die indirekte Urheberin des Urnenganges.

Kurz nach der Ablehnung des Frauenstimmrechts 1959 argumentierte Iris von Roten in ihrer Broschüre *Das Frauenstimmrechtsbrevier* wie die Unterbächerinnen. Die Einführung des Frauenstimmrechts über die gegenwartsbezogene Interpretation von Art. 74 zur Stimm- und Wahlberechtigung aller »Schweizer« sei möglich, schließe das Wort »Schweizer« die Frauen doch nicht grundsätzlich aus. Von Verlagen und Zeitungen gebannt, von vielen als Anwältin gemieden, trat sie jedoch danach – obwohl sie ihre Ansichten zur Stellung der Frau nie änderte – kaum mehr an die Öffentlichkeit und lehnte lange jegliche Interviewangebote ab. Es war aber kein Rückzug ins Private, vielmehr gab sie jetzt Interessen ihrer Jugendzeit wieder Raum zur Entfaltung. Sie griff auf ihre Vorliebe für Blumen- und Landschaftsmalerei zurück, gestaltete ihr Umfeld von der Wohnung über die Kleidung bis zur geringfügigsten Einladung mit einem klaren ästhetischen Gefühl und größter Sorgfalt. In späteren Jahren übernahm sie sogar die Bauleitung bei der Renovation des Turms und Pfarrhauses in Raron. Dieselbe Sorgfalt zeigte sie bei der Unterstützung der Ausbildung ihrer Tochter Hortensia. Ihrer Auffassung gemäß behandelte sie diese nicht als ihr untergeordnetes Kind, sondern als gleichwertige, autonome Person. Sie nahm auch ihre frühere Reisetätigkeit wieder auf und ging mit ihrem kleinen Fiat 600 unerschrocken allein auf Reisen: in die Türkei mit Abstechern nach Syrien, Libanon und Zypern. Ihre Reiseerfahrungen hielt sie im 1965 publizierten Bericht *Vom Bosporus zum Euphrat, Türken und Türkei* fest (Stuttgart 1965). In späteren Jahren führten sie ihre Reisen in den Iran und den Irak, nach Marokko, Tunesien, Spanien, Portugal, Malta, Sri Lanka und Brasilien – Reisen, zu denen sie nicht nur kulturhistorische Neugierde, sondern ein echtes Interesse an den Menschen bewog.

Im April 1988 wurde Iris von Roten auf der Autobahn bei Basel von einem Geisterfahrer gerammt. Die Unfallverletzung heilte nicht wie erwartet. Zudem verursachten die Medikamente, die sie ihres hartnäckigen Heuschnupfens wegen jahrelang eingenommen hatte, ein seltenes Augenleiden und drohten auch ihr Gehör zu schwächen. Sie begann sich nun ernsthaft mit dem Gedanken des Todes anzufreunden, da sie sich zu keinem Märtyrertum verpflichtet fühlte und ihren Angehörigen die Umtriebe des Hinsiechens ersparen wollte. Am 11. September 1990 machte sie wohlvorbereitet ihrem Leben ein Ende. Sie verabschiedete sich mit den Worten, »der wohlerzogene Gast müsse bei Zeiten vom Tisch des Lebens aufzustehen wissen«.

Dank ihrem jetzt neu und ungekürzt herausgegebenen Lebenswerk *Frauen im Laufgitter* lebt nicht nur die Erinnerung an sie weiter, sondern gibt sie wiederum Anstöße zur aktuellen Auseinandersetzung mit der Stellung der Frau in der Gesellschaft.

Herkunft der Zitate

1 *Walliser Bote,* 12. u. 29.12.1944, Visp, Antworten auf eine Rundfrage über das Frauenstimmrecht

2 *Du,* Nr. 9, 1941, Zürich: Erfahrungen eines Landarztes

3 M. Gagg: Die Frau in der schweiz. Industrie. Orell Füssli, Zürich 1928

4 A. Varron: Das Werden des franz. Modekünstlers. *Ciba-Rundschau,* Nr. 26, 1938, Basel

5 A. Wolff: Leichte Geburten. Süddeutsches Verlagshaus, Stuttgart 1939

6 K. Michaelis: Das gefährliche Alter, Concordia Dt. Verl. Anstalt, Berlin 1910

7 8 Kleine Anfrage Siegrist-Aarau vom 27.3.1946 und ihre Beantwortung

9 Tertullians sämtliche Schriften, übers. von F. A. v. Besnard, Kollmannsche Buchhandlung, Augsburg 1837

10 *Berner Student,* Offiz. Organ der Studentschaft der Universität Bern, November-Nr. 1937, Bern

11 Bericht des Bundesrates an die Bundesversammlung über die 38. und 39. Tagung der Internat. Arbeitskonferenz sowie zum Postulat der eidg. Räte betr. die Gleichheit des Entgelts männlicher und weiblicher Arbeitskräfte vom 21.12.1956; Beilage 3: Bericht der Expertenkommission zur Prüfung der wirtschaftlichen Auswirkungen gleichen Entgelts für gleichwertige Arbeit männlicher und weiblicher Arbeitskräfte. – (Übrigens enthält der folgende Satz des Berichtes einen hier erheblichen Rechnungsfehler: »In den Besoldungsklassen 1-20 beträgt heute der Anteil der Frauen 8,1% gegenüber 1,3% im Jahre 1940.« Diese Prozente sind falsch. Richtig sind 4,3 % bzw. 0,7 %.)

12 *Neue Zürcher Zeitung,* Nr. 102, 1944: Ich schäme mich

13 *Schweiz. Arbeitgeber-Zeitung,* Nr. 4, 1953: Sur le thème: à travail égale, salaire égale

14 Bericht des Bundesrates an die Bundesversammlung über die 34. Tagung der Internat. Arbeitskonferenz vom 12.12.1952

15 siehe Anmerkung 11

16 Ratschlag 3890 (1941)

17 Bericht des Bundesrates über seine Geschäftsführung im Jahre 1940, Finanz- und Zolldepartement, betr. Postulat Nr. 2993 Schmid-Ruedin vom 8.6.1933

18 P. Schmid-Ruedin: Die Stellung der Angestellten in Wirtschaft und Staat. SKV, Zürich 1954

19 *Die Front* vom 3.6.1935, zitiert in W. Adam: Frauenarbeit und sogen. Doppelverdienertum. Diss. Bern 1944

20 Stadtpräs. Lindt im Berner Stadtrat, 7.4.1933, zitiert in W. Adam: Frauenarbeit und sogen. Doppelverdienertum. Diss. Bern 1944

21 21a Urteil des Bezirksgerichts Zürich in 1. Instanz vom 15.12.1943 und Appellationsentscheid des Zürcher Obergerichts vom 17.3.1944 in Sachen Bezirksanwaltschaft Zürich und Fürsorgeamt der Stadt Zürich ca. Kälin

22 A. Tschechow: Schatten des Todes. Musarion, München 1919

23 zitiert in: E. Zellweger: Die Mutter der schweiz. Frauenbewegung, Helene v. Mülinen. *Schweizer Frauenkalender*, Sauerländer, Aarau 1951

24 F. Nightingale: Suggestions for thought to Searchers after Religious Truth. Eyre & Spottiswoode, London 1860

25 H. Uhde: Erinnerungen und Leben der Malerin Louise Seidler, Hertz, Berlin 1874
26 A. Einstein: Mozart. Sein Charakter, sein Werk. Berman Fischer, Stockholm 1947
27 27a H.V. Borsinger: Rechtsstellung der Frau in der Katholischen Kirche. Diss. Zürich 1930
28 H. Klencke: Das Weib als Gattin, Lehrbuch über die physischen, seelischen und sittlichen Pflichten, Rechte und Gesundheitsregeln der deutschen Frau im Eheleben; zur Begründung der leiblichen und sittlichen Wohlfahrt ihrer selbst und ihrer Familie. Kummer, Leipzig 1872
29 H. Habe, Clare Boothe Luce, *Die Weltwoche,* 23.1.1953, Zürich
30 S. Baur: Charakteristik des Frauenzimmers. Ettingersche Buchhandlung, Gotha 1789
31 31a E. Perón: Der Sinn meines Lebens. Thomas Verlag, Zürich 1952
32 J. J. Bachofen: Gesammelte Werke. Hrsg. von K. Meuli, Benno Schwabe, Basel 1957
33 B. Turin-Vogel: Die Frau kann alles. *Schweizer Spiegel*, 2. Jahrgang, Nr. 8, Zürich
34 zitiert in: C. W. Cunnington: Feminine Attitudes in the 19th Century. Heinemann, London 1935
35 Entscheid des Bundesgerichts vom 13.5.1955 in Sachen Staatsanwaltschaft des Kts. Zürich gegen M
36 37 T. H. Van de Velde: Die vollkommene Ehe. Müller, Rüschlikon-Zürich 1926
38 zitiert in: P. Brupbacher: Meine Patientinnen. Aus dem Sprechzimmer einer Frauenärztin. Büchergilde Gutenberg, Zürich 1953
39 M. Audoux: L'atelier de Marie-Claire. Guilde du livre, Lausanne 1941
40 3. Mos. 15, 19-24, zitiert in: O. Stoll: Das Geschlechtsleben in der Völkerpsychologie. Veit, Leipzig 1908
41 zitiert in: H. V. Borsinger: Die Rechtsstellung der Frau in der Katholischen Kirche. Diss. Zürich 1930
42 D. G. Read: Revelation of Childbirth. Heinemann, London 1947
43 Heinrich Pestalozzis sämtliche Werke. de Gruyter, Berlin 1927
44 Die kluge und einsichtige Schweizerin von bürgerlichem Stande ... Altweg Weber, St. Gallen 1867
45 T. u. F. Platter: Zwei Autobiographien. Ein Beitrag zur Sittengeschichte des XV. Jahrhunderts. Hrsg. von D. A. Fechter, Seul & Mast, Basel 1840
46 zitiert in: C. v. Bunge: Die zunehmende Unfähigkeit der Frauen zu stillen. Reinhardt, München 1908
47 T. Koller und H. Willi: Mutter und Kind. Schulthess, Zürich 1951
48 Jeremias Gotthelf: Wie Annebäbi Jowäger haushaltet und wie es ihm mit dem Doktern geht. Jent & Gassmann, Solothurn 1844
49 R. M. Rilke: Briefe an einen jungen Dichter. Tschudy Verlag, St. Gallen 1949
50 U. Sinclair: Love's Pilgrimage. Laurie, London 1927
51 Digesta. 2, 4, fr. 5
52 siehe Anmerkung 32
53 54 zitiert in: T. Curti: Geschichte der Schweiz. Volksgesetzgebung. Dalpsche Buchhandlung, Bern 1882
55 56 L. Lacour: Trois femmes de la Révolution. Plon-Nourrit, Paris 1900

57 ebenda
58 E. Thomas: Les femmes de 1848. Presses universitaires de France, Paris 1948
59 N. Schmidt: Von den zehen Teufeln oder Lastern, damit die bösen unartigen Weibern besessen sind ...
60 Gründ- und probierliche Beschreibung ... belangend die Frag, Ob die Weiber Menschen seyn oder nicht, publiziert durch einen besonderen Liebhaber der Lieb und Bescheidenheit, 1617
61 A. Meyer: Wie soll ein junges Frauenzimmer sich würdig bilden? Walther, Erlangen 1777
62 S. Baur: Charakteristik des Frauenzimmers. Ettingersche Buchhandlung, Gotha 1789
63 Halifax: Avis d'un père à sa fille. London 1757
64 B. Pascal: Pensées. Didot, Paris 1817
65 Amtl. stenogr. Bulletin der Bundesversammlung. Nationalrat, 1951
66 J. Wallfisch: Beweis, dass die Frauen eigentlich keine Menschen sind. In Kommission der Schulbuchhandlung, Leipzig 1861
67 O. Weininger: Geschlecht und Charakter. Kiepenheuer, Berlin 1932
68 P. J. Möbius: Über den physiologischen Schwachsinn des Weibes. Marhold, Halle 1902
69 siehe Anmerkung 65
70 W. Frick: Die deutsche Frau im nationalsozialistischen Staate. Beyer, Langensalza 1934
71 A. Rosenberg: Der Mythus des 20. Jahrhunderts. Hoheneichen, München 1931
72 zitiert in: A. Rühle-Gerstel: Das Frauenproblem der Gegenwart. Eine psychologische Bilanz. Hirzel, Leipzig 1932
73 T. Bovet: Die Ehe, ihre Krise und Neuwerdung. Haupt, Bern 1946
74 R. Mäder: Das Frauenstimmrecht – eine Revolution. *Innerschweiz. Bauernzeitung*, 4.1.1946, Küssnacht
75 siehe Anmerkung 65
76 G. Oheim: Einmaleins des guten Tons. Bertelsmann, Gütersloh 1956

Die zitierten Gedichte entstammen

J. Ch. Günther: Gedichte. Hrsg. von B. Litzmann, Reclam Univers. Bibl. Nr. 1295/96, Reclam, Leipzig

R. Burns: Lieder. Übersetzt in Zürcher Mundart von W. A. Corrodi, Bleuler, Hausheer, Winterthur 1870

Das Spiel von Lanzelot, Fürsten von Dänemark und der schönen Sanderein. Aus dem Flämischen von F. M. Hoebner, Inselb. Nr. 208, Insel Verlag, Leipzig

M. Lienert: 's Schwäbelpfiifli. Sauerländer, Aarau 1925

Joh. Fischarts sämtliche Dichtung. Hrsg. von H. Kurz, Weber, Leipzig 1867

O. von Greyerz: Im Röseligarte, Schweiz. Volkslieder. Francke, Bern

Novalis: Hymnen an die Nacht. Inselb. Nr. 21, Insel Verlag, Leipzig

Dank für Auskünfte

schulde ich vor allem folgenden Institutionen: Bundesamt für Industrie, Gewerbe und Arbeit (Sektion für Sozialstatistik), Bern; Bund Schweizer Frauenvereine (Geschäftsstelle: Schweiz. Frauensekretariat), Zürich; Bureau International du Travail, Genf; Eidg. Statistisches Amt (Volkszählungsbüro), Eidg. Personalamt, Bern; United States Department of Labor (Women's Bureau), Washington, D. C.; Women's Service Library, London

Ausgewählte Literatur zum Thema

E. D. ABB: *What Fools we Women be!*. Cassel, London 1937

W. ADAM: *Frauenarbeit und sogen. Doppelverdienertum*. Diss. Bern 1944

J. ADDAMS: *The Long Road of Women's Memories*. Macmillan, New York 1916

A. ADLER: *Über den nervösen Charakter.* Bergmann, Wiesbaden 1919

A. AMONN: *Das Lohnproblem*. Francke, Bern 1945

S. B. ANTHONY; E. C. STANTON; M. J. GAGE: *History of Women Suffrage*. Anthony, Rochester N.Y. 1887

S. ANTHONY: *Women's Place in Industry and Home*. Routledge, London 1932

Arbeitsamt Zürich: Geschäftsbericht 1951

Arbeitsprogramm des Schweiz. Gewerkschaftsbundes, Bern 1934

J. J. BACHOFEN: *Gesammelte Werke*. Hrsg. von K. Meuli, Benno Schwabe, Basel 1957

E. v. BARSEWICH: *Die Aufgaben der Frau für die Aufartung*. Schriftenreihe des Reichsausschusses für Volksgesundheitsdienst, 1933

G. BÄUMER: *Die Frau in Gesellschaft und Staatsleben der Gegenwart*. Stuttgart 1914

– *Die sozialen Forderungen der Frauenbewegung im Zusammenhang mit der wirtschaftlichen Lage der Frau*. Vandenhoek & Ruprecht, Göttingen 1906

S. BAUR: *Charakteristik des Frauenzimmers*. Ettingersche Buchhandlung, Gotha 1789

BAUMGARTNER: *Die Schweiz in ihren Umgestaltungen und Kämpfen 1830 bis 1850*. Hurtersche Buchhandlung, Schaffhausen 1844

M. R. BEARD: *On understanding Women*. Longmans & Green, London 1931

S. DE BEAUVOIR: *Le deuxième sexe*. Gallimard, Paris 1949

A. BEBEL: *Die Frau und der Sozialismus*. Dietz, Stuttgart 1891

R. H. BELL: *Woman from bondage to freedom*. Cosmopolis Press, New York 1921

R. BENEDICT: *Patterns of Culture*. Penguin Books Ltd., Harmondsworth

Bericht des Bundesrates über das Volksbegehren »Für die Familie« vom 10.10.1944

– an die Bundesversammlung über die 34. Tagung der Internationalen Arbeitskonferenz vom 12.12.1952

– an die Bundesversammlung über die 38. und 39. Tagung der Internationalen Arbeitskonferenz sowie zum Postulat der eidg. Räte betr. die Gleichheit des Entgelts männlicher und weiblicher Arbeitskräfte vom 21.12.1952

BIGA: Löhne verunfallter Arbeiter nach Lohnstufen (1954), *Die Volkswirtschaft*, Heft 8, 1956

K. BISKE: Die Schweizer Frau in der Statistik. *Die Schweiz*, Jahrbuch der Neuen Helvet. Gesellschaft, Bern 1958

H. H. BLOCK: *La diminuation de la douleur au cours du travail*. Diss. Lausanne 1939

J. C. BLUNTSCHLI: *Geschichte des Schweiz. Bundesrechtes*. Meyer & Zeller, Zürich 1846

V. BODMER: Der Beitrag der Frauen an die Wissenschaft. *Die Schweiz*, Jahrbuch der Neuen Helvet. Gesellschaft, Bern 1958

H. V. BORSINGER: *Die Rechtsstellung der Frau in der Katholischen Kirche*. Diss. Zürich 1930

Botschaft des Bundesrates an die Bundesversammlung über die Einführung des Frauenstimm- und -wahlrechts in eidg. Angelegenheiten vom 22.2.1957

P. BOUSFIELD: *Sex and Civilisation*. Paul, Trench, Tubner, London 1925

T. BOVET: *Die Ehe, ihre Krise und Neuwerdung*. Haupt, Bern 1946

D. D. BROMLEY; F. H. BRITTEN: *Youth and Sex, a study of 13.000 College students*. Harper, New York 1938

C. BRÜSCHWEILER: *Saläre kaufmännischer Angestellter 1928-1950*. Schweiz. Kaufm. Verein, Zürich 1953

J. BRUNHES: Une forme nouvelle du Pouvoir économique des consommateurs. *Revue économique internat.*, Bruxelles. 1908

P. BRUPBACHER: *Sexualfrage und Geburtenregelung*. Jean Christoph Verlag, Zürich 1936

– *Meine Patientinnen*. Büchergilde Gutenberg, Zürich 1953

P. BUCK: *Of Men and Women*. John Day, New York 1941

Bund Schweizer Frauenvereine: *Frauenarbeit und sogen. Doppelverdienertum in der heutigen Krisenzeit*. Zürich 1934

– *Zur Frage des sogen. Doppelverdienertums in der öffentlichen Verwaltung des Bundes und der Kantone*. Zürich 1934, 1936

– Eingaben an den Bundesrat vom 30.11.1948 und 28.6.1949 betr. Revision des Beamtengesetzes. *Die Staatsbürgerin*, Jahrg. 1948 und 1949, Zürich; Eingabe vom 7.7.1953

Bureau International du Travail: *La participation des femmes mariées et des mères de famille à l'activité économique*. Genf 1951

J. B. BUTLER: *Personal Reminiscences of a great Crusade*. Association for moral and social Hygiene, London 1911

R. CARUGO: *L'ouvrière, le travail aux pièces et le travail à la norme de temps*. Diss. Genf 1956

C. C. CATT: *Woman Suffrage and Politics: The Inner Story of the Suffrage Movement*. Scribner, New York 1923

I. CLEPHANE: *Towards Sex Freedom*. Lane, London 1935

A. CLARK: *Working Life of Women in the 17th Century. Routledge, London 1919*

A. COMFORT: *Barbarism and Sexual Freedom*. Freedom Press, London 1948

– *Sexual Behaviour in Society*. Duckworth, London 1950

C. W. CUNNINGTON: *Feminine Attitudes in the 19th Century*. Heinemann, London 1953

T. CURTI: *Geschichte der Schweiz. Volksgesetzgebung*. Schröter, Zürich 1885

K. B. DAVIS: *Factors in the Sex Life of 2200 Women*. Harper, New York 1929

J. DE CASTRO: *Geography of Hunger*. Gollancz, London 1952

Des löblichsten Frawenzimmers gehors. Diener … Pantagruel: Ausführlicher

Wegweiser, wie sich eine tugendsame Frau verhalten sollte. Schütz, Cassel 1636
H. DEUTSCH: *Psychologie der Frau.* Huber, Bern 1954
Die Frau, Monatsschrift, gegr. 1893 von Helene Lange, Moeser, hernach Herbing, Berlin
Die Jungfrau, ihr Beruf und ihre Bildung, den Töchtern höherer Stände ... geweiht von einer Gesellschaft Gelehrter. Hrsg. von G. Eith, Stagesche Verlagsbuchhandlung, Augsburg 1836
L. DIEL: *Die Frau im faschistischen Italien.* Hobbing, Berlin 1934
DIOTIMA: *Schule der Liebe.* Müller, Rüschlikon-Zürich 1930
G. DULCKEIT: *Philosophie der Rechtsgeschichte.* Quelle & Meyer, Heidelberg 1950
M. DUVERGE: *La participation des femmes à la vie politique.* Unesco, Paris 1955
Eidg. Statistisches Amt: Geschlecht, Heimat, Konfession, Muttersprache, Alter, Zivilstand und Berufszugehörigkeit der Wohnbevölkerung der Schweiz. *Die Volkswirtschaft*, Heft 8, 1952
– Die berufstätigen Ehefrauen. *Die Volkswirtschaft*, Januar 1957
H. ELLIS: *Psychology of Sex.* Heinemann, London 1933
– *Sex in Relation to Society.* Heinemann, London 1937
Encyclopaedia of the Social Sciences. Macmillan, New York 1935
H. ERB: *Geschichte der Studentenschaft an der Universität Zürich.* Diss. Zürich 1937
M. G. FAWCETT: *Women's Victory – and After.* London & National Society for Women's Service, 1920
– *Women's Suffrage.* London & National Society for Women's Service, 1912
F. FLEINER: *Tradition, Dogmaentwicklung als Kräfte der Schweizer Demokratie.* Zürich 1933
J. C. FLUGEL: *The Psychoanalytic Study of the Family.* Hogarth, London 1921
E. FREIMÜLLER: *Die wirtschaftliche und soziale Stellung der Beamtin in der Schweiz.* Diss. Bern 1925
S. FREUD: *Gesammelte Schriften.* Internat. Psychoanalyt. Verlag, Wien 1924
W. FRICK: Die deutsche Frau im nationalsozialistischen Staate. *Friedr. Manns Pädagog. Magazin*, Beyer, Langensalza 1934
M. GAGG: *Die Frau in der schweiz. Industrie.* Orell Füssli, Zürich 1928
B. GALLE: *Die Schweizer Frau im Handels- und Bureauberuf.* Diss. Bern 1934
F. GENZMER: *Rache, Wergeld und Klage im altgerm. Rechtsleben.* Mohr, Tübingen 1941
P. GIDE: *Etude sur la condition privée de la femme.* Durand et Pédone-Lauriel & Thorin, Paris 1867
C. GILMAN: *Women and Economics, a study of the economic relation between men and women as a factor in social evolution.* Putnam's Sons, London 1921
– *The Home.* Heinemann, London 1904
– *His Religion and hers.* Fisher, London 1924
R. GOODLAND: *A Bibliography of Sexual Rites and Customs.* Routledge, London 1931
Gründliche und probierliche Beschreibung, Argument und Schluss Articel sampt beigefügten ausführlichen Beantwortungen: Belangend die Frage Ob die Weiber Menschen seyin oder Nicht? meistenteils aus hl. Schrift ... verf. dch. besonderen Liebhaber der Lieb u. Bescheidenheit anno 1617

E. R. GROVES: *The Family and its Social Functions.* Lippincott, New York 1940
H. GUGGISBERG: *Die körperliche und geistige Eigenart der Frau.* Francke, Bern 1918
– Maßnahmen der Sanitätsbehörden im Kampfe gegen den Geburtenrückgang. *Bulletin des Eidg. Gesundheitsamtes*, Nr. 22, 1941
Gutachten der Sonderkommission zur Frage des Geburtenrückganges und des Familienschutzes an den Vorstand des Schweiz. Evang. Kirchenbundes. Huber, Frauenfeld 1942
E. HÄNI: Die Entstehung und Entwicklung des Schweiz. Bürgerrechtes bis zu Beginn des 19. Jahrhunderts. *Die Ostschweiz*, St. Gallen 1933
F. W. HALLE: *Women in Soviet Russia.* Routledge, London 1933
E. HARDING: *Der Weg der Frau.* Rhein Verlag, Zürich 1943
A. HARTMANN: *Rechtsfragen des Boykotts.* Diss. Basel 1948
E. HAWES: *Anything but Love.* Rinehart, New York 1948
– *Why Women Cry.* Reynal & Hitchcock, New York 1943
M. HIRSCHFELD: *Die Weltreise eines Sexualforschers.* Bözberg Verlag, Brugg 1933
E. HÖLLEIN: *Gebärzwang und kein Ende.* Neuer Deutscher Verlag, Berlin 1930
W. HOLTBY: *Women and a Changing Civilization.* Lane, London 1934
HÖLTZ; WALS: *Femina non est homo.* Wittenberg 1672
E. HUBER: *System und Geschichte des Schweiz. Privatrechts.* Detloffsche Buchhandlung, Basel 1886
E. HUGUENIN: *Die Frau und ihr Schicksal.* Oesch, Thalwil 1946
H. JAKOBY: *Die Grenzen der weiblichen Bildung.* Bertelsmann, Gütersloh 1835
E. JEANGROS: Die Frau im Berufsleben. *Schriftenreihe des Amtes für berufliche Ausbildung*, Bern 1955
M. I. JENNY: *Die Lohndiskriminierung für die Frauenarbeit, ihre Ursachen und die sozialpolitischen Massnahmen zu ihrer Behebung in der Schweiz.* Dipl.-Arbeit, Handelshochschule St. Gallen
C. G. JUNG: *Die Frau in Europa.* Vlg. d. Neuen Schweiz. Rundschau, Zürich 1929.
H. KAISER-FREY: *Die Stellung der Frau im Bundesdienst.* Bund Schweiz. Frauenvereine, Zürich 1952
O. KARRER: *Die Seele der Frau.* Ars sacra, München 1951
E. KEY: *Mißbrauchte Frauenkraft.* Fischer, Berlin 1911
– *Über Liebe und Ehe.* Fischer, Berlin 1921
A. C. KINSEY; W. B. POMEROY; C. E. MARTIN; P. H. GEBHARD: *Sexual Behavior in the Human Male.* 1947; *Sexual Behavior in the Human Female.* 1953; Sanders, Philadelphia
C. KIRKPATRICK: *Nazi Germany: Its Women and Family Life.* Bobbs-Merill, Indianapolis 1938
A. KOLLER: Die verheiratete berufstätige Frau in der Schweiz. *Schweiz. Zeitschrift für Volkswirtschaft und Statistik*, Heft 4/5, 1949, Bern
– Die Frau in der schweiz. Industrie. *Schweiz. Arbeitgeber-Zeitung*, Nr.33/34, 1938/39, Zürich
A. KOLLONTAI: *Wege der Liebe.* Malik, Berlin 1925
M. KORNITZER: *The Modern Woman and Herself.* Cape, London 1932
L. KROEBER: *Frauen unter Männern, Grenzen und Möglichkeiten der arbeitenden Frau.* Econ-Verlag, Düsseldorf 1955
B. KREMPEL: *Die Zweckfrage in der Ehe in neuer Beleuchtung.* Benziger, Einsiedeln 1941
Kantonaler Bund für Frauenstimmrecht und Stimmrechtsverein Zürich: Eingabe

an den Stadtrat von Zürich vom 18.6.1947. *Die Staatsbürgerin*, Jahrgang 1947, Zürich

H. KUHN: Die rechtliche Stellung der Frau in den öffentl. Verwaltungen der schweiz. Kantone. Schweiz. Zentralstelle für Frauenberufe, Zürich 1936

A. LABHARDT: Natürliche Rolle der Frau im Menschenproblem und ihre Beeinflussung durch die Kultur. *Basler Universitätsreden*, Heft 6, 1935

L. LACOUR: *Trois femmes de la révolution*. Plon, Paris 1900

C. T. LA FOLLETTE: *A Study of the Problems of 652 Gainfully Employed Married Women Homemakers*. Diss. Columbia Univ., New York 1934

– *La malice des femmes, tirée de l'Ecriture, La méchanceté des filles découverte*. Roget, Tarascon 1777

H. LANGE; G. BÄUMER: *Handbuch der Frauenbewegung*. Moeser, Berlin 1901 bis 1906

DUCH. DE LA ROCHFOUCAULD: *La femme et ses droits*. Flammarion, Paris 1939

S. LAZARSFELD: *Women's Experience of the Male*. Aldor, London 1940

League of Nations: *Nationality and Status of Women*. Allen & Unwin, London 1935

O. LEE: Ist die Chinesin wirklich unterdrückt? *Schweiz. Frauenblatt*, Jg. 1944, Winterthur

G. V. LE FORT: *Die ewige Frau*. Kösel, München 1934

G. LEHMANN: *Das Kollektivbewusstsein*. Junker & Dünnhaupt, Berlin 1928

M. LEIBL: *Eine Frau über Frauen*. Klett, Stuttgart 1951

M. S. LEUCK: *Fields of Work for Women*. D. Appleton, London 1926

F. LEUTWILER: *Lohnunterschiede in der Schweiz*. Diss. Zürich 1949

C. LEUTKINS: *Women and Society*. Nicholson & Watson, London 1946

Lexikon der Frau. Encyclios Verlag, Zürich 1953

Lexikon für Theologie und Kirche. Herder, Freiburg 1934

F. LIEB: *Russland unterwegs*. Francke, Bern 1945

LIN TSIU-SEN: *Familienleben in China. Eugen Rentsch, Erlenbach-Zürich 1943*

M. LINDER: *Die Fabrikarbeiterin als Gattin und Mutter*. Erhebungen in den Kantonen Baselstadt und -land, Bern 1928

G. LOMBROSO: *Die Seele des Weibes*. Siebener, Frankfurt 1922

W. LÖHE: *Von der weiblichen Einfalt*. Liesching, Stuttgart 1859

C. LUETKENS: *Women and a New Society*. Nicholson & Watson, London 1946

F. LUNDBERG; M. F. FARNHAM: *Modern Woman: The Lost Sex. Harper, New York 1947*

B. MALINOWSKI: *Geschlechtsleben der Wilden in Nordwest-Melanesien*. Grethlein, Zürich 1929

E. MANNIN: *Women and the Revolution*. Secker & Warburg, London 1938

E. MARMY: *Mensch und Gemeinschaft in christlicher Schau*. Paulusdruckerei Fribourg 1945

K. MAYO: *Mother India*. Cape, London 1930

R. MAYREDER: *A Survey of the Woman Problem*. Heinemann, London 1913

– *Zur Kritik der Weiblichkeit*. Diederichs, Jena 1922

W. MCDOUGAL: *Psychoanalyse und Sozialpsychologie*. Francke, Bern 1947

– *The Group Mind*. University Press, Cambridge 1927

M. MEAD: *Male and Female*. Gollancz, London 1950

H. L. MENCKEN: *Verteidigung der Frau (In defence of women)*. Müller, München 1923

A. MEYER: *Wie soll ein junges Frauenzimmer sich würdig bilden.* Walther, Erlangen 1777
J. S. MILL: *The Subjection of Women.* Longmans & Creen, London 1906
P. J. MOEBIUS: *Der physiologische Schwachsinn des Weibes.* Marhold, Halle 1904
L. MOREL: *Le droit au travail de la femme mariée.* Editions Labor, Genf 1937
E. MUHEIM: *Zur Geschichte des Hebammenwesens und der staatl. Gebäranstalt.* Diss. Zürich 1941
A. MYRDAL: *Nation and Family.* Paul, Trench, Tubner, London 1945
– ; V. KLEIN: *Women's two Roles: Home and Work.* Routledge, London 1956
A. NÄGELI: Das germanische Selbstpfändungsrecht in seiner historischen Entwicklung mit besonderer Berücksichtigung der Schweiz. Diss., Zürich 1876
W. NEFF: *Victorian Working Women.* Allen & Unwin, London 1929
A. W. NEMILOW: *Die biologische Tragödie der Frau.* Engel, Berlin 1925
Neue Zürcher Zeitung vom 6.1.1872: Hochschule und studierende Damen
– Nr. 1119, 1955: Die schweiz. Angestellten in schwedischer Sicht
H. NEWITT: *Women must choose, the Position of Women in Europe to-day.* Gollancz, London 1937
A. K. NIELSON: *Kimono und Khaki, das neue Japan.* Ullstein, Wien 1952
F. NIGHTINGALE: *Suggestion for Thought to Searchers after Religous Truth.* Pr. Eyre & Spottiswoode, London 1860
– *Diary 1846*
I. B. O'MALLEY: *Women in Subjection, a Study of the Lives of English-Women before 1832.* Duckworth, London 1933
J. ORTEGA Y GASSET: *Vom Einfluß der Frau in der Geschichte.* Verlag Schweiz. Rundschau, Zürich 1929
E. PANKHURST: *My Own Story.* Grayson, London 1914
S. PANKHURST: *The Suffragette Movement.* Longmans & Green, London 1930
– *The Life of Emmeline Pankhurst.* Longmans & Green, London 1931
A. PESTALOZZI: *Die Frauen im Staatsdienst.* Bund Schweiz. Frauenvereine, Zürich 1934
T. PETER: *Der Verlust des Schweizerbürgerrechts durch Heirat.* Diss. Zürich 1950
I. PINCHBECK: *Women Workers and the Industrial Revolution 1750-1850.* Routledge, London 1930
H. PLANITZ: *Deutsche Rechtsgeschichte.* Böhlau, Graz 1950
I. PRUITT: *Eine Tochter Chinas.* Rotapfel, Zürich 1949
C. RAGAZ: *Die Frau in der schweiz. Gewerkschaftsbewegung.* Diss. Zürich 1932/33
G. D. READ: *Revelation of Childbirth.* Heinemann, London 1947
R. REED: *The Modern Family.* Knopf, New York 1929
A. RÜHLE-GERSTEL: *Das Frauenproblem der Gegenwart, eine psychologische Bilanz.* Hirzel, Leipzig 1932
O. RÜHLE: *Die Sozialisierung der Frau.* Am anderen Ufer, Dresden 1924
Rundschreiben Papst Pius XI. vom 31.12.1930: Casti connubii
B. RUSSEL: *Marriage and Morals.* Allen & Unwin, London 1929
– *Macht, eine sozialkritische Studie.* Europa Verlag, Zürich 1947
H. SALLENBACH: *Die Krise im Liebesgefühl der Frau.* Diss. Zürich 1942
M. SANGER: *Zwangsmutterschaft.* Deutsche Verlags-Anstalt, Stuttgart 1929
A. SCHERER: Die Frau, Wesen und Aufgabe. *Wörterbuch der Politik*, Heft 6, Herder, Freiburg 1954

A. V. SCHLEINITZ: *Offener Brief einer Studierenden an die Gegner der »Studentinnen«.* Orell Füssli, Zürich 1872
O. SCHREINER: *Woman and Labour.* Fisher Unwin, London 1911
G. D. SHULTZ: Cruelty in Maternity Wards. *Ladies' Home Journal*, May 1958, Curtis Publ. Comp., Philadelphia
Schriftenreihe zur Frage der Arbeitsbeschaffung: Die Programme der öffentlichen Arbeiten, 2. Zwischenbericht der Delegation für Arbeitsbeschaffung. Polygraph. Verlag, Zürich 1944
E. SCHWEINGRUBER: *Frauenart.* Gotthelf-Verlag, Zürich 1942
Schweiz. Arbeitgeber-Zeitung, Nr. 9, 1935: Sur le thème: à travail égal, salaire égal
Schweiz. Bauernzeitung, Nr. 9, 1953: Die Gleichberechtigung der Frau
Schweizer Frauensekretariat: Mitteilungsdienst
- *Grundsätze über die Erwerbstätigkeit der Frauen* (G. Niggli). 1946
- *Anhang zum Kommissionsbericht der Frauenkommission für Arbeitsbeschaffung* (A. Wiblé). 1946

Schweiz. Kaufm. Verein: *Jahresbericht 1932/33*
Schweiz. Verband der Akademikerinnen: *Mitteilungsblatt*
Schweiz. Verband für Berufsberatung und Lehrlingsfürsorge: *Berufskundliche Merkblätter*
Schweiz. Verband für Frauenstimmrecht: *Das Frauenstimmrecht in der Schweiz*, Basel/Lausanne 1950
L. R. SEYMER: *A General History of Nursing.* Faber, London 1932
A. H. SHAW: *The Story of a Pioneer.* Harper, New York 1915
R. STAMMLER: *Die Lehre von dem richtigen Rechte.* Guttentag, Berlin 1902
Statistisches Jahrbuch der Schweiz. Hrsg. vom Eidg. Statist. Amt
Statistische Quellenwerke der Schweiz. Hrsg. vom Eidg. Statist. Amt
W. STAUFFER: Ehe und Heimat. *Schweiz. Juristen-Zeitung*, Heft 18, Jg. 1939
O. STOLL: *Geschlechtsleben in der Völkerpsychologie.* Veit, Leipzig 1908
M. C. STOPES: *Contraception.* Bale & Danielsson, London 1928
R. STRACHEY: *The Cause, a Short History of the Women's Movement in Great Britain* (and F. NIGHTINGALE: *Cassandra*), Bell, London 1928
- *Millicent Garrett Fawcett.* London & National Society for Women's Service, 1931
- *Our Freedom and its Result, by Five Women.* Hogarth Press, London 1936

K. STRICKER: *Die berufstätigen verheirateten Frauen in der Schweiz.* Diss. Zürich 1952
Tertullians sämtliche Schriften. Übersetzt von F. A. Besnard, Kollmannsche Buchhandlung, Augsburg 1837
H. THALMANN: La situation de la femme universitaire en Suisse. *Revue universitaire Suisse*, Zürich 1950
The Ethics of Birth Control. Report of the Spec. Com. appointed by the Council of Public Morals i. conn. with the investigations ot the National Birthrate Comm., Macmillan, London 1925
The whole duty of Woman, by a lady: written at the desire of a noble Lord. Baldwin, London 1753
K. THOMAS: *Women in Nazi Germany.* Gollancz, London 1943
F. TIBURTIUS: *Erinnerungen einer Achtzigjährigen (Aus den Jugendtagen des Frauenstudiums).* Swetschke, Berlin 1923
R. DE TRAZ: *Die Familie Brontë.* Rascher, Zürich 1941

Unesco Courrier, Nov. 1955: La femme est-elle un être inférieur? Paris
United Nations Dep. of Soc. affairs: *World Population Trends 1920-1947*. 1949
M. VAERTING: *Wahrheit und Irrtum in der Geschlechterpsychologie*. Lichtenstein, Weimar 1923
T. H. VAN DE VELDE: *Die vollkommene Ehe*. Müller, Rüschlikon-Zürich 1926
W. VARRON: Pariser Modekünstler und Schneiderwerkstätten des Rokoko. *Ciba-Rundschau*, Nr. 26, 1938, Basel
W. VOGT: *Road to Survival*. Sloane Assoc., New York 1948
J. WALLFISCH: *Beweis, daß die Frauenzimmer eigentlich keine Menschen sind*. Comm. der Schulbuchhandlung, Leipzig 1861
M. WAZNIEWSKI: *Theorien zur Frauenbildung im pädagogischen Denken der Schweiz, 18. u. 19. Jahrhundert*. Diss. Zürich 1944
O. WEININGER: *Geschlecht und Charakter*. Kiepenheuer, Berlin 1932
E. L. WELIN: *A Short History of Marriage*. Rider, London 1913
H. WESCHER: Swiss Fairs and Markets in the Middle Ages. *Ciba Review*, Nr. 62, 1947, Basel
E. A. WESTERMARCK: *History of Human Marriage*. Macmillan, London 1922
M. WOLLSTONECRAFT: *A vindication of the rights of women (1792)*. Scot, London 1891
Women's Bureau Bulletin, U.S. Dept. of Labor, Washington D.C
Women's Opportunities and Responsibilities. Ed. by L. Young in *The Annals of the American Academy of Polit. and Soc. Science*, Philadelphia 1947
F. WOODSMALL: *Der Aufstieg der mohammedanischen Frau*. Rotapfel, Erlenbach-Zürich 1938
V. WOOLF: *A Room of One's Own*. Hogarth Press, London 1929
– *Three Guineas*. Hogarth Press, London 1929
L. M. YOUNG: *Understanding Politics, a Practical Guide for Women*. Pellegrini & Cudahy, New York 1950

Weitere Titel von Iris von Roten
im eFeF-Verlag

Vom Bosporus zum Euphrat

Eine Reise durch die Türkei

Mit einem Nachwort von
Yvonne-Denise Köchli

284 Seiten, geb. mit Schutzumschlag
ISBN 3-905493-49-7

»Iris von Roten besitzt die Gabe, alles, auch das Kleine, scheinbar Unwichtige aufzulesen, zu behalten, sagenswert zu finden und – in Zusammenhang gebracht – zu sagen. Das macht ein Reisebuch von ihr so lesenswert, ihre Beschreibung eines erlebten Landes so dicht und lebendig … Die Autorin geht ganz dicht an das heran, was sie beschreiben will (…), und ihre beste Waffe ist die Anekdote, die selbsterlebte, die in einem Atem Mensch, Umgebung, Atmosphäre, Volkscharakter, Politisches, Geschichtliches und Soziologisches zusammenrafft, anschaulich und verständlich macht.« Diese Besprechung von *Vom Bosporus zum Euphrat*, erschienen 1966 in der Weltwoche, räumte Iris von Roten endlich die Anerkennung ein, die ihr beim ersten Erscheinen von *Frauen im Laufgitter* verwehrt war.

Anfang 1960, etwas mehr als ein Jahr, nachdem die Veröffentlichung ihres Emanzipationswerkes *Frauen im Laufgitter* einen handfesten Skandal heraufbeschworen hat, beginnt Iris von Roten mit der Planung einer Reise durch die Türkei. Ende Mai zieht sie los, allein in ihrem kleinen Fiat und mit der Absicht, ein halbes Jahr für ein Buch über die Türkei zu recherchieren. Wirtschaft, Religion, Kultur, Stellung der Frau – darüber hat sie sich mit der von ihr gepflegten Gründlichkeit informiert, und nun will sie mit eigenen Augen sehen, mit eigenen Ohren hören.

Das Resultat ist ein Reisebuch, in dem Land und Autorin mit ihren Besonderheiten den LeserInnen gleichermaßen nahekommen. Witz, Ironie, die Fähigkeit zur gründlichen Analyse und eine unkonventionelle Weise, Alltägliches zu beobachten und zu kommentieren, sind Eigenschaften, wie wir sie von der Autorin von *Frauen im Laufgitter* bestens kennen. In *Vom Bosporus zum Euphrat* beweist Iris von Roten, daß diese Eigenschaften auch die gute Reiseschriftstellerin auszeichnen.

BLUMENBLICKE

Bildband

Mit einer Einführung von Hortensia von Roten

50 Seiten, 29 vierfarbige Abbildungen
Pappband, Fadenheftung
ISBN 3-905493-50-0

Iris von Roten malte aus dem inneren Bedürfnis heraus, ihre ästhetische Vision unmittelbar umzusetzen. Ihre Bilder fordern – anders als ihre publizistischen Arbeiten – nicht zum gesellschaftlichen Dialog auf, sie laden ein, die Blumenwelt in ihrer Formen- und Farbenvielfalt zu genießen. Erstmals wurde von Rotens malerisches Schaffen im Herbst 1993 in einer Ausstellung in Brig gezeigt. Aus dem geplanten Katalog zur Ausstellung ist ein sorgfältig gestaltetes Buch mit 29 großen vierfarbigen Abbildungen und einem kurzen Text zur künstlerischen Tätigkeit von Iris von Roten geworden. Die Blumenbilder zeigen, daß sie vor allem dieses Genre meisterhaft und originell pflegte.